A.C. DONAUBAUER
Intrigen – Buch 3

I0656222

Intrigen -
Der Orden: Buch 3

Roman

von A.C. Donaubauer
Aus dem Englischen von A.C. Donaubauer

Erstveröffentlichung als ebook August 2016
Taschenbuch
2. Auflage

Herausgeber & Copyright © 2019:
        Astrid Donaubauer-Grobner
        Waltenhofengasse 3/3/3302
        1100 Wien, Österreich

Englische Originalausgabe: Schemes – The Order: Book 3

Die Autorin online:
        www.ac-donaubauer.com
        www.facebook.com/acdonaubauer

Cover: Biserka Design

Lektorat: Jürgen Donaubauer
Korrektur: Hilde Ohrlinger

Februar 2019

ISBN 978-3-904142-02-1

Für Jasmin und Jennifer, meine kleinen Schwestern.
Ich bin stolz auf euch.

KAPITEL 1

Rückkehr nach Hause

Enric starrte grimmig auf das Meer hinaus. Nichts unterbrach die endlose, gerade Linie des Horizonts, der das hellere Blau des Himmels vom dunkleren des Wassers trennte. Es war keine Abwechslung in Sicht, die baldige Erleichterung in Form von Land versprach.

Bei seiner letzten Überquerung des Meers hatte er keine der Auswirkungen verspürt, unter denen die meisten anderen in seiner Gruppe, Eryn eingeschlossen, gelitten hatten. Seekrankheit wurde es genannt, erinnerte er sich. Aber es schien, als wäre sein Magen dieses Mal nicht immun gegen das ständige Schaukeln des Schiffes. Man hatte ihm mitgeteilt, dass der Körper sich nach ein paar Tagen daran gewöhnte, also erschien es ihm seltsam, dass er jetzt darunter litt, wo es ihm zuvor keinerlei Unannehmlichkeiten bereitet hatte.

Seine eigenen Beschwerden waren allerdings wesentlich weniger stark ausgeprägt als Eryns. Sie lag bewegungslos auf der Pritsche in ihrer Kabine, ihr Magen von allem befreit, was sich darin befunden hatte. Es war Pech, dass es keine Erleichterung brachte, die Symptome wegzuheilen. Solange sie auf See waren, würden sie immer wiederkehren.

Aber zumindest hatten sie bereits die Hälfte der Schiffsreise hinter sich; es dauerte nur noch einen weiteren Tag, bis sie das kleine Dorf Bonhet erreichten. Dort hatten sie damals das Schiff bestiegen, das sie in die Westlichen Territorien gebracht hatte. Das schien nun schon eine Ewigkeit zurückzuliegen. Er hatte große Pläne bezüglich des Dorfes und fragte sich, wie die Leute wohl darauf reagieren würden. In einer Hinsicht hatte Eryn vollkommen Recht: Die Bereitwilligkeit, sich Neuerungen zu öffnen, wurde nicht eben als Tugend erachtet - nicht in der Stadt Anyueel, und noch weniger an abgeschiedenen Orten wie diesem Fischerdorf.

Er spürte, wie sich die Spannung in seinem Magen legte und entschloss sich, nach Eryn zu sehen. Vielleicht konnte er sie überreden, sich von ihm für ein paar Stunden schlafen schicken zu lassen. Jetzt, wo Kilan und Grend nicht

1

hier waren, die sie damit aufziehen konnten, dass sie den einfacheren Weg wählte. Der Unwille, sich den Sticheleien ihrer Mitreisenden auszusetzen, war der Grund, weshalb sie sein Angebot beim letzten Mal, als sie auf dem Weg nach Takhan gewesen waren, abgelehnt hatte.

Nachdem er allerdings die Tür zu ihrer kleinen Kabine geöffnet hatte, sah er, dass sie bereits, einen Arm schlaff nach unten hängend, eingenickt war. Sie konnte noch nicht lange schlafen. Der Tee, den er für sie zubereitet hatte, war noch immer warm. Vielleicht nicht länger als eine Minute oder zwei, in etwa so lange, wie es her war, dass sein Magen aufgehört hatte, sich zu beschweren.

Ein Gedanke durchzuckte ihn, und er sah mit gerunzelter Stirn auf sie hinab. Nein, das konnte nicht sein. Das wäre höchst unwahrscheinlich, sinnierte er. Und sicherlich war es nicht mehr als Zufall, nichts, das es rechtfertigte, irgendwelche voreiligen Schlüsse zu ziehen, ermahnte er sich. Aber er würde die Augen offenhalten, entschied er. Es war womöglich nicht mehr als ein Verdacht, aber es lohnte sich zweifellos, auf Nummer sicher zu gehen.

Er drehte sich um, verließ die Kabine und schloss die Tür vorsichtig hinter sich. Bald mussten sie die Barriere erreichen, und man hatte ihm gesagt, der Kapitän würde ihm zeigen, wie man sie überquerte. Damit wäre ein für alle Mal das Hindernis überwunden, welches das Königreich davon abhielt, zur See zu fahren.

* * *

Eryn erwachte, als eine warme Hand an ihrer Schulter rüttelte.

"Sind wir noch immer auf dem verdammten Schiff?", murmelte sie mit geschlossenen Augen. "Falls ja, hast du hoffentlich eine gute Erklärung dafür, warum du mich geweckt hast."

Enric lächelte zu ihr hinab. "Das Dorf ist bereits in Sicht, also liegt noch eine Stunde der Qual vor dir." Eine Stunde, die ihm sicherlich ein paar interessante Einsichten bescheren würde.

"Das ist eine Stunde, die du mir ersparen hättest können!", stöhnte sie. "Das machst du mit Absicht! Habe ich dir in letzter Zeit irgendetwas getan, das es rechtfertigen würde, dass du mich dermaßen quälst?"

Er gab vor, kurz nachzudenken. "Nein, nicht dass ich mich erinnern könnte. Aber es ist immerhin allgemein bekannt, dass ich eine Vorliebe dafür habe, hilflosen Frauen Agonien zu bereiten. Und jetzt steh auf, komm an Deck und schnappe ein wenig frische Luft. Das wird dir guttun."

"Das soll wohl ein Scherz sein? Du weißt ganz genau, was passiert, wenn ich an Deck gehe! Warum tust du mir das an?", klagte sie und spürte, wie sie auf die Füße gezogen und mehr oder weniger die Stufen hinauf und nach draußen gezerrt wurde. Geblendet von der plötzlichen Helligkeit des Sonnenlichts, hob sie rasch eine Hand, um ihre Augen zu beschatten. Die steife

Brise ließ sie frösteln, aber Enrics Arm um ihre Schultern zog sie an seinen warmen Körper.

"Wir müssen uns umziehen. Diese Kleidung ist für das Klima zuhause nicht wirklich geeignet", murmelte er und beobachtete, wie sie die Wellen anstarrte, auf denen das Schiff auf und nieder schaukelte.

Sie schloss ihre Augen, und erneut wich ihr die Farbe aus dem Gesicht. Auch er spürte, wie das Gefühl von zuvor zurückkehrte und in ihm den Drang auslöste, sich an irgendetwas Festem anzuhalten, um seinen Magen davon zu überzeugen, dass diese Empfindung, nach oben und unten geschleudert zu werden, nichts anderes als eine ungerechtfertigte Überreaktion war.

Trotz der unangenehmen Empfindung lächelte er. Es schien, als stünde Eryn eine kleine Überraschung bevor, wenn auch keine, von der sie besonders angetan sein würde. Er war gespannt, wie lange es dauerte, bis sie es selbst herausfand.

* * *

"Da ist sie! Ich kann sie sehen!", rief sie begeistert aus. "Niemals hätte ich gedacht, dass ich den Tag erlebe, an dem ich mich freue, sie zu erblicken!"

Enric blickte ebenfalls auf, als die verschwommenen Umrisse der Stadt Anyueel am Horizont auftauchten. "Es wärmt mein Herz, dass du so glücklich darüber bist, zurückzukehren, meine Liebste", lächelte er und ergriff ihre Hand, um einen Kuss darauf zu drücken. Und das tat es tatsächlich. Soweit er sich erinnern konnte, hatte sie kein einziges Mal davon gesprochen, dass sie ihr kleines Haus in dem Dorf, in dem sie den Großteil ihres Lebens verbracht hatte, vermisste. Das musste bedeuten, dass sie ihr gemeinsames Haus hier in der Stadt als ihr Heim betrachtete. Zumindest hoffte er das.

Urban trottete neben den Pferden her und hob ihren Kopf, um zu Eryn aufzusehen, nachdem sie ihrer Freude darüber, Anyueel in der Ferne zu erkennen, Ausdruck verliehen hatte.

"Der Innenhof für sie sollte mittlerweile fertig sein", bemerkte Enric mit einem kurzen Blick auf die Katze. "Bäume, Felsen, alles. Mit ein wenig Glück sind die Arbeiten am Durchgang zwischen den Gebäuden ebenfalls beendet. Andernfalls werden die Diener wohl ein wenig… nervös sein."

Eryn zuckte mit den Schultern. "Warum sollten sie? Bislang hat sie noch nie jemandem etwas getan."

"Trotzdem. Wir sprechen hier über ein wildes Tier. Und wenn sie auch noch nicht ganz ausgewachsen ist, so hat sie dennoch einen erheblichen Vorteil eingebüßt: Sie ist mittlerweile eher furchterregend als niedlich."

"Wenn ein vierjähriges Mädchen keine Angst vor ihr hat, sollte man meinen, dass auch Erwachsene irgendwie mit Urban zurechtkommen werden", strich sie hervor.

"Kinder in diesem Alter haben noch kein angemessenes Verständnis für Gefahr, Eryn. Obal hätte wohl ebenfalls versucht, ein komplett wildes Tier zu streicheln, wenn eines in der Nähe gewesen wäre. Vran'els Reaktion war wesentlich natürlicher. Und du musst auch bedenken, dass ein Teil meines Rufs in Takhan darauf basiert, dass ich die Straßen der Stadt mit einem recht imposant wirkenden wilden Tier durchstreift habe", erklärte er.

Sie seufzte. "Na gut, ich beuge mich deiner überlegenen Weisheit. Wieder einmal. Hoffen wir also, dass der Durchgang fertig ist, oder wir werden uns für eine Weile selbst um das Kochen und Putzen kümmern müssen. Nicht, dass mich das allzu sehr stören würde - ich musste es immerhin für lange Zeit selbst tun, als ich noch allein lebte. Aber ich fürchte, dass uns dafür nicht allzu viel Zeit bleibt. Ich frage mich, wie es im Heilergebäude aussieht. Vollkommenes Chaos? Oder ist überhaupt niemandem aufgefallen, dass ich weg war? Ich weiß nicht, was schlimmer wäre."

"Für dich? Letzteres wahrscheinlich", lächelte er. "Ich werde langsam hungrig. Wir sollten die Stadt in ungefähr eineinhalb Stunden erreichen. Also am frühen Abend. Dann haben wir noch Zeit, heimzugehen, eine Kleinigkeit zu essen, uns zu waschen und in saubere Kleidung zu schlüpfen, aber mehr nicht."

Sie zog die Stirn in Falten. "Dann besteht also überhaupt keine Chance, dass wir dem König morgen anstatt heute Abend unsere Aufwartung machen?"

"Nein. Er hat bereits länger als geplant auf uns gewartet - etwa zwei Wochen länger. Er will sichergehen, dass wir tatsächlich zurückgekehrt sind. Und so schnell wie möglich von den neuesten Ereignissen erfahren. Die letzte Nachricht, die er von mir erhalten hat, ist bereits einige Tage alt. Danach müssen wir noch zu Tyront. Er wird alles erfahren wollen, was ihm der König nicht mitgeteilt hat. Kilan war immerhin nur dazu angewiesen, den König zu informieren. Die Informationen, über die Tyront verfügt, sind also gefiltert."

"Das wird also noch ein sehr langer Tag", stöhnte sie. "Und ich wollte einfach nur in mein Bett fallen und den Schlaf nachholen, den ich in den letzten Nächten versäumt habe."

"Ich bedaure, meine Liebste. Dafür stehen die Chancen in den nächsten paar Stunden eher schlecht."

* * *

Die vier Wachen am Westtor verbeugten sich, als die zwei hochrangigen Magier an ihnen vorbeiritten. Seltsam, dachte Eryn, wie befremdlich dieses formelle Verhalten nach nur wenigen Wochen in Takhan nun auf sie wirkte.

Sie ritten durch die Stadt zu ihrem Haus, und Enric pfiff durch die Zähne, als er die Leute sah, die sich davor versammelt hatten.

"Sieh an. Es scheint, als hätte sich die Kunde unserer Ankunft verbreitet, nachdem man uns erspäht hat", murmelte er.

Eryn trieb ihr Pferd an, bis sie nahe genug war, um abzusteigen. Sobald ihre Füße den Boden berührten, fand sie sich auch schon in einer festen Umarmung mit einem gewissen sechzehnjährigen Jungen.

"Endlich!", flüsterte er. "Ich hatte solche Angst, dass sie dich nicht wieder fortlassen!"

Sie drückte ihn ebenfalls und bemerkte, dass seine Wangen nicht länger auf gleicher Höhe mit ihren eigenen waren. War es möglich, dass er in dieser kurzen Zeit ihrer Abwesenheit so in die Höhe geschossen war?

"Mir ging es genauso", erwiderte sie. "Ich kann dir gar nicht sagen, wie froh ich bin, wieder hier zu sein."

"Lass sie los, Vern", tadelte Orrin milde, als er keinerlei Anstalten machte, sie wieder freizugeben. "Ein paar andere wollen sie auch gerne begrüßen."

Mit offenkundigem Widerwillen löste Vern seine Arme von ihr, und kurz darauf presste ihr Orrin mit einer wesentlich festeren Umarmung die Luft aus den Lungen. Sie lächelte über diese für ihn ungewohnte körperliche Zurschaustellung von Zuneigung.

"Sieh dich an, du alter Weichling! In meiner Abwesenheit bist du ganz sanft geworden, weil du niemanden mehr zum Foltern und Antreiben hattest! Oder ist das Junars Einfluss?", lachte sie und drückte ihn ebenfalls.

"Halt die Klappe", knurrte er. "Wir waren krank vor Sorge um dich, nachdem wir erfuhren, dass man dich dort drüben irgendeines Verbrechens bezichtigt hatte. Das nächste Mal, wenn du dorthin gehst, werde ich dich ebenfalls begleiten. Ein Mann allein reicht eindeutig nicht aus, um dich im Auge zu behalten."

"Das reicht, jetzt bin ich dran", beschwerte sich Junar hinter ihnen, und Orrin trat zur Seite, damit sich die beiden Frauen als nächstes umarmen konnten.

Enric beobachtete die Szene, verblüfft von diesem Gefühl von Bedauern und Verlust, das er verspürte. Anders als in Takhan, wo er von einigen Leuten - sowohl Männern als auch Frauen - gedrückt und geküsst worden war, wagte es hier niemand, ihn zu umarmen. Zum ersten Mal in mehr als zehn Jahren fragte er sich, ob dieser Ruf, den er sich so sorgsam erarbeitet hatte, die Einsamkeit wert war, die damit einherging. Sein Aufenthalt in den Westlichen Territorien hatte ihn mit einer ganz anderen Art von sozialen Beziehungen vertraut gemacht. Einerseits gab es diejenigen, die mit Ehrfurcht zu ihm aufblickten - vorwiegend Leute, die er bei Verhandlungen kennengelernt hatte - und solche, die zwar angemessen beeindruckt von ihm waren, aber eher in privater Funktion mit ihm zu tun hatten und somit hinter diese offizielle Maske blicken konnten. Hier in Anyueel gab es kaum jemanden, der das wagte. Abgesehen von Tyront und dem König. Die beiden taten es allerdings nicht aus bloßer Geselligkeit, sondern weil er, genau wie die beiden, ein Teilnehmer an dem politischen Spiel war; und seine Mitspieler zu kennen war maßgeblich, um sowohl Überleben als auch Erfolg sicherzustellen.

Er blickte überrascht auf, als ihm jemand einen herzhaften Schlag auf die Schulter verpasste. Orrin nickte ihm zu.

"Es ist gut, euch beide wieder hier zu haben", war alles, was er sagte, aber es klang aufrichtig.

"Es ist gut, wieder zurück zu sein. Endlich", erwiderte Enric und lächelte dem Krieger zu. Wer hätte gedacht, dass Orrin der Einzige sein würde, der ihm zumindest ein wenig das Gefühl von Willkommensein vermittelte?

Im Hinterkopf überlegte er, ob er Anstrengungen unternehmen wollte, etwas daran zu ändern, ob er daran arbeiten wollte, hier in Anyueel Freundschaften zu etablieren. Konnte das überhaupt funktionieren? Die Leute hier waren weniger aufgeschlossen, weniger zwanglos, leichter eingeschüchtert von Rang und Macht. Er stellte sich vor, dass Eryn den Kontrast, hier wieder mit Lady angesprochen zu werden, jetzt noch stärker wahrnehmen würde. Aber sie hatte immerhin einige Menschen um sich, die davon ohnehin Abstand nahmen, da sie diese Leute nahe genug an sich herangelassen hatte, damit sie den Titel beiseite ließen.

In der gesamten Stadt gab es nicht mehr als vier Menschen, die davon absahen, Enric mit *Lord* anzusprechen. Tyront, dessen Gefährtin Vyril, Kilan und Eryn. Vor Eryn waren es nur zwei gewesen, da er in den letzten zehn Jahren keinen Kontakt mit Kilan gepflegt hatte.

Er bemerkte, wie Eryn verwirrt die Stirn runzelte, während sie mit Plia sprach und fragte sich, ob sie etwas von seinen Gefühlen aufgefangen hatte und sich nun wunderte, woher diese Melancholie kam, wenn sie selbst doch Freude und Erleichterung über ihre Rückkehr verspürte.

"Ist alles in Ordnung, Liebste?", erkundigte er sich und legte einen Arm um ihre Schultern.

Sie nickte und pflasterte ein Lächeln auf ihr Gesicht, um ihre Verwirrung zu verbergen. "Ja, ich bin nur ein wenig erschöpft, das ist alles."

Enric fiel auf, wie Junar, Vern und Plia um sie herum bei seinem Näherkommen einen kleinen Schritt zurücktraten.

Junars Augen wurden groß, als sich Urban einen Weg bahnte und ihren Kopf an Enrics Beinen rieb. "Seht euch die Katze an! In den letzten Wochen ist sie ordentlich gewachsen. Wenn sie noch größer wird, könnt ihr das nächste Mal auf ihr anstatt einem Pferd reiten."

"Sie wird in den nächsten zwei oder drei Monaten womöglich noch ein wenig wachsen, aber das sollte es dann gewesen sein", erklärte Enric und bückte sich, um die Wangen der Katze zu kraulen.

"Sieh mal einer an! Ihr habt es also geschafft, den Klauen des fremden Senats zu entkommen!", rief eine amüsierte Stimme hinter ihnen.

Sie sahen, wie Kilan sich näherte. Die wenigen Leute um sie herum drehten ihre Köpfe, und Münder standen vor Staunen offen, als sich die beiden Männer herzlich umarmten. Lord Enric jemanden umarmen zu sen, war nicht gerade ein alltäglicher Anblick.

Kilan wandte sich daraufhin an Eryn. "Man warnte mich, dass du Ärger bedeutest. Aber ich wollte es nicht glauben. Das war wohl ein Fehler."

Sie verdrehte die Augen. "Das sagt mir der Mann, der in meiner Stunde der Not auf das nächste Schiff gesprungen und davongesegelt ist."

Seine Miene wurde ernst. "Glaub mir, das war eines der schwersten Dinge, die ich jemals in meinem Leben zu tun hatte. Ich hoffe, dass ich mich nicht so schnell wieder in so einer Situation finde. Aber ich hatte meine Befehle."

"Das war nicht so gemeint, Kilan", seufzte sie. "Dass du zurückgekehrt bist, war die einzig sinnvolle Option. Besonders, da der König über diese ganze Misere natürlich Informationen aus erster Hand benötigte."

Er lächelte erleichtert und drückte ihre Hand. "Das ist wohl wahr. Aber beim nächsten Mal werden wir es einfach anstreben, dass dich niemand anklagt, was meinst du?"

"Ich tue mein Bestes, nur damit du glücklich bist", grinste sie. "Aber ich hoffe, dass es so bald keine weitere Gelegenheit für uns geben wird, gemeinsam nach Takhan zu reisen, also musst du dich deswegen nicht sorgen."

"Darauf würde ich nicht wetten, Eryn", meinte er kopfschüttelnd.

"Warum nicht?", fragte sie, dann runzelte sie die Stirn. "Du sagst mir doch nicht etwa, dass sie dich dorthin zurückschicken?"

"Nun, da gibt es eine offene Stelle als ständiger Botschafter in Takhan, da der Mann, der sich ursprünglich für den Posten beworben hat, sich anders entschied, nachdem seine Gefährtin aus dem Gewahrsam entlassen wurde", lächelte er.

Das führte zu Erstaunen bei den Leuten um sie herum, und Eryn erinnerte sich daran, dass sie wahrscheinlich über die wichtigen Dinge, die vorgefallen waren, nicht Bescheid wussten. Da gab es einiges zu erklären, dachte sie und seufzte innerlich. Und das bedeutete, dass sie die Geschichte vom Tod ihres Vaters erneut würde erzählen müssen. Aber nicht heute.

"Was sind die Pläne für die nächsten paar Tage?", warf Vern ein. "Auspacken? Geschenke unter deinen engsten Freunden verteilen?", fügte er mit einem hoffnungsvollen Schimmer in den Augen hinzu.

Das brachte sie zum Lachen. "Nun, letzteres *offensichtlich*." Ihre Miene wurde wieder ernst. "Heute Abend müssen wir an die oberen Ränge berichten, und morgen will ich mir ansehen, wie die Dinge im Heilergebäude stehen."

"Der Rat der Magier will dich morgen womöglich ebenfalls sehen", rief Enric ihr ins Gedächtnis.

"Ich habe darauf gezählt, dass *du* sie mit all den pikanten Details versorgst. Ich möchte wirklich, *wirklich* gerne zu meiner Arbeit zurückkehren", sagte sie und hoffte, dass er ihr in dieser Sache entgegenkommen würde. Als er zustimmend nickte, lächelte sie.

"Ich werde versuchen, sie zu überzeugen, dass sie dich morgen nicht unbedingt zu sehen brauchen. Aber früher oder später wirst du dort auftauchen müssen."

Sie nickte. "Fein, solange es nicht in den nächsten ein oder zwei Tagen ist. Da habe ich Wichtigeres zu tun."

Orrin schnaubte. "Der Rat der Magier wird immens erfreut sein, wenn er erfährt, dass du ihn nicht als wichtig genug erachtest, um ihm eine oder zwei Stunden deiner wertvollen Zeit zu opfern."

"Nun, von mir werden sie es nicht erfahren", meinte sie schulterzuckend.

"Dir ist schon klar, dass ich selbst und Lord Orrin Mitglieder des Rats sind?", fragte Enric. "Streng genommen *hat* der Rat somit also bereits davon erfahren."

Sie lachte. "Aber ich vertraue darauf, dass meine zwei Lieblingsmitglieder mir deswegen keinen Ärger verursachen werden."

Orrin grinste breit und legte einen Arm um ihre Schultern. "Vertrauen, mein Mädchen, ist ein Luxus, der dich verwundbar macht."

Eryns Gesicht verfinsterte sich. "Ja, diese Lektion habe ich in der Fremde verinnerlicht", sagte sie leise.

Orrin zog die Stirn in Falten. "Hm, es scheint, als hätte ich genau das Falsche gesagt. Es tut mir leid. Du wirst mir davon erzählen müssen. Bald." Es war nicht direkt ein Befehl, aber auf jeden Fall mehr als eine höfliche Anfrage. Sie lächelte ihm zu und nickte. Es tat gut zu sehen, dass sich manche Dinge wohl niemals ändern würden. Ganz egal, wie weit ihr Rang sie emporhob, bei diesem Mann konnte sie sich stets darauf verlassen, dass er ihr sagte, was sie zu tun hatte.

"So, und jetzt gehen wir besser aus dem Weg und lassen sie nach ihrer Reise zu ihrem Heim zurückkehren. Sie haben noch Arbeit vor sich", rief Orrin aus, woraufhin die beiden endlich die letzten paar Schritte zu ihrem Haus zurücklegen konnten.

* * *

Eryn runzelte verwirrt die Stirn, als eine der Palastwachen vor den Türen des Thronsaals ihnen bedeutete, ihm zu folgen, anstatt sie eintreten zu lassen.

"Nach der Richtung zu urteilen, wird uns der König in seinem Arbeitszimmer empfangen", murmelte Enric. "Womöglich ein Zugeständnis daran, dass wir den ganzen Tag auf Reisen waren. Vorausgesetzt, er bietet uns einen Sitzplatz an", fügte er trocken hinzu.

Sie nickte langsam. In einem Arbeitszimmer zu sitzen war definitiv ein ansprechenderer Gedanke als auf müden Beinen vor ihm stehen zu müssen. Sie war noch nie zuvor in seinem Arbeitszimmer gewesen und fragte sich, ob es aufgrund der Wichtigkeit des Mannes irgendwie besonders aussehen würde.

Die Wache verbeugte sich vor ihnen und entfernte sich, nachdem sie eine unauffällig aussehende Tür erreicht hatten.

"Das ist die richtige Tür? Bist du sicher? Sie wirkt unerwartet bescheiden", kommentierte sie.

"Das ist schon der richtige Ort", nickte Enric und klopfte an die Tür.

"Herein", rief eine dumpfe Stimme dahinter. Sie traten ein und sahen sich Marrin gegenüber, der von seinem Platz hinter seinem Schreibtisch aufstand und zu Enrics Überraschung bei ihrem Anblick wahrlich erfreut wirkte.

"Lady Eryn, Lord Enric. Welch eine Erleichterung, Euch sicher zurück zu haben. Seine Majestät erwartet Euch", lächelte er und zeigte auf eine Tür zu seiner Rechten.

"Danke, Marrin", erwiderte Enric. "Wir sind froh, zurück zu sein." Dann öffnete er die Tür und ließ Eryn zuerst eintreten. Marrin folgte ihnen in den Raum und schloss die Tür hinter sich, bevor er wie üblich zur Seite trat und mehr oder weniger mit seiner Umgebung zu verschmelzen schien - wie ein unauffälliges Möbelstück.

Eryn sah sich um und war beinahe ein wenig enttäuscht darüber, wie durchschnittlich das Zimmer wirkte mit seinen Büchern, Papieren und Schreibutensilien. Elegant, aber nicht aufwändiger als ihr eigenes Arbeitszimmer. Anders als der Thronsaal war das hier ein Arbeitszimmer und kein Ort für kühne Machtdemonstrationen.

Der König stand hinter seinem Schreibtisch und blickte, seinen Rücken ihnen zugewandt, zum Fenster hinaus. Er drehte sich um, als sie eintraten und sich verbeugten.

Eine Weile sah er sie an, bevor er nickte, offenkundig zufrieden mit dem, was er erblickte. "Die Delegation ist schlussendlich doch vollständig zurückgekehrt. Wir hatten schon begonnen, uns etwas zu sorgen."

Eryn unterdrückte ein Schnauben. *Er* hatte sich gesorgt? Nicht halb so viel wie sie selbst, als sie sich mit der Bedrohung konfrontiert sah, zwei Jahre lang an diesem Ort festgehalten zu werden, dachte sie.

"Ich bedaure zu hören, dass meine Schwierigkeiten Euch Sorge bereitet haben, Eure Majestät", erwiderte sie mit einem dünnen Lächeln. "Ich versichere Euch, dass es nicht mit Absicht geschah."

Der Monarch zog eine Braue hoch. "Ich sehe, dass Euer Aufenthalt in Takhan Eure Einstellung Autorität gegenüber kein bisschen verändert hat, Lady Eryn. Ich denke, wir können uns glücklich schätzen, dass Euer Gefährte an Eurer Seite war, oder das Ergebnis der Verhandlung wäre wohl weniger günstig ausgefallen."

Der warnende Unterton in seiner Stimme ließ sie die Weisheit überdenken, ohne ausdrückliche Aufforderung zu sprechen. Also gut, dann also zurück zu dem, was sie vor ihrer Abreise praktiziert hatten: Enric würde das Reden übernehmen.

Sie wunderte sich über dieses leichte Gefühl von Missfallen, das sie verspürte und sah Enric an. Bildete sie sich das nur ein? Sie suchte in seinem Gesicht nach irgendwelchen Anzeichen, aber fand nichts - nur die übliche Gelassenheit und Kontrolle, die er in der Öffentlichkeit an den Tag legte. Also hatte wohl ihre Vorstellungskraft dieses Gefühl heraufbeschworen. Immerhin hatte sie ihn mittlerweile ziemlich gut kennengelernt. Natürlich würde er nicht gutheißen, wie sie gerade mit dem König gesprochen hatte. Interessant war allerdings, dass sie offenbar dazu übergegangen war, seine Gefühle nicht nur zu erahnen, sondern sich auch einredete, ein Echo davon zu verspüren.

"Ist alles in Ordnung, Lady Eryn? Ihr wirkt ein klein wenig abgelenkt", bemerkte der König.

"Verzeiht, ich bin nur ein wenig müde. Es war eine lange Reise."

"Dann darf ich Euch beide ersuchen, Platz zu nehmen und Eure müden Glieder auszuruhen", lächelte er. "Ich muss sagen, dass Euer Anblick, ebenso wie Kilans nach seiner Rückkehr, etwas exotisch anmutet mit Eurer gebräunten Haut und Lord Enrics ausgebleichten Haaren. Wie seid Ihr mit dem Klima zurechtgekommen?"

Eryn lächelte höflich und wartete darauf, dass Enric antwortete. Er wollte jetzt tatsächlich über das Wetter reden? Wirklich?

"Für unsere Verhältnisse war es ungewöhnlich warm, aber nachdem wir unsere Garderobe den Bedingungen vor Ort anpassten, war es weitgehend angenehm. Die Einheimischen haben ihren Tagesablauf an das Klima angepasst und vermeiden es, zur heißesten Tageszeit draußen unterwegs zu sein. Das bedeutet, dass sie am Abend im Allgemeinen später zu Bett gehen", erklärte Enric.

Oh, dachte sie. Die Wetter-Frage war also offensichtlich eine Einladung gewesen, über die Gebräuche zu sprechen anstatt nur bedeutungsloses Gerede von sich zu geben. Andeutungen, dachte sie müde. Warum konnten die Leute nicht einfach sagen, was sie wollten anstatt darauf zu bauen, dass ihr Gegenüber es erriet?

Sie spürte, wie Enrics Hand ihre ergriff und drückte. Ihr drängte sich der Gedanke auf, dass es als Warnung gemeint war. Aber weshalb? Sie zeigte keinerlei äußere Anzeichen ihrer Ungeduld, dessen war sie sich vollkommen sicher.

"Über die allgemeinen Entwicklungen bin ich mir natürlich dank Kilans Bericht nach seiner Rückkehr und auch der Nachricht, die Ihr mir nach der Entscheidung des Senats zukommen habt lassen, informiert. Aber da gibt es sicher noch einiges mehr. Eure Nachricht, die uns darüber in Kenntnis setzte, dass die Verhandlung zu Euren Gunsten endete und dass Ihr erst ein paar Tage später zurückkehren würdet, war recht knapp gehalten", hörte sie ihn sagen, in seiner Stimme ein Anflug eines Tadels erkennbar.

Enric nickte. "Ihr vermutet richtig, Eure Majestät. Erlaubt mir, Euch detaillierter über die Vorkommnisse zu informieren. Ihr wisst über die Situation zwischen Ram'an und Lady Eryn Bescheid, nehme ich an?"

Der König nickte. "Falls Ihr seinen Anspruch auf sie aufgrund einer Vereinbarung zwischen ihren beiden Familien, als beide noch Kinder waren, meint, dann ja. Soweit ich das verstehe, wurde Lady Eryn für die Dauer des Verfahrens seiner Aufsicht unterstellt."

Gut, dachte Eryn mürrisch, zumindest mussten sie hier nicht mehr in die Tiefe gehen, als absolut nötig war. Kilan hatte offensichtlich einen gründlichen Bericht abgeliefert.

"Ja", bestätigte Enric. "Wenngleich der Senat so rücksichtsvoll war, dieses Arrangement in die Residenz der Familie von Lady Eryns Vater anstatt die von Ram'an zu verlegen."

"Dies aufgrund einer recht eindrucksvollen Demonstration Eures Missfallens, sofern meine Informationen der Realität entsprechen?", wollte der König mit einer hochgezogenen Augenbraue wissen.

"Das wurde wohl in die Überlegungen miteinbezogen, ja", gab Enric unumwunden zu. "Ich selbst wurde beim stärksten der drei Triarchen untergebracht. Es scheint, als läge meine Stärke in den Westlichen Territorien ebenfalls ein wenig über dem Durchschnitt. Daher erachtete man es als weise, mich für die Dauer meines freiwilligen Aufenthalts ebenfalls unter Beobachtung zu stellen."

"Man hätte Euch jederzeit abreisen lassen, wenn das Euer Wunsch gewesen wäre?", erkundigte sich der König.

"Ich vertraue darauf, dass das der Fall gewesen wäre, ja", nickte der Magier. "Schlussendlich denke ich, dass man es womöglich sogar *vorgezogen* hätte, wenn ich abgereist wäre. Man wusste nicht so recht, was man von mir zu erwarten hatte."

"Soweit ich das verstanden habe, war es Lady Eryns eigene Mutter, die die Anschuldigungen vorbrachte. Ich gehe davon aus, dass dies die politische Landschaft maßgeblich verändert hat. Nach meinen Informationen hat sich Lady Eryn als die alleinige Erbin einer mächtigen Familie herausgestellt. Eine unbequeme Entwicklung, wenn Ihr mir die Bemerkung erlaubt."

Eryn lächelte grimmig. "Keine, die Euch irgendwelche weiteren Sorgen bereiten wird, Eure Majestät. Ich habe diesen Umstand nach der Verhandlung korrigiert, indem ich mich von Haus Aren lossagte und damit sämtliche Bande durchtrennte." Sie warf ihrem Gefährten einen verärgerten Blick zu. "Oder zumindest dachte ich das zu diesem Zeitpunkt."

Sie bewunderte die eiserne Kontrolle, mit der der König seine Gesichtszüge im Zaum hielt. Der einzige Hinweis auf seine Überraschung waren gespitzte Lippen.

"Ihr habt Euch also von einem mächtigen Haus losgesagt? Ich könnte mir vorstellen, dass Ihr damit einen beträchtlichen persönlichen Vorteil aufgegeben habt, wenn ich mich nicht irre. Der Status der Zugehörigkeit zu einem Haus reflektiert auch den sozialen Status einer Person, wie man mir zu verstehen gab. Besonders wenn es sich um einen Magier in den Westlichen Territorien handelt."

"Das ist tatsächlich der Fall. Allerdings habe ich diesen Vorteil nicht wirklich aufgegeben, da ich anschließend in ein anderes Haus adoptiert wurde", erklärte sie. So viel dazu, Enric das Reden zu überlassen.

Der König schwieg einige Augenblicke lang, dann lächelte er kaum wahrnehmbar. "Haus… Vel'kim, vermute ich? Die Familie Eures Vaters?"

"Ja", bestätigte sie, etwas verdrossen über seine schnelle Auffassungsgabe. Warum war es nur dermaßen schwierig, ihn unvorbereitet zu erwischen? Nun, es blieb abzuwarten, wie sehr ihm Enrics kleines Spiel zusagen würde.

"Ich hätte gedacht, dass Ihr weniger willig sein würdet, Euch an eine andere Familie zu binden, wenn man bedenkt, was zwischen Euch und Eurer Mutter vorgefallen ist. Liege ich richtig, wenn ich davon ausgehe, dass es einen Grund für diesen raschen Anschluss an ein anderes Haus gab?", fragte er.

Verdammt sollte er sein, dachte sie. Wie machte er das nur? Gab es da kein einziges Detail, das sie für sich behalten konnte? Diese Sache war zu eng verknüpft mit ihrer eigenen, persönlichen Geschichte mit Ram'an. Zu privat, als dass er es wissen sollte. Aber es ihm zu verschweigen, wenn er sie direkt danach fragte, kam einer Befehlsverweigerung gleich.

Sie atmete gleichmäßig aus. "Den gab es tatsächlich. Mein Cousin ist ein Rechtsgelehrter und vermutete, dass Ram'an plante, mich aufgrund eines altertümlichen aber noch immer rechtskräftigen Gesetzes als Mitglied seines Hauses zu beanspruchen. Die noch immer gültige Kommitment-Vereinbarung, die unsere Mütter abgeschlossen hatten, hätte ihm das ermöglicht."

"Aber nur, sofern Ihr nicht bereits ein Mitglied eines anderen Hauses seid?", fragte der König.

"So ist es", nickte sie.

"Ihr erwähntet, dass Ihr dachtet, Eure Bindung an das Haus Eurer Mutter sei beendet. Dies vermittelt mir den Eindruck, dass dem nicht so ist?"

"Mit Eurer Erlaubnis würde ich vorschlagen, dass mein Gefährte dies näher ausführt. Ich denke, dass er die dahinterliegenden Motive… überzeugender darlegen kann als ich es vermag."

Der fragende Blick des Königs wanderte zu Enric.

"Lady Eryn bezieht sich auf meine Zustimmung zu Malriels Begehren, mich als ihren Sohn in Haus Aren zu adoptieren", sagte er langsam.

Eryn verspürte Triumph in sich aufwallen, als sich die Augen des Königs weiteten. "Wie bitte?"

Endlich! Es war also *doch* möglich, sogar diesen scheinbar kaltblütigen Kerl zu überraschen.

Der Monarch bedeckte einen Moment lang seine Augen mit einer Hand, bevor er seine Kontrolle wiedererlangt hatte. "Was Ihr mir also sagt, Lord Enric, ist, dass Ihr Euch in ein mächtiges Haus adoptieren habt lassen, um Lady Eryns Platz als Erbe auf den Titel des Oberhaupts einzunehmen? Dies bedeutet natürlich, dass Ihr Euch in der Folge freiwillig der dortigen Rechtsprechung unterworfen habt."

"In der Tat", bestätigte Enric. Eryn warf ihm einen kurzen Blick zu. Er wirkte vollkommen entspannt, weder seine Gesichtszüge, noch seine Haltung zeugten von irgendetwas anderem als Gelassenheit. Warum hatte sie dann den Eindruck, dass er angespannt war und sogar scheute, was auf ihn zukam?

"Lord Enric", sagte der König langsam und sorgfältig, während er seine Finger miteinander verschränkte. "Das bedeutet, dass Ihr Euch nun sozusagen zum Diener zweier Herren gemacht habt. Soweit ich das verstehe, sind die Häuser in Takhan auch ein integraler Bestandteil des lokalen politischen Systems. Ihr seid hier bereits politisch involviert und werdet dies früher oder später nun auch in den Westlichen Territorien sein. Das bringt uns hier in eine sehr schwierige Situation, da wir wohl irgendwann zu einem Punkt gelangen werden, wo wir uns fragen müssen, wo Eure wahre Loyalität liegt."

Oh nein, dachte Eryn, das klang, als wäre Enric in Schwierigkeiten. Das war kein gutes Vorzeichen.

"Wie steht es um Eure Absicht, die Position des Oberhaupts von Haus Aren zu übernehmen, Lord Enric? Habt Ihr irgendwelche Ambitionen in diese Richtung? Ich würde annehmen, dass dies eine maßgebliche Überlegung bei Eurer Adoption gewesen sein muss. Ich kann verstehen, weshalb Ihr für Malriel eine wünschenswerte Wahl wart. Ihr seid sowohl ein erfahrener Anführer mit beträchtlichem Einfluss und auch der Gefährte ihrer abtrünnigen Tochter. Damit wart Ihr für diese Position der offensichtliche Kandidat. Dennoch komme ich nicht umhin, mir die Frage nach Euren eigenen Beweggründen für diesen Schritt zu stellen."

Enric tat einen tiefen Atemzug, bevor er antwortete: "Lasst mich Euch versichern, Eure Majestät, dass meine Loyalität beim Königreich und dem Orden liegt, genau wie zuvor. Mein Hauptgrund dafür, Malriels Bitte bezüglich der Adoption nachzukommen, war der, Lady Eryns neues Haus vor Schaden zu bewahren. Wie Ihr Euch aufgrund der Geschichte der beiden Häuser sicher vorstellen könnt, war Malriel recht ungehalten über die anstehende Adoption ihrer Tochter in das Haus des Mannes, der sie ihr vor so vielen Jahren gestohlen hatte. Malriels Bedingung dafür, ihnen nicht erheblichen Schaden zuzufügen, war meine Zustimmung, als eine Art… Entschädigung für ihren Verlust zu dienen."

Der König betrachtete ihn einige Sekunden lang eingehend, bevor er lächelte. "Das scheint mir eine noble, selbstlose Geste, die der starken Bindung zu Eurer Gefährtin entspringt. Und dennoch drängt sich mir der Verdacht auf, dass Ihr selbst davon ebenfalls profitieren werdet."

"Nicht nur ich selbst, Eure Majestät", erwiderte er milde, "sondern wir alle. Der ständige Kontakt mit jemandem, der nicht nur ein hochrangiges Mitglied der Gesellschaft in Takhan, sondern auch des Senates ist, wird unsere politischen Verbindungen erheblich stärken."

König Folrin nickte. "Richtig. Und dennoch hätte ich es vorgezogen, wenn Ihr diese Entscheidung nicht ohne meine Zustimmung getroffen hättet."

"Ich verstehe, Eure Majestät", nickte Enric.

Der Monarch hob eine Braue. "Keine Entschuldigungen, dass die Zeit drängte, Lord Enric?"

Enric lächelte schwach. "Ich hatte den Eindruck, dass Ihr das nicht besonders schätzen würdet, Eure Majestät."

Der König lehnte sich zurück und seufzte ausgiebig. "Das würde ich nicht, nein. Allerdings hält das die Leute im Allgemeinen nicht davon ab, mich damit zu ermüden. Gibt es sonst noch etwas, über das Ihr mich zu informieren wünscht? Vielleicht weshalb Eure Abreise um einige Tage verschoben wurde, nachdem das Verfahren zu Euren Gunsten ausging?"

"Der Grund dafür, Eure Majestät, war, dass Lady Eryn und ich in etwas eingetreten sind, das in den Westlichen Territorien als *Kommitmentband dritten Grades* bekannt ist", erklärte Enric.

"Ihr seid heute voll von erstaunlichen Neuigkeiten", kommentierte der König mit scharfer Zunge. "Ich bin über deren Natur informiert. Eine magische Bindung, die nur denen empfohlen wird, die einander wahrlich in großer Hingebung zugetan sind." Sein Blick ruhte auf Eryn. "Ein Band, das freiwillig eingegangen werden muss, soweit ich das verstanden habe."

Sie lächelte. "Ich versichere Euch, Eure Majestät, dass Lord Enrics Entscheidung, das Band auf meinen Antrag hin mit mir einzugehen, vollkommen freiwillig war. Ich habe auf keinerlei Nötigung zurückgegriffen."

Der König betrachtete sie eindringlich, während er langsam nickte. "*Ihr* wart also diejenige, die den Wunsch äußerte, eine magische Bindung einzugehen?" Er bemerkte das kurze Aufflackern in ihren Augen und lächelte. "Dennoch komme ich nicht umhin zu denken, dass an der Sache mehr dran ist, habe ich Recht? Ihr wart es, die letztlich die Frage stellte, aber nicht diejenige, die zuerst fragte, nicht wahr?"

Sein Lächeln wuchs in die Breite, als sie verstimmt die Lippen zusammenpresste. "Ihr braucht darauf nicht zu antworten, Lady Eryn. Eure Reaktion ist aufschlussreich genug. Ich gebe zu, dass ich erfreut darüber bin, dass aus diesem Kommitment, in das ich Euch so eilig drängte, in nur wenigen Monaten so etwas Bedeutendes erwachsen ist. Auf beiden Seiten." Er erhob sich von seinem Stuhl, woraufhin beide seinem Beispiel folgten. "Ich erwarte einen detaillierten Bericht von Euch, Lord Enric. Ich habe wenig Hoffnung, einen von Lady Eryn zu erhalten, nachdem ich von ihrer Abneigung gegen schriftliche Meldungen an ihre Vorgesetzten gehört habe", fügte er spitz hinzu. "Fügt auch Informationen über die rechtliche Lage der neuen Familiensituationen von Euch beiden sowie über das magische Kommitment hinzu. Ich gehe davon aus, dass Ihr Euch damit vertraut gemacht habt, anstatt Euch einfach blind darauf einzulassen. Und nun dürft Ihr Euch zurückziehen. Lord Tyront ist zweifellos begierig darauf, von diesen höchst interessanten Entwicklungen zu erfahren."

Eryn verbeugte sich, froh darüber, das erste der beiden Treffen hinter sich zu haben. Allerdings hatte sie wenig Hoffnung, dass die Zusammenkunft mit Lord Tyront sich als angenehmer erweisen würde.

* * *

König Folrin presste Daumen und Zeigefinger einer Hand auf seine Augen.

"Ich bin ratlos, ob ich Lord Enric bewundern oder verfluchen soll. Öffentlich muss ich ihn natürlich für seine Verdienste loben. Wir können unseren neuen Freunden jenseits des Meeres nicht den Eindruck vermitteln, ich würde seine Verbindung mit ihrer Gesellschaft nicht gutheißen, nicht wahr?", seufzte er müde. "Ich brauche Informationen, Marrin. Wir haben die formelle Einladung erhalten, einen ständigen Botschafter in Takhan zu stationieren, und ich empfehle, dass dein Sohn so bald wie möglich von hier abreist und seine neue Position übernimmt. Wenngleich ich fürchte, dass die Art von Information, die ich von ihm brauche, seine eigene Loyalität auf die Probe stellen wird."

Marrin hob fragend eine Augenbraue.

"Die Kommitmentbindungen. Dir ist natürlich klar, dass das Band, das wir unseren eigenen Magiern nach Beendigung ihres Trainings auferlegen, das ist, was dort als sogenanntes Kommitmentband zweiten Grades betrachtet wird. Ich könnte mir denken, dass man auch herausgefunden hat, wie sich dieser bindende Effekt aufheben lässt. Früher oder später wird das auch hier öffentlich bekannt werden und die Art der Bindung zwischen der Krone und dem Orden verändern. Bislang haben wir die Magier mehr oder weniger dazu gezwungen, sich an uns zu binden. Sollte sich die Bindung mühelos auflösen lassen, würde sich das zu einem freiwilligen Band wandeln", erklärte der König mit einem düsteren Gesichtsausdruck.

"Ihr geht also davon aus, dass der Orden selbst nicht darüber im Bilde ist, wie sich die Bindung an die Krone aufheben lässt?", erkundigte sich Marrin.

Der König lächelte seinen Berater an. "Du kennst mich zu gut, Marrin. Du hast natürlich Recht. Ich bin sicher, dass zumindest Lord Tyront in der Lage wäre, die Wirkung des Eids jederzeit aufzulösen. Womöglich sogar Lord Enric, besonders nach seiner Reise nach Takhan."

"Falls Eure Annahmen also zutreffen, Eure Majestät, dann hätte der Orden das Band in der Vergangenheit ohnehin freiwillig aufrechterhalten", strich der ältere Mann hervor.

"Das stimmt. Aber dessen wären sich nur die Anführer des Ordens bewusst, nicht aber die anderen Magier. Es scheint, als ob ein ausführliches Gespräch mit Lord Tyront längst überfällig ist. Aber zuvor werde ich ihm noch einen Tag oder auch zwei gönnen, um sich von den Neuigkeiten zu erholen, die er gleich von unseren beiden Reisenden erhalten wird", meinte der König mit einem resignierten Lächeln.

* * *

Eryn ließ sich mit dem Gesicht nach unten auf das Bett fallen und gab etwas nur gedämpft Vernehmbares von sich, das von der Matratze verschluckt wurde.

"Das war nicht unbedingt eine verständliche Aussage, meine Liebste. Versuch es noch einmal, ohne dass dein Mund in Stoffe eingegraben ist", riet ihr Enric.

Sie hob den Kopf. "Ich sagte, dass diese zwei Vorladungen meine Freude über unsere Rückkehr beträchtlich vermindert haben. Ich fühle mich matt und erschöpft. Entkräftet. Wir hätten vorgeben sollen, dass wir erst morgen ankommen und den Abend stattdessen im Geheimen mit Orrin, Junar, Vern und Plia verbringen."

Die Belustigung, die sie unerwartet überkam, ließ sie die Stirn runzeln, und sie hob ihren Blick zu seinem schiefen Grinsen.

"Weißt du", sagte sie bedächtig, "irgendwie habe ich das Gefühl, dass hier etwas nicht stimmt."

Sie bemerkte, wie der Ausdruck in seinen Augen aufmerksamer wurde.

"Tatsächlich?"

Ihre Augen verengten sich. "Ja, tatsächlich. Und ich habe den Verdacht, dass du dir dessen sehr wohl bewusst bist. Was ist das hier? Ein kleines Spielchen, um zu sehen, wie lange ich brauche, um es herauszufinden?"

"Was denkst du denn, das nicht stimmen könnte, mein Schatz?", fragte er sanft und lehnte sich mit verschränkten Armen an eine Kommode in seinem Rücken. "Was *hast* du denn herausgefunden?"

"Dass sich offenbar meine Wahrnehmung etwas verschärft hat, wenn es darum geht, deine Stimmungen einzuschätzen, denke ich", sagte sie vorsichtig. "Ich frage mich, ob das daran liegen kann, dass ich mir endlich das ganze Ausmaß meiner Zuneigung zu dir eingestanden habe, oder ob das ein Nebeneffekt unseres Bandes ist."

"Dann lass mich meine Eindrücke deinen hinzufügen", bot Enric an. Das würde den Abend wohl noch weniger erfreulich machen für sie, dachte er. "Ich denke nicht, dass deine erste Vermutung der wahre Grund ist. Ich bin mir meiner Gefühle für dich schon seit einer Weile bewusst, habe aber erst kürzlich zum ersten Mal erlebt, was du gerade beschrieben hast."

Sie nickte. "Dann ist es also das Band. Eine engere Verbindung als zuvor, das Bedürfnis, mehr miteinander zu teilen. Das könnte eine erhöhte Sensibilität für die Stimmungen des anderen mit sich bringen, vermute ich."

Er seufzte. "Eryn, ich denke, es ist etwas mehr als das. Dieses Mal habe ich unter der Seekrankheit gelitten."

"Ach ja?", fragte sie.

"Nur solange du wach warst. Sobald du geschlafen hast, war sie weg", fügte er leise hinzu.

"Nun, das ist bedauerlich für dich, aber ich sehe nicht…" Ihre Worte verstummten, als ihr die volle Bedeutung dessen, was er gesagt hatte, klar wurde. Sie sprang vom Bett auf und schüttelte vehement den Kopf. "Nein! Sag mir, dass das nicht wahr ist!"

Er atmete langsam aus. "Wenn ich von dem Ausmaß an Panik in mir ausgehe, die ganz klar nicht meine eigene ist, würde ich sagen, dass es wenig Sinn macht, es abzustreiten."

Sie vergrub ihr Gesicht in ihren Händen. "Aber Vran'el sagte, dass das kaum jemals vorkäme! Dass ich mir deswegen keine Sorgen machen müsste!", klagte sie. "Warum? Warum ist da immer irgendetwas, das mir eine Ohrfeige verpasst, wenn ich mich entschließe, mich jemandem zu öffnen?" Die Flut an Ärger, die sie wie ein heißer Speer durchdrang, ließ sie nach Luft schnappen. Sie starrte zu Enric, der abgesehen von zusammengekniffenen Augen keinerlei Anzeichen von Aufruhr zeigte, während er noch immer vermeintlich gelassen an die Kommode gelehnt stand.

"Wie kannst du das in dir drin halten, ohne dass man etwas sehen kann?", stöhnte sie und griff auf das zurück, was in der Vergangenheit halbwegs gut funktioniert hatte, wenn sie mit starken Gefühlen umgehen musste: Atmen.

Ein dünnes Lächeln breitete sich auf seinen Lippen aus. "Gut. Ein sehr effektiver und direkter Weg, um dir meine Ansichten mitzuteilen. Du hast gerade einen kleinen Eindruck davon erhalten, was in mir vorgeht, wenn du davon sprichst, dass du es *bedauerst*, dich an mich gebunden zu haben."

"Das wollte ich damit nicht sagen! Ich bedaure es nicht, ich verspreche es!", rief sie aus, erleichtert, als der Ärger, den er aussandte, merklich abflaute.

"Wir brauchen Hilfe in dieser Sache", sagte er. "Wenn wir streiten, hat keiner von uns eine Chance, ruhig und vernünftig zu bleiben, wenn wir zusätzlich zu unseren eigenen Gefühlen auch noch die des anderen erfahren. Ich werde Valrad morgen eine Nachricht schicken und ihn ersuchen, uns sämtliche Information zukommen zu lassen, die er über diese geistige Bindung hat. Erwarte aber nicht zu viel. Du hast Vran'el gehört; da es nicht oft vorkommt, wurde auf diesem Gebiet nicht besonders viel geforscht."

Ihr verzweifelter Gesichtsausdruck entlockte ihm ein Seufzen, und er stieß sich von der Kommode ab, um sich zu ihr aufs Bett zu setzen. "Das muss nicht unbedingt eine Bürde sein, Liebste. Wir können Dinge auf eine Art und Weise miteinander teilen, die andere Menschen so nie erleben können. Die Schwierigkeit liegt einfach darin, dass wir erst lernen müssen, wie wir damit umgehen. Der Vorteil ist allerdings, dass es scheint, als würden nur starke Gefühle übertragen werden. Das ist eine ziemliche Erleichterung. Wir werden herausfinden müssen, ob Entfernung irgendeine Auswirkung auf die Stärke der Empfindungen hat. Vielleicht gibt es sogar eine Möglichkeit, ihre Wirkung zu reduzieren."

Sie hob ihr Gesicht und nickte unglücklich. "Das wäre gut, ja. Dein Ärger gerade eben hätte mich beinahe in die Knie gezwungen. Meine Güte, ich hoffe, dass das auch mit positiven Gefühlen funktioniert."

"Das tut es", nickte er. "Ich habe deine Schadenfreude über die Überraschung des Königs gespürt, als ich ihm von meiner Adoption durch Haus Aren erzählte."

Sie lachte zittrig. "Wenn man das als positives Gefühl bezeichnen möchte…"

Er lächelte. "Ich habe auch deine Freude darüber wahrgenommen, als deine Freunde bei unserer Rückkehr auf dich gewartet haben."

Als sie zurückdachte, weiteten sich ihre Augen. "Dieses Gefühl von Bedauern, das ich nicht so richtig einordnen konnte… das warst du, nicht wahr? Warum?"

Es schien also, als würde das Band ihn ebenfalls dazu bringen, mehr von sich preiszugeben, als er es sonst getan hätte, sinnierte er. "Als ich sah, wie du empfangen wurdest, und das nachdem wir von einem Ort zurückkehrten, wo ich zum ersten Mal seit langer Zeit freundschaftlichen Umgang mit anderen Menschen gepflegt habe, wurde mir klar, dass ich hier nicht gerade als besonders gesellig bekannt bin."

Sie blinzelte und dachte kurz nach. "Die Menschen hier sind zum Großteil entweder eingeschüchtert oder haben Angst vor dir. Genau wie ich selbst vor nicht allzu langer Zeit. Ich schätze, dass es hier nicht gerade einfach für dich sein kann, Kontakte zu pflegen", räumte sie ein. "Komisch, ich hätte nicht gedacht, dass dich dieser Umstand besonders kümmert."

Er schüttelte den Kopf. "Interessanterweise dachte ich das auch nicht." Er ergriff ihre Hand und drückte sie. "Siehst du? Der intime Aspekt des Bandes funktioniert bereits."

"Ja", lächelte sie, "und ich bin froh zu sehen, dass es zur Abwechslung einmal nicht nur mich allein betrifft. Unsere üblichen Diskussionen über persönliche Dinge sind in der Regel eher einseitig und enden damit, dass du mich analysierst. Vielleicht wird es eine Erleichterung für mich sein, dass das von nun an in beide Richtungen geht." Dann fügte sie zögernd hinzu: "Es wird also ab jetzt wirklich unmöglich sein, Geheimnisse vor dir zu bewahren, nicht wahr? Wenn ich mich schuldig fühle, weil ich dir etwas verheimliche, dann wirst du das sofort bemerken."

"Darauf zähle ich", sagte er mit einer hochgezogenen Braue. "Das ist eine Sache, die ich dir nun schon seit einiger Zeit abzugewöhnen versuche. Obwohl ich zugeben muss, dass du in Takhan bereits erste Anzeichen der Besserung gezeigt hast."

"Welch hohes Lob", murmelte sie. Dann kam ihr ein Gedanke, und sie kniff die Augen zusammen. "Du hast mich auf dem Schiff eine Stunde zu früh geweckt, um damit zu experimentieren, habe ich Recht? Du hast mich absichtlich leiden lassen, damit du deinen Verdacht bestätigen konntest! Du wusstest es zu diesem Zeitpunkt bereits!"

Er lächelte entschuldigend. "Würde es dich trösten, wenn ich dir sage, dass ich mit dir leiden musste?"

"Nein", knurrte sie, dann zuckte sie die Achseln. "Nun, ein wenig. Wie sehr musstest du leiden?"

"Schrecklich", erwiderte er aufrichtig. "Als ob mein leerer Magen drauf und dran war, sich ständig zu übergeben, ohne dass etwas anderes als bittere Flüssigkeiten da waren, die in meinem Hals brannten."

Nachdenklich betrachtete sie ihn, dann nickte sie. "In Ordnung, das ist angemessen. Wie gehen wir mit diesem Geistesband nun um? Starke Gefühle zu vermeiden wird sich wohl etwas schwierig gestalten."

"Ich bin es gewohnt, damit umzugehen, aber wie ich gesehen habe, musst du dich daran erst gewöhnen. Du hast schon Schwierigkeiten damit, deine eigenen Gefühle unter Kontrolle zu halten, also könnte es sich als große Belastung für dich erweisen, dass du nun auch meine wahrnimmst."

Sie schluckte. "Was ist, wenn es keine hilfreichen Bücher darüber gibt, wie man damit umgeht?"

"Dann, meine Liebste", meinte er und küsste ihre Hand, "wird sich deine enorme Begabung in der Kategorie der Entdecker zweifellos als nützlich erweisen. Du wirst die einzigartige Gelegenheit haben, zu experimentieren und damit Fachwissen zu einem Gebiet zu schaffen, das dir in beiden Ländern zu Ruhm und Ehre verhelfen wird."

Er lächelte, als er einen Funken Interesse in ihren Augen aufblitzen sah.

KAPITEL 2

Zurück an die Arbeit

Enric hielt ihre Hand in seiner, während sie auf ihrem Weg zum Heilergebäude durch die Straßen von Anyueel spazierten. Er war erleichtert, dass sie die für sie zweifellos erschütternden Neuigkeiten verhältnismäßig gut aufgenommen hatte. Er hatte über seinen eigenen Standpunkt zu dieser unerwarteten Entwicklung nachgedacht und war etwas besorgt, wie sie beide damit umgehen konnten, ohne sich mit unzumutbaren Nachteilen herumplagen zu müssen. Aber alles in allem betrachtete er es keinesfalls als den Fluch, für den Eryn es zu halten schien.

"Müssen wir Lord Tyront davon erzählen?", unterbrach sie mit ihrer Frage seinen Gedankengang. Ihr Verstand befasste sich also ebenfalls mit dieser Angelegenheit. "Er war über deine Adoption ebenso unerfreut wie der König. Und anders als der König, hat ihm die Sache mit dem Kommitmentband überhaupt nicht gefallen. Wie nannte er es? *Mit Magie herumspielen, für die uns das Verständnis fehlt?*" Bei der Erinnerung an die üble Laune ihres Vorgesetzten verzog sie das Gesicht. Sie beneidete Enric nicht um die Pflicht, ihm heute bei der Ratsversammlung erneut zu begegnen.

"Damit sollten wir wohl noch eine Weile warten", seufzte er. "Er muss erst einmal mit den Neuigkeiten klarkommen, die wir ihm bisher offenbart haben. Wir vermeiden es im Moment wohl besser, seine angeschlagenen Nerven zu überfordern."

"Gut. Ich glaube nicht, dass ich in nächster Zeit noch einmal mit ihm zu tun haben will."

"Gib ihm etwas Zeit, um sich mit der neuen Situation abzufinden. Obwohl er kein großer Freund von Überraschungen ist, braucht er nicht lange, um sich an sie anzupassen. Seine schlechte Laune dauert in der Regel nur kurz an." Er hielt an, als sie das Heilergebäude erreichten. "Wir sind da. Willst du schon voller Ungeduld zurückkehren und deinen Kollegen zeigen, welche erstaunlichen neuen Dinge du gelernt hast?", lächelte er und küsste sie auf die Stirn.

"Das wäre fabelhaft", nickte sie. "Aber ich befürchte, dass es vorher noch einiges an Arbeit zu erledigen geben wird. Zum Glück ist heute kein Behandlungstag. Nicht, dass ich mit besonders viel Ruhe und Frieden rechne. Ich sorge mich ein wenig wegen der Dinge, die Plia gestern angedeutet hat, bevor wir zum Treffen mit dem König aufgebrochen sind."

"Wie schlimm kann es sein? Das Gebäude steht immerhin noch. Kein verärgerter Mob hat es geplündert oder niedergebrannt.

"Sehr witzig", knurrte sie und wollte gerade einen der beiden großen Türflügel aufziehen, als sie sich sanft zurück und in eine warme Umarmung gezogen fühlte.

"Sieh zu, dass du heute nicht zu lange arbeitest. Du sollst fit genug sein, um an einem Experiment teilzunehmen."

Sie hob beide Augenbrauen. "Welches Experiment?"

"Mit dem Geistesband. Es geht darum, wie intensivere positive Gefühle übertragen werden."

Ihre Augen verengten sich. "Drückst du dich so kunstvoll aus, um die Tatsache zu verbergen, dass es hier um Sex geht?"

Mit einem leisen Lachen schüttelte er den Kopf. "Ich wundere mich, dass du überhaupt fragen musst. Natürlich geht es darum." Er beugte sich zu ihr hinab, um ihr einen schnellen Kuss auf die Lippen zu drücken und wandte sich dann ab, um seinen Weg zum Palast fortzusetzen. Nach ein paar Schritten drehte er sich halb um und hob einen Finger. "Komm zu einer zivilisierten Zeit nach Hause, hörst du?"

Sie verdrehte die Augen und sah dann auf die Symbole auf ihrem Handgelenk hinab, die alle paar Schritte, die er sich von ihr entfernte, immer weiter verblassten. Als er um die nächste Ecke bog, verschwanden sie vollkommen.

Als sie ihre Hand hob, um die Tür aufzuschieben, wurde sie von innen geöffnet, und sie sah ein vertrautes Gesicht vor sich. Rolan.

"Lady Eryn", seufzte er, und sie blinzelte bei der Erleichterung in seiner Stimme. "Ich bin so froh, dass Ihr zurück seid. Wirklich froh."

"Rolan", meinte sie mit einem unsicheren Lächeln. "Es ist gut, zurück zu sein." Rolan war glücklich darüber, sie zu sehen? Das war ziemlich sicher kein gutes Zeichen. "Möchtest du mir sagen, was das Problem ist oder sollte ich mich dafür hinsetzen?", sagte sie mit einem leicht ironischen Lächeln.

Er errötete. "Hinsetzen wäre wohl besser. Mit einem netten, warmen Getränk."

"So schlimm?", seufzte sie.

Darüber schien er ein paar Augenblicke lang nachzudenken, bevor er mit den Schultern zuckte. "Wisst Ihr, jetzt wo Ihr zurück seid, bin ich mir da nicht mehr so sicher." Seine Stimme klang überrascht. "Interessant."

In der Tat, dachte sie, sagte es aber nicht laut. Es schien als ob seine Zuversicht, dass sie eine Lösung parat hatte für welche Katastrophen auch immer eingetreten waren, für ihn ebenso überraschend kam wie für sie. Das musste ein Zeichen für Vertrauen sein, nicht wahr? Oder vielleicht einfach nur Verzweiflung. Nun, das würde sie bald genug herausfinden.

Sie sah sich unauffällig um, während sie Rolan zu der kleinen Küche folgte, um sich ein Getränk zu holen. Alles wirkte sauber, unbeschädigt und so, wie es sein sollte. Ihr Assistent wartete, bis sie eine Tasse mit Wasser gefüllt, einen Löffel mit fein gemahlenen Kräutern eingerührt und die Mischung mit einer Berührung ihres Fingers und ein wenig Magie erhitzt hatte, bevor er ihr voran die Treppen hinauf und zu ihrem Arbeitszimmer ging, um ihr die Tür aufzuhalten.

Wiedersehensfreude in Kombination mit beinahe erdrückender Zuvorkommenheit? Jetzt wurde es langsam so richtig schaurig, dachte sie.

Ihr Arbeitszimmer sah nicht besonders chaotisch aus, entschied sie. Nach einer Abwesenheit von mehr als sechs Wochen war es etwas unaufgeräumter - mit Papieren, die herumlagen - als sie es hinterlassen hatte, aber nichts, das ihr einen Schock versetzte oder sie zurückschrecken ließ.

Sie ging zu ihrem Tisch und stellte die Tasse darauf ab, bevor sie sich in den Sessel sinken ließ, ausatmete und zufrieden lächelte.

"Jetzt bin ich zurück. So richtig." Sie bedeutete Rolan, sich ebenfalls zu setzen. "Also gut - schockiere mich. Was ist alles schiefgelaufen?"

"Vern", sagte ihr Assistent bedächtig.

"*Vern* ist schiefgelaufen?", fragte sie sanft nach.

Rolan dachte kurz nach, dann kam er offenkundig zu dem Schluss, dass der Ausdruck passend war. "Ja, ich denke, so könnten wir es nennen."

"Also gut", sagte sie langsam, "könntest du hierzu ein wenig mehr sagen? Ein paar mehr Details wären hilfreich."

"Er kam mit den anderen Heilern nicht besonders gut zurecht", erklärte ihr Assistent.

"Was meinst du damit? Heraus damit, Rolan! Das ist richtig mühsam!", rief sie ungeduldig aus.

Unglücklich verzog er das Gesicht. "Vern scheint gewisse tyrannische Qualitäten entwickelt zu haben. Die Heiler waren kurz davor, offen gegen ihn aufzubegehren. Ich hatte schon Angst, dass ich hier bald allein mit einem Haus voller Patienten dastehen würde und die Heiler die Arbeit verweigern."

Ein Tyrann? Vern? Nun, sinnierte sie, wenn sie davon ausging, wie er sich bei den Verhandlungen verhalten hatte, war das womöglich nicht so unwahrscheinlich. Da gab es definitiv eine diesbezügliche Neigung diese Richtung.

"Ich verstehe. Was war deiner Ansicht nach der Grund für solch ein Verhalten?"

"Jugend. Mangel an Erfahrung. Idiotie." Rolan rang die Hände. "Ich weiß es nicht!"

"Denk nach", sagte sie sanft. "Ich brauche einen neutralen Standpunkt. Sag mir, was du denkst."

"Eine Stimme der Vernunft", murmelte er und schüttelte den Kopf. "Das scheint mir Luxus bei all dem Durcheinander, das wir hier in den letzten Wochen hatten." Er räusperte sich und blickte wieder auf. Mit Erleichterung sah sie, dass in seinen Augen nun weniger Verzweiflung und mehr Fokus erkennbar waren.

"Er war mit der Doppelbelastung überfordert, einerseits eine Gruppe mit Leuten anzuführen, die wesentlich älter waren als er selbst und bei denen er darum kämpfen musste, ernstgenommen zu werden, und andererseits in seiner anderen Funktion noch zu heilen und zu unterrichten. Er hat lange Nächte hier verbracht und sich um den Papierkram gekümmert, ist zuweilen darüber verzweifelt", erklärte er, das Mitgefühl in seiner Stimme klar erkennbar.

"Wie bist *du* mit ihm zurechtgekommen?"

"Gut genug. Ich habe versucht, ihm so viel abzunehmen, wie ich konnte, aber meine eigene Erfahrung, wenn es darum geht, Leute anzuführen oder zu heilen und unterrichten, ist nicht eben erwähnenswert. Das Einzige, womit ich ihn unterschützen konnte, waren die Schreibarbeiten." Er seufzte. "Und auch damit, ihn aus dem Schutzraum herauszulassen, als sie Tür blockierten, während er noch drin war."

"Sie?", fragte sie. "Die Heiler?"

Rolan nickte.

"Was haben sie sonst noch getan?" Sie spürte Ärger in sich aufsteigen über die Dämlichkeit Erwachsener, die einen jungen Mann, dem sie einige Jahre voraus waren, piesackten, anstatt ihm ihre Unterstützung angedeihen zu lassen.

"Absichtlich falsch verstandene Anweisungen, soweit ich das mitbekommen habe. Versteckte Kleider. Verschlossene Arbeitszimmertür. Zweimal."

Eryn schloss die Augen und dämpfte den Drang nieder, jemandem wehzutun. Als sie sie wieder öffnete, war der Ausdruck darin stählern. "In Ordnung. Sag mir, was er getan hat, um diese Dinge zu provozieren. Normalerweise sind sie nicht dermaßen dumm."

"Er schrie sie häufig an. Ließ sie länger bleiben, gab ihnen mehr zu lernen, als sie bewältigen konnten. Es scheint, dass er einen etwas zügigeren Lernfortschritt gewohnt ist."

Ja, dachte sie, und sie hatte es stets den Vorteil genutzt, dass er klug, interessiert und ein sehr schneller Lerner war. Hatte sie ihn unabsichtlich dazu ermutigt, dass er dachte, das sei die Art und Weise, wie auch jeder sonst unterrichtet werden sollte? So schien es wohl.

"Zuerst versuchten sie, mit ihm zu reden", setzte Rolan fort. "Aber sie stellten Forderungen, worauf er nicht besonders gut reagierte."

Sie dachte zurück an Verns Umarmung. Die Panik in seiner Stimme, als er ihr sagte, dass er Angst gehabt hatte, dass man sie nicht mehr aus Takhan abreisen lassen würde. Offensichtlich steckte da etwas mehr dahinter, als dass er sie einfach nur als Freundin vermisst hatte.

"Meine Güte", seufzte sie. "Es sieht also so aus, als würde ich damit anfangen müssen, diese Kluft zu reparieren. Sie müssen in der Lage sein, wieder professionell miteinander zu arbeiten. Und Vern ist ihnen noch immer weit genug voraus, um sie gelegentlich zu unterrichten oder zumindest ihre Arbeit zu überwachen. Ich muss sie dazu bringen, dass sie einander wieder respektieren. Irgendwelche Vorschläge?"

Rolan setzte sich etwas aufrechter hin. Ihr entging nicht, dass er es sehr schätzte, nach seiner Meinung gefragt zu werden. Sie versuchte sich zu erinnern. Hatte sie sich niemals zuvor die Mühe gemacht, ihn zu fragen? Es schien, als ob Verns Führungsansatz nicht der einzige war, der eine Kurskorrektur erforderte, dachte sie.

"Ich denke, was beiden Seiten in den letzten Wochen gefehlt hat, ist Wertschätzung", wagte er sich vor und wartete auf ihre Reaktion.

"Wertschätzung? Ihnen also sagen, dass sie gute Arbeit geleistet haben?"

Er nickte. "So in der Art, ja."

"Gut, das bekomme ich hin." Sie trank die Tasse aus. "Hast du irgendwelche Informationen betreffend Trainingsfortschritt, Inventar und Behandlungen für mich?"

Zum ersten Mal seit ihrer Ankunft sah sie ihn lächeln und konnte nicht anders, als den Anblick genießen. Nicht ein einziges Mal hatte er es in der Zeit ihrer Zusammenarbeit bisher versäumt, ein Blatt Papier mit Listen, Zahlen oder was auch immer sonst darauf vorzulegen. Das war es, worin er gut war. Nun würden sie sich *seinem* Fachgebiet zuwenden.

* * *

Eryn war gerade damit fertig, den Bericht über die Art und Mengen der Medizin, die den Patienten während ihrer Abwesenheit verabreicht worden war, durchzulesen, als es an ihrer Tür klopfte. Auf ihre Einladung hin trat eine Palastwache in Livree ein.

Oh nein, dachte sie. Bloß keine Vorladung vom König oder dem Rat. Nicht jetzt, wo es so vieles gab, um das sie sich zu kümmern hatte. Jedoch schien er keine schriftliche Nachricht bei sich zu tragen, also war er zweifellos hier, um sie anzuweisen, mit ihm zu kommen.

Bevor er sprechen konnte, seufzte sie: "König oder Rat?"

Der Bote blinzelte. "Der Rat der Magier, Lady Eryn."

"Jetzt gleich oder habe ich noch Zeit, vorher ein paar Dinge zum Abschluss zu bringen?"

Er verzog mitfühlend das Gesicht. "Jetzt sofort, befürchte ich."

Sie schob ihren Stuhl zurück. "Aber natürlich. Was denn sonst? Dann geh voraus. Ich schätze, dir wurde aufgetragen, nicht ohne mich von hier wegzugehen."

Er nickte und wartete, bis sie ihre Robe übergezogen und zurechtgerückt hatte, bevor er vor ihr die Stufen hinabstieg.

Enric hatte sie gewarnt, dass man sie bald sehen würde wollen, aber sie hatte gehofft, dass er sich für den Moment allein um das, was auch immer sie brauchten oder wissen wollten, kümmern konnte. Bei allem, was Handel oder Politik betraf, wäre er auf jeden Fall der Richtige, um ihre Neugier zu befriedigen. Sie hielt an und atmete aus. Aber einen Bereich gab es, wo sie die Ansprechpartnerin war. Heilung und alles in Verbindung damit. Natürlich. Sie wollten über die Barriere in ihren Köpfen sprechen. Das war die wahrscheinlichste Erklärung.

Der Bote drehte sich zu ihr um und wartete geduldig, bis sie weiterging. Als sie die Türen der großen Ratshalle erreicht hatten, verbeugte er sich vor ihr und verschwand. Sie klopfte dreimal, woraufhin die Tür augenblicklich geöffnet wurde. Sie trat ein und stand sofort im Mittelpunkt der Aufmerksamkeit sowohl der zwölf Ratsmitglieder als auch eines exaltierten Besuchers in diesen Hallen: des Königs.

Der Rat saß um den weitläufigen Tisch herum, der Stuhl des Anführers des Ordens ein wenig aufwändiger gearbeitet als die der anderen. Der Thron des Königs stand abseits, als ob er in diesen Hallen nur die Rolle eines Beobachters einnahm.

Zwölf Mitglieder, sinnierte sie. Genau die gleiche Anzahl wie die der Häuser in Takhan. Es war das erste Mal, dass ihr dieser Zufall auffiel. Seltsam, mit welchen Dingen der Verstand aufwartete, wenn er der unmittelbaren Realität entfliehen wollte. Sie wusste, dass sie nicht in Schwierigkeiten war, und doch war es nicht besonders angenehm, vor dem Rat und dem König zu stehen.

"Meine Herren", sprach sie, bevor jemand die Chance hatte, sie anzusprechen, "hier bin ich. Halten wir das hier kurz, in Ordnung? Wie Ihr Euch zweifellos denken könnt, gibt es da jede Menge Arbeit, um die ich mich nach meiner Rückkehr kümmern muss."

Sie sah, wie ein paar von ihnen belustigte oder verärgerte Blicke austauschten. Orrin hob eine Braue, eventuell eine Warnung, während Enric leicht amüsiert wirkte und Lord Tyront ihr einen Blick zuwarf, der zwar nicht gerade feindselig, aber definitiv wenig herzlich war. Die Miene des Königs war so unergründlich wie auch sonst in der Regel.

Vielleicht war es nicht besonders ratsam gewesen, den Gruß so zu formulieren, überlegte sie. Andererseits war es auch nicht gerade rücksichtsvoll gewesen, sie so kurzfristig herzubeordern. Soweit es sie betraf, waren sie nun quitt.

"Lady Eryn", sagte Tyront pointiert, "erlaubt mir, Euch im Namen des Rats wieder unter uns willkommen zu heißen, selbst wenn unsere Aufforderung, zu uns zu kommen, Euch im Augenblick eher ungelegen zu kommen scheint."

Sie zuckte mit den Schultern. "Ich danke Euch. Solange das hier nicht zu viel Zeit in Anspruch nimmt, werden sich die Unannehmlichkeiten in Grenzen halten, würde ich sagen." Bescheuert, schalt sie sich. Was hatte dieser Mann nur an sich, dass sie ihn ständig provozieren wollte? Sie dachte zurück an die Worte des Königs vom Vorabend darüber, dass ihr Aufenthalt in der Fremde ihre Einstellung Autorität gegenüber nicht verändert hatte.

Tyront nahm einen tiefen Atemzug und lächelte sie kühl an. "Dann wird der Rat sein Bestes tun, um Eure wertvolle Zeit nicht ungebührlich zu verschwenden, Lady Eryn."

Darauf antwortete sie nicht, sondern wartete nur, dass er fortfuhr. Die Aussage mochte harmlos scheinen, aber sein Tonfall zeigte eindeutig, dass er alles andere als glücklich war, also war es wohl weiser, ihre Zunge für den Moment im Zaum zu halten und sich darauf zu beschränken, nur dann zu sprechen, wenn sie angesprochen wurde. Eine Strategie, deren Vorteile Enric ihr nun schon seit einer Weile ans Herz zu legen versuchte.

"Ihr könnt Euch womöglich denken, weshalb wir Euch rufen ließen", setzte er fort. Sie bemerkte, dass er ihr keinen Sitzplatz anbot. Kleine Vergeltungsmaßnahmen. Also musste sie dort stehen, als wäre sie eines Vergehens angeklagt. Es erinnerte sie an den Tag, als sie und Vern in seinem Arbeitszimmer gestanden hatten, nachdem ihre ungenehmigten Unterrichtsstunden in magischem Kampf aufgeflogen waren. Und an den Senat in Takhan, wo sie während des Verfahrens vor den Repräsentanten der Häuser stehen hatte müssen. Sie schob die Bilder zur Seite und konzentrierte sich auf das Hier und Jetzt.

"Ich gehe davon aus, dass Ihr mit mir über die Barriere in Euren Köpfen reden wollt", wagte sie sich vor. Sie sah, wie Tyront leicht überrascht nickte. Also hatte er nicht damit gerechnet, dass sie den Grund tatsächlich vermutete und wollte sie als Bestrafung für ihr Verhalten schlecht aussehen lassen. Charmant. Enrics zustimmendes Grinsen war kaum mehr als eine Andeutung, aber für das geschulte Auge klar erkennbar.

"In der Tat. Soweit ich das verstehe, wurde Euch das Wissen gewährt, wie sich die Barriere aufspüren und entfernen lässt. Euch wurde zudem gezeigt, wie es gemacht wird von…" Er hielt inne, offensichtlich nicht sicher, wie er die Familiensituation bezeichnen sollte, in der sie sich nach ihrer Adoption befand.

"Von Valrad", vervollständigte sie seinen Satz. "Ja. Er war so freundlich, mir zu zeigen, wie es geht, indem er mich bei der Entfernung von Enrics Barriere instruierte."

Sie sah, wie sich ein breites Lächeln auf Lord Woldarns Gesicht ausbreitete. "Dann haben wir nun zwei Magier, die in der Lage sind, magisch begabte Töchter zu zeugen. Und wie günstig, dass sie auch noch Gefährten sind."

Eryn starrte ihn kühl an. "Euer Eifer, diese neue Entwicklung mit offenen Armen zu begrüßen, ist verständlich, mein Lord, aber ich versichere Euch, dass ich nicht die Absicht habe, eine Großfamilie zu starten, um in dieser Angelegenheit den Wünschen anderer entgegenzukommen."

"Verzeiht", sagte er beschwichtigend und hob beide Hände, "das wollte ich damit nicht sagen, Lady Eryn, seid versichert. Ich meinte nur, dass, egal wie viele Kinder Ihr und Lord Enric zu haben beabsichtigt, wir uns alle darauf freuen, ihre Entwicklung zu verfolgen - *besonders*, falls es darunter Mädchen gibt."

Enric schloss für einen Moment die Augen. Darauf würde es ebenfalls keine besonders wohlwollende Antwort geben, und er bezweifelte, dass Tyront in der Laune war, im Moment noch weitere Unverschämtheiten von ihrer Seite in Kauf zu nehmen. Deshalb erhob er seine Stimme, bevor Eryn darauf antworten konnte.

"Lord Woldarn, ich schätze Euer Interesse an unseren Fortpflanzungsplänen sehr, würde aber meinen, dass dies hier kaum das richtige Umfeld für solch eine Diskussion ist", kommentierte er trocken und ließ keinen Zweifel daran, dass er es keineswegs schätzte.

Das brachte ihm ein paar Lacher ein, und Lord Woldarn lehnte sich mit verschränkten Armen und einem missmutigen Gesichtsausdruck zurück.

"Lady Eryn", kehrte Lord Tyront wieder zum ursprünglichen Thema zurück, "wir haben Euch rufen lassen, um Euch über unsere Entscheidung zu informieren, dass Ihr die Barriere in den Köpfen sowohl von Magiern als auch Nichtmagiern entfernen sollt, sobald es Euch möglich ist."

Sie schluckte. "Bei allen?"

"Vorzugsweise, ja. Ich stelle mir vor, dass dies einige Zeit in Anspruch nehmen wird, die Ihr lieber auf andere Angelegenheiten verwenden würdet, aber Ihr werdet sicher verstehen, dass dies bald erledigt werden sollte", zeigt er auf.

Eryn atmete aus und nickte. "Das tue ich, ja. Allerdings weiß ich nicht, wie lange ich dafür brauchen werde, jede einzelne Barriere zu entfernen. Ich habe das bisher erst einmal gemacht, und dabei hatte ich Hilfe. Wie soll das funktionieren? Soll ich an jede Tür klopfen und den Leuten sagen, sie sollen mich einen Blick in ihren Kopf werfen lassen? Was ist, wenn sich jemand weigert? Nicht jeder fühlt sich damit wohl, jemand Fremden Dinge in seinem eigenen Kopf tun zu lassen, die er nicht versteht", wies sie hin.

"Es wird einen königlichen Befehl geben, dem sich die Leute fügen werden", steuerte ein weiteres Ratsmitglied bei.

Ungläubig schüttelte sie den Kopf. "Wirklich? Wir zwingen sie dazu? Oder Ihr wollt *mich* dazu bringen, sie zu zwingen? Was soll ich denn machen, wenn sie sich rundheraus weigern? Ihnen eins überziehen und dann ohne ihre Zustimmung fortfahren?" Sie verschränkte die Arme. "Das widerspricht den Prinzipien des Heilerberufs. Ich habe nicht die Absicht, diesen Befehl irgendjemandem aufzuzwingen, der nicht zustimmt. Weiters werde ich meinen Heilern nicht zeigen, wie es gemacht wird, falls Ihr beabsichtigt, sie an meiner statt unter Druck zu setzen." Mit trotzig erhobenem Kinn blitzte sie die Ratsmitglieder an.

Enric sah, wie Tyront bei der unverfrorenen Verweigerung eines königlichen Befehls erblasste, besonders da derjenige, der ihn erlassen hatte, anwesend war. Sie waren noch nicht einmal einen ganzen Tag lang zurück, und schon war sie wieder dabei, sich Ärger einzuhandeln. Diese Frau hatte wirklich ein Talent dafür. Es war allerdings ein Pech für den Orden und den König, dass sie einen erheblichen Vorteil auf ihrer Seite hatte. Wenn sie sich weigerte, die Barriere zu entfernen, hatten sie niemanden sonst, der es tun würde oder konnte. Und einen Heiler aus den Westlichen Territorien anzufordern, der sich darum kümmern sollte, weil Eryn es ablehnte, würde gar nicht gut aussehen. Dann war da auch noch die Frage, ob man sich dort unter diesen Umständen ebenfalls weigern würde. Es konnte sehr gut sein, dass man dort beim Heilen die gleichen Prinzipien zur Anwendung brachte, denen Eryn folgte.

Alle sahen auf, als sie die ruhige Stimme des Königs vernahmen.

"Lady Eryn. Ich darf Euch versichern, dass niemand beabsichtigt, die strengen ethischen Grundsätze zu verletzen, die Ihr für Eure Arbeit als notwendig erachtet. Ich bin sicher, dass wir uns gerade deswegen alle sicherer dabei fühlen, uns in Eure fähigen Hände zu begeben. Welche Herangehensweise würdet *Ihr* in dieser Angelegenheit als angemessen erachten, meine Lady?"

Gut, überlegte Enric, es schien, als wäre der König zum gleichen Schluss gelangt. Aber das war keine große Überraschung. Er hatte eine gewisse Begabung dafür, schnell zu reagieren.

Enric beobachte Eryn, wie sie einen Moment lang die Möglichkeiten abwog, bevor sie sich an den König wandte. "Ich schlage vor, die Entfernung der Barriere freiwillig zu machen, Eure Majestät. Wenn wir bekannt machen, dass die dies vollkommen gefahrlos erfolgt und wir den wahrscheinlichen Vorteil betonen, dass weibliche Magier geboren werden könnten, könnte das den Großteil der Menschen dazu veranlassen, zuzustimmen. Die Leute könnten zur Klinik kommen, um die Entfernung vornehmen zu lassen. Es könnte auch sein, dass ein Steuererlass für dieses Jahr helfen könnte, sie zu überzeugen…"

Der König zog eine Braue hoch. "Ein faszinierender Vorschlag, den ich auf jeden Fall in Betracht ziehen werde. Ihr habt Euch also entschieden, die Stätte *Klinik* zu nennen?"

Hatte sie das? Sie dachte kurz nach und erkannte dann, dass es stimmte. "Ja, es scheint, als hätte ich das", sagte sie langsam.

"Allerdings nicht ganz bewusst, wie es scheint", bemerkte der König. "Ein Begriff, den ihr zweifelsohne von unseren neuen Freunden im Westen übernommen habt." Er sah die Ratsmitglieder an. "Ich gehe davon aus, dass der Rat der Magier keinen Einwand dagegen hat, die Barriere seiner Mitglieder so bald wie möglich entfernen zu lassen?"

Köpfe wurden geschüttelt.

"Wie Ihr seht, Lady Eryn, müssen die anwesenden Magier nicht genötigt werden. Darf ich es Euch somit auferlegen, dies gleich hier und jetzt zu erledigen? Lasst mich der Erste sein, bei dem Ihr es durchführt, um als gutes Beispiel voranzugehen."

Sie schluckte und nickte, nicht sicher, wie sie fortfahren sollte. Sollte sie sich dem Thron nähern? Benötigte sie dafür eine Einladung? War das gerade eben eine gewesen?

König Folrin erhob sich und bedeutete ihr näherzutreten. "Wo müsst Ihr mich dafür berühren, Lady Eryn?"

"Irgendwo an Eurem Kopf wäre gut. Die Stirn beispielsweise", antwortete sie und ging die paar Schritte auf ihn zu, bis sie direkt vor ihm stand.

"Zieht Ihr es vor, dabei zu sitzen oder zu stehen?", erkundigte er sich weiter.

"Da ich nicht sicher bin, wie lange es dauern wird, wäre es mir lieber, dabei zu sitzen, wenn das in Ordnung ginge."

"Aber natürlich", nickte der König höflich und ergriff ihre Hand, um sie zu einer kleinen Bank vor einem der vielen Fenster zu führen. Die war kaum breit genug, um zwei Leuten Platz zu bieten, bemerkte sie mit leichtem Unbehagen. Sie waren also wieder zurück bei seinen Spielchen, wie es schien. Allerdings bezweifelte sie, dass es besonders klug von ihm war, ihr Unbehagen zu vermitteln, während sie im Inneren seines Kopfes arbeiten sollte, ohne dort irgendwelchen Schaden anzurichten.

Er wartete darauf, dass sie Platz nahm und setzte sich dann ein wenig näher zu ihr, als nötig gewesen wäre, bevor er ihre Hand nahm und sie auf seine Stirn legte.

"Ich bin bereit, wenn Ihr es seid, meine Lady."

Sie nickte und schloss die Augen, sich seines Blicks auf ihr nur zu bewusst. Sie kämpfte die Nervosität nieder und fand diesen Ort des Friedens und der Stille in sich. Erst dann ließ sie die Magie ihren Arm entlang und von ihrer Handfläche in seinen Schädel fließen. Da dies nun bereits das dritte Mal war, dass sie danach suchte, fand sie den Punkt einigermaßen rasch. Es schien umso einfacher zu werden, je öfter sie es tat. Genau wie Valrad sie angewiesen hatte, ließ sie, indem sie Magie zuführte, die Größe der Barriere langsam und vorsichtig anwachsen, bis sie aufgelöst werden konnte, ohne beim umliegenden Gewebe irgendwelche Schockreaktionen auszulösen.

Als sie die Augen wieder öffnete, war der nervenaufreibende Blick des Königs noch immer auf sie gerichtet. Sie nickte und entfernte ihre Hand von seiner Stirn. "Es ist vollbracht. Die Barriere in Euch ist nun beseitigt."

König Folrin lächelte beifällig. "Gut gemacht." Dann stand er auf und wandte sich an den Rat.

Tyront hatte sich bereits von seinem Stuhl erhoben. Er wusste immerhin, was von ihm erwartet wurde. "Ich bin der Nächste." Er kam mit forschen Schritten auf sie zu und nahm den Platz ein, den der König gerade eben geräumt hatte. Seine Haltung war so ruhig und selbstbewusst wie immer, aber sie sah die Warnung in seinen Augen. Es sah also so aus, als wäre ihm nicht ganz wohl bei dem Gedanken, ihr Zugriff zu seinem Kopf zu erlauben.

"Sorgt Euch nicht, Lord Tyront", sagte sie so leise, dass nur er sie hören konnte. "Ich verspreche, es wird nicht wehtun. Ich werde mich benehmen; keine Alpträume oder Bilder von riesigen Katzen, die Euch durch die Straßen jagen."

Er erwiderte nichts darauf, sondern zog nur eine Braue hoch, als sie ihre Hand hob, um sie auf seine Stirn zu legen.

*　*　*

Tyront gesellte sich zu seinem Stellvertreter, der an eine Säule gelehnt stand, während er seine Gefährtin auf der kleinen Bank dabei beobachtete, wie sie mit vor Konzentration gerunzelter Stirn arbeitete.

"Kilan sagte uns, dass ihre Familie in den Westlichen Territorien für ihre Unbeherrschtheit berüchtigt ist", bemerkte er. "Wie bedauerlich, dass nicht jemand mit mehr Sanftmut seinen Weg hierher gefunden hat."

Enric lächelte nur. Es schien, als hätte Tyront, genau wie Enric erwartet hatte, seinen Ärger über die Neuigkeiten der Adoption vom Abend zuvor überwunden.

"Ich muss sagen, dass ich mit dem, wie sich die Dinge bislang entwickelt haben, recht zufrieden bin. Außerdem musst du zugeben, dass wir von ihrem Wissen profitiert haben. Nach mehr als dreihundert Jahren werden wir wieder weibliche Magier haben. Dass wir ihr Temperament aushalten müssen, ist ein kleiner Preis dafür, würde ich sagen", merkte er an.

Tyront seufzte. "Du hast Recht, und das wissen wir beide. Allerdings schätze ich es nicht besonders, dass du die Stimme der Vernunft bist, wenn ich stattdessen einen mitfühlenden Zuhörer brauche, um meine Frustration loszuwerden, mein lieber Junge."

"*Mein lieber Junge*", wiederholte Enric mit einem leichten Kopfschütteln. "Ich bin fünfunddreißig Jahre alt. Wann wirst du aufhören, mich so zu nennen?"

"Wenn unser Altersunterschied zu schrumpfen beginnt oder du meine Position übernimmst", erwiderte Tyront selbstgefällig.

"Wenn ich deine Position übernehme? Das würde bedeuten, dass du tot wärst", strich Enric hervor.

"Das würde mich auf jeden Fall davon abhalten, dich länger mit *mein lieber Junge* anzusprechen, oder etwa nicht?"

"Es würde dich von einer Menge Dinge abhalten, würde ich meinen", entgegnete der jüngere Mann trocken.

"Sehr richtig. Aber dann ist da noch die Frage, ob du überhaupt zur Verfügung stündest, um meine Nachfolge anzutreten mit deinem neuen Status als Erbe eines Hauses in Takhan, ist es nicht so?"

Ah ja, dachte Enric grimmig - sie waren also wieder bei diesem Thema angelangt. Natürlich ließ es sich auf lange Sicht nicht vermeiden; er stand nun für zwei Positionen, die einander mehr oder weniger - schon allein aus geographischen Gründen - ausschlossen, an zweiter Stelle.

"Ich rechne nicht damit, dass ich mich in absehbarer Zukunft in diese Verlegenheit kommen werde", sagte er in dem Versuch, seinen Vorgesetzten zu besänftigen. "Ich bin zuversichtlich, dass es ausreichend Gelegenheit geben wird, um im Laufe der Zeit ein fähiges Oberhaupt für Haus Aren zu finden. Malriel ist noch keine Fünfzig, also bezweifle ich, dass sie ihre Position in nächster Zeit aufgeben wird. Oder du deine."

Das schien Tyront bis zu einem gewissen Grad zu beschwichtigen. "Das mag zutreffen. Aber wenngleich das keine Angelegenheit ist, die uns jetzt im Augenblick betrifft, bedeutet das nicht, dass wir dafür keine Lösung finden müssen. Im Moment sieht es so aus, als wäre die Nachfolge im Orden gefährdet." Sein Blick wanderte zu Eryn, die gerade an Lord Poron arbeitete. "Nummer drei", murmelte er. "Abgesehen von der Tatsache, dass sie den Orden wahrscheinlich auflösen oder in ultimatives Chaos stürzen würde, ist das nicht einmal das Hauptproblem, da du sie ohnehin mit nach Takhan nehmen würdest. Damit bleibt Lord Poron, bei dem ich mir wünschen würde, dass er ewig lebt, der aber trotzdem zwanzig Jahre älter ist als ich und mich sehr wahrscheinlich nicht überleben wird, um meine Position zu übernehmen."

"Dann also Orrin", lächelte Enric. "Nun, das wäre eine gute Wahl. Abgesehen davon, dass er sich einfach weigern würde. Er ist zu ehrlich, zu direkt für diesen politischen Tanz."

Tyront atmete hörbar aus. "Ich hoffe, du siehst, in welche Situation du mich mit deiner ritterlichen Geste gebracht hast, indem du den Platz deiner Gefährtin in ihrer alten Familie eingenommen hast, um ihre neue zu beschützen."

Enric nickte verständnisvoll. "Ich darf dich meines Mitgefühls versichern."

"Ich würde lieber hören, wie du mir versicherst, dass du eine Lösung für dieses Dilemma findest. Glaub bloß nicht, dass das allein mein Problem ist, Enric."

"Davon würde ich nicht einmal träumen. Aber es besteht immer noch die Möglichkeit eines weiteren unerwarteten Zuwachses in unseren hohen Rängen", sagte der jüngere Mann fröhlich.

"Hör bloß auf, mich aufzumuntern", knurrte Tyront. "Wenn es irgendeine Gerechtigkeit in dieser Welt gibt, werde ich mich mit so etwas kein drittes Mal herumplagen müssen." Er sah erneut zu Eryn hin. "Ist sie noch immer so entschieden dagegen, Kinder zu bekommen? Sie ist immerhin mit dir in dieses magische Band eingetreten."

"Ja, das ist sie. Und wenn ich zuvor bei Lord Woldarns Frage nicht eingegriffen hätte, hätte sie ihre Ansichten dazu ohne Zweifel in recht farbenfrohen Worten kundgetan. Denkst du darüber nach, meine Nachkommen nach Takhan zu schicken, damit sie Haus Aren übernehmen?" Er schüttelte den Kopf. "Das würde nicht ganz so einfach funktionieren. Gemäß ihren Gesetzen wären unsere Kinder Mitglieder von Haus Vel'kim. Kinder, die wir allerdings wohl niemals haben werden", fügte er in einem Tonfall hinzu, auf den hin Tyront seine Augen zusammenkniff.

"Darüber bist du nicht allzu glücklich, was?", fragte er behutsam nach.

Enric seufzte. "Ich respektiere diese Entscheidung. Und ich war mir darüber im Klaren, bevor ich das Kommitmentband mit ihr eingegangen bin. Ich beschwere mich also nicht. Es ist immerhin nicht so, als wäre ich ohne sie drauf und dran gewesen, eine Familie zu gründen. Wenn sich die Frage stellt, ob ich entweder Kinder haben werde oder Eryn behalten kann, brauche ich über die Antwort nicht einmal nachzudenken."

Der ältere Mann nickte langsam. "Ich verstehe. Wie bedauerlich, dass dies die Optionen sind."

Lord Poron trat zu ihnen und lächelte. "Ich habe es hinter mich gebracht. Es scheint, als hätte ich nun die Fähigkeit, magische Töchter zu zeugen", lachte er. "Meine Aurna wird sich sehr amüsieren, wenn sie das erfährt."

"Es ist mehr die Geste, die zählt", meinte Tyront. "Wir müssen sagen können, dass der gesamte Rat der Magier die Barriere entfernen ließ - sonst könnten wir es kaum rechtfertigen, wenn wir andere dazu anhalten, wenn es nicht jeder einzelne von uns ebenfalls tut."

Lord Poron winkte ab. "Keine Beschwerden von meiner Seite, Lord Tyront. Es war interessant mitanzusehen, obwohl Lady Eryn mir immer wieder sagte, ich solle aufhören, jeden ihrer Schritte zu verfolgen und unbequeme Fragen zu stellen, die ihre Konzentration störten."

"Nun, ich würde meinen, dass es womöglich nicht die schlaueste Idee ist, eine Heilerin abzulenken, die sich im Inneren Eures Kopfes zu schaffen macht", zeigte Enric auf. "Aber ich bin sicher, dass es mehr als genug Gelegenheiten geben wird, sich anzusehen, wie es gemacht wird, wenn sie die Barrieren im Heilergebäude entfernt."

Ihre Haltung wurde etwas aufrechter, als der König auf sie zutrat.

"Lord Enric, Ihr seid Euch gewiss über den Brauch im Klaren, dass die Krone denjenigen, die sich um das Königreich verdient machen und seinen Dank verdienen, einen Gefallen gewährt?"

Enric lächelte flüchtig. "Ich gestehe, dass ich mir dessen bewusst bin, Eure Majestät."

"Dann gehe ich weiterhin zweifellos recht in der Annahme, dass Ihr bereits etwas im Sinn habt, das Ihr mir zu diesem Zweck näherbringen wollt?"

"Da gibt es in der Tat eine Idee, die ich sehr gerne mit Euch diskutieren würde, Eure Majestät."

"Sehr gut", lächelte der König. "Dann schlage ich vor, dass wir uns bald treffen, um uns darum zu kümmern. Benötigt Ihr Zeit, um Euer Vorhaben im Detail auszuarbeiten?"

"Nein, wie es der Zufall will, ist alles vorbereitet."

"Ausgezeichnet. Ich muss sagen, dass das nicht gänzlich unerwartet kommt." Der König nickte den drei Magiern zu. "Entschuldigt mich nun. Ich muss Euch nun verlassen." Er wartete, bis sich die Magier vor ihm verbeugt hatten, bevor er sich entfernte.

"Also, was wird es denn werden?", fragte Lord Poron neugierig.

"Nichts, das ich verbreiten möchte, bevor es bewilligt wurde", meinte Enric mit einem leisen Lachen. "Das soll angeblich Unglück bringen." Er sah zu Eryn hinüber. "Es sieht so aus, als hätte sie hier noch eine Weile zu tun. Das bedeutet, dass ihre Arbeit unerledigt liegen bleibt und sie heute Abend nicht besonders entspannt sein wird. Ich gehe davon aus, dass ich sie nach Hause schleifen muss, bevor sie wieder auf ihrem Schreibtisch einschläft."

"Das ist die Kehrseite daran, wenn man mit solch einer wichtigen Frau verbunden ist, Lord Enric", lachte Lord Poron. "Der wichtigsten, die wir derzeit haben."

* * *

Eryn kehrte in ihr Arbeitszimmer zurück und ließ sich in den Sessel plumpsen. Zwei Stunden waren vergangen. Zwei Stunden, die sie wesentlich besser hätte nutzen können, als die Barrieren des Königs und der Ratsmitglieder zu entfernen. Aber zumindest hatte sie ihre Fertigkeiten durch die Übung ein wenig verbessert. Zum Ende hin war sie schon wesentlich schneller gewesen als zu Beginn. Sobald sie mit dem Letzten von ihnen fertig war, war sie mehr oder weniger aus der Ratshalle geflohen, als erste Versuche folgten, sie in Gespräche zu verwickeln.

Sie hatte gesehen, wie Enric auf einer Seite gestanden hatte und zuerst mit Lord Tyront und dann auch mit Lord Poron gesprochen hatte. Später war Orrin noch dazugestoßen. Nur kurze Zeit nach dem Entfernen von Lord Tyronts Barriere hatte sie einen überraschenden Anfall von Melancholie verspürt, der nicht von ihr gekommen war. Sie fragte sich, was die beiden Männer wohl besprochen hatten, das in ihrem Gefährten solch ein Gefühl auslöste.

Ein Klopfen ertönte an der Tür, die ihr Arbeitszimmer mit Rolans verband, und sie rief ihn zu sich. Er steckte seinen Kopf herein.

"Vern hat nach Euch gesucht. Ich sagte ihm, dass ich ihm Bescheid gebe, sobald Ihr zurück seid. Er ist jetzt in Plias Labor", berichtete ihr Assistent.

Seufzend stand sie auf. "In Ordnung, dann hole ich ihn besser. Es sieht nicht so aus, als würde ich heute irgendetwas erledigen können. Ich frage mich, warum ich dermaßen optimistisch war."

Sie trat in den Korridor hinaus und klopfte an Plias halboffene Tür.

"Plia?", rief sie aus. "Mir wurde gesagt, Vern sei hier." Als sie eintrat, sah sie, wie Plia ein Bündel getrockneter Kräuter inspizierte, das höchstwahrscheinlich von den Kräutersammlern geliefert worden war, und Vern in einem der Bücher auf dem Tisch neben ihr herumblätterte.

"Ich habe es dir ja gesagt", verkündete er dann triumphierend, "die Blüten müssen vor dem Trocknen gepflückt werden!"

Beide blickten auf, als Eryn eintrat.

"Da bist du ja!", beschwerte sich Vern. "Ich warte hier schon seit mehr als einer halben Stunde auf dich! Wo warst du nur? Ich hätte gedacht, dass du nach deiner Reise genug Arbeit hast, um nicht einfach mitten am Tag fortzulaufen!"

Sie schnaubte. "Sag das nicht mir, sondern dem Rat der Magier! Die dachten, dass jetzt eine prima Zeit wäre, um mich eine Kleinigkeit für sie erledigen zu lassen. Plia, ich hoffe, er hält dich nicht von der Arbeit ab? Wirf ihn einfach hinaus, wenn er dich nervt."

"Nein", lächelte das Mädchen, "tatsächlich hat er mir sogar sehr geholfen. Es hilft, dass er dir dabei zur Hand gegangen ist, die Bücher zusammenzustellen; er findet die Dinge darin viel schneller als ich."

Vern legte das Buch zur Seite und winkte Plia zum Abschied zu, bevor er Eryn in ihr Arbeitszimmer folgte. Sobald die Türe ins Schloss fiel, veränderte sich seine Haltung vollkommen. Er ließ seine Schultern hängen, und seine Miene wurde unglücklich und besorgt.

"Was ist los?", fragte sie sofort. "Das ist keine gute Reaktion darauf, dass du mein Zimmer betrittst."

"Ich bin hier, um mich zu entschuldigen. Ich schätze, dass du bereits das eine oder andere gehört hast. Wie ich mich um alles hier gekümmert habe, hat sich nicht gerade als großer Erfolg erwiesen", murmelte er. "Ich habe versagt."

Eryn sah ihn an und überlegte, wie damit umzugehen war. Mitgefühl würde sie im Augenblick bei ihm nicht weiterbringen. Sein Selbstwertgefühl war jetzt gerade niedrig, und wenn sie ihn behutsam anfasste, würde er das nur als Bestätigung auffassen. Eine Freundin war nicht das, was er im Augenblick brauchte. Er brauchte eine Vorgesetzte.

Sie griff nach ein paar Blättern Papier und gab vor, sie durchzusehen, bevor sie verwirrt aufblickte.

"Ich habe mir die Berichte, die Rolan mir bei jeder Gelegenheit mit so viel Eifer nachwirft, durchgesehen, und es scheint, dass es in den letzten Wochen eine zunehmende Anzahl an Patienten gab, die mit weitgehend guten Ergebnissen behandelt wurden." Sie zog eine Liste hervor. "Hier steht, dass die Qualität der Kräuter und Medizin angemessen war, also keine Beschwerden von dieser Seite. Die Beschwerden, die gemacht wurden - alle vier - wurden rasch aus der Welt geschafft. Das Geld ist nur so hereingeflossen und wurde ordnungsgemäß aufbewahrt, die Patientenberichte wurden fertiggestellt, und ich bin nicht zu vollkommenem Chaos und Durcheinander zurückgekehrt." Sie legte die Papiere zur Seite. "Ich habe gehört, dass du Ärger mit den Heilern hattest, aber da die Heilerdienste durchgehend und mit dem von mir verlangten Standard bereitgestellt wurden, betrachte ich den Ausdruck *versagt* hier nicht als angemessen."

Er blinzelte mehrmals und runzelte die Stirn. Als er zum Sprechen ansetzte, hob sie einen Finger, um ihn zu stoppen.

"Ich bin sicher, dass die Zeit, in der du die Verantwortung für alles hier tragen musstest, nicht eben entspannend und unkompliziert war, sondern voller Herausforderungen, besonders persönlicher Natur. Aber das hat dich weder davon abgehalten, die Dienste am Laufen zu halten, noch hast du alles hingeschmissen und bist abgehauen, wenngleich die Meisten das zweifellos verstanden hätten. Also, wie auch immer du selbst deine Leistung beurteilen magst, rational betrachtet ist *versagt* jedenfalls nicht zutreffend. Wenn wir zusammenarbeiten sollen, muss ich mich darauf verlassen können, wie du Situationen beurteilst." Sie lehnte sich zurück und legte ihre Fingerspitzen genau so aneinander, wie sie es Lord Tyront hatte tun sehen. Oh Mann. Imitierte sie ihn jetzt tatsächlich?

"Ich würde dich darum ersuchen, noch einmal nachzudenken und mir dann eine realistische Beurteilung dessen zu geben, was in meiner Abwesenheit vorgefallen ist." Sie war stolz darauf, wie kühl ihre Stimme klang. Die Aussage klang wie der Befehl, der sie tatsächlich auch war.

Vern richtete sich auf, und auf seinem Gesicht blieb nur ein unsicherer Ausdruck zurück, als wüsste er nicht genau, wie er mit Eryn als Autoritätsperson umgehen sollte, wenn sie viel eher in ihren explosiven, verärgerten oder ausgelassenen Stimmungen kannte.

Seine Augen wanderten einige Sekunden lang suchend über den Boden, bevor er zu sprechen begann. "Die Behandlung der Patienten hat gut funktioniert; ich habe ein Rad eingeführt, wo jeder der Lehrlinge zuerst mit mir arbeitete, bevor er wieder mit einem anderen Lehrling zusammengespannt wurde. Um die komplizierteren Behandlungen habe ich mich selbst gekümmert, während die anderen die weniger aufwändigen Dinge geheilt haben und angewiesen waren, bei Fragen zu mir zu kommen." Dann hielt er inne und dachte erneut kurz nach, bevor er fortsetzte: "Die Kräuterversorgung war zu Beginn etwas unstet, aber Plia hat sich etwas ausgedacht, um vorauszuplanen, welche Medizin sie braucht und hat die Kräutersammler entsprechend angewiesen. In manchen Fällen war die Qualität ein Problem, besonders wenn es um die Kräutersammler geht, die nicht mit uns auf der Exkursion waren. Aber Plia war sehr streng, wenn es darum ging, die Materialien anzunehmen, also hat sich das gebessert." Ein kleines Lächeln erschien auf seinem Gesicht.

"Was noch?", forderte Eryn ihn auf.

"Rolan hat sich um alles Verwaltungstechnische gekümmert, und obwohl ich es zu Beginn etwas schwierig fand, mit ihm auszukommen, hat sich herausgestellt, dass dieser Ort hier ohne ihn mehr oder weniger dem Untergang geweiht ist. Zumindest, wenn du nicht hier bist."

Sie unterdrückte ein Lächeln und verzichtete darauf, ihm zu sagen, dass es diesbezüglich keinen großen Unterschied machte, ob sie hier war.

"Ohne ihn wäre ich komplett und vollkommen verloren gewesen. Wirklich. Ich denke, ich verdanke ihm meine geistige Gesundheit. Oder was davon noch übrig ist", seufzte Vern.

Gut. Zumindest sah er, dass auch etwas Positives gelaufen war, dachte sie. Es war Zeit, das anzusprechen, was nicht so gut funktioniert hatte.

"Was war das Problem zwischen dir und den anderen Heilern?", erkundigte sie sich milde.

"Ich weiß es nicht, es war einfach…", begann er und brach sofort ab, als sie den Kopf schüttelte.

"Nein, Vern. Lass für den Moment das Selbstmitleid beiseite und denk nach. Ich brauche anständige Antworten, keine Beschwerden", beharrte sie.

Er wirkte leicht bestürzt, nickte aber und begann von Neuem. "Ich hatte den Eindruck, dass es ihnen schwerfiel, mich ernst zu nehmen."

"Was denkst du, woran das lag?"

Er sah sie an, als wäre das offensichtlich. "Meine Jugend, würde ich meinen."

"In Ordnung. Ich habe gehört, dass es gewisse… Unstimmigkeiten gab, was das Training betrifft?"

"Das könnte man so sagen, ja", antwortete er düster. "Entweder haben sie die Aufgaben, die ich ihnen gegeben habe, überhaupt nicht erledigt oder nur die Hälfte davon."

"Haben sie dir dafür einen Grund genannt?"

"Sie haben immer wieder gesagt, es sei zu viel, dass sie nach der Arbeit keine Energie mehr dafür hätten."

Eryn nickte. "Ich verstehe. Und wie hast du auf dieses Argument reagiert?"

"Ich sagte ihnen, sie sollten mehr Einsatz für ihre Ausbildung zeigen und sie besser ernst nehmen, anstatt zu versuchen, einen Vorteil aus deiner Abwesenheit zu ziehen", informierte er sie.

Meine Güte. "Du hattest also keinerlei Zweifel, dass sie womöglich tatsächlich nicht versucht haben, sich aus Faulheit vor den Aufgaben zu drücken, sondern weil es wirklich zu viel für sie war?"

Seine Augen verengten sich. "Ich habe viel mehr als das getan, als ich mein Heilertraining mit dir begann! Ich blieb bis Mitternacht auf, um Bücher zu lesen, die Sachen zu üben, die ich gelernt hatte und Bilder zu zeichnen. Ich gab ihnen wesentlich weniger zu tun, also sehe ich wirklich nicht, worüber man sich hier beschweren konnte!"

Eryn lehnte sich nach vorne. "Vern, du weißt sehr genau, dass deine Fähigkeiten rund um alles, was auch nur entfernt mit Büchern und Verständnis zu tun hat, über dem Durchschnitt liegen. Das ist etwas, das nicht nur ich dir gesagt habe, sondern das du zweifellos auch mit dem Rest deiner Klassenkameraden und deinen Lehrern wahrgenommen hast. Es kann sehr gefährlich sein, deine eigenen Standards, die auf deinen persönlichen Fähigkeiten beruhen, auf andere Menschen anzuwenden, deren Stärken entweder nicht so ausgeprägt sind wie deine oder aber in anderen Bereichen liegen."

"Du denkst also ebenfalls, dass ich zu viel von ihnen erwartet habe?"

Sie atmete langsam aus. "Vern, ich bin nicht wirklich in einer Position, um hier irgendetwas zu beurteilen. Ich habe keine Ahnung, was oder wie viel genau du ihnen zu tun gegeben hast, ob es zu viel war oder nicht. Ich versuche nur, dich dazu zu ermutigen, ihren Standpunkt zu sehen und dir selbst klar zu machen, dass nicht jeder so ist wie *du*. Das bedeutet nicht, dass sie als Heiler weniger wichtig sind als du, wohlgemerkt. Sie haben womöglich andere Stärken, die du nicht besitzt", fügte sie als Warnung hinzu.

Das schien ihn zum Nachdenken anzuregen.

"Sie sperrten mich mehrmals ein", war alles, was er schließlich leise sagte.

"Das hätten sie nicht tun sollen", nickte sie. "Es war recht kindisch. Aber Leute tendieren dazu, unvernünftig zu reagieren, wenn sie sich unverstanden fühlen und frustriert sind. Das ist der Trick, siehst du? Ihnen zuzuhören." Sie lächelte. "Erinnerst du dich an all diesen Ärger, den wir mit dem Umkleideraum hatten?" Wie weit weg das nun schien. "Ich beharrte darauf, alles so zu belassen, ganz egal, welche Unannehmlichkeiten Enric mir verursachte. Dann waren es die Heiler selbst, die zu mir kamen und mir sagten, dass ich es ändern sollte. Darüber war ich nicht besonders glücklich, das darfst du mir glauben. Obwohl es sich anfühlte, als hätte ich diese Schlacht gegen Enric verloren, gab ich dennoch meinen Kampf auf und tat, worum sie mich baten. Deswegen haben sie mich nicht weniger respektiert. Hätte ich trotz ihrer Bitte darauf bestanden, alles so zu lassen, wie es war, hätte mich das sicherlich ihre Gunst gekostet. Und trotz all des Ärgers, den du mit ihnen hattest, haben sie niemals die Qualität ihrer Arbeit darunter leiden lassen, soweit ich das gesehen habe. Weißt du, das ist etwas, das du ihnen zugutehalten solltest."

Vern rieb sich über sein Gesicht, plötzlich müde. "Das zeigt mir, dass ich ganz klar nicht dafür geschaffen bin, Leute zu führen."

"Kompletter Unsinn. Es zeigt nur, dass du sechzehn bist. Leute anzuführen ist eine Frage von Erfahrung und Lernbereitschaft. Lernbereitschaft war in deinem Fall noch nie ein Problem. Die Erfahrung wird mit dem Alter kommen, da bin ich sicher. Ich habe nicht die Absicht, dich vom Haken zu lassen, wenn es darum geht, für mich einzuspringen."

Er warf ihr einen zweifelnden Blick zu. "Nach all dem denkst du noch immer, dass das eine kluge Idee ist?"

"Ja, das tue ich. Ich habe nicht die Absicht, dich dein Potential und Talent verschwenden zu lassen, weil du noch nicht gelernt hast, deine tyrannischen Tendenzen unter Kontrolle zu bringen. Du wirst früher oder später eine Führungsrolle irgendeiner Art übernehmen, das lässt sich nicht vermeiden. Also fängst du besser damit an zu lernen, wie man mit Leuten umgeht. Allerdings werden wir zusehen, dass du beim nächsten Mal besser vorbereitet bist."

"Man hört die Leute von *geborenen Anführern* reden! Es ist also nicht unbedingt etwas, das man lernen kann, sondern ist ein Talent", strich er hervor.

"Geborene Anführer, Vern, sind Leute, die sich den Luxus leisten können, all das nicht lernen zu müssen, weil sie höchstwahrscheinlich mit beträchtlichen Stärken in diesem Bereich geboren wurden. Allerdings sind sie dann womöglich weder gute Heiler, Künstler oder Verhandler. Wenn du mich fragst, würde ich lieber mit einer Gabe geboren werden, die nicht erlernt werden kann und dafür die Mühen auf mich nehmen, die Fertigkeit des Führens zu erlernen. Du hast gehört, was die Leute über Enric sagen. Er war in seiner Jugend ein fauler, nutzloser Taugenichts - auf jeden Fall *kein* geborener Anführer. Und sieh ihn dir jetzt an."

Sie entschied, dass dies ein guter Zeitpunkt war, um zu ihrer Rolle als Freundin zurückzukehren. "Vern, du hast nicht versagt. Abgesehen von deiner vollkommen unrichtigen Bewertung der Situation", lächelte sie. "Ich bin stolz auf dich, sehr sogar. Das war ich immer. Und ich bin zuversichtlich, dass du mir mehr als genug Gründe liefern wirst, auch in Zukunft stolz auf dich zu sein."

Er entspannte sich und erwiderte ihr Lächeln. "Es tut gut, dich zurück zu haben. Richtig gut."

Sie grinste. "Gut. Vergiss das nur nicht."

"Was soll ich denn jetzt mit den Heilern tun?"

"Ich werde mit ihnen reden und mir ihre Seite der Geschichte anhören. Ihnen sagen, dass sie gute Arbeit geleistet haben, ihnen Anerkennung zeigen. Was den Rest betrifft - nun, es liegt an dir, dass du sie dazu bringst, dich wieder zu respektieren. Du hast zwei bedeutsame Vorteile: weitreichenderes

Heilerwissen und mehr Heilererfahrung als sie. Benutz das, um ihnen zu helfen, lass dich aber nicht respektlos behandeln. Das ist soweit alles." Sie warf einen kurzen Blick zur Tür, die zum Zimmer ihres Assistenten führte. "Er hat also in meiner Abwesenheit gut gearbeitet?"

Vern schüttelte den Kopf. "Nicht bloß gut, sondern er hat mir Tag für Tag das Leben gerettet. Er hat so viel Papierkram erledigt, dass ich nicht einmal weiß, was das alles ist. Er kann nur zu mir, wenn es sich nicht vermeiden ließ, wenn er eine Unterschrift oder sonst etwas brauchte, um diesen Ort hier am Laufen zu halten. Fast jeden Tag ist er lange geblieben und war früh am Morgen wieder zurück. Ich weiß nicht, wann er Zeit zum Schlafen hatte. Und er hat versucht, uns vom Streiten abzuhalten."

Eryn nickte. Das war in der Tat ein hohes Lob, und sie entschied, von nun an netter zu Rolan zu sein. Das hatte er sich redlich verdient.

Sie lächelte und beugte sich vor. "Ich habe ein paar sehr hilfreiche Dinge in Takhan gelernt. Dinge, bei denen ich mir denken könnte, dass du begierig darauf bist, sie zu erlernen."

In Verns Augen funkelte es. "Was zum Beispiel?"

"Ich habe gelernt, wie man Leute jünger erscheinen lassen kann. Zehn Jahre, zwanzig, wie viel du willst. Und ich habe einen sehr talentierten und gescheiten nichtmagischen Heiler kennengelernt, der mir etwas über nichtmagische Diagnosemethoden beigebracht hat."

Ein breites Grinsen breitete sich auf seinem Gesicht aus. "Ernsthaft? Das ist fabelhaft!"

"Da ist noch mehr. Ich habe gelernt, wie man es den Leuten hier ermöglichen kann, magisch begabte Töchter zu haben."

Vern starrte sie an. "Das ist nicht dein Ernst!"

"Doch, das ist es", lächelte sie, zufrieden mit seiner Reaktion. "Und ich wurde gerade vom Rat der Magier damit beauftragt, daran zu arbeiten. Ich könnte noch einen weiteren Heiler gebrauchen, der mir dabei hilft. Du kennst nicht zufällig jemanden, den diese Aufgabe interessieren würde, oder?"

KAPITEL 3

Nebenwirkungen

Junar lachte begeistert, als sie die Tür öffnete und sich Eryn gegenübersah.

"Hey, welch unerwartete Ehre! Ich dachte nicht, dass wir dich in nächster Zeit hier sehen würden! Du musst mit Arbeit überflutet sein, könnte ich mir vorstellen. Orrin - sieh mal, wer hier ist", rief sie. Dann bemerkte sie den leicht gepeinigten Gesichtsausdruck ihrer Besucherin und hielt inne. "Irgendetwas stimmt nicht. Komm herein."

"Ich muss mit dir reden", seufzte Eryn und betrat den Salon, der ganz unverkennbar zeigte, dass im Laufe der letzten paar Wochen eine weibliche Hand am Werk gewesen war. Blumen in Vasen, bunte Zierkissen, kleine Gegenstände, die keinem anderen Zweck als der Dekoration dienten.

Orrin kam aus seinem Arbeitszimmer und runzelte die Stirn. "Gibt es Ärger, Mädchen?"

Sie nickte. "Das könnte man sagen, ja."

"Hast du ihn verursacht oder leidest du unter den Auswirkungen?", erkundigte er sich weiter.

"Schwierige Frage. Ich schätze, in gewisser Weise könnte man beides sagen", erwiderte sie nach kurzer Überlegung.

"Nun, wenn das nicht kryptisch ist..." Junar drehte die Augen zur Decke und führte Eryn zu einem Sofa. "Setz dich. Ich hole dir etwas zu trinken."

"So, was ist los?", fragte Orrin und näherte sich gemächlich.

Eryn betrachtete ihn ein paar Augenblicke lang, dann sagte sie: "Ich bin nicht wirklich sicher, ob *du* das hören solltest. Es hat mit Sex zu tun."

Er brachte seine etwas unbehagliche Miene unter Kontrolle, aber nicht, bevor sie sie bemerkt hatte. Sie lächelte dünn. "Das ist deine letzte Chance zur

40

Flucht, Krieger. Was wird es sein? Wirst du dich den Neuigkeiten stellen oder Junar dazu bringen, dir davon zu erzählen, nachdem ich fort bin?"

Er schnaubte entrüstet. "Was lässt dich glauben, ich würde so etwas tun? Ich kann mich nicht erinnern, dass ich an diesem Aspekt deines Lebens jemals irgendein ungebührliches Interesse bekundet hätte. Oder jemals gehabt hätte", fügte er hinzu.

"Ich denke, dass du schrecklich neugierig wärst, weil ich normalerweise nicht herumlaufe, um mit Leuten über meine intimen Probleme zu sprechen", bemerkte sie mit einer hochgezogenen Braue.

"Ich werde bleiben", verkündete Orrin. "Aber nur, weil du es wie eine Herausforderung formuliert hast."

"Mutiger Orrin", murmelte sie und nahm das warme Getränk entgegen, das Junar ihr brachte.

"Dann rück schon heraus damit!", drängte sie die Schneiderin, bevor sie sich zwischen die beiden setzte.

Eryn nahm einen Schluck und spürte die tröstliche Wärme in ihrem Hals und Magen. Sie fragte sich, wie sie am besten anfangen sollte. Es war einiges damit verbunden, von dem sie noch nichts wussten.

"Enric und ich sind vor unsere Abreise aus Takhan etwas eingegangen, das sich Kommitmentband dritten Grades nennt", begann sie. "Es ist ein magisches Kommitment, das nur zwischen zwei Magiern möglich ist. Es bindet sie sehr eng aneinander."

Junars Augen wurden groß, und Orrins Stirn legte sich in Falten. "Eine magische Bindung? Wie der Eid an den König?"

"Ja, so ähnlich. Allerdings etwas stärker. Sie haben dort drei Kommitmentbande, und das zwischen Gefährten ist das Stärkste. Es führt erhöhte Intimität sowie mehr Bewusstsein für die Gefühle des anderen herbei und zieht Gefährten zueinander zurück, wenn sie getrennt sind."

"Und in so etwas bist *du* eingetreten?", fragte Junar ungläubig. "*Du* hast dich magisch an einen Mann gebunden?"

"Freiwillig?", fügte Orrin in dem gleichen fassungslosen Tonfall hinzu.

"Kommt schon!", rief Eryn aus und warf frustriert die Hände hoch. "Ich war zuvor schon mehrere Monate lang mit Enric verbunden, warum sollte es euch also überraschen, dass wir das getan haben, was man als nächsten Schritt betrachten könnte?"

"Weil du in dein Kommitment mit ihm hineingezwungen wurdest und das zu diesem Zeitpunkt überhaupt nicht gut aufgenommen hast", antwortete Orrin.

"Zudem hast du ernsthafte Bindungsprobleme", sagte Junar.

"Nun, die könnt ihr als überwunden betrachten! Kann ich jetzt weitererzählen, oder wollt ihr noch länger über meine vermeintlichen Bindungsängste reden?"

"In Ordnung… ihr seid also dieses starke magische Kommitment miteinander eingegangen." Orrin bedeutete ihr fortzufahren.

"Es hat Nebenwirkungen", murmelte Eryn.

"Abgesehen von den Dingen, die du gerade erwähnt hast?", fragte Junar.

"Ja. Zumindest in unserem Fall. Mir wurde gesagt, dass das kaum jemals passiert und ich mir deswegen keine Sorgen zu machen bräuchte. Aber *natürlich* ist es ausgerechnet Enric und mir passiert", seufzte sie und drückte ihre Finger gegen ihre Schläfen. "Weit weg von all den Leuten, die zumindest ein klein wenig darüber wissen."

"Und diese Nebenwirkungen betreffen dein Sexualleben?", fragte die Schneiderin vorsichtig.

"Ja, unter anderem. Wir haben uns etwas eingehandelt, das sich Geistesband nennt. Das bedeutet, dass sich zwischen uns eine Verbindung entwickelt hat, die es uns ermöglicht, die Gefühle des jeweils anderen in unserem eigenen Bewusstsein wahrzunehmen, wenn sie stark genug sind", erklärte Eryn.

Beide starrten sie überrascht an. Junar erholte sich als erste. "Wirklich? Wie zum Beispiel was?"

"So ziemlich alles - gute und schlechte Gefühle. Als ich davon erfuhr, sagte ich etwas, das Enric enorm verärgerte, und die Gewalt seiner Reaktion zwang mich beinahe in die Knie."

Orrin wirkte verwundert. "Erstaunlich. Und weshalb genau ist das im Bett ein Problem?"

Eryn warf ihm einen gequälten Blick zu. "Weil seine Emotionen zusätzlich zu meinen eigenen so intensiv sind, dass mein Gehirn offenbar nicht in der Lage ist, damit umzugehen. Ich bin ohnmächtig geworden." Sie schnipste mit den Fingern. "Einfach so. Vollkommen weg."

Junar erwiderte hilfreich: "Meine Güte. Das ist aber unangenehm."

"Unangenehm?", rief Eryn aus. "Das ist eine gewaltige Untertreibung! Das ist eine Katastrophe!"

"Warum?", fragte ihre Freundin verwirrt. "Ich gehe davon aus, dass die Gefühle, die du verspürt hast, positiv waren?"

"Ja. Na und?"

"Ich könnte mir denken, dass eine Menge Frauen absolut begeistert wären bei der Aussicht darauf, nach dem Sex aufgrund einer überwältigenden Welle an positiven Gefühlen das Bewusstsein zu verlieren", meinte sie achselzuckend. "Ich allerdings nicht", fügte sie mit einem verschmitzten Blick zu Orrin hinzu. "Ich bin absolut zufrieden."

Eryn warf ihr einen finsteren Blick zu. "Enric war panisch! Er dachte einen Moment lang, er hätte mich umgebracht! Kannst du dir das vorstellen? Ich frage mich, ob er es jemals wieder wagen wird, mich anzufassen. Oder ob das überhaupt eine gute Idee wäre."

"Kannst du niemanden in den Westlichen Territorien fragen, was ihr tun könnt? Oder ob das lebensgefährlich sein könnte?", regte Orrin an.

"Enric hat eine Nachricht an meinen Onkel, einen Heiler, geschickt. Aber da wir es noch nicht geschafft haben, diese vermaledeiten Vögel zum Brüten zu bringen, wird die Antwort wohl einige Zeit auf sich warten lassen."

"Was werdet ihr dann tun? In getrennten Räumen schlafen?", erkundigte sich Junar.

Sie schüttelte den Kopf. "Nein. In dieser Hinsicht ist er unerbittlich. Nach unseren anfänglichen Schwierigkeiten, wo ich mich weigerte, in seinem Zimmer zu schlafen, scheint es, dass er den Gedanken, in verschiedenen Räumen zu nächtigen, rigoros ablehnt. In Takhan wurden wir für die Dauer des Verfahrens getrennt, und das nahm er nicht besonders gut auf."

"Ja, das Verfahren", sagte Orrin langsam. "Das ist etwas, worüber ich sehr gerne mehr hören würde. Uns wurde nur mitgeteilt, dass sich deine Rückkehr aufgrund von Vorwürfen, denen du dich stellen musstest, verzögern würde."

Junar öffnete ihren Mund, um etwas zu sagen, schloss ihn aber wieder.

"Was?", fragte Eryn.

"Ich wollte euch gerade zum Abendessen einladen, aber ich weiß nicht genau, wie ich das anstellen soll. Kann ich das überhaupt? Ich meine, dein Gefährte ist Orrins Vorgesetzter. Ist das angemessen? Würde er überhaupt annehmen? Was ist, wenn er es tut? Ich gebe zu, dass ich hier etwas überfordert bin", seufzte sie.

"Dann erlaube mir, dir hier aus der Klemme zu helfen. Ich würde euch beide plus Vern gerne einladen, in drei Tagen bei uns zuhause zu Abend zu essen."

Junar lächelte erleichtert. "Danke. Das macht die Sache wesentlich einfacher."

"Ich bin froh, dass ich dir eine Last von den Schultern nehmen konnte. So, habt ihr irgendwelche Ratschläge für mein Ohnmachtsproblem?", wollte Eryn wissen.

Junar zuckte die Achseln. "Ich gebe zu, dass ich das Problem nicht wirklich sehe. Du verlierst also das Bewusstsein, wenn das Vergnügen die Grenze des Erträglichen überschreitet. Das klingt für mich nicht gerade nach einer unerträglichen Bürde. Warum genießt du es nicht einfach? Oder gibt es aus Heilersicht irgendwelche Einwände? Könnte dein Gehirn dabei Schaden nehmen? Ich schätze, du hast das überprüft?"

Eryn schüttelte den Kopf. "Das habe ich, ja. Und nein, kein Schaden, der mir aufgefallen wäre. Aber ich fühle mich so hilflos, wenn ich einfach ohnmächtig werde! Es ist schwach, erbärmlich."

"Ah ja", lächelte Orrin. "Und da sind wir auch schon bei der Wurzel des Problems angelangt, nicht wahr? Hier geht es sicherlich nicht darum, was Lord Enric über dich denkt. Er würde dich deswegen nicht weniger schätzen. Aber du hast ein Problem damit, schwach zu wirken, womöglich eine Folge dessen, wie du bei uns in der Stadt gelandet bist. Ganz zu schweigen davon, wie du an deinen Gefährten gebunden wurdest. Indem man dich dazu *zwang*. Kontrolle. Du hast das Gefühl, dass du erneut die Kontrolle über dein Leben verlierst, und das passt dir nicht."

Eryn blinzelte mehrmals vor Erstaunen. "Das war ein überraschend tiefgehender Einblick."

"Du meinst im Gegensatz zu meiner üblichen, ungebildeten Herangehensweise?", fragte er mit hochgezogenen Brauen.

"Nein!", protestierte sie. "Es ist nur so, dass du nach meiner Erfahrung eher zu etwas mehr Stumpfheit neigst."

"Dir ist schon klar, dass es in meinem Arbeitszimmer Bücher gibt, nicht wahr?"

"Ja, durchaus", bestätigte sie taktvoll.

"Die sind nicht als Dekoration gedacht. Ich habe fast alle davon gelesen", bemerkte er trocken.

"Es tut mir leid, wenn ich dich beleidigt habe, Orrin", seufzte sie. "Du denkst also, ich vertraue Enric nicht genug, um es zu ertragen, dass ich die Kontrolle verliere?"

Er schüttelte den Kopf. "Das habe ich so nicht gesagt. Kontrolle ist ein angeborenes menschliches Bedürfnis. Wenn wir den Eindruck haben, dass wir die Dinge um uns herum nicht beeinflussen können, egal, was wir tun, dann fühlen wir uns hilflos, frustriert. Du hast um Kontrolle gekämpft, als du eine Gefangene warst. Zuerst, indem du mir bei jeder Gelegenheit Widerstand geleistet hast, und als das nicht funktionierte, begannst du damit, Leute auf der Straße zu heilen."

Eryn starrte ihn an. Es schien, als wäre Vern nicht das einzige geistig gewandte Mitglied dieser Familie. Wie hatte sie ihn nur dermaßen unterschätzen können?

"Indem du mich also mit Vern durch die Straßen ziehen hast lassen…", setzte sie an.

"Habe ich dir einen Teil der Kontrolle über dein Leben zurückgegeben, ja. Und danach warst du kooperativer. Obwohl du immer noch deine Grenzen ausgereizt hast und ich dir neue setzen musste. So wie in dieser einen Nacht, als du Junars Schwester geheilt hast und nicht in dein Quartier zurückgekehrt bist. Die Kontrolle, die man einer Gefangenen überlässt, sollte immerhin ein gewisses Ausmaß nicht übersteigen."

"Orrin, Orrin", murmelte sie und nickte, "du durchtriebener alter Hund. Du bist gefährlicher, als ich gedacht hätte."

"Wie kommst du allgemein mit diesem Teilen eurer Gefühle zurecht? Wie läuft das? Fühlst du plötzlich etwas und hast keine Ahnung, weshalb?", wollte Junar wissen.

"Nun, es ist anders als meine eigenen Gefühle. Ich weiß es also sofort, wenn ich etwas von ihm empfange. Meist ist es verwirrend, besonders wenn ich irgendwo anders bin und nur die Emotion, aber keinen Zusammenhang dafür habe. Wie gestern, als er mit Lord Tyront gesprochen hat. Da war ein kurzer Moment der Traurigkeit oder des Bedauerns, und ich hatte keine Ahnung, wodurch er ausgelöst wurde."

"Und danach fragen willst du ihn nicht?", forderte Junar sie auf.

Eryn verzog das Gesicht. "Ich weiß es nicht. Ich könnte mir vorstellen, dass er es mir sagen würde, wenn er wollte, dass ich davon wüsste. Diese ganze Sache ist mühsam. Es ist so, als ob wir langsam verschmelzen und ich mich zu fragen beginne, wo er aufhört und ich anfange. Ich möchte mir eine gewisse private Eigenständigkeit bewahren. Es ist intim genug, die Gefühle aus erster Hand zu teilen, ohne auch noch jedes winzige Detail rundherum zu erfahren."

Junar nickte langsam. "Ich schätze, das verstehe ich. Aber wer hätte gedacht, dass es in ihm überhaupt so viele Gefühle gibt? Er wirkt immer so ruhig und gefasst."

"Starke Gefühle hat er sehr wohl; er zeigt sie nur niemandem. Es macht ihm überhaupt keine Mühe, genau zu kontrollieren, wie viel er herauslässt. Und ich denke, das ist jetzt bereits mehr, als er wollen würde, dass ihr über ihn wisst." Sie erhob sich. "Danke für eure Zeit." Sie lächelte Orrin an. "Du bist nützlicher als ich dir zugestehe."

"Offensichtlich", bemerkte er. "Du verlässt uns also bereits wieder? Das war ein recht kurzer Besuch."

"Ich muss zurück zur Klinik. Vern und ich treffen uns dort, damit ich ihm bei den anderen Heilern zeigen kann, wie man die Barriere in ihren Köpfen entfernt."

Er räusperte sich. "Ich habe nicht den Eindruck, dass Vern und die Heiler derzeit besonders gut miteinander auskommen."

"Ich bin sicher, dass sie sich benehmen werden, besonders, wenn ich dort bin, um ihm den Rücken zu stärken. Ich bin zuversichtlich, dass sie es schaffen werden zusammenzuarbeiten. Ich hatte gestern ein kleines Gespräch mit Vern."

Orrin nickte. "Ich weiß. Davon hat er mir erzählt. Über ein paar der Dinge, die du zu ihm gesagt hast, war er recht überrascht. Und ich ebenfalls, um ehrlich zu sein. Du wirst langsam erwachsen, nicht wahr?"

Sie seufzte und kicherte. "Es scheint, als wären wir beide voller Überraschungen heute, was?"

"Ich wünschte, das wäre so. Ich warte noch immer auf meine Geschenke von der anderen Seite des Meeres", schmollte Junar.

"In drei Tagen, ich verspreche es", lächelte Eryn und schloss die Tür hinter sich.

* * *

Sie betrat den Salon und pfiff durch die Zähne, als sie sah, wie er für die Gäste umgestaltet worden war. Die würden in etwa zwei Stunden eintreffen, und sie war mit den Bemühungen immens zufrieden. Es erinnerte an die Westlichen Territorien, fiel ihr auf. Zierkissen in bunten Stoffen, ein Tischtuch im gleichen Stil. Wann hatten sie all das bloß gekauft?

Enric hatte ihr gesagt, dass er beabsichtigte, ihre Gäste ein wenig in die neue Kultur, zu der sie beide nun mehr oder weniger gehörten, einzuführen. Also hatte er sich am Vortag mit Orrin und natürlich Urban auf die Jagd begeben, um der westlichen Tradition zu folgen, Gästen nur das zu servieren, was der Gastgeber selbst erlegt hatte. Den Kriegerlehrer hatte die Einladung seines Vorgesetzten überrascht, ebenso wie Eryn.

Es schien, als ob die Szene bei ihrer Heimkehr Enric tatsächlich zum Nachdenken über seinen Mangel an Kontakten mit anderen Menschen in seinem Heimatland angeregt hatte und er nun daran arbeitete, das zu ändern. Orrin war mehr oder wenige die offensichtliche - wenn auch keine ganz unkomplizierte - Wahl, wenn man ihre nicht gerade harmonische gemeinsame Geschichte bedachte.

Der Ausflug schien gut verlaufen zu sein, sie kehrten mit mehreren Beutetieren zurück und trennten sich freundschaftlich.

"Enric?", rief sie und ging zu seinem Arbeitszimmer, als keine Antwort kam. Der Raum war leer, ebenso wie die anderen. War es möglich, dass er nicht zuhause war? Sie sah aus dem Fenster ihres Arbeitszimmers in den Innenhof und fand Urban, die auf einem erhöhten Platz auf einem Felsen schlief, während ihre Pfoten und ihr Kopf schlaff nach unten hingen. Enric konnte also nicht weit weg sein. Er ließ die Katze nur zuhause, wenn er Ratsversammlungen besuchte, und soweit sie informiert war, stand heute keine auf dem Plan.

Mit einem Achselzucken ging sie nach oben, um ihre Garderobe durchzusehen und fand eine Notiz, die an die Tür geheftet war. Es war eine Anweisung, etwas Ansehnliches in den Farben ihres Heimatlandes anzuziehen. Lächelnd zog sie eine farbenfrohe Tunika und eine dunkle Hose heraus, um sie nach dem Waschen anzuziehen. Enric schien es wirklich zu genießen, heute Abend den Gastgeber zu spielen, wenn man von den Details ausging, denen er seine Aufmerksamkeit widmete.

Sie hielt inne, als ihr ein Gedanke kam. Ihr Blick wanderte zu dem Fenster, das den Hof und das gegenüberliegende Gebäude mit den Arbeitsräumen überblickte. Arbeitsräume wie die Küche. Er würde doch wohl kaum die Zubereitung der Mahlzeit selbst übernehmen? Nein, dachte sie, amüsiert über sich selbst - das war wohl eine etwas zu gewagte Annahme. Oder?

Sie entschied, dass noch immer genug Zeit für ein schnelles Bad blieb. Die letzten drei Tage waren aufreibend gewesen, also hatte sie sich sicherlich ein wenig Entspannung verdient, bevor sie ihre Gäste empfing.

Ihre Gedanken allerdings kümmerte es wenig, dass sie zur Ruhe kommen wollte, als sie sich wenig später in das erfrischende, warme Wasser sinken ließ.

Die schienen nur auf eine kleine Pause gewartet zu haben, um von allen Seiten auf sie einzustürmen.

Vern und die Heiler. Die erste Begegnung nach ihrer Rückkehr war merklich angespannt und übermäßig höflich verlaufen, aber nach ein paar Stunden schienen sie alle ihren Weg zurück in ihre Rollen gefunden zu haben, so wie vor ihrer Abreise - als Kollegen ohne Hierarchie, sondern nur mit einem Wissensvorsprung zwischen ihnen. Vern schien hinterher immens erleichtert, froh, dass seine Kollegen wieder mit ihm sprachen.

In den letzten zwei Tagen war er fleißig gewesen und hatte Barrieren entfernt, wann immer sich eine Gelegenheit dazu ergeben hatte. Zuerst bei Junar und Plia, dann bei Rolan und seinen Klassenkameraden. In seinem Eifer wollte er mit den Patienten fortsetzen, aber Eryn hatte ihn zurückhalten müssen. Er war noch immer dabei, sich von sechs sehr anstrengenden Wochen zu erholen und musste sich, anstatt *ihre* Arbeit zu erledigen, auf die Dinge konzentrieren, die er im Unterricht verpasst hatte.

Das Geistesband hatte sich in den letzten drei Tagen als überraschend unproblematisch erwiesen. Einmal hatte sie ein Aufflackern von Ärger bei Enric verspürt und ihn am Abend danach gefragt. Er hatte ihr erklärt, dass einer seiner Kollegen im Rat seine Meinung über Enrics Adoption etwas zu freizügig kundgetan hatte und entsprechend zurechtgewiesen worden war. Sehr wahrscheinlich mit einem frostigen Lächeln und einem warnenden Blick, der keinerlei Hinweis auf das Ausmaß an Ärger in seinem Inneren preisgegeben hatte. Sie fragte sich, ob sich das erlernen ließ. Ihre Gefühle so in ihrem Inneren zu behalten, sie nur herauszulassen, wenn sie sie als Waffe einzusetzen gedachte.

Von allen Leuten, die im Heilergebäude arbeiteten, schien Plia die Einzige gewesen zu sein, die von der Anspannung zwischen Vern und den anderen Heilern nicht betroffen war. Sie hatte zuverlässig in ihrem abgeschiedenen Rückzugsort vor sich hingearbeitet, die Tür geschlossen gehalten, Kräutersammler und Apotheker empfangen, um ihre Güter entweder anzunehmen oder zurückzuweisen, und ihren Medizinvorrat vorbereitet. Eryn hatte sie dazu ermutigen wollen, sich an diesem Abend zu ihnen zu gesellen, aber Plia hatte höflich abgelehnt und vorgegeben, anderweitig verabredet zu sein. Enric und Orrin gemeinsam am gleichen Ort war womöglich zu viel für sie - sie verbeugte sich noch immer jedes Mal vor Enric, wenn sie ihm im Haus über den Weg lief, obwohl er ständig betonte, dass dies eine recht übertriebene Formalität war, wenn man unter dem gleichen Dach lebte.

Der Hof hatte sich bei ihrer Rückkehr als angenehme Überraschung entpuppt. Das Gras, das kurz nach ihrer Abreise gesät worden war, bedeckte den Boden mit den großen Felsen, Bäumen und Baumstämmen. Urban fand Gefallen daran - wahrscheinlich, weil sie endlich einen Platz hatte, den sie nach Herzenslust verwüsten durfte. Enric hatte Eryn erzählt, dass die Leute ihn immer wieder darauf ansprachen, wie sehr die Katze gewachsen war, seit sie

sie vor eineinhalb Monaten zuletzt gesehen hatten und auch recht nachdrücklich wissen wollten, wie lange das Wachstum wohl noch andauern würde. Eryn bemerkte die Veränderung nicht wirklich, aber da sie Urban jeden Tag gesehen hatte, wäre es ihr auch kaum aufgefallen. Die Kiste für den Transport der Katze hatte allerdings auf der Rückreise etwas voller gewirkt.

Sie spürte, wie ihre Augenlider schwerer wurden und nahm sich vor, sie nicht länger als eine Minute zu schließen.

* * *

Es überraschte Enric, das Schlafzimmer leer vorzufinden. Sie war eindeutig nach Hause gekommen - er hatte ihre Robe auf dem Haken unten hängen sehen. Auf dem Bett lagen die Kleider, die sie am Abend zu tragen gedachte. Seiner Bitte folgend hatte sie etwas ausgewählt, das sie in Takhan anfertigen hatte lassen. Ihre Gäste wurden in weniger als einer halben Stunde erwartet, und von ihr war keine Spur zu sehen.

Als er den Nassraum betrat, sah er einen schlaffen Arm aus der Wanne hängen, und er ließ seine Anspannung mit einem langen Seufzer los. Sie wirkte so friedlich, wie sie leise im Wasser schnarchte. Nach ein paar mühsamen Tagen war ein warmes Bad allerdings keine gute Methode, um wach zu bleiben, dachte er und ging neben ihr in die Hocke.

"Eryn", meinte er, stieß sie leicht an und wiederholte es, als sie nicht reagierte.

Sie öffnete ihre Augen halb und schenkte ihm ein schläfriges Lächeln. "Hallo du."

Dann setzte sie sich abrupt auf, woraufhin Wasser auf sein Hemd und noch etwas mehr auf den Boden schwappte. "Bin ich eingeschlafen? Oh nein! Wie viel Zeit habe ich noch?"

Enric lächelte nur und trocknete seine Kleidung mit ein wenig Magie. Er sah zu, wie Dampf in winzigen Schwaden aufstieg. "Eine halbe Stunde."

Sie atmete erleichtert aus. "Gut. Das kann ich schaffen."

Er beobachtete sie aufmerksam, als sie in der Wanne aufstand. Das Wasser rann in winzigen Bächen ihren Körper hinab und fand seinen Weg entlang von Kurven und Hautfalten, während Enric genüsslich lächelte.

"Lass das", wies sie ihn an. "Ich weiß genau, wie das normalerweise endet, wenn du mich so ansiehst. Dafür haben wir jetzt wirklich keine Zeit mehr."

Sein Lächeln blieb unverändert. "Ich sehe dich auf eine bestimmte Weise an? Dessen bin ich mir nicht bewusst."

Mit einem Augenrollen stieg sie aus der Wanne und wickelte sich in ein großes Handtuch ein. "Natürlich tust du das. Dieser hungrige Blick, wenn deine Augenlider halb geschlossen sind, aber deine Augen jeder meiner Bewegungen folgen. Wie ein Raubtier, das bereit ist, seine nächste Mahlzeit zu erlegen."

"Interessante Einschätzung", überlegte er. "Und nicht ganz unberechtigt, gestehe ich. Unglücklicherweise hast du Recht, wir haben tatsächlich keine Zeit." Besonders, da sie in letzter Zeit im Bett ohnmächtig wurde und hinterher eine Weile zur Erholung benötigte. Er sah zu, wie sie ihre Haare mit einer Berührung ihrer Finger trocknete und sie bürstete, bis sie in sanften, dunkelbraunen Wellen ihren Rücken hinabhingen.

"Ich habe darüber nachgedacht, sie abzuschneiden", sagte sie nebenbei, als sie bemerkte, wie er ihre gleichmäßigen Bewegungen mit der Bürste beobachtete. "Sie sind eher unpraktisch. Und ich trage sie ohnehin entweder geflochten oder hochgesteckt."

"Wag es bloß nicht, sie abzuschneiden", knurrte er. Im Bett trug sie die Haare offen. Soweit es ihn betraf, brauchte sie niemand sonst mit offenen Haaren zu sehen.

"Du fragst mich auch nicht um meine Erlaubnis, wenn *du* deine Haare abschneidest", strich sie mit einem gereizten Blick hervor. "Du suchst mehr oder weniger meine Kleider aus, und jetzt willst du mir auch noch sagen, wie ich meine Haare schneiden lassen soll?"

Er schüttelte den Kopf. "Nein. Ich will dir sagen, wie du dir die Haare *nicht* schneiden lassen sollst. Aber das können wir ein anderes Mal diskutieren. Jetzt solltest du dich fertigmachen. Wenn wir unseren Gästen einen Einblick in die Kultur des Westens gewähren wollen, können wir ebenso gut bei der Pünktlichkeit auf Originalität achten."

"Wie sehr du auf Authentizität bedacht bist. Mit deiner eigenen Besessenheit mit Pünktlichkeit hat das natürlich überhaupt nichts zu tun", scherzte sie und ging ihm voran ins Schlafzimmer, um sich anzuziehen.

"Ich will für meine Gäste eben nur das Beste", murmelte er, woraufhin sie innehielt und sich zu ihm umdrehte.

"In letzter Zeit sprichst du gerne in Reimen, was? Zuerst der Kommitment-Eid und jetzt spontane kleine Verse für alltägliche Zwecke. Wirklich zauberhaft."

Er zuckte die Schultern und reichte ihr die Tunika vom Bett. "Als ich jünger war, schrieb ich eine Menge Gedichte. Meist mit dem Zweck, meine Lehrer und meinen Vater in bildreicher Sprache zu schmähen. Aber ebenso wie das Zeichnen, ist auch das Verfassen von Poesie nicht gerade eine Fertigkeit, die bei einem Magier erwünscht ist."

Sie starrte ihn überrascht an. "Das hast du wirklich getan?"

Leise lachend zog er ihr die Tunika nach unten, als sie vor Erstaunen erstarrt schien. "Ja, das habe ich. Wenn auch nichts Inspirierendes oder Herzerwärmendes. Es war mehr wie eine Wissenschaft für mich, Worte zu finden, die sich reimten und sie so zusammenzufügen, dass daraus möglichst beleidigende Kombinationen entstanden. Nicht gerade das, was die meisten Leute als künstlerischen Ansatz verstehen würden, fürchte ich."

"Das würde womöglich davon abhängen, welche Leute du fragst. Ich könnte mir vorstellen, dass die meisten Leute hier auch Verns Arbeit nicht gerade als künstlerisch erachten würden, während man in Takhan absolut sprachlos war, als man sein Buch sah."

Enric grinste. "Manche Leute würden wohl eine ähnliche Reaktion auf *meine* frühen Werke zeigen, allerdings vor Schock anstatt Anerkennung."

"Du hast nicht zufällig irgendwo noch ein paar davon herumliegen, oder?", fragte sie neugierig.

Er schüttelte den Kopf. "Nein, meine Lehrer konfiszierten sie ständig und verbrannten sie dann womöglich hinterher. Ich habe einst ein recht wenig Schmeichelhaftes über Orrin geschrieben. Zur Bestrafung ließ er mich zehn Stunden Küchendienst ableisten."

Sie lachte laut auf bei dem Gedanken, dass sie heute Abend genau diesen Mann zum Essen eingeladen hatten.

"Dann sieht es wohl so aus, als wärst du nicht sehr gut darin gewesen, sie zu verstecken", lächelte sie.

"Das wollte ich auch gar nicht. Das war immerhin der Sinn dahinter - ich brauchte ein Publikum."

Seltsam, dachte sie, wie unterschiedlich ihre Prioritäten in ihrer Jugend gewesen waren. Er hatte nach Aufmerksamkeit gesucht, während sie bestrebt gewesen war, sie um jeden Preis zu vermeiden.

* * *

Eryn eilte zur Tür, als sie das entschiedene Klopfen vernahm. "Das ist Orrins Klopfen; ich würde es überall wiedererkennen. Davor hat mir gegraut, als ich noch in meiner Zelle in den Kriegerquartieren residierte. Normalerweise hat er kurz darauf meine Tür eingetreten oder mich gescholten. Oder beides."

Enric lächelte. "Es scheint, dass wir beide keine besonders erfreulichen Erinnerungen aus unseren frühen Tagen mit ihm haben. Warum genau haben wir ihn hierher eingeladen?"

"Damit wir uns selbst beweisen können, dass wir jetzt stärker und ranghöher sind als er und ihn nicht länger zu fürchten brauchen", lachte sie und öffnete die Tür.

Sie schnappte in gespieltem Erstaunen nach Luft und legte eine Hand auf ihren Brustkorb. "Orrin, ganz egal, wie oft ich dich in Abendgarderobe sehe, es ist jedes Mal ein Schock!"

"Ist das die Art von Begrüßung, die ein Gast hier erdulden muss? Deine Manieren haben sich seit deiner Reise in fremde Gefilde nicht eben verbessert", entgegnete er und ließ eine glücklich wirkende Junar als Erste eintreten.

Sofort griff sie nach Eryns Händen und hielt sie zu beiden Seiten hoch, bevor sie einen Schritt zurücktrat und ihr geschultes Auge die Kleidung beurteilen ließ. "Sehr interessant! Dreh dich", befahl sie.

"Die Frau, die du mitgebracht hast, hat auch keine besonders guten Manieren", meinte Eryn, drehte sich aber gehorsam, als Junar mit ihrem Finger nachdrücklich eine kreisende Geste vollführte.

"Schlechter Einfluss, befürchte ich. Ihre Auswahl an Freunden ist mangelhaft", antwortete Orrin gelassen. "Genau wie bei meinem Sohn. Du bist ein verderblicher Einfluss auf die ganze Familie."

Eryn bemerkte, wie Junar blinzelte und ein Lächeln unterdrückte, das nur ein Ausdruck der Freude darüber gewesen sein konnte, in den Begriff *Familie* miteinbezogen zu werden.

"Dann hast du ja Glück, dass du der Einzige zu sein scheinst, der über genug Charakterstärke verfügt, um dem zu widerstehen." Sie wandte sich an ihre Freundin. "Also, Schneiderin - bin ich fertig mit dem Posieren? Nicht, dass dieser kuschelige Platz vor der Tür nicht absolut gemütlich wäre, aber ich würde doch lieber in den Salon gehen, wenn es euch nichts ausmacht."

"Nun, *Heilerin*", antwortete Junar mit einer hochgezogenen Braue, "dann solltest du uns wohl besser eintreten lassen, anstatt im Weg herumzustehen."

Nachdem sie ihre Umhänge aufgehängt und zur Seite getreten waren, kam Vern herein und verdrehte die Augen, als er die Tür hinter sich schloss. "Endlich! Ich war kurz davor, ein Feuer zu machen und mir eine Ratte zu fangen, die ich darüber rösten kann!"

"Du hättest eine von denen mitbringen können, die dein Katzenmonster fängt, um sie dann auf dem Teppich zurückzulassen", schnaubte Orrin.

Enric lächelte seine Gäste an, die sich alle vor ihm verbeugten. "Darauf können wir heute Abend verzichten, das ist eine gesellige Zusammenkunft. Willkommen. Was darf ich euch zu trinken anbieten? Zur Auswahl stehen Wein und verschiedene Säfte aus dem Westen."

Junar ließ ihren Blick über die Dekoration wandern und nickte anerkennend. "Ein Glas Wein wäre wunderbar, danke."

"Für mich das Gleiche", meinte Orrin.

"Für mich auch", nickte Vern.

Eryn sah Orrin fragend an. "Geht das in Ordnung für dich?"

Er zuckte die Achseln. "Er hat bewiesen, dass er wie ein Mann arbeiten kann - wer bin ich also, um ihm einen Drink zu verweigern, wenn er einen will?" Seine Augen verengten sich. "Hey, du brauchst gar nicht vorzugeben, dass du ihn zuvor niemals Alkohol trinken hast lassen. Oder muss ich dich an den einen Abend im Quartier des Botschafters erinnern?"

Sie biss sich auf die Lippe und sah zu Vern hin, der entschuldigend Lächelte. "Du bist mir in den Rücken gefallen, Vern!"

"Er hat den Geruch am nächsten Morgen bemerkt! Was hätte ich denn tun sollen?"

"Mich zum Beispiel aus der Sache heraushalten", seufzte sie.

"Warum soll ich die Schuld auf mich nehmen, wenn ich sie weitergeben kann?", meinte er und zog die Schultern hoch.

"Ein berechtigter Einwand", stimmte Enric zu und reichte seinen Gästen und Eryn jeweils ein volles Glas, bevor er sein eigenes erhob. "Auf angenehme Abende in guter Gesellschaft", sagte er feierlich und nahm einen Schluck.

"Würde es Euch etwas ausmachen, mich einen Blick auf Euer Hemd und Eure Hose werfen zu lassen, Lord Enric?", fragte Junar zögernd.

Eryn lächelte. Ihre Schüchternheit in Enrics Gegenwart hatte also keine Chance gegen ihre professionelle Neugier.

"Keineswegs", antwortete er sanft und stellte sein Glas zur Seite, um seine Arme zu heben und ihr einen besseren Blickwinkel zu ermöglichen.

"Sehr nett", sagte sie leise, als sie ihn umrundete. "Der Schnitt ist mehr an den natürlichen Umriss Eures Körpers angepasst. Für einen schlanken, gut proportionierten Mann wie Euch ist das sehr vorteilhaft, für stämmiger gebaute Herren eher nicht." Dann sah sie schockiert auf, als ihr zu spät klar wurde, dass sie mit ihren Kommentaren über seine körperliche Erscheinung gerade etwas freizügiger gewesen war, als die Umstände es rechtfertigten.

Enric zog eine Braue hoch und grinste. "Ich weiß. Darum habe ich sie anfertigen lassen. Ich hatte gehofft, dass du in der Lage bist, das Muster zu kopieren und mir mehr davon zu machen."

Junar nickte erleichtert. "Das bekomme ich auf jeden Fall hin. Ich würde nur ein Hemd für das Muster brauchen. Ihr zieht den kräftigen Farben, die in Takhan offensichtlich beliebter sind, dunkle vor", fügte sie mit einem Seitenblick auf die Kissen und Eryns eigene Tunika hinzu.

"Ja", erwiderte er. "Mir wurde gesagt, das könne ich mir aufgrund meiner *exotischen* Haarfarbe leisten."

Sie drehte sich wieder zu Eryn um. "Und du hast dich für die andere Kombination *unserer* Schnitte mit *deren* Stoffen entschieden, wie ich sehe. Nicht schlecht. Das ist ein beachtliches Bild, das ihr beide zusammen abgebt."

"Hey, was ist das hier?", hörten sie Vern fragen. Eryn drehte ihren Kopf und sah, dass er vor einem kleinen Bilderrahmen an der Wand neben einem hohen Schrank stand. Diese kleine Ergänzung war ihr noch gar nicht aufgefallen.

Als sie nähertrat, sah sie, dass es sich um einen Papierstreifen mit winziger Handschrift darauf handelte. Überrascht sog sie den Atem ein, als sie erkannte, worum es sich dabei handelte: Es war die Nachricht des Königs, in der er Enric darüber informierte, dass sein Antrag, im Fall ihrer Verurteilung zwei Jahre lang als Botschafter in Takhan zu bleiben, bewilligt wurde.

Sie schluckte hart und spürte einen Knoten in ihrem Hals. "Mein Onkel gab mir das. Das war es, was mich dazu brachte, Enric zu sagen, dass ich ihn liebe und ihn zu bitten, das Band dritten Grades mit mir einzugehen." Und er hatte die Nachricht gerahmt. Wie etwas Wertvolles, das es zu erhalten galt.

Sie spürte, wie eine intensive Welle wahrer Zuneigung in ihr aufstieg, die sie mehrmals hintereinander blinzeln ließ, um die Feuchtigkeit zurückzuhalten, die sich in ihren Augen sammelte. Sie sah, wie sich ein langsames Lächeln auf Enrics Gesicht ausbreitete, als er ein Echo dessen empfing, was in ihr vorging.

"Sehen wir gerade das Geistesband in Aktion?", flüsterte Junar.

Orrin nickte, während er beide abwechselnd fasziniert anstarrte. "Ja, so sieht es wohl aus."

"Welches Geistesband? Und was soll dieses Band dritten Grades sein?", fragte Vern und sah alle vier Leute um sich verdattert an.

Eryn kämpfte sich zurück in die Gegenwart. "Eine Kleinigkeit, die wir uns bei einem magischen Kommitment in Takhan eingefangen haben", erklärte sie.

"Etwas, das ihr euch *eingefangen* habt?", fragte er bestürzt. "Wie eine Krankheit? Und du hast *was* getan? Freiwillig?"

Sie bedeckte ihre Augen mit einer Hand. "Warum werde ich das andauernd gefragt? Allen Ernstes! Sehe ich aus, als wäre ich in letzter Zeit genötigt, ausgenutzt oder unterdrückt worden?"

"Schon gut, schon gut", murmelte Vern, "zurück zu diesem Geistesband. Was ist das und warum hast du es?"

"Eine direkte Verbindung, die starke Gefühle zwischen uns transportiert. Alles, was ich weiß ist, dass wir es haben, aber ich habe keine Ahnung, weshalb. Es kommt ganz selten vor, also sieht es so aus, als gäbe es in den Westlichen Territorien kaum Aufzeichnungen darüber."

Vern sah sie betroffen an. "Was hast du dort getrieben, Eryn? Zuerst lassen sie dich das Land nicht verlassen, weil du irgendein Verbrechen begangen hast, und dann gehst du einfach ein magisches Band ein, ohne die Folgen zu bedenken?" Er sah mit vorwurfsvoller Eindringlichkeit zu Enric. "Ich dachte, man hätte Euch mitgeschickt, damit Ihr sie beschützt und sie davon abhaltet, irgendetwas Dummes anzustellen?"

Orrin fasste nach der Schulter seines Sohnes und drehte ihn abrupt zu sich herum. "Du magst heute hier als Eryns Gast eingeladen sein, mein Sohn, aber vergiss nicht, mit wem du hier redest. Du bedenkst deine Worte wohl von nun an besser und gehst sicher, dass sie angemessen sind, bevor du den Mund öffnest. Oder du trägst die Konsequenzen."

Der Junge schloss einen Moment lang die Augen, ganz eindeutig, um den Impuls zu unterdrücken, sich noch mehr Ärger einzuhandeln. Dann drehte er sich zurück zu Enric und senkte den Kopf. "Ich entschuldige mich, Lord Enric. Lasst mich Euch versichern, dass es nichts anderes als die Sorge um Eryns Wohlbefinden war, die mich dazu veranlasst hat, zu sprechen ohne nachzudenken. Obwohl dies natürlich keine Rechtfertigung ist."

"Ich nehme die Entschuldigung an", erwiderte Enric milde. "Und lass mich dir versichern, dass sich sogar meine beachtlichen Fähigkeiten zuweilen Eryns dunkler Gabe, sich Ärger einzuhandeln, geschlagen geben müssen", fügte er trocken hinzu.

"Diese Aussage weise ich von mir", knurrte Eryn.

"Aber natürlich tust du das", lächelte er und küsste ihre Stirn. "Die Wahrheit ist kaum jemals angenehm. Sollen wir Platz nehmen und unsere Gäste bewirten, meine Liebste?"

"Wir werden selbst servieren?", fragte sie mit einer hochgezogenen Braue und lächelte. Er war also bei ihrer Ankunft zuvor tatsächlich im anderen Gebäude gewesen, um das Mahl persönlich zuzubereiten.

"So wird es gemacht, wie man mir sagte." Dann ergriff er Junars Hand und legte sie auf seinen Arm, um sie zum Tisch zu geleiten, Vern und Orrin hinter ihnen.

Als alle saßen, forderte er Eryn auf, ihm zu seinem Arbeitszimmer zu folgen, wo er zwei farbenfrohe Schalen in größere Topfe mit heißem Wasser gestellt hatte, um den Inhalt warmzuhalten.

Sie zog beide Augenbrauen hoch, als er sechs Schüsseln in ihre Hände drückte. "Wann hast du all das bloß gekauft?"

"Sagen wir, dass ich eine Menge Zeit totzuschlagen hatte, als ich bei Golir festsaß", erwiderte er mit einem leisen Lachen.

"Und die hast du damit verbracht, Haushaltsgegenstände einzukaufen? So wie die Kissen und das Tischtuch? Er hat dich also einfach allein durch die Straßen wandern lassen, anstatt dich wie ein ordentlicher Aufpasser zu bewachen?"

"Natürlich nicht. Er begleitete mich. Ich denke, er erachtete es als weiser, mich irgendwie zu beschäftigen, anstatt mich rastlos bei sich zuhause einzusperren."

Die Vorstellung der beiden mächtigen, hochrangigen Magier, die solche Einkäufe tätigten und dabei Farben, Qualität, Muster und dergleichen diskutierten, brachte sie zum Lächeln.

"Steh hier nicht einfach grinsend herum", tadelte er sie. "Bring die Schüsseln zu unseren Gästen, damit wir sie verpflegen können." Dann hob er eine der großen Schalen aus ihrem Wasserbad, trocknete die tropfende Unterseite mit einem Tuch und ging ihr voran zurück zum Salon, wo er sie in der Mitte des Tisches platzierte, bevor er zurückkehrte, um die zweite zu holen.

Er lächelte über das schlecht verborgene Erstaunen seiner Gäste, ihn beim Servieren von Essen zu sehen. "In den Westlichen Territorien ist es Brauch, dass der Gastgeber seine Gäste bekocht. Und sollte Fleisch serviert werden, dann muss es ebenfalls vom Gastgeber selbst erjagt worden sein. Alles andere wäre eine Beleidigung und würde ihn der Lächerlichkeit preisgeben. Ich habe zwei verschiedene Gerichte vorbereitet, da Eryn sich entschieden hat, nicht länger Fleisch zu essen. Ihr seid natürlich eingeladen, beide zu probieren."

Junar sagte: "Ich gebe zu, ich bin ganz überwältigt davon, wie gut Ihr Euch offenbar an die dortigen Gepflogenheiten angepasst habt." Dann starrte sie Eryn ungläubig an, während Enric ihre Schüsseln füllte und jeden einzeln fragte, welches Gericht bevorzugt wurde. "Du isst jetzt kein Fleisch mehr? Was ist passiert?"

Eryn nahm die Schüssel von ihrem Gefährten entgegen und wandte sich an ihre Freundin. "Wir wurden eingeladen, meinen Cousin und seine... Freunde auf einen Jagdausflug zu begleiten, und das hat sich für mich als böses Erwachen erwiesen. Später habe ich erfahren, dass es dort als akzeptierter Lebensstil gilt, kein Fleisch zu essen, wenn man nicht bereit ist, es selbst zu töten." Sie zuckte mit den Schultern. "Für mich hörte sich das prima an. Und das tut es noch immer."

"Es fehlt dir also gar nicht? Das hier riecht überhaupt nicht verlockend für dich?", fragte Vern ungläubig und hielt ihre seine Schüssel unter die Nase.

"Nein zu beidem. Und ich wäre dir sehr verbunden, wenn ich das nicht einatmen müsste." Ihr Gesicht wurde starr, und sie drehte den Kopf zur Seite, bis er die Schüssel wieder vor sich hingestellt hatte.

Dann ruhten die Blicke erwartungsvoll auf Enric, wartend, dass er zu essen begann.

"Von einem Gastgeber wird erwartet, dass er wartet, bis alle seine Gäste den ersten Bissen gegessen haben, bevor er selbst beginnt", erklärte er. "Denn erst dann kann er sicher sein, dass jeder etwas bekommen hat, das ihm zusagt. Somit würde ich euch ersuchen, genau das zu tun."

"Es scheint, als hattet Ihr dort eine Menge zu lernen nach Eurer Ankunft", bemerkte Orrin.

Eryn nickte. "Das ist wohl wahr. Seid froh, dass wir euch für den Moment den Rest ersparen. Nächstes Mal, wenn ihr herkommt, müsst ihr auf den Kissen sitzen, die sie dort anstelle von Stühlen verwenden und eure Hände in speziell dafür gedachten Schüsseln waschen", fügte sie grinsend hinzu. "Da Enric seine Zeit dort mit Einkaufen verbracht hat, hat er das alles womöglich auch noch erworben." Ihre Augen weiteten sich, als er nur die Achseln zuckte. "Das hast du tatsächlich? Ach du meine Güte!" Kopfschüttelnd wandte sich sie zurück an Orrin. "Es scheint, als wäre meine leere Drohung nicht ganz so leer gewesen, wie ich dachte."

Junar schluckte ihren ersten Bissen und sah zu Enric auf. "Das schmeckt wirklich gut. Wo habt Ihr gelernt zu kochen? Das ist keine Fertigkeit, die ich mit Magiern in Verbindung bringen würde."

"Eryns Cousin Vran'el hat es mir beigebracht. Dort drüben scheint die Fähigkeit, für sich selbst zu sorgen als ebenso grundlegende Fertigkeit wie das Heilen erachtet zu werden", erklärte er.

"Cousin?", fragte Vern neugierig und drehte sich zu Eryn. "Du hast vorher einen Onkel erwähnt. Du hast dort also deine Familie getroffen? Wie sind die so?"

Langsam begann sie zu erklären: "Lass mich am Anfang starten. Als wir das Schiff in Takhan verlassen hatten, wurden wir von drei Leuten und Ram'an begrüßt. Ein wichtiger Politiker und noch zwei Leute. Einer davon hat sich als mein Onkel väterlicherseits herausgestellt. Er war derjenige, der mir die

Nachricht gegeben hat, die du an der Wand gesehen hast. Die andere stellte sich mir vor als… meine Mutter."

Drei Augenpaare starrten sie an. "Was? Deine *tote* Mutter?", fragte Junar verwirrt.

"Ja, das hat sich als kleine Fehlinformation erwiesen", bemerkte Eryn ironisch.

"Deine Mutter lebt also tatsächlich?" Vern klang erstaunt. "Unfassbar! Warum wirkst du dann nicht glücklich, wenn du darüber redest?"

"Weil sich herausgestellt hat, dass ich die einzige Tochter einer sehr mächtigen Familie war, von der erwartet wurde, eines Tages die Rolle der Anführerin, oder Oberhaupt des Hauses, wie sie es dort nennen, einzunehmen."

"Dann bist du tatsächlich eine Art verlorene Prinzessin!", lachte Vern und klatschte in die Hände. "Ich hatte Recht!"

"Ja, ich gratuliere ganz herzlich", schnaubte sie. "Aber da hing noch etwas mehr dran. Man erwartete auch, dass ich ein Kommitment mit Ram'an eingehe."

"Was?" Dieses Mal war es Orrins verblüffte Stimme, die den Ausruf tätigte. "Das ist also der Grund, weshalb…" Sein Blick fiel auf Enric, und er verstummte sofort.

"Das geht schon in Ordnung, Orrin - er hat in der Zwischenzeit von Ram'ans kleinem Verhörversuch erfahren", seufzte sie.

"Warum?"

"Mein Cousin hat ihm davon erzählt. Ram'an hat sein Manöver in Takhan publik gemacht."

"Was? Nein! Ich meinte, warum du dich an Ram'an binden hättest sollen!"

Eryn verzog das Gesicht, beantwortete dann aber die Frage. "Weil es zwischen den Häusern gebräuchlich ist, ihre Nachkommen anderen Häusern zu versprechen, um ihre politischen Allianzen zu stärken. Als einzige Tochter eines mächtigen Hauses war ich für den Sohn eines anderen bestimmt."

"Aber du hattest doch bereits einen Gefährten, als du dorthin gingst!", rief die Schneiderin aus.

"Da es zwischen uns kein Band dritten Grades gab, erkannten sie Enric nicht wirklich als meinen Gefährten an. Somit versuchte Ram'an mit allen Mitteln, mich von ihm loszubekommen." Sie schüttelte den Kopf und seufzte, froh, dass all dies hinter ihr lag.

"Offensichtlich erfolglos", meinte Orrin mit einem dünnen Lächeln.

"Offensichtlich", bestätigte Enric, sein Lächeln grimmig.

"Wäre mein Cousin Vran'el nicht gewesen, hätte Ram'an es geschafft, mich für eine ganze Weile in Takhan festzuhalten", erzählte Eryn. "Hätte Vran'el nicht arrangiert, dass ich von meinem Onkel adoptiert werde, hätte Ram'an mich als Mitglied seines Hauses beansprucht."

"Du wurdest von deinem *Onkel* adoptiert?", rief Junar völlig verzweifelt. "Könntest du die Ereignisse wohl in der richtigen Reihenfolge erzählen? Mein Kopf dreht sich! Wie kann das alles in so kurzer Zeit passiert sein?"

Enric seufzte. "Ich werde das übernehmen. Eryn hat es nicht gerade einfacher gemacht, indem sie ständig vor- und zurückgesprungen ist. Wir haben es geschafft, Handelsvereinbarungen zu treffen, und Eryn brachte es bis dahin fertig, sich Ram'an vom Leib zu halten. Nach drei Wochen sollten wir nach Hause zurückkehren. Gerade, als wir an Bord des Schiffes gehen wollten, wurden wir von Wachen aufgehalten, die uns zum Senat brachten. Das ist so etwas wie unser Rat hier. Es stellte sich heraus, dass Malriel, Eryns Mutter, ihre eigene Tochter beschuldigte, vor dreizehn Jahren den Tod ihres Vaters verursacht zu haben. Ich überlasse es Eryn, ob sie diese Geschichte eines Tages selbst erzählen möchte. Aber seid versichert, dass es aus rechtlicher Sicht klar war, dass Eryn nicht dafür verantwortlich war und dieses Verfahren auch nie über sich ergehen hätte lassen müssen, würde ihre Mutter nicht über solch beträchtlichen politischen Einfluss verfügen." Er hielt inne, um einen Schluck Wein zu nehmen, bevor er fortfuhr. "Für die Dauer des Verfahrens wurden wir voneinander getrennt. Jeder von uns wurde der Aufsicht eines Magiers unterstellt, der stärker war als wir selbst. Ram'an meldete sich freiwillig dafür, Eryn zu bewachen und durfte die Aufgabe übernehmen, wenngleich er es in der Residenz der Familie ihres Onkels tun musste anstatt in seiner eigenen." Er hielt inne, als er sah, dass Orrin verwirrt wirkte.

"Wartet", meinte der Krieger mit einem Stirnrunzeln. "Aber Ram'an war nicht stärker als Eryn. An diesem Tag in seinem Quartier schaffte sie es, seinen Schild zu durchbrechen."

Eryn schloss die Augen und unterdrückte ein Stöhnen. Oh nein. Das war das einzige kleine Detail gewesen, von dem Enric nichts gewusst hatte, das sie geschafft hatte, vor ihm zu verbergen. Bis jetzt.

Es wurde still am Tisch. Niemand wagte es, auch nur ein Geräusch zu verursachen. Enrics tiefer Atemzug, der zwischen seinen Lippen entwich, war alles, was hörbar war.

"Eryn?", fragte er mit gefährlich ruhiger, aber dennoch bedrohlicher Stimme. Sie konnte seinen Zorn feurig in ihrer Magengrube spüren. "Würdest du mir das wohl näher ausführen? Wie kommt es, dass ich über Kampfhandlungen, die bei dieser Gelegenheit stattfanden, nicht im Bilde war?"

"Ich dachte, du sagtest, er wüsste Bescheid, Eryn!", rügte Orrin sie mit Schärfe. "Wann wirst du endlich mit deinen Geheimnissen aufhören, du Idiotin!"

"An dieser Antwort wäre ich selbst auch sehr interessiert", fügte Enric mit zusammengekniffenen Augen hinzu. "Heraus damit!", forderte er mit mehr Nachdruck.

Sie wählte ihre Worte sorgsam. "Es war nur eine Kleinigkeit. Er versuchte, mich an diesem Tag mit einem Schild vor der Tür davon abzuhalten, sein

Quartier zu verlassen, nachdem ich mich aus seinem Griff befreit hatte. Ich schoss zweimal darauf und schaffte es gerade noch, ihn zu durchdringen. Also ging ich davon aus, dass ich stärker sei als er. Was offensichtlich nicht stimmte. Später sagte er mir, dass er nicht seine gesamte Kraft dafür eingesetzt hatte, den Schild zu errichten, weshalb er schwach genug war, um von mir überwunden zu werden. Es tut mir wirklich leid."

Er schüttelte den Kopf. "Nein, das tut es nicht. Ich spüre eine Mischung aus Verdruss und Unbehagen, aber kein Bedauern." Seine blauen Augen waren zu Schlitzen verengt. "Und noch ein weiterer Schub an Ärger, weil ich dich durchschaut habe. Lass dir das eine Lehre sein. Lüg mich nicht an. Nie wieder. Ich beginne wirklich, dieses Geistesband zu schätzen."

"Auch wenn ich deswegen im Bett ohnmächtig werde?", warf sie verärgert zurück in der Hoffnung, in als kleine Rache vor ihren Gästen in Verlegenheit zu bringen.

Über diesen Versuch lächelte er nur, nicht im Geringsten aus der Bahn geworfen. "Ich merke, dass mich diese kleine Nebenwirkung im Moment nicht besonders kümmert. Betrachte es als sanfte Methode, dich auszuschalten. Bisher haben wir es erst zweimal versucht, wenn du dich erinnerst. Womöglich entwickelst du nach einer Weile eine gewisse Immunität gegen diese Auswirkung. Wir werden wohl einfach weiter üben müssen, nicht wahr?"

Ihr Gesicht verfärbte sich dunkelrot, und sie griff rasch nach einem Glas Wasser und leerte es in einem Zug.

Enric warf ihr einen letzten missbilligenden Blick zu, dann widmete er seine Aufmerksamkeit wieder seinen Gästen. "So viel dazu. Wie ich schon sagte, wurde Ram'an zu Eryns Wächter bestellt und nutzte die Situation zu seinem Vorteil. Zumindest soweit dies möglich war, während sich ihr Onkel und ihr Cousin in der Nähe befanden. Ram'an war einer der Senatoren und hatte somit eine Stimme bei der Schlussabstimmung der Verhandlung. Ursprünglich war er entschlossen, gegen Eryn zu stimmen, da das Ziel ihrer Mutter ein zwei Jahre andauernder Hausarrest in Takhan war. Aber dann entschied sich Eryn, sich von der Familie ihrer Mutter loszusagen, falls das Verfahren zu ihren Gunsten ausging. Da Ram'an sich zu entscheiden hatte, entweder die Führungsrolle in seinem eigenen Haus zu übernehmen oder Eryn als Erbin eines anderen Hauses als seine Gefährtin zu nehmen, sah er darin seine Chance, sowohl Eryn als auch die Position zu erlangen. Er schaffte es, mit seiner eigenen und noch drei weiteren Stimmen, das Urteil des Senats umzulenken."

"Was?", fragte Vern. "Warum musste er sich zwischen Eryn und der Führung seines Hauses entscheiden?"

"Weil Eryn die einzige Erbin ihres Hauses war, er aber noch einen jüngeren Bruder hatte, der diese Rolle übernehmen konnte. Zwei Erben eines Hauses können in den Westlichen Territorien nicht als Gefährten verbunden werden", erklärte Enric geduldig. "Aus diesem Grund war es für Ram'an eine attraktive

Option, dass Eryn sich von ihrem Haus lossagte und somit ihre Position als Erbin aufgab."

"Aber warum dachte er, dass sie in Takhan bleiben würde, nachdem sie das Verfahren gewonnen hätte? Es stand ihr doch dann frei abzureisen, oder etwa nicht?", fragte der Junge und wunderte sich, weshalb jede Antwort bloß zu neuen Fragen führte.

"Weil er sehr versiert war, was historische Gesetze und deren Anwendung betraf. Da gab es ein Gesetz, das ihm beträchtlich geholfen hätte. Es handelte sich dabei um eine Regel, der zufolge ein versprochener Gefährte das Recht hat, die Partnerin für das eigene Haus zu beanspruchen für den Fall, dass sie sich von ihrem eigenen lossagt. Das sollte ermöglichen, dass die Kommitment-Vereinbarung dennoch erfüllt wird. Dieses Gesetz wurde verabschiedet, bevor die Erfüllung der Vereinbarung freiwillig war. Man wollte damit verhindern, dass sich Kinder davon befreien, indem sie sich einfach von ihrem Haus lösen."

"Aber ihr Cousin hat das verhindert, indem ihr Onkel sie adoptierte?", fragte nun Junar, der es sichtlich Mühe bereitete, mit all diesen Details Schritt zu halten.

"So ist es", nickte Enric. "Eryn ist somit nicht länger die Erbin des Hauses ihrer Mutter, sondern ein offizielles und rechtlich bestätigtes Mitglied der Familie ihres Vaters, also Haus Vel'kim."

"Dann gibt es jetzt keinen Erben für das Haus deiner Mutter?", fragte Vern.

"Oh doch, den gibt es", warf Eryn ein. "Es stellte sich heraus, dass Enric sich erpressen oder vielleicht sogar eher *bestechen* ließ, sich von meiner Mutter adoptieren zu lassen. *Er* ist nun der neue Erbe von Haus Aren, dem ich den Rücken gekehrt habe." Mit offenkundiger Genugtuung betrachtete sie ihre verblüfften Mienen. Es tat gut zu sehen, dass sie nicht die Einzige war, die das absolut und vollkommen grotesk fand.

"Verstehe ich das richtig", sagte Orrin ganz langsam, "dass Ihr, Lord Enric, nun der Sohn und Erbe der Mutter Eurer Gefährtin seid?"

"Ja", nickte Enric, "das stimmt."

"Bedeutet das, dass man Euch jederzeit dazu heranziehen könnte, ihre Nachfolge anzutreten? Welche Konsequenzen ergeben sich daraus für Eure Position im Orden? Es ist angedacht, dass Ihr eines Tages bereits hier jemandem nachfolgen sollt", erwiderte Orrin besorgt.

"Theoretisch, ja", gab Enric zu, "aber praktisch ist das im Moment nicht besonders wahrscheinlich. Ich bin zuversichtlich, dass sich im Laufe der Zeit eine andere Lösung für diese Verpflichtung ergeben wird."

"Und das ist jetzt alles? Abgesehen davon, dass Ihr vor Eurer Abreise noch dieses Band eingegangen seid?", wollte Junar mit gerunzelter Stirn wissen.

"Nun, beinahe. Enric hat sich an Ram'an dafür gerächt, dass er seine Hände nicht bei sich behalten hat, indem er ihn gezwungen hat, unsere Zeremonie und die Festlichkeiten in seiner Residenz auszurichten. Dann hat er ihn auch noch dazu gebracht, an der Zeremonie selbst teilzunehmen", ergänzte Eryn. "Aber das war jetzt alles. Wirklich."

"Unfassbar", seufzte Orrin und seine Augen waren voller Erstaunen geweitet. "Eryn, es scheint, als gäbe es wirklich keine Chance, dich lange vor Ärger zu bewahren."

"Wie war das mit der Zeremonie genau?", fragte Junar. "Du sagtest, es war ein magisches Band? Wie funktioniert das? Wie der Eid an das Königreich, den man mit aneinander gepressten Händen schwört?"

"So ziemlich, ja", nickte Eryn. "Abgesehen davon, dass man dafür fünf Hände braucht anstatt nur zwei und man außerdem seinen eigenen Schwur dafür schreiben muss. Enrics Eid hat sich sogar gereimt." Sie sah zu Orrin hin. "Da gibt es etwas, das ich dich fragen wollte. Enric sagte mir, dass er einmal ein Gedicht über dich schrieb, als er ein Junge war. Und zwar ein beleidigendes."

Orrin lächelte. "Daran erinnere ich mich, ja. Ich war nicht der einzige Lehrer, dem er diese Ehre angetan hat. Wir verglichen sie und versuchten herauszufinden, wen von uns er am meisten hasst. Lass mich nachdenken…" Er lehnte sich zurück und sah für eine kurze Weile an die Decke, bevor er zu rezitieren begann: "An Orten, wo man Orrin sieht / Liegt oft ein Ohr, ein Fingerglied / Von einem Schüler abgetrennt / Der blutig durch das Land nun rennt."

Vern starrte zuerst seinen Vater, dann Enric an. "Ihr habt das geschrieben? Ernsthaft?"

"Ich gebe zu, das habe ich. Ich erkenne es wieder", grinste Enric. "Es ist allerdings nur ein Auszug. Ich bin überrascht, dass Ihr Euch noch an die Worte erinnert, Lord Orrin. Es scheint, als hätte es einen dauerhaften Eindruck bei Euch hinterlassen."

Orrin lachte leise. "Das hat es in der Tat. Ich war der erste der Lehrer, der auf diese Weise geehrt wurde. Respektlos und beleidigend, aber extrem amüsant zu lesen. Es wurde sogar so schlimm, dass sich die Lehrer, die nicht von dieser Unverfrorenheit betroffen waren, ausgeschlossen fühlten."

Eryn lachte. "Und du dachtest, dass künstlerisches Talent in diesem Land überhaupt nicht geschätzt wird!"

"Das wurde es auch nicht", bemerkte Enric, "Für dieses spezielle Gedicht wurde ich zur Arbeit in die Küche geschickt. An die Bestrafungen der anderen Lehrer erinnere ich mich nicht einmal mehr."

"Dann scheint es, als hätte Euch meine Reaktion ebenfalls beeindruckt", grinste Orrin.

"So scheint es wohl, ja", nickte Enric nachdenklich.

"Und heute, etwa zwanzig Jahre später, sitzen der Schmutzpoet und der gnadenlose Lehrer gemeinsam an einem Tisch und essen das Mahl, dass der Schmutzpoet zubereitet hat, weil eure Partnerinnen zufällig Freundinnen sind", sagte Vern und klang ebenfalls beeindruckt. "Ich wette, wenn das damals jemand vorhergesagt hätte, wärt ihr entweder in Panik verfallen oder hättet abgestritten, dass es jemals soweit kommen könnte."

"Das ist allerdings wahr", nickte Orrin. "Aber damals wäre es schon schlimm genug gewesen, wenn man mir gesagt hätte, dass ich mich eines Tages als Lord Enrics Untergebener wiederfinden würde."

Enric lehnte sich zurück und betrachtete seinen alten Lehrer nachdenklich. "Ich hoffe, es hat sich als nicht ganz so übel für Euch erwiesen."

Der ältere Mann lächelte. "Es gab ein paar Anlässe, wo Befehlsverweigerung eine attraktive Option zu sein schien. Besonders im Laufe des letzten Jahres." Sein Blick sprang zu Eryn.

Die beiden Männer lächelten einander schief an, als sie an meisterhaft bezwungene Herausforderungen zurückdachten.

Eryn wechselte einen Blick mit Junar, die ihre Augen zur Decke richtete. Die beiden Männer wirkten viel zu selbstgefällig für ihren Geschmack. Sie lehnte sich nach vorne.

"Von einer Sache habe ich dir noch nicht erzählt. Ich habe es in Takhan ausprobiert und denke, dass du das sehr interessant finden könntest. Die Magier benutzen zum Jagen goldene Gürtel, die ihre Magie blockieren."

Enric und Orrin tauschten einen leicht panischen Blick. Der eine bei der Aussicht darauf, dass ein weiteres intimes Detail enthüllt wurde, der andere, weil man ihn womöglich dazu drängen könnte, dem Beispiel des jüngeren Mannes zu folgen.

Vern lächelte nachsichtig und stand auf, um an den Barschrank zu treten und kurz darauf mit einer halbvollen Flasche zurückzukehren.

"Ich vermute, ich bin nicht der Einzige, der Nachschub braucht, oder?", seufzte er und füllte dann die beiden Gläser auf, die hastig in seine Richtung geschoben wurden.

KAPITEL 4

Neue Entwicklungen

Eryn blickte zu dem Boten, der im Türrahmen ihres Arbeitszimmers stand. Palast, dachte sie mit einem Anflug von Überdruss.

Er verbeugte sich, bevor er verkündete: "Lord Tyront begehrt Euch zu sehen."

"Das geht im Augenblick nicht. Ich bin gerade auf dem Weg zurück zu einem Patienten. Die arme Frau kann ich ja wohl kaum warten lassen, bis ich wieder vom Palast zurück bin", schnauzte sie den Mann an - vollkommen ungerechtfertigt, da er kaum derjenige war, der sie zu sich zitiert hatte. Er war nur in der unglücklichen Lage, diesem Befehl Folge leisten zu müssen. Bemüht, weniger aggressiv zu klingen, fuhr sie fort: "Bitte informiere Lord Tyront, dass ich im Moment nicht abkömmlich bin und ihn aufsuchen werde, sobald es mir möglich ist."

Der Bote fühlte sich augenscheinlich unwohl.

"Hör zu", sprach sie weiter, "ich weiß, dass du angewiesen wurdest, mich dorthin zu bringen, aber das geht momentan einfach nicht. Du bist wohl kaum in der Lage, mich gegen meinen Willen mitzunehmen."

Steif verbeugte er sich und machte sich rasch davon.

Kopfschüttelnd drehte sie sich um zu dem Patientenbericht, den sie holen wollte, nahm ihn vom Tisch und kehrte wieder in den Behandlungsraum zurück. Ja, sie *war* spät dran mit dem Bericht, den Lord Tyront wollte. Allerdings war sie seit kaum mehr als zwei Wochen zurück von ihrer Reise, und da gab es noch immer genug Arbeit, die aufzuholen war. Zusätzlich dazu musste sie die neuen Bücher aus Takhan noch durchgehen und all dieses

Wissen in ihren Lehrplan integrieren. Ein Statusbericht war momentan auf jeden Fall ihre kleinste Sorge, und das sollte sogar dem großmächtigen Lord Tyront klar sein.

Es war etwa eine halbe Stunde vergangen, bevor es an der Tür des Behandlungszimmers, in dem sie gerade beschäftigt war, klopfte. Lebern stand von seinem Stuhl auf, öffnete die Tür einen Spalt weit um nachzusehen, was wichtig genug war, um die Arbeit eines Heilers zu unterbrechen. Sie vernahm ein paar gemurmelte Worte, dann drehte sich der Lehrling zu ihr um.

"Lord Orrin will dich sprechen."

"Teile ihm mit, er möge draußen warten oder in mein Arbeitszimmer hinaufgehen. Ich bin hier mitten in einer Behandlung", sagte sie gereizt. "Ich komme zu ihm, sobald ich fertig bin."

Lebern wollte ihren Besucher gerade entsprechend informieren, als die Tür voller Ungeduld aufgestoßen wurde und Orrin mit einem finsteren Blick eintrat.

"Wage es bloß nicht, mich warten zu lassen! Du kommst jetzt sofort mit mir, oder es wird Ärger geben", knurrte er.

Verblüfft starrte sie ihn an. "Was? Ich bin gerade dabei, einen gereizten Magen zu heilen - ich kann nicht einfach aufstehen und davonlaufen! Raus mit dir! Sofort!"

Der Krieger kniff seine Augen zusammen und sah zu dem anderen Heiler. "Kannst du einen gereizten Magen heilen?"

Lebern schluckte. "Ich habe das bereits gemacht, ja", sagte er langsam.

"Gut. Dann mach dich an die Arbeit." Orrin trat zu ihrem Stuhl, ignorierte den Patienten mit den weit aufgerissenen Augen und packte Eryn wenig zärtlich am Oberarm, um sie vom Stuhl hochzuziehen.

Sie knirschte mit den Zähnen und entschied, ihn nicht vor ihrem Patienten, sondern an einem weniger öffentlichen Ort anzuschreien. Während sie sich mehr oder weniger aus dem Zimmer zerren ließ, nickte sie Lebern zu und gab ihm damit zu verstehen, dass er den Befehl, den er gerade erhalten hatte, befolgen sollte.

"Ich bin gleich wieder zurück", brummte sie.

"Nein, das ist sie nicht!", knurrte Orrin und warf draußen auf dem Gang die Tür geräuschvoll hinter ihnen ins Schloss.

Mit einem Ruck entriss sie ihm ihren Arm und deutete auf die kleine Küche nur ein paar Schritte weiter links. "Dorthin", zischte sie und ging voraus, ohne nachzusehen, ob er ihr folgte.

Mit einer entschiedenen Bewegung schloss sie die Tür, dann wirbelte sie zu ihm herum. "Was glaubst du, was du hier treibst? Du stürmst in mein Behandlungszimmer und schleifst mich hinaus, während ich gerade dabei bin, einen Patienten zu heilen? Hast du vollkommen den Verstand verloren?", fauchte sie. "Das ist absolut inakzeptabel! Nächstes Mal, wenn du so etwas versuchst, werde ich weniger nachsichtig mit dir sein und dich einfach nur rauswerfen und einen Schild errichten, damit du nicht mehr hinein kannst!"

"*Du* wirst weniger nachsichtig mit *mir* sein? Du hältst jetzt besser den Mund, bevor ich mich vergesse", schnappte er nach ihr. Noch einmal ergriff er ihren Arm und trat so nahe an sie heran, dass sich ihre Nasen beinahe berührten. "Ich wurde hergeschickt, um dich zu Lord Tyronts Arbeitszimmer zu eskortieren, weil du den Boten ignoriert hast, den er deinetwegen geschickt hat! Denkst du etwa, ich hätte nichts Besseres zu tun, als deinen aufsässigen Hintern zum Palast zu schleifen?"

"Ohne mein Einverständnis könntest du mich nicht einmal dorthin schleifen! Dafür bist du nicht stark genug", zischte sie.

Mit einem kalten Lächeln zog er ein Paar goldene Handschellen hervor. "Provozier mich besser nicht. Mir wurde die Autorität erteilt, dass ich jeden Magier meiner Wahl anweisen kann, mir dabei behilflich zu sein, dich davon zu *überzeugen*, dass du mich begleitest. Lord Poron sollte heute hier sein, wenn ich mich nicht irre. Stark magst du sein, mein Mädchen, aber nicht mächtiger als er und ich gemeinsam." Seine Augen verengten sich. "Kommst du nun freiwillig mit oder muss ich dich fesseln und über meine Schulter werfen, du verdammte Plage?"

Atme, befahl sie sich. Hier gab es nichts zu gewinnen.

Offenkundig tat er das nicht zu seinem persönlichen Vergnügen, rief sie sich in Erinnerung, also war es nicht seine Schuld. Ganz im Gegenteil - er war eindeutig ebenso wenig erfreut über diese Sache wie sie selbst und zeigte das eben auf die für ihn so typische, forsche Art.

Langsam nickte sie. "Du kannst die verfluchten Dinger wegstecken, ich werde mitkommen", sagte sie ruhig.

Die Anspannung in seinem Gesicht legte sich, und er ließ die Handfesseln zurück in seine Taschen gleiten. "Gut. Obwohl ich zugebe, dass ich es in diesem Moment genossen hätte, dir etwas Unangenehmes anzutun. Komm jetzt. Wir sollten ihn nicht noch länger warten lassen, als du es ohnehin schon getan hast." Damit umfasste er ihr Handgelenk und zog sie mit sich.

* * *

Enric blinzelte. Eine Welle des Zorns rollte über ihn hinweg, und er nahm einen Schluck von seiner Tasse, um wieder ins Gleichgewicht zu kommen. Seine Gefühle zu maskieren war er gewohnt, aber es zu tun, wenn sie ihn so unerwartet überfielen, war eine ganz andere Herausforderung. Es schien also, als hätte Tyront seine Drohung wahrgemacht, sie in sein Arbeitszimmer zerren zu lassen, wenn sie nicht damit begann, regelmäßig ihre Berichte an ihn abzuliefern. Wenn er von ihrer derzeitigen Laune ausging, dann war sie wohl wieder drauf und dran, sich Ärger mit ihrem Vorgesetzten einzuhandeln. Er zog in Betracht, ebenfalls zum Palast zu gehen, scheinbar zufällig zu einem

Besuch in Tyronts Arbeitszimmer aufzutauchen und zu sehen, ob noch irgendeine Schadensbegrenzung möglich war. Aber er entschied sich dagegen. Sie musste es wirklich lernen. Und wenn er von der Vergangenheit ausging, gab es gewisse Dinge, die sie ohne Qualen nicht verinnerlichen würde.

Ein leises Lächeln umspielte seine Mundwinkel, als seine Gedanken zu dem Tag zurückkehrten, als Orrin sie zum ersten Mal trainiert hatte. Er selbst stand an diesem Tag mit Tyront am Fenster seines alten Arbeitszimmers im Palast und beobachtete, wie der Krieger sie über seiner Schulter in die Arena trug. Dann weigerte sie sich, das Übungsschwert zu nehmen, und Orrin musste ihr mehrere Hiebe mit seiner eigenen Waffe zufügen, bis sie es schlussendlich aufhob, um weitere Prellungen zu vermeiden. An diesem Tag hatte er ein Goldstück an Tyront verloren, erinnerte er sich. Sie hatten gewettet, wie viele Schläge sie wohl einstecken würde, bevor sie nachgab. Wie es schien, hatte Tyront sie bereits damals recht treffsicher eingeschätzt. Ihr Stolz und ihre Unwilligkeit waren zuweilen stärker ausgeprägt als ihre Fähigkeit, mit hoher Geschwindigkeit zu lernen. Daran hatte sich wohl nicht viel geändert, dachte er und fragte sich, wie viele Hiebe dieses Mal wohl erforderlich waren.

Er lächelte vor sich hin. Vielleicht wurde es Zeit für eine weitere Wette mit Tyront.

* * *

Sorgsam schloss Eryn die Tür hinter sich, als sie Lord Tyronts Quartier verließ. Viel lieber hätte sie sie zugeschlagen, aber damit würde sie sich keine Pluspunkte verdienen. Seine Tür zuzuknallen würde ihr nur noch größere Schwierigkeiten einbringen, als sie ohnehin bereits auf dem Hals hatte.

Überrascht zog sie eine Augenbraue hoch, als sie Orrin erblickte, der im Korridor mit verschränkten Armen an der Wand lehnte.

"Er ist jetzt frei für dich", sagte sie ohne ein Anzeichen von Ironie oder Ärger.

Der Krieger konzentrierte seinen Blick auf sie. "Ich habe auf dich gewartet, nicht auf ihn."

Seine Laune hatte sich gewandelt, fiel ihr auf. Seit er sie vor kaum mehr als zwanzig Minuten hier mehr oder weniger abgeladen hatte, schien er seine Ruhe wiedergefunden zu haben.

"Hast du das."

"Ja. Da gibt es eine Kleinigkeit, die wir zu besprechen haben: deine Kampfstunden. Ich habe dir zwei Wochen gewährt, um dich hier wieder einzugewöhnen. Jetzt wird es Zeit, unsere Arbeit wiederaufzunehmen."

"Orrin, nein!", protestierte sie klagend. "Jetzt gerade ist so viel zu tun! Verschone mich noch zwei Wochen lang, ich flehe dich an!"

"Nein", antwortete er unbeeindruckt und schüttelte den Kopf. "Das ist noch immer ein Erfordernis des Ordens. Und ich sehe, dass meine Nachsicht, dir diese zwei Wochen zu gewähren, zu nichts anderem geführt hat, als dass du es noch weiter hinauszögern willst. Wie oft hattest du in den letzten acht Wochen ein Schwert in der Hand, wenn ich fragen darf?"

Sie warf ihm einen bösen Blick zu. "Ich war ziemlich beschäftigt, wenn ich dir das ins Gedächtnis rufen darf", schnaubte sie.

"Dann also überhaupt nicht. Genau wie ich dachte. Ein weiterer Bereich also, in dem du einiges nachzuholen hast", nickte er.

"Das stimmt nicht!", wehrte sie sich. "Ich musste mit Enric kämpfen." Naja, zweimal. Einmal, bevor sie nach Takhan aufgebrochen waren und ein weiteres Mal in der Botschafterresidenz, als er seine Anspannung loswerden musste, nachdem er erfahren hatte, dass sie Ram'an sozusagen versprochen war. Aber das war jetzt im Augenblick nicht von besonderer Bedeutung.

"Tatsächlich? Irgendwie bezweifle ich, dass dein Kampftraining eine seiner Prioritäten war, wo er sich mit Handelsgesprächen plagen musste und auch damit, dich nicht an einen anderen Mann zu verlieren", sagte Orrin milde. "Aber das werden wir ja morgen sehen. Morgen ist kein Behandlungstag, also kannst du dich freimachen."

Ihre farbenfrohen Flüche brachten ihn nur zum Lächeln. "Na, na - für eine hochwohlgeborene Lady wie dich ist das sicher keine angemessene Ausdrucksweise."

"Was in aller Welt hat dich auf den Gedanken gebracht, dass es eine kluge Idee war, diese Sache anzusprechen, nachdem du mich zu Lord Tyront geschleppt hast?", fragte sie mit einem finsteren Blick.

"Ich dachte, dass er deiner rebellischen Laune wohl einen ordentlichen Dämpfer verpassen würde, wovon ich dann profitiere. Gibt es irgendwelche neuen Entsendungen zum Mistschaufeln, die wir bei deinem Trainingsplan berücksichtigen müssen?", erkundigte er sich mit einem breiten Grinsen.

"Nein, *Lieferjunge*, ich habe mich anständig benommen. Allerdings sehe ich, dass dir die Alternative mehr Freude bereitet hätte." Sie war das eine oder andere Mal drauf und dran gewesen, bestraft zu werden für ein paar Bemerkungen, die man bei genauerer Betrachtung wohl als etwas weniger respektvoll als angemessen erachten könnte, aber das würde sie Orrin sicher nicht mitteilen. Er war ohnehin schon zu selbstgefällig für ihren Geschmack. Auf sie zu warten schien seine Laune erheblich verbessert zu haben, während ihre eigene nach dem Gespräch mit dem hohen Lord noch mehr gelitten hatte.

"Lieferjunge", wägte Orrin nachdenklich ab, bevor er mit den Schultern zuckte. "Lass mich dir so viel sagen: Diese Bezeichnung wird sogar treffender sein, falls du morgen nach Sonnenuntergang nicht auftauchst. Dann werde ich dich nämlich erneut ausliefern, dieses Mal an mich selbst. Und ich bin zuversichtlich, dass dein Gefährte mir eher behilflich sein wird anstatt mich daran zu hindern." Mit einem kurzen Winken spazierte er sodann fröhlich pfeifend davon.

Das Problem dabei war, überlegte sie verärgert, dass er absolut Recht hatte. Enric würde keinen Finger rühren, um ihn aufzuhalten, sondern einfach nur mit diesem gelassenen Gesichtsausdruck, den er der Welt zu zeigen pflegte, zusehen, wie Orrin sie davonschleppte.

* * *

Enric lächelte, als sie in sein Arbeitszimmer kam und sich auf das Sofa auf einer Seite seines Schreibtisches fallen ließ.

"Hattest du einen mühsamen Tag, Geliebte?"

Sie seufzte. "Hast du mit Lord Tyront gesprochen, oder war ich zornig genug, dass du es aus erster Hand erfahren hast?"

"Letzteres. Zweimal, um genau zu sein. Einmal war es Ärger, das zweite Mal eher Verdruss mit einer Prise Verzweiflung."

"Einer Prise?", lächelte sie unwillkürlich. "Das mit dem Kochen gefällt dir wirklich, was?"

Er lehnte sich zurück und wartete darauf, dass sie ihm erzählte, was ihr heute solchen Kummer bereitet hatte.

"Zuerst bestellte mich Lord Tyront in sein Arbeitszimmer, dann schickte er Orrin, um mich dorthin zu zerren, als ich nicht in sofortigem Gehorsam aufgesprungen bin. Im Ernst - all das nur wegen eines Berichtes? Ich bot ihm an, Rolan mit sämtlichen Informationen, die er braucht, zu ihm zu schicken, aber er besteht darauf, mit *mir* zu reden. Als hätte ich sonst nichts zu tun!" Frustriert warf sie die Hände hoch.

"Eryn, es ist ein Zeichen von Respekt und Gehorsam, wenn du dir für deinen Vorgesetzten Zeit nimmst, nachdem er dich wiederholt darum ersucht. In dieser Hinsicht zeigst du noch immer wenig Einsicht, wie ich bemerke", tadelte er sie milde.

"Aber er holte mich mitten aus der Behandlung eines Patienten heraus! Das ist richtiggehend unerhört!", beschwerte sie sich.

"Es war ein drastischer Schritt, der dir klarmachen soll, dass du besser regelmäßig deine Berichte ablieferst, wenn du solche Szenen in Zukunft vermeiden willst. Und du weißt, dass es tatsächlich in deiner Macht liegt, sie zu vermeiden. Es gibt zwei Leute, deren Vorladung du niemals ignorieren darfst: den König und Tyront. Nun ja, und theoretisch wäre da noch ich."

"Theoretisch?", fragte sie mit hochgezogenen Brauen.

"Ja. Theoretisch bin ich ebenfalls dein Vorgesetzter, aber praktisch steht es mir frei, dich für das Ignorieren *meiner* Vorladungen auf eine Weise zu bestrafen, die für einen bloßen Vorgesetzten nicht angemessen erscheint, jedoch für einen Gefährten sehr wohl akzeptabel, wenn auch ungewöhnlich", erklärte er mit einem Lächeln.

"Was für ein Glück für dich, dass du solch weitreichende Ressourcen zu deiner Verfügung hast", entgegnete sie säuerlich.

"In der Tat", nickte er. Dann deutete er auf die beiden Bücher auf seinem Schreibtisch. "Die wurden heute geliefert. Mit besten Grüßen aus Takhan."

Sofort sprang sie auf. "Die Bücher über das Geistesband?"

"Ja. Allerdings habe ich sie durchgeblättert und befürchte, dass sie sich nicht als allzu hilfreich erweisen werden. Das Meiste darin sind Vermutungen, Theorien und Beobachtungen, ohne dass es dazu Begründungen oder Vorschläge gibt, wie man mit einem Geistesband umgeht", erklärte er ihr, sorgsam darauf bedacht, dass sie sich keine allzu großen Hoffnungen machte, die dann hinterher enttäuscht würden.

Eryns Freude verpuffte im Nu. "Also kein Rat, wie man es vermeidet, ständig das Bewusstsein zu verlieren, wenn man mit seinem Gefährten schläft?"

"Überhaupt nichts, nein."

"Warum wirst du eigentlich nie ohnmächtig?", fragte sie stirnrunzelnd. "Warum immer nur ich?"

"Nun, entweder erlebst du es nicht stark genug, um mich zu überwältigen, oder ich kann einfach nur eine Menge mehr einstecken als du", meinte er achselzuckend.

"Charmant. Hast du vielleicht noch weitere Theorien - welche, die mich nicht als emotional oberflächlich oder schwach hinstellen?"

Einen kurzen Moment lang dachte er nach, dann schüttelte er den Kopf. "Nein, im Augenblick nicht."

"Wie wäre es damit: dass ich mich dir mehr öffne als du das für mich tust?"

Enric verdrehte die Augen. "Ernsthaft, wie wahrscheinlich ist das? Muss ich dich wirklich daran erinnern, wer von uns beiden ständig vor allem auch nur annähernd Emotionalem zurückgewichen ist?"

"Ich war es, die dich gebeten hat, das Band mit mir einzugehen, oder etwa nicht?", strich sie gereizt hervor.

"Das stimmt. Nachdem du mich zweimal abgewiesen hast", betonte er.

"Das zweite Mal zähle ich nicht - das wäre nur ein Mittel zum Zweck gewesen, indem du mich an dich gebunden hättest, damit man mich nicht mehr so leicht in Takhan hätte behalten können."

"Ich hätte es niemals nur allein aus diesem Grund vorgeschlagen, und das weißt du sehr genau. Warum genau diskutieren wir das jetzt?"

"Weil du sagtest, dass der Grund für meine Ohnmachten der ist, dass ich entweder schwach bin oder es mir an Gefühlstiefe fehlt! Und das weise ich entschieden von mir!" Sie griff nach beiden Büchern und drückte sie an ihre Brust. "Ich werde mich jetzt in mein Arbeitszimmer zurückziehen und lesen, wenn du mich gnädigerweise entschuldigst." Nach ein paar Schritten hielt sie an und drehte sich um. "Eines der Ratsmitglieder, frag mich nicht, wie er heißt, gratulierte mir heute zu dem immens vorteilhaften Gefallen, den dir der König gewährt hat. Irgendwie denke ich, dass ich über solche Dinge Bescheid wissen sollte. Es fühlt sich komisch an, wenn ich vorgebe, dass ich genau weiß, worüber er spricht, wenn es nicht der Fall ist. Ihn einfach danach zu fragen, was für ein Gefallen das war, schien mir auch unpassend. Es würde den Eindruck erwecken, als redeten wir nicht miteinander. Also? Wärst du wohl so gut, mich zu erleuchten?"

"Mit Vergnügen. Ich denke ohnehin, dass du ein wenig mehr Interesse für das aufbringen solltest, was uns reich und mächtig erhält. Der König hat mir die Erlaubnis gewährt, ein Frachtgeschäft aufzuziehen. Das erfordert ausgedehnte Bauarbeiten, da wir nicht dafür ausgestattet sind, große Schiffsladungen verschiedener Güter von jenseits des Meeres ordentlich zu handhaben - also sie zu lagern, katalogisieren und entsprechend zu verteilen. Aus diesem Grund habe ich ein paar Baumeister damit beauftragt, in Bonhet Docks, ein Zählhaus und Warenhäuser, sowie Wohnhäuser für die Leute zu errichten. Und ein weiteres Gasthaus." Er lächelte. "Ich denke, wir werden den Ort kaum wiedererkennen, wenn wir das nächste Mal dort vorbeikommen."

Sie blinzelte überrascht. "Noch ein weiteres Geschäft zusätzlich zu denen, die du bereits hast?"

"Eher eine ganze Reihe davon, aber ja. Da ich bislang der Einzige bin, der diese Erlaubnis erhalten hat, gehe ich davon aus, dass wir mit diesem Unternehmen in den nächsten Jahren einiges an Geld verdienen werden."

"Mehr Geld? Ich dachte, du hast jetzt schon mehr als wir jemals ausgeben könnten?", fragte sie, ihre Stirn in Falten gelegt.

"Sagen wir, dass wir kaum Gefahr laufen, in nächster Zeit im Armenhaus zu landen."

"Aber du willst noch mehr?" Das fühlte sich für Eryn irgendwie falsch an, als ob er seine beträchtlichen Reichtümer dafür einsetzte, um anderen die Chance zu nehmen, ebenfalls auf ehrliche Weise Geld zu verdienen.

Er bemerkte, dass sie irritiert war, stand auf, kam hinter seinem Tisch hervor und ließ sich stattdessen auf dem Sofa nieder. Dann klopfte er auf den Platz neben sich. "Setz dich zu mir, ja? Ich denke nicht, dass wir das besprechen sollten, während du gerade dabei bist, das Zimmer zu verlassen. Leg die Bücher noch für ein paar Minuten zur Seite, die werden nicht fortlaufen."

Widerwillig nickte sie und nahm neben ihm Platz.

Er nahm ihre Hände in seine. "Eryn, es ist unschwer zu erkennen, dass du Wohlstand gegenüber offenbar eine recht negative Einstellung hast. Ich verstehe, dass du von deinem Vater in bescheidenen - wenn auch keineswegs armen - Verhältnissen aufgezogen wurdest. Und dass ein Mann, der seinen eigenen Reichtum aufgab, um seinen Prinzipien zu folgen, auf Geld womöglich nicht allzu gut zu sprechen war."

"Es macht mir nichts aus, dass du reich bist", protestierte sie.

"Wirklich? Wie kommt es dann, dass du noch immer von *meinem* Geld sprichst, wenn ich dir ständig zu bedenken gebe, dass ich es als *unseres* betrachte? Und weshalb ist es jedes Mal so ein großer Kampf, wenn ich Geld für dich ausgeben möchte? Warum weigerst du dich, für deine Arbeit einen Lohn anzunehmen?"

Ihre Stimme war leise und klang fast wie ein Winseln. "Das fühlt sich an, als wäre ich wieder angeklagt."

Er seufzte. "Den Eindruck wollte ich nicht erwecken. Ich verstehe die Frustration deines Vaters darüber, dass eine Gesellschaft reicher und mächtiger Leute das verletzte, was er als die grundlegenden Regeln des Lebens erachtete. Ich sehe auch, dass dir der Umgang mit reichen Leuten hier in Anyueel wesentlich schwerer fällt als mit Menschen bescheidenerer Herkunft."

"Versuchst du mir gerade zu erklären, dass nicht alle reichen Leute böse sind? Das ist mir klar, vielen Dank. Ich bin zufällig mit Orrin befreundet, und der nagt auch nicht gerade am Hungertuch."

"In deinem Kopf weißt du das vielleicht, aber dein Gefühl sagt dir etwas anderes."

"Meine Familie in Takhan ist reich", betonte sie. "Ich hasse sie dafür nicht."

"Nein, weil bei ihnen mildernde Umstände zum Tragen kommen, ist es nicht so? Sie sind Heiler. Was ist mit Haus Aren?"

Sie warf ihm einen kühlen Blick zu. "Du weißt genau, was mein Problem mit Haus Aren ist, *Enric von genau-diesem-Haus*."

"Weiß ich das? Mir drängt sich die Frage auf, ob deine Schwierigkeiten mit Malriel ebenso beträchtlich wären, wäre sie nicht wohlhabend und einflussreich - wenn nur ihre Einstellung das Problem wäre, ohne dass sie Möglichkeiten hätte, dir Ärger zu machen", sinnierte er.

Eryn seufzte entkräftet. "Worauf genau läuft das hier hinaus?"

"Ich versuche dir zu erklären, dass Geld zu *haben* womöglich nicht das Wichtigste ist, sondern woher man es hat und was man damit anstellt."

"Ich verstehe. Und dass du dein... *unser* Geld einsetzt, um noch mehr zu verdienen, ist eine tolle Sache. Ist es das, was du mir sagen willst?"

"Nein", schüttelte er den Kopf und ermahnte sich dazu, geduldig zu bleiben. "Aber ich denke, dass es durchaus zählen sollte, wenn man anderen Menschen die Möglichkeit bietet, ihren Lebensunterhalt zu verdienen, ohne dass sie ausgebeutet werden. Die Errichtung der Gebäude in Bonhet wird vielen Familien helfen, den Winter ohne Frieren oder Hungern zu überstehen. Im Frühling werde ich damit beginnen, Schiffswerften zu bauen, die sogar noch mehr Arbeitsplätze schaffen - und nicht nur vorübergehend, sondern dauerhaft. Das betrifft langfristig nicht nur die Bauarbeiten, sondern auch das Betreiben der Gebäude, ob es nun das Zählhaus, die Warenhäuser, die Taverne oder die Geschäfte sind, die eröffnen werden, sobald das Dorf zu wachsen beginnt."

"Damit meinst du also, dass du sozusagen der Öffentlichkeit einen Dienst erweist, der dein eigenes Vermögen nur ganz zufällig vermehrt?", fragte sie, ihr Tonfall ironisch.

"Das würde wohl ein wenig zu weit gehen", sagte er. "Aber es steht dir frei, etwas von dem Geld, das ich so eigennützig scheffle, für Dienste an der Öffentlichkeit zu verwenden, wenn du das möchtest."

Sie starrte ihn an. "Wie zum Beispiel?"

Er zuckte mit den Schultern. "Zum Beispiel etwas, von dem du denkst, dass es dringender Verbesserung bedarf, würde ich sagen. Du hast der Stadt bereits einen Ort für leistbare medizinische Dienste beschert. Was ist dir sonst noch ein Dorn im Auge?"

"Das Waisenhaus", murmelte sie und dachte zurück an den Tag, als sie Plia dort zum ersten Mal besucht hatte. "Eine Brutstätte für die kriminellen Elemente von morgen aufgrund der fehlenden Nahrung, Kleidung, Ausbildung und Zuneigung."

Enric nickte langsam. "Ich verstehe. Dann schätze ich, du weißt nun, welchen Gefallen du dem König erlauben wirst, dir zu gewähren."

"Ich? Ihm erlauben? Aber ich dachte, *du…*"

"Dass ich der Einzige wäre, der würdig ist, für seine glänzenden Errungenschaften belohnt zu werden?" Er lachte leise. "Nein, Liebste. Außer dir haben alle, die Teil der Expedition waren, den König bereits darüber informiert, was sie sich wünschen."

"Mir war nicht einmal klar, dass ich das tun kann! Warum sagt mir das niemand?", rief sie erstaunt aus.

"Der König ist an mich herangetreten, also ging ich davon aus, dass er das bei dir ebenfalls getan hat. Und er nahm wohl an, dass ich mit dir darüber gesprochen habe." Er lachte. "Wahrscheinlich wundert er sich bereits über deine untypische Zurückhaltung."

"Dann kann ich ihn also um die Erlaubnis bitten, das Waisenhaus zu übernehmen? Oder es eher bis auf die Grundmauern niederzureißen und neu zu bauen?"

"Und darum, es zu führen, würde ich meinen. Vielleicht eine Schule hinzufügen. Einen Wirt beauftragen, es mit Mahlzeiten zu versorgen. Mit der Zeit könnte man womöglich sogar diejenigen, die eine Neigung in diese Richtung zeigen, in einem medizinischen Beruf ausbilden." Die Verblüffung dicht gefolgt von Aufregung und Ungeduld, die er in ihr aufsteigen spürte, brachte ihn zum Lächeln.

Eine Weile starrte sie blicklos auf den Boden. Still beobachtete er sie und überlegte, was wohl gerade in ihrem Kopf vor sich gehen mochte.

"Ich werde noch mehr Zeit benötigen, um mich um all das zusätzlich zu kümmern", murmelte sie und legte die Stirn in Falten.

Er hob ihr Kinn und lächelte, als er ihr widersprach: "Nein, das wirst du nicht. Und das ist das Schöne daran, meine Liebste: Du hast genug Geld, um jemand anderen dafür zu bezahlen. Siehst du? Es ist doch nicht so schlimm, Geld zu haben."

* * *

Enric zuckte leicht zusammen, als sie wohl einen weiteren von Orrins Hieben abbekommen hatte. Das war auf jeden Fall ein Nachteil des Geistesbandes - dass er bei ihren Trainingsstunden mitleiden musste. Orrin verfuhr nicht gerade zimperlich mit ihr und zögerte nicht, seine überlegene Stärke einzusetzen - besonders, da sie während des Trainings Handschellen trug, die ihre eigene Kraft auf sein Niveau senkten.

Tyront beobachtete Enric und meinte dann besorgt: "Schon wieder euer Geistesband? Hat sie wieder eine Stunde mit Orrin? Im Ernst, Enric - dagegen müssen wir etwas tun. Ich kann es nicht brauchen, dass du ständig unter Schmerzen aus zweiter Hand leidest, wenn wir Arbeit zu erledigen haben. Was ist mit diesen Büchern, die ihr vor ein paar Tagen erhalten habt? Steht da überhaupt nichts Brauchbares drin?"

"Nein", erwiderte sein Stellvertreter mit einem müden Kopfschütteln. "Nicht wirklich. Das Einzige, das wir herausgefunden haben, ist, dass nach Auflösung des Kommitmentbandes dritten Grades die Verbindung langsam an Intensität verliert, bis sie nach ein paar Tagen vollständig verschwunden ist."

"Wovon du allerdings nichts wissen willst, nehme ich an", vermutete Tyront mit fragend hochgezogenen Augenbrauen.

"Überhaupt nichts", bestätigte Enric entschlossen. "Ich habe keinerlei Absicht, in diese Richtung zu gehen. Meiner Ansicht nach überwiegen die Vorteile die Nachteile bei weitem."

"Stimmt Eryn dieser Bewertung der Situation zu?"

"Jetzt schon", nickte Enric. Natürlich hatten sie diese Möglichkeit besprochen, allerdings nicht besonders ausgiebig. Eine Welle seiner eisernen Entschlossenheit, seines Ärgers und seiner Scheu hatte sie schnell zum Schweigen gebracht, und sie hatte die Idee wieder verworfen.

"Ihr Onkel hat versprochen, nachzusehen, was er sonst noch finden kann und seine Kollegen wegen der Auswirkungen des Geistesbandes zu konsultieren. In einen der Heiler, der sich auf alles im Inneren des Kopfes spezialisiert hat, setze ich große Hoffnungen." Iklan, erinnerte er sich - der Mann, der Eryns Gedächtnisblockade entfernt hatte. Oder eher Enric diesbezüglich angeleitet hatte, da der Magier, der sie platziert hatte, zu stark war, als dass der Heiler die Blockade sonst auflösen hätte können.

"Dann bleibt dir also im Moment nichts anderes übrig, als ihre Kampfstunden durchzustehen? Wir könnten sie für den Augenblick aussetzen, oder sie zumindest Schwertkampf anstatt unbewaffneten Kampf trainieren lassen", bot Tyront an.

Der jüngere Mann hob seine Brauen. "Auf gar keinen Fall. Das würde ich ewig zu hören bekommen. Wenn ich sie unterbrechen lasse, weil ich die Schmerzen zu unangenehm finde, wird sie mich fragen, warum sie dann darunter leiden muss, wenn nicht einmal ich - der mächtige Krieger - dazu bereit bin. Und sie hätte Recht damit", seufzte er und schloss kurz die Augen. Ein weiterer Schlag, der zweifellos sein Ziel getroffen hatte. Er spürte nicht genau, wo der Schmerz entstand, nur dass er da war. "Aber ich beginne darüber nachzudenken, sie selbst zu trainieren, damit sie schneller Fortschritte macht. Je mehr Hieben sie ausweicht, desto schneller werde ich mich wieder entspannen können. Allerdings erwähnt sie ständig, wie wenig Zeit sie momentan hat, also wird sie über die Aussicht auf zusätzliches Kampftraining alles andere als erfreut sein."

"Ihr Unterricht hat auch wieder begonnen", nickte Tyront. "Sie bildet also wieder ihre Heiler aus, wird selbst unterrichtet, heilt und hält die Klinik am Laufen. Allerdings wurde mir zugetragen, dass der junge Rolan die Verwaltungsaufgaben praktisch allein übernommen hat, soweit das möglich ist. Es scheint, dass er endlich etwas gefunden hat, worin er gut ist. Darüber bin ich froh; mir sind langsam die Ideen ausgegangen." Er lachte leise. "Wer hätte jemals gedacht, dass diese beiden professionell zusammenpassen?"

"Ich sicher nicht", grinste Enric. "Nicht nachdem ich gesehen habe, wohin sie ihn während ihres gemeinsamen Trainings getreten hat. Wiederholt."

"Ich habe gehört, dass sie den König endlich um den Gefallen gebeten hat, der ihr zustand. Ein ungewöhnliches Ansinnen, wenn auch nicht gerade überraschend, wenn man ihre Gesinnung bedenkt. Sie wird also das Waisenhaus übernehmen. Ohne Zweifel hat sie dazu ihre Freundschaft mit dem Waisenmädchen inspiriert. Plia war ihr Name, wenn ich mich nicht irre. Interessant ist allerdings, dass sie keinerlei Finanzierung dafür erbeten hat, soweit ich das verstehe. Kann ich davon ausgehen, dass *du* dich um dieses geringfügige Detail kümmern wirst?", erkundigte sich Tyront mit einem wissenden Lächeln.

"Das ist eine berechtigte Annahme, ja", stimmte er zu. "Stell dir vor, endlich habe ich es geschafft, dass sie etwas Geld ausgibt."

"Nicht gerade die übliche Herausforderung, der sich Männer in einem Lebensbund gegenübersehen", bemerkte Tyront leichthin. "Aber du hast dir auch nicht gerade die übliche Art von Gefährtin ausgesucht." Dann wurde er wieder ernst. "Ich hoffe, sie beginnt nun damit, ihre Berichte zeitgerechter abzuliefern. Sie wird dir wohl erzählt haben, dass ich Orrin auf sie angesetzt habe?"

"Das hat sie. Ich gebe zu, ich war überrascht, dass sie es ohne Bestrafung aus deinem Arbeitszimmer herausgeschafft hat. Lernt sie langsam, ihr Temperament zu kontrollieren, oder wirst du mit dem Alter weich und hast dich entschlossen, ihr etwas Nachsicht zu zeigen?"

"Keines davon. Sie war zweimal ganz kurz davor, sich Ärger einzuhandeln. Ich schwöre dir, wenn sie auch nur ein weiteres Wort gesagt hätte, wäre sie schon wieder auf dem Weg zu den Ställen gewesen", knurrte er. "Aber zumindest scheint im Lady Eryns alles gut zu laufen. Die Probleme zwischen Vern und den Heilern sind auch behoben, soweit ich weiß. Sie alle sind mehr als glücklich darüber, Eryn wieder zurückzuhaben, sogar Rolan - und das sagt einiges aus."

"Ja, es scheint, als wäre sie eine bessere Vorgesetzte als Untergebene." Sein Gesichtsausdruck bezeugte seine Belustigung. "Die mögen sie. Oder schätzen sie zumindest, wie in Rolans Fall." Erneut durchzuckte ihn Schmerz, dieses Mal allerdings weniger intensiv. "Ich habe gehört, dass die Kuriervögel, die auf dem Dach des Palastes gezüchtet werden, bald groß genug sind, um die Reise nach Takhan anzutreten. Das ist praktisch. Kilan hat sich vor einem Monat nach seiner Rückkehr darum gekümmert, dass auf unserem Dach ein Vogelgehege errichtet wird, aber unsere Jungen sind gerade erst geschlüpft. Es wird noch zwei Monate dauern, bis wir sie für die Übermittlung von Nachrichten einsetzen können. Derzeit müssen wir uns damit zufriedengeben, die Nachrichten rasch mit Vögeln zu versenden und dann einige Zeit auf die Antwort zu warten."

"Wie viele verschiedene Häuser haben euch jetzt ihre Vögel mitgegeben? Euer Dach muss ja ein interessanter Anblick sein."

"Natürlich die Häuser Aren und Vel'kim. Und dann noch Arbil, Ram'ans Haus. Also insgesamt drei", zählte Enric auf.

"Ram'an hat auch Vögel zur einfacheren Kommunikation mit ihm mitgeschickt? Aber ich nehme an, dass er sie eher Eryn als dir anvertraut hat. Er will also mit ihr in Kontakt bleiben. Ist das weise?" fragte Tyront zweifelnd.

Enric zuckte die Achseln. "Sie hat ihn nach dem Verfahren wieder ins Herz geschlossen. Und er tut ihr leid. Jetzt, wo er keine Chance mehr hat, sie für sich zu beanspruchen, sehe ich keine große Gefahr darin, ihr hier nachzugeben - ganz im Gegenteil. Sie nähme es gar nicht gut auf, wenn ich es ihr verbieten würde - und würde es einfach ignorieren. Nach diesem ganzen kummervollen Durcheinander mit ihrer Mutter bin ich froh, dass sie auf der anderen Seite des Meeres Leute hat, mit denen sie wirklich in Kontakt bleiben will. Auch wenn das derzeit noch recht zeitaufwändig ist, besonders, da die Schiffe das Meer noch nicht in regelmäßigen Intervallen überqueren."

"Das wird sich ja bald genug ändern, sobald du deine Gebäude in Bonhet fertig hast. Dann können wir die Waren endlich ordentlich handhaben. Bisher gab es nur zwei kleinere Schiffsladungen - ein Probelauf sozusagen. Gibt es Schätzungen, wann die Bauarbeiten abgeschlossen sein werden?"

"Die ursprüngliche Schätzung für Zählhaus, Warenhäuser und Docks lag bei drei Monaten", antwortete Enric.

"Das kommt mir ein wenig optimistisch vor."

"Nicht mit der Anzahl an Arbeitskräften, die ich dorthin geschickt habe." Er lächelte, als ihn eine Woge des Triumphs durchzuckte. "Ich denke, Eryn hat Orrin gerade ihren ersten Treffer verpasst. Braves Mädchen."

* * *

Mit einem erleichterten Seufzer legte sie den Stift beiseite, den sie benutzt hatte, um den Brief an Ram'an in mühevoller Kleinarbeit von ihrem Entwurfsblatt auf den kleinen Papierstreifen zu übertragen. Der wurde aufgerollt und in das Röhrchen gesteckt, um dann am Bein eines Vogels befestigt zu werden.

"Du siehst müde aus", kommentierte Enric vom Türrahmen aus, gegen den er gelehnt stand und sie beobachtete.

"Das sind nur meine Augen. So winzig zu schreiben, damit so viel wie möglich auf den Zettel passt, ist ein Kraftakt. Wie viele von diesen Röhrchen kann ein Vogel auf einmal befördern?"

"Nicht mehr als zwei, je einen pro Bein. Sie müssen sie immerhin einige Zeit durch die Lüfte tragen. Wir würden nicht wollen, dass sie sich verausgaben und völlig ausgelaugt ins Meer stürzen anstatt ihr Ziel zu erreichen. Wem schreibst du da? Vran'el? Valrad?", erkundigte er sich.

Sie schüttelte den Kopf. "Ram'an. Mich würde interessieren, wie gut er sich an seine neue Position als Oberhaupt des Hauses anpasst."

Enric spazierte auf sie zu und sah auf ihren Briefentwurf hinab. Ein paar Worte waren durchgestrichen, andere an verschiedenen Stellen eingefügt.

"Stört es dich, wenn ich einen Blick darauf werfe?"

Sie lächelte. "Nein, mach nur. Da stehen keine Geheimnisse drin."

Er ließ seinen Blick über die Zeilen wandern. Sie hatte über all die Arbeit geschrieben, die sie nach ihrer Rückkehr erwartet hatte, darüber, dass sie ihr Training mit Orrin wiederaufnehmen musste, ihrem Entschluss, kein Fleisch zu essen, treu blieb und Kleinigkeiten aus Takhan in ihr tägliches Leben miteinbezog. Darunter fiel das Tragen der Kleidung, die sie dort anfertigen hatte lassen und das Kochen der eigenen Mahlzeiten, was die Bediensteten enorm verwirrte. Sie erkundigte sich auch danach, wie die Dinge in Haus Arbil standen, ob es ihm schwerfiel, sich in seine neue Rolle einzuleben.

Mit einem zustimmenden Nicken ließ er das Blatt wieder auf ihren Tisch sinken. "Und das hast du alles auf einem einzigen Papierstreifen untergebracht? Ich bin beeindruckt. Ich hoffe, es lässt sich noch immer entziffern."

"Hätte ich gewusst, dass ich zwei davon beschriften kann, hätte ich nicht alles auf ein Papierchen gequetscht", seufzte sie. "Aber zumindest weiß ich jetzt, dass ich beiden Vel'kim-Männern je eine Nachricht mit dem gleichen Vogel schicken kann."

"Gibt es irgendetwas, das du gerne nach Takhan schicken würdest? Kilan wird morgen von hier abreisen und bat mich, dich daran zu erinnern."

"Das ist bereits morgen? Wie die Zeit verfliegt. Ja, ich wollte noch ein paar Flaschen Wein für Neval mitschicken, und eine Kopie der Bücher, die Vern für Valrad illustriert hat. Ich denke, er wird sich für die Kräuter interessieren, die wir hier haben. Zusätzlich möchte ich ihm noch ein paar Samen mitschicken, vielleicht möchte er ja versuchen, sie in seinem Garten anzupflanzen." Sie stand auf. "Und du selbst? Schickst du auch ein paar Zeichen deiner Wertschätzung mit?"

"Nun, in zwei von drei Fällen könnten wir das wohl so sagen. Ich werde auch Wein mitschicken. Für Golir, Uvel und Malriel."

Sie nickte knapp. Natürlich musste er *ihr* auch etwas schicken, rief sie sich in Erinnerung. Sie war immerhin das Oberhaupt seines Hauses. Es sähe für keinen von beiden gut aus, wenn er Geschenke für zwei andere Leute mitschickte, nicht aber für sie. Besonders, da Eryn selbst ebenfalls etwas für ihr eigenes Oberhaupt sandte.

"Dann schicken wir also beide Wein zu Haus Tokmar? Zumindest müssen sich Neval und sein Vater dann nicht darum streiten. Wir sollten sichergehen, dass wir ihnen die gleiche Anzahl an Flaschen zukommen lassen."

Enric nickte. "Eine Kiste für jeden von ihnen, würde ich sagen. Damit sollten sie versorgt sein, bis die Schiffe das Meer regelmäßig überqueren und sie mehr bestellen können."

"Kilan wird also wirklich dorthin zurückgehen." Eine Weile hing sie ihren Gedanken nach. "Die Vorstellung allein lässt mich erschaudern - obwohl unsere Zeit dort nicht unangenehm war, wenn wir die zehn Tage des Verfahrens außer Acht lassen. Aber ich brauche wirklich etwas Abstand zu diesem Ort. Räumlichen Abstand, meine ich", fügte sie hinzu. "Ich bin trotzdem froh, dass ich mit ihnen in Verbindung bleiben kann. Aus der Ferne."

"Keine Sorge", meinte er lächelnd, "ich beabsichtige nicht, in nächster Zeit wieder mit dir hinzufahren. Aber man erwartet von uns, dass wir uns dort gelegentlich sehen lassen. Ich würde sagen, dass wir in etwa einem Jahr wieder für zwei oder drei Wochen dorthin reisen. Ich hoffe nur, dass du bis dahin über die weniger erfreulichen Aspekte unseres ersten Besuchs hinweg bist."

"Ja, ich denke, damit kann ich arbeiten. Zumindest kann ich dieses Mal wesentlich besser vorausplanen. Ein paar Wochen sind eindeutig nicht genug, besonders, da wir länger als geplant weg waren. Ich hatte großes Glück, dass in meiner Abwesenheit alles so gut gelaufen ist." Sie streckte sich und gähnte. "In den letzten paar Wochen gab es ein paar Anfragen für kosmetische Korrekturen. Die werden dafür sorgen, dass wir für die nächsten Monate vom König finanziell unabhängig bleiben. Ich denke, ich werde das in den nächsten Tagen hinter mich bringen."

Enric seufzte resigniert. "Das bedeutet, dass ich einige gereizte und verärgerte Stunden vor mir habe. Und das sind nur die, bevor du heimkommst."

Lachend schlang sie die Arme um seine Taille. "Bereust du das Band etwa, mein Liebster?"

"Nein", grinste er. "Ich wollte dich nur darauf vorbereiten, dass ich für mein Leiden eine angemessene Entschädigung einfordern werde."

KAPITEL 5

Fortschritte

Eryn lehnte sich gegen den Tisch und sah zu, wie die zierlichen Finger des Mädchens Samen in kleine Töpfe drückten und dann mit einer dünnen Lage Erde bedeckten. Das mussten mindestens zwanzig Gefäße in verschiedenen Größen und Formen sein, die sie irgendwie zusammengetragen hatte. Krüge, bei denen Stücke vom Rand fehlten oder der Henkel abgebrochen war, alte Kochtöpfe und Schüsseln, und in einem Fall sogar eine Vase.

"Woher hast du den ganzen Krempel? Hätte ich gewusst, dass du Töpfe für deine Pflanzen brauchst, hätten wir welche bestellen können."

Plia zuckte nur mit den Schultern. "Aber warum denn? Die hier passen prima und haben nichts gekostet. Und falls das hier nicht funktioniert, dann habe ich zumindest kein Geld verschwendet. Ich hab sie vom Palast. Koch hat sie für mich aufgehoben, sonst wären sie weggeworfen worden."

Eryn lächelte. Pragmatisch und sparsam, aber deswegen nicht weniger effektiv. Und es war nicht so, als ob die Form oder das Aussehen beim Heranziehen von Pflanzen solch eine große Rolle spielte. Soweit sie wusste, war die einzige Eigenschaft, die das Wachstum einer Pflanze beschränken konnte, die Größe des Gefäßes. Nun, vorausgesetzt es war nicht aus irgendeinem Material wie Kupfer hergestellt, das in höherer Konzentration das Wachstum verlangsamte.

"Was pflanzt du hier an?"

"Hauptsächlich die Kräuter, die wir während der Expedition sammelten. Über die weiß ich am meisten. Noch ist es nur ein Experiment. Ich weiß nicht einmal, ob sie überhaupt gedeihen werden. Der Großteil davon braucht nur wenig Licht, da sie zwischen Bäumen wachsen; das wird kein Problem sein." Sie zeigte auf eine Gruppe von Töpfen, die sie auf einem anderen Tisch stehen hatte. "Die dort drüben allerdings könnten sich als Herausforderung erweisen. Sie wachsen weiter oben und haben normalerweise mehr Sonne, als durch das Fenster hier hereinfällt."

Eryn nickte langsam. "Sag, warst du hier schon jemals auf dem Dach oben?"

Plia hielt mitten in der Bewegung inne. Ihre mit Erde verschmierten Hände schwebten über einem Topf, und sie runzelte die Stirn bei diesem scheinbar abrupten Themenwechsel. "Auf dem Dach? Nein, warum denn auch?"

"Dann mach deine Pflanzen fertig. Danach werden wir einen Blick nach oben werfen."

"Einen Blick auf das *Dach*?", fragte das Mädchen langsam, als hätte sie begonnen, Eryns Verstand anzuzweifeln.

"Ja, auf das Dach. Mach schon, ich sage dir später, weshalb. Warum verwendest du Erde von verschiedenen Säcken gleichzeitig anstatt einen vollständig aufzubrauchen und dann zum nächsten überzugehen?", fragte die Heilerin verwirrt.

"Ich habe ein paar der Kräutersammler gebeten, mir ein wenig Erde von verschiedenen Orten mitzubringen. Sehr wahrscheinlich enthält sie die verschiedenen Stoffe, die die Pflanzen vorziehen, würde ich meinen", erklärte das Mädchen unsicher. "Ich dachte nur, weil wir die gleichen Pflanzen an verschiedenen Orten gesehen haben; manchmal waren sie üppiger, dann wieder mickrig mit kaum Blüten. Ich habe sie gebeten, mir Erde von den Stellen mitzubringen, wo sie gesünder aussahen."

Eryn starrte sie an. "Auf solche Dinge hast du geachtet? Und dann bist du auf die Idee gekommen, die gleiche Erde wie in ihrer natürlichen Umgebung zu verwenden?" War das wirklich das Mädchen, das sie vor einem Jahr aus einer Seitengasse gerettet hatte? Das sich darum gesorgt hatte, woher es seine nächste Mahlzeit bekam? Jetzt analysierte sie Pflanzanforderungen für Kräuter!

Plia warf ihr einen verunsicherten Blick zu. "Klingt das zu merkwürdig?"

Eryn seufzte. Aber an ihrem Selbstbewusstsein mussten sie noch arbeiten. "Merkwürdig? Für mich klingt das brillant, Plia. Und selbst wenn ich nicht dieser Ansicht wäre, warum sollte ich Recht haben? Noch nie in meinem Leben habe ich überlegt, irgendetwas anzupflanzen. Das habe ich immer der Natur überlassen, somit sind meine Kenntnisse in diesem Bereich sehr beschränkt." Dann kam ihr eine Idee. "Aber mein Onkel ist ein hingebungsvoller Sammler und Kultivierer von Pflanzen. Sein Garten ist wirklich ein beachtlicher Anblick. Ich kann ihn um Bücher über das Anpflanzen und die Aufzucht von Pflanzen bitten, falls du interessiert bist."

Die Augen des Mädchens leuchteten auf, aber das Licht darin verblasste beinahe augenblicklich. "Aber das würde doch sicher eine Menge Geld kosten, sie zuerst kopieren und dann herschicken zu lassen."

"Das lass nur meine Sorge sein", lächelte sie. Dann blinzelte sie. Diese Situation kam ihr auf absurde Weise vertraut vor, nur mit vertauschten Rollen. Plötzlich war sie diejenige, die eine andere Person davon überzeugen musste, dass sie etwas Nettes für sie tun durfte, indem sie Geld ausgab.

"Warum siehst du plötzlich schockiert aus?", erkundigte sich Plia vorsichtig.

Eryn rieb sich über das Gesicht. "Ich denke, ich habe gerade eine weitere Lektion für mein Leben mit Enric gelernt", seufzte sie.

"Ich fürchte, ich verstehe nicht ganz."

"Mir ist gerade klargeworden, dass es *wirklich* nicht so schlecht ist, Geld zu haben. Dass man damit Dinge tun kann. Gute Dinge."

Über Plias Gesicht breitete sich ein verwirrtes Lächeln aus. "Das ist dir klargeworden? Jetzt gerade? Das hätte ich dir auch sagen können. Wann hast du das letzte Mal etwas gegessen oder geschlafen?"

Die Magierin verdrehte die Augen. "Halt die Klappe, Besserwisserin, und sieh zu, dass du mit diesen Pflanzen fertig wirst."

* * *

Rolan wirkte skeptisch, während er die unausgereifte Zeichnung, die Eryn auf seinen Schreibtisch gelegt hatte, studierte. "Was genau sehe ich mir hier an? Ein Puppenhaus? Einen weiteren dieser Zuchtkäfige auf dem Dach für Kuriervögel?"

Sie drehte die Augen zur Decke. "Puppenhaus? Ist das dein Ernst? Und die Käfige haben Gitter. Siehst du auf meiner Zeichnung irgendwelche Gitter?"

"Ich bin nicht ganz sicher, was da ich da sehe auf Eurer… ja, warum nennen wir es nicht *Zeichnung*?", meinte er. "Wärt Ihr wohl so gut, es mir zu erklären?"

"Das ist ein Häuschen, um darin Pflanzen aufzuziehen."

Er starrte sie an, als ob sie den Verstand verloren hätte. "Ein Haus. Für Pflanzen. Warum? Gefällt es ihnen draußen nicht mehr?"

Sie nahm einen tiefen Atemzug und ließ ihn langsam wieder entweichen. Sei weiterhin nett zu ihm, mahnte sie sich. Er hat diesen Ort hier in deiner Abwesenheit mehr oder weniger vor dem Zusammenbruch bewahrt.

"Das ist für Plia, damit sie darin Kräuter anpflanzen kann. Sie hat da ein paar interessante Ideen, und ich denke, dass es von Vorteil sein könnte, unseren eigenen Vorrat an Kräutern zu haben, besonders von denen, die sich nicht so leicht auftreiben lassen", erklärte sie geduldig.

"Und ihr Labor bietet nicht genug Schutz vor dem Wetter?"

"Da geht es nicht darum, sie vor dem Wetter zu schützen, sondern damit sie auch mehr Licht abbekommen. Ihr Zimmer ist zu dunkel für ein paar davon. Und falls das hier funktioniert, wird darin ohnehin nicht genug Platz sein."

"Und dieses Ding da", meinte er und deutete auf ihr Bild, "hineinzustellen wird für mehr Platz sorgen?", fragte er verwirrt.

"Rolan", seufzte sie, ermattet von all dem Nettsein, "bitte sag mir, dass du das mit Absicht tust! Zumindest würde mir das einen Grund geben, dir eins überzubraten anstatt mich zu fragen, wo du dein Gehirn heute gelassen hast. Im Augenblick machst du es mir enorm schwer, dich höflich zu behandeln."

Mit hochgezogenen Brauen starrte er sie an. "So sieht das aus, wenn Ihr höflich zu mir seid? Es tut mir leid, das ist mir nicht aufgefallen. Es fühlte sich so an wie immer. Ich erkenne keinen Unterschied, wenn Ihr *nicht* versucht, höflich mit mir umzugehen." Dann runzelte er die Stirn. "Weshalb würdet Ihr überhaupt versuchen, höflich zu mir zu sein?"

"Um dir meine Wertschätzung dafür zu zeigen, dass du diesen Ort hier am Laufen gehalten und Vern vor Ärger bewahrt hast."

Rolan blinzelte, dann lächelte er zaghaft. "Dann zeigt mir Eure Wertschätzung, indem Ihr *nicht* versucht, höflich zu mir zu sein. Ich finde das eher furchteinflößend."

"Ich werde mich mehr anstrengen."

Seine Antwort kam schnell: "Das ist nicht nötig, aber ich bedanke mich für das Angebot."

Stirnrunzelnd sah sie ihn an. "Warum? Ich hätte damit gerechnet, dass du einen eher… friedfertigeren Umgangston bevorzugst."

Er schüttelte den Kopf. "Nein, ich denke, das geht schon in Ordnung."

"Ach ja?" Ihre Augen weiteten sich ungläubig.

"Absolut."

"Aber… ich bin nicht immer wirklich höflich", strich sie heraus.

"Das stimmt. Aber da Ihr es mittlerweile akzeptiert, wenn ich auf die gleiche Weise antworte, sehe ich darin kein Problem", lächelte er.

"Wirklich?"

"Wirklich", meinte er schulterzuckend.

"Dann muss ich dir also nicht sagen, wie immens zufrieden ich mit deiner Arbeit bin und deine Bemühungen loben?"

"Nicht meinetwegen. Nur wenn Euch die Laune überkommt, und Ihr es nicht länger zurückhalten könnt."

Sie lehnte sich zurück und sah ihn erstaunt an. "Weißt du, ich denke, die Laune überkommt mich jetzt gerade. Ich danke dir für deine herausragende Arbeit. Ich wüsste nicht, was ich ohne dich hier täte."

Rolan nickte verlegen. An Komplimente war er ganz klar nicht gewohnt, noch dazu aus dieser Richtung.

"Nun, dann sehen wir uns Euer Puppenhaus mal an."

"Pflanzenhaus", verbesserte sie streng.

"Ja. Genau. Das."

"Du dachtest nicht wirklich, dass ich das in Plias Labor stellen will, oder? Dafür wäre es zu groß. Und welchen Sinn würde das außerdem machen?"

Er warf einen weiteren skeptischen Blick auf das Blatt vor ihm. "Woher soll ich denn wissen, wie groß das hier sein soll? Ich sehe keinerlei Zahlen oder sonstiges, das Aufschluss über die Größe gäbe. Es könnte ebenso gut so groß wie mein Stuhl sein."

"Rolan, bring mich nicht dazu, dich zu treten! Ganz offensichtlich ist es eher in der Größe dieses Raumes hier als in der deines *Stuhls*", knurrte sie. "Es soll auf das Dach. Das ist ein guter Ort dafür, um das Licht voll auszunutzen."

"Ich gehe davon aus, dass ich mich um die Errichtung kümmern soll?", erkundigte er sich.

"Das wäre gut, ja", nickte sie.

"Also gut", sagte er und nickte langsam, während er die Skizze sorgsam aufhob und sie auf den Kopf stellte, um zu sehen, ob sie so mehr Sinn ergab. "Darf ich Vern ersuchen, eine neue Zeichnung anzufertigen, oder muss ich mit dem hier arbeiten?"

Jetzt tat er es mit Absicht - dessen war sie sich absolut sicher. "Warum fragst du mich das überhaupt? Normalerweise belästigst du mich nicht mit Details, wenn ich dir sage, was ich will. Du lieferst einfach Ergebnisse und lässt mich dann die Bezahlung bewilligen."

"Ich möchte etwas beitragen zu diesem neuen kooperativen Geist, den Ihr unbedingt zwischen uns einführen wollt", sagte er mit einem leicht boshaften Glänzen in den Augen.

Mit einem Seufzer kam sie auf die Beine. "Warum genau gebe ich mich mit dir ab?"

"Weil Ihr ohne mich nicht mehr wüsstet, was Ihr tun solltet. Eure eigenen Worte."

"Ich beginne damit, sie zu bereuen."

"Nein", sagte er voller Überzeugung und sah sie an. "Das tut Ihr nicht. Sollten wir uns jetzt nicht umarmen oder so etwas? Kuscheln?" Er öffnete die Arme weit und grinste, sicher in dem Wissen, dass sie nicht darauf eingehen würde.

"Ach, halt den Mund", murmelte sie und floh durch die Verbindungstür in ihr eigenes Arbeitszimmer. Sie zog es wirklich vor, wenn *sie* diejenige war, die stichelte.

* * *

Eryn lächelte, als sie auf dem Tisch in ihrem Arbeitszimmer den Brief fand, der angekommen sein musste, als sie noch in der Klinik war. Ram'an hatte zurückgeschrieben.

Sie entrollte den winzigen Papierstreifen und ließ sich zum Lesen in ihrem gemütlichen Sessel hinter dem Schreibtisch nieder. Die Nachricht erwies sich als etwas kürzer, als sie gehofft hatte, aber andererseits blieb ihm wohl im Moment nicht allzu viel Zeit, um sich in ausführlichen Antworten zu ergehen.

Er bedankte sich bei ihr für ihren Brief und teilte ihr mit, dass es ihn gefreut hatte, von ihr zu hören. Die Mitglieder seines Hauses waren nun endlich alle das Kommitmentband zweiten Grades mit ihm eingegangen, was ein Beweis von Loyalität war, wenn die Familie ein neues Oberhaupt erhielt. Eryn runzelte die Stirn und fragte sich, warum niemand von ihr verlangt hatte, dieses Band mit Valrad einzugehen, nachdem sie in sein Haus adoptiert worden war. Nicht, dass es ihr etwas ausmachte. Ganz sicher würde von ihr keinerlei Beschwerde darüber kommen, dass sie nicht durch einen weiteren magischen Eid - dem dritten in ihrem Fall - gebunden wurde.

Die Gesundheit seines Vaters schien nun sogar noch rascher zu schwinden. Es sah aus, als ob sein Körper sich den Luxus gönnte, seiner Krankheit endlich nachzugeben, jetzt, wo er von der Bürde der Obsorge für seine Familie erlöst war.

Er schrieb von den vielen Handels- und sonstigen Vereinbarungen mit anderen Häusern, die er durchsehen musste, um sie in naher Zukunft entweder zu erneuern oder aufzulösen. Es schien, als wären einige der Verträge nicht gerade zum Vorteil seines Hauses. Hier bemerkte sie einen Anflug von Bitterkeit. Obwohl er nicht so weit ging, seinen Vater zu beschuldigen, unbedacht unkluge Abmachungen getroffen zu haben, konnte sie sich dennoch des Gefühls nicht erwehren, dass es mitschwang.

Gut, dass er ein Jurist war, dachte sie. Wenn es jemanden gab, der qualifiziert war, solche Dinge zu regeln, dann war das wohl er.

Sie ließ den Brief auf ihren Tisch sinken. Es schien, als hätte er derzeit eine Menge um die Ohren. Es war nicht gerade eine euphorische Nachricht, aber das war auch kaum zu erwarten. Sie würde ihm morgen zurückschreiben und versuchen, ihn ein wenig aufzumuntern, indem sie ihm die Geschichte erzählte, wie ihr Assistent sich geweigert hatte, höflicher von ihr behandelt zu werden im Austausch dafür, dass er ironisch und nervenaufreibend sein durfte.

Sie stand auf und streckte sich. Die Tage wurden bereits merklich kürzer. Und auch etwas kälter. Enric hatte sich angenehm überrascht gezeigt, als sie freiwillig und ohne Druck bei Junar ein paar neue Kleidungsstücke für sich bestellte. Die Schneiderin selbst hatte auf diese unerwartete Anfrage hin auf dramatische Weise einen Herzinfarkt nachgestellt. Vern hatte sie mit einem kritischen Gesichtsausdruck beobachtet und ihr hinterher erklärt, dass die meisten Symptome falsch dargestellt worden waren. Mit amüsierter Miene hatte Eryn an ihrem Getränk genippt, während Junar mit einem Vortrag darüber beglückt wurde, was sie der Glaubwürdigkeit halber berücksichtigen sollte, wenn sie dieses spezielle Gebrechen beim nächsten Mal nachstellen wollte.

Ihre Freundin war in den letzten Wochen seit ihrer Rückkehr aus Takhan ebenfalls nicht untätig gewesen. Seelenvergnügt hatte sie verschiedene Kleidungsstücke aus Eryns Garderobe mit sich genommen, um sie als Muster zu verwenden, hatte sämtliche Nähte aufgetrennt, die Einzelteile kritisch begutachtet und winzige Details bestaunt. Enric hatte in Takhan eine Auswahl verschiedener Stoffballen in unterschiedlichen Farben erstanden, darunter auch ein paar, die Vran'el persönlich als für Eryn passend genehmigt hatte, und sie Junar übergeben. Die war darüber absolut begeistert, und auch Eryn schätzte diese kleine, umsichtige Geste, die ihre Freundin erfreute. Und Orrin ebenso. Nicht, dass er es als der Mühe wert empfand, sie von seiner Wertschätzung profitieren zu lassen, indem er während ihrer Trainingsstunden etwas nachsichtiger mit ihr umging.

Plia hatte ebenfalls einen Teil ihres Einkommens darauf verwendet, sich neue Kleidung für den Winter anzuschaffen. Eryn versuchte, Junar dazu zu bewegen, den Großteil davon ihr anstatt dem Mädchen zu verrechnen. Aber die Schneiderin hatte ihr nur zugezwinkert und erklärt, dass dies nicht nötig war, da sie Plia bereits einen recht großzügigen Preisnachlass gewährt hatte.

Junar deutete ebenfalls an, dass Eryn sich öfter ohne ihre Robe in der Öffentlichkeit zeigen sollte, um ihre neue Kleidung im fremden Stil vorzuführen und vielleicht hin und wieder den Hinweis fallenzulassen, wer sie angefertigt hatte. Als Eryn mit den Augen gerollt und sich geweigert hatte, als eine Art wandelnde Auslage für anderer Leute Produkte zu fungieren, betonte Junar, dass Enric dafür ohnehin passender wäre. Schließlich war er derjenige, der die Stücke mit den fremdländischen Schnitten trug anstatt nur die Stoffe. Allerdings hatte sie es nicht gewagt, *ihm* vorzuschlagen, er möge doch seine Robe von nun an zuhause lassen, weil das für sie hilfreich wäre.

Morgen würde Eryn damit beginnen müssen, sich nach jemandem umzusehen, der alles im Zusammenhang mit dem Waisenhaus in die Hand nehmen würde: sei es die Zusammenarbeit mit den Baumeistern, die Planung und Durchführung der Renovierung, die Erstellung eines ordentlichen Plans für Ernährung, Kleidung und Ausbildung und die damit einhergehende Verwaltungsarbeit. Allerdings war sie nicht sicher, was sie mit der aktuellen Hausmutter des Waisenhauses, Mistress Walchan, anfangen sollte. Wenn es um die Versorgung und Pflege ihrer jungen Schützlinge ging, war sie nicht eben ein leuchtendes Vorbild gewesen. Darüber würde sie mit Plia sprechen, entschied sie.

Das Mädchen verbrachte derzeit so viel Zeit wie nur möglich auf dem Dach der Klinik, beobachtete jeden einzelnen Schritt der Errichtung dessen, was dann ihr Reich werden würde. Sie hatte mit Rolan an den Plänen gearbeitet und es das erste Mal gewagt, ihm lebhaft zu widersprechen und seine Pläne und Konstruktionsvorschläge zu verbessern. Mehr Glas, weniger Wände, mehr stabile Oberflächen, die Gewicht tragen konnten; Blenden für die Fenster, die für jede Glasscheibe abhängig von den Bedürfnissen der jeweiligen Pflanzen einzeln geöffnet oder geschlossen werden konnten; Behälter, die Regenwasser auffingen; eine zusätzliche Hütte, wo sie die Werkzeuge, die sie benötigen würde, verstauen konnte und so weiter. Vern war zwischen den beiden gesessen und hatte die Pläne gemäß ihren Anweisungen gezeichnet. Hinterher hatte er Eryn erzählt, dass dies das allererste Mal war, wo er gesehen hatte, wie sich Plia gegen Rolan behauptet und nicht aufgegeben hatte, wenn sie überzeugt war, dass ihre Ideen besser als seine Vorschläge waren.

Ihr Blick fiel auf die große, auffällige Notiz auf ihrem Schreibtisch: eine Erinnerung, Lord Tyront morgen aufzusuchen, um ihm zu berichten. Und davor war eine Trainingsstunde mit Orrin geplant. Was womöglich nicht die klügste Reihenfolge war, wenn man bedachte, dass es kaum jemals gut endete, wenn sie ihren Vorgesetzten aufsuchte, solange sie schlechte Laune hatte.

"Eryn?", hörte sie Enrics Stimme vom Salon her, nachdem die Eingangstür ins Schloss fiel. Kurz darauf spazierte Urban in ihr Arbeitszimmer und rieb in ihrer üblichen liebevollen Begrüßung ihre Wange fest an Eryns Oberschenkel.

"Eryn? Bist du da?"

"Ja", rief sie zurück. "Hier drin." Er klang, als hätte er Neuigkeiten, entschied sie sofort. Gute Neuigkeiten womöglich, da sie in seiner Stimme keinerlei Anzeichen von Ärger wahrgenommen hatte.

Er betrat den Raum und zog sie in seine Arme, bevor er sie fest auf die Lippen küsste.

"Heute traf eine Nachricht aus Takhan an den König ein - die allererste, die mittels Kuriervogel an uns übermittelt wurde, wohlgemerkt. Sozusagen also ein geschichtsträchtiges Ereignis", lächelte er. "Und darin geht es um etwas, das für dich von beträchtlichem Interesse sein sollte."

"Dann heraus damit", drängte sie ihn. "Ich kann die Spannung kaum noch ertragen."

"Valrad war fleißig, wie es scheint. Wir wurden um Erlaubnis gebeten, dass ein Heiler für drei Monate hierher entsandt werden kann, damit er mit dir in der Klinik arbeitet."

Er lächelte, als sich ihre Brauen nach oben wölbten und sich ihr Mund vor Überraschung öffnete. "Nein! Im Ernst? Wann? Wer?"

"In zwei Monaten. Also haben wir noch etwas Zeit, um uns im Voraus um ein paar Dinge zu kümmern, so wie ein angemessenes Quartier vorzubereiten, und für dich, damit du ein weiteres Arbeitszimmer in der Klinik einrichtest und so weiter. Was das *Wer* betrifft - sie sind noch immer dabei, jemanden auszuwählen. Entweder haben sie niemanden, der sich bereit erklärt, in ein Land zu reisen, das dort zweifellos als rückständig betrachtet wird, oder sie haben zu viele Bewerber mit Pioniergeist", grinste er.

Ihre Gedanken rasten. "Ich kann es kaum glauben! Das wird wirklich passieren!"

"Da ist noch mehr. Der Heiler, der herkommt, wird auch autorisiert sein, dir die meisten der Prüfungen über die Bereiche abzunehmen, die erforderlich sind, um in den Westlichen Territorien als zertifizierter Heiler anerkannt zu sein. Das einzige Examen, das du später ablegen müsstest, wäre dasjenige über die nicht-magischen Anwendungsbereiche, da es so aussieht, als wäre Sarol der einzige Heiler, der hier qualifiziert oder willens ist. Valrad schreibt, dass er dir zusätzlich zu denen, die du bereits mitgenommen hast, ein paar weitere Bücher zur Vorbereitung schicken wird."

Eryn ließ einen Wonneschrei los, der ihn zusammenzucken ließ. "Das ist die Art von Geräusch, vor dem Tiere in ihre Höhlen fliehen", lachte er.

"Ein Heiler! Das wird so großartig - ich muss während dieser Zeit nicht die Expertin sein, sondern kann jemand anderen zur Rate ziehen! Ich kann es kaum erwarten!" Sie packte ihn an seinem Kragen und zog ihn zu sich hinab. Ihre Augen glänzten, während sie atemlos murmelte: "Bist du in der Stimmung, mir das Bewusstsein zu rauben?"

* * *

"Deine Gefährtin war seit eurer Rückkehr aus der Fremde recht fleißig", sinnierte Tyront und schenkte sich eine weitere Tasse ein, bevor er mit einem Blick auf Enrics leere Tasse fragend eine Braue hochzog.

Mit einem Nicken zeigte Enric an, dass er sie gerne wieder aufgefüllt hätte. "Das war sie in der Tat. Manchmal habe ich Bedenken, dass sie sich etwas zu viel aufhalst, weil sie nie darauf warten will, bis ein Thema erledigt ist, bevor sie das nächste in Angriff nimmt. Sobald sie eine Idee hat, will sie sich sofort darum kümmern. Diese Frau hat keine Geduld. Aber zumindest besteht sie nicht länger darauf, alles allein zu erledigen. Rolan hat die Aufsicht über die Errichtung des Pflanzenhauses auf dem Dach der Klinik übernommen, und derzeit sucht sie nach jemandem, der sich des Waisenhauses annimmt."

"Dann gibt es ja noch Hoffnung", lächelte Tyront. "Gestern war sie hier, um ihren Bericht abzuliefern. Stell dir das vor. Es wäre sogar noch eindrucksvoller gewesen, wenn sie sich zuerst einen Termin mit mir ausgemacht hätte, aber ich schätze, das wäre wohl etwas zu viel verlangt."

"Auf jeden Fall", stimmte Enric zu. "Momentan ist sie damit beschäftigt, alles für den Heiler aus Takhan vorzubereiten. Sie überlegt, wen man wohl entsenden wird. Sie hofft, dass es jemand ist, mit dem sie bereits während ihres Aufenthalts dort gearbeitet hat, aber ich fürchte, das ist nicht besonders realistisch. Als Valrads Nichte hat sie eine Sonderbehandlung genossen, indem eine Menge Leute ihr gestatteten, mit ihnen zu arbeiten. Aber die werden wohl kaum ihre Stadt verlassen wollen, um drei Monate lang herzukommen."

"Wie wird sie darauf reagieren, wenn ein anderer Heiler kommt und ihr womöglich sagt, was besser gemacht werden sollte?"

"Das hängt sehr stark von der Persönlichkeit des Heilers ab, würde ich sagen. Jemand, der mit ihrem Temperament umgehen kann, wäre von Vorteil. Fortgeschrittenes Alter allein hat für sie wenig Bedeutung", sagte Enric.

"Ja genau, sag das *mir*", scherzte Tyront. "Aber nachdem ich erfahren habe, dass die Leute dort vom *Aren Temperament* sprechen, geht es mir zumindest ein wenig besser damit, dass ich ihr gegenüber nicht immer meine Ruhe bewahren kann. Nachdem ich allerdings erfuhr, dass sie bei ihren Kommitments Wert auf großes magisches Potential - zusätzlich zur Bestätigung von politischen Allianzen - legen, habe ich mich gefragt, weshalb man sich um diese Neigung zum Zorn nicht bereits gekümmert hat. Ein paar Generationen lang Kinder mit sanftmütigeren Partnern zu haben, hätte das wohl aus der Welt geschafft, würde ich meinen."

Enric zuckte die Achseln. "Soweit ich das gesehen habe, wird Aren Temperament nicht unbedingt als Schwäche betrachtet. Eher im Gegenteil. Es lässt die Leute in Furcht - und Ehrfurcht - zurücktreten. Sie versuchen im Allgemeinen, eine Aren nicht zu provozieren, wenn es sich vermeiden lässt. Eryns Mutter ist sehr gut darin, das zu ihrem Vorteil zu nutzen. Sie hat ihr Temperament gut unter Kontrolle, aber wenn sie den Leuten zuweilen einen kleinen Vorgeschmack darauf gibt, ist das einige Zeit lang in aller Munde. Ich wurde als eine Art Lokalheld gefeiert, weil ich einmal zwischen Eryn, Malriel und Malriels Mutter trat. Die Familie ist dafür bekannt, dass sie bei ihren kleinen Auseinandersetzungen ganze Gebäude einstürzen lassen."

Tyront lachte leise. "Du bist also drei von ihnen entgegengetreten? Hattest du da einen besonders kühnen Tag, oder war dein Beschützerinstinkt stärker als dein Selbsterhaltungstrieb?"

"Wahrscheinlich eine Kombination", gab der jüngere Mann zu. "Allerdings hat mir das nicht gerade Bonuspunkte bei den betroffenen Aren Frauen eingebracht. Eryn weigerte sich, mit mir zu reden, als sie wieder wach war, ihre Großmutter stürmte davon, und Malriel spielte die gnadenreiche Verliererin, nur um der Welt später mit meiner Adoption zu beweisen, dass sie die Oberhand hat. Aber zumindest war das Publikum beeindruckt", fügte er trocken hinzu.

"Eines Tages musst du mir diese Frau vorstellen. Je mehr ich über sie höre, desto neugieriger werde ich."

Enric verzog das Gesicht. "Ich hoffe, dass ich Eryn und Malriel noch eine Weile voneinander fernhalten kann. Nach dem Verfahren und der Lossagung war die Trennung nicht gerade freundschaftlich, wie du dir vielleicht vorstellen kannst. Zumindest nicht auf Eryns Seite. Ich kann mich des Eindrucks nicht erwehren, dass Malriel die Herausforderung, die ihre Tochter darstellt, irgendwie sogar genießt."

Tyront lächelte. "Eine Haltung, die du teilst, wenn ich mich nicht irre."

"Das ist wohl wahr. Mir wurde gesagt, die Gefahr, sich mit einer Aren als Gefährtin jemals zu langweilen, sei sozusagen nicht existent."

"Betrachtet man dich dort nun als Aren Mann?"

"Besser", grinste er. "Man betrachtet mich als einen Mann, der nicht nur das legendäre Aren Temperament zu zähmen vermochte, sondern auch noch in ihren geheiligten inneren Kreis aufgenommen wurde."

"Dann hast du dir dort also in kurzer Zeit einen recht beachtlichen Ruf aufgebaut", bemerkte der ältere Magier.

"So scheint es wohl, ja. Dass ich überallhin von einem Raubtier begleitet wurde, das mir bis zu den Oberschenkeln reicht, hat auch dazu beigetragen. Besonders, seit bekannt ist, dass Eryn mir Urban mehr oder weniger mitgebracht hat." Er beugte sich vor und kraulte die braunen Wangen der Katze, die daraufhin träge mit den Schnurrhaaren zuckte.

"Ich nehme an, dass ihr von nun an regelmäßig dorthin reisen werdet, um eure Familien zu besuchen?"

"Ja, ihr Onkel hat mich versprechen lassen, dass ich sie regelmäßig hinbringe. Die haben sie ins Herz geschlossen und wollen sie gelegentlich sehen. Nun, zumindest die Männer in der Familie wollen das. Mit ihren weiblichen Verwandten scheint sie kein so glückliches Händchen zu haben. Auf der einen Seite ihre Mutter, und dann gibt es da noch eine Cousine, die ein paar Jahre jünger ist und sie schon beim ersten Anblick ablehnte, oder womöglich schon vorher", seufzte er.

Tyront lächelte. "Da sie bislang das einzige weibliche Mitglied des Ordens ist, erweist es sich als Vorteil, dass sie mit Männern im Allgemeinen gut zurechtzukommen scheint."

"Das ist *deine* Meinung", erwiderte Enric finster.

"Noch immer eifersüchtig, mein Freund?"

"Ich kann nicht anders. Immer, wenn sie sich mir ein Stück weiter öffnet, gibt es da noch mehr, das ich wieder verlieren könnte." Dann lächelte er. "Aber das Band dritten Grades hilft. Würde sie irgendeine unzulässige Zuneigung zu einem anderen Mann verspüren, dann würde ich zumindest sofort wissen, dass es da jemanden gibt, dem eine Lektion erteilt werden muss."

"Du unterliegst vielleicht nicht dem Aren Temperament, mein lieber Junge, aber ich frage mich, ob deine kalte Unbarmherzigkeit sogar nicht noch gefährlicher ist."

Enric lächelte dünn. "Laut dir ist es das, was sie als Ausgleich brauchen."

"Vielleicht. Aber es lässt einen darüber nachdenken, wie gefährlich ihr beide gemeinsam wärt, wenn ihr es darauf anlegen würdet", stellte Tyront ruhig fest.

"Dann habt ihr ja Glück, dass wir beide einen Eid geleistet haben, der unsere Loyalität hier bindet."

"Ah ja, der Eid. Der König hat mich vor kurzem zu einem sehr interessanten Gespräch zu diesem Thema eingeladen. Kluger Bursche, das muss ich ihm lassen. Es scheint, als hätte er es nie als selbstverständlich betrachtet, dass der Eid uns zuverlässig bindet. Unsere neuen Freunde im Westen wissen sehr wahrscheinlich, wie man das auflöst, was man dort als

Kommitmentband zweiten Grades bezeichnet. Somit ist der König eifrig darauf bedacht, die Partnerschaft zwischen der Krone und dem Orden intakt zu halten, ohne dass daraus etwas mehr oder weniger Freiwilliges für jeden einzelnen Magier wird."

Enric setzte sich aufmerksam auf. "Für die einzelnen Magier? Dann erkennt er also an, dass es zumindest für den *Anführer* des Ordens eine Frage der freiwilligen Kooperation ist, die Magier an das Königreich zu binden?"

"Ihm scheint klar zu sein, dass das bereits der Fall ist. Erstaunlich, welche Dinge unausgesprochen bleiben", meinte der ältere Mann, seine Augen erstaunt geweitet. "Ich gebe zu, dass ich ihn in dieser Hinsicht unterschätzt habe."

"Seid ihr in dieser Sache zu einem Schluss gelangt?"

"Wir haben ein paar Möglichkeiten diskutiert. Er riet mir, mich mit dir zu beraten und dann eine Einigung mit dem Rat der Magier anzustreben."

"Gab es bisher irgendwelche Vorschläge?"

"Da gibt es einen, ja", sagte Tyront langsam. "Wir haben darüber gesprochen, dass ein Magier kein Mitglied des Ordens, sondern direkt dem König unterstellt sein sollte. Der auserwählte Magier wäre dann in der Lage, denjenigen, der den Orden anführt, mit einem Eid an den König zu binden. Dieser Magier könnte nicht vom Orden dazu angewiesen werden, den Eid wieder aufzulösen, nur vom König selbst. Somit müsste es natürlich jemand mit beachtlicher Stärke sein."

Enric zog die Stirn in Falten. "Dabei denkst du ja wohl nicht an mich, oder etwa doch?"

Tyront sah ihn entsetzt an. "Auf keinen Fall! Wenn es eine Sache gibt, die ich vermeiden will, dann ist es die, dich in diesem Spiel auf einer anderen Seite als der meinen zu haben. Nein", lächelte er grimmig, "ich werde dich in absehbarer Zeit sicher nicht dem König überlassen. Außerdem bin ich sicher, dass er einen Magier bevorzugen würde, der weniger eng an den Orden gebunden ist. Jemanden, der jung und formbar ist, könnte ich mir denken. Das allerdings können wir uns noch überlegen, wenn wir in dieser Sache zu einer endgültigen Entscheidung gelangt sind."

"Dann stimmst du der Idee also generell zu? Das würde dich den Vorteil kosten, den der Anführer des Ordens in den letzten hundert Jahren hatte - dass du dich selbst und jeden anderen Ordensmagier vom Eid befreien kannst, falls es erforderlich wäre."

Tyront nickte. "Ich weiß. Aber da ist noch eine weitere Sache zu bedenken. Einen Eid aufzulösen ist eine Frage der magischen Stärke, genau wie das Abnehmen des Eides. Und das, mein Freund, ist der Punkt, wo unsere neuen Freunde jenseits des Meeres sich als nützlicher Kontakt erweisen könnten. Praktischerweise bin ich zufällig mit zwei Mitgliedern mächtiger Familien in Takhan gut bekannt. Beide sind sehr starke Magier."

Enric lachte anerkennend. Und Eryn hatte gedacht, dass die Leute hier unwillig oder unfähig waren, sich an neue Gegebenheiten anzupassen. Das traf ganz offensichtlich nicht auf den Mann zu, den er vor sich hatte.

* * *

Eryn stand etwas angespannt vor der Tür zu Lord Tyronts Quartier. Das war nicht gerade einer ihrer Lieblingsorte. Kaum etwas Gutes hatte sich jemals daraus ergeben, wenn sie in der Vergangenheit herbestellt worden war. Allerdings war es dieses Mal anders - es war nicht Lord Tyront, der sie gebeten hatte, auf ein Getränk vorbeizukommen, sondern seine Gefährtin. Also war es grundsätzlich keine Vorladung, sondern eine Einladung. Dieses Mal war sie freiwillig hier. Oder so freiwillig es möglich war, wenn es um eine Einladung ging, die von der Gefährtin ihres Vorgesetzten ausgesprochen wurde.

In der Vergangenheit war sie mit Vyril bei den wenigen Gelegenheiten, wo sie einander begegnet waren, gut ausgekommen. Eine seltsam lebensfrohe und scheinbar glückliche Frau, wenn man bedachte, wer ihr Gefährte war, dachte Eryn. Es war wohl eher zu erwarten, dass die Verbindung mit solch einem Mann einer Frau nach einer Weile all ihren Lebenswillen raubte. Allerdings würde er die Frau, die er liebte, wohl wesentlich besser behandeln als diejenige, mit der er eine angespannte professionelle Beziehung hatte, räumte sie ein und hob nun endlich ihre Hand, um an die Tür zu klopfen.

Vyril öffnete nach nur wenigen Augenblicken, lächelte und nahm Eryns Hände, um sie herzlich zu drücken.

"Lady Eryn, wie freundlich, dass Ihr Euch so kurzfristig etwas Zeit für mich nehmt. Ich habe von all den Projekten gehört, die Ihr in Angriff nehmen möchtet. Ich frage mich immer wieder, wie eine einzige Person sich um all das kümmern kann. Aber kommt herein und nehmt Platz. Ich bin ganz hingerissen von Eurem Kleid! Habt Ihr das aus Takhan mitgebracht?"

Eryn schüttelte den Kopf. "Nein, nicht wirklich. Enric hat den Stoff gekauft, und meine Freundin Junar hat die Stücke, die wir dort anfertigen ließen, als Vorlage für neue Kleider genommen. Die aus den Westlichen Territorien sind unserem Klima hier nicht wirklich gewachsen, fürchte ich. Es ist dort wirklich wesentlich wärmer als das, was wir in dieser Gegend gewohnt sind."

Vyril betrachtete sie nachdenklich. "Dann vermag Eure Schneiderfreundin also den Stil der Kleidung in Takhan zu kopieren? Das ist ja interessant. Ich frage mich, ob Ihr es als anstößig betrachten würdet, wenn andere Leute für gewisse Anlässe Elemente davon in ihren eigenen Kleidungsstil übernehmen würden?", fragte sie vorsichtig.

"Nein, überhaupt nicht. Ganz im Gegenteil sogar. Junar wäre außerdem gerne bereit, dich bezüglich Schnitten und Farben zu beraten. Und dann natürlich herzustellen, was du dir ausgesucht hast", fügte sie noch hinzu.

Vyril lächelte erleichtert. "Oh, ausgezeichnet! Dann könnte ich mir denken, dass ich beim nächsten Dinner, zu dem wir eingeladen sind, wahrscheinlich im Mittelpunkt stehen werde. Vorausgesetzt natürlich, Ihr findet wieder einen Grund, um Euch davor zu drücken", grinste sie. "Nein, Ihr braucht nicht so panisch zu schauen. Es ist bekannt, dass Ihr es tut, aber die Leute haben akzeptiert, dass Ihr ein wenig anders seid als die Meisten von uns, daher wird es mehr oder weniger toleriert. Die Überraschung ist dafür umso größer, wenn Ihr dann und wann doch einmal auftaucht. Die Gastgeberin wird damit natürlich in den nächsten Wochen angeben."

Eryn blinzelte. "Mir war nicht bewusst, dass es so große Auswirkungen auf die Dynamik in den sozialen Kreisen unserer Stadt hat, dass ich diese Anlässe nicht regelmäßig besuche. Ich dachte, dass es mich eher unauffälliger macht, wenn ich versuche, mich aus all dem so gut wie möglich herauszuhalten."

"Meine liebe Lady Eryn, fragt Euren handelserfahrenen Gefährten, ob seiner Erfahrung nach die Reduktion der verfügbaren Menge einer Ware die Nachfrage und damit deren Preis sinken oder ansteigen lässt. Ihr werdet sehen, dass etwas umso mehr begehrt wird, je rarer es ist. Und Ihr neigt dazu, Euch *sehr* rar zu machen." Ihr Blick sprang kurz zu der Tür, die, wie Eryn wusste, zu Lord Tyronts Arbeitszimmer führte. Ah ja, also hatte er sich wahrscheinlich über ihre Starrköpfigkeit beschwert, mit der sie oft vermied, an ihn zu berichten. "Somit schätze ich es umso mehr, dass Ihr zugestimmt habt, mich heute Abend zu besuchen. Was darf ich Euch zu trinken anbieten? Normalerweise würde ich Euch Wein aus den Westlichen Territorien anbieten, aber davon habt Ihr zweifellos mehr als genug zur Verfügung. Aber ich habe etwas Feines, das Ihr nicht so oft bekommen werdet. Mein Vater stellt Likör her, und ich finde, dass er sein Rezept in den letzten Jahren enorm verbessert hat."

"Dann nehme ich gerne ein Glas davon", meinte Eryn mit einem höflichen Lächeln.

Sie wirkte nicht so entspannt wie üblich, bemerkte Eryn. Ihre Bewegungen waren ein klein wenig zappelig. Wenngleich die beiden Frauen stets freundschaftlich miteinander umgegangen waren, empfand sie es dennoch irgendwie amüsant, die Gefährtin ihres Vorgesetzten so zu sehen. Womöglich hatte es etwas mit dem Grund zu tun, weshalb sie um dieses Treffen gebeten hatte. Der Zweck dahinter war sicher nicht anzumerken, dass Eryn dafür bekannt war, sich vor sozialen Anlässen zu drücken, oder sie um Erlaubnis dafür zu bitten, sich des westlichen Kleidungsstils bedienen zu dürfen.

"Ihr fragt Euch sicher, weshalb ich Euch gebeten habe, heute Abend zu mir zu kommen", begann Vyril, nachdem sie zwei hohe, schlanke Gläser mit einer eher dickflüssigen, dunkelrot-violetten Flüssigkeit auf den kleinen Tisch zwischen ihnen abgestellt hatte.

"Ja, ich gebe zu, die Frage ist mir in den Sinn gekommen", nickte die jüngere Frau.

"Wenn ich von dem ausgehe, was ich über Euch gehört und auch selbst erlebt habe, denke ich, dass Ihr keine Freundin langer Reden seid. Also werde ich rasch zum Punkt kommen. Tyront erzählte mir, dass Ihr den König um Erlaubnis gebeten habt, die Verantwortung für das Waisenhaus in der Stadt zu übernehmen. Dass Ihr sogar selbst für alles bezahlen werdet. Und dass Ihr auf der Suche nach jemandem seid, der sich um alles im Zusammenhang damit kümmert."

Eryn zog eine Braue hoch und fragte sich, wohin das wohl führen würde. "Ja, das ist richtig. Wüsstest du jemanden, der daran Interesse hätte?" Womöglich die Tante oder Tochter eines Dienstmädchens, oder sonst jemand, der nach einer Anstellung suchte.

Vyril straffte die Schultern und nahm einen tiefen Atemzug, als würde sie für ihre nächsten Worte all ihren Mut zusammennehmen. "Das tue ich in der Tat. Mich selbst. Ich würde das sehr gerne übernehmen."

Die jüngere Frau starrte sie fassungslos an. "Du? Im Ernst? Warum?"

Das war offensichtlich nicht die Reaktion, die sich Vyril erhofft hatte. Ihr Gesicht fiel leicht in sich zusammen. "Ihr denkt also nicht, dass es eine gute Idee wäre? Ihr willigt nicht ein?"

"Was?" Eryn blinzelte. "Nein! Ich frage mich nur, weshalb jemand in Eurer Position, äh, überhaupt..." Sie verstummte allmählich, nicht sicher, wie sie das formulieren konnte, ohne Vyril noch mehr zu beleidigen als sie das scheinbar ohnehin schon getan hatte.

"...meine zarten, empfindlichen Hände schmutzig machen möchte?" Sie ergriff ihr Glas und leerte es in einem einzigen, wenig damenhaften Zug, bevor sie sich erhob. "Ihr denkt, Ihr seid die einzige reiche Frau in der Stadt, die ihre Tage mit etwas Nützlicherem als Teetrinken und dem Umdekorieren ihres Hauses verbringen will?!", sagte sie etwas lauter, als für die Situation angemessen schien.

Meine Güte, dachte Eryn entsetzt. Was genau ging hier vor sich? Wie hatte sie es geschafft, diese liebenswürdige, charmante Frau innerhalb von ein paar Sekunden in eine Furie zu verwandeln? Das war eine beachtliche Leistung, selbst für jemanden mit ihrem beispiellosen Geschick, Leute zu provozieren.

"Vyril", sagte sie langsam und sanft in ihrer besten Umgang-mit-ausgeflippten-Patienten-Stimme, ihre Hände mit den Handflächen nach außen erhoben, als würde sie sich verteidigen, "ich versichere dir, dass ich damit nicht andeuten wollte, dass du unnütz oder ungeschickt bist. Nicht einen Augenblick lang - du bist gut gebildet und zweifellos geübt darin, Dinge zu organisieren. Ich habe mich nur gefragt, warum du überhaupt daran interessiert wärst, so eine Aufgabe zu übernehmen. Du musst zugeben, dass das für eine Frau in deiner Position nicht gerade die übliche Art von Beschäftigung ist."

Vyril schloss kurz die Augen, um sich zu sammeln, dann verschränkte sie ihre Finger und hob ihr Kinn.

"Ihr müsst mich für schrecklich töricht halten, Lady Eryn. Ich entschuldige mich, dass ich die Kontrolle dermaßen verloren habe. Ihr habt natürlich Recht. Vergebt mir. Ich gebe zu, dass ich etwas nervös dabei war, mit Euch über diese Sache zu sprechen."

Etwas?, spöttelte Eryn in ihrem Kopf. Sie war eher ein Nervenbündel.

"Keine Sorge deswegen. Sag mir, warum du das tun willst."

Vyril seufzte. "Als Ihr vor einer Weile damit begannt, Leute auf der Straße zu heilen, begann ich über ein paar Dinge nachzudenken. Und besonders, als Ihr damit nicht aufgehört, sondern Eure Bemühungen noch verstärkt habt, nachdem Ihr mit Lord Enric verbunden wurdet. Ersteres passiert normalerweise, wenn Frauen mit reichen Männern leben, müsst Ihr wissen. Falls sie zuvor einer Tätigkeit nachgingen, tun sie das üblicherweise hinterher nicht mehr, sondern widmen ihre Tage dem Pflegen ihrer Kontakte zu anderen Leuten der gleichen sozialen Nische. Ihr aber nicht." Sie schüttelte den Kopf. "Ihr haltet Euch von uns fern, so gut Ihr könnt, und füllt Eure Tage mit harter Arbeit und tut etwas, mit dem Ihr einen Unterschied macht. Das alles ist sogar noch erstaunlicher, wo ich erfahren habe, dass Ihr nicht, so wie wir zuvor dachten, die bescheidene Tochter eines Landheilers, sondern ebenso hochwohlgeboren seid wie jede andere selbsternannte wichtige Frau in dieser Stadt - wahrscheinlich sogar noch mehr! Aber das hat Euch nicht dazu veranlasst, Eure Bemühungen zurückzuschrauben, sondern sogar noch mehr Verantwortung auf Euch zu nehmen!" Sie öffnete ihre zusammengepressten Finger wieder und gestikulierte hilflos. "Neben Euch begann ich mich nutzlos zu fühlen. Etwas, das ganz und gar nicht angenehm ist. Ich deutete etwas in dieser Richtung an, als ich mich mit meinen Freundinnen unterhielt, aber die teilen diese Haltung nicht und dachten, ich müsste eine aktivere Rolle im Herumkommandieren der Diener einnehmen. Der Diener!", rief sie frustriert aus. "Die brauchen niemanden, um sie herumzukommandieren - die wissen besser als ich, was ich esse, trinke, anziehe und kaufe!"

Die Tür des Arbeitszimmers öffnete sich, und Tyront kam heraus. Er sah die beiden Frauen interessiert an. "Ist hier draußen alles in Ordnung? Mir war, als hätte ich… etwas gehört", endete er lahm mit einem Seitenblick auf seine Gefährtin.

"Nein, hier ist *nicht* alles in Ordnung! Hältst du mich auch für nutzlos, Tyront? Denkst du auch, ich verschwende meine Tage mit sinnlosen Aufgaben, die genauso gut unerledigt bleiben könnten, weil niemand auch nur einen Unterschied bemerken würde?"

Tyronts Blick landete auf Eryn. "Habt *Ihr* das etwa gesagt?", verlangte er mit scharfer Stimme zu wissen.

"Nein, sie hat das nicht gesagt!", rief Vyril erregt aus. "*Ich* sage das! Meine Freundinnen hatten Kinder, um die sie sich kümmern konnten, und viele taten nicht einmal das selbst, sondern stellten Kindermädchen dafür ein! Und diejenigen, die sich die Mühe machten, ihre Kinder selbst aufzuziehen, tun jetzt, wo die erwachsen und von zuhause ausgezogen sind, auch nichts mehr."

Er starrte sie an und wirkte dabei sichtlich unbehaglich. "Soll das etwa heißen, du willst Kinder? Ausgerechnet jetzt? Ist das der Grund, warum du Lady Eryn hierher eingeladen hast? Damit sie das wegheilt, was der Grund war, warum es in der Vergangenheit nicht funktioniert hat?"

"Was? Nein! Ich bin achtundvierzig Jahre alt; ich habe nicht die Absicht, jetzt noch Kinder zu bekommen! Die Leute würden denken, ich sei die Großmutter, wenn sie mich mit einem Baby sähen!" Dann schien sie in sich zusammenzufallen. All der Ärger und Frust schien entwichen, und nichts als eine erschöpfte Hülle blieb zurück. "Ich wollte nur einmal etwas Nützliches tun", murmelte sie betrübt. "Ich hatte gehofft, ich könnte mich um das Waisenhaus kümmern, aber es scheint, als wäre ich nicht wirklich dafür geeignet."

Eryn schloss die Augen für einen Moment und atmete langsam aus. Offenbar war da eine Menge, das an die Oberfläche hatte kommen müssen. Vyrils Motivation war also zum einen Teil der Wunsch, sich nützlich und gebraucht zu fühlen - etwas beizutragen, das einen Unterschied machte - und zum anderen Teil der Ausgleich dafür, dass sie nie die Chance hatte, eigene Kinder großzuziehen. Soweit es Motivation betraf, war das keine schlechte Kombination, überlegte Eryn.

"So etwas habe ich nie gesagt, und ich wäre dir dankbar, wenn du mir keine Worte in den Mund legen würdest - besonders nicht dermaßen absurde", erwiderte Eryn kühl. "Ich denke nicht, dass dein Zustand dir im Moment erlaubt, das vernünftig zu besprechen, also lade ich dich ein, mich morgen nach dem Mittagessen in der Klinik aufzusuchen. Dort können wir dann darüber sprechen, was genau getan werden muss, wie es mit deiner Entlohnung aussieht und wie wir das alles koordinieren. Vorzugsweise so, dass ich nicht allzu sehr miteingebunden bin, da das der Grund ist, weshalb ich nach einer fähigen Person suche, die mir das abnimmt."

Vyril starrte sie verwirrt an, als sie aufstand. "Was? Aber ich verstehe nicht."

Tyront seufzte resigniert. Warum er? Warum nur? "Es scheint so, meine Liebe, als wärst du gerade für die Position akzeptiert worden. Lady Eryn ist von nun an deine Vorgesetzte."

Das Bild, das die beiden abgaben, brachte Eryn zum Grinsen. Vyrils Gesicht wurde langsam durch ungläubiges Entzücken erhellt, während sich das ihres Gefährten im Gegensatz dazu mit jedem Augenblick zu verfinstern schien.

"Ja", nickte sie und drehte sich um, um sich auf dem Heimweg zu machen, "schon lustig, wie sich die Dinge manchmal ergeben, was?"

KAPITEL 6

Die Wette

"Ich konnte nicht umhin zu bemerken, dass dein Training heute etwas... qualvoller war als die letzten paar Male", kommentierte Enric, als sie eine Schüssel mit dem Abendessen, dass sie gekocht hatte, vor ihn hinstellte.

"Glaub mir, du bist nicht der Einzige, dem das aufgefallen ist", schnaubte sie. "Ich war immerhin diejenige mit den blauen Flecken."

"Die du zweifellos bereits weggeheilt hast, also kein Mitleid."

"Er hat meine Rippe gebrochen. Schon wieder!", beschwerte sie sich. "Ich denke, ich verdiene zumindest ein *bisschen* Mitgefühl."

"Warum warst du heute langsam genug, dass er dich so oft erwischen konnte?"

"Ich war nach meinem Gespräch mit Vyril gestern Abend etwas abgelenkt. Sie wirkte so aufgewühlt und gleichzeitig verletzlich."

Enric nickte. "Tyront hat erwähnt, dass er etwas besorgt ist, weil Vyril jetzt für dich arbeitet. Dass seine Gefährtin jetzt seiner Untergebenen unterstellt ist, ist ein wenig kompliziert und könnte mit der Zeit zu Problemen führen."

"Das wäre auch der Fall, wenn ich sie abgelehnt hätte", konterte Eryn.

Er dachte kurz nach, dann nickte er. "Ja, ich erkenne das Dilemma. Dann hast du also zugestimmt, mit ihr zu arbeiten, um Tyront glücklich zu machen? Warum klingt das irgendwie falsch für mich?"

Sie zuckte mit den Schultern. "Weil du meine Bereitwilligkeit, mich anzustrengen, damit ich die Beziehung zu meinem Vorgesetzten verbessern kann, unterschätzt?"

Das brachte ihn zum Lachen. "Versuch's noch einmal. Das ist so unerhört absurd, dass ich erstaunt bin, dass du dabei keine Miene verziehst."

"Ich habe es nicht getan, um Lord Tyront zu erfreuen", gab sie zu. "Ihr Erguss am Abend hat mich beeindruckt. Ich habe so meine Schwierigkeiten mit gewandten, eleganten Frauen, deren Kleider immer zu ihren Juwelen passen."

"Was bei Vyril der Fall ist", lächelte Enric.

"Ja, aber nachdem ich Zeuge war, wie sie gestern nach ihrem Gefährten geschnappt hat, bin ich geneigt, ihr das zu verzeihen."

"Du hast ihr gesagt, sie soll dich heute in der Klinik aufsuchen. Wie ist das gelaufen?", erkundigte er sich neugierig.

"Sehr gut, muss ich sagen. Sie war seit gestern nicht untätig." Sie lehnte sich vor, ihr Gesichtsausdruck alles andere als erfreut. "Wusstest du, dass es jedes Jahr etwa neun Monate nach der Nacht der Ungezwungenheit einen Anstieg an neugeborenen Waisen gibt? Und dass es eine Menge mehr Kinder ohne Eltern gibt, als die Todesfälle in der Stadt rechtfertigen würden?"

Er schüttelte den Kopf. "Nein, das wusste ich nicht. Davon hat dir Vyril erzählt?"

Sie nickte. "Ja. Sie hat sich die Listen aus dem Palast besorgt und mir die Entwicklung der letzten zehn Jahre gezeigt. Ich finde das wirklich schockierend! Und die nächste Nacht der Ungezwungenheit findet in gerade einmal zwei Wochen statt. Ich schaudere bei dem Gedanken an das Risiko, das die Leute so unbedacht eingehen, wenn sie einfach so mit einem Fremden schlafen, ohne die möglichen Folgen zu bedenken. Dann weigern sie sich, die Konsequenzen zu tragen, indem sie ihre Kinder einfach beim Waisenhaus abgeben, wo sie aufwachsen wie… nun, die Zustände dort kennst du ja."

"Ich verstehe. Also, wie sieht denn nun dein Plan aus?", erkundigte er sich.

"Wie kommst du darauf, ich hätte einen Plan?", konterte sie mit einer Gegenfrage.

"Da ist dieses Gefühl grimmiger Entschlossenheit in mir, das nicht von mir stammt", kommentierte er trocken.

Lächelnd lehnte sie sich wieder zurück. "Also gut, ich habe tatsächlich einen Plan. Ich habe dem König eine Nachricht zukommen lassen, worin ich ihn ersuche, die Teilnahme an der Nacht der Ungezwungenheit an eine Bedingung zu knüpfen. Die Leute brauchen nichts anderes zu tun, als zuzustimmen, dass die Heiler sie vor unerwünschten Schwangerschaften schützen."

Enric runzelte die Stirn. "Wie planst du, das umzusetzen?"

"Indem man ein klein wenig Magie einsetzt, um sie für eine kurze Weile unfruchtbar zu machen. Die Wirkung wird nach gerade einmal zwei oder drei Tagen wieder vorbei sein. Bei Männern geht das recht einfach - es muss nur ein spezieller Kanal blockiert werden. Und was die Frauen betrifft, habe ich da reichlich Erfahrung, da ich im Verlauf der letzten zehn Jahre genau das gleiche Verfahren bei mir selbst angewandt habe", erklärte sie. "Somit sollten nur diejenigen, die sich damit einverstanden erklärt haben, den Bereich betreten und die Nacht genießen dürfen."

"Ein interessanter Vorschlag", nickte er anerkennend. "Ich wäre überrascht, wenn der König ihm nicht zustimmt."

"Ich hoffe, er schickt mich nicht zuerst los, um Lord Tyronts Zustimmung einzuholen, oder die des Rats der Magier", seufzte sie. "Die sind beide so mühsam."

"Entweder vergisst du ständig, dass *ich* ebenfalls ein Ratsmitglied bin, oder du sagst solche Dinge nur, um mich zu plagen", bemerkte er.

"Letzteres", grinste sie und zwinkerte ihm zu.

"Aber was deine Sorge betrifft, denke ich nicht, dass er die Sache an den Orden delegieren wird. Wir sind weder für das Waisenhaus, noch für die Nacht der Ungezwungenheit zuständig, und für das Heilen auch nur bis zu einem gewissen Grad, solange die Krone offiziell die Finanzierung übernimmt. Damit ist er der richtige Ansprechpartner, würde ich meinen."

"Ich hoffe, du hast Recht. Ich werde eine Woche lang warten, und wenn ich bis dahin nichts von ihm gehört habe, werde ich eine Audienz erbitten, um ihm mein Gesuch direkt zu unterbreiten. Oder ich werde kläglich dabei versagen, mich an Marrin vorbei zu schleichen und ihn in seinem Arbeitszimmer zu überfallen, jetzt wo ich weiß, wo es zu finden ist."

"Ich würde mir keine Sorgen machen; normalerweise ignoriert er keine Nachrichten. Ganz besonders nicht deine. Er wird dir bald genug mitteilen, ob er zustimmt oder nicht."

"Was soll das heißen, besonders nicht *meine*? Mir war nicht bewusst, dass ich hier irgendwelche besonderen Privilegien genieße", meinte sie düster.

Enric grinste schief. "Du bist dafür bekannt, dass du dich so rar machst, wie du kannst. Wenn du also Aufmerksamkeit möchtest, bekommst du sie auf jeden Fall. Du bist noch immer eine wichtige Persönlichkeit, Liebste. Die Leute hören zu, wenn du etwas sagst."

Sie dachte an Vyrils Worte, dass sie aufgrund der Tatsache, dass sie kaum jemals zu den gesellschaftlichen Zusammenkünften auftauchte, auf jeder davon ein gern gesehener Gast war. Je seltener etwas war, desto höher war die Nachfrage.

"Vyril meint, ich bliebe auf Abstand zu ihr und den anderen Frauen, um meine Tage mit Arbeiten anstatt Dekorieren zu füllen", murmelte sie.

Enric spitzte die Lippen. "Es lässt sich schwer abstreiten, dass darin ein Körnchen Wahrheit liegt, meine Liebe", sagte er behutsam.

"Dann sagst du also, dass ich ihnen aus dem Weg gehe, weil ich denke, ich sei besser als sie?", rief sie aus.

"So etwas habe ich mit keinem Wort behauptet!", protestierte er. Und solange ihn nicht aus irgendeinem Grund eine selbstmörderische Laune überkam, würde er das auch nicht tun. "Warum? Denkst du, dass du ihnen überlegen bist?"

"Natürlich nicht!" Sie hielt kurz inne. "Nun, nicht als menschliches Wesen. Oder als Magierin."

"Aber vielleicht als jemand, der sich im Gegensatz zu ihnen mit etwas Nützlichem befasst?", fragte er dann mit einem Lächeln.

Sie warf ihm einen bitteren Blick zu. "Dann müsste ich mich ebenso jedem anderen Magier in diesem Königreich überlegen fühlen. Abgesehen von meinen Heilern."

"Weil Krieger so ziemlich das Nutzloseste sind, das es gibt, ich weiß", seufzte er.

"Das wirst du mich nicht bestreiten hören", erwiderte sie leichthin, dann zog sie die Stirn in Falten. "Aber du läufst auch nicht gerade von einer Dinner-Einladung zur nächsten."

"Ich weiß. Obwohl ich mich sehr bemüht habe, mich in dieser Hinsicht zumindest ein wenig zu bessern, seit wir verbunden wurden. Das Problem dabei ist, dass du meine Pläne ständig sabotierst. Ich muss dich mehr oder weniger überall mitschleifen, wo ich denke, dass wir hingehen sollten."

"Dann ist das jetzt also meine Schuld, weil ich das ebenso ungern mag wie du, aber so ehrlich bin, es zuzugeben? Du willst dich an diese sozialen Gepflogenheiten anpassen, gemäß denen man von dir erwartet, dass du zu diesen Anlässen nun auftauchst, nur weil du jetzt eine Gefährtin hast?"

Er überlegte kurz, dann nickte er. "Das ist eine einigermaßen zutreffende Einschätzung der Situation, ja."

"Dann gibst du also zu, dass du das alles ebenfalls nicht willst und nur vorgibst, sozial zu sein?", erkundigte sie sich erneut, nur um auf Nummer sicher zu gehen.

"Absolut. Die meisten dieser Leute sind immens mühsam. Aber es geht darum, Kontakte zu pflegen, wie dir sehr wohl klar ist. Ich erinnere mich dunkel daran, dass wir vor ein paar Monaten bereits eine ähnliche Diskussion hatten."

"Ich habe alle drei Bälle mit dir besucht", strich sie hervor in dem Versuch, Pluspunkte zu sammeln.

Er zog eine Augenbraue hoch. "Ja, weil dir der König *befohlen* hat, hinzugehen. Beim nächsten Mal solltest du dir mal die Einladungen ansehen, die andere Leute erhalten - die sind etwas weniger… nachdrücklich formuliert."

"Ach ja?"

"Ja. Der König gewährt den Leuten sozusagen das Privileg, kommen zu dürfen, während er in deinem Fall versteckte Drohungen einsetzen muss, weil er weiß, dass du versuchen wirst wegzubleiben, wenn er das nicht tut."

"Ist es nicht wunderbar, etwas Besonderes zu sein?", bemerkte sie leise und schob ihre leere Schüssel von sich. "Nun, jedenfalls hoffe ich, dass es in nächster Zeit keinen weiteren Ball geben wird."

Enric schüttelte den Kopf über sie. "Du weißt, dass die Westlichen Territorien bald einen ständigen Botschafter nach Anyueel schicken werden? Wir haben dort immerhin bereits einen etabliert."

Sie biss sich auf die Lippe. Natürlich, das war nur logisch. "Hast du irgendeine Idee, wen sie schicken werden? Und wann?"

"Ja zu beidem. Sanaf von Haus Finran. Er wird bereits in drei Wochen ankommen."

"Haus Finran?" Sie zog die Stirn kraus. "Das ist Legaras Haus, nicht wahr? Malriels Freundin." Sie erinnerte sich von der Verhandlung her noch gut an die Frau.

"Ja. Ich denke, sie haben jemanden von einem Haus ausgewählt, das mit meinem eigenen verbündet ist, um den Start so reibungslos wie möglich zu gestalten."

Mit *seinem eigenen* Haus, dachte Eryn. Er hatte sich wirklich gut an seine neue Familiensituation angepasst. Alles, was jetzt noch fehlte, war, dass er damit begann, Malriel *Mutter* zu nennen.

Enric beobachtete, wie sich ihre Miene verdunkelte und sie sogar erschauderte. "Denkst du gerade an den Ball, der wahrscheinlich veranstaltet wird, um den Botschafter willkommen zu heißen, oder an ein bestimmtes Mitglied meines Hauses, auf das du nicht allzu gut zu sprechen bist?"

"Ich habe an Malriel gedacht. Und dass du den Ball gerade erwähnt hast, verbessert meine Laune auch nicht gerade. Vielen Dank dafür", knurrte sie.

"Was würde deine Laune denn verbessern?"

Sie dachte kurz nach. "Ein heißes Bad, ein gutes Buch, das nichts mit dem Heilen zu tun hat, und ein unanständig großes Glas von diesem süßen Wein, für den Haus Arbil berühmt ist."

Er nickte. "Das lässt sich arrangieren. Und um meine eigene Laune zu verbessern, werde ich auf dich warten, wenn du fertig bist. Ich finde es höchst unterhaltsam, wenn du Alkohol trinkst. Besonders in unanständigen Mengen", meinte er mit einem breiten Grinsen.

* * *

Vern öffnete die Tür auf das Klopfen hin, und sein Gesicht drückte Mitgefühl aus, als er Eryns Miene sah.

"Wieder eine kosmetische Korrektur?"

Eryn nickte. "Ja. Wieder einmal Inad. Sie hat jetzt zum dritten Mal etwas machen lassen. Zuerst wurden ihre Füße verkürzt, dann wollte sie kleinere Ohren, und jetzt musste ich ihre schwabbelnden Hüften und Oberarme straffen. Das ist natürlich wesentlich leichter als einfach weniger von den Süßigkeiten in sich hineinzustopfen", grummelte sie.

"Nun, da du für deine Dienste unerhörte Preise verlangst, würde ich meinen, dass es die Tortur wert war", betonte der Junge. "Komm herein, ich muss Ram'an füttern, dann können wir dazu übergehen, die Geheimnisse der Nervenfasern zu enthüllen."

Sie betrat den Salon und ging auf ein unberührtes Essenstablett zu. "Sag mir nicht, du hast eine Mahlzeit ausgelassen? Ich müsste hier und jetzt eine eingehende Untersuchung durchführen, um dieses gänzlich unbekannte Phänomen aufzuklären", grinste sie und schnappte sich ein Stück Gemüse, das nicht mit Fleisch in Berührung gekommen war.

"Sehr witzig. Nein, das ist von Junar. Sie war nicht hungrig. Verdorbener Magen oder so etwas. Sie wollte sich nicht von mir helfen lassen. Sie sagt, sie will nicht ihre Fähigkeit, ohne Magie zu überleben, aufgeben, nur weil sie jetzt mit zwei Magiern zusammenlebt."

Eryn hob beide Brauen. "Sie hat also schlussendlich aufgegeben und ist offiziell hier eingezogen?"

"Ja, das hat sie. Vater hat Stück für Stück ihre Sachen hergebracht, und als sie erkannte, dass ihre eigene Wohnung bis auf ein paar Teller und angeschlagene Tassen so gut wie leer ist, sagte sie ihm, dass sie aufgibt."

"Raffiniert. Davon hat sie mir gar nichts erzählt."

"Keine Sorge, es ist noch nicht lange offiziell. Das war erst vor zwei Tagen, und im Augenblick ist sie recht beschäftigt. Es scheint, dass die Frauen hier ganz verrückt sind nach Kleidung aus den Westlichen Territorien, oder eher deren Stil. Und dank dir ist Junar die Einzige, die im Besitz der Muster und Stoffe ist, um sie herzustellen. Somit kommen die Leute zu ihr anstatt zu ihren üblichen Schneidern."

"Ich hoffe, die machen ihr deswegen keinen Ärger?", meinte sie stirnrunzelnd und dachte zurück, wie die Apotheker vor einigen Monaten auf Konkurrenz reagiert hatten. Die hatten sogar versucht, sie umzubringen.

"Was? Nein, warum sollten sie? Die wollen doch von ihr kaufen", sagte Vern verwirrt.

"Nein, nicht ihre Kunden, sondern die anderen Schneider! Wie haben die reagiert?"

"Ach, die", winkte er ab. "Glücklich sind sie natürlich nicht darüber. Zwei von ihnen wollten ihr die Muster unbedingt abkaufen, aber natürlich hat sie das abgelehnt. Einer ist sogar in ihr Geschäft eingebrochen und hat versucht, die Vorlagen an sich zu nehmen, aber sie sperrt immer alles fest zu, also kam nichts weg."

"In ihrem Geschäft wurde eingebrochen?", rief Eryn schockiert aus.

"Ja, aber der Einbrecher wurde geschnappt und wird die nächsten paar Monate im Kerker verbringen. Vater war nicht besonders glücklich darüber und hat verbreiten lassen, dass er dafür sorgen wird, dass der Nächste, der so etwas versucht, nicht so leicht davonkommen wird."

Eryn nickte. Wenn jemand mit Orrins Stellung so eine Drohung aussprach, tendierten die Leute dazu, besonders vorsichtig zu sein. Ein Glück für Junar, dass sie nicht nur einen Magier, sondern einen namhaften Kämpfer an ihrer

Seite hatte. Andernfalls wären womöglich schwierige Zeiten auf sie zugekommen. Sie erinnerte sich, als Enric darauf bestanden hatte, ihre Romanze öffentlich bekannt zu machen, damit ihr sein Status auch ohne offizielles Arrangement Schutz bot. Jetzt funktionierte genau das auch für Junar.

"Sie musste zwei weitere Mädchen anheuern - jetzt hat sie fünf", sagte Vern in ihre Gedanken. "Erstaunlich, wenn man bedenkt, dass sie noch vor wenigen Monaten alles allein erledigen konnte. Dich als Freundin zu haben, hat sich als vorteilhaft erwiesen."

"Auch wegen des beachtlichen Vorteils meiner liebreizenden Gesellschaft, hoffe ich", bemerkte sie mit einer hochgezogenen Augenbraue.

"Ja, sicher doch. Das wäre dann auch noch erwähnenswert", grinste er spöttisch. Er stellte eine Keramikschüssel mit kleinen Fleischbröckchen auf den Boden. Bei dem Geräusch kam der Kater aus seinem Zimmer gerannt, als wäre er schon wochenlang nicht mehr gefüttert worden.

"Wie kommt diese Kreatur mittlerweile mit Orrin zurecht? Haben sie sich schon miteinander angefreundet?"

"So weit würde ich nicht gehen. Ich betrachte es eher als Waffenstillstand. Vater wirft ihm keine Gegenstände mehr nach, und im Gegenzug hat Ram'an damit aufgehört, seine Schuhe anzupinkeln. Aber sie halten immer noch einen Mindestabstand von mehreren Schritten zueinander ein. Das ist so witzig anzusehen", kicherte der Junge. "Wie sieht es mit deinen Plänen für die Nacht der Ungezwungenheit aus? Hat der König schon etwas von sich hören lassen?"

"Ja, er hat mein Ansuchen gnadenreich bewilligt und dankt mir für meine Bemühungen, der Allgemeinheit zu dienen und so weiter."

Vern nickte nachdenklich. "Ich verstehe, warum das eine gute Sache ist, aber andererseits muss ich daran denken, dass ich mit solchen Maßnahmen vor siebzehn Jahren nicht zur Welt gekommen wäre."

Sie blinzelte und seufzte dann. Mit einem Arm um seine Schulter lehnte sie kurz ihren Kopf gegen seinen. "Und das, mein Freund, wäre ein immenser Verlust, nicht nur für mich persönlich, sondern auch für den Heilerberuf in diesem Land. Ohne dich wäre ich während meiner Gefangenschaft wohl irre geworden. Aber deine Situation entspricht normalerweise nicht der von Kindern, die während dieser Nacht gezeugt werden. Nur sehr wenige von ihnen haben die Möglichkeit, bei einem Elternteil aufzuwachsen. Der Rest wird einfach verlassen oder vor die Tür des Waisenhauses gelegt."

"Ich weiß", nickte er. "Vater denkt, dass diese Vorbeugung eine gute Sache ist. Er meint, dass solange diese Anonymität nicht aufgehoben und die Verantwortung hinterher auf beide Eltern aufgeteilt würde, es einfach nicht richtig sei, wie es momentan liefe. Die meisten Frauen hätten höchstwahrscheinlich keine andere Wahl, als ihre Kinder aufzugeben. Sie könnten es sich einfach nicht leisten, sie allein großzuziehen, wenn sie für ihren Lebensunterhalt arbeiten müssen und keine Familie haben, die sie unterstützt."

"*Orrin* hat das gesagt?", staunte sie. Diese Aussage zeugte von wahrer Größe bei einem Mann, der von der Frau, mit der er in dieser schicksalsschweren Nacht herumgetollt hatte, ohne Vorwarnung mit einem Baby zurückgelassen worden war. Das hatte ihn nicht bitter werden lassen. Stattdessen hatte er genug Mitgefühl, um die Situation, in der sich viele von ihnen befanden, wirklich zu erkennen.

"Ja, das hat her. Und er sagte mir, er betrachte mich als Geschenk und hätte es kein einziges Mal bedauert, mich als Sohn zu haben."

In gespielter Verblüffung schüttelte Eryn den Kopf. "Eine untypische Zurschaustellung von Zuneigung und emotionaler Verbundenheit. Ich hoffe, dass er sich für diese Bekundung der Gunst für seinen einzigen Sohn zumindest eines unangemessen strengen Tonfalls bedient hat?"

Vern grinste. "Das hat er. Und eines Stirnrunzelns, das ihm das Aussehen eines Mannes verlieh, der sich einer unbequemen, aber notwendigen Pflicht gegenübersieht. Und da er ist, wer er ist, scheut er niemals vor Dingen zurück, die er als notwendig erachtet. Mich seiner väterlichen Zuneigung zu versichern, auch wenn wir einen schwierigen Start miteinander hatten, scheint in diese Kategorie zu fallen. Er wollte, dass ich mich nicht ungewollt fühle, weil er deinem neuen Plan, diese Stadt zu einem noch besseren Ort zu machen, zustimmt. Wenn du so weitermachst, wird sich die Stadt noch in eine Art ödes Paradies mit nichts als gesunden, gut genährten und glücklichen Leuten verwandeln. Oh - *schön* habe ich vergessen, da du ja diese kosmetischen Sachen jetzt regelmäßig machst."

"Ja, was für ein nettes Bild. Ich bin sicher, diese Gefahr ist immens groß", schnaubte sie. "Jetzt hol dein Buch und erzähl mir etwas über das Reparieren von Nerven. Ich habe einen meiner Patienten gebeten, in etwa einer Stunde herzukommen. Er hat einen tauben Fuß, und ich habe darum gebeten, dass er dich an sich üben lässt."

"Experimente an Patienten? Findest du das in Ordnung?"

"Sicher, oder ich würde es nicht tun", strich sie hervor. "Ich sagte ihm, dass es Ausbildungszwecken dient und dass ich sämtlichen Schaden, den du versehentlich anrichtest, korrigieren würde. Und lass uns nicht vergessen, dass er hier in einem besseren Zustand hinausgehen wird als er hereingekommen ist. Selbstverständlich erfolgt die Behandlung kostenlos, da er mit seiner Bereitschaft, uns an seinem Leiden arbeiten zu lassen, dem Heilerberuf dient."

Der Blick des Jungen verfinsterte sich. "Du hast also einfach einen Patienten, der zu dir gekommen ist, weggeschickt und ihm gesagt, er solle später wiederkommen?"

"Nicht ganz. Er war nicht wegen seines Fußes, sondern wegen eines Ausschlags bei mir. Ich habe ihn gefragt, ob ich seine alte Fußverletzung zu Lehrzwecken benutzen könne, und er war begeistert. Er hatte sich schon so sehr daran gewöhnt, dort kein Gefühl mehr zu haben, dass er nicht einmal auf den Gedanken gekommen wäre, das heilen zu lassen."

Zufrieden damit, dass die Heilerprinzipien nicht verletzt worden waren, ging Vern in sein Zimmer und kehrte kurz darauf mit dem Buch zurück, um das sie ihn geschickt hatte.

"Wie geht es mit dem Pflanzenhaus voran?", erkundigte er sich.

"Ganz gut, es wurde gestern Nachmittag fertiggestellt. Plia verbringt jede freie Minute dort oben, füllt Töpfe mit Erde, pflanzt keine Ahnung was an und spielt mit ihren Werkzeugen."

"Dann schätze ich, dass ich mir das morgen mal ansehen werde", sagte er einen Hauch zu beiläufig.

Ihre Augen verengten sich. "Kann es sein, dass du Gefallen an Plia gefunden hast?"

Entsetzt sah er sie an. Sie beobachtete, wie die Röte an seinem Hals begann, sich zu seinen Ohren hin ausbreitete und schließlich von seinem Gesicht Besitz ergriff. "Was? Nein! Was für eine absurde Unterstellung!"

Eryn seufzte. "Ja, sicher doch. Vollkommener Unsinn, das ist ganz offensichtlich. Dir ist schon klar, dass du noch eine Weile die Hände von ihr lassen musst? Sie ist jetzt dreizehn Jahre alt. Wenn ich dich dabei erwische, wie du irgendetwas tust, das ich nicht gutheiße, bevor sie zumindest fünfzehn ist, werde ich dir wehtun."

"Ich… du… das…", stammelte er mit weit aufgerissenen Augen.

"Das betrachte ich als Zustimmung", nickte sie. "Und jetzt machen wir mit deinen Studien weiter. Wir haben nicht den ganzen Tag Zeit."

* * *

Eryn betrachtete verdutzt den Brief in ihrer Hand. Das war Ram'ans zweite Nachricht an sie, und wenngleich die erste vielleicht etwas kühler als erwartet ausgefallen war, war diese hier beinahe schon unpersönlich, wie etwas, das er einer Fremden schreiben würde. Formell, nichtssagend, ohne einer Spur der Freundschaft, derer er sie vor ihrer Abreise versichert hatte. Sie sah auf das Armband hinab, das er ihr als Abschiedsgeschenk überreicht hatte. Das einfache aber doch elegante Kettchen auf ihrem Handgelenk mit dem Wappen von Haus Arbil.

Jetzt gerade fühlte es sich seltsam an, es anzusehen, nachdem sie diesen Brief gelesen hatte. Sie fragte sich, ob er es bereute, ihr das Armband gegeben zu haben und hoffte, dass das nicht der Fall war. Unglücklicherweise deutete das Stück Papier vor ihr auf etwas anderes hin.

Erneut ließ sie ihre Augen die wenigen Zeilen entlangwandern und versuchte, sich davon zu überzeugen, dass es nicht so schlimm war, wie sie dachte. Über sich selbst hatte er so gut wie nichts geschrieben, nur, dass er und seine Familie sich bester Gesundheit erfreuten. Der Rest bestand aus Kleinigkeiten über Handel und Politik, Dinge, über die Enric durch seine regelmäßige Korrespondenz mit Kilan ohnehin im Bilde war.

Sie entschied sich, den Brief noch jemandem zu zeigen und legte ihn zur Seite, um ihn Junar lesen zu lassen, wenn sie sich das nächste Mal trafen.

Von Vern wusste sie, dass er eine Nachricht von Ram'an erhalten hatte. Darin wurde er gefragt, ob er Interesse hätte, mit seinem Cousin zu arbeiten, der gerade dabei war, ein Buch über die Entwicklung von Kindern im Mutterleib zu schreiben. Der hatte die Zeichnungen in Verns Buch, das Ram'an mitgebracht hatte, gesehen, und war nun begierig darauf, von ihm die Illustrationen für sein eigenes Werk zu erhalten.

Der Junge war begeistert - nicht nur darüber, dass seine Arbeit in einem anderen Teil der Welt geschätzt wurde, sondern auch, dass er an etwas teilnehmen durfte, wo sein Name für jedermann sichtbar neben dem des Autors stehen würde.

Er hatte den Brief beantwortet und dann Eryn gebeten, ihm einen der Vögel zu überlassen, damit die Nachricht rascher übermittelt wurde als dies mit dem Schiff möglich wäre. Sie sah auf das kleine Röhrchen hinab, das seine Antwort enthielt. Er wollte die Nachricht so bald wie möglich abgeschickt haben, also hatte sie nicht den Luxus, Ram'ans Brief noch eine Weile länger abzuwägen, bevor sie ihm zurückschrieb. Zumindest nicht, wenn sie nicht mehr Vögel als nötig losschicken wollte.

Sie würde ihre eigene Antwort an seinen Brief anpassen, entschied sie. Vielleicht nicht ganz so kühl, aber sie wollte, dass er erkannte, dass sein aktueller Kommunikationsstil sie nicht gerade begeisterte. Konnte es sein, dass ihm nicht bewusst war, wie seine Nachricht auf sie wirken musste? Sie seufzte und schalt sich für ihre Versuche, sich selbst zu betrügen. Ram'an war ein Rechtsgelehrter, und noch dazu ein guter. Er wusste sehr genau, wie Nuancen in der Formulierung eine Botschaft in ihrer Gesamtheit verändern konnten. Wenn er ihr einen unbeteiligten und inhaltsleeren Brief schickte, dann war es genau das, was er beabsichtigt hatte.

Nun, wenn es das war, was er wollte, dann würde sie ihm mit einem ebenso reizlosen Brief entgegenkommen.

Sie zog ein leeres Blatt Papier aus ihrer Schublade und begann ihren Bericht über das Wetter in Anyueel, die Vorbereitungen für den anstehenden Besuch des Heilers aus Takhan, und wie sie nun versuchte, ihre eigenen medizinischen Kräuter auf dem Dach der Klinik zu pflanzen.

"Du wirkst grimmig", sagte eine Stimme von der Tür her. Enric stand mit verschränkten Armen gegen den Türrahmen gelehnt, so wie er es gerne tat. Seine Ärmel waren hochgeschoben, und auf seinen Handgelenken hoben sich die dunklen Symbole von seiner Haut ab.

"Ich kümmere mich nur um meine Korrespondenz", meinte sie achselzuckend.

Er betrat ihr Arbeitszimmer und ging zu ihrem Schreibtisch, um sich auf die Kante zu setzen, die ihr am nächsten war. "Morgen ist die Nacht der Ungezwungenheit", sagte er.

Mit einer hochgezogenen Braue nickte sie. "Danke, das weiß ich. Ich werde dort sein, um ungeplante Schwangerschaften zu verhindern, wenn du dich erinnerst. Für mich ist das sozusagen Arbeitszeit."

"Aber nur eine oder zwei Stunden, würde ich meinen. Was ist mit dem Rest des Abends? Möchtest du dortbleiben?", erkundigte er sich.

Sie legte den Stift zur Seite und lehnte sich zurück, während sie ihn neugierig beobachtete. "Dortbleiben - also tanzen und eine wilde, ungezügelte Nacht der Leidenschaft mit einem Fremden verbringen? Sicher, warum nicht?", sagte sie leichthin. "Ich will mir nicht nachsagen lassen, ich wäre nicht offen für Abwechslung."

Genau wie sie erwartet hatte, wandelte sich seine Miene wandelte sich zu düster und bedrohlich. "Sehr witzig. Du weißt sehr genau, mit wem du die Nacht verbringen wirst."

"Wie kannst du dir dessen so sicher sein? Dieses Mal wird es nicht ganz so leicht für dich werden. Meine Haarfarbe würde ich natürlich ändern. Ich wäre dieses Mal wirklich anonym. Du würdest mich nicht einmal erkennen."

"Ich würde dich sogar mit einem Sack über deinem Kopf erkennen. Eine Maske ist keine große Herausforderung", behauptete er selbstbewusst.

"Ach, würdest du das?", lächelte sie. "Nun, dann fordere ich dich heraus, das zu beweisen. Ich werde dort sein. Was ist, wenn du mich nicht erkennst?"

"Das klingt verdächtig nach einer Wette", grinste er zurück.

"Tut es das?"

"Ja. Und ich nehme sie an. Falls ich es nicht schaffe, dich zu identifizieren und dich vor Mitternacht in eine der Hütten zu entführen, habe ich die Wette verloren. Was beanspruchst du in diesem sehr unwahrscheinlichen Fall?"

Sie ließ ihre Augen über die Zimmerdecke wandern, während sie nachdachte. "Nichts, das du kaufen könntest, Geld ist für dich kein Thema; dafür hast du einfach zu viel davon", sinnierte sie. "Zeit. Ja, ich will etwas von deiner Zeit. Zehn Tage Arbeit in der Klinik. Du wirst mir dabei helfen, meine Patientenberichte zu schreiben, Rolan bei der Administration unterstützen, etwas in dieser Art."

Er nickte. "Abgemacht, zehn Tage. Und falls ich gewinne, wirst du zusätzlich zu deinen Stunden mit Orrin das Kampftraining mit mir wiederaufnehmen. Ich bin es müde, die zahlreichen Schläge zu spüren, die er dir verpasst, während ich arbeiten soll."

"Wie oft?", fragte sie und verzog das Gesicht.

"So oft ich es als nötig erachte, bis ich mit deinem Fortschritt zufrieden bin."

Sie schnaubte. "Wohl kaum. Ich gab dir einen spezifischen Zeitrahmen, also tu das bitte ebenfalls. Ich habe kein Vertrauen in deine Bewertung meines Fortschritts. Du würdest das womöglich unnötig in die Länge ziehen, weil du so viel Spaß daran hast."

"Also gut, zehn Abende mit jeweils zwei Stunden. Sie müssen nicht in einem Zug stattfinden, aber innerhalb des nächsten Monats."

"Abgemacht." Sie streckte ihre Hand aus, damit er sie schüttelte. Das tat er und hielt sie dann fest, um sie an sich zu ziehen.

"Du hast nicht den Hauch einer Chance. Ich kenne dein Gesicht wirklich gut, und die obere Hälfte zu verdecken, wird kein Problem für mich sein." Er fuhr mit dem Finger ihren Mund entlang. "Deine Oberlippe ist ein wenig voller als die untere. Und da ist dieses leichte Grübchen in deinem Kinn. Und diese drei kleinen Muttermale auf einer Seite deines Halses sind ebenfalls unverkennbare Hinweise."

"Wirklich?", schnurrte sie und schloss für einen Moment ihre Augen.

Er sah zu, wie die drei braunen Punkte immer blasser wurden und innerhalb von Sekunden verschwanden. Dann glättete sich das Grübchen in ihrem Kinn.

Als sie die Augen wieder öffnete, war ihr Mund zu einem spöttischen Grinsen verzogen. "Weißt du, es ist interessant zu sehen, dass das einzige Anzeichen auf deinem Gesicht leicht zusammengekniffene Augen sind, während in deinem Inneren ein richtiger Sturm der Entrüstung tobt. Und wenn ich das richtig interpretiere, bist du dir deines Sieges jetzt nicht mehr so gewiss."

"Das haben wir nicht vereinbart", wandte er ein.

"Und ebenso wenig haben wir es ausgeschlossen", grinste sie. "Was eher unvorsichtig von dir war, da du weißt, dass ich in Takhan meine Fertigkeiten rund um kosmetische Veränderungen erheblich verbessert habe. Darauf hat Sarol energisch beharrt. Und jetzt sehe ich, dass er Recht hatte. Immerhin eine nützliche Fähigkeit. Wer hätte gedacht, dass man sie für mehr als persönliche Eitelkeit und zum Geldverdienen für die Klinik einsetzen kann?"

Langsam nickte er. "Du hast Recht, das war unbedacht von mir. Aber das bedeutet nicht, dass ich dich dort unter all den anderen nicht finden werde." Er erhob sich und zeigte auf ihr Kinn. "Und dieses Grübchen will ich zurück."

* * *

Eryn stand von der Bank auf, die für sie und die anderen beiden Heiler, die sich freiwillig gemeldet hatten, um gemeinsam mit ihr die Schwangerschaftsvorbeugung in Angriff zu nehmen, aufgestellt worden war.

"Meine Herren, ich denke, wir sind für heute Abend fertig. In der letzten halben Stunde ist niemand mehr aufgetaucht, also können wir den Schild errichten für den Fall, dass sich jemand hineinschleichen will, ohne sich an die neue Regel zu halten. Vern, Zeit für dich zu gehen."

Der Junge beschwerte sich: "Ich bin alt genug, um andere vor Ärger zu bewahren, darf aber bei dem Spaß nicht mitmachen? Wirklich? Das ist so unfair!"

"Du bist sechzehn, das ist zu jung, wie du sehr wohl weißt. Und du hast dich freiwillig für das hier gemeldet; ich hätte es dir nicht angeboten", betonte sie. "So, und jetzt hinfort mit dir, oder ich werde Orrin holen, damit er dich nach Hause schleppt. Das würde deinem Ruf nicht besonders guttun, wage ich zu behaupten."

Lord Poron stand ebenfalls auf. "Dann werde ich mich nun ebenfalls auf den Weg machen. Es war nett, all das hier nach so langer Zeit wieder einmal zu sehen. Es muss mittlerweile zehn Jahre her sein, seit ich zum letzten Mal auf einer dieser Veranstaltungen war. Die Hütten waren damals noch nicht so nett." Dann grinste er, woraufhin die Falten um seine Augen noch tiefer wurden. "Und du wirst dich unter die Tänzer mischen um zu sehen, ob dich Lord Enric unter den maskierten Damen zu finden vermag?"

Sie nickte. "Ja, das wäre der Plan. Und mit ein wenig Glück werden wir einige Tage lang einen Helfer haben, der die niederen Aufgaben für uns erledigt." Nicht dass jemand außer ihr sich trauen würde, ihm welche zuzuweisen, dachte sie. Aber trotzdem.

"Selbstbewusst", meinte Vern. "Du denkst wirklich, dass du gewinnen kannst? Der Gedanke, dass er verlieren könnte, fühlt sich irgendwie falsch an."

Lord Poron nickte zustimmend. "Ja, er ist nicht dafür bekannt, zu verlieren. Aber vielleicht muss alles irgendwann zum ersten Mal passieren. Ich wünsche dir viel Glück, Eryn." Er nickte beiden zu und zog sich dann zurück.

Vern runzelte die Stirn und wartete, bis der alte Mann außer Hörweite war, bevor er fragte: "Eryn? Wann ist das denn passiert? Kein Titel mehr?"

Sie schüttelte den Kopf. "Ich habe die Heiler gebeten, mich nicht mehr damit anzusprechen. Ich finde die ganze Idee absurd, um ehrlich zu sein. Das ist eines der Dinge, die ich an den Westlichen Territorien wirklich sehr mag - sie haben ihre Titel, aber die sind mehr eine Positionsbeschreibung als etwas, das sie benutzen, um sich damit tagtäglich anzusprechen."

"Dann gibt es dort also keinen Unterschied zwischen einem bescheidenen Heiler und einem mächtigen Oberhaupt eines Hauses?"

"Nicht einmal, wenn du ein Triarch bist", nickte sie. "Obwohl die Oberhäupter der Häuser als solche angesprochen werden, wenn es einen offiziellen Anlass gibt, oder man besonders förmlich sein will, um sein Missfallen auszudrücken. Ram'an sprach Enric einige Zeit lang mit *Lord* an, obwohl Enric darum gebeten hatte, den Titel wegzulassen."

"Das kannst du ihm kaum vorwerfen. Lord Enric war immerhin sein Konkurrent um deine Gunst", wies Vern hin. "Wenn wir schon von Ram'an sprechen - du hast ihm meine Nachricht bereits geschickt, oder?"

"Sicher, gestern Abend gemeinsam mit meiner eigenen. Sofern der Vogel keinen Umweg gemacht hat, sollte er bereits angekommen sein." Aber über Ram'an wollte sie nicht länger reden. "Jetzt geh nach Hause. Ich muss noch ein paar Kleinigkeiten vorbereiten."

"Welche Kleinigkeiten?", fragte er neugierig. "Du wirst doch nicht irgendwie schummeln, oder?"

"Ich denke nicht, dass man es so nennen kann, wenn man den Gegner im Vorfeld bereits gewarnt hat, dass man es vorhat", meinte sie achselzuckend.

"Du hast meine erste Frage nicht beantwortet", beharrte er. "Welche Kleinigkeiten?"

"Kleinere Veränderung meines äußeren Erscheinungsbildes. Haarfarbe, Lippen, Form der Ohren, Kleinigkeiten eben."

"Wirklich? Kosmetische Veränderungen? Ich hoffe, du kannst dich hinterher noch genau daran erinnern, was du wieder zurückverändern musst. Ich muss sagen, dass das nicht nach einem verantwortungsvollen Einsatz von Heilerressourcen klingt", tadelte er sie mit einer hochgezogenen Braue.

Sie verdrehte die Augen. "Gehst du nun endlich, oder was? Ich erinnere mich, dass ich dich bereits zweimal heimgeschickt habe. Wenn du nicht sofort abhaust, werde ich Orrin wirklich holen lassen!"

Er murmelte etwas, das nicht besonders freundlich klang und trottete mit einem letzten missbilligenden Blick über seine Schulter davon.

Sie ließ ihren Blick rasch über das Gelände wandern, um zu sehen, ob ihr irgendjemand ungebührliche Aufmerksamkeit widmete, dann duckte sie sich hinter eine der Hütten, die für intime Zweisamkeit gedacht waren. Flink schlüpfte sie aus ihrer Tunika und in das gleiche weißgraue Kleid, das jede andere Frau hier trug. Mit geschlossenen Augen veränderte sie die Natur ihrer Haarstruktur, bis sie sich zu verspielten, blonden Löckchen ringelten und somit wesentlich kürzer wirkten als zuvor. Dann färbte sie ihre Augen von Braun zum gleichen Grün wie Orrins. Ein Tiegel mit Gesichtsfarbe verdeckte die Symbole auf ihrem Handgelenk, damit sie ihr nicht zum Verhängnis werden konnten, falls er ihr zu nahe kam und versuchte, ihre langen Ärmel zurückzuschieben.

Als nächstes waren die Lippen dran. Sie ließ ihre Oberlippe ein wenig schrumpfen und vertiefte das Grübchen in ihrem Kinn.

Dann öffnete sie die Augen wieder und hob den kleinen Handspiegel hoch, den sie mitgebracht hatte. Ihr Lächeln wuchs in die Breite, als sie in dem Spiegelbild nicht mehr viel Vertrautes erblickte.

"Eryn?", hörte sie hinter sich ein Flüstern. "Bist du das?"

"Ja, ich bin's", flüsterte sie zurück. "Hast du das Band für dein Handgelenk mitgebracht? Gut. Jetzt leg es an und sieh zu, dass es die ganze Zeit über in dieser Position bleibt. Es soll so aussehen, als würdest du versuchen, dein Handgelenk zu verdecken. Und jetzt zu den anderen Dingen." Sie ergriff die Hand der Schneiderin und schloss die Augen, um Magie in den Körper ihrer Freundin fließen zu lassen. Als sie sie wieder öffnete, nickte sie zufrieden. "Gut. Das sollte reichen."

Junars Haar war nun länger als zuvor und fiel in sanften Wellen ihren Rücken hinab. Ihre Augen waren jetzt braun anstatt grau und ihre Brüste merklich voller.

"Sieh dir das an!", staunte die ältere Frau. "Die Augen und die Haare würde ich wieder ändern, aber kann ich *die* behalten?"

Eryn zuckte mit den Schultern. "Was auch immer du willst. Betrachte sie als kleines Zeichen meiner Dankbarkeit, weil du mir bei meinem Plan hier hilfst."

Die andere Frau gluckste. "Kleines Zeichen? Ich habe gehört, welche Preise du für kosmetische Veränderungen verlangst. Das ist eher in der Größenordnung dessen, was ich in drei Jahren verdiene."

"Ich kann sie ja etwas reduzieren, wenn du meinst, dass ich zu großzügig bin", grinste die Magierin.

Junar legte besitzergreifend ihre Hände darauf. "Nein, das kannst du nicht! Du hast sie mir gegeben, jetzt gehören sie mir!" Dann sah sie Eryn fragend an. "Allerdings frage ich mich wirklich, ob eine Wette all diesen Aufwand wert ist."

"Kilan sagte mir einmal, dass es keine Chance gibt, Enric dauerhaft zu besiegen. Alles, was mit etwas Glück möglich sei, wäre das Hinauszögern seines Sieges. Ich will ihm und mir selbst beweisen, dass das nicht stimmt. Er *kann* besiegt werden. Und das wird er auch. Von mir. Heute Abend."

"Dann hoffen wir, dass dein Plan nicht *zu* gut funktioniert, oder ich werde mich in einer wirklich unangenehmen Situation wiederfinden, wenn er mich in eine der Hütten mitnimmt."

"Das wird er nicht. Er wird einige Zeit damit verbringen, herauszufinden, ob du wirklich ich bist, aber es wird ihn auf lange Sicht nicht überzeugen. Und das soll es auch nicht. Er soll damit nur Zeit verschwenden, die er sonst darauf verwenden würde, nach mir zu suchen."

"Du hast Glück, dass Orrin die Nächte der Ungezwungenheit meidet", seufzte Junar, "oder du hättest das hier allein machen müssen. Du wirst ihm womöglich immer noch einiges zu erklären haben, wenn er von dem hier erfährt."

Eryn winkte ab. "Sobald ich diese Wette gewonnen habe, erkläre ich ihm, was immer er will. Bist du soweit?"

"Ja, das bin ich. Aber du nicht. Du trägst noch immer das Armband, das Ram'an dir gegeben hat. Das ist ein recht offensichtlicher Hinweis, weißt du", betonte die Schneiderin knapp. "Komm, ich nehme es dir ab."

* * *

Enric stand gegen einen Baum gelehnt und beobachtete, wie sich die Paare auf der Tanzfläche bewegten. Ihm war aufgefallen, dass die Bank, auf der die drei Heiler gesessen hatten, nun leer war. Das Spiel hatte also begonnen. Irgendwo hier musste sie sein und versteckte sich nicht nur hinter ihrer Maske, sondern auch hinter ihren Heilerfertigkeiten, mit Hilfe derer sie sich zweifellos genug verändert hatte, um nicht länger so einfach erkennbar zu sein.

Vielleicht war es nicht allzu schlau gewesen, sie dazu zu provozieren, grübelte er. Aber es gab noch immer zwei Dinge, die ihm zum Vorteil gereichten: die Symbole auf ihrem Handgelenk und das Geistesband.

Genau wie letztes Jahr hatte er sich für eine ärmellose, offene Weste entschieden, anstatt den Oberkörper nackt zu lassen, so wie viele andere Männer um ihn herum. Eine Frau mit lockigem Haar und grünen Augen ging an ihm vorbei und warf ihm einen neugierigen und abschätzenden Blick zu, bevor sie zu den Tischen mit den Getränken weiterging.

Es musste hier etwa dreihundert Frauen geben, schätzte er. Die Frage war, wie stark sie sich wohl verändert hatte. Nicht allzu sehr, hoffte er. Er begann damit, Möglichkeiten auszuschließen. Sehr wahrscheinlich hatte sie davon Abstand genommen, sich größer oder kleiner erscheinen zu lassen. Damit wäre Arbeit mit Knochenwachstum verbunden gewesen, und das hätte sie erschöpft und unsicher auf den Beinen zurückgelassen. Also würde ihre Größe die gleiche sein. Somit blieb noch das weiche Gewebe, so wie Muskeln und Haut. Und natürlich Augen und Haare. Das war immer noch einiges, mit dem sie arbeiten konnte, überlegte er.

Noch zwei Stunden bis Mitternacht. Zeit, sich an die Arbeit zu machen.

* * *

Eryn nippte an ihrem Wein. Ausgesprochen schmackhaft war er nicht, besonders nicht im Vergleich zu dem, was sie gewohnt war. Aber diese Veranstaltung war auch nicht dazu gedacht, geschmackliche Vergnügungen zu bereiten, sondern welche ganz anderer Art.

Sie hatte Enric recht schnell entdeckt, aber das war auch ziemlich einfach, wenn man wusste, wonach man Ausschau halten musste. Großgewachsen, muskulös, ohne massig zu wirken, stattdessen eher sehnig mit breiten Schultern, selbstbewusst - und auf der Pirsch.

Als sie an ihm vorbeigegangen war, hatte sein Blick sie gestreift, ohne an ihr hängenzubleiben. Das war ein gutes Zeichen.

Sie sah, wie er sich vom Baum abstieß und auf eine Frau etwa in ihrer Größe, ihre Haare zu einem festen Knoten gebunden, zusteuerte. Kurz darauf betraten sie den Kreis, der für die Tänzer reserviert war, und Eryn beobachtete, wie sie sich gemeinsam bewegten.

Sie wandte sich ab und stellte ihr leeres Glas zurück auf den Tisch. Sie musste vermeiden, ihn zu offen zu beobachten, das würde seinen Argwohn wecken. Am besten verhielt sie sich so natürlich wie möglich; wie eine Frau, die auf der Suche nach einem kleinen Abenteuer war. Es wurde Zeit, sich einen Tanzpartner zu suchen.

* * *

Noch eine Stunde bis Mitternacht, und er hatte noch drei Frauen in der engeren Auswahl, nachdem er die beiden, mit denen er schon getanzt hatte, strich.

Eine davon tanzte gerade, die Zweite war mit zwei anderen Frauen in ein Gespräch vertieft, und die Dritte war gerade dabei, sich hinzusetzen. Mit ihr würde er beginnen.

Er trat auf sie zu, lächelte und hob seine Hand. "Darf ich um diesen Tanz bitten, wenn du nicht zu erschöpft bist?"

Die Augen der Frau wanderten seine große, gutgebaute Gestalt entlang nach oben und dann nach unten, dann strahlte sie. "Ich wäre absolut entzückt."

* * *

Eryn lächelte in sich hinein, als er die Frau, mit der er soeben getanzt hatte, dorthin zurückführte, wo er sie aufgelesen hatte. An der Art, wie er seine Lippen aufeinanderpresste, konnte sie erkennen, dass er diese Kandidatin ebenfalls verworfen hatte.

Sie fragte sich, ob er sie trotz all dieser Veränderungen wiedererkennen würde, wenn sie mit ihm tanzte. Oder war das etwas zu riskant? Damit würde sie auf jeden Fall ihr Glück auf die Probe stellen. Aber falls sie dabei unentdeckt blieb, würde sie es hinterher enorm genießen, ihm davon zu erzählen. War das solch ein Risiko wert? Auf jeden Fall.

Die Musiker begannen, ein nicht-magisches Lied zu spielen, also passte das perfekt. Mit schwingenden Hüften ging sie zu ihm und streckte wortlos ihre Hand aus, damit er sie ergriff. Er blinzelte, scheinbar etwas stutzig ob dieser fordernden Herangehensweise. Seine Augen huschten zu ihren Locken und ihren grünen Augen mit dem glühenden Ausdruck darin, dann lächelte er höflich.

"Vergib mir, aber ich fürchte, ich brauche eine Pause." Damit nickte er ihr zu und spazierte davon.

Sie unterdrückte ein Auflachen und sah, wie eine blonde Frau mit einem Stück Stoff um ihr Handgelenk neben sie trat.

"Das war gewagt", murmelte Junar. "Was ist, wenn er mit dir getanzt hätte?"

"Es ist kein magisches Lied, also hätte er nichts bemerkt. Und er hat meine Aufforderung nicht einmal angenommen!", kicherte sie. "So viel dazu, dass er mich sogar mit einem Sack über meinem Kopf erkennen würde. Nun bleibt ihm noch knapp eine halbe Stunde. Du musst jetzt seine Aufmerksamkeit auf dich ziehen."

"Warum komme ich mir wie ein Köder vor?"

"Weil du genau das bist, meine Liebe. Ab mit dir und flirte mit meinem Gefährten, aber nicht zu auffällig. Gib dich widerstrebend", lächelte Eryn.

"Das ist einer dieser Sätze, auf die man nie wirklich vorbereitet ist", murmelte Junar und seufzte, bevor sie in die Richtung schlenderte, wo Enric gegen einen weiteren Baum gelehnt stand.

* * *

Er beobachtete die Frau, die sich dem Tisch mit dem Wein näherte. Als mögliche Kandidatin hatte er sie bereits aussortiert, aber nun fragte er sich, ob das weise gewesen war. Es war nicht so, als würde sie dem Bild nicht entsprechen, sondern eher, dass sie etwas zu gut zu passen schien. Aber da er zurzeit keine andere Spur verfolgte, konnte er ebenso gut einen genaueren Blick auf sie werfen. Vielleicht rechnete Eryn damit, dass er alles, was zu offensichtlich wirkte, außer Acht lassen würde.

Er nahm der Frau das Glas, das sie ergriffen hatte, aus der Hand und lächelte auf sie hinab. "Würdest du zuerst mit mir tanzen, wenn es dein Durst erlaubt?"

Sie schluckte, dann ergriff sie seine Hand mit einem nervösen Lächeln. Das war neu, überlegte er. Keine der anderen, die er zum Tanzen aufgefordert hatte, war mit dermaßen wenig Enthusiasmus darauf eingegangen. Vielleicht war er ja doch auf dem richtigen Weg.

Schade, dass es ein weiterer vollkommen nicht-magischer Tanz war, überlegte er, als er die ersten Noten des Liedes vernahm, das die Musiker zu spielen begannen. Während er sich mit ihr in seinen Armen bewegte, beobachtete er sie genau. Braune Augen, fiel ihm auf. Aber das war hier nicht gerade ein verlässlicher Hinweis. Die allgemeinen Proportionen passten, wenngleich das Kleid nicht eng genug anlag, um das zuverlässig festzustellen.

"Ein sehr netter Abend", sagte er im Plauderton. Seine Tanzpartnerin lächelte nur leicht und nickte.

Als sie nichts darauf erwiderte, fuhr er fort: "Sehr warm für diese Jahreszeit, findest du nicht?"

Sie zuckte mit den Schultern.

Wollte sie nicht sprechen, damit er ihre Stimme nicht erkannte? Das war vielversprechend. Er lächelte sie an und startete keine weiteren Versuche mehr, ins Gespräch zu kommen. Stattdessen achtete er darauf, sie zuweilen scheinbar versehentlich zu streifen, zufrieden mit dem nervösen Flackern, das er in ihren Augen sah. In der Tat sehr vielversprechend.

Als das Lied endete, begleitete er sie zurück zum Tisch mit den Getränken und reichte ihr ein frisches Glas. "Vielen Dank. Hier ist dein Wein. Ich wäre entzückt, wenn du mir einen weiteren Tanz gewährst, sobald du ausgetrunken hast."

Ein zögerliches Nicken.

Er beobachtete, wie sie das Glas an ihre Lippen führte. Sein Lächeln wuchs in die Breite, als ihr Ärmel leicht zurückrutschte und ihr Handgelenk enthüllte -

und etwas, das aussah wie die Ränder eines Stück Stoffes, das darum befestigt war, kam zum Vorschein. Als wollte sie damit etwas abzudecken.

Grimmig bemerkte er, dass sie sich Zeit damit ließ, an ihrem Wein zu nippen. Bis Mitternacht waren es nur noch ein paar Minuten, und er würde sie nicht auf diese Weise gewinnen lassen. Entschlossen nahm er das halbleere Glas aus ihrer Hand.

"Das gestaltet sich etwas zeitintensiver, als ich erwartet hatte. Komm", sagte er trocken und führte sie zurück auf die Tanzfläche, als das nächste Lied begann.

Er hielt sie enger als zuvor an sich gedrückt und spürte, wie sie sich versteifte. Sie war nicht allzu erfreut darüber, dass sie wohl entdeckt worden war, schlussfolgerte er. Er grinste sie an und hob sie bei der nächsten Drehung leicht vom Boden auf.

"Erinnerst du dich daran, wie wir vor einem Jahr das erste Mal getanzt haben?", fragte er. "Du wehrtest dich gegen die magische Musik. Und gegen mich, als ich dich festhielt, während ich ein weiteres magisches Lied bestellte. Das Lied, bei dem du sozusagen in meinen Armen geschmolzen bist. Schade, dass hier keine Verführungslieder gespielt werden, aber da du die Einzige bist, die dazu mit einem Magier tanzen kann, wäre das etwas grausam." Er hörte auf, sich zu bewegen und zog sie an sich. "Beenden wir das jetzt. Du hast unsere kleine Wette verloren. Ich habe dich gefunden. Natürlich werde ich auch der anderen Anforderung nachkommen und dich zu einer Hütte bringen." Er grinste. "Eine Wette ist immerhin eine Wette." Dann beugte er sich nach unten und hielt sie fest, als sie zurückweichen wollte. Seine Lippen näherten sich ihren, bis sie nur noch eine Haaresbreite entfernt waren.

"Nein!", rief sie aus und wand sich in seinen Armen. "Bitte nicht!"

Er hielt inne und sah sie verwirrt an. Da war ein Gefühl von Verärgerung, das nicht von ihm kam. Die Frau in seinen Armen jedoch wirkte nicht ungehalten, sondern panisch. Irgendetwas stimmte hier nicht.

Sich aufrichtend, hob er ihr linkes Handgelenk hoch, öffnete das Stoffband und fluchte, als darunter nichts als blasse Haut zum Vorschein kam. Das war keinesfalls ein Zufall. Er wollte der Frau die Maske abnehmen, hielt sich aber zurück, da es gegen die Regeln verstieß. Eine öffentliche Demaskierung würde nicht gut aufgenommen werden. Aber das war auch nicht wirklich nötig, nicht wahr?

"Junar", sagte er ausdruckslos.

Ihr Seufzer war eine Mischung aus Entschuldigung und Erleichterung. "Ja."

"Du hast gerade diese Wette für sie gewonnen. Gut gemacht. Ich hoffe, sie entschädigt dich dafür ausreichend, weil Orrin überhaupt nicht erfreut sein wird, wenn ich ihn von dieser kleinen Szene hier in Kenntnis setze."

Ihre Augen weiteten sich. "Das war nicht meine Idee!", protestierte sie. "Es besteht kein Anlass, Orrin ungebührlich zu beunruhigen! Wirklich nicht!"

Er hielt sie fest, als sie die Tanzfläche verlassen wollte und zog sie zurück in den Tanz. "Hiergeblieben. Der Tanz ist noch nicht vorüber. Ich will hier nicht einfach so stehengelassen werden. Das würde mich als schlechten Tänzer hinstellen."

Sie zögerte, passte sich dann aber gehorsam wieder dem Rhythmus an.

"Die Sache ist die - ich weiß sehr genau, dass es nicht deine Idee war, nichts davon. Aber die Tatsache bleibt bestehen, dass du bereitwillig dazu beigetragen hast, mich diese Wette verlieren zu lassen. Da die Konsequenzen, die darin bestehen, dass ich in der Klinik aushelfen muss, ziemlich öffentlich sind, bin ich der Ansicht, dass es mir zusteht, mich dafür an dir zu rächen. Wir wollen doch die Leute um uns herum nicht zu der falschen Annahme ermutigen, dass dies etwas ist, das ich einfach ohne Widerstand akzeptiere. Das wäre ein schlechtes Beispiel."

"Eure Rache besteht also darin, Orrin darüber zu informieren?", seufzte sie resigniert. "Also gut, ich schätze, das habe ich wohl verdient."

"Das ist ein Teil davon", meinte er mit einem dünnen Lächeln. "Der zweite Teil ist, dass du Orrin nicht nur zum nächsten Ball - der wohl irgendwann nach der Ankunft des Botschafters stattfinden wird - begleiten wirst, sondern auch zu den nächsten drei Abendeinladungen, die er auswählt und bei denen wir ebenfalls anwesend sein werden."

Junar schloss einen Moment lang die Augen. "Jawohl, Lord Enric."

"Du brauchst nicht so betrübt zu sein, Junar. Tröste dich mit der Aussicht darauf, dass ich Eryn ebenfalls dazu bringe hinzugehen. Du weißt sehr genau, wie sehr sie diese Anlässe hasst."

"Ihr bestraft uns also beide dafür, dass wir diese Wette gewonnen haben?"

Enric bemerkte in ihrem Tonfall einen Anflug von Unzufriedenheit.

"So würde ich das nicht sagen, nein. Das würde mich als schlechten Verlierer erscheinen lassen. Sagen wir, dass ich euch beide dazu ermutigen möchte, euch beim nächsten Mal akzeptablerer Maßnahmen zu bedienen und Methoden einzusetzen, die nicht dermaßen stark an Betrug grenzen. Und wenn ich sage *angrenzen*, dann bin ich damit sehr großzügig."

Die Musik endete, und er gab die Schneiderin frei, bevor er seinen Blick über die Menschen um sie herum wandern ließ. Eine Frau schien besonders interessiert in ihre Richtung zu schauen.

"Gelocktes Haar, grüne Augen, übertriebener Hüftschwung?", fragte er.

"Ja, das ist sie", bestätigte Junar.

Er seufzte über seine eigene Ignoranz. "Und sie hat mich sogar zum Tanzen aufgefordert."

KAPITEL 7

Ein neuer Botschafter

Eryn schlüpfte aus der Tunika, nachdem Junar ein paar Nadeln hineingesteckt hatte, um zu markieren, wo noch geringfügige Änderungen erforderlich waren.

"Das ist die Letzte. Ich sollte sie in zwei Tagen fertig haben und werde sie dir schicken. Der Stoff ist ein wenig anders zu verarbeiten, etwas dehnbarer als das, woran ich gewöhnt bin, also kann ich dafür nicht unsere üblichen Muster verwenden", erklärte die Schneiderin und rollte die Kleidungsstücke zu einem Bündel auf. "So, so viel zum Geschäftlichen. Seit der Nacht der Ungezwungenheit vor zwei Tagen hatte ich nicht wirklich Gelegenheit, mit dir zu reden, also bin ich etwas neugierig. Lord Enric wirkte nicht allzu erfreut, als er dich fortbrachte."

Eryn zuckte mit den Schultern. "Das war zu erwarten. Er ist es nicht gewohnt zu verlieren, also hat er nicht viel Erfahrung, wie man damit umgeht, wie es aussieht."

"Ich hatte den Eindruck, dass er dachte, wir hätten ihn ausgetrickst?", erwähnte Junar.

"Nun, das haben wir doch auch, oder?", kicherte sie. "Aber er ist ein Stratege, also hat er zugegeben, dass ich mich wacker geschlagen habe."

"Er sagte, ich müsse Orrin zum nächsten Ball und zu drei darauffolgenden Dinner-Einladungen begleiten."

"Du weißt schon, dass du das nicht tun musst, oder etwa nicht? Im Orden ist er groß und mächtig, aber du bist kein Mitglied, also kann er nicht wirklich etwas dagegen tun, wenn du dich nicht fügst. Über dich hat er keine *wirkliche Autorität*", zeigte Eryn auf.

"Bist du irre?", schnappte die Schneiderin. "Er ist Orrins Vorgesetzter, und ich kaufe meine Stoffe von ihm, und zwar zu einem sehr guten Preis! Ich kann es mir nicht leisten, ihn zu verärgern. Wenn er sagt, dass ich zu diesen wichtigen Anlässen gehen muss, wenn werde ich das verdammt noch mal auch tun. Beim nächsten Mal kannst du dir jemand anderen suchen, der dir dabei hilft, ihn zu übertölpeln; ich werde von jetzt an zusehen, dass er gut auf mich zu sprechen ist."

"Er ist auch jetzt nicht schlecht auf dich zu sprechen, glaube mir."

"Das vielleicht nicht, aber Orrin war nicht besonders angetan, als er davon erfuhr, dass Lord Enric mich mit dir verwechselte und mich beinahe zu einer der Hütten mitgenommen hätte", meinte Junar, ihr Gesichtsausdruck düster. "Er ist mit der Bestrafung, die mir Lord Enric auferlegt hat, sehr zufrieden und besteht natürlich darauf, dass ich mich beuge."

"Was du ohnehin vorhattest, also tu nicht so, als wärst du böse mit ihm, weil er zustimmt", strich Eryn hervor.

"Trotzdem. Was ist mit diesem Wetteinsatz? Hat er mit seiner Arbeit in der Klinik schon begonnen?"

"Ja, heute war sein erster Tag. Ich habe ihn aber nur bis Mittag dabehalten. Ich will immerhin nicht, dass er mit seiner Arbeit zu sehr in den Rückstand gerät. Im Moment ist er recht beschäftigt mit seinen Steuerverhandlungen mit dem König. Es scheint, als hätte sich mit der Einfuhr von Gütern aus einem anderen Land ein ganzer Steuerabgrund aufgetan. Der König will das Model übernehmen, das auch in Takhan verwendet wird, aber Enric meint, dass er selbst derjenige sei, der die Infrastruktur bereitstellt, und nicht das Königreich, also sollte es hier einen beträchtlichen Nachlass geben. Und worüber auch immer sie sonst noch so streiten."

"Also kein guter Zeitpunkt, um zehn wertvolle Vormittage für seine Arbeit zu verlieren", meinte Junar mit einem mitfühlenden Seufzer.

Eryn zuckte die Achseln. "Das hätte er sich überlegen sollen, bevor er gegen mich wettet. Und ich lasse ihn ja nicht an zehn aufeinanderfolgenden Tagen kommen, sondern nur jeden zweiten Tag, wenn wir Patienten behandeln."

"Und wie ist das gelaufen? Was hast du ihn tun lassen?"

"Er hat Protokolle zu Patientenbehandlungen geschrieben und sie hinterher abgelegt. Ich muss zugeben, dass er seine Sache gut gemacht hat. Obwohl seine Anwesenheit die Patienten ein wenig verunsichert hat, wie du dir vielleicht vorstellen kannst. Hinterher hat er damit begonnen, das Ablagesystem zu reorganisieren und mir zu erklären, um wie vieles effizienter seine Ideen seien. Ich habe nicht alles davon verstanden, aber Rolan war begeistert und begann, Kisten und Akten von einem Zimmer ins andere zu tragen. Dabei hat er irgendetwas über ein neues Referenzsystem gemurmelt."

"Dann übernimmt er den Laden also mehr oder weniger?", lachte Junar.

"So weit würde ich nicht gehen - *ich* habe dort immer noch das Sagen. Nun, vorläufig jedenfalls. Frag mich noch einmal, wenn diese zehn Tage vorüber sind und ich den Ort nicht wiedererkenne", seufzte Eryn.

"Zumindest ist er eifrig darauf bedacht, dir bei Verbesserungen behilflich zu sein. Das ist doch nett." Dann räusperte sie sich. "Wenn wir gerade von Verbesserungen sprechen, da ist eine kleine Sache, die du für mich in Ordnung bringen müsstest."

"Welche kleine Sache?"

"Meine Brüste."

"Was ist damit? Soweit ich das sehe, ist damit alles in Ordnung. Sag mir nicht, du willst sie noch größer?" Eryns Blick verfinsterte sich missbilligend. "Davon würde ich dir abraten. Das würde nicht mehr besonders natürlich aussehen und dir womöglich nach einer Weile Rückenprobleme bescheren."

"Nein, nicht größer. Kleiner. Orrin ist damit nicht einverstanden. Überhaupt nicht."

"Was?" Die Heilerin schüttelte ungläubig den Kopf. "Das soll wohl ein Scherz sein? Warum denn nicht? Ich habe hier sehr gute Arbeit geleistet!"

"Er sagt, das sei nicht länger *ich*, und er mochte sie so, wie sie vorher waren. Er…" Sie zögerte und begann zu erröten.

"Was?"

"Nun… er mag es, dass jede davon in seine hohle Hand passt", beendete Junar den Satz.

"Das ist recht… entzückend", grinste Eryn. "Dann also wieder zurück zur alten Größe. Gib mir deine Hand, dann kann ich dich wiederherstellen. Das dauert nur ein paar Minuten."

"Nun", lächelte die Schneiderin, "vielleicht könnten wir sie nur ein klein wenig reduzieren anstatt bis zur ursprünglichen Größe. So, dass sich gerade noch ein feines Dekolleté ausgeht."

"Was ist deiner Ansicht nach ein feines Dekolleté? Gib mir etwas, womit ich arbeiten kann", seufzte Eryn.

"Naja, jetzt haben sie ungefähr deine Größe. Kannst du sie ungefähr um die Hälfte der Differenz zu vorher reduzieren?"

"Na gut, das kann ich tun. Warum hast du Vern nicht darum gebeten? Er hätte das auch erledigen können. Er weiß, wie man diese Art von Gewebe manipuliert."

"Vern? Soll das ein Witz sein? Du schlägst vor, dass ich einen sechzehnjährigen Jungen meine Brüste schrumpfen lasse? Einen jungen Mann, der sozusagen mein Stiefsohn ist?" Der bloße Gedanke daran ließ Junar die Hände vors Gesicht schlagen. "Das ist doch wohl nicht dein Ernst!"

"Er ist ein Heiler", betonte Eryn. "Und sehr professionell, was seine Arbeit betrifft. Ich bin sicher, er hätte nichts Unangemessenes getan."

"Nun, er mag ja ein Experte sein, *ich* bin es nicht! Für *mich* wäre das absolut peinlich gewesen."

"Und das will etwas heißen. Schließlich hat er von euch beiden erfahren, indem er euch dabei erwischt hat, wie ihr im Salon gerade etwas Spaß haben wolltet", kicherte Eryn.

Junar verdrehte die Augen. "Schrumpfst du sie jetzt oder nicht?"

"Sicher. Du musst immerhin bald mit der Arbeit an einem Ballkleid für dich beginnen."

"Ach, halt einfach die Klappe und mach dein Ding."

"Das finde ich irgendwie lustig, weißt du. Das ist womöglich die einzige Gelegenheit, die ich jemals haben werde, wo ich diesen Eingriff in die andere Richtung durchführen muss", grinste sie und schloss ihre Augen, um ihrer Freundin den Gefallen zu tun.

* * *

"Hat er gesagt, was er will? Ich hasse diese kurzfristigen Vorladungen", knurrte sie und spürte, wie Enric an ihrer Hand zog, als sich ihre Schritte verlangsamen wollten.

"Wann tut er das schon?", bemerkte er trocken. "Aber ich gehe davon aus, dass es etwas mit der Ankunft des neuen Botschafters in ein paar Tagen zu tun hat."

"Warum braucht er *mich* dafür? Diese Zeit hätte ich besser darauf verwenden können, die Bücher durchzugehen, die Valrad mir geschickt hat. Oder den Fortschritt der Sanierungsarbeiten am Waisenhaus zu begutachten. Oder die Zahlen für diese verdammten Treffen vorzubereiten, an denen Lord Tyront so viel Freude hat", nörgelte sie.

"Dich zu beschweren hilft dir überhaupt nichts. Da du Vyril angeheuert hast, damit sie sich um alles im Zusammenhang mit dem Waisenhaus kümmert, besteht kein Anlass, dass du dich dort irgendwo einmischst. Was die Bücher für deine Prüfung betrifft - nun, der Heiler wird drei Monate lang hier sein, also wirst du genügend Zeit haben, um deine Wissenslücken zu füllen. Dein nächstes Treffen mit Tyront ist erst in ein paar Tagen fällig, und Rolan ist ohnehin derjenige, der die Zahlen dafür vorbereitet. Somit denke ich, dass es wohl keine allzu große Belastung deiner Ressourcen sein sollte, wenn du dem König ein paar Minuten deiner wertvollen Zeit schenkst", erklärte er nüchtern.

"Ich hasse es, wenn du mir mit Vernunft kommst, ich aber einfach nur meinen Frust herauslassen will", jammerte sie.

"Da trägst du aber heute einiges an Hass mit dir herum", bemerkte er. "Du solltest deine Laune unter Kontrolle bringen, bevor du dem König gegenübertrittst."

Sie passierten die Wachen am Palasteingang und bewegten sich auf den Thronsaal zu.

"Hat er Lord Tyront ebenfalls herbeigerufen?", flüsterte sie.

"Nein. Nur uns beide."

Ein weiteres Paar Wachen ersuchte sie, vor den großen Doppeltüren des Thronsaals zu warten und gewährte ihnen kurz darauf Zutritt, nachdem sie angekündigt worden waren.

Der König saß auf seinem Thron und beobachtete ihr Näherkommen mit einem feinen Lächeln. Marrin stand links von ihm, ehrwürdig wie immer, Loft mit seiner üblichen Miene, als hätte er gerade in etwas Saures gebissen, auf seiner rechten Seite.

Als sie vor dem Thronpodest anhielten und sich verbeugten, erhob sich König Folrin und stieg hinab, um Eryns Hände in seine zu nehmen und sie an seine Lippen zu heben. "Lady Eryn." Dann wandte er sich an ihren Gefährten und nickte ihm zu. "Lord Enric."

"Eure Majestät", antworteten beide und warteten darauf, dass er fortfuhr.

"Wie Ihr bereits wisst", begann er und erklomm wieder die wenigen Stufen zu seinem Thron, "werden wir bald in der glücklichen Lage sein, Sanaf von Haus Finran als neuen ständigen Botschafter in Anyueel willkommen zu heißen. In drei Tagen, um präzise zu sein." Er wartete, bis sie zur Bestätigung genickt hatten, dann sprach er weiter: "Euch ist sicher klar, dass die Auswahl eines passenden Kandidaten zweifellos eine heikle Angelegenheit war für die Triarchie."

Eryn runzelte die Stirn und dachte daran, was Enric ihr darüber erzählt hatte. Es war jemand von Haus Finran auserwählt worden, weil die mit Haus Aren alliiert seien.

"Bei der Abstimmung am Ende Eures Verfahrens, Lady Eryn, mussten die Häuser die Seite für oder gegen Malriel von Haus Aren wählen. Gegen sie zu sein, bedeutete, *für* Euch zu sein. Aber jetzt, wo Euer Gefährte ihrem Haus beigetreten ist, haben sich die Dinge dergestalt verändert, dass die politischen Kreise sozusagen ins Rotieren kamen. Bei der Auswahl eines Botschafters hatte die Triarchie somit die Wahl entweder eines Hauses, das zuvor auf Eurer Seite war, das aber nun nicht länger ist, oder eines Hauses, das gegen Euch gestimmt hat, aber für Haus Aren. Wer also zuvor auf Eurer Seite war, war gegen Haus Aren und umgekehrt. Haus Finran ist das einzige Haus, das sowohl mit Haus Aren als auch Vel'kim verbündet ist, und das macht es zu einer passenden Wahl, wenn es darum geht, einen Repräsentanten bereitzustellen."

"Ich wusste gar nicht, dass die mit Haus Vel'kim verbündet sind", murmelte Eryn.

Die Brauen des Königs wanderten nach oben. "Das, meine liebe Lady, ist immens nachlässig von Euch. Ihr solltet Euch stets Eurer Verbündeten bewusst sein. Und natürlich derer, die das nicht sind."

"Ich finde es schwierig, jemanden als Verbündeten zu betrachten, der dafür gestimmt hat, mich zu verurteilen", zeigte sie auf.

"Und dennoch erwartet man von Euch, dass Ihr Euch den Arrangements, die das Oberhaupt Eures Hauses trifft, beugt, soweit ich das verstanden habe. Ich frage mich, Lady Eryn, ob in Eurem Fall nicht eine weitere Privatstunde in politischer Strategie überfällig ist." Er lächelte, als sie nur unbehaglich zu Boden sah.

"Lord Enric, ich weiß, dass ich Euch gegenüber kaum die Wichtigkeit einer guten Beziehung zu unseren neuen Freunden betonen muss, besonders, da Eure eigenen Geschäftsinteressen so stark davon abhängen. Man schickt uns einen Mann, dessen Familie mit Euren beiden Häusern verbündet ist, also gibt man sich redliche Mühe. Das müssen wir anerkennen, indem wir dafür sorgen, dass sich ihr Botschafter in unserer Stadt willkommen und wie zuhause fühlt. In dieser Hinsicht verlasse ich mich auf Euch, Lord Enric, und übertrage Euch hiermit die Verantwortung dafür, dass er sich hier wohlfühlt."

"Ja, Eure Majestät", erwiderte er ruhig.

Eryn empfing einen Stich an Verärgerung und Irritation von ihrem Gefährten. Sie starrte geradeaus, schluckte und wirkte beunruhigt. Natürlich war er von dieser Aufgabe alles andere als begeistert, da sie ihn nicht nur zu einer Art Aufsichtsperson relegierte, sondern es ihn auch noch wertvolle Zeit kosten würde, den Neuankömmling all jenen Leuten in Anyueel vorzustellen, die er kennenlernen musste.

Der König nickte. "Gut. Lady Eryn, ich darf Euch dazu gratulieren, dass Ihr Vyril als Verwalterin für Euer Waisenhaus gewonnen habt. Und Euren Gefährten als Helfer in Eurer Klinik", fügte er amüsiert hinzu.

"Danke", antwortete sie trocken, "Ich freue mich mitzuteilen, dass beide sehr gute Arbeit leisten."

"Was die Mission Eures Gefährten betrifft, bin ich sicher, dass ich mich darauf verlassen kann, dass Ihr ihn bei seiner Aufgabe unterstützt, so gut Ihr es vermögt. Lord Enric wird natürlich einige gesellschaftliche Veranstaltungen besuchen müssen, um dies zu bewerkstelligen." Er sah sie eindringlich an.

"Zu denen ich ihn mit Freuden begleiten werde?", fragte sie mit einem leicht gepeinigten Gesichtsausdruck.

"Sehr gut. Genau das wollte ich hören", lächelte der König. "Jetzt, da wir uns um diese Angelegenheit gekümmert haben, werde ich Euch nicht länger Eurer wertvollen Zeit berauben. Ihr seid entlassen."

Beide verbeugten sich und drehten sich um, um den Thronsaal zu verlassen.

"Das war seltsam", murmelte Eryn, als sie das Palasttor hinter sich gelassen hatten und dem Königsweg in Richtung ihres Hauses folgten. "Er hat mich nur zu sich gerufen, um mir zu sagen, ich solle ein gutes Mädchen sein und dich zu deinen Dinner-Einladungen begleiten?"

Enric seufzte. "Nein, er hat dich gerufen, um sich einen Eindruck aus erster Hand zu verschaffen."

"Wovon?", fragte sie.

"Von unserem Geistesband. Er wurde darüber informiert und wollte die Wirkung testen. Und wir haben wunderbar mitgespielt. Er hat mich absichtlich verärgert und deine Reaktion beobachtet. Ich wage zu behaupten, dass er von nun an immer wieder Gründe finden wird, uns so oft wie möglich gemeinsam vorzuladen."

Entsetzt starrte sie ihn an. "Dann werde ich als eine Art Spiegel für deine Gefühle benutzt, weil du so verflucht schwierig zu durchschauen bist? Das bedeutet, ich bin eine Belastung für dich! Eine Schwachstelle!"

Er blieb stehen und drehte sich zu ihr, nahm ihr Gesicht in beide Hände. "Nein, Liebste, du magst einiges sein, aber sicher keine Belastung oder Schwachstelle. Niemals. Aber das ist auf jeden Fall etwas, woran wir arbeiten müssen. Je früher, desto besser."

* * *

Ungeduldig faltete Eryn den Brief auseinander, zerriss ihn dabei beinahe. Er war von Iklan. Falls es jemanden gab, der in der Lage war, ihr zu helfen, dann war er das. Sie hatte schon darauf gewartet, dass er ihr schrieb, nachdem Valrad ihr versprochen hatte, dass er mit Iklan über das Geistesband sprechen würde und hoffte nun, dass der Brief das Warten wert gewesen war.

Ihre Augen sprangen in kurzen Intervallen von rechts nach links, dann lehnte sie sich nachdenklich in ihren Sessel zurück und erwog die Idee. Das war auf jeden Fall ein interessanter Ansatz. Er klang unwirklich, verrückt, unmöglich. Aber dennoch war das ihre beste Chance, irgendwie zu erlernen, wie sich dieser in den meisten Fällen unbequeme und beschwerliche Fluss von Emotionen zwischen ihnen kontrollieren ließ. Falls seine Idee allerdings tatsächlich funktionierte…

Abrupt stand sie auf, woraufhin ihr Sessel nach hinten umkippte und auf dem Boden aufschlug. Kurz darauf wurde die Tür zu Rolans angrenzendem Arbeitszimmer geöffnet, und er steckte seinen Kopf herein.

"Was war das? Ist irgendetwas kaputt?", fragte er und bemerkte dann den umgefallenen Sessel und ihre angespannte Haltung. "Offenbar nicht", schlussfolgerte er. "Nur eine sehr energievolle Art aufzustehen. Wohin des Weges?"

Sie rannte mehr oder weniger zur Tür, schnappte sich ihre Robe vom Haken daneben und kämpfte sich hinein. "Ich muss Vern sehen."

Rolan rollte mit den Augen und trat näher, um ihr zu helfen, als sie verzweifelt mit dem Stoff kämpfte, um das Loch für ihren Kopf zu finden.

"Verflixte Robe", knurrte sie. "Plumpe, nutzlose, dämliche, verdammte…"

"Na, geht doch", sagte er besänftigend und zog den Stoff nach unten, um sie ins Licht zu führen.

"Rede nicht mit mir wie mit einem Kind!", murrte sie.

"Genau, denn das stünde in krassem Gegensatz zu Eurem vollkommen erwachsenen Verhalten", sagte er treffend. "Und Ihr solltet einen Umhang mitnehmen! Es regnet draußen!", rief er ihr nach, als sie die Stiegen hinablief.

"Ich bin eine verdammte Magierin, Rolan! Da gibt es eine recht beliebte Technik - und zwar *Schilde*. Sehr nützlich gegen Angreifer. Und *Regentropfen*", rief sie sarkastisch zurück und marschierte dann hinaus in den Regen in Richtung der Kriegerquartiere, Iklans Brief noch immer fest in ihrer Hand.

"Geweitete Augen, ungeduldig und leicht furchterregend", kommentierte Junar, nachdem sie die Tür geöffnet hatte, ohne sich mit einer Begrüßung aufzuhalten. "Orrin oder Vern?"

"Vern", sagte Eryn nur und drängte sich an ihr vorbei, um an die Zimmertür des Jungen zu klopfen.

"Geh weg, Eryn", hörte sie durch die Tür hindurch gedämpft seine Stimme. Ohne zu zögern drückte sie sie auf und trat trotz der wenig einladenden Worte ein.

"Woher wusstest du, dass ich das bin?", fragte sie und ließ sich auf sein Bett fallen.

"Du denkst, du bist die Einzige, die ein Klopfen wiedererkennt. Das bist du aber nicht", meinte er mit einem finsteren Blick auf sie. "Ich versuche hier, Politische Strategie zu lernen, also was willst du? Unsere nächste Stunde ist erst in zwei Tagen, dessen bin ich mir absolut sicher."

"Ich brauche deine Hilfe. Es ist wichtig."

Er gab nach und schloss sein Buch mit einem kurzen, resignierten Seufzer. "Wann ist es jemals nicht wichtig?"

Sie drückte ihm Iklans Brief in die Hand. "Lies das."

Er nahm das nun von ihrem Griff leicht zerknitterte Papier und glättete es, bevor er die Zeilen überflog. Dann pfiff er durch die Zähne.

"Das funktioniert?"

"Ich weiß es nicht, deswegen brauche ich dich."

"Du hast es noch nicht ausprobiert? Wäre Lord Enric nicht etwas hilfreicher dabei, wenn du herausfinden willst, ob das geht?", fragte er stirnrunzelnd.

"Schlussendlich ja. Aber da gibt es etwas, das ich vorher herausfinden muss. Dafür brauche ich einen Heiler. Und abgesehen von mir bist du der sachkundigste hier."

"Das stimmt", nickte er ohne falsche Bescheidenheit. "Also, wofür genau brauchst du meinen Rat? Wie kann ich dir heute mit meiner Weisheit weiterhelfen?"

"Meine Güte", sagte sie leise und schüttelte den Kopf. "Du bist ganz schön eingebildet, was? Jetzt hör zu. Ich brauche deine Hilfe, um herauszufinden, wo sich im Gehirn Gefühle abspielen, wo sie entstehen. Iklan scheint zu denken, dass ich das wüsste, aber bisher waren Emotionen nicht wirklich ein Schwerpunkt in meinen Heilbemühungen. Das ist nicht gerade etwas, das beim Reparieren von beschädigtem Gewebe hilft. Ich habe bisher noch nie irgendetwas getan, wofür ich Wissen über feinere Gehirnfunktionen benötigt hätte, wenn man vom Reparieren gerissener Nervenfasern absieht."

"Dann willst du wirklich versuchen, einen Schild um Teile deines Gehirns zu errichten? Ich meine, er schreibt in seinem Brief, dass das gefährlich sein kann, wenn du es falsch machst. Wenn der Schild zum Beispiel so stark ist, dass keine Impulse mehr durchkommen, oder wenn er zu lange aufrecht bleibt", betonte er. "Vielleicht solltest du nicht auf eigene Faust mit so etwas herumspielen, wenn du nicht einmal weißt, wo du ihn platzieren musst. Du solltest einen weiteren ausgebildeten Heiler hinzuziehen, der das überwacht. Zufällig wird in ein paar Wochen einer hier ankommen, warum wartest du also nicht bis dahin?"

Sie stöhnte. "Weil ich es satt habe, ständig ohnmächtig zu werden! Und auch, dafür benutzt zu werden, Enrics Gefühle zu beurteilen, weil er sie so gut versteckt hält!"

"Ich bin überhaupt nicht einverstanden mit dem, was du tun willst", sagte Vern düster. "Was ist, wenn du dabei Schaden nimmst, gar keine Gefühle mehr wahrnehmen kannst oder sogar noch Schlimmeres?"

"Komm schon!", rief sie ungeduldig aus. "Wenn sich niemand trauen würde, Risiken einzugehen, hätten wir nie etwas Neues herausgefunden. Und falls ich tatsächlich Schaden nehmen sollte, wird bald genug ein Heiler da sein, der ihn wieder reparieren kann."

"Ich weiß nicht. Mir gefällt das noch immer nicht", widersprach er und verschränkte die Arme. "Was soll ich überhaupt dabei machen? Dich schlagen und nachsehen, wo die vom Schmerz ausgelöste Emotion stattfindet? Dich verärgern und dann zusehen, dass ich dich lange genug davon abhalte, mir wehzutun, damit ich in deinen Kopf hineinsehen kann?"

Sie hob eine Braue. "Es klingt seltsam, wenn du es so ausdrückst, aber grundsätzlich muss ich zugeben, dass ich mir so etwas in der Art vorgestellt hatte."

Vern warf ihr einen verzweifelten Blick zu. "Großartig. Und ich weiß auch schon genau, wen sich dein großer, starker Gefährte vorknöpfen wird, wenn ich dich mit dem Schaden, den du dann womöglich genommen hast, nach Hause schicke - mich nämlich!"

"Sei nicht lächerlich! Enric gibt mehr als bereitwillig *mir* die Schuld an allem, was ihm nicht zusagt."

"Sicher, und die Leute, die dämlich genug sind, dir zu helfen, müssen überhaupt keine Konsequenzen tragen, was? Sieh dir Junar an!"

"Dass sie gesellschaftliche Anlässe besuchen muss, ist wohl kaum eine abscheuliche, unmenschliche Folter! Nun, zumindest nicht, solange Inad nicht anwesend ist", korrigierte sie sich. "Ihre Stimme allein lässt mich erschaudern, und da rede ich noch gar nicht von den Dingen, die aus ihrem Mund herauskommen."

"Wir reden hier über Worte, hoffe ich?", fragte der Junge mit leicht angeekelter Miene.

"Hey! Ja - Worte! Also, hilfst du mir nun oder nicht?"

"Was ist, wenn ich mich weigere?"

"Dann werde ich es dir befehlen und dich bestrafen, wenn du nicht gehorchst", blitzte sie ihn an.

Frustriert warf er die Hände nach oben. "Warum fragst du mich dann überhaupt?"

"Um dir die Illusion einer Wahl zu lassen. Mir wurde gesagt, dass Menschen eher zur Zusammenarbeit bereit sind, wenn man sie denken lässt, sie hätten ein gewisses Ausmaß an Kontrolle über ihr Leben."

"Super. Dann bringen wir's hinter uns. Ich werde bloß überwachen und berichten, nur um das klarzustellen. Ich werde keinen Schild in deinem Kopf platzieren, ganz egal, wie sehr du dich anstrengst, mich dazu zu zwingen. Ich würde vor dem Rat argumentieren, du hättest versucht, mich dazu zu bringen, dass ich das Heilerprinzip, meine Fertigkeiten nicht zum Schaden anderer einzusetzen, verletze."

"Kluger Junge", grinste sie. "Aber damit bin ich einverstanden."

"Warum kannst du das denn nicht allein machen? Du brauchst nur zu warten, bis dich wieder einmal etwas verärgert, und dann schaust du einfach in deinen Kopf hinein und findest heraus, woher es kommt. In deinem Fall ist das nur eine Frage der Zeit", fügte er sauer hinzu.

"Weil ich, wenn ich ein Sklave meiner Gefühle bin, mich nicht einmal annähernd genug konzentrieren kann, um irgendwelche dermaßen internen Erkundungen durchzuführen", erklärte sie. "Und mit diesem letzten Kommentar bin ich nicht besonders glücklich. Auf der anderen Seite des Meeres gibt es Leute, die sehr genau darauf achten, nicht das zu provozieren, was dort allgemein als *Aren Temperament* bekannt ist."

Er zuckte die Achseln. "Es kann kaum schlimmer sein als das, was ich als *Eryn Temperament* kennengelernt habe."

"Wenn du versuchst, mich zu ärgern, dann hast du einen erstklassigen Start hingelegt", knurrte sie.

Er legte seine Hand auf ihre Stirn und schloss seine Augen. "Gut. Dann halt die Klappe und lass mich arbeiten."

Sie spürte eine sanfte Welle an Wärme in ihren Kopf eindringen, von der sich dann kleine, vorsichtig forschende Ausläufer in ihr Gehirn vorantasteten.

"Erhöhte Aktivität gefunden", murmelte er, öffnete dann die Augen und begann auf einem leeren Blatt Papier etwas zu zeichnen, das sich nach ein paar Linien als grobe Skizze des menschlichen Gehirns erkennen ließ. Er griff nach einer anderen Farbe und malte einen Punkt etwa in der Größe eines Fingernagels in die Mitte nahe der Unterseite.

Dann zeigte er mit seinem Stift auf den Punkt. "Dort scheinen Ärger oder eher Verstimmung zuhause zu sein. Lass uns etwas anderes versuchen. Wie wär's zur Abwechslung mal mit etwas Nettem wie Freude oder Stolz?"

"Du hast mich gerade geärgert. Denkst du, ich bin dermaßen anfällig für Stimmungsschwankungen?"

"In meinem eigenen Interesse werde ich diese Frage nicht beantworten", lachte er leise. "Was ist, wenn ich dir sage, dass der Rat der Magier entschieden hat, dass du dein Kampftraining beenden kannst, weil deine Fertigkeiten als für einen Heiler ausreichend beurteilt wurden? Vater hat Junar erst vor einer halben Stunde davon erzählt."

Ihr Kopf zuckte nach oben, ihr Gesichtsausdruck zuerst ungläubig, dann breitete sich langsam ein Lächeln über ihrem Gesicht aus. "Was? Wirklich?"

Er legte flink eine Hand auf ihre Stirn und verfolgte die Emotionen zurück zu ihrem Ursprung, öffnete die Augen wieder und grinste. "Nein, nicht wirklich. Aber sieh dir nur all diese Freude an!"

Sie presste die Lippen aufeinander und kniff die Augen zusammen. "Unmensch!"

Er jaulte auf, als sie ihn fest gegen die Schulter boxte. "Au! Hör auf damit! Das habe ich nur getan, um dir zu helfen! Wir sind also wieder zurück bei Ärger. Großartig."

Sie versuchten es noch mit ein paar weiteren Gefühlen wie Schadenfreude, Traurigkeit, Neugier, Enttäuschung, Erwartung, Ekel und Erleichterung, bevor Eryn beide Hände hob.

"Stopp, ich denke, das ist genug. Das war eine mühsame Reise durch einen Urwald an Gefühlen. Danke für die Geschichte mit den haarigen Spinnen", bemerkte sie. "Die wird mich womöglich in den nächsten paar Nächten wachhalten."

"Nun, sie hat Ekel in dir verursacht, oder etwa nicht? Somit hat sie ihren Zweck erfüllt."

"Ein wenig zu gut, wenn du mich fragst. Aber soweit ich das sehen kann, hast du all deine Punkte so ziemlich in dem gleichen Bereich gemacht. Somit können wir davon ausgehen, dass Gefühle von diesen drei Punkten ausgehen. Die sind nahe genug beieinander, dass man sie mit einem kleinen Schild abdecken kann, selbst wenn ich innerhalb kürzester Zeit von einem Extrem ins andere springen sollte."

Vern nickte. "Das sehe ich auch so. Dann wirst du also jetzt mit Schilden in deinem Kopf herumspielen? Ich kann dich nicht davon abhalten, bis der Heiler aus Takhan eingetroffen ist?"

Eryn blieb hartnäckig. "Keine Chance. Aber keine Sorge, wir haben ja bereits ein wenig Erfahrung mit Schilden in Köpfen. Immerhin haben wir da oben schon einige Barrieren entfernt. Wenn ich die Dichte unterhalb der einer kompletten Barriere halte, dann sollte es kein Problem geben. Ich werde dich nicht darum bitten, einen Schild zu errichten, aber ich würde es wirklich schätzen, wenn du dir ansehen könntest, was ich tue und eingreifst, falls ich benebelt oder etwas in der Art wirke."

Besiegt seufzte er und nickte. "Dann mach schon. Wenn ich dich nicht im Auge behalte, wirst du es sowieso allein tun - was noch gefährlicher wäre."

Sie grinste zufrieden. "Du bist ein guter Lakai, ich werde dich behalten."

"Ach, sei still und fang endlich an, oder ich werde nie zu meinem Buch zurückkehren können. Ich habe schon erwähnt, dass ich lernen sollte, oder?"

Sie winkte ab. "Du lernst doch bereits etwas. Also beschwer dich nicht."

"Ich würde lieber lernen, wie ich die Funktionalität deiner Stimmbänder oder Zunge soweit hemmen kann, dass es dich vom Reden abhält", murmelte er vor sich hin.

"Das habe ich gehört!"

"Ausgezeichnet. Sonst hätte ich eine gute Beleidigung verschwendet."

* * *

Eryn raste durch die Straßen heimwärts. Aufgrund des schweren Regens, der in dicken Tropfen fiel, waren sie nahezu leer. Es war früh für ihre Verhältnisse, aber sie war zu aufgeregt, um zur Klinik und dem Papierkram zurückzukehren.

Sie hob den Arm, um die Eingangstür ihres Hauses einen Spalt weit aufzuschieben und lächelte, als die dunkel glühenden Symbole auf ihrem Arm erschienen. Er war also zuhause. Perfekt.

Während sie die Tür mit dem Fuß hinter sich zuschob, kämpfte sie sich aus dem unerbittlichen Griff der Robe frei und schwor einmal mehr, Junar so bald wie möglich Änderungen daran vornehmen zu lassen. Warum dachte sie immer nur daran, wenn sie sich hinein- und hinausquälen musste und vergaß es hinterher beinahe augenblicklich wieder?

"Enric?", rief sie.

"Ja?", ertönte seine Stimme aus seinem Arbeitszimmer.

Sie ging zur Tür und sah ihn auf dem Sofa sitzen, vor ihm eine Tasse. Sie lächelte. Der Herr des Hauses, der sich eine Pause von seiner mühevollen Papierflut gönnte. Sie würde ihm schon eine Pause verschaffen.

Ihre Hände griffen nach dem Kragen ihres Arbeitsgewands und rissen ihn auseinander, nicht genug, um ihren Oberkörper vollends zu entblößen, aber genug, um ihm einen großzügigen Blick auf ihre Brüste zu gewähren.

"Komm ins Bett mit mir", gurrte sie und sah, wie sich seine Augen vor Überraschung und etwas, das sie nicht ganz einordnen konnte, weiteten. "Es gibt da etwas, das ich gerne mit dir ausprobieren würde. Wenn es so funktioniert, wie ich hoffe, dann können wir unsere kleinen… Aufwachaktivitäten wiederaufnehmen, ohne dass ich eine weitere Stunde brauche, um das Bewusstsein wiederzuerlangen." Sie war nähergekommen und lehnte sich nun vor, stützte ihre Hände auf seinen Knien ab, um ihm einen noch besseren Einblick zu gewähren.

"Ähem, Eryn?", murmelte er leise.

"Shhh", flüsterte sie und legte ihren Finger auf seine Lippen. "Was auch immer auf deinem Schreibtisch auf dich wartet, wird sicher in einer Stunde immer noch dort sein."

"Soll ich später wiederkommen? Sagen wir, in einer Stunde?", bot eine tiefe Stimme in ihrem Rücken trocken an.

Sie fiel beinahe nach vorne in dem Versuch, sich umzudrehen und im Zuge der Bewegung gleichzeitig ihr halbaufgerissenes Hemd zuzuhalten. Mit offenem Mund starrte sie auf Lord Tyront, der neben dem Getränkeschrank stand und spürte, wie Hitze und zweifellos auch Röte in ihr Gesicht stieg.

Die Worte, die sie aussprechen wollte, blieben ihr im Hals stecken. Hilflos öffnete und schloss sie ihren Mund. So viel zu dem nicht identifizierbaren Ausdruck auf Enrics Gesicht, als sie hereingekommen war. Sie schluckte hart und stand von Enrics Schoß auf, während sie den Riss über ihrem Oberkörper mit einer Hand zusammenhielt.

"Lord Tyront. Wie unerwartet. Ich habe Euch nicht gesehen", sagte sie steif.

"Ja", nickte er langsam, "davon gehe ich aus."

Enric räusperte sich, um das Grinsen, das sich auf seinem Gesicht ausbreiten wollte, unter Kontrolle zu halten. Er war nicht sicher, wer von den beiden peinlicher berührt wirkte, obwohl er Eryns Betretenheit natürlich über das Geistesband spürte.

"Wenn Ihr mich jetzt entschuldigen würdet", murmelte sie und vermied es, dem Blick ihres Vorgesetzten zu begegnen, "ich sollte mir etwas weniger… Zerrissenes anziehen."

Tyront sah zu der Tür hin, die sie gerade übermäßig behutsam hinter sich geschlossen hatte.

"Ich erfahre über euch beide wesentlich mehr als ich sollte", seufzte er. "Sie versucht mir schon jetzt aus dem Weg zu gehen, so gut sie kann. Wenn sie mir nicht mehr in die Augen sehen kann, macht das die Sache nicht besser. Ich denke, wir sollten morgen weitermachen."

Enric nickte. "Das ist wohl das Beste, ja. Ich befürchte, sie wird nicht mehr herunterkommen, solange du da bist." Schade allerdings, dass sie nun kaum noch in Experimentierlaune sein würde, jetzt, wo Tyront sich auf den Weg machte…

* * *

Eryn sah zum grauen Himmel empor und fragte sich, ob es wohl zu regnen beginnen würde, bevor der Botschafter das Stadttor passierte, und ob man von ihnen erwartete, die Zuschauer mit einem Schild trocken zu halten.

Sie fröstelte in ihrer Robe und verfluchte sich selbst dafür, dass sie ihren Umhang vergessen hatte. Wieder einmal. Dankbar lächelte sie Enric an, als er einen Arm um ihre Schultern legte, um sie an sich zu ziehen und sie gleichzeitig in seinen eigenen Umhang einzuwickeln.

Warum dauerte das bloß so lange? Hatte man ihnen nicht gesagt, der Botschafter sollte in wenigen Minuten eintreffen?

"Du strahlst Ungeduld und Verdrießlichkeit aus", murmelte Enric leise genug, damit nur sie es hören konnte. "Du bist doch nicht noch immer verstimmt, weil diese Sache mit dem Schild nicht geklappt hat, oder? Wir werden es erneut versuchen. So etwas herauszufinden geht nicht im Vorbeigehen, das erfordert Zeit und Geduld."

"Ja, genau", schnaubte sie. "Für diese Eigenschaft bin ich ja bestens bekannt."

Sie erhaschte einen Blick auf Lord Tyront, der sich zügig vom Palast her näherte und hielt ihre Augen dann nach vorne gerichtet. Nach der kleinen Szene in Enrics Arbeitszimmer gestern fühlte sie sich noch immer etwas unwohl.

"Lady Eryn", grüßte er sie, und sie erkannte, dass ihm in ihrer Gesellschaft ebenfalls noch etwas unbehaglich zumute war. Nun, das war zumindest ein kleiner Trost. Der Einzige, der all das nicht nur vollkommen gelassen hinnahm, sondern den das auch noch zu amüsieren schien, war natürlich Enric, seelenruhig und unerschütterlich.

Die Aufmerksamkeit richtete sich nach vorne, als der Botschafter und ein weiterer Reiter schließlich durch das Stadttor geritten kamen und sich der Gruppe näherten, die sie vor dem Palast erwartete. Eryns Gedanken wanderten zurück zu dem Tag, als Ram'an hier eingetroffen war. Das Wetter war an diesem Tag heiter gewesen - klare Luft, Sonnenschein. Und sie war so aufgeregt, jemandem aus ihrem Heimatland zu begegnen. Und verärgert über die Tricks des Ordens und des Königs, mit denen sie dazu gebracht worden war, sich nur wenige Tage vor seiner Ankunft an Enric und das Königreich zu binden. All das schien in einem anderen Leben passiert zu sein, und doch war es gerade einmal neun Monate her.

Sie musterte die beiden Männer auf ihren Pferden. Der Ältere war sehr wahrscheinlich Sanaf, der Botschafter. Er war stämmig gebaut, und sein langes Haar war nach hinten zu einem festen, ergrauenden Pferdeschwanz zusammengebunden. Sein Gesicht und die Hände zeigten die Bräune, die für Menschen aus den Westlichen Territorien üblich war. Die würde wahrscheinlich bald genug verblassen, besonders, da sich der Winter langsam aber bestimmt näherte. Die Bäume hatten bereits vor ein paar Tagen begonnen, ihr Laub fallenzulassen. Er wirkte, als wäre ihm nicht allzu behaglich zumute und schien hin und wieder zu frösteln, obwohl seine Kleidung wärmer aussah als das, was generell in den Westlichen Territorien getragen wurde. Er war nicht komplett unvorbereitet gekommen, aber es reichte dennoch nicht.

Der zweite Mann, der entweder ein Assistent oder Diener sein musste, schien ungefähr halb so alt zu sein. Ein kurzer, kunstvoll getrimmter Bart zierte sein Gesicht, und seine Haltung ließ darauf schließen, dass er entweder zu erleichtert über ihre Ankunft war, um die Kälte zu spüren, oder aber Kleidung trug, die sich für das hiesige Klima besser eignete.

Nachdem beide Pferde vor dem Palasttor zum Stillstand gekommen waren, stieg der ältere Mann zuerst ab, seine Beine offenkundig steif von der Zeit im Sattel und der Kälte.

"Willkommen in Anyueel, Botschafter Sanaf von Haus Finran", sagte Tyront und trat vor, um den Botschafter zu begrüßen, indem er seinen Unterarm in der Art der westlichen Begrüßung ergriff, die Enric ihm gezeigt hatte.

Sanaf lächelte und verbeugte sich dann so, wie er offenbar instruiert worden war, einen hochrangigen Magier zu begrüßen.

"Ich danke Euch sehr, Lord Tyront, wenn ich richtig vermute?"

Tyront nickte. "Das tut Ihr, ja." Dann deutete er auf Enric und Eryn. "Ich glaube nicht, dass Ihr Lord Enric, meinem Stellvertreter, oder Lady Eryn in Takhan begegnet seid."

"Nein, das bin ich nicht", bestätigte er, "zumindest nicht offiziell. Ich war natürlich bei der abschließenden Anhörung im Zuge des Verfahrens anwesend und sah sie dort." Er verbeugte sich vor den beiden. "Es ist mir ein Vergnügen, Euch endlich offiziell kennenzulernen. Ihr seid natürlich mit Legara, dem Oberhaupt meines Hauses und meiner Cousine, bekannt."

Eryn lächelte dünn. "Wir haben sie getroffen, ja."

Enric warf ihr einen warnenden Blick zu. Es hatte wenig Sinn, beleidigt zu sein, weil Legara gemäß ihrer Loyalität mit Haus Aren gegen sie gestimmt hatte, auch wenn es ihrer Allianz mit Haus Vel'kim nicht eben half. Aber Malriel war nun einmal das mächtigere - und zweifellos auch das nachtragendere der beiden Oberhäupter.

Sanaf schien den etwas kühlen Unterton in ihrer Stimme bemerkt zu haben und wandte sich an Enric.

"Lord Enric, erlaubt mir, Euch Malriels herzlichste Grüße und beste Hoffnungen für Euer Wohlergehen zu übermitteln. Und selbstverständlich auch das Eurer Gefährtin."

"Selbstverständlich", meinte Eryn trocken und ignorierte Enrics warnenden Ellbogenstoß, bei dem er es irgendwie schaffte, es für einen arglosen Beobachter wie ein Versehen aussehen zu lassen.

"Erlaubt mir, Euch meinen Assistenten Erbál vorzustellen."

Der junge Mann verbeugte sich mit einem Lächeln. "Ich fühle mich geehrt."

"Ihr müsst erschöpft sein, Botschafter", sagte Enric dann. "Erlaubt mir, Euch zu Euren Quartieren zu begleiten, wo Ihr ein geruhsames Mahl einnehmen und Euch aufwärmen könnt. Seine Majestät wird Euch am Abend empfangen, also habt Ihr einige Stunden Zeit, um Euch häuslich einzurichten. Die Dinge, die vorab geliefert wurden, befinden sich bereits in Euren Quartieren, aber Ihr müsst sie natürlich noch nach Eurem Geschmack einrichten."

Der Botschafter lächelte mit unverkennbarer Erleichterung. "Ich gebe zu, dass die Aussicht auf ein warmes Getränk und ein weiches Kissen im

Augenblick in der Tat sehr verlockend ist." Er nickte Tyront und Enric zu und folgte seinem Führer in den Palast, sein Assistent hinter ihm.

"An Eurer Haltung müssen wir wahrlich arbeiten, Lady Eryn", hörte sie Tyront sagen, als sie außer Hörweite waren. "Er wird einige Zeit hierbleiben, und der König hat euch beide damit beauftragt, euch um ihn zu kümmern, bis er sich eingewöhnt hat. Ihr bringt besser diesen fehlgeleiteten Groll unter Kontrolle."

Sie warf ihm einen düsteren Blick zu und verschränkte die Arme. "Ich mag ihn nicht. Wir haben ihnen Kilan geschickt - klug, charmant, angenehm, humorvoll - und das ist, was wir im Austausch dafür kriegen? Er wirkt verschlagen und nicht vertrauenswürdig. Ich denke, wir wurden übers Ohr gehauen", knurrte sie.

"Eure Bewertung seines Charakters hat ohne Zweifel überhaupt nichts damit zu tun, dass seine Cousine bei dem Verfahren gegen Euch gestimmt hat, vermute ich?", fragte Tyront spitz.

Sie zog eine Augenbraue nach oben. "Diese Frage werde ich nicht mit einer Antwort würdigen."

"Gut", meinte er mit einem grimmigen Lächeln, "ich bin ohnehin nicht in der Stimmung, angelogen zu werden."

KAPITEL 8

Überlegungen

Eryn gähnte und streckte sich in ihrem Sessel im Arbeitszimmer der Klinik. Der gestrige Abend war lange und wenig stimulierend gewesen. Bankette - wer hatte die bloß erfunden? Sie war nahe genug beim Botschafter platziert worden, um jedes Mal seinem endlosen Geplapper zuhören zu müssen, wenn er wieder eine geistlose Frage mit ausgedehnten Monologen beantwortete. Und der König hatte ihnen aufgetragen, in den nächsten paar Wochen bei den gleichen Zusammenkünften dabei zu sein, die auch er besuchte. Brillant.

Sein Assistent Erbál schien vom Botschafter auch nicht besonders angetan zu sein. Das allein brachte ihm bei Eryn schon ein paar Pluspunkte ein, obwohl sie bislang kaum Gelegenheit zu einer Unterhaltung hatten.

Und jetzt, nach nur fünf Stunden Schlaf, musste sie aufmerksam genug bleiben, um die Patientenberichte ihrer Heiler zu überprüfen. Einfach großartig.

Zumindest hatte Orrins Training am Morgen dazu beigetragen, sie zu wecken, wenn auch nicht dazu, ihr irgendetwas beizubringen - außer, dass sie gut daran tat, den Hieben dieses Mannes auszuweichen. Ohne nachzudenken rieb sie ihre Schulter, obwohl sie die Schmerzen und Prellungen bereits weggeheilt hatte.

Ein energisches Klopfen an der Verbindungstür zeigte an, dass ihr Assistent höchstwahrscheinlich etwas von ihr wollte. Eine willkommene Abwechslung von den Buchstaben, die ständig vor ihren Augen auf und ab tanzten, auch wenn die Art des Klopfens nicht darauf schließen ließ, dass seine Laune eine besonders fröhliche war.

"Herein", rief sie und sah Rolan mit einem unglücklichen Gesichtsausdruck und einem Bündel an Papieren in einer Hand eintreten.

"Ich habe auf der Kostenliste etwas gefunden, das nicht passt." Er nahm auf der anderen Seite ihres Schreibtisches Platz. "Die Liste mit den Personalausgaben ist entweder nicht korrekt, oder es gibt da eine Kleinigkeit, über die Ihr versäumt habt, mich zu informieren", schnappte er und legte das betreffende Blatt vor sie hin. Er drehte es um, damit sie die Zeile inspizieren konnte, auf der sein Zeigefinger vorwurfsvoll lag.

Dort stand *Verwaltungsleiter*. Sie zog beide Augenbrauen hoch. Der Palast hatte ihre Anfrage also endlich bewilligt, grübelte sie. Das hatte auch lange genug gedauert. Zumindest hätte man sie darüber informieren können, anstatt es still und heimlich umzusetzen.

Sie seufzte. "Also gut, du hast es also herausgefunden. Ich wollte es dir selbst sagen, wusste aber nicht, dass der Palast es schon abgesegnet hat."

Rolan starrte sie an, und sie wunderte sich über seinen verletzten Gesichtsausdruck. "Ja, ich denke, es wäre wohl etwas angemessener gewesen, es von Euch zu erfahren, anstatt es auf diese Weise herauszufinden."

Eryns Augen verengten sich. "Ich glaube, wir reden hier nicht über die gleiche Sache - kann das sein?"

"Woher soll ich das denn wissen? Ihr erzählt mir ja nicht allzu viel!", rief er frustriert aus, seine Augen weit und sein Gesicht blass, als er aufsprang.

"Rolan", sagte sie in ihrem gefasstesten und vernünftigsten Tonfall, "setz dich wieder. Sag mir, was genau du siehst, wenn du dir diese Liste anschaust."

"Ich sehe, dass Ihr jemanden eingestellt habt, um ihm die Verantwortung für die Verwaltung der Klinik zu übergeben. Zuerst dachte ich, dass Ihr einen neuen Vorgesetzten für mich aufgenommen habt, aber meine Position ist auf dieser Liste nicht mehr vorhanden!"

"Das stimmt, weil deine Position in dieser Form nicht mehr länger benötigt wird." Na gut, gestand sie sich ein, jetzt tat sie es absichtlich. Ein wenig Spaß auf Kosten eines anderen war genau das, was sie im Moment zur Aufmunterung brauchte.

"Ihr werft mich hinaus, einfach so? Nach allem, was ich…" Seine Stimme verebbte und er ließ ungläubig den Kopf sinken. "Ich habe zugesehen, wie dieser Ort hier gewachsen ist, habe dabei geholfen, ihn zu dem zu machen, was er ist! Ohne mich würde es nicht einmal Tische in den Klassenräumen oder Papier auf Eurem Tisch geben! Niemand würde seinen Lohn erhalten oder Vorräte bestellen!" Als er wieder verstummte und es aussah, als würde er Tränen zurückhalten, entschied sie, dass sie es vielleicht ein wenig zu weit getrieben hatte.

"Rolan, komm schon. Ich werfe dich nicht hinaus. Ich befördere dich."

Er starrte sie an, seine Augen sogar noch weiter, falls das überhaupt möglich war. "Ich? *Ich* bin der Verwaltungsleiter?", flüsterte er.

"Ja, das bist du." Sie sah ihn geradewegs an. "Und ich bin ein wenig gekränkt, dass du mir zutraust, dass ich dich einfach so entlassen würde, ohne es dir zumindest persönlich mitzuteilen."

"Verwaltungsleiter", wiederholte er. Dann schnappte er sich erneut das Blatt Papier von ihrem Schreibtisch, und seine Augen folgten der Zeile bis zu ihrem Ende, wo die Höhe seines neuen Lohns ausgewiesen war.

"Das ist eine Menge", meinte er stirnrunzelnd, seine Stimme unsicher.

Sie zuckte mit den Achseln. "Ein wenig mehr, als du bisher hattest, ja. Ich würde sagen, wir betrachten die letzten paar Monate einfach als Probezeit. Du hast dich gut genug bewährt, um die Verantwortung für all dieses mühsame Zeug, mit dem du so gerne herumspielst, zu übernehmen. Das bedeutet, dass du jetzt weniger Unterschriften von mir brauchst, wenn du etwas kaufen, zahlen, bestellen oder bewilligen willst. Das erhöht nicht nur deine Stellung, sondern befreit auch mich von einigem Papierkram und lässt mir somit mehr Zeit für all das andere Zeug, von dem der Orden denkt, ich sollte mich darum kümmern. Ist das nicht toll?", endete sie mit einem Lächeln.

"Dann habt Ihr jetzt keinen Assistenten mehr?", fragte er.

"Wofür würde ich denn einen brauchen? Ich bin nicht sicher, ob man von einem Assistenten erwarten sollte, dass er sich bei dem, was erledigt werden muss, besser auskennt als ich. Aber ich habe gesehen, wie viele Stunden du arbeitest, also werden wir im Laufe der Zeit wohl einen für *dich* finden müssen."

"Warum musste ich das von einer Liste erfahren?", rief er plötzlich aus. "Warum habt Ihr mir nichts gesagt? Mein Herz ist fast stehengeblieben!"

"Ich sagte es dir schon, ich wusste nicht, dass der Palast es bereits bewilligt hatte. Ich wollte dir keine Hoffnungen machen für den Fall, dass es abgelehnt wird." Sie zog eine Braue hoch. "Ich warte noch immer auf irgendeine Bekundung von Begeisterung oder Zufriedenheit. Oder ist der Schock darüber, dass du einen unerklärbaren Posten auf deiner Liste gefunden hast, größer als deine Freude über deine Beförderung und dass der Abstand zwischen uns nun wesentlich kleiner geworden ist?"

Er blinzelte, dann straffte er seine Schultern. "Selbstverständlich nicht." Offensichtlich erinnerte er sich, welche Reaktion die gesellschaftlichen Gepflogenheiten in einer Situation wie dieser von ihm verlangten. "Ich bin sehr dankbar für Euer Vertrauen in mich und werde mich dessen als würdig erweisen. Vielen Dank."

"Wie heiter und gefühlsbetont", meinte sie und breitete dann mit einem koboldhaften Grinsen ihre Arme aus. "Wie wär's jetzt mit dieser Umarmung, die du mir nach meiner Rückkehr angeboten hast? Willst du sie jetzt?" Sie kicherte, als er richtiggehend aus ihrem Zimmer in sein eigenes floh und rief ihm nach: "Komm schon! Kein Grund, schüchtern zu sein! Du weißt, dass du sie willst! Sie wartet genau hier auf dich - hol sie dir einfach ab, wann immer du willst!"

* * *

Vern klappte das Buch zu und schob es zur Seite. "Ein weiteres fertig. Ich mag es, wenn ich ein Buch schließe und das Gefühl habe, ich habe ihm sämtliches Wissen entrungen, ihm all seine Geheimnisse entrissen."

Eryn lachte leise. "Eine sehr energiegeladene Herangehensweise an das Lesen. Ich betrachte Bücher als Freunde. Ich gebe ihnen ein Zuhause, behandle sie gut, wir teilen unser Wissen, und zuweilen komme ich zurück zu ihnen."

"Wissen teilen? Schreibst du da etwa deine Gedanken oder sonstige Kritzeleien hinein?", erkundigte er sich mit einem kritischen Blick.

"Ich danke dir vielmals dafür, dass du es nicht als *Kritzelei* bezeichnest, wenn ich den Büchern meines Vaters meine Notizen hinzufüge, aber grundsätzlich ja - ich füge mein Wissen dem im Buch hinzu und bereichere es somit für mich selbst und nachfolgende Generationen. Allerdings kann ich sehen, dass du kein großer Freund davon bist."

"Nein, ich denke, Bücher sollten nur in eine Richtung gehen. Man liest sie, ohne sie als Notizblöcke zu missbrauchen. Die einzige Person, die das Privileg hat hineinzuschreiben, ist der Autor", verdeutlichte er. "Oder zumindest sollte er das sein. Wer weiß, was die Leute hinterher alles hineinschreiben? Und ob das dann überhaupt alles stimmt? Oder ordentlich gemacht wird?"

Sie betrachtete ihn nachdenklich. "Ich frage mich, ob diese Einstellung etwas damit zu tun hat, dass du selbst damit begonnen hast, an Büchern mitzuarbeiten. Ich denke, du willst nur nicht, dass andere deine Arbeit kommentieren oder erweitern. Ist das der Grund?"

Darüber dachte er kurz nach. "Womöglich", gab er dann zu. "Ich meine, ich stecke wirklich eine Menge Zeit in die Arbeit daran, und dann schreibt einfach jemand hinein? Das fühlt sich nicht richtig an."

"Ich selbst mag keine Bücher schreiben, zu viel Aufwand. Ich bessere lieber die nach, die schon geschrieben wurden, ohne dass ich mich darum kümmern muss, den Inhalt zu organisieren", meinte sie achselzuckend. "Und nach dem, was ich in Takhan gesehen habe, gibt es schon zu so ziemlich jedem Heilerthema Bücher, also gäbe es da ohnehin nicht viel, was ich zu dem Feld beitragen könnte."

"Außer einem bestimmten Bereich, in dem bislang kaum Forschung betrieben wurde, weil das Phänomen so selten beobachtet wurde", betonte er. "Wenn wir schon davon sprechen, wie laufen denn deine Experimente so? Gibt es bisher irgendwelche Fortschritte? Aus deinem Verhalten lässt sich kein offensichtlicher, größerer Gehirnschaden ableiten, nun, zumindest keiner, der vorher nicht schon… Au!" Er rieb sich über den Oberarm. "Warum immer an der gleichen Stelle? Irgendwann wird die völlig deformiert sein!"

"Besser dein Arm als dein Kopf, würde ich meinen", knurrte sie. "Und nein, nichts Erwähnenswertes. Ich habe versucht, die Art des Schildes zu verändern, ihn dichter oder weniger dicht, stärker, schwächer, kleiner, größer zu machen, ihn früher zu errichten, aber nichts hat geholfen. Das Ergebnis ist das gleiche wie zuvor. Ich habe Iklan diesbezüglich geschrieben, aber er ist genauso ratlos wie ich. Ich habe es satt, es wieder und wieder zu versuchen und ständig zu scheitern."

"Ich dachte, dein Testergebnis besagt, dass du ganz verrückt danach bist, neue Dinge zu entdecken? Wie nennen die das? Entdecker? Sollte das nicht eine gewisse Toleranz für Rückschläge miteinschließen?"

"Nun, ganz offensichtlich nicht. Der Test scheint sich auf die Stärken zu konzentrieren, mit denen man geboren wurde oder die sich in der frühen Kindheit entwickelten, nicht so sehr mit den Charaktereigenschaften, die bei der Umsetzung hilfreich wären."

Vern überlegte einen Moment lang. "Vielleicht ist ein Schild einfach nicht die richtige Methode. Ich meine, einen Schild gegen Gefühle zu errichten, klingt etwas seltsam, findest du nicht? Emotionen sind nichts Greifbares, wie sollte man sie also mit einer Barriere aufhalten können?"

Sie starrte ihn mit offenem Mund an, dann lehnte sie sich zurück und schlug sich mit der flachen Hand gegen den Kopf. "Ich bin so dämlich. So unglaublich dämlich! Warum habe ich daran nicht gedacht? Es ist so offensichtlich! Natürlich kann es nicht funktionieren! Dämlich, dämlich, dämlich! So viel dazu, zuerst zu experimentieren anstatt nachzudenken!"

Er umfing ihr Handgelenk, als sie von ihrem Stuhl aufspringen wollte. "Oh nein! Hau jetzt bloß nicht einfach ab, ohne deine Erleuchtung mit mir zu teilen! Setz dich hin und rede!"

Sie warf ihm einen gepeinigten Blick zu, setzte sich aber wieder. Es war immerhin nicht so, als ob sie kein Verständnis dafür hätte, dass er die Neuigkeiten hören wollte. Besonders revolutionäre Dinge, wo er sozusagen dabei zugesehen hatte, wie sie ihr eingefallen waren und sogar bis zu einem gewissen Grad dazu beigetragen hatte. Aber andererseits wollte sie ihre Idee sofort ohne Verzögerung testen, und es ihm erklären zu müssen, wäre eine Verzögerung.

"Na gut, ich werde es kurz machen: Das Konzept, das ich dummerweise vorher angewendet habe, war tatsächlich, den physischen Transfer von Gefühlen durch die Substanzen im Blut zu blockieren, aber das ist der falsche Weg. Das ist der Grund, warum Iklan mich vor den Gefahren gewarnt hat. Das könnte bereits nach gerade einmal zwei Minuten zur Unterversorgung des Gehirns und damit ernsten Problemen führen. Der Schild sollte sich nicht um die physischen Aspekte der Gefühle kümmern, sondern stattdessen um die *magischen*!"

"Aber Emotionen sind nicht magisch", warf Vern ein, eindeutig verwirrt. "Wenn sie das wären, könnten Nicht-Magier sie nicht empfinden."

"Genau. Aber bei der *Übertragung* von meinem Kopf zu Enrics ist sehr wohl Magie beteiligt - das ist keine physische Sache, sondern ein Abstand, der irgendwie durch Magie überbrückt wird. Und diese Magie ist es, die aufgehalten werden muss. Aber das erfordert eine andere Art von Schild. Das ist so, als würde man einen Magieblitz mit einer Barriere aufhalten wollen, die nur dazu gedacht ist, Schutz vor Regen zu bieten. Er würde durchgehen, ohne auch nur gebremst zu werden."

Der Junge richtete sich auf. "Dann musst du also die Stärke des Schildes erhöhen, ohne ihn für deine Körperflüssigkeiten undurchdringlich zu machen. Das kriegst du hin! Mit dieser Art Schild haben wir schon gearbeitet!"

Sie nickte, begeistert, dass er das Prinzip so schnell verstanden hatte. "So ist es! Alles, was ich jetzt noch tun muss, ist das Wesen des Schildes zu verändern und damit die Magie zurückzuhalten. Das sollte mir ermöglichen, bei Bewusstsein zu bleiben, wenn wir… du weißt schon", fügte sie verlegen hinzu und winkte vage mit der Hand.

"Ja, ich weiß", sagte er und sah weg. "Na, dann geh schon. Sag mir morgen, ob es funktioniert hat."

"Das werde ich", versprach sie und verließ sein Zimmer, um nach Hause zurückzukehren. In ihrer Eile vergaß sie die Robe am Haken.

* * *

Rolan klopfte an ihre Tür und trat ein, ohne auf eine Einladung zu warten.

"Lady Eryn? Erbál ist hier, um Euch zu sehen. Er sagt, er braucht Eure Hilfe."

Sie seufzte und bedeutete ihm, für einen Moment hereinzukommen. "Dir ist schon bewusst, dass du die einzige Person bist, die in diesem Gebäude arbeitet und mich noch immer mit dem Titel *Lady* anspricht?"

Er blinzelte. "Nein, nicht wirklich."

"Wirklich? Wenn eine Ziffer auf einer deiner Listen falsch ist, dann schreist du Zeter und Mordio, aber so etwas entgeht deiner Aufmerksamkeit? Wir müssen dich mehr mit Menschen in Kontakt bringen", sagte sie. "Aber wie dem auch sei, es wäre mir lieber, wenn auch du meinen Titel weglassen könntest."

Er schluckte hart. "Muss ich?"

Sie warf ihm einen finsteren Blick zu. "Das ist eine dieser Aussagen, für die ich dich am liebsten schlagen würde. Darf ich fragen, weshalb du diese Geste der Wertschätzung, die ich dir soeben angeboten habe, nicht annehmen willst?"

"Professionelle Distanz", murmelte er. "Als nächstes werden wir dann in Eurem Salon sitzen und über unsere Gefühle reden."

Einen Moment lang schloss sie ihre Augen. "Ständig provozierst und beleidigst du mich, und jetzt willst du *professionelle Distanz* wahren? Wirklich? Und glaube mir, es besteht keinerlei Gefahr, dass wir beide in meinem Salon enden und private Gedanken austauschen."

Rolan nickte langsam. "Na gut, dann also von jetzt an lediglich *Eryn*."

"Vielen Dank", nickte sie und ließ das *lediglich* Eryn durchgehen. "Dann schick den Mann herein - sehen wir, was er braucht."

Erbál kam herein, nachdem der Verwaltungsleiter verschwunden war, lächelte entschuldigend und wirkte blasser als beim letzten Mal, als sie ihn gesehen hatte. "Lady Eryn, ich danke Euch vielmals, dass Ihr mich empfangt. Mir wurde gesagt, dass heute kein Behandlungstag ist, aber ich würde es sehr schätzen, wenn Ihr mir dennoch bei einer Kleinigkeit behilflich sein könntet." Er hob seinen Arm, um den er ein farbenfrohes Handtuch geschlungen hatte. Bei näherer Betrachtung zeigte sich, dass das Muster von Blutspuren unterbrochen wurde. "Ich habe es irgendwie geschafft, mich beim Verstauen meiner Sachen zu verletzen. Ich habe eine Flasche auf dem Boden zertrümmert und bin dann auf dem Wein ausgerutscht und auf die Scherben gefallen. Ist diese Ungeschicklichkeit zu fassen?"

Eryn betrachtete die Verletzungen besorgt. "Das ist wirklich Pech. Lass mich einen Blick darauf werfen, ja?" Vorsichtig entfernte sie den Stoff und hielt ihren Gesichtsausdruck neutral, als sie sich die kleinen, glänzenden Fragmente ansah, die noch immer aus zahlreichen blutenden Wunden ragten. "Ich denke, wir sollten besser nach unten in ein Behandlungszimmer gehen. Dort habe ich die Instrumente, die ich brauche, um diese Glasscherben zu entfernen. Komm."

Sie ergriff seinen unverletzten Arm und führte ihn die Stiege hinab in den Raum, den sie brauchte. Dann wies sie ihn an, sich auf das Behandlungsbett zu legen. "Zuerst werde ich den Schmerz mit etwas Magie betäuben, dann werde ich die Glasstücke entfernen, und zuletzt schließe ich die Wunden."

Er nickte dankbar, und als der Schmerz verschwand, breitete sich ein erleichtertes Lächeln auf seinen Lippen aus.

Eryn griff sodann nach einer Pinzette und einer Schüssel und begann damit, die winzigen Glasfragmente zu entfernen.

"Ich schätze mal, du bist kein Magier? Sonst wärst du vermutlich nicht hergekommen, sondern hättest dich selbst geheilt. Außer, du warst so erpicht darauf, mich kennenzulernen", meinte sie umgänglich.

"Nein, ich bin kein Magier", bestätigte er mit geschlossenen Augen.

"Gut. Ich hatte mich schon gefragt, ob eure gesamte Stadt nur aus Magiern besteht. Irgendwie wurde mir nie jemand ohne magische Fertigkeiten vorgestellt. Abgesehen von Sarol. Und das brachte mir beinahe Ärger ein, weil er dem falschen Haus entstammt", meinte sie mit einem schiefen Grinsen und erinnerte sich an den Spaziergang, den Malriel mit ihr unternommen hatte, um ihr klarzumachen, welchen Eindruck es hinterließ, wenn ihre Tochter dabei gesehen wurde, wie sie sich sozusagen mit dem Feind abgab.

"Nun, anscheinend wart Ihr zu wichtig, als dass man Eure Zeit damit verschwendete, Euch Normalsterbliche wie mich vorzustellen", lächelte er, aber da war ein angespannter Unterton in seiner Stimme.

Eine andere Art der Zweiklassengesellschaft, erinnerte sie sich. Eine, die nicht nur von Wohlstand bestimmt war, sondern auch von magischen

Fähigkeiten. Bei zwei Kindern in der gleichen Familie würde dasjenige mit Magie immer das wertvollere sein. Und sollte es sowohl einen Jungen als auch ein Mädchen geben und beide magisch begabt waren, würde das Mädchen das bevorzugte Kind sein, da es die Nachfolge im Haus sicherstellen würde.

Im Königreich genügte es, entweder reich *oder* ein Magier zu sein, dachte sie. Obwohl ein Magier zu sein einem früher oder später zumindest einen gewissen Grad an Wohlstand bescherte. Oder zumindest einen komfortablen Lebensstil. Der Orden sorgte gut für seine Mitglieder.

"Schade", sagte sie leichthin, "ich hätte gut und gerne auf die Bekanntschaft von ein paar der Magier verzichten können, wenn ich dafür ein paar nette vernünftige Leute, egal ob Magier oder nicht, kennengelernt hätte."

Er öffnete die Augen, um sie neugierig zu betrachten. "Keine Aussage, die man von einer Magierin erwarten würde, besonders nicht von einer so mächtigen, wie Ihr es seid."

Sie lächelte fahl. "Du bist Malriel von Haus Aren begegnet, nehme ich an? *Sie* würde ich jederzeit gegen eine Nicht-Magierin eintauschen. Und ich wette, dass meine strapazierte Beziehung zu meiner Cousine - oder ich sollte jetzt wohl sagen *Schwester* - Pe'tala auch kein Geheimnis ist."

"Nein, nicht wirklich", gab er zu.

"So, das Glas ist jetzt vollständig entfernt. Zumindest die Stücke, die ich mit freiem Auge sehen kann. Ich werde jetzt noch mit Magie nach kleineren oder tieferliegenden Splittern suchen und sie entfernen, bevor ich die Wunde heile."

Sie wartete auf sein Nicken, bevor sie die Augen schloss und seine Hand in ihre nahm, um ihre Arbeit zu tun.

Als sie sie einige Minuten später wieder öffnete, war seine Haut unversehrt, und er berührte sie vorsichtig.

"Ganz egal, wie oft ich das sehe, es erstaunt mich jedes Mal aufs Neue", meinte er bewundernd. "Es ist kaum zu glauben, dass es erst eine halbe Stunde her ist, seit ich es geschafft habe, eine halbe Flasche Wein in meinem Arm zu vergraben. Und jetzt ist davon nichts mehr erkennbar."

Eryn zuckte mit den Achseln. "Es war nicht annähernd so schlimm, wie es aussah; du hast das Oberflächengewebe beschädigt, aber die Muskeln waren weitgehend unverletzt. Damit war es leicht zu reparieren. Sieh zu, dass du heute und morgen genug isst und Wasser anstatt Wein trinkst."

Er nickte. "Das werde ich. Ich bin Euch sehr dankbar, Lady Eryn. Werde ich die Rechnung mit Eurem Verwalter begleichen?"

"Nein, das wird nicht nötig sein. Betrachte es als Willkommensgeschenk, wenn man das so nennen kann."

"Das ist sehr großzügig von Euch. Ich bedanke mich", strahlte Erbál und neigte seinen Kopf. Seine weißen Zähne schimmerten in starkem Kontrast zu seinem dunklen Bart.

"Das ist nur eine Kleinigkeit, wirklich", meinte sie. "Möchtest du noch ein warmes Getränk, bevor du zurück zum Palast gehst?"

"Würde ich dieses Getränk gemeinsam mit Euch zu mir nehmen?"

"Das war meine Absicht, ja", lächelte sie und stand von ihrem Sessel auf.

"Dann akzeptiere ich mit dem größten Vergnügen", antwortete er, schwang seine Beine von der Behandlungsliege und folgte ihr, als sie in den Korridor hinaus und zu der kleinen Küche ging, um zwei großzügige Becher vorzubereiten. Dort griff sie nach zwei Glasgefäßen, von denen jedes eine von Plias Kräutermischungen enthielt, die das Mädchen stets auf Vorrat hielt, nachdem sie sie zuerst zu ihrer eigenen Zufriedenheit getestet hatte.

"Ich werde dir etwas geben, das die Produktion von frischem Blut anregt, da du doch einiges davon verloren hast", erklärte sie, während sie dem Gefäß ein paar Löffel des grün-grauen Pulvers entnahm. Für sich selbst wählte sie dann den anderen Glasbehälter.

"Und was ist das, was Ihr für Euch selbst zubereitet, wenn ich so neugierig sein darf?", erkundigte er sich.

"Das hier hilft meinen Muskeln, sich zu entspannen. Ich muss regelmäßiges Kampftraining absolvieren, also sind Nacken und Schultern zuweilen etwas angespannt", erklärte sie.

Sie füllte beide Becher mit kaltem Wasser und erhitzte es dann mit ein wenig Magie. Kurz darauf begannen beide Becher zu dampfen, und sie übergab einen davon an Erbál. Dann gingen sie in ihr Arbeitszimmer hinauf und nahmen Platz.

"Erzähl mir ein wenig von dir", lud sie ihn ein. "Was bringt dich nach Anyueel? Falls du auf der Suche nach Ruhm und Abenteuer bist, fürchte ich, dass wir hier eine herbe Enttäuschung für dich sein werden", lächelte sie.

"Nun, ich bin das jüngste von vier Kindern, also ist es nicht so, als wäre ich zuhause nicht abkömmlich, weil ich irgendwelche Familiengeschäfte übernehmen müsste."

"Sagst du mir damit, dass man dich hergeschickt hat, weil man zuhause keine Verwendung für dich hatte?", fragte sie stirnrunzelnd.

Er starrte sie an, dann lachte er leise. "Man hat mir gesagt, dass Eure Art recht direkt ist, und dennoch hat es mich vollkommen unvorbereitet getroffen."

Eryn seufzte. "Ich entschuldige mich. In meinem Kopf verbinde ich bestimmte Orte mit Verhaltensweisen, an die ich mich halten muss. Im Thronsaal beim König muss ich achtsam sein und so wenig wie möglich sprechen; im Behandlungsraum sind Mitgefühl, Ruhe und Professionalität wichtig; und hier oben in meinem Arbeitszimmer habe ich den Luxus, ich selbst sein zu können. Das wäre dann unverblümt, zuweilen voreilig und nicht immer ganz so höflich, wie der Titel *Lady* vermuten lassen würde."

"Dann, meine liebe Lady Eryn", bekundete er mit einem ernsten Nicken, "fühle ich mich besonders privilegiert, dass ich zufällig hier, wo ich Euer wahres Ich erleben darf, Zeit mit Euch verbringen kann."

"Galant", lächelte sie. "Aber ich schätze, mit drei älteren Geschwistern hast du wohl gelernt, dich sehr vorsichtig auszudrücken."

"Ich versichere Euch, dass es nicht so schlimm war. Ihr habt meine Schwester kennengelernt, wenn ich mich nicht irre. Ihr Name ist Intrea."

Sie starrte ihn an, dann grinste sie erfreut. "Doch wohl nicht Intrea von Haus Feral?"

"Genau die. Ich bin froh, dass Ihr noch immer lächelt, wenn Ihr von unserem Haus sprecht", sagte er dann behutsam.

Eryn nickte. "Ah ja: Da war diese kleine Angelegenheit, dass dein Haus bei der Verhandlung für Malriel und gegen mich gestimmt hat. Aber das hat das Haus des Botschafters immerhin ebenfalls getan."

Erbál kniff die Lippen aufeinander. "Mit dem kleinen Unterschied, dass sein Haus in Übereinstimmung mit seinem Bündnis mit Haus Aren abstimmte, aber wir das nicht taten, als es darum ging, Haus Vel'kim so zu unterstützen, wie man es von uns erwartet hätte."

"Warum habt ihr das dann nicht getan, wenn ich mir die Frage erlauben darf?"

"Bestechung natürlich", erwiderte er mit einem Lächeln frei von jeder Scham. "Aber rückblickend war das keine besonders schlaue Wahl, da sich Euer Gefährte als neuer Erbe von Haus Aren erwiesen hat und es somit weiser gewesen wäre, unsere alten Verbündeten zu unterstützen." Er zuckte mit den Schultern. "Aber rückblickend ist es immer einfacher, weise zu sein, ist es nicht so?"

"Ich schätze schon", sagte sie langsam, überrascht von seiner Offenheit. "Warum bist du dann hierher entsendet worden? Dein Haus ist wohl nicht gerade die unproblematischste Wahl, denke ich. Ich bin sicher, dass du nicht die einzige abkömmliche Person in der ganzen Stadt warst", fügte sie hinzu.

"Das mag der Fall sein, aber das Problem ist eher, dass ich dennoch einer von nur wenigen passenden Kandidaten bin", antwortete er mit einem selbstbewussten Lächeln. Auf ihre hochgezogene Braue hin führte er aus: "Ich wurde zum Diplomaten ausgebildet, müsst Ihr wissen."

"Ach ja?" Sie hatte nicht einmal gewusst, dass es dafür eine besondere Ausbildung gab. Was lernten die dort? Politische Strategie bis zum Umfallen?

"Ja. Unglücklicherweise stellte meine Zugehörigkeit zu meinem Haus ein Hindernis dar, mich als Botschafter herzuschicken. Und ebenso die Tatsache, dass ich kein Magier bin."

Eryn sah ihn skeptisch an. "Das Argument mit deinem Haus kann ich verstehen, aber nicht die Sache mit der Magie. Die Gesellschaft hier schätzt die Nützlichkeit von Magiern, aber wir sehen nicht auf Nicht-Magier hinab. Allein die Tatsache, dass all die wichtigen Frauen hier in der Stadt Nicht-Magierinnen sind, würde das unmöglich machen." Dann verengten sich ihre Augen. "Warum haben sie dich trotzdem hergeschickt? Ist *ein* ausgebildeter Diplomat für diese Aufgabe etwa nicht ausreichend?"

"Einer ist durchaus genug, was der Grund ist, weshalb ich hier bin. Sanaf ist in dieser Disziplin nicht ausgebildet. Er erhielt drei Wochen lang etwas, das ich als beschleunigte Vorbereitung bezeichnen würde. Wenngleich das eine nützliche Sache ist, lässt es sich allerdings kaum mit den sechs Jahren an Unterweisung vergleichen, die mir zuteilwurde." Da schwang ein klein wenig Verbitterung mit, fiel ihr auf.

"Dann bist du also derjenige, der die tatsächliche Arbeit erledigen soll, während Sanaf uns mit seiner Gegenwart beehren wird, weil er in das einzige Haus geboren wurde, aus dem man problemlos einen Delegierten auswählen konnte? Das hat die Anzahl an verfügbaren Kandidaten wohl eingeengt, könnte ich mir denken. Wenn ich von dem ausgehe, was du zuvor gesagt hast, war er bequemerweise verfügbar und durch keinerlei Pflichten belastet, für die man ihn in Takhan hätte behalten müssen?" Also im Prinzip nutzlos, fügte sie still hinzu.

"Das ist eine recht passende Zusammenfassung, ja. Aber selbstverständlich werde ich es vehement bestreiten, Euch gegenüber jemals etwas derartiges zugegeben zu haben", sagte er mit einem zuckersüßen Lächeln und zwinkerte ihr zu.

Sie schürzte die Lippen. Das fühlte sich verdächtig nach politischer Strategie an. Aber zumindest war ihr nun klar, dass sie sich vor diesem Mann in Acht nehmen musste.

"Warum hast du mir all das offenbart? Wenn auch inoffiziell?", wollte sie wissen.

"Weil, Lady Eryn, ich zuversichtlich bin, dass Lord Enric entweder bereits über all das Bescheid weiß oder das bald der Fall sein wird. Er hat immerhin sehr gute Kontakte nach Takhan."

Sie seufzte und nickte erschöpft. "Und du bist gekommen, um mich deines Wohlwollens zu versichern und mich dazu zu ermutigen, dich zu mögen. War das mit deinem Arm überhaupt ein richtiger Unfall?"

Er lachte. "Das war es in der Tat, liebe Lady. Meine Hingabe an meine Aufgabe ist nicht grenzenlos. Dennoch war es ein praktischer Vorwand, um herzukommen und Euch zu treffen. Ich hätte immerhin auch den Botschafter ersuchen können, mich zu heilen."

"Weißt du", meinte sie mit einem verwirrten Stirnrunzeln, "ich muss mich über diese diplomatische Ausbildung, die du erhalten hast, doch sehr wundern. Ich dachte, dass es bei Diplomatie weniger um vollkommene Offenheit, sondern eher um die Künste der Verschleierung und Täuschung geht."

Er leerte die letzten paar Tropfen aus seinem Becher und stellte ihn auf dem Tisch ab, während er aufstand. "Ein Teil meiner Ausbildung, Lady Eryn, war der, Leute schnell einzuschätzen und sich diese Informationen dann zunutze zu machen. Euer Persönlichkeitstyp schätzt Verschleierung und Täuschung, wie Ihr es nennt, überhaupt nicht, sondern reagiert darauf frustriert und verärgert. Ihr schätzt Direktheit, also werdet Ihr die von mir bekommen."

Bestürzt - und mit einem gewissen Grad an Bewunderung - starrte sie ihn an.

"Und ich freue mich zu sehen, dass es ausgezeichnet funktioniert hat. Ihr habt bereits damit begonnen, mich zu mögen." Er beugte sich über den Tisch und nahm ihre Hand, um sie in der Art der Westlichen Territorien zu küssen, bevor er sich verbeugte. "Ich danke Euch für das Getränk. Und die Behandlung meiner Verletzungen. Ich freue mich schon darauf, Euch bei der nächsten mühsamen gesellschaftlichen Veranstaltung wiederzusehen."

Sie sah ihm nach, wie er hinausging und die Tür hinter sich schloss, dann lehnte sie sich zurück und starrte an die Decke. Dummerweise hatte er vollkommen Recht. Sie hatte tatsächlich bereits damit begonnen, ihn zu mögen.

* * *

"Also...?", forderte Vern sie auf, sobald die anderen Heiler den Unterrichtsraum verlassen hatten und sie als Einzige zurückblieb. "Hat es funktioniert?"

Sie wies ihn mit einer Geste an, die Tür zu schließen, dann seufzte sie. "Nein, das hat es nicht. Es scheint, als wäre meine neue, revolutionäre Herangehensweise nicht ganz so weltbewegend, wie ich dachte."

Der Junge drückte ihr tröstend die Schulter. "Allerdings hörte es sich gut an. Ich frage mich wirklich, warum es nicht funktioniert hat. Du hast den Schild rechtzeitig errichtet? Nicht zu spät?"

"Nein, ich war darauf bedacht, auf Nummer sicher zu gehen, glaub mir." Sie rieb ihr Kinn. "Dann also wieder zurück an den Anfang. Aber lassen wir das vorläufig beiseite. Da ist noch eine andere Sache, über die ich nachgedacht habe. Der Heiler aus Takhan wird in einem Monat eintreffen."

"Ja?"

"Das wird der erste freie Magier sein, der seine Magie hier regelmäßig einsetzt, ohne ein Mitglied des Ordens und ihm damit Rechenschaft schuldig zu sein", führte sie aus.

Vern wirkte verwirrt. "Aber das stimmt doch nicht. Was ist mit Botschafter Sanaf? Der ist doch sicher auch ein Magier?"

"Ja, aber die tägliche Anwendung von Magie ist hier nicht Teil seiner Funktion. Seine Pflichten sind nicht-magischer Natur. Der Heiler allerdings wird seine Magie tagtäglich einsetzen. Das ist der Grund, weshalb sie mich im Orden haben wollten. Es sollte keine Magier geben, die man für ihre Taten nicht zur Verantwortung ziehen kann."

"Aber unterstünde dieser Heiler nicht ohnehin deinem Kommando, da du sozusagen die Anführerin in diesem Feld bist?"

"Theoretisch, ja. Aber praktisch bin ich ein Mitglied des Ordens, und das würde auch diesen Heiler den Regeln des Ordens unterwerfen. Das darf aber nicht sein, weil es sich dabei um eine Institution handelt, die sich der

Verteidigung des Königreichs verschrieben hat. Du kannst einen Bürger eines anderen Landes nicht einem Haufen Krieger unterstellen, die ein Land verteidigen, dass nicht sein eigenes ist", erklärte sie.

"Ich verstehe, was du meinst", sagte er langsam, "aber andererseits sehe ich nicht wirklich eine Alternative."

"Ich dachte, wir sollten vielleicht eine Heilervereinigung gründen. So etwas wie den Orden, aber für alle Berufe, die mit dem Heilen zusammenhängen, nicht nur für Heiler. Das würde auch Kräutersammler und Apotheker miteinschließen."

"Du willst also eine Organisation für Magier und Nicht-Magier?", fragte er zweifelnd. "Aber für Nicht-Magier ist der Orden nicht zuständig."

"Genau!", strahlte sie. "Darum wäre eine Organisation außerhalb des Ordens die einzig logische Lösung!"

Vern schluckte. "Hast du das schon mit jemand anderem besprochen? Zum Beispiel mit Lord Enric?"

"Nein, ich will zuerst einen detaillierten Plan vorbereiten, bevor ich das dem Rat der Magier vorschlage. Und ich schätze, Enric wäre nicht allzu glücklich darüber, wenn ich ihm nicht länger unterstellt bin."

Seine Brauen schossen alarmiert nach oben. "Sagst du mir etwa, dass du beabsichtigst, den Orden zu verlassen? Das ist doch wohl nicht dein Ernst!"

Sie nickte grimmig. "Warum nicht? Welchen Sinn macht es für den Orden, dass sie für Heiler zuständig sind, wenn ihr Schwerpunkt ganz klar auf einer anderen Disziplin liegt? Für sie ist das ohnehin nur eine Belastung. Ich tue ihnen praktisch einen Gefallen."

"Nun, Ja-a", sagte er vorsichtig. "Praktisch."

"Du stimmst nicht zu."

"Nun, ich denke, es wäre brillant für dich, und womöglich für uns alle, wenn sie sich damit einverstanden erklärten. Aber ich vermute stark, dass sie dich nicht einfach so wieder aus dem Orden entlassen nach allem, was es gebraucht hat, damit du ihm beigetreten bist."

Sie winkte ab. "Das war doch nur, damit sie mich davon abhalten können, von hier wegzugehen. Jetzt, wo ich mit Magie an das Königreich *und* an Enric gebunden bin, sollte das kein Problem mehr sein."

Vern nickte, entschlossen, nicht die Flammen ihres Ärgers zu entfachen, indem er ihr widersprach. Es war nicht so, als ob er derjenige war, der ihr diese Idee, von der sie so begeistert war, verwehrte. Und dass sie sich weigerte, die naheliegenden Hindernisse zu sehen, die sie zum Scheitern verurteilen würden. Warum sich also zur Zielscheibe ihres Zorns machen?

KAPITEL 9

Junars Überraschung

Eryn lehnte sich zurück, nachdem sie ihre Schüssel geleert hatte. Vran'el hatte ihr noch ein paar Gewürze geschickt, und die hatte sie bei diesem Gericht ein wenig übereifrig eingesetzt.

"Sehr würzig", kommentierte Enric und schob sich ein Stück Brot in den Mund, um das Brennen auf seiner Zunge zu dämpfen.

"Das war Absicht. Gewürze halten uns warm, und da es draußen immer kälter wird...", improvisierte sie etwas verzweifelt.

Er bedachte ihre Ausrede einen Moment lang, dann schüttelte er den Kopf. "Nein, das überzeugt mich nicht. Da wir heute Abend keine Pläne mehr haben, nach draußen zu gehen, scheint mir das keine zulässige Begründung."

"Dann werde ich die Diener von jetzt an Gewürze in dein Frühstück mischen lassen", grinste sie.

Bei dem Gedanken an süße Backwaren mit scharfen Gewürzen verzog er das Gesicht. "Danke, aber nein. Das wird nicht nötig sein."

Sie zuckte mit den Schultern. "Dann ist dir nicht zu helfen, fürchte ich. Wenn wir schon vom Helfen sprechen - ich hatte heute eine sehr interessante Begegnung."

"Am Morgen nach deiner Trainingsstunde mit Orrin, vermute ich? Ich erinnere mich, dass ich Überraschung verspürte, die auf keinen Fall etwas mit meiner Ratsversammlung zu tun hatte und daher von dir gekommen sein muss."

Mit einem Nicken nahm sie noch einen Schluck Wein, bevor sie fortfuhr: "Ja, Überraschung war auf jeden Fall ein Schlüsselelement in dieser Unterhaltung. Wusstest du, dass von den beiden Erbál der wahre Diplomat ist und Sanaf nicht mehr als ein Strohmann?"

Enric lächelte. "Ja, ich habe über die beiden ein paar interessante Informationen erhalten. Sanaf war eine bequeme Wahl, weil man nicht riskieren wollte, uns beide zu irritieren. Man dachte, es würde helfen, ein Mitglied des richtigen Hauses zu schicken. Aber Haus Feral ist nicht gerade reich an Kompetenz, wenn es um Botschafter geht, also schickte man Erbál als seinen Assistenten mit - trotz der Tatsache, dass er wesentlich besser qualifiziert ist."

"Warum findet diese Art von Information nie ihren Weg zu mir?", beschwerte sie sich. "Warum muss ich mich auf Fremde verlassen, die mir solche Dinge erzählen, obwohl du bereits darüber Bescheid weißt?"

"Weil es eine politische Angelegenheit ist und ich nicht den Eindruck hatte, dass es dich besonders interessiert, dich mit diesem Thema auseinanderzusetzen", erklärte er. "Obwohl ich solche Informationen natürlich von nun an gerne mit dir teilen werde."

"Das würde ich sehr schätzen, danke."

"Er suchte dich also auf, um dir mitzuteilen, dass er der Wichtigere von beiden ist? Ganz schön unverblümt", meinte er.

"Er kam zu mir, um mich seinen Arm heilen zu lassen, nachdem er auf eine zerbrochene Flasche gefallen war. Hinterher haben wir etwas zusammen getrunken, dabei erzählte er mir davon. Und es scheint, er hat sich die Mühe gemacht, meinen Charakter zu analysieren, um herauszufinden, wie er mich am besten dazu bringt, ihn zu mögen. Wie entzückend. Ich mag es doch so, mich bedeutend zu fühlen", schnaubte sie.

"Nun, das wäre in deinem Fall Offenheit. Wenn er dir das ebenfalls gesagt hat, folgt er dem Prinzip wirklich gründlich."

Sie dachte zurück an den Vortag ihres Aufbruchs zu ihrer Expedition, wo der König ihr Wissen in politischer Strategie getestet hatte. "Mir wurde einmal gesagt, dass die Meisterklasse des Spiels darin besteht, das Spiel mit offenen Karten zu spielen und dennoch zu gewinnen."

Enrics Augenbrauen wanderten nach oben. "Es gibt nicht viele Männer, von denen ich solch eine Aussage erwarten würde. Tyront ist kein besonderer Freund von Offenheit, also schließt ihn das aus. Der König?"

"Ja. Aber Erbál hat mir nur davon erzählt, weil er überzeugt war, dass du früher oder später ohnehin davon erfahren würdest. Er war also nicht wirklich offener als nötig mit mir und hat mir nichts enthüllt, das ich nicht ohnehin von dir erfahren hätte. Er hat das benutzt, um sich bei mir beliebt zu machen."

Enric nickte anerkennend. "Du machst dir langsam die politische Denkweise zu Eigen. Das Wissen darum, dass wir manipuliert werden, schützt uns allerdings nicht immer vor den Auswirkungen. Hat es funktioniert? Hat er es geschafft, sich bei dir beliebt zu machen?"

"Der Anfang war auf jeden Fall gut, ja", lachte sie. "Wie hast du von Erbál erfahren? Durch Kilan?"

"Nein, durch Vran'el. Die beiden sind immerhin Familie. Und das ist ein weiterer Punkt zu seinen Gunsten, den er einsetzen könnte, um dich für sich einzunehmen. Ihr teilt euch immerhin eine Nichte."

"Eine Nichte, die mich besonders, oder eher *überhaupt* nicht mag", strich sie hervor. "Und warum ist er eigentlich so bedacht darauf, dass *ich* ihn mag? Wäre es nicht klüger, wenn er sich stattdessen bei *dir* einschmeichelt?"

"Das wäre zu riskant. Er hat keinen offiziellen Grund dafür, Kontakt mit mir herzustellen. Aber seine Verletzung erlaubte ihm, genau das mit *dir* zu tun. Und wenn man von dem ausgeht, was die Leute über uns wissen, kann er sicher sein, dass jeder, der in regelmäßigem Kontakt mit dir steht, sich früher oder später auch meines Interesses gewiss ist. Besonders nach dem, was der letzte Botschafter versucht hat", erklärte er. "Und dann geht es auch noch darum, die Unstimmigkeiten mit Haus Vel'kim aus der Welt zu schaffen, nachdem sie gegen dich gestimmt haben. Du gehörst zu Haus Vel'kim, also wirst du womöglich ein gutes Wort einlegen. Und wenn du, diejenige, die angeklagt wurde, ihnen vergeben hast, wie könnten die anderen dann nicht deinem edlen Beispiel folgen?"

"Ich wage zu behaupten, dass Valrad ohnehin nicht allzu lange verärgert wäre. Immerhin sind Intrea und Obal Mitglieder dieses Hauses."

Enric lächelte schwach. "Ich denke, du unterschätzt deinen Onkel, Liebste. Er mag ein Großvater sein, aber er ist auch das Oberhaupt eines Hauses. Hätte er in dieser Position in den letzten Jahren Schwäche gezeigt, wäre sein Haus zweifellos nicht mehr so enorm einflussreich und wohlhabend, so viel kann ich dir versprechen."

Eryn blinzelte und versuchte, sich den gütigen, ruhigen, wohlwollenden Valrad vorzustellen, wie er Feuer spuckte und Verderben auf ein anderes Haus niederregnen ließ. Das schien absonderlich. Andererseits war es kaum jemals schlau, Enrics Worte einfach so zu verwerfen.

Beide sahen zur Türe hin, als es klopfte.

"Das muss Junar sein. Sie ist ein wenig früh dran. Sie sagte mir, sie würde heute die Winterkleidung vorbeibringen", erklärte ihm Eryn und stand auf, um sie hereinzulassen.

Die Schneiderin trat ein, über ihrer Schulter ein Bündel Kleider.

"Lass mich dir das abnehmen", bot Eryn an und nahm Junar den Stoß an Gewändern ab, um ihn auf einem Tisch abzuladen, während die Schneiderin ihren Umhang auf einen Haken hing.

"Danke, ich kam mir schön langsam schon wie ein Packpferd... Oh, Lord Enric", meinte sie und schluckte. Enric nickte ihr zu und unterdrückte ein Lächeln über ihr offenkundiges Unbehagen. Das war das erste Mal, dass sie einander nach der Nacht der Ungezwungenheit, wo sie seinen Kuss im letzten Moment verhindert hatte, trafen.

"Guten Abend, Junar. Ich hoffe, es geht dir gut?"

"Das tut es, danke", erwiderte sie verlegen. "Ich bin hoffentlich nicht zu einer unpassenden Zeit gekommen? Ich bin ein wenig früh dran."

Er stand auf. "Nein, überhaupt nicht. Was darf ich dir zu trinken anbieten, bevor ich euch allein lasse? Wein?"

Sie schüttelte den Kopf. "Nein, nicht, wenn ich noch zu arbeiten habe. Saft wäre nett. Im Moment könnte ich ständig irgendwelche süßen Sachen essen und trinken. Wenn ich nicht aufpasse, werde ich Gewicht zulegen."

Enric trat an den Getränkeschrank und füllte ein Glas mit Beerensaft, bevor er es für sie auf einen Tisch stellte. "Viel Spaß, meine Damen." Mit dieser Verabschiedung legte er die wenigen Schritte zu seinem Arbeitszimmer zurück und schloss die Tür hinter sich.

"Du benimmst dich seltsam in seiner Nähe", bemerkte Eryn. "Mach dir keine Sorgen, er hat dir bereits verziehen, oder er würde dir kein Getränk anbieten, sondern dich in die Unterwerfung starren."

"Oh, bitte!" Junar rollte mit den Augen. "Als wärst du nicht jedes Mal steif und unbeholfen, wenn du dich wieder einmal mit Orrin gezankt hast. Der einzige Unterschied ist, dass du weniger vorsichtig bist als ich, weil du zufällig im Rang über ihm stehst."

"Unsinn", widersprach Eryn. "Ich bin keineswegs steif und unbeholfen, sondern verärgert und empört. Das ist ein erheblicher Unterschied."

"Ja, Lady Eryn. Was immer du sagst, Lady Eryn", seufzte Junar resigniert. "Bringen wir das hinter uns, ja? Ich will zurück nach Hause, mein Magen ist im Moment etwas überempfindlich."

"Noch immer?"

"Was meinst du mit *noch immer*?", fragte die Schneiderin stirnrunzelnd.

"Als ich kürzlich bei Vern war, sagte er mir, dass etwas mit deinem Magen nicht in Ordnung sei, du ihn aber keinen Blick darauf werfen lassen wolltest."

"Warum habt ihr beiden ungefragt meine Körperfunktionen diskutiert? Das ist wirklich unheimlich. Lasst das bleiben! Skurriler Heilerhaufen", fügte sie murmelnd hinzu und schüttelte den Kopf. Dann sah sie auf, um sicherzugehen, dass Enrics Tür auch wirklich geschlossen war, bevor sie sprach: "Übrigens gibt es da eine Kleinigkeit, die ich dir sagen wollte. Meine Brüste sind wieder gewachsen. Ist das eine Nebenwirkung von der Größenveränderung? Soll das so sein?"

Eryn runzelte die Stirn. "Was meinst du damit, sie sind gewachsen? Einfach so? Vielleicht hast du dich noch nicht an die neue Größe gewöhnt."

"Nein! Ich schwöre es dir, sie sind gewachsen! Das ist nicht normal, nicht wahr?" Sie schluckte, und ihre Hand wanderte zu ihrem Hals. "Sag nichts - das ist irgendeine tödliche Krankheit, habe ich Recht?"

Die Heilerin atmete aus. "Was soll ich sagen? Du hast richtig geraten. Dir steht ein grausamer Tod bevor: erstickt von Brüsten, die immer weiter anschwellen, bis dich ihr Gewicht nicht einmal mehr atmen lässt."

"Hör auf damit! Wie kannst du über so etwas Witze reißen? Gehst du so auch mit deinen Patienten um? Dann frage ich mich, warum du überhaupt noch welche hast!", zischte Junar.

"Junar", sagte Eryn ruhig, "wenn es eine tödliche Krankheit gäbe, könnte ich höchstwahrscheinlich etwas dagegen tun, meinst du nicht? Jetzt gib mir deine Hand, damit ich mir das ansehen kann." Sie drückte ihre Freundin auf ein Sofa nieder, ergriff ihre Hand und schickte einen schwachen Magieimpuls zur Erkundung los.

"Soweit ich das sehen kann, gibt es kein Problem", murmelte sie. "Kein unnatürliches Wachstum, keine Knoten, die da nicht sein sollten." Ihr Impuls wanderte weiter südlich, um die Organe zu untersuchen, die im Allgemeinen das Wachstum von Brüsten auslösten und sog überrascht den Atem ein.

"Was?", rief Junar panisch aus. "Du hast etwas gefunden, das hast du doch? Kannst du es reparieren?"

Eryn öffnete ihre Augen wieder. "Nun, nicht wirklich, nein."

"*Nein* was? Nein, du hast nichts gefunden oder nein, du kannst es nicht reparieren?"

"Ich habe etwas gefunden", sagte die Heilerin langsam.

"Heraus damit!", befahl die Schneiderin. "Ich schwitze hier Blut!"

"Junar", sagte Eryn gefasst, "du bist schwanger."

Die ältere Frau starrte sie einen Augenblick lang an, dann begann sie zu lachen. "Das ist wirklich witzig! Aber wenn du mich schockieren willst, dann musst du dir etwas weniger Unwahrscheinliches ausdenken. Ich bin unfruchtbar, du erinnerst dich? Soll das heißen, das war ein unreifer Scherz? Alles ist in Ordnung mit mir?"

Die Magierin schluckte. "Junar. Du bist schwanger. Da wächst ein Kind in dir heran. Deswegen macht dir dein Magen so viel Ärger. Und darum sind auch deine Brüste gewachsen", beharrte sie.

Junar war nun blass geworden. "Hör auf damit, Eryn. Das ist nicht mehr lustig."

Eryn starrte sie nur an und fragte sich, wie sie es formulieren konnte, damit dieser Frau, die sie vor sich hatte, klar wurde, dass dies kein ungeschickter Versucht war, komisch zu sein, sondern die Wahrheit. Aber ihr ernstes Gesicht schien Junar zu genau dieser Schlussfolgerung zu führen.

Ein schriller Schrei entkam Junars Mund, bevor sie ihn mit beiden Händen bedeckte und ihre Atmung plötzlich schwer wurde.

Die Tür zu Enrics Arbeitszimmer wurde mit einem lauten Knall aufgestoßen, und er stürmte heraus, um nachzusehen, was sie erschrocken zu haben schien. Als er nichts fand, nahm er den Anblick von Junars blassem Gesicht und ihren Schockzustand in sich auf. "Was ist passiert?"

"Ich habe ihr gerade gesagt, dass sie ein Kind erwartet", sagte Eryn langsam und sah, wie sich auf seinem Gesicht ein Ausdruck des Unglaubens ausbreitete, der zu den Gefühlen passte, die sie von ihm empfing. Aber es dauerte nur ein paar Augenblicke, bis er sich davon erholt hatte. Er straffte seine Schultern, schluckte und kam näher, um vor den beiden Frauen in die Hocke zu gehen.

"Sie nimmt die Nachricht nicht besonders gut auf, wie es aussieht", meinte er stirnrunzelnd und ergriff sanft eine Hand, die sich zu kalt anfühlte. "Junar?"

Sie begann damit, ihren Kopf langsam von einer Seite auf die andere zu wiegen, dann mit mehr Nachdruck. "Nein. Das ist ein Fehler. Heiler sind Menschen. Menschen machen Fehler." Mit ihrer freien Hand griff sie nach Eryns. "Sieh noch einmal nach."

Die Heilerin sah sie einen Moment lang an, entschied sich aber dann nachzugeben, wenn das Junar dabei half, es endlich glauben zu können. Erneut ließ sie ihre Magie in den Körper der Frau fließen, bewegte sich abwärts zum Unterleib und zu dem Bereich, wo ein kleiner lebendiger Tupfen dabei war, sich zu formen und zu teilen. Es bestand kein Zweifel.

"Es war kein Fehler, Junar", seufzte sie dann. "Aber wir können Vern herholen, wenn du eine zweite Meinung willst."

"Das ist unmöglich", flüsterte die Schneiderin, dann sah sie auf in die beiden mitfühlenden Gesichter vor sich. "Wie ist das möglich? Ich habe mehr als zehn Jahre lang versucht, ein Kind zu bekommen, und es funktionierte nicht! Ich weiß, dass das Problem bei *mir* lag, *er* hatte drei Kinder mit einer anderen Frau, nachdem er mich verließ! Wie? Was hast du mit mir gemacht?"

Eryn schluckte. Sie? "Soweit ich weiß, habe ich gar nichts gemacht", sagte sie dann, entschlossen, sich durch nichts, das Junar jetzt sagte, verletzen oder verärgern zu lassen. Im Augenblick war sie nicht wirklich in der Verfassung, um auf das zu achten, was aus ihrem Mund kam.

"Das musst du aber haben! Ich war unfruchtbar! Du musst irgendwo *irgendetwas* getan oder wiederhergestellt haben, was auch immer der Grund für meine Unfruchtbarkeit war!"

Die Heilerin dachte zurück an die Gelegenheiten, bei denen sie ihre Freundin geheilt hatte. Da war der Schnitt von einem zerbrochenen Teller vor einem Jahr gewesen. Dann die schmerzenden Füße beim Ball. Und schließlich die kosmetischen Dinge, wie die Brustgröße und Augenfarbe. War da noch etwas? Eine Drüse im Hals, die nicht so gearbeitet hatte, wie sie sollte. Konnte das der Grund für die Unfruchtbarkeit gewesen sein? Bisher hatte sie nie über etwas in dieser Richtung gelesen, aber immerhin waren ihre Ressourcen noch immer begrenzt. Also würde sie wohl Valrad schreiben und ihn fragen müssen; er wusste darüber bestimmt etwas.

Sie zwang sich zu einem Lächeln. "Junar, was auch immer der Grund gewesen sein mag, da ist ein Embryo in dir, der zu einem Kind heranwächst. Das ist nichts Schlechtes - es ist ein Geschenk, das die Natur dir und Orrin beschert hat."

"Orrin!", rief Junar aus und bedeckte ihr Gesicht mit beiden Händen. Kurz darauf formten sich Tränen in ihren Augenwinkeln. "Wie soll ich ihm das bloß beibringen? Er wird denken, ich hätte ihn ausgetrickst!" Dann starrte sie Eryn wütend an. "Ein Geschenk? Wirklich? Wie würdest *du* auf die Neuigkeiten solch eines Geschenks in dir drin reagieren?"

"Demütig und dankbar", log sie ohne zu zögern. Enric warf ihr einen Blick zu, der gleichzeitig mitleidig und durchdringend war, nahm aber Abstand davon, diese haarsträubende Aussage zu kommentieren. Junars nächste Worte jedoch machten das ohnehin überflüssig, denn sie schien zum gleichen Schluss gelangt zu sein.

"Das ist vollkommener Blödsinn! Wie kannst du mich in einer Situation wie dieser nur anlügen?" Nach ihrem Ausbruch sank sie zurück, als ob alle Energie sie verlassen hätte. "Was soll ich denn jetzt tun? Orrin wird mich hassen! Und wie könnte er auch nicht? Das ist das zweite Kind, bei dessen Empfängnis er nichts mitzureden hatte!"

Enric erhob sich aus der Hocke. "Komm. Wir bringen dich nach Hause."

"Nach Hause", murmelte Junar. "Ich hätte das meinige nicht aufgeben sollen."

"Was für ein Unsinn!", rief Eryn aus. "Er wird dich nicht rauswerfen." Hoffte sie. Hoffte sie inständig.

Sie zogen Junar von ihrem Platz hoch, wickelten sie in ihren Umhang, und Enric rief eine Kutsche herbei. Er bezahlte den Kutscher und schickte die beiden Frauen zu den Kriegerquartieren. Dann kehrte er in den Salon zurück, trat an den Getränkeschrank und wählte eine Flasche starken Alkohols aus, die sich wohl später noch als nützlich erweisen würde. Er warf sich seinen eigenen Umhang über, trat nach draußen und errichtete einen schwachen Schild gegen den Nieselregen, der gerade eingesetzt hatte. Schließlich ging er los und erinnerte sich mit einem Seufzen an seine Worte von zuvor, dass sie keine Pläne hätten, an diesem Abend noch außer Haus zu gehen. So viel zu Plänen.

* * *

Vern zog seine Augenbrauen hoch, als er die Tür öffnete. "Ihr seid aber früh dran. Normalerweise kommst du nicht so schnell zurück, wenn du Eryn besuchst." Dann runzelte er die Stirn. "Wo ist deine Schneidertasche? Und warum bist du so blass? Hast du etwa geweint?" Er sah Eryn an. "Und was machst du hier? Ist alles in Ordnung?" Er zog sie beide nach drinnen. "Vater!", rief er dann.

Sie hörten, wie der Stuhl in Orrins Arbeitszimmer über den Boden schrammte, und kurz darauf erschien er und sah zu, wie sein Sohn Junar den Umhang von den Schultern nahm.

"Du bist früh zurück", wiederholte er Verns Kommentar, dann zog sich seine Stirn ebenfalls in Falten, als er die Gesichter der beiden Frauen betrachtete; das eine blass, mit geweiteten Augen und tränenüberströmt, das andere angespannt und besorgt.

"Was ist passiert?", fragte er eindringlich in seiner knappen Art und nahm Junars Gesicht zwischen seine Hände, bevor er ihr beunruhigt in die Augen sah.

Erneut begannen die Tränen zu fließen, und Junar ergriff seine Unterarme. "Es tut mir so leid, ich weiß nicht, wie das passieren konnte! So etwas hätte ich dir niemals absichtlich angetan, ich schwöre es!"

Jetzt wurde die Miene des Kriegers erst richtig unruhig. "Wovon redest du?"

"Ich möchte nur, dass du weißt, dass ich mich darum kümmern werde", schluchzte sie, "und dass ich dich nicht… nicht… nicht… zwingen werde, die Konsequenzen zu tragen."

"Junar!", knurrte er. "Sag mir, worum es geht!"

Er starrte sie ein paar Augenblicke länger an, und als sie nur den Kopf schüttelte, wandte er sich an Eryn.

"Heraus damit! Sofort!", befahl er.

Oh nein. *Sie* musste ihm jetzt davon erzählen? Auch das noch.

"Eryn!", bellte er, als sie zögerte.

"Sie ist schwanger", sagte sie mit einer Ruhe, die sie keineswegs verspürte und beobachtete ihn genau.

Orrin starrte sie nur an, dann blinzelte er. Verns Mund stand offen, während er Junar, die wieder zu schluchzen begonnen hatte, anstarrte.

"Der Magen", flüsterte der Junge dann. Eryn musste ein ironisches Grinsen unterdrücken. Ausgerechnet jetzt analysierte er ihre Symptome.

Orrin schien seine Bewegungsfähigkeit wiederzuerlangen, drehte sich um und ging steifbeinig auf den Getränkeschrank zu. Dem entnahm er ein kleines Glas und füllte es bis zum Rand mit einer klaren, goldenen Flüssigkeit. Dann hob er das Glas, warf den Kopf zurück und leerte es in einem Zug. Als der Alkohol auf seinen Magen traf, atmete er aus und schloss für einen Moment die Augen.

Dann näherte er sich der Tür, öffnete sie und trat in den kühlen Gang hinaus. Wie in Trance stieg er die Stufen hinab, ohne dass sein Gehirn darin irgendwie involviert war. Er zog die schwere Tür auf und ging hinaus in die Abenddämmerung, hob sein Gesicht dem Regen entgegen. Nach ein paar Sekunden setzte er sich in Bewegung, ohne ein Ziel vor Augen zu haben, folgte einfach nur dem Drang, sich zu bewegen. Den Schatten, der sich von der Hauswand, an der er gelehnt hatte, loslöste, bemerkte er nicht. Erst als der Mann zu ihm aufgeschlossen hatte, drehte er seinen Kopf und erblickte Enric.

Enric, dachte er; ausgerechnet er. Gerade, als er etwas sagen wollte, um ihn fortzuschicken, ihm vielleicht klarmachen, dass er nicht in Gesprächslaune war, spürte er, wie etwas Kühles, Schweres in seine Hand gedrückt wurde. Automatisch griff er zu. Eine Glasflasche. Eine volle. Das harte Zeug. Er zog den Korken mit den Zähnen heraus und nahm einen langen Zug, bis er spürte, wie sich die Wärme angenehm in seinem Magen ausbreitete.

Er setzte seinen Weg fort. Es kümmerte ihn nicht länger, dass Enric ihn begleitete. Sie hatten kein einziges Wort miteinander gewechselt und durchstreiften die sich leerenden Straßen einfach nur in kameradschaftlichem Schweigen.

* * *

Vern und Eryn wechselten einen Blick, dann ergriffen sie in unausgesprochener Übereinkunft jeweils einen von Junars Armen und führten sie zu einem Sofa.

"Ein heißes Getränk, etwas mit Kräutern, wenn du hast", wies Eryn an, und der Junge nahm eine Tasse zur Hand und rührte ein paar Löffel Pulver in heißes Wasser, bevor er zu ihnen zurückkehrte.

"Er ist einfach fortgegangen", sagte Junar wie betäubt. "Einfach so - ohne ein Wort zu sagen. Einfach gegangen." Ihre Augen waren auf einen Punkt auf dem Teppich fixiert, während sie ihren Kopf leicht schüttelte. "Wegen mir ist er aus seinem eigenen Zuhause geflohen. Er hat nicht einmal geschrien. Nichts. Ist einfach nur weggegangen." Weitere Tränen rollten ihre Wangen hinab.

"Nun ja, es war immerhin eine Überraschung für ihn", räumte Eryn ein.

"Der kommt wieder", nickte Vern zuversichtlich, bevor er Junars Hand in seine nahm. "Macht es dir etwas aus, wenn ich einen Blick darauf werfe?"

Verständnislos hob die Schneiderin ihren Blick zu ihm. "Was?", schluchzte sie.

"Das Baby", erklärte er mit einem Lächeln. "Ich würde es mir gerne ansehen. Darf ich?"

Sie sah ihn an, erforschte sein Gesicht. "Das möchtest du?"

Er wirkte überrascht. "Aber sicher! Warum sollte ich nicht wollen? Es ist immerhin mein Bruder oder meine Schwester."

"Aber… es macht dir nichts aus?" Sie starrte ihn mit tränenverhangenen Augen an.

"Das würde dann wohl davon abhängen, wie oft ich darauf aufpassen soll. Ich bin immerhin ein vielbeschäftigter Mann. Mit dem Heilen, dem Unterricht und all dem. Aber ein paar Stunden hin und wieder werden kein Problem sein, denke ich."

Eryn schenkte ihm ein warmes Lächeln. Manchmal hatte er eine Art, die Leute in Erstaunen versetzte. Auf eine gute Art und Weise. Junars Tränen hatten zu fließen aufgehört, ihre Augen waren geweitet.

"Darauf aufpassen?", fragte sie schwach und schniefte.

"Ja, sofern du kein Kind zur Welt bringst, dass sich selbst versorgen kann, wird das ein Thema sein, würde ich sagen. Hast du darüber nachgedacht, ein Kindermädchen aufzunehmen? Ich gehe davon aus, dass du deine Arbeit fortsetzen wirst wollen, also wäre es gut, jemanden für ein paar Stunden pro Tag zu haben. Allerdings hast du in letzter Zeit eine Menge Leute angeheuert, also sollte es gehen, dass du einen Teil der Arbeit eine Zeitlang delegierst. Und ich schätze, du könntest ein wenig Aufsichtsarbeit leisten, während du ein Kind auf dem Arm trägst", meinte er schulterzuckend.

Eryn schüttelte den Kopf. Jetzt tat er es absichtlich. Er überwältigte sie und hielt sie damit vom Weinen ab, während er ihr gleichzeitig Unterstützung und Zuneigung angedeihen ließ. Was für ein Junge.

"Arbeiten?", hauchte sie.

"Aber sicher. Es wäre eine Schande, wenn du damit aufhören würdest, jetzt wo dein Geschäft so gut läuft. Ich wage zu behaupten, dass die Nachfrage nach Kleidung im westlichen Stil steigen wird, jetzt wo wir den Botschafter hier haben. Ein paar verzweifelte Frauen, die seine Aufmerksamkeit auf sich ziehen wollen, gibt es sicher - auch wenn ich sagen muss, dass er nicht gerade ein Hingucker ist. Kann ich es mir jetzt ansehen?"

"Was?", fragte sie, vollkommen durcheinander von dem Themenwechsel.

"Das Baby", meinte er und nickte in Richtung ihres Unterleibs. "Ich werde ihm keinen Schaden zufügen, ich verspreche es. Nur ein kurzer Blick."

Sie blinzelte, dann nickte sie. Eryn sah zu, wie er seine Augen schloss und kurz darauf ein Lächeln auf seinem Gesicht erschien, als er die kleine Kreatur fand.

"Klein, etwa die Größe meines Daumennagels", murmelte er. "Man kann schon so vieles erkennen", fuhr er in ruhigem Erstaunen über den Anblick fort. "Den Kopf, Ansätze der Wirbelsäule, Hände und Beine, sogar eine winzige Nase…" Dann öffnete er die Augen und starrte Junar einen Augenblick lang an, bevor er aufsprang. "Du bist *schwanger*!", rief er dann aus und klatschte in die Hände.

Junar schien mit der Situation und nun noch Verns seltsamer Reaktion vollkommen überfordert, und auch Eryn sah ihn finster an.

"Was? Bist du jetzt komplett übergeschnappt? Natürlich ist sie schwanger! Diese Tatsache haben wir erst vor ein paar Minuten kundgetan!"

"Nein, ich meine, das ist genau das, was ich brauche! Ich soll ein Buch über die Entwicklung von Kindern im Mutterleib illustrieren, und jetzt habe ich eine Mutter hier! Nun kann ich jede kleinste Veränderung zeichnen, kann die Entwicklung täglich verfolgen!", rief er vergnügt aus. "Das ist fabelhaft!"

Junar erhob sich langsam. Eine seltsame Ruhe schien über sie gekommen zu sein. "Du kannst sehr gerne zeichnen, was immer du siehst, Vern. Du wirst mir immer willkommen sein." Eine einzelne Träne rann ihre Wange entlang, und sie wischte sie mit ihrer Hand fort. "Ich werde bei meiner Schwester bleiben, bis ich meinen Lagerraum über dem Geschäft wieder in eine Wohnung zurückverwandelt habe."

Vern blinzelte, dann verdrehte er die Augen. "Nein, Junar, du wirst nicht bei Gara bleiben", erklärte er sachlich. "Ich will meinem Vater sicher nicht erklären müssen, warum ich dich von hier fortgehen habe lassen. Willst du, dass er mich umbringt? Ich hänge sehr an meinem Leben, wenn es dir nichts ausmacht! Und ich bin zu brillant, um jung zu sterben. Erst kürzlich habe ich begonnen, mich zu rasieren! Mein Leben wird erst jetzt langsam interessant. Nimm dein Getränk mit ins Schlafzimmer.

Sie wollte widersprechen, aber er sah nur streng auf sie hinab. "Glaube bloß nicht, dass es unter meiner Würde ist, eine schwangere Frau niederzuringen. Geh und schlaf ein wenig - du siehst erschöpft aus." Er drückte die Tasse in ihre Hand und öffnete die Schlafzimmertür. "Und hinein mit dir!"

Junar war verdutzt genug, um zu gehorchen und sich in Richtung des Bettes schieben zu lassen. Er drehte die Nachttischlampe für sie auf und küsste sie auf die Stirn, bevor er sich umdrehte. "Keine Sorge, Junar. Alles wird gut werden." Dann kam er zurück in den Salon und schloss die Tür hinter sich.

Eryn schüttelte den Kopf über ihn und seufzte. "Du bist schon eine Nummer, mein Junge."

"Entweder findest du gut, wie ich mit Junar umgegangen bin, oder es stört dich, dass ich für mein Projekt einen Vorteil aus ihrem Zustand ziehe. Ich kann es im Moment wirklich nicht sagen", kommentierte er und ließ sich auf einen Sessel plumpsen.

Sie lächelte matt. "Beides, denke ich. Aber die Art und Weise, wie du Junar gerade behandelt hast, hat mich mehr beeindruckt als mich deine schamlose Ausbeutung deines eigenen lebenden Studienmodels auf Abruf stört. Deine warme, liebevolle Art in Kombination mit diesem kaltblütigen Opportunismus erstaunt mich enorm."

"Na, ich schade damit doch niemandem", grinste er.

"Nein, oder ich hätte dir schon das Fell über die Ohren gezogen, mein Freund", meinte sie mit einer kaum verhüllten Warnung in ihrem Tonfall.

"Ich weiß. Also, was machen wir jetzt?"

"Warten, würde ich sagen. Ich schätze, Orrin wird etwas Zeit zum Nachdenken brauchen, also wäre es wohl nicht besonders schlau, ihm jetzt nachzulaufen. Falls er bis morgen früh nicht zurückgekehrt ist, werden wir ihn suchen gehen." Sie streckte sich. "Ich werde Enric eine Nachricht schicken, dass ich heute Nacht hierbleibe. Kannst du mir eines von Junars Nachthemden holen? Oder eines von deinen? Ich nehme auch ein Glas von dem, was auch immer Orrin hinuntergestürzt hat, bevor er gegangen ist. Ich hoffe, es ist sündhaft teuer."

Vern grinste. "Das ist es. Und es schmeckt ziemlich scheußlich."

"Tut es das?" Sie verzog das Gesicht. "Egal - die Hauptsache ist, dass es eine Menge kostet. Bring die Flasche her." Sie sah zu, wie er zum Getränkeschrank ging.

"Prächtig", seufzte er. "Dann ist das also meine erste Nacht als Babysitter. In einem Zimmer ist eine zutiefst unglückliche Schwangere, und hier bist du, bald betrunken. Und ich bleibe als der verantwortungsbewusste Erwachsene übrig."

"So gewöhnst du dich wenigstens an die Rolle", grinste sie. "Habe ich dir eigentlich jemals gezeigt, wie man die Nachwirkungen übermäßigen Alkoholgenusses wegheilt?"

* * *

Seit mehr als einer Stunde hatte Enric die nun finsteren Straßen hinter Orrin hergehend durchwandert und zugesehen, wie er hin und wieder einen großzügigen Schluck aus der Flasche genommen hatte, ohne bei dem starken Getränk auch nur eine Miene zu verziehen. Mittlerweile fehlte ein Drittel, und bislang zeigte er keinerlei Anzeichen irgendwelcher Auswirkungen: Seine Schritte waren noch immer voller Energie, angespannt und entschlossen, wenn auch ziellos. Er war bis auf die Haut durchnässt. Mit einem Schild gegen den Regen hielt er sich nicht auf, und einen Umhang hatte er ebenfalls nicht dabei.

Sie hatten kein einziges Wort gewechselt, waren nur dahinmarschiert. Plötzlich hielt Orrin an, drehte sich um und blickte Enric an, als bemerkte er ihn erst jetzt zum ersten Mal.

"Junar ist schwanger", verkündete er.

Enric nickte. "Ich weiß."

Der Krieger nickte langsam. "Aber natürlich." Dann ließ er seinen Blick über die Häuserreihen wandern. "Ich nehme an, es ist kein Zufall, dass wir uns in der Nähe Eures Hauses befinden." Es war keine Frage.

"Nein", bestätigte der jüngere Mann ruhig. "Das ist es nicht. Seid Ihr fertig mit dem Herumlaufen und bereit, nach drinnen ins Warme zu gehen?"

Orrin seufzte, während Rinnsale an Wasser sein Gesicht hinabliefen und sein Haar am Gesicht klebte. "Kluger Junge. Das wart Ihr schon immer. Dann geht schon voraus."

Kurz darauf erreichten sie das Haus und wurden von der Katze begrüßt, die sich lauthals darüber beschwerte, dass sie allein zuhause gelassen wurde, während ihr Herr und Meister offenbar ohne sie einen Spaziergang unternommen hatte. Enric kraulte Urbans Kopf im Vorbeigehen und hing seinen Umhang auf. Orrin konzentrierte sich, und wenig später begann seine Kleidung zu dampfen, als er sie mit Magie trocknete. Die Katze umrundete ihn neugierig, schnupperte die warme, feuchte Luft um ihn herum und folgte den Männern dann in den Salon, wo sich jeder von ihnen auf ein Sofa setzte.

Orrin starrte die Katze an. "Ich frage mich, wie sich Eure Bestie mit einem Kleinkind in der Nähe verhalten wird."

"Flüchten. Das haben wir in Takhan mit Eryns Nichte getestet. Es ist ein komischer Anblick, sie vor einem vierjährigen Kind davonlaufen zu sehen, während erwachsene Männer ängstlich Abstand halten", meinte er lächelnd bei der Erinnerung an Obal und Vran'el.

"Kaltblütig", bemerkte Orrin und hielt die Augen auf das Tier gerichtet.

Enric zuckte die Achseln. "Vielleicht. Aber Urban hat keinen dauerhaften Schaden davongetragen."

Der ältere Mann sah verwirrt auf, dann lächelte er schwach, als er den Scherz begriff. "Habt Ihr ein Glas für mich? Normalerweise ist es nicht meine Art, teuren Alkohol aus der Flasche zu trinken. Da komme ich mir wie ein Straßensäufer vor. Man will immerhin zumindest den Anschein von Anstand wahren. In den oberen Rängen des Ordens geziemt es sich nicht, Schwäche zu zeigen, was?"

Der Gastgeber stand auf, holte zwei Gläser und stellte sie auf den kleinen Tisch zwischen ihnen. "Das hängt davon ab, wer zusieht, würde ich sagen."

Orrin füllte beide Gläser bis zur Hälfte und stellte die Flasche auf dem Tisch ab, ohne den Korken zu schließen. Nachdenklich betrachtete er seinen Kollegen.

"*Ihr* seht zu. Aber nicht so genau wie Lord Tyront. Der ist sehr angetan von seinen Spionen", murmelte er. "Wahrscheinlich weiß er bereits, dass wir durch die Straßen gezogen sind."

Die Chancen dafür standen gut, stimmte Enric zu, schwieg aber.

"Ich bin mit dem, was er getan hat, nicht einverstanden. Bezüglich Euch und Eryn. Er hat nur zugesehen, während Ihr zu dem Kommitment gezwungen wurdet." Vehement schüttelte er den Kopf, als wollte er seinen Kopf von einem Insekt befreien. "Und dass er Euch damals nicht über den anstehenden Besuch des Botschafters informiert hat."

Enric entgegnete auch darauf nichts.

"Sich an jemanden zu binden sollte nichts sein, zu dem man gezwungen wird", fuhr er fort und starrte an die Decke. "Ich habe darüber nachgedacht, Junar zu fragen. Aber irgendwie bin ich nie dazu gekommen, habe mir Sorgen gemacht über ihre schlechte Erfahrung mit ihrem ersten Gefährten. Immerhin könnte es sein, dass sie nicht die Absicht hat, solch ein Risiko jemals wieder einzugehen." Er nahm einen großzügigen Schluck aus seinem Glas und ließ die verbleibende Flüssigkeit kreisen, sah zu, wie ölige Schlieren am Glas haften blieben. Sein Vorgesetzter war mit seiner Auswahl freigiebig gewesen, aber womöglich gab es in seinem Schrank ohnehin nichts Billiges.

"*An Orten, wo man Orrin sieht, Liegt oft ein Ohr, ein Fingerglied, Von einem Schüler abgetrennt, Der blutig durch das Land nun rennt*", rezitierte er die Zeilen des Gedichts, das Enric vor etwa zwanzig Jahren über ihn geschrieben hatte. Dann lachte er leise. "Was für eine Plage Ihr wart. Eure Faulheit hätte mich nicht ganz so irritiert, wärt Ihr nicht so clever gewesen. Aber nicht clever genug, um diese Rebellion gegen Euren Vater aufzugeben. Aus diesem Grund habt Ihr Euch gegen jeden Versuch gewehrt, Euch etwas beizubringen. Zumindest war es damals so."

Enric lächelte bei der Erinnerung daran. "Ihr wart damals etwa in meinem Alter."

"Ja. Und Ihr seid in Junars Alter." Er seufzte. "Junar. Ich bin alt genug, um ihr Vater zu sein. Alt genug, um der Großvater dieses Kindes zu sein."

Gut, dachte Enric, endlich waren sie bei diesem Thema angelangt.

"Das stimmt", sagte er leichthin, "aber Ihr seid ein Magier. Wie wir in Takhan gelernt haben, seid Ihr in der glücklichen Lage, Euer Leben um mehrere Jahrzehnte zu verlängern und Euch dabei auch noch jünger aussehen zu lassen. Es ist also nicht so, als ob Ihr dieses Kind nicht aufwachsen sehen werdet. Oder sterben werdet, bevor Ihr Enkelkinder habt."

Orrin starrte ihn an. "Davon habe ich gehört. Es schien mir keine besonders attraktive Option zu sein, eher seltsam und unnatürlich. Bis jetzt."

Jeder von beiden starrte - ohne zu sprechen - einige Sekunden lang an einen anderen Punkt an der Wand.

"Ihr habt bei Vern gute Arbeit geleistet", wagte sich Enric dann vor. "Erstaunlicher Junge. In mehr als einer Hinsicht."

Der ältere Krieger schloss die Augen. "Glück, nichts weiter als Glück. Ohne die jüngsten Entwicklungen wäre er gezwungen, sich zwischen einer Verwaltungsposition oder dem Dasein als unwilliger Krieger zu entscheiden. Weder das Heilen noch das Zeichnen wären sonst möglich gewesen."

"Möglich", meinte der jüngere Mann schulterzuckend. "Aber eine Chance zu erkennen und sie zu ergreifen ist immer noch zweierlei. Nicht jeder Krieger hätte es geschätzt, dass sein Sohn dem Kämpfen den Rücken kehrt und seinen wahren Talenten auf diese Weise folgt. Ein geringerer Mann hätte es als Schmähung seines eigenen Berufes betrachtet."

Orrin lächelte. "Ein geringerer Mann. Was unterscheidet einen besseren Mann von einem geringeren, Enric?"

Enric, dachte der jüngere Mann. Es war dreizehn Jahre her, seit er von Orrin ohne seinen Titel angesprochen worden war. Es fühlte sich richtig an. Wie etwas, das lange überfällig war. Hätte er es schon früher anbieten sollen? fragte er sich. Hätte Orrin es angenommen? Womöglich nicht. Das letzte Jahr war nicht eben frei von Spannungen gewesen. Umso erstaunlicher war es, dass sie nun auf diese Weise zusammensaßen und darüber redeten, wohin das Schicksal sie geführt hatte.

"Die Art und Weise, wie er andere behandelt, würde ich meinen", sinnierte Enric.

"Dann haben wir beide uns im Umgang mit Eryn, nachdem sie hergebracht wurde, in der Tat als geringere Männer erwiesen, ist es nicht so?"

"Nicht du", meinte Enric und schüttelte den Kopf. "Das ist der Grund, weshalb Tyront dich ausgewählt hat. Er wusste, du würdest sie nicht zerbrechen. Genau wie du einst nicht versucht hast, mich zu zerbrechen. Weder als ich ein Junge war, noch als man mich zur Nummer zwei machte."

"Alles noch einmal von vorne beginnen", murmelte Orrin. "Ein Kind. Ich bin zu alt dafür. Die Leute werden mich auslachen."

"Solange du stark genug bist, um dir von meiner Gefährtin keine Frechheiten gefallen zu lassen, würde ich sagen, dass du nicht zu alt bist, um ein Kind aufzuziehen. Und die Leute lachen dich nicht aus. Das trauen sie sich nicht", fügte er trocken hinzu. "Was wahrscheinlich ein weiterer Hinweis darauf ist, dass du wohl kaum zu alt bist. Für irgendetwas. Und das wirst du womöglich auch nie sein, bis zu dem Tag, an dem du mit einem Schwert in der Hand tot umfällst, während du einen Haufen sturer Jugendlicher trainierst."

"Der bevorzugte Tod eines Kriegers", seufzte der Kampftrainer. "Vern großzuziehen war nicht leicht. Ich bin nicht gerade von der warmherzigen und fürsorglichen Sorte. Deswegen hat er sich auch so stark an Eryn gehängt, nachdem sie hier ankam. Eine ältere Frau, die ihm die Aufmerksamkeit schenkte, die er so dringend brauchte. Die ihn schätzte und gleichzeitig eine Mentorin für ihn war."

Enric wirkte nicht überzeugt. "Warmherzig vielleicht nicht, aber du bist jemand, der Unterstützung bietet, das warst du schon immer. Und mit deinem zweiten Kind wird es nicht anders sein. Dieses Mal wird es einfacher sein. Du hast Junar." Eryn, dachte er. Ja, sie hatte ihre Sache mit Vern gut gemacht, sehr gut sogar. Es war eine Schande, dass sie so fest entschlossen war, selbst keine Kinder zu haben. Er hätte sie liebend gern in der Rolle als Mutter gesehen.

Orrin beobachtete, wie sich Enrics Gesichtsausdruck hin zu Nachdenklichkeit und ein wenig Bedauern wandelte. Das war ein ungewöhnlicher Anblick. Einer, der ihn menschlicher wirken ließ, weniger kalt und unbesiegbar, wenn auch keineswegs schwach. Er sah zu dem leeren Glas, das vor dem jüngeren Mann stand, und lächelte in sich hinein. Vielleicht war es Zeit nachzuschenken. Er lehnte sich vor und griff nach der Flasche, um genau das zu tun. Es war einfacher, mit einem Mann aus Fleisch und Blut zu reden anstatt dieser Marmorstatue, als die man ihn in der Stadt kannte. Obwohl sich diese Wahrnehmung verändert hatte, seit Eryn eingetroffen war und in diesem Mauerwerk ein paar sichtbare Risse verursacht hatte.

"Junar sagte, sie würde mich nicht die Konsequenzen tragen lassen", seufzte er. "Das heißt, sie denkt, sie muss mich verlassen. Um mir nicht das anzutun, was Verns Mutter vor so vielen Jahren tat." Er fuhr sich mit einer Hand über sein Gesicht. "Das kann ich nicht zulassen. Mir graut vor dem Gedanken, in meinem Alter noch ein Kind großzuziehen. Aber noch mehr graut mir davor, diese Chance *nicht* zu haben."

Enric nahm sein Glas und starrte die goldene Flüssigkeit an. "Das verstehe ich sehr gut", sagte er leise. "Dann hältst du die beiden wohl besser gut fest."

Orrin beobachtete ihn eingehend. Da war Bedauern. Und, so wurde ihm klar, Neid.

* * *

Eryn öffnete langsam ihre Augen und drehte sofort den Kopf zur Seite, um den durchdringenden Sonnenstrahlen zu entgehen. Ihr Rücken war steif, und eines ihrer Beine hing von dem zu kurzen Sofa, auf dem sie eingeschlafen war. Erleichtert stellte sie fest, dass sie keine Nachwirkungen der paar Gläser, die sie sich gestern Abend gegönnt hatte, verspürte. Vern war wahrscheinlich auf dem Weg, um Orrin von ihrem Haus abzuholen. Enric hatte eine Nachricht geschickt, dass er die Nacht dort verbracht hatte.

Steif erhob sie sich von ihrer Ruhestätte und ging die paar Schritte zur noch immer geschlossenen Schlafzimmertür. Der Duft von frischgebackenen Brötchen drang in ihre Nasenlöcher, als sie am Tisch vorbeikam. Vern hatte offensichtlich Frühstück bestellt, bevor er aufgebrochen war.

Indem sie ihr Ohr gegen die Tür presste, versuchte sie herauszufinden, ob irgendwelche Geräusche darauf hindeuteten, dass Junar wach war. Als sie ein leises Kratzen vernahm, wurde ihr Gesichtsausdruck kurz leicht panisch, bevor die Tür aufgerissen wurde, Eryn aufschrie, nach vorne fiel und sich daraufhin auf allen Vieren auf dem Teppich wiederfand.

"Wirklich jetzt", beschwerte sie sich, "behandelt man so einen Lauscher?"

"Was machst du da?", fragte Junar verwirrt.

"Ich wollte sehen, ob du schon wach bist. Ich wollte dich nicht wecken." Sie rappelte sich wieder hoch. "Aber jetzt, da du wach bist, können wir ja frühstücken." Sie ließ ihren Blick im Schlafzimmer umherwandern. "Hier drin. Das Bett sieht gemütlich aus. Zurück hinein dort mit dir - ich hole das Tablett."

Junar sah erschöpft aus, als wäre ihre Nacht nicht besonders geruhsam verlaufen. Was natürlich kaum ein Wunder war.

"Ich bin nicht hungrig."

Eryn zuckte mit den Schultern, entschlossen, sich nicht so einfach eine Abfuhr erteilen zu lassen. "Dann leistest du mir eben Gesellschaft, während ich Orrins Bett mit Brotkrümeln übersäe. Das ist eines dieser Dinge, die eine Lady nur tun kann, wenn ihr die Freundin des Betteigentümers Gesellschaft leistet. Es sähe ganz schön seltsam aus, wenn er zurückkäme und mich allein in seinem Bett vorfände, wo ich allem Anschein nach auf ihn warte. Er würde mich zu Enric zerren, und ich würde versuchen müssen, den beiden alles zu erklären." Sie drehte sich um und hob das Tablett auf. "Und du solltest ein paar Bissen essen oder zumindest etwas trinken. Das ist ein kostenloser Rat von deinem persönlichen Heiler. Naja, einem davon."

Junar stand im Türrahmen, offenkundig unsicher, was sie nun tun sollte. In Orrins Bett zurückzukehren war eindeutig nicht ihre Absicht gewesen.

"Mach schon, zurück ins Bett mit dir. Ich werde dich nicht aus diesem Zimmer lassen, bevor ich das Bett um einiges schmutziger gemacht habe", beharrte Eryn und balancierte das schwere Tablett vorsichtig auf einem Arm, damit sie mit der anderen Hand Junar packen und mit sich ziehen konnte.

Ihre Freundin war sparsam mit Worten, also setzte sie ihr Geplapper fort. "Ich liebe diese Brötchen, die ihr hier habt. Ihr bekommt euer Essen aus der

Palastküche, nicht wahr? Das ist das Einzige, das ich vermisse, seit wir aus dem Palast ausgezogen sind", seufzte sie. "Die Frühstückstabletts. Ich bin also nicht allzu traurig darüber, dass ich das hier nicht mit dir teilen muss. Es wird mich solange zufriedenstellen müssen, bis ich wieder eine Ausrede finde, um hier zu frühstücken. Warum haben Erwachsene nie Übernachtungsparties? Nicht, dass ich als Kind viele hatte. Zu gefährlich, damit hätte ich mein Geheimnis lüften können. Aber ich kannte andere Kinder, die welche hatten. Wenn wir so etwas das nächste Mal machen, kommst du zu mir nach Hause, und wir lassen Enric im Gästezimmer schlafen, während wir die Nacht mit Plaudern und Naschen verbringen."

"Eryn", sagte Junar leise, "ich habe Angst. Vor dem Alleinsein. Und dass ich mit alldem nicht zurechtkomme."

Eryn ließ den Atem entweichen, der sonst in weiteres bedeutungsloses Geschwätz geflossen wäre. "Das brauchst du nicht. Auch wenn sich die Dinge nicht so entwickeln, wie sie sollten, wird es in meinem Heim immer einen Platz für dich geben." Sie lächelte und zog Junar in eine Umarmung. "Enric würde es kaum stören, dass er mit einer eigenen Schneiderin unter seinem Dach prahlen kann. Das ist die Art von Dekadenz, die er mag."

Junar schenkte ihr ein Lächeln, während Tränen in ihren Augen glänzten, als sie wieder losgelassen wurde.

Sie hörten, wie sich die Eingangstür öffnete und sich Füße in Richtung der offenen Schlafzimmertür bewegten. Orrin marschierte entschlossen herein. Er sah unrasiert und wild aus, seine Haare standen in alle Richtungen ab, und seine Kleidung war verknittert. Er hob seinen Zeigefinger, um ihn auf Junar mit ihren weit aufgerissenen Augen zu richten.

"Du wirst mit mir in einen Lebensbund eintreten!", gab er von sich in einem Tonfall, der fast einem Bellen gleichkam. "In dieser Sache dulde ich keinen Widerspruch. Wenn es ein Mädchen wird, denk nicht einmal daran, es *Eryn* zu nennen. Ich bin kein großer Freund davon, das Schicksal auf diese Weise herauszufordern." Dann starrte er Eryn mit zusammengekniffenen Augen an, und sein Finger schwang zu ihr, dieses Mal als Warnung. "Und wenn ich vom Waschraum zurückkomme, will ich keinen einzigen Krümel in meinem Bett finden!" Damit drehte er sich um und stapfte davon, während ihm beide Frauen schockiert nachsahen.

Eryn drehte sich zu Junar, die leise zu weinen begonnen hatte. "Was denkt er sich nur?", rief sie aus. "Du brauchst nicht aufgebracht zu sein! Keine Sorge, ich werde…" Sie hielt inne, als ihre Freundin etwas sagte. "Wie war das?"

"Ich bin nicht aufgebracht", schluchzte Junar und lächelte, "ich bin glücklich."

"Du bist *was*?", rief die Heilerin ungläubig aus. "Wie kannst du nach einem Antrag wie dem gerade glücklich sein? Das war nichts weniger als ein Befehl! Damit würde ich ihn nicht durchkommen lassen!"

Junar ergriff ihre Hand und drückte sie liebevoll. "Eryn, das ist die Art, wie er die Dinge tun muss. Und es macht mir nichts aus, ihn zu lassen. Er ist gütig und großzügig, und ich will ihn wirklich, *wirklich* gerne behalten. Und er will mich behalten. *Uns* behalten. Es kümmert mich nicht, wie er es formuliert. Ich finde es sogar schmeichelhaft, dass er dachte, ich würde überhaupt in Betracht ziehen, ihm zu widersprechen. Die Schneiderin, die den noblen Krieger abweist!" Sie lachte, während eine weitere Träne ihre Wange hinabrollte. "Wie absurd! Ich schäme mich, dass ich bereit war, ihn so einfach aufzugeben."

Vern hustete von seinem Platz an der Tür aus. "Ich will diesen sehr weiblichen und gefühlsbetonten Moment ja nicht stören, aber ich muss, denn ich sehe dieses Frühstückstablett, das eigentlich als mein zweites Frühstück gedacht war, in Eryns gierigen Fängen verschwinden. Komm schon - teil zumindest mit der schwangeren Lady!" Er ging die paar Schritte zum Bett, kletterte hinein und schnappte sich ein Brötchen, bevor Eryn reagieren konnte.

"Zweites Frühstück!", rief sie aus. "Du gieriger Vielfraß! Wir hatten noch nicht einmal unser erstes! Und ich kriege diese Brötchen nicht mehr zum Frühstück, also lass sie mir gefälligst dieses eine Mal!"

"Besorg dir deine eigenen! Und du solltest augenblicklich zu Lord Enric zurückkehren; er macht sich sicher schon Sorgen, weil er dich schon für länger als ein paar Stunden am Stück aus den Augen lassen musste. Wer weiß, welchen Ärger du dir schon wieder eingehandelt haben könntest", grinste er höhnisch.

"Du weißt schon, dass ich immer noch deine Vorgesetzte bin? Sowohl als Magierin als auch als Heilerin! Ich befehle dir, mir diese zwei Brötchen zurückzugeben!"

"Vorgesetzte? Im Ernst? Damit wirfst du um dich, während du mit mir im Bett meines Vaters liegst? Reden wir doch mal über angemessenes Führungsverhalten", gab er mit einem breiten Grinsen zurück.

"Unmensch", murmelte sie.

"Furie", konterte er.

"Vielfraß", antwortete sie.

Junar schüttelte den Kopf über die beiden. "Dieses Kind wird auf keinen Fall mit euch beiden spielen dürfen. Ihr seid grauenhafte Vorbilder!" Dann schnappte sie sich ein Brötchen aus Verns Hand. "Und das gehört *mir*. Jetzt verschwindet aus meinem Bett und macht euch fertig für - wo auch immer ihr heute hinmüsst. Vern, ich bin sicher, dass du jetzt gerade im Unterricht sein solltest. Eryn, du wirst zweifellos in der Klinik erwartet, egal ob heute ein Behandlungstag ist oder nicht. Fort mit euch!" Damit lehnte sie sich zufrieden zurück und lächelte in sich hinein, während die anderen beiden sie anstarrten. "Meine Güte, ich bin wirklich gut in dieser Kindererziehungssache! Ein Naturtalent, wie es scheint."

Vern schnaubte und sah Eryn an. "Das Kind tut mir jetzt schon leid. Zwischen einem Krieger und unserem Naturtalent von Mutter hier wird es für das arme Balg wohl kaum ein Spaziergang am Königsweg werden."

Sie zuckte die Schultern. "Nicht mein Problem. Gib das Brötchen her." Sie ergatterte es aus seiner Hand und grinste, als er fluchte.

KAPITEL 10

Orrins Schwierigkeiten

Tyront seufzte und hielt ein Blatt Papier mit Eryns Siegel darauf hoch.

"Deine Gefährtin drangsaliert mich, grundlegende Heilerfertigkeiten zu einem verpflichtenden Teil des Unterrichtsplans zu machen", seufzte er. "Das ist der zweite Brief in ebenso vielen Wochen. Und das von einer Frau, die mir sonst überhaupt nichts zukommen lässt, wenn sie es vermeiden kann. Ich denke, das tut sie nur, weil sie weiß, dass es mir auf die Nerven geht."

Enric lächelte. "Das überrascht mich überhaupt nicht. Ich frage mich eher, warum sie es nicht schon früher verlangt hat. Dann kann ich also davon ausgehen, dass du die Idee nicht gutheißt?"

"Dinge verpflichtend einzuführen führt normalerweise zu Ärger. Die Leute tendieren dazu, Widerstand zu leisten. Besonders, da es noch immer keine allgemeine Übereinstimmung darüber gibt, ob das Heilen nun eine positive Entwicklung ist oder nicht. Es gibt nach wie vor einige Magier, die von der Art, wie sich die Dinge gewandelt haben, nicht besonders angetan sind. Heilen ist für sie immer noch etwas Fremdartiges, das vermieden werden sollte, so gut es geht. Ich habe Diskussionen gehört, oder eher, ich habe Berichte von Leuten erhalten, die sie gehört haben", korrigierte er sich, "wo Magier meinten, dass das Heilen des menschlichen Körpers ihn seiner natürlichen Fähigkeit beraubt, sich selbst wiederherzustellen."

Der jüngere Mann zog eine Braue nach oben. "Ich frage mich, wie sie reagieren würden, wenn sie sich eine ernsthafte Verletzung zuzögen, bei der die Gefahr besteht, eine Gliedmaße zu verlieren. Ich bezweifle, dass sie dann noch immer darauf bestehen würden, den Körper seine Arbeit allein tun zu lassen, wie die Natur es vorsieht."

"Das mag wohl sein, ja. Aber wie absurd ihre Ablehnungsgründe auch sein mögen, viele von ihnen haben Kinder oder Enkelkinder und würden nicht gut darauf reagieren, wenn die sozusagen dazu gezwungen wären, es zu erlernen", wies Tyront hin. "Ich muss dir nicht sagen, dass ich es mir nicht leisten kann, mir die Ratsmitglieder durch so eine Sache zu entfremden. Allerdings habe ich wenig Hoffnung, dass ich das Eryn verständlich machen kann", seufzte er. "Ich habe vor zwei Tagen, als sie ihren Statusbericht ablieferte, versucht, mit ihr darüber zu reden. Aber sie wurde ärgerlich und sagte mir, ich solle mich nicht durch die Erwägungen dummer Leute von dem abhalten lassen, was gut für uns alle wäre, die Dummen miteingeschlossen. Was soll ich darauf erwidern? Die Rechte der Dummen verteidigen? Ihr sagen, dass es nicht gegen das Gesetz ist, dumm zu sein?"

"Besser nicht", lachte Enric. "Ihr nächster Brief könnte sonst eine Forderung nach genau so einem Gesetz sein."

"Ich frage mich, woher sie die Energie nimmt. Man sollte meinen, dass sie mit ihrem Waisenhaus und Junars Schwangerschaft zusätzlich zu ihren üblichen Pflichten beschäftigt genug ist."

"Im Zusammenhang mit dem Waisenhaus erledigt sie nicht wirklich viel selbst. Aber ich hätte gedacht, dass du das wüsstest; immerhin lebst du mit der Frau, die sich um alles rundherum kümmert."

Der ältere Mann rollte mit den Augen. "Das sollte man wohl denken, ja. Aber Vyril hat entschieden, dass ich ja auch nicht in der Lage bin, mit ihr die meisten Aspekte meiner Arbeit zu besprechen und sie sich somit anpassen und mir auch nichts über ihre mitteilen wird. Ich denke, diese neugefundene Wichtigkeit gefällt ihr immens gut", meinte er trocken. "Es scheint, als wäre es nicht für jede Frau die richtige Beschäftigung, die Gefährtin eines Magiers zu sein. Aber wem sage ich das? Ist dir klar, dass du und ich die einzigen Magier mit berufstätigen Gefährtinnen sind? Nun, Orrin wird diesem erlesenen Kreis auch bald beitreten. Für wann ist das Kommitment angesetzt?"

"In drei Tagen. Sie wollen es sehr klein und einfach halten, da Junar schon beim ersten Mal eine große Zeremonie hatte und das nicht noch einmal will. Sie sagt, dass ihrer Erfahrung nach eine prächtige Feier kaum eine Garantie für einen glücklichen Lebensbund ist, sondern oft genug nur eine Geldverschwendung. Und da sie dieser Tage schneller müde wird, ist die Planung einer großen Feierlichkeit ohnehin nicht in ihrem Interesse - besonders, da sie gesellschaftliche Veranstaltungen nicht besonders gerne mag. Genau wie Eryn. Die zwei haben sich wirklich gefunden", kommentierte er.

Tyront lächelte. "Orrin nimmt sich also endlich eine Gefährtin. Wer hätte das gedacht? Und dann kommt auch noch ein weiteres Kind; ich war überrascht genug, als er das Erste bekam. Er ist nur wenig jünger als ich. Ich frage mich, wie das passiert ist." Er zog ein Blatt Papier aus einer seiner

Schubladen. "Mir wurde gesagt, dass ihr vorheriger Gefährte sie verließ, weil sie keine Kinder bekommen konnte. Eryn hat nicht zufällig irgendetwas damit zu tun, oder doch?"

Es überraschte Enric kaum, dass sich in dieser Monstrosität eines Schreibtisches mit seinen vielen Laden auch ein Bericht über Junar fand. Er fragte sich, wie viele Geheimfächer es darin gab und welche Art dunkler Geheimnisse sie enthalten mochten.

"Laut dem Brief, den ihr Onkel ihr schickte, scheint das tatsächlich der Fall zu sein. Eryn hat auf dem Ball vor unserer Abreise nach Takhan eine Drüse in Junars Hals geheilt, weil sie nicht ordentlich funktionierte. Diese Drüse, so scheint es, war der Grund für Junars Unfruchtbarkeit, und nachdem sie die entsprechende Aufmerksamkeit erhielt, nahm sie ihre normale Funktion wieder auf. Mit allem, was das mit sich bringt. Eryn ist über sich selbst deswegen ziemlich verärgert. Sie sagte, sie müsse mehr lernen, damit so etwas nicht noch einmal passiert."

"Nun, der Heiler aus Takhan müsste in wenigen Wochen eintreffen. Das sollte ihr genug Gelegenheit geben, ihr Wissen zu erweitern."

"Ja, darauf freut sie sich schon immens. Sie hat Rolan ein Arbeitszimmer in der Klinik einrichten lassen und damit begonnen, die Bücher für die Prüfung, die ihr Onkel ihr geschickt hat, durchzugehen. Diese Frau schafft es einfach nicht, sich nur zurückzulehnen und für kurze Zeit nichts zu tun."

Der ältere Mann lächelte. "Ich könnte mich auch nicht erinnern, dich in den letzten Jahren untätig erlebt zu haben. Wie kommt ihr mit eurem Geistesband zurecht? Habt ihr euch mittlerweile daran gewöhnt?"

Enric zuckte die Achseln. "Weitgehend, ja. Allerdings frage ich mich jedes Mal, wenn ich ein starkes Gefühl von ihr empfange, was sie schon wieder treibt. Zuweilen ist das recht ablenkend. Sie experimentiert damit herum, aber bislang gab es keine bahnbrechenden Entdeckungen." Er ließ sich von der freundlichen Atmosphäre nicht darüber hinwegtäuschen, dass diese Unterhaltung nichts anders als ein Bericht an seinen Vorgesetzten war.

"Wie gewöhnt sich der Botschafter ein? Ich hoffe, Eryn nimmt davon Abstand, ihre Abneigung ihm gegenüber allzu deutlich zu zeigen."

"Sie versucht ihn zu meiden, so gut sie kann. Nach dem Austausch der höflichen Begrüßung wendet sie sich normalerweise seinem Assistenten zu. Mit ihm kommt sie viel besser zurecht."

Tyront lächelte. "Praktisch. Immerhin ist er derjenige, der wirklich zählt. Ich muss mich allerdings ein wenig über Sanafs Mangel an Schicklichkeit während seiner Unterhaltungen wundern. Man würde denken, dass er etwas mehr Feingefühl dafür hätte, was in unserer Gesellschaft akzeptiert wird. Erinnerst du dich an das Willkommensbankett, als er Inad ein Kompliment für die Arbeit an ihren Oberarmen aussprach? Sie ist beinahe ohnmächtig geworden vor Verlegenheit. Allerdings erinnere ich mich sehr gut an die schlecht verborgene Belustigung deiner Gefährtin. Eine eilig hochgehaltene Serviette mag das

Lächeln auf ihren Lippen verbergen, nicht aber das boshafte Glänzen in ihren Augen."

Enric nickte. "Ich war schon froh, dass sie nicht lauthals aufgelacht hat. Ich denke, das war eine der wenigen Gelegenheiten, bei denen sie sich bei einer dieser Zusammenkünfte amüsiert hat."

"Wie ich hörte, war die Dinnereinladung bei Lord Seagon vor zwei Tagen ebenfalls sehr unterhaltsam. Orrin hat unabsichtlich seinen Familienzuwachs öffentlich bekannt gemacht."

"Es liegt daran, wie er Junar behandelt", lachte der jüngere Mann leise. "Wie etwas Zerbrechliches und Zartes, das vor jeder spitzen Kante oder anderen möglichen Gefahren, die an jeder Ecke lauern könnten, beschützt werden muss. Die Leute bemerkten das recht bald und begannen untereinander zu tuscheln. Als Junar ihn dann zur Seite nahm, um ihm zu erklären, dass sie schwanger und nicht schwer krank sei, war natürlich jemand nahe genug, um das zu hören und dann die Neuigkeit zu verbreiten. Mittlerweile ist es allgemein bekannt."

"Nun, es ist immerhin nicht so, als hätten sie es für immer verheimlichen können. In ein paar Monaten wird es ohnehin sichtbar. Herein!", rief er dann, als ein nachdrückliches Klopfen an der Tür seines Arbeitszimmers ertönte.

Ein Diener öffnete die Tür und ließ einen atemlosen Boten eintreten. Beide Männer standen auf. Das sah ganz und gar nicht nach guten Neuigkeiten aus.

"Lord Enric", keuchte der Bote, "Lady Eryn schickt nach Euch. Sie sagt, Ihr sollt sofort kommen. Lord Orrin hat einen Mann angegriffen und wird nun von ihm beschuldigt, Magie gegen einen Nicht-Magier eingesetzt zu haben."

Tyront wandte sich an seine Nummer zwei. "Geh. Lass den Mann, der attackiert wurde, zu mir bringen. Da Eryn dort ist, gehe ich davon aus, dass er nicht länger unter irgendwelchen Verletzungen leiden dürfte und somit in der Lage sein sollte, zu gehen. Du musst mit Orrin reden und herausfinden, was hier vor sich geht. Vielleicht können wir eine Anhörung vor dem Rat vermeiden."

Enric nickte kurz zur Bestätigung und deutete dem Boten, voranzugehen.

Orrin hatte jemanden angegriffen? Das war ungewöhnlich. Da musste es in der Tat eine sehr starke Provokation gegeben haben.

Er deutete einer der Palastwachen, ihnen ebenfalls zu folgen, damit er den Mann später zu Tyront zurückbringen konnte.

Der Bote führte ihn den Königsweg entlang in Richtung des Stadtzentrums und wandte sich dann nach rechts. Enric erkannte die Straße, in der sich Junars Geschäft befand. Kurz darauf erblickte er eine Ansammlung von Zuschauern, die anzeigte, dass dort etwas vorgefallen sein musste.

Er sah Orrin auf einer Seite stehen, in seinen Armen eine erschüttert wirkende Junar. Eryn stand mit verschränkten Armen vor einem schlanken, verärgert aussehenden Mann Ende Dreißig, der Orrin etwas entgegenschrie. Die Worte konnte er nicht verstehen, aber der Tonfall klang vorwurfsvoll. Enric bezweifelte, dass es besonders klug war, einen Mann wie Orrin auf diese Weise zu provozieren.

Vern stand auf der anderen Seite neben Junar und beobachtete den schreienden Mann mit zusammengezogenen Augenbrauen.

"Was ist hier passiert?", fragte Enric, sobald er nahe genug gekommen war. Eryn drehte sich um und wirkte bei seinem Anblick sofort erleichtert.

"Es scheint, dass diese Person hier", sie deutete auf den Mann vor sich, "Junars früherer Gefährte ist. Er kam hierher, um mit ihr zu reden, während Orrin unterwegs war, um irgendetwas zu kaufen. Allerdings", sie warf dem Mann einen bösen Blick zu, "scheint er die Kontrolle über seinen Zorn verloren zu haben und begann damit, Junar anzubrüllen. Er hat sie sogar bei den Schultern gepackt und geschüttelt."

Ah ja, dachte Enric grimmig - ein Mann, der seine schwangere Gefährtin, die er um jeden Preis beschützen wollte, schüttelte, war natürlich etwas, worauf Orrin mit körperlicher Gewalt reagieren würde.

"Das ist absolut gelogen!", protestierte der Mann. "Ich habe sie nicht einmal angerührt!"

"Hast du nicht?", schnappte Eryn nach ihm. "Dann hast du sicher keine Einwände dagegen, das zu wiederholen, während ich eine Wahrheitssperre auf dich anwende, oder doch?"

Das ließ ihn einen Moment lang zögern, bevor er zugab: "Nun - nicht als solches geschüttelt, meine ich. Nicht wirklich. Nur ein klein wenig."

Enric winkte die Wache, die er mitgebracht hatte, heran und wies sie an, den Mann zu Lord Tyront zu bringen. Dann wandte er sich an Eryn. "Warum bist *du* hier?"

"Man rief mich herbei, weil der Mann verletzt war und Vern sich weigerte, ihn zu heilen." Sie drehte ihren Kopf, um den Jungen anzusehen. Auf ihrem Gesicht loderte der Zorn. "Du - komm her."

Verns Kiefer war trotzig gereckt, als er näherkam. Offensichtlich bereitete er sich auf den Sturm vor, der gleich über ihn hereinbrechen würde.

Eryn hob ihren Zeigefinger und bohrte ihn in seinen Brustkorb. "Wenn mir jemals wieder zu Ohren kommt, dass du eine verletzte Person nicht heilst, werde ich dir das Fell gerben, darauf kannst du dich verlassen! Jeder hat das Recht auf medizinische Hilfe, und wir unterscheiden nicht - und lass mich in dieser Sache so richtig deutlich sein - absolut nicht zwischen Leuten, die wir mögen und denen, die wir nicht mögen. Die Leute sollen sich nicht sorgen müssen, wer Dienst hat, wenn sie in die Klinik kommen! Stell dir vor, Junar braucht etwas und ihr wird die Behandlung verweigert, weil sie zufällig einen Streit mit einem Heiler hatte… Du entscheidest nicht, wer Hilfe erhält; keiner von uns darf das! Sobald du eine Verletzung siehst, kümmerst du dich darum!"

"Er hat Junar angefasst!", begehrte Vern verärgert auf.

"Dem hat dein Vater ein Ende bereitet! Hörst du mir überhaupt zu? Du bist nicht derjenige, der festlegt, ob jemand geheilt wird! Niemand hier tut das! Und keinesfalls bestrafen wir Leute, indem wir sie nicht heilen! Habe ich mich verständlich ausgedrückt?"

Vern presste die Lippen aufeinander und nickte knapp.

"Gut. Geh jetzt nach Hause. Ich gehe davon aus, dass Enric noch mit Junar und Orrin reden will."

"Ich werde bei ihnen bleiben", protestierte er.

"Nein, das wirst du nicht", widersprach sie. Dann ergriff sie ihn bei den Schultern und drehte ihn in die Richtung, in die er gehen sollte. "Ich werde selbst bei ihnen bleiben. Du gehst jetzt nach Hause und siehst zu, dass du nicht im Weg bist."

Der Junge drehte sich um und warf seinem Vater und Junar einen gequälten Blick zu, bevor er widerwillig davonging.

Enric näherte sich den beiden. "Kommt, wir müssen reden. Unser Haus ist näher als der Palast." Ohne auf eine Antwort zu warten, drehte er sich um und hörte, wie ihm drei Paar Füße folgten. Natürlich würde Eryn in diesem Augenblick nicht in die Klinik zurückkehren.

Ein paar Minuten später öffnete er die Eingangstür und ging dann voraus in sein Arbeitszimmer. Dort nahm er hinter seinem Schreibtisch Platz. In diesem Moment handelte er als Orrins Vorgesetzter, und das musste allen Anwesenden klar sein.

"Lord Orrin", sagte er, als alle Platz genommen hatten. "Legt dar, was passiert ist."

"Vern und ich begleiteten Junar zu ihrem Geschäft und ließen sie dort allein. Sie musste Stoffmuster oder etwas in der Art holen. Vern und ich entschieden uns, ein wenig Brot zu kaufen, während wir darauf warteten, dass sie fertig wurde. Als wir zurückkehrten, stand die Tür zum Geschäft halb hoffen, und ich hörte laute Stimmen aus dem Inneren, eine davon war die von Junar. Ich betrat das Geschäft und sah diesen Mann mit seinen Händen auf ihren Schultern, wie er sie schüttelte, während sie ihn anschrie, er solle seine Hände von ihr nehmen." Sein zorniges Starren war auf den Schreibtisch vor ihm gerichtet, als ob er die Szene gerade ein weiteres Mal durchlebte. "Er sah mich nicht näherkommen. Weil er seine Hände nicht entfernte, zerrte ich ihn mit Gewalt von Junar fort und schlug ihn. Zweimal. Einmal ins Gesicht, das zweite Mal in den Bauch. Er brach zusammen. Vern kniete sich vor ihn und führte sein Diagnose-Ding durch. Es scheint, als hätte ich dem Mann einen Wangenknochen und drei Rippen gebrochen. Vern sagte noch etwas über einen Riss in der Milz, was auch immer das sein soll. Er weigerte sich, den Mann zu heilen und schickte jemanden los, um stattdessen Eryn zu holen. Sie kam und heilte den Mann, dann schickte sie jemanden, um Euch zu holen."

Enric ließ den Atem langsam entweichen. "Wo war diese Kontrolle, die Ihr mir mehr als zehn Jahre lang eingebläut habt?"

Orrin lächelte schwach. "Wo war sie an dem Tag, als Eryn von den Apothekern attackiert wurde und Ihr dann fast auf die losgegangen wärt, nachdem Ihr sie auf dem Boden liegend vorgefunden habt?"

Eryns Kopf zuckte zu ihrem Gefährten. Was?

Enrics Augen verengten sich. Wie um alles in der Welt hatte er davon erfahren?

"Ich bin darauf bedacht, gute Kontakte zu den Palastwachen zu pflegen", erklärte der Kampftrainer als könnte er Enrics Gedanken lesen. "Hin und wieder erfährt man interessante Dinge. Wie dass die Luft mit Magie knisterte und Lord Tyront drohte, Euch einen Dämpfer zu verpassen, wenn Ihr Euch nicht benehmt."

Enric spürte Eryns Überraschung über diese Enthüllung. Dann wandte er sich an Junar. "Eryn sagte, der Mann sei dein ehemaliger Gefährte. Was wollte er von dir?"

Junar seufzte, und Orrin legte seinen Arm um ihre Schultern, um sie näher an sich zu ziehen. "Er erfuhr von meiner Schwangerschaft. Die Neuigkeit scheint sich in Windeseile in der Stadt verbreitet zu haben. Er war so erzürnt, beschuldigte mich, dass ich es absichtlich vermieden hätte, Kinder zu bekommen, als wir noch verbunden waren. Ich sagte ihm, dass das nicht wahr sei, aber er glaubte mir nicht und wurde nur noch zorniger. Dann packte er mich und begann mich zu schütteln - ich hatte solche Angst, dass er mir wehtun würde. Oder dem Baby." Ihre Hand wanderte zu ihrem flachen Unterleib.

"Lord Orrin, der Bote sagte mir, dass der Mann Euch beschuldigt, Magie gegen ihn eingesetzt zu haben. Habt Ihr das?"

"Nein, das habe ich nicht", sagte er nur.

"Nicht einmal, um Eure Muskelkraft zu stärken und fester zuschlagen zu können?"

"Nein."

Enric betrachtete ihn nachdenklich, dann nickte er. "Also gut. Tyront spricht jetzt gerade mit... wie war sein Name noch?" Fragend sah er Junar an.

"Orlek", informierte sie ihn.

"Tyront spricht im Moment mit Orlek. Wir werden sehen, was die nächsten Schritte in dieser Angelegenheit sind." Er stand auf und trat von seinem Tisch weg. Der offizielle Teil war vorüber. "Wie geht es dir, Junar?", fragte er behutsam.

Die Schneiderin lächelte matt. "Ein wenig erschüttert, aber sonst geht es mir gut. Vern hat das überprüft. Und Eryn auch."

"Dann würde ich vorschlagen, dass ihr euch jetzt auf den Heimweg macht."

Orrin nickte und wandte sich an Eryn. "Hat Vern Ärger am Hals, weil er den Mann nicht geheilt hat?"

Sie nickte. "Den hat er, ja. Aber nur mit mir. Nichts, worüber du dir Sorgen machen müsstest."

Für einen Moment schloss er die Augen, dann hob er Junars Umhang auf und drapierte ihn über ihre Schultern, bevor beide fortgingen.

Eryn lehnte sich gegen ein Bücherregal. "Steckt er in der Klemme?"

"Wahrscheinlich. Wenn Orlek auf seiner Anschuldigung, Orrin habe Magie gegen einen Nicht-Magier eingesetzt, beharrt, wird es eine Anhörung vor dem Rat der Magier geben."

"Glaubst du, dass er Magie benutzt hat? Er bestreitet es."

Enric schüttelte den Kopf. "Nein, ich denke nicht. Seine Hiebe sind auch ohne Magie mächtig genug. Glaub mir, ich habe oft genug welche abbekommen, während er mich noch in unbewaffnetem Kampf trainierte. Wenn er dich während eures Trainings trifft, hält er sich zurück. Und zwar beachtlich, wenn ich das anmerken darf."

"Er hat zwei Rippen gebrochen und eine Milz reißen lassen! Und das ohne Magie?" Sie runzelte die Stirn. Aber dann entsann sie sich, wie Enric damals Ram'an geschlagen hatte, als der versuchte, sie zu diesem Tanz zur Verführungsmusik zu bewegen. Ram'an war dabei quer über eine ganze Sitzgruppe geschleudert worden, bevor ihn eine Wand oder Säule gebremst hatte. Das war ebenfalls ohne Magie geschehen.

"Dann sollte das doch recht einfach zu lösen sein. Du könntest Orrin seine Aussage, dass er keinerlei Magie eingesetzt hat, unter dem Einfluss einer Wahrheitssperre wiederholen lassen. Das sollte den Rat doch wohl überzeugen, oder etwa nicht?"

"Ich fürchte, ganz so einfach ist das nicht. Magier benutzen ihre Magie oftmals, ohne es zu merken, wenn es um Dinge geht, die wir automatisch tun. Orrin ist ein trainierter Kämpfer, er könnte seine Muskeln unbewusst verstärkt haben. Das macht seine Aussage unter einer Wahrheitssperre unbrauchbar."

Eryns Gesichtsausdruck verdüsterte sich. "Und es gibt keine andere Möglichkeit zu beweisen, dass er stark genug ist, um das auch ohne Magie hinzubekommen?"

"Da gäbe es eine, aber das ist nichts, das wir probieren wollen", meinte Enric grimmig.

"Welche wäre das?"

"Ihn in Gold zu fesseln, ihn dann auf jemanden einschlagen zu lassen und dann die Verletzungen zu vergleichen."

Sie schluckte. "Du liebe Zeit. Dafür wird es wohl nicht viele Freiwillige geben, könnte ich mir denken."

"Ich würde es tun. Aber nicht mit dem Geistesband. Du würdest den Schmerz fühlen."

"Das würdest du tun?", fragte sie sanft. "Um ihm aus seinen Schwierigkeiten herauszuhelfen?" Sie dachte zurück an die Spannungen, die noch vor wenigen Monaten zwischen ihnen bestanden hatten. Es war wahrlich erstaunlich, wie viel sich zwischen den beiden verändert hatte.

"Das hätte ich, ja. Aber meine Prioritäten sind jetzt andere. Er muss Junar beschützen, und ich dich", sagte er.

Traurig schüttelte sie den Kopf. "Dann bin ich tatsächlich zu einer Bürde geworden."

Er trat auf sie zu und lehnte seine Stirn gegen ihre. "Ich weiß, was du hier versuchst. Es wird nicht funktionieren. Ich werde dir keine Schmerzen verursachen, um ihm zu helfen, ganz egal, wie willig du sie erdulden würdest."

Sie ließ sich von ihm in eine Umarmung ziehen und überlegte, wie sie ihn dazu bringen konnte, seine Meinung zu ändern.

* * *

Eryn zwang sich dazu, sich zurückzulehnen und soweit zu entspannen, wie das unter diesen Umständen möglich war. Lord Tyront hatte schnell gehandelt. Da Orlek nicht davon abgewichen war, Orrin des Gebrauchs von Magie zum Schaden eines Nicht-Magiers zu bezichtigen, war nur einen Tag später bereits eine Ratsversammlung einberufen worden. Wenn ein hochrangiges Ordensmitglied solch einer Sache beschuldigt wurde, dann musste man sich darum so rasch wie möglich kümmern.

Sie starrte die Doppeltüren der Ratshalle an. Man hatte sie herbestellt, damit sie als Zeugin aussagen und darüber berichten konnte, welche Verletzungen Orrin Orlek zugefügt hatte. Besonders glücklich darüber, dass man deswegen an sie herantreten musste, war man nicht, hatte Enric ihr gesagt. Die Alternative wäre allerdings Vern gewesen, und das war sogar noch schlimmer. Wie hätte man von einem sechzehnjährigen Jungen verlangen können, mit seiner Aussage seinen eigenen Vater zu belasten? Aber natürlich verlangte man es von *ihr*. Es war zwar bekannt, dass sie mit Orrin befreundet war, aber dennoch war sie die Nummer drei im Orden, und somit erwartete man, dass sie sich davon nicht in der Ausübung ihrer Pflichten beeinflussen ließ.

Die Doppeltür öffnete sich, und eine Palastwache bedeutete ihr einzutreten.

"Lady Eryn", kündete er an, bevor sie hineinging und den runden Tisch mit elf der zwölf Ratsmitglieder in sich aufnahm. Orrin saß dieses Mal natürlich nicht bei ihnen. Er musste als Angeklagter vor ihnen stehen, sich vor seinen Kollegen rechtfertigen. Er wirkte angespannt, aber es war die Anspannung eines Mannes, der entschlossen schien, sich allem zu stellen, was er über sich ergehen lassen musste. Nichts deutete auf Angst oder Grauen hin. Er würde allem standhalten, was man ihm entgegenwarf. Tapferer Orrin, dachte sie, und trat neben ihn. Sie widerstand dem Impuls, seinen Arm zu drücken oder ihm eine andere bestärkende Berührung angedeihen zu lassen.

Alles würde sich zum Guten wenden. Sie war fest entschlossen, dafür zu sorgen.

Auf einer Seite des Raumes stand der Thron, und genau wie das letzte Mal, als man sie herbestellt hatte, um die Barrieren zu entfernen, war er besetzt. Der König wollte sich das hier also persönlich ansehen anstatt sich in dieser Sache auf seine Informanten zu verlassen. Warum würde er die Darbietung auch verpassen wollen?

"Lady Eryn", sprach Lord Tyront, "Ihr wurdet herbestellt, um die Verletzungen zu bezeugen, die Ihr vorfandet, als man gestern nach Euch schickte und Ihr Orlek untersuchtet, bevor Ihr ihn geheilt habt. Sollte der Rat Gründe haben, den Wahrheitsgehalt Eurer Worte zu bezweifeln, werden wir eine Wahrheitssperre einsetzen, um Eure Aussagen zu überprüfen."

Seine Warnung, bezüglich der Verletzungen nicht zu lügen und deren Ausmaß zu verharmlosen, kam an. Sie schenkte ihm ein erzwungenes Lächeln. "Ich versichere Euch, das wird nicht nötig sein. Ich würde doch den Rat nicht anlügen."

Sein bedächtiger Blick und die hochgezogene Augenbraue ließen sie erahnen, wie glaubwürdig er *diese* Worte erachtete.

"Das zu hören ist eine Erleichterung", lächelte er kühl. "Seid so freundlich und lasst uns hören, was Ihr bei Eurer Ankunft bei dem Schauplatz vorfandet."

"Ich fand einen Mann vor, der auf dem Boden von Junars Geschäft lag und seinen Bauch umklammerte, während er schwer atmete. Zusätzlich blutete er aus seinem linken Nasenloch, und seine Wange war sichtbar geschwollen. Als ich ihn untersuchte, sah ich, dass seine Milz gerissen sowie zwei Rippen und ein Wangenknochen gebrochen waren."

"Wie ernst, würdet Ihr sagen, waren diese Verletzungen?", fragte Lord Tyront.

"Der Riss in der Milz wäre wohl mit der Zeit zu einem Problem geworden. Der Blutverlust hätte nach einer Weile zur Bewusstlosigkeit und irgendwann womöglich zu seinem Tod geführt. Aber wir sprechen hier von Tagen, da der Riss nicht so ausgedehnt war. Ich gehe davon aus, dass er vorher den Weg in die Klinik gefunden oder jemand einen Heiler gerufen hätte, um ihm zu helfen. Das ist nur ein mögliches Szenario, möchte ich bemerken. Ich habe nicht viel Erfahrung dabei zuzusehen, wie solch eine Verletzung ihren Verlauf nimmt. Normalerweise heile ich so etwas, wenn ich es sehe", erklärte sie ruhig. "Die zwei oder eher drei gebrochenen Knochen wären mit der Zeit verheilt, wenn auch mit Schmerzen für die nächsten paar Wochen."

Enric nickte ihr kurz zustimmend zu. Offensichtlich hatte sie sich als vertrauenswürdig erwiesen. Sehr zufriedenstellend. Sie bezweifelte, dass ihr ihre nächsten Worte zusätzlichen Beifall von seiner Seite einbringen würden.

"Gibt es noch weitere Informationen, die Ihr im Zusammenhang mit Orleks körperlicher Verfassung gestern benötigt?"

Lord Tyront schüttelte den Kopf. "Nein, das wäre alles, habt Dank. Ihr dürft Euch nun zurückziehen. Wir bedanken uns für Eure Mithilfe."

Sie blieb stehen, wo sie war und hob den Kopf. "Wenn ich so kühn sein dürfte, noch etwas anzusprechen, meine Herren? Ich möchte Euch einen Vorschlag unterbreiten, der Licht auf die Frage werfen könnte, deretwegen wir uns alle hier versammelt haben - nämlich, ob Lord Orrin Magie dafür eingesetzt hat, den Mann zu schlagen oder nicht."

Sie sah, wie Enric kurz die Stirn runzelte, bevor ihm klar wurde, was sie vorhatte. Sie spürte, wie die Rage in ihm hochkochte. Er sprang auf. "Nein! Das kann ich nicht erlauben!"

Lord Tyront sah sie beide abwechselnd an, dann deutete er Enric, sich wieder hinzusetzen. "Welcher Vorschlag wäre das?"

"Ich kann Euch beweisen, dass Lord Orrin nicht auf Magie zurückzugreifen braucht, um jemandem solche Verletzungen zuzufügen. Er ist ein trainierter Krieger mit beachtlicher körperlicher Stärke", erklärte sie. "Ich würde den Rat um Erlaubnis für eine kleine Demonstration ersuchen."

Lord Tyront betrachtete sie für einen Augenblick, dann wandte er sich den anderen Magiern zu. "Handzeichen. Gibt es Einwände gegen die Demonstration, die Lady Eryn uns anbietet?"

Köpfe wurden geschüttelt, und nur eine Hand war erhoben. Enrics.

"Dann fahrt fort", wies er sie an und sah zu, wie sie ein paar goldener Handschellen hervorzog, bevor sie sich zu Orrin drehte.

"Orrin?", sagte sie sanft. "Deine Hände bitte."

Er sah in ihre Augen, eindeutig verwirrt, tat aber wie ihm geheißen. "Was hast du vor?", fragte er leise.

Darauf antwortete sie nicht, sondern befestigte die Handschellen um seine Handgelenke und schloss die Nähte mit Magie, um ihn der Kontrolle über seine magischen Kräfte zu berauben.

Enric stand von seinem Stuhl auf und wandte sich an die Ratsmitglieder. "Ich muss Euch ersuchen, dem einen Riegel vorzuschieben. Jetzt sofort. Oder *ich* werde es tun."

"Du wirst nichts dergleichen tun", warnte ihn sein Vorgesetzter. "Hinsetzen."

Enric ignorierte ihn jedoch und schob seinen Stuhl zurück, um die paar Schritte zu seiner Gefährtin zu gehen. Er fasste sie am Oberarm und drehte sie zu sich.

"Was glaubst du, was du hier tust?", fauchte er. "Ich verbiete es. Hörst du mich? Das ist ein Befehl!"

Eryn befreite sich aus seinem Griff. Ihre Stimme war gefasst und bedauernd. "Es tut mir leid, Enric. Aber du kannst mir nicht befehlen, es nicht zu tun, wenn Lord Tyront seine Zustimmung erteilt. Setz dich hin, ja?"

Orrin beobachtete die beiden misstrauisch. "Was geht hier vor?"

Enric schloss für einen Moment die Augen, dann öffnete er sie wieder und sah den Krieger an. "Eryn will, dass du sie schlägst, damit sie dem Rat zeigen kann, dass du es auch ohne Magie schaffst, jemanden zu verletzen."

"Was?", donnerte Orrin und wandte sich ihr verärgert zu. "Du nimmst mir sofort diese Handschellen ab! Bist du vollkommen verrückt geworden? Ich werde dich nicht schlagen!"

Sie stellte sich direkt vor ihn hin, verschränkte die Arme und nahm ein paar beruhigende Atemzüge. "Doch, das wirst du. Das ist ein Befehl."

Die Welt schien einige Sekunden lang stillzustehen; niemand rührte sich, als wäre die Zeit selbst eingefroren.

"Nein." Seine Stimme war nicht laut, verbreitete sich in der Stille gut genug, um in dem hohen Saal widerzuhallen.

"Entweder Ihr folgt meinem Befehl, Lord Orrin, oder Ihr werdet Euch zusätzlich zu dieser Anklage noch einer weiteren wegen Ungehorsams stellen müssen", drohte sie ihm. "Und keine Zurückhaltung. Das ist immerhin als Demonstration dessen gedacht, was Ihr ohne Zurückhaltung anrichten könnt."

Orrin starrte sie an, bemerkte Enrics zornigen Gesichtsausdruck nicht einmal, der ihn davor warnte, seine Hand gegen sie zu erheben. Dann drehte er sich langsam dem Rat zu.

"Ich gestehe, dass ich Magie eingesetzt habe, um meine Stärke zu erhöhen und Orlek fester zu schlagen", verkündete er mit grimmiger Entschlossenheit.

Eryn fasste nach seinem Arm und hielt ihn mit Hilfe von etwas Magie fest, als er sich befreien wollte, dann band sie ihn mit einer Wahrheitssperre.

"Wiederhole das", bellte sie. "Sofort."

Er öffnete den Mund, dann schloss er ihn wieder; die Worte weigerten sich herauszukommen. Sein Blick war tödlich. "Hör sofort damit auf", knurrte er. "Ich werde dich nicht schlagen, was auch immer du anstellst. Ich schätze wirklich, was du hier versuchst, aber nein. Das ist es nicht wert."

Enric atmete tief ein, dann fasste er nach Eryns Schultern und führte sie von Orrin weg. Als sie widersprechen wollte, hob er nur mit einem warnenden Blick den Finger. Dann drehte er sich zum Angeklagten um und trat vor ihn.

"Lord Orrin, Ihr habt richtig gehandelt, indem Ihr Euch entschieden habt, Lady Eryn nicht zu schlagen, und ich muss Euch für Euer galantes Verhalten loben. Das Ignorieren dieses speziellen Befehls wird für Euch keinerlei Konsequenzen mit sich bringen", sagte er laut genug, damit alle Anwesenden ihn hören konnten. "Der Rat hat jedoch den Wunsch geäußert, die Demonstration zu sehen, die Lady Eryn versprochen hat. Ihr werdet seinem Wunsch also nachkommen, in dem Ihr stattdessen *mich* schlagt."

Orrin schüttelte den Kopf über ihn. "Welchen Unterschied soll das denn machen, wen von euch beiden ich schlage mit eurem verfluchten Geistesband?", schrie er.

"Der Unterschied ist", sagte Enric unerschütterlich, "dass *ich* die Schläge abbekomme, nicht sie. Sie wird mich hinterher sofort heilen, also ist das eine Sache auf nicht mehr als zwei oder drei Minuten, wenn Ihr kooperiert. Schlagt mich. Und seht zu, dass es zählt."

Der ältere Mann stand bewegungslos. Seine Augen sprangen kurz zu Eryn, dann schüttelte er den Kopf. "Nein. Ich kann nicht."

"Sei kein Narr, Orrin", murmelte Enric. "Sie will das für dich tun. So wie ich es ohne Zögern getan hätte, wenn das Band nicht wäre. Sie wird wesentlich mehr und länger darunter leiden, wenn du zu Unrecht dafür bestraft wirst, dass du Junar beschützt hast."

Orrin schloss einige Sekunden lang die Augen, dann nickte er resigniert, bevor er sie wieder öffnete.

"Lady Eryn", erklang die Stimme des Königs, "Ihr solltet dafür wohl besser Platz nehmen."

Sie sah ihn an. Er lächelte nicht wie sonst, wenn er demonstrierte, dass er über Wissen verfügte, von dem man nicht erwartete, dass er es besaß. Enric hatte Recht gehabt. Er wusste sehr wohl über das Geistesband Bescheid. Und er freute sich offenkundig in diesem Fall nicht darauf zu sehen, wie es seine Wirkung entfaltete. Sie ging zu Enrics Stuhl und umklammerte die Armlehnen fest, als sie sich für den Schmerz, der bald kommen würde, wappnete.

Sie beobachtete, wie Orrin seinen Arm zurückzog, und einen Augenblick später hörte sie zuerst das Geräusch, wie seine Faust auf etwas Festes auftraf, bevor sie den qualvollen Schmerz in ihrem Unterleib spürte. Er raubte ihr den Atem, sodass sie nicht einmal aufschreien konnte. Vage spürte sie eine warme Hand auf ihrer Schulter, bevor ein weiterer Schlag ihren Kopf in glühende Splitter heißer Agonie explodieren ließ, die jede andere Wahrnehmung verdrängte.

Tyront zeigte auf Lord Poron und bellte: "Geht und dämpft seinen Schmerz irgendwie, schnell!"

Augenblicke später atmete Eryn erleichtert aus, als die Faust aus Pein um ihren Kopf und Unterleib ihren strammen Griff lockerte. Erst dann erkannte sie, dass sie auf dem Boden lag, zusammengerollt in eine fötale Position mit ihren Knien an ihre Brust gezogen und ihrem Kopf in ihren Händen. Sie hatte den Fall nicht einmal bemerkt.

Lord Tyront und der König hielten ihr beide eine Hand hin und halfen ihr zurück auf die Beine. Sie sah Enric, wie er auf dem Rücken auf dem Boden lag und an die Decke starrte. Sie spürte, dass er keinen Schmerz mehr empfand, doch ihn dort so liegen zu sehen fühlte sich an wie ein Speer durch ihre Eingeweide. Lord Poron kniete neben ihm.

"Lord Poron, könnt Ihr den Schaden feststellen?", fragte Lord Tyront.

Der Heiler schloss die Augen und legte seine Hand auf den Arm des liegenden Mannes. "Mehrfacher Kieferbruch, drei gebrochene Rippen auf der linken Seite. Und…" Besorgt riss er die Augen auf. "Seine Lunge ist beschädigt, wenn auch nur leicht."

Eryn rannte förmlich zu Enric und riss seine Robe auseinander, sodass ihre Hand ihn dort berühren konnte, wo der Schaden war, anstatt den Umweg über seinen Arm nehmen zu müssen. Sie schloss die Augen und benötigte einige

Sekunden, um den Aufruhr in ihrem Inneren unter Kontrolle zu bringen. Er hätte die Heilung erschwert und damit gefährlicher gemacht. Als sie spürte, wie sich ihre Atmung beruhigte, schickte sie einen ersten suchenden Impuls los, um den Riss in seiner Lunge zu finden. Sie konnte sehen, wie der Druck in seiner Lunge langsam abfiel und begann sofort, den Riss zu reparieren, sorgsam darauf bedacht, nicht zu schnell zu arbeiten in ihrem Eifer, ihn wiederherzustellen. Als der Schaden an der Lunge behoben war, lenkte sie ihre Aufmerksamkeit auf die drei gebrochenen Rippen und heilte eine nach der anderen. Dann legte sie, ohne ihre Augen zu öffnen, ihre Hand an seine Wange und erschauderte bei dem Zustand, in dem sich sein Kiefer befand. Er war an drei Stellen gebrochen, und sie kümmerte sich um jeden einzelnen Bruch. Als der letzte Schaden repariert war, öffnete sie die Augen und sah auf ihn hinab, in blaue Augen, die auf ihr Gesicht gerichtet waren.

Enric setzte sich langsam auf, zog vorsichtig den Atem ein und griff dann an seinen Kiefer, zufrieden, als nichts mehr schmerzte oder sich anders anfühlte.

Dann kam er auf die Beine und zog auch Eryn hoch. Die Ratsmitglieder und der König saßen nicht länger auf ihren Stühlen oder dem Thron, sondern hatten sich in den letzten zwanzig Minuten, seit Eryn mit ihrer Arbeit begonnen hatte, in einem Kreis um sie versammelt.

"Ich weiß nicht, wie es Euch geht, aber aufgrund dessen, was ich soeben erlebt habe, gehe ich nicht davon aus, dass Lord Orrin auf Magie zurückgreifen muss, um einen Mann zu verletzen, wenn er das wünscht. Und lasst mich betonen, dass er mich widerwillig schlug, während er gestern dazu provoziert wurde und deshalb verärgert war, als er Orlek diese Hiebe verpasste. Ich wundere mich, dass er keine gröberen Verletzungen als diejenigen, die er erlitten hat, davontrug", fügte er eindringlich hinzu.

Die Ratsmitglieder wechselten Blicke, und Tyront seufzte. "Ihr habt gehört, welche Verletzungen Lord Orrin einem ausgebildeten Kämpfer wie Lord Enric mit nicht mehr als zwei Schlägen zugefügt hat. Wer von Euch bezweifelt, dass Lord Orrin in der Lage war, einem Mann, der Junar grob behandelte, diese Verletzungen ohne Anwendung von Magie zuzufügen?" Keine einzige Hand wurde gehoben. Er nickte, dann fragte er: "Wer von Euch denkt, dass Lord Orrin stark genug ist, um diese Verletzungen ohne Magie zu verursachen und somit von den Vorwürfen, Magie zum Schaden eines Nicht-Magiers eingesetzt zu haben, freigesprochen werden sollte?"

Ohne Zögern gingen elf Hände nach oben.

Tyront nickte und trat auf Orrin zu, um ihm die goldenen Handschellen abzunehmen. "Ich gratuliere, Lord Orrin. Die Vorwürfe gegen Euch wurden fallengelassen."

Der Krieger nickte einmal und warf Eryn einen bösen Blick zu, bevor er sich abwandte und die Ratshalle mit ausladenden, ärgerlichen Schritten verließ.

Eryn seufzte und wandte sich an Lord Tyront. "Ihr könntet ihm nicht befehlen, nicht böse auf mich zu sein, schätze ich?"

Tyront zog seine Augenbrauen nach oben. "Das wäre, als würde ich Euch befehlen, mehr Respekt zu zeigen", antwortete er.

Sie verzog das Gesicht. "So wenig erfolgversprechend, was?"

Lord Woldarn, eines der Ratsmitglieder, räusperte sich. "Ich würde meinen, dass hier eine Erklärung dieses sehr interessanten Phänomens, das wir gerade beobachtet haben, fällig wäre. Wie kommt es, dass Lady Eryn ebenfalls auf dem Boden zusammenbrach, als Lord Enric geschlagen wurde? Das war nun doch eine... heftigere Reaktion als bloßes Mitgefühl rechtfertigen würde."

Eryn seufzte innerlich und sah zu Enric auf. Der große Moment, es der Welt zu verkünden, war also gekommen. Er legte seinen Arm um ihre Schultern und richtete das Wort an seine Kollegen.

"Was Ihr soeben mitangesehen habt, wird als Geistesband bezeichnet und ist eine recht seltene und unerwartete Folge des Kommitmentbands dritten Grades, das wir in den Westlichen Territorien eingingen. Es koppelt starke Emotionen zwischen uns. Schmerz ist unglücklicherweise eine davon."

Einige Augenblicke lang sprach niemand, dann nickte Lord Seagon. "Dann war Eure Bereitschaft, Lord Orrins Fähigkeit zur Verursachung von körperlichem Schaden zu demonstrieren, ein noch größeres Opfer, als es auf den ersten Blick erschien."

"Was auch Lord Orrins üble Laune gerade eben erklärt. Für ihn war es im Wesentlichen, als hätte er eine Frau geschlagen", bemerkte ein weiteres Ratsmitglied.

Eryn bemerkte, wie ihr Gefährte die Zähne zusammenbiss. Für ihn war es nicht nur, als hätte er zugelassen, dass ein anderer Mann sie schlug, sondern als hätte er ihn auch noch dazu ermutigt. Sie seufzte. Irgendwie konnte sie sich des Gefühls nicht erwehren, dass sie sich einiges würde anhören müssen, sobald sie allein waren.

* * *

Eryn spürte, wie sich seine Finger in ihren Arm bohrten, während er sie mehr oder weniger zurück zu ihrem Haus zog. Sie wusste, dass er mit seiner Tirade nicht loslegen würde, bevor sie die Straße verlassen hatten. Damit würde er warten, bis sie allein waren. Krampfhaft überlegte sie, wie sich genau das noch ein wenig länger hinauszögern ließ.

"Ich muss noch kurz in der Klinik vorbeischauen, damit ich..."

"Nein."

Sie schnappte nach Luft, als sie um die letzte Ecke, die sie in Sichtweite ihres Hauses brachte, bogen. Orrin lehnte an der Wand neben dem Hauseingang und wartete. Auf sie.

"Nein, nein, nein, nein", protestierte sie und versuchte, sich aus Enrics Griff zu befreien, aber er lächelte nur boshaft und hielt sie fest.

"Sieh an, wen haben wir denn da! Wie nett von ihm, dass er auf einen kleinen Plausch vorbeikommt, nicht wahr?"

"Komm schon!", jammerte sie, "Nicht beide von euch auf einmal! Das ist nicht fair!"

Sie erreichten das Haus, und Orrin wartete, bis Enric die Tür geöffnet und eine zappelnde Eryn hineingezogen hatte, bevor er ebenfalls eintrat.

Eryn blinzelte überrascht, als ihr Handgelenk einen Moment später von Orrins festem Griff umschlossen wurde. Er war wirklich schnell. Schneller, als ihr lieb war.

Der Ärger schimmerte in seinen grünen Augen. "Am liebsten würde ich dir jetzt den Hintern versohlen, du verdammte Närrin", zischte er.

"Die Chance hast du gerade verpasst, fürchte ich", schoss sie zurück und biss die Zähne zusammen, als er seinen Griff verstärkte.

"Hast du irgendeine Ahnung, wie es für mich ist, einer Frau einen Hieb zu verpassen? Jemand Schwächeren zu schlagen? Und in deinem Fall ohne die Möglichkeit, sich zu verteidigen?" Mit jedem Satz war seine Stimme lauter geworden.

"Komm schon, Orrin!", begehrte sie auf. "Es hat nur kurz wehgetan, dann hat Lord Poron etwas dagegen unternommen. Nichts ist passiert! Und dein unbescholtener Ruf, dass du niemals Hand an eine Frau gelegt hast, bleibt intakt, da ich nicht diejenige war, die hinterher geheilt werden musste."

Sein Grinsen war mehr ein Zähnefletschen. "Wirklich? Aber das war nicht dein ursprünglicher Plan. Ich erinnere mich genau, dass du vor mir gestanden und mir *befohlen* hast, dich zu schlagen!"

"Einen Befehl, den du ignoriert hast!", knurrte sie zurück. Sie entschied, dass es wohl die bessere Strategie war, Ärger mit Ärger zu begegnen. "Ich bin deine Vorgesetzte - siehst du nicht, wie mich das vor den anderen dastehen lässt?"

"Es kümmert mich nicht im Mindesten, wie du dastehst nachdem du mir befiehlst, dich zu *schlagen*!"

Sie hob ihre freie Hand, um seine Finger von ihrem Handgelenk zu entfernen. "Ich sehe nicht ein, warum ich diejenige bin, die sich rechtfertigen muss, wo ich doch nur versucht habe, dir zu helfen! Und ich war diejenige, der gegenüber du ungehorsam warst, also solltest du dich bei mir *entschuldigen* anstatt mich anzuschreien!"

"Entschuldigen?", dröhnte er. "Ich habe zugesehen, wie du unter meinen Schlägen zusammengebrochen bist, und ich soll mich bei dir dafür *entschuldigen*, dass du mich dazu gezwungen hast? Dann kann ich mich auch gleich dafür bedanken, dass du mich in die unglückliche Situation gebracht hast, meinen *Vorgesetzten* schlagen zu müssen!"

"Wäre es dir lieber gewesen, sie hätten dich für schuldig befunden? Sie hätten dich womöglich aus dem Rat geworfen, dir deine Position weggenommen! Wie kann es das nicht wert sein, ein paar Sekunden lang Schmerzen auszuhalten? Ich verstehe nicht, warum ich hier die Närrin sein soll!", warf sie zurück.

"Ich brauche dich nicht, um mich zu beschützen!"

Sie blinzelte. Lag hier das Problem? Der große, starke Orrin konnte es nicht ertragen, von einer Frau beschützt zu werden?

"Du hättest das Gleiche auch für mich getan. Du würdest jedem Mann wehtun, der Hand an mich legt", wagte sie sich leise vor.

Darauf antwortete er nicht, aber das war auch nicht nötig.

"So etwas kann ich für dich nicht tun. Nicht wirklich, weil es niemand wagen würde, dich zu attackieren. Aber das bedeutet nicht, dass ich dich nicht ebenfalls beschützen will, wenn du in Schwierigkeiten steckst. Ich tue es eben auf meine Weise. Und was ich aus dem Training mit dir gelernt habe, ist, dass ein guter Kämpfer ebenso viel einstecken können muss wie er austeilt. Ich habe mich also für den Pfad des Kriegers entschieden, oder etwa nicht?" Sie drückte seine Hand. "Auch wenn du ihn mich nicht beschreiten hast lassen, nachdem du mich mehr als ein Jahr lang darauf vorbereitet hast."

Orrin seufzte. Er schien sich nun beruhigt zu haben. "Weil es der Pfad des Kriegers für dich gewesen sein mag, die Hiebe einzustecken, aber er war es nicht für mich, sie auszuteilen."

Sie grinste ihn an. "Nächstes Mal werden wir dich auf ein anderes Ziel einschlagen lassen. Wie einen Sack Ziegelsteine oder eine Steinsäule."

"Nächstes Mal." Er schüttelte den Kopf, seine Miene etwas hoffnungslos. "Seit deiner Ankunft hier in der Stadt hatte ich mehr Ärger am Hals als in den zwanzig Jahren davor."

Enric entließ einen enttäuschten Seufzer. "Ich kann sehen, dass du ihr schon verziehen hast. Schade. Ich hatte auf irgendeine Art von Vergeltung gehofft, um ehrlich zu sein. Das hätte *mir* die Mühe erspart."

Orrin lächelte. "Oh, die wird es geben. Ich habe gerade mit dem Kampftraining der neuen Studenten im ersten Jahr begonnen. Und ich beantrage hiermit eine Lehrassistentin. Ich denke, sie würden von einem weiblichen Ansatz profitieren."

"Gewährt", sagte Enric sofort und ging zum Getränkeschrank, um sich trotz der frühen Stunde ein Glas einzuschenken.

"Dafür habe ich keine Zeit!", klagte Eryn. "Und warum darf er mich dafür bestrafen, dass ich ihm geholfen habe! Oder warum darf er mich überhaupt bestrafen?"

"Nun, er hat es nicht allein getan. Ich habe geholfen", erklärte ihr Gefährte. "Lass es uns als gemeinsame Bemühung bezeichnen. Geht es dir damit besser?"

Sie bedachte ihn nur mit einem vernichtenden Blick und schlug die Richtung zur Treppe ein, um so viel Abstand wie nur möglich zwischen sich und die beiden Männer zu bringen.

KAPITEL 11

Intime Details

Junar und Eryn standen vor dem hohen Spiegel in Eryns Schlafzimmer und betrachteten ihre Spiegelbilder, ihre Mienen alles andere als glücklich.

"Wo findet diese Sache heute noch gleich statt?", fragte die Magierin abgespannt. Es war ein langer Tag in der Klinik gewesen, und sie hätte es vorgezogen, ein heißes Bad zu nehmen und dann früh zu Bett zu gehen. Aber nein. Der Botschafter war zu einem weiteren Abendessen eingeladen worden, und das bedeutete, dass sie und Enric ebenfalls gezwungen waren anzunehmen.

"Bei Lord Seagon, glaube ich", sagte Junar mit dem gleichen Mangel an Enthusiasmus. "Orrin ist in letzter Zeit ungewöhnlich begierig darauf, zu diesen Veranstaltungen zu gehen", seufzte sie.

"Er will mit dir angeben. Das ist irgendwie süß", meinte Eryn schulterzuckend.

"Warum findest du das bei Lord Enric dann nicht süß? Warum ist es nicht süß, dass er dich vielleicht auch vorzeigen will?", protestierte die Schneiderin.

"Weil ich nicht der Typ zum Vorzeigen bin."

"*Ich* aber schon?"

"Auf jeden Fall. Eine beträchtlich jüngere Gefährtin eines Mannes in mittleren Jahren, eine scheinbar unfruchtbare Frau, die vom mächtigen Krieger geschwängert wurde. Wenn du nicht der Typ zum Vorzeigen bist, wer dann?", schnaubte Eryn.

Junar berührte ihren flachen Bauch und lächelte. "Ich schätze, das stimmt." Dann drehte sie sich zu ihrer Freundin und legte ihr den Arm um die Schultern, ihr Tonfall ernst. "Ich bin nicht wirklich dazu gekommen, dir für das zu danken, was du für Orrin getan hast. Und es tut mir leid, dass er dich dafür bezahlen lässt. Und dass ihm Lord Enric auch noch dabei geholfen hat. Idioten, beide."

Die Magierin verdrehte die Augen. "Erzähl mir etwas Neues. Die sind nur sauer, weil sie sich durch meine Initiative in ihrem männlichen Stolz gekränkt fühlen."

"Nun, Orrins männlicher Stolz war durchaus gekränkt, da er zusehen musste, wie du mehr oder weniger unter seinen Schlägen zusammengebrochen bist. Was ich beruhigend finde. Ich würde nicht an einen Mann gebunden sein wollen, den so etwas vollkommen kalt lässt", betonte sie.

Das war ein gutes Argument, musste Eryn zugeben. Aber dass sie seiner noblen Gesinnung wegen bestraft wurde, half ihr nicht gerade dabei, diese besonders zu schätzen.

"Sollte es nicht bald wieder einen Ball geben?", fragte Junar. "Ich dachte, der König wollte einen geben, um den neuen Botschafter willkommen zu heißen. Als wie ungerechtfertigt auch immer sich das erwiesen hat."

"Du magst ihn auch nicht? Gut. Ich dachte schon, ich bin die Einzige, der es so geht."

Die Schneiderin zuckte mit den Schultern. "Nicht besonders. Er ist unangenehm. Ständig macht er diese seltsamen Bemerkungen, bei denen man sich fragt, ob er in sozialer Hinsicht einfach nur ungeschickt ist oder die Leute absichtlich beleidigt. Ich frage mich wirklich, wie man so einen Mann herschicken konnte. Du sagtest etwas darüber, dass er in die richtige Familie geboren wurde. Das bedeutet dann ja wohl, dass wir *dir* dafür dankbar sein dürfen, dass er uns mit seiner Gegenwart beehrt."

Eryn zog eine Grimasse. "Sag das nicht so! Ich hätte jemand anderen vom falschen Haus mit besseren Manieren vorgezogen. Ich würde mich lieber deswegen schuldig fühlen, weil ich jemanden mag, den ich nicht mögen sollte anstatt jemanden nicht zu mögen, den ich mögen sollte."

"Wirklich?" Junar warf ihr einen zweifelnden Blick zu. "Das ist überhaupt nicht der Eindruck, den ich von dir gewonnen hab. Seit wann kümmert es dich, was andere erwarten, wen du mögen sollst?"

"Seit ich in eine Familie adoptiert wurde, die mich tatsächlich mag und mir geholfen hat, nicht in Takhan festzusitzen. Ich schulde ihnen meine Loyalität, und wenn ich mit einem ihrer - oder eher *unserer* - Verbündeten nicht zurechtkomme, dann ist das nicht so toll."

"Nun, es ist ja nicht so, als wärt ihr Feinde. Allerdings gebe ich zu, dass dieser neue Botschafter nach Ram'an doch recht plump und unsympathisch wirkt. Nicht, dass Ram'ans Motive so rein gewesen wären", seufzte Junar. "Bist so soweit? Ich würde deine Haare wirklich gerne hochstecken."

Eryn schüttelte den Kopf. "Nicht heute Abend. Wenn ich wieder heimkomme, will ich meine Frisur schnell entwirren können, ohne dass ich eine halbe Stunde lang Nadeln aus meinem Haar zupfen muss, bevor ich ins Bett fallen kann. Das Flechten muss reichen. Siehst du? Ich habe einen komplizierteren Zopf als sonst gemacht. Mit vier Strähnen."

"Ja, wahnsinnig mondän", schnaubte die Schneiderin. "Jetzt komm, sehen wir zu, dass wir nach unten kommen. Wenn es zu mühsam wird, werde ich vorgeben, dass mir unwohl ist und du als meine persönliche Heilerin dich um mich kümmern musst." Sie lächelte verschwörerisch. "Wir könnten die Männer allein dort zurücklassen."

"Das würdest du nicht", seufzte Eryn. "Dein Lebensbund ist noch zu frisch. Es wird womöglich Jahre dauern, bis du dieses Ausmaß an Egoismus entwickelst."

Junar zog eine Braue hoch. "*Du* würdest das ohne Zögern tun. Und dein Kommitment ist auch erst, was, neun Monate her?"

"*Ich* bin ein Naturtalent. Es wurde mir praktisch angeboren."

Sie stiegen die Treppe hinab, und Eryn war überrascht, als sie den Salon leer vorfanden. Dann hörte sie Stimmen aus Enrics Arbeitszimmer. Die Männer standen vor dem Fenster und sahen auf die dunkle Straße hinaus. Nur die Lichter gelegentlicher Laternen verliehen der Szene draußen ein gewisses blasses Glühen. Beide drehten sich um, als die Frauen eintraten.

Enric lächelte über das Bild, das sie abgaben. Junar war elegant in Pastel; ihre Haut strahlte, wohl als Folge ihrer neuen Lebensumstände. Neben ihr Eryn, die versuchte, jeglichen Bemühungen in Richtung Dekoration aus dem Weg zu gehen, sofern sie das absolut erforderliche Minimum überstiegen, und die es aber dennoch nicht vermeiden konnte, dass Junars Kleider ihr eine gewisse Klasse verliehen.

"Gut. Ihr zwei seid fertig. Orrin und ich haben gerade deine neue Aufgabe besprochen. Wir denken, dass einmal die Woche zwei Stunden lang für die nächsten zwei Monate ausreichen sollten."

Sie seufzte und warf dem Krieger einen bohrenden Blick zu. "Orrin, erinnerst du dich nicht mehr an die Wirkung, die ich auf diese Kinder hatte, die du damals zu den Trainingsstunden mit mir gezerrt hast?"

Er lächelte. "Das tue ich sehr wohl. Und du kannst dir sicher sein, dass ich sie vorwarnen werde, nicht wegzulaufen, wenn sie dich mit Schaum vor dem Mund oder ähnlichen Tricks sehen."

"Spielverderber", murmelte sie.

"Die Kutsche ist vor ein paar Minuten eingetroffen und wartet draußen, wenn ihr soweit seid", drängte Enric in dem Bewusstsein, dass seine Gefährtin jede Chance, die sich ihr bot, nutzen würde, um die Abfahrt zu verzögern.

Beide Männer drapierten Umhänge um die Schultern der Frauen, bevor sie sich ihre eigenen überwarfen und ihre Gefährtinnen hinaus zur Tür und hinein in die wartende Kutsche führten.

"Vern hat mich gebeten, mich nach den Fortschritten deiner Experimente mit dem Geistesband zu erkundigen. Obwohl mir gerade klar wird, dass das eine recht intime Frage ist", räumte Junar ein und hielt sich fest, als sich die Kutsche mit einem Ruck in Bewegung setzte.

Eryn grinste über Orrins offensichtliches Unbehagen. "Das ist sie. Aber ich werde mich dazu äußern, da ich sehe, dass es für deinen Gefährten wesentlich schwieriger ist, sich das anzuhören, als es für mich ist, darüber zu reden. Ich mag es, wenn er sich windet. Das kommt selten genug vor. Seit dem kleinen Vorfall bei Orrins Anhörung gab es nicht wirklich irgendeinen Fortschritt. Seine Gefühle dringen noch immer ungefiltert zu mir durch. Meine Bemühungen, mich mit einem Schild gegen ihn abzuschirmen, haben nicht wirklich etwas genutzt."

Beide Männer starrten sie an, dann sahen sie einander an, als ob sie sichergehen wollten, ob sie tatsächlich gerade das gehört hatten, von dem sie dachten, dass sie es gehört hatten.

Enric runzelte die Stirn. "Das ist es, womit du experimentiert hast? Dich vor meinen Emotionen abzuschirmen?"

Sie nickte. "Ja. Hab ich dir das nicht erzählt?"

"Nein, du hast mir keine Details verraten, nur, dass du etwas mit Schilden versuchst."

"Das war Iklans Idee. Ich habe mit der Konsistenz und Beschaffenheit des Schildes herumexperimentiert, aber irgendwie macht es keinen Unterschied. Überhaupt keinen." Verdrossen zog sie die Stirn in Falten, als Orrin über einen privaten Scherz zu lachen schien. Und dass Enric leise vor sich hinlächelte, als ob die beiden Männer den gleichen Scherz teilten, machte es auch nicht besser. "Darf ich fragen, was an meinen fruchtlosen Versuchen so amüsant ist?"

"Dass du es nach all dem Training, das du erhalten hast, nicht geschafft hast, das eine sehr grundlegende Prinzip von Schilden zu verinnerlichen, das über Erfolg oder Niederlage entscheidet", erklärte der Kampftrainer.

Als sie ihn nur verwirrt ansah, ergänzte Enric: "Dass ein schwächerer Magier sich nicht erfolgreich gegen einen stärkeren abschirmen kann. Wirklich jetzt. Wie kann es sein, dass dir dieser Gedanke nie gekommen ist? Du kannst dich gegen mich nicht schützen, ich bin viel zu stark für dich."

Eryn verdrehte die Augen. "Wir sprechen hier über medizinische Schilde, nicht einen Kampf, wo wir einander mit Blitzen attackieren. Für medizinische Zwecke kann ich ohne Probleme Schilde in deinem Körper platzieren. Das habe ich erst vor ein paar Tagen getan, als ich deine Lunge heilte, damit der Druck nicht weiter abfiel. Und es hat prima funktioniert, ganz egal, wie überlegen deine Stärke ist."

"Weil ich mich nicht dagegen gewehrt habe", zeigte er auf. Er streckte seine Hand aus, damit sie sie ergriff. "Versuch es noch einmal."

Sie umfing seine Hand und schloss die Augen, bevor sie versuchte, einen Schild im Inneren seines Brustkorbes zu platzieren. Er hielt mit seinen eigenen Kräften dagegen, und nach einigen Versuchen gab sie auf.

"Nun, du hast Recht", meinte sie achselzuckend und ließ ihn wieder los, "es funktioniert nicht, wenn du dich wehrst. Aber ich bin mir nicht sicher, was genau wir damit gerade bewiesen haben."

"Dass medizinische Schilde den gleichen Regeln wie Kampfschilde unterliegen", erklärte Orrin geduldig.

"Aber Gefühle haben wohl kaum etwas mit Kampfschilden zu tun", lächelte sie nachsichtig.

"Emotionen, die deine internen Schutzwälle durchdringen und dir sogar das Bewusstsein rauben, sind sehr wohl ein Angriff, Liebste", stellte Enric klar. "Ein Angriff, dem du nichts entgegenzusetzen hast. *Ich* bin derjenige, der den Schild errichten muss, nicht *du*."

Während sie über seine Worte nachdachte, spürte sie, wie sich ihr Herzschlag beschleunigte. Da war etwas Wahres dran, dachte sie, während plötzlich Aufregung durch ihre Venen pulsierte. Ihre Augen hatten zu glänzen begonnen, und sie griff erneut nach seiner Hand.

"Ich werde einen Schild in meinen Kopf platzieren. Sieh zu und erinnere dich, wo genau er sitzt. Sieh dir die Beschaffenheit des Schildes an, die Dichte und Größe", instruierte sie.

Enric erwog kurz, ihr zu sagen, dass dies hier wohl kaum der passendste Ort war, um das zu tun, in einer schaukelnden Kutsche, während sie das Klappern der Hufeisen auf Pflastersteinen und das Rattern der Räder hören konnten, entschied sich dann aber dagegen. Wenn er ihr nicht hier und jetzt nachgäbe, wäre sie den ganzen Abend lang nicht in der Lage, ihre Ungeduld zu zügeln. Somit nickte er nur und nahm ihre Hand in seine, bevor er seine Augen schloss und ihrem Beispiel folgte.

"Also gut", sagte sie nach nicht mehr als zwei Minuten, "jetzt errichte genauso einen Schild in deinem eigenen Kopf exakt an dem Ort, den ich dir gezeigt habe. Gib Acht, dass du ihn nicht undurchdringlich machst, oder du richtest damit schwerwiegende Schäden an. Flüssigkeiten müssen immer noch passieren können, aber nicht die Magie, die diese Gefühle an mich überträgt." Sie beobachtete, wie er den Schild erschuf und anpasste, bis sie damit zufrieden war. "Gut. Das sollte funktionieren." Jetzt zu dem Test. Sie wandte sich Junar zu. "Habe ich dir jemals von dem romantischen Abendessen erzählt, zu dem mich Ram'an in Takhan gedrängt hat, als er mein Wächter war? Es war die Bezahlung für seine und drei weitere Stimmen am Ende der Verhandlung. Eigentlich war es ein recht netter Abend; wir haben zusammen gekocht, Wein getrunken, sind in seinem Garten spazieren gegangen im Licht all der Laternen, die er dort aufhängen ließ. Und sogar Musiker waren da, damit wir tanzen konnten. Das einzige Problem war, dass er den ganzen Abend lang seine Hände überall auf mir hatte. Und seinen Mund." Sie sah Enric an, dessen

Augen zu Schlitzen verengt und dessen Miene wild und gefährlich geworden war. Seine Hände waren zu Fäusten geballt, und sie sah, dass sich seine Kiefermuskeln verkrampften.

"Du siehst zornig aus, und zwar so richtig!", rief sie erfreut aus. "Dennoch kann ich nur ein mildes Echo davon spüren! Es ist nicht ganz weg, aber erheblich geringer!" Freudig in die Hände klatschend, lehnte sie sich zurück und lachte. "Wir haben es geschafft! Ich kann es nicht glauben! Keine Ohnmacht mehr! Jawohl!"

Enric schloss kurz die Augen und ermahnte sich, dass sie diese Dinge nur gesagt hatte, um ihn soweit zu provozieren, dass sie den Schild testen konnte. Aber das Wissen, dass es sich an diesem Abend höchstwahrscheinlich genau so abgespielt hatte, erschwerte es ihm im Augenblick erheblich, sich zu entspannen. Er verspürte diesen sehr vertrauten Drang in sich aufsteigen, Ram'ans Gesicht erneut mit seiner Faust bekannt zu machen und kämpfte ihn mit schierer Willenskraft nieder. Mit solch einem Sturm in seinem Inneren konnte er nicht bei einer Dinnereinladung auftauchen.

Eryn verfolgte seinen inneren Kampf mit einem entschuldigenden Gesichtsausdruck. "Es tut mir leid. Das war jetzt kein guter Moment dafür, wie es scheint." Dann strahlte sie ihn an. "Aber denk nur daran, was wir gerade vollbracht haben! Das ist ein revolutionärer Fortschritt! Ich kann es kaum erwarten, Iklan darüber zu schreiben. Und Vern muss Zeichnungen davon anfertigen, wo man den Schild platzieren muss. Danach muss ich einen Bericht darüber verfassen mit Anweisungen, wie genau man das anwendet und ihn an Iklan schicken", murmelte sie. "Am besten lege ich damit jetzt gleich los…"

"Nein, das wirst du nicht", sagte Enric gefasst. "Du wirst dich nicht aus dieser Abendveranstaltung herauswinden. Wenn du nicht bis morgen warten kannst, kannst du dich hinsetzen und es niederschreiben, *nachdem* wir wieder nach Hause zurückgekehrt sind."

Verzagt sah sie ihn an. "Du bestehst wirklich darauf, dass ich dort hingehe? Jetzt? Nach dem, was wir gerade herausgefunden haben? Das ist unglaublich herzlos!", protestierte sie.

"Für dich nicht mehr als für mich, Liebste, das versichere ich dir", seufzte er mit einem schiefen Grinsen.

"Was? Warum?", fragte sie mit einem Stirnrunzeln.

Junar grinste breit. "Weil ich glaube, dass er es vorziehen würde, wenn er diesen Schild persönlich einem ordentlichen Test mit dir unterziehen könnte anstatt jetzt zu diesem Dinner gehen zu müssen. Mit Anspielungen tust du dir etwas schwer, was?"

Eryn sah sie verwirrt an. "Was für einen ordentlichen…? Oh." Dann schenkte sie ihm ein laszives Lächeln. "Das ist auf jeden Fall eine Möglichkeit, die uns offensteht, weißt du", schlug sie vor.

Langsam entließ er seinen Atem und warf ihr einen strengen Blick zu. "Keine Bestechungsversuche, Eryn. Wir werden bei diesem Dinner erwartet, ich habe zugesagt." Er zwinkerte ihr zu. "Aber wir müssen nicht allzu lange bleiben."

Orrin fuhr sich mit beiden Händen über das Gesicht, dann fragte er: "Und das hättet ihr beiden nicht ein *wenig* früher herausfinden können? Zum Beispiel vor einer gewissen Anhörung vor dem Rat?"

"Nun, doch", gab Eryn kleinlaut zu, "ich schätze, das wäre möglich gewesen. Ich würde sagen, da gibt es Verbesserungsbedarf bei unserer Kommunikation."

"Was du nicht sagst", kommentierte der Krieger sarkastisch.

* * *

Eryn pflasterte ein Lächeln auf ihr Gesicht, als der Diener die Tür zu Lord Seagons Haus öffnete. In ihrem Rücken spürte sie den Druck, mit dem sie vorwärts geschoben wurde, als wollte Enric sichergehen, dass sie nicht fortzulaufen versuchte. Das brachte sie zum Lächeln.

"Schade, dass ich dir gezeigt habe, wie die Blitze zum Durchschlagen der speziellen Barriere funktionieren. Sonst hätte ich jetzt entkommen können", sagte sie leise genug, damit er sie als Einziger hören konnte.

"Ja. Schade."

Nachdem sie ihre Umhänge an den Diener übergeben hatten, wurden sie in einen geräumigen Salon geführt, indem sich eine Menge elegant gekleideter Leute mit Weingläsern in der Hand befanden. Eryns Lächeln wurde weniger gezwungen, sobald sie Vyril erspähte. Die entschuldigte sich von ihren aktuellen Gesprächspartnern und näherte sich ihnen.

"Ich bin so erfreut, Euch zu sehen! Tyront sagte mir, dass Ihr womöglich auftauchen würdet, aber es ist in Eurem Fall immer eine Glückssache, ob man Euch bei solchen Anlässen begegnet", meinte sie lächelnd zu Eryn. "Junar, meine Liebe, wie geht es dir? Du siehst fabelhaft aus, und ich meine nicht nur dein Kleid! Entweder dein Gefährte oder deine Schwangerschaft scheint dir sehr gut zu tun. Wie geht es deinem Baby? Irgendwelche Beschwerden bislang?"

"Mein Magen erweist sich zuweilen als etwas rebellisch, aber das war's so ziemlich", meinte sie schulterzuckend. "Würde Vern nicht diese Bilder zeichnen, würde ich nicht einmal merken, dass etwas in mir wächst."

Vyril nickte. "Ich habe gehört, dass er mit einem Heiler aus Takhan, der ausdrücklich *seine* Bilder erbeten hat, an einem Buch arbeitet. Wie aufregend! Lord Orrin, Ihr müsst so stolz sein!"

Er nickte. "Das bin ich selbstverständlich."

Dann wurden sie von einer Anzahl an Leuten begrüßt, einschließlich der unausstehlichen Inad, Lord Seagon - der noch immer nicht sehr erbaut über Eryns Anblick war - Lord Tyront und natürlich dem Botschafter und seinem Assistenten. Während sie zur Tafel geleitet wurden, bemerkte sie erleichtert, dass man sie weit genug von Botschafter Sanaf platziert hatte, damit sie nicht gezwungen war, sich mit ihm zu unterhalten. Die Gastgeberin hatte des Weiteren dafür gesorgt, dass Inad aufgrund seiner jüngsten Bemerkungen über ihre kosmetischen Veränderungen ebenfalls nicht zu nahe bei ihm saß.

Aber es schien, als gäbe es noch immer einige Menschen, die erpicht darauf waren, sich mit so einem bedeutenden Mann zu unterhalten. Sie waren ihm offenbar entweder noch nicht ausgesetzt oder das Ziel einer seiner Beleidigungen gewesen, dachte Eryn. Bis jetzt. Gelegentliche Ausbrüche schrillen Frauengelächters um ihn herum bezeugten entweder wahre Belustigung oder den Wunsch, ihn glücklich zu machen. Sie wechselte einen Blick mit Erbál, der ihr gegenübersaß. Er wirkte ebenfalls ein wenig genervt von seinem, mangels eines besseren Wortes, *Vorgesetzten*. Lord Poron saß neben ihm, konzentriert auf sein Essen und unbeirrt von allem, was um ihn herum vorging. Seine Gefährtin Aurna saß links neben Eryn und hielt ihren Blick auf den Teller vor sich gerichtet.

"Ich habe gehört, dass Ihr aufgehört habt, Fleisch zu essen. Stimmt das? Ich fürchte, dass es hier dann heute nicht viel gibt, das Euch sättigen wird", sagte sie mit einem mitfühlenden Gesichtsausdruck.

Eryn zuckte mit den Schultern. "Daran bin ich gewöhnt. Ich gehe für gewöhnlich sicher, dass genug zu essen zuhause ist, wenn wir zurückkehren. Wenn ich hungrig bin, bin ich nicht gerade eine angenehme Gesellschaft."

"Welche Neuigkeiten gibt es aus Takhan, Botschafter? Irgendetwas Pikantes, das uns ebenfalls ein wenig Unterhaltung bescheren wird?", fragte eine nasale Frauenstimme. Die Gefährtin eines der Ratsmitglieder, dachte Eryn, konnte sich allerdings weder an ihren, noch an den Namen ihres Gefährten erinnern. Kurz überlegte sie, ob sie etwas unternehmen wollte, um diesen Lücken in ihrem Wissen Abhilfe zu verschaffen, entschied sich dann aber, dass es wohl die Mühe nicht wert wäre. Warum Zeit für solche Nichtigkeiten verschwenden? Junar wusste wahrscheinlich darüber Bescheid und konnte diese Information bereitstellen, falls es jemals nötig war.

Sanaf lächelte und sah Eryn an. "Nun, Lady Eryn und Lord Enric haben mit ihrem Geistesband einige Diskussionen in verschiedenen Fachkreisen und mittlerweile auch überall sonst losgetreten. Das Problem, dass Lady Eryn ständig ohnmächtig wird, sorgt bei den Leuten für Verwunderung. Und selbstverständlich für Neid", meinte er leise lachend. "Die Männer wünschten sich, sie könnten die gleiche Meisterleistung vollbringen, und die Damen sehnen sich nach dieser Art von Erfahrung."

Eryns Herz drohte ihr vor Schock über das soeben Gehörte den Dienst zu versagen. Nein. Das hatte er *nicht* gerade wirklich von sich gegeben, oder doch? Orrin, Junar und Enric starrten einander entsetzt an, während der Rest der Gesellschaft an dem langen Tisch sich verwirrt umsah.

"Meine Güte! Lady Eryn, ich wusste nicht, dass Ihr zu Ohnmachten neigt?", rief Inad aus, vergessend, dass sie wütend auf den Botschafter war. "Ich hoffe, es ist nichts Ernstes?"

Ja, dachte Eryn verärgert, wir würden doch nicht deine Quelle für unnötige kosmetische Veränderungen verlieren wollen, nicht wahr?

Aber bevor sie dazu kam, darauf zu antworten, tat Sanaf Inads Bedenken mit einer Handbewegung ab. "Lass mich dir versichern, dass es keinen Grund zur Sorge gibt. Es ist sozusagen eine Folge von intensiver, intimer Ekstase." Er lachte. "Ich bin sicher, dass es wesentlich schlimmere Ursachen für eine Ohnmacht gibt als das."

Eryn schloss die Augen und spürte, wie ihr die Hitze ins Gesicht schoss. Und sie hatte gedacht, es konnte nicht mehr schlimmer kommen. Dieser Schwachkopf hatte gerade ihre intimen Probleme mit Leuten geteilt, denen sie unterstellt, mit denen sie kaum bekannt oder erst seit kurzem befreundet, oder - in Lord Porons Fall - übergeordnet war.

Aurna neben ihr nahm einen Schluck Wasser und murmelte dann: "Ach du liebe Zeit, das war aber unverschämt. Dieser furchtbare Mann hat tatsächlich kein Gefühl für Anstand."

Die Unterhaltungen um sie herum waren praktisch alle verstummt, und die Gesichter der Gäste zeigten verschiedene Gefühlsregungen, die von Entzücken über Schadenfreude, Mitgefühl, Schock und Ungläubigkeit bis hin zu Missbilligung reichten.

Erbáls Antlitz zeugte von Ärger, aber nur kurz, bevor er sich wieder unter Kontrolle hatte. Er warf Eryn einen entschuldigenden Blick zu. Eine Situation wie diese war natürlich für jeden ausgebildeten Diplomaten ein Alptraum.

Lord Tyront starrte Sanaf grimmig an, eindeutig nicht besonders erbaut darüber, seine zwei hochrangigsten Magier auf diese Weise bloßgestellt zu sehen.

Wie sollte sie diesen Leuten jemals wieder in die Augen blicken, fragte sie sich und kämpfte gegen den Drang an, ihr Gesicht hinter ihren Händen zu verbergen. Ihn hier und jetzt niederzustrecken war nichts, das die Anwesenden hier billigen würden. Phantasien darüber, wie sie ihn mit einem einzigen starken Blitz ausschaltete, tauchten vor ihrem inneren Auge auf.

"Lady Eryn", flüsterte Aurnas leise Stimme neben ihr, "Ihr könnt nur dann in Verlegenheit gebracht werden, wenn Ihr es zulasst. Eure Waffe der Wahl sollte nun Erhabenheit sein."

Erhabenheit, dachte sie, und hielt sich an dem Wort fest. Wie sollte sie nun reagieren? Vorgeben, dass nichts passiert war? Das bekäme sie keinesfalls hin. Die Chance ergreifen und aus diesem Haus fliehen, um niemals wieder zurückzukehren? Das sähe wie weglaufen aus. Was es praktisch auch wäre. Es mit einer gegenteiligen Behauptung abstreiten? Das wäre kaum glaubwürdig. Ihn öffentlich für seinen Mangel an Takt tadeln? Das konnte zu diplomatischen

Spannungen führen, wenn sie nicht achtsam war. Was war der würdevolle Weg aus diesem Schlamassel?

Alle Augen wandten sich Enric zu, als er sein Besteck auf seinem Teller ablegte und sich räusperte.

"Botschafter Sanaf, mir ist bewusst, dass Ihr noch immer dabei seid, Euch an unsere hiesigen Bräuche und sozialen Gepflogenheiten anzupassen. Lasst mich diese Gelegenheit ergreifen, um Euch mit einer davon vertraut zu machen. Während ich die Menschen in Eurem Land als sehr offen und unkompliziert erlebt habe, wenn es um persönliche Themen geht, ist dies in unserem Land nicht der Fall. Angelegenheiten, die Intimität zwischen Gefährten hinter geschlossenen Türen betreffen, werden im Allgemeinen als privat erachtet und nicht öffentlich besprochen." Seine Stimme war nicht unwirsch, aber dennoch war da eine gewisse Härte hinter dem Samt.

Eryn atmete aus. Natürlich konnte sie sich auf Enric verlassen, wenn es darum ging, Unmut zu kommunizieren, ohne irgendwelche unwillkommenen Konsequenzen herauszufordern.

"Der Botschafter beabsichtigte sicher nicht, Euch oder Lady Eryn Unbehagen zu bereiten, dessen versichere ich Euch", mischte sich die gleiche nasale Stimme von zuvor ein, und die Frau, zu der sie gehörte, legte eine schützende Hand auf Sanafs Arm.

"Natürlich tat ich das nicht!", rief Sanaf mit einer ausladenden Geste aus. "Ich wäre entsetzt, wenn Ihr so etwas denken würdet! Ich möchte mich für meine Worte entschuldigen und Euch versichern, dass ich von nun an mehr Achtsamkeit an den Tag legen werde, wenn es darum geht, mich an die akzeptierten Regeln für Gespräche zu halten. Da sich diese erheblich von denen in meinem eigenen Land unterscheiden, erflehe ich Eure Nachsicht, bis ich sie mir vollständig zu Eigen gemacht habe."

Ram'an hatte diese Art von Problem nie, dachte Eryn unnachsichtig und weigerte sich, das bescheidene Lächeln, mit dem Sanaf sie bedachte, zu erwidern.

"Lasst uns nicht mehr darüber sprechen", erwiderte sie steif und setzte ihr Mal fort, womit sie dem Botschafter und den anderen Gästen signalisierte, dass diese Angelegenheit damit abgeschlossen war. Sie überlegte, ob dieser Vorfall ihr wohl das Recht eingebracht hatte, ihre Abneigung für ihn nun offener zu zeigen als bisher. Sie war dieses Vortäuschens überdrüssig. Freundlichkeit war zu gut für ihn. Von nun an würde er sich beim Umgang mit ihr nichts als zweckmäßiger Höflichkeit gegenübersehen.

Der Rest des Abendessens war von sporadischen Versuchen der Gastgeberin geprägt, Gespräche in Gang zu setzen. Und von vielsagenden Blicken, die zwischen bestimmten Personen ausgetauscht wurden und das Versprechen enthielten, dass man sich darüber bei der nächsten ungestörten Gelegenheit genauer unterhalten würde.

Als sich die Gäste erhoben, um in den Salon zurückzukehren, versuchte Eryn, sich auf eine Seite zurückzuziehen und es, sofern möglich, zu vermeiden, mit irgendjemandem reden zu müssen. Bald fand sie sich in Gesellschaft von Lord Tyront, der ihr ein kleines Glas mit süß-riechendem Inhalt in die Hand drückte, dicht gefolgt von Vyril.

"Ich gestatte Euch nun, ihn nicht zu mögen", seufzte er und warf dem Botschafter, der in der Mitte des Raumes umringt von einer Schar von Frauen stand, einen kritischen Blick zu. Sogar Inad - die zuvor das Opfer seiner Bemerkungen war - hatte entschieden, sich zu ihren Freundinnen zu gesellen, jetzt, wo über jemand anderen gesprochen wurde.

Eryn lächelte schwach. "Mit allem gebührenden Respekt, Lord Tyront, *diese* Freiheit hätte ich mir auch ohne Eure Erlaubnis genommen." Sie beobachtete, wie Junar und Orrin näherkamen und sich zu ihnen gesellten. "Und ich habe mich entschieden, solche Dinge wie Abneigung für den Moment hinter mir zu lassen."

"Und ihm zu verzeihen, dass er dermaßen ins Fettnäpfchen getreten ist?", fragte Vyril, offensichtlich beeindruckt von solcher Großzügigkeit.

"Nein, ich fürchte, meine Gesinnung ist nicht ganz so nobel", sagte Eryn und nippte an ihrem Likör. "Ich bin jetzt dazu übergegangen, ihn zu hassen."

Sowohl Vyril als auch Junar kicherten, während die Männer nachsichtige Blicke tauschten.

"Wie wahrscheinlich ist es, dass Enric mich in nächster Zeit zu keinem weiteren dieser Dinner schleift?", fragte sie ermattet.

"Nicht besonders, meine Liebe", antwortete Vyril, ihr Tonfall mitfühlend. "Besonders jetzt müsst Ihr zeigen, dass Euch seine Bemerkungen nicht genug kümmern, als dass Ihr euch deswegen verstecken würdet."

"Ich hätte mich ohnehin versteckt, ob dieser Mann nun einen Narren aus sich selbst und anderen macht oder nicht!", flüsterte sie.

Aurna näherte sich ihnen mit einem düsteren Ausdruck auf ihrem faltigen Gesicht. "Was für ein unerträglicher Mensch!", zischte sie und legte eine Hand auf Eryns Arm, um ihn beruhigend zu drücken. "Ich überlege, eine Dinnerparty zu veranstalten, nur um ihn nicht einzuladen."

Eryn lächelte über diese Demonstration von Solidarität, besonders von Lord Tyronts Seite.

"Lady Eryn", hörte sie eine junge, männliche Stimme hinter sich und drehte sich zu Erbál um. "Würdet Ihr mir gestatten, mich kurz zu Euch zu gesellen?"

Sie nickte und trat zur Seite, damit er sich zu ihnen stellen konnte. "Ich muss mich aus tiefstem Herzen für die Bemerkungen des Botschafters entschuldigen. Ich versichere Euch, dass er nicht die Absicht hatte, Euch dermaßen bloßzustellen und sich über die Auswirkung seiner Worte nicht im Klaren war", sagte er dann.

"Ich weiß", knurrte Eryn. "Das macht es noch schlimmer. Einen gutgezielten Angriff kann ich respektieren, aber nicht vollkommene, blinde

Dummheit." Sie bemerkte ein paar besorgte Mienen um sich herum und seufzte. "Das geht schon in Ordnung. Erbál weiß, wie ich das gemeint habe."

Erbál lächelte. "Das tue ich, ja. So wie Ihr es gesagt habt."

Das brachte sie zum Grinsen. "Ganz genau. Du hast nicht zufällig irgendwelche hinterhältigen Pläne, dafür zu sorgen, dass er von seiner Position entbunden und nach Takhan zurückgerufen wird? Wenn ich dir irgendwie dabei behilflich sein kann, seinen Platz einzunehmen, dann..."

Der Assistent des Botschafters lachte leise. "Im Moment habe ich diesbezüglich keine Pläne, aber sollte ich mich entscheiden, diesen Ansatz zu verfolgen, dann weiß ich nun auf jeden Fall, wohin ich mich wenden kann."

"Ich bin dabei", fügte Orrin trocken hinzu.

"Na, na", sagte Lord Tyront mit einem warnenden Unterton, "wir sollten hier keine Verschwörungen anzetteln."

"Warum nicht?", erwiderte Eryn. "Weil es nicht mit gutem Geschmack und angemessenem Verhalten vereinbar ist?"

"Nein", antwortete er mit einem leisen Lachen, "weil es zu öffentlich ist."

Einen Moment lang starrte sie ihn an, dann grinste sie. Seine Art von Humor war wesentlich ansprechender, wenn sie zur Abwechslung einmal nicht dessen Zielscheibe war.

* * *

Eryn stand mit verschränkten Armen vor einer Gruppe von zehn Jungs im Alter von zehn bis zwölf Jahren und starrte sie ausdruckslos an. Die starrten zurück, eindeutig ratlos, was mit dieser finster blickenden Frau, die nicht so aussah, als wäre sie sehr erbaut darüber, hier sein zu müssen, anzufangen war.

Orrin räusperte sich. "Einen guten Tag. Ich nehme an, ihr wisst alle, wer Lady Eryn ist?"

Einige der Jungs bewegten ihre Köpfe langsam in einem zögerlichen und offenkundig unbehaglichen Nicken, ihre Augen noch immer auf die Frau vor ihnen fixiert.

Kluge Kinder, dachte Orrin mit dunkler Belustigung. Sie erkannten Ärger, wenn er vor ihnen stand.

"Sie wird mir in den nächsten zwei Monaten bei eurem Training zur Hand gehen", fuhr er fort und nickte einem dürren Jungen zu, der einen Finger erhoben hatte. "Ja?"

"Warum?"

Eryn spitzte die Lippen und wartete auf Orrins Antwort. Sie hoffte, dass er nicht erwähnte, dass diese Aufgabe eine Bestrafung für sie war. Das würde wohl dazu führen, dass sich der Respekt vor ihr in Nichts auflöste, wenn sie erfuhren, dass sie sich, genau wie ein Kind, korrektiven Maßnahmen zu beugen hatte. Komisch - die meisten Leute um sie herum bewunderten sie eher aufgrund ihrer beherzten Bemühungen um das Heilen herum. Aber diese Jungs hatten bislang in dieser Eigenschaft keinerlei Kontakt mit ihr gehabt. Wahrscheinlich wussten sie nur, was ihre Eltern ihnen erzählt hatten; und natürlich die anderen Jungs, die das Pech hatten, von Orrin für sein Training mit ihr auserwählt zu werden, als sie noch eine Gefangene war. Deren Geschichten fielen zweifellos wenig schmeichelhaft aus.

Sie gestattete sich ein kleines Lächeln. Damit konnte sie arbeiten.

"Lord Orrin gilt als zu nachsichtig und milde", antwortete sie. "Deshalb bin ich hier. Um euch zu zeigen, dass es beim Schwertkampf nicht nur um Spaß und Spiel geht."

Zahlreiche Augen richteten sich auf Orrin und weiteten sich bestürzt bei dem Gedanken daran, dass jemand *ihn* als zu nachgiebig erachten mochte.

"Mein Großvater sagt, dass dies hier eine Bestrafung für Euch ist", behauptete ein Junge mit einem herausfordernden Glänzen in seinen grauen Augen. "Weil Ihr Lord Enric verärgert habt."

"Dein Großvater?", sagte Eryn langsam und konzentrierte sich auf ihn. "Und wer soll das sein, wenn ich fragen darf?"

Er holte tief Atem und plusterte sich vor ihr zu seiner vollen, wenig beeindruckenden Größe auf, womit er kaum an Eryns Schlüsselbein reichte. "Mein Großvater ist Lord Remdel, Mitglied des Rats der Magier."

Sie blinzelte überrascht. Lord Remdel? Das bedeutete, dass sie Inads Enkelsohn vor sich hatte. Diese Frau hatte tatsächlich Nachkommen in die Welt gesetzt? Und genau vor ihr stand nun das trotzige und viel zu freche Resultat.

Eryn beugte sich nach vorne, sorgsam darauf bedacht, den Blickkontakt mit ihm aufrecht zu halten. Das Lächeln, das sie ihm schenkte, zeigte zu viele Zähne. "Ist das so? Was für eine interessante kleine Theorie. Ich schätze, ich werde mich mal mit deinem Großvater unterhalten müssen. Ich schätze es überhaupt nicht, wenn meine Untergebenen über mich tratschen."

Der Junge wurde blass und zog den Kopf zwischen seine Schultern, offensichtlich nicht allzu glücklich bei dem Gedanken daran, dass er seinem Großvater Ärger eingebracht hatte. Eryn hatte nicht die Absicht, diese Drohung wahrzumachen, aber das brauchte der Junge nicht zu wissen. Und es war zudem eine hilfreiche Erinnerung daran, dass, für wie wichtig auch immer er seinen Großvater hielt, sie noch ein Stück über ihm stand.

Sie sah zu Orrin mit seiner sorgsam ausdruckslosen Miene. War er genervt oder amüsiert? Das ließ sich schwer sagen.

Der Kampftrainer räusperte sich. "Wir sind nicht zum Reden, sondern zum Kämpfen hier. Lady Eryn wird euch jetzt instruieren, wie man einen stabilen Stand einnimmt und warum das in jedem Kampf unerlässlich ist." Er nickte Eryn zu. "Wann immer Ihr bereit seid, Lady."

Sie zwang sich zu einem Lächeln und begann damit, ihrem nach wie vor bangen Publikum das zu vermitteln, was Orrin ihr zuallererst beigebracht hatte, als sie gezwungen war, ihr Training mit ihm zu starten.

Orrin lehnte sich an die niedrige Steinmauer in seinem Rücken, seine Arme verschränkt, und sah stillvergnügt zu. Es war klar erkennbar, dass sie das Unterrichten gewohnt war. Das zeigte sich in ihrer Haltung, ihren Gesten, ihrem Selbstvertrauen, auch wenn sie über ein Thema sprach, das ihr überhaupt nicht zusagte. Sie schlüpfte in ihre Rolle als Lehrerin, trug sie wie eine Robe und vergaß darüber sogar, diese furchteinflößende Fassade aufrechtzuerhalten, die sie ihnen zweifellos zeigen wollte, damit es für die Jungs eine möglichst unangenehme Erfahrung wurde.

Er lächelte. Sie würde es später vehement bestreiten, aber es war eindeutig, dass sie Spaß daran hatte. Nun, zumindest ein wenig. Sein Blick wanderte zu Lord Remdels Enkel. Es würde interessant werden zu sehen, ob er sich ordentlich benahm. Und wie Eryn reagieren würde, wenn er es nicht tat.

* * *

"Ich gehe davon aus, dass du über die aktuelle Situation zwischen den Westlichen Territorien und ihrem nördlichen Nachbarn Pirinkar im Bilde bist?", fragte Tyront ohne Übergang, nachdem sie alles im Zusammenhang mit den Finanzen und Berichten für diesen Monat erledigt hatten.

Enric nickte. "Das bin ich, ja. Die Situation ist angespannt. Soweit ich weiß, geht es um den Anspruch auf einen schmalen Landstrich der Grenze entlang, der Mineralvorkommen zu enthalten scheint. Vorkommen, auf die beide Länder gerne Zugriff hätten. Die Frage, wo genau die Grenze verläuft, war in der Vergangenheit vernachlässigbar, da die Berge selbst eine natürliche formten. Aber jetzt, wo die Erschließung des Gebiets ein Thema ist, müssen sie entscheiden, wer wo graben darf, und Eigentumsverhältnisse festlegen. Bisher waren sie nicht in der Lage, sich auf eine eindeutige, offizielle Grenze zu einigen und lehnen fortwährend die Vorschläge des jeweils anderen ab."

Tyront nickte. "So ist es. Sie sind kurz davor, ihre Handelsbeziehungen ganz abzubrechen. Es läuft also gar nicht gut." Er betrachtete den jüngeren Mann nachdenklich. "Hast du dich jemals gefragt, ob das mit ein Grund war, weshalb dich Malriel von Haus Aren unbedingt adoptieren wollte?"

"Nein, nicht wirklich gefragt. Ich bin überzeugt, dass das ein Grund war. Die Westlichen Territorien haben so gut wie keine praktische Erfahrung mehr, wenn es um Kampftechniken, Strategie oder Verteidigung geht. Einen Experten in all dem in einem der Häuser zu haben, ist nicht nur ein praktischer Vorteil für das Land, sondern auch für Haus Aren. Ich würde meinen, dass Malriel es schaffen wird, daraus in Zukunft irgendwie einen Nutzen zu ziehen", erklärte er. "Warum fragst du? Weißt du von irgendwelchen königlichen Plänen, die eine Einmischung in diesen Streit vorsehen? Ich würde denken, dass unsere Beziehung mit den Westlichen Territorien ein wenig zu neu und zerbrechlich ist, um ihnen die Art von Unterstützung anzubieten, die dazu führen könnte, dass wir in einen Krieg hineingezogen werden, der nicht unserer ist."

Tyront schüttelte den Kopf. "Nein, ich bezweifle, dass der König im Moment beabsichtigt, etwas in dieser Richtung anzubieten. Wenngleich er zweifellos daran interessiert ist, den Handel mit dem Westen aufrecht zu erhalten, da die Steuern, die er für die gehandelten Güter erhält, sicher nicht zu verachten sind. Aber darüber weißt du natürlich mehr als ich, da du derjenige bist, der sie an ihn bezahlt. Das bringt mich zu der Überlegung, ob dich der König dorthin schicken wird. Nicht als seinen Delegierten oder offiziellen Berater in Kriegsfragen. Aber er könnte dich ermutigen, dort bei deiner neuen Familie einen ausgedehnten Urlaub zu verbringen."

"Ich hoffe nicht, dass das in nächster Zeit ein Thema wird; Eryn würde einen Tobsuchtsanfall bekommen bei der Aussicht darauf, ihrer Mutter nicht nur wieder zu begegnen, sondern auch noch einige Zeit in der gleichen Stadt wie sie verbringen zu müssen. Und sie kann Vern kaum so lange und so bald schon wieder die Klinik übergeben - besonders, da er die anderen selbst nur bis zu einem gewissen Grad ausbilden kann und außerdem noch seinen eigenen Unterricht besuchen soll. Wir dürfen nicht vergessen, dass er erst sechzehn Jahre alt ist."

"Ich sage nicht, dass das passieren wird, nur, dass wir uns besser darauf vorbereiten sollten", warnte der ältere Mann. "Ich wäre nicht besonders erfreut darüber, euch beide für wer weiß wie lange in ein anderes Land gehen lassen zu müssen. Es hat schon genug Ärger gegeben, als ihr nur ein paar Wochen lang dort wart."

"Das war wohl kaum unsere Schuld", meinte Enric schulterzuckend. "Zudem sind wir damals völlig unvorbereitet auf das, was uns erwartet hat, angekommen. Das passiert uns kein zweites Mal. Jetzt haben wir einen Botschafter und Familie dort, die uns auf dem Laufenden halten."

"Dann bist du also mit Kilan in Kontakt?"

"Aber sicher. Es ist nett, seine und Vran'els Nachrichten miteinander zu vergleichen und zu sehen, wie viel jeder von ihnen weiß oder entscheidet, an mich weiterzuleiten. Kilan ist natürlich auf das beschränkt, von dem er denkt, dass der König gutheißt, wenn ich davon erfahre."

"Was vollkommen irrelevant ist, da du dort mehr als eine Informationsquelle hast", lachte Tyront leise.

"Ja. Aber Kilan muss den äußeren Schein wahren. Wenn wir zu eng befreundet wirken, könnte der König seine Vertrauenswürdigkeit in Zweifel ziehen."

"Wenn wir schon von Botschaftern sprechen, wie kommt Eryn mit eurem Geistesband zurecht und dass dessen Auswirkungen nun öffentlich bekannt sind?", erkundigte sich der ältere Mann.

"Es gibt nicht allzu viele Leute, die sich trauen, sie darauf anzusprechen, und die wenigen, die mutig oder eher dumm genug waren, es doch zu tun, wurden in der Regel mit einem kalten Blick zum Schweigen gebracht", lächelte Enric. "Und da es mittlerweile in Takhan und somit auch hier bekannt ist, dass wir die Ohnmachten unter Kontrolle haben, gibt es nicht mehr so viel Gerede. Zumindest nicht hier. Es scheint, dass die Heilergemeinde in Takhan begeistert ist von unserer Entdeckung. Sie schicken Eryn ständig Nachrichten und drängen sie, ein Buch darüber zu schreiben. Dagegen wehrt sie sich aber, weil sie denkt, dass es keinen Sinn macht, ein Buch über etwas zu verfassen, das sich genauso gut in ein paar Minuten erklären lässt."

"Dann ist sie also nicht gerade hinter Ruhm her", lächelte Tyront.

"Ich würde denken, dass ihr davon genug zuteil geworden ist, seit sie nach Anyueel gebracht wurde", meinte ihr Gefährte. "Die wichtigste Aufgabe in ihrem Leben war es, unbemerkt zu bleiben, also irritiert es sie, im Zentrum der Aufmerksamkeit zu stehen, wo auch immer sie hingeht."

"Der Heiler aus Takhan wird in weniger als einer Woche eintreffen. Ich schätze, Eryn ist derzeit damit beschäftigt, sich auf die Prüfungen vorzubereiten?"

"Ja. Mit den meisten Büchern ist sie fertig und will auch mit dem Rest durch sein, bevor er eintrifft. Ihr zusätzlicher Einsatz alle sechs Tage, wo sie Orrins Anfänger unterrichtet, nimmt weitere Zeit in Anspruch, die sie jetzt gebrauchen könnte."

Tyront grinste. "Davon habe ich gehört. Ich frage mich, für wen die Bestrafung gedacht war, denn soweit mir berichtet wurde, scheint sie daran wesentlich mehr Spaß zu haben als ihre Studenten. Einer von ihnen hat sich immer wieder beschwert, woraufhin sie ihn hinter einer schalldichten Barriere eingesperrt und diese erst wieder entfernt hat, als er kurz vor der Bewusstlosigkeit war. Ich habe den Beschwerdebrief gelesen, den seine Eltern an Orrin geschickt haben. Er gab Eryn den Brief, und sie hat ihn beantwortet. Dann beschwerten sich die Eltern bei mir über Orrin *und* sie. Aber es scheint seinen Zweck erfüllt zu haben, zumindest soweit es den Jungen betrifft. Wie ich höre, hält er jetzt den Mund, sobald sie in der Nähe ist."

Enric seufzte. "Bitte sag mir, dass wir hier nicht über Lord Remdels Enkel reden. Das würde ich ewig zu hören bekommen."

Tyront schüttelte den Kopf. "Nein. Sein Junge ist ein Unruhestifter, aber bislang hat er es vermieden, sich zu einem Ziel zu machen. Was beachtliche Zurückhaltung zeigt, wenn man sein Verhalten anderen Lehrern gegenüber betrachtet. Eryns Opfer ist von weniger erhabener Herkunft. Sein Vater arbeitet in der Schatzkammer unter Lord Seagon. Also sollte es keine unangenehmen Folgen mit sich bringen. Aber es bleiben noch einige Wochen, in denen Eryn unterrichten muss. Ich wage zu behaupten, dass wir nicht zum letzten Mal etwas darüber gehört haben."

"Ich neige dazu, dir hier zuzustimmen. Sie hat auf jeden Fall ein Händchen für Kinder", meinte Enric und verzog das Gesicht.

"Sie ist noch immer fest entschlossen, selbst keine zu haben? Kein Sinneswandel, jetzt, wo ihre Freundin eines erwartet?"

"Nein, gar nichts. Aber sie ist noch jung - vielleicht ändert sie ihre Meinung noch", sagte er ohne große Hoffnung.

Unter dem Schreibtisch ertönte ein lautes Gähnen, und dann streckte sich Urban und kam auf die Beine, um sich direkt vor Enric hinzusetzen und ihn durchdringend anzustarren.

"Ist schon Fütterungszeit?" Tyront schüttelte den Kopf. "Mich würde das wirklich nervös machen, wenn mich dieses Tier ständig auf diese Weise anstarren täte."

"Sie ist rastlos. Unser letzter Jagdausflug ist schon eine Weile her. Aber ich habe überlegt, einen Abstecher nach Bonhet zu machen, um zu sehen, wie die Dinge dort voranschreiten. Die Bauarbeiten sollten bald fertig sein. Das würde ihr Gelegenheit zum Laufen und Jagen bieten. Auch wenn sie herausgefunden hat, dass das Jagen von Kuriervögeln auch eine Art ist, sich fit zu halten", seufzte er. "Die Vögel, die auf unserem Dach geschlüpft sind, sind alt genug, um Nachrichten zu überbringen, also haben wir sie für Malriel, Kilan und Valrad nach Takhan geschickt. Der Erste hat es zurück auf das Dach geschafft, der Zweite wurde gefressen, und erst heute Morgen ist ein weiterer angekommen, den sie ebenfalls verspeist hat. Diese Vögel wurden eindeutig auf Ausdauer und nicht auf Intelligenz gezüchtet. Sie denken, dass der Innenhof ein guter Platz für eine Zwischenlandung ist, bevor sie in ihre Käfige auf dem Dach zurückkehren."

Tyront lachte. "Na, zumindest hält sie sich fit, wenn du keine Zeit hast, um mit ihr auf die Jagd zu gehen."

"Die Vögel pflanzen sich weiterhin fort, also ist das nicht das Problem. Wir werden einfach weitere verschicken. Die Nachrichten sind ein anderes Thema. Wir haben es geschafft, die erste zu retten, weil sie beim Todeskampf des Vogels heruntergefallen ist, aber den heute hat sie als Ganzes verschlungen - nichts ist übrig, nicht einmal das Metallröhrchen. Ich habe keine Ahnung, wer den Vogel geschickt hat. Ich hoffe, es war nichts Dringendes. Ich weiß nicht einmal, ob es irgendeinen Sinn hat, darauf zu warten, dass die Nachricht am anderen Ende wieder herauskommt, weil ich keine Ahnung habe, wie strapazierfähig diese Röhren sind oder ob sie dicht genug abschließen, um den Papierstreifen darin leserlich zu erhalten."

"Weißt du schon, wie du die Überlebenschancen der Vögel oder eher die der Nachrichten in Zukunft erhöhen kannst?"

Enric nickte. "Ich habe darüber nachgedacht, ein paar Bäume auf das Dach zu stellen, damit sie dort landen anstatt im Innenhof. Obwohl es sicher eine Herausforderung wird, ausgewachsene Bäume auf das Dach zu befördern. Ich werde wohl ein paar Magier um Hilfe bitten müssen." Er grinste. "Es wird Zeit, Orrin und Vern zu zeigen, worauf sie sich eingelassen haben, als sie sich mit Eryn anfreundeten."

"Nun, das klingt nach einer interessanten Idee. Solange es die Luftpost am Fliegen hält. Ich habe gehört, dass der junge Vern wegen dieses Buches, an dem er mit dessen Heilerfreund arbeitet, regelmäßig mit Ram'an korrespondiert", bemerkte Tyront.

"Ja, er bedient sich dafür der Arbil-Vögel auf unserem Dach. Eryn ist etwas verärgert, weil ihre eigene Korrespondenz mit Ram'an mehr oder weniger zum Erliegen gekommen ist. Es scheint, als wären seine letzten paar Nachrichten nicht besonders freundlich gewesen."

"Ach nein? Das ist ja interessant. Irgendeine Idee warum? Gab es Ärger zwischen ihren Häusern?"

"Laut Vran'el nicht. Es sieht einfach nur so aus, als hätte sich Ram'ans Entschluss, mit ihr befreundet zu bleiben, gewandelt, nachdem sie Takhan verließ."

Tyront spitzte die Lippen. "Könnte das auf verspätete Verbitterung darüber, dass sie ihn wiederholt abgewiesen hat, zurückzuführen sein?"

Enric zuckte die Achseln. "Womöglich. Aber das ist sein Problem."

"Ich könnte mir vorstellen, dass du darüber nicht allzu enttäuscht bist?"

"Es hat mich nicht gestört, dass sie den Kontakt zueinander intakt halten wollten, aber wenn seine Briefe ihr Kummer bereiten, ist es besser, wenn keine mehr kommen."

"Nun, die Ankunft des Heilers aus Takhan sollte ihr genug Beschäftigung verschaffen und sie von Ram'an ablenken, könnte ich mir denken", vermutete Tyront.

"Das stimmt. Aber glücklicherweise sind die Heiler bereits weit genug fortgeschritten, um sich ohne sie um den Großteil der Behandlungen zu kümmern und sie nur mehr zu rufen, wenn es sich um komplexere Fälle handelt. Mit Rolans Beförderung ist sie zudem einen Teil ihrer Verwaltungspflichten losgeworden. Somit hat sie mehr Zeit für Kampfstunden und der Arbeit an ihren eigenen Unterrichtsfächern. Es sollten noch fünf oder sechs weitere Prüfungen fehlen, bis sie fertig ist; diejenigen für ihr Heilerzertifikat natürlich nicht mitgezählt."

"Dieses Zertifikat, das würde ihr ermöglichen, in den Westlichen Territorien als Heilerin zu arbeiten, wenn ich das richtig verstehe?", wollte Tyront wissen.

"Ja, das würde es. Nicht, dass sie etwas Derartiges plant. Es geht eher darum, das nachzuholen, was ihr auf den dortigen Level fehlt, damit sie hier den gleichen Standard bieten kann", versicherte Enric ihm. "Sie denkt darüber nach, hier etwas Ähnliches einzuführen. Und sie spielt mit der Idee, eine Art Verband für Heiler zu gründen, aber ich schätze, damit wird sie noch früh genug auf dich zukommen."

"Zweifellos mit der für sie so typischen zurückhaltenden Art", seufzte Tyront. "Und jetzt sieh zu, dass du hier wegkommst und diese Katze fütterst. Diese hungrigen Augen machen mich nervös."

* * *

Orrin duckte sich hastig, als eine Faust auf sein Kinn zuhielt und nickte dann anerkennend. Das war eine geschickte Finte gewesen.

"Dieser Heiler soll also morgen ankommen?", fragte er, als führten sie eine gemütliche Unterhaltung.

Eryn nickte. Sie hütete sich davor, ihre Deckung zu vernachlässigen, nur weil er mit ihr über etwas vollkommen anderes sprach. Genau wie Enric war auch er ein großer Verfechter davon, dass sie lernen musste, sich nicht ablenken zu lassen, sich niemals zu sicher zu fühlen und stets auf einen Angriff vorbereitet zu sein - ganz egal, welche Taktik der Gegner einsetzen mochte, um ihr ein trügerisches Gefühl von Sicherheit zu vermitteln.

"Wer ist es denn?"

Als er sie mit einer gutgezielten Bewegung von den Beinen fegen wollte, sprang sie zur Seite. "Ein Kollege meines Onkels. Er ist auf Krankheiten spezialisiert, und das wird sich als nützlich erweisen, weil ich mit Verletzungen bereits recht gut bin. Ich bin überzeugt, dass er mir aus seinem Bereich ein paar nützliche Dinge beibringen kann."

"Gut für dich", bemerkte er und versuchte, sie zu packen, als sie ihn mit der Faust in den Magen boxen wollte. Sie aber schlüpfte unter seinem Arm hindurch, und einen Augenblick später lag ihr Arm in einem Würgegriff um seinen Hals.

Er spannte seinen Hals an, fasste nach hinten, ergriff ihren Oberarm und warf sie über seine Schulter nach vorne.

Mit einem heftigen, dumpfen Aufprall, der ihr die Luft aus den Lungen presste, landete sie auf dem Rücken. Sie schloss die Augen für einen Moment, bis ihre Organe sich wieder daran erinnerten, wie die simple Technik des Atmens anzuwenden war.

"Das war nicht besonders schlau. Du warst innerhalb der Reichweite meiner Arme. Und selbst wenn das nicht der Fall gewesen wäre, ist das kein Griff, den du bei einem stärkeren Gegner einsetzen solltest. Auch wenn ich dich nicht packen hätte können, wäre mir noch die Möglichkeit geblieben, mit dir an meinem Hals hängend wegzugehen und dich gegen die nächste verfügbare Wand zu schmettern, bis du losgelassen hättest."

Während sie zurück auf die Füße kletterte, warf sie ihm einen flehenden Blick zu. "Sind wir für heute fertig? Ich muss noch ein paar Dinge überprüfen, bevor der Heiler morgen ankommt. Vorzugsweise, ohne dass ich vorher noch irgendwelche gröberen Verletzungen heilen muss."

Orrin seufzte, dann nickte er. "Na schön. Ich werde Gnade zeigen und dir diese halbe Stunde gewähren. Du hast heute immerhin beinahe einen oder zwei gute Hiebe versenkt. Ich bin kein unvernünftiger Mann."

"Danke", lächelte sie. Die Erleichterung in ihrer Stimme war klar erkennbar. Dann hob sie ihre gebundenen Handgelenke, damit er sie befreien konnte. "Wärst du so gut?"

"Komisch, sie dir abzunehmen macht wesentlich weniger Spaß, als sie dir anzulegen", lächelte er.

"Das ist ja reizend. Aber da du mir gerade eine halbe Stunde erspart hast, werde ich dir diese Bemerkung freundlicherweise verzeihen."

"Da habe ich ja Glück. Dann fort mit dir. Gleiche Zeit in vier Tagen."

"Ah, ja, wegen dieser Sache. Also, da der Heiler morgen ankommt und es eine Menge…", begann sie.

"Keine Chance. Hier in vier Tagen. Keine Ausreden." Damit drehte er sich um und ging, ihre Fesseln in einer Hand tragend, davon.

Nun, sie hatte nicht wirklich erwartet, dass er ihr hier entgegenkam, aber einen Versuch war es auf jeden Fall wert. Sie klopfte sich den schlimmsten Schmutz von ihrer Hose und machte sich auf den Heimweg, um sich zu waschen und umzuziehen, bevor sie zur Klinik ging.

Als sie die Tür öffnete und das Haus betrat, empfing sie ein Diener und überreichte ihr einen Papierstreifen. Also schien es zumindest der eine oder andere Vogel lebend aufs Dach zu schaffen, dachte sie und rollte die Nachricht auseinander. Sie war von Vran'el, der sie darüber informierte, dass Ram'ans Vater verstorben war.

Oh nein. Sie nahm auf einem Sofa Platz und starrte die Nachricht an. Es war nun mehr als einen Monat her, seit sie den letzten Kontakt mit Ram'an gehabt hatte. Sie hatte sogar erwogen, ihm seine Vögel leer zurückzuschicken. Eine Geste, die ihm zeigen sollte, wie unglücklich sie über seine Briefe war. Aber das hatte sie nicht wirklich über sich gebracht. Und außerdem benötigte Vern die Vögel, um Ram'an wegen seiner Zeichnungen für das Buch zu schreiben.

Aber nun hatte es einen Todesfall in seiner Familie gegeben, und nicht nur irgendeinen, sondern den seines Vaters, mit dem er unter dem gleichen Dach gelebt und dem er womöglich nahegestanden hatte. Der Gedanke daran, dass er jetzt gerade litt, war kein angenehmer, ganz egal, wie unpersönlich seine Nachrichten zuvor gewesen waren. Seufzend stand sie auf und ging in ihr Arbeitszimmer, um ihm zu schreiben.

KAPITEL 12

Gäste aus der Fremde

Rolan verdrehte die Augen und räusperte sich. "Hörst du mir überhaupt zu?"

Eryn sah ihn um Verzeihung heischend an. "Es tut mir leid. Heute finde ich es recht schwierig, mich auf irgendetwas zu konzentrieren."

Er nickte. "Ich verstehe, dass du aufgeregt bist. Du erwartest schließlich jeden Moment einen Boten, der dich darüber informiert, dass sie in Sichtweite sind. Aber zuerst müssen wir uns um ein paar Dinge kümmern, besonders, da du dich jetzt auch noch dazu entschlossen hast, einen Teil deiner Zeit dem Kampftraining von Kindern zu widmen", schloss er etwas vorwurfsvoll.

"Letzteres war nicht meine Idee!", wehrte sie sich. "Dazu wurde ich gezwungen!"

"Wer hat dich dazu gezwungen? Lord Enric?" Er schüttelte den Kopf. "Das ist wirklich eine komplizierte Beziehung, die ihr zwei habt." Er grinste sie anzüglich an. "Selbst wenn man die Ohnmachten außer Acht lässt."

"Oh, bitte! Verfolgst du den Tratsch etwa nicht, Rolan? Das ist doch längst kein Thema mehr."

"Was soll ich sagen? Bedauerlicherweise sind die Leute sehr vorsichtig damit, was sie von sich geben, wenn ich in der Nähe bin. Zuweilen ist es wirklich ein Nachteil, so eng mit dir zusammenzuarbeiten. Entweder sie denken, ich sei an Klatsch über dich nicht interessiert, oder ich würde ihn ablehnen."

"Was natürlich vollkommener Unsinn ist", erwiderte sie.

Er sah sie an, als würde sich das von selbst verstehen. "Nun, ja. Ich gebe zu, dass ich mich ausgeschlossen fühle. Wenn ich etwas erfahren will, muss ich immerhin direkt zu dir kommen und hoffen, dass du in Gesprächslaune bist. Ihr habt es also geschafft, etwas gegen die Auswirkungen des Geistesbandes zu tun? Wie?"

"Schilde", seufzte sie. "Aber das ist nicht wirklich das, worüber du reden wolltest, oder? Ich dachte, da wären Dinge, die du erledigt haben willst, bevor ich aufbreche, um den Heiler zu empfangen."

"Nicht, wenn du jetzt gerade bereit bist, meine Fragen zu beantworten. Ich finde, dass mir hier ein gewisser Vorsprung zusteht. Die Leute sprechen mich immerhin auf manche Dinge an. Das ist das Problem, verstehst du? Einerseits sind sie so immens achtsam, was sie in meiner Gegenwart sagen, und anderseits erwarten sie von mir, dass ich mehr als jeder sonst weiß! Das ist doch ein Widerspruch."

Eryn schüttelte den Kopf. Sie erinnerte sich, dass Vern vor einigen Monaten etwas Ähnliches zu ihr gesagt hatte. Damals hatte sie Lord Tyront auf dem Palastplatz das Bewusstsein geraubt, als er ihr demonstrieren wollte, dass er ihre Doppelbarriere gemeistert hatte. Vern hatte sie gerügt, weil sie es an Rücksicht hatte mangeln lassen und nicht sicherstellte, dass er in der Lage war, so etwas mitanzusehen. Immerhin erwarteten die Leute von ihm, dass er über alles, was sie betraf, gut informiert war.

"Mir war nicht bewusst, dass du auch zum Tratschen neigst", erwiderte sie. "Ich dachte, dein Leben ist für solche Frivolitäten viel zu unsozial und einsam."

Er zuckte mit den Schultern, unbeirrt von der nicht eben schmeichelhaften Einschätzung seines Charakters. "Mein Marktwert ist gestiegen, seit ich befördert wurde. Ich werde wesentlich häufiger eingeladen und finde, dass ich es der Gesellschaft schulde, aktiver am sozialen Leben teilzunehmen."

Sie schnaubte. "Wie aufopferungsvoll von dir. Alles nur im Dienste des Allgemeinwohls, hm?"

Darauf antwortete er nicht, sondern sah seine Papiere durch. "Es gab ein paar Anfragen für einen Nachtbetrieb", sagte er und kehrte damit zu dem Anlass zurück, weswegen er sie aufgesucht hatte. "Die meisten Heiler, Lord Poron und du selbst ausgenommen, wurden immer wieder mittels Boten gerufen, um sich um vermeintliche und tatsächliche Notfälle zu kümmern."

Ihre Stirn legte sich in Falten. "Ausgenommen Lord Poron und ich?"

"Natürlich. Ihr beide seid zu wichtig, um mitten in der Nacht aus dem Schlaf gerissen zu werden. Und Lord Poron ist ja nun nicht eben ein junger Mann. Auch wenn er mir dieser Tage etwas weniger runzelig vorkam", fügte er nachdenklich hinzu. "Einer deiner Kosmetiktricks?"

"Willst du mir etwa sagen, dass meine Heiler regelmäßig in der Nacht geweckt werden, um dann loszulaufen und Leute zu heilen, bevor sie am nächsten Morgen zur Arbeit kommen? Was passiert mit dem Geld, das dabei eingenommen wird?"

Rolan atmete aus. "Im Allgemeinen gibt es keines. Ohne mich haben sie keine Ahnung, was sie verlangen sollen, also nehmen sie gar nichts. Ich würde es deshalb vorziehen, wenn wir einen Nachtplan festlegen könnten, demzufolge ein Heiler hier in der Klinik bleibt und den anderen somit eine ungestörte Nachtruhe ermöglicht. Und ich habe mir die Freiheit genommen, eine Preisliste für die gängigsten Beschwerden, die nachts aufzutreten scheinen, anzulegen." Er überreichte ihr ein Blatt Papier.

"Aber das übersteigt unsere üblichen Preise bei weitem!" protestierte sie.

"Ja, aber für diesen Dienst sind zusätzliche Arbeitsstunden erforderlich, also kostet es mehr", erklärte er. "Wenn sie Geld sparen wollen, dann sollen sie während unserer normalen Behandlungszeiten auftauchen. Habe ich erwähnt, dass sich die Wartezeiten für die Patienten erhöht haben? Jetzt, wo das anfängliche Misstrauen und die Skepsis überwunden sind, nehmen mehr Leute unsere Dienste in Anspruch, sogar von außerhalb der Stadt. Mehr Patienten, die gleiche Anzahl von Heilern. Rechne es dir aus."

Eryn rieb sich über das Gesicht. "Ich weiß. Das Problem ist, dass der Orden sich weigert, die Heilerquote jetzt sofort zu erhöhen. Und selbst wenn sie es täten, könnte ich sie nicht ausbilden. Ich brauche zuerst ein paar fertig ausgebildete Heiler, die andere unterrichten können. Und für die Ausbildung nichtmagischer Heiler fehlt mir im Moment noch das Wissen, also lässt sich die Quote so auch nicht umgehen."

"Hin und wieder erhalten wir Bewerbungen", informierte Rolan sie.

"Das freut mich zu hören, aber erstens sind dafür nicht wir die richtige Anlaufstelle, sondern Lord Tyront, und zweitens bin ich aufgrund der Quote ohnehin nicht in der Lage, jemanden aufzunehmen."

Er zuckte die Achseln. "Ich habe dir nur davon erzählt, weil ich dachte, du würdest dich über das Interesse am Heilerberuf freuen."

Sie seufzte und zwang sich zu einem Lächeln. "Du hast Recht. Das tue ich auch." Als sie Schritte hörte, die sich ihrer Tür näherten, setzte sie sich aufrechter hin.

Rolan lächelte. "Die mächtige Lady Eryn wird nervös?"

Während sie auf das Klopfen wartete, warf sie ihm einen finsteren Blick zu. Anschließend rief sie den Boten herein, der sie tatsächlich darüber in Kenntnis setzen wollte, dass der Besucher aus Takhan gesichtet worden war und in nicht mehr als einer halben Stunde beim Westtor eintreffen sollte.

"Endlich!", rief sie aus und stieß triumphierend ihre Faust in die Luft, sobald der Mann sich entfernt hatte. "Ich kann es kaum erwarten, ihn zu treffen!" In einer Schublade fischte sie nach einem Handspiegel und hielt ihn vor sich hoch, um ihr Spiegelbild einer kritischen Musterung zu unterziehen. Eine Haarsträhne hatte sich aus dem Zopf gelockert und wurde geglättet, bevor der Spiegel wieder verschwand.

Rolan starrte sie an. "Meine Güte. Ich wusste nicht einmal, dass du so etwas besitzt, dass dir so etwas wichtig ist."

Diese Bemerkung ignorierte sie, stand auf und nahm ihren Umhang vom Haken. "Sieh zu, dass alles für den Heiler bereit ist. Dass sein Arbeitszimmer sauber ist, es genug Papier und Stifte gibt, und was auch sonst so gebraucht wird. Er wird wohl zuerst sein Quartier sehen wollen, aber vielleicht kommen wir später noch vorbei. Falls nicht, dann komme ich morgen mit ihm her. Und jetzt musst du mich entschuldigen. Ich habe einen Gast abzuholen."

* * *

Eryn rief sich ins Gedächtnis, dass sie ruhig und gefasst anstatt aufgedreht wie ein kleines Mädchen erscheinen musste. Sie war eine erwachsene Frau, eine Expertin, und genau das war es, was der Neuankömmling erkennen sollte, wenn er sie sah.

Dieses Mal würde der Reisende aus Takhan nicht auf dem Rücken eines Pferdes, sondern in einer Kutsche ankommen. Zu dieser Jahreszeit war es zu kalt und unbequem, diese Entfernung reitend zurückzulegen - besonders für einen Mann, der an ein wesentlich wärmeres Klima gewohnt war.

Ihre Lippen verzogen sich zu einem breiten Lächeln, als sie der Kutsche ansichtig wurde, und sie wartete gespannt, dass sie vor den Palasttoren anhielt. Ungeduldig sah sie zu, wie der Kutscher von seinem Sitz sprang und die Tür öffnete. Mit Mühe hielt sie sich davon ab, auf das Gefährt zuzueilen.

"Willk…" Das Wort blieb ihr im Hals stecken, ihr Lächeln erstarrte und wandelte sich dann zu einem Ausdruck des Schocks und der Bestürzung. "Was? Nein! Wo ist der Heiler?"

Pe'tala grinste und stieg die wenigen Stufen zum Boden hinab, streckte ihre Arme aus, um die Steifheit darin loszuwerden und zog beide Augenbrauen hoch. "Du stehst vor ihm. *Ich* bin der Heiler."

"Oh nein, das bist du nicht!", schrie Eryn beinahe. "Sie haben einen Mann geschickt! Ich habe die Nachricht gelesen, ich bin absolut sicher! Was soll das hier sein? Ein grausamer Scherz?"

Pe'tala lachte. "Nein, *Schwester*, es gab eine Änderung in letzter Minute. Der Heiler, der eigentlich hätte kommen sollen, musste sich um ein Familienproblem kümmern. Schwangere Tochter oder so etwas. Also haben sie die Nächste auf der Liste geschickt: mich."

Schwer atmend ballte Eryn ihre Hände zu Fäusten. Nein. Das war nicht möglich. Sicher würde sie jeden Moment aus diesem Alptraum erwachen. Fest drückte sie die Augen zu, dann öffnete sie sie wieder.

Ihre Cousine sah sie amüsiert an. "Du versuchst wohl aufzuwachen, was?"

"Warum? Warum würdest du dich überhaupt dafür entscheiden wollen hierherzukommen? Ich verstehe das nicht! Das ist ein grauenvoller Fehler!", klagte Eryn. "Du siehst zu, dass du zurück nach Takhan kommst und sorgst dafür, dass sie mir jemand anderen schicken! Irgendjemanden!"

Pe'talas Miene wirkte nun angespannt. "Du hörst mir jetzt genau zu, Eryn. Du kannst dich glücklich schätzen, mich hierzuhaben, oder glaubst du etwa, dass die Liste der Bewerber, die zu diesem rückständigen Ort reisen wollten, besonders lang war? Es gibt einen Grund, warum ich die Nummer zwei war: Trotz meiner Jugend bin ich eine der Besten. Also hör auf zu jammern und zeig mir mein Quartier. Es war eine lange Reise, und ich muss mich wirklich aufwärmen. Und hey - es könnte schlimmer sein. Stell dir vor, Malriel wäre hier."

Eryn starrte sie an, unfähig, etwas darauf zu erwidern. Dann zog eine Bewegung in der Kutsche ihre Aufmerksamkeit auf sich, und entsetzt sah sie, wie eine weitere Frau die Kutsche verließ. Malriel von Haus Aren.

"Oh nein", lachte Pe'tala, "ich schätze, es *ist* schlimmer!"

* * *

Die Welle aus Schock und Verdruss, die ihn durchzuckte, ließ Enrics Kopf hochfahren. Kurz darauf folgte ein weiterer Stich, eine Mischung aus Qual, Ärger und Hilflosigkeit. Was ging da vor sich? Die Ankunft des Heilers aus Takhan hätte diesen Tag zu einem freudigen für sie machen sollen. Oder war das irgendwie der Auslöser für diese Emotionen?

Er erhob sich und sah die Ratsmitglieder an. "Meine Lords, ich fürchte, ich muss Euch verlassen. Es gibt da etwas, worum ich mich kümmern sollte."

Tyront warf ihm einen fragenden Blick zu, erteilte aber seine Zustimmung. "Aber natürlich, Lord Enric. Informiert mich dann später in meinem Arbeitszimmer über den Ausgang."

Enric nickte, verließ die Ratshalle und rannte die Korridore entlang in Richtung des Palasttors. Der Schock, den er zuvor empfangen hatte, wandelte sich allmählich zu Verzweiflung. Er verstärkte seine Muskeln mit Magie, um seine Geschwindigkeit zu erhöhen. Einige Augenpaare folgten ihm überrascht. Den Mann in Blau laufen zu sehen, war kein alltäglicher Anblick.

Als er die Kutsche erblickte, wusste er, dass es tatsächlich die Ankunft des Heilers gewesen sein musste, die sie so unglücklich gemacht hatte. Die Szene vor ihm ließ ihn abrupt innehalten und ungläubig blinzeln ob des Anblicks, der sich ihm präsentierte.

Pe'tala stand grinsend mit verschränkten Armen auf einer Seite und wirkte immens schadenfroh. Links von ihr stand Malriel und bedachte ihre Tochter vor sich mit halb geschlossenen Augen, während der Hauch eines nachsichtigen Lächelns ihre Mundwinkel umspielte. Offensichtlich hatte sie nicht mit einer warmen Begrüßung gerechnet, sondern Eryns Ausbruch bei ihrer Ankunft erwartet.

"Ihr könnt nicht hierherkommen! Keine von euch!", hörte er sie schreien. "Das ist mein Zuhause, mein sicherer Hafen, wo ich mich mit keiner von euch herumplagen muss! Nicht plagen müssen sollte! Geht weg!"

Malriel erspähte Enric und hob ihre Hand, um ihm elegant zuzuwinken. "Enric, mein lieber Junge, es scheint, dass Theá ein klein wenig aufgebracht ist. Unsere Ankunft war wohl eine zu große Überraschung für sie. Ich bin sicher, du wirst sie irgendwie beruhigen können."

Rasch schlang er seine Arme um Eryn, als sie versuchte, ihrer Mutter an die Kehle zu springen. Er drückte sie an sich und hielt sie fest, solange ihr gewalttätiger Ausbruch unter Kontrolle gehalten werden musste.

"Malriel. Pe'tala. Das ist wirklich eine Überraschung", sagte er ruhig. "Es scheint, dass wir über den Heiler falsch informiert wurden. Auch über deine Pläne herzukommen sagte man uns nichts, Malriel." Aber natürlich musste der König darüber Bescheid gewusst haben, erkannte er. Eine hochrangige Politikerin eines Landes reise nicht einfach so in ein anderes, ohne dies zuvor anzukündigen oder eher die Erlaubnis einzuholen. Er umklammerte Eryn, die strampelnd versuchte, sich mit Hilfe von Magie aus seiner bändigenden Umarmung zu befreien.

"Zuhause stellen wir Stuten ruhig, wenn sie rebellieren. Erlaube mir, dir hierbei behilflich zu sein", meinte Pe'tala mit einem breiten Grinsen und setzte dazu an, sich Eryn zu nähern.

"Pe'tala", warnte Enric sie, "das ist nicht witzig."

Sie zuckte die Schultern, blieb aber, wo sie war. "Das ist *deine* Ansicht."

Er betrachtete beide Frauen, die ihren Spaß an Eryns Reaktion zu haben schienen und fragte sich, was in aller Welt er nun tun sollte. Gäbe er Eryn frei, war nicht abzusehen, was sie anstellen würde. Sie auszuschalten war auch keine gute Idee - sie würde blindwütig auf ihn losgehen, sobald sie erwachte. Pe'tala zu ihrem Quartier zu führen, während er eine um sich tretende Eryn mit sich zerrte, war auch keine ansprechende Wahl. Und wo Malriel untergebracht werden sollte, wusste er nicht einmal.

Er drehte sich um, als er Schritte hinter sich vernahm und sich Marrin, der Berater des Königs, näherte. Seine Augen drückten bei der Szene kaum Überraschung aus, weiteten sich aber, als er Malriel entdeckte. Sein Blick sprang mehrere Male zwischen Mutter und Tochter hin und her. Von der Ähnlichkeit hatte er zweifellos bereits gehört, aber wohl keine dermaßen markante Ausprägung erwartet.

Er verbeugte sich vor beiden Frauen. "Meine Damen, ich freue mich, Euch in der Stadt Anyueel willkommen zu heißen. Mein Name ist Marrin, ich bin der Berater Seiner Majestät und werde zu Eurer Verfügung stehen, sollten während Eures Aufenthaltes irgendwelche Anliegen auftauchen." Er trat auf Malriel zu und hob ihre Hand, um sie in der Art der westlichen Begrüßung zu küssen. "Malriel von Haus Aren, es ist uns eine Ehre, Euch hierzuhaben." Dann wandte er sich Pe'tala zu, um ihre Hand ebenfalls zu küssen. "Pe'tala von Haus Vel'kim, wir hoffen, dass Euer Aufenthalt hier ein angenehmer sein wird und sind dankbar, dass Ihr uns erlaubt, von Eurem Fachwissen zu profitieren.

Sicher möchtet Ihr Euch nun ausruhen und aufwärmen, daher erlaubt mir, Euch Eure Quartiere zu zeigen."

Beide Frauen nickten huldreich und folgten ihm nach einem letzten Blick auf Eryn, die Marrin anstarrte, als wollte sie ihm schmerzhafte Dinge antun.

Sobald die drei im Palast verschwunden waren, ließ die Anspannung in ihren Muskeln nach, und nur Enrics Arme hielten sie noch aufrecht.

"Er wusste es", flüsterte sie. "Er wusste genau, dass die zwei kommen würden. Ihr Anblick hat ihn nicht im Mindesten überrascht. Er kannte ihre Namen. Und er hatte bereits ein Quartier für Malriel vorbereitet!" Neuerlicher Ärger entflammte. "Und er hat offensichtlich mit seiner Begrüßung gewartet, bis ich einen eingehenden Blick auf sie werfen konnte, und er ging sicher, dass du da bist, um mich im Zaum zu halten, bevor er sich hinausgewagt hat!"

"Sehr wahrscheinlich in Übereinstimmung mit den Befehlen des Königs", wies Enric sie sanft hin und entließ sie vorsichtig aus seinem Griff. Stattdessen nahm er ihre Hand und zog sie mit sich. Es hatte wenig Sinn, sie jetzt in die Klinik zurückkehren zu lassen. Oder dass er in die Ratsversammlung zurückkehrte. "Komm, gehen wir nach Hause."

Sie erhob keinen Einwand und ließ sich mitziehen, während sie ungläubig den Kopf schüttelte. "Warum Pe'tala? Ich verstehe, dass Malriel ihre Freude daran hat, mir das anzutun - sie hat es sogar angedroht, als wir Takhan verließen. Aber Pe'tala? Sie verabscheut mich! Warum würde sie freiwillig herkommen? Und warum hat mir niemand etwas davon gesagt! Valrad muss davon gewusst haben!"

Enric zog die Stirn in Falten. "Ich habe den Verdacht, dass sie versucht haben, uns zu warnen. Du erinnerst dich an den Vogel, den Urban gefangen hat? Den, wo sie nicht einmal die Nachricht, die er bei sich trug, ausgespuckt hat?"

Eryn sah ihn verdrossen an. "Wir müssen uns etwas überlegen, um die Vögel vor ihr zu beschützen."

Er lächelte. "Ich bin dir weit voraus, Liebste." Dann wurde er wieder ernst. "Wir werden Pe'tala heute Abend einen kleinen Besuch abstatten. Dann kannst du ihr all diese Fragen stellen."

"Auf gar keinen Fall werde ich sie besuchen!", rief Eryn aus.

"Aber natürlich wirst du das. Ihr beide müsst die Fronten zwischen euch beiden klären, oder ihr werdet kaum in der Lage sein, miteinander zu arbeiten. Sie ist nicht der Heiler, den du erwartet oder gewollt hast, aber das bedeutet nicht, dass du von ihr nichts Neues lernen kannst", strich er heraus.

Eryn seufzte besiegt, dann ließ sie plötzlich einen Fluch nach dem anderen los.

"Was?", fragte er.

"Ich soll die Heilerprüfungen bei ihr ablegen!", jammerte sie. "Sie wird mich niemals gerecht bewerten! Ich kann mich genauso gut jetzt gleich mit meinem Scheitern abfinden!"

Enric versuchte sie zu besänftigen. "Nein, das wirst du nicht. Du wirst ihr keine Chance bieten, dich bei den Prüfungen durchfallen zu lassen, weil du gut genug vorbereitet sein wirst." Und über diese Angelegenheit wollte er ohnehin ein Wörtchen mit Pe'tala reden.

* * *

Eryn sah von ihrem Brief auf, als Enric im Türrahmen ihres Arbeitszimmers stand. "Bist du fertig? Ich habe Pe'tala wissen lassen, dass sie uns nach dem Abendessen erwarten soll. Das wäre jetzt."

Sie nickte. "Das bin ich, ja. Lass mich nur noch den Vogel an Valrad abschicken."

"Ich hoffe, du hast darauf geachtet, deinen Ärger nicht an ihm auszulassen? Hier geht es immerhin um seine Tochter. Zweifellos wäre er wenig erbaut darüber, wenn du über sie schimpfst oder sie rundheraus ablehnst. Wäre er nicht der Ansicht, dass sie für diese Aufgabe geeignet ist, hätte er nicht zugestimmt, sie herzuschicken."

Sie sah auf den Papierstreifen in ihren Händen, dann seufzte sie und zerknüllte ihn zu einem winzigen Ball. So viel dazu. "Ich schätze, ich werde das später noch einmal neu schreiben. Und es an Vran'el adressieren."

Stumm gingen sie die Straße entlang. Enric hielt ihre kühle Hand in seiner und studierte ihre nachdenkliche Miene. Er hoffte, dass sie überlegte, wie sich vermeiden ließ, dass das Gespräch mit ihrer Cousine eskalierte. Aber es war wesentlich wahrscheinlicher, dass sie sich Phantasien hingab, wie sie ihr wehtun konnte.

Als sie den Palast erreichten, zögerte sie nur einen Augenblick, atmete tief ein und folgte ihm die Stufen hinauf. Vor einer Tür unweit seines früheren Quartiers hielt er an und klopfte dreimal.

Pe'tala öffnete kurz darauf und wirkte ruhig und entschlossen. Sie trat zur Seite, um ihren Besuchern Zutritt zu gewähren. Eryn spürte, wie sie sanft nach vorne geschoben wurde. Dann drehte sie sich um und wartete darauf, dass Enric ihr folgte, doch er blieb in der Türöffnung stehen.

Er ergriff Pe'talas Hände und zog sie an sich, um sie auf beide Wangen zu küssen, genau wie sich Familienmitglieder in den Westlichen Territorien zu grüßen pflegten. Sie ließ es sich mit einem Lächeln über Eryns unmutiges Stirnrunzeln gefallen.

"Möchtest du mich ebenfalls ordentlich begrüßen, *Schwester*?", fragte sie dann.

"Betrachte dich als ordentlich begrüßt, indem ich dich nicht aus diesem Fenster dort trete", knurrte Eryn und verschränkte die Arme.

"Ich baue darauf, dass ihr beiden es fertigbringt, einander in der halben Stunde, bis ich dich wieder abhole, nicht an die Kehle zu gehen", sagte Enric mit einem Anflug von Tadel in der Stimme.

"Was meinst du damit, bis du mich wieder abholst?", meinte Eryn stirnrunzelnd, ihre Augen weit vor plötzlicher Panik. "Wohin gehst du? Du bleibst gefälligst hier!" Wie konnte er es wagen, sie herzuschleppen, ohne dann selbst bleiben zu wollen? Sie hatte mit dem Vorteil gerechnet, dass sie Pe'tala in der Überzahl gegenübertreten würden!

"Ich werde Malriel einen kurzen Besuch abstatten. Außer, du möchtest mich dorthin begleiten, dann werde ich selbstverständlich hierbleiben, und wir können hinterher zu ihr gehen. Gemeinsam."

Sie erschauderte. "Nein, vielen Dank. Das ist etwas mehr, als ich an einem Abend ertragen kann."

Er nickte knapp. "Gut. Dann hoffe ich, dass ihr euch benehmen und halbwegs zivilisiert miteinander umgehen werdet. Ich verabschiede mich vorläufig." Damit drehte er sich um und war einen Augenblick später verschwunden.

Pe'tala schob langsam die Tür zu. Die zwei Frauen standen einander einige schweigsame Sekunden lang gegenüber.

"Ich schätze, ich sollte dir wohl ein Getränk anbieten", sagte die Gastgeberin.

"Du brauchst dich nicht mit heuchlerischer Höflichkeit aufzuhalten", bellte Eryn und ging zu einem Sofa, um sich zu setzen. "Rede! Was machst du hier? Hat dich jetzt plötzlich der Drang übermannt, unsere Familienbande zu vertiefen, wo du mir bisher um jeden Preis aus dem Weg gehen wolltest? Sogar so abgestoßen warst von mir, dass du deinem eigenen Zuhause den Rücken gekehrt hast, solange ich mit meinem Wächter dort festsaß! Sag mir nicht, dass dir plötzlich klargeworden ist, dass Ram'ans Verhalten nicht meine Schuld war!"

Pe'tala blieb weiterhin breitbeinig stehen und verschränkte die Arme, als wäre sie ebenfalls auf ein Gefecht vorbereitet. "Mir ist sehr wohl klar, dass Letzteres nicht deine Schuld war. Aber in der Zwischenzeit lernte ich dich kennen und entschied mich aus vollkommen anderen Gründen, dich nicht zu mögen, wenn man das so sagen kann."

"Super", murmelte Eryn. "Das bringt mich zu meiner ersten Frage zurück. Wenn du mich nicht magst, warum kommst du hierher zu mir? Man hat dir doch wohl mitgeteilt, dass du drei Monate lang jeden einzelnen Tag mit mir arbeiten musst?"

"Ja. Ein Nachteil, gebe ich zu. Aber du kamst in meine Stadt, um mir ein paar Wochen meines Lebens zu ruinieren, und ich dachte mir, hey, warum erwidere ich den Gefallen nicht einfach?"

"Das soll wohl ein Scherz sein? Du nimmst es in Kauf, selbst zu leiden, solange ich mehr leide? Was sind wir - Erzfeinde? Ich dachte, wir mögen einander einfach nur nicht! Mir war nicht klar, dass wir offene Feldschlachten gegeneinander austragen!"

Pe'tala schloss kurz die Augen. "Es war nicht nur das. Ich konnte das Mitleid nicht länger ertragen. Arme Pe'tala, fallengelassen wie ein paar alter Schuhe zugunsten ihrer eigenen Cousine von dem Mann, der ihr Gefährte hätte werden sollen. Und als du ihm durch die Finger geschlüpft bist, erwartete man, dass er sich wieder mir zuwenden würde. Aber das tat er nicht." Einen Augenblick lang blitzte Ärger in ihrem Antlitz auf. "Und ich hätte ihm so richtig wehgetan, wenn er es gewagt hätte. Obwohl ich zugebe, dass es mir gutgetan hätte, ihn niederzuschmettern. Aber die Leute dachten, ich würde verzweifelt darauf warten, dass er sich an mich als jemanden erinnert, auf den man zurückgreifen könnte und dass ich am Boden zerstört war, weil er es nicht tat. Ich konnte ihre Dummheit nicht länger ertragen, diese Blicke voll falscher Anteilnahme, ihre Versuche, mich mit jemand anderem zu verkuppeln." Sie blickte auf, ihre Augen ohne den üblichen Spott darin. "Als der Heiler, der hergeschickt hätte werden sollen, nicht länger verfügbar war, ergriff ich die Chance ohne zu zögern. Denn was auch immer du mir ins Gesicht schleudern wirst, Mitleid wird ganz sicher nicht darunter sein."

Eryn seufzte. "Ja, darauf kannst du dich verlassen. Dir ist schon klar, dass du mir für die Dauer deines Aufenthalts hier unterstellt bist? Ich bin hier immerhin die oberste Heilerin."

Ihre Cousine lachte leise. "*Dir* unterstellt? Mein Wissen ist deinem bei weitem überlegen - welchen Sinn ergäbe das denn?"

Ah ja, wer hätte gedacht, dass dies der erste Streitpunkt sein würde? "Wenn du damit nicht leben kannst, kannst du gerne in deine Stadt zurückkehren. Ich werde für alles, was du hier tust, zur Verantwortung gezogen, also siehst du besser zu, dass du nichts anstellst, wofür ich Ärger bekomme. Habe ich mich klar ausgedrückt?"

Pe'talas Augen verengten sich, und nach ein paar Sekunden nickte sie widerwillig. "So sei es denn. Du weißt, dass ich diejenige sein werde, die dir die Prüfungen abnimmt?", fuhr sie mit einem boshaften Lächeln fort. "Ich bin sicher, wir werden eine Menge Spaß miteinander haben."

Eryn knirschte mit den Zähnen. "Falls du mich zu Unrecht durchfallen lässt, schwöre ich, dass ich dafür sorge, dass die Leute in Takhan dich nicht nur als armselig, sondern auch als rachedurstig und als Schande für deinen Beruf betrachten."

"So tief würde ich nicht sinken. Ich bin zuversichtlich, dass du meinen hohen Standards ohnehin nicht entsprechen wirst", meinte die jüngere Frau mit einem spöttischen Grinsen.

"Das werden wir sehen", zischte Eryn. "In der Zwischenzeit erwarte ich, dass du dich an die Arbeitszeiten in der Klinik anpasst, meine Heiler mit dem ihnen zustehenden Respekt behandelst und das tust, weswegen du hergeschickt wurdest: mir dabei helfen, mein Wissen und die medizinischen Dienste, die wir hier anbieten, zu verbessern."

"Das wird mir ein Vergnügen sein, werte *Kollegin*." Pe'tala lehnte sich gegen eine Truhe, noch immer nicht bereit, Platz zu nehmen. "Dann schätze ich, dass wir morgen eine Menge Zeit miteinander verbringen werden. Zuerst der Arbeitstag, dann das Willkommensbankett, das euer König für uns geplant hat. Wann soll ich bei der Klinik sein?"

Verflucht, dachte Eryn. Das Bankett. Ihr Entsetzen darüber, die zwei Frauen hier in ihrer Stadt vorzufinden, hatte sie darauf vollkommen vergessen lassen. Ein ganzer Abend in Malriels Gesellschaft.

"Ich werde dich nach dem Frühstück abholen, um dir den Weg zu zeigen." Sie stand auf. "Du solltest besser einen Schneider aufsuchen und dir bald ein paar wärmere Kleider machen lassen. Es wird kälter, und mit dem, was du jetzt trägst, wirst du nicht besonders glücklich sein."

Sie ging zur Tür und legte eine Hand auf den Knauf, dann hielt sie an und fragte, ohne sich umzudrehen: "Was genau will Malriel hier? Warum ist sie gekommen?"

"Das weiß ich nicht. Glaube mir, ich bin über ihre Anwesenheit auch nicht besonders erfreut. Eine von euch ist genug - ich wäre sehr gut ohne das einmonatige Mutter-Tochter-Aren-Paket ausgekommen."

Eryn warf einen kalten Blick über ihre Schulter. "Ich betrachte sie nicht länger als meine Mutter, wie du mittlerweile wissen solltest. Ich würde es schätzen, wenn du dieses kleine Detail für die Dauer deines Aufenthaltes hier berücksichtigen könntest. Und dass ich kein Mitglied mehr von Haus Aren bin, wie sehr auch immer es dich stören mag, dass ich zu deinem Haus gehöre."

Pe'tala zuckte mit den Schultern. "Das nehme ich entsprechend zur Kenntnis. Soll ich dich hier mit *Lady* ansprechen? Oder gehöre ich zu den wenigen Privilegierten, die den Titel weglassen dürfen?"

"Die Leute, mit denen ich arbeite, benutzen den Titel nicht. Familienmitglieder ebenso wenig. Auf Wiedersehen, Pe'tala. Morgen nach dem Frühstück; ich werde nicht warten." Damit öffnete sie die Tür und schlüpfte hinaus, bevor sie sie behutsam hinter sich schloss.

* * *

Malriel schenkte ihm ein breites Lächeln, als sie die Tür öffnete, Enrics Hände ergriff und ihn näher zu sich und leicht nach unten zog, damit sie seine Wangen küssen konnte. Er bemerkte, wie ihre Augen rasch überprüften, ob er allein war, und sah das sehr kurze und kaum merkliche Aufflackern von Enttäuschung, das sie sofort maskierte. Offensichtlich hatte sie also darauf gehofft, auch ihre Tochter zu sehen.

"Enric, welch ein Vergnügen, dich wiederzusehen. Wie ich sehe, hast du dir hier neue Kleidung in unserem Stil anfertigen lassen." Sie testete den Stoff zwischen ihren Fingern. "Wärmer, natürlich, um dich durch diese entsetzlich kalte Jahreszeit zu bringen, die ihr hier habt."

"Malriel", nickte er und ließ sich zum Sofa führen. Sie hielt seinen Arm fest und zog ihn mit sich nach unten.

"Bei meiner Ankunft in Bonhet wurde mir gesagt, dass du das Dorf sozusagen übernommen hast - wenngleich ich bezweifle, dass es noch sehr viel länger ein Dorf bleiben wird. Es ist erstaunlich, was in solch kurzer Zeit errichtet wurde; ich gehe davon aus, dass du erst nach deiner Rückkehr hier damit begonnen hast", sagte sie. "Soweit ich gehört habe, kümmerst du dich derzeit um den gesamten Handel mit dem Alten Königreich. Das bedeutet, dass du damit zweifellos eine Menge Geld verdienst zusätzlich zu den Einkünften aus deinen anderen Geschäften."

Oberflächliche Konversation über Geld, dachte er und lächelte. Sie kam wirklich aus einer ganz anderen Welt als er.

"Ja, der König hat mir die Erlaubnis zur Errichtung eines Reedereigeschäfts erteilt."

Sie nickte. "Klug von dir, es zu erbitten. Aber das überrascht mich kaum. Hast du bereits darüber nachgedacht, eine Schiffsverbindung zwischen der Stadt und dem Meer zu etablieren? Ich hätte es vorgezogen, mit dem Schiff anstatt auf der Straße anzukommen, um ehrlich zu sein. Und ich denke, dass es so einfacher wäre, die Güter von Bonet hierher zu schaffen. Ich gehe davon aus, dass die Stadt an dem gleichen Fluss liegt, der in Bonhet ins Meer mündet?"

"Das stimmt, ja", bestätigte Enric. "Und ja, ich habe das bereits in Betracht gezogen. Derzeit bin ich noch dabei, mit dem Palast zu verhandeln. Eine Menge baulicher Maßnahmen wären erforderlich, damit die Schiffsladungen hier ordentlich entladen werden könnten, und wir diskutieren nun, ob ich eine Steuererleichterung erhalten soll und dafür die Bauarbeiten selbst finanziere, oder ob es umgekehrt sein wird."

Er hob seine Hand, als sie noch etwas sagen wollte. Jetzt gab es da eine spezielle Frage, die er beantwortet haben wollte. "Malriel, weshalb bist du hier? Sag mir nicht, dass du Eryn so sehr vermisst hast. Wir sind gerade erst vor drei Monaten aus Takhan abgereist, und ihr beide standet euch nicht eben nahe."

Sie seufzte. "Geradewegs zum Punkt, so wie immer. Ich habe mich schon gefragt, wie lange du dich von mir von dieser Frage ablenken lassen würdest." Dann stand sie auf. "Möchtest du zuerst etwas zu trinken, mein Freund?"

"Nein", erwiderte er, "ich hätte lieber zuerst die Antwort."

"Aber es macht dir nichts aus, hoffe ich, wenn ich mir selbst ein Glas einschenke", lächelte sie und öffnete eine kleine Kiste, um ihr zwei Gläser und eine rundliche Flasche zu entnehmen.

"Überhaupt nicht."

Als sie mit den Gläsern und der Flasche zum Tisch zurückkehrte, wartete er, bis sie einen Schluck genommen und sich zurückgelehnt hatte.

"Ich bin hier, um eine gute Beziehung zu eurem König aufzubauen und mir den Ort anzusehen, den mein Erbe sein Zuhause nennt, Enric."

Eine Erinnerung an seinen Status in ihrem Haus. Er fragte sich, weshalb sie dies an diesem Punkt für nötig erachtete.

"Warum hättest du ein spezielles Interesse daran, dich mit dem König anzufreunden, wenn ich fragen darf? Dafür haben wir immerhin euren Botschafter hier."

"Sanaf?" Sie lachte und schüttelte den Kopf über ihn. "Ach du liebe Zeit - sag mir bloß nicht, dass du noch nicht erkannt hast, dass er ein kompletter Blödmann ist?"

Enric blinzelte. Das war unverblümt. "Nun, er hat sich bei manchen Leuten nicht besonders beliebt gemacht, aber Damen eines gewissen Alters und mit einer gewissen Stellung scheinen sehr angetan von ihm zu sein", antwortete er achtsam. Es war eine Sache, wenn sie den Botschafter beleidigte, aber er konnte sich nicht leisten, es ihr gleichzutun oder auch nur zuzustimmen.

Sie verdrehte die Augen, und er musste darüber lächeln, wie sehr sie Eryn in diesem Moment glich. "Das liegt daran, dass der Botschaftertitel schwer genug wiegt, dass sie die Tatsache übersehen, dass außer dem Titel nichts an ihm dran ist. Aber warte nur ab, es ist nur eine Frage der Zeit, bis Erbál die Position übernimmt. Wie kommt Theá mit ihm zurecht?"

"Sehr gut, soweit ich das gesehen habe", sagte Enric. "Weshalb?"

"Weil die Tatsache, dass sein Haus trotz deren Allianz mit Haus Vel'kim gegen sie gestimmt hat, einer der Gründe ist, weshalb er nicht für die Position als Botschafter hier ausgewählt wurde. Aber die Triarchie weiß, dass er wesentlich besser für den Posten geeignet ist, also schickten sie ihn unter dem Deckmantel von Sanafs Assistenten mit. Meine Vermutung ist, dass sie sehen wollten, wie gut er mit Theá auskommt. Wenn er es vermag, sich hier Respekt zu verschaffen, gehe ich davon aus, dass Sanaf bald nach Takhan zurückgerufen und stattdessen ein Assistent für Erbál entsandt wird."

"Viele von uns wären deswegen nicht besonders bekümmert, wenn ich ganz ehrlich bin. Der Botschafter hat ein Talent dafür, unangemessene Bemerkungen zu machen. Zumindest wenn man unsere Standards hier zur Anwendung bringt."

Malriel lachte leise. "Ich weiß. Erbál schrieb mir, dass er die Gesellschaft hier darüber in Kenntnis gesetzt hat, wie das Geistesband sie ohnmächtig werden hat lassen während eurer - nennen wir es Schlafzimmeraktivitäten. Hat er sie auch darüber informiert, dass ihr dieses kleine Problem bereits lösen konntet, wenn man das so sagen kann?"

"Ich habe keine Ahnung", bekannte er. "Ich habe es nicht über mich gebracht, sie seitdem zu einem weiteren dieser Anlässe zu schleppen. Besonders, da es morgen dieses Bankett geben wird. Außerdem ist da auch noch ein Ball in ungefähr einer Woche, zu dem sie gehen muss." Dann zog er eine Augenbraue hoch. "Du korrespondierst mit Erbál? Ich dachte, Aren und Feral wären nicht verbündet?"

Sie lächelte schelmisch. "Nun, sagen wir es so: Die Allianz zwischen uns war nicht gerade politischer, sondern eher persönlicher Natur. Wir waren für kurze Zeit ein Liebespaar und sind in Kontakt geblieben. Ich habe die Idee unterstützt, ihn herzuschicken."

Enric erinnerte sich an ihren Ruf, jüngere Männer zu bevorzugen, war aber dennoch überrascht, dass sie sich einen Liebhaber genommen hatte, der ein paar Jahre jünger als ihre eigene Tochter war. Andererseits spielte das Alter wohl kaum eine Rolle für eine Magierin mit der Fähigkeit, sich selbst je nach Laune oder Anlass älter oder jünger erscheinen zu lassen. Er betrachtete sie nachdenklich.

"Ist das nur mein Eindruck, oder siehst du etwas jünger aus als das letzte Mal, als ich dich sah?", fragte er dann.

"Nein, du hast Recht. Ich habe mich entschieden, für den Moment noch ein paar weitere Jahre abzulegen. Da ich hier morgen als deine Mutter vorgestellt werde, kann ich genauso gut dafür sorgen, dass ihnen die Augen herausfallen", sagte sie mit einem Grinsen.

"Damit wirst du wahrscheinlich Erfolg haben", nickte er, "da du jetzt so alt wie ich selbst aussiehst. Und natürlich war es keinerlei Überlegung, dass deine Ähnlichkeit mit Eryn jetzt sogar noch offensichtlicher ist, wenn man euch ansieht, schätze ich?"

"Ein Zusatzeffekt, den ich bereit bin, in Kauf zu nehmen", lächelte sie berechnend. "Wenn ich mich schon nicht mehr länger als ihre Mutter bezeichnen darf, dann kann ich zumindest dafür sorgen, dass andere es an meiner Stelle tun."

Er rieb sich über das Gesicht und nahm einen Schluck von dem bitteren Getränk. "Dann gehe ich davon aus, dass es in nächster Zeit nicht eben langweilig sein wird, euch beide hierzuhaben. Darf ich fragen, wie lange du geplant hast, uns mit deiner Präsenz zu ehren?"

"Bereits an meinem ersten Abend hier fragst du mich, wann du mich wieder von hinten sehen wirst, Enric? Wie ungalant von dir." Sie bewegte in gespieltem Tadel ihren erhobenen Zeigefinger. "Einen Monat lang. Unglücklicherweise kann ich es mir nicht leisten, länger zu bleiben, da ein Haus nicht so lange ohne sein Oberhaupt verbleiben kann. Das ist ein Gesetz, das praktisch gesehen allerdings durchaus Sinn macht."

Ja, unglücklicherweise, dachte er müde. Ein Monat mit ihr und Eryn in der gleichen Stadt, wo sie ohne Zweifel zu den gleichen Veranstaltungen eingeladen werden würden, würde sich als beträchtliche Herausforderung erweisen.

"Wie hat Theá die Überraschung überwunden, Pe'tala anstatt des ursprünglich für diese Reise gedachten Heilers hier vorzufinden?"

Er seufzte. "Nicht besonders gut, wie du dir wahrscheinlich vorstellen kannst. Sie unterhalten sich in diesem Moment, und ich hoffe, sie werden es hinbekommen, ein paar Regeln festzulegen, die eine Zusammenarbeit ermöglichen. Drei Monate sind eine lange Zeit, wenn sie einander weiterhin auf die gleiche Weise ablehnen wie bisher. Ich wünschte, Ram'an hätte das Kommitment mit ihr einfach durchgezogen. Damit hätte er uns allen eine Menge Ärger erspart."

Malriel sah ihn nachsichtig an. "Er verliebte sich in Theá, als er hier war. Wie hätte er sich an eine andere Frau binden können? Hättest du das an seiner Stelle getan? Überlege nur, wie es Pe'tala damit ergangen wäre. Ich bin überzeugt, dass die Auflösung der Vereinbarung das einzig Richtige war, auch wenn die Art und Weise, wie er Theá verfolgt hat, nicht in Ordnung war. Er gehörte schon immer zu der beharrlichen, aber geduldigen Sorte. Und umsichtig, was auch immer sonst du von ihm denken magst."

"Wenn ich von den Briefen ausgehe, die er Eryn in den letzten Monaten geschickt hat, fällt es mir schwer, das zu glauben", widersprach er. "Die waren leidenschaftslos, kühl und grenzten an Unfreundlichkeit. Er war immerhin derjenige, der darauf bestand, den Kontakt mit ihr aufrechtzuerhalten."

"Ich könnte mir vorstellen, dass ihr zu schreiben für ihn eine größere Herausforderung darstellt, als er im Moment meistern kann. Haus Arbil ist derzeit in finanziellen Nöten, also ist er nicht ganz so überlegt und ausgeglichen wie früher. Zudem starb am Tag vor unserer Abreise nach Takhan auch noch sein Vater, und meine Quellen haben mir zugetragen, dass erst jetzt, wo Ram'an Zugriff auf sämtliche Papiere hat, das Ausmaß der unklugen geschäftlichen Entscheidungen der letzten Jahre offensichtlich wird." Sie seufzte. "Es ist eine Schande, wenn ein Haus mit einem solch talentierten Juristen wie Ram'an es ist, in solch unvorteilhafte Verträge eintritt, weil das Oberhaupt des Hauses zu stolz ist, um den eigenen Sohn zur Rate zu ziehen."

Enric lehnte sich zurück und starrte einige Sekunden lang an die Decke. "Dann schätze ich, dass ich ihn wohl kontaktieren und fragen werde, ob er ein geschäftliches Interesse hat, mit seinem Wein in größerem Ausmaß als den kleinen Mengen, die wir jetzt über einen Mittelsmann bekommen, Handel zu treiben."

Malriels Lächeln wuchs in die Breite. "Ich bewundere es, dass du ein so huldvoller Gewinner bist, Enric."

Er zog eine Augenbraue hoch. "Was nicht weniger ist, als du erwartet hast, sonst hättest du nicht davon gesprochen. Ich gehe davon aus, dass du Haus Arbil zu seiner früheren Pracht verhelfen willst, da ein mächtiger Verbündeter nützlicher ist als ein schwacher. Und ein anderes Haus könnte aus dieser Schwäche einen Vorteil ziehen, eines, das deinem eigenen weniger wohlgesonnen ist."

"Ich sehe schon, dass ich meinen Erben gut gewählt habe", strahlte sie und leerte ihr Glas.

"Hast du das", sagte er ausdruckslos. "Ich frage mich, wie ehrlich du mir antworten würdest, wenn ich dich fragte, ob dein Besuch irgendetwas mit dem

Ärger zu tun hat, mit dem sich die Westlichen Territorien im Augenblick oben im Norden herumplagen."

Sie sah ihn aufmerksam an, während ein leichtes Lächeln ihre Mundwinkel nach oben zog. "Was bringt dich bloß auf so eine Idee, Enric? Ich bin keinesfalls hier, um dein Königreich in einen Krieg hineinzuziehen, wenn es das ist, was dich beschäftigt."

Enric lächelte und stand auf. "Aber natürlich nicht. Was habe ich mir nur dabei gedacht? Ich bedanke mich für deine Gastfreundschaft, Malriel. Wir sehen uns morgen Abend auf dem Bankett." Er beugte sich nach unten, küsste sie auf beide Wangen und ging. Es war womöglich besser, ein wenig früher als angekündigt nach den Vel'kim-Schwestern zu sehen.

KAPITEL 13

Neue Bekanntschaften

Eryn atmete resigniert aus, bevor sie an Pe'talas Tür klopfte. Sobald eine Dienerin öffnete, trat sie ein und sah sich nach einem Hinweis auf die Heilerin, die sie abholen wollte, um.

"Wo ist sie?", wandte sie sich an die Frau in mittleren Jahren.

"Im Waschraum, Lady Eryn", antwortete sie gehorsam und deutete nach rechts auf eine Türe.

"Pe'tala?", rief sie, bevor sie anklopfte.

"Was?", kam eine gedämpfte Stimme von drinnen zurück. "Du bist früh dran! Hetze mich nicht grundlos!", protestierte sie.

"Ich habe etwas zum Anziehen für dich. Arbeitskleidung. Ich lege sie vor deine Tür", rief Eryn zurück und platzierte das Bündel auf dem Boden, bevor sie sich zu einem Stuhl neben dem Fenster begab und hinaussah. Es bot einen Ausblick auf das Westtor, durch das sie nur ein paar Tage, nachdem man sie hergebracht hatte, ihren ersten Fluchtversuch gestartet hatte. Enric hatte sie aufgehalten. Letztes Jahr. Vor einer Ewigkeit.

Sie drehte sich nicht um, als die Tür geöffnet wurde.

"Die hättest du mir etwas früher geben können, meinst du nicht? Ich bin bereits fertig angezogen", beschwerte sich Pe'tala.

Eryn drehte sich nun um und zuckte mit den Schultern. "Wie du willst. Du kannst dich auch mit den Männern in der Klinik umziehen, wenn dir das lieber ist. Wer bin ich, um dir Privatsphäre aufzudrängen?"

Die jüngere Frau schnaubte ungeduldig, hob die Kleidung auf und legte sie vor sich auf einen Sessel, bevor sie begann, sich direkt im Salon auszuziehen. Eryn nahm die Betrachtung des Stadttors wieder auf und beobachtete, wie ein Wagen von den Wachen überprüft und dann durchgewunken wurde.

"Fertig. Wir können los."

Eryn betrachtete sie skeptisch. "Hast du keinen Umhang oder so etwas? Mit dem allein wirst du frieren."

"Dagegen kann ich im Moment nichts tun. Ich muss zuerst einen Schneider aufsuchen", meinte Pe'tala achselzuckend. "Und bis dahin kannst du mir sicher einen leihen."

"Aber sicher doch, besonders, wenn ich dermaßen nett darum gebeten werde", antwortete Eryn mit gespielter Heiterkeit und löste den Umhang von ihren Schultern, um ihn ihrer Cousine zuzuwerfen. Wenigstens würde ihre Heilerrobe sie halbwegs warmhalten, bis sie die Klinik erreichten. "Den will ich zurück, wenn du deinen eigenen hast."

Pe'tala schnupfte. "Als ob ich daran erinnert werden müsste. Es ist nicht so, als wäre ich besonders begierig darauf, deine getragene Kleidung einzuheimsen."

"Dann kannst du ihn mir ja zurückgeben, wenn du lieber frierst", meinte Eryn mit einem übertrieben liebenswürdigen Lächeln.

"Kaum", kam die trockene Antwort.

Sie verließen das Quartier und folgten dem Korridor zu der Stiege, die sie zum Palasttor und hinaus in den kühlen, grauen Morgen führte.

Pe'tala zog den Umhang enger um sich und fröstelte. "Das ist wirklich ein kalter Ort. Warum würde sich jemand dafür entscheiden, hier zu leben?"

"Weil es nicht jeder grandios findet, ständig zu schwitzen", erwiderte Eryn.

Sie setzten ihren Weg fort und zogen eine Anzahl an neugierigen Blicken auf sich. Die Leute waren einigermaßen daran gewöhnt, einen dunklen Haarschopf in der Stadt zu sehen, und neuerdings waren da auch die beiden Männer aus dem Westen, aber zwei dunkelhaarige Frauen waren neu.

"Unglaublich", murmelte Pe'tala. "Hier haben wirklich alle gelbe Haare, jeder einzelne. Ich komme mir wie ein exotisches Tier vor."

Nach ein paar Minuten erreichten sie die Klinik. Eryn stieß die Eingangstüren auf, um als Erste einzutreten. Für Patienten war noch nicht geöffnet, und sie hörten Stimmen aus der kleinen Küche.

"Komm", sagte sie und deutete nach vorne. "Holen wir uns etwas Warmes zu trinken. So starten wir unsere Behandlungstage hier."

"Behandlungstage? Ihr behandelt nicht jeden Tag Patienten? Warum denn nicht?"

"Weil es hier derzeit nur mich und fünf Heilerlehrlinge gibt, also wechsle ich mich damit ab, mit ihnen Patienten zu behandeln, damit sie praktische Erfahrung sammeln und dabei lernen, und sie jeden zweiten Tag in der Theorie zu unterrichten."

Sie erreichten die Küche, und sechs Paar neugieriger Augen landeten auf ihnen.

"Guten Morgen allerseits!", rief Eryn aus. "Ich möchte euch Pe'tala von Haus Vel'kim vorstellen, die Heilerin, die die nächsten drei Monate mit uns verbringen wird. Pe'tala, das hier sind die Heiler Lord Poron, Onil, Felden, Lebern, Vern und unsere medizinische Herbalistin Plia."

Verschiedene Begrüßungen wurden geäußert.

"Ich dachte, die wollten uns einen *Mann* schicken?", fragte Felden verwirrt, fügte dann aber rasch hinzu: "Nicht, dass mir das lieber gewesen wäre!"

Verns Augen verengten sich. "Pe'tala von Haus Vel'kim? So wie *Maltheá* von Haus Vel'kim? Das gleiche Haus?"

Eryn presste die Lippen aufeinander. Warum musste dieser Junge bloß so ein schneller Denker sein?

"Ja", meinte Pe'tala mit einem breiten Lächeln. "Ich bin Eryns *Schwester*. Ihre wesentlich *jüngere* Schwester."

"Du hast eine Schwester? Das wusste ich gar nicht!", rief Plia aufgeregt aus.

"Ja", sagte Eryn lahm, "das ist eine recht neue Entwicklung."

"Sie ist eine erwachsene Frau, wie neu kann diese Entwicklung also sein?", meinte Onil stirnrunzelnd.

"Sie ist adoptiert", erklärte Eryn.

"Nein, *liebste* Schwester, lass mich dir dabei helfen, die Fakten richtig hinzubekommen", widersprach Pe'tala mit einem spöttischen Grinsen. "*Eryn* ist diejenige, die adoptiert wurde."

"Du wurdest adoptiert?", fragte Lord Poron verdutzt. "Von wem?"

"Von meinem Onkel", antwortete sie müde. Hätte Vern doch nur dieses eine Mal seinen Mund gehalten.

"Davor war deine Schwester also deine Cousine?", lachte Onil leise. "Das ist mal was Neues. Warum haben sie dich überhaupt adoptiert?"

"Ja, diese Frage stellen wir uns seither immer wieder", lächelte Pe'tala. Mehrere erstaunte Augenpaare richteten sich auf sie.

"Wir arbeiten noch daran, diesen schwesterlichen Geist für uns zu entdecken", knurrte Eryn und warf der jüngeren Frau einen sauren Blick zu, bevor sie sich wieder an Onil wandte. "Mein Onkel adoptierte mich, weil mich sonst der Mann, dem ich versprochen war, für sein Haus beansprucht hätte."

"Versprochen? Einem anderen Mann? Du?", rief Lord Poron aus.

"Können wir das ein anderes Mal besprechen? Bitte? Und geht mir aus dem Weg, ich brauche etwas zu trinken. Es ist heute wirklich kalt draußen."

"Kein Wunder, dass du frierst, du hast nicht einmal einen Umhang dabei!", tadelte Vern sie.

"Den habe ich im Moment Pe'tala überlassen. Sie muss sich erst wärmere Kleidung anfertigen lassen. Anstatt mich dafür zu rügen, dass ich heute keinen Umhang trage, solltest du mir lieber ein Kompliment für meine Großzügigkeit aussprechen."

Der Junge nickte. "Also gut. Dann schätze ich, dass du wohl heute besser mit zu mir nach Hause kommst, Pe'tala. Junar kann deine Maße nehmen, nachdem wir hier fertig sind. Dank Eryn hier ist sie derzeit *die* Schneiderin schlechthin in Anyueel. Und sie kann dir etwas im westlichen Stil machen, sie hat die Muster zuhause."

"Ich weiß nicht, ob das so eine gute Idee ist", meinte Eryn und kniff die Augen zusammen. "Junar sollte nicht so viel arbeiten, sondern es ruhiger angehen. Wir wissen nicht einmal, ob sie gewillt ist, irgendwelche neuen Kunden anzunehmen. Wie du schon sagtest, ist sie im Moment sehr gefragt."

Vern verwarf diesen Einwand mit einer Handbewegung. "Ach, mach dir keine Sorgen. Für deine Familie nimmt sie sich sicher Zeit."

Sie wusste nicht genau, ob Vern das mit Absicht getan hatte, um sie zu necken, oder ob ihm wirklich nicht bewusst war, dass sie versuchte, Pe'tala von ihrer Freundin fernzuhalten.

"Eryns Schneiderin?", lächelte Pe'tala. "Nun, dann werde ich dein Angebot auf jeden Fall annehmen, junger Mann."

Eryn warf dem Jungen einen verärgerten Blick zu, dann wandte sie sich wieder an ihre Heiler.

"Da Vern heute hier ist, um uns zu unterstützen, kann ich Pe'tala herumführen. Plia, vielleicht kannst du uns später zum Dach begleiten und dein Reich selbst vorstellen? Ich weiß nicht einmal die Hälfte von dem, was du dort oben treibst."

"Sicher", strahlte das Mädchen. "Holt mich einfach ab, wenn ihr soweit seid."

Eryn erinnerte sich daran, dass sie etwas Heißes zu trinken holen wollte und mischte für sich selbst und Pe'tala ein Getränk, bevor sie ihr eine Tasse überreichte.

Beide Frauen legten genüsslich ihre kalten Hände um das dampfende Gefäß.

"Wo ist Rolan?", fragte Eryn dann.

"Hier", kam seine Stimme von der Tür. "Ich bin gerade fertig geworden mit..." Er hielt inne und zog die Stirn in Falten, während er Pe'tala kritisch musterte. "Das ist kein Mann", stellte er dann nach sorgsamer Betrachtung fest.

Pe'tala kniff die Augen zusammen. "Du bist ein ganz Schlauer, nicht wahr? Ich schätze, den Unterschied zwischen Männern und Frauen zu erkennen, ist eine besonders nützliche Fähigkeit, wenn man an einem Ort des Heilens arbeitet."

Bestürzt blinzelte er.

"Das ist Eryns Schwester", erklärte Vern grinsend.

Rolan nickte langsam. "Ja, das glaube ich sofort."

"Hat er mich gerade beleidigt?", fragte Pe'tala stirnrunzelnd.

Eryn warf ihr einen stechenden Blick zu. "Hast du gerade *mich* beleidigt?"

"Meine Güte", meinte Lord Poron mit einem leisen Lachen, "das werden zweifellos drei sehr interessante Monate, darauf könnt ihr euch verlassen."

* * *

Enric seufzte und schenkte sich und den beiden Männern, die mit ihm warteten, ein weiteres Glas ein.

Orrin runzelte die Stirn. "Also, warum genau wurde jetzt ein anderer Heiler geschickt? Und warum hat euch niemand gesagt, dass es ihre Cousine oder Schwester - oder wie auch immer ihr sie jetzt nennt - die sie nicht ausstehen kann, sein wird? Das kommt mir etwas verworren vor, wenn du mich fragst."

"Ich glaube, jemand hat versucht, uns zu warnen, aber Urban hat den Kuriervogel gefressen, bevor wir die Nachricht retten konnten. Wir haben an ihre Familie und Kilan geschrieben und gefragt, ob sie etwas darüber wussten. Ich schätze, wir werden ihre Antwort morgen erhalten", erklärte Enric und wandte sich dann an Vern. "Wie kommst du mit Pe'tala zurecht? Eryn hat mir noch nichts über den heutigen Tag erzählt; sie ist nur in der allerletzten Minute zuhause eingetroffen und ins Schlafzimmer gestürmt, aus dem sie bislang nicht wieder aufgetaucht ist."

Der Junge zuckte mit den Schultern. "Zuweilen ist sie ein wenig ruppig, aber nachdem ich eine Zeitlang mit Eryn gearbeitet habe, wirft mich das nicht um. Die meisten von uns müssen sich allerdings noch an ihre recht direkte Art gewöhnen, mit der sie auf Fehler hinweist. Aber zumindest ist es unterhaltsam, ihr und Eryn zuzuhören. Die zwei können sich wirklich nicht ausstehen, wie es aussieht."

"Nein überhaupt nicht", seufzte Enric. "Ich trage mich mit der Hoffnung, dass sie sich mit der Zeit zumindest als Heiler respektieren, nachdem sie eine Weile zusammengearbeitet haben."

"Junar kam heute recht gut mit Pe'tala zurecht", erzählte Orrin. "Aber normalerweise ist es auch nicht besonders schlau, seine Schneiderin zu verstimmen. Wenn einen die Leute das nächste Mal, wenn man auf einen Ball geht, ansprechen, weshalb man so blass und krank aussieht, sollte man zurückdenken, ob man die Person, die die Farben und Schnitte für die Kleidung aussucht, irgendwie beleidigt hat."

"Das ist erschreckend erkenntnisreich für einen Mann, der es bis vor kurzem vermieden hat, sich schick anzuziehen", bemerkte Vern. "Aber ich schätze, mit einer Schneiderin verbunden zu sein, kann das aus einem Mann machen."

Alle drei drehten ihre Köpfe der Stiege zu, als sie zwei weibliche Stimmen diskutieren hörten.

"Du kannst nicht von mir verlangen, sie rein aus Prinzip abzulehnen, weil *du* sie nicht magst!", beschwerte sich Junar. "Wir sind erwachsene Frauen! Nun, *ich* zumindest", korrigierte sie. "Du scheinst einen Rückfall in die Infantilität zu erleiden, wie es aussieht."

"Komm schon!", stöhnte Eryn. "Sie zu mögen ist sozusagen eine Missachtung unserer Freundschaft! Das zeugt nicht gerade von Loyalität, meinst du nicht?"

"Warum nehmt ihr nicht die Kutsche, und ich gehe zu Fuß?", meinte Vern leise, leerte sein Glas in einem Zug und stand auf, um seinen Umhang vom Haken zu nehmen.

"Feigling", murmelte Enric.

Der Junge zuckte die Achseln und grinste. "Nun, ihr habt sie euch ausgesucht, ich bin mehr oder weniger bei ihnen gelandet. Damit ist es nur recht und billig, dass ihr diejenigen seid, die leiden." Damit war er fort, bevor die Frauen den Salon betraten.

Junar runzelte die Stirn. "Wo ist Vern?"

"Er ist vor eurer Zankerei geflohen", sagte Orrin.

"Das war keine Zankerei, sondern eine Diskussion", sagte Eryn hochmütig und griff nach ihrem eigenen Umhang, um ihn sich umzulegen, bevor Enric eine Chance dazu hatte.

"Und? Wirst du Junar erlauben, Pe'tala zu mögen, oder muss sie dich von nun an zur Rate ziehen, wann immer sie jemanden kennenlernt?", fragte Enric fröhlich und grinste, als seine Gefährtin ihn verärgert ansah. "Nun, Junar, ich würde sagen, dass sie dir wohl mit der Zeit verzeihen wird, solange du nicht den Fehler machst, Malriel auch nur ansatzweise sympathisch zu finden."

Die Schneiderin lächelte. "Ich gebe zu, dass ich schon recht neugierig auf sie bin. Laut dem, was Eryn mir erzählt, muss sie eine Art Monster sein, das aus den Untiefen der dunkelsten Meere entkommen ist oder etwas ähnlich Unerfreuliches."

"Sie hat versucht, mich verurteilen zu lassen! Ihre eigene Tochter! Was brauchst du denn sonst noch, um sie einzuschätzen?", rief Eryn aus.

"Nun, ich versuche, Leute erst zu verdammen, nachdem ich ihnen begegnet bin", antwortete ihre Freundin.

"Das erscheint mir nicht sehr zeitsparend", sagte Eryn und öffnete die Tür. "Seid ihr fertig? Können wir los?"

Die beiden Männer sahen einander an und leerten flink ihre Gläser, bevor sie ihnen in die Kutsche folgten.

"Du wirkst ungewöhnlich eifrig", bemerkte Orrin. "Bist du jetzt plötzlich darauf erpicht, dort hinzugehen?"

"Je früher wir eintreffen, desto eher kann ich mich wieder verabschieden, hoffe ich", erklärte sie.

"Weißt du, ich glaube nicht, dass das so funktioniert", meinte Junar. "Besonders nicht in deinem Fall. Immerhin bist du mit beiden verwandt. Du solltest nicht noch früher als sonst davonlaufen, um ihrer Gesellschaft zu entfliehen."

"Oh Mann! Du bist heute wirklich fest entschlossen, dich bei mir unbeliebt zu machen, was?", knurrte Eryn. "Und glaub bloß nicht, mir wäre nicht aufgefallen, dass du mich in dieses blassgelbe Kleid gesteckt hast. Das hast du dir zur Seite gelegt, um dich an mir zu rächen, weil es mich wie eine Leiche aussehen lässt!"

Orrin zog eine Augenbraue hoch und sah Enric an. "Siehst du? Was habe ich dir gesagt?"

* * *

Eryn stieg aus der Kutsche und drehte sich zu ihrem Gefährten um. "Ich werde sie nicht vorstellen. Jetzt ist sie *deine* Mutter. Du hast sie dir freiwillig ausgesucht, also trägst du die Konsequenzen."

Enric sah sie an. "Dir ist schon klar, dass den Leuten auffallen wird, dass ihr verwandt seid? Die Familienähnlichkeit ist frappierend."

"Dann wird es ein noch klareres Signal sein, dass ich nichts mit ihr zu tun haben will." Sie hob ihr Kinn und schlenderte in den Palast.

Die Doppeltüren zu dem Ballsaal, in dem das Bankett stattfinden sollte, standen weit offen. Somit konnte sie erkennen, dass die meisten Gäste bereits eingetroffen zu sein schienen. Natürlich. Die Neuankömmlinge hatten sicher ihre Neugier geweckt. Sie hatten bereits ein paar Männer aus den Westlichen Territorien getroffen, aber dies war nun das erste Mal, dass man Frauen aus diesem exotischen, weit entfernten Land begutachten konnte.

Eryn drehte sich um, da sie hinter sich eilige Schritte hörte. Vern wirkte leicht außer Atem, als er sie einholte.

"Wo warst du denn? Warum bist du nicht mit uns in der Kutsche gefahren?", fragte sie stirnrunzelnd.

"Selbsterhaltung, denke ich", meinte er schulterzuckend. "Können wir hineingehen? Ich bin gespannt auf deine Mutter."

"Nenn sie nicht so", zischte Eryn. "Sie ist jetzt *Enrics* Mutter."

Er verdrehte die Augen. "Natürlich. Und ich bin sicher, niemand wird sich darüber wundern, dass sie dunkles Haar hat und fremdländisch klingt."

"Halt die Klappe, oder das hier wird dein erstes und letztes Bankett sein, weil du es nämlich nicht überleben wirst. Nächstes Mal, wenn der König die Heiler ebenfalls einladen will, werde ich ihn davon abbringen", grollte sie und spürte, wie Enric ihren Arm nahm.

"Komm. Es ist Zeit, ihnen gegenüberzutreten. Und halte dein Temperament im Zaum. Kontrolle beginnt immer bei einem selbst", warnte er sie leise. "Lass die Leute nicht sehen, dass sie dir unter die Haut geht. Lass es Malriel nicht sehen."

Sie nickte. Das wollte sie auf jeden Fall vermeiden.

Als sie eintraten, sahen sie, dass sich die bereits eingetroffenen Gäste in zwei Gruppen aufgespalten hatten, jede davon um eine dunkelhaarige Frau.

"Ich schätze, es wird nun nicht mehr nötig sein, sie vorzustellen", sagte Enric ruhig.

Einen Moment später traf Malriels Blick Eryns, und mit einem entzückten Ausruf befreite sie sich von ihren vielen Bewunderern.

"Hier sind sie ja!" Mit weit offenen Armen kam sie näher, als hätte sie die Rolle der Gastgeberin übernommen, die ihre Gäste willkommen hieß. "Enric, mein Sohn, und seine zauberhafte Gefährtin Maltheá", zwitscherte sie fröhlich mit einem lebhaften Glänzen in den Augen. Eryn sah, wie Pe'tala einige Schritte entfernt von ihr spöttisch grinste und warf einen frostigen Blick in ihre Richtung.

Einen Moment später biss sie die Zähne zusammen, als Malriel sie küsste. "Man nennt mich hier *Eryn*, wie du sehr wohl weißt", knurrte sie.

"*Das* ist deine Mutter?", hauchte Vern ungläubig. "Sie sieht kaum älter aus als du! Ihr könntet beinahe Zwillinge sein! Wie erstaunlich!"

Malriel drehte sich zu ihm. "Ah, du musst Vern sein, der außergewöhnlich talentierte junge Mann, der Illustrator des Buches, das Ram'an von hier mitgebracht hat. Es ist mir ein Vergnügen, dich kennenzulernen. Ich bin Malriel von Haus Aren."

Vern nickte einfach nur, sprachlos. Diese prachtvolle, mächtige, selbstbewusste Frau kannte seinen Namen und war erfreut, *ihn* kennenzulernen!

Enric stellte sie Junar und Orrin vor, da Eryn, genau wie sie es zuvor angekündigt hatte, keinerlei Anstalten machte, es selbst zu übernehmen.

Malriels Augen ruhten nachdenklich auf Orrin. "Der Mann, der es irgendwie geschafft hat, einer Aren Frau gegen ihren Willen Kampffertigkeiten beizubringen. Das ist eine erstaunliche Leistung. Ich muss Euch gratulieren. Ich gehe davon aus, dass sich dies als schwierige und herausfordernde Aufgabe für Euch erwies, Lord Orrin?"

Er schenkte ihr ein dünnes Lächeln. "Das war es in der Tat. Eine nicht enden wollende Prüfung für meine Nerven."

Malriel lachte kehlig. "Gut. Ich würde nicht denken wollen, dass wir so einfach zu zähmen sind."

"Das haben wir mittlerweile aufgegeben", sagte eine tiefe Stimme hinter ihnen. Tyront lächelte und hob Malriels Hand, um sie zu küssen. "Wenn ich von der Ähnlichkeit in den Gesichtszügen und dem Körperbau ausgehe, vermute ich, dass ich Malriel von Haus Aren vor mir habe. Ich bin Lord Tyront, und das hier ist meine Gefährtin Vyril."

Eryn atmete langsam aus. Warum betonten die Leute ständig, wie ähnlich sie einander sahen?

"Lady Eryn", sprach ihr Vorgesetzter sie an und nickte in Pe'talas Richtung, "Warum macht Ihr uns nicht bekannt mit Eurer…"

"Schwester", beendete sie seinen Satz mit einem angespannten Lächeln und nickte. "Aber natürlich." Sie ging zu Pe'tala und lächelte die Leute um sie herum an. "Würdet ihr uns wohl kurz entschuldigen? Ich muss sie für eine Weile entführen."

"Soll ich jetzt dem mächtigen Ordensführer vorgestellt werden?", grinste die jüngere Frau. "Welche Ehre."

Eryn antwortete darauf nicht und legte stattdessen ein höfliches Lächeln auf. "Pe'tala, ich möchte dich Lord Tyront, dem Anführer des Ordens, und seiner Gefährtin Vyril vorstellen. Junar, Orrin und Vern kennst du ja bereits. Lord Tyront, das ist Pe'tala von Haus Aren, meine *kleine* Schwester."

Zufrieden sah sie das verärgerte Aufblitzen in Pe'talas Augen.

Als Sanaf und Erbál eintraten, drehten sie sich um.

"Malriel!", dröhnte die Stimme des Botschafters heiter, worauf hin sie sichtbar schluckte, als er sich ihr mit weit geöffneten Armen näherte.

Eryn sah schadenfroh zu, wie der behäbige Mann sie mit einer eindeutig unwillkommenen Umarmung bedachte, aus der Malriel sich nicht, ohne unhöflich zu wirken, befreien konnte.

Erbál lächelte Pe'tala an und küsste ihre Hand. "Tala. Es ist eine Weile her. Ich gebe zu, dass ich überrascht bin, dass du dich entschieden hast herzukommen."

Sie grinste breit. "Erbál, ich bin im Gegenzug überhaupt nicht überrascht, dass du hier gelandet bist. Immer noch der große Abenteurer. Und wie hätte ich nicht die Gelegenheit ergreifen können, meine *erheblich ältere* Schwester, die mir so sehr am Herzen liegt, zu besuchen und etwas Zeit mit ihr zu verbringen?"

Vern überdeckte sein Kichern mit einem eiligen Husten.

"Du lachst nicht über *ihre* Beleidigungen", fauchte Eryn ihm leise zu. "Du lachst gefälligst über *meine*! Wo bleibt in dieser Familie die Loyalität, wenn ich fragen darf?" Dann beobachtete sie überrascht, wie sich Malriel und Erbál mit Küssen auf beide Wangen begrüßten und dann etwas austauschten, das man nur als ein sehr privates Lächeln bezeichnen konnte. Doch wohl nicht ein weiterer ihrer Liebhaber? Der war aber wahrhaftig jung!

Erleichtert sah sie auf, als das Signal für die Diener ertönte, dass sie die Gäste an den langen Tisch führen sollten. Es kümmerte sie wenig, neben wem sie sitzen würde, solange es nicht Malriel war. Sogar Sanaf oder Lord Seagon würde sie stattdessen lieber ertragen.

Dieses Mal hatte sie tatsächlich Glück. Malriel wurde nahe beim König platziert, ebenso wie Pe'tala, da sie Ehrengäste waren. Enric saß neben Malriel, und Botschafter Sanaf und sein Assistent neben Pe'tala, die von ihrem Nachbarn alles andere als angetan schien. Erbál lächelte erfreut, als Eryn neben ihm Platz nahm. Sein Lächeln erstarrte allerdings, als sie ihm zuflüsterte: "Hast du mit Malriel geschlafen?"

"Verzeihung?", fragte er mit leicht panischer Miene.

"Du hast mich schon verstanden", knurrte sie. "Und tu nicht so, als fühltest du dich angegriffen. Wo du herkommst, würde bei dieser Frage niemand auch nur eine Miene verziehen. Außerdem hast du mich bereits als unverblümt eingestuft. Heraus damit."

Besiegt seufzte er. "Ja."

"Brillant", murmelte sie, der Verdruss klar auf ihrem Gesicht erkennbar. "Dann wirst du ihr also alles weitererzählen, was ich jemals zu dir gesagt habe oder in Zukunft sagen werde?"

"Nein, Lady Eryn, das werde ich nicht. Immerhin bin ich ein Diplomat. Und wenn Malriel zu viel weiß, ist das nicht zwangsläufig ein Vorteil für mich", stellte er klar. "Letzten Endes ist sie immer noch eine Politikerin."

"Gut, zumindest gibst du dich keinen Illusionen darüber hin, dass sie zu edel ist, um dich für ihre Zwecke zu benutzen."

Er lachte leise. "Nein, das tue ich keineswegs. Das war es unter anderem, was mich zu ihr hingezogen hat. Ich finde eine Frau, bei der ich mich jederzeit in Acht nehmen muss, sehr anregend. In dieser Hinsicht gibt es eine Ähnlichkeit zwischen euch beiden, auch wenn Ihr Euch anderer Methoden bedient."

Sie warf ihm einen verärgerten Blick zu. "Du versuchst doch wohl nicht etwa, mit mir zu flirten, oder doch? Lass mich dir sagen, dass es kein besonders vielversprechender Ansatz ist, mich mit *ihr* zu vergleichen."

Erbál grinste sie schief an. "Das würde ich nicht wagen. Euer Gefährte ist wesentlich größer und stärker als ich. Und er beobachtet uns bereits, weil wir flüstern."

Eryn blickte auf und sah in der Tat, dass Enric sie mit besorgter Miene beobachtete. Sie lächelte ihm beruhigend zu und zuckte die Schultern.

Kurz darauf öffneten sich die Türen auf der anderen Seite des Saals, und die Gäste erhoben sich, als König Folrin eintrat. Sie warteten, bis er seinen kunstvoll verzierten Stuhl erreichte und verbeugten sich dann.

Zuerst nickte er Malriel zu, die sich tief verbeugte.

"Malriel von Haus Aren, willkommen in meinem Königreich. Es ist ein großes Vergnügen und ein Privileg, Euch hier begrüßen zu dürfen."

"Eure Majestät", erwiderte sie huldreich, "das Vergnügen ist ganz auf meiner Seite."

Dann wandte er sich an Pe'tala. "Pe'tala von Haus Vel'kim, Euer Aufenthalt hier ist ein Beweis dafür, dass unsere Länder willens sind, mehr als nur Handelsgüter miteinander auszutauschen. Wir danken Euch sehr für Eure Bereitschaft, Zeit hier zu verbringen und uns von Eurem Wissen profitieren zu lassen."

"Ich danke Euch, Eure Majestät", erwiderte sie und verbeugte sich ebenfalls.

Die Gäste ließen sich zurück auf ihre Stühle sinken, sobald der König Platz genommen hatte.

Eryn sah, wie seine Augen zwischen Malriel und ihr selbst ein paar Mal hin und her sprangen und bereitete sich mental auf eine weitere Bemerkung über die erstaunliche Familienähnlichkeit vor. Doch nichts kam. Aber natürlich war er sich der Spannungen zwischen ihnen bewusst und wie wenig sie Äußerungen dieser Art schätzen würde, erkannte sie. Nicht, dass es ihn normalerweise kümmerte, was sie hören wollte oder nicht.

Am anderen Ende des Tisches erspähte sie Onil und Lebern. Sie wirkten, als würden sie sich etwas unbehaglich fühlen, da sie üblicherweise zu solchen Anlässen wie dem hier nicht eingeladen wurden. Felden wirkte etwas entspannter. Er war neben Lord Poron platziert, der stets gerne die Gelegenheit ergriff, sich über das Heilen zu unterhalten. Wie sehr sie sich wünschte, sie könnte neben ihnen sitzen, anstatt so nahe beim König.

"Wie kommt Ihr mit dem hiesigen Klima zurecht, Malriel?", hörte sie den König fragen.

"Ich gebe zu, dass ich meine Schwierigkeiten habe, mich an diese Temperaturen zu gewöhnen", lächelte sie. "Ich plane morgen einen Schneider aufzusuchen, um für meinen Aufenthalt hier ein paar Kleidungsstücke zu bestellen."

"Ich kann jemanden empfehlen", meldete sich Pe'tala mit einem boshaften Lächeln in Eryns Richtung zu Wort. "Junar, Lord Orrins Gefährtin, ist eine sehr fähige Schneiderin und eine sehr enge Freundin von Eryn. Erst heute Nachmittag war ich selbst dort, um meine Maße nehmen zu lassen."

"In der Tat?" Malriel lächelte. "Dann werde ich sie so rasch wie möglich aufsuchen. Vielen Dank." Die beiden Frauen tauschten einen kühlen Blick, der unverhohlen preisgab, dass sie einander nicht leiden konnten, aber beide Gefallen daran fanden, Eryn Unbehagen zu bereiten.

Eryn fing Enrics warnenden Blick auf.

"Lass mich zuerst mit Junar über einen Spezialpreis für dich reden", lächelte sie herzerwärmend. In etwa dreimal so teuer wie ihr üblicher Satz.

Malriel schien zu durchschauen, in welche Richtung ihre Gedanken gingen. "Oh, das wird nicht nötig sein. Ich würde ihre Großzügigkeit keinesfalls ausnutzen wollen."

"Glaub mir", versicherte ihr Eryn trocken, "das würde ich auch nicht zulassen."

Inads Stimme erhob sich über all die anderen. "Malriel, wenn Ihr mir eine Frage erlauben würdet - Ihr und Lady Eryn seid...?"

"Durch keinerlei Verwandtschaftsverhältnisse irgendeiner Art miteinander verbunden, Mitglieder vollkommen verschiedener Häuser", erklärte Eryn fröhlich und nahm einen herzhaften Bissen von dem Gemüsegericht, das speziell für sie zubereitet worden war.

Ihre Augen verengten sich zu Schlitzen, als sie zusah, wie Malriels Gesicht sich verdüsterte. Es war untypisch für Malriel, eine Schwäche wie eine Kränkung durch eine Bemerkung dermaßen öffentlich zu zeigen, sofern sie nicht etwas im Schilde führte.

"Das ist nur bis zu einem gewissen Grad wahr, meine liebe Maltheá", sagte sie dann mit einem erzwungenen Lächeln. "Ich bin die Mutter deines Gefährten, ist es nicht so? Das ist immerhin eine Verbindung."

Die Verwirrung unter den Gästen war beinahe greifbar.

"Ihr seid *Lord Enrics* Mutter?", fragte Lord Seagon, der Schatzmeister des Ordens, verwirrt. "Oder unterliege ich hier einem Missverständnis?"

"Nein, mein Lord", antwortete Malriel, "das tut Ihr nicht. Lord Enric ist ein Mitglied meines Hauses und der Erbe meiner Position als Oberhaupt desselben sowie meines Sitzes im Senat. In Takhan kennt man ihn als Enric von Haus Aren."

Eryn nahm einige ungläubige Blicke wahr, die zwischen Malriels Gesicht und ihrem eigenen hin und her sprangen.

"Das alles erscheint... recht seltsam", sagte Inad vorsichtig. "Ich hätte erwartet, dass es zwischen Euch und Lady Eryn irgendeine familiäre Verbindung gibt, um ehrlich zu sein."

Eryn nickte aufrichtig. "Das ist eine geläufige Fehlannahme. Die einzige familiäre Verbindung an diesem Tisch, die ich derzeit anbieten kann, ist diejenige zu meiner *kleinen* Schwester Pe'tala."

Pe'tala errötete leicht, als sie sich plötzlich im Mittelpunkt der Aufmerksamkeit fand.

"Ich habe von Männern gehört, die Frauen bevorzugen, die ihrer Mutter ähnlich sind, aber das hier...", sagte Lord Woldarn. Es war wohl als Flüstern gedacht gewesen, aber dank seiner dröhnenden Stimme war es für alle Gäste hörbar.

Eryn sah, wie Junar hastig ihren Mund mit einer Serviette bedeckte, um das Grinsen zu verbergen, aber die Fältchen um ihre Augen verrieten es dennoch.

Enric schloss für einen Moment seine Augen, während der Hauch eines Seufzers seine Lippen passierte. Dann räusperte er sich und schaffte es damit, von einem Augenblick zum nächsten sämtliche Gespräche am Tisch zum Stillstand zu bringen. Ein feiner Trick, dachte Eryn beeindruckt. Konnte *sie* das wohl auch lernen?

"Erlaubt mir, Eure Neugier in dieser Angelegenheit zu befriedigen. Ich sehe, dass Euch dies etwas rätselhaft erscheinen muss. Malriel von Haus Aren ist in der Tat meine Mutter, rechtlich gesprochen. Ich wurde in ihr Haus - was, wie die Meisten sicher bereits erraten haben, in den Westlichen Territorien so etwas wie eine erweiterte Familie ist - adoptiert. Eryn, oder Maltheá, wie man sie in Takhan kennt, wurde als Malriels Tochter geboren, entschied sich aber, die Verbindung aus persönlichen Gründen aufzulösen. Daraufhin wurde sie in das Haus ihres Vaters, nämlich Haus Vel'kim, adoptiert, zu dem auch Pe'tala hier gehört."

Ein Raunen ging durch die Gruppe, nach nur einigen Sekunden von einer weiblichen Stimme unterbrochen.

"Damit ist also Lady Eryns Mutter nun auch *Eure* Mutter, Lord Enric?", fragte Inad durcheinander. "Würde Euch das rechtlich gesehen nicht zu ihrem Bruder machen?"

"Nein, Liebes", korrigierte ihr Gefährte, Lord Remdel, sie geduldig. "Lady Eryn verließ ihre Familie und trat einer anderen bei, damit sind sie nicht verwandt."

"Oh, gut", nickte sie, offenkundig erleichtert. "Das hätte sonst doch etwas seltsam angemutet, würde ich meinen, ganz egal, wie offen und tolerant unsere neuen Freunde in den Westlichen Territorien in dieser Hinsicht sind."

"Nicht *dermaßen* tolerant, dessen sei versichert", sagte Pe'tala wegwerfend und verdiente sich damit ein paar anerkennende Blicke.

Eryn lehnte sich zurück und nahm einen Schluck von dem ausgezeichneten Wein, den der König bei diesen Anlässen zu servieren pflegte. Es gab einiges, das sich über Pe'tala sagen ließ, aber keinesfalls, dass sie es sich zur Gewohnheit machte, sich bei den Reichen und Mächtigen einzuschmeicheln. Das musste man ihr lassen.

"Malriel", ertönte Inads Stimme erneut, "lasst mich Euch zu Eurem äußerst jugendlichen Aussehen gratulieren, wenn man bedenkt, dass Ihr die Mutter eines Kindes im Alter... nun, einer Erwachsenen seid. Ihr müsst mir Euer Geheimnis verraten!"

Malriel lächelte. "Aber natürlich, Inad, nicht wahr? Gesundes Essen in moderaten Mengen, regelmäßige körperliche Betätigung und natürlich regelmäßige magische Korrekturen."

"Magisch?", rief Inad beglückt aus. "Tatsächlich?"

Verzweiflung stieg in Eryn hoch, als Inads Blick gierig auf ihr landete. Was für ein großartiger Zug. Malriel diente jetzt also als wandelnder Beweis dafür, was Magie bewerkstelligen konnte, wenn es um die äußerlichen Anzeichen des Alterns ging. Eryn sah sich in den nächsten Wochen bereits Falten entfernen, Haut glätten und Gewebe mit Flüssigkeit aufpolstern. Also ob sie für solche frivolen Dinge Zeit hätte, solange ihr nicht mehr Heiler und Zeit zu deren Ausbildung zur Verfügung standen!

"Ein Bote für Lady Eryn", sprach ein Diener leise in das Ohr des Königs. König Folrin nickte, um die Unterbrechung zu gestatten, und Eryn nahm ausdruckslos das gefaltete Blatt Papier entgegen.

Sämtliche Augen ruhten auf ihr, während sie die kurze Nachricht las und dann aufstand. "Eure Majestät, es gibt in der Klinik einen dringenden Fall, der meine sofortige Aufmerksamkeit erfordert. Ich ersuche daher um die Erlaubnis, mich zu entfernen. Ich weiß nicht, wie lange das dauern wird, daher würde ich Euch ersuchen, nicht auf meine Rückkehr zu warten."

"Einen Moment, Lady Eryn, wenn Ihr so gut wärt", hielt der König sie auf, als sie sich vom Tisch entfernen wollte. "Mir war nicht bewusst, dass diese nächtlichen Dienste, über deren Planung Ihr Marrin informiert habt, bereits eingeführt wurden. Wie ist es möglich, dass sich derzeit jemand in der Klinik befindet, wenn all Eure Heiler hier anwesend sind?"

"Die Nachricht kommt von Rolan, Eure Majestät. Er arbeitet für gewöhnlich spät und war anwesend, als der betreffende Patient Hilfe suchte", antwortete sie mit kaum verhohlener Ungeduld.

"Welcher Natur ist dieser dringende Fall, Lady Eryn?"

"Verzeihung?"

"Die Schwere der Verletzung oder Krankheit."

Sie blinzelte. "Die Nachricht enthält keine Einzelheiten darüber, Eure Majestät. Ich sollte mich nun wirklich auf den Weg…"

Er lächelte nur und bedeutete ihr, sich wieder zu setzen. "Dann gehe ich davon aus, dass sich genauso gut einer Eurer Heiler darum kümmern kann, Lady Eryn."

Onil erhob sich sofort. "Ich würde mich für Lady Eryn darum kümmern, mit Eurer Erlaubnis, Eure Majestät", bot er hastig an, offenbar gerade rechtzeitig, um Lebern zuvorzukommen, wenn man davon ausging, wie er seine Hände auf die Armlehnen gestützt hatte, um sich hochzudrücken.

"Sehr löblich. Ich bin überzeugt, dass Eure Fähigkeiten dieser Aufgabe gewachsen sind." Er entließ den Heiler mit einem Nicken, und Eryn sah zu, wie Onil den Saal mit einem erleichterten Lächeln verließ. So viel zu ihrem Fluchtplan. Zumindest hatte *irgendjemand* davon profitiert.

Als sie zurück zum König blickte, nickte er ihr nur leicht zu, seine Brauen in kaum wahrnehmbarer Belustigung angehoben. Enrics Gesicht war eine gleichmütige Maske, aber er vermied es demonstrativ, sein Missfallen abzuschirmen.

* * *

"Was in aller Welt hat dich glauben lassen, dass dieser Trick funktionieren würde?", fragte Enric, sobald er die Tür hinter sich geschlossen hatte. Sein Ton war alles andere als liebenswürdig. Als sie den Mund öffnete, hob er warnend einen Finger. "Und wage es bloß nicht, es abzustreiten!"

"Wäre dieser Mann nicht so verflucht misstrauisch, hätte es durchaus funktioniert!"

"Ein Bote, der eine Notiz bringt, die erfordert, dass du unverzüglich die Art von Veranstaltung verlässt, von der jeder weiß, dass du sie vermeidest? Und besonders heute, wo zwei Frauen anwesend sind, von denen bekannt ist, dass du nicht mit ihnen zurechtkommst?" Einen Moment lang bedeckte er seine Augen. "Noch offensichtlicher hätte es kaum sein können. Du hast Glück, dass der König deine kleinen Mätzchen unterhaltsam findet, sonst hätte dir das ernsthaften Ärger einbringen können. Er hätte darauf bestehen können, den Patienten zu treffen oder jemanden mitschicken können, der die Heilung beobachtet."

Sie hing ihren Umhang auf den dafür vorgesehenen Haken und ließ sich dann auf ein Sofa fallen. "Hör auf, mit mir zu schimpfen! In Anbetracht der Umstände habe ich mich einwandfrei verhalten, oder etwa nicht? Was macht ein harmloser, kleiner Fluchtversuch schon aus? Und es ist immerhin nicht so, als hätte ich davon profitiert! Onil wurde an meiner Stelle erlöst! Wie ungerecht ist das denn bitte?"

"Beschwerst du dich gerade tatsächlich bei mir?", fragte er ungläubig. "Du hättest mich dort einfach zurückgelassen, also brauchst du von *meiner* Seite mit keinerlei Mitgefühl zu rechnen."

"Was sollte dich denn daran stören dortzubleiben? Malriel und du seid immerhin solch dicke Freunde. Inad nervt dich nicht mit kosmetischen Korrekturen, und Pe'tala behandelt dich nicht wie etwas Ekelhaftes, das an ihrer Schuhsohle klebt."

"Versuch nicht, diesen unglückseligen Plan zu rechtfertigen", seufzte er, plötzlich müde. "Versuch so etwas bloß nicht noch einmal. Besonders, da es jetzt sämtliche Glaubwürdigkeit verloren hat. Solltest du jemals eine dringende Nachricht erhalten, die deine Anwesenheit während einer dieser Veranstaltungen erfordert, dann sei besser darauf vorbereitet, es zu beweisen. Die Schwäche, die der König für dich hat, hält ihn nicht davon ab, dir Grenzen zu setzen, wenn du ihn weiterhin wie einen Trottel behandelst." Er streckte seine Hand nach ihr aus. "Und jetzt komm ins Bett. Es ist spät."

Widerwillig ergriff sie seine Hand und ließ sich auf die Beine ziehen. "Können wir zumindest den Ball auslassen?"

"Die Mühe einer Antwort darauf erspare ich mir", knurrte er.

KAPITEL 14

Spielregeln

Eryn öffnete die Tür des Klassenzimmers zum Korridor hinaus, als sie laut diskutierende Stimmen vernahm. Pe'tala und Rolan standen einander gegenüber, hatten beide die Arme in die Hüften gestemmt und sahen verärgert aus.

"Was geht hier vor? Ich muss hier drin unterrichten!", beschwerte sich Eryn mit einem finsteren Blick.

"Dein Laufbursche hier sagt, meine Ideen zur Verbesserung eurer Arbeit hier sind weder anwendbar, noch finanziell machbar", klagte Pe'tala. "Das ist der Grund, aus dem ich hier bin! Um euch zu sagen, was ihr besser machen könnt! Warum hört er nicht auf mich?"

"Ich weiß nicht, womit du normalerweise arbeitest, aber wir haben hier nicht mehr als sechs Heiler, von denen nur einer fertig ausgebildet ist! Deine Vorschläge erfordern eine kleine Armee davon! Und dann ist da noch der Verwaltungsaufwand!", rief Rolan verzweifelt aus. "Wer soll sich um all das kümmern? Wir können nicht einfach so drei weitere Leute aufnehmen! Die müssten immerhin hin und wieder auch bezahlt werden!"

Eryn schloss kurz die Augen, dann trat sie auf die beiden zu und ergriff jeden von ihnen beim Arm. "Ihr verdammten Kindsköpfe könntet euren Streit zumindest in einem der Arbeitszimmer austragen! Das macht keinen sehr professionellen Eindruck. Keiner von euch beiden kommt momentan sehr gut dabei weg." Sie schob Rolans Tür mit dem Fuß auf und führte beide hinein. "Hier drin könnt ihr einander so viel anschreien, wie ihr wollt - vorausgesetzt, ich bin nicht im Nebenzimmer. Wenn ihr dann damit fertig seid, einander zu schmähen, könnt ihr euch hinsetzen und zwei Listen erstellen." Sie platzierte zwei leere Zettel vor Rolan. "Sieh mich nicht so an - du magst Listen, das weiß ich genau. Und du bist gut darin. Eine Liste ist für sämtliche Änderungen, Verbesserungen, Neueinführungen oder was auch immer sonst Pe'tala vorschlägt. Und auf dieser Liste wirst du *alles* notieren, was sie sagt."

"Sogar dieses…", begann er.

"Sogar das!", unterbrach sie ihn streng.

"Du weißt nicht einmal, was ich sagen wollte!", protestierte er.

"Das muss ich auch nicht. Ich sagte *alles*, und du hast mit mir zu diskutieren begonnen! Was ist an dem Wort *alles* so schwer zu verstehen? Was auch immer sie sagt, das schreibst du auf - egal, wie absurd, irrelevant, teuer oder unpraktisch du es findest. Keine Bewertung, nur aufschreiben." Sie zeigte auf das zweite Blatt. "Und hinterher - vorzugsweise, wenn sie nicht mehr im Zimmer ist - machst du eine zweite Liste, wo du all die Punkte von der ersten Liste niederschreibst, die du als brauchbar, leistbar, sinnvoll und praktisch erachtest."

"Und dann?", fragte er resigniert.

"Dann kommst du zu mir und besprichst beide Listen mit mir. Wir werden uns ansehen, was davon wir umsetzen können und wollen", erklärte sie geduldig. "Und dann werden wir uns mit Pe'tala zusammensetzen und sie bei den Punkten, die wir vorläufig realisieren wollen, um Einzelheiten bitten."

"Nichts, das ich ihm sage, ist dumm oder unpraktisch! Wenn ihr meine Hilfe nicht wollt, kann ich genauso gut nach Takhan zurückkehren!", stieß Pe'tala mit trotzig verschränkten Armen hervor.

Eryn trat näher auf sie zu und starrte sie an. "Du bleibst, wo du bist und tust das, weswegen du hergekommen bist. Die Entscheidung, welche deiner Änderungen für uns in Ordnung gehen, liegt sicher nicht bei dir, sondern bei uns, da wir dafür bezahlen. Dass wir deine Hilfe annehmen, bedeutet nicht, dass wir alles tun müssen, das *du* für angebracht hältst. Habe ich mich klar ausgedrückt?"

Einige Sekunden starrten sie einander an, dann nickte Pe'tala widerwillig. "Aber natürlich, *Lady* Eryn. Was immer Ihr befehlt, Lady Eryn."

Eryn lächelte dünn. "Wenn du in diesem Ton vor meinen Heilern oder meinen Patienten mit mir sprichst, werde ich dich dafür büßen lassen. Und zwar heftig. Wenn du den Drang verspürst, mich zu beleidigen, dann tu es, wenn wir allein sind."

Pe'tala zog eine Braue hoch. "Dein Laufbursche hier darf mein respektloses Benehmen also mitansehen?"

"Offensichtlich leidet er ebenfalls unter deiner Arroganz. Es wird ihn trösten, dass er nicht der Einzige ist, den du so behandelst", antwortete sie. "Gibt es noch irgendwelche Fragen, oder kann ich zu meinem Unterricht zurückkehren, ohne dass ihr beide mich wieder mit einem Schreiduell unterbrecht?"

Als beide nickten, ohne sie oder einander anzusehen, verließ sie Rolans Arbeitszimmer und achtete darauf, die Tür nachdrücklich zu schließen. Bevor sie ihr Ohr dagegen presste.

"Übles Temperament", hörte sie Pe'tala murmeln. "Typisch Aren, egal, wie sie sich jetzt nennt."

"Du solltest sie hören, wenn Lord Tyront sie in sein Büro schleppen lässt, weil sie versäumt hat, ihre Berichte zeitgerecht abzuliefern", schnaubte Rolan. "Das gerade eben war noch gar nichts. So verhält sie sich, wenn sie *guter* Laune ist."

Eryn rollte mit den Augen und trat von der Tür weg, um zu ihren Heilern zurückzukehren. Nun, zumindest hatten sie es geschafft, ein paar zivilisierte Worte miteinander zu wechseln, auch wenn diese für sie selbst nicht besonders schmeichelhaft ausfielen.

* * *

Tyront hielt eine Nachricht mit einem vertrauten Siegel hoch. "Sie hat mich um Erlaubnis gebeten, bei der nächsten Ratsversammlung sprechen zu dürfen. Geht es dabei um die Heilervereinigung, die du erwähnt hast?"

Enric zuckte mit den Schultern. "Das kann ich nicht sicher sagen, aber es ist eine berechtigte Annahme. Besonders jetzt, wo wir eine fremde Heilerin in unserer Mitte haben, die theoretisch keiner anderen Autorität als Eryn selbst unterstellt ist. Und das ist in Pe'talas Fall vielleicht nicht gerade die beste Lösung, wenn wir den Hintergrund der beiden betrachten. Vielleicht wäre bei den beiden etwas Offizielles besser."

"Wie kommen die zwei denn bislang zurecht? Ich habe keinerlei Berichte über Explosionen, gegenseitiges Anbrüllen oder andere Eskalationsmerkmale erhalten. Um ehrlich zu sein, bin ich fast ein wenig enttäuscht, besonders nach dem Bankett. Ich schätze, dass es in letzter Zeit wohl recht interessant sein muss, in der Klinik zu arbeiten", scherzte Tyront.

"Laut ihren Erzählungen hat Pe'tala sich als nützlich erwiesen. Sie sind übereingekommen, einander nur im privaten Umfeld zu beleidigen, was die Zusammenarbeit erleichtern sollte. Pe'tala hat ein paar Unterrichtsstunden der neuen Heiler übernommen, und Eryn nimmt daran hin und wieder sogar teil, wenn sie denkt, dass das Thema für sie nützlich ist. Ich bewundere ihre Bereitschaft, zu ihren Wissenslücken zu stehen; ich könnte mir denken, dass ihre Cousine ihr das nicht immer leicht macht", seufzte Enric.

"Eryn wird sich gegen Pe'tala behaupten, daran habe ich keinen Zweifel. Meine Sorge gilt eher Malriel. Sie ist zweifellos eine beachtliche Gegnerin. Es verstört mich immer ein wenig, wenn ich mich mit Mutter und Tochter im gleichen Raum aufhalte. Die Spannung ist beinahe greifbar. Wenn wir schon davon sprechen, sie im gleichen Raum zu haben - wir haben dich und Eryn gestern bei Lord Seagons Dinner vermisst. Vyril ist zunehmend enttäuscht, wenn wir euch bei diesen Anlässen nicht begegnen. Seit sie ihre Arbeit mit dem Waisenhaus begonnen hat, wird sie von ihren Freundinnen anders behandelt. Soweit es die betrifft, scheint es, dass *arbeiten* als etwas betrachtet wird, was Frauen der *Arbeiterklasse* vorbehalten ist", schnaubte er. "Was sagt das über unsere Gesellschaft aus, frage ich dich? Daher ist es für sie angenehm, sich mit den zwei einzigen Frauen der gleichen Gesinnung zu umgeben." Er lehnte sich zurück und nahm einen Schluck aus seiner Tasse. "Malriel war ebenfalls anwesend. Sie erhält eine Menge Einladungen. Aber natürlich sind die Leute doppelt neugierig auf sie, was immerhin verständlich ist, wenn man ihre Beziehung zu euch beiden betrachtet. Ihr Auftreten als bekümmerte Mutter hat mich allerdings überrascht. Soweit ich gehört habe, ist es untypisch für sie, ihren Kummer mit der Öffentlichkeit zu teilen."

Enric nickte. "Normalerweise tut sie das auch nicht. Ich denke, das ist ein Spiel. Eryn sagte mir, dass die Situation zwischen Malriel und ihr von einigen Leuten aufmerksam verfolgt wird. Die haben versucht, sie dazu zu bewegen, sich mit der leidenden Mutter zu versöhnen, die sich schließlich nichts anderes wünscht, als Eryn wieder in den Armen zu halten. Vorgestern hat Eryn fast eine Patientin zur Tür hinausbefördert, die sie beschworen hat, Malriel zu vergeben, denn das Band zwischen Mutter und Tochter sei so überaus kostbar."

Tyront zog eine Grimasse. "Ja, ich kann mir vorstellen, dass das nicht besonders gut ankam. Also versuchen jetzt sogar schon Patienten, an ihr Gewissen zu appellieren?"

"Ja. Besonders die von der Sorte, die sie zu sich rufen, damit sie kosmetische Korrekturen an ihnen durchführt und die dann den Drang verspüren, ihr dabei behilflich zu sein, dass sie ihr Leben wieder auf die Reihe bekommt", meinte Enric kopfschüttelnd. "Die Klügeren unter ihnen warten damit, bis sie mit ihrer Arbeit fertig ist."

"Und die weniger Klugen?"

"Ich bin erleichtert, dass sie einfach nur aufsteht und geht anstatt ihren Gesichtern noch zehn oder fünfzehn Jahre hinzuzufügen", grinste er.

"Dann lässt also Malriels Ankunft hier das Geld noch reichlicher in die Schatzkammern der Klinik fließen. Das sollte auch etwas wert sein", meinte Tyront und zuckte mit den Schultern. "Auch wenn sie die Arbeit nicht besonders mag, beschert sie ihr doch finanzielle Unabhängigkeit vom König." Dann räusperte er sich. "Es gibt Gerüchte, gemäß denen Eryn in Wahrheit Mitte Vierzig ist und ihr Alter einfach nur mit Hilfe der gleichen kosmetischen Veränderungen, die sie jetzt regelmäßig bei anderen durchführt, sehr gut versteckt."

Enric atmete aus und rieb seine Augenlider mit einem Daumen und Zeigefinger. "Pe'tala ist es leid, immer als kleine Schwester oder Babyschwester bezeichnet zu werden und hat dieses Gerücht als Rache in die Welt gesetzt. Eryn allerdings macht das nichts aus. Sie hat nur die Achseln gezuckt und gemeint, dass die Leute so zumindest von ihrer Arbeit beindruckt sind."

Das brachte Tyront zum Lachen. "Für Eitelkeit ist sie eindeutig nicht anfällig. Ich weiß, dass es Vyril zur Weißglut treiben würde, wenn ihr jemand fünfzehn Jahre mehr andichtete."

"Eitelkeit war noch nie ein großes Thema bei Eryn, Stolz allerdings sehr wohl. Sobald sie erfuhr, was Pe'tala über sie verbreitete, begann sie den Leuten zu erzählen, dass man ihre Cousine hergeschickt hatte, weil man verhindern wollte, dass sie zuhause in Takhan mit allen Senatoren ins Bett steigt, da deren Gefährten ein Problem damit haben. Besonders die männlichen." Abgespannt schüttelte er den Kopf. "Es ist, als würde ich mit einer Halbwüchsigen leben. Einer zweiten, meine ich. Allerdings ergeht sich Plia nicht in solchen Blödheiten, oder ich würde wahnsinnig werden mit den beiden. Auf einer Seite steht Malriel, der sie so gut wie nur irgendwie möglich aus dem Weg zu gehen versucht, und auf der anderen Seite Pe'tala, der sie nicht aus dem Weg gehen kann und mit der sie deshalb in ihrer Freizeit Schlachten austrägt. Ich staune wirklich, dass die beiden es schaffen, das außerhalb der Klinik zu halten und jeden Tag miteinander zu arbeiten."

"Mir ist zu Ohren gekommen, dass Pe'tala im Umgang mit Patienten zuweilen eine weniger… mitfühlende Herangehensweise als üblich an den Tag legt?", erkundigte sich Tyront.

"So könnte man es auch sagen, ja. Auch wenn die Patienten offensichtlich willens sind, sich damit abzugeben, scheinen sie doch etwas Angst vor ihr zu haben. Und gleichzeitig sind sie fasziniert. Manche von ihnen bitten extra darum, von ihr behandelt zu werden und erfreuen sich dann daran, ihre Geschichten ihren Freunden zu erzählen. Je unfreundlicher sie ist, desto besser die Geschichte, wurde mir gesagt. Eryn ist von dieser Entwicklung nicht besonders angetan, aber sie weiß, dass sie Pe'tala kaum dazu veranlassen kann, eine Gewohnheit zu ändern, der sie schon seit Jahren folgt. Und Pe'talas Arbeit ist allem Anschein nach hervorragend, was es recht schwierig macht, sie zu tadeln."

"Nun, solange die Patienten nach ihr fragen, ist es wohl kein wirkliches Problem", meinte der ältere Mann unbekümmert. "Ich gehe davon aus, dass ich euch beide morgen auf dem Ball sehen werde? Oder hat Eryn noch irgendwelche weiteren glänzenden Pläne, mit denen sie den König dazu veranlassen will, sie zu entschuldigen? Falls ja, hoffe ich, dass sie sich als weniger tollpatschig erweisen. Ich überlege ernsthaft, ob ich ein paar zusätzliche Stunden in Politischer Strategie zu ihrem Terminplan hinzufüge."

"Besser nicht jetzt gleich. Ich denke, dass sich der Umgang mit ihrer Mutter für drei weitere Wochen wohl bereits als Unterricht erweisen wird."

"Möglicherweise", räumte Tyront ein. "Malriel hat damit begonnen, Eryns Kampftraining zu beobachten. Hast du irgendwelche Vermutungen diesbezüglich?"

Enric lächelte. "Oh ja. Ich denke, sie will sehen, wozu wir hier fähig sind. Sie hat sich beiläufig erkundigt, ob ich selbst ebenfalls fixe Trainingsstunden einhalte, also mag es sein, dass sie sehen will, was genau sie in ihrem eigenen Stall hat. Und es ist eine weitere Gelegenheit, ihre Tochter zu beobachten und den Leuten gleichzeitig zu zeigen, wie verzweifelt sie versucht, Zeit mit ihr zu verbringen."

"Und wirst du Malriel eine deiner Trainingsstunden beobachten lassen?"

"Eventuell, ja. Vorzugsweise eine mit Eryn, aber es ist unwahrscheinlich, dass sie zustimmt, ihrer Mutter etwas vorzuführen."

"Aber du schon?", fragte Tyront und zog eine Augenbraue hoch.

"Warum nicht? Was auch immer sie mir gewogen hält. Wenn du dir ansiehst, wie Pe'tala und Eryn sie behandeln, bin ich wohl der einzige Grund, warum sie nicht auf Haus Vel'kim losgeht. Meine Adoption ist es, was den Frieden zwischen den Häusern bewahrt; und dass ich eine gute Beziehung zu ihr aufrechterhalte."

"Ist das eine rein politische Überlegung? Ich habe den Eindruck gewonnen, dass ihr zwei auch persönlich sehr gut miteinander auskommt."

Enric nickte langsam. "Das tun wir tatsächlich. Auch wenn Eryn nicht recht glücklich darüber ist. Tief in ihrem Innern sind sie einander ähnlich, aber Malriels Manipulationsfähigkeit wurde durch Jahrzehnte politischer Tätigkeit geschliffen, während Eryn dazu erzogen wurde, die Bedürfnisse anderer Menschen zu berücksichtigen und Machtspiele abzulehnen. Beide allerdings sind auf ihre eigene Weise entschlossen, wenn sie etwas erreichen wollen, und davor habe ich tiefsten Respekt. Bei beiden."

"Dann schätze ich, dass ich Eryn die Erlaubnis erteilen werde, in sechs Tagen das Wort an den Rat zu richten. Allerdings habe ich irgendwie das Gefühl, dass mir ihr Vorschlag nicht gefallen wird."

Enric lächelte dünn. Er konnte nicht anders, als sich dieser Einschätzung anzuschließen.

* * *

Junar nippte an ihrem Wasserglas, während Vern ihre Hand hielt und mit seiner anderen mit geschlossenen Augen auf ein Blatt Papier zeichnete.

Eryn saß neben ihnen und beobachtete ihn fasziniert. Die Linien passten zusammen, als wäre seine Hand bei ihren Bemühungen vollkommen unabhängig von seiner Sehkraft.

Für einen kurzen Moment öffnete er die Augen. "Ihr könnt euch unterhalten, das stört mich überhaupt nicht. Ganz im Gegenteil. Wenn ihr nur dasitzt und mich anstarrt, stört das meine Konzentration viel mehr."

"Also gut", meinte Junar achselzuckend. "Dann behindern wir den Künstler nicht, indem wir zu leise sind. Hast du die Einladung zu Inads Abendessen erhalten?"

Eryn verzog das Gesicht. "Erinnere mich bloß nicht daran! Wenn es einen Ort gibt, wohin ich auf keinen Fall gehen will, dann ist es der. Nun ja, und Lord Seagons Haus. Er ist noch immer böse auf mich, weil Enric seinem Neffen die Faust ins Gesicht geschlagen hat, als seine Bewunderung für mich bei diesem einen Ball etwas zu körperbetont wurde. Warum fragst du? Oder bedeutet die Frage, dass du hingehen wirst?"

"Ich werde gehen, ja. Es ist immerhin gut fürs Geschäft, mit den Kunden in Kontakt zu bleiben. Besonders mit den Gefährtinnen der Ratsmitglieder. Dort ist immerhin das Geld zuhause." Sie lachte. "Nur wenn ich nach dem gehe, was ich gehört habe, sollte ich eher engen Kontakt mit *dir* pflegen, wenn es um reiche Ratsmitglieder geht, jetzt, wo der Handel mit den Westlichen Territorien so gut angelaufen ist."

"Ich wusste es! Du willst mich nur wegen des Geldes meines Gefährten", neckte Eryn.

"Vergiss nicht, dass du jetzt auch aufgrund deiner noblen Herkunft bedeutsam bist anstatt nur wegen deiner vorteilhaften Beziehung", strich Junar hervor. "Bei mir ist auch das eine Menge wert."

Eryn verdrehte die Augen. "Wenn wir schon von nobler Herkunft sprechen - Malriel beobachtet neuerdings meine Trainingsstunden. Kannst du mal mit Orrin darüber reden, dass er sie fortjagen soll? Auf mich hört er nicht. Er sagt, da die Trainingsbereiche öffentlich einsehbar sind, kann er den Leuten das Zusehen nicht wirklich verbieten. Was für eine Einstellung soll das denn bitte sein? Ist er nun ein großer, böser, furchteinflößender Krieger oder nicht?"

"Ich befürchte, dass ich hier nicht viel machen kann. Ich weiß, dass er ebenfalls nicht recht glücklich darüber ist. Er sagt, dass sie dich ablenkt. Aber da sie der Gast des Königs ist, steht es ihm nicht wirklich frei, sie zu verscheuchen."

"Ja, das weiß ich", seufzte Eryn resigniert. "Wenn das der Fall wäre, würde ich sie selbst fortjagen, zurück bis nach Takhan. Ist es zu glauben, was sie den Leuten hier erzählt?"

"Dass sie verzweifelt versucht, ihre Beziehung mit dir zu reparieren?" Vern legte seinen Stift zur Seite und richtete sich auf. Soweit Eryn das sehen konnte, schien die Zeichnung fertig zu sein.

"Ja! Sie erklärte Lord Woldarns Gefährtin, dass sie nur versucht hat, mich für zwei Jahre in Takhan festzuhalten, weil sie mich besser kennenlernen wollte, nachdem ich vor so vielen Jahren weggebracht wurde. Diese Frau hat ihre tränenreiche Geschichte unter ihren neuen Freunden verbreitet, und diese Narren glauben ihr natürlich! Und jetzt bin ich diejenige, die sich so grausam weigert, ihren Schmerz anzuerkennen und mein Herz vor den Bedürfnissen einer Mutter verschließe, die mir doch nur ihre Liebe geben will." Angewidert verzog sie das Gesicht. "Habt ihr sie gestern auf dem Ball gesehen? Wie hat sie das Tanzen überhaupt so schnell gelernt? Und der König hat natürlich den Ball mit ihr eröffnet und ist ihrem sorgsam eingesetzten Charme ebenso erlegen wie jeder andere."

"Ich glaube, du solltest auch zu Inads Dinner kommen, Eryn. Wenn auch nur deswegen, weil du es ihr damit erschwerst, ihre traurige Geschichte zu verbreiten. Gibt es nichts, was du dagegen tun kannst? Ich dachte, du wurdest in heimtückischer Täuschung, verdeckter Manipulation oder so etwas unterwiesen?", fragte Junar stirnrunzelnd.

"In politischer Strategie", lächelte Vern und füllte ihr Wasserglas nach.

"Ja, dann halt das", nickte sie. "Solltest du nicht in der Lage sein, sie irgendwie aus der Bahn zu werfen? Auf diplomatische Weise, selbstverständlich."

"Selbstverständlich", meinte Eryn und musste lächeln.

"Und da gibt es noch etwas, um das du dich kümmern solltest. Es scheint, dass eine Geschichte darüber in Umlauf ist, dass du heimliche Beziehungen zu einigen Mitgliedern des Senats in Takhan gepflegt hast, damit sie für dich stimmen und dich von der Anklage freisprechen", sagte Junar behutsam.

"Was?" Eryn fluchte und verschüttete beinahe ihr Getränk. "Dieses widerliche Miststück!"

"Weißt du", meinte Vern kopfschüttelnd, "ich finde dieses Gerüchtespiel mit deiner Cousine ein wenig unreif, denkst du nicht auch? Ihr sollt immerhin Expertinnen sein! Die Leute kommen zu euch, um euch ihre Gesundheit anzuvertrauen. Zu sehen, wie ihr euch wie zwei Halbwüchsige gebärdet, lässt es nicht gerade wie eine gute Idee erscheinen, sich auf euch zu verlassen."

Sie warf ihm einen verletzten Blick zu. "Aber sie hat angefangen!"

Er seufzte und rollte mit den Augen. "Danke, das war genau die Art von erwachsener Bemerkung, die ich mir erhofft hatte."

* * *

Enric lehnte an der Hausmauer eines Gebäudes, das der Klinik gegenüberlag, und wartete. Die Temperaturen waren noch weiter gefallen, und er konnte sehen, wie sein Atem vor seinem Gesicht kondensierte. Es war kälter als für diese Zeit des Jahres üblich, und er fragte sich, inwieweit das seine Weingärten in Mitleidenschaft ziehen würde.

Sein Umhang verbarg die blaue Robe darunter gut genug, damit er keine neugierigen Blicke auf sich zog und es ihm freistand, die Straße zu beobachten. Urban hatte er zuhause gelassen, damit er nicht aufgrund seiner vierbeinigen Begleiterin auf den ersten Blick erkennbar war.

Heute war kein Behandlungstag, es waren keine Patienten unterwegs. Also würde sie sehr wahrscheinlich heute nicht zu lange bleiben.

Und tatsächlich öffnete sich nur wenige Minuten später ein Flügel der Doppeltür, und sie trat heraus und wickelte den Umhang eng um sich, bevor sie sich raschen Schrittes auf dem Weg zum Palast machte.

Er stieß sich von der Wand ab, um mit ein paar raschen Schritten zu ihr aufzuschließen. "Pe'tala?"

Sie drehte sich stirnrunzelnd um, als sie ihren Namen hörte und entspannte sich, als sie ihn erkannte. "Enric. Welchem Umstand verdanke ich dieses Vergnügen? Normalerweise lauerst du nicht im Schatten, bis ich vorbeikomme."

Er lächelte leicht. "Heute gibt es zu wenig Sonne für nennenswerte Schatten. Sehr schlechtes Wetter zum Lauern. Darf ich dich zum Palast begleiten? Da gibt es eine Kleinigkeit, die ich gerne mit dir bereden möchte."

"Aber sicher doch. Wer bin ich, um dem mächtigen Lord Enric einen Wunsch abzuschlagen?", antwortete sie mit einem Schulterzucken.

"Gut. Behalt das im Hinterkopf", bemerkte er trocken. "Mir wurde von Gerüchten erzählt, die sich darum ranken, wie eine gewisse Gefährtin von mir es zuwege gebracht hat, bei dem Verfahren in Takhan für nicht schuldig befunden zu werden. Nämlich, indem sie sexuelle Kontakte sowohl zu männlichen als auch weiblichen Senatsmitgliedern unterhielt, um sie dazu zu überreden, zu ihren Gunsten zu stimmen."

"Oh nein!", rief Pe'tala in gespieltem Erstaunen aus. "Wer nur würde sie dermaßen verleumden?"

"Ja, wer nur", lächelte Enric kühl.

"Sie selbst war ebenfalls kein bisschen rücksichtsvoller! Sie erzählte den Leuten, ich wäre aufgrund meiner Promiskuität hergeschickt worden!"

Er hielt an und griff nach ihrem Arm. "Eure kindischen kleinen Spielchen sind eure Sache, wie idiotisch auch immer es sein mag, gegenseitig euren Ruf zu zerstören. Ihr beide solltet vertrauenswürdige Erwachsene sein, die Dienste mit einem hohen Anspruch an Zuverlässigkeit bereitstellen. Aber lass mich dich warnen, dass ich keine andere Wahl habe, als einzugreifen, wenn du Geschichten erfindest, die mein eigenes Ansehen schädigen." Seine Stimme war hart, und er bemerkte zufrieden, dass in ihren geweiteten Augen ein gewisses Unbehagen und vielleicht sogar ein Hauch von Angst erkennbar waren. "Und dass die Leute denken, meine Gefährtin macht es sich zur Gewohnheit, mit Leuten zu schlafen, um mit ihrem Körper für Gefälligkeiten zu bezahlen, hat auf mein Ansehen auf jeden Fall eine negative Auswirkung. Du wirst mir also entgegenkommen, indem du in Zukunft bei den Schmähungen deine Cousine betreffend etwas achtsamer sein wirst und zudem verbreitest, dass es sich hierbei um eine Fehlinformation handelte. Habe ich mich verständlich ausgedrückt?"

Pe'tala schluckte und nickte stumm.

"Ausgezeichnet." Er ließ ihren Arm los. "Und jetzt küss mich."

"Was?" Sie starrte ihn an, vollkommen überrumpelt von seiner Forderung.

"Wir haben Zuschauer, und ich möchte nicht Anlass zu weiteren Gerüchten geben, dass wir beide miteinander im Streit liegen. Man sollte also sehen, dass wir uns als Freunde trennen. Ein Kuss sollte diesen Eindruck eindeutig genug vermitteln, wenngleich ich vorschlagen würde, ihn weniger... enthusiastisch und etwas brüderlicher als beim letzten Mal zu halten." Er grinste, als sie rot anlief. "Vielleicht auf die Wange."

Leicht beugte er sich zu ihr nach unten, und ihre kühlen Lippen berührten gehorsam in einem flüchtigen Kuss seine Wange.

"Gut gemacht, meine Liebe. Und jetzt sieh zu, dass du an einen warmen Ort kommst. Für unser Klima bist du noch immer nicht ausreichend angezogen." Er sah zu, wie sie sich umdrehte und die letzten Schritte zum Palasttor beinahe laufend zurücklegte, bevor sie verschwand, ohne noch einen Blick zurückzuwerfen.

Dann lächelte er und kehrte dahin zurück, wo er hergekommen war.

KAPITEL 15

Der Vorschlag

Eryn nahm einen tiefen Atemzug und schüttelte ihre Schultern und Arme, um sie zu lockern. Sie musste Vorsicht walten lassen, die Kontrolle behalten, logisch argumentieren, Respekt zeigen und die Vorteile für den Orden anstatt für sich selbst betonen. Das klang nicht so schwierig, versicherte sie sich und versuchte, sich zu beruhigen. Das bekam sie hin. Sicher würden sie Einsicht zeigen, wenn sie es ihnen ordentlich präsentierte. Es war nicht so, als hätte sie es hier mit unvernünftigen Leuten zu tun. Klar doch, dachte sie; eine Institution, die sich jahrhundertelang auf nichts anderes als das Kämpfen konzentriert hatte, wäre zweifellos begierig darauf, sich ihre eher revolutionären Ideen anzuhören. Nicht, dass es sich bei den Männern um Traditionalisten handelte...

Sie sah hinab auf das Blatt Papier in ihren Händen, auf dem Notizen in verschiedenen Stadien der Leserlichkeit gekritzelt standen. Es war eine Liste, die im Verlauf von mehreren Tagen gewachsen war. Zuerst würde sie ihnen erklären, wie die aktuelle Situation aussah, warum das nicht ideal war, welche Vorschläge sie hatte, um das zu beheben, und welche Vorteile sich schlussendlich daraus ergaben. Logisch, klar, verständlich.

Als sich die große Doppeltür öffnete und sie dem Rat angekündigt wurde, richtete sie sich auf, ließ das Papier in ihrer Tasche verschwinden und straffte ihre Schultern. Sie spürte dreizehn Augenpaare auf sich ruhen. Der König hatte also einen Beobachter geschickt, weil er neugierig war, weshalb sie sich entschieden hatte, sich an den Rat zu wenden.

"Willkommen, Lady Eryn", nickte Tyront ihr zu. "Ihr habt darum gebeten, heute vor dem Rat sprechen zu dürfen. Wir sind gespannt darauf zu hören, was Ihr uns zu sagen habt. Dies ist das erste Mal, dass Ihr Euch entschlossen habt, aus freien Stücken an den Rat heranzutreten, somit findet Ihr uns neugierig."

"Lord Tyront, ich bedanke mich für die Gelegenheit, heute vor Euch treten zu dürfen. Ich werde nicht zu viel Eurer wertvollen Zeit in Anspruch nehmen und versuchen, mich kurz zu halten." Sie bemerkte Enrics amüsiertes Lächeln und zwang sich, von ihm wegzuschauen, um sich nicht ablenken zu lassen. Es war ein seltsames Gefühl, vor ihm zu stehen. Es erinnerte sie an etwas, das sie immer wieder zu vergessen pflegte, wenn sie eine Zeitlang nichts in seiner offiziellen Funktion mit ihm zu tun hatte: dass er einer der mächtigsten Männer dieses Königsreichs war. Und ihr Vorgesetzter.

"Meine Herren, ich möchte Euch meinen Vorschlag zur Einrichtung einer Vereinigung für Heiler unterbreiten." Kurz ließ sie die Worte wirken, dann setzte sie fort: "Die momentane Situation ist nicht gerade eine, die der Bereitstellung von hochwertigen medizinischen Leistungen hier in der Stadt förderlich ist. Wir alle haben gesehen, was die Liga der Apotheker getrieben hat, und die Überreste davon nach der… der…"

"Hinrichtung", half Enric ihr sanft weiter, als ihr das Wort nicht über die Lippen kommen wollte.

"Ja, die", nickte sie und sammelte sich nach einem Moment des Unbehagens wieder. "Nun, die Organisation selbst ist nicht gerade aufgeblüht, um es gelinde auszudrücken. Es gibt keinerlei Koordination, welcher Apotheker welches Produkt bereitstellt. Die Kräutersammler haben sich bislang dagegen gesträubt, überhaupt irgendeine Dachorganisation für ihre Dienste zu gründen, da das Beispiel der Apotheker sie abschreckt. Und dann ist da natürlich noch die Sache mit den Heilern."

"Die sind doch bereits einer Dachorganisation unterstellt, Lady Eryn, ist es nicht so?", fragte eine belustigte ältere Stimme. Lord Seagon. "Sie nennt sich der *Orden*, wenn ich mich richtig erinnere." Das brachte ihm ein paar heisere Lacher ein.

Eryn lächelte höflich. Sie musste gelassen bleiben. Das war wichtig. Keine Reaktion auf Provokationen oder Scherze auf ihre Kosten.

"In der Tat, mein Lord. Aber da ich beabsichtige, die Berufsausbildung auch Nicht-Magiern zu ermöglichen, würde ich eine Organisation bevorzugen, die auch sie miteinschließt."

"Der Orden ist für Nicht-Magier nicht zuständig", sagte ein weiterer Lord und legte die Stirn in Falten.

"Genau", stimmte Eryn angespannt zu. An der Art, wie sich Lord Tyronts Augen verengten, erahnte sie den exakten Moment, an dem er erkannte, worauf sie abzielte.

"Ihr schlagt doch wohl nicht vor, eine Dachorganisation für Heilerdienste außerhalb des Ordens einzurichten, oder etwa doch?" Die Warnung in seinem Tonfall war so klar wie frisches Quellwasser.

Sie presste ihre Hände ineinander. So hatte sie das nicht geplant. Sie hatte ihnen mehr über die vorherrschende Situation erzählen, ihnen ein Bild von Dunkelheit und Verderbnis zeichnen wollen, bevor sie ihnen ihre einfache aber gangbare Lösung präsentiert hätte. Aber damit hatte sie kein Glück. Verdammte Unterbrechungen! Das nächste Mal würde sie die einfach ignorieren. Falls Lord Tyront ihr jemals wieder gestattete, vor dem Rat zu sprechen. Im Augenblick sahen die Chancen dafür nicht allzu gut aus.

"Das schlage ich tatsächlich vor, Lord Tyront. Aber ich würde Euch bitten, Euch meinen Vorschlag zuerst zu Ende anzuhören", drängte sie schnell, bevor die Ratsmitglieder sogleich wieder in ihr übliches Gemurmel ausbrachen. "Seht Ihr, der Orden ist nun seit vielen hundert Jahren damit betraut, das Königreich zu beschützen und sein Volk zu verteidigen. Eine Aufgabe, die bislang bewunderswert durchgeführt wurde und, daran habe ich keinen Zweifel, auch in Zukunft erledigt werden wird. Aus offensichtlichen Gründen lag der Schwerpunkt des Ordens auf Kriegerfertigkeiten und Kampf, während meine Bemühungen in eine vollkommen andere Richtung gehen. Da die Dienste, die ich mit meinen Heilern anbiete, nicht vom Orden finanziert werden, ist es meiner Ansicht nach auch nicht gerechtfertigt, dass sie dessen Regeln unterstehen."

Der rasche Blick auf Enric, den sie riskierte, ließ sie ernüchtert zurück. Er wirkte nicht glücklich, überhaupt nicht.

"Was *genau* ist es denn nun, das Ihr vorschlagt?", fragte Lord Tyront mit zusammengekniffenen Augen.

Mit erhobenem Kinn sah sie ihm in die Augen. "Ich beantrage, dass alle Magier, die den Heilerberuf dem Weg des Kriegers vorziehen, vom Orden entbunden und einer unabhängigen Institution unterstellt werden."

Obwohl sie nicht genau sagen konnte, weshalb, so wirkte sein Lächeln dennoch irgendwie gefährlich. "Und, meine liebe Lady Eryn, läge ich damit richtig, wenn ich annähme, dass diese unabhängige Institution dann von Euch selbst angeführt würde?"

"Nicht unbedingt, obwohl das natürlich eine von mehreren Möglichkeiten wäre", antwortete sie und spürte, wie ihre Handflächen zu schwitzen begannen. Warum war es plötzlich so verflucht warm hier drin?

"Ihr wünscht also sozusagen, Euren eigenen Orden zu gründen, mit dem Unterschied, dass der sich dann auf das Heilen anstatt das Kämpfen konzentriert, wenn ich Euch soweit richtig verstehe", sagte er mit einem hörbaren Seufzen, als könnte er nicht so wirklich glauben, was hier vor sich ging.

"Überhaupt nicht!", protestierte sie. "Nicht wie der Orden! Diese Institution würde nicht vorrangig Magier unter sich vereinen, sondern sich stattdessen auf verschiedene Berufe konzentrieren und deren Dienste fördern und koordinieren. Magie und deren Anwendung für das Heilen wäre nur einer von mehreren Bereichen, der ihr unterstehen würde." Sie atmete tief ein. "Damit will ich nur sagen, nun... ich weiß, dass viele von Euch der Idee des Heilens stets skeptisch gegenüberstanden, und wenn Ihr meinem Vorschlag zustimmt, dann würdet Ihr Euch damit nicht länger abgeben müssen. Ich tue Euch fast einen Gefallen damit, Euch diese Angelegenheit, für die es Euch ohnehin an Verständnis fehlt, aus den Händen zu nehmen!" Sie bedauerte die Worte, noch bevor ihr Mund sie fertig formuliert hatte. Das war womöglich etwas zu direkt und sogar beleidigend gewesen.

Sie bemerkte, wie sich Lord Tyronts Miene verfinsterte und trat unfreiwillig einen Schritt zurück, als er sich langsam erhob. War er schon immer so imposant gewesen?

"Lasst mich eine Sache klarstellen, Lady Eryn: Kein einziger Magier in dieser Stadt wird den Orden verlassen. Und ganz besonders nicht *Ihr*. Ihr werdet Euch weiterhin vor dem Orden verantworten und Euch an seine Regeln halten." Er lächelte grimmig. "Ihr gehört nun seit weniger als einem Jahr dem Orden an, und ich werde Euch nicht einfach so wieder hinausschlüpfen lassen. Ihr bleibt, wo Ihr seid: unter *meiner* Führung."

Ihr erster Impuls war, gehorsam zu nicken und zu Boden zu blicken, doch den kämpfte sie entschlossen nieder.

"Das Heilen wird immer weit hinter dem Kämpfen zurückstehen! Ihr verpflichtet Heiler dazu, Kampffertigkeiten zu trainieren, aber kein einziger Nicht-Heiler musste jemals die Prinzipien des Heilens erlernen!", rief sie aus, ihre Hände an ihrer Seite zu Fäusten geballt. "Abgesehen von Lord Orrin und Enric kann keiner von Euch hier einen gebrochenen Knochen heilen, selbst wenn jemandes Leben davon abhinge! Der Heilerberuf muss unabhängig vom Orden sein, oder er wird niemals auf die Weise geschätzt, wie er es sein sollte!"

Sie sah, wie Orrin seine Augen mit einer Hand bedeckte und den Kopf leicht schüttelte. Wann hatte die Sache begonnen, dermaßen falschzulaufen? Und warum schaffte sie es nicht ein einziges Mal, ihren Mund zu halten?

"Nicht auf die Weise geschätzt, wie er es sein sollte", ließ sich Lord Tyront ihre Worte mit einer Nachdenklichkeit durch den Kopf gehen, an der man sich schneiden konnte. Die Ratsmitglieder stellten beinahe das Atmen ein. "Wärt Ihr wohl so freundlich, uns darzulegen, was wir getan haben, um Euch diesen Eindruck zu vermitteln?"

Eryn schluckte hart. Jetzt war es ein wenig spät für die Schweigestrategie. Aber vielleicht ließ er sich mit einem ruhigeren, beherrschten Ton besänftigen. "Die Heilerquote ist eine Sache, mit der wir unsere Schwierigkeiten haben. Die Nachfrage nach unseren Diensten ist gestiegen, nicht aber die Anzahl der Heiler." Im letzten Moment schaffte sie es, den Mund zu schließen, bevor ihr Rolans Worte entschlüpfen konnten: Rechne es dir aus. "Und das Hierarchieverständnis des Ordens basiert auf nichts anderem als Zufall, nämlich der Stärke, mit der ein Magier geboren wurde. Für das Kämpfen mag das eine dienliche Herangehensweise sein, nicht aber für das Heilen. Ich brauche Leute, die nicht primär eine Menge Magie zur Verfügung haben, sondern die wissen, wie man sie ordentlich einsetzt. Wir könnten einander ergänzen - Ihr behaltet Euch die Stärkeren, ich bekomme die Klügeren."

An diesem Punkt sah sie, wie Enric seine Augen schloss. Verflixt! Warum nur gestattete ihr Mund ihrem Gehirn nie, auch etwas beizutragen? Die meisten anderen Ratsmitglieder bedachten sie nun mit einem leicht feindseligen Gesichtsausdruck. Alle zeigten entweder verschränkte Arme, zusammengekniffene Augen, gerunzelte Stirnen oder gespitzte Lippen - die ganze Reihe an missbilligender Körpersprache.

"Somit sollen wir also Magier in kluge Heiler und dumme Krieger unterteilen?", sagte Lord Tyront in einem Tonfall, der darauf hindeutete, dass er es in diesem Moment sehr schwierig fand, seine Ruhe zu bewahren. "Was für eine *immens* originelle Idee. Wäre mir nicht bewusst, dass Euer eigener Gefährte und Euer guter Freund Lord Orrin ebenfalls Krieger sind und Ihr Euch sehr wohl darüber im Klaren seid, dass die beiden alles andere als schwer von Begriff sind, wäre ich jetzt schwer beleidigt, Lady Eryn", knurrte er. Der Raum schien mit dem tiefen Grollen in seinem Hals zu vibrieren. "Außerdem, würden wir Eurem Vorschlag tatsächlich zustimmen, würdet Ihr selbst das Heilen aufgeben und den Kriegern beitreten müssen, da Ihr eindeutig in die Kategorie der *Starken* gehört. Zudem lässt mich Euer derzeitiges Verhalten ohnehin wahrhaftig daran zweifeln, dass Ihr Euch für die Kategorie der *Klugen* qualifiziert."

"Ich bin nicht Euer Feind!", begehrte sie auf. "Ich versuche nur, ein Umfeld zu schaffen, das es den Leuten ermöglicht, die Talente einzusetzen, die nichts mit Kriegerfertigkeiten zu tun haben, aber dennoch wertvoll sind!"

"Anstatt sie so wie jetzt zu verschwenden?"

"Ja!" Sie zögerte kurz und runzelte die Stirn. "Was? Ich meine, nein!"

"Jetzt reicht es, Lady Eryn!" Tyront schrie nun beinahe, seine Hände auf dem schweren Steintisch aufgestützt. "Drei Tage Stalldienst! Lord Orrin, schafft sie mir aus den Augen! Sofort!"

Eryn starrte ihn bestürzt an, bis sie spürte, wie Orrins Hand ihren Arm ergriff und sie in Richtung der Doppeltür führte, die hastig für sie geöffnet wurde.

Halb drehte sie sich um und warf Tyront einen verärgerten Blick zu. "Heißt das, Ihr werdet darüber nachdenken?", warf sie über ihre Schulter zurück und zwang sich zu einem kühlen Lächeln.

"Fünf Tage!", donnerte er hinter ihr, und Orrin zerrte sie hastig aus dem Saal und den ausgedehnten Korridor entlang.

"Mist!", murmelte er. "Du hast mich gerade drei Goldstücke gekostet."

"Was?" Wovon um alles in der Welt redete er?

"Vern und ich haben eine kleine Wette laufen. Ich dachte, dir würden drei Tage aufgebrummt werden, aber er sagte, bei diesem Vorschlag und deinem Temperament wären es eher zwischen fünf und zehn Tagen."

"Ich kann nicht glauben, dass ihr beide auf so etwas wettet!", knurrte sie ihn an und entriss ihren Arm seinem Griff.

"Ach, halt die Klappe", seufzte er und schüttelte den Kopf. "Dass ich das da drin mitansehen musste und die Wette verloren habe, ist schon schlimm genug."

* * *

"Was tut mir diese Frau bloß an?", brummte Tyront und fuhr sich aufgebracht mit den Fingern durchs Haar. "Warum, frage ich mich? Jedes Mal, wenn ich glaube, wir haben zu einem halbwegs friedlichen Miteinander gefunden, stellt sie so etwas an! Was soll ich nur mit ihr machen?" Er ließ sich in seinen Stuhl fallen. "Ich kann nicht glauben, dass ich meine Fassung dermaßen verloren habe, und auch noch vor dem Rat." Er schüttelte den Kopf über sich.

Enric nahm auf dem Sofa neben dem Fenster in Tyronts Arbeitszimmer Platz und lächelte tröstend. "Keine Sorge deswegen, ich denke, es schadet nicht, sie hin und wieder daran zu erinnern, warum sie es vermeiden sollten, dich zu verstimmen. Den Vibrationseffekt fand ich nett. So etwas Ähnliches habe ich auch im Senat in Takhan getan. Es verfehlt nie seine Wirkung."

"Enric, wie kannst du in so einem Moment Witze reißen?", seufzte der mächtige Anführer. "Ich beginne zu verstehen, warum dieses Temperament in ihrem Heimatland gefürchtet ist. Hast du sie beobachtet? Ich denke, zeitweise war sie über sich selbst mehr verärgert als meinetwegen, weil sie es einfach nicht schaffte, ihr Mundwerk unter Kontrolle zu halten. Und das, obwohl sie wusste, dass sie es mit jedem Wort nur noch schlimmer machte." Erschöpft schüttelte er den Kopf. "Und diese Bemerkung zum Schluss? Ich schwöre dir, es ist nun schon eine Weile her, seit ich das letzte Mal so viel Willenskraft aufbringen musste, um nicht mit Magie zuzuschlagen. Ich habe mich immer als ausgeglichenen, gelassenen Mann betrachtet. Mit dieser Frau zusammenleben zu müssen würde mich wohl um den Verstand bringen. Ich frage mich, wie du das schaffst."

"Es hat auch Vorteile. Ich langweile mich niemals. Das vergangene Jahr muss bislang das ereignisreichste in meinem Leben gewesen sein, und ich habe große Hoffnungen für die Zukunft."

Tyront strich sich über das Gesicht. "Das glaube ich gerne. Und jetzt hat der König auch noch ihre Mutter herkommen lassen. Zwei davon. In der gleichen Stadt. Dabei mögen sie sich nicht einmal. Ich erschaudere bei dem Gedanken daran, was passieren mag, wenn wir sie nicht weit genug voneinander entfernt halten."

"Nun, in Takhan sind sie dafür bekannt, Gebäude einstürzen zu lassen, wenn sie ihre kleinen Familienfehden austragen", erzählte Enric. "Die Aren Residenz ist so ziemlich der modernste Familiensitz eines Hauses dort, da sie in regelmäßigen Abständen einiges an Wiederaufbauarbeiten durchführen lassen müssen. Man sagt, ihre Großmutter hätte einen Weinkeller in die Luft gehen lassen, nachdem sie ihren Mann beim Fremdgehen erwischte."

Tyront starrte ihn entsetzt an. "Welcher törichte Mann wagt es, so eine Frau zu betrügen? Es würde mich kaum überraschen, wenn du mir sagst, dass der arme Narr noch dort drin war, als das passierte."

Enric wirkte nachdenklich. "Weißt du, die Leute wurden etwas nervös und wortkarg, sobald ich diese Frage stellte, also ist das womöglich ein realistisches Szenario."

"Ich frage mich, wie du überhaupt einschlafen kannst, ohne dich darum zu sorgen, was dir widerfahren könnte."

"Sie mag mich in der Zwischenzeit und hat ihre Schlachten gegen mich weitgehend aufgegeben, außer bei besonderen Gelegenheiten", grinste der jüngere Mann.

"Es sieht allerdings so aus, als ziehe sie dafür gegen sonst jeden in die Schlacht", fügte sein Vorgesetzter trocken hinzu. "Gegen mich, ihre eigene Mutter, ihre Cousine... Ist diese Frau jemals glücklich, wenn sie nicht irgendjemandem das Leben schwermachen kann?"

Vyril klopfte an die offene Tür des Arbeitszimmers und kam näher, als Tyront sie hereinwinkte.

"Ich habe dich hereinkommen gehört, mein Lieber", wagte sie sich mit einem vorsichtigen Blick auf ihren Gefährten vor. "Nach der Energie zu urteilen, mit der die Tür geschlossen wurde, ist deine Ratsversammlung wohl nicht besonders gut verlaufen?"

"Nein, nicht besonders. Deine höchst wohltätige Vorgesetzte Lady Eryn hat sich heute selbst übertroffen. Ich kann mich nicht einmal daran erinnern, wann ich das letzte Mal dermaßen wütend war. Nein, warte - ich erinnere mich doch. Und zwar damals, als sie sich beinahe selbst umgebracht hat, nachdem sie diesen Schild entfernt hat, während ich fünfzehn Magier Blitze auf sie schießen ließ."

Vyril schüttelte den Kopf, als wollte sie ihren Unmut mit einem Kind zeigen. "Du warst doch wohl hoffentlich nicht unwirsch mit ihr?", fragte sie mit einem dezent anklagenden Unterton in ihrer Stimme. "All das ist nicht einfach für sie, musst du wissen. Sie ist gezwungen, ihre Mutter zu ertragen, obwohl sie sie nicht ausstehen kann - und das völlig zu Recht! Und dann muss sie noch mit einer Cousine zusammenarbeiten, mit der sie auch nicht eben auf gutem Fuß steht. Zusätzlich hat sie noch eine Menge Arbeit mit dem Heilen, dem Training, das ihr ihr aufbürdet und jetzt auch noch dem Waisenhaus. Trotzdem hörte ich noch nie ein unfreundliches Wort von ihr, wenn ich sie aufsuchte, ganz egal, wie trivial mein Anliegen oder wie beschäftigt sie ist. Und sieh dir nur an, was sie so selbstlos für die Stadt tut!"

Tyront sah sie bestürzt an. "Du stellt dich auf ihre Seite? Du hättest sie heute erleben sollen! Hast du dich nie gefragt, weshalb es in ihrer Familie keine einzige Frau zu geben scheint, mit der sie sich gut versteht? Oder kaum eine Frau in unserer Stadt?"

"Nein, Tyront, das habe ich nicht! Ihren Charakter bewerte ich danach, wie gut ich selbst mit ihr auskomme, und das ist außerordentlich gut! Und außerdem sehe ich, wie sie Enric nach mehr als einem Jahrzehnt zum ersten Mal dazu gebracht hat, sich mit jemanden anzufreunden oder Vern in einen selbstbewussten jungen Mann verwandelt hat, der auf seine Fähigkeiten stolz ist! Sprich also in meiner Gegenwart nicht so über sie!" Damit drehte sie sich auf dem Absatz um und marschierte hoch erhobenen Hauptes hinaus.

Enric pfiff durch die Zähne. "Sieh an."

"Ich muss wohl träumen", murmelte Tyront mit einem fassungslosen Blick auf die Tür, durch die Vyril gerade hinausgestürmt war. "Wie ist es nur möglich, dass dieser Tag noch seltsamer geworden ist? Meine Gefährtin ist offensichtlich eine glühende Verehrerin der Frau, die mich vorzeitig ins Grab befördern wird! Das ist ja sagenhaft."

"Du weißt natürlich, dass du Eryn bei der nächsten Ratsversammlung das Wort erteilen wirst müssen?", fragte Enric beiläufig.

Tyront schloss die Augen und lehnte sich in seinem gemütlichen Sessel zurück. "Erinnere mich bloß nicht daran. Ich werde ihr zwei weitere Wochen zugestehen, um diese spitze Zunge unter Kontrolle zu bekommen und mir eine Idee zu präsentieren, die ich nicht niederschmettern muss, noch bevor sie die einleitenden Worte dazu losgeworden ist."

"Das werde ich ihr so bestellen. Ich bin sicher, sie wird das zu schätzen wissen."

"Ja", knurrte Tyront. "Als hätte ich eine andere Wahl. Das Problem ist, dass wir für die Heiler irgendein Arrangement brauchen. Aber nichts in der Art, wie sie es vorgeschlagen hat. Die Leute dürfen nicht denken, dass Krieger und Heiler sich genau wie damals in Fraktionen teilen, um dann irgendwann wieder aufeinander loszugehen. Der Orden muss eine Einheit bleiben, und ich wäre dir dankbar, wenn du ihr das einschärfen könntest. Halte ihr einen kleinen Vortrag über Geschichte, wenn es sein muss. Und übermittle ihr meine Warnung, dass, sollte ich den Eindruck gewinnen, dass meine kleinen Stallaufgaben ihr nicht helfen, sie an den Respekt zu erinnern, den sie mir schuldet, ich mir etwas anderes überlegen werde. Wie zum Beispiel zur Abwechslung einmal Kampftraining mit *mir*. Und wenn sie denkt, dass Orrins Hiebe unangenehm sind, dann soll sie darüber nachdenken, wie überlegene magische Stärke und ungelöste Probleme zu etwas verschmelzen können, das sie sicher nicht erleben will."

Enric zog beide Augenbrauen hoch. "Das werde ich so weiterleiten. Und jetzt würde ich gerne das Thema wechseln und nicht länger darüber reden, wie du meiner Gefährtin wehtun willst, wenn es dir nichts ausmacht." Sein Tonfall war kühl.

Tyront atmete lange aus. "Vergib mir. Normalerweise bin ich nicht von der Sorte, die einer Frau Gewalt androht."

Enric nickte und stand dann auf. "Wenn du mich jetzt entschuldigen würdest, ich muss los. Es gibt da eine Kleinigkeit, um die ich mich kümmern muss."

"Ärger?"

"Nichts Schlimmes. Urban hat heute ein durchgegangenes Pferd getötet. Dummerweise gehört es Lord Woldarn. Jemand hat eine Schaufel daneben fallengelassen, und es erschrak und rannte los. Das weckte die Jagdinstinkte der Katze, und sie ist hinterher. Ich befürchte, dass es dort draußen ein paar Kinder gibt, die nach diesem Anblick wohl in den nächsten paar Nächten keine besonders angenehmen Träume haben werden. Jetzt ist der Pferdezüchter in der Stadt, und ich muss ihn wegen eines Ersatzes aufsuchen."

"Schon komisch, wie deine Damen sich immer wieder Ärger mit dem Rat einhandeln," meinte Tyront und brachte schließlich doch noch ein schwaches Lächeln zustande.

* * *

Sorgsam legte Eryn das Buch beiseite, als die Tür geöffnet wurde und Enric das Haus betrat. Ihr abwartender Gesichtsausdruck brachte ihn zum Lächeln. Es schien, als wäre ihr erst jetzt, wo sie sich wieder beruhigt hatte, bewusst geworden, was sie angestellt hatte.

"Guten Abend, meine Liebste", grüßte er sie und hob ihr Kinn, bevor er sich auf das Sofa setzte und sie auf seinen Schoß zog. "Du hast heute einen beachtlichen Eindruck hinterlassen, muss ich sagen."

Sie wirkte geläutert. "Ich muss zugeben, ich habe erwartet, dass du bei deiner Rückkehr etwas weniger… gelassen wirkst."

"Ich bin nicht derjenige, dem deine Sorge gelten sollte. Tyront war heute ziemlich verstimmt. Aber er grollt im Allgemeinen nicht lange, sonst würdest du in absehbarer Zeit nichts anderes tun als Pferdemist zu schaufeln. Er überlegt wegen neuer, weniger angenehmer Möglichkeiten, um dich für zukünftige Verfehlungen zu bestrafen. Du solltest also vorsichtiger sein", warnte er sie. Er beugte sich vor, um an ihrem Hals zu schnuppern. "Du riechst gut. Was ist das?"

Sie kicherte, als seine Nase ihren Hals kitzelte. "Medizinische Kräuter. Wenn du den Duft magst, kann ich sie von jetzt an in mein Badewasser geben."

Er nickte. "Tu das." Dann kehrte er zum vorherigen Thema zurück. "Tyront gibt dir eine weitere Chance, in zwei Wochen bei der nächsten

Ratsversammlung etwas weniger Unerhörtes zu präsentieren. Du siehst besser zu, dass das funktioniert, oder er wird dir nicht so bald eine weitere Gelegenheit dafür geben. Er wies mich an, dir ein paar relevante historische Fakten im Zusammenhang mit Kriegern und Heilern vor ein paar hundert Jahren ins Gedächtnis zu rufen. Er betonte, dass es diese geschichtlichen Hintergründe sind, weswegen deine Versuche, den Orden zu verlassen, ein paar von uns recht nervös machen."

Eryn zog die Stirn in Falten. "Ihr denkt, ich will einen neuen Krieg zwischen den Berufen lostreten? Das ist überhaupt nicht meine Absicht!"

"Ich weiß das. Trotzdem, sei vorsichtig, welche ruhenden Ängste du mit deinen revolutionären Vorschlägen wecken könntest. Und, um vollkommen offen zu sein, ich bin absolut gegen deine Idee, aus dem Orden auszutreten. In dieser Hinsicht stimme ich mit Tyront überein. Du bleibst dort, wo ich ein Auge auf dich haben kann."

Seine letzte Bemerkung brachte ihm einen skeptischen Blick ein. Sie setzte zum Aufstehen an, da spürte sie, wie sich seine Arme fester um sie schlossen, um sie zurückzuhalten. "Das ist mein Ernst, Eryn."

"Ich lehne es ab, dass du zu glauben scheinst, ich bräuchte einen Aufpasser", erwiderte sie steif. "Und es ist ohnehin nicht so, als hätte ich irgendeine Chance, davon loszukommen."

"Nein, die hast du nicht. Ich bin froh, dass wir das klargestellt haben", bestätigte er ernst. "Mir war nicht einmal klar, dass das ein Thema ist. Ich war der Ansicht, die Zeiten, wo du fortzulaufen versuchst, lägen hinter uns."

Eryn lehnte sich gegen ihn. "Ich versuche nicht wegzulaufen. Ich dachte nur, dass es mir mit meinen Heilerdiensten helfen würde, wenn ich mich von den Auflagen des Ordens befreien könnte. Und mit Lord Tyront als meinem Vorgesetzten komme ich auch nicht besonders gut zurecht."

Er schüttelte den Kopf. "Nein, das ist nicht der richtige Weg. Wir werden dir niemals gestatten, den Orden zu verlassen, unter keinen Umständen. Nicht nach dem, was es gebraucht hat, um dich hineinzubekommen. Du wirst dir etwas überlegen müssen, das den Orden nicht ausschließt." Er lachte leise. "Und du hast so gut begonnen, indem du uns sagtest, welch fabelhafte Arbeit wir mit der Verteidigung des Königreichs leisten und wie verständlich es sei, dass wir unsere Bemühungen auf diese Aufgabe konzentrieren."

Sie seufzte. "Ich hatte alles durchgeplant. Sogar Notizen hatte ich."

"Aber der Vorschlag wäre der gleiche gewesen, und damit hätten wir ihn schlussendlich abgelehnt, Liebste. Der einzige Unterschied ist, dass du in den nächsten paar Tagen wesentlich früher aufstehen musst."

"Erinnere mich nur nicht daran", stöhnte sie, ihre Miene unglücklich. "Warum jetzt? Ich wette, Malriel und Pe'tala werden jede Menge Spaß haben, wenn sie davon erfahren."

"Das hättest du dir etwas früher überlegen sollen, würde ich meinen."

"Ja, sicher doch", murmelte sie. "Schlag dich nur auf die Seite deines Vorgesetzten."

"Wenn es um euch beide geht, versuche ich tunlichst zu vermeiden, mich auf irgendeine Seite zu schlagen. Immerhin wäre ich stets der Verlierer", zeigte er auf. "Tyront musste sich heute von Vyril einiges zu deiner Verteidigung anhören, nachdem wir in sein Quartier zurückgekehrt waren. Zuerst war er fassungslos, dann etwas verstimmt. Vielleicht tröstet es dich also, dass, wenn ich schon nicht auf deiner Seite stehe, das bei Tyronts Gefährtin absolut der Fall ist."

Eryn grinste breit. "Das höre ich gern. Ich sollte sie wohl fragen, ob sie irgendwann eine Tasse Tee mit mir trinken will. Wir sehen uns immer nur bei diesen grauenhaften Dinnerveranstaltungen, zu denen du mich schleppst, oder wenn wir uns treffen, um über das Waisenhaus zu reden."

Enric nickte. "Ja, mach das. Im Moment hat sie es ziemlich schwer und würde das sicher schätzen."

Sie runzelte die Stirn. "Vyril hat es schwer? Weshalb?"

"Weil sie zu arbeiten begonnen hat. Unter ihren Freunden und Bekannten ist sie damit zu einer Außenseiterin geworden. Hier ist es immerhin nicht üblich, dass eine reiche Frau arbeitet. Gib einmal auf die Bemerkungen Acht, wenn ich dich das nächste Mal zu einer dieser grauenhaften Dinnerveranstaltungen schleppe, anstatt dich in Vorstellungen über die grausigen Dinge zu ergehen, die du Inad antun willst."

"Ich werde nicht leugnen, dass Inad mir die Inspiration für ein paar sehr erbauliche Tagträume liefert, die mir dabei helfen, diese Abende zu überstehen. Deshalb werde ich dir nicht erlauben, mir deswegen ein schlechtes Gewissen einzureden. Was das andere betrifft, denke ich nicht, dass es ganz so schlimm ist. Junar und ich sind auch mit reichen Männern verbunden, und uns behandelt man auch nicht schlechter, weil wir arbeiten."

"Das liegt daran, dass Junar vor ihrem Kommitment ein Teil der arbeitenden Klasse war, also wird sie eventuell ohnehin nie wirklich in den Kreis der hochwohlgeborenen Damen aufgenommen werden. Man akzeptiert sie mehr oder weniger, und manche mögen sie sogar, weil ihr Gefährte hochangesehen ist und im Rang über ihren eigenen steht. Aber du kannst dich darauf verlassen, dass nach einer Weile Hinweise fallen werden, dass sie nicht länger zu arbeiten braucht. Womöglich denkt man, dass ihr das noch nicht klar ist."

Sie wollte widersprechen, dachte aber kurz darüber nach. Das klang plausibel, musste sie zugeben. Besonders, wenn man sich die Einstellung von manchen der Frauen ansah. Dank ihres neuen gesellschaftlichen Umgangs und der an Häufigkeit zunehmenden kosmetischen Korrekturen lernte sie diese Frauen wesentlich besser kennen, als ihr lieb war.

"Was ist mit mir?"

Er lachte. "Du, meine Liebste, bist ein ganz anderes Buch, und zwar mit Seiten, die sie nicht entziffern können, weil sie die Sprache nicht verstehen."

Sie zog eine Braue nach oben. "Der Vergleich mit einem Buch gefällt mir, besonders im Zusammenhang mit mir selbst. Allerdings verstehe ich nicht, was du damit meinst, also wirst du das näher ausführen müssen."

"Die meisten Magier arbeiten, ganz egal, wie reich sie sind. Und bislang waren Magier immer nur Männer. Also sind sie nicht sicher, wie sie dich einstufen sollen: als Magierin, von der erwartet wird, dass sie arbeitet, oder als reiche Frau, bei der das nicht der Fall ist. Aber da du das bereits für dich selbst entschieden hast, ist man gerne bereit, damit einherzugehen und sich dann selbst davon zu überzeugen, dass alles genau so ist, wie es sein sollte. Sie wollen dich mögen, weil du wichtig bist. Und zusätzlich dazu kommst du aus einem fremden Land, also erlaubt man dir aus diesem Grund etwas mehr Spielraum."

"Aus einem anderen Land? Ich lebe hier, seit ich fünf Jahre alt bin! Die Tatsache, dass ich arbeite, hat nichts mit meiner Herkunft zu tun, ich bin *hier* aufgewachsen!"

"Aufgezogen von einem Mann, der dabei die Werte aus seinem Heimatland anwandte", wies Enric hin. "Aber das macht hier nichts, weil es nicht *deine* Wahrnehmung ist, die ausschlaggebend dafür ist, wie man dich behandelt, sondern *ihre*. Und sie haben sich entschieden, dir aufgrund der Tatsache, dass du aus den Westlichen Territorien stammst, Nachsicht zuteilwerden zu lassen."

Sie verzog das Gesicht. "Ich brauche ihre Nachsicht nicht!"

"Und dennoch hast du sie. In Vyrils Fall allerdings gibt es keinen dieser Faktoren, der ihr plötzliches Interesse an Arbeit rechtfertigt. Sie ist von nobler Geburt, mit einem immens mächtigen Mann verbunden, hat noch nie zuvor gearbeitet und war während ihrer Kindheit keinen fremdländischen Einflüssen ausgesetzt. Auf einmal ist sie schlichtweg und unerklärlicherweise anders als die anderen. Und die einzige Art und Weise, die sie kennen, um damit umzugehen, ist, ihr deswegen ein schlechtes Gefühl zu vermitteln."

Eryn sah ihn betroffen an. "Und das funktioniert? Soll ich sie ersuchen, nicht länger mit mir zu arbeiten?"

"Tu das bloß nicht, nein!", widersprach er rasch. "Es würde ihr das Gefühl geben, dass sich nicht nur ihre Freunde von ihr abwenden, sondern auch du."

"Das würde ich doch nicht! Ich will ihr nur helfen! Wenn ihre Freunde sie schlecht behandeln, weil sie für mich arbeitet - wie kann ich sie dann damit weitermachen lassen?"

Enrics Augenbrauen wanderten nach oben. "So etwas aus deinem Mund zu hören überrascht mich wirklich. Wie würdest du reagieren, wenn *dich* jemand so behandeln würde? Wenn jemand eine Entscheidung für dich träfe, weil er denkt, er wüsste, was das Beste für dich ist?"

"Vyril ist nicht wie ich. Ich war mein Leben lang daran gewöhnt, keine engen Freunde zu haben. Ich würde deshalb keinen Gedanken verschwenden.

Aber sie ist wesentlich stärker von ihnen abhängig, war es wohl die letzten Jahrzehnte schon."

"Und aus diesem Grund würdest du ihr die Chance verwehren, ihre Prioritäten zu überdenken und ihre eigenen Entscheidungen zu treffen?", erkundigte er sich. "Hör auf, mit mir zu diskutieren, Eryn. Wir wissen beide, dass du es nur tust, weil du nicht zugeben willst, dass ich Recht habe. Was übrigens der Fall ist."

"Das muss wirklich eine Bürde sein", seufzte sie und verdrehte die Augen. "Wie erträgst du das nur?"

"Mit Würde, wie du sehen kannst", verkündete er.

"Komisch, *ich* sehe bloß Selbstgefälligkeit", konterte sie.

"So kann sich Wahrnehmung unterscheiden", lächelte er, bevor er wieder ernst wurde. "Eryn, ich würde es dich gerne wieder sagen hören."

Sie blinzelte. "Ach ja?" Sie zuckte mit den Schultern. "Na gut, was immer dich glücklich macht. Ich sehe bloß Selbstgefälligkeit", wiederholte sie ihre Worte von zuvor.

Langsam atmete er aus und schloss kurz die Augen. "Nicht *das.*"

"Dann sei etwas präziser! Was willst du hören?", rief sie ratlos aus.

"Ich will, dass du mir wieder einmal sagst, dass du mich liebst."

"Warum?", fragte sie, offensichtlich vollkommen verwirrt.

Er starrte sie an. "Was meinst du mit *warum?*"

"Aber ich habe es dir doch bereits gesagt! Du weißt doch, dass es so ist. Immerhin habe ich dich gebeten, in ein Kommitmentband dritten Grades mit mir einzutreten."

"Du hast es mir bereits gesagt?", wiederholte er und schüttelte den Kopf. "Du hattest also nicht die Absicht, es jemals wieder zu sagen? Weil du diese Tatsache ein für alle Mal klargestellt hast?"

"So ungefähr, ja", nickte sie, konnte sich aber des Gefühls nicht erwehren, dass er die Logik seiner eigenen Worte nicht ganz verinnerlichte.

"Das ist nicht wie eine Nachricht, die du einfach weitergibst, und dann ist es erledigt. In einer Beziehung zu sein bedeutet, dass es ein gewisses Bedürfnis gibt, unsere Gefühle hin und wieder nochmals zu bekräftigen", sagte er.

"Ach wirklich? Du willst also sichergehen, dass sich nichts geändert hat? Dass ich nicht aufgehört habe, dich zu lieben? Dann lass dich von mir beruhigen: Das habe ich nicht. Nichts hat sich geändert."

"Eryn", seufzte er resigniert, "*Ich habe nicht aufgehört, dich zu lieben, nichts hat sich geändert* ist nicht das, was ich erwartet hatte."

"Sieh mal", meinte sie und schluckte, "ich versuche hier, zu tun, was du dir wünschst, aber das machst du mir nicht eben leicht. Und es ist immerhin nicht so, als hättest *du* es mir seit unserem Kommitment auch nur ein einziges Mal gesagt."

"Das liegt daran, dass ich dir Zeit geben und es vermeiden wollte, dich zu verschrecken. Und ich hatte gehofft, dass du es freiwillig sagen würdest. Aber jetzt nach mehr als drei Monaten habe ich das Warten aufgegeben und mich entschieden, dir einfach zu sagen, dass ich es hin und wieder hören möchte. Und es dir auch im Gegenzug sagen will."

Sie seufzte und nickte. "Also gut, gibt mir einen Moment."

Seine Augenbraue wanderte nach oben. "Du brauchst dafür Vorbereitungszeit? Ernsthaft?"

"Halt den Mund", murmelte sie. "Oder was ich dir sagen will, wird kaum deine Anforderungen erfüllen." Nach einem kurzen Moment des Schweigens wandte sie sich ihm auf seinem Schoß zu und hob ihre Arme, um sie ihm um den Hals zu legen. "Enric, ich möchte, dass du weißt, dass ich dich liebe. Noch immer." Sie beobachtete, wie sich seine Mundwinkel zu einem amüsierten Lächeln verzogen und er dann den Kopf leicht schüttelte. "Was jetzt?", fragte sie verdrossen.

"Diesen Nachsatz konntest du dir einfach nicht sparen, hm? Aber für einen ersten Versuch war es nicht so übel. Und so schwierig war das nun nicht, oder?"

"Es hat sich etwas seltsam angefühlt", meinte sie achselzuckend. "Als würde ich etwas Offensichtliches betonen. Aber wenn du es hören willst, schätze ich, dass ich daran arbeiten kann."

"Es tut gut zu sehen, dass du bereit bist, dir die Mühe zu machen und dich dieser unmenschlichen Aufgabe zu stellen, die ich dir so dreist aufbürde", nickte er ernst. "Und jetzt lass mich dir zeigen, wie man das in Übereinstimmung mit den Regeln macht."

"Dafür gibt es Regeln? Wirklich?", scherzte sie.

"Sicher doch. Keine spitzen Bemerkungen. Die hast du gebrochen, indem du *noch immer* angehängt hast. Positive Formulierungen. Die hast du gebrochen, indem du mir gesagt hast, du hättest *nicht aufgehört*, mich zu lieben. Es freiwillig und in regelmäßigen Abständen zu sagen…"

"…die ich natürlich gebrochen habe, indem ich es erforderlich gemacht habe, dass du mich darauf ansprichst, weil ich es in den letzten drei Monaten versäumt habe. Ja, ich habe es verstanden", grummelte sie.

"Gut. Dann setzen wir mit der eigentlichen Aussage fort." Er lächelte sie an. "Eryn, ich liebe dich. Am Morgen, wenn ich aufwache, bist du das Erste, das mir in den Sinn kommt, und das Letzte, bevor ich nachts einschlafe. Du wärmst mein Herz und versetzt mein Blut in Wallung. Ich werde dich nie wieder gehenlassen." Er lehnte sich vor und drückte ihr sachte einen Kuss auf die Lippen.

Sie schluckte, seltsam berührt. "Ich gebe zu, das war… etwas ganz anderes. Angenehm anders", gab sie nach ein paar Augenblicken der Besinnung zu.

Enric lächelte. "Ich bin froh, dass es dir zugesagt hat. Ist dir die kleine Ausschmückung am Ende aufgefallen? Das ist nicht als solches eine Regel, aber ein Kuss ist einfach dieses kleine Extra, das es perfekt macht."

Sie lachte und stand auf. "Das werde ich im Gedächtnis behalten. Danke für diesen hilfreichen Leitfaden. Und jetzt sollte ich wirklich zu Bett gehen; ich muss morgen wegen eines gewissen unangenehmen Einsatzes früh aufstehen. Möchtest du dich mir anschließen? Ich könnte sichergehen, dass ich tatsächlich das Letzte bin, woran du denkst, bevor du heute einschläfst."

Er nickte und erhob sich rasch. "Vielleicht könnten wir das auch zu einer Regel machen? Jedes Mal, wenn ich dir sage, dass ich dich liebe, lädst du mich ein, dir ins Bett zu folgen."

"Kaum", schnaubte sie. "Ich müsste deine Stimmbänder außer Gefecht setzen, um dich davon abzuhalten, dass du es mir mehrmals täglich sagst."

Er grinste. "Das ist wohl nicht ganz von der Hand zu weisen."

KAPITEL 16

Spielchen

Eryn zog den Umhang fester um ihre Schultern und gähnte ausgiebig und geräuschvoll, erstaunt darüber, wie die dunklen, zu leeren Straßen das Geräusch zurückwarfen. Erste Anzeichen der Morgendämmerung waren erkennbar, aber es würde noch einige Zeit dauern, bis es vollkommen hell war. Die wenigen Leute, die auf den Straßen unterwegs waren, warfen ihr neugierige Blicke zu. Einen Magier um diese Tageszeit unterwegs anzutreffen, war ungewöhnlich; normalerweise brauchten die nicht dermaßen früh aufzustehen. Und taten es somit auch nicht.

Am Ende der Straße erkannte sie die Umrisse des Stalls, und als sie näherkam, sah sie, dass eine Mistgabel und ein Wagen für sie vorbereitet worden waren, genau wie beim letzten Mal. Nun, dachte sie, zumindest konnte der arme Kerl, der dies sonst erledigte, dank Lord Tyronts Strafe ein paar Tage lang ausschlafen. Warum musste das immer am Morgen sein? Warum konnte sie diese verfluchten Ställe nicht am Nachmittag ausmisten? Weil das Ausmisten selbst nicht der Punkt war, erkannte sie. Es war das Aufstehen, das ihr zusetzte. Unglücklicherweise war es ihm sehr wohl bewusst, dass ihr Stolz nicht maßgeblich darunter leiden würde, wenn man sie dabei beobachtete, wie sie solch niedere Arbeiten erledigte; ihm war klar, dass das frühe Aufstehen das wahre Problem für sie war. Beinahe drei Stunden zu früh. Und das fünf Tage hintereinander. Erneut nagte für einen kurzen Moment Ärger an ihr, weil sie es einfach nicht schaffte, rechtzeitig den Mund zu halten.

Vor der Abreise nach Takhan hatte das ganz gut funktioniert. Aber irgendwie schien alles, was sie gelernt hatte, nach der Rückkehr hierher wie weggeblasen. Sechs Wochen fernab von Lord Tyront hatten sie offenkundig vergessen lassen, dass sie bei ihm etwas vorsichtiger sein musste. In dieser Stadt war er einer von sehr wenigen Menschen, bei denen es jede Provokation zu vermeiden galt, und dennoch war dies scheinbar eine unmögliche Aufgabe.

Ihr fiel seine Drohung ein, dass er ihr ein Kampftraining mit ihm aufbürden würde. Das war auf jeden Fall etwas, das sie vermeiden musste. Sie wusste, dass seine Fähigkeiten im Schwertkampf nicht an die von Orrin oder Enric heranreichten, aber dennoch führte überlegene Stärke stets zur Niederlage eines erheblich schwächeren Gegners. Sogar sie, mit ihren kaum mehr als grundlegenden Kenntnissen war in der Lage, Orrin, den Schwertmeister, mit nichts anderem als schierer, brachialer Stärke zu bezwingen.

Die Nachtwachen patrouillierten auf der Straße um die Stallungen. Als sie sie erblickten, verbeugten sie sich und wünschten ihr einen guten Morgen. Offenkundig waren sie über ihre Aufgabe informiert worden, da sie keinerlei Überraschung zeigten. Mit einem kurzen Nicken quittierte sie den Gruß und drückte die Stalltür auf. Die Laterne fand sie dort, wo sie schon beim letzten Mal gewesen war.

Ah ja, dachte sie sarkastisch, war es nicht tröstlich, nach Hause zu kommen? Die zehn Pferde in ihren Boxen befanden sich in unterschiedlich tiefen Schlafphasen. Manche dösten im Stehen mit herabhängendem Kopf und Hals, andere lagen mit ihren Beinen unter ihrem Körper gefaltet oder auf einer Seite mit allen Vieren ausgestreckt.

Die Ohren der Döser zuckten, als sie hereinkam, und sie konnte förmlich spüren, wie das Ausmaß an Nervosität bei ihrem Eintreten zunahm. Sie konnten den Geruch der Bergkatze an ihr wahrnehmen.

Weit öffnete sie die Stalltüren und irritierte die Pferde noch mehr, indem sie die kühle Morgenluft hereinließ.

"Nichts zu machen, Mädchen und Jungs", murmelte sie. "Ich kann nicht schlafen, warum also solltet ihr das dürfen?"

Sie hing ihren Umhang auf einen Haken an der Außenseite, zog den Wagen näher heran, ergriff die Mistgabel und begann ihre übelriechende Arbeit.

Ungefähr eine Stunde später hatte sie etwa zwei Drittel des Stalls erledigt, als sie hinter sich ein zufriedenes Seufzen vernahm. Sie drehte sich zu den Stalltüren um und sah dort Pe'tala stehen, selbstgefällig, mit verschränkten Armen und einem breiten Grinsen.

"Dieser Anblick bereitet mir unendliche Freude. Man sieht eine mächtige Aren nicht allzu oft Pferdemist schaufeln", meinte sie höhnisch.

"Dann würde ich dir raten, den Anblick zu genießen, solange du kannst, da es kaum ein alltäglicher werden wird", erwiderte sanft eine weitere exotische Frauenstimme.

Eryn bedachte die zweite Frau, die neben ihre Cousine und damit in Sichtweite trat. Malriel. Im Ernst? Beide waren früh aufgestanden und hergekommen, damit sie ihr zusehen konnten?

"Malriel", sagte Pe'tala, eindeutig ebenso wenig erfreut über die Anwesenheit der anderen Frau. Eryn wandte sich von den beiden ab, presste die Lippen entschlossen aufeinander und setzte ihre Arbeit fort. Sie würde sich nicht von den beiden provozieren lassen. Zumindest fanden sie ebenfalls keinen Gefallen an der Gesellschaft der jeweils anderen, also war die Darbietung für die beiden kein ungetrübtes Vergnügen.

"Pe'tala", erwiderte Malriel mit einem Kopfnicken. "Was für ein perfekter Morgen, um eine Stallreinigung zu beobachten."

Pe'tala konzentrierte ihre Aufmerksamkeit wieder auf Eryn. "Ich muss sagen, dass du dich bei dieser Art von Arbeit als recht fähig erweist. Du wirst wohl regelmäßig zum Üben hergeschickt, weil du entweder dein Aren Temperament nicht unter Kontrolle hast, oder die Arbeit als Heiler nicht im Einklang mit deinen Fähigkeiten ist."

Eryn reagierte nicht darauf, sondern biss nur die Zähne zusammen und konzentrierte sich auf ihren Rhythmus von bücken, Mistgabel in das beschmutzte Stroh treiben, es hochheben, die paar Schritte zum Wagen tragen, bevor sie es ablud und zurückgehen, um von Neuem zu beginnen.

"Du bist nicht sehr gesprächig heute, was, *Schwester*?"

Eryn unterdrückte ein Lächeln. Das Letzte war ganz klar nicht nur an sie selbst gerichtet, sondern zielte auch darauf ab, Malriel zu verstimmen. Vielleicht würde es sich sogar unterhaltsam gestalten, von den beiden beobachtet zu werden, wenn sie sich weiterhin gegenseitig provozierten.

"Wie immens rücksichtslos von ihr, wo sie doch eine so charmante Gesprächspartnerin zur Verfügung hat", meinte Malriel mit einem dünnen Lächeln.

Pe'tala warf ihr einen missmutigen Blick zu. "Erkennst du dein eigenes Spiegelbild überhaupt noch, Malriel? In Würde zu altern hast du ganz offensichtlich niemals versucht."

"Darüber werden wir reden, wenn du in meinem Alter bist, kleine Tala", erwiderte Malriel gelassen. "Dann werden wir sehen, wie viel Freude du an den sichtbaren Anzeichen des Alterns hast, wenn du erst einmal erwachsen bist."

"Sichtbare Anzeichen des Alterns", sinnierte Pe'tala. "Ja, mir ist schon aufgefallen, dass du davon kein Freund bist - und nicht nur, wenn es um dich selbst geht. Es ist bekannt, dass du sie auch bei den Männern, die du dir als Liebhaber nimmst, vermeidest. Hattest du in den letzten zehn Jahren überhaupt einen einzigen Verehrer, der nicht jung genug war, um dein Sohn zu sein?"

"Du bist doch wohl nicht neidisch?" Malriel zog ihre Stirn kraus. "Ich versichere dir, das ist nicht nötig. Du bist ein hübsches Mädchen. Vergiss die

Tatsache, dass Ram'an dich für eine Frau, die er nicht haben kann, fallengelassen hat. Setz ein Lächeln auf, halte deine spitze Zunge unter Kontrolle, und mit der Zeit magst sogar du einen willigen jungen Mann finden, den die Aussicht darauf, etwas Zeit mit dir zu verbringen, nicht in Angst und Schrecken versetzt."

Eryn hörte, wie ihre Cousine verärgert fauchte. Das war witzig, musste sie zugeben. Ihre gemeinsame viertägige Reise hierher musste für beide eine Tortur gewesen sein. Mit diesem heiteren Gedanken hob sie eine weitere Mistgabel voller Dung hoch. Es sah so aus, als hätten die zwei vergessen, dass sie hergekommen waren, um Eryn zu piesacken und nicht einander.

"Ich benötige keinen Vorrat an Liebhabern, um mich geschätzt zu fühlen, aber danke für deinen Rat. Ich wurde dazu erzogen, *viel älteren* Leuten stets zuzuhören. Wenngleich man ihren Worten nicht immer vertrauen kann, da es gewisse Krankheiten gibt, die ein sehr… reifes Gehirn befallen können, sodass die Worte dann plötzlich keinen Sinn mehr ergeben, sofern keine Behandlung erfolgt. Soll ich einen kurzen Blick auf das deine werfen, Malriel?"

"Nein danke, Mädchen. Ich erinnere mich noch sehr genau daran, was mit Leuten passiert, in deren Kopf du herumwerkst", sagte Malriel und spielte damit offenkundig auf den Vorfall vor etwa zehn Jahren an, als Pe'tala gezwungen war, Rede und Antwort zu stehen, nachdem sie einen Werber denken hatte lassen, dass er ständig von riesigen Vögeln verfolgt wurde. Wie praktisch, dass Ram'an ihr diese Geschichte damals in Takhan erzählt hatte. Andernfalls hätte sie diesen Hieb gar nicht würdigen können.

"Sorge dich nicht, Malriel", sagte Pe'tala. "Für dich würden es keine Vögel werden. Dich würde ich denken lassen, dass dich nur noch Männer deiner eigenen Generation anziehend finden. Das wäre zweifellos ein grausiger Schock für dich - schlimm genug womöglich, um dich an einem einzigen Tag bis nach Takhan zurückschwimmen zu lassen. Oder ich könnte dein Gesicht dein wahres Alter ausstrahlen lassen. Um die sechzig, wenn ich mich nicht irre?"

"Wie ungemein originell, Tala. Ich hoffe nur um deinetwillen, dass deine tollpatschigen Sticheleien nicht deine Intelligenz wiederspiegeln. Sonst müsste man sich fragen, ob du tatsächlich eine Vel'kim bist. Von denen sagt man immerhin, dass sie recht klug seien. Oder war das nur die männliche Linie?", konterte Malriel.

"Womöglich. Ved'al war offensichtlich klug genug, um den Fehler, dass er sich mit dir verband, zu korrigieren, indem er bei der nächsten Gelegenheit die Flucht ergriff", warf Pe'tala garstig zurück. "Wenngleich es ein wahrhaft kluger Mann von vornherein vermieten hätte, bei dir hängenzubleiben. Ist es nicht faszinierend, was Aren Geld alles kaufen kann?"

Eryn schluckte. Das war ein Tiefschlag gewesen. Nicht, dass sie bisher besonders zurückhaltend miteinander verfahren waren. Sie stellte die Mistgabel zur Seite, froh, dass sie fertig war. Zwar war es eine Erleichterung, dass sie nicht selbst das Ziel gemeiner Bemerkungen geworden war, aber den beiden für längere Zeit zuzuhören, war doch beängstigend. Ihr war nicht klar gewesen, dass die zwei sich dermaßen verachteten. Was für ein Trio sie waren, dachte sie erschöpft, als sie ihren Umhang vom Haken nahm. Jede von ihnen verschmähte die anderen beiden. Was auch immer man darüber sagte, dass der Feind eines Feindes ein Freund war, traf ganz klar nicht zu, wenn es um ihre Verwandten ging.

Ohne eine von ihnen anzusprechen, ging sie an ihnen vorbei und verließ die Stallungen, um außer Hörweite und zurück zu ihrem Haus zu gelangen. Es war noch genug Zeit für ein schnelles Bad, bevor sie beim Trainingsgelände zur Stelle sein musste, um Orrins Assistentin zu spielen.

* * *

Junar betrat den Salon. Vern hatte gerade die Bücher und Papiere zusammengepackt, die für seine Stunde mit Eryn erforderlich gewesen waren, und verschwand in sein Zimmer.

"Seid ihr fertig für heute?", fragte sie.

Eryn nickte. "Ja, das sind wir. Und darüber bin ich froh. Meine Konzentration ist heute nicht besonders. Ich vermisse meinen Schlaf am Morgen wirklich. Ich gehe zwar früher zu Bett, aber das ist nicht dasselbe." Sie streckte die Arme weit von sich und gähnte.

"Kein Mitleid für die freche Göre", sagte die Schneiderin. "Ich hoffe, du hast Orrins Klasse heute keinen ungebührlichen Strapazen ausgesetzt? Die können nichts dafür, dass du nicht genug Schlaf bekommst."

"Nein, das habe ich nicht. Es war eine recht friedliche Stunde. Seit ich diesen Jungen in einem Schild eingesperrt habe, sind seine Kollegen in meiner Nähe recht vorsichtig."

Junar schüttelte den Kopf. "Ich bin noch immer verwundert, dass man dich damit durchkommen hat lassen. Wird das nicht als Anwendung von übertriebener Gewalt oder so etwas erachtet?"

Eryn zuckte mit den Schultern. "Offenbar nicht. Aber ich schätze, die Konsequenzen wären andere gewesen, wenn ich das mit Lord Remdels Enkel angestellt hätte. Oder wenn mein Rang nicht so hoch wäre. Was mich allerdings trotzdem nicht vor gewissen Bestrafungen bewahrt, wie es scheint. Stell dir vor - heute musste ich sogar zwei verschiedene hintereinander ableisten. Das ist ein neuer Rekord."

"Das nächste Mal solltest du wohl die bewährte Methode anwenden zu denken, bevor du sprichst."

"Das werde ich in Betracht ziehen", nickte die Magierin müde. "Aber heute war der dritte von fünf Tagen in den Stallungen, also habe ich bereits mehr als die Hälfte meiner Strafe hinter mich gebracht. Ich wünschte nur, Pe'tala und Malriel würden nicht immer wieder auftauchen. Am ersten Tag war es ganz lustig - zumindest am Anfang. Sie waren wirklich gehässig zueinander, ohne jede vorgetäuschte Höflichkeit. Aber gestern und heute haben sie sich eindeutig daran erinnert, dass sie nicht so früh aufstehen, um sich gegenseitig zu quälen, sondern *mich*. Ich schwöre dir, wenn sie mich nicht in Frieden lassen, wird es Ärger geben."

"Waren sie gemein zu dir, Schätzchen?", gurrte Junar. "Soll ich sie für dich treten?"

"Ich wünschte, das könntest du", prustete Eryn. "Aber das sind verdammte Magierinnen. Langsam beginne ich zu glauben, dass es nicht einmal so übel ist, an einem Ort zu leben, wo Frauen über keinerlei Magie verfügen."

"Dich selbst natürlich ausgenommen."

"Natürlich. *Ich* setze sie immerhin verantwortungsvoll ein", erwiderte sie hochmütig, bevor sie einen Schluck von ihrem Wasserglas nahm und ihre Freundin nachdenklich betrachtete. "Kann ich dich etwas Persönliches fragen?"

Junar nickte neugierig. "Sicher, das weißt du doch."

Eryn beugte sich vor, warf einen raschen Blick zu Orrins halboffener Arbeitszimmertür und senkte ihre Stimme. "Sagst du Orrin, dass du ihn liebst?"

Überrascht zog ihre Freundin beide Augenbrauen hoch. "Freilich tue ich das. Du etwa nicht?"

Die Magierin grinste. "Nein, ich sage Orrin kaum jemals, dass ich ihn liebe. Ich glaube, seine Gefährtin würde das überhaupt nicht schätzen. Seit sie sein Kind in sich trägt, ist sie noch launischer."

"Du Idiotin", seufzte Junar und steckte sich ein Stück Obst in den Mund. "Hat diese Frage eine tiefere Bedeutung, oder bist du einfach nur neugierig?"

"Enric sagte mir, dass er es zuweilen von mir hören will."

"Und? Warum sollte das ein Problem sein? Bist du nicht von der mitteilsamen Sorte?"

"Nun, sagen wir, ich fühle mich unbeholfen dabei, ihm immer wieder das Gleiche zu sagen. Es ist immerhin nicht so, als würde er es wieder vergessen."

Junar schüttelte den Kopf. "Das ist doch wohl nicht dein Ernst? Deinem Gefährten zu sagen, dass du ihn liebst, sollte keine unliebsame Pflicht, sondern ein Privileg sein. Du selbst verspürst also kein Bedürfnis danach, es zu hören?" Dann seufzte sie. "Aber ich vergesse, mit wem ich hier rede."

"Was soll das denn bitte heißen? Dass ich kühl und distanziert bin?"

"Nein, nur, dass du dazu erzogen wurdest, die Leute auf Abstand zu halten und erst jetzt damit beginnst, darüber hinwegzukommen. Man muss sich dazu nur deine Familie ansehen."

Eryn stöhnte. "Wirklich? Du ziehst *diese beiden* heran, um meinen Charakter zu bemessen? Die Frau, die mich vor den Senat gezerrt hat in dem Versuch, mich verurteilen zu lassen, nachdem ich den Fehler beging, mich ihr anzuvertrauen. Ganz zu schweigen von der anderen Frau, die mich hasst, weil der Mann, der ihr Gefährte hätte werden sollen, sie fallenließ, weil er mit mir zusammen sein wollte… Du solltest mir eher zugutehalten, dass ich ihnen nicht jedes Mal, wenn ich sie sehe, etwas Stumpfes und Schweres über den Schädel ziehe. Ich finde, dass ich hier große Zurückhaltung beweise."

"Wechsle nicht das Thema. Also, kommst du seinem einfachen Wunsch nun nach, damit sich dein Gefährte hin und wieder von dir geliebt fühlt, oder nicht?"

"Ich arbeite daran. Ich habe es ihm vor ein paar Tagen gesagt, als er mich darum bat. Ich bin nicht sicher, wie oft ich es sagen soll. Ist einmal pro Woche ein guter Zeitabstand? Wäre einmal pro Monat auch ausreichend?"

Junar bedeckte einen Moment lang ihre Augen, eine Gewohnheit, die sie wohl von Orrin übernommen hatte. In letzter Zeit schien er das in ihrer Gegenwart recht häufig zu tun, überlegte sie.

"Das ist nichts, was man auf eine Liste schreibt und wo man dann einen Kontrollvermerk daneben macht! Es ergibt sich aus dem Anlass. Das mag einmal an zwei aufeinanderfolgenden Tagen oder sogar Stunden sein, und dann wieder vergeht eine Woche, bis du es erneut sagen willst. Ich glaube einfach nicht, dass wir dieses Gespräch tatsächlich führen", seufzte sie.

"Jetzt sei doch nicht so! Ich wurde von einem alleinstehenden Elternteil aufgezogen, der vor seiner Gefährtin sogar in ein anderes, verbotenes Land geflüchtet ist. Wo genau hätte ich denn so etwas lernen sollen? Das mit der Flucht kann ich in der Zwischenzeit übrigens absolut nachvollziehen", fügte sie düster hinzu.

"Ich frage mich, ob du und deine Mutter es vor ihrer Abreise von hier noch schaffen werdet, ein paar zivilisierte Worte miteinander zu wechseln. Das mit euch beiden ist wirklich eine Schande", stellte Junar fest.

"Ach, komm schon!", rief Eryn aus. "Du auch noch? Die Leute sagen mir ständig, was für eine Schande es ist, dass wir nicht miteinander auskommen. Die Mutigeren erklären mir sogar, dass ich mich dafür schämen sollte, wie ich die arme Frau behandle."

Die Schneiderin verzog das Gesicht. "Mutig? Das ist vollkommen durchgeknallt! Hat man von diesen Leuten jemals wieder etwas gehört, oder hast du dich ihrer diskret entledigt?"

"Sehr witzig, Junar", knurrte Eryn. "Normalerweise stehe ich mit einem höflichen Lächeln auf und verlasse den Raum. Anstatt meinem ersten Impuls folgend mit einem greifbaren schweren Gegenstand um mich zu schlagen. Interessant. Dieser Drang überkommt mich häufiger seit Malriels Ankunft. Vielleicht sollte ich damit anfangen, so einen Gegenstand mit mir herumzutragen."

"Oh, absolut - weil es dich nicht gefährlich genug macht, dass du die drittstärkste Magierin in diesem Land bist", schnaubte Junar.

"Nicht für Nicht-Magier, da gibt es dieses kleine Gesetz, dass man sie nicht mit Magie verletzen darf, wenn du dich erinnerst? Das, das Orrin solchen Ärger eingebracht hat?"

"Habe ich da gerade meinen Namen gehört?", kam eine Stimme von der Tür des Arbeitszimmers her. "Mir ist ein kalter Schauer den Rücken hinuntergelaufen, also dachte ich, dass das womöglich etwas mit den zwei Frauen in meinem Salon zu tun hat", lächelte er, kam näher und küsste Junar auf die Stirn.

Eryn nickte. "Ja, das waren meine fehlgeleiteten Kräfte des Schürens von Unbehagen." Sie berührte seinen Handrücken und sandte einen schwachen Magieimpuls in seinen Körper zu seiner Wirbelsäule, während sie flüsterte. "Orrin!"

Das unangenehme Gefühl eines kalten Schauers, der seinen Rücken hinablief, ließ ihn das Gesicht verziehen und flink seine Hand fortziehen. "Lass das! Fehlgeleitet Kräfte - wahrlich. In deinen Händen würde sich früher oder später wohl alles in die falsche Richtung wenden."

Junar kicherte, dann verschränkte sie ihre Finger mit seinen. "Orrin, wann habe ich dir das letzte Mal gesagt, dass ich dich liebe?"

Eryns Grimasse ließ ihn lächeln. "Das ist schon viel zu lange her. Ich liebe dich auch." Er beugte sich nach unten, um ihr einen flüchtigen Kuss auf die Lippen zu drücken.

"Wirklich? Das musste gerade *jetzt* sein?", stöhnte die Heilerin. "Wenn ihr wollt, dass ich gehe, dann sagt es doch einfach!"

"Benimm dich nicht wie eine Halbwüchsige! Nicht einmal Vern reagiert dermaßen kindisch. Das, meine Liebe, war eine kleine Demonstration dessen, wie schmerzlos es ist, es auszusprechen, wenn dich die Laune überkommt", dozierte Junar. "Jetzt geh nach Hause und versuch es selbst."

"Du wirfst mich hinaus?"

"Ja, das tue ich. Ich habe zugesagt, dass ich zu Inads Abendessen komme und muss mich dafür noch zurechtmachen. Du erinnerst dich? Das ist diejenige, wo du dich weigerst hinzugehen, weil es einer der beiden Orte in dieser Stadt ist, an denen du keinesfalls sein willst."

"Mach drei daraus", murmelte Eryn und stand auf.

Junar warf ihr einen warnenden Blick zu. "Reize bloß nicht die schwangere Frau, Kleine. Ich mag nicht dazu in der Lage sein, dir einen Blitz nachzuwerfen, aber ich schwöre dir, dass ein Wasserkrug ebenso schmerzhaft ist, wenn er deinen Kopf trifft."

Eryn räusperte sich. "Meine Güte, so spät ist es schon? Ich fürchte, jetzt muss ich wirklich los." Sie drehte sich zu Verns Tür und rief: "Vern? Ich breche jetzt auf. Geh Junar aus dem Weg, sie hat gerade damit gedroht, schwere, zerbrechliche Gegenstände nach Leuten zu werfen!"

"Du sollst doch die werdende Mutter nicht provozieren!", rief er zurück, sein Tonfall etwas vorwurfsvoll.

Junar grinste breit. "Was habe ich dir gesagt? Man muss den Jungen einfach mögen."

* * *

Eryn knirschte mit den Zähnen und schaufelte weiter, während sie sich in Phantasien erging, wie sie ihre zwei Zuschauerinnen bis zum Hals in stinkenden, dampfenden Dung eingrub. An jedem einzelnen Tag ihrer Bestrafung waren sie aufgetaucht, um sie zu verspotten. Heute war der letzte Tag, rief sie sich ins Gedächtnis. Nach den ersten vier Tagen würde sie gewiss auch diesen letzten überstehen. Sie war stolz auf sich. Kein einziges Mal hatte sie auf ihre Anwesenheit in irgendeiner Form reagiert. Weder hatte sie mit ihnen gesprochen, sie verscheucht oder sie mit irgendeinem der so bequem verfügbaren Stallwerkzeuge attackiert. Es sähe einfach nicht gut aus, wenn sie mit einer Mistgabel im Brustkorb von hier weggingen. Es würde die Leute darüber nachdenken lassen, ob sie die Art von Heilerin war, der man seine Gesundheit anvertrauen wollte.

"Wie schade, dass dies dein letzter Tag ist", bemerkte Pe'tala. "Wenn ich allerdings von dem ausgehe, was ich gehört habe, wird es bestimmt nicht das letzte Mal sein, dass man dich hierherschickt. Dieser Lord Tyront mag dich definitiv nicht, was? Natürlich ist es mir ein Rätsel, wie sich jemand entscheiden könnte, *dich* nicht zu mögen", fügte sie hämisch grinsend hinzu.

Eryn lud eine weitere Gabelladung Mist auf ihrem Wagen ab und kehrte zu der Box zurück. Das war die letzte. Sobald diese in ein paar Minuten ausgeschaufelt war, würde sie von hier weggehen und nicht so bald wieder zurückkehren.

"Ich habe von diesem netten Dinner vorgestern gehört, das von dieser unmöglichen Frau veranstaltet wurde, die offenbar von kosmetischen Eingriffen nicht genug bekommen kann", fuhr Pe'tala fort, unbeirrt von dem Mangel an Reaktion. "Es scheint, als würde Malriel diese äußerst traurige Mutter-Tochter-Geschichte verbreiten und den Leuten einreden, wie ungemein ungerecht du sie behandelst. Arme, leidende Mutter, die mit solch einer herzlosen, unversöhnlichen Tochter gestraft ist. Obwohl, ich soll euch ja nicht mehr als *Mutter und Tochter* bezeichnen, nicht wahr?"

Da gibt es einiges, das du nicht tun sollst, dachte Eryn verstimmt. Wie langsam aber sicher meine Nerven blankzulegen. Eines musste man den beiden allerdings lassen - sie waren hartnäckig. Vier Tage des Ignoriertwerdens hatten sie nicht davon abgehalten, auch am fünften Tag aufzutauchen. Das zeugte von hoher Frustrationstoleranz. Malriel allerdings begnügte sich weitgehend damit, einfach nur an einer bequemen Wand zu lehnen und sie zu beobachten. Was irritierend genug war. Pe'tala jedoch zog den aktiveren Ansatz des konstanten Stichelns und Hänselns vor.

"Du wirst nicht glauben, wer mich gestern in der Klinik aufgesucht hat, während du die Heiler oben unterrichtet hast. Vern und Junar."

Eryn erstarrte für einen Moment, dann setzte sie ihre Arbeit fort. Das war zweifellos nur ein weiterer Versuch, ihr eine Reaktion zu entlocken.

"Ich sehe, dass ich deine Aufmerksamkeit habe, *Schwester*."

Sie konnte die Schadenfreude in Pe'talas Stimme hören. "Vern brachte sie zu mir, damit eine richtige Heilerin einen Blick auf sie werfen konnte. Jemand mit der richtigen Erfahrung, Ausbildung und Achtsamkeit für das Heilen. Wusstest du, dass es ein Mädchen wird? Das wird interessant. Sie wird das erste von einem Magier gezeugte Mädchen sein, nachdem du die Barrieren entfernt hast. Ich frage mich, ob sie irgendwelche magischen Fähigkeiten haben wird. Das wäre hier wohl eine ziemliche Sensation, könnte ich mir denken", schwafelte sie weiter.

Ein Stich des Ärgers, ein Gefühl des Verrats ließ Eryn langsam ausatmen. Vern hatte Junar also wirklich zu ihrer Cousine gebracht. Ohne ihr etwas davon zu sagen. Darüber würde sie ein Wörtchen mit ihm reden müssen.

"Ich finde Junar höchst sympathisch, muss ich sagen. Keine dieser ermüdenden Gesellschaftsdamen mit mehr Geld als Verstand. Ich überlege, sie zu einem Abendessen zu mir einzuladen. Und ich werde sie bitten, Vern mitzubringen. Ein erstaunlicher junger Mann. Zuerst hatte ich meine Zweifel, muss ich gestehen, aber er ist klug und sehr talentiert. Und ein sehr guter Heiler. Ich frage mich, warum er sich mit dir abgibt. Andererseits ist das die einzige Möglichkeit, wie man hier als Heiler arbeiten kann, ist es nicht so?"

Genug war genug. Eryn hob ihre letzte Ladung, schwer mit nassem Dung, vom Boden auf. Sie wollten eine Reaktion? Nun, die würden sie bekommen. Ihre Armmuskeln mit extra Stärke versorgend, warf sie den Mist in die Luft und benutzte zwei Magieblitze, um ihn in zwei Teile zu spalten und jeder Hälfte eine Richtung zu geben. Einen Augenblick später landeten die triefenden Klumpen auf Gesicht und Hals der beiden Frauen. Sie sah zu, wie beide hektisch die Überbleibsel der Geschosse von ihren Gesichtern wischten und den faulen Geschmack in ihrem Mund ausspuckten. Pe'talas Flüche wurden von Geräuschen des Hustens und Würgens unterbrochen, doch Malriel lachte nur.

"Gut so, mein Mädchen. Für eine Weile war ich besorgt, mein Aussehen sei das Einzige, was ich an dich weitergegeben habe."

"Du pass bloß auf", fauchte Eryn sie an und hob einen Zeigefinger in ihr Gesicht, "oder beim nächsten Mal landet etwas weniger Weiches, sondern wesentlich Solideres und Stacheligeres in deinem Gesicht."

Damit drehte sie sich um und lehnte die Mistgabel zum letzten Mal gegen die Wand, bevor sie mit dem Gefühl, ganze Arbeit geleistet zu haben, nach Hause zurückkehrte.

* * *

"Stimmt es, dass du eine Mistgabel in deine Mutter gerammt und sie dann mit Pferdemist bedeckt hast?"

Eryn sah von ihrem Schreibtisch auf, als Vern seinen Kopf in ihr Arbeitszimmer steckte.

"Was? Nein! Und seit wann klopfen wir nicht mehr an, bevor wir Leuten auf die Nerven gehen?"

Der Junge zuckte mit den Achseln und trat ein. "Das habe ich, aber du hast nicht reagiert."

"Vielleicht, weil ich zu beschäftigt war, um dich zu hören? Was womöglich ein Hinweis darauf sein könnte, dass jetzt kein guter Zeitpunkt ist, um mich zu stören, meinst du nicht?"

"Sag mir bloß nicht, dass dein Papierkram wichtiger ist als dein guter Freund, der unbedingt etwas über deinen neuesten ekeligen Trick hören will?"

Sie warf ihm einen bösen Blick zu. "Mein guter Freund? Wäre das der gleiche, der Junar für eine Untersuchung zu meiner biestigen Cousine gebracht hat, ohne mir davon zu erzählen? Stell dir vor, wie angenehm es für mich war, davon zu erfahren, während ich Pferdemist geschaufelt habe."

Er verzog das Gesicht. "Ich hatte nicht die Absicht, ein Geheimnis daraus zu machen, ich habe dich seitdem bloß nicht mehr gesehen. Du bist deswegen doch nicht verärgert?"

Eryn rieb sich über das Gesicht. "Nein, nicht darüber, dass ihr sie aufgesucht habt. Ich gebe offen zu, dass ihr Wissen weiter reicht als meines. Aber ich hätte zumindest gerne davon *erfahren*. Und wie kommt es, dass sie zu denken scheint, dass ihr dabei seid, beste Freunde zu werden?"

"Nun, ich verstehe mich recht gut mit ihr", meinte er nach einer unbehaglichen Pause. "Sie kam ein paarmal vorbei, um ihre Maße nehmen zu lassen, Kleider anzuprobieren, sie abzuholen, wenn sie fertig waren, neue zu bestellen... Also haben wir uns ein wenig mit ihr hingesetzt, ihr etwas zu trinken angeboten..."

"Ihr seid wirklich nett zu ihr?", fauchte Eryn. "Wie könnt ihr nur? Ihr seid meine Freunde! Sie kann euch nicht haben! Was kommt als nächstes? Ladet ihr Malriel zum Abendessen bei euch zuhause ein?"

"Sei nicht so kleinlich! Das ist kein besonders erwachsenes Verhalten! Warum dürfen wir deine Cousine oder Schwester oder was auch immer nicht mögen, nur, weil ihr zwei zu starrköpfig seid, um miteinander auszukommen?"

"Ich bin nicht diejenige, die sich hier rechtfertigen muss, sondern du!", protestierte sie.

"Können wir das Thema nicht einfach abhaken? Ich brauche deine Zustimmung nicht, wenn ich mich mit anderen Leuten anfreunden will", stellte Vern sachlich klar. "Also, hast du Malriel nun mit einer Mistgabel attackiert oder nicht?"

"Natürlich nicht! Was für eine Frage ist das überhaupt? Ich habe ihr nur ein wenig Pferdemist ins Gesicht geworfen. Wem fällt bloß so eine Geschichte ein?"

Er zuckte die Achseln. "Du weißt ja, wie sich Geschichten beim Weitererzählen verändern. Ich habe keine Ahnung, wie oft sie schon weitergegeben wurde, bevor sie mir zu Ohren kam. Aber es ist gut zu hören, dass du deine gewalttätigen Tendenzen unter Kontrolle hältst. Nun, beinahe."

Eryn seufzte. "Können wir dieses Thema ebenfalls wechseln? Was hat Pe'tala wegen dem Baby gesagt? Ist alles in Ordnung?"

Vern strahlte. "Ja, alles ist bestens. Ein gesundes Mädchen, das bezüglich Größe und allem weiteren, das da drin vor sich gehen soll, im Zeitplan liegt. Sie hat mir ein paar Sachen gezeigt, von denen sie meint, die sollte man sich ansehen, wenn man eine werdende Mutter untersucht. Ich kann sie dir dann einmal zeigen, wenn du magst."

Sie nickte. "Also gut. Ich werde später vorbeikommen. Wie war das Abendessen bei Inad vor zwei Tagen? Haben dein Vater oder Junar etwas darüber erzählt?"

"Das haben sie", meinte er zögerlich.

"Nur heraus damit", seufzte sie. "Es geht um Malriel und ihre Nummer mit der verstoßenen Mutter, richtig?"

"Ja", gab er zu. "Sie scheint wirklich fest entschlossen, die Leute hier auf ihre Seite zu ziehen. Junar sagte mir, sie erzählte schon wieder die schmerzliche Geschichte, dass ihr einziger Grund, dich in Takhan anzuklagen, der war, dass sie dich länger dortbehalten wollte. Sie wollte dich nicht nach wenigen Wochen wieder ziehen lassen müssen, nachdem sie dich nach Jahrzehnten endlich wiedergefunden hatte."

"Großartig", meinte Eryn augenrollend. "Zumindest werden die Leute diese Geschichte bald satt haben, wenn sie sie dermaßen oft zum Besten gibt."

"Nicht, wenn ich nach dem gehe, was Junar sagt. Egal, wie oft sie erzählt wird, die Leute hängen an jedem Wort. Und wenn jemand andeutet, dass man dein Verhalten als recht herzlos betrachten könnte, verteidigt Malriel dich."

"Was die Leute natürlich dazu bewegt, sich auf ihre Seite zu stellen und mich noch mehr zu verachten. Das ist einfach brillant", knurrte sie und erkannte die Berechnung hinter Malriels Taten. Irgendwie musste sie dem ein Ende bereiten. Sie hatte Vran'el geschrieben, was Malriel trieb, und er hatte sie gedrängt, mit dem Jammern aufzuhören und stattdessen etwas dagegen zu tun. Aber *was genau* sie dagegen tun sollte, hatte er ihr nicht mitgeteilt. Entweder hatte er selbst keine Ahnung und wollte es nicht zugeben, oder er dachte, dass die Antwort so offensichtlich war, dass er sie sicher nicht erklären musste. Was sollte sie nun tun? Malriel zu einem Duell herausfordern?

"Und Junar hat auch von Vyril gesprochen", fuhr der Junge fort. "Sie sagt, dass ihre Freundinnen nicht gerade nett zu ihr sind und ständig abfällige Bemerkungen über ihre Arbeit fallenlassen."

Eryns Blick verfinsterte sich. Dann hatte Enric also Recht gehabt - schon wieder. Verdammt sollte er sein.

"Wie hat sie darauf reagiert?"

"Höflich und nichtssagend gelächelt und sich mit anderen Leuten am Tisch unterhalten, die sich weniger unfein gebärdet haben. Die würdevolle, passiv-aggressive Sache mit der kalten Schulter. Was wirst du wegen Vyril unternehmen?", fragte er dann.

"Was *ich* ihretwegen unternehme?", rief sie aus. "Ich schaffe es nicht einmal, dass Malriel mich nicht wie eine Tochter aus einem Alptraum erscheinen lässt - wie soll ich denn dann Vyril helfen?"

"Du wirst also einfach ignorieren, was sie durchmacht? Das ist schade; Vyril ist so freundlich und anständig. Hätte sie ein wenig mehr von Pe'tala oder dir in sich, würde sie ihnen mit ein paar richtig schroffen Worten das Maul stopfen, und die Sache wäre erledigt."

"Das kann ich nicht machen! Enric und Lord Tyront würden mich bei jeweils einem Ohr aus dem Zimmer schleifen und mir so richtig königlich den Kopf waschen! Sie betonen ständig, dass ich eine öffentliche Person bin und damit anfangen muss, mich wie eine verantwortungsbewusste Erwachsene zu verhalten. Lord Tyront hat mir sogar angedroht, mich von meiner Leitungsrolle in der Klinik abzuziehen, wenn ich das nicht tue!" Plötzlich kam ihr ein Gedanke. *Sie selbst* musste sich an diese Anweisung halten, nicht aber Pe'tala…

"Weißt du was, ich habe womöglich eine Idee. Geh. Ich muss mit jemandem reden."

Der Junge stand auf. "Das ist mein Mädchen", grinste er.

"So etwas kannst du zu mir nicht sagen, Vern", seufzte sie. "Ich bin zwölf Jahre älter als du."

"Nicht im Geiste, Eryn, nicht im Geiste", meinte er augenzwinkernd und verließ ihr Arbeitszimmer.

Sie schüttelte den Kopf und kam ebenfalls auf die Füße, um zu Pe'talas Zimmer ein paar Türen weiter zu gehen. Ein ungeduldiges "Was?" ertönte von drinnen auf das Klopfen hin.

Sie entschied sich, das als Einladung zu betrachten und trat ein.

"Was willst du denn?", rief ihre Cousine unglücklich aus.

"Diese beleidigte Nummer, weil dir deine tagelangen Sticheleien einen Klumpen Pferdemist im Gesicht eingebracht haben, kannst du dir sparen. Du hast es herausgefordert, und das weißt du auch. Also halt die Klappe. Ich brauche etwas."

Pe'tala zog eine Augenbraue hoch und lehnte sich in ihrem Stuhl zurück, eindeutig fasziniert. "Ach, tatsächlich? Die großmächtige Lady Eryn kommt zu einem minderen Befehlsempfänger, um Hilfe zu erbitten?"

"Du musst mit mir zu einem Abendessen kommen und dort etwas für mich tun."

"Warum sollte ich?"

"Weil ich dich dafür bezahlen werde. Und es handelt sich dabei um eine Aufgabe, die dir ohnehin Spaß machen wird, weil du diesbezüglich so ein Naturtalent bist."

"Normalerweise stehe ich nicht zur Vermietung, was auch immer du über mich gehört haben magst", sagte Pe'tala, ihre Augen zu Schlitzen verengt. "Und ich bin ein Naturtalent wobei?"

"Dabei, ein richtiges Miststück zu sein. So jemanden brauche ich einen Abend lang. Ich zahle zehn Goldstücke. Nimm es, oder lass es."

Pe'tala spitzte die Lippen. "Zehn Goldstücke? Das entspricht in etwa zwanzig Goldstreifen. Eine ansehnliche Bezahlung für was genau?"

"Um das Miststück zu sein, das ich gerne wäre, aber nicht mehr sein darf."

"Sprich weiter."

* * *

Enric lächelte in sich hinein, als er die Fortschrittsberichte über die Baustellen in Bonhet durchlas. Es ging wahrlich flott voran. Zwei Faktoren erwiesen sich als enorm hilfreich, wenn es darum ging, die Fertigstellung von Bauwerken sicherzustellen: ein Magier zu sein, weswegen die Leute im Allgemeinen eifrig darauf bedacht waren, zu tun was er sagte; und den Arbeitern einen großzügigen Bonus zu versprechen, wenn sie den Zeitplan einhielten. Der Bonus, den er ihnen auszahlen würde, war sinnvoll verwendetes Geld, da es ihm wesentlich mehr einbringen würde, als er für Anreize auszahlte, wenn er die aus Takhan eingeschifften Güter ordentlich handhaben konnte.

Ein Geräusch ließ ihn aufblicken, und er sah Eryn und Urban in seinem Türrahmen stehen. Jede von ihnen war auf ihre eigene Art ein beeindruckender Anblick - beide geschmeidig, elegant, schön anzusehen mit dieser unter der Oberfläche schlummernden Anspannung und Kraft, die jede von ihnen auf ihre eigene Weise gefährlich machte.

"Was amüsiert dich denn?", erkundigte sich Eryn.

"Ich bin einfach nur glücklich darüber, meine beiden Damen zu sehen. Du bist früh zuhause. Heute war der letzte Tag deiner Stallpflichten. Ich habe gehört, dass du deinen beiden Beobachterinnen eine Ladung Dung um die Ohren fliegen hast lassen."

Sie verschränkte die Arme, ganz klar in der Erwartung, dass sie dafür nun einen Tadel erhalten würde. "Ja, und?"

"Nichts. Ich werde dir deswegen sicher keinen Vorwurf machen. Meiner Ansicht nach haben sie es nicht anders verdient. Ich finde, sie können sich glücklich schätzen, dass sie keinerlei Arbeitsgeräte in irgendwelchen Körperteilen stecken hatten. Diesbezüglich gibt es übrigens Gerüchte. Ich habe gehört, du hättest Malriels Zehen mit einer Schaufel abgetrennt, aber das ist ganz eindeutig nicht dein Stil. Würdest du dich solcher Methoden bedienen, dann bezweifle ich, dass du bei ihren Zehen haltmachen würdest", meinte er gelassen.

"Sehr liebenswürdig", schnaubte sie. Andererseits hatte er nicht ganz Unrecht.

"Ich gebe mich keinerlei Illusionen über dich hin, meine Liebste. Ich weiß, dass du dazu neigst, deinem Temperament auf recht heftige Weise Ausdruck zu verleihen, wenn man dich genug provoziert. Aus eigener Erfahrung weiß ich allerdings, dass du davon Abstand nehmen würdest, jemandem körperlichen Schaden zuzufügen. Immerhin bist du eine Heilerin. Du hast nicht einmal wirklich versucht, *mir* wehzutun, als du noch unsere Gefangene warst. Und jetzt, wo ich mehr über deine Heilerfertigkeiten gelernt und auch erfahren habe, was damals passierte, als du noch ein Mädchen warst, weiß ich sehr wohl, dass du dazu in der Lage gewesen wärst." Er sah ihren Gesichtsausdruck. Das war noch immer kein angenehmes Thema für sie. "Und sie ist noch immer deine Mutter, ganz egal, was sie dir angetan hat oder wie euer offizieller rechtlicher Status lautet."

"Und das musstest du jetzt unbedingt ansprechen", klagte sie missmutig.

"Ich denke nicht, dass du es einfach vergessen würdest, nur weil es niemand mehr ansprüche", lachte er leise. "Aber Malriel zumindest wird in zwei Wochen wieder abreisen. Deine liebe Cousine wird wesentlich mehr Zeit hier verbringen, bevor sie wieder abreist."

Eryns Miene verdüsterte sich. "Ja, und da gibt es ohnehin noch eine Winzigkeit, die ich mit ihr besprechen muss. Für meinen Geschmack kommt sie Vern und Junar etwas zu nahe. Es ist eine Sache, unsere private Fehde fortzusetzen, aber ich werde es nicht akzeptieren, dass sie meine Freunde hineinzieht."

"Du denkst, sie freundet sich nur mit ihnen an, um dich zu verärgern oder dir sogar wehzutun?", fragte er vorsichtig nach.

"Aber natürlich tut sie das! Sie sieht immerhin, dass nichts von dem, was sie tut, zu mir durchdringt."

"Genau. Und ein sehr gutes Beispiel für ihr Unvermögen, zu dir durchzudringen, ist die Ladung an Dung, die du ihr heute Morgen ins Gesicht geworfen hast", zeigte er auf.

"Das war nur, weil sie von ihren üblen Plänen gesprochen hat, die beiden zum Abendessen zu sich einzuladen."

"Zweifellos nicht, weil sie die zwei mag, sondern um dich zu quälen."

"Vollkommen richtig!"

Er seufzte. "Das ist keine besonders schmeichelhafte Meinung, die du von deinen eigenen Freunden hast. Du denkst, niemand außer dir könnte sie um ihrer selbst willen mögen, sondern würde das nur vorgeben, um dir wehzutun?"

"Selbstverständlich nicht! Sie sind beide großartig, und das weißt du auch!"

"Ja, das tue ich. Aber mir kommt vor, dass du das für den Moment vergessen hast. Warum gewährst du Pe'tala nicht die Gunst des Zweifels? Sogar sie ist womöglich in der Lage, großartige Menschen zu erkennen, wenn sie ihnen begegnet", fügte er hinzu. "Und soweit ich mich erinnere, könnte sie dir das Gleiche vorwerfen. Ich erinnere mich dunkel an einen gewissen nicht-magischen Heiler, dem sie nahesteht."

"Das war wohl kaum meine Schuld! Valrad hat mich ihm vorgestellt, und zu diesem Zeitpunkt wusste ich nicht einmal, dass sie befreundet sind!", wehrte sie sich.

"Tatsächlich? Ich frage mich, wie Pe'talas Standpunkt in dieser kleinen Angelegenheit aussieht."

"Hör auf damit, mir das Gefühl zu vermitteln, ich wäre kleinlich und engstirnig!"

"Das tue ich nicht. Ich kann dir kein Gefühl vermitteln, sondern nur die Glut anfachen, die bereits vorhanden ist."

"Sehr poetisch", sagte sie. "Na gut, ich werde ihr vorläufig diesbezüglich nichts unterstellen." Sie kniff die Augen zusammen. "Aber ich werde sie im Auge behalten. Und zwar genau."

Enric nickte. "Als gute Freundin solltest du das auch. Dass ich dir sage, du sollst sie nicht vorschnell verurteilen, bedeutet nicht, dass du deine Zweifel über ihre Absichten einfach so verwerfen solltest. Es besteht immerhin die Möglichkeit, dass du Recht hast und sie die beiden tatsächlich benutzt."

"Das machst du mit Absicht! Kaum gebe ich dir widerwillig Recht, schlägst du einen völlig neuen Kurs ein und behauptest das, was ich am Anfang unserer Diskussion gesagt habe!", rief sie aus.

"Ich habe nicht gesagt, du hättest Unrecht, sondern nur, dass du nicht unbedingt Recht hast. Was bedeutet, dass du auf beide Eventualitäten vorbereitet sein solltest. Aber das war es nicht, weswegen du zu mir gekommen bist. Kann ich irgendetwas für dich tun? Du kommst normalerweise nicht einfach so für einen ungezwungenen Plausch in meinem Arbeitszimmer vorbei."

Sie straffte ihre Schultern. "Da gibt es in der Tat etwas." Nach einem kurzen Moment des Zögerns sagte sie: "Ich brauche Geld."

Überrascht runzelte er die Stirn. Das war neu. "Ach ja? Wie viel denn?"

"Zehn Goldstücke."

Er öffnete eine seiner Schreibtischschubladen und entnahm ihr einen ledernen Beutel, der ein klimperndes Geräusch von sich gab, als er auf der Tischplatte abgesetzt wurde. Still zählte er den Betrag ab, den sie erbeten hatte, stand auf und drückte die Münzen in ihre Hand.

"Bitte sehr, Liebste."

Sie starrte auf den schimmernden Stoß Geld in ihrer Handfläche. "Du hast mich nicht danach gefragt, wofür ich es brauche."

Er nickte. "Sehr richtig. Das habe ich nicht. Und ich habe auch nicht die Absicht. Brauchst du einen Beutel dafür?"

"Ja, das wäre gut", antwortete sie langsam, offenkundig überrascht von seiner Bereitschaft, sich von solch einer Summe zu trennen, ohne auch nur wissen zu wollen, wofür sie es auszugeben gedachte.

Er öffnete eine weitere Schublade, nahm ein kleines Ledersäckchen heraus und bedeutete ihr, die Münzen hineingleiten zu lassen. Dann schnürte er es zu und überreichte es ihr.

"Nächstes Mal, wenn du Geld benötigst, kannst du auch zu den Geldverleihern gehen. Dort gibt es eine Kiste in deinem Namen mit fünfhundert Goldstücken. Ich habe Anweisungen hinterlassen, dass ich informiert werde, sobald sie leer ist, damit ich sie wieder auffüllen kann."

Sie starrte ihn an. Was? Fünfhundert Goldstücke? Wie sollte eine einzige Person es jemals fertigbringen, solch eine Summe auszugeben? Das war einfach nur leichtfertig! Und wenn sie leer war, würde er sie einfach wieder auffüllen?

"Warum?", fragte sie einfach nur, gefangen zwischen Überraschung und Bestürzung. Warum ging er mit seinem Geld dermaßen sorglos um? Was wollte er tun, falls sie in eine Kauforgie verfiel und alles für Schmuck und Kleider oder, nun ja - realistischer gesprochen - Bücher ausgab?

Seufzend bedachte er sie mit einem eindringlichen Blick. "Schau nicht so erschrocken. Das wirst du brauchen, glaube mir. Du musst Vyril hin und wieder bezahlen, könnte ich mir denken. Und ihr Geld für die Ausgaben des Waisenhauses, Umbauarbeiten, Nahrung, Kleidung und so weiter geben. Oder du erteilst ihr einfach die Berechtigung, sich das zu holen, was sie benötigt - wie auch immer du das handhaben möchtest." Er küsste ihre Stirn. "Aber du kannst natürlich auch immer gerne direkt zu mir kommen. Allerdings bewahre ich keine größeren Summen im Haus auf. Dafür müsste ich dich zu den Geldverleihern schicken oder dich ersuchen, mir eine oder zwei Stunden vorher Bescheid zu geben."

Unglücklich sah sie zu ihm auf. "Was machst du nur? Ich wollte nur zehn Goldstücke, und jetzt drängst du mir fünfhundert auf! Ich bin es nicht gewohnt, mit solch einer Menge Geld umzugehen! Was ist, wenn ich uns zu Grunde richte?"

Er lachte. "Glaube mir, es würde wesentlich mehr erfordern, als ein paar hundert Goldstücke auszugeben, um uns zu Grunde zu richten. Und du kannst dich darauf verlassen, dass ich unsere Ausgaben im Auge behalte, also musst du dich deswegen nicht sorgen. Ich würde dir nicht mehr geben, als wir uns leisten können zu verlieren."

"Das finde ich unnötig vertrauensselig von dir. Ich dachte, du wärst dieser berechnende, harte Geschäftsmann! Zumindest höre ich das immer wieder", beklagte sie sich.

Vollkommen perplex starrte er sie an. "Ich teile meine *Gefühle* mit dir, und du denkst, ich wäre zu vertrauensselig, weil ich dir ein paar hundert Goldstücke gebe?"

"Du teilst deine Gefühle nicht freiwillig!", wandte sie ein. "Das hast du dir nicht ausgesucht, das ist einfach passiert, also hält dieses Argument nicht stand."

"Hätte ich die Wahl gehabt, hätte ich mich genau dafür entschieden."

"Das hättest du? Im Ernst? Einfach so?" Dieses Mal war sie diejenige, die erstaunt war.

"Ja. Einfach so. Im Vergleich mit dem Geistesband ist es also eine Kleinigkeit, dir ein paar hundert Goldstücke zu geben."

Mit geschürzten Lippen betrachtete sie ihn eine Weile. Das meinte er tatsächlich so, aber wann tat er das nicht? Sie schätzte, dass er Geld als Kleinigkeit betrachtete, weil er davon immer mehr gehabt hatte, als er benötigte. Vielleicht musste man zuerst Armut erfahren, um den Wert von Geld wirklich schätzen zu können.

"Also gut, dann bedanke ich mich dafür", meinte sie und brachte das Säckchen zum Klimpern, "und ebenso für die Reichtümer, die du meiner Verfügungsgewalt unterstellt hast. Ich werde versuchen, möglichst lange damit auszukommen."

"Daran habe ich keinerlei Zweifel", lächelte er. Nicht mit ihrer starken Abneigung dagegen, es auszugeben, dachte er.

Sie wandte sich ab, um hinauszugehen, blieb aber im Türrahmen stehen. "Ah ja, wegen dieser Dinner-Einladung für morgen, die wir erhalten haben."

"Ja?"

"Ich habe zugesagt."

Seine Augen traten aus ihren Höhlen hervor. "Du hast *was*?"

Sie verdrehte die Augen. "Tu nicht so überrascht. Es ist nur eine Einladung zum Abendessen. Ich dachte, du wolltest, dass ich geselliger werde, nützliche Kontakte knüpfe und all das?"

"Das wollte ich", bestätigte er und nickte langsam. "Und das will ich noch immer. Allerdings hast du dich bislang dagegen gewehrt, anstatt freiwillig Einladungen anzunehmen, die ich ausfallen hätte lassen."

Sie schenkte ihm ein breites Grinsen. "Ist es nicht nett, dass sogar der mächtige Lord Enric, der sich rühmt, immer auf alles Mögliche vorbereitet zu sein, gelegentlich überrascht werden kann?"

"Ich habe es nie wirklich geschafft, mich auf die Dinge, die du mir entgegenwirfst, vorzubereiten, meine Liebste. Dafür gibt es keine Vorbereitung, außer, mit dem Schlimmsten zu rechnen."

"Daran werde ich dich beim nächsten Mal erinnern, wenn du böse mit mir bist."

"Tu das nicht", meinte er mit einem schwachen Lächeln, "ich würde es nicht gut aufnehmen."

* * *

"Wie ich höre, werden Vyril und ich euch heute Abend bei Lord Aldon sehen. Das überrascht mich nun doch etwas. Ich dachte, du hattest nicht die Absicht hinzugehen?", erkundigte sich Tyront.

"Die hatte ich auch nicht. Eryn will hingehen. Frag mich nicht, weshalb. Der Abend gestern war voller Überraschungen. Zusätzlich dazu, dass sie das erste Mal freiwillig eine gesellschaftliche Veranstaltung irgendeiner Art besucht, hat sie mich auch um Geld gebeten."

"Das hat sie? Ich nehme an, du hast sie nicht gefragt, wofür sie es braucht?"

"Nein. Sie soll nicht den Eindruck gekommen, dass sie sich für alles, was sie ausgibt, rechtfertigen muss", sagte Enric kopfschüttelnd. Dennoch hätte er liebend gerne gewusst, was ihr wichtig genug war, um zum allerersten Mal zu ihm zu kommen und ihn um Geld zu bitten.

"Vorausgesetzt, sie gibt es nicht in rauen Mengen aus, würde ich meinen", gluckste Tyront.

"Ja, das immer vorausgesetzt", grinste Enric. " Aber bislang sehe ich dafür keine große Gefahr. Als ich ihr von der Kiste bei den Geldverleihern, die ich für sie gefüllt habe, erzählte, beschuldigte sie mich, ich sei zu sorglos."

"Es sieht so aus, als ob sie kein besonderes Vertrauen in sich selbst hätte, wenn es um Geld geht", bemerkte der ältere Mann.

"Ja, der Gedanke ist mir ebenfalls gekommen."

"Weiß Eryn, dass ihr Mutter ebenfalls bei dem Dinner anwesend sein wird?"

Enric zuckte mit den Schultern. "Ich gehe davon aus, dass sie weiß, dass die Wahrscheinlichkeit dafür recht hoch ist. Malriel wurde in letzter Zeit zu jeder Veranstaltung eingeladen. Und die Anzahl der Anlässe hat sich seit ihrer Ankunft ebenfalls erhöht. Die Leute wollen unbedingt Zeit mit ihr verbringen und sie in ihre elitären Kreise aufnehmen."

Tyront lächelte. "Nicht vollkommen selbstlos, denke ich. Malriel ist immerhin eine mächtige Frau. Und sie hat hier Verbindungen zu einem sehr mächtigen Paar. So viel ich gehört habe, kommt sie auch mit dem König sehr gut aus."

"Ja, sie weiß eindeutig, wie man Freunde gewinnt. Allerdings hat sie die Herausforderung, ihre eigene Tochter dazu zu veranlassen, sie zu mögen, noch nicht gemeistert. Vor allem denke ich, dass ihre kleinen Spiele ihr in dieser Hinsicht wenig Nutzen bringen werden", seufzte ihr Adoptivsohn.

"Nun, so wie die Dinge derzeit zwischen ihnen stehen, kann es kaum noch viel schlimmer werden. Was hat sie also zu verlieren?"

"Womöglich nicht viel. Ich würde eher meinen, dass sie darauf aus ist, etwas zu gewinnen. Sie will die Leute dazu veranlassen, Druck auf Eryn auszuüben, damit sie ihrer Mutter verzeiht. Das wird ihr allerdings nichts einbringen."

Tyront nickte. "Ich habe gehört, dass die Leute Eryn noch immer vorschlagen, sie solle sich mit Malriel versöhnen. Ich frage mich, weshalb die nichts dazulernen. Es ist kein Geheimnis, wie Eryn diejenigen behandelt hat, die das in der Vergangenheit getan haben. Hoffentlich hören sie auf, bevor sie auf unangenehmere Maßnahmen zurückgreift, als Patienten hinauszuwerfen oder selbst aufzustehen und zu gehen. Sie wird heute Abend bei dem Dinner auf ein paar dieser Leute treffen. Ich hoffe, sie wird sich benehmen." Bei dieser letzten Bemerkung schwang eine Warnung mit.

"Ich bin sicher, das hat sie vor. Sie hat sich immerhin dafür *entschieden* hinzugehen. Aus welchem Grund auch immer."

Tyront wirkte verdrossen. "Du denkst, sie führt etwas im Schilde?"

"Du etwa nicht?", fragte Enric.

"Vermutlich. Ich hoffe nur, dass es nichts ist, das den Orden schlecht aussehen lassen wird. Ich habe den Eindruck, dass sie gerne vergisst oder eher ausblendet, dass sie eine hochrangige Repräsentantin ist. Aber wenn man bedenkt, dass sie erst vor kurzem versucht hat auszutreten, ist sie offenbar nicht besonders besorgt, wie sich ihre Handlungen auf uns auswirken", sagte er säuerlich.

Es machte wenig Sinn, das abzustreiten, so viel war Enric klar. Sie gab sich keine Mühe, ihre Geringschätzung dem Orden gegenüber geheimzuhalten.

"Zumindest kommuniziert sie das an den Orden selbst anstatt an Außenstehende. Das zählt auch", meinte er.

"Der Ärger ist nicht, dass sie es kommuniziert, sondern dass sie überhaupt so über uns denkt. Ich hoffe stark, dass sie uns in ein paar Tagen ein halbwegs brauchbares Konzept vorstellt. Eines, das uns ermöglicht, ihr zu zeigen, dass wir willens sind, mit ihr zusammenzuarbeiten und somit ihre Meinung über uns verbessert. Das wiederum sollte ihre eigene Bereitschaft erhöhen, mit uns zu arbeiten anstatt nur widerwillig zu gehorchen."

"Solange sie sich aufgrund der Privilegien der Krieger im Vergleich zu Heilern immer noch ungerecht behandelt fühlt, wird das schwierig werden."

"Dessen bin ich mir bewusst, Enric. Das Problem ist, dass ich die Entscheidungen im Orden nicht allein treffe. Der Rat muss von der Notwendigkeit für größere Veränderungen überzeugt werden, nicht nur ich. Und wenn sie nicht an ihrer Haltung arbeitet, bevor sie das nächste Mal vor den Rat tritt, wird sie niemanden darin überzeugen können, egal, wie vernünftig ihre Ideen sein mögen."

Enric nickte. Ja, das war der Kernpunkt. Er bezweifelte nicht, dass Eryn in der Lage war, ein Konzept zu entwickeln, das die Ratsmitglieder eher ansprechen würde. Die Herausforderung bestand darin, es ihnen auf eine Weise zu präsentieren, die ihnen nicht das Gefühl vermittelte, dass sie nicht mehr verlangte, als ihr ohnehin zustand.

"Wie dem auch sei, bei dem Dinner heute Abend werden auch ein paar Ratsmitglieder anwesend sein. Somit kann Eryn gleich versuchen, deren Meinung über sie zu verbessern. Vielleicht erweist sich das noch als nützlich."

Enric schnaubte. "Kannst du dir Eryn bei dem Versuch vorstellen, sich bei anderen beliebt zu machen?"

Tyront lachte. "Nein, beim besten Willen nicht. Aber man soll ja stets auf das Unerwartete vorbereitet sein."

Der jüngere Mann lächelte, als er daran dachte, dass er ihr gegenüber erst am Vorabend eine ähnliche Ansicht geäußert hatte.

* * *

"Bist du soweit?", fragte sie, woraufhin Enric mit einem Blick auf ihr Spiegelbild seinen Kopf schüttelte.

"Langsam bekomme ich wirklich Angst. Heraus damit. Was hast du vor?", verlangte er zu wissen, während er seine Ärmel zuknöpfte.

"Ich?", rief sie aus, ein Bild verletzter Unschuld. "Was bringt dich nur auf so einen Gedanken?"

Er verdrehte die Augen. "Na gut, dann sagst du es mir eben nicht. Gib mir nur einen Hinweis, falls ich mich auf einen eiligen Rückzug vorbereiten soll."

Sie lächelte. "Das wird nicht nötig sein. Da bin ich sicher. Oder sagen wir optimistisch. Nun, ziemlich zuversichtlich. Voller Hoffnung."

"Dieser rapide Abfall von Zuversicht ist nicht besonders beruhigend", seufzte er. "Nun komm. Gehen wir zu diesem Dinner. Kennst du den Namen des Gastgebers überhaupt?"

Eryn dachte kurz nach. "Irgendein Ratsmitglied, wenn ich mich nicht irre."

"Ja. Lord Aldon. Also gehe ich davon aus, dass das, was auch immer du planst, nichts mit ihm oder seiner Gefährtin zu tun hat, da du dich nicht einmal an ihre Namen erinnerst", schlussfolgerte er.

Ungeduldig legte sie die Stirn in Falten. "Kommst du nun oder nicht? Die Kutsche wartet bereits."

Seufzend warf er einen letzten Blick in den Spiegel, bevor er ihr zur Tür hinaus folgte. Er wusste von anderen Männern, dass dies der übliche Ablauf war: Frauen, die begierig darauf waren aufzubrechen; Männer, die sich mehr oder weniger mitschleifen ließen zu einem weiteren langatmigen Abend, den sie lieber allein mit einem guten Gläschen und einem guten Buch oder in einer der gehobenen Schankstuben verbracht hätten. Aber es zum ersten Mal selbst zu erleben, war… irritierend. Unter normalen Umständen hätte es ihn amüsiert, sich in dieser Situation zu finden, wo er sich gerade einmal vor einem Jahr weitgehend damit abgefunden hatte, dass er möglicherweise für den Rest seines Lebens ein Junggeselle bleiben würde. Das hier war allerdings untypisch für sie, und er fragte sich, ob er darauf bestehen sollte, dass sie ihm mitteilte, was hier vor sich ging oder einfach nur das Beste hoffen sollte. Wenn er eine Wahrheitssperre anwandte, würde sie darauf nicht gut reagieren. Das würde ihr wahrscheinlich den Abend verderben. Und damit in der Folge auch ihm.

Was bedeutete, dass er sich bereits für die zweite Option entschieden hatte. Er griff nach ihrem Umhang auf dem Haken neben der Tür und befestigte ihn um ihre Schultern, bevor er seinen eigenen über seinen Arm legte und die Tür öffnete.

Sie zog den Umhang eng um sich, dankbar, dass Enric darauf bestanden hatte, noch einen mit einem warmen Pelzfutter für sie anfertigen zu lassen. Für den, den sie bis vor ein paar Tagen benutzt hatte, war es nun viel zu kalt, besonders, wenn sie eines dieser eleganten Kleider trug, die dazu gedacht waren, dass man darin bloß elegant aussah, nicht aber, um einen warmzuhalten.

"Die nächste Ratsversammlung ist bereits in ein paar Tagen. Wie geht es mit deinem Vorschlag voran?", riss er sie aus ihren Gedanken.

Ihr Blick verdüsterte sich. "Nicht allzu gut, um ehrlich zu sein. Ich suche nach Gründen, die nicht so offensiv klingen, aber die klingen sogar in meinen eigenen Ohren angriffslustig."

"Du weißt, dass es ein wichtiges Merkmal eines Anführers ist, seine eigenen Schwächen zu kennen. Und dass es zwei Wege gibt, damit umzugehen."

"Welche zwei? Ich schätze, einer wird wohl darin bestehen, dass man die Schwäche loswird, indem man seinen Charakter, seine Fertigkeiten oder was auch immer sonst entwickelt", schlug sie vor.

"Das ist wahr", bestätigte er. "Aber das ist nicht immer möglich oder auch ratsam. Was sich in einer Situation als Schwäche erweist, mag in einer anderen eine Stärke sein. Somit ist es nicht immer die beste Lösung, sie loszuwerden. Die zweite Möglichkeit damit umzugehen ist die, eine Aufgabe an jemanden zu delegieren, der dafür besser geeignet ist als du selbst. Was übrigens eine weitere Sache ist, die ein Anführer in der Lage sein sollte zu tun: sich mit Menschen zu umgeben, die sich um die Dinge kümmern, die du selbst nicht kannst oder für die du keine Zeit hast."

"Delegieren? So eine Sache kann ich doch wohl kaum..." Ihre Stimme verklang. Vielleicht konnte sie die Aufgabe nicht vollständig delegieren, wohl aber eine weitere Person hinzuziehen, die mit ihr daran arbeitete. Jemand, der gut mit Strukturen war. Der beglückt war, wenn er mit Details herumspielen konnte. Rolan. Unglücklicherweise war er nicht gerade diplomatisch, also wäre er kaum geeignet dafür, um das Ergebnis an ihrer Stelle vor dem Rat zu präsentieren oder ihr bei darauffolgenden Diskussionen oder sogar Verhandlungen unter die Arme zu greifen. Allerdings hatte sie jemand anderen, der das so richtig gut konnte. Vern.

Enric beobachtete, wie ihr Gesicht nachdenklich wurde, bevor sich darauf ein Lächeln ausbreitete.

"Weißt du", sagte sie langsam, "ich denke, diesen Rat werde ich beherzigen. Manchmal ist es richtig nützlich, dich in der Nähe zu haben. Zumindest, wenn wir unsere verschiedenen Rollen nicht durcheinanderbringen. Obwohl es wahrscheinlich keinen Unterschied macht, ob du mich in deiner Funktion als mein Gefährte oder als mein Vorgesetzter tadelst."

"Stets zu Diensten, meine Liebe. Den Rest dessen, was du gesagt hast, werde ich vorläufig ignorieren."

"Wie ungemein gnädig von dir", grinste sie. "Wie lange noch, bis wir ankommen? Macht es Sinn, mich neben dich zu setzen und mich von dir wärmen zu lassen?"

"Ein paar Minuten noch. Und es macht immer Sinn, dass du dich an mich schmiegst, egal, wie wenig Zeit noch ist." Er hob seinen Arm, damit sie zu ihm unter seinen Umhang schlüpfen konnte.

"Solange du deine Hände bei dir behältst", murmelte sie und fiel beinahe gegen ihn, als die Kutsche um eine Ecke bog.

"Ich glaube nicht, dass ich das muss, wenn ich mich nicht sehr irre. Du gehörst mir. Ich kann mit dir tun, was immer ich will. Hat dir das niemand gesagt?", scherzte er und zog sie näher zu sich.

"Bloß du, und dir kann man nicht trauen", schoss sie zurück und schob seine Hand von ihrer Brust. "Benimm dich, Lordling."

"Das habe ich schon länger nicht mehr zu hören bekommen. Dein Glück, dass es dieses Mal keine öffentliche Beleidigung ist. Somit wird also auch die Rache privat sein."

Sie lachte, als er ihr Kinn trotz ihrer Versuche, ihr Gesicht wegzudrehen, anhob. "Hör auf damit! Du bist wirklich eine Plage, wenn wir allein in einer Kutsche sind! Nächstes Mal werde ich sichergehen, dass Junar und Orrin wieder mitfahren."

"Es ist nicht meine Schuld, dass es ihr heute Abend nicht so gut geht. Ich nutze nur die Gelegenheit, die sich mir bietet", bemerkte er und küsste sie, darauf bedacht, ihre Frisur nicht zu zerstören, während er ihren Kopf festhielt.

Das nächste Mal blickte sie auf, als sie einen Luftzug auf ihrem Gesicht verspürte. Der Kutscher hatte die Tür geöffnet, damit sie aussteigen konnten. Er starrte sie überrascht an, dann wendete er die Augen ab. In der Dunkelheit konnte sie nicht sicher sein, aber sie hatte den Eindruck, dass sein Gesicht in etwa so rot war, wie sich ihr eigenes anfühlte. Ohne ihn anzusehen, ließ sie sich von Enric aus der Kutsche helfen und zur Eingangstür führen.

"Wie war sein Name noch einmal?", flüsterte sie, als er laut klopfte.

"Lord Aldon. Seine Gefährtin heißt Eliar", antwortete er leise, bevor einen Augenblick später die Tür von einem Diener geöffnet wurde.

Nachdem man ihnen die Umhänge abgenommen hatte, wurden sie von den Gastgebern, die Eryn in der Tat bekannt vorkamen, warm begrüßt - eindeutig entzückt darüber, dass die beiden wichtigen Magier ihnen die Gnade ihrer Gegenwart zuteilwerden ließen. Als nächstes wurden sie in den Salon geführt, wo bereits ein paar Gäste versammelt waren und in kleinen Gruppen zusammen standen, jeder mit einem Glas Wein in der Hand. Etwa fünfzehn Köpfe drehten sich zu ihnen um, als sie eintraten, zwei davon dunkelhaarig.

Pe'tala war anwesend. Gut. Malriel ebenfalls - was kaum unerwartet kam und woran sich nichts ändern ließ.

Malriel kam mit einem Lächeln auf sie zu und begrüßte zuerst Enric mit Küssen auf beide Wangen, bevor sie sich zu Eryn umwandte. Die allerdings hatte sich rasch entfernt, um sich zu der Gruppe zu gesellen, mit der sich Vyril und Lord Tyront unterhielten. Lord Tyront war freilich derzeit nicht die Person, mit der sie am liebsten Zeit verbringen wollte, allerdings immer noch besser als mit Malriel.

"Lady Eryn", strahlte Vyril und klang erleichtert, sie zu sehen. "Ich bin so erfreut, dass Ihr es heute Abend geschafft habt. Wie ich höre, musste Junar absagen, da sie sich unwohl fühlt?"

"Ja, das Baby scheint mit ihren Mahlzeiten nicht einverstanden zu sein und schickt sie in letzter Zeit regelmäßig zurück", erklärte sie.

"Und das ist nichts, das ein Heiler beheben könnte?", wollte Lord Tyront wissen.

"Nein, weil die Ursache für die Übelkeit noch immer vorhanden ist, und die Symptome gleich nach dem Wegheilen zurückkehren würden. Man müsste es alle paar Minuten wiederholen. Mit der Seekrankheit ist es das Gleiche. Erst nachdem das Schiff aufgehört hat, auf den Wellen zu schaukeln, macht es Sinn, den Magen zu heilen", veranschaulichte sie.

"Eliar!", ertönte eine dröhnende, nasale Stimme, die Eryn einen Moment lang die Augen schließen ließ. "Dein Kleid ist einfach hinreißend! Ich wünschte, ich könnte diese Farbe tragen!"

Vyril lächelte mitfühlend. "Es scheint, als wäre Inad eingetroffen. Kein Dinner ohne sie. Sonst bestünde die Gefahr, dass sie etwas verpassen könnte", murmelte sie leise.

Das war nicht so schlecht, oder? Inad war immerhin jemand, der Neuigkeiten schnell verbreitete. Allerdings machte es das nicht erträglicher, ihre Gesellschaft erdulden zu müssen. Andererseits zahlte es sich wohl aus, mit jemandem bekannt zu sein, der engen Kontakt mit Inad pflegte - das war ein sicherer Weg, immer den neuesten Klatsch zu erfahren.

Sobald die letzten Gäste eingetroffen waren, trat Enric neben sie und nahm ihren Arm, um sie zur Tafel zu führen. Eryn seufzte verhalten. Das war immer der unangenehmste Teil des Abends. Vor und nach dem Mahl konnte sie mit den Leuten zusammenstehen, deren Gegenwart sie vorzog, aber während des Essens galt es, sich an die Sitzordnung zu halten, die sich die Gastgeberin überlegt hatte. Damit war man mehr oder weniger gezwungen, sich mit den Leuten auf den Plätzen daneben und gegenüber zu unterhalten. Ihre Stimmung sank, als sie sah, dass man Malriel direkt vor ihr platziert hatte. Die Gastgeberin war also von der Sorte, die es gut meinte und versuchte, dafür zu sorgen, dass sich zwischen ihnen alles in Wohlgefallen auflöste. Wie immens rücksichtsvoll von ihr.

Vyril und Enric waren so weit wie möglich von Eryn entfernt platziert worden, als wollte man sichergehen, dass niemand, mit dem sie sich gerne unterhielt, in der Nähe war und es ihr somit erschwerte, Malriel zu ignorieren. Solche Hinterlistigkeit musste man bewundern.

"Malriel", ertönte Inads Stimme in einer Art Gesang, "Ihr müsst so stolz darauf sein, was Lady Eryn hier in unserer Stadt erreicht hat. Sie ist unser gesamter Stolz und unsere Freude!"

Eryn zwang sich zu einem höflichen Lächeln. Was für ein tollpatschiger, durchschaubarer Versuch, sie dazu zu bringen, dass sie sich schuldig fühlte, wenn sie hörte, dass Malriel etwas Positives über sie sagte.

Malriel lächelte. "Aber natürlich bin ich das. Es mindert den Schmerz, von ihr getrennt zu sein, nicht wirklich, aber zumindest weiß ich, dass die Menschen hier von ihrem Einsatz und ihrem Wunsch, die Welt zu einem besseren Ort zu machen, profitieren."

"Tatsächlich?", erwiderte Eryn mit einem Lächeln, das eher einem Zähnefletschen glich. "Dann muss ich mich sehr wundern, weshalb du versucht hast, mich ohne Chance auf eine Rückkehr in Takhan festzuhalten. Ich würde meinen, dass deine Sorge um die Menschen hier vor wenigen Monaten noch nicht so ausgeprägt war."

Malriels Haltung versteifte sich, als sie betrübt den Kopf schüttelte. "Es war der Plan einer verzweifelten Mutter, die drauf und dran war, ihr einziges Kind erneut zu verlieren. Es schmerzt mich, dass du mir dies nicht vergeben kannst."

Eryn biss die Zähne zusammen. Ihr war bewusst, dass es kaum einen Unterschied machte, würde sie ihrem Publikum erklären, dass es nichts anderes als eine sorgsam einstudierte Darstellung ihrer Mutter zu sehen bekam. Damit würde sie sich selbst nur noch herzloser und unversöhnlicher hinstellen, als man es ihr ohnehin bereits unterstellte.

"Was auch immer du sagst, Malriel", meinte sie wegwerfend, bevor sie mit den Schultern zuckte und ihr Mal fortsetzte, ohne der Frau auch nur einen weiteren Blick zuzuwerfen.

Nach einem kurzen Moment der Stille nahmen ein paar der gesprächigeren Gäste ihre Unterhaltungen wieder auf, um die unbehagliche Pause zu überbrücken.

Eryn spitzte die Ohren, als sie am anderen Ende des Tisches in Vyrils Nähe einen Gesprächsfetzen des Themas auffing, auf das sie gehofft hatte. Sie sah, wie Pe'tala sich etwas aufrechter hinsetzte. Gut. Man hatte sie so ziemlich in der Mitte des Tisches platziert, was sich als nützlich erweisen würde. Lord Tyronts Gesicht wirkte auf den ersten Blick ruhig, aber Eryn hatte gelernt, die Anspannung in seiner Miene zu erkennen. In ihrem Fall war das immerhin überlebenswichtig. Nicht, dass sie bisher einen angemessenen Weg gefunden hatte, darauf zu reagieren. Vielleicht totstellen? Sie hatte gehört, dass es gewisse Tierarten gab, die diesen Trick sehr nützlich fanden.

"...im Waisenhaus, meine Liebe? Ich höre, du triffst dich jetzt mit *Bauarbeitern*. Wie erfrischend originell!", sagte eine nasale Stimme mit kaum verhohlener Belustigung.

"Ja, das stimmt", erwiderte Vyril ruhig, aber ohne die übliche Wärme, die Eryn von ihr gewohnt war.

"Bei meinem Leben, ich hätte keine Ahnung, wie man mit solchen Leuten redet! Ich bin sicher, du lernst eine Menge Dinge bei deiner *Arbeit*."

Noch bevor Vyril darauf reagieren konnte, erhob sich Pe'talas Stimme über die aller anderen. "Ich kann dir etwas darüber sagen, wie man mit Bauarbeitern redet, auch wenn ich gestehen muss, dass ich diese Aufgabe lieber anderen überlasse, die in diesem Bereich erfahrener sind. Es erfordert eine Anzahl an verschiedenen Fertigkeiten, wie dem Entziffern von Konstruktionsplänen, Entschlossenheit, eine gewisse Durchsetzungsstärke, wenn es darum geht, Zeitpläne und Kosten zu verhandeln, und schließlich noch eine gewisse Menschenkenntnis, um es zu erkennen, wenn sie einen übervorteilen wollen. Ich zolle jedem Respekt, der diese Leute geschickt handhaben kann. Ich glaube, das ist ein Talent."

Die Frau, die Vyril angesprochen hatte, blinzelte, offensichtlich bestürzt darüber, dass ihre Worte versteckter Geringschätzung in ein Kompliment verwandelt worden waren.

"Aber wohl kaum eine Aufgabe für eine Dame von hohem Ansehen", bemerkte die Frau überheblich und formulierte ihren Affront nun eindeutiger, um sicherzugehen, dass er dieses Mal als solcher aufgefasst wurde.

"Dort, wo ich herkomme", sagte Pe'tala mit einem verschmitzten Lächeln, "findet man Entschlossenheit, Intelligenz und Fleiß zuweilen auch unter den hochwohlgeborenen und reichen Frauen." Dann lehnte sie sich leicht nach vorne. "Darf ich fragen, welchem Beruf *du* nachgehst?"

Auf einigen Gesichtern zeigte sich ein höfliches und nachsichtiges Lächeln.

"Unsere Damen müssen die Bürde täglicher Arbeit nicht im *klassischen* Sinne tragen", antwortete Lord Wasauchimmerseinnamewar. "In unserer Gesellschaft sind wir stolz darauf, unsere Wertschätzung für unsere Gefährtinnen zu zeigen, indem wir ihnen nicht zumuten, einen *Beruf* zu verfolgen. Es sähe einfach nicht gut aus."

"Tatsächlich? Das würde es nicht?", fragte eine männliche Stimme gemächlich. Enric. "Sieh an, sieh an. Dann sollten Lord Tyront, Lord Orrin und ich selbst uns wohl wirklich schämen."

Eryn unterdrückte ein Lächeln.

"Ich versichere Euch, Lord Enric, dass ich es nicht auf diese Weise meinte! Selbstverständlich ist jedem bewusst, dass die bescheidene Herkunft Eurer Gefährtin..."

Eryn räusperte sich. "Ich darf Euch versichern, dass meine Herkunft niemals bescheiden war, weder bevor ich das Haus verließ, in das ich ursprünglich geboren wurde, noch nachdem ich dem meines Vaters beitrat. Somit ist das für diese Diskussion kaum ein gültiges Argument."

Beinahe hatte sie Mitleid mit dem armen Mann. Zuerst hatte er drei seiner Vorgesetzten beleidigt, indem er sie als lieblose und rücksichtslose Gefährten hingestellte, und dann versuchte er, seinen Kurs zu korrigieren und schaffte es damit, sie selbst und damit strenggenommen eine weitere Vorgesetzte, vor den Kopf zu stoßen. Dessen schien er sich ebenfalls mehr als bewusst zu sein, wenn man von der Blässe, die über ihn gekommen war, ausgehen konnte.

Pe'tala schaltete sich ein, bevor er noch weitere unbedachte Versuche zu seiner Verteidigung unternehmen konnte. "Somit tragen also diejenigen mit Zugriff auf Ressourcen wie Zeit und Geld für eine ordentliche Ausbildung nicht wirklich etwas zur Gesellschaft bei?" In ihrer Stimme schwang ein ungläubiger Unterton mit, der Hand in Hand ging mit einer gerümpften Nase, als ob sie den Gedanken sogar abstoßend fand.

"Wir sind nicht der Ansicht, dass ein Beitrag zur Gesellschaft nur durch Arbeit im *klassischen* Sinne erfolgen kann", verkündete Inad mit herrischer Stimme. "Wir denken nicht, dass unsere eigenen Beiträge weniger wertvoll sind. Das Aufrechterhalten von Kontakten, die Organisation des sozialen Zirkels und die Bereitstellung eines komfortablen Heimes für unsere Gefährten sind gewiss ebenfalls etwas wert, auch in Eurem Land, könnte ich mir denken?"

Pe'tala nickte. "Absolut. Der Familie ein gemütliches und sicheres Zuhause zu bieten ist in der Tat eine Aufgabe, die Anerkennung verdient! Ich habe gesehen, dass sich die Leute hier in dieser Hinsicht sehr stark auf Bedienstete verlassen - sie lassen sich ihre Mahlzeiten zubereiten, überlassen ihnen die Reinigung, sogar die Kinder werden von ihnen aufgezogen… Aber es ist gut zu sehen, dass ein paar von euch sich die Mühe machen, sich der Herausforderung zu stellen, für sich selbst zu sorgen."

Inad starrte sie mit weit aufgerissenen Augen und verächtlich verzogenem Mund an. "Kochen und Putzen? Aber natürlich ziehen wir dafür Diener heran! Es ist wohl kaum die Arbeit einer Dame des Hauses, diese Aufgaben selbst auszuführen, sondern die Diener entsprechend anzuweisen und die Qualität ihrer Arbeit zu prüfen!"

"Die Leute anzuweisen? Ihr erklärt ihnen also, wie sie die Dinge erledigen sollen, die sie ohnehin jeden Tag tun? Dinge, die sie schon jahrelang tun und in denen ihr selbst keinerlei Erfahrung habt? Und dann *überprüft* ihr sie? Indem ihr hinter ihnen nachgeht und mit dem Finger über die Oberflächen streift, um zu sehen, ob sie ordentlich entstaubt wurden?", fragte Pe'tala kichernd. "Ja, ich kann verstehen, dass man damit den ganzen Tag lang beschäftigt ist. Es scheint, als hätten meine liebe Schwester Eryn und Vyril tüchtigere Diener, da es in ihrem Fall nicht erforderlich zu sein scheint, dass man ihnen ständig hinterherläuft. Sie haben sogar Zeit, um sich außerhalb ihres Heims nützlich zu machen", fügte sie schneidend hinzu, bevor sie sich an Vyril wandte. "Ich finde deine Hingabe an solch einen noblen Zweck bewundernswert. Denen zu helfen, die sich nicht selbst helfen können, ist dort, wo ich herkomme, ein Zeichen wahrer Großmut. Besonders in deinem Fall, da du so viele Aufgaben übernimmst, die oftmals mehrere Leute erfordern, um sie zu bewältigen. Lass mich deine Sache nicht mit meiner Hände Arbeit, aber dafür mit etwas hoffentlich ebenso Willkommenem unterstützen."

Pe'tala erhob sich, und Eryns Mund blieb offenstehen, als sie einen kleinen, vertrauten Lederbeutel aus den Falten ihres Kleides hervorzog, um ihn mit einem vielsagenden Klimpern vor eine ebenso überraschte Vyril zu legen. "Das ist im Moment alles, was ich bei mir trage, aber ich hoffe, es hilft deiner Sache. Dies ist eine weitere Kleinigkeit, die wir zuhause gerne tun: Diejenigen, die es sich leisten können, unterstützen die weniger gut betuchten Mitglieder unserer Gesellschaft, wenn ihre Arbeit nicht ohnehin in diese Richtung geht."

"Vielen lieben Dank, Pe'tala", sagte Vyril mit einem Lächeln, das ihre Verwirrtheit sowohl über die Lobesworte, als auch die großzügige Geste bezeugte. Alle Augen am Tisch waren auf sie gerichtet, als sie den Beutel sorgsam aufhob, um ihn vom Tisch zu nehmen, und versuchten aufgrund der Ausbeulung abzuschätzen, wie viel sich darin befand.

Eryn schüttelte den Kopf leicht und lehnte sich zurück. Das war unerwartet gewesen. Sie selbst hatte eine recht klare Vorstellung davon, wie viel sich in diesem Beutel befand. Sehr wahrscheinlich genau zehn Goldstücke.

Enric fing ihren Blick ein und zog seine Augenbrauen hoch. Er hatte das Säckchen natürlich ebenfalls wiedererkannt. Wenn sie von seinem leicht amüsierten Gesichtsausdruck ausging, hatte er eine gute Vorstellung davon, weshalb sich der Beutel in Pe'talas Besitz befunden hatte, bevor er verschenkt worden war.

Vyril ließ sich Zeit damit, den Beutel zu verstauen, vollkommen unberührt von der Stille um sie herum. Als sie fertig war, richtete sie ihre Aufmerksamkeit auf die großzügige Spenderin.

"Dies ist also ein Brauch, der in Eurem Land anerkannt und verbreitet ist? Wie immens interessant. Ich gebe zu, dass der Wunsch, der Gesellschaft etwas zurückzugeben, und zwar nicht nur dem wohlhabenden Teil davon, mein Hauptbeweggrund war, weshalb ich diese Aufgabe übernahm, die mir anzuvertrauen Lady Eryn so gütig war. Ich finde die Idee, dass dies eine übliche Art der Fürsorge für andere ist, sehr ansprechend, muss ich sagen", meinte sie lächelnd.

"Das ist sie", nickte Pe'tala. "Ich war recht überrascht, dass dies hier nicht der Fall zu sein scheint. Nun, nicht im Allgemeinen, um präzise zu sein. Es scheint, dass nur du und meine herzallerliebste Schwester es in euch habt, euch um die weniger Privilegierten zu kümmern."

"Wir bezahlen immerhin unsere Steuern, die sowohl die Klinik als auch das Waisenhaus finanzieren", warf Lord Aldon, der Gastgeber, steif ein und bereute es wohl in diesem Augenblick, diese unverfrorene Ausländerin zu seiner kleinen Zusammenkunft eingeladen zu haben.

"Soweit ich weiß, finanziert sich die Klinik selbst, also gibt es dort wenig Bedarf für Euer Steuergeld", konterte Pe'tala. "Und ich habe einen Blick auf das Waisenhaus geworfen, als ich einen Spaziergang unternahm; soweit ich das sehen konnte, muss der Betrag, der dafür aufgewendet wird, um die elternlosen Kinder hier zu füttern, warmzuhalten, anzuziehen und auszubilden recht gering sein. Aber ich bin sicher, dass Vyril wesentlich mehr dazu sagen könnte. Allerdings bezweifle ich, dass Ihr es hören wollt."

"Das ist wohl kaum der richtige Rahmen für eine Diskussion dieser Art", bemerkte Lord Seagon mit einem kritischen Blick zu Pe'tala, die ihn bloß unschuldig ansah, als hätte man sie ungerechtfertigterweise eines Verbrechens bezichtigt.

"Seht Ihr? Genau, wie ich dachte", meinte sie achselzuckend.

Eryn staunte. Pe'tala hatte ihre Position bestmöglich ausgenutzt. Sie war ein Gast, somit gab es gewisse Einschränkungen dessen, was man ihr an den Kopf werfen würde - nicht zuletzt deswegen, weil sie mit zwei der drei mächtigsten Magier in diesem Land verflochten war. Niemand würde sie für ihre Unhöflichkeit zur Verantwortung ziehen, da sie keiner anderen Autorität als der in Takhan unterstand. Und der ihrer Cousine - aber handelte es sich mehr um ein freiwilliges Arrangement.

All diesen steifen, selbstgefälligen Wichtigtuern auf diese Weise ihre Meinung sagen zu dürfen! Wehmütig dachte Eryn an die Tage ihrer Gefangenschaft zurück, als niemand wirklich von ihr erwartet hatte, dass sie ihre Wächter besonders höflich behandelte. Irgendwie hatte sich das schlagartig geändert, als ihre Wächter zu ihren Vorgesetzten wurden.

"Nun, die Klinik wird primär durch die Gebühren finanziert, die Lady Eryn für ihre... besonderen Dienste verlangt", warf Lord Woldarn ein. "Recht stattliche Gebühren, wenn ich das so sagen darf. Was bedeutet, dass wir somit im Grunde diejenigen sind, die für die medizinischen Dienste in der Stadt aufkommen", stellte er klar.

"Aber Ihr erhaltet im Gegenzug eine Leistung, oder irre ich mich hier?", entgegnete Pe'tala. "Ihr tut das nicht aus der Güte Eures Herzens heraus, sondern weil Ihr Eure Gefährtinnen oder andere weibliche Gesellschaft glücklich und ansehnlich machen möchtet. Damit ist es nichts anderes als ein Geschäft und kaum eine Errungenschaft."

Eryn lächelte den Lord an. "Mein lieber Lord Woldarn, ich zwinge niemanden dazu, meine Dienste in Anspruch zu nehmen, wenn er oder sie es sich nicht *leisten* kann. Sie sind vollkommen freiwillig. Ich dränge sie niemanden auf; die Leute kommen zu *mir*."

"Ich wollte damit nicht andeuten, ich könnte sie mir nicht leisten", meinte er eingeschnappt. "Damit meinte ich nur..."

"Ich bin froh, das zu hören", unterbrach ihn Eryn mit einem Nicken und wandte dann ihren Blick ab, um ihm klar zu verstehen zu geben, dass dieses Gespräch vorbei war, soweit es sie betraf.

Malriel räusperte sich, woraufhin sich ihr einige Gesichter voller Erwartung und Hoffnung zuwandten, als würden ihre nächsten Worte, was auch immer diese sein mochten, den Abend bestimmt retten. Eryn selbst war ebenfalls neugierig, wie die erfahrene Politikerin mit dieser Situation umgehen würde. Pe'talas Verhalten warf immerhin auch auf sie kein besonders vorteilhaftes Licht.

"Ich denke, meine liebe Pe'tala, wir haben nicht das Recht, Sitten zu verurteilen, die sich von den unseren unterscheiden. Ich bin sicher, dass es auch in unserer Heimat Dinge gibt, die wir als alltäglich erachten, die aber von den Menschen hier nicht geschätzt würden." Dann lächelte sie die anderen Gäste an. "Lasst Euch von meiner Landsmännin nicht zu dem Glauben verleiten, dass unsere Mildtätigkeit rein unserem Drang entspringt, Bedürftigen zu helfen. Ebenso wie Ihr hier, genießen auch wir soziale Zusammenkünfte. Deswegen kombinieren wir diese beiden Dinge und nutzen festliche Anlässe mit gutem Essen, Wein und Musik, um die Aufgabe des Helfens für uns so angenehm wie möglich zu gestalten."

Dies schien die Anwesenden zu besänftigen. Nicht schlecht, musste Eryn mit widerwilligem Respekt zugeben. Ihnen zu erklären, dass ihr eigenes Volk nicht notwendigerweise aus besseren Menschen bestand, sondern aus solchen, die das Verrichten eines guten Werks als Vorwand für soziale Zusammenkünfte nutzten, schien ihr bei ihren Zuhörern eine Menge Pluspunkte einzubringen. Außerdem ließ es Vyrils Bemühungen annehmbarer scheinen, da die Fürsorge für die Armen nun etwas war, das die Reichen und Mächtigen in Takhan als wichtig genug erachteten, um sich selbst darum zu kümmern.

"Wie ungemein faszinierend! Malriel, Ihr müsst mir mehr über diese Anlässe erzählen!", rief Inad aus, die eine Gelegenheit witterte, etwas zu tun, das noch niemand vor ihr in Angriff genommen hatte.

Malriels Lächeln wirkte, wenngleich nur für einen scharfsinnigen Beobachter, nun ein klein wenig angespannt, als sie antwortete: "Aber natürlich. Es wäre mir ein Vergnügen."

Als der Gastgeber sich dann erhob, um seine Gäste in den geräumigen Salon zu führen und ihnen Getränke zu reichen, spazierte Eryn zwanglos zu Pe'tala, die mit einem stillen Lächeln gegen eine Fensterbank gelehnt stand.

"Zufrieden?", murmelte die jüngere Frau.

"Vollkommen. Ich habe tatsächlich das richtige Miststück für diese Aufgabe angeheuert. Allerdings sieht es nun so aus, als würde ich dir zehn weitere Goldstücke schulden, weil du das Geld, das ich dir gegeben habe, für eine recht eindrucksvolle Geste verwendet hast", erwiderte Eryn ebenso leise.

"Nein, du schuldest mir nichts. Ich habe meine Entlohnung erhalten und sie so ausgegeben, wie ich es für richtig erachtete. Und mir gefällt der Gedanke, dass du mir einen Gefallen schuldest. Und dass du davon nicht allzu angetan bist", grinste sie und nippte an ihrem Wein.

"Grandios", knurrte Eryn, aber das Missfallen in ihrem Tonfall kam nicht von Herzen.

* * *

Tyront und Enric beobachteten, wie die beiden dunkelhaarigen Frauen vor dem Fenster beieinanderstanden.

"Ich schätze, wir haben soeben herausgefunden, wofür sie das Geld wollte", sagte Tyront, nachdem er sich vergewissert hatte, dass niemand nahe genug stand, um zufällig mitzuhören.

"Ja, das haben wir. Das war einer meiner Beutel."

"Verdammt", murmelte Tyront. "Jetzt muss ich sie wohl wieder mögen, und das, nachdem ich sie zu den Ställen entsandt habe."

"Das wird nicht nötig sein", grinste Enric. "Ich verspreche dir, dass sie es für Vyril getan hat, nicht für dich."

"Das ist mir schon klar, aber sie hat davon Abstand genommen, sich daneben zu benehmen und es stattdessen an jemanden delegiert, dessen Gebaren kein schlechtes Licht auf den Orden wirft. Somit muss ich zumindest ihre Rücksichtnahme schätzen. Und ich muss dir ganz sicher nicht erklären, weshalb eine gute Tat für meine leidgeprüfte Gefährtin sie in meinem Ansehen steigen lässt."

"Nein, nicht wirklich", gab der jüngere Mann zu.

"Wie dem auch sei, ich bin überrascht, dass sie auf solche Methoden zurückgreift", sinnierte Tyront. "Sie versteht sich nicht eben gut mir ihrer Cousine, also war es wohl wenig angenehm, sie um das hier zu bitten. Obwohl es ihr wohl leichter gefallen sein mag, um einen Gefallen für jemand anderen als für sich selbst zu ersuchen."

"Denkst du, es wird den gewünschten Zweck erfüllen? Wird das den höhnischen Bemerkungen ein Ende bereiten?"

"Ich glaube, das ist sehr wahrscheinlich. Jeder, der jetzt etwas auch nur entfernt Abwertendes über ihre Arbeit zugunsten verwaister Kinder fallenlässt, präsentiert sich damit nach dem heutigen Abend als engherzig und geizig. Das ist sehr wirkungsvoll, weil es die Eitelkeit der Menschen anspricht. Und wenn du dir heute Abend die Frauen hier ansiehst, bemerkst du, dass die meisten von ihnen zu den Kunden für diese sogenannten *besonderen Dienste* gehören. Eitelkeit ist hier also auf jeden Fall ein Thema."

Vyril gesellte sich zu ihnen und nippte an einem kleinen Glas mit etwas Dunkelrotem und süßlich Riechendem.

"Was habe ich dir gesagt, Tyront? Diese Frau ist ein Juwel. Beide von ihnen. Das ist die wirkliche Tragödie - dass diese beiden es nicht schaffen, irgendwie miteinander auszukommen - nicht, dass ihre verschlagene Mutter das verletzte Opfer spielt."

Enric versteckte sein Lächeln hinter seinem Weinglas, als er einen Schluck nahm. Ungewohnt barsche Worte von der sonst so sanften Vyril.

Dann wandte sie sich von den Männern ab, um den Raum zu durchqueren und sich neben Pe'tala und Eryn zu stellen.

"Ihr beide seid wirklich ein Paar", seufzte sie.

"Verzeihung?", fragte Eryn höflich nach.

"Spielt keine Spielchen mit mir, meine Liebe. Wusstet Ihr, dass Enrics Beutel mit einem sehr kleinen, kaum wahrnehmbaren Siegel auf der unteren linken Ecke versehen sind?"

Verflixt. "Nein, das war mir nicht bewusst." Wie sollte sie anonym für ihre schmutzigen Geschäfte bezahlen, wenn er seine Beutel markierte? Also wirklich!

Vyril lächelte selbstzufrieden. "Ich mochte den Teil mit dem Lob für Inad, weil sie ihr Haus sauber hält und Mahlzeiten zubereitet. Ich schwöre Euch, dass diese Frau noch nie im Leben ein rohes Stück Gemüse berührt hat."

Pe'tala grinste breit. "Ich dachte, sie würde gleich vor Schock ohnmächtig werden bei der Unterstellung, sie würde sich die Hände mit solch niederen Tätigkeiten schmutzig machen."

"Aber zum Glück war ja Malriel da, gelassen und souverän, um die Leute mit ihren Bemerkungen zu beschwichtigen", sagte Eryn etwas verstimmt.

Vyril betrachtete sie einige Augenblicke lang, dann schüttelte sie den Kopf. "Ihr müsst ihretwegen etwas unternehmen, Lady Eryn. Ihr bekämpft ihre Spielchen, weil Ihr ehrlich und direkt seid. Aber das ist nicht der richtige Weg, ihr Grenzen zu setzen."

Eryn sah sie nachdenklich an. Vielleicht war es das, was Vran'el in seiner Nachricht gemeint hatte. "Und wie ließe sich das bewerkstelligen?"

"Spielt das Spiel. Sie hat für sich selbst die Rolle des Opfers auserkoren. Das lässt für Euch nur noch die Rolle der Missetäterin übrig."

"Du schlägst doch wohl nicht vor, dass ich mit ihr um die Rolle des Opfers kämpfe, oder etwa doch?", fragte Eryn und verzog das Gesicht. "Das würde mir ohnehin niemand glauben!"

"Nein, mit deiner Einstellung gewiss nicht", stellte Pe'tala trocken fest. "Soweit ich das gehört habe, hat man dich nicht einmal während deiner Gefangenschaft als Opfer betrachtet, obwohl du damals eigentlich eines warst."

"Ich sehe nicht ein, weshalb ich mich dafür schämen sollte!", setzte sich Eryn zur Wehr.

"Das müsst Ihr nicht", beschwichtigte Vyril sie und ließ ihren Blick unauffällig umherschweifen, um sicherzugehen, dass sie keine unerwünschten Zuhörer hatten. "Aber wie ein Opfer zu erscheinen, muss nicht automatisch bedeuten, dass man schwach ist - ganz im Gegenteil. Die Leute empfinden Mitgefühl und möchten das Opfer unterstützen, wenn sie es mögen. Ihr würdet ein widerwilliges Opfer sein müssen, genauso, wie Malriel es spielt. Wenn Ihr es geschickt anstellt, werden die Leute dermaßen geschockt davon sein, dass Ihr eine Schwäche zeigt, dass es sie überzeugt, dass Ihr diejenige seid, die unterstützt werden muss." Dann lächelte sie schelmisch. "Ich habe das Gefühl, dass Inad drauf und dran ist, eine Abendveranstaltung zu planen, bei der sie die Leute dazu anhalten will, Geld für gute Zwecke zu spenden. Sehr bald, könnte ich mir denken. Ich schlage vor, dass Ihr Euch etwas überlegt, das Ihr den Leuten darbieten wollt." Bei Eryns unbehaglicher Mine fügte sie hinzu: "Ich weiß, dass Ihr stolz seid, also fällt es Euch nicht leicht, Schwäche zu zeigen. Aber bedenkt, dass eine unverhohlene Demonstration einer falschen Schwäche Malriels Pläne vereiteln und ihr immensen Verdruss bereiten könnte."

Eryn nickte langsam. "Also gut, damit kann ich arbeiten."

KAPITEL 17

Malriels Affäre

Enric sah auf, als es an der Tür seines Arbeitszimmers klopfte. Seine Gefährtin hielt ein Stück Papier hoch, das verdächtig nach einer königlichen Vorladung aussah.

"Wurdest du auch angewiesen, morgen Nachmittag zum König zu kommen?"

Er schüttelte den Kopf. "Nein, das wurde ich nicht. Das bedeutet, dass es vermutlich entweder um das Waisenhaus oder die Klinik geht. Das sind praktisch die einzigen beiden Bereiche, die nichts mit dem Orden, sondern mit dir und der Krone zu tun haben."

Langsam nickte sie. Das klang nicht besonders anstrengend oder erschreckend. Sicherlich würde sie jedes dieser Themen problemlos handhaben können, da beides im Moment reibungslos lief.

"Ich wünschte, er würde sich dazu herablassen, in seinen Nachrichten kundzutun, was er will. Ein Hinweis würde reichen! Zumindest könnte ich mich dann entsprechend vorbereiten", seufzte sie.

Enric lächelte. "Ich denke, genau das will er vermeiden. Er möchte authentische Reaktionen, kein einstudiertes Verhalten. Nicht, dass er nicht sehr gut darin wäre, es zu durchschauen, wohlgemerkt."

Eryn ging zu dem Sofa neben seinem Schreibtisch und ließ sich darauf nieder, ihre Miene angespannt. "Ich will nicht allein zu ihm gehen müssen. Mit ihm allein zu sein finde ich verstörend, wenn er seine kleinen Spiele mit mir spielt. Ginge es um die Klinik, könnte ich ihm Rolan schicken, und Vyril wäre ohnehin die bessere Ansprechpartnerin für alles, was mit dem Waisenhaus zusammenhängt."

"Darauf würde er nicht gut reagieren, Liebste. Er hat nach dir geschickt, weil du diejenige bist, die er sehen will. Und da es schon eine Weile her ist, seit du das letzte Mal zu ihm gerufen wurdest, war das früher oder später zu erwarten. Wie du schon sagtest, er spielt zuweilen gerne ein wenig mit dir."

Ihr Blick wurde besorgt. "Du glaubst doch nicht, dass er mich einem weiteren Test in politischer Strategie unterzieht? Ich glaube nicht, dass ich dabei im Augenblick besonders gut abschneiden würde. Derzeit mühe ich mich mit meinen eigenen Spielchen ab, in denen ich bis zum Hals stecke."

"Du meinst Malriel?"

"Ja. Und Vyril. Obwohl ich hoffe, dass diese Sache soweit erledigt ist. Das wird sich dann bei Inads Dinner zeigen."

Er nickte. "Ja, das wird es wohl. Tyront denkt aber, dass es nach deinem kleinen Trick in Lord Aldons Haus niemand mehr wagen wird, irgendwelche abfälligen Bemerkungen über Vyrils Arbeit zu machen."

Gut, dachte sie, das würde ihr erlauben, ihre Bemühungen stattdessen auf Malriel zu konzentrieren.

"Wirst du Pe'tala weitere zehn Goldstücke bezahlen, wo sie doch ihre Entschädigung für diese interessante Geste ausgegeben hat?", fragte er dann.

"Ich habe es ihr angeboten, aber sie hat abgelehnt. Es scheint, es bereitet ihr Vergnügen, dass ich ihr einen Gefallen schulde. Und es ist ja nicht so, als bräuchte sie das Geld. Ich wette, dass man ihr eine recht nette Vergütung gewährt, und Valrad hätte sie auch nicht herkommen lassen, ohne ihr entsprechende finanzielle Mittel für einen angenehmen Lebensstil zur Verfügung zu stellen."

"Das ist wohl wahr", stimmte Enric zu. "Hast du Junar heute getroffen? Ich erinnere mich, dass du nach ihr sehen wolltest."

"Ja, das habe ich. Wir haben gemeinsam zu Mittag gegessen. Oder sagen wir eher, dass ich gegessen habe, während sie mir mit einem vor Übelkeit leicht verzerrten Gesichtsausdruck zugesehen hat."

"Sie hat also immer noch Probleme damit, ihr Essen bei sich zu behalten?"

Eryn nickte. "Ja. Aber das ist kein Grund zur Sorge, ich habe gelesen, dass das vollkommen normal ist und spätestens in ein paar Wochen vorüber sein sollte. Pe'tala stimmt zu. Allerdings war Junar nicht allzu angetan davon, dass sie das womöglich noch ein paar weitere Wochen lang aushalten muss."

"Das wärst du ebenfalls nicht", bemerkte er.

Sie schenkte ihm ein breites Grinsen. "Nein, das wäre ich nicht. Aber das wird für mich nicht wirklich ein Problem werden, nicht wahr? Das ist eine der wenigen Erfahrungen, auf die ich sehr gut verzichten kann." Dann veränderte sich ihr Gesichtsausdruck. Sie hatte einen Papierstreifen mit einer ihr vertrauten Handschrift am Rand seines Schreibtisches entdeckt. "Du korrespondierst mit Ram'an? Ernsthaft?" Wie war es nur möglich, dass dieser

Mann mit jedem außer ihr Kontakt zu pflegen schien? Zuerst mit Vern, und jetzt sogar mit Enric! Er hatte schließlich mehr als genug Gründe hatte, ihren Gefährten nicht zu mögen!

Enric nickte langsam. "Ja, das tue ich", meinte er vorsichtig. "Geschäftliche Angelegenheiten."

"Ich wusste gar nicht, dass du Geschäfte mit ihm abwickelst. Ich dachte, sein Haus weigerte sich, irgendwelche Handelsvereinbarungen mit dem Königreich abzuschließen, als wir dort waren", hakte sie nach.

"Das war der Fall, als sein Vater noch für Haus Arbil verantwortlich war", erklärte er. "Jetzt hat sich die Situation geändert."

Eryns Augen verengten sich. "Und warum würde er diesbezüglich mit *dir* in Kontakt treten, wo wir doch jetzt einen ständigen Botschafter in Takhan haben? Ich hätte gedacht, dass dies nun in Kilans Verantwortungsbereich fällt."

"Das stimmt natürlich", räumte Enric ein. "Aber die Geschäfte finden nicht zwischen Haus Arbil und dem Königreich statt. Die offiziellen Handelsvereinbarungen mit dem Königreich sind unterzeichnet, somit kann Ram'an einstweilen nichts tun, um den kurzsichtigen Kurs seines Vaters zu korrigieren."

"Dann wickelst du deine Geschäfte also direkt mit ihm ab?" Sie schüttelte den Kopf. "Warum? Warum läge dir plötzlich Ram'ans Haus dermaßen am Herzen? Ihr beide habt euch immerhin nicht gerade als dicke Freunde getrennt."

"Haus Arbil kämpft mit ernstzunehmenden finanziellen Problemen", erklärte er ihr. "Darüber hat mich Malriel informiert. Die Häuser, die nicht mit Arbil verbündet sind, versuchen den Bankrott voranzutreiben, indem sie der Familie bis auf weiteres keine Kredite mehr gewähren. Sie sehen darin eine Chance, ein Haus loszuwerden und sich somit selbst zu stärken. Haus Aren und übrigens auch Vel'kim würden davon nicht profitieren. Wir müssen Haus Arbil dabei unterstützen, wieder auf die Beine zu kommen. Ein starker Verbündeter ist besser als ein kränkelnder."

Langsam nickte sie. Das klang durchaus vernünftig. "Dann gibt es niemanden außer dir, der sie dabei unterstützt, sich zu erholen? Man würde denken, dass die anderen Häuser, die mit Haus Arbil verbündet sind, das gleiche Ziel verfolgen."

"Das tun sie auch. Dein Onkel hat ein paar der Vereinbarungen mit Haus Arbil erneuert - trotz des Risikos, dass sie womöglich nicht in der Lage sind, fristgerecht zu bezahlen. Glücklicherweise hat Ram'ans Bruder schon vor einer Weile die Verantwortung über die Kulturpflanzen übernommen, also haben sie zumindest etwas zum Verkaufen, obwohl die Verträge, die ihr Vater eingegangen ist, alles andere als vorteilhaft waren. Zusätzlich hat ihnen Haus Partém noch einen Kredit gewährt."

"Und jetzt hat Haus Aren damit begonnen, Waren von ihm zu kaufen, wie es aussieht", seufzte sie. Warum irritierte sie das dermaßen? Womöglich weil sie noch immer böse mit Ram'an war, weil er ihr in seinen Briefen so gleichgültig begegnete. Sie sah hinab auf das Armband, das er ihr an ihrem Kommitment-Tag als Zeichen der Freundschaft von Haus Arbil gegeben hatte. Seiner Freundschaft. Besonders lange hatte diese Freundschaft nicht angehalten. Dennoch widerstrebte es ihr, das Armband abzunehmen, als ob diese Geste bedeutete, dass sie wahrlich und wahrhaftig überzeugt war, er wäre nicht länger ein Freund.

Enric beobachtete, wie sie vor sich hinbrütete. "Zerbrich dir seinetwegen nicht den Kopf, Liebste. Im Moment hat er eine Menge Probleme zu bewältigen, also ist er derzeit wohl nicht der geselligste Gesprächspartner."

Sie zwang sich zu einem Lächeln. "Ich weiß. Ich werde ihm Zeit geben. Sehen wir, wie es in ein paar Monaten um ihn steht." Dann stand sie auf. "Ich bin hungrig. Und ich hätte Lust zu kochen. Hast du für heute Abend irgendwelche Pläne, oder wird es ein ruhiger Abend zuhause mit uns beiden und Plia?"

"Keine Pläne von meiner Seite. Bezüglich Plia habe ich keine Ahnung - ist sie überhaupt schon von der Klinik zurück?"

Eryn schüttelte den Kopf. "Nein. Sie sagte, sie wollte noch versuchen, Samen während unterschiedlicher Mondphasen auszusäen. Ich frage mich wirklich, woher sie solche Ideen nimmt. Vermutlich von den Kräutersammlern, wenn sie ihr die Pflanzen bringen."

"Sag mir nicht, dass du das nicht gutheißt. Ich kann mir nicht vorstellen, dass dich Experimente und das Herausfinden neuer Dinge stören?" Fragend zog er eine Augenbraue nach oben.

"Nicht wirklich. Aber sie ist ein junges Mädchen, und dass sie gegen Mitternacht allein von der Klinik nach Hause geht, trägt wohl nicht gerade zu ihrer Sicherheit bei."

"Nein", stimmte Enric mit einem milden Lächeln zu. "Aus diesem Grund habe ich Grend ersucht, sich um sie zu kümmern, wann immer sie lange arbeitet. Er hat sie in den letzten beiden Wochen herbegleitet."

Eryn starrte ihn mit offenem Mund an. "Tatsächlich? Was war… umsichtig von dir", schloss sie lahm. "Warum sagst du mir so etwas nicht? Das hätte mir die Sorge erspart."

"Warum sollte dich das überraschen, Liebste?", erwiderte er. "Ich hätte gedacht, dass dir mittlerweile aufgefallen sein muss, dass ich mich gerne um Dinge kümmere. Und solange Plia unter meinem Dach lebt, fühle ich mich für sie verantwortlich. Das beinhaltet auch, dass sie nicht irgendwelchem Abschaum, der nachts die Straßen unsicher macht, zum Opfer fällt."

Großartig, jetzt stellte er sie auch noch als engstirnig hin. "Na schön", murmelte sie. "Wie konnte ich nur deine Beschützerinstinkte in Frage stellen?"

"Vielleicht weil du dachtest, dass du die einzige bist, die sie auslöst?", vermutete er. "Aber du weißt doch, dass kein Grund zur Eifersucht besteht", grinste er. "In mir gibt es genug Beschützerdrang für euch beide."

Das brachte sie zum Lachen. "Nein, ich bin nicht eifersüchtig, das verspreche ich. Ganz im Gegenteil, es berührt mich. Und vielleicht bin ich ein klein wenig verärgert, weil ich nicht selbst daran gedacht habe."

"Keine Sorge. Schätze dich einfach glücklich, dass du in mir einen Gefährten hast, der sich um die praktischen Dinge des Lebens kümmert. Somit kannst du weiterhin herumprobieren und revolutionäre neue Dinge entdecken, in welchen Disziplinen auch immer du gerade herumspielst."

"Herumprobieren? Herumspielen? Vielen Dank dafür", knurrte sie. "Du sollst wissen, dass ich dank meiner ungewöhnlich hohen Punktezahl in der Kategorie des Erforschens als Seltenheit betrachtet werde. Dort würde es sicherlich niemand wagen, mir Herumprobieren oder Herumspielen zu unterstellen. Und es ist ohnehin nicht so, als hätte ich dafür besonders viel Zeit. Was manche Leute definitiv als Schande betrachten würden, da es mich mehr oder weniger davon abhält, meinem vollen Potential gerecht zu werden."

"Lass mich raten", seufzte er. "Ein paar mehr Stunden pro Woche für dich selbst würden das vollkommen ändern. Stunden, die du ganz einfach gewinnen könntest, wenn du nicht mehr zum Kampftraining gehen müsstest."

Ihr Gesicht verdüsterte sich. Wie hatte er das nur so schnell durchschauen können? Es war immerhin schon Wochen her, seit sie ihn damit behelligt hatte, dass sie vom Training befreit werden wollte.

"Nun, es war auf jeden Fall einen Versuch wert", murmelte sie und ging hinaus, um das Essen vorzubereiten.

Enric schüttelte den Kopf und sah ihr lächelnd nach. Seit ihrem letzten Versuch war nun schon einige Zeit vergangen. Er hatte sich bereits zu sorgen begonnen, dass sie aufgegeben haben könnte. Das wäre schade gewesen.

* * *

Eryn atmete einmal tief ein und aus, um sich zu beruhigen, bevor sie an die Tür klopfte, hinter der, wie sie wusste, Marrin saß. Als er ihr seine Erlaubnis zum Eintritt zurief, drückte sie die Türklinke nieder und betrat den Raum. Marrin lächelte sie an.

"Lady Eryn. Es ist ein Vergnügen, Euch zu sehen. Seine Majestät erwartet Euch bereits."

"Marrin", nickte sie zurück und straffte ihre Schultern, bevor sie die Tür neben seinem Schreibtisch, die in das Arbeitszimmer des Königs führte, öffnete.

König Folrin blickte nicht einmal auf von den Papieren, die er studierte, sondern zeigte nur mit seinem Zeigefinger auf den Stuhl ihm gegenüber auf der anderen Seite seines Schreibtisches.

Eryn überlegte kurz, ob dennoch von ihr erwartet wurde, sich vor ihm zu verbeugen, selbst wenn er sie nicht einmal ansah, entschied sich dann aber dagegen. Natürlich würde er bemerken, dass sie es nicht tat; wenn er jedoch wollte, dass sie dem Protokoll folgte, konnte er ihr wohl zumindest die Höflichkeit erweisen, ihr dabei in die Augen zu sehen.

Ein Gähnen unterdrückend, ließ sie sich auf den harten Stuhl sinken und lehnte sich zurück. Sie hatte einen anstrengenden Tag hinter sich. Das waren Behandlungstage generell, aber heute war es schlimmer als sonst gewesen. Es hatte einen Unfall auf einer Baustelle gegeben, und mehr als zwanzig Arbeiter waren auf rasche Hilfe angewiesen gewesen. Vier Heiler waren also mit dem Boten zum Unfallort gegangen, während die verbleibenden zwei, Lebern und Lord Poron, in der Klinik verweilten, um sich um die verbleibenden Patienten zu kümmern. Unglücklicherweise hatte Vern heute wegen seines Unterrichts keine Zeit gehabt, um mitzuarbeiten.

Der König war noch immer am Lesen, also schloss sie ihre brennenden Augen für einen kurzen Moment, um ihnen ein wenig Erholung zu gönnen. Den Staub von der Baustelle hatte sie so gut sie konnte abgewaschen, aber zuweilen verspürte sie ein Kratzen, das ihr zeigte, dass sie nicht gründlich genug gewesen war. Ihre Augen waren nicht der einzige vom Staub betroffene Körperteil. Er haftete an ihren Haaren und zwischen ihren Zähnen und saß auch tief in ihrer Robe. In diesem Augenblick machte sie zweifellos keinen besonders gepflegten Eindruck, sinnierte sie. Aber wenn er auf solche Dinge Wert legte, dann hätte er sie am Morgen vor der Arbeit zu sich rufen sollen. Oder ihr die Zeit geben, nach Hause zu gehen und dort ein ordentliches Bad zu nehmen anstatt sich mit einer Schüssel Wasser, einer steifen Bürste und einem Stück Seife ans Werk machen zu müssen.

"Lady Eryn? Seid Ihr etwa eingeschlafen?", wandte sich die trockene und leicht amüsierte Stimme des Königs an sie.

Sofort öffnete sie die Augen und sah, wie er sie mit dem für ihn so typischen dünnen Lächeln betrachtete.

"Nein. Vergebt mir, Eure Majestät", meinte sie rasch und richtete sich auf ihrem Stuhl auf. Ihn im Thronsaal zu treffen wäre wesentlich besser gewesen. Die Fenster dort waren beträchtlich höher, wodurch der Raum heller wirkte. Das hätte es ihr erheblich erleichtert, wach und aufmerksam zu bleiben.

"Soweit ich gehört habe, müsst Ihr wegen des Unfalls heute einen langen Tag hinter Euch haben", nickte er. "Ich werde Euch also nicht lange aufhalten. Ich kann sehen, dass Ihr ein Bad und Ruhe nötig habt. Das Thema, das ich mit Euch besprechen möchte, ist die anstehende Ratsversammlung in nur wenigen Tagen. Die, bei der man von Euch erwartet, dass Ihr eine weitere Idee vorstellt, wie im Orden mit magischer Heilung umgegangen werden soll."

Besorgt runzelte sie die Stirn. Warum sollte ihn so etwas kümmern? Das war eine Angelegenheit des Ordens, nicht der Krone.

"Ihr fragt Euch womöglich, weshalb dies für mich von Interesse ist", fuhr er fort und lächelte vergnügt über ihren missmutigen Blick, weil er sie durchschaut hatte. Wieder einmal. "Ich brauche den Orden stabil, als Symbol der Beständigkeit, Vertrauenswürdigkeit und Überlegenheit. Ihr, meine liebe

Lady Eryn, werdet zuweilen als ein Element erachtet, das diesen Werten etwas... abträglich ist. Lord Tyronts übliche stoische Ruhe scheint Eurer Fähigkeit, ihm die Geduld zu rauben, nicht gewachsen zu sein. Und dass die Leute mitansehen, wie Ihr Stallarbeit verrichtet, trägt ebenfalls nicht gerade zu einem Eindruck bei, der Vertrauen in die Institution weckt, die Magier davon abhalten soll, aus der Rolle zu fallen."

Ein weiteres Gähnen unterdrückend, runzelte sie die Stirn. "Vergebt mir die unverblümte Frage, Eure Majestät, aber sagt Ihr mir gerade, ich soll mich gut benehmen, wenn ich das nächste Mal auf den Rat treffe?"

"Lady Eryn", antwortete er geduldig, "ich sage Euch eine Menge mehr als das. Ich versuche Euch klarzumachen, wie wichtig es ist, dass Ihr dort einen akzeptablen Vorschlag präsentiert, der dabei helfen wird, in diesem Königreich klare Strukturen um das magische Heilen festzulegen. Die Wände haben Ohren, meine liebe Lady, weshalb Eure Streitigkeiten mit dem Orden nicht gerade unbemerkt geblieben sind. Da Ihr es in sehr kurzer Zeit geschafft habt, das Vertrauen der Menschen hier zu erlangen, tendieren diese dazu, sich auf Eure Seite und damit *gegen* den Orden zu stellen. Ich weise Euch an, dem ein Ende zu bereiten. Lord Tyront wird Euch keine weitere Chance mehr einräumen, falls Ihr nicht im Stande seid, Euren neuen Vorschlag auf respektvollere Art vorzustellen. Er kann nicht zulassen, dass andere bezeugen, wie er sich von Euch auf solch eine Weise behandeln lässt. Ich darf Euch also warnen, beim nächsten Mal auf eine etwas... schwerere Bestrafung vorbereitet zu sein, falls Ihr die Regeln der Höflichkeit und des Respekts Eurem Vorgesetzten gegenüber erneut verletzt."

Sie warf ihm einen beunruhigten Blick zu. "Durch Euch?"

Er zog beide Augenbrauen hoch. "Durch mich? Aber selbstverständlich nicht, Lady Eryn. Lord Tyront würde es mir kaum danken, wenn ich ihn des Rechts beraube, Euch zu disziplinieren, wenn Ihr seine Regeln missachtet. Es würde aussehen, als käme er nicht mit Euch zurecht. Meine Absicht war nicht, Euch zu drohen, sondern lediglich, Euch zur Vorsicht zu gemahnen. In Eurem eigenen Interesse."

Mit einem Seufzen nickte sie. "Ich habe Maßnahmen ergriffen, die die Erfolgswahrscheinlichkeit meines nächsten Versuches steigern sollten."

Der König lächelte. "Indem Ihr Rolan und den jungen Vern in Eure Vorbereitungen miteinbezogen habt?"

Verdammt sollten sie sein, er und seine Spione! Wie schaffte er es nur herauszufinden, worüber sie mit den beiden hinter verschlossenen Türen sprach? Besonders in Verns Fall, wo sie mit ihm in Orrins Quartier in seinem Zimmer gesessen hatte!

Beide sahen auf, als sich eine Tür gegenüber der, die zu Marrins Zimmer führte, öffnete und Malriel in das Arbeitszimmer schlenderte. Sie trug nichts als ein fließendes, silber schimmerndes Nachthemd, ihre langen, dunklen Haare in sanften Wellen ihren Rücken herabhängend, ihre Füße nackt.

"Folrin", schnurrte sie, "ich dachte, du wolltest in ein paar Minuten zurückkehren."

Eryn starrte sie mit offenem Mund an. Malriels Gesicht wirkte noch jünger als sie es bislang gesehen hatte - sämtliche Falten waren verschwunden, ihre Haut frisch und leuchtend, sodass sie nun so alt wie Eryn aussah.

Sie lächelte ihre Tochter an. "Ich dachte mir schon, dass es deine Stimme war, die ich gehört habe."

Der König schmunzelte und hob eine Hand, die Malriel ergriff und sich auf seinen Schoß ziehen ließ.

"Ich musste ein paar Briefe beantworten. Ich wäre zu dir zurückgekehrt, sobald ich mit Lady Eryn hier fertig bin."

Eryn atmete aus und schloss die Augen. "Das passiert nicht wirklich. Ich habe einen Nervenzusammenbruch, und das ist nichts weiter als eine Illusion. Eine scheußliche, unmögliche, lächerliche Illusion", intonierte sie leise, während ihre Atmung schwerer wurde.

Als sie ihre Augen wieder öffnete, betrachteten die beiden sie mit nachsichtigen Mienen.

"Theá, sei nicht albern. Natürlich ist das keine Illusion. Und warum sollten zwei gesunde, attraktive, interessante, mächtige Menschen nicht eine gewisse Anziehung verspüren?", lächelte Malriel.

"Weil er verdammt noch einmal der König ist! Mit ihm sollst du deine kleinen Spielchen nicht spielen! Hast du jemals die Konsequenzen deiner Handlungen bedacht? Oder bist du zu beschäftigt damit, vom Liebesnest eines kaum erwachsenen Liebhabers zum nächsten zu stolpern?"

Malriels Augen verengten sich. "Gib Acht, wie du mit mir sprichst, meine Liebe. Oder du wirst diejenige sein, die sich Konsequenzen gegenübersieht."

Eryn ignorierte sie und sah stattdessen den König an, bevor sie fauchte: "Und Ihr! Ich frage mich, ob Euch klar ist, dass sie alt genug ist, um Eure Mutter zu sein? Buchstäblich? Und dass sie eine manipulative Politikerin ist, die versucht hat, ihre eigene Tochter verurteilen zu lassen, nur weil sie der Ansicht war, dass dies eine prima Gelegenheit für ein wenig Mutter-Tochter-Kennenlernzeit wäre?" Ihr Stuhl kippte nach hinten, als sie aufsprang. "Von *Euch* zumindest hätte ich mehr erwartet! Sie ist bekannt dafür, dass sie mit jungen Liebhabern herumspielt und sie dann zur Seite wirft, sobald sie keine Verwendung mehr für sie hat oder sie durch ein frischeres, jüngeres Exemplar ersetzt. Aber Ihr seid clever! Allerdings seid Ihr offensichtlich nicht ganz Herr über Eure Impulse! Wie bedauerlich!"

Die Miene des Königs war versteinert, und er bedeutete Malriel, von seinem Schoß aufzustehen, bevor er sich erhob.

Eryn wirbelte wütend herum und ergriff die Türklinke, um hinauszugehen, als seine kalte Stimme erklang: "Ihr bleibt sofort stehen, Lady Eryn!"

Verhalten fluchend nahm sie die Hand von der Tür, ohne sich zu ihm umzudrehen.

"Dreht Euch um", befahl er.

Die Hände zu Fäusten geballt, drehte sie sich langsam um und sah, wie er mit einem gefährlichen Gesichtsausdruck auf sie zutrat. Ohne nachzudenken errichtete sie einen Schild vor sich und war nun zwischen ihm und der Tür einen Schritt hinter sich eingesperrt.

Er hielt an, hob vorsichtig einen Finger, um mit dessen Spitze die Barriere zu berühren und zog ihn dann zurück, als er das Knistern von Magie verspürte.

"Ihr werdet ihn *auf der Stelle* entfernen." Die Drohung in seiner Stimme war unmissverständlich, auch ohne dass er aussprach, was er Lord Tyront befehlen würde, ihr anzutun, falls sie sich nicht fügte.

Sie schloss die Augen und verfluchte sich selbst für diese unbedachte Reaktion. Niemals zuvor hatte er Hand an sie gelegt, warum also dachte sie, dass es jetzt anders sein würde - besonders, wo seine Geliebte zusah? Sie ließ den Schild verschwinden und schnappte schockiert nach Luft, als sie einen Moment später seine Hände auf ihren Oberarmen spürte, die fest zupackten und sie nach hinten gegen die Tür in ihrem Rücken pressten.

Sein Gesicht war nahe genug, dass sie die dunkelgrauen Flecken in seinen blauen Augen erkennen konnte. "Ihr wendet mir *nicht* den Rücken zu. Und Ihr entfernt Euch *nicht*, bevor ich Euch entlasse. Ich erinnere mich genau, Euch das schon einmal eingeschärft zu haben. Und Ihr errichtet *niemals* eine Barriere gegen mich", sagte er mit zusammengekniffenen Augen und sah auf sie hinab.

Ein Gefühl von Hilflosigkeit bemächtigte sich ihrer, als sie den Drang unterdrückte, ihn mit Magie beiseite zu stoßen. Wenn ihn ein Schild, der ihn von ihr fernhalten sollte, schon so reagieren ließ, würde ein aktiver Einsatz von Magie, wenn auch nur zur Steigerung ihrer Stärke, ihr gravierenden Ärger einbringen. Wenngleich das eine Lage war, in der sie sich womöglich bereits befand.

"Habe ich mich klar ausgedrückt?", fragte er und starrte ohne zu blinzeln in ihre Augen.

Nicht sicher, ob ihre Stimme gehorchen würde, nickte sie nur.

"Ausgezeichnet. Ich bin froh, dass wir die Verhaltensregeln mir gegenüber klargestellt haben. Dann können wir uns nun einer anderen Angelegenheit zuwenden." Sein Griff um ihre Arme wurde fester. "Ich bin nicht auf Eure Erlaubnis oder auch nur Akzeptanz für meine Auswahl an Liebhaberinnen angewiesen, ganz egal, in welcher Beziehung Ihr zu besagten Liebhaberinnen steht. Ich hätte sie nicht einmal benötigt, wenn ich *Euch* vor so vielen Monaten am Abend Eures Kommitments mit in mein Bett genommen hätte."

Sie biss die Zähne zusammen und drehte den Kopf zur Seite. Das war ein Tiefschlag gewesen. Einen Augenblick später war der Druck auf einem Arm verschwunden. Der König bewegte seine Hand, um damit ihr Kinn zu umfassen und es wieder zu sich zu drehen, sein grimmiger Blick war auf ihre Augen gerichtet.

"Erliegt nicht noch einmal der Fehlannahme, dass es Euch zustünde, meine Handlungen auf solch eine Weise zu kritisieren. Die Folgen würden Euch nicht erfreuen." Fragend zog er eine Braue hoch. Offensichtlich erwartete er irgendeine Form der Bestätigung.

"Ja, Eure Majestät", presste sie zwischen zusammengebissenen Zähnen hervor. Da der König die Sicht versperrte, konnte sie Malriel nicht sehen, aber Eryn vermutete, dass sie sich wohl köstlich amüsierte.

"Gut. Ihr dürft Euch nun entfernen, bevor Lord Enric hier hereingestürmt kommt. Sicherlich hat ihn Euer Band über Eure derzeitige Bedrängnis in Kenntnis gesetzt", sprach der König nun ruhiger und ließ sie los, bevor er weit genug zurücktrat, damit sie die Tür öffnen und sich nach einer steifen Verbeugung zurückziehen konnte.

Als er sich wieder zu seinem Tisch umdrehte, saß Malriel auf einer Ecke und beobachtete ihn mit leicht amüsiertem Gesichtsausdruck.

"Sieh an, das war interessant", lächelte sie. "Mir war nicht klar, dass du dich zu ihr hingezogen fühlst."

Der König trat auf sie zu und ergriff ihre Hand, um sie an seine Lippen zu heben. "Was kann ich dazu sagen, Malriel? Ich scheine in letzter Zeit eine Präferenz für einen bestimmten Frauentyp entwickelt zu haben."

Lachend glitt sie mit einer eleganten Bewegung vom Tisch. "Komm mit mir, Folrin. Es gibt da eine Kleinigkeit, um die ich dich bitten möchte."

Mit einem dünnen Lächeln schüttelte er den Kopf. "Ich gewähre niemals Gefälligkeiten im Bett, Malriel."

Sie hob eine Braue. "Wo gewährst du sie denn üblicherweise?"

"Hier in meinem Arbeitszimmer. Oder im Thronsaal", antwortete er.

Ihre Augen funkelten, als sie seine Hand ergriff und ihn zu seinem Sessel zog, um ihn hineinzudrücken. "In Ordnung, damit kann ich arbeiten."

* * *

Enric bog um die Ecke und blieb abrupt stehen, besorgt, als er Eryn sah, wie sie im Korridor vor dem Arbeitszimmer des Königs immer wieder langsam ihre Stirn gegen die Steinsäule vor sich stieß.

Ihr Anblick erleichterte ihn. Auf dem Weg hierher hatte er sich Sorgen gemacht, dass sie sich schwerwiegenden Ärger eingehandelt haben könnte; dass die Gefühle, die er empfangen hatte, sie dazu veranlasst haben mochten, sich dem König gegenüber unklug zu verhalten. Aber er hatte sie augenscheinlich wieder gehen lassen, ohne nach Wachen, Magiern, Fesseln oder sonst etwas gerufen zu haben, das sich dafür eignete, mit einer unverschämten und noch dazu immens starken Magierin fertigzuwerden.

"Eryn?", fragte er vorsichtig. "Was ist passiert?"

Mit geschlossenen Augen lehnte sie ihre Stirn gegen den kalten Stein. "Ich habe den König beleidigt. Und zwar so richtig. Wahrhaft. Unmissverständlich. Und dann habe ich Magie gegen ihn eingesetzt."

Enrics Herz setzte kurz aus. Er ergriff ihren Oberarm und zog sie an sich, sodass sie mit ihm kommen musste. Das war keine gute Nachricht. Aber wann war das in letzter Zeit schon der Fall gewesen, wenn sie zum König gerufen wurden?

Als sie den Palast hinter sich gelassen hatten, gingen sie weiter, bis sie um die Ecke gebogen und damit außer Sichtweite der Palastwachen waren. Sanft presste er sie gegen eine Wand.

"Noch einmal. Dieses Mal mit mehr Details", beharrte er.

Mit sorgenschwerer Miene nickte sie. "Er ließ mich rufen, weil er mir sagen wollte, dass ich beim Rat der Magier einen guten Eindruck hinterlassen muss, wenn ich ihnen meinen Vorschlag unterbreite. Er will eine Lösung, wie das magische Heilen organisiert werden soll."

Enric nickte. Das allein hätte kaum solch eine Reaktion in ihr ausgelöst. "Weiter."

"Dann kam Malriel plötzlich herein. Einfach so, ohne Vorwarnung - kein Klopfen, gar nichts." Sie warf ihm einen gepeinigten Blick zu. "In ihrem Nachthemd und ohne Schuhe! Sie hat eine Affäre mit dem König! Kannst du das glauben?"

Enric begann zu verstehen. Das hatte zweifellos gereicht, um solch eine hitzige Reaktion zu entfachen.

"Ja, das kann ich. Wenn du darüber nachdenkst, ist es nicht gerade untypisch für sie. Was ist dann passiert?" Er hielt seine Stimme ruhig.

Sie schloss die Augen. "Zuerst habe ich sie beleidigt, dann sagte ich dem König, ich sei enttäuscht und hätte mehr von ihm erwartet. Und dass es scheint, als hätte seine Intelligenz keine Chance gegen seine männlichen Triebe."

Enric verzog das Gesicht. Das hatte der König wohl kaum geschätzt. "Was noch? Wir sind noch nicht bei dem Teil angelangt, wo du Magie gegen ihn eingesetzt hast."

Sie öffnete ihre Augen wieder und fuhr sich mit einer zitternden Hand durchs Haar. "Ich wollte gehen, aber er hielt mich auf. Er sah so verärgert aus, so erzürnt, dass ich automatisch einen Schild errichtete. Das war nicht geplant, es ist einfach so passiert!"

Gut, dachte er, das war nicht so schlimm, wie er befürchtet hatte. Sie hatte nichts anderes versucht, als sich zu verteidigen. Sie war darauf trainiert worden, dies anstatt eines Angriffs anzuwenden. Magiern war es erlaubt, Schilde gegen Nicht-Magier einzusetzen, aufrechte Schilde, die niemanden einsperren oder Schaden anrichten konnten. Das war die Art von Reaktion, von der er sich gewünscht hätte, sie hätte bei dem Angriff im Wirtshaus auf der Expedition darauf zurückgegriffen. Damals hatten sie sie dafür getadelt, dass sie keinen Schild eingesetzt hatte. Es schien, dass seine und Orrins Worte gefruchtet hatten. Nur leider beim falschen Anlass.

Auch darüber war der König wohl alles andere als erfreut.

"Was ist danach passiert?"

Unbewusst rieb sie ihre Arme. "Er fasste mich bei den Armen und sagte mir sehr deutlich, dass er mein Verhalten ihm gegenüber nicht begrüßt und dass er für seine Auswahl an Liebhaberinnen nicht meiner Zustimmung bedarf."

Was durchaus stimmte, dachte Enric, sprach es aber nicht aus.

Die Erinnerung an die Worte des Königs nagten an ihr. Ihr Gesicht zeigte Ärger. "Und weißt du, was er dann sagte? Dass er meine Zustimmung nicht einmal gebraucht hätte, wenn er *mich* damals in sein Bett genommen hätte! Diese Unverfrorenheit!"

Er schluckte hart. Es war ein Wunder, dass sie ihm daraufhin nicht wesentlich mehr als nur harsche Worte entgegengeworfen hatte. Mühsam kämpfte er seinen Zorn über die Worte des Königs nieder. Sie waren ein Zeichen dafür, dass er entweder ausnahmsweise einmal diese normalerweise so bewundernswerte Kontrolle über seine Gefühle verloren hatte, oder dass er sie provozieren wollte. So oder so, die Bemerkung war höchst offensiv gewesen. Einerseits im Hinblick darauf, dass er nicht davor zurückgescheut hätte, sie ohne ihre Zustimmung mit in sein Bett zu nehmen, und andererseits, da es das Mittel seiner Wahl gewesen war, um sie zu einem Kommitment zu erpressen, dem sie sonst niemals zugestimmt hätte.

"Nach dem Schild hast du keinerlei Magie mehr gegen ihn eingesetzt?", fragte er, nur um sicherzugehen.

Sie schüttelte den Kopf. "Nein. Und mich selbst davon abzuhalten war wahrlich ein Gewaltakt." Ihre Augen verengten sich. "Ich hoffe, er verliebt sich in sie und sie zerquetscht ihn wie eine Milbe auf einem Blatt", knurrte sie.

"Vorsicht", warnte er sie und ließ seinen Blick wandern. "Wir sind hier nicht gerade an einem privaten Ort und haben keine schalldichte Barriere errichtet." Was rückblickend nicht allzu schlau war - fahrlässig sogar. Aber nach ihren alles andere als beruhigenden Worten im Palast hatte er unbedingt erfahren müssen, was sich ereignet hatte. Somit hatte er keinen Gedanken für etwas so Sinnvolles wie einen Schutz gegen Lauscher erübrigen können.

"Gehen wir nach Hause", schlug er vor. "Du brauchst ein Bad, und ich muss nachdenken."

* * *

Enric wanderte im Innenhof auf und ab, die Augen der Katze auf ihm, als er die gleiche Linie wieder und wieder entlangschritt. Sein Arbeitszimmer und der Salon waren heute Abend zu klein für ihn geworden. Er brauchte mehr Platz, um die nervöse Energie in seinen Muskeln, die flammenden Gedanken in seinem Kopf loszuwerden.

Abgesehen davon, dass der König seiner Ansicht nach eine schmale Grenze übertreten hatte, indem er nicht nur diese Bemerkung gemacht, sondern auch Hand an Eryn gelegt hatte, war es klar, dass wieder eines seiner Spiele im Gange war. Es war kein Zufall, dass Eryn heute von der Affäre des Königs mit Malriel erfahren hatte, dessen war er sich absolut sicher. Normalerweise gestattete er es seinen Bettpartnerinnen nicht, eine Audienz zu unterbrechen, also war das geplant gewesen.

Aber zu welchem Zweck? Um sie zu provozieren? Damit sie was genau tat? Ihm die Stirn bot? Wie würde er davon profitieren? Außerdem hätte er dafür andere Zeugen als Malriel benötigt, falls er es später gegen sie verwenden wollte.

Wollte er die Kluft zwischen den beiden Frauen vergrößern? War das überhaupt noch möglich? Und falls ja, aus welchem Grund? Er verwarf die Idee wieder. In diesem Fall hätte Malriel nicht zugestimmt, da ihre eigenen kleinen Spielchen darauf abzielten, diese Kluft zu *überbrücken*.

Spielte er mit Eryn und verursachte ihr Unbehagen, indem er ihr zeigte, dass er zwar *ihre* Gesellschaft nicht genießen konnte, wohl aber die ihrer Mutter, die ihr so sehr ähnelte?

Seine Hände ballten sich zu Fäusten. Letzteres würde auf ein Interesse an Eryn schließen lassen, das über zwanglose Anziehung hinausging. Zum ersten Mal, seit er mit Eryn verbunden war, fragte er sich, ob der König es jemals bedauert hatte, dass sie sich gegen die Erpressung nicht gewehrt, sondern nachgegeben hatte.

Er rieb sich das Gesicht. Das war das Problem mit einer Frau wie Eryn an einem Ort wie diesem. Dass er sie für sich gesichert hatte, bedeutete nicht, dass kein anderer Mann an ihr interessiert war. Sie war noch immer ungewöhnlich, aus so vielen Gründen anders als die anderen Frauen hier - selbst wenn man ihren Charakter außer Acht ließ.

Hätte er etwas tun können, um sie besser zu schützen? Indem er sie vom König fernhielt, wie auch immer er das anstellen hätte sollen, ohne sich direkten königlichen Befehlen zu widersetzen? Oder indem er Malriel besser im Auge behielt? Wo er doch selbst bemerkt hatte, dass ihr Verhalten kaum überraschte, wenn man ihre Vorliebe für wesentlich jüngere Männer bedachte.

Aber darüber nachzugrübeln, was er in der Vergangenheit hätte tun können, um dies zu vermeiden, war nun zwecklos, ermahnte er sich. Das war nichts als Selbstmitleid und würde ihm nicht dabei helfen, diese Situation in Zukunft ordentlich zu handhaben.

Er unterbrach seine Erwägungen und drehte sich zum Haus um. Hatte er gerade ein Klopfen an der Eingangstür gehört? Als er nach ein paar Augenblicken des Lauschens nichts hörte, wollte er gerade sein ruheloses Wandern wiederaufnehmen, hielt aber inne, als sein Blick auf Urban fiel. Sie saß aufrecht, während ihre Ohren und Schnurrhaare zuckten. Dies war nicht ihre Reaktion auf die üblichen Geräusche der Nacht jenseits der Mauern. Also stand womöglich tatsächlich ein später Besucher vor der Tür.

Sein Blick wanderte nach oben zum ersten Stock, wo er durch das Schlafzimmerfenster das schwache Leuchten des Lichts aus dem Badezimmer sah. Eryn war also höchstwahrscheinlich noch immer in ihrem heißen Bad versunken. Somit war es an ihm, die Tür zu öffnen.

Urban folgte ihm, als er ins Haus zurückging, stets neugierig auf Besucher. Es wurde wieder Zeit, sie zur Jagd mitzunehmen, dachte er. Sie wirkte etwas rastlos.

Er öffnete die Eingangstür und blinzelte mehrmals bei dem Anblick. Sein Gehirn weigerte sich, die Informationen zu verarbeiten, die es von den Augen empfing.

Der Mann vor der Tür sah mit entschlossener Miene zu ihm auf, dann senkte sich sein Blick, und beim Anblick der großen Katze, die ihn unverwandt anstarrte, weiteten sich seine Augen.

"Was ist das?", flüsterte der Mann heiser, sein Gesichtsausdruck leicht panisch.

Die Stimme überzeugte Enrics Gehirn schließlich, dass es keinen Sinn hatte, die Tatsachen zu leugnen. Er war tatsächlich hier. Höchstpersönlich. Dabei hatte er gedacht, dieser Abend könnte kaum noch schlimmer werden.

"Eine Bergkatze. Was machst du hier", seufzte er, "Vater?"

* * *

Eryn hielt oben auf der Treppe an und lauschte. Zwei männliche Stimmen unterhielten sich, eine davon Enrics, die andere kannte sie nicht. Es war etwas spät für Besucher, dachte sie. Hoffentlich kein Notfall; aber die Stimmen klangen nicht wirklich dringlich, sondern nur ein wenig angespannt, soweit sie das erkennen konnte. Sie kehrte ins Schlafzimmer zurück, um ihr Nachthemd - das kaum angemessen schien, um Gäste zu empfangen - gegen eine saubere Hose und eine Tunika zu tauschen. Bevor sie aus der Wanne geklettert war, hatte sie einen Stich von Betroffenheit empfangen, aber Enric hatte rasch einen Schild errichtet, um seine Gefühle so gut er konnte zu maskieren. Sehr zu ihrem Leidwesen erwies er sich darin als recht geschickt.

Sie stieg die Stufen hinab und betrat den Salon, wo sie die beiden Männer, die ihretwegen aufstanden, anlächelte. Der Besucher musste in seinen frühen Sechzigern sein. Sein Haar war blond, und er war ein gutes Stück kleiner als Enric. Ein dünner Bart zierte die Oberlippe, als wollte er die Wölbung des Mundes betonen. Womöglich sollte er einen Eindruck von Eleganz und Vornehmheit vermitteln, aber ihrer Ansicht nach wirkte er eher unvollständig und passte nicht zu dem eher schroffen Gesicht.

Enrics Miene war ausdruckslos. Es war die kühle Maske, die er benutzte, um Anspannung und Missfallen dahinter zu verstecken. Ihr Interesse an dem anderen Mann wuchs augenblicklich.

"Eryn", sagte ihr Gefährte ruhig. "Erlaube mir, dir Anwin vorzustellen. Meinen Vater."

Überraschung ließ Eryns Mund offenstehen. Sein Vater? Hier? Einfach so? Nun, das war auf jeden Fall eine Erklärung für Enrics Anspannung.

"Vater, das ist Eryn. Meine Gefährtin."

Anwins Augen hingen an ihrer ungewöhnlichen Haarfarbe, und Eryn gab ihm noch ein wenig Zeit, um den Anblick in sich aufzunehmen, bevor sie auf ihn zutrat.

"Es ist mir ein Vergnügen, dich kennenzulernen, Anwin", lächelte sie höflich.

Er nickte langsam und ließ seinen Blick an ihr hinauf- und hinuntergleiten, sobald er es geschafft hatte, seinen Blick von ihren Haaren loszureißen. "Eryn. Die Spionin aus den Westlichen Territorien."

Ach du liebe Zeit, dachte sie. Welch charmante Begrüßung.

"Ich habe den Beruf gewechselt", erwiderte sie leichthin. "Ich bin jetzt Heilerin."

Anwin starrte sie an. Ihren Versuch, Humor zu zeigen, konnte er eindeutig nicht nachvollziehen.

"Ich habe gehört, dass du eine Gefährtin genommen hast", sagte er zu seinem Sohn, ohne sie auch nur einen Moment lang aus den Augen zu lassen. "Da du jetzt ja nobel und wichtig bist, hast du ganz klar nicht erwogen, deine Familie zu der Zeremonie einzuladen. Der stolze Lord Enric will nicht die Schande auf sich nehmen, den Leuten zu zeigen, wie bescheiden seine Herkunft ist."

Enric erwiderte nichts darauf, sondern verschränkte nur seine Arme.

"Warum bist du hier?", fragte er stattdessen.

"Ich habe von deiner Gefährtin gehört und wollte sie mir selbst ansehen. Ich habe nicht erwartet, dass du sie irgendwann in nächster Zeit zu uns bringen wirst", antwortete Anwin säuerlich. "Deine Mutter ist sehr enttäuscht von dir. Sie hätte deine Gefährtin sicher gerne getroffen. Sie hatte es bereits aufgegeben, dass du dich jemals an eine Frau bindest."

"Hat sie das?", konterte Enric. "Dann frage ich mich, weshalb du sie nicht mitgebracht hast, als du herkamst. Aber du hast Mutter ja niemals auf irgendeine deiner Reisen mitgenommen."

"Ich bin nicht hier, um mich vor dir zu rechtfertigen, Junge", knurrte der ältere Mann.

"Nein", bemerkte sein Sohn sanft, "du bist hier, weil *ich* mich vor *dir* rechtfertigen soll."

Anwin starrte Enric einen ausgedehnten Moment lang an, dann entschied er offensichtlich, dass es keinen Sinn machte, mit seinem Sohn zu sprechen. Er wandte sich an Eryn und ging auf sie zu, bevor er sie umrundete. Sie hatte gesehen, wie potentielle Käufer dies auf Pferdemärkten taten, wenn sie an einem Tier interessiert waren. Sie warf Enric einen amüsierten Blick zu.

"Hosen. Ich hoffe, die trägst du nur zuhause?", fragte der Mann missbilligend.

Langsam schüttelte sie den Kopf. "Nein, nicht wirklich. Ich finde sie praktisch und trage sie überall."

"Dann scheint es, dass mein Sohn nicht gelernt hat, wie man eine Frau im Zaum hält", grübelte Anwin. "Das ist der Ärger, wenn ein Junge zu früh von seiner Familie getrennt wird, sage ich immer. Damit fehlt ihm die Zeit zu lernen, wie die Dinge ordentlich in die Hand genommen werden."

"Wie Frauen dazu zu zwingen, Kleider zu tragen, wenn sie das nicht wollen?", schleuderte ihm Enric entgegen. "Das ist nicht die Art von Lebensbund, die *mich* glücklich machen würde."

Eryn sah neugierig zu Enric. Es schien also, als wäre sie nicht die einzige Person, die es schaffte, ihm unter die Haut zu gehen. Wahrscheinlich gab es zwischen den beiden Männern einige ungeklärte Angelegenheiten.

Sein Vater warf ihm einen vernichtenden Blick zu und konzentrierte seine Aufmerksamkeit dann wieder auf Eryn.

"Ich höre, du bist eine Magierin. Ich wusste nicht, dass das bei Frauen überhaupt möglich ist. Aber ich nehme an, dort wo du herkommst, gehen eine Menge seltsamer Dinge vor sich." Seine Augen wurden schmal.

Sie nickte ernst. "Oh ja, und zwar so richtig seltsam. Deshalb bin ich hergekommen. Dort geht es mir einfach zu seltsam zu."

Seine Stirn legte sich in Falten, offenkundig unsicher, ob sie ihn auf dem Arm nahm. "Machst du dich etwa über mich lustig?"

"Nein, das würde ich niemals wagen", antwortete sie, ihre Augen unschuldig geweitet. Aus einem Augenwinkel sah sie Enric lächeln.

Anwin drehte sich zu seinem Sohn zurück. "Warum bist du aus dem Palast ausgezogen? Ich dachte, die wichtigen Magier müssen alle dortbleiben? Deine Stellung scheint nicht mehr so erhaben zu sein? Der König ist wohl nicht allzu glücklich darüber, dass du dich mit der Spionin verbunden hast", sinnierte er.

"Wenn du das sagst", meinte Enric schulterzuckend.

"Du warst schon immer leichtsinnig, weil dir alles, was du hast, mehr oder weniger aufgezwungen wurde. Deine magische Stärke ist an dich verschwendet", spie Anwin. "Dein Bruder, er hätte diese Gabe als die Chance gewürdigt, die sie wirklich ist. Er hätte nicht den ganzen Tag nur herumgefaulenzt und seinen Lehrern damit keine andere Wahl gelassen, als mir ständig Nachrichten zu schicken, in denen sie mir mitteilten, wie unzufrieden sie mit seinen Noten und seiner Einstellung wären. Du warst damals schon undankbar und bist es heute immer noch."

"Womöglich", lächelte sein Sohn. "Aber in diesem Fall hättest du mich und meine Einstellung am Hals gehabt und hättest mich nicht so einfach von zuhause fortschicken können, um der Familie Ruhm und Ehre zu bringen. Du weißt genauso gut wie ich, dass wir nicht gut miteinander ausgekommen wären. Erspare mir also deine Klagen. Wir sind beide gut dabei weggekommen, und das weißt du auch. Du kannst dich eines Magiers in der Familie rühmen und hast noch einen weiteren Sohn, der dein Geschäft übernehmen kann. Du bist derjenige, der es an Dankbarkeit dafür fehlen lässt, wie gut sich alles für ihn ergeben hat."

Eryn mischte sich flink ein, als Anwin tief einatmete, um darauf zu antworten.

"Wie lange wirst du in der Stadt bleiben, Anwin?"

Kurz schien er in Betracht zu ziehen, zuerst seiner Meinung über Enrics Worte Ausdruck zu verleihen, änderte dann aber seine Meinung.

"Drei Tage." Dann fügte er mit einem Seitenblick hinzu: "Ein paar von uns müssen immerhin richtige Arbeit verrichten anstatt den ganzen Tag über bloß in einem netten Arbeitszimmer herumzusitzen und für das Führen eines Titels bezahlt zu werden."

"Nun, es scheint, als hättest du das Leben im Orden richtig gut durchschaut", nickte Enric ernst.

"Dafür bezahlt zu werden, für den Fall eines Krieges, der wohl niemals kommen wird, ein wenig mit seinem Schwert herumzuspielen, ist wohl kaum eine würdige Beschäftigung für einen wahren Mann", schnaubte Anwin.

Eryn grinste breit. "Da hat er Recht, weißt du."

"Und dennoch warst du vor zwanzig Jahren so begierig darauf, die Neuigkeit zu verbreiten, dass dein Sohn ein Mitglied des Ordens ist", konterte Enric, während er seiner Gefährtin ob ihrer Bemerkung einen finsteren Blick zu warf. "Warum nur, wenn wir doch nichts weiter als eine Geldverschwendung sind? Hättest du dich nicht eher schämen und die Sache geheim halten sollen?"

"Du bist noch immer so respektlos und unverfroren wie früher!", sagte Anwin nachdrücklich. "Ich sehe, dass du dich nicht verändert hast."

"Das liegt daran, dass du es noch immer nicht geschafft hast, dir meinen Respekt zu verdienen, Vater. Daran hat sich ebenfalls nichts geändert", warf Enric zurück.

"Das muss ich mir nicht bieten lassen!", donnerte der ältere Mann.

Sein Sohn nickte energisch. "Sehr richtig, das musst du nicht." Er trat zur Tür und öffnete sie weit. "Hier ist die Tür. Wenn du nicht hören willst, was ich zu sagen habe, dann gehst du wohl besser, denn solange du dich in *meinem* Haus befindest, wirst du das nicht vermeiden können."

"Du wirfst deinen eigenen Vater hinaus?", rief sein Vater ungläubig. "Nachdem du mich mehr als sieben Jahre lang nicht gesehen hast?"

"Ja, das tue ich. Ich kann sehen, dass ich nicht viel verpasst habe. Da ich dich nicht eingeladen habe, habe ich keinerlei Skrupel, dich loszuwerden. Ich ziehe einen ruhigen Abend mit meiner Gefährtin einem Wortgefecht mit dir vor. Gute Nacht, Vater. Ich gehe davon aus, dass wir einander wieder über den

Weg laufen, bevor du die Stadt verlässt und dazu zurückkehrst, hart für dein Geld zu arbeiten. Im Gegensatz zu mir." Enric verschränkte die Arme, stellte sich breitbeinig hin und funkelte Anwin an.

Sein Vater kniff die Augen zusammen und griff nach seinem Umhang am Haken neben der Tür. "Dann soll es wohl so sein. Wenn du keine Bedenken hast, deinen armen, alten Vater auf diese Weise zu behandeln, dann werde ich gehen."

Der jüngere Mann rollte mit den Augen. "Oh, erspare mir diese Routine des zermürbten, resignierten und verstoßenen Vaters. Das hat mich schon damals nicht beeindruckt und wird auch jetzt nicht funktionieren." Sobald Anwin die Türschwelle übertreten hatte, schwang er die Tür hinter ihm zu. Er drehte sich zu Eryn zurück und hob ob ihrer selbstgefälligen Miene fragend eine Augenbraue.

"Was?"

"Ich danke meinen Glückssternen dafür, dass ich dieser Szene beiwohnen durfte! Das ist Balsam für meine Seele! Genau was ich gebraucht habe nach der Sache mit Malriel." Sie lachte und ging zum Barschrank, um sich ein Glas süßen Weins einzuschenken.

"Ich bin so froh, dass ich dazu beitragen konnte, dich aufzumuntern", bemerkte er trocken.

"Das hast du, das lässt sich nicht leugnen", lächelte sie. "Ich habe eine Seite an dir entdeckt, von der ich nicht einmal im Traum gedacht hätte, dass es sie unter all dieser Würde, Überlegenheit, Strenge, Regelkonformität und all dem gibt. Du warst patzig, frech, dreist, ironisch, respektlos…"

"Also grundsätzlich wie *du*?"

"Genau!", strahlte sie, nicht im Mindesten beleidigt. "Ich bin nicht die einzige hier, die mit einem Elternteil verflucht ist, der eher einem furchterregenden Monster aus einer Kindergeschichte als einer tatsächlichen Person gleicht. Aber dazu möchte ich sagen, dass du von uns beiden immer noch besser aussteigst", sagte sie.

"Tue ich das?", seufzte er. "Mir war nicht bewusst, dass wir einen Wettstreit austragen, wessen Elternteil unausstehlicher ist. Aber erleuchte mich doch."

"Im Vergleich zu dir habe ich dir zumindest die Gefälligkeit erwiesen, deinen Vater nicht zu mögen. Du allerdings verstehst dich mit Malriel viel zu gut. Ich denke, das sollte erwähnt werden. Und anders als du bin ich ein Einzelkind. Du hast Geschwister, die einen Teil seiner Aufmerksamkeit in Anspruch nehmen können. Malriels miese Pläne konzentrieren sich alle auf *mich*. Da gibt es niemanden sonst, der sie ablenken oder beschäftigen könnte."

"Ich finde, wir sollten in Betracht ziehen, dass mein Vater wesentlich näher von hier lebt als deine Mutter. Nähe muss als erhöhter Belästigungsfaktor zählen", konterte er.

"Er sagte, er hätte dich vor sieben Jahren das letzte Mal gesehen! Somit ist es nicht so, als hättest du aufgrund der räumlichen Nähe mehr Kontakt mit ihm. Malriel lebt auf der anderen Seite des verfluchten Meeres, und trotzdem muss ich sie innerhalb von ein paar Monaten nun schon zum zweiten Mal ertragen - und nicht nur drei Tage, sondern mehrere Wochen lang!"

Enric seufzte. "Also gut, das gestehe ich dir zu. Was ist damit, dass ich die ersten zwölf Jahre meines Lebens mit ihm verbringen musste, während du bei einem fürsorglichen und hingebungsvollen Vater aufgewachsen bist?"

Sie schnaubte. "Oh, bitte! Er brachte mich von ihr fort, um mir die Qual zu ersparen, bei ihr aufwachsen zu müssen. Das macht sie nicht weniger fürchterlich, sondern noch mehr."

Er nahm ihre glänzenden Augen und ihre entspannte Haltung in sich auf. Bevor sie nach oben zu ihrem Bad gegangen war, hatte sie niedergeschlagen und besorgt gewirkt. Somit hatte dieser unerwartete und unangenehme Besuch zumindest eine positive Auswirkung.

"In Ordnung, Liebste. Ich erkläre dich zur Siegerin: Du bist von uns beiden eindeutig diejenige mit dem schrecklicheren, grässlicheren, scheußlicheren Elternteil. Ich hoffe, dass dich dieser traurige Triumph glücklich macht."

Sie zuckte mit den Schultern. "Ich weiß, das sollte er nicht, aber ich nehme, was ich kriegen kann. Gibt es einen Preis?"

"Oh ja, den gibt es. Ich vermache dir hiermit netterweise Anwin. Er gehört ganz dir", lächelte er boshaft. "Verglichen mit deiner anscheinend so unerträglichen Mutter sollte er ein Gewinn sein. Und das ist nur fair - ich habe dir deine Mutter abgenommen, also möchtest du dich vielleicht in gleicher Weise revanchieren."

Eryn leerte ihr Glas und sah ihn geradewegs an. "Weißt du was? Ich denke, ich werde auf den Preis verzichten. Du kannst sie beide behalten. Ist das nicht toll?", strahlte sie ihn an. "Jetzt sind dein Vater *und* deine Mutter in der Stadt! Das muss einfach großartig für dich sein! Ich frage mich, wie er reagieren wird, wenn er erfährt, dass du dich von einer weiteren westlichen Spionin adoptieren hast lassen!" Sie lächelte, als er kurz seine Augen schloss und ausatmete. Sein Gesicht wirkte nun etwas blasser als zuvor.

Enric setzte sich hin. "Die Chance besteht, dass er davon niemals erfährt."

Nachsichtig sah sie ihn an. "Er hat in seinem Dorf davon erfahren, dass du mit einer westlichen Spionin verbunden bist. Was lässt dich glauben, dass er nichts von diesem anderen Detail erfahren wird - besonders jetzt, wo er sich zur gleichen Zeit wie sie in der Stadt aufhält?"

"Weil ein Mann immer noch träumen kann?"

Sie dachte darüber kurz nach, dann nickte sie. "Das gestehe ich dir zu. Träume müssen immerhin weder realistisch noch wahrscheinlich sein. Sie können so phantasievoll, absurd oder kreativ sein, wie es dir gefällt."

"Ja", stöhnte er, "vielen Dank. Nur als kleine Erinnerung: Mein Vater wird in drei Tagen wieder abreisen. Malriel wird noch eine weitere Woche lang hier sein. Und dann ist da immer noch deine entzückende, liebreizende Cousine. Oder jetzt Schwester. Sie wird noch zwei weitere Monate lang bleiben."

Jetzt war es an ihm zu lächeln, als ihre Miene bitter wurde.

KAPITEL 18

Gegenangriff

Junars Augen traten aus den Höhlen. "Was? Nein! Das glaube ich nicht! Mit dem König? Wirklich? Und sie ist einfach so hereingekommen?"

Eryn nickte erschöpft. "Ja. Dann setzte sie sich auf seinen Schoß. Kannst du dir so etwas vorstellen?"

"Aber sie ist alt genug, um seine Mutter zu sein!"

"Das kann doch wohl nicht dein Ernst sein! Dir ist schon klar, dass dein Gefährte zwanzig Jahre älter ist als du? Oder ist dir das irgendwie entfallen? Und Malriel sah gestern nicht so aus, als könnte sie jemandes Mutter sein - sie hat sich noch weitere fünf Jahre weggeheilt und sah so alt aus wie *ich*!"

"Nun, Orrin ist nur achtzehn Jahre älter als ich", erwiderte Junar beleidigt.

"Sicher, warum konzentrieren wir uns nicht darauf?", beschwerte sich Eryn. "Es ist immerhin nicht so, als hätte ich dir gerade erzählt, dass diese niederträchtige Kreatur eine Affäre mit dem König hat!"

"Was ist denn so schlimm daran?", fragte die Schneiderin schulterzuckend und grinste. "Oder hast du Angst davor, dass du ihn mit *Vater* ansprechen musst?"

"Du bist überhaupt nicht witzig", knurrte die jüngere Frau. "Wer weiß, was sie im Schilde führt? Sie ist eine Magierin, und wie du weißt, können wir... Dinge tun", endete sie etwas lahm.

"Du meinst im Bett?", fragte Junar mit einem Lächeln. "Darüber weiß ich Bescheid, ja. Du denkst, sie wird ihn mit ihren magischen Erotikfertigkeiten in die Unterwerfung verführen und ihn dazu verleiten, ihr alles zu gewähren, was sie wünscht?"

Eryn warf ihr einen gereizten Blick zu. "Du kannst das so grotesk formulieren wie du willst, aber das ist tatsächlich eine Sorge, die ich mit mir herumtrage."

"Ich schätze, ihn davor zu warnen ist auch nicht so einfach?"

In diesem Augenblick wurde die Tür zu Orrins Arbeitszimmer weit geöffnet. "Wen wovor warnen?"

"Den König vor Eryns Mutter und ihren finsteren Plänen, das Königreich zu unterwerfen", grinste Junar.

Orrin runzelte die Stirn. "Was?"

"Malriel pflegt eine kleine Liebelei mit König Folrin", erklärte ihm seine Gefährtin mit einem fröhlichen Lächeln.

"Junar, du bist eine Idiotin", stöhnte Eryn. "Warum kannst du nicht einfach etwas Mitgefühl an den Tag legen, wenn ich dir so etwas erzähle? Das ist es doch, wofür Freunde ursprünglich da sind."

Sie zuckte mit den Schultern. "Ich möchte glauben, dass ich eine moderne Frau bin, die sich nicht an traditionelle Begriffe hält."

"Warte, warte, warte", meinte Orrin und hob beide Hände, als wollte er sie bremsen. "Deine Mutter hat eine Affäre mit dem König? *Unserem* König?"

"Natürlich mit *unserem* König! Die haben dort drüben keine Könige", rief Eryn ungeduldig aus.

"Und jetzt hast du vor, ihn vor ihr zu *warnen*?" Er zog eine Grimasse. "Ein erwachsener Mann in seiner Position wird das überhaupt nicht gut aufnehmen."

Sie schnaubte. "Darauf kannst du wetten. Besonders nicht nach dem, was gestern passiert ist."

Resigniert ließ er sich neben Junar nieder. "Was hast du jetzt wieder angestellt?"

"Warum nimmst du automatisch an, dass es meine Schuld war? Das nehme ich dir übel!", beschwerte sie sich und verschränkte stoisch die Arme.

Orrin zog nur eine Augenbraue hoch. "War es deine Schuld?"

Ihr Brustkorb fiel in sich zusammen, als sie ausatmete. "Nun, gewissermaßen", gab sie zu. "Aber dennoch lehne ich deine Einstellung ab!"

"Ist vermerkt", erwiderte er trocken. "Wirst du mir nun sagen, was du getan hast oder sprechen wir lieber über deine Abneigung gegen Leute, die deinen Charakter treffend einschätzen?"

Nach einem weiteren verärgerten Blick in seine Richtung setzte sie sich etwas aufrechter hin. "Ich habe Magie gegen ihn eingesetzt."

Orrin blinzelte, dann starrte er sie an. Junar ebenfalls.

"Du hast *was* getan?" Seine Stimme war lauter geworden. "Dir ist klar, dass er nicht nur ein Nicht-Magier und damit durch das Gesetz gegen die Verwendung von Magie geschützt, sondern zufällig auch noch der Souverän unseres Landes ist? Was hast du dir dabei nur gedacht, du Schwachkopf?" Er zwang sich dazu, gleichmäßiger zu atmen, während er seine Augen schloss, um sich zu beruhigen. "Also gut, denken wir die Sache durch. Du bist hier anstatt in einer Zelle, und ich sehe keinerlei Handfesseln, die dich binden. Das bedeutet, dass du weitgehend unbeschadet entkommen bist, soweit ich das sagen kann."

"Orrin", stöhnte sie, "ich bin nicht vollkommen irre! Ich habe ihn nicht angegriffen oder so etwas in der Art! Ich habe nur einen Schild errichtet."

Sein Gesichtsausdruck wandelte sich von erleichtert zu nachdenklich. "Ich bin nicht sicher, ob es im Fall des Königs ein *nur* gibt. Immerhin ist es ein Zeichen deines Ungehorsams. Hat er dich irgendwie bedroht?"

Sie gestikulierte hilflos. "Nun, nicht direkt. Er sah einfach nur so enorm zornig aus, als er auf mich zukam. Den Schild habe ich automatisch ohne nachzudenken errichtet. Es war ein Reflex - nichts weiter."

Orrin seufzte. "Zumindest zeigt dein Training erste Anzeichen von Erfolg. Unglücklicherweise allerdings nicht gerade zu einem passenden Zeitpunkt. Wir müssen wirklich an deiner Wahrnehmung von Gefahr arbeiten. Wenn ein Fremder in einem Landgasthaus versucht, dich zu vergewaltigen, denkst du nicht daran, einen Schild zu errichten, aber wenn der König dich böse ansieht, dann erscheint es dir plötzlich wie eine gute Idee?" Verzweifelt schüttelte er den Kopf, dann zog er seine Brauen hoch. "Warum war der König wütend auf dich? Du hast doch nichts gesagt, das ihn erzürnt hat, nachdem du von seiner Affäre erfahren hast, oder etwa doch?"

Eryn sah ihn schuldbewusst an. "Doch, so könnte man das womöglich durchaus sagen. Ich habe ihn irgendwie beleidigt. Ein klein wenig."

Jetzt sah Junar sie ungläubig an. "Zuerst hast du ihn beleidigt und dann einen Schild gegen ihn errichtet? Ernsthaft, wie kommt es, dass dich die Leute überhaupt noch unbeaufsichtigt außer Haus lassen?"

"Was ist passiert, nachdem du den Schild errichtet hast?", fragte Orrin angespannt. "Wie hat er darauf reagiert?"

"Er befahl mir, ihn zu entfernen. Was ich auch tat. Auf der Stelle", betonte sie. "Dann hat er mich nicht gerade behutsam bei den Armen gepackt und mich gewarnt. Eingehend."

"Er hat dich gepackt? König Folrin? Wirklich?", rief Junar mit großen Augen aus. Das war beispiellos.

Orrin nickte langsam. "Das musste er."

Beide Frauen sahen ihn verwirrt an.

"Er musste demonstrieren, dass er noch immer das Sagen hat, und nachdem du dich vor ihm mit Magie geschützt hast, musste er dir zeigen, dass du alles zu erdulden hast, was auch immer er dir antun will. Er musste dir zeigen, dass er die Kontrolle hat, ganz egal, ob du eine Magierin bist oder nicht. Du wolltest dich davor schützen, dass er dir zu nahe tritt? Damit musste er genau das tun."

"Aber er hat mich provoziert! Absichtlich! Warum sonst hätte er gewollt, dass ich von seiner Affäre mit *ihr* erfahre?", warf Eryn ein.

Er spitzte die Lippen. "Das ist die Frage hier, nicht wahr? Warum wollte er wirklich, dass du davon erfährst?" Er lehnte sich zurück und betrachtete sie einige Augenblicke lang. "Er hätte dich in dieser einen Nacht mit in sein Bett genommen, wenn Enric es nicht geschafft hätte, dich zu dem Kommitment zu überreden."

Sie verdrehte die Augen. "Warum geht jeder davon aus, dass der König das fertiggebracht hätte? Ich hatte immer noch den Schild in mir."

"Höchstwahrscheinlich hätte er einen Weg gefunden, ihn zu umgehen, oder er hätte es nicht als Druckmittel eingesetzt. Sonst hätte es bei Enric auch nicht so gut funktioniert", betonte er. "Aber lassen wir das jetzt beiseite. Deine Mutter sieht aus wie du. Die Ähnlichkeit ist verblüffend, besonders mit ihrer Fähigkeit, sich wesentlich jünger erscheinen zu lassen, als sie tatsächlich ist."

Junar schnappte nach Luft, und in einer unbewussten Geste legte sie schützend die Hand auf ihren Bauch. "Du denkst, der König ist in Eryn verliebt?"

Orrin wiegte den Kopf hin und her. "Ob er verliebt ist, kann ich nicht sagen, aber jedenfalls fühlt er sich stärker zu ihr hingezogen als es für einen Mann in seiner Position ratsam ist. Erstens ist sie eine Magierin, und zweitens hat er sie persönlich mit einem anderen Mann verbunden."

"Somit ist Malriel also das Nächstbeste, worüber er verfügen kann, ohne mit Eryn zu schlafen und ohne hohe Wellen zu schlagen?" Die Schneiderin zog die Stirn in Falten. "Das ist wirklich prekär."

Eryn strich mit einer Hand über ihre Unterarme, um die Haare zu glätten, die sich aufgestellt hatten. "Das ist absoluter Unsinn!", behauptete sie mit mehr Überzeugung als sie verspürte.

Orrin sah sie nachsichtig an. "Nein, das ist es nicht. Und das weißt du auch. Er fasst dich mehr als jede andere Frau an. Gelegentlich küsst er deine Hände, und einmal sogar deine Wangen. Das ist untypisch für ihn." Dann lächelte er fahl. "Frag deinen Gefährten. Ich bin zuversichtlich, dass er mit meiner Bewertung der Situation übereinstimmt."

Missmutig betrachtete sie ihn. "Ich habe ihn nie zu irgendetwas in dieser Richtung ermutigt, das schwöre ich!"

"Ich bin sicher, dass du das nicht hast", nickte er. "Aber bedenke, dass sich nicht nur Frauen zu Macht hingezogen fühlen. Bei Männern kommt das ebenfalls oft genug vor. Und da du hier die einzige Frau mit Magie bist, macht dich das mächtig genug."

"Vor nicht allzu langer Zeit wurde mir gesagt, ich bräuchte einen Mann, der über mehr Magie verfügt als ich, oder er würde es niemals schaffen, an mich heranzukommen", murmelte sie. "Es sieht also so aus, als würde Macht noch mehr Macht anziehen."

"Wer hat das zu dir gesagt? Enric?", erkundigte sich Orrin.

Sie schüttelte den Kopf. "Nein. Ram'an."

Orrin beobachtete sie. "Dann hat er es in sehr kurzer Zeit geschafft, dich kennenzulernen. Die Zeit in Takhan muss ja recht turbulent gewesen sein."

"Das war sie in der Tat. Ich kann dir nicht sagen, wie erleichtert ich war, als wir schließlich das Schiff zurück nach Hause bestiegen", seufzte sie. Dann richtete sie sich auf. "Meine Güte, das hätte ich beinahe vergessen! Stell dir vor, wer letzte Nacht bei uns zuhause aufgetaucht ist! Enrics Vater!"

Orrins Gesicht zeigte Argwohn. "Er ist hier? Anwin ist in der Stadt? Weshalb?"

Eryn sah ihn überrascht an. "Du magst ihn nicht besonders, was? Ich wusste nicht einmal, dass du ihn kennst."

"Ich traf ihn mehrmals, als Enric noch ein Junge war und er ihn besuchte oder Geschäfte in der Stadt erledigte. Ich versuchte ihm klarzumachen, dass ständiger Tadel nicht der richtige Weg war, Enric zu mehr Anstrengung zu motivieren, sondern ihn eher noch starrköpfiger werden ließ. Aber er hörte nicht auf mich und war überzeugt, dass mehr Druck schlussendlich zu besseren Ergebnissen führen würde. Er ermutigte mich sogar dazu, den Jungen ordentlich zu verprügeln, wenn er es verdiente. Er selbst war ganz eindeutig nicht willens, Hand an ihn zu legen - magische Kräfte können immerhin einigen Schaden anrichten", schloss er vorsichtig.

"Er sagte dir, du sollst seinen Sohn schlagen?", rief Junar empört aus.

"Ja, und zwar mehr als einmal. Ich bin froh, dass es der Orden nicht mit dieser Art von Ausbildungsmaßnahmen hält." Er wandte sich wieder an Eryn. "Was will er hier?"

"Er sagte, er wollte einen Blick auf mich werfen, weil er erfahren hat, dass Enric die westliche Spionin zur Gefährtin genommen hat. Ohne seine eigene Familie zu der Zeremonie einzuladen", informierte sie die beiden.

"Westliche Spionin? So hat er das gesagt? Dann ist er noch immer so taktvoll und charmant wie früher", sagte der Krieger müde.

"Taktvoll - ja genau. Dann wies er mich zurecht, weil ich Hosen trage und Enric, weil er mich nicht ordentlich unter Kontrolle hält", grinste sie.

"Du scheinst zu denken, dass sei komisch", meinte Junar verwirrt. "Ich würde nicht so unbeeindruckt reagieren, wenn Orrins Eltern hier auftauchten und ihre Abneigung mir gegenüber so offen kundtäten."

Sie zuckte mit den Achseln. "Ich bin nur erleichtert, dass ich nicht die Einzige mit einem unverbesserlichen Elternteil bin. Jetzt kann ich Enric sogar noch mehr schätzen, weil ich weiß, woher er kommt. Zum Glück war er in seiner Jugend von der rebellischen und nicht der gefügigen Sorte. Wäre er nach seinem Vater geraten, hätten sich die Dinge für den Orden nicht so günstig entwickelt."

"Oder für dich", fügte Junar hinzu.

"Für mich?" Eryn schnaubte. "Mit so einer Einstellung hätte ich ihm nie erlaubt, mich anzufassen. Der König hätte einen ganz anderen Plan als eine

Verbindung mit Enric benötigt, um mich hierzubehalten." Verwundert schüttelte sie den Kopf. "Ist das nicht verrückt? Sein Vater und Malriel sind gleichzeitig hier in Anyueel. Ich hoffe, dass sie in einer Woche beide wieder fort sind und unser Leben wieder in normalen Bahnen verlaufen kann. Oder so normal, wie das Leben für uns jemals war. Wie kommt es, dass ihr beiden nicht so wie wir von einer Katastrophe zur nächsten zu stolpern scheint?"

Junar zog eine Augenbraue hoch. "Weil wir reife Erwachsene sind, die von der verbreiteten Gewohnheit Gebrauch machen, zuerst zu denken bevor sie sprechen und handeln."

"Im Gegensatz zu Enric und mir?"

"Im Gegensatz zu *dir*. Lord Enric ist glücklicherweise reif genug."

"Na, vielen Dank dafür. Somit war also alles, was falsch- oder schiefgelaufen ist, meine Schuld", beschwerte sich Eryn.

"Du hast mich geschwängert", zeigte Junar auf.

"Können wir das anders ausdrücken?" Orrin rollte mit den Augen. "Ich schätze die Illusion, dass ich zumindest zu einem geringen Grad daran beteiligt war, dieses Kind zu empfangen."

"Du weißt, was ich meine", meinte Junar schulterzuckend. "Es scheint, dass Kleinigkeiten, die sie tut, oft genug irgendeinen ungewollten Nebeneffekt haben, den niemand - besonders nicht sie selbst - vorhersehen kann. Sag mir nicht, dass es ein Zufall ist, dass all das immer nur *ihr* passiert?"

Trotzig verschränkte Eryn die Arme. "Das ist eine massive Übertreibung."

Junar kopierte die Geste. "Ach ja? Was ist mit deinen kleinen Aufträgen zum Schaufeln von Pferdemist? Ziehst du überhaupt in Betracht, dass es unangenehme Folgen für dich mit sich bringen könnte, wenn du deinen Vorgesetzten provozierst? Dann war da noch der eine Ball, wo du deine Haarfarbe geändert hast und einem Mann die Nase gebrochen wurde. Sein Onkel ist deswegen *noch immer* böse auf dich. Oder diese kleine Sache, als du versucht hast, ohne Lord Enric nach Takhan zu reisen? Ohne ihn würdest du womöglich noch immer dort festsitzen!"

"Oder als du deine Waffen während deiner Expedition außer Reichweite aufbewahrt hast", schloss Orrin sich seiner Gefährtin an. "Ganz zu schweigen von dem einen Mal, als du versucht hast, mich zu erpressen. Und dann noch zuletzt, dass du den König beleidigt und einen Schild…"

Eryn knurrte: "Hört auf damit, ihr beiden! In Ordnung, ich bin also eine wandelnde Katastrophe und werde eines Tages im Alleingang das Ende der Welt einläuten. Ich habe es begriffen. Gib mir einfach das verdammte Kleid, wegen dem ich hier bin, und dann werde ich gehen. Ich habe keine Geduld mehr dafür, mir eure endlose Liste meiner Fehler anzuhören."

Junar deutete auf eine Kommode, auf der ein bauschig wirkendes Paket lag. "Genau hinter dir. Und sag nicht *verdammt*, wenn du von meinen Kleidern sprichst. Meine Dienste sind derzeit sehr stark gefragt, besonders seit bekannt ist, dass Malriel und Pe'tala ihre Kleider bei mir anfertigen lassen. Ich muss Aufträge ablehnen, weil ich nicht genug Frauen für die Arbeit finde."

"Dann sieht es also aus, als würde dein Geschäft direkt und indirekt von mir profitieren. Das sollte mir das Recht erkaufen, über deine Kleider zu sprechen, wie es mir beliebt. Es ist immerhin nicht so, als würde ich nicht größere Mengen davon für mich selbst bestellen."

"Bitte!" Junar drehte die Augen zur Decke. "Lord Enric ist sozusagen derjenige, der sie bestellt. Er sagte mir, ich solle für jeden Anlass, den du besuchen sollst, eines vorbereiten."

Orrin rieb sein Gesicht. "Wird diese Kleiderdiskussion niemals ein Ende nehmen?"

"Nein", antworteten beide Frauen gleichzeitig und warfen ihm einen strengen Blick zu.

Eryn stand von ihrem Platz auf und ging zu dem Paket, um es an sich zu nehmen. "Ich schätze, ich werde dich am Abend bei Inad sehen, sofern du nicht einem weiteren Schwächeanfall zum Opfer fällst."

"Das sollte kein Problem sein; bislang war heute ein guter Tag", meinte Junar. "Ich bin zuversichtlich, dass ich kommen kann. Immerhin hast du mir eine Vorstellung versprochen", fügte sie mit einem schelmischen Lächeln hinzu. "Das würde ich nicht verpassen wollen."

* * *

Eryn hielt seine Hand fest, bevor er sie heben konnte, um an die Tür von Lord Remdels Haus zu klopfen. Fragend hob er eine Augenbraue.

"Sag mir nicht, du hast deine Meinung geändert und willst nun doch nicht auftauchen?"

Sie schüttelte den Kopf. "Nein, das ist es nicht. Ich wollte dich nur warnen, dass du manche Aspekte meines Verhaltens heute Abend womöglich etwas… ungewöhnlich finden wirst."

"Ungewöhnlich? Würdest du das wohl etwas näher ausführen?" Er runzelte die Stirn. "Was hast du jetzt wieder vor?"

"Sagen wir, dass man mir empfohlen hat, Malriels Bemühungen entgegenzuwirken."

Er seufzte. "Bitte sag mir, das du nichts geplant hast, das aus unseren beiden Häusern Feinde machen wird? Du erinnerst dich, dass ich mich von Malriel adoptieren ließ, um genau das zu verhindern, hoffe ich?"

Beruhigend drückte sie seine Hand. "Sicher. Mach dir keine Sorgen. Sei einfach nur nicht schockiert. Nun, ein wenig schockiert darfst du sein. Reagiere einfach so, wie die Leute es von dir erwarten würden."

"Könntest du wohl etwas konkreter werden?", drängte er sie. "Ich schätze es gar nicht, wenn ich keine Ahnung habe, was mich erwartet. Dieses Gefühl, dass mir eine Katastrophe bevorsteht, macht mich nervös."

Sie zwinkerte ihm nur zu und hob dann ihre Hand, um an die Tür zu klopfen.

Inad öffnete die Tür persönlich und rief voller Entzücken ihre Namen aus. "Lady Eryn! Lord Enric! Ich bin überglücklich, dass Ihr gekommen seid!"

"Das hätten wir um nichts in der Welt versäumen wollen", erwiderte Eryn mit einem Lächeln. "Die Idee, eine gesellschaftliche Zusammenkunft zugunsten Unterprivilegierter ist hier immerhin etwas vollkommen Neues. Du bist sozusagen eine Pionierin."

Inad strahlte sie an. "Das bin ich wohl irgendwie, wenn Ihr es so sagt", erwiderte sie unbescheiden.

Eryn nickte ernst. "Absolut. Ein strahlendes Beispiel an Nächstenliebe und Menschlichkeit - ein Vorbild für uns alle."

"Aber sicher nicht für Euch, meine Liebe", winkte die Gastgeberin ab. "Ihr wart immerhin meine Inspiration!" Dann wandte sie sich um und beantwortete ein weiteres Klopfen.

Enric nahm ihren Umhang, um ihn an einen Diener weiterzureichen und flüsterte ihr zu: "Ich weiß nicht, was du vorhast, aber das gerade eben war einfach nur unheimlich."

"Warum?", murmelte sie. "Sie sammelt Geld für mein Waisenhaus, also denke ich, dass ihr etwas Schmeichelei zusteht. Wenn sie das Gefühl hat, dass dies geschätzt wird, werden ihre versnobten Freundinnen ihrem Beispiel womöglich folgen und ihre Reichtümer zur Abwechslung einmal für etwas Nützlicheres als noch mehr Schmuck und Parfums ausgeben."

"Du bist dir darüber im Klaren, dass Vyril und Aurna zwei ihrer *versnobten Freundinnen* sind, wie du es nennst?", bemerkte er.

Sie zuckte mit den Schultern. "Na und? Vyril hat sich dem Missfallen ihrer Freundinnen gestellt, indem sie zu arbeiten begonnen hat, und Aurna ist die Gefährtin eines Heilers. Das rehabilitiert sie."

"Aurna ist vom Stigma des Snobismus befreit, weil ihr Gefährte ein Heiler ist? Wie praktisch. Das würde dann ja wohl auf mich ebenfalls zutreffen, würde ich meinen?", grinste er.

"Auf jeden Fall. Aber da du nicht viel Geld für frivole Dinge ausgibst, bestand bei dir ohnehin nie wirklich die Gefahr, als versnobt eingestuft zu werden", erklärte sie.

"Eryn! Da bist du ja", strahlte Junar und näherte sich ihr, als sie den Salon betraten. "Lord Enric." Sie verbeugte sich vor ihm und nickte zu einem Mann auf der anderen Seite des Raumes. "Seht mal, wer uns heute Abend noch mit seiner Präsenz beehrt."

Enric seufzte, als er seinen Vater im Gespräch mit Orrin sah. Der Krieger wirkte alles andere als glücklich über diese zweifelhafte Ehre.

Eryn grinste breit und wandte sich an Inad, als die ihr ein Glas Wein überreichte.

"Vielen Dank, Inad! Und ich sehe, dass du Anwin eingeladen hast. Wie ungemein aufmerksam von dir!"

"Ich dachte, es wäre eine nette Überraschung für Euch", lächelte die Gastgeberin beglückt und entschuldigte sich, um ein weiteres Mal die Tür zu öffnen.

"Habt Ihr sie unter Drogen gesetzt oder etwas in der Art?", flüsterte Junar Enric zu. "Das muss aber besonders wirksames Zeug sein."

Er wirkte verunsichert. "Ich bin ebenso überrascht wie du."

Sie drehten sich um, als Tyront und Vyril den Salon betraten und ohne zu zögern auf sie zukamen.

"Sieh an", meinte Tyront kopfschüttelnd. "Wenn mir vor ein paar Monaten jemand gesagt hätte, dass ich dir und deiner Gefährtin bei solchen Gelegenheiten regelmäßig über den Weg laufen werde, wäre ich in Gelächter ausgebrochen." Er nickte Junar zu. "Und die Hoffnung, dass Orrin sich jemals eine Gefährtin nimmt, habe ich schon vor Jahren verworfen. Erstaunlich, wie sich die Dinge entwickeln." Dann wanderte sein Blick zu Orrin und seinem Gesprächspartner. "Meine Güte. Sie hat auch Anwin eingeladen?"

"Ja", murmelte Enric, "es scheint nicht öffentlich bekannt zu sein, dass wir nicht gut miteinander auskommen."

"Ich habe das Gefühl, dass sich das bald ändern wird", bemerkte Tyront trocken.

"Enric, mein Lieber", hörten sie eine kehlige Stimme hinter ihnen und wandten sich um. Malriel lächelte ihn an und küsste ihn auf die Wangen. "Und Vyril und Junar, wie reizend, euch hier zu sehen. Lord Tyront." Sie verbeugte sich vor ihm und sah dann Eryn an. "Theá, meine Liebe, ich bin froh über diese Gelegenheit, bei der ich zumindest ein *wenig* Zeit mit dir verbringen kann - egal, mit wie vielen Leuten ich dich teilen muss."

Eryn sah aus den Augenwinkeln, wie sich bei Malriels Worten einige Köpfe in ihre Richtung drehten. Lippen verzogen sich zu einem mitfühlenden Lächeln, und ein Seufzer oder zwei drückten Anteilnahme mit der leidenden Mutter aus.

"Das war dein eigenes Werk, Malriel", entgegnete Eryn kühl. "Mach mich nicht für deine eigenen herzlosen Handlungen im Umgang mit mir verantwortlich." Sie schluckte hörbar und drehte dann den Kopf zur Seite. "Wenn du mich jetzt entschuldigen würdest, ich denke nicht, dass ich…" Es war als könnte sie es nicht ertragen, ihr Gespräch mit Malriel fortzusetzen. Sie ging auf Orrin zu, der sie mit kolossaler Dankbarkeit ansah, weil sie ihn von der Bürde befreite, das Gespräch mit Anwin allein bestreiten zu müssen.

"Eryn", sagte er mit einem erleichterten Lächeln, "es tut gut, dich heute Abend hier zu sehen."

Sie warf ihm ein wissendes Lächeln zu und wandte sich dann an Enrics Vater. "Anwin, ich freue mich sehr darüber, dich hier zu treffen. Wir hatten gestern nicht viel Gelegenheit, uns zu unterhalten."

Er schüttelte den Kopf. "Nein, Enric war noch nie ein besonders entgegenkommender Gastgeber."

Diese Aussage veranlasste Orrin dazu, seine Brauen hochzuziehen. Er selbst hatte Enric stets als rücksichtsvollen und großzügigen Gastgeber erlebt, wenn er zu gesellschaftlichen Anlässen eingeladen war. Die Anlässe, bei denen er aus anderen Gründen dorthin bestellt wurde, natürlich nicht mitgezählt.

Eryn nickte ernst. "Ich verstehe, was du meinst. Allerdings muss man bedenken, dass es immer eine Bürde für einen Mann ist, im Schatten eines erfolgreichen Vaters zu stehen, meinst du nicht?"

Anwin blinzelte, dann breitete sich langsam ein Lächeln über seinem Gesicht aus. "Ich würde meinen, dass Erwachsenwerden bedeutet, damit zurechtzukommen", antwortete er gutmütig, offenkundig zufrieden mit dem, was er als zutreffende Beobachtung dieser Frau erachtete, die für seinen Geschmack zwar etwas zu fremdartig aussah, aber eindeutig über einen scharfen Verstand verfügte.

"Oh, absolut", stimmte sie unverzüglich zu und ignorierte Orrins ungläubige Miene. "Aber mein Eindruck ist, dass erwachsen zu sein immer eine etwas größere Herausforderung ist, wenn unsere Eltern anwesend sind."

Er nickte großzügig. "Möglicherweise." Dann sah er zu seinem Sohn und runzelte die Stirn über die andere dunkelhaarige Frau. "Diese Frau dort drüben, ist das deine Zwillingsschwester?"

Eryn sah Orrin an. "Junar hat nach dir gefragt. Vielleicht solltest du zu ihr gehen und sichergehen, dass alles in Ordnung ist."

Der Krieger bedachte sie mit einem verschwörerischen Lächeln und verschränkte die Arme. "Soweit ich das von hier aus erkennen kann, geht es ihr prächtig. Ich bin sicher, es ist nichts Dringendes."

Das zeugte davon, dass er neugierig auf ihre Antwort war. Und die Leute dachten, dass die Frauen das neugierige Geschlecht wären, dachte sie ironisch. Vor gerade einmal zwei Minuten hatte er noch so gewirkt, als würde er jede Gelegenheit, aus Anwins Gegenwart zu entkommen, dankend beim Schopf packen, und jetzt ließ er sich nicht abschütteln.

Sie wandte sich wieder an Enrics Vater. "Nein, meine Schwester ist zwar im Moment in Anyueel, aber das dort ist sie nicht. Das ist Enrics Mutter."

Anwin sah sie an, als hätte sie den Verstand verloren. "Enrics Mutter?", wiederholte er langsam. Sein Blick sprang ein paarmal zwischen den beiden dunkelhaarigen Frauen hin und her, bevor er sorgsam meinte: "Sie sieht dir aber wirklich sehr ähnlich." Er räusperte sich und fuhr dann in einer Stimmlage fort, die anzeigte, dass er versuchte, die Verrückte nicht zu reizen: "Ich bin sein Vater, somit bin ich absolut sicher, dass diese Person", er nickte zu Malriel hin, "*nicht* seine Mutter ist. Ich sollte es wissen."

Orrin verdrehte die Augen, als Eryns Mund einen fast perfekten Kreis formte, als sie ihr Erstaunen ausdrückte. "Es tut mir so leid - niemand hat dir davon erzählt?"

Anwins Stirn kräuselte sich. "*Wovon* hat mir niemand erzählt?"

Eryn verzog das Gesicht. "Oh nein, das ist jetzt aber wirklich unangenehm. Das dort ist Malriel von Haus Aren. Sie gehört zu einer von mehreren einflussreichen Familien in den Westlichen Territorien. Vor ein paar Monaten hat sie Enric als ihren Sohn adoptiert. Er ist der alleinige Erbe ihrer Position als Anführerin ihres Hauses und all des Vermögens, das sich dort über die Jahrhunderte angesammelt hat."

Der Mann starrte sie einige Sekunden lang mit offenem Mund an, bevor sein Blick langsam zu seinem Sohn schwenkte, der über etwas zu lächeln schien, was der ältere Mann an seiner Seite zu ihm sagte. Seine Augen verengten sich.

"Ihn *adoptiert*? Wie kann sie einen erwachsenen Mann adoptieren? Außerdem hat er bereits eine Familie", grollte er.

Sie nickte mitfühlend. "Ich weiß! Lächerlich, nicht wahr? Unglücklicherweise sind die Gesetze in den Westlichen Territorien nicht ganz so vernünftig wie unsere. Und ich fürchte, Malriel ist nicht gerade jemand, der sich um die Gefühle anderer Menschen kümmert. Enric hatte damals kaum eine andere Wahl, sie hat ihn dazu gezwungen. Wäre er nicht dazu bereit gewesen, hätte sie meiner eigenen Familie Schaden zugefügt."

Zufrieden bemerkte sie, dass Anwins Starren nun etwas feindselig wirkte und dass Orrin in Anerkennung der Saat, die sie gestreut hatte, langsam nickte.

"Wenn ihr mich entschuldigen würdet", sagte Anwin, dann ging er auf die Gruppe um Enric zu, ohne auf eine Antwort zu warten.

Sobald Anwin außer Hörreichweite war, meinte Orrin: "Mir gefällt nicht, in welche Richtung das geht. Du benutzt den armen Narren. Mich würde interessieren, wofür genau du ihn benutzt. Das hat nicht zufällig irgendetwas mit der Vorstellung zu tun, die du Junar versprochen hast?"

Eryn zuckte die Achseln. "Sagen wir, dass ich ihn gesehen und die Gelegenheit genutzt habe, ihn für meine Zwecke einzusetzen."

"Und deine Zwecke zielen darauf ab, dich an Enric für etwas zu rächen, das er dir angetan hat? Anwin sieht nämlich aus, als wäre er in der Stimmung, ein paar recht forsche Dinge in aller Öffentlichkeit anzusprechen", warnte er sie.

Sie nickte. "So hat es den Anschein. Allerdings baue ich darauf, dass er sie zu Malriel und nicht zu Enric sagt. Ich habe immerhin gerade betont, dass Enric sich adoptieren ließ, um meine Familie zu beschützen. Ein eindeutiger Beweis männlicher Beschützerinstinkte wird bei einem Traditionalisten wie Anwin zweifellos Anklang finden."

Orrin zog eine Augenbraue hoch. "Das nimmt beunruhigende Ausmaße an, wenn du dir die Zeit nimmst, zu denken bevor du handelst. Dann sehen wir mal, wie zielsicher du seinen Charakter eingeschätzt hast."

Beide drehten sich um und näherten sich der Gruppe, um mitzuhören, wie Anwin Malriel ansprach.

"Guten Abend. Mein Name ist Anwin", begann er, ohne darauf zu warten, dass man ihn vorstellte. "Es scheint, dass du kürzlich meinen Sohn adoptiert hast. Ich erinnere mich nicht daran, mein Einverständnis für so etwas gegeben zu haben. Und man würde meinen, dass jemand, der den Sohn anderer Leute adoptiert, zumindest den Anstand besitzt, die Erlaubnis der Eltern einzuholen, wenn sie noch am Leben sind."

Schadenfroh bemerkte Eryn, dass seine Stimme laut genug war, damit alle anderen Gäste in dem weitläufigen Salon problemlos in der Lage waren, ihn zu verstehen. Orrin und sie hätten nicht einmal näherzutreten brauchen.

Malriels Lächeln wirkte etwas angestrengt, kam aber keinen Moment lang ins Wanken. "Anwin, welch Vergnügen, dich kennenzulernen", schnurrte sie und setzte all ihren Charme und ihre Flirtkünste ein. "Ich kann sehen, woher Enric sein fabelhaftes Aussehen und seine Entschlossenheit hat."

"Geschmeidig", bemerkte Orrin im Flüsterton. In seiner Stimme schwang Anerkennung mit.

Eryn verdrehte die Augen bei dem Kommentar. "Oh, bitte! Schmeichelei ist so einfach zu durchschauen."

"Eryn, Eryn, Eryn", seufzte er enttäuscht. "Dabei hast du so vielversprechend begonnen. Anwin ist kein komplizierter Mann. Das bedeutet, dass ein ausgeklügeltes Vorgehen bei ihm nicht funktionieren würde. Schmeichelei ist simpel - das kann er verstehen."

Und tatsächlich schien sein Zorn zu schmelzen.

"Leichtgläubiger Narr", murmelte sie. "Man sollte meinen, dass der Mann, der Enric gezeugt hat, etwas fitter im Kopf sei."

Sie hörten, wie Malriel fortfuhr: "Ich verstehe, dass dieses Arrangement für dich als sein Vater nicht angenehm ist, aber lass mich dir versichern, dass ich keinerlei Absichten hege, ihn dir wegzunehmen. Sein Status als mein Sohn ist nur ein rechtlicher, während du immer sein Vater sein wirst. Blut ist immerhin eine stärkere Bindung als das Gesetz." Ihr Blick huschte beim letzten Satz kurz zu Eryn. "Und ich möchte, dass du weißt, dass ich es nur tat, um meine eigene Familie zu beschützen, die sonst keinen Nachfolger für die Position des Oberhaupts gehabt hätte. Enric war so gütig, mir in meiner Stunde der Not behilflich zu sein."

Gut gespielt, das musste sogar Eryn zugeben.

"Das ist nicht, was ich gehört habe", sagte Anwin mit erheblich weniger Nachdruck als noch vor wenigen Augenblicken.

Malriel sah noch einmal zu ihrer Tochter hin. "Wirklich? Und was hast du gehört, wenn ich fragen darf?"

"Mir wurde gesagt, dass du ihn dazu gezwungen hast", beschuldigte er sie.

Etwa zwanzig Augenpaare klebten voller Faszination an der Gruppe am einen Ende des Raumes. Während es Anwin offenkundig wenig kümmerte, welches Spektakel er veranstaltete, war sich Malriel ihres Publikums merklich bewusst.

"Ja, gewisse... weniger begeisterte Parteien mögen das wohl so sehen", meinte sie mit einem weiteren Seitenblick auf Eryn, die ihr ein dünnes Lächeln schenkte, neugierig darauf, wie es nun weitergehen würde. Nach allem, was sich zugetragen hatte, war dies immerhin dünnes Eis. Darauf zu beharren, dass Enric es freiwillig getan hatte, würde seinem Vater nicht zusagen. Aber zuzugeben, dass sie ihn dazu gezwungen hatte, würde sie als die skrupellose Person hinstellen, die sie tatsächlich war. Das allerdings wollte sie hier nicht publik machen, und zudem würde es Enric schwach und verwundbar wirken lassen, hätte er sich zu so etwas zwingen *lassen*.

"Ich befand mich in einer sehr schlimmen Situation, musst du wissen", setzte sie nach einem kurzen Moment des Nachdenkens fort. "Aufgrund... unerfreulicher Umstände hatte ich gerade meine eigene Tochter und Erbin verloren, und Enric stimmte ohne Rücksicht auf die Nachteile für ihn selbst zu, mir und meiner Familie beizustehen. Eine mutige und noble Geste, die die Werte widerspiegelt, die ihm zweifellos in seiner Kindheit vermittelt wurden. Es scheint, als hätte ich endlich den Mann getroffen, dem ich dafür zu danken habe", fügte sie mit einem glückseligen Lächeln hinzu.

"Solltet Ihr jemals wieder jemanden adoptieren wollen, um ihm Euer Vermögen zu vermachen, Malriel, gebt mir Bescheid, und ich schicke Euch meinen Sohn vorbei", rief Lord Seagon und löste damit kollektive Erheiterung aus. Das bedeutete, dass Anwin keine andere Wahl hatte, als seinen Ärger loszulassen und stattdessen das Kompliment zu akzeptieren.

"Ja, er wurde zur Hilfsbereitschaft erzogen, besonders, wenn es um das schwächere Geschlecht geht", nickte er.

Malriels Blick kam bei der Formulierung kurz ins Wanken, ihr Lächeln jedoch blieb aufrecht. "Oh, wie wahr."

Die Gäste blickten zur Tür des Speisesaals, als Inad sich räusperte und verkündete, dass das Abendessen nun servierbereit war.

"Das lief nicht ganz so, wie du es geplant hattest, was?", fragte Orrin.

Eryn zuckte mit den Schultern. "Ich gestehe, dass sie besser damit zurechtgekommen ist als ich es mir erhofft habe. Nun, zumindest werden sich ein paar Leute fragen, ob sie vielleicht nicht ganz so harmlos ist, wie sie den Anschein erwecken möchte."

"Dann beabsichtigst du also, Malriels Ruf als zu Unrecht verschmähte Mutter, an dem sie die letzten paar Wochen gearbeitet hat, zu zerstören?"

Grimmig nickte sie. "So ist es. Auf das hinauf sollten die Leute wohl aufhören, mir damit auf die Nerven zu gehen, dass ich mich zu einer Versöhnung aufraffen soll. Jedes Mal, wenn mir jemand sagt, ich solle meinem Herzen einen Ruck geben, steigt in mir das Bedürfnis auf, diese Person zu schlagen. Und da du mir beibringst, wie man genau das recht effektiv hinbekommt, ohne auf Magie zurückgreifen zu müssen, bin ich überzeugt, dass jede Bemerkung, die ich mir anhören muss, meine Zurückhaltung stärker auf die Probe stellt."

Sie beobachteten, wie Anwin Malriel seinen Arm bot, den sie huldreich akzeptierte. Enric warf Orrin einen fragenden Blick zu, und als der Krieger ihm zunickte, bot er Junar seinen Arm an.

"Damit bleiben wir beide übrig, Mädchen", sagte er und wartete, bis die anderen Paare das Zimmer verlassen hatten, bevor er ihr seinen Arm bot. "Ich kann wohl davon ausgehen, dass uns nun bald Akt zwei bevorsteht?"

Sie lächelte vielsagend. "Oh ja. Darauf kannst du dich verlassen."

* * *

Eryn lehnte sich zufrieden zurück, nachdem sie mit ihrer Nachspeise fertig war. Das Essen war wirklich gut gewesen, und Inad hatte ihren Koch angewiesen, für Eryn etwas ohne Fleisch zuzubereiten. Inad war nicht einmal so übel, sinnierte sie. Sie war bloß nicht besonders gut ausgestattet, wenn es um ihre intellektuellen Fähigkeiten ging, doch ihre Tendenz zur Eitelkeit bewahrte den Tresorraum der Klinik zumindest davor, sich allzu rasch wieder zu leeren. Obwohl sie diesen Abend nicht gerade aus ausschließlich oder sogar hauptsächlich wohltätigen Motiven veranstaltete, sondern sich als Wohltäterin zeigen und Lob und Respekt erlangen wollte, spielte das für die Waisen, die von dem Geld profitieren würden, wohl kaum eine Rolle.

"Wo ist Eure Schwester heute Abend, Lady Eryn? Wie schade, dass sie nicht kommen konnte!", fragte Aurna.

"Sie hat heute Nachtdienst", informierte Eryn sie.

"Nachtdienst?", erkundigte sich Lord Remdel, der Gastgeber, neugierig. "Ich dachte, Ihr heilt immer nur vormittags?"

"Das war ursprünglich der Plan, ja", lächelte sie. "Unglücklicherweise nehmen medizinische Notfälle bei ihrem Auftreten keinerlei Rücksicht auf unsere Behandlungszeiten. Zuweilen werden die Heiler von Boten geweckt, damit sie sich um Probleme kümmern, die nachts auftreten. In der Folge sind sie dann am nächsten Morgen nicht besonders ausgeruht. Also hat sich meine Schwester um einen Dienstplan gekümmert, wo jeder von uns alle paar Nächte einmal für Notfälle zur Verfügung steht und damit sicherstellt, dass die anderen Heiler ihre Nachtruhe haben", erklärte sie.

"Aber sicherlich schließt *Euch* dieser Dienstplan nicht mit ein? Man bedenke nur all Eure anderen wichtigen Pflichten", wollte eine von Inads weniger angenehmen Freundinnen wissen. Eryn musste wirklich damit beginnen, sich diese Namen einzuprägen, besonders, da sie praktisch bei jeder dieser Veranstaltungen auf die gleichen Leute zu treffen schien.

"Doch, das tut er. Ich bin schließlich ebenfalls eine Heilerin. Und als Vorgesetzte sollte ich mit gutem Beispiel vorangehen. Wie kann ich von anderen verlangen, was ich selbst nicht zu tun bereit bin?"

"Ein sehr wichtiges Führungsprinzip, liebe Lady Eryn, ist die Fähigkeit zu delegieren", meinte Lord Woldarn und bedachte sie mit einem herablassenden

Lächeln. "Nehmt Euch ein Beispiel an Lord Tyront. Würde er all die Aufgaben, für die er schlussendlich die Verantwortung trägt, selbst übernehmen, bliebe ihm keine Zeit mehr, um sich um die wirklich wichtigen Dinge zu kümmern, die sein Amt beinhaltet."

Eryn erwiderte das anmaßende Lächeln und passte ihren Tonfall entsprechend an. "Ich danke Euch vielmals für diesen Einblick, mein Lord. Ich mag den anderen Heilern vorgesetzt sein, wenn es um Wissen und das Treffen von Entscheidungen geht. Da aber ein Drittel meiner Arbeit nicht aus Führung oder Unterrichten, sondern dem Heilen von Patienten besteht, sind wir zumindest in dieser Hinsicht gleichgestellt. Weniger angenehme Aufgaben Gleichgestellten zu überlassen, würde mir auf lange Sicht kaum deren Wohlwollen einbringen. Und dann bin ich immer noch die erfahrenste Heilerin, die es hier gibt, unseren Gast natürlich nicht mitgezählt. Somit wäre es eine Verschwendung meiner Fertigkeiten, wenn ich keine Nachtdienste übernähme, denkt Ihr nicht? Mein Verständnis von Delegieren besteht darin, Aufgaben an andere Leute zu übergeben, wenn ich entweder nicht über die Ressourcen verfüge, um mich selbst darum zu kümmern, oder andere Menschen besser dafür geeignet sind. Keines von beiden trifft in diesem Fall zu."

"Selbstverständlich", sagte er kühl, "ist es Eure Entscheidung, Euch auf die Maßstäbe herabzulassen, die für Eure Befehlsempfänger gelten."

"Diesen Begriff schätze ich nicht besonders, Lord Woldarn, wenn ich bedenke, dass er mich miteinschließt", ertönte Lord Porons sanfte Stimme. Eryn sah, wie mehrere Münder mit Handgesten oder Servietten bedeckt wurden, um ein Lächeln zu verdecken.

"Und technisch gesehen, mein Lord", fuhr der Magier in seinen Siebzigern fort, "träfe die Bezeichnung *Befehlsempfänger*, wie Ihr es nanntet, auf Euch ebenfalls zu, da Lady Eryn auch *Eure* Vorgesetzte ist."

"Meine Lords", unterbrach Inad, ihr Gesicht eine Maske erzwungener Heiterkeit, mit der sie sich der Gefahr entgegenstellte, dass ihr Abend durch ungefällige Worte ruiniert werden könnte. "Ich flehe Euch an, nicht über geschäftliche Angelegenheiten zu sprechen."

"Inad hat vollkommen Recht", stimmte Eryn mit einem Kopfnicken zu. "Dies ist kein Thema für diesen Anlass, wo unsere Gastgeberin solch große Mühen auf sich genommen hat, um mit diesem außerordentlich zauberhaften Umfeld einen Rahmen für unser Vergnügen sicherzustellen."

Sie bemerkte, wie Junar ihren Kopf leicht schüttelte und einen verzweifelten Blick mit ihrem Gefährten tauschte. Enric sah sie ebenfalls zweifelnd an. Dass sie sich für ein friedvolles Mahl einsetzte anstatt die Chance auf Unterhaltung ergriff, indem sie zwei Magier dabei beobachtete, wie sie aufeinander losgingen, war eindeutig nicht die Art von Verhalten, die er von ihr erwartet hatte. Aber sie verfolgte bestimmte Absichten, und diese Diskussion war ihren momentanen Plänen überhaupt nicht zuträglich.

Vyril ergriff als Erste das Wort, nachdem es am Tisch still geworden war.

"Malriel, Euer Aufenthalt hier neigt sich bald seinem Ende zu, ist es nicht so? Wie hat es Euch hier bisher gefallen?"

"Ich muss zugeben, dass ich nur sehr ungern schon so bald wieder von hier abreise. Das, weswegen ich hergekommen bin, habe ich nicht wirklich vollbracht. Aber unglücklicherweise rufen mich meine Pflichten wieder zurück nach Takhan", erklärte Malriel mit einem traurigen Lächeln.

Ein paar der Gäste sahen einander wissend an, bevor sie ihre Blicke überallhin außer zu Eryn schweifen ließen.

Vyril schien als Einzige ratlos zu sein, was die Natur dieser unerledigten Aufgabe betraf. "Tatsächlich? Ich bedaure sehr, das zu hören. Wäre es zu kühn von mir, mich nach dieser unvollendeten Angelegenheit zu erkundigen?"

Malriels Gesicht zeugte von einem inneren Kampf, als sie auf die Hände in ihrem Schoß hinabsah. "Ich hatte gehofft, die Beziehung zu meiner Tochter zu verbessern. Aber es scheint, als wäre ich in dieser Hinsicht etwas zu optimistisch gewesen."

"Dann gibt es für dich hier keinerlei unerledigte Angelegenheiten, Malriel", antwortete Eryn nachdrücklich. "Soweit ich weiß, hast du hier keine Tochter, sondern einen Sohn. Und nach dem zu urteilen, was ich gesehen habe, ist mit deiner Beziehung zu ihm alles in Ordnung. Es gibt hier also nichts, das deinen Aufenthalt hier unnötig in die Länge zu ziehen bräuchte, selbst wenn du nicht bald zurückkehren müsstest."

"Lady Eryn", rief Lord Seagons Gefährtin betroffen aus, "denkt Ihr nicht, dass es eine Katastrophe ist, wenn Mutter und Tochter keinen Weg finden, ihre Schwierigkeiten beizulegen? Besonders, wenn eine von beiden so bemüht ist?"

Eryn schüttelte den Kopf und erwiderte steif: "Ich denke, dass es durchaus Gründe gibt, die es wünschenswerter machen, die Verbindung aufgrund unüberbrückbarer Differenzen abzubrechen als das zu reparieren, was unwiederbringlich zerstört ist."

"Meine liebe Lady", schaltete sich eine weitere wohlmeinende Stimme ein, dieses Mal Lord Aldon. "Unsere Wahrnehmung bezüglich dessen, was irreparabel ist, mag sich mit der Zeit verändern, wenn wir aufgeschlossen bleiben."

"Eine Mutter ist so etwas Kostbares", warf Inad mit einem flehenden Blick zu Eryn ein. "Das ist doch niemand, den man einfach wegen eines Streits sorglos beiseite schiebt!"

Nur noch ein wenig weiter, dachte Eryn. Vyril tupfte sanft mit einer Serviette ihre Mundwinkel ab, nachdem sie ihr Dessert beendet hatte. Dann faltete sie den Stoff ordentlich, bevor sie zu sprechen begann.

"Ich muss Inad zustimmen. Lady Eryn, wollt Ihr nicht versuchen, all Eure Kraft dafür einzusetzen, Euch mit Eurer Mutter zumindest für ein wohltuendes, ehrliches Gespräch zusammenzusetzen? Um all diesen Kummer miteinander zu teilen und einen Weg aus dieser Situation zu finden, die für keine von Euch angenehm sein kann?"

Eryn starrte sie an, dann zu den anderen Gesichtern, von denen die meisten zustimmend nickten und sie zum Nachgeben beschworen. Ein paar Gesichter allerdings wirkten alles andere als überzeugt. Junar sah Vyril mit einer hochgezogenen Augenbraue an, Lord Tyront schien verblüfft, Orrin sah amüsiert aus und erwartete ganz klar etwas Unterhaltsames.

Enrics Augen wurden schmal. Eine Warnung, nichts Törichtes zu tun, das sein Eingreifen erforderte. Womöglich, indem er sie ausschaltete, bevor sie etwas tat, das gröberen Schaden - oder Verletzungen - mit sich brachte.

Er beobachtete, wie sie ihr Gesicht abwandte und ihren Mund bedeckte, als wollte sie ein Schluchzen unterdrücken. Ihre Kehle zugeschnürt, schloss sie die Augen, bevor sich zwei große Tränen, eine in jedem Augenwinkel, formten und ihre Wangen hinabliefen.

Der gesamte Tisch verstummte und starrte sie einfach nur an. Das nächste Schluchzen war klar vernehmbar.

"Ich kann nicht", flüsterte sie. "Jedes Mal, wenn ich sie sehe, muss ich daran zurückdenken, wie sie mich betrog." Jetzt bedeckte sie ihr Gesicht mit beiden Händen, während ihre Schultern bebten.

Eindrucksvoll, sinnierte Enric. Aber andererseits konnte es für eine Heilerin keine besondere Herausforderung darstellen, auf Kommando zu weinen. Man musste bedenken, dass sie sehr genau wussten, wie sich jedes Organ und jede Körperflüssigkeit zu einem gewissen Grad beeinflussen ließen. Er sah, wie die anderen Gäste Blicke tauschten, die zwischen Überraschung und schierer Panik, Mitgefühl und Unverständnis, Faszination und Ungläubigkeit schwankten.

"Ich vertraute ihr, als ich ihr vom Tod meines Vaters erzählte", schluchzte sie und ließ eine weitere Träne ihre Wange hinabkullern. "Und das hat sie benutzt, um mich zu beschuldigen, ich hätte ihn umgebracht! Um mich davon abzuhalten, ihre Stadt jemals wieder zu verlassen! Um mich dort wie ein Tier in Gefangenschaft zu halten!"

Sie zog ihre Hände wieder weg und erlaubte ihrem Publikum somit, ihre geröteten Augen zu sehen. Die blasse Gesichtsfarbe war eine nette Zugabe, dachte Enric. Rote Augen waren wesentlich eindrucksvoller, wenn sie einen Kontrast zu beinahe weißer Haut bildeten.

"Ich wache nachts immer noch auf und sehe mich um, ob ich wirklich wieder zuhause bin oder ob es nur ein wundervoller Traum war, dass ich ihren Intrigen entkommen bin. Einer, den ich irgendwie erfunden habe, um nicht wahnsinnig zu werden."

Es wurde Zeit, dass man ihn dabei beobachtete, wie er sie tröstete, dachte Enric mit einen gewissen Grad an Resignation. So wurde es immerhin von einem rücksichtsvollen und einfühlsamen Gefährten erwartet. Er stand auf, kam zu ihr und ging neben ihrem Stuhl in die Hocke, als Aurna ihren zur Seite schob, damit er Platz hatte.

"Eryn?", fragte er sanft, "Soll ich dich jetzt nach Hause bringen?" Natürlich würde sie das ablehnen, war ihm klar. Sie war noch nicht fertig mit diesen Leuten.

Sie schüttelte den Kopf, hielt aber seine Hände fest, um sie an ihre nassen Wangen zu drücken. "Nein, sie müssen das verstehen", sagte sie mit leiser aber verzweifelter Stimme, die gerade laut genug war, dass die Leute um sie herum sie hören konnten.

Dann richtete sie sich auf ihrem Stuhl auf und wischte tapfer die Tränen fort, die weiterhin ihre Wange hinabrollten. "Ich wurde von meinem Vater aufgezogen, wie ihr alle wisst", begann sie und versuchte heldenhaft, das Schluchzen, das sie vom Sprechen abzuhalten drohte, unter Kontrolle zu bekommen. "Ich wurde in dem Glauben aufgezogen, meine Mutter sei tot. Als ich also vor ein paar Monaten nach Takhan ging und entdeckte, dass sie nicht tot war, war das ein unglaubliches Gefühl." Sie sah das verständnisvolle Nicken um sie herum und fuhr fort: "Aber bald fand ich heraus, dass die Ereignisse von vor so vielen Jahren, als ich fortgebracht wurde, sie verhärtet hatten. Nicht nur gegen meinen Vater, sondern auch gegen *mich*..." Sie brach ab; offensichtlich machte der Kummer bei dem Gedanken ihr das Weitersprechen unmöglich.

Enric musste hart daran arbeiten, sein Gesicht ernst und besorgt erscheinen zu lassen. Durch das Geistesband konnte er spüren, dass es ihr wahrhaftiges Vergnügen bereitete, ihrem Publikum etwas vorzuspielen. Malriel schien sich des Manövers ebenso bewusst zu sein wie er selbst, konnte es sich aber nicht leisten, das auszusprechen, ohne sich selbst also noch gefühlloser zu präsentieren, als die Worte ihrer Tochter das bereits getan hatten.

"Sie versuchte, mich dafür verurteilen zu lassen, dass ich den Tod meines Vaters verursacht hätte. Er wurde getötet, weil er mich beschützte, und es dauerte Jahre, bis ich damit umgehen konnte." Sie ließ ihre Schluchzer verstummen, aber die Tränen liefen sicherheitshalber weiterhin über ihre Wangen. "Vor den Senat gezerrt zu werden und dann ihnen allen diese Geschichte erzählen zu müssen... dieser grausigen Sache beschuldigt zu werden... von meiner eigenen Mutter!" Ein weiteres Mal bedeckten ihre Hände ihr Gesicht, und Enric nickte Aurna dankbar zu, als sie ihren Stuhl räumte, damit er sich neben sie setzen und an seine Brust ziehen konnte. Ein paar Augenblicke lang ließ sie sich von ihm halten, bevor sie sich erneut aufrichtete und sammelte. Dann sprach sie weiter.

"Ich wurde für nicht schuldig befunden und durfte Takhan wieder verlassen. Aber diese zehn Tage der Ungewissheit, der Angst davor, nicht mehr mit meinem Gefährten heimkehren zu dürfen..." Sie legte eine Hand an Enrics Wange und lehnte einen Moment lang ihre Stirn gegen seine, während sie die Augen schloss, um ihre Verbundenheit füreinander zu demonstrieren.

"Das war bis jetzt die schlimmste Zeit meines Lebens. Nachdem ich hier so viele Monate lang eine Gefangene war, graute mir davor, dort drüben meine

Freiheit erneut zu verlieren, ein weiteres Mal dazu gezwungen zu werden, alles zurückzulassen, was ich mir aufgebaut hatte." Schließlich trocknete sie ihre Tränen mit einer Serviette. "Und das Schlimmste bei all dem war die Gewissheit, dass ich keine Mutter mehr habe. Ich kam als Waise nach Takhan, und ich bin dankbar und voller Demut, dass mir mein Onkel die Familie gab, von der ich immer träumte. Er war derjenige, der mir half, die Tortur, die Malriel mir aufbürdete, durchzustehen. Er ist für mich meine Familie. Sie ist es nicht." Sie straffte ihre Schultern und sah jedem einzelnen Gast kurz in die Augen, bevor sie sagte. "Als ich aufwuchs, hatte ich niemals den Luxus, jemanden vertrauen zu können, weil ich immer verstecken musste, wer ich war. Dann traf ich meine Familie und glaubte, dass ich mich nicht länger verstecken müsste, doch Malriel belehrte mich eines Besseren. Dank ihr finde ich es sogar jetzt noch schwierig, meinen engsten Freunden zu vertrauen. Aus diesem Grund würde ich euch alle darum bitten, von mir nicht zu verlangen, was ich nicht länger in mir habe: die Fähigkeit, ihr zu vergeben. Wenn ich an sie denke, sind da so viele Ängste, Ärger, Hilflosigkeit und Kälte in mir - ganz zu schweigen davon, wenn ich sie ansehe, so wie jetzt - dass ich weiß, dass ich in naher Zukunft nicht imstande sein werde, das hinter mir zu lassen. Ich brauche Zeit, um zu heilen."

Ihre geweiteten Rehaugen ruhten auf Malriel, deren Miene schwer zu durchschauen war, jedoch Elemente von Belustigung, Missfallen, Respekt und einem Anflug von Überraschung zu beinhalten schien. Sie sah aus, als würde sie jeden Moment zu applaudieren beginnen.

Würde sie das doch nur tun, dachte Eryn. Aber das wäre dumm, da alle Leute um sie herum, außer den wenigen, die ohnehin auf Eryns Seite standen, ihrer Tochter glaubten und eine sarkastische Geste von der Frau, die gerade als Ursache all dieses Leides bloßgestellt worden war, nicht gut aufnehmen würden.

Ein paar der Augen wanderten von Eryn zu Malriel, von der sie ganz klar eine Reaktion auf so einen belastenden Ausbruch erwarteten.

Die Stille zog sich in die Länge, und letztendlich holte Malriel tief Atem. "Theá, mein Kind", sagte sie, sorgsam darauf bedacht, ihre Stimme leise und sanft zu halten, "es schmerzt mich zutiefst, dass du all dies auf diese Weise erlebt hast. Ich hatte keine Ahnung, dass dir diese Sache dermaßen zugesetzt hat. Ich mag mein Herz gegen deinen Vater verhärtet haben, weil er dich von mir fortgenommen hat, aber niemals gegen dich. Ich werde tun, was auch immer erforderlich ist, um die Dinge zwischen uns wieder ins Lot zu bringen."

Resigniert schüttelte Eryn den Kopf. "Es gibt nichts, das du…" Ihre Stimme verebbte, als ob ihr gerade ein Gedanke gekommen wäre.

"Ja?", fragte Malriel gefasst.

"Deine Anwesenheit hier in der Stadt ist für mich eine große Bürde. Das war sie auch in den letzten drei Wochen", meinte sie leise.

"Dann werde ich dir diese Bürde von den Schultern nehmen, mein Kind", erwiderte die ältere Frau, "und morgen abreisen."

Überrascht starrte Eryn sie an. Das kam unerwartet. Erfreulich unerwartet.

"Wenn", meinte Malriel traurig lächelnd, "du dafür heute Abend hier in Inads wundervollem Salon ein Glas Wein mit mir trinkst und mir versprichst, dass du zu mir kommen wirst, wenn du das Gefühl hast, du wärst soweit geheilt, dass du es in dir hast, wieder mit mir sprechen zu können."

Eryn nahm die bekümmerten aber verständnisvollen Mienen um sich herum in sich auf. Würde sie dieses scheinbar so vernünftige Angebot jetzt ablehnen, wäre sie wieder diejenige, die ihre Mutter von sich stieß, indem sie ihr diese kleine, verzweifelte Bitte eines gemeinsamen Glases verweigerte. Zuzustimmen würde sicherstellen, dass Malriel eine ganze Woche früher als geplant von hier abreiste. Eine Woche, in der sie keinerlei wie auch immer gearteten Schaden anrichten konnte. Eryn nickte langsam.

"Also gut, Malriel. Ein Glas Wein und dieses Versprechen." Ein wertloses Versprechen von einer Spielerin an eine andere.

Inad stand rasch auf. "Ich werde den Wein für Euch beide im Salon vorbereiten."

"Ich danke dir vielmals, wie rücksichtsvoll von dir", lächelte Malriel resigniert.

Enric beugte sich näher zu ihr und gab vor, Eryn auf die Wange zu küssen, während er flüsterte: "Gut gespielt, Liebste. Sehr versiert."

Mit trauriger Ironie lächelte sie, als hätte er ihr gerade gesagt, sie möge ihm Angesicht des Feindes Stärke zeigen. Dann bat sie: "Ich wäre dankbar, wenn du mich nach Hause bringen würdest nach…" Sie blickte zu Malriel. "Dem hier."

Er nickte ernst. "Aber natürlich, meine Liebste. Was auch immer du wünschst."

Malriel stand von ihrem Stuhl auf und wartete, bis Eryn ihrem Beispiel folgte, bevor sie vom Tisch zurücktrat und in den Salon ging. Inad hatte zwei Gläser und eine Flasche Rotwein auf einem Tablett auf einer Kommode vorbereitet und zog sich eilig zurück, damit die beiden Frauen ungestört waren.

Nachdem die Türen geschlossen und die zwei allein waren, lächelte Malriel spöttisch.

"Gut gemacht, Tochter. Ich hatte mich schon gefragt, wann du endlich das Schmollen sein lassen würdest und zurückschlägst. Aber dein Gegenzug war das Warten wert. Sehr theatralisch." Sie schlenderte zu den beiden Gläsern und der Flasche. "Ich gebe zu, ich hätte nicht gedacht, dass dein Stolz es zuließe, dass du vor all diesen Leuten in Tränen ausbrichst." Sie nickte in Richtung des Esszimmers. "Aber ich könnte mir denken, dass der kleine Vorfall mit dem König gestern dir dabei geholfen hat, neue Prioritäten zu setzen, habe ich Recht?"

Sie drehte Eryn den Rücken zu, um die Flasche zu öffnen und jeder von ihnen ein Glas einzuschenken.

Eryn wandte sich dem Fenster zu, um in die Nacht hinauszuschauen. Tagsüber hatte es geregnet, und die feuchte Luft stieg in Nebelschwaden von der Straße in die ungewöhnlich warme Nachtluft empor. Die Laternen draußen ließen die Szene gespenstisch und surreal erscheinen.

Sie nahm das Glas entgegen, das Malriel ihr in die Hand drückte, als sie neben sie trat.

"Ich nehme an, du hast keine Absicht, dich an dieses Versprechen zu halten?"

Eryn schüttelte den Kopf. "Nein, das habe ich nicht. Aber ich denke ohnehin nicht, dass ich mich jemals soweit von deinen Taten erholen werde, als dass mich das Bedürfnis überkommt, mit dir zu reden, falls dich das tröstet."

"Das tut es nicht", erwiderte Malriel trocken und nippte an ihrem Wein. "Ganz im Gegenteil." Sie stieß einen tiefen Seufzer aus. "Wir können nicht immer so weitermachen, Theá. Du bist durch dein Blut an mich gebunden, und dein Gefährte durch das Gesetz. Letzteres wird dafür sorgen, dass wir stets miteinander in Kontakt bleiben werden, da Enric nun mein Erbe ist. Zusätzlich dazu wirst du zweifellos regelmäßig zu Haus Vel'kim zu Besuch kommen. Bei diesen Anlässen wirst du mir nicht aus dem Weg gehen können. Das werde ich nicht zulassen."

Eryn seufzte und ließ den Wein in ihrem Glas kreisen. "Hör auf damit, Malriel. Die intimste Beziehung, die du dir zwischen uns erhoffen darfst, ist die zwischen gleichgültigen Fremden. Das wäre tatsächlich sogar ein großer Fortschritt im Vergleich zu dem, was jetzt zwischen uns vorgeht."

"Nein, Theá. Gleichgültigkeit kann niemals besser sein als Abneigung. Gleichgültigkeit entsteht dann, wenn alles Gefühl verloren ist, wenn wir einen Punkt erreichen, wo wir uns nicht einmal mehr dazu aufraffen können, einander zu verletzen, weil nichts mehr übrig ist. Es wäre mir sogar lieber, wenn du mich stattdessen *hassen* würdest."

"Hass ist immer schmerzhafter für denjenigen, der ihn empfindet als für das Ziel", sagte Eryn. "Eines Tages werde ich all das hinter mir lassen zugunsten dieser Gleichgültigkeit, die du so sehr ablehnst. Sei dir dessen gewiss."

Malriel sah sie erbost an. "Schmerz, Theá, ist genau das, was du empfinden *solltest*, wenn du deine eigene Mutter hasst!"

Eryn trank den Wein in wenigen Schlucken aus. "Das hast du dir selbst zuzuschreiben, *Mutter*", spuckte sie. "Jetzt musst du mit den Folgen leben." Sie stellte das leere Glas zur Seite. "Und jetzt musst du mich entschuldigen. Ich habe deine Bedingung erfüllt und ein Glas Wein mit dir getrunken. Jetzt werde ich mich von Enric heimbringen lassen. Mach dir nicht die Mühe, dich morgen von mir zu verabschieden, bevor du aufbrichst. Ich würde es dir nicht danken."

Damit drehte sie sich um und marschierte aus dem Zimmer und auf die Eingangshalle zu.

Malriel sah ihr nach, dann fiel ihr Blick auf das leere Weinglas auf der Fensterbank. Ein feines Lächeln umspielte ihre Lippen.

KAPITEL 19

Eine zweite Chance

Eryn öffnete die Tür, damit Junar eintreten konnte und nahm ihr den Umhang ab.

"Einen guten Morgen", lächelte die Magierin. "Komm herein und erzähl mir, was gestern noch passiert ist, nachdem wir weg waren."

Junar ging zu einem Sofa. "Zuerst wirst du etwas Gastfreundlichkeit zeigen und mir etwas zu trinken anbieten, wie es einer Dame in meiner Situation gebührt."

"Deine Situation? Du meinst deine Schwangerschaft? Mir war nicht klar, dass dir deswegen eine Sonderbehandlung zusteht", meinte Eryn, ging aber folgsam zum Getränkeschrank und nahm eine Flasche Saft heraus.

"Nicht nur aufgrund der Schwangerschaft. Ich bin immerhin die Gefährtin eines wichtigen Mannes", grinste die Schneiderin, runzelte dann aber die Stirn. "Allerdings ist mir gerade eingefallen, dass du die Gefährtin eines noch wichtigeren Mannes bist und du im Rang ebenfalls über Orrin stehst, also sollte ich wohl besser ruhig sein, bevor ich *dir* noch etwas zu trinken servieren muss."

Die jüngere Frau zuckte mit den Schultern und stellte ein Glas vor ihren Gast hin. "Nicht heute. Ich bin versöhnlich gestimmt."

"Also gut, mächtige Zauberin, dann werde ich im Gegenzug deiner Bitte nachkommen und dir kundtun, was sich gestern Abend später noch ereignete." Sie nahm einen großzügigen Schluck von ihrem Glas. "Zuerst lass mich dir sagen, dass deine gestrige Vorführung enorm überzeugend war. Nicht für diejenigen von uns, die dich halbwegs gut kennen, wohlgemerkt. Zu melodramatisch. Wenn du in Tränen ausbrichst, würde ich eher erwarten, dass etwas zerbricht oder explodiert anstatt einer Darbietung von Kummer und Schmerz, aber glücklicherweise standen dir die meisten dort nicht nahe genug, um das zu durchschauen. Nächstes Mal, wenn du so eine Nummer abziehst, will *ich* diejenige sein, die dir dabei hilft."

Eryn zog ihre Stirn in Falten. "Was?"

"Das letzte Mal bei Lord Aldon hast du Pe'tala ihre Rolle spielen lassen, gestern war es Vyril. Nächstes Mal will *ich* bei deinen finsteren Plänen mitmachen."

"Ich habe nicht die Absicht, eine Gewohnheit daraus zu machen, Leute bei geselligen Zusammenkünften zu manipulieren."

Junar verdrehte die Augen. "Oh, bitte! Gestern war das erste Mal, dass ich nicht Angst hatte, dass du jeden Moment einschläfst. Das werte ich als Zeichen dafür, dass du dich köstlich amüsiert hast. Schade, dass ich nicht dabei war, um Pe'talas Auftritt mitzuerleben. Beim nächsten Mal werde ich sichergehen, dass ich auf jeden Fall da bin, wenn du anwesend bist. Und wenn ich meine eigene Schale mitbringen muss, in die ich mich übergeben kann."

"Das ist höchst rücksichtsvoll von dir, wirklich", bemerkte Eryn. "Die Gäste werden es definitiv würdigen, wenn sie mitansehen, wie du über deiner eigenen Schüssel würgst, während sie versuchen, ihre Mahlzeit zu genießen."

"Pech für sie", meinte die Schneiderin nur, bevor sie zum Thema des vorangegangenen Abends zurückkehrte. "Nachdem du und Malriel in den Salon gegangen wart, begannen die Leute ihre Besorgnis wegen deines untypischen Ausbruchs auszudrücken. Sie hätten keine Ahnung gehabt, dass dich diese Situation so stark berührt und belastet. Dann begannen sie über die unerklärlichen Anzeichen von Traurigkeit zu reden, die sie in der Vergangenheit an dir bemerkt haben wollten, wenn du dich unbeobachtet gefühlt hast. Es fiel mir nicht leicht, dabei nicht in lautes Lachen auszubrechen. Rückblickend scheint es, als hätten viele von ihnen schon die ganze Zeit über ein unbestimmtes Gefühl gehabt. Über jedes unsanfte Wort, das du jemals ausgesprochen hast, wurde hinweggesehen, da man deine Unfreundlichkeit der Anspannung zuschrieb, unter der du wegen des Konflikts mit deiner Mutter stehst." Sie schüttelte den Kopf. "Lord Enric, Lord Tyront und Orrin vermieden es, einander anzusehen, womöglich aus Angst davor, dass sie sonst die Kontrolle über ihre Gesichtszüge verloren hätten. Vyril hat sich den Gesprächen beherzt angeschlossen, ihr Mitgefühl für deine Situation ausgedrückt und den Leuten erzählt, für wie tapfer sie dich hält, wo dir doch das Schicksal solche Prüfungen auferlegt hat."

Eryn schnaubte. "Ich bin froh, dass ich Pe'tala gestern für die Nachtschicht eingeteilt habe. Sonst hätte sie mir die ganze Sache womöglich noch vermasselt."

"Du hast sie absichtlich ferngehalten?"

"Darauf kannst du wetten! Andernfalls hätte sie entweder mit ihrem Sarkasmus alles ruiniert, oder ich hätte sie darum ersuchen müssen, genau das nicht zu tun. Damit hätte ich ihr einen weiteren Gefallen geschuldet."

"Oh, du und deine Familien", sinnierte Junar. "Gibt es auch nur eine einzige Frau in deiner Verwandtschaft, mit der du gut auskommst?"

Eryn dachte zurück an ihre Großmutter Malhora und ihrem alles andere als harmonischen Zusammentreffen auf dem Aren Anwesen. "Nein, ich denke nicht. Ich kenne zwar nicht alle weiblichen Mitglieder beider Häuser, aber diejenigen, die mir bekannt sind, sind eindeutig nicht mein Fall. Aus irgendeinem Grund scheine ich mit den Männern wesentlich besser zurechtzukommen. Wie dem auch sei", grinste sie breit, "ich habe es nicht nur geschafft, dass die Leute aufhören, mich zur Versöhnung mit Malriel zu bewegen, sondern werde sie nun auch noch eine Woche früher los. Wahrlich ein erfolgreicher Abend!"

"Der König wird davon womöglich nicht allzu angetan sein", betonte die Schneiderin. "Du hast seine Liebhaberin eine Woche früher als erwartet verscheucht. Ich schätze, es wird wohl eine Weile dauern, bis er wieder die Möglichkeit hat, eine Magierin als Bettpartnerin zu genießen."

"Da wäre noch Pe'tala", meinte Eryn. "Ich bin sicher, dass Pe'tala von ein wenig… Betätigung profitieren würde. Das würde sie vielleicht etwas auflockern."

"Eryn!", rief Junar aus. "Wie gemein!"

"Warum? Aus Sicht eines Heilers ist Sex eine sehr gesunde Sache. Er fördert den Kreislauf, kräftigt die Muskeln, stärkt die Widerstandskraft des Körpers gegen Krankheiten, führt zur Ausschüttung von stimmungsaufhellenden Substanzen…", erklärte sie und grinste dann. "Ich könnte sie dem König sogar als Ausgleich dafür anbieten, dass er vorzeitig auf Malriels Gesellschaft verzichten muss."

Die ältere Frau prustete. "Das würde deine Cousine zweifellos sehr schätzen."

"Nun, es wäre zu ihrem eigenen Nutzen, oder etwa nicht? Es gibt zweifellos Schlimmeres als Sex mit einem jungen, fitten König zu haben."

"Der noch dazu alles andere als schauderhaft anzusehen ist", stimmte Junar zu. "Und dennoch würde sich ihre Begeisterung in Grenzen halten, wenn du sie auf diese Weise anbötest."

"Dann werde ich dem Geiste der Schwesternschaft entsprechend vorläufig davon absehen", seufzte Eryn in gespielter Kapitulation.

"Wenn wir gerade von Familie sprechen - Anwin war gestern vollkommen verwirrt. Wir mussten ihm erklären, weshalb Malriel nun plötzlich deine Mutter sein sollte, wo sie doch nicht älter als Lord Enric erscheint. Bezüglich deiner Vorstellung gab er sich recht großzügig und räumte ein, dass Frauen generell zu dramatischen emotionalen Ausbrüchen neigten." Junar kicherte.

"Ich kann dir sagen, dass ihm das ein paar recht betroffene Blicke eingebracht hat. Aus irgendeinem Grund blieb er danach nicht mehr recht lange."

"Wie ist der Rest des Abends verlaufen? Haben sich die Leute überhaupt noch daran erinnert, dass sie eingeladen wurden, um sich von ihrem Geld zu trennen anstatt nur die Vorführung zu genießen?"

Sie nickte. "Ja, Inad führte sie sozusagen wieder auf den Pfad der Tugend zurück. Sie begann mit der Versteigerung von ein paar Dingen wie den Ohrringen ihrer Tante, einer kleinen Schatulle mit Edelsteinen und anderen Sachen in dieser Art. Die Gäste versuchten sich gutmütig wenn auch ohne großen Enthusiasmus gegenseitig zu überbieten. Offensichtlich waren sie nicht besonders motiviert, sich wegen der Gegenstände, die zur Auswahl standen, von ihrem Geld zu trennen. Das änderte sich erst, als der letzte Punkt auf der Liste präsentiert wurde."

Eryn zog neugierig die Augenbrauen hoch. "Was war es denn?"

Junar lächelte höhnisch. "Eine kosmetische Korrektur, die von dir persönlich durchgeführt wird."

Sie starrte ihre Freundin an. "Was? Ich kann mich nicht erinnern, so etwas angeboten zu haben!"

"Nein, darauf hast du vergessen. Zum Glück erinnerte ich mich rechtzeitig daran und informierte Inad, dass du sie damit überraschen wolltest", erwiderte die Schneiderin schadenfroh. "Betrachte es als kleine Rache dafür, dass du mich ständig von deinen Intrigen ausschließt. Lass dir das eine Lehre sein."

"Fabelhaft", knurrte Eryn. "Und hat jemand dafür geboten?"

"Nicht zu Beginn. Ich denke, niemand wollte so offensichtlich sein Interesse daran bekunden. Aber als Vyril sagte, dass dies ein großartiges Geschenk für eine Freundin wäre, war das offensichtlich ein ausreichender Vorwand für die Damen. Plötzlich versuchten sie einander zu überbieten." Belustigt schüttelte sie den Kopf. "Du hättest sie sehen sollen! Der Kontrast der gierigen Blicke zu den allzu zwanglosen Handgesten, mit denen sie ihre Gebote anzeigten. Heuchlerinnen, allesamt!"

"Und wer hat schließlich gewonnen?"

"Lord Woldarns Gefährtin Elset. Und das ist auch gut so. Im Gesichtsbereich könnte sie durchaus etwas Hilfe gebrauchen. Das jahrzehntelange missbilligendes Aufeinanderpressen ihrer Lippen hat einige Falten hinterlassen", stichelte Junar.

"Du verwandelst dich doch nicht etwa in eine dieser gehässigen Klatschtanten?"

Junar seufzte. "Es tut mir leid. Dieser andauernde oder zu häufige Kontakt innerhalb kurzer Zeit tut mir nicht besonders gut, wie es aussieht. Die sind ein schlechter Einfluss."

"So scheint es wohl", bemerkte die Magierin trocken.

In diesem Augenblick öffnete sich die Tür, und Enric und Urban kamen herein.

"Hallo Junar", lächelte er und ging dann zu Eryn, um sie auf den Mund zu küssen, bevor er sich neben sie setzte. "Da gibt es etwas, das ich dir sagen muss. Ich breche heute Abend noch nach Bonhet auf."

Eryn starrte ihn überrascht an. "Mit *ihr*? Warum?"

"Ich hatte ohnehin geplant, diese oder nächste Woche hinzureisen, aber jetzt, wo Malriel früher aufbricht, kann ich ihr ebenso gut Gesellschaft leisten. Ich sollte nicht länger als fünf Tage unterwegs sein. Ich habe gerade mit Tyront gesprochen, und er hat zugestimmt. Das Einzige, was verschoben werden musste, war die Ratsversammlung in zwei Tagen, bei der du deinen neuen Vorschlag präsentieren hättest sollen."

Sie nickte. "Nun, das können wir dann ja erledigen, wenn du wieder zurück bist."

"Nein, er will diese Sache lieber früher als später erledigt haben. Das Ganze ist für heute Nachmittag angesetzt."

Eryn sprang auf. "Was? Heute? Nein! Komm schon! Ich dachte, mir blieben noch zwei weitere Tage zur Vorbereitung! Ich muss sofort mit Vern reden!" Sie fuhr sich mit den Fingern durchs Haar. "Enric, du musst mir eine Notiz schreiben, damit Vern heute vom Unterricht befreit ist."

Er zog eine Augenbraue hoch. "Du bist die Nummer drei im Orden, Liebste. Du brauchst mich dafür nicht, dein Siegel und deine Unterschrift reichen vollkommen, glaube mir."

Sie hielt kurz inne, um das zu überdenken und nickte, bevor sie zu ihrem Arbeitszimmer eilte. "Aber natürlich!"

Zwei Minuten später kehrte sie zurück, wedelte mit einem Brief in ihrer Hand durch die Luft, um die Tinte zu trocknen und öffnete die Tür. Der nächsten Person, die sie sah, einem jungen Mädchen, drückte sie eine Münze in die Hand und wies sie an, die Nachricht auszuliefern. Einen Moment lang starrte das Mädchen das Geld an, dann begann ihr Gesicht zu strahlen, und nickend rannte sie los.

Eryn schloss die Tür und begann dann, hektisch im Zimmer auf und ab zu gehen. "Das gefällt mir nicht. Es passt mir überhaupt nicht, dass ich das heute machen muss. Und noch weniger mag ich, dass du zwei Tage lang mehr oder weniger allein mit Malriel unterwegs sein wirst!"

"Du weißt, dass du mir vertrauen kannst, hoffe ich", erwiderte er.

"Selbstverständlich weiß ich das! Ihr allerdings traue ich keineswegs, das ist alles", antwortete sie.

"Ich werde meine Tugend, meinen Geldbeutel und mein Leben zu jedem Zeitpunkt beschützen", versprach er feierlich.

"Interessante Reihenfolge", meinte Junar lachend.

"Das ist die wahrscheinlichste Reihenfolge von Malriels Zielen", grinste er und zwinkerte ihr zu.

"Kannst du einen Moment lang aufhören, dich über mich lustig zu machen? Du hast mich gerade damit überfallen, dass du mich fünf Tage lang alleinlassen wirst, um dich mit diesem Biest auf die Reise zu begeben, und jetzt verspottest du mich? Im Ernst?", schnaubte Eryn und starrte ihn gekränkt an.

Er stand auf und zog sie in seine Arme. "Vergib mir, Liebes. Ich weiß, dass es sehr kurzfristig ist, aber es gibt ein paar Dinge, die ich noch mit Malriel besprechen muss. Und da sie nun früher abreist, habe ich sonst keine Gelegenheit mehr dazu."

"Welche Dinge?"

"Aren Angelegenheiten. Handel. Wie sich Haus Arbil wieder zu seiner früheren Pracht verhelfen lässt, damit sie im Senat brauchbare Verbündete abgeben", zählte er auf.

"Dann werde ich dich also nach meinem Vorbereitungsrausch mit Vern nur noch bei der Ratsversammlung sehen, und dann wirst du gleich aufbrechen?", fragte sie seufzend.

Er lächelte. "Ich sollte es schaffen, unsere Abreise noch eine Stunde länger hinauszuzögern, wenn du möchtest."

Junar gab vor, das Vorhangmuster zu studieren, während sie an ihrem Saft nippte.

Eryn nickte knapp, dann kehrte sie in ihr Arbeitszimmer zurück, um die Notizen für Verns anstehende Ankunft zusammenzusuchen.

Enric nahm Junar gegenüber Platz. "Ich fürchte, für den Moment wirst du dich mit mir zufriedengeben müssen. Wie verläuft deine Schwangerschaft? Ist alles so, wie es sein sollte?"

Sie lächelte. "Ja, alles ist wunderbar. Ich habe drei Heiler, die mich regelmäßig untersuchen. Vern zeichnet diese erstaunlichen Bilder, und damit kann ich alles sehen, was sich von einer Woche zur nächsten verändert. Ich bin sicher, dass es eine Weile her ist, seit irgendeine andere Mutter im Königreich dieses Privileg genießen konnte. Pe'tala kommt hin und wieder zufällig auf ein Getränk vorbei und findet dann immer einen Grund, um mich zu untersuchen. Und natürlich Eryn." Sie lachte leise. "Orrin springt auch jedes Mal auf, wenn ich mich in den Finger schneide, dann heilt er sofort jeden kleinsten Kratzer weg - selbst wenn ich mich nur mit einer Nadel steche!"

Er grinste. "Der große, starke Krieger - mit einem weichen inneren Kern."

"Ein Konzept, dass Euch selbst natürlich vollkommen fremd ist", konterte sie mit einem stillen Lächeln.

"So etwas würde ich niemals laut zugeben", erwiderte er gutmütig.

Junar stellte ihr leeres Glas zur Seite und richtete sich auf. "Da gibt es etwas, das ich Euch fragen wollte. Ich habe ein wenig Geld zur Seite gelegt. Und damit würde ich nun gerne etwas machen, es irgendwo investieren. Für das Baby, wisst Ihr. Wenn sie alt genug ist, hätte ich gerne, dass sie etwas für schwere Zeiten zur Verfügung hat."

Überrascht zog Enric die Augenbrauen hoch. "Du bist dir doch wohl darüber im Klaren, dass Orrin wohlhabend ist? Er kann ohne Probleme für eine Familie sorgen."

Sie schluckte. "Ich weiß. Aber dann ist da noch Vern, und ich möchte nicht, dass er denkt, er müsste seiner kleinen Schwester wegen auf etwas verzichten oder etwas aufgeben, das sonst rechtmäßig ihm zugestanden hätte. Ich möchte nicht, dass das zwischen den beiden jemals ein Thema wird."

"Ich denke, du schätzt Vern in dieser Hinsicht vollkommen falsch ein", stellte Enric fest. "Und das überrascht mich doch sehr, um ehrlich zu sein. Er ist ungewöhnlich rücksichtsvoll und hat in der Vergangenheit mehr als einmal bewiesen, dass er willens ist, Nachteile für sich selbst in Kauf zu nehmen, um anderen zu helfen. Geld war für ihn niemals ein großes Thema, soweit ich das beurteilen kann; er ist mehr als bereit, für seinen Anteil daran zu arbeiten. Er ist der einzige Junge, den ich kenne, der zusätzlich zu seinen regulären Unterrichtsstunden und seinem zusätzlichen Training auch noch arbeitet."

Junar knetete ihre Finger. "Ich weiß! Es ist nur so, dass ich auch gerne etwas beitragen möchte." Gequält verzog sie das Gesicht. "Meine Tochter soll nicht denken, dass ich nur hinter einem reichen Gefährten her war, um ein Leben in müßigem Komfort führen zu können. Ich möchte ihr zeigen, dass ich ihr auch etwas geben kann."

Enric betrachtete sie nachdenklich. Natürlich hatte sie wohl die eine oder andere spitze Bemerkung oder Andeutung in dieser Richtung von den noblen Damen, mit denen sie nun regelmäßig zu tun hatte, ertragen müssen. Dies war also eine Mission, um sich und ihrer Familie zu beweisen, dass sie eigenständig war und ihre Wahl eines Gefährten nichts mit dessen Reichtum zu tun, sondern wesentlich idealistischere Gründe hatte. Wer war er, um ihr das zu verwehren?

"Selbstverständlich. Warum kommst du nicht mit mir in mein Arbeitszimmer? Ich habe die eine oder andere Idee, was wir hier tun können."

Er reichte ihr seine Hand, um ihr aufzuhelfen, als sie erleichtert lächelte.

"Ich wäre dankbar, wenn Ihr Orrin davon nichts erzählen würdet", bat sie.

Enric zog eine Braue hoch. "Das werde ich nicht. Das steht mir keinesfalls zu. Und das wird ohnehin nicht nötig sein."

Sie runzelte die Stirn. "Ach nein?"

"Nein", meinte er mit einem dünnen Lächeln, "weil du es ihm selbst sagen wirst. Wie du dir sicher vorstellen kannst, bin ich kein großer Fan davon, dass Gefährten Geheimnisse voreinander haben. Damit habe ich keine besonders angenehmen Erfahrungen. Und wenn Orrin eines Tages davon erfährt, dass du ohne sein Wissen Geld hortest, wird das für euch beide kein angenehmer Tag werden, könnte ich mir denken."

Er führte sie zu einem Stuhl und bedeutete ihr, Platz zu nehmen. "Das ist meine Bedingung für meine Hilfe in dieser Sache, falls ich nicht deutlich genug war."

Mit einem leicht besorgten Blick ließ sich Junar auf den Stuhl vor seinem ausladenden, schwarzen Schreibtisch sinken. "Die Leute beschweren sich ständig darüber, dass es nicht mehr genug Männer mit Prinzipien gibt. Ich allerdings scheine mich kaum vor ihnen retten zu können", sagte sie und blickte dann mit zusammengekniffenen Augen auf. "Warum habe ich den Eindruck, dass Ihr mich behandelt, als wärt Ihr auch *mein* Vorgesetzter?"

"Nicht dein Vorgesetzter, Junar. Nur jemand, der hilft, dich zuweilen vor dir selbst zu beschützen. Aber mit diesem Muster solltest du vertraut sein - das ist immerhin genau das Gleiche, was Orrin mit deiner chaotischen, fremdländischen Heilerfreundin tut."

"Ihr erwidert also den Gefallen, dass Orrin Eure Gefährtin wie eine Tochter behandelt? Das ist seltsam, wir sind immerhin ziemlich genau gleich alt", strich sie hervor.

"Das ist keine Frage des Alters. Vern hat sie in der Vergangenheit ebenfalls beschützt, und er ist ein gutes Stück jünger als sie. Hier geht es um Familie. Du warst für Eryn da, als sie eine einsame Gefangene war; so etwas vergesse ich nicht", erklärte er vernünftig. "Wirst du Orrin nun also von deinen Investitionsplänen erzählen, oder muss ich dich am Ohr hinzerren und dich dazu zwingen?"

Sie lächelte ihn verwundert an, dann nickte sie. "Das werde ich. Ich verspreche es. Danke, Lord Enric."

"Es ist mir ein Vergnügen. Und für dich bin ich *Enric*."

* * *

Eryn musterte Vern, während sie vor den Türen zur Ratshalle standen und darauf warteten, dass man sie hineinbat.

"Was ist denn?", fragte er, seine Miene genervt.

"Ich überlege, ob wir dich nicht in eine Heilerrobe kleiden hätten sollen."

"Das kannst du nicht. Die Roben bekommen wir, wenn wir unser Training beenden. Der Rat würde es kaum besonders gut aufnehmen, wenn du ohne zu fragen eine weitere Tradition über den Haufen wirfst. Und wir müssen zusehen, dass sie dich mögen. Für den Moment zumindest. Falls das nach deinem letzten Erscheinen hier überhaupt noch machbar ist", fügte er düster hinzu.

"Ich denke, dass mir zumindest drei von ihnen soweit wohlgesonnen sind", meinte sie schulterzuckend.

"Wenn man bedenkt, dass der Rat zwölf Mitglieder hat, reicht das nicht. Und von allen ist Lord Tyront derjenige, den du unbedingt auf deiner Seite brauchst. Es wäre also großartig, wenn du es hinbekommst, dass er dich heute einmal nicht anschreit."

Liebevoll zerzauste sie ihm das Haar und zog ihre Hand zurück, als er danach schlug. "Aus diesem Grund habe ich dich mitgebracht, mein Freund. Du wirst dafür sorgen, dass alles glatt läuft. Ich habe vollstes Vertrauen in dich."

Er schnupfte. "Kein Druck, was? Ich werde zusehen, dass ich da drin das Reden zum größten Teil übernehme, aber sie werden darauf bestehen, hin und wieder auch etwas von dir zu hören. Immerhin ist es *dein* Vorschlag. Ich bin bloß ein Handlanger, der die niedere Tätigkeit des Präsentierens für dich übernimmt. Wenn sie wichtige Fragen haben, werden sie die an dich richten, nicht an mich. Sie wären nicht besonders glücklich darüber, wenn du sie immer an mich verweist." Er sah sie eindringlich an. "Wir brauchen ein Codewort oder eine Phrase für den Fall, dass du die Kontrolle über deine spitze Zunge verlierst. Jedes Mal, wenn du es mich sagen hörst, musst du sofort das Reden einstellen."

Eryn rollte mit den Augen. "Komm schon! Ich bin doch kein Kind, das man auf diese Weise zügeln muss. Ich werde mich schon benehmen." Als er sie einfach nur weiterhin anstarrte, stöhnte sie. "Na schön! Aber nimm etwas Unauffälliges. Ich will nicht, dass ihnen auffällt, dass ich von einem sechzehnjährigen Jungen, der angeblich *meinem* Befehl untersteht, an der kurzen Leine gehalten werde", seufzte sie besiegt.

"Wie wär's mit *sicher*?"

"Sicher?" Sie überlegte kurz. "Warum nicht? Das sollte man problemlos in fast jeden Satz einbauen können, ohne dass es auffällt."

"Gut, dann halt die Ohren danach offen. Solltest du dich entschließen, es zu ignorieren, werde ich dazu übergehen, dir auf den Fuß zu treten. Das ist weniger verhalten als dir lieb wäre, könnte ich mir denken. Vergessen wir nicht, weshalb wir hier sind. Du willst etwas von ihnen, also versuch nett zu sein", beschwor er sie.

In diesem Augenblick öffneten sich die schweren Türflügel, und eine Wache verkündete laut: "Lady Eryn von Haus Vel'kim. Und Begleitung."

"*Von Haus Vel'kim?*", meinte sie und verdrehte die Augen. "Das ist lächerlich. Als ob so ein Titel hier irgendeinen Sinn ergäbe!"

"Sicher", zischte Vern und folgte ihr hinein.

Das war ja ein toller Start, dachte sie resigniert. Sie hatten mit ihrer Präsentation noch nicht einmal begonnen, und er hatte das Codewort bereits zum ersten Mal benutzt. Sie lächelte die versammelten Magier höflich an, sobald sie vor dem großen, ovalen Tisch zum Stehen gekommen waren. Ihr Gesichtsausdruck wurde etwas starr, als sie den König bemerkte, der offensichtlich entschieden hatte, dass es für ihn lohnend war, dieser Versammlung beizuwohnen.

Sie verbeugte sich zuerst vor dem König, dann vor dem Rat, bevor sie zu sprechen begann.

"Meine Herren, ich möchte mich bedanken, dass mir noch einmal Gelegenheit gewährt wird, vor Euch zu sprechen. Besonders, da ich denke, dass das Ergebnis beim letzten Mal für beide Seiten eher… unbefriedigend war." Zufrieden bemerkte sie, dass ein paar der Anwesenden belustigte Mienen zeigten. Gut. Was auch immer sie in gute Laune versetzte. "Ich habe meinen jungen Kollegen hier gebeten, mir heute dabei zur Hand zu gehen, Euch den Vorschlag für neue Strukturen zu unterbreiten, von dem ich denke, dass sowohl der Orden als Ganzes, als auch die Heiler profitieren werden. Ich glaube, Ihr alle kennt Vern, Lord Orrins Sohn."

Dann trat sie zur Seite und überließ vorläufig dem Jungen das Sprechen. Er räusperte sich, dann begann er.

"Eure Majestät, meine Lords, es ist mir eine Ehre, heute vor Euch zu sprechen, um Euch eine Idee vorzustellen, die einen stabilen Rahmen für die beiden recht unterschiedlichen Zwecke, denen Magie dieser Tage im Orden unterworfen ist, bereitstellen soll. Dieser Rahmen zielt darauf ab, sowohl Regeln und Kontrolle als auch Ressourcen und eine einfachere Verwaltung für den bislang kaum regulierten Bereich des Heilens zu schaffen", trug er wortgewandt vor.

Eryn lächelte in sich hinein. Sie hatte ein paar der Blicke gesehen, als sie verkündet hatte, dass Vern derjenige sein würde, der das Wort an sie richtete. Nachsichtig, resigniert und einer oder zwei sogar genervt. Aber bereits die ersten paar Sätze, die er so ungewöhnlich selbstbewusst und geschäftsmäßig von sich gab, ließ die Männer rasch erkennen, dass sie ihn besser ernst nahmen. Ein paar neugierige Blicke schweiften zu Orrin, der selbstzufrieden lächelte, zweifellos stolz auf seinen Sohn. Die meisten Leute hatten ihn in der Vergangenheit wegen seines Mangels an Geschick oder auch Enthusiasmus für den Kampf als Bürde für seinen Vater erachtet.

"Wir schlagen die Einführung eines Systems vor, das es Heilern und Kriegern erlaubt, nebeneinander im Orden zu existieren und seinen Regeln zu unterstehen. Zu diesem Zweck haben wir festgestellt, dass es Sinn macht, verschiedene Regelwerke und Richtlinien für Heiler festzulegen, da die Krieger derzeit Regeln folgen, die für die Heiler wenig Sinn ergeben. Gleichzeitig fehlt es an Bestimmungen für Themen und Abläufe, die erforderlich sind, um den Heilerberuf auf verantwortungsvolle Weise auszuüben, hohe Qualitätsstandards sicherzustellen und weder den Ruf des Ordens noch die Sicherheit der Patienten zu gefährden."

Eryn war nicht allzu glücklich über die Reihenfolge der letzten beiden Argumente; allerdings würden die anwesenden Männer wohl durchaus den Ruf des Ordens vor das Wohlbefinden von Patienten stellen.

"Wir haben eine Liste von Regeln vorbereitet, die wir dem Orden zur Genehmigung vorlegen werden, sobald es eine Einigung über die neue Struktur gibt, aber das ist in diesem Moment nicht wesentlich", fuhr er fort. "Wir schlagen vor, eine verantwortliche Person für jede der Disziplinen einzusetzen, ein Oberhaupt der Krieger und ein Oberhaupt der Heiler. Diese sollten dann als erste Ansprechpartner fungieren, wenn es um Angelegenheiten geht, die sich auf einen der beiden Bereiche beziehen." Dann drehte er sich mit einer etwas gequälten Miene zu Eryn, als ob er nur ungern weitersprechen wollte.

Sie zog eine Augenbraue hoch, entschloss sich dann aber resigniert, die nächste Sache selbst anzusprechen, wenn er absolut nicht wollte.

"Lord Tyront wäre selbstverständlich das Oberhaupt der Krieger, während ich selbst sicher die logische Wahl für das Oberhaupt der Heiler bin", verkündete sie, ihr Kinn entschlossen gereckt.

Lord Tyront verschränkte die Arme und lächelte sie milde an. "Welch eine originelle Idee. Ihr schlagt also vor, dass Ihr zu einem Rang erhoben werdet, der meinem eigenen entspricht und Ihr somit nicht länger meinen Befehlen untersteht?" Nachsichtig sah er sie an. "Ich denke nicht."

"Nun, meine Absicht war schlicht und ergreifend, Euch von der Bürde zu befreien, dass Ihr Eure wertvolle Zeit dafür verschwenden müsst, Entscheidungen in einem Bereich zu treffen, von dem Ihr ganz klar keine…"

"Ich bin *sicher*, dass es eine andere Möglichkeit gibt, dies zur beiderseitigen Zufriedenheit zu organisieren", fiel Vern ihr mit einem stechenden Blick scharf ins Wort.

Sofort verstummte sie. Das war knapp gewesen. Mit einem Nicken trat sie zurück und bedeutete Vern fortzufahren.

"Eine weitere Möglichkeit wäre, den Orden auf einem niedrigeren Hierarchielevel zu teilen und beide Disziplinen den obersten Rängen zu unterstellen, wenngleich ein Großteil der Angelegenheiten an die zuvor erwähnten Oberhäupter übergeben würde. Dies sollte sicherstellen, dass der Verwaltungsaufwand für die Anführer des Ordens nicht über ein zumutbares Ausmaß hinweg ansteigt."

Das brachte sowohl Enric als auch Lord Tyront zum Lächeln. Nachdem sie gerade kurz davor gewesen war, ihren Vorgesetzten erneut zu beleidigen, ermöglichte die Herangehensweise des Jungen - taktvoll und auf die Betonung der Vorteile für alle Beteiligten bedacht - eine diplomatische Annäherung.

"Ein weiteres Anliegen ist für uns die Möglichkeit, Heiler aus den Westlichen Territorien einzuladen, damit sie hier arbeiten. Da der Orden eine Institution ist, die sich der Verteidigung des Königreichs verschreibt und von ihren Mitgliedern das Ablegen eines Eids verlangt, um in ihre Ränge aufgenommen zu werden, ist dies eindeutig nichts, das wir von unseren Gästen aus einem anderen Land verlangen können. Dennoch müssen auch sie einer Organisation unterstehen, die sicherstellt, dass sie sich in Ausübung ihrer Pflichten verantwortungsvoll verhalten und vor der sie sich im Fall von Verstößen zu verantworten haben", führte Vern weiter aus. "Zu diesem Zweck schlagen wir vor, eine Institution zu schaffen, die nicht dem Orden angehört, aber dennoch einem Ordensmagier unterstellt ist, nämlich dem zuvor erwähnten Oberhaupt der Heiler."

Das brachte ihm einige verwirrte Blicke ein.

"Ein Ordensmagier soll eine Institution leiten, die nicht dem Orden angehört?", fragte Lord Woldarn mit einem unmutigen Gesichtsausdruck.

"In der Tat, mein Lord", nickte Vern. "Bedenkt, dass der Orden aufgrund seiner Funktion der Verteidigung des Königreichs nicht in der Lage ist, Bürger eines anderen Landes zu disziplinieren oder ihnen auch nur Befehle zu erteilen.

Das bedeutet, dass eine unabhängige Institution, die dennoch der Kontrolle eines Ordensmagiers untersteht, wenn auch nicht in dieser Kapazität, hier eine machbare Lösung wäre. Ein weiterer Vorteil ist, dass uns dies auch ermöglichen würde, all die medizinischen Berufe miteinzubeziehen, die derzeit von Nicht-Magiern ausgeübt werden. Lady Eryn plant zudem, auch Nicht-Magier als Heiler auszubilden, und diese müssten dann ebenfalls Mitglieder eines Berufsverbandes werden. Diese Lösung würde uns also nicht nur erlauben, fremde Besucher, die hier arbeiten möchten, unseren Regeln zu unterstellen, sondern auch Nicht-Magier miteinzuschließen, die als Heiler und in damit verwandten Berufen arbeiten."

"Damit sprichst du wohl auch von den Apothekern, unterstelle ich? Die wären wohl kaum dazu bereit, ihre Liga aufzugeben", warf ein Ratsmitglied ein.

Vern lächelte selbstbewusst. "Das würden sie schlussendlich doch. Sie haben ihre Dienste exklusiv der Klinik zugesichert und würden sich entweder unseren Regeln unterwerfen oder sich mit einem sofortigen Ende unserer Zusammenarbeit konfrontiert sehen. Das wiederum würde sie ihres Einkommens berauben, da die Patienten nicht länger auf sie angewiesen sind. Aber die Apotheker wären nicht der einzige Berufsstand, den dies miteinschließen würde. Da wären auch noch die Kräutersammler. Und auch jedes weitere Personal, das in Zukunft zusätzlich zu Rolan erforderlich sein wird, um die Dienste zu verwalten." Er hielt kurz inne, um nachzudenken, bevor er fortsetzte. "Damit bleiben uns nur noch zwei weitere Punkte, die wir ansprechen möchten. Erstens bedarf es in naher Zukunft einer Erhöhung der Heilerquote. Die Anzahl der Patienten, die unsere Dienste in Anspruch nehmen, wächst stetig von Monat zu Monat. Die Leute kommen nun auch aus anderen Teilen des Königreichs her, seit allgemein bekannt wurde, dass es in Anyueel magische Heilung für jeden gibt. Wir müssen zuerst das Training unserer aktuellen Heiler fertigstellen, damit sie ihre Zeit sowohl dem Heilen als auch dem Unterrichten widmen können. Und die zweite Angelegenheit ist die Aufnahme von grundlegenden Heilerfähigkeiten in den regelmäßigen Stundenplan junger Magier."

"Das klingt, als würdest du Magier dazu zwingen wollen, das Heilen zu erlernen", ließ sich Lord Aldon mit einem alles andere als begeisterten Ton vernehmen.

"Nun, Ihr zwingt sie doch jetzt auch dazu, das Kämpfen zu erlernen, oder etwa nicht?", warf Eryn ein. "Und das Heilen hat zumindest einen sofortigen und sehr praktischen Nutzen für das tägliche Leben, während das Kämpfen, wenn wir wirklich ehrlich sind, kaum mehr als…"

"Ich bin *sicher*, dass es im Unterrichtsplan Platz für beide Disziplinen gibt", unterbrach Vern sie nachdrücklich. "Ihr habt Recht, Lord Aldon, wir schlagen vor, das Erlernen von Heilerfertigkeiten für junge Magier verpflichtend einzuführen, da es ihnen ermöglichen würde, sich um sich selbst und ihre

Familien zu kümmern. Damit müssten sie keine Heiler in der Klinik konsultieren - die sind ohnehin derzeit beschäftigt genug. Weiters würde es die Unabhängigkeit und Eigenständigkeit junger Menschen erhöhen - Werte, die der Orden befürwortet, soweit es mir bekannt ist. Lady Eryn hat zudem bewiesen, dass die Anwendung von Heilerprinzipien auch bei Kampftechniken zu erheblichen Fortschritten führen kann. Ich gehe davon aus, dass sich alle an die Doppelbarriere erinnern, die sie vor weniger als einem Jahr gegen zwei wesentlich stärkere Magier einsetzte."

Eryn biss sich auf die Zunge, um ihren Verdruss darüber, dass er sie ein weiteres Mal zum Schweigen gebracht hatte, zu unterdrücken; immerhin musste sie zugeben, dass seine Argumente wesentlich wohlwollender aufgenommen wurden, als das wohl bei der Beleidigung, die auszusprechen sie im Begriff gewesen war, der Fall gewesen wäre. Irgendwie brachte es ihre schlimmste Seite zum Vorschein, wenn sie vor ihnen stand und sich mit nichtigen Fragen herumplagen musste, erkannte sie. Es war tatsächlich ein schlauer Zug gewesen, Vern das Reden zu überlassen anstatt zu versuchen, den Rat im Alleingang zu überzeugen.

"Wir würden selbstverständlich nur vorschlagen, ihnen grundlegende Fertigkeiten wie das Reparieren von Haut, Knochen und Muskeln beizubringen, damit sie in der Lage sind, bei Notfällen zu helfen. Die Behandlung von Erkrankungen und Gebrechen sowie komplizierteren Verletzungen würde weiterhin von ausgebildeten Heilern durchgeführt werden", fügte er hinzu und verbeugte sich dann. "Ich danke Euch für Eure Aufmerksamkeit, meine Herren, und hoffe, dass Ihr den Nutzen unserer Vorschläge für alle beteiligten Seiten erkennt und ihnen somit zustimmt."

"Danke, Vern", meinte Tyront und nickte ihm zu, eindeutig beeindruckt, wie er die Sache hinter sich gebracht hatte. "Der Rat wird eure Ideen nun besprechen und entscheiden, ob und in welcher Form wir sie annehmen können. Wir würden euch beide ersuchen, uns nun zu verlassen. Informiert aber die Wachen vor der Tür, wo ihr zu finden seid."

Eryn verbeugte sich ebenfalls und folgte Vern zur Tür hinaus.

Vern wartete, bis die Türen hinter ihnen geschlossen waren, bevor er ausgiebig ausatmete. "Ich bin froh, dass wir uns auf dieses Codewort geeinigt haben. Sonst hättest du alles ruiniert! Wie kann es sein, dass du es nicht schaffst, deinen Mund zu halten, wenn es darauf ankommt! Mit dieser trotzigen Haltung bist du dein eigener Feind!"

Sie fuhr sich übers Gesicht. "Ich weiß es wirklich nicht! Sobald ich Lord Tyront vor mir sehe, schaltet sich die Vernunft aus, und irgendwie bin ich dann im Kampfmodus." Dann lächelte sie ihn an. "Aber du warst großartig. Du bist mein Held!"

"Das kannst du laut sagen", schnaubte er. "Wer weiß, was Lord Tyront dir dieses Mal als Bestrafung für deine Unverschämtheit aufgebrummt hätte, wenn du das Reden übernommen hättest."

Sie erinnerte sich, wie Enric erwähnt hatte, dass Lord Tyront gedroht hatte, ihr Kampftraining zu übernehmen und schluckte einsichtig.

"Lass uns etwas essen gehen", schlug sie vor. "Wir haben immerhin über Mittag gearbeitet. Ich bin am Verhungern, und so wie ich dich kenne, geht es dir nicht anders."

Er grinste. "Oh, auf jeden Fall! Gehen wir zu mir nach Hause - das ist der nahegelegenste Ort, wo wir schnell etwas zu essen bekommen." Er drehte sich zu der Wache hinter ihnen um. "Lady Eryn und ich sind in Lord Orrins Quartier, falls der Rat nach uns schicken sollte", informierte er den Mann, bevor sie aufbrachen.

* * *

Tyront atmete erleichtert auf, als die beiden fort waren. "Ich gebe zu, dass es besser gelaufen ist, als ich befürchtet hatte", seufzte er.

Enric sah, wie der König über diese Bemerkung lächelte, wenngleich er sich nicht dazu äußerte.

"Wollen wir dem Heilerberuf im Orden tatsächlich eine solch große Bedeutung beimessen?", fragte Lord Seagon stirnrunzelnd. "Es ist immerhin ein gewaltiger Schritt fort von unseren Traditionen."

"Einen, den wir früher oder später ohnehin machen müssen", bemerkte Lord Poron. "Es ist eine Chance, wieder mit dem Volk in Kontakt zu treten, dabei gesehen zu werden, wie wir mit den Menschen und für sie arbeiten. Und was auch immer sonst Ihr denken mögt, der junge Vern hatte ein paar recht überzeugende Argumente."

Ein weiteres Ratsmitglied nickte nachdenklich. "Die hatte er in der Tat. Ich war überrascht von seinem Auftritt, Lord Orrin. Es scheint, dass seine Enthüllung damals bei der Hinrichtung, er hätte heimlich das Heilen erlernt, nicht seine letzte Überraschung für uns bleiben wird."

Lord Aldon lachte leise. "In der Tat. Er ist der beste Beweis dafür, dass nicht alle von uns zum Krieger geboren sind, aber dennoch im Auge behalten werden sollten. Wer auch immer das nächste Oberhaupt der Heiler sein mag, ich habe kaum einen Zweifel, dass wir gerade - wenn er dann alt genug ist - seinen Nachfolger hinausgehen gesehen haben."

Enric bemerkte, wie Orrin förmlich Stolz versprühte und vergeblich versuchte, bescheiden zu wirken.

"Ist sonst noch jemandem dieses seltsame Zusammenspiel zwischen Lady Eryn und dem Jungen aufgefallen?", fragte ein anderes Ratsmitglied.

"Ihr meint, dass er sie irgendwie in regelmäßigen Abständen zum Schweigen gebracht zu haben schien?", warf Lord Seagon unverblümt ein.

"Sicher."

Alle wandten sich zum Thron hin.

"Verzeihung, Eure Majestät?", erkundigte sich Tyront.

"Ein Codewort. Offensichtlich haben sie es zuvor vereinbart", erklärte der Monarch.

Enric nickte. "Ja. Es war das Wort *sicher*. Es war in jedem Satz, den er benutzt hat, um sie zu unterbrechen. Er hat es ein wenig stärker betont als den Rest."

"Eine Technik, die Ihr selbst mit Eurer Gefährtin einsetzt, Lord Enric?", lächelte Lord Woldarn spöttisch.

"Nein, keineswegs", erwiderte er ruhig und warf dem älteren Mann einen kühlen Blick zu. "Ich ziehe es vor, ihr zuzuhören anstatt sie davon abzuhalten zu sagen, was sie denkt. Allerdings verstehe ich, dass dies nicht jedermanns Herangehensweise ist, wenn es darum geht, seiner Gefährtin Respekt zu zeigen."

"Wie dem auch sei", schaltete sich Tyront ein, bevor die beiden weitere ätzende Bemerkungen aufeinander loslassen konnten, "wir kommen besser zu einer Entscheidung, was die Ideen betrifft, die uns gerade präsentiert wurden. Da Lord Enric in ein paar Stunden nach Bonhet aufbrechen wird, haben wir nicht unbegrenzt Zeit. Ich selbst fand den Gedanken, den Orden zu unterteilen, recht vernünftig. Das hohe Kommando des Ordens und der Rat der Magier wären weiterhin für beide Disziplinen zuständig, während die anderen Magier ihrem jeweiligen Oberhaupt unterstellt würden. Gibt es in dieser Hinsicht irgendwelche Einwände?"

"Wir haben alle mitangesehen, wie schwer es ihr noch immer fällt, ihr Temperament unter Kontrolle zu halten", erhob Lord Aldon seine Stimme. "Mir wurde gesagt, dass dies in ihrer Familie liegt. Ich muss zugeben, ich finde die Idee, ihr die volle Verantwortung für eine ganze Disziplin zu übergeben, die in den folgenden Jahren womöglich stark wachsen wird, nicht sehr beruhigend." Er warf Enric ein entschuldigendes Lächeln zu. "Nicht, dass ich die beachtlichen Talente und Fähigkeiten Eurer Gefährtin herabwürdigen möchte, Lord Enric, aber ich denke, dass sie noch einiges darüber zu lernen hat, sich selbst in den Griff zu bekommen, bevor man von ihr erwarten kann, andere anzuführen."

"Sie leistet sehr gute Arbeit dabei, die Heilerdienste am Laufen zu halten", stellte Lord Poron zu ihrer Verteidigung klar. "Auch die Heiler arbeiten sehr gerne mit ihr. Sogar der junge Rolan respektiert sie mittlerweile. Ich sehe nicht, dass es ihr an Führungsqualitäten mangeln würde."

"Sie behandelt Euch alle als Gleichgestellte", betonte Enric, "nicht als Untergebene. Das mag dazu beitragen, dass Ihr sie mögt, aber die Frage ist, wie sie reagiert, wenn sie Euch ersuchen muss, etwas Unangenehmes zu erledigen. Mit ihrer Abneigung gegen das Anführen wird sie solche Aufgaben wohl eher selbst erledigen, als sie zu delegieren."

"Ihr wollt sie also die Heiler nicht übernehmen lassen - verstehe ich das richtig?", fragte Orrin zweifelnd nach. "Obwohl sie gute Arbeit leistet und diejenige war, die all das überhaupt ermöglicht und viele Monate lang hart dafür gearbeitet hat? Darüber wird sie ganz und gar nicht erfreut sein."

"Nein", bestätigte Tyront und fügte ironisch hinzu: "Ich schätze, dass es für Vern eine beachtliche Herausforderung werden wird, nach dieser Enthüllung dafür zu sorgen, dass sie sich benimmt."

"Dann gehe ich davon aus, dass Lord Poron zum Oberhaupt der Heiler gemacht wird?", wagte sich Lord Aldon vor.

"Das wäre angemessen, ja", stimmte Tyront zu und wandte sich dem alten Mann zu. "Was sagt Ihr, Lord Poron? Akzeptiert Ihr die Position?"

Er wirkte unsicher, ein wenig betrübt. "Ich habe das Gefühl, als würde ich mir hier eine Position anmaßen, die mir nicht zusteht."

Der Anführer des Ordens schüttelte den Kopf. "Nein, das ist nicht der Fall. Wenn wir den Orden teilen, müssen wir zumindest drei Leute an der Spitze behalten, die für die gesamte Institution zuständig bleiben. Sie ist zu mächtig, um nur einem Bereich zugeordnet zu werden. Lady Eryn ist die Drittstärkste im Orden, also wäre es nicht ratsam, sie vollkommen von den Kriegern zu trennen und in einem Bereich einzusetzen, wo ihre überlegene Stärke nicht ausgeschöpft wird. Und ich denke, es wäre weiser, wenn sie ihre außerordentliche Fähigkeit, neue Dinge zu entdecken, auf mehr als einen Bereich konzentriert."

Lord Poron nickte widerwillig. "Dann nehme ich an. Aber schweren Herzens."

Tyront bestätigte mit einem kurzen Nicken und wandte sich dann an den König. "Eure Majestät, da die Heilerdienste als solche offiziell noch immer in den Händen der Krone liegen, würde ich Euch um Eure Zustimmung für die Bestellung Lord Porons als Oberhaupt der Heiler ersuchen."

König Folrin nickte einmal. "Es ist hiermit bewilligt. Ich gratuliere, Lord Poron. Ihr werdet mich im Umgang mit Euch nicht als unvernünftig erleben, da ich keinerlei Interesse habe, Dienste zu sabotieren, die reibungslos laufen, ohne dass ich finanzielle Mittel dafür bereitstellen müsste."

"Dann werden wir auch diese Organisation außerhalb des Ordens ins Leben rufen? Die für Nicht-Magier und ausländische Heiler?", fragte Lord Seagon.

Enric schüttelte den Kopf. "Nein, *wir* werden das nicht tun. Das fällt Lord Poron als neuem Oberhaupt der Heiler zu. Der Orden selbst ist für diesen Teil nicht zuständig."

"Wer soll das Oberhaupt der Krieger werden?", fragte Orrin mit hochgezogenen Brauen.

"Ihr selbst", erwiderte Lord Tyront. "Wer sonst?"

Das brachte ihm einige amüsiert hochgezogene Mundwinkel ein, und zur Abwechslung erhob kein einziges Ratsmitglied Einspruch.

"Kein symbolisches Angebot für mich?", seufzte der Krieger.

"Nein. Es würde keinen Sinn ergeben, Euch irgendeinem anderen Krieger zu unterstellen, Lord Orrin. Sagt Ihr mir etwa, dass Ihr Einwände gegen die Bestellung habt?"

Orrin dachte kurz nach, dann hellte sich seine Miene auf. "Nein, überhaupt nicht."

"Gut. Eine weitere Angelegenheit erledigt", meinte Tyront mit einem zufriedenen Nicken.

"Wo stehen wir mit ihrer Anfrage, allen Studenten das Heilen mit Magie beizubringen?", erkundigte sich Lord Aldon.

Lord Poron lächelte dünn. "Ich befürworte es."

"Das ist wohl kaum eine Überraschung", seufzte Lord Aldon. "Ihr seid befangen."

"Und das sollte ich auch sein", lächelte der ältere Mann selbstzufrieden. "Alles andere würde auf einen ernsthaften Mangel an Hingabe an meine Disziplin schließen lassen."

"Ich stimme der Idee ebenfalls zu", verkündete Orrin.

Einige Mitglieder nickten daraufhin zögerlich. Wenn das neue Oberhaupt der Krieger kein Problem damit hatte, Kriegern das Heilen beizubringen, ergab es wenig Sinn, wenn irgendjemand sonst dagegen war. Außerdem hatte er vor einigen Monaten recht effektiv demonstriert, dass er selbst die Fertigkeit erlernt hatte noch bevor die Klinik eröffnet worden war.

"Damit bleibt als letzter Punkt nur noch die Anhebung der Heilerquote übrig", fuhr Tyront fort. "Aber das ist etwas, das wir uns mit dem neuen Heileroberhaupt ausmachen müssen, sobald die aktuellen Lehrlinge weit genug fortgeschritten sind, um neue Heiler auszubilden." Er erhob sich. "Ich werde nun einen Boten losschicken, um Lady Eryn und Vern zu holen."

Enric nickte angespannt. Dass er sie nun mehrere Tage lang allein lassen musste, nachdem man ihr solch eine Nachricht mitteilte, war kein gutes Arrangement.

* * *

Eryn nahm einen tiefen Atemzug und sah Vern an. "Bereit?"

Als er nickte, wartete sie nicht darauf, dass die Wache die Tür öffnete, sondern tat es selbst.

Sie ließ ihren Blick über die Gesichter wandern, während sie nach vorne zu dem Tisch gingen und murmelte Vern leise zu: "Kannst du auf ihren Gesichtern irgendetwas erkennen? Ein paar wirken etwas steif, meinst du nicht? Das bedeutet womöglich schlechte Neuigkeiten."

"Warte ab. Vielleicht spielen dir deine Nerven etwas vor", flüsterte er zurück. "Aber was auch immer sie sagen, das Codewort bleibt intakt."

Vor dem großen Tisch blieben sie stehen, während alle dreizehn Augenpaare auf ihnen ruhten.

Eryn drehte sich Lord Tyront zu und verbeugte sich vor ihm.

"Lady Eryn", begann er, "ich freue mich, Euch mitteilen zu können, dass der Rat Eurem Vorschlag, den Orden in zwei Disziplinen zu unterteilen, zugestimmt hat. Das ist eine beachtliche Leistung, die Ihr in sehr kurzer Zeit erbracht habt."

Enric sah zu, wie sich ein breites Grinsen auf ihrem Gesicht ausbreitete.

"Wir haben uns weiters entschieden, dem neuen Oberhaupt der Heiler eine Organisation außerhalb des Ordens zu unterstellen, deren Zweck die Verwaltung der nicht-magischen Heiler und anderen verwandten Berufe sein wird", fuhr Tyront fort. "Zusätzlich dazu werden die neuen Studenten im nächsten Jahr ihren Stundenplan um ein zusätzliches Fach bereichert finden, für das es derzeit zwar noch keinen Namen gibt, das aber darauf abzielt, sie mit grundlegenden Heilerfertigkeiten vertraut zu machen."

Eryn schloss einen Moment lang die Augen. Das war mehr als sie sich erträumt hatte. Wenn die Novizen das Heilen erlernten, war es nur noch eine Frage von Jahren, bis die Fertigkeit unter Magiern vollkommen alltäglich war und diejenigen, die sich noch immer weigerten, sie zu erlernen, Außenseiter sein würden. Das würde die Position der Heiler im Orden sogar noch weiter stärken nach diesem ersten wesentlichen Schritt, mit dem man ihnen ihre eigene Disziplin zugestand.

"Die Heilerquote?", fragte Vern vorsichtig nach.

"Wird direkt mit dem neuen Oberhaupt der Heiler festgelegt, sobald Zeit und Möglichkeit für deren Ausbildung vorhanden ist", antwortete Tyront.

Eryn lächelte freudig, ihre Augen glänzend. "Darf ich so kühn sein, noch eine letzte Sache zu erbitten? Da das Oberhaupt der Heiler nun nicht länger den Anforderungen der Krieger unterliegt, würde ich darum ersuchen, von meinem Kampftraining befreit zu werden."

Darauf folgte Stille. Die Lords wirkten angespannt, und auch der König wirkte ernst. Sie sah zu Orrin hin, der irgendwie unzufrieden wirkte, ebenso wie Lord Poron. Auch Enric und Lord Tyront hatten ernste Mienen aufgesetzt. Ihr wurde etwas bang, und sie befeuchtete ihre Lippen, bevor sie fragte: "Warum habe ich den Verdacht, dass mir nicht gefallen wird, was Ihr mir gleich sagen werdet?"

"Lady Eryn", sprach Tyront sachte, "die Position als Oberhaupt der Heiler wird nicht die Eure sein. Lord Poron wird sich dieser Verantwortung annehmen."

Sie blinzelte. Und noch einmal. Ihre Ohren hatten etwas aufgefangen, aber die Worte ergaben keinerlei Sinn. Sie waren vollkommen absurd. Aus irgendeinem Grund mussten ihr wohl entweder ihre Ohren oder ihr Gehirn einen Streich spielen.

"Vern?", fragte sie leise.

"Ja?", meinte er mit einem unglücklichen Gesichtsausdruck.

"Ist es möglich, dass sie gerade...?" Hilflos gestikulierte sie mit den Händen.

Er verzog das Gesicht und nickte. "Ja. Sie haben Lord Poron zum Oberhaupt der Heiler ernannt."

Eine kalte Faust schien ihren Magen zu umklammern, und sie legte eine Hand darauf, wohl wissend, dass es keinen Zweck hatte, das Gefühl fortzuheilen, da Reaktionen, die von Gefühlen verursacht wurden, einen Moment später wiederkehren würden.

Sie sah, dass Enric besorgt wirkte, zweifellos eine Reaktion auf die Leere, das Gefühl von Verrat, die Enttäuschung, Verzweiflung und Machtlosigkeit, die sie zu überwältigen drohte. Kurz schloss sie die Augen, um einen Schild um diesen kleinen Bereich in ihrem Kopf zu errichten, damit er nicht die volle Stärke abbekam. Könnte sie sich selbst doch nur auf die gleiche Weise abschirmen!

Sie starrte zu Boden. Nach allem, was sie erreicht, wofür sie gekämpft und so hart gearbeitet hatte, wurde ihr jetzt alles einfach so weggenommen. Entrüstung kochte in ihr hoch. Gefährliche Entrüstung, so viel war ihr klar. Aber das fühlte sich so viel besser an, so viel befreiender als der Schmerz. Der würde später zweifellos wiederkehren, aber jetzt gerade würde ihre Wut sie davor bewahren, erbärmlich und verletzt zu wirken.

"Wie könnt Ihr es wagen!", zischte sie. "Das ist meine Klinik! Warum tut Ihr mir so etwas an? Ist das irgendeine Bestrafung, eine Chance, auf die Ihr gewartet habt, um mir all die Respektlosigkeiten, die ich Euch jemals angedeihen habe lassen, zehnfach zurückzuzahlen?", knurrte sie Tyront zornig an. Als er nur den Kopf schüttelte, drehte sie sich in die Richtung des Königs. "Oder habt *Ihr* ihnen gesagt, sie sollen mir das verwehren? Als Strafe für das, was ich in Eurem Arbeitszimmer gesagt habe? Oder was ich dort getan habe?"

"Nein, Lady Eryn, ich versichere Euch, dass es die Entscheidung des Ordens war", erwiderte er ruhig.

"Eryn." Sie spürte Verns Hand, die nach ihrer Schulter griff. "Ich bin *sicher*, dass es hierfür eine vernünftige Erklärung gibt. Warum hören wir sie uns nicht an?"

Sie warf ihm einen gequälten Blick zu. Ein Codewort würde dieses Mal nicht ausreichen, um sie zurückzuhalten, wusste sie. Nicht mit diesem Ball an Zorn, der mit jeder Sekunde wuchs. Vern schien einen Moment später zum gleichen Schluss zu gelangen.

"Lass mich dir helfen, bitte", sagte er eindringlich. "Kämpfe einfach nur nicht dagegen an, in Ordnung?"

Sie wollte ihn gerade fragen, wovon genau er redete, als sie plötzlich Wärme von seiner Handfläche auf ihrer Schulter ausgehen spürte und kurz darauf ein vertrautes Gefühl von seltsamer Glückseligkeit in sich wahrnahm, eine Welle der Wonne, die sie augenblicklich beruhigte und nicht mehr als eine leichte Anspannung am Rande ihres Bewusstseins zurückließ.

Enric richtete sich überrascht auf bei den seltsamen Gefühlen, die er plötzlich von ihr empfing. Es schien, als hätte Vern die eine oder andere nützliche Sache von Pe'tala gelernt.

"Ich wusste gar nicht, dass du das kannst", murmelte sie und lächelte. "Ich habe vergessen, meinen Onkel zu fragen, wie das funktioniert. Wie erfreulich. Jetzt kannst *du* mir zeigen, wie es geht."

Vern schluckte. "Kein Problem." Offensichtlich war er erstaunt über die Wirkung, die es auf sie hatte. "Eryn?"

"Ja, Vern?", strahlte sie.

"Warum fragst du Lord Tyront nicht noch einmal, was den Rat dazu bewegt hat, sich für Lord Poron anstatt für dich zu entscheiden?"

Einen Moment lang dachte sie nach. "Was für eine fabelhafte Idee", nickte sie dann und wandte sich zurück zum Tisch.

Die Männer sahen verwirrt aus, fiel ihr auf.

"Lord Tyront?", fragte sie liebenswürdig. "Ich würde wahnsinnig gerne Eure Gründe für diese Entscheidung hören, wenn Euch das keine zu großen Unannehmlichkeiten bereitet."

Er starrte sie an, dann rieb er sich mit den Fingern über sein Kinn, klar verwundert über diese unerwartete Wandlung von Ärger zu Verzückung.

"Selbstverständlich", sagte er vorsichtig. "Mir ist bewusst, dass es Euch erscheinen muss, als würden wir Eure Bemühungen nicht schätzen oder Eure Fähigkeiten nicht anerkennen, aber lasst mich betonen, dass dies nicht der Fall ist. Wir erachten Euch als zu wertvoll, als dass nur eine einzige Disziplin Anspruch auf Euch erheben sollte und sind überzeugt, dass der Orden wesentlich stärker davon profitieren wird, wenn Ihr Eure Bemühungen auf beide Bereiche aufteilt. Ihr seid engagiert, klug und begabt darin, neue Dinge zu entdecken und kreative Lösungen zu finden. Ich hege keinerlei Zweifel, dass Ihr nützliche Wege finden werdet, um den Kern jeder Disziplin zum Nutzen der jeweils anderen einzusetzen, wie Ihr es mit Eurer Doppelbarriere bereits so eindrucksvoll demonstriert habt. Und auch mit deren Überwindung."

Eryn schenkte ihm ein glückstrahlendes Lächeln. "Wie ungemein nett von Euch, das zu sagen!"

Enric beobachtete sie aufmerksam. War es möglich, dass Vern ein wenig übertrieben hatte? Als ihr Onkel sie am Tag ihrer ersten Begegnung auf diese Weise behandelt hatte, war sie trotz ihrer unkontrollierbaren Seligkeit zumindest immer noch in der Lage gewesen, sarkastische Bemerkungen von sich zu geben.

Tyront schien sich zu fragen, ob sie verrückt geworden war oder sich über ihn lustig machte.

"Äh... nun... ja. Zudem sind wir der Ansicht, dass es eine gewisse Anzahl an Magiern in Führungspositionen geben sollte, die für beide Disziplinen zuständig sind. Da Ihr die Drittstärkste im Orden seid, schließt Euch das mit ein. Außerdem werdet Ihr sehr wahrscheinlich gelegentliche Reisen nach

Takhan unternehmen, um Eure Familie zu besuchen, und wenn Lord Poron für die Klinik verantwortlich ist, müsst Ihr Euch zumindest darum keine Sorgen machen." Er sah sie bedächtig an. "Ist alles in Ordnung mit Euch?"

"Mit mir?", rief sie mit weit aufgerissenen Augen aus. "Aber sicher doch! Ich fühle mich fabelhaft!"

Tyront drehte sich zu Enric und murmelte: "Ich weiß nicht, was hier vor sich geht, aber ich habe kein gutes Gefühl dabei. Schaff sie nach Hause. Jetzt gleich." Dann stand er auf, um die anderen Ratsmitglieder anzusprechen. "Ich denke, wir haben alles erledigt, was wir uns für heute vorgenommen haben. Hiermit schließe ich diese Versammlung."

Enric erhob sich sofort, trat neben seine Gefährtin und legte ihr einen Arm um die Taille, um sie durch die Tür nach draußen in den Gang zu führen.

"Vern? Ich denke, das war ein klein wenig zu viel", seufzte er.

Der Junge zog eine Grimasse. "Ich weiß! Ich habe es zuvor erst einmal versucht, und das war mit einem großen Mann. Es scheint, als würde bei mittelgroßen Frauen eine kleinere Dosis ausreichen…"

"Ja, offensichtlich", bemerkte Enric und verfluchte sich selbst dafür, dass er zugestimmt hatte, die Versammlung so kurz vor seiner Abreise abzuhalten. Er würde nicht einmal anwesend sein, wenn sie von diesem beschaulichen Ort in ihrem Kopf zurückkehrte.

"Wartet!", donnerte Orrins Stimme hinter ihnen. "Was genau geht hier vor sich?", fauchte er, als er sie eingeholt hatte. "Was ist los mit ihr?"

"Ich habe ihr ein wenig aufheiternde Magie verpasst", gestand Vern. "Um sie zum Schweigen zu bringen."

Er starrte seinen Sohn an. "So etwas kannst du? Das ist gut zu wissen", sagte er. "Versuch das bloß nie bei mir, mein Junge! Wie lange wird das anhalten?"

"Einige Stunden, fürchte ich. Ich war etwas zu großzügig", meinte der Junge entschuldigend.

Orrin presste zwei Finger auf seine Nasenwurzel und sah Enric an. "Bis dahin wirst du fort sein. Also gut, bringt sie in mein Quartier. Junar und ich werden sichergehen, dass sie nicht allein ist, wenn das hier abklingt. Wir werden sie über Nacht bei uns behalten. Schick nur einen Boten mit etwas Kleidung und was auch immer sonst sie für eine Nacht braucht vorbei."

Enric nickte dankbar. So hatte er sich die letzten ein oder zwei Stunden mit ihr vor seiner Abreise wahrlich nicht vorgestellt. Aber zumindest würde sie in guten Händen sein.

"Kannst du ein Auge auf sie werfen, solange ich fort bin? Oder auch zwei?", fragte er den Krieger. "Nach dem hier ist mir unwohl bei dem Gedanken, was alles passieren kann, wenn sie fünf Tage lang allein ist."

Orrin nickte knapp. "Das hätte ich ohnehin. Ich werde sichergehen, dass sie zu keinen geselligen Abendveranstaltungen geht, ihre Trainingsstunden in der Zeit aufstocken und Junar ersuchen, sie und Plia jeden Abend zum Essen einzuladen. Ich werde sie beschäftigen so gut ich kann, damit sie keine Zeit für irgendwelchen Unsinn hat."

Vern schnaubte. "Du kennst Eryn schon, oder? Diese Frau würde es selbst dann schaffen, sich Ärger einzuhandeln, wenn du sie gefesselt und geknebelt in einer Kerkerzelle einsperrst."

Eryn brach in glockenhelles Gelächter aus. "Oh Mann! Ist euch jemals dieses komische Muster an den Wänden aufgefallen? Das sieht aus wie kleine Katzenohren!"

Die drei Männer wechselten ermattete Blicke, dann verdrehte Orrin die Augen.

"Sehen wir einfach nur zu, dass wir sie sicher hinter verschlossene Türen schaffen."

KAPITEL 20

Königlicher Ärger

Langsam öffnete Eryn die Augen und starrte an eine andere, aber dennoch vertraute Zimmerdecke. Das war Orrins Gästezimmer, in dem sie vor dem Kommitment mit Enric ein paar Tage verbracht hatte. Hinter den Vorhängen blinzelte Tageslicht hervor. Also hatte er sie ausschlafen lassen, obwohl für heute eine Trainingsstunde geplant war, wie sie sich dunkel erinnerte.

An besonders viel konnte sie sich vom Vorabend nicht mehr erinnern, nur, dass die drei sie aus irgendeinem Grund hierher anstatt nach Hause gebracht hatten. Langsam setzte sie sich auf, und die Erinnerung kehrte Stück für Stück zurück. Die Ratsversammlung… die Neuigkeit, dass man ihre Vorschläge als solches gebilligt hatte, man aber nicht die Absicht hatte, ihr die Leitung über die Heiler zu übertragen. Und dann hatte Vern sein Ding durchgezogen und sie somit erneut davor bewahrt, sich mächtige Probleme einzuhandeln. Sie war kurz davor gewesen, jede hochrangige Person in diesem Raum und damit auch die zwei wichtigsten Menschen in diesem Königreich zu beleidigen oder sich ihnen zu widersetzen. Das wäre keinesfalls gut angekommen.

Trübe Erinnerungen an Lord Tyront und seine Erklärung dafür, weshalb man ihr die Position verweigerte, tauchten auf, und auch an Enrics besorgte Miene, als er aufgebrochen war, eindeutig zerrissen, ob er die Reise antreten oder bei ihr bleiben sollte. Orrin hatte ihn schließlich zur Tür hinausgeschoben mit dem Versprechen, dass er sich gut um sie kümmern würde.

Sie räusperte sich und schob die Decke zur Seite, um aus dem Bett zu klettern. Sie trug ein blaues Nachthemd, das ihr nicht bekannt vorkam und wohl Junar gehörte. Nachdem sie die Vorhänge aufgezogen hatte, stand sie einen Moment lang mit geschlossenen Augen da, bis das Tageslicht nicht länger schmerzhaft war.

Es sah aus, als wäre es später Morgen.

Ohne sich die Mühe zu machen sich anzuziehen, ging sie in den Salon hinaus und sah sich um. Er war leer, was sie um diese Tageszeit natürlich kaum überraschte. Vern war wohl im Unterricht, Junar arbeitete zweifellos, und Orrin war wahrscheinlich in seinem Arbeitszimmer, da seine Trainingsstunde mit ihr ja nun gestrichen war.

Sie spazierte zu seiner Tür und klopfte. Sie wurde hereingerufen und trat ein.

Seine Brauen wanderten bei ihrem Anblick, barfuß und in ihrem Nachtgewand, nach oben.

"Was genau glaubst du, was du hier machst?", fragte er anstatt einer Begrüßung. "Zieh dich für dein Training an. Du hast immerhin lange genug geschlafen."

Betroffen starrte sie ihn an. "Mein Training? Ich bin davon ausgegangen, dass das heute nicht stattfindet. Meine Schicht in der Klinik startet bald!"

Der Krieger schüttelte den Kopf. "Nein, tut sie nicht. Ich habe einen Boten hingeschickt, um sie wissen zu lassen, dass sie heute ohne dich auskommen müssen. Jetzt geh und mach dich fertig. Heute steht Schwertkampf auf dem Programm, also zieh deine Lederrüstung an."

"Dir ist schon klar, dass ich gestern einen recht schwierigen Abend hatte? Wie wäre es, wenn du mir etwas Nachsicht angedeihen ließest, indem du mich heute nicht dazu zwingst? Ich bin sicher, mein Fortschritt wird nicht allzu stark darunter leiden, wenn ich eine einzige Stunde ausfallen lasse."

"Nein", meinte er bestimmt. "Mach dich fertig. Jetzt."

Eryn murmelte unterdrückt und ging widerwillig zurück in das Gästezimmer.

"Du findest saubere Kleidung im Salon, auf der Kommode", rief er ihr hinterher.

Als sie vollständig bekleidet vom Waschraum zurückkehrte und mit den Schnallen ihrer Rüstung herumfummelte, stand er an eine Wand gelehnt, unter einem Arm die Holzschatulle, die ihre goldenen Armreifen enthielt.

Er öffnete die Tür und bedeutete ihr voranzugehen.

"Du bist heute nicht besonders gesprächig", bemerkte sie. "Was ist *dein* Problem? *Ich* bin diejenige, der man mitgeteilt hat, dass ich die Heiler nicht übernehmen könne. Warum siehst du so finster drein?"

Er scheuchte sie nur ungeduldig die Stiegen hinunter und den Korridor entlang zum Ausgang des Gebäudes.

"Wer soll denn das neue Oberhaupt der Krieger werden? Das bist nicht zufällig du, oder?", erkundigte sie sich, als sie ins Freie hinaustraten.

"Doch", antwortete er und setzte den Weg fort.

"Nun, und warum sollte man dich auch nicht für diese Position vorsehen? Es ist nur logisch. Nicht, dass der Orden in letzter Zeit besonders bestrebt wäre, Logik in seine Überlegungen miteinzubeziehen", schmollte sie und fragte dann: "Wohin gehen wir? Du weißt schon, dass wir gerade an der Arena vorbeigegangen sind?"

"Dort findet dein Training heute nicht statt", kommentierte er und ging weiter auf den Palast zu.

"Warum? Ich will nicht zum Palast! Daran habe ich keine besonders angenehmen Erinnerungen, falls du das vergessen hast. Warum können wir nicht in die Arena gehen, so wie sonst auch?", beschwerte sie sich.

"Hör auf, mich zu plagen, Eryn", seufzte er nur.

Sie folgte ihm durch das Palasttor und eine Reihe von Gängen entlang. Warum war er heute bloß so übel gelaunt?

Einen Schritt hinter ihm gehend, überlegte sie, ob er ihr wohl heute etwas Besonderes zeigen wollte, das nicht für jedermanns Augen gedacht war. Vor einer dicken Holztür blieb er stehen und drückte sie auf. Sie führte zu einem kleinen, quadratischen Innenhof, sehr ähnlich dem, den Enric für sein Training mit ihr benutzt hatte. Er war ebenso abgeschieden mit hohen Steinwänden, und zwei hohe Bäume teilten sich einen großzügigen Flecken Gras.

"Nett", kommentierte sie. "Zumindest sieht das freundlicher aus als die Arena."

Orrin öffnete die Holzschatulle und hielt ihr die Handfesseln hin, damit sie sie anlegte. Sie zögerte nur einen Moment lang, bevor sie sie entgegennahm. Sie war noch immer nicht besonders glücklich darüber, dass sie sie so häufig tragen musste, wenn auch nur für ein oder zwei Stunden.

Nachdem sie den Verschluss umgelegt hatte, hob sie Orrin ohne großen Enthusiasmus ihre Handgelenke entgegen, damit er die Nähte schließen konnte.

Etwas fühlte sich sofort falsch an.

"Orrin?", fragte sie mit gerunzelter Stirn. "Was ist mit der Verzauberung passiert? Meine Magie ist vollständig blockiert anstatt nur abgeschwächt!"

"Das, meine liebe Lady Eryn, war die Absicht", erklang hinter ihr die Stimme des Königs, woraufhin sie zur Tür herumwirbelte, durch die er gerade trat. Er war nicht in seine üblichen kunstvollen Gewänder gekleidet, sondern trug stattdessen einfache Hosen und ein Hemd. Und einen ledernen Brustschutz. Ihr Blick sprang nach unten zu seiner Hüfte und dem Schwert, das dort in einer Scheide steckte.

Oh nein, das musste ein grausamer Scherz sein!

"Orrin?", sagte sie leise, ihre Augen noch immer auf die Waffe des Königs gerichtet. "Sag mir, dass das nicht das ist, wonach es aussieht. Du hast mich nicht hergebracht und meine Kräfte blockiert, um mich *ihm* auszuliefern?"

Der Krieger warf ihr einen warnenden Blick zu, der klar besagte, dass er ihre Ausdrucksweise als unangemessen erachtete.

"Lord Orrin wurde angewiesen, dies zu tun, ohne Euch davon in Kenntnis zu setzen", erklärte König Folrin.

Verärgert sah sie Orrin an. Deswegen also war er so wortkarg gewesen! Der Befehl lag ihm offenbar im Magen, und dennoch war ihm keine andere Wahl geblieben, als zu gehorchen.

"Ihr könnt nun gehen, Lord Orrin", wies der Monarch ihn an, und der Krieger verbeugte sich steif, während er Eryn einen letzten warnenden Blick zuwarf.

Sie knirschte mit den Zähnen und sah zu, wie er sich zurückzog und dann die Tür hinter sich schloss. Dann sah sie den König wieder an, ohne sich die Mühe zu machen, ihr Missfallen zu verbergen. Er wirkte vollkommen verwandelt in seiner Aufmachung, auf befremdliche Weise. Weniger... königlich, eher schlanker und athletischer als sie erwartet hätte, nachdem sie ihn stets nur in fließenden, eleganten Roben gesehen hatte. Sie durfte nicht vergessen, dass sie noch immer verpflichtet war, seinen Befehlen zu folgen, ganz egal, wie zwanglos er im Moment wirkte. Nähme sie sich irgendwelche Freiheiten heraus, würde er sie nur dafür büßen lassen.

"Ist das eine Variante des Tests in politischer Strategie?", fragte sie, ihre Stimme beunruhigt.

Er gab einen Moment lang vor zu überlegen, während er einen Blick auf sein Schwert warf, bevor er antwortete: "Nein, nicht wirklich."

Sie zog eine Augenbraue hoch und wartete darauf, dass er ihr mitteilte, was ihn dazu veranlasste. Das tat er nicht, er lächelte nur.

Eine Chance, sich an ihr für das zu rächen, was vor ein paar Tagen in seinem Arbeitszimmer passiert war? Es war wohl die wahrscheinlichste Erklärung, wenn man bedachte, dass er sichergestellt hatte, dass ihre Kräfte blockiert waren. Sie war ihm vollständig ausgeliefert. Das war nicht eben vielversprechend.

"Warum bin ich hier?", fragte sie, als er schwieg.

"Weil ich daran interessiert bin, wie fortgeschritten Ihr in dieser Disziplin bereits seid. Ich erhalte natürlich Berichte. Aber ein Eindruck aus erster Hand ist immer aufschlussreicher."

"Warum würde Euch das interessieren?", fragte sie unumwunden. Seine Gegenwart löste Unbehagen in ihr aus. Einerseits war sie seinetwegen verärgert aufgrund seiner Affäre mit Malriel, und dann war sie argwöhnisch wegen der ungeklärten Sache zwischen ihnen, die er womöglich bestrebt war zu bereinigen. Mit Schwertern.

War er überhaupt in der Lage, ordentlich mit der Waffe umzugehen? Diese Bedenken verwarf sie allerdings sofort wieder. Er würde nicht riskieren, unzulänglich zu erscheinen, indem er ihr in der Disziplin, in der er sie herausforderte, nicht zumindest ebenbürtig war. Es war eher zu erwarten, dass seine Fertigkeiten die ihren weit übertrafen. Seine Haltung wirkte auf jeden Fall selbstbewusst.

"Ich glaube nicht, dass ich meine Handlungen vor *Euch* rechtfertigen muss, wenn ich mich nicht irre", erwiderte er. Sein Lächeln blieb unverändert.

Verärgert presste sie die Lippen aufeinander und sah zu, wie er sein Schwert mit einer geschmeidigen, eleganten Bewegung zog. So viel zu ihren Überlegungen zu seinen Kampffertigkeiten. Sie beobachtete ihn ohne irgendwelche Anstalten, ihre eigene Waffe zu ziehen.

Er zog eine Augenbraue hoch. "Wenn Ihr einer Person gegenübersteht, die ihre Waffe zieht, wird dies im Allgemeinen als Aufforderung betrachtet, diesem Beispiel zu folgen."

Trotzig verschränkte sie die Arme. "Ihr bringt mich hier in eine recht schwierige Situation, Eure Majestät. Ich gehe davon aus, dass die Gesetze sehr unangenehme Konsequenzen für Leute vorsehen, die Euch blutende Wunden verpassen oder Euch auf andere Weise verletzen."

"Lasst mich Euch versichern, dass Euch das nicht zu kümmern braucht, meine liebe Lady. Aber ich bewundere Euer Selbstvertrauen, dass Ihr dazu in der Lage wärt. Zieht jetzt Eure Waffe", fügte er milde hinzu. "Das ist ein Befehl."

Widerwillig löste sie ihre verschränkten Arme und tat, wie ihr geheißen, ohne auch nur zu versuchen, ihren Missmut zu verbergen.

Langsam kam er näher und führte einen eher trägen ersten Stoß aus, als würde er überprüfen, ob sie bereit war, sich zu verteidigen. Sie parierte problemlos und wartete.

"Ich hoffe, Ihr seid nicht allzu besorgt, weil Lord Enric und Malriel gemeinsam unterwegs sind?", fragte er im Plauderton.

"Kaum", kam ihre bittere Antwort, "mich beruhigt die Gewissheit, dass er zu *alt* ist, um ein Ziel für ihre Annäherungen zu sein." Sie warf ihm einen vielsagenden Blick zu. "Soweit ich weiß, bevorzugt sie ihre Liebhaber etwas weniger… reif."

Darüber lächelte er. "Und das lehnt Ihr ab."

"Es geht mich nichts an, wen sie als Partner für ihre lüsterne Umtriebigkeit wählt", bemerkte Eryn steif und parierte einen weiteren Hieb.

"Das war nicht der Eindruck, den ich vor ein paar Tagen hatte. Eure Reaktion war recht… missbilligend, wie ich mich erinnere."

"Das war, weil ich überrascht… schockiert war", verbesserte sie sich. "Ich hätte Euch nicht für jemanden gehalten, der auf sie hereinfällt. Da Ihr jemand seid, der selbst gerne seine Spielchen mit Leuten spielt, hätte ich nicht gedacht, dass es ihr so leicht fallen würde, Euch um den Finger zu wickeln."

Er zog seine Augenbrauen hoch. "Was bringt Euch zu der Annahme, ich wäre um den Finger gewickelt worden?", erkundigte er sich, nachdem sie sich unter einem weiteren seiner Angriffe weggeduckt hatte.

"Obwohl ich sie nicht sehr gut kenne, so weiß ich doch, dass sie manipulativ ist und stets ihren eigenen Interessen folgt. Falls sie Euch nicht bereits dazu gebracht hat, etwas für sie zu tun, dann wird sie das zweifellos in Zukunft fertigbringen", antwortete sie.

"Interessant", meinte der König und lächelte. "Viele Leute würden mich ebenfalls auf diese Weise beschreiben. Warum geht Ihr davon aus, dass ich selbst nicht davon profitiert habe?"

Sie lächelte spöttisch. "Ihr meint die Gelegenheit, eine körperliche Beziehung zu einem weiblichen Magier zu genießen? Ich schätze wohl, ich muss sogar Euch zugestehen, dass Euch zuweilen weniger... komplexe Motive antreiben."

"Da ich nur ein Mann bin, meint Ihr?"

Sie entschied, dass es womöglich nicht besonders klug war, auf diese Frage zu antworten und zuckte nur mit den Schultern. Flink hob sie ihr Schwert und blockte mehrere rasch hintereinander ausgeführte Stöße. Er war schnell, musste sie zugeben. Und nicht eben unbeholfen mit einem Schwert. Vielleicht ließ er sich dazu überreden, diese Sache hier etwas früher zu beenden, wenn sie sich nicht als besonders große Herausforderung - oder eher Unterhaltung - für ihn erwies. Wenn sie einfach nur den Mund hielt und sich von ihm ohne große Anstrengung von seiner Seite entwaffnen ließ, sollte das den Zweck erfüllen.

Von seinem nächsten Hieb ließ sie sich die Waffe aus der Hand schlagen und sah zu, wie sie mit einem lauten Klirren auf dem Boden landete.

Er seufzte. "Das ist nicht das, was ich mir vorgestellt hatte, Lady Eryn. Diese passive Haltung wird mich nicht dazu bewegen, Euch früher zu entlassen. Hebt Euer Schwert auf und zeigt mir etwas mehr von dem, was Ihr könnt. Ihr werdet nun schon seit einer Weile von den beiden fähigsten Schwertkämpfern in diesem Königreich trainiert, und ich weigere mich zu glauben, dass das hier alles ist, was sie Euch beizubringen vermochten."

Sie bückte sich, um die Waffe aufzuheben und ließ sich mehrere Schritte rückwärts drängen, fest entschlossen, ihm nicht die Unterhaltung zu bieten, die er sich eindeutig erhoffte.

Nach einigen weiteren Versuchen, sie zu einem Kampf anstatt nur dem defensiven Abblocken seiner Hiebe zu bewegen, spitzte er die Lippen und betrachtete sie nachdenklich. Dann schob er sein Schwert zurück in die Scheide. "Also gut, versuchen wir etwas anderes."

Sie sah zu, wie er seinen Schwertgurt abschnallte und ihn unter einem der Bäume auf den Boden legte, bevor er die Verschlüsse seines Brustschutzes löste. Als er einen Schritt auf sie zutrat, zog sie die Stirn in Falten und tat einen Schritt zurück. Er aber hakte zwei Finger in ihren Gürtel und zog sie zurück zu sich, bevor er den ebenfalls öffnete und ihr abnahm. Dann legte er ihn neben seinem eigenen ab und drehte sich wieder zu ihr, augenscheinlich, um ihr auch ihre lederne Brustrüstung abzunehmen.

Sie schob seine Hände beiseite und verengte die Augen. "Was *genau* wollt Ihr versuchen, wenn ich mir die Frage erlauben darf?"

Er hob seine Hände erneut und runzelte die Stirn. "Unbewaffneten Kampf. Soweit ich informiert bin, erachtet Ihr diese Disziplin als weniger verwerflich. Und jetzt haltet still. Es geht schneller, wenn *ich* Euch aus Eurer Rüstung helfe, anstatt dass Ihr unter Euren Armen herumfummelt, wo Ihr nichts sehen könnt."

Unbewaffneter Kampf? Mit ihm? Sie starrte ihn an. Sicher nicht! Das war keinesfalls angemessen! Entweder musste sie ihn wesentlich näher an sich heranlassen, als ihr lieb war, oder versuchen, ihm wehzutun, um genau das zu vermeiden.

Einmal mehr stieß sie seine Hände beiseite, als er dazu ansetzte, sie von ihrem Schutz zu befreien. Einen Augenblick später hielt er ein Messer in seiner Hand.

Scharf zog sie den Atem ein, aber er hatte das Leder bereits ergriffen und schnitt die beiden Riemen auf, die die Rüstung auf der Seite zusammenhielten, bevor er sie forsch herumdrehte, damit er das Gleiche auf der anderen Seite tun konnte. Dann hob er die Rüstung über ihren Kopf und warf sie auf die Schwerter.

"Nein. Das mache ich nicht." Sie schüttelte den Kopf und zeigte mit dem Finger auf ihn. "Und Ihr könnt mich nicht dazu zwingen." Dann drehte sie sich auf dem Absatz um und stapfte zur Tür. Es kümmerte sie nicht, ob er ihr befahl, zu bleiben und zu kämpfen. Ihr Mangel an Fügsamkeit würde Konsequenzen nach sich ziehen, aber mit denen würde sie sich später auseinandersetzen. Was auch immer ihm einfiel, um sie für ihren Ungehorsam zu bestrafen, würde kaum schlimmer sein, als auf diese Weise gegen ihn kämpfen zu müssen.

Zu ihrer Überraschung versuchte er nicht, sie zurückzuhalten, weder mit einer Bewegung, noch einem Kommando. Und als sie die Türklinke mit Entschlossenheit niederdrückte, wurde ihr klar, weshalb. Sie war mit ihm eingesperrt. Oder ausgesperrt, je nachdem, wie man die Sache betrachten wollte.

Langsam drehte sie sich zu ihm um und sah ihn dort mit verschränkten Armen, breitem Stand und selbstgefälliger Miene auf dem Gras stehen.

"Kommt wieder her", wies er sie ruhig an. "Es gibt von hier kein Entkommen, bis Lord Orrin mit dem Schlüssel zurückkehrt."

Eryn wappnete sich und ging zögernd zu ihm zurück. Ein paar Schritte von ihm entfernt hielt sie an. Es machte wenig Sinn, ihn darum zu ersuchen, dass er ihr das ersparte. Was auch immer seine Gründe dafür waren, sie zu schikanieren, er war eindeutig noch nicht fertig damit.

Vielleicht wäre der umgekehrte Ansatz effektiver, überlegte sie. Wenn sie ihn mit ein paar schmerzhaften Schlägen überraschte, wenn er nicht darauf vorbereitet war, würde ihn das womöglich abschrecken. Er schien es als Herausforderung zu betrachten, dass sie ihre passive Haltung aufgab - warum ihm also nicht entgegenkommen?

Flink drehte sie sich, um ihm einen Tritt in den Magen zu verpassen, aber er wich ihr mühelos aus, bevor er die Hiebe, die auf seine Seite und Schulter zielten, abblockte. Also war er auch in dieser Disziplin gut ausgebildet. Wie irritierend.

Er lächelte. "Ja, ich sehe, dass Euch dies eher zusagt. Eine nette Gelegenheit, um ein wenig Eures Ärgers auf mich loszuwerden, nicht wahr? Eine, die ich normalerweise nicht gewähre."

Ja, dachte sie trocken, andernfalls hätte er kaum noch Zeit, sich um irgendetwas sonst zu kümmern.

Sie ließ sich ein wenig zurückfallen und wartete darauf, dass er den nächsten Vorstoß wagte. Ihre Überraschung hatte nicht funktioniert, sondern ihn stattdessen erfreut.

Eine Weile umkreisten sie einander, bevor der König wieder zu sprechen begann. "Ich habe von Euren kleinen Komplotten bei den letzten beiden Abendveranstaltungen, die Ihr besucht habt, gehört. Wie bedauerlich, dass ich solchen Gelegenheiten nicht wirklich beiwohnen kann; sofern ich nicht alle davon besuche, würde es den Eindruck von ungebührlicher Bevorzugung bestimmter Individuen erwecken. Aber ich wäre zu gerne dabei gewesen. Ich ziehe sogar in Betracht, selbst hin und wieder eine zu veranstalten, nur um mit meinen eigenen Augen zu sehen, was Euch als nächstes einfallen wird."

Sie lächelte schwach. "Lasst mich Euch diese Mühe ersparen, Eure Majestät, indem ich Euch versichere, dass ich in Eurer Gegenwart wesentlich mehr Zurückhaltung zeigen würde."

Das brachte ihn zum Lachen. "Tatsächlich? Das ist nicht der Eindruck, den ich in der Vergangenheit gewonnen habe. Ich erinnere mich sehr deutlich daran, wie Ihr Botschafter Ram'an in meiner Gegenwart eine Gabel in den Oberschenkel gerammt habt."

Sie zuckte mit den Schultern. "Das hätte eigentlich unbemerkt bleiben sollen, also würde ich hier kaum von einem Komplott sprechen. Eher von unauffälliger Vergeltung."

Überrascht schrie sie auf, als eine geschmeidige Bewegung, die auf ihre Kniekehlen abzielte, sie von den Beinen fegte. Unsanft landete sie auf dem Rücken im Gras.

Da gab es noch eine Möglichkeit, dachte sie. Ausweichen hatte nicht funktioniert, und ebenso wenig, ihn zu überraschen. Vielleicht reichte es, wenn sie sich von ihm ein wenig herumschubsen ließ. Zumindest bestand ohne Waffen nicht die Gefahr, dass sie dabei eine Gliedmaße verlor.

Sie griff ihn noch ein paar weitere Male an und ging sicher, dass er ausreichend Gelegenheit dazu hatte, sie zu Boden zu schicken.

Nach dem vierten oder fünften Mal hielt er ihr seine Hand hin, um ihr aufzuhelfen. Sie griff danach und ließ sich von ihm hochziehen. Einen Moment später wurde sie mit ihrem Rücken gegen eine kalte Steinwand gedrückt, eine seiner Hände an ihrem Hals, sein Gesicht sehr nahe an ihrem.

"Glaubt nicht, dass ich mir Eurer Strategie nicht bewusst bin", knurrte er. "Aber mein Ego zu streicheln, indem Ihr mich gewinnen lasst, wird mich nicht zufriedenstellen, so viel kann ich Euch versichern. Ganz im Gegenteil. Es verleitet mich dazu zu denken, ich müsste etwas beweisen, indem ich Euch demonstriere, dass es nicht nötig ist. Entweder Ihr kooperiert also", er beugte sich näher zu ihr, bis seine Lippen beinahe die ihren berührten, und senkte seine Stimme, als er weitersprach, "oder ich werde auf andere Maßnahmen zurückgreifen müssen, um Euch dazu zu bewegen."

Sie schluckte hart unter seiner Hand und versuchte mit einem Stoß gegen seine Schulter, ihn wegzuschieben.

"Das ist die richtige Einstellung", bemerkte er trocken und trat wieder zurück, um sie freizulassen.

Sie atmete schwer und durchbohrte ihn mit ihrem Blick, während sie sich wünschte, sie hätte Magie zu ihrer Verfügung - nur ein kleines bisschen. Wenn Orrin bloß nicht so verflucht gewissenhaft in der Ausführung seiner Befehle wäre! Er hätte ihr doch zumindest einen winzigen Funken ihrer Kräfte lassen können, nur einen kleinen Vorteil, der ihr geholfen hätte, sich hier zu behaupten. Allerdings hätte der König das wohl sehr rasch erkannt und Orrin dafür bezahlen lassen. Das wäre auch nicht so günstig gewesen. Wie lange dauerte es denn noch, bis er zurückkehrte und sie aus diesem Innenhof befreite?

Sie nickte bedächtig und spürte willkommenen Ärger warm durch ihre Adern strömen. Er wollte kämpfen? Also gut, das konnte er haben. Keine Zurückhaltung mehr.

Ohne ihn aus den Augen zu lassen, ging sie langsam auf ihn zu und hielt an, als sie nur mehr einen Schritt von ihm entfernt war. Mit einer raschen Bewegung ließ sie ihre Faust auf sein Kinn zuschnellen. Er lenkte den Schlag mit Leichtigkeit ab und stolperte rückwärts, als sie der Bewegung mit ihrer Schulter folgte und ihn stattdessen mit ihrem Ellbogen erwischte. Noch bevor er sich genug erholt hatte, um zu einem Gegenschlag anzusetzen, hatte sie sich aus seiner Reichweite gedreht.

Er hob eine Hand zu seinem Kiefer und öffnete und schloss ihn versuchsweise ein paarmal, bevor er ihr anerkennend zunickte.

"Gut. Ich sehe, wir verstehen einander."

Sie lächelte dünn. "Vollkommen."

Das hatte sich gut angefühlt, und zwar so richtig. Vielleicht war es sogar eine prima Gelegenheit, ihn schlagen zu dürfen. So konnte sie ihm alles zurückzahlen, was er ihr im letzten Jahr angetan hatte. Die Gefangennahme. Dass er dem Orden erlaubt hatte, sie zum Kampftraining zu nötigen. Das erzwungene Kommitment mit Enric. Dass er sie manipuliert hatte, in die Westlichen Territorien zu reisen, indem er ihren Zorn auf Enric entfachte. Ja, sinnierte sie, die Chance, ihn zu schlagen und zu treten war definitiv etwas, das sie nicht ausschlagen, sondern nutzen sollte. Ganz egal, was sie tat, die Konsequenzen musste sie ohnehin tragen.

Sie duckte sich unter einem Schlag, und einen Moment später umfasste ein starker Griff ihr Handgelenk. Er drehte ihr den Arm auf den Rücken und drückte sie wenig sanft mit dem Gesicht voran gegen eine Wand, wo er sie ein paar Sekunden festhielt, bevor er sie wieder freigab.

Die nächsten vier Runden verlor sie, bevor sie es erneut schaffte, ihm einen Hieb zu verpassen. Dieses Mal in den Magen, woraufhin er in der Mitte zusammenklappte und seine Hände einen Moment lang auf die Knie stützte, bis er wieder atmen konnte.

Seine Miene zeugte von Entschlossenheit, als er sich wieder aufrichtete. "Ich denke, wir beenden das jetzt", verkündete er und trat auf sie zu, um ihre beiden Handgelenke zu ergreifen. Er drängte sie rückwärts gegen eine Wand und presste sich an sie.

Sie fluchte und blitzte ihn an. "Welchen Sinn hat es überhaupt, wenn ich Eure Anweisungen befolge? Das ist wieder eines Eurer Spiele! Verflucht sollt Ihr sein, warum könnt Ihr nicht einfach sagen, was Ihr wollt, und ich tue es, wenn es nicht vollkommen irre ist!" Sie versuchte sich aus seinem Griff zu winden, doch er drehte ihr geschickt die Hände auf den Rücken, wo er sie mit nur einer Hand festhielt. Seine andere sorgte dafür, dass sie ihr Gesicht nicht abwenden konnte.

Er lachte leise. "Aber wo bliebe denn da die Herausforderung, meine liebe Lady Eryn?" Seine blau-grauen Augen bohrten sich in ihre, als sich sein Gesicht langsam dem ihren näherte. "Wisst Ihr, was mich ursprünglich dazu bewegt hat, Malriel mit in mein Bett zu nehmen? Ihre frappierende Ähnlichkeit mit *Euch.*"

Panik ließ ihr Herz schneller schlagen und das Blut laut in ihren Ohren rauschen. Ihre Atmung beschleunigte sich, und bewegungslos vor Scheu starrte sie ihn an. Er würde es nicht wirklich tun, oder? Er verstärkte seinen Griff um ihre Handgelenke und hielt ihren Blick fest, als sie versuchte, sich zu befreien.

Schockiert atmete sie durch die Nase ein, als seine Lippen sich auf ihre senkten und er sie küsste. Einige Augenblicke lang war sie unfähig, sich zu bewegen, dann begann sie sich in seinem Griff zu winden. Was tat er da bloß? Wie konnte er einfach so die Verbindung missachten, die er ihr selbst aufgezwungen hatte? Vergeblich versuchte sie sich wegzudrehen, während ihr Gehirn darum kämpfte, aus dem Meer von Panik, in dem es zu versinken drohte, aufzutauchen. Gab es etwas, das sie tun konnte, um ihn aufzuhalten? Etwas, das nicht dazu führte, dass sie in einer Kerkerzelle landete? Würde ihn zu beißen in diese Kategorie fallen? Wie sollte sich eine Frau der unerwünschten Aufmerksamkeiten eines verdammten Königs erwehren? Womöglich überhaupt nicht. Sehr wahrscheinlich wurde eher erwartet, dass sie sie als Kompliment betrachtete.

Nach einigen Sekunden zog er sich zurück, ohne seinen Griff, der sie an Ort und Stelle hielt, zu lockern. Seine übliche unnahbare Fassade war einem angespannten Ausdruck gewichen, und er atmete ebenfalls schneller. Er starrte auf sie hinab, seine Miene alles andere als glücklich. Sein durchdringender Blick verriet einen Hauch von Frustration.

"Ihr seid eine sehr fesselnde Frau, meine Liebe. Was für eine Schande, dass Ihr die Magie Eurer Eltern geerbt habt", seufzte er bedauernd. "Andernfalls hätte ich Euch zu der Meinen gemacht, anstatt Euch an Lord Enric zu binden."

Bei seinen Worten zog sich ihr Magen zusammen. "Soll ich den Gedanken, dass Ihr mich zu Eurem sexuellen Spielzeug gemacht hättet, etwa als eine Art Ehre betrachten? Das tue ich nicht, falls Ihr Euch das gefragt habt", zischte sie.

"Nicht bloß zu meinem sexuellen Spielzeug. Zu meiner *Königin*", erwiderte er ruhig. "Und erspart mir Eure Beteuerungen, dass Ihr dem niemals zugestimmt hättet. Ich denke, ich habe bewiesen, dass ich Eurer Zustimmung für meine Handlungen nicht bedarf, ob Euch diese nun miteinschließen oder nicht."

Ihr Herz schien ein paar Schläge auszusetzen, und ihr Mund blieb überrascht offen. Was? Seine *Königin*?

Leise lachte er. "So überrascht, liebe Lady? Ich dachte nicht, dass ich in meiner Bewunderung Euch gegenüber so subtil war. Und Ihr habt Euch immerhin als Tochter einer einflussreichen ausländischen Familie erwiesen. Zweier Familien sogar. Ihr wärt für mich sowohl politisch als auch persönlich eine höchst vorteilhafte Verbindung gewesen. Aber ach, Eure Magie hat Euch vor diesem Schicksal, dass Euch offensichtlich alles andere als erstrebenswert erscheint, bewahrt."

Sie schloss die Augen. Sie wollte sich das nicht länger anhören. "Enric wird davon erfahren", spie sie ihm entgegen. Erneut krümmte und wand sie sich, um sich zu befreien, wieder ohne Erfolg.

"Ich verstehe", erwiderte er, während der Hauch eines Lächelns seine Lippen umspielte. "Dann ist das hier wahrscheinlich die einzige Chance, die ich jemals haben werde, um mir den Genuss Eurer Nähe in diesem Ausmaß zu erlauben. Somit wäre es wohl ratsam, sie ausgiebig zu nutzen."

Als er sich erneut anschickte, seine Lippen auf ihre zu senken, versuchte sie verzweifelt, ihr Knie zu heben, um es ihm in die Lenden zu rammen. Es kümmerte sie nicht länger, welche Konsequenzen sich daraus ergaben. Er jedoch fing es zwischen seinen Oberschenkeln ab, bevor es irgendwelchen Schaden anrichten konnte.

"Versucht nicht zu vergessen, dass ich Euer König bin", knurrte er. "Mir das Knie *dorthin* zu stoßen, würde Euch keine Pluspunkte einbringen."

"Jetzt gerade sehe ich keinen König", fauchte sie zurück, "sondern nichts weiter als einen Rohling, der sich mir aufzwingt! Und Pluspunkte bei Euch zu sammeln ist im Moment sicher keine meiner Prioritäten! Aber warum ziehen wir nicht Lord Tyront hinzu, um diese Angelegenheit des Ungehorsams gegen meinen König zu regeln? Ich bin sicher, dass er zu dem Vorfall hier sehr eindeutige Ansichten hätte!"

"Ich gebe zu, das lässt sich nicht von der Hand weisen. Aber jetzt gerade entspricht das nicht meinen Absichten", murmelte er und presste daraufhin seinen Mund erneut auf ihren, öffnete ihre Lippen, setzte mehr Kraft als zuvor ein, drückte sie mit seinem Körper noch fester gegen die Wand in ihrem Rücken.

Es fühlte sich so unermesslich falsch an, nicht annähernd wie bei Enric, selbst wenn er etwas nachdrücklicher war. Das hier war Plünderung anstatt Eroberung. Es gab keine Zuneigung hier oder Verführungsversuche, sondern nichts weiter als schonungslose Dominanz.

Sie kämpfte darum, die Tränen der Entrüstung zurückzuhalten, die ihren Augenwinkeln entkommen wollten. *Er durfte die keinesfalls sehen.*

Ihre Knie gaben vor Erleichterung beinahe nach, als sie hörte, wie der Schlüssel in der hölzernen Tür gedreht wurde. Orrin! Endlich! Er war gekommen, um sie zu holen!

Falls der König das Geräusch vernommen hatte, entschied er sich, es zu ignorieren. Weder befreite er sie, noch hörte er auf, sie zu küssen. Sie stellte sich Orrins Reaktion auf den Anblick vor, der sich ihm darbot und erschauderte.

Plötzlich war der Druck auf ihren Handgelenken, Lippen und ihrem Körper verschwunden. Ohne Hilfe aufrecht zu stehen erwies sich als überraschend schwierig, und sie blieb noch einen Moment gegen die Wand gelehnt, bevor sie es schaffte, sich wegzudrücken, ohne den König anzusehen. Mit einer Hand bedeckte sie ihren Mund, während sie sich so schnell sie es vermochte mit wackeligen Beinen in Sicherheit, zu Orrin, brachte. Der starrte sie mit offenem Mund an.

Sie ließ die Hand von ihrem Gesicht sinken und hob ihm ihre zitternden Handgelenke entgegen. "Nimm sie ab. Sofort."

Sein Blick senkte sich auf ihre Handfesseln, dann wanderte er zum König, und sein Gesichtsausdruck zeigte etwas, das an Entsetzen heranreichte. Wie in Trance, berührte er beide, und sofort spürte sie, wie Magie sie durchströmte, als er die Nähte öffnete. Sie nahm sie ab und warf sie zu Boden.

"Wage es nicht, mir die *jemals* wieder anzulegen", flüsterte sie.

Träge, als wäre er unter Wasser, schüttelte der Krieger seinen Kopf. Die Ungläubigkeit in seinen Augen wandelte sich langsam zu Rage, als sein Blick zum König zurückkehrte, der nur dastand und sie mit Interesse beobachtete.

"Nein", knurrte er mit aufeinandergepressten Kiefern, "das werde ich nicht."

Sie sah, wie Orrins Atmung schwerer wurde und wusste, dass sie ihn augenblicklich von hier fortschaffen musste, bevor er etwas Unkluges tat.

"Bring mich von hier weg", drängte sie ihn. "Bitte."

Er nickte und legte ihr einen Arm um die Schultern, um sie an sich zu drücken, während er sich umdrehte und mit ihr zurück in den Korridor trat.

"Es tut mir so leid", knurrte er und lehnte für einen kurzen Moment seine Stirn an ihre Schläfe. "Vergib mir. Wenn du kannst."

"Natürlich", meinte sie und schluckte, dankbar für seine tröstliche Gegenwart, seinen Geruch, seinen starken Arm, der sie umfing. "Sieh einfach nur zu, dass du mich von hier fortbringst."

* * *

Er drückte ihr ein Glas mit einer klaren und gehaltvoll riechenden Flüssigkeit in die Hand und bedeutete ihr zu trinken.

Sie kippte den Inhalt des Glases in sich hinein, verzog bei dem bitteren Nachgeschmack das Gesicht und spürte sofort, wie sich in ihrem Magen Wärme ausbreitete. Ihre Hand zitterte noch immer leicht.

Ein paar lange, stille Sekunden starrten sie einander an.

"Was genau ist dort passiert?", fragte er dann, setzte sich ihr gegenüber und lehnte sich nach vorne, sodass seine Ellbogen auf seinen Knien lagen.

"Ich weiß es nicht. Ich habe wieder und wieder versucht zu vermeiden, dass ich gegen ihn kämpfen muss, und darüber war er nicht recht glücklich. Nach einer Weile wechselte er von bewaffnetem zu unbewaffnetem Kampf." Sie sah ihn an. "Wusstest du, dass er so ein geschickter Kämpfer ist? Ich habe ihn nur zweimal erwischt, und das war mehr Glück als Können."

Er nickte. "Ja. Er trainiert regelmäßig, allerdings nicht mit mir. Weiter."

"Er drückte mich gegen die Wand und sagte mir, dass er mit Malriel geschlafen hat, weil sie mir so ähnlich sieht. Dann küsste er mich. Und als ich ihm sagte, dass Enric davon erfahren würde, meinte er, dass er die Gelegenheit dann genauso gut nutzen könnte, weil es wohl seine letzte bleiben wird. Dann küsste er mich noch einmal. Genau dann bist du hereingekommen."

Orrin nickte langsam. "Ich verstehe."

Sie lehnte sich auf dem Sofa zurück und schloss die Augen, das leere Glas noch immer in ihrer Hand. "Ich kann Enric nichts davon erzählen. Hast du irgendeine Vorstellung davon, was er dann tun würde? Als Ram'an in Takhan versuchte, mit mir zu tanzen, schlug er ihn so fest, dass er quer über eine ganze Sitzgruppe geschleudert wurde. Und das ganz ohne Magie."

"Du *musst* es Enric sagen", widersprach Orrin. "Das ist es, was der König will."

Sie öffnete die Augen wieder. "Was?"

"Er will, dass Enric davon erfährt. Das ist der Grund, weshalb er dich erneut geküsst hat, als du ihm damit gedroht hast. Und deshalb hat er auch nicht damit aufgehört, bevor ich hereingekommen bin. Er wollte, dass *ich* es ebenfalls mitansehe. Welches Spiel auch immer er wieder spielt - Enric zu provozieren ist ein Teil davon. Er will etwas, dem Enric sonst wohl kaum zustimmen würde. Obwohl ich mich frage, ob er sich gänzlich im Klaren darüber ist, worauf er sich einlässt. Nicht einmal ich kann wirklich sagen, wie

Enric reagieren wird. Vermutlich sehr übel. Seine Selbstkontrolle war in den letzten fünfzehn Jahren bemerkenswert, aber sobald du ins Spiel kommst…" Er warf ihr einen vielsagenden Blick zu.

"Dann sollten wir es ihm wohl besser nicht sagen. Warum riskieren, dass er etwas Dummes tut? Und wenn der König will, dass er davon erfährt, ist es womöglich genau das, was wir vermeiden sollten, denkst du nicht?" Sie hob ihr leeres Glas und sah ihn an. "Kann ich davon noch etwas haben? Ich mag den dämpfenden Effekt."

Er nahm ihr das Glas aus der Hand und stellte es zur Seite. "Nein. Das war nur dazu gedacht, damit das Zittern aufhört und du dich ein wenig entspannst. Wir wollen hier doch keine lästigen Gewohnheiten entwickeln."

"Ich laufe wohl kaum Gefahr, wegen eines zweiten Glases davon abhängig zu werden", seufzte sie.

"Vielleicht nicht körperlich, aber das Abschwächen von Pein kann zu einer anderen Art von Abhängigkeit führen. Wir sollten uns daran erinnern, dass wir so nicht mit unseren Problemen umgehen. Und auch nicht, indem wir Enric Informationen vorenthalten. Der König will, dass er davon erfährt, dass er diese Grenze bei dir überschritten hat. Dagegen können wir nicht viel tun. Wenn wir es ihm nicht sagen, wird es einen weiteren Provokationsversuch geben. Das wollen wir nicht."

Sie schluckte hart. "Entweder sage ich also meinem Gefährten, dass sein König mich geküsst hat und hoffe, dass er nicht zum Berserker wird, oder ich finde mich womöglich erneut in so einer Situation? Einfach fabelhaft."

"Denk darüber nach. Was ist die bessere Lösung? Dass wir ihm selbst davon erzählen und ihn im Auge behalten können, oder zu riskieren, dass er es von anderer Seite erfährt, ohne dass jemand bereitsteht, der ihn von seinem ersten Impuls abhält, etwas recht Zerstörerisches anzustellen? Wenn er herausfindet, dass es einen weiteren Vorfall gab, der ihm verheimlicht wurde, wird er das überhaupt nicht schätzen. Ich will nicht, dass er auf dich oder auf mich böse ist. Lass den König mit dem fertig werden, was er sich mit voller Absicht eingebrockt hat."

"Was ist, wenn der König ihn loswerden will? Oder uns? Er könnte versuchen, Enric dazu zu provozieren, dass er etwas anstellt, dass schlimm genug ist, damit man ihn einsperrt, aus dem Land verbannt oder sogar… hinrichtet", argumentierte sie und starrte das leere Glas wehmütig an, während sie wünschte, es wäre voll und in ihrer Reichweite. Würde Orrin sie wohl zurückhalten, wenn sie aufstünde, um es selbst aufzufüllen? Wahrscheinlich schon.

"Ich denke nicht, dass er das will. Enric hat sich dem König oder dem Orden gegenüber noch nie als illoyal erwiesen, also macht es keinen Sinn, ihn loswerden zu wollen. Es wäre sogar gefährlich, da es besser ist, ihn auf unserer Seite anstatt als unseren Feind zu haben. Er weiß zu viel und ist zu stark, um einfach so ersetzt zu werden. Und Lord Tyront würde es nicht mittragen.

Ebenso wenig wie die anderen hohen Ränge, dich eingeschlossen." Er klang überzeugt. "Nein. Der König will etwas von ihm. Dessen bin ich mir fast sicher. Aber ich kann nicht sagen, was."

"Du sagtest, wir müssen ihn im Auge behalten, damit er nichts Dummes anstellt, nachdem er davon erfährt. Wie können wir das verhindern? Keiner von uns ist seiner Stärke allein gewachsen, und wir können ihm nicht beide den ganzen Tag über an den Fersen kleben."

"Wir werden eine höhere Autorität hinzuziehen", sagte Orrin sachlich.

Sie überlegte kurz, dann stöhnte sie auf. "Oh nein, nicht Lord Tyront! Ich will nicht, dass *er* davon Wind bekommt!"

"Natürlich muss er davon erfahren, Eryn. Sei keine Idiotin - er ist derjenige, der Enric noch am ehesten erfolgreich unter Kontrolle halten kann. Er ist ihm an Magie überlegen und kann ihm außerdem befehlen, sich vom König fernzuhalten. Und ich denke, du solltest nicht dabei sein, wenn Enric davon erfährt. Lass *mich* mit ihm reden."

"*Du* willst es ihm sagen? Ohne dass ich überhaupt anwesend bin?", fragte sie ungläubig.

"Ja. Er wird aufgebracht genug sein, auch ohne dass er mitansieht, wie du die Szene in deinem Kopf erneut durchlebst, wenn ich darüber spreche."

"Er wird denken, dass ich ihm die Sache verheimlichen wollte, wenn du mich ausschließt!", protestierte sie.

"Genau das wolltest du auch, trotz deiner Drohung an den König", zeigte er mit einer hochgezogenen Augenbraue auf. "Aber da wir nicht wollen, dass Enric wütend auf dich ist, werde ich ihn informieren, dass ich dich gebeten habe, dich fernzuhalten. Es ist essentiell, dass du nicht mit ihm allein sprichst, nachdem er von seiner Reise zurück ist. Dank eures Geistesbandes muss er bereits wissen, dass etwas passiert ist. Also wird er dich wahrscheinlich danach fragen, sobald er wieder da ist."

"Ich soll mich also weigern, mit ihm zu reden?" Sie drehte die Augen zur Decke. "Das hat in der Vergangenheit noch nie besonders gut geklappt."

"Sieh einfach zu, dass du ihn nicht allein triffst, wenn er zurückkehrt. Wir werden die Torwachen anweisen, dass sie uns informieren, sobald er in Sichtweite ist. Damit bleibt uns etwas weniger als eine Stunde, um dich in mein Quartier zu schaffen und ihm eine Nachricht zu hinterlassen, dass er uns und Lord Tyront hier treffen soll. Wenn wir mit ihm reden, wirst du dich verabschieden. Du musst aber tatsächlich gehen, auch wenn er höchstwahrscheinlich versuchen wird, dich zum Bleiben zu bewegen. Hast du verstanden?"

Widerstrebend nickte sie. Das war absolut nicht das Willkommen, dass sie ihm bereiten hatte wollen; nicht nach der Verabschiedung, die ebenfalls alles andere als angenehm verlaufen war.

Seufzend stand sie auf. "Weißt du, ich frage mich, ob er eines schönen Tages wohl zu dem Schluss kommen wird, dass ich all den Ärger nicht wert bin, den ich verursache."

"Das kann ich mir nicht vorstellen", meinte Orrin mit einem dünnen Lächeln. "Enric ist gut damit, Schwierigkeiten zu handhaben, wenngleich er dieses Mal wohl etwas mehr... Unterstützung als sonst benötigen wird."

Sie sah ihn an, als ihr ein flüchtiger Gedanke kam. "Eines noch. Mir ist aufgefallen, dass du von ihm nicht mehr als *Lord* sprichst. Wann ist das denn passiert?"

Er gluckste. "Nachdem ich erfuhr, das Junar schwanger ist. Eine lebensverändernde Situation und eine gute Flasche von etwas Hochprozentigem haben zuweilen diese Wirkung."

"Eine *Flasche*? Und du missgönnst mir ein zweites Glas? Kann es sein, dass du hier mit zweierlei Maß misst?"

"Nein, mein Mädchen. *Ich* kann mit Alkohol umgehen. Das ist nicht der Eindruck, den ich von dir habe. Ich erinnere mich dunkel daran, dass du mir meinen Sohn betrunken aus dem Quartier des Botschafters nach Hause gebracht hast. Ich wette, du warst damals selbst auch nicht gerade nüchtern. Was von einem gewissen Mangel an Urteilsfähigkeit zeugt, wenn du mich fragst."

"Ein Glas oder zwei zuviel zeigt einen Mangel an Urteilsfähigkeit? Das ist etwas hart, meinst du nicht?"

"Wenn du es mit einem Jungen im Quartier eines Mannes trinkst, der dich von deinem Gefährten fortstehlen will, dann würde ich das auf jeden Fall sagen, ja", konterte er.

"Meine Güte", rief sie aus. "So spät ist es schon? Ich sollte jetzt besser nach Hause gehen."

"Mach das. Schade, dass Enric die Katze mitgenommen hat. Mir wäre wohler zumute, wenn du sie bei dir hättest, solange er nicht hier ist. Kann ich dich überreden, für die Dauer seiner Abwesenheit mit Plia in unserem Quartier einzuziehen? Das Bett im Gästezimmer ist groß genug für euch beide."

"Das ist wirklich lieb von dir, Orrin. Aber ich will mich nicht verstecken, weil mich ein Mann überfallen hat. Ich würde lieber zeigen, dass ich mich davon nicht einschüchtern lasse." Was allerdings nicht ganz der Wahrheit entsprach, wie ihr bewusst war. Der König war durchaus gefährlich, und sich dessen nicht zur Gänze bewusst zu sein, wäre unklug.

"Wie du meinst. Aber du wirst zum Abendessen hierher zurückkehren. Sieh zu, dass du das Mädchen mitbringst. Soweit ich das gehört habe, hat sie deine ungesunde Gewohnheit übernommen, bis spät nachts in der Klinik zu bleiben. Du bist ein tolles Vorbild", sagte er.

Zum ersten Mal, seit sie in seinem Quartier angekommen war, schaffte sie es zu lächeln. "Du trainierst dafür, eine Tochter großzuziehen, indem du bei jedem weiblichen Wesen, das du findest, den Vatermodus aktivierst, was?"

"Nur bei denen, die einen Vater dringend nötig hätten. Und keine von euch beiden hat einen."

Nobler, gütiger Orrin, dachte sie mit einem Gefühl der Zuneigung. "Ich würde es sehr begrüßen, wenn du diese ganze Sache gegenüber Junar, Plia oder Vern nicht erwähnen würdest. Ich will sie nicht unnötig beunruhigen."

"Das werde ich nicht. Sei pünktlich", fügte er hinzu, als sie die Tür öffnete. "Du weißt, zu welcher Zeit wir zu Abend essen. Und wie wichtig mir Pünktlichkeit ist."

"Ja, *Vater*", seufzte sie und verdrehte die Augen, bevor sie in den Gang hinaus flüchtete.

* * *

Enric gähnte und streckte sich. Das waren drei lange Tage gewesen. Abends anstatt am Morgen loszureiten war ungewöhnlich, da kaum jemand besonders versessen darauf war, die ganze Nacht hindurch unterwegs zu sein. Aber Malriel hatte bei der Abendveranstaltung versprochen, am nächsten Tag aufzubrechen, und da hatte es noch das eine oder andere gegeben, um das sie sich vor ihrer Abreise kümmern wollte. Somit hatte sie den Tag dafür benötigt.

Sie hatten sich gegen eine Kutsche entschieden, obwohl die es ihnen ermöglicht hätte, halbwegs bequem darin zu schlafen. Aber Pferde waren schneller, und Malriels Gepäck würde nachgeschickt werden. Somit brauchte sie nicht mehr als ein kleines Bündel mit den Dingen mitzunehmen, die sie im Laufe der vier Tage, bis sie in Takhan eintraf, benötigte.

Die Nacht war rasch genug verflogen. Sie waren in einem flotten Trab dahingeritten, der ihnen mühelos ermöglicht hatte, sich miteinander zu unterhalten. Sie hatte ihm von der Situation in den Westlichen Territorien erzählt, wie der Konflikt mit deren nördlichem Nachbarn im Laufe der paar Monate seit seiner Abreise aus Takhan sich leicht verschärft hatte. Und dass die Menschen nun etwas nervös wurden aufgrund ihres Mangels an Wissen, Übung und Strukturen, wenn es um die Verteidigung des Landes ging, falls ein Krieg anstand. Der entscheidende Punkt war, dass keines der beiden Länder gewillt war, die Mineralvorkommen in den Bergen, die die Grenze bildeten, aufzugeben.

Enric hatte vorgeschlagen, dass die Triarchie den König in dieser Angelegenheit um die Hilfe des Ordens bitten könnte, aber das hatte sie ablehnen müssen. Sie hatte bereits versucht, den Senat diesbezüglich zu überzeugen, aber ihr Vorschlag war nicht gut aufgenommen worden. Die Verbindung mit dem Alten Königreich war noch immer zu unverbindlich. Zuerst wollte man sehen, wie sich die Dinge mit dem neuen Handelspartner entwickelten, bevor man in so einer heiklen Angelegenheit auf sie zukam.

Er war nicht besonders überrascht gewesen, als sie ihn gefragt hatte, ob er sich einen ausgedehnten Besuch in Takhan vorstellen konnte. Enric hatte ihr mit Bedauern, aber bestimmt, eine Abfuhr erteilt. Es wäre kaum klug, Eryn nach allem, was dort beim letzten Mal vorgefallen war, bereits nach so kurzer Zeit wieder nach Takhan zu bringen. Und Eryn hatte es gerade erst geschafft, den Orden zur Zustimmung zu ein paar sehr nötigen und innovativen Veränderungen zu veranlassen. Sie würde nicht von hier fortgehen, sondern lieber bei deren Einführung helfen wollen, etwas beitragen, und alles, was vor sich ging mitgestalten, umsetzen und kritisieren. Ihre Klinik war endlich am Laufen, aber es gab noch immer einiges, das sie erreichen wollte. Wie die Ausbildung nicht-magischer Heiler, um sie in alle Winkel des Königreichs zu schicken, damit sie medizinische Dienste in weiten Gebieten bereitstellen konnten; besonders auf dem Land, wo zur Klinik zu kommen bedeutete, dass man eine Reise von mehreren Tagen in Kauf nehmen musste, die nicht jeder problemlos auf sich nehmen konnte - besonders nicht schwer verletzte oder kranke Menschen.

Dann musste sie immer noch ihr eigenes Training beenden und voll in ihren Rang als Nummer drei des Ordens eintreten.

Er selbst war ebenfalls nicht besonders angetan von der Idee, Anyueel schon so bald wieder zu verlassen, besonders nicht für unbestimmte Zeit. Er wollte mit seiner Gefährtin in einen Alltag hineinfinden, der nicht von einer Katastrophe nach der anderen durchsetzt war, zur Ruhe kommen, sich um die Pläne für Bonhet und den Handel mit den Westlichen Territorien sowie seine anderen Geschäfte kümmern.

Malriel hatte sich seine Ausführungen angehört und Verständnis für seinen Unwillen ausgedrückt. Es hatte ihn überrascht, dass sie nicht versucht hatte, ihn dazu zu überreden, es dennoch zu tun und fragte sich, ob sie tatsächlich aufgegeben hatte oder ob er irgendwann noch mehr hören würde. Aber im Interesse einer entspannten Reise hatten sie das Thema hinter sich gelassen und sich über Angelegenheiten betreffend Haus Aren unterhalten. Wie Gelegenheiten für Handel mit dem Königreich und ihm selbst, und was bezüglich Haus Arbil und deren zerbrechlichem Status, der sie derzeit so verwundbar machte, zu unternehmen war.

Er hatte gesehen, wie sie einen Vogel, den sie mit sich in einem kleinen, geflochtenen Korb geführt hatte, losschickte, sobald sie sich unbeobachtet wähnte. Das war am Morgen, als sie bei einem Wirtshaus angehalten hatten, um etwas zu essen und zumindest ein paar Stunden Schlaf zu ergattern. Der Vogel war nicht zum Meer geflogen, sondern zurück in die Richtung, aus der sie gekommen waren. Somit musste sie die Nachricht zum Palast geschickt haben, da dies - abgesehen von seinem eigenen Haus - der einzige Ort im Königreich war, der diese Vögel hielt. Höchstwahrscheinlich an den König. Er fragte sich, was wichtig genug sein konnte, damit sie ihm bereits nach kaum mehr als einem Tag nach ihrer Abreise aus der Stadt schrieb.

Nur wenige Stunden später war er von einer mächtigen Woge an Emotionen aus dem Schlaf gerissen worden. Bestürzung, Schock, Hilflosigkeit,

Ungläubigkeit, Zorn, Sorge. Einige Minuten lang hatte es mit ungebrochener Intensität angehalten, bis sie es entweder vermocht hatte, mit dieser unangenehmen Situation irgendwie zurechtzukommen oder sich daran erinnert hatte, ihre Gefühle abzuschirmen. Er hoffte, dass Ersteres zutraf. Er dachte immer wieder darüber nach, was ihr zugestoßen sein mochte und hoffte verzweifelt, dass sie sich nicht schon wieder in irgendeine unangenehme Situation hineinmanövriert hatte. Aber da war immer noch Orrin. Der hatte versprochen, sie im Auge zu behalten, solange sie allein in der Stadt war. Doch diese Gewissheit hatte ihn nicht von seinen Gedanken abbringen können.

Malriel hatte ihn zum Abschied geküsst und nach gerade einmal einer Stunde nach ihrer Ankunft in Bonhet das Schiff bestiegen, das hier zu ihrer Verfügung zurückgelassen worden war. Er musste zugeben, dass er froh war, sie verabschieden zu können. Sie in Eryns Nähe zu haben war nicht eben wohltuend gewesen.

Er kehrte zum Hier und Jetzt zurück und inspizierte das erst kürzlich fertiggestellte Zählhaus. Die Docks befanden sich teilweise noch im Bau, womit sie ein wenig hinter dem Zeitplan herhinkten, aber zwei von drei waren einsetzbar und damit bereit, Schiffe aus Takhan zu empfangen.

Das kleine Dorf sah vollkommen verwandelt aus. Natürlich hatte er nichts anderes erwartet, aber es mit eigenen Augen zu sehen war dennoch etwas anderes. Eine beachtliche Anzahl an Familien hatte sich angesiedelt und kleine Wohnhäuser errichtet. Der ortsansässige Händler hatte sein kleines Geschäft erweitert und bot der beständig wachsenden Menge an Menschen eine größere Auswahl an Gütern zum Verkauf. Und freilich würde sein Produktsortiment noch weiter wachsen, sobald die Waren aus den Westlichen Territorien regelmäßig und in planbaren Mengen hier eintrafen.

Am Nachmittag stand ein weiteres Treffen mit dem Baumeister an, um die Schiffswerft zu besprechen. Dann würde er erneut sein Pferd besteigen und sich auf den Rückweg machen. Von seinem Dach zuhause hatte er ein paar der Vögel mitgebracht und den Baumeister instruiert, wie man sie unterbringen musste, damit sie sich vermehrten. Es würde sich als nützlich erweisen, eine schnelle Kommunikationsmöglichkeit mit Bonhet zu etablieren.

Er rieb sein Gesicht und spürte die Bartstoppeln auf seinen Wangen. Mit einer Rasur hatte er sich an diesem Morgen nicht aufgehalten und sah somit wohl eher wie ein Vagabund als ein hoher Lord des Ordens aus, dachte er. Aber dank seiner Robe und seiner eindrucksvollen Körpergröße behandelten die Leute ihn dennoch mit der Ehrerbietung, die er gewohnt war.

Nur noch ein paar Stunden, rief er sich ins Gedächtnis und schob die Erschöpfung mit ein wenig Magie beiseite.

KAPITEL 21

Maßnahmen

Enric stieß einen Seufzer der Erleichterung aus, als er das Haus endlich erreichte und aus dem Sattel steigen konnte. Er winkte die beiden Diener zu sich, die nach draußen gekommen waren, um sich um sein Bündel und das Pferd zu kümmern, bevor er die Tür öffnete, damit Urban als erste eintreten konnte.

"Eryn?", rief er. Es war Abend, also hätte er erwartet, sie anzutreffen. Sie musste doch wissen, dass seine Rückkehr für diesen Tag geplant war. Von der Treppe her vernahm er Schritte, aber es waren nicht Eryns ungeduldige, rasche, sondern Plias bedächtigere, leisere.

"Guten Abend, Lord Enric", lächelte sie. "Eryn ist bei Lord Orrin; sie ersucht Euch, ebenfalls dorthin zu kommen."

"Hallo Plia", erwiderte er. "Danke für die Nachricht." Ein Abend bei Orrin? Das war nicht gerade, wie er sich diesen Abend vorgestellt hatte. Er hatte sich auf ein schnelles Nachtmahl und eine frühe Nacht mit ihr in seinen Armen gefreut. Aber es sah so aus, als würde er stattdessen den Staub und Schmutz der Straße abwaschen, sich saubere Kleidung überwerfen und ein paar Stunden lang gesellig sein müssen.

Er sah, wie Urban gähnte und sich dann auf dem nächstgelegenen bequemen Teppich umfallen ließ. Noch bevor ihr Kopf vollständig zum Liegen kam, schloss sie bereits die Augen. Spielerisch zerzauste er im Vorbeigehen Plias Haare und brachte sie damit zum Lächeln, bevor er zwei Stufen auf einmal nahm, damit er sich wieder in etwas entfernt Menschliches zurückverwandeln konnte.

Nachdem er aus der Wanne geklettert war, betrachtete er nachdenklich sein Spiegelbild. Fünf Tage ohne Rasieren hatten sein Erscheinungsbild beträchtlich verändert. Er versuchte sich zu entscheiden, ob es ihm zusagte, während er sein Gesicht von einer Seite zur anderen drehte. Wenn er den Bart nur ein wenig stutzte, mochte es sogar vorzeigbar aussehen. Warum nicht versuchen, dachte er. Falls es Eryn nicht gefiel, würde er wieder zu seinem glattrasierten Selbst zurückkehren.

Er wählte ein Hemd und eine Hose aus, beides dunkel, und entschied sich gegen seine Robe. Seit seiner Rückkehr aus Takhan hatte es sich irgendwie zu einer lästigen Pflicht entwickelt, sie tragen zu müssen - etwas, das ihn zuvor nie gestört hatte.

Plia, die es sich mit einem Buch und einem heißen Getränk auf einem Sofa im Salon bequem gemacht hatte, winkte er zu und machte sich dann in der feuchtkalten Abendluft raschen Schrittes auf den Weg zu den Kriegerquartieren.

Orrin öffnete die Tür kurz nach dem Klopfen und nickte seinem Gast zu, während er zur Seite trat, um ihm Zutritt zu gewähren.

"Willkommen zurück."

"Danke", erwiderte Enric und ging an ihm vorbei zu dem Sofa, auf dem Eryn saß.

Seine Brauen wanderten nach oben, als er auf einem Sessel links neben ihr Tyront sitzen sah. Was ging hier vor? Er zog seine Gefährtin von ihrem Platz hoch und küsste sie züchtiger auf die Lippen, als er es vorgezogen hätte. Sie wirkte verstört, obwohl sie ganz klar froh war, ihn zu sehen. Sie hob eine Hand an seine bärtige Wange.

"Interessant. Ist das etwas Dauerhaftes oder ein Experiment?", fragte sie.

"Das hängt von dir ab, Liebste. Gefällt es dir?"

"Ich bin nicht sicher. Frag mich nach ein oder zwei Tagen noch einmal."

Er nickte und küsste die Hand an seiner Wange, dann wandte er sich an seinen Vorgesetzten, ohne Eryn loszulassen.

"Tyront. Das ist aber eine ungewöhnliche Szene. Euch beide freiwillig im gleichen Raum zu sehen kommt unerwartet. Ich muss sagen, dass ich gespannt bin zu erfahren, weshalb."

Er sah, wie die beiden Männer einen Blick wechselten. Da war Anspannung im Raum; somit würde es kaum angenehm werden, sich anzuhören, was auch immer sie ihm mitzuteilen hatten.

"Also gut", sagte er langsam, "ich spüre, dass etwas nicht in Ordnung ist. Heraus damit."

Orrin nickte Eryn einmal zu, worauf sie nervös schluckte und aus seiner Umarmung trat.

"Ich mache mich jetzt auf den Weg. Ich sehe dich dann zuhause."

Flink griff er nach ihrer Hand, bevor sie weggehen konnte. "Was geht hier vor? Warum wird sie fortgeschickt?"

"Um ihr deine Reaktion zu ersparen und es dir leichter zu machen, die Kontrolle über dich zu behalten", sagte Tyront ruhig.

Enrics Augen verengten sich. Das klang ernst. Was auch immer sie glauben ließ, dass es ihn dazu bringen mochte, die Kontrolle über sich zu verlieren, musste mit Eryn zu tun haben. Sonst gab es nicht viel, das diese Wirkung auf ihn hatte.

"Ist alles in Ordnung mit dir?", fragte er angespannt und ließ seinen Blick über sie wandern, als wollte er irgendwelche Krankheiten oder Verletzungen feststellen. Was natürlich Unsinn war bei einer Heilerin.

Sie nickte. "Ja, mir geht es gut."

"Hat es etwas mit dem zu tun, was vor vier Tagen gegen Mittag passiert ist?"

Ein weiteres Nicken. Widerwillig gab er ihre Hand frei.

"In Ordnung, dann sehe ich dich zuhause", sagte er langsam.

Eryn sah Orrin flehend an. "Vielleicht könnte ich nur…"

"Nein. Du gehst jetzt besser. Darüber haben wir gesprochen. Mehrmals", beharrte er.

Ihr Gesichtsausdruck alles andere als glücklich, stellte sie sich auf die Zehenspitzen, um seine bärtige Wange zu küssen, bevor sie zur Tür ging, wo sie ihren Umhang vom Haken nahm und kommentarlos verschwand.

Enric verschränkte die Arme und blieb stehen. "Heraus damit", sagte er zu niemanden im Speziellen.

Orrin entschied sich ebenfalls dafür stehenzubleiben, als er zu sprechen begann: "Du solltest vielleicht diesen Schild in deinem Kopf aktivieren."

Der jüngere Mann schloss kurz die Augen, dann nickte er. "Erledigt."

"Am Tag nach deiner Abreise, als Eryn noch schlief, erhielt ich eine Nachricht vom König, in der er mir befahl, sie in einen der kleinen Innenhöfe im Palast zu bringen. Er instruierte mich sicherzustellen, dass sie für den Schwertkampf ausgerüstet war und sie nicht darüber zu informieren, dass er derjenige war, der sie dorthin bestellte. Weiters verlangte er von mir, die Trainingshandschellen so zu verzaubern, dass sie ihre Magie vollständig blockierten."

Enrics Augen wurden schmal, aber er unterbrach nicht.

"Wie du dir sicher vorstellen kannst, war sie nicht allzu erfreut darüber, sich ihm gegenüber zu finden, und auch noch ohne ihre Magie. Und zusätzlich dazu war ich auch dazu angewiesen, sie dort mit ihm allein zu lassen und die Tür hinter mir zu verschließen."

Nun mahlte Enric mit den Zähnen, sagte aber noch immer nichts.

"Eine Stunde später kehrte ich zurück, um sie abzuholen. Als ich die Tür aufschloss und eintrat, sah ich, wie der König sie gegen die Wand drückte und dort festhielt. Und sie stürmisch küsste."

Beide Männer zuckten zusammen, als Enrics Faust auf dem kleinen Tisch an seiner Seite landete und ihn unter der Wucht mit einem lauten Knall zusammenbrechen ließ, sodass große und kleine Splitter in alle Richtungen geschleudert wurden.

"Du!", donnerte er, sein Zeigefinger auf Orrin gerichtet. Seine Stimme hatte ihre Beschaffenheit verändert, sodass nun etwas Mächtiges und Bedrohliches darin mitschwang. "Ich habe dich gebeten, dich um sie zu kümmern! Und du hast sie schutzlos ohne ihre Magie in die Hände des Mannes ausgeliefert, der bereits damals davon gesprochen hat, sie mit zu sich ins Bett zu nehmen? Und hast sie mit ihm eingesperrt?"

Tyront stand auf, als er spürte, wie der Boden unter seinen Füßen vibrierte. "Das reicht, Enric", warnte er. "Bring mich nicht dazu, dir Handschellen anzulegen. Der König hat ihm all das befohlen. Du weißt so gut wie ich, dass er nicht wissen konnte, dass so etwas passieren würde."

Orrin hatte sich nicht vom Fleck bewegt, sondern stand einfach nur dort. "Nein, lasst ihn. Er hat Recht", meinte er leise. "Ich würde es auch nicht gut aufnehmen, wenn er bei Junar auf diese Weise versagt hätte."

Enric sah das blasse Schimmern einer schützenden Barriere, die Tyront vor dem Krieger errichtet hatte und starrte in Orrins angespannte Gesichtszüge. Er war böse mit sich selbst. Was auch immer jemand zu ihm sagte oder ihm antat würde ihn kaum härter treffen als das, was in seinem eigenen Kopf vor sich ging. Enric spürte, wie sein Ärger die Richtung änderte und sich auf den Mann konzentrierte, auf den er sich von Anfang an hätte richten sollen. Ohne ein weiteres Wort drehte er sich auf dem Absatz um und marschierte auf die Tür zu.

Als er seine Hand nach dem Türgriff ausstreckte und von einer mächtigen Barriere aufgehalten wurde, drehte er sich um und knurrte Tyront wütend an: "Weg damit, sofort!"

"Das kann ich nicht", entgegnete sein Vorgesetzter ruhig. "Ich kann dir nicht erlauben, etwas Dummes anzustellen. Setz dich, und wir werden darüber reden."

Enrics Hand schnellte plötzlich hoch und schickte einen Blitz los, der auf den älteren Mann zuraste. Er wurde von einem weiteren Schild vor seinem Ziel abgefangen. Einen Augenblick später schlug Tyront zurück, und sein Blitz traf Enric mitten in den Brustkorb. Die Wucht des Schlags warf ihn mit dem Rücken gegen die Wand und ließ ihn zu Boden gleiten. Beide Männer atmeten schwer.

"Lord Orrin, die Handschellen."

Langsam schüttelte Enric den Kopf, um die Desorientierung loszuwerden und spürte, wie kaltes Metall um seine Handgelenke gelegt wurde. Einen Moment später war all seine Magie fort. Mit einem Stöhnen sah er zu den beiden Männern empor, die über ihm aufragten, ihre Arme verschränkt, ihre Mienen resigniert.

Sein Blick wanderte zurück zu dem Gold an seinen Armen. Er widerstand dem Impuls eines Versuchs, sie abzuziehen. Ihm war klar, dass dies zwecklos wäre.

Kurz darauf spürte er, wie Hände von beiden Seiten nach seinen Oberarmen griffen und ihn mit einem Ruck zurück auf die Beine zogen. Er musste sich noch einen Augenblick lang an die Wand lehnen, bis der Raum aufhörte, sich zu drehen.

"Ich vergaß, wie stark du bist", murmelte er.

Tyront zog beide Augenbrauen hoch. "Offensichtlich. Aber ich bin zuversichtlich, dass dein Gehirn seine Arbeit wiederaufnehmen wird, sobald es nicht länger in Zorn ertrinkt." Er nahm Enric bei der Schulter und führte ihn zu einem Sofa. "Und jetzt setz dich. Wir müssen darüber reden."

"Nach reden ist mir jetzt wahrlich nicht", knurrte Enric.

"Und doch wirst du vorher nicht von hier weggehen", konterte sein Vorgesetzter und drückte ihn nieder.

Orrin nahm ihm gegenüber Platz, sorgfältig darauf bedacht, außerhalb seiner unmittelbaren Reichweite zu bleiben.

"Warum können sie nicht einfach ihre Hände von ihr lassen?", zischte Enric. "Wo auch immer ich hingehe, denkt irgend so ein vermessener Mistkerl, er kann sich Freiheiten mit ihr erlauben, egal auf welcher Seite des verdammten Meeres wir sind! Habt ihr eine Ahnung, wie es war mitanzusehen, wie Ram'an bei jeder Gelegenheit seine Hände auf ihr hatte? Zu wissen, dass er die zehn Tage während des verfluchten Verfahrens in einem Zimmer neben ihrem schlief? Ich wollte ihm jedes Mal die Hände abhacken, wenn ich ihn mit seinem Arm um ihre Schultern sah, wie er sie nahe bei sich hielt unter dem Vorwand, dass er Körperkontakt mit ihr halten müsste, solange ich in der Nähe war, damit wir nicht gemeinsam fliehen konnten. Aber was auch immer Ram'an versuchte, er hat sie niemals dazu gezwungen, ihn auf diese Weise zu küssen." Sein Blick war hasserfüllt. "Du kannst mich nicht auf ewig fesseln. Ich kann nicht erlauben, dass der König sie auf diese Weise behandelt, ohne etwas zu unternehmen. Und dass wisst ihr beide."

Orrin räusperte sich. "Lass uns zuerst ein paar Dinge bedenken. Dann kannst du immer noch deine Rache planen. Ich bin sicher, dass der König nicht die Absicht hat, sie dir wegzunehmen. Und er wollte, dass du davon erfährst. Aus diesem Grund sorgte er dafür, dass ich es sehen konnte. Er wollte eine Reaktion provozieren. Also denkst du besser sehr sorgsam darüber nach, was du als nächstes tust."

Enric starrte den Krieger eine Minute lang an. Das Bild eines Kuriervogels, der in den frühen Morgenstunden zurück nach Anyueel flog, kehrte zu ihm zurück. Und nur wenige Stunden später hatte der König Eryn ohne jede Zurückhaltung geküsst, während sie versuchte, sich aus seinem Griff zu befreien.

"Ich weiß, was er will", sagte er plötzlich und trat noch einmal auf den zerbrochenen Tisch zu seinen Füßen ein. "Er will, dass ich wieder nach Takhan gehe. Dieses Mal für längere Zeit."

Tyront runzelte die Stirn. "Warum sollte er das wollen?"

"Weil Malriel ihn ersucht hat, dafür zu sorgen. Ich kann nur spekulieren, was er im Gegenzug bekommen hat oder noch bekommen wird. Ich glaube nicht, dass er sich im Austausch mit ein paar stürmischen Nächten der Leidenschaft begnügt hat, wie geschickt auch immer sie darin sein mag, ihm Vergnügen zu bereiten", schnaubte er. "Sie hat mich gebeten, für einen ausgedehnten Besuch nach Takhan zu kommen. Sie haben Ärger mit ihrem Nachbarland und wollen kein anderes Land hineinziehen. Sie vertrauen uns nicht. Aber wie es aussieht, brauchen sie dringend Anweisungen, wenn es darum geht, wie man einen Krieg führt. Wie ungemein praktisch, dass Malriel zufällig einen Sohn hat, der über genau diese Art von Wissen verfügt. Wenn sie mich dazu bringt, nach Takhan zu kommen, würde ihnen das ermöglichen, sich meines Wissens zu bedienen, ohne dass sie den König offiziell darum bitten müssten. Oder das Risiko einer Abweisung in Kauf nehmen müssten."

"Was hast du ihr gesagt?", wollte Tyront wissen, nicht allzu erfreut über diese Neuigkeiten.

"Dass ich keine Absicht habe, für etwas anderes als einen kurzen Besuch nach Takhan zu kommen. Und wenig später schickte sie dem König einen Vogel, zweifellos um ihm mitzuteilen, dass ich nicht kooperiert habe und er die Sache übernehmen muss." Er schüttelte den Kopf. "Am liebsten würde ich diese Frau erwürgen. Ich frage mich, ob ihr klar war, welcher Methoden er sich bedienen würde, um mich zum Handeln zu zwingen. Eryn ist immerhin ihre Tochter!"

"Was wirst du jetzt tun?", fragte sein Vorgesetzter mit einer Miene, als wäre er auf das Schlimmste gefasst.

"Hätte ich völlig freie Hand, würde ich Eryn nehmen und irgendwohin ganz anders hinziehen, wo noch niemand jemals etwas von uns oder Magie gehört hat und keinerlei politische oder diplomatische Verbindungen zu irgendeinem anderen Ort pflegt", knurrte er. "Aber da meine Auswahlmöglichkeiten recht beschränkt sind, gibt es wohl nur eines, das ich tun kann: nach Takhan zu gehen und sie aus seinen Fängen zu befreien. Wenn ich das nicht tue, mag er sich dazu veranlasst sehen, sich einer weiteren List zu bedienen, um mich zu überreden. Und ich will nicht einmal daran denken, wozu er sich als Nächstes hinreißen lassen würde, wenn ein erzwungener Kuss seinen Zweck nicht erfüllt." Er spürte, wie die Pein einen Schritt zurücktrat und kühle Überlegung die Kontrolle zu übernehmen begann. "Aber dass ich dorthin gehe, wird nicht nur zu seinen Bedingungen passieren." Er würde, entschied er, morgen früh zuallererst eine Nachricht an Vran'el schicken, um ihn zu ersuchen, er möge sämtliche Einnahmen aus dem Verkauf seiner Güter in Takhan nicht nach Anyueel schicken lassen, sondern stattdessen in den

Schatzkammern von Haus Vel'kim deponieren. Malriel würde sehr wahrscheinlich davon erfahren und somit erkennen, dass er ihr nicht genug vertraute, um sie die Gewinne aus seinen Handelsgeschäften aufbewahren zu lassen, doch das kümmerte ihn im Augenblick herzlich wenig.

"Eryn wird das nicht gefallen", bemerkte Orrin vorsichtig.

"Nein", stimmte Enric zu. "Aber nach dem, was passiert ist, hat sie kaum eine große Wahl. Sie weiß genauso gut wie ich, dass uns das Band zueinander ziehen würde, wenn sie hierbliebe. Nicht, dass ich sie zurückließe. Selbst wenn ich sie ausschalten und sie in eine Kutsche verfrachten muss."

Tyront stieß einen tiefen Seufzer aus. "Kann ich dir einschärfen, dass es extrem unklug wäre, in das Arbeitszimmer des Königs zu stürmen und ihm etwas anzutun? Das würde nicht nur alles zerstören, wofür du in den letzten Jahren gearbeitet hast, sondern hätte auch auf deine Gefährtin beträchtliche Auswirkungen. Was auch immer du vorhast, ich beschwöre dich sicherzugehen, dass du hinterher in Anyueel noch immer willkommen bist. Wenn der König mich dazu zwingt, disziplinarische Maßnahmen gegen dich zu ergreifen, wirst du meinen Zorn zu spüren bekommen, mein Freund. Hiermit befehle ich dir also, den König ab jetzt nicht mehr ohne meine ausdrückliche Erlaubnis aufzusuchen. Sollte er so töricht sein, dich allein zu sich zu bestellen, befehle ich dir weiters, mich unverzüglich zu kontaktieren und auf meine Antwort zu warten. Die wird höchstwahrscheinlich darin bestehen, dass ich dich begleite."

Enric nickte kurz.

Tyront stand auf. "Gut. Dann schlage ich vor, dass du jetzt nach Hause gehst und Eryn, die zweifellos krank vor Sorge ist, beruhigst. Dann sieh zu, dass du zu Bett gehst. Du siehst aus, als könntest du etwas Ruhe gebrauchen. Gute Nacht."

Orrin wartete, bis ihr Vorgesetzter die Tür hinter sich geschlossen hatte, dann lächelte er schwach.

"Diesen Befehl wirst du nicht befolgen. Das kann ich in deinen Augen sehen."

Enric zog eine Augenbraue hoch. "Verzeihung?"

"Entweder ist er selbst ziemlich müde, oder er betrügt sich absichtlich selbst, wenn er sich einredet, dass du dich an diese Anweisung halten wirst."

"Und *du* hast vor, mich davon abzuhalten?", grinste Enric spöttisch.

"Sei kein Narr. Ich bin nicht stark genug, um dich von irgendetwas abzuhalten. Ich will dich begleiten."

"Mich begleiten? Wenn ich zum König gehe? Weshalb?", fragte er misstrauisch.

"Weil er mich auf eine Weise für seinen Plan benutzt hat, die ich überhaupt nicht schätze. Also denke ich, dass ich ebenfalls einen Anteil an deiner Rache verdiene, selbst wenn er nur darin besteht, dass ich zusehe, wie du ihn bedrohst. Du wirst dabei Armfesseln tragen, die deine Kräfte auf das Niveau meiner eigenen verringern. So können wir vorgeben, dass ich zum Schutz des Königs dabei bin. Das wird uns beiden zumindest ein wenig Ärger mit Lord Tyront ersparen." Er seufzte. "Und falls wir beide aus dem Orden geworfen werden, müssen wir zumindest Junar und Eryn nicht voneinander trennen, weil du uns gefälligst mitnehmen wirst, wohin auch immer du dann gehst."

Enric warf dem Krieger einen harten Blick zu und fragte dann erschöpft: "Und mich nennst du einen Narren, Orrin? Obwohl du deinen Rang im Orden für ein wenig Rache aufs Spiel setzen willst? Ich weiß, dass du an Eryn hängst, aber du hast noch eine Familie, an die du denken musst."

"Meine Familie ist es auch, an die ich hier denke", erwiderte er grimmig. "Du weißt, dass ich eine Tochter bekommen werde. Sie wurde empfangen, nachdem die Barriere in unseren Köpfen entfernt wurde. Die Chancen stehen gut, dass sie nach dreihundert Jahren die erste Magierin sein wird, die in diesem Königreich zur Welt kommt. Ich will dem König unmissverständlich klarmachen, dass sie kein gutes Ziel für seine Pläne ist, sobald sie alt genug ist, um ihm nützlich zu sein."

"Also gut", sagte der jüngere Mann langsam. Das war in der Tat ein nachvollziehbarer Grund. "Ich muss mich zuerst um ein paar Dinge kümmern. Bereite dich darauf vor, ihm in etwa vier Tagen gegenüberzutreten."

Orrin nickte. "Das werde ich."

*   *   *

Eryn wurde bang ums Herz, als sie die Schritte hörte, die sich der Eingangstür näherten. Sie legte das Buch zur Seite, das sie angestarrt hatte - lesen hätte die Fähigkeit erfordert, den Inhalt des Textes in sich aufzunehmen, und dazu war sie eindeutig nicht fähig gewesen. Ihre Aufmerksamkeit wollte nicht bei dem eher trockenen Text über kosmetische Knochenveränderungen bleiben und kehrte ein ums andere Mal zu den drei Männern in Orrins Salon zurück. Da waren flüchtige Eindrücke unangenehmer Gefühle gewesen, aber Enric hatte sie gut genug abgeschirmt, sodass sie nichts weiter als Spuren davon empfing anstatt sie zur Gänze abzubekommen.

Enric stieß die Tür auf und trat ein. Sie stand auf und starrte auf die Fesseln an seinen Handgelenken. Du liebe Zeit. Das war offensichtlich nicht besonders gut gelaufen.

Er folgte ihrem Blick. "Orrin dachte, es wäre klüger, wenn du sie mir abnimmst. Er denkt, dass es weniger wahrscheinlich ist, dass ich losstürme und dem König den Kopf abreiße, wenn du bei mir bist. Vorläufig zumindest. Es war ihm zu riskant, sie mir abzunehmen, solange ich mehr oder weniger direkt vor dem Palast war."

Mit müden Augen schenkte sie ihm ein Lächeln und trat vor ihn. Ihre Fingerspitzen berührten die Bändigungswerkzeuge, woraufhin sie sich lösten und mit einem klirrenden Geräusch auf dem Boden landeten. Seine Kräfte kehrten in einer vertrauten Welle zu ihm zurück, dann schlang er seine Arme um sie und zog sie an sich, um den Duft ihrer Haare einzuatmen und ihre Stirn zu küssen.

"Ich werde dich von hier fortbringen, Liebste", murmelte er.

Er spürte die Anspannung in ihrem Körper, als sie versuchte, sich zurückzulehnen, aber er hielt sie in der Umarmung fest. "Nein, noch nicht."

Erneut lehnte sie sich an ihn. "Sag mir bloß nicht, dass du mich nach Takhan verschiffen und zurück zu Malriel verfrachten willst, um mich außer Reichweite des Königs zu schaffen? Damit würdest du mich Marter aussetzen, um der Folter zu entgehen", sagte sie. "Außerdem würde ein Urlaub langfristig nicht viel ändern. Orrin denkt, dass der König dich zu etwas bringen will, dem du sonst nicht zustimmen würdest."

"Ich weiß. Er will, dass ich nach Takhan gehe", erklärte er.

Sie versteifte sich. "Was? Woher willst du das wissen?"

"Malriel bat mich darum. Und als ich mich weigerte, schickte sie eine Nachricht an den König, sehr wahrscheinlich, damit er etwas tun sollte, das meine Meinung ändert."

Er ließ sie los, als sie einen Schritt rückwärts machte, um zu ihm empor zu starren.

"Das bedeutet, dass ich mich bei *ihr* dafür bedanken kann, dass er mich überfallen hat? Diese Frau kennt wirklich keine Grenzen! Wie ist es möglich, dass sie jetzt, wo sie abgereist ist, sogar eine noch größere Pein, Bürde, Plage ist als zuvor?" Eryn fuhr sich mit den Fingern durch die Haare, bevor sie sie zu Fäusten ballte. "Ich könnte sie verprügeln! Ich schwöre dir, eines Tages werde ich ihr wehtun. Sie zusammenschlagen. Mit meinen Fäusten. So richtig übel." Dann sah sie wieder zu ihm auf. "Dann tun wir ihr den Gefallen und beugen uns ihrem Wunsch? Indem wir dorthin gehen? Wirklich? Was ist die Alternative?"

Enrics Miene wurde bleiern. "Hierzubleiben und dich womöglich sogar noch unangenehmeren königlichen Versuchen auszusetzen, um uns zum Weggehen zu bewegen."

Sie verzog das Gesicht. "Und die nächste Option?"

"Eine dritte Option gibt es nicht, fürchte ich. Außer, du betrachtest es als eine Möglichkeit, den König loszuwerden und ihn durch jemanden zu ersetzen, der weniger anfällig für Malriels Reize ist", bemerkte er verstimmt.

"Das würde allerdings unsere Probleme lösen."

"Ja", gab er zu, "aber lass uns Königsmord nur als allerletzten Ausweg in Betracht ziehen. Tyront würde es nicht gut aufnehmen. Er hat mir befohlen, mich vom König fernzuhalten."

Sie zuckte die Schultern. "Ich denke, Lord Tyront wäre unser kleinstes Problem. Er ist immerhin dein Freund."

"In erster Linie ist er mein Vorgesetzter. Freundschaft ist seine zweite Priorität. Und nach dem Schlag, den ich heute von ihm einstecken musste, wage ich nicht zu behaupten, dass er mein kleinstes Problem wäre, würde ich seinen Befehlen zuwiderhandeln."

"Welche Art von Schlag?" Ihr Blick kehrte zu den Handschellen auf dem Boden zurück. "Doch wohl kein magischer, oder doch? Wir reden hier über eine hitzige Diskussion, nehme ich an?"

"Nicht ganz. Es gab einen kleinen… nun, nennen wir es einen angespannten Austausch von Argumenten mit dezent explosiven Eigenschaften."

Sie starrte ihn an. "Ihr habt gekämpft? Wirklich?"

Unbehaglich nickte er. "Ja, das könnte man sagen. Obwohl nicht gerade langwierige Schlachten dabei entstehen, wenn ein stärkerer Magier einen schwächeren bekämpft. Ich schoss einen Blitz auf ihn, aber darauf war er vorbereitet. Er schickte einen stärkeren zurück, den mein Schild nicht aufhalten konnte. Und während ich benommen auf dem Boden lag, legten sie mir die Fesseln an."

"Du hast ihn wirklich attackiert?" Sie schluckte. "Wird das Konsequenzen für dich nach sich ziehen? Wird er dich bestrafen?"

"Das denke ich nicht. Beide haben eine Reaktion dieser Art erwartet, oder Orrin hätte ihn nicht um seine Anwesenheit gebeten. Er wusste, dass er einen stärkeren Magier braucht, um mich davon abzuhalten, dass ich meinem ersten Impuls nachgebe und zum Palast hinüberstürme. Und Tyront war vorbereitet. Er errichtete den Schild rechtzeitig. Ich würde meinen, dass er es als ausreichende Erinnerung an die Natur des Machtgleichgewichts zwischen uns erachtet, dass er mir einen Dämpfer verpasst und mir die Fesseln angelegt hat."

Ihre Lippen verzogen sich zu einem schiefen Grinsen. "Brillant. Und ich war nicht dort, um es mitanzusehen. Das war das letzte Mal, dass ich mich fortschicken lasse, wenn dir jemand schlechte Neuigkeiten mitteilen will."

"Ich bedanke mich herzlich für deinen Rückhalt und dein Mitgefühl, Teuerste", seufzte er und zog sie wieder an sich. "Wenn es dir nichts ausmacht, würde ich dich jetzt, wo wir keine Zeugen haben, gerne ordentlich begrüßen."

Eryn schlang ihre Arme um seinen Hals. "Mach nur. Das wird der erste Test für deinen Bart. Wenn er mich sticht oder kitzelt, werde ich jedes einzelne Haar davon ausfallen lassen."

Er lächelte und lehnte sich zu ihr hinab, um sie zu küssen.

"Und?", fragte er, als er sich wieder aufrichtete.

Sie zuckte die Achseln. "Ich kann es noch nicht sagen. Ungewohnt, aber für ein verlässliches Ergebnis wären weitere Tests erforderlich."

Er nickte ernsthaft. "Ich stehe dir für sämtliche Tests welcher Art auch immer zur Verfügung. Jederzeit."

"Tatsächlich? Das spricht von wahrem Engagement. Ich schätze deine Kooperation." Sie ergriff seine Hand und zog ihn mit sich zu den Stiegen.

"Stets zu Diensten, Liebste." Er folgte ihr nach oben, froh, dass er es geschafft hatte, die Diskussion über ihren Aufenthalt in den Westlichen Territorien vorläufig zu umgehen.

* * *

"Erbál?", rief Eryn, als sie ihn im Gang der Klinik auf seinem Weg zu Pe'talas Arbeitszimmer sah.

Er drehte sich um und lächelte sie an. "Lady Eryn! Wie nett, Euch zu sehen! Es ist schon eine Weile her, nicht wahr?"

"Das ist es tatsächlich. Was mich etwas überrascht, wenn man bedenkt, wie viele gesellschaftliche Anlässe ich in letzter Zeit besucht habe. Warum habe ich dich dort nicht gesehen?"

Er verzog das Gesicht. "Sanaf hat es ein weiteres Mal fertiggebracht, Inad schwer zu beleidigen, also sieht man in letzter Zeit davon ab, ihn zu solchen Abendveranstaltungen einzuladen. Einerseits will man nicht riskieren, zu seinem nächsten Opfer zu werden, und andererseits soll vermieden werden, Inad zu verärgern."

"Er hat euch also sozusagen zu sozialen Außenseitern gemacht? Du Glücklicher", seufzte sie.

"Ich bin mit dieser Entwicklung nicht ganz so zufrieden wie Ihr das an meiner Stelle wärt", meinte er mit einem unglücklichen Gesichtsausdruck, bevor er mit einem Grinsen hinzufügte: "Ich hätte es auf jeden Fall vorgezogen, mir Eure letzten beiden Vorstellungen persönlich anzusehen anstatt nur den Erzählungen darüber zu lauschen. Es war im Übrigen eine recht beachtliche Leistung, Malriel zu einer verfrühten Abreise zu bewegen."

Beide hielten inne und sahen zu Rolans Tür, als sie aus seinem Zimmer laute Stimmen hörten. Eryn rollte mit den Augen.

"Ich schwöre dir, wenn diese beiden Idioten nicht damit aufhören, sich zu befehden, werde ich ihnen beiden wehtun. So richtig."

Erbál lächelte. "Über die beiden würde ich mir an Eurer Stelle keine allzu großen Sorgen machen, Lady Eryn. Die amüsieren sich prächtig."

Das Geräusch, wie etwas Zerbrechliches, das in Scherben zerbarst, drang an ihre Ohren. Sie zog eine Augenbraue hoch.

"Das ist deine Vorstellung von amüsieren?", fragte sie.

Er zuckte mit den Schultern. "Leidenschaft. Daran ist doch nichts auszusetzen."

"Leidenschaft?" Sie deutete mit dem Daumen über ihre Schulter auf die Tür, hinter der das Geschrei nun weiterging. "Nun, so kann man es wohl auch nennen."

"Kann es sein, dass Euch nicht aufgefallen ist, dass die beiden dabei sind, sich ineinander zu verlieben?"

Mitleidig schüttelte Eryn den Kopf über ihn. "Ich fürchte, du leidest unter Wahnvorstellungen. Soll ich mir das ansehen? In dieser Sache ziehst du Pe'tala wohl besser nicht zu Rate. Sie würde wohl nicht allzu sanft mit dir umgehen, wenn sie erfährt, welcher Natur sie sind. Nicht, dass sie sonst dafür bekannt ist, es mit der Sanftheit Patienten gegenüber zu übertreiben, wohlgemerkt."

"Worum seid Ihr zu wetten bereit, dass ich Recht habe?", grinste er.

Sie schürzte die Lippen. Er war sich seiner selbst recht sicher, aber die Wahrscheinlichkeit, dass Pe'tala und Rolan eine romantische Beziehung miteinander eingingen, lag praktisch bei null. Jedes Mal, wenn sie im gleichen Zimmer waren, lieferten sie sich entweder ein Schreiduell oder ignorierten einander.

"Was willst du denn?"

Ein langsames, berechnendes Lächeln breitete sich auf seinem Gesicht aus. "Ich möchte, dass Ihr bei Eurem König ein gutes Wort für mich einlegt. Ich weiß, dass Inad sich über Sanaf beschwert hat, und sobald es erste Überlegungen in die Richtung gibt, ihn zu ersetzen, möchte ich, dass diejenigen, die diese Entscheidung beeinflussen können, sich wohlwollend an meinen Namen erinnern."

Sie zog eine Grimasse. "Selbst in dem unwahrscheinlichen Fall, dass du diese Wette gewinnst, fürchte ich, dass ich dir damit keinen großen Gefallen täte. Der König und ich sind momentan nicht besonders gut aufeinander zu sprechen", sagte sie.

"Ach nein?", fragte er überrascht. "Wie immens interessant. Hattet Ihr eine Auseinandersetzung?"

Eryn straffte ihre Schultern und warf ihm einen kühlen Blick zu. "Das geht dich nicht wirklich etwas an, fürchte ich."

"Ebenso wenig ging es Euch etwas an, dass ich in der Vergangenheit mit Malriel involviert war, und dennoch habe ich Euch wahrheitsgemäß geantwortet", konterte er ohne auf irgendeine Weise beleidigt zu wirken. "Hat er bei Euch irgendeine Grenze übertreten?"

Ungläubig starrte sie ihn an. Wie kam er denn auf diese Idee? Wie konnte er so etwas einfach erraten? Und das, wo er noch nicht so lange hier war?

"Das ist kein Gespräch für diesen Ort", erwiderte sie steif.

Er nickte. "Ihr habt absolut Recht." Er drehte sie zurück in die Richtung, aus der sie gekommen war und schob sie in ihr Arbeitszimmer; dann folgte er ihr hinein und schloss die Tür. "Reden wir doch lieber hier drin."

Sie kämpfte den Impuls nieder, ihn wieder zur Tür hinauszukomplementieren. Sie war es müde, von jedem Mann herumkommandiert zu werden, der gerade Lust dazu verspürte. Erbál zumindest hatte keine Chance gegen ihre Magie. Aber seine Annahme lag so gefährlich nahe an der Wahrheit, dass sie zumindest neugierig war, was ihn darauf gebracht hatte.

"Wie kommst du auf so etwas?", wollte sie mit verschränkten Armen wissen.

Er schritt zu ihrem Tisch und ließ sich einfach dort nieder. Eryn blieb stehen. Sie wollte ihm nicht den Eindruck vermitteln, dass er hier willkommen war, nachdem er sich ohne Einladung in ihr Arbeitszimmer gedrängt hatte.

"Malriel sagte mir, dass der König zugab, dass er sich zu dir hingezogen fühlt."

Sie biss die Zähne aufeinander. Das bedeutete, dass es Malriel sehr wahrscheinlich bewusst war, was sie entfesselte, indem sie den Brief an den König schickte, nachdem Enric ihre Einladung nach Takhan abgewiesen hatte. Hatte sie gemeinsam mit ihm geplant, auf welche Überredungsmethoden er in diesem Fall zurückgreifen sollte? Diese Erkenntnis war kaum eine Überraschung, dennoch ärgerte es sie. Wann würde sie endlich damit aufhören, von dieser Frau irgendeine Rücksichtnahme zu erwarten? Tatsächlich sollte sie sich diese ständigen kleinen Stiche der Enttäuschung ersparen.

"Warum würde Malriel *dir* so etwas erzählen?"

"Ihr müsst Euch wegen mir und Malriel keine Sorgen machen, Lady Eryn. Sie tut dies nicht, um einen unmittelbaren Vorteil daraus zu ziehen, sondern um meiner Karriere zu nützen. Es zahlt sich wirklich aus, sich freundschaftlich von Malriel zu trennen; sie hat eine Schwäche für ihre ehemaligen Liebhaber."

Eryn schnaubte. "Du verwirrter, fehlgeleiteter Narr! Wie kannst du so blind sein? Sie tut das nicht, weil sie so weichherzig ist, sondern weil es im Allgemeinen nützlich ist, Freunde an wichtigen Positionen zu haben."

Er schüttelte den Kopf. "Ich bin weder verwirrt, noch fehlgeleitet. Natürlich werde ich eines Tages nützlich für sie sein, so wie sie es für mich war und sein wird. Ich muss mich eher über Eure eigene Wahrnehmung wundern, wenn es darum geht, sich einen Liebhaber zu nehmen. Hattet Ihr stets nur ein Verhältnis mit Männern, um ein körperliches Bedürfnis zu stillen?"

Bestürzt starrte sie ihn an. "Ich habe auf jeden Fall niemals darüber nachgedacht, wann und wo sie mir eines Tages nützlich sein könnten und ob ich ihnen auch von Nutzen sein sollte! Das ist so... kalt und berechnend! Aber ich schätze, du betrachtest mich als naiv, weil ich nur mit Männern schlafe, zu denen ich mich hingezogen fühlte und weder ihre Geburtsrechte, noch ihren Status bedenke."

Erbál betrachtete sie interessiert. "Wisst Ihr, ich würde dies als kulturbedingten Unterschied zwischen uns erachten, aber ich weiß, es gibt hier andere, die meine Ansicht teilen. Somit ist dies Eure persönliche Einstellung und gibt nicht wieder, was die Leute im Alten Königreich generell denken." Er zuckte mit den Schultern. "Aber selbst wenn ich in nächster Zeit zum Botschafter ernannt würde, beträfe Euch das ohnehin nicht, da Ihr nach Takhan gehen werdet."

Ihre Kinnlade fiel nach unten, und rasch kehrte sie zu dem zurück, was sie gelernt hatte, um sich wieder unter Kontrolle zu bekommen: langsames Ein- und Ausatmen.

"Malriel mag bei der Weitergabe dieser Information ein wenig zu voreilig gewesen sein. Bislang wurde nichts in dieser Richtung entschieden, vereinbart oder auch nur besprochen", erwiderte sie kalt. "Wenn ich ein Wörtchen mitzureden habe, werde ich ihr keinesfalls den Gefallen tun, dorthin zu reisen."

"Ich verstehe, warum Ihr das nicht wollt; aber seien wir ehrlich - sie wird ihre Bemühungen nicht abbrechen, wenn sie sich in den Kopf gesetzt hat, Euch und Euren Gefährten nach Takhan zu holen. Jedoch muss es für Euch kein Nachteil sein, eine Weile hinzugehen. Ihr habt dort eine Familie, die Ihr erst vor kurzem entdeckt habt und die erfreut sein wird über die Gelegenheit, mehr als nur ein paar Wochen mit Euch zu verbringen. Außerdem gibt es in Takhan eine Menge für Euch zu lernen, da unsere Gesellschaft in einigen Bereichen weiter fortgeschritten ist. Das war nicht böse gemeint, meine liebe Lady, aber das ist Euch zweifellos ebenfalls bewusst."

Ihr Lächeln entbehrte jeglicher Wärme. "Längere Zeit in der gleichen Stadt oder auch nur dem gleichen Land wie Malriel zu verbringen ist ein ganz eindeutiger Nachteil. Die einzigen zwei Male, als wir in der gleichen Stadt waren, haben sich als zu lange erwiesen. Beide Male."

Erbál nickte langsam. "Ich verstehe. Aber das muss Euch nicht wirklich beunruhigen."

Verwirrt trat sie einen Schritt auf ihn zu. "Was meinst du damit? Warum habe ich das Gefühl, als wüsstest du mehr als du mir sagst?"

Mit einem entschuldigenden Blick stand er auf. "Ich fürchte, das ist alles, was ich Euch im Moment mitteilen kann. Und vergesst nicht unsere Wette. Und keine Sorge wegen Eurer kleinen Unstimmigkeit mit dem König - ich kann mir nicht denken, dass er Euch nicht zuhören würde."

"Kleine Unstimmigkeit?", zischte sie. "Ich würde keinesfalls von einer kleinen Unstimmigkeit reden, wenn…" Sie verstummte rechtzeitig.

"Ja?", fragte er neugierig nach.

"Nichts. Nur dass du das Ausmaß meiner Verstimmung ein wenig zu unterschätzen scheinst. Aber ich sehe kein großes Risiko, dass ich mich in nächster Zeit darum sorgen müsste, den König zu besuchen. Deine Annahme über Pe'tala und Rolan ist immer noch lächerlich."

"Gut", grinste er. "Dann habt Ihr ja nichts zu verlieren."

"Das stimmt wohl. Was gewinne ich für den sehr wahrscheinlichen Fall, dass du verlierst?"

"Was hättet Ihr denn gerne?"

"Sämtliche Informationen, die du über Malriel hast. Jede Kleinigkeit", erwiderte sie ohne zu zögern.

"Abgemacht. Ich hatte schon befürchtet, Ihr würdet irgendetwas Langweiliges sagen", lachte er, "aber ich sehe, ich habe mich geirrt. Wenn die beiden nicht zusammen sind, bevor ihr nach Takhan aufbrecht, mögt Ihr mich als den Verlierer dieser Wette betrachten."

"Ich werde womöglich überhaupt nicht abreisen! Sei also etwas konkreter mit deinem Zeitfenster", beharrte sie.

"Oh, Ihr werdet abreisen", nickte er zuversichtlich. "Möchtet Ihr diesbezüglich ebenfalls eine Wette abschließen?"

"Nein, danke", grollte sie.

"Dann sagen wir zwei Monate."

"In Ordnung. Gewinnst du, werde ich zum König gehen und ihm sagen, was für ein fabelhafter Kerl du bist. Gewinne ich, wirst du mich über jedes prekäre, pikante, kompromittierende, peinliche Detail über sie informieren, das du hast."

Er verbeugte sich. "Einverstanden."

"Gut. Und jetzt geh. Ich muss zu meinen Studenten zurückkehren."

Sie sah ihm nach, als er ging und begann über das, was er gesagt hatte, nachzudenken. Er war sich so sicher, dass Enric sie nach Takhan bringen würde. Das war beunruhigend. Sie musste mit Enric darüber reden, und zwar bald. Es war Zeit herauszufinden, wie ernst es ihm wirklich damit gewesen war, sie von hier fortzubringen.

* * *

Enric entrollte die beiden Papierstreifen, die ein Diener den gerade zuvor eingetroffenen Vögeln abgenommen hatte und überflog Vran'els Nachricht. Sie bezog sich auf seine Anfrage, die Einnahmen aus Versand und Verkauf seiner Güter in Takhan dort zu lagern, wo auch immer Haus Vel'kim seinen Reichtum aufbewahrte. Vran'el hatte keinerlei Fragen zu den Motiven dahinter oder irgendwelchen Details gestellt, sondern sich rasch und auf die seiner Ansicht nach zweckmäßigste Weise darum gekümmert. Enric schätzte solch eine effiziente Herangehensweise und wusste, dass er dem Rechtsgelehrten sein Geld anvertrauen konnte, ohne sich darum sorgen zu müssen, dass man ihn betrog oder die Sache an die Öffentlichkeit drang.

Bislang hatte er es geschafft, dem Gespräch mit Eryn über die Reise nach Takhan aus dem Weg zu gehen, wenngleich sie mehrmals versucht hatte, das Thema anzuschneiden. Er vertröstete sie von einem Tag auf den anderen, war sich aber sehr wohl darüber im Klaren, dass sich ihre Geduld langsam dem Ende neigte. Sie war eindeutig nicht damit einverstanden und hatte ihm von Erbáls kryptischer Bemerkung erzählt, dass sie sich nicht deswegen sorgen müsste, in der gleichen Stadt wie Malriel zu sein, wenn sie dorthin ging. Es schien, als wäre der Assistent des Botschafters recht gut informiert. Bei Malriel einen Stein im Brett zu haben schien sich auszuzahlen.

Da nun die Kleinigkeit, seine Gelder sicher in Takhan aufzubewahren, erledigt war, konnte er sich nun einer Sache annehmen, auf die er sich sowohl freute, die er aber auch scheute: den König zu konfrontieren. Er hegte keinerlei Zweifel, dass er bald wesentlich mehr über Malriels Pläne erfahren würde und auch darüber, was der König wirklich von ihm wollte. König Folrin hatte Enric seit seiner Rückkehr nicht zu sich gerufen, was für Enric recht bequem war, da er sich zuerst mit Vran'el in Verbindung setzen hatte wollen. Das bedeutete, der Monarch wartete darauf, dass er aus eigenem Antrieb zu ihm ging. Nun, den Gefallen würde er ihm tun. Das würde bald geschehen.

Er legte den Papierstreifen, der ihn über die Einzelheiten der monetären Maßnahmen informierte, zur Seite und entrolle den zweiten. Der war merklich weniger formell; eine interessante Weise, um zwischen den beiden Rollen zu wechseln, die Vran'el in Enrics Leben übernommen hatte: Rechtsberater und Freund.

Die zweite Nachricht enthielt Informationen darüber, was in Takhan vor sich ging. Die Leute sprachen über die Situation im Norden, und ebenso der Senat. Er schrieb über Malriels Bestrebungen, den Senat zu überzeugen, dass man das Alte Königreich ersuchte, sie offiziell in Bezug auf Verteidigungsmaßnahmen zu beraten, genau wie sie es während des gemeinsamen Ritts erwähnt hatte. Vran'el warnte ihn auch davor, dass Malriel eventuell etwas planen mochte, um ihn in dieser Sache auf eine weniger offizielle Weise zu involvieren - als ihren Sohn sozusagen. Enric ließ bei dieser Information den Atem entweichen. Sie war etwas spät gekommen.

Er zog ein Blatt leeren Papiers heraus und schrieb darauf einen einzigen Satz, mit dem er formell um eine Audienz beim König bat. Mit einem Seufzer versiegelte er die Notiz mit seinem Siegel, dann rief er einen Diener herbei, um sie überbringen zu lassen. Die Antwort würde gewiss nicht lange auf sich warten lassen, da sein Ansuchen zweifellos bereits erwartet wurde, höchstwahrscheinlich schon seit seiner Ankunft in der Stadt vor ein paar Tagen.

* * *

Orrin stand an die Wand gelehnt, als Enric im Gang, der zum Thronsaal führte, um die Ecke bog. Ihre entschlossenen Blicke kreuzten sich. Der jüngere Mann hielt an und sprach leise, um sicherzugehen, dass die Wachen um die Ecke sie nicht hören konnten.

"Es besteht eine realistische Chance, dass ich mir gleich eine Menge Ärger einhandle. Ich würde dir raten, noch einmal gut darüber nachzudenken, ob du mich begleiten willst. Ich werde nicht geringer von dir denken, wenn du gesunden Menschenverstand beweist und nach Hause zurückkehrst."

Der Krieger sah ihn nur an und zog wortlos ein Paar goldene Handschellen aus seiner Tasche. Enric betrachtete die Objekte ein paar Sekunden lang, dann nickte er und ergriff die Fesseln, um sie an seinen Handgelenken zu befestigen.

Orrin berührte sie, um sie zu fixieren, dann bogen sie um die letzte Ecke, die sie in Sichtweite der Türen zum Thronsaal brachte.

Die Wachen beobachteten ihr Näherkommen und öffneten die Doppeltür rechtzeitig, sodass sie ihre Schritte nicht verlangsamen mussten und auf den König zugehen konnten.

König Folrin stand auf der obersten Stufe des Thronpodests, beide Hände auf den Rücken gelegt. Marrin stand zu seiner Rechten, auf seinem Gesicht ein leicht besorgter Ausdruck. Enric fragte sich, ob er sich über die Gründe für dieses Treffen im Klaren war. Wahrscheinlich schon, oder der König hätte ihn wohl nicht hinzugeholt. Oder hatte er das aus Sicherheitsgründen getan? Dachte er, dass die Gegenwart eines Zeugen ihn vor körperlichen Vergeltungsmaßnahmen schützen würde?

Beide Magier blieben vor dem Thronpodest stehen und verbeugten sich flüchtig.

"Lord Orrin. Ich hatte nicht erwartet, Euch hier zu sehen", bemerkte der König.

Der Krieger lächelte schwach. "Ich bin hier, um Eure Sicherheit zu gewährleisten, Eure Majestät."

"Sicherheit, ah ja", grübelte der König, seine Augen verengt. "Allerdings sehe ich nicht, wie Ihr, wie unerreicht Eure Kampffertigkeiten auch sein mögen, in der Lage wärt, einen Magier, der Euch an Stärke dermaßen überlegen ist, von irgendetwas abzuhalten."

Stumm hob Enric seine Arme, sodass die Ärmel seiner Robe zurückrutschten und das Gold an seinen Handgelenken enthüllten.

"Ich verstehe", sinnierte der König mit leicht amüsierter Miene. "Ich frage mich, warum das nicht zu meiner Beruhigung beiträgt. Vielleicht, weil es eher wie eine Rechtfertigung dafür erscheint, dass Lord Orrin miterleben kann, was auch immer passieren wird. Und sehr wahrscheinlich auch ein kleines Zugeständnis an Lord Tyront, der, wie ich stark vermute, von unserer kleinen Zusammenkunft hier nichts weiß." Er hob sein Kinn. "So sprecht denn, Lord Enric. Ich habe nun schon eine Weile darauf gewartet, dass Ihr mich aufsucht."

Enric betrachtete den Mann mit scheinbarer Gelassenheit. "Ich bin hier, um mit Euch über Eure… Bemühungen zu sprechen, die mich dazu bewegen sollen, in die Westlichen Territorien zu reisen."

"Dann lasst mich zuerst genauer auf das eingehen, worüber wir hier sprechen, Lord Enric." Der König sah zu ihm hinab. "Malriel wünscht, dass Ihr nach Takhan geht, um dort ihre Position als Oberhaupt von Haus Aren zu übernehmen."

Beide Magier starrten ihn an.

"Wie bitte?", fragte Enric, kaum in der Lage, seine Überraschung über diese Enthüllung zu verbergen.

"Nur vorübergehend. Ihr seid zweifellos über die aktuelle politische Situation zwischen den Westlichen Territorien und deren Nachbarn im Norden im Bilde. Unsere neuen Freunde haben entschieden, eine hochrangige Delegierte dorthin zu entsenden, um Verhandlungen in Angriff zu nehmen in einer Situation, wo sich die Fronten immer weiter verhärten. Malriel von Haus Aren. Es ist nicht absehbar, wie lange sie aus Takhan fort sein wird. Zusätzlich dazu sehen die Gesetze vor, dass sie jemanden benötigt, der für die Dauer ihrer Mission ihr Haus übernimmt."

Enric zwang sich, ruhig zu bleiben. Das kam unerwartet. Er erinnerte sich an Erbáls Bemerkung zu Eryn, dass sie sich nicht zu sorgen brauchte, mit Malriel Zeit in der gleichen Stadt verbringen zu müssen. Das war offensichtlich, was er gemeint hatte.

Das bedeutete, dass ihr Aufenthalt tatsächlich auf unbestimmte Zeit ausgelegt war.

"Wenn Malriel in eine Gegend reist, die sich bald als Feindesland erweisen könnte, besteht die Möglichkeit, dass sie überhaupt nicht mehr zurückkehrt", bemerkte er nüchtern. "Das würde bedeuten, dass meine Stellung als ihr Ersatz zu etwas Dauerhaftem werden könnte."

"Das, Lord Enric, ist natürlich eine Möglichkeit, allerdings keine, mit der ich rechne. Dies ist immerhin als eine Mission gedacht, die einen Krieg verhindern soll anstatt ihn auszulösen."

"Dann frage ich mich, weshalb Ihr einen hochrangigen Krieger in ein Land schickt, das darüber spricht, sich auf einen Krieg vorzubereiten, dem es aber an entsprechendem Wissen fehlt", erwiderte Enric.

"Natürlich um unsere Unterstützung und unser Verständnis zu demonstrieren", erklärte der König langsam. "Und Eure Verbindung zu Haus Aren erlaubt es uns, dies zu tun, ohne dass sie ihr Gesicht verlieren müssten, weil sie uns offiziell darum bitten."

"Was Ihr also von mir wollt, abgesehen davon, dass ich die Verantwortung für eine Familie, die ich nicht kenne, und Geschäfte, von denen ich keine Ahnung habe, übernehme, ist, sie auf einen Krieg vorzubereiten, der Eurer Einschätzung nach nicht stattfinden wird? Verstehe ich das richtig?"

"Eine stark vereinfachte Betrachtungsweise, besonders von einem Mann mit Eurer politischen und diplomatischen Erfahrung, aber ja, ich gebe zu, dass dies grundsätzlich das ist, was Ihr dort tun sollt", stimmte er zu.

"Welche Art von Vorbereitung?", erkundigte sich Enric. "Kampftraining? Unterricht in militärischer Strategie? Errichtung von Verteidigungsanlagen?"

"Die Maßnahmen selbst überlasse ich Eurem Ermessen, Lord Enric."

Der Magier nickte langsam. "Euch ist bewusst, Eure Majestät, dass die Übernahme der Position als Oberhaupt des Hauses einen Sitz in deren Senat miteinschließt? Dies würde einen Interessenskonflikt darstellen, da ich hier bereits ein Mitglied eines ähnlichen Organs bin."

Der König lächelte. "Das ist richtig. Und aus diesem Grund werdet Ihr auch für die Dauer Eures Aufenthaltes in den Westlichen Territorien nicht länger ein

Mitglied des Rats der Magier sein. Und ebenso wenig werdet Ihr dem Orden angehören."

Enric ließ seinen Atem langsam entweichen. Man erwartete von ihm, den Orden zu verlassen. Nach mehr als zwei Jahrzehnten, von denen er mehr als die Hälfte in einer Führungsposition nahe der Spitze verbracht hatte.

"Ich sehe, dass Euch dieser Gedanke im Moment etwas unangenehm erscheinen mag, aber lasst mich Euch versichern...", begann der König, aber Enric unterbrach ihn.

"Nein, das geht schon in Ordnung. Das ist kein Problem. Ein vernünftiges Vorgehen." Er sah, wie Orrin neben ihm langsam seinen Kopf drehte, um ihn verwirrt anzustarren.

König Folrin zog seine Brauen nach oben und betrachtete ihn eingehend. "Ich verstehe. Ich bewundere Eure Fähigkeit, Euch dermaßen rasch an unerwartete Umstände anzupassen. Wenngleich ich zugebe, dass Eure Bereitschaft, alles hinter Euch zu lassen, wofür Ihr so hart gearbeitet habt, mich doch *etwas* überrascht."

Enric lächelte ihn kalt an. "Und doch habt Ihr auf solch kühne Maßnahmen zurückgegriffen, um meine Kooperation sicherzustellen."

Der König schwieg eine Weile, bevor er erwiderte: "Ich tat, was ich für nötig befand."

"Dabei habt Ihr es auch geschafft, das Angenehme mit dem Notwendigen zu verknüpfen, nicht wahr?", antwortete Enric gefährlich ruhig und erklomm langsam die wenigen Stufen, bis er sich mit dem König auf Augenhöhe befand. Er trat direkt vor den jüngeren und dennoch so immens selbstsicheren Mann, der trotz der unmittelbaren Gefahr, in der er sich befand, keinerlei Furcht zeigte.

"Oder hat es sich als recht strapaziös für Euch erwiesen, meine Gefährtin zu küssen, Eure Majestät?" Enrics Stimme war wenig mehr als ein leises Knurren.

"Nein, Lord Enric, das war es nicht", entgegnete der König gleichermaßen leise. "Ganz im Gegenteil, kann ich Euch versichern. Ich konnte mir aus erster Hand einen Eindruck verschaffen, weshalb ihre widerspenstige Natur einen Reiz auf Euch ausübt."

Enrics Hand schoss vor. Mit einer Bewegung so gewandt, dass die anderen beiden Männer einige Sekunden benötigten, um zu erkennen, was passiert war, packte er den König beim Hals. Marrins Augen weiteten sich in Panik, und er wollte vortreten. Doch er hielt inne, als der König eine Hand hob, um ihm Einhalt zu gebieten.

"Lord Orrin!", rief Marrin eindringlich. "Ich denke, dass diese Situation Euer Eingreifen rechtfertigen würde, wenn Ihr in der Tat hier seid, um Seine Majestät zu beschützen!"

Orrin zog die Stirn in Falten und gab vor, kurz nachzudenken, bevor er den Kopf schüttelte. "Nein, soweit ist alles in Ordnung. Ich sehe noch keine unmittelbare Gefahr."

Der Berater sah Orrin an, als befände der sich in einer anderen Realität. Krampfhaft dachte er nach, ob es etwas gab, das er sagen oder tun konnte, um den Magier dazu zu bewegen, den König aus seinem Würgegriff zu entlassen, ohne weiteren Schaden anzurichten.

Die Augen des Königs blieben konzentriert, und noch immer zeigte er keinerlei Angst. Das musste Enric ihm lassen.

"Lasst mich bezüglich einer Sache sehr deutlich werden: Ich werde nicht dulden, dass Ihr sie jemals wieder auf solch eine Weise berührt. Solltet Ihr Euch nicht an diese sehr einfache und doch sehr nachdrückliche *Bitte* halten, sehe ich mich dazu gezwungen, Maßnahmen zu ergreifen, die sie aus Eurem Einflussbereich entfernen werden. Dauerhaft. Ich würde sie nach Takhan bringen und nie wieder zurückkehren. Ich würde den Orden, das Königreich und alles, was ich hier besitze, zurücklassen, wenn es das ist, was nötig ist, damit sie nicht wieder als Druckmittel gegen mich und zu Eurer eigenen Befriedigung benutzt wird." Einen Moment lang wurde sein Griff der Nachdrücklichkeit halber etwas fester, dann ließ er den König wieder los. "Aber Ihr habt erreicht, was Ihr wolltet. Wir werden nach Takhan gehen."

Wieder frei, versuchte der König unauffällig zu schlucken, nahm aber davon Abstand, eine Hand auf seinen Hals zu legen - während er die ganze Zeit über Blickkontakt zu dem Mann aufrecht hielt, der soeben ein Vergehen begangen hatte, das der Todesstrafe würdig war.

"Gut", erwiderte der König, seine Stimme etwas rau. "Eine Sache sollt Ihr aber bedenken, Lord Enric: Lady Eryns Eid an das Königreich wird vor Eurer Abreise *nicht* aufgehoben werden. Sie wird weiterhin eine Ordensmagierin bleiben und für die Dauer Eurer Abwesenheit sogar auf Euren Rang vorrücken. Damit bleibt sie an uns gebunden. Dies nur als kleine Erinnerung, falls Ihr Euch entscheidet, Eure Drohung ohne Provokation in die Tat umzusetzen. Ich bin nicht bereit, einen von Euch zu verlieren."

"Ich bin zuversichtlich, dass sich das umgehen ließe", sagte Enric ausdruckslos. "Ich bin sicher, dass wir jemanden in Takhan überzeugen könnten, sie von dieser Bindung zu befreien."

"Das mag der Fall sein, aber dies ohne meine Zustimmung zu tun würde dazu führen, dass sich unsere diplomatischen Beziehungen erheblich verschlechtern und sie uns als Handelspartner verlieren. Sie mögen auf uns herabblicken und uns in einigen Bereichen als weniger fortgeschritten betrachten, aber Ihr wisst ebenso gut wie ich, dass sie darauf aus sind, unsere Rohmaterialien zu erwerben. Ich bin also überzeugt, dass Ihr dort sehr sorgfältig darauf achten werdet, alles zu vermeiden, dass zu unüberbrückbaren Schwierigkeiten zwischen unseren Ländern führen könnte. Besonders jetzt, wo sie sich abmühen, um die Situation mit ihrem nördlichen Nachbarn in den Griff zu bekommen", stellte der König klar. Dann lächelte er und fuhr etwas lauter fort: "Lord Orrin wird Euch nach Takhan begleiten, da Ihr betont habt, dass Ihr Euch um Pflichten wie die Führung von Haus Aren und auch die Übernahme der politischen Funktion als Senator kümmern müsst. Lord Orrin wird dementsprechend nützlich sein, um die anderen Angelegenheiten im Zusammenhang mit der Landesverteidigung, wo man Eure Hilfe erwartet, zu übernehmen."

Enric sah den König missmutig an. "Nein. Ich werde Lord Orrin nicht für unbestimmte Zeit von seiner Familie trennen."

"Aber selbstverständlich nicht! Seine Familie wird ihn begleiten", antwortete der König. "Betrachtet dies als ein Zeichen meines guten Willens, um es für Lady Eryn etwas weniger unangenehm zu machen, dass sie nach Takhan gehen muss."

Enric wandte sich dem Krieger, dessen Miene und Körperhaltung Überraschung ausdrückten, zu.

"Orrin, ich werde alles in meiner Macht Stehende tun, um diesen Befehl zu bekämpfen, wenn du das wünschst", versprach er. "Ich werde nicht zulassen, dass du gezwungen wirst, deine schwangere Gefährtin mit in ein Land zu nehmen, das möglicherweise am Rande eines Krieges steht."

Der ältere Mann spitzte die Lippen, während er nachdachte. Dann sprach er: "Nein. Wir werden mitkommen. Hier geht es immerhin darum, einen Krieg zu vermeiden. Du wirst stattdessen Maßnahmen ergreifen, die die Sicherheit unserer Familien sicherstellen, falls die Situation eskaliert. Ein Schiff, das nur mit ihnen an Bord ablegen wird. Oder überhaupt nicht."

Einen Moment lang schloss Enric die Augen, dann nickte er. Das machte es sogar noch unwahrscheinlicher für ihn, nicht mehr nach Anyueel zurückzukehren. Der König wollte wirklich sicherstellen, dass er dorthin ging. Und natürlich hatte er Recht. Wenn Orrin und Junar sie begleiteten, würde das die Entsendung in die Westlichen Territorien um einiges angenehmer machen, besonders, da Malriel Takhan verlassen würde.

"Ausgezeichnet", lächelte der König. "Ihr habt drei Monate, um alles für Eure längere Abwesenheit vorzubereiten. Das sollte ausreichen, würde ich meinen. Lady Eryn sollte diese Zeit nutzen, um das neue Oberhaupt der Heiler entsprechend in seine Pflichten einzuführen und so sicherzustellen, dass die Klinik auch ohne sie gut funktioniert. Ich werde Lord Tyront darüber in Kenntnis setzen. Ich gehe davon aus, dass er nicht besonders erfreut darüber sein wird, Euch drei nicht nur zur gleichen Zeit, sondern auch noch so lange zu verlieren, aber ich bin zuversichtlich, dass ihn diese Entwicklung nicht allzu sehr überraschen wird. Kaum etwas vermag das." Dann nickte er beiden Magiern zu. "Ihr dürft Euch nun entfernen."

Die zwei Männer drehten sich um und gingen forschen Schrittes auf die Tür zu. Als die Stimme des Königs erneut erklang, hielten sie inne.

"Lord Enric? Eine Sache noch: Verlasst Euch nicht noch einmal auf meine Nachsicht. Solltet Ihr mich jemals wieder auf solch eine Weise ansprechen oder Hand an mich legen, werdet Ihr Euch in einer Kerkerzelle wiederfinden", sagte der Monarch kalt.

Enric nickte langsam. "Jawohl, Eure Majestät. Und solltet Ihr mir jemals wieder einen solch mächtigen Grund liefern, um darüber nachzudenken, Euch wehzutun, bezweifle ich, dass Ihr hinterher noch in der Verfassung wärt, mich einsperren zu lassen."

Damit drehte er sich um und verließ den Thronsaal, Orrin dicht hinter ihm.

"Das war ein sehr gefährliches Spiel, dass Ihr hier gespielt habt, Eure Majestät", bemerkte Marrin etwas vorwurfsvoll. "Einen Moment lang war ich ernsthaft um Eure Sicherheit besorgt. Lord Orrin hätte nicht einfach dort stehen und zusehen, sondern eingreifen sollen!"

"Das war nicht der Grund, weshalb er dabei war, Marrin. Er war hier, um zuzusehen. Es war seine Chance, einen Beitrag dazu zu leisten, dass ich dafür bestraft werde, weil ich ihn dazu brachte, mir Lady Eryn wehrlos auszuliefern. Er hätte eingegriffen, wäre Lord Enric zu weit gegangen, allerdings nicht, um *mich* zu beschützen, sondern ihn. Die Konsequenzen daraus, dass sie Lord Tyronts Anweisung, mir nicht ohne ihn gegenüberzutreten, werden schwerwiegend genug sein, auch ohne des zusätzlichen Vergehens, mich verletzt zu haben."

Marrin seufzte. "Dann ist es vielleicht nicht gut, dass die Zeitspanne bis zu ihrer Abreise dermaßen lange ist. Drei Monate sind eine lange Zeit, um die drei mit Unmut Euch gegenüber hier in der Stadt zu haben, Eure Majestät."

"Und doch brauche ich diese Zeit. Ich werde sie nutzen müssen, um Wiedergutmachung zu leisten. Ich kann es mir nicht leisten, sie mit ihrem Ärger auf mich von hier weggehen zu lassen. Sie müssen während ihrer Abwesenheit im Interesse des Königreichs handeln. Und hinterher zu mir zurückkehren."

"Ein ehrgeiziges Ziel", bemerkte Marrin etwas zweifelnd.

König Folrin lächelte. "In der Tat. Aber nicht unmöglich. Der Schlüssel zum Erfolg besteht darin, mit der richtigen Person zu beginnen. Das erste Ziel für meine Bemühungen wird gleichzeitig das einfachste sein: Lady Eryn selbst. In ihrem Fall wurden keine Beschützerinstinkte verletzt, sondern lediglich ihr Stolz."

"Dann wollt Ihr also ihrer Eitelkeit schmeicheln? Ein Konzept, dass mir nicht besonders vielversprechend erscheint, wenn Ihr mir die Bemerkung erlaubt, Eure Majestät."

"Nein, nicht ihrer Eitelkeit. Ich gedenke mich auf Dinge zu konzentrieren, auf die sie stolz ist, so wie ihre Arbeit und die Menschen, die ihr nahestehen. Anders als Lord Enric hat sie sich beinahe vom Tag ihrer Ankunft in der Stadt an für solche Bemühungen anfällig gemacht, indem sie so mühelos Freundschaften geschlossen hat."

KAPITEL 22

Öffentliche Abreibung

Orrin und Enric traten hinaus ins helle Tageslicht.

"Es zahlt sich kaum aus für dich, nach Hause zurückzukehren", sprach der Krieger ruhig. "Lord Tyront wird uns in weniger als einer Stunde zu sich rufen, vermute ich. Komm mit mir zu meinem Quartier und lass Eryn rufen. Wir können es ihnen genauso gut gemeinsam sagen."

Enric nickte und hob seine Handgelenke, um sich die Handfesseln abnehmen zu lassen. Orrin öffnete sie mit ein wenig Magie und ließ sie wieder in seiner Tasche verschwinden.

"Das ist ja ganz gut gelaufen. Darüber bin ich eher überrascht, ehrlich gesagt", bemerkte der ältere Mann. "Ich hätte damit gerechnet, dass er uns für diese Anmaßung irgendwie büßen lässt. Oder kommt das noch, was meinst du?"

"Nein, das bezweifle ich. Ihm ist klar, dass meine Reaktion noch immer eine recht zurückhaltende war. Zu zurückhaltend für seinen Geschmack zu Beginn, würde ich meinen. Er hat mich sogar provoziert, damit ich eine Reaktion zeige. Mut, der an Leichtsinn grenzt." Enric schüttelte den Kopf. "Dieser Mann hat einen sehr speziellen und auch gefährlichen Sinn für Unterhaltung."

Orrin zuckte mit den Schultern und hob einen Arm, um eine der Torwachen zu sich zu rufen. "Er wusste, dass ich eingegriffen hätte, wärst du bei der Demonstration deines Missfallens etwas zu enthusiastisch vorgegangen. Also war sein Risiko nicht allzu groß."

Als die Torwache vor ihn trat und sich vor ihm verbeugte, wies Orrin ihn an, Lady Eryn in der Klinik die Nachricht zu überbringen, sie möge ihn und Lord Enric umgehend in seinem Quartier aufsuchen.

"Ich denke, heute ist ein Behandlungstag", bemerkte Enric, als der Wachmann losgegangen war und sie sich in Richtung von Orrins Quartier in Bewegung setzten. "Das bedeutet, dass sie entweder bald kommt, weil heute ein ruhiger Tag ist oder überhaupt nicht, weil sie von Patienten überrannt werden."

"Vern sollte bald zuhause sein. Dann kann ich ihn zur Klinik schicken, um für sie einzuspringen. Ich will das erledigt haben, bevor uns Lord Tyront das Fell gerbt", meinte Orrin resigniert.

"Wie wird Junar auf diese Neuigkeiten reagieren?"

"Ich bin nicht sicher. Da ist alles offen. Ich muss nicht fragen, wie Eryn reagieren wird, schätze ich?"

Enric lächelte müde. "Nein, nicht wirklich. Die Frage ist hier bloß, ob sie vorher mit zerbrechlichen Gegenständen um sich wirft oder mir gleich an den Hals geht."

"So unerwartet kann das aber nicht kommen für sie", erwiderte Orrin und öffnete die schwere Tür, um Enric als ersten in den Korridor treten zu lassen.

"Nein, sie versucht nun schon seit mehreren Tagen, mich dazu zu drängen, dass ich die Sache mit ihr bespreche. Dabei gibt sie mir jedes Mal zu verstehen, dass sie keinerlei Absicht hat, wieder nach Takhan zu gehen."

"*Versucht zu drängen* impliziert, dass du das Thema bislang vermieden hast?"

Enric nickte. "Ja. Ich wollte zuerst sehen, was der König dazu zu sagen hat. Und ihr ein wenig mehr Zeit geben, um sich an den Gedanken zu gewöhnen, dass wir so bald schon wieder dorthin zurückkehren. Meine Enthüllung, dass wir das nun tatsächlich in ein paar Monaten tun werden, sollte also keine allzu große Überraschung für sie sein. Was nicht bedeutet, dass sie es deshalb besser aufnehmen wird. Ich habe große Hoffnungen, dass die Tatsache, dass ihr drei uns begleitet, sie zumindest ein wenig trösten wird."

Orrin schüttelte den Kopf. "Schlussendlich vielleicht, aber nicht, wenn sie davon erfährt. Ich frage mich, wie ich es Vern sagen soll. Er wird nicht glücklich darüber sein, uns weggehen zu sehen."

Enric blieb stehen. "Du willst ihn doch wohl nicht zurücklassen? Ich denke, dass er etwas zu jung ist, um wer weiß wie lange unbeaufsichtigt hierzubleiben."

"Denkst du etwa, ich nehme ihn dorthin mit?"

"Nun, deshalb sagte ich *ihr drei*."

"Ich dachte, du meintest das Baby! Ich nehme doch *Vern* nicht mit! Er muss seine Ausbildung hier fortsetzen, und ich kann ihn nicht einfach so mitnehmen. Er ist zu jung und unerfahren, um an solch einen Ort mitzukommen. Wer weiß, welchen Ärger er sich dort einhandeln würde!"

Der jüngere Mann sah ihn zweifelnd an, widersprach aber nicht. Er selbst hatte eine recht klare Vorstellung davon, wie der Junge darauf reagieren würde, dass man ihn zurücklassen wollte.

Sie erklommen die Stufen und folgten dem trübe beleuchteten Gang bis zur Tür von Orrins Quartier. Der Krieger ging ihm voraus in den Salon, wo Junar allem Anschein nach damit beschäftigt war, Stoffe anzustarren. Bei der unerwarteten Rückkehr ihres Gefährten und des Gastes, den er mitbrachte, wanderten ihre Augenbrauen nach oben.

"Hallo. Ich will ja nicht unfreundlich wirken, aber was macht ihr hier?"

"Darauf warten, dass das Verderben über uns hereinbricht", murmelte Enric düster.

"Das ist nicht gerade aufschlussreich", erwiderte sie. "Aber ich habe jetzt ein unbehagliches Gefühl, als würde ich bald schlechte Nachrichten erhalten."

"Das würde vom Standpunkt abhängen", seufzte Orrin. "Wir warten darauf, dass Eryn zu uns stößt, also würde ich noch um ein wenig Geduld bitten. Was tust *du* hier überhaupt?"

"Für mich sah es nach einem Starrwettbewerb mit leblosen Objekten aus. Und da du weggeschaut hast als wir hereinkamen, hast du verloren", kommentierte Enric.

Junar verdrehte die Augen. "Ich untersuche die Qualität der Stoffe, die die Händler mir verkaufen wollen, wenn ihr es unbedingt wissen müsst. Struktur, Webart, Oberfläche, Fehler im Muster, schlampige Lagerung, Strapazierfähigkeit und all das. Gut übrigens, dass ich dich hier habe, Enric. Einer deiner Männer hat versucht, mir eine Lieferung anzudrehen, in der es vor Ungeziefer nur so wimmelte! Nicht gerade die Qualität, die ich gewohnt bin, wenn es um deine Produkte geht."

Enric runzelte die Stirn. "Und auch nicht die Qualität, die man dir anbieten hätte sollen. Wenn du mir den Namen des Händlers und die Art der Stoffe, die er dir verkaufen wollte, aufschreibst, kümmere ich mich darum."

Sie grinste. "Großartig. Es zahlt sich wirklich aus, die Einflussreichen und Mächtigen zu kennen."

"Schön, dass ich dir nützlich sein kann", meinte er und verbeugte sich.

Orrin trat an den Getränkeschrank und schien eine bestimmte Flasche ins Auge zu fassen, bevor er einlenkte und stattdessen einen Krug mit Saft ergriff.

"Hast du Skrupel, untertags Alkohol zu trinken, Orrin? Oder versuchst du einen klaren Kopf zu bewahren für das, was wir noch durchstehen müssen?", gluckste Enric.

"Da wäre das, ja", knurrte er. "Und ich habe deine Gefährtin darüber belehrt, verantwortungsvoll mit Alkohol umzugehen, nachdem… du weißt schon. Ich will nicht, dass sie sieht, wie ich vor dem Abendessen trinke. Sie hat mir jetzt schon vorgeworfen, ich würde mit zweierlei Maß messen."

"Wonach?", fragte Junar stirnrunzelnd. "Verheimlichst du mir etwas?"

"Ja, meine Liebe", nickte Orrin zu Enrics Überraschung. "Aber das ist nichts, was ich dir im Moment erzählen kann."

Sie verengte ihre Augen, versuchte aber nicht, ihn zum Reden zu bringen. Er würde nicht nachgeben, es hatte wenig Sinn, ihn zu bedrängen.

Sie drehten sich zur Tür, als Vern eintrat. Der Junge verbeugte sich vor Enric.

"Was ist das hier? Eine Art Konferenz? Soll ich euch allein lassen?", fragte er unsicher.

"Nein. Du sollst das auch hören. Wir warten noch auf Eryn", sagte sein Vater.

Vern seufzte. "Das könnte eine Weile dauern. Heute ist ein Behandlungstag."

"Wissen wir. Wir hoffen, dass es ein ruhiger Tag ist", bemerkte Enric.

In diesem Moment wurde die Tür erneut aufgestoßen, und Eryn rauschte herein.

"Was ist los? Ist etwas passiert?", verlangte sie zu wissen, ihre Atmung noch immer beschleunigt nach ihrem Sprint den Korridor entlang.

Enric nickte anerkennend. "Das war schnell. Ich gehe davon aus, dass ihr heute nicht allzu viele Patienten habt?"

"Wir haben genug Patienten, aber nach eurer Nachricht habe ich die anderen Heiler gebeten, meine für eine Stunde zu übernehmen. Wenn ich von euch beiden zu dieser Tageszeit herbeigerufen werde, macht mich das argwöhnisch. Ich will wissen, ob ich irgendwelche Probleme am Hals habe, bevor ich zu meiner Arbeit zurückkehre. Sonst muss ich mich den ganzen Nachmittag über sorgen. Dann also heraus damit! Ich werde bald zurückerwartet."

Enric räusperte sich. "Eryn, ich habe zugestimmt, wieder nach Takhan zu gehen."

Er sah, wie sie die Lippen aufeinanderpresste. Dann verschränkte sie die Arme, während sich ihre Augen zu Schlitzen verengten. "Hast du das. Und wie lange wirst du weg sein?"

"Ja, das habe ich. Und es ist noch nicht sicher, wie lange *wir* weg sein werden."

"Wenn du *wir* sagst", meinte sie angespannt, "kannst du wohl nicht dich und *mich* meinen, oder doch? Ich erinnere mich nämlich sehr genau daran, dass ich dir wiederholt mitgeteilt habe, dass ich unter gar keinen Umständen so bald dorthin zurück will. Das war im Laufe der letzten paar Tage, wo du dich geweigert hast, mit mir über diese Sache zu reden!"

"*Wir* schließt dich ebenfalls mit ein, ja", erwiderte er ruhig. "Aber nicht nur dich." Sein Blick sprang zu Junar. "Orrin und Junar werden uns begleiten."

"Was?", rief Vern aus. Junars Maßband glitt aus ihrer Hand und landete geräuschlos in einer Zickzack-Linie auf dem Teppich.

Der Junge drehte sich zu seinem Vater. "Du lässt mich doch wohl nicht etwa hier, während ihr nach Takhan geht? Du *musst* mich mitnehmen!"

"Du kannst statt mir gehen", presste Eryn zwischen zusammengebissenen Zähnen hervor.

Enric schirmte sein Gehirn ab, um die Welle an Ärger, die von ihr zu ihm überschwappte, zu dämpfen, bevor er langsam fortfuhr: "Du wirst mitkommen, Eryn. Wenn du hierbleibst, verfehlt das den Zweck, dich von hier fortzuschaffen. Das ist ein Befehl."

Sie löste ihre Arme wieder voneinander, um ihre Hände zu Fäusten zu ballen. "So einen Befehl nehme ich von *dir* sicher nicht an!", zischte sie.

Enrics Blick wurde steinern. "Mir war nicht klar, dass der Befehl eines vorgesetzten Magiers etwas ist, wo du in Abhängigkeit von deiner Laune oder wie sehr er dir zusagt entscheiden kannst, ob du ihm Folge leistest oder nicht. Ich habe dir einen Befehl erteilt, und du wirst dich daran halten. Ungehorsam ist nichts, das wir im Orden auf die leichte Schulter nehmen, ob du nun meine Gefährtin bist oder nicht. Aber solltest du das stattdessen lieber mit dem König besprechen wollen…"

"Wage es bloß nicht, mir mit *ihm* zu drohen!", fauchte sie und bohrte ihm ihren Zeigefinger in die Brust. "Warum denkst du nicht einen Moment lang nach, bevor du deine Eifersucht und unbegründete Furcht, mich zu verlieren, deine Entscheidungen treffen lässt? Das letzte Mal, als wir dort waren, bestand die Gefahr, dass man uns nicht mehr heimkehren lässt! Und jetzt findet die Ursache dieser ganzen Katastrophe, Malriel, das heimtückische, böswillige Oberhaupt vom verfluchten Haus Aren, dass es eine feine Idee wäre, uns dort zu haben! Das ist für mich mehr als genug Grund, *nicht* hinzugehen!"

Enric trat einen Schritt auf sie zu und umschloss ihren Finger mit seiner Hand. "Jetzt hör mir genau zu. Ich habe zugestimmt, dorthin zu gehen, um dich zu beschützen, und du weißt ebenso gut wie ich, dass du nicht hierbleiben kannst. Da ist diese kleine Sache mit dem Band dritten Grades, dank dem es uns nach sehr kurzer Zeit miserabel gehen würde. Ich werde schon rastlos, wenn du nur länger arbeitest! Wenn du also noch einmal vorschlägst, dass ich dort allein hingehe, werde ich mir nicht einmal mehr die Mühe machen, das mit dir zu bereden, sondern dich einfach ausschalten und gemeinsam mit der Katze in einer Kiste dorthin verschiffen lassen", schnappte er.

"Um mich zu beschützen? Indem du mich an den Ort schleifst, wo dieses niederträchtige, intrigierende Luder zuhause ist? Sie steckt mit dem König unter einer Decke - welche Art von Schutz sollte das denn bitte sein?", brüllte sie frustriert.

"Sie wird nicht dort sein", sagte er gefasst.

Misstrauisch zog Eryn die Augen zusammen. "Was meinst du damit, sie wird nicht dort sein? Natürlich wird sie dort sein, sie hat eine verdammte Residenz in dieser verdammten Stadt und führt dort ein verfluchtes Haus! Wo sollte sie denn sonst sein?"

"Sie wird nach Pirinkar reisen, um dort eine Vereinbarung zu verhandeln, die einen Krieg verhindern soll. Somit wird sie für längere Zeit fort sein. Aus diesem Grund möchte sie, dass ich in ihrer Abwesenheit die Führung von Haus Aren übernehme."

"Was?", rief sie aus. "Du sollst das Oberhaupt von Haus Aren werden? Wirklich?" Verwirrt sah sie sich um. "Aber was ist, wenn sie nicht zurückkehrt? Was ist, wenn man sie dort einsperrt und tötet? Das würde bedeuten, dass wir für immer dort festsitzen!"

"Es würde auch heißen, dass deine Mutter tot wäre, aber solche Details sind halb so wild…", murmelte Vern mit einer etwas schockierten Miene.

"Du halt bloß den Mund!", schnauzte sie ihn an. "Dein Eifer, dorthin gehen zu wollen, kommt bei mir gerade überhaupt nicht gut an!" Dann wandte sie sich an Junar. "Sag du doch auch etwas! *Dich* wollen sie doch auch dorthin schleppen!"

Die Schneiderin nickte langsam. "Da gibt es dann wohl einiges zu planen, würde ich sagen", meinte sie ruhig. "Ich muss regelmäßig mit den Frauen Kontakt aufnehmen können, die für mich arbeiten. Das Geschäft muss weiterlaufen, solange ich fort bin. Das bedeutet, dass ich jemanden brauche, der sicherstellt, dass die Löhne regelmäßig bezahlt, die Aufträge abgewickelt werden und all die Organisation erledigt ist."

Einen Moment lang schloss Eryn die Augen, dann zog sie ihren Finger aus Enrics Griff und trat vor Junar hin. Mit ihren Händen ergriff sie die Schneiderin bei beiden Schultern und schüttelte sie leicht. "Hast du den Verstand verloren? Dein Kind wird in diesem Land geboren werden!"

"Die Schwangere wird nicht geschüttelt", murmelte Vern und duckte sich, als sie ihm einen weiteren vernichtenden Blick zuwarf.

"Ich weiß", entgegnete Junar steif. "Aber ich könnte mir vorstellen, dass es schlimmere Orte gibt, um ein Kind zur Welt zu bringen als einen, wo eine Menge gut ausgebildeter Heiler für die Geburt zur Verfügung stehen."

"*Ich* werde dein Baby zur Welt bringen, Junar!", rief Eryn aus. "Du wirst bestens versorgt sein, egal wo du bist! Dafür brauchst du nicht nach Takhan zu gehen! Die Reise dorthin ist lang und unangenehm, zwei Tage auf der Straße und dann noch einmal zwei Tage auf einem schaukelnden Schiff, auf dem dir die ganze Zeit über schlecht sein wird!"

"Dann macht das für mich ja keinen großen Unterschied", konterte sie trocken.

Eryn schüttelte den Kopf und fragte sich, ob jeder in diesem Raum außer ihr selbst irre geworden war. Sie sprach nun leiser, darauf bedacht, vernünftig und gefasst zu klingen.

"Enric. Ich habe stichhaltige Gründe, die dagegen sprechen, nach Takhan zu gehen. Hier im Orden werden eine Menge Dinge passieren, Dinge, die mich und mein Fachgebiet betreffen. Das wäre eine enorm unpassende Zeit dafür, um das Königreich für wer weiß wie lange zu verlassen. Ich bin hier die einzige fertig ausgebildete Heilerin und kann Vern nicht bitten, sich für solch eine lange Zeit um die Klinik zu kümmern."

Er nickte. "Ich verstehe deinen Standpunkt. Und ich wünschte aufrichtig, ich könnte es dir ersparen, dort schon so bald und für so lange Zeit wieder hinfahren zu müssen." Er nahm ihre Hände in seine und bemerkte, wie sie sich bei dem Kontakt verkrampfte. "Aber wir haben hier nicht wirklich eine andere Wahl."

"*Du* warst derjenige, der diese Wahl getroffen hat", beschuldigte sie ihn. "Und ich bin damit nicht einverstanden! Du kannst mir nicht ständig solche Sachen aufzwingen! So funktioniert eine reife Beziehung nicht!"

"Eryn", beschwor er sie, "mach die Augen auf! Der König will, dass wir dorthin gehen, also kannst du dich darauf verlassen, dass er auf andere Überredungsmethoden zurückgreifen wird, wenn wir uns jetzt nicht fügen. Und falls er sich anderer Methoden bedient, wird meine Reaktion darauf sehr gefährlich für uns alle sein. Wenn du allerdings denkst, du hättest eine bessere Lösung, dann wäre ich sehr daran interessiert, sie zu hören", fügte er gereizt hinzu. "Und diese Lösung sieht besser nicht vor, dass du dem König ausgeliefert bist."

"Enric, das hat er nur getan, um dich zu manipulieren, damit wir fortgehen! Wenn er sieht, dass es nicht funktioniert, wird er die Sache auf sich beruhen lassen, da bin ich sicher!"

"Du bist sicher?" Der Gesichtsausdruck, mit dem er sie ansah, grenzte an Fassungslosigkeit. "Wie kannst du dir solch einer Sache sicher sein? Er hat irgendeine Art von Vereinbarung mit Malriel getroffen, und er wird nicht riskieren, machtlos zu erscheinen, indem er zugeben muss, dass er seine eigenen Untertanen nicht dazu bewegen kann, ihm zu gehorchen! Er wird weitere Schritte einleiten, wenn wir nicht abreisen, das darfst du mir glauben." Sanft legte er ihr die Hand in den Nacken und zog sie zu sich. "Ich werde nicht darauf warten, dass er den Druck erhöht, indem er dir wieder zu nahe tritt, um mich zu der Reaktion zu bewegen, die er will."

Junar räusperte sich. "Ihr wieder zu nahe tritt?" Sie wandte sich an Orrin. "Was geht hier vor sich? Was hat er ihr denn angetan?"

"Nichts, das wir hier und jetzt wiederholen sollten", meinte Eryn und schluckte hart, bevor sie sich aus Enrics Griff befreite. "Ich werde jetzt in die Klinik zurückkehren. Ich glaube nicht, dass wir das im Augenblick vernünftig diskutieren können. Ich muss nachdenken." Sie drehte sich um, floh in den Gang hinaus und ließ die vier zurück.

Enric rieb sich über das Gesicht. "Nun, das ist ja reibungsloser gelaufen, als ich erwartet hatte."

"Das war reibungslos?", rief Vern aus.

"Durchaus", nickte Orrin. "Nichts ging zu Bruch, keine magische Auseinandersetzung, kein Schreien oder Treten... Ich würde meinen, dass es wirklich recht gut gelaufen ist. Obwohl ich sicher bin, dass das nicht das Letzte war, was wir über diesen Plan zu hören bekommen", fügte er mit einem vielsagenden Blick auf Enric hinzu.

Vern sah seinen Vater verärgert an. "Und du willst mich tatsächlich zurücklassen? Einfach so? Während ihr in ein anderes Land voll mit für mich nützlichem Wissen aufbrecht? Ich könnte dort Heiler und Künstler treffen! Ich könnte die Zeit dort nutzen, um so vieles zu lernen!" Seine Stimme hatte einen flehenden Unterton.

Orrin wandte sich ab. "Nein. Ich habe keine Zeit, um dich dort im Auge zu behalten. Und ich weiß nicht einmal, welche Art von Fallen dir dort auflauern. Du wirst hierbleiben, und ich werde Lord Poron bitten, sich um dich zu kümmern. Du musst deinen Unterricht hier fortsetzen, ich kann dich nicht einfach so mitnehmen!"

Vern presste die Lippen aufeinander und drehte sich zornig um, um in sein Zimmer zu stürmen. Nachdem er die Tür hinter sich zugedonnert hatte, sahen die beiden Männer einander an.

"Grandios", seufzte Orrin. "Jetzt werden beide von ihnen schwierig sein, bis wir aufbrechen."

"Zumindest macht deine Gefährtin in dieser Sache keine Probleme."

Junar lächelte dünn und verschränkte die Arme. "Das war wohl eine etwas zu optimistische Einschätzung, fürchte ich. Ihr beide setzt euch jetzt hin und erklärt mir, was genau zwischen Eryn und dem König vorgefallen ist. Übrigens bin ich auf Verns Seite. Wie kannst du auch nur daran denken, ohne ihn zu gehen?"

Der Krieger fuhr sich mit beiden Händen über sein Gesicht. "Genau, sie macht keinerlei Probleme."

* * *

Tyront stand hinter seinem Tisch und sah zum Fenster hinaus, beide Hände in die Hüften gestemmt.

"Schließt die Tür, wenn ihr so gut wärt", sagte er sanft, ohne sich umzudrehen, als die beiden Magier, die er vorgeladen hatte, sein Arbeitszimmer betraten. Erst als er das leise Geräusch vernahm, mit dem sich die Tür schloss, drehte er sich langsam um und betrachtete seine beiden angespannt wirkenden Untergebenen mit eisigem Blick. Bedächtig ging er um seinen Schreibtisch herum, als hätte er alle Zeit der Welt, bevor er direkt vor ihnen stehen blieb.

Enric konnte sehen, welche Mühe es dem Anführer des Ordens bereitete, seinen Zorn unter Kontrolle zu halten. An seinem Hals gab es eine bestimmte Ader, die bei den seltenen Gelegenheiten, wenn er wahrhaftig in Rage war, hervorzutreten pflegte. Wenngleich diese Gelegenheiten im vergangenen Jahr nicht ganz so selten gewesen waren, wie er sich erinnerte. Nicht seit Eryn in die Stadt gebracht worden war. Und jedes einzelne Mal, wenn Tyront erzürnt gewesen war, hatte stets es mit ihr zu tun gehabt. So auch dieses Mal, allerdings war es zur Abwechslung einmal nicht ihre Schuld.

"Ihr zwei Schwachköpfe!", flüsterte er beinahe, seine Augen zu Schlitzen verengt. Der Mangel an Lautstärke ließ seine Wut jedoch nicht weniger deutlich werden. "Was habt ihr euch nur dabei gedacht?" Er starrte in Enrics unbewegte Augen. "Ich bin unglaublich enttäuscht von dir. Das ist das erste Mal in mehr als zehn Jahren, dass ich mich frage, ob du noch vertrauenswürdig bist. Eine unmittelbare Reaktion hätte ich verstanden - wenn du zum König gestürmt wärst und ihn geschüttelt hättest, weil du deine Gefühle nicht unter Kontrolle hast, ist das eine Sache. Keine, die davon zeugt, wie gut du dich im Griff hast, wohlgemerkt, aber eine Reaktion, die ich dir in einer Situation wie dieser zugestanden hätte. Dass du allerdings mehrere Tage gewartet, dir offensichtlich einen Plan zurechtgelegt und dann meinen Befehl mit kalter Entschlossenheit missachtet hast, ist ein Schlag in mein Gesicht." Sein Kopf schwenkte zu Orrin, der beinahe blicklos nach vorne starrte. "Was Euch betrifft, Lord Orrin... Offen gestanden bin ich erstaunt über so viel Dummheit von *Eurer* Seite. Was in aller Welt bewog Euch dazu zu glauben, dass Enric zu seinem Treffen mit dem König zu begleiten eine bessere Idee sei als ihn davon abzuhalten?"

"Ich habe ihn angewiesen, mich zu begleiten und mir Fesseln anzulegen", sagte Enric ruhig.

Tyront schloss kurz die Augen, bevor er den Krieger fragte: "Entspricht das der Wahrheit, Lord Orrin? Hat Lord Enric Euch wahrhaftig angewiesen, meinen direkten Befehl zu missachten?"

"Nein", antwortete Orrin nur, während sein Blick weiterhin geradeaus gerichtet blieb.

Das Gesicht des Anführers näherte sich Enrics, als er zischte: "Solltest du mich noch einmal anlügen, wirst du den nächsten Monat in Fesseln verbringen." Dann wandte er sich wieder an Orrin. "Weshalb habt Ihr ihn begleitet?"

"Um ihn zurückzuhalten, falls er zu weit ginge. Um zuzusehen, wie der König zu hören bekommt, dass er in Zukunft seine Hände von Eryn lassen soll."

Tyront starrte ihn an, dann nickte er langsam. "Ich verstehe. Ihr habt Enric und Eryn beschützt. Und das sollte der König auch sehen, damit er eines Tages zweimal darüber nachdenkt, ob er Eure Tochter, die womöglich die erste Magierin ist, die hier nach Jahrhunderten geboren wird, für seine Zwecke benutzt. In letzter Zeit gibt es eine Menge Töchter um Euch herum, die es zu beschützen gilt. Ich verstehe eure Motive, kann aber eure Handlungen nicht gutheißen." Er rieb sich über sein Gesicht. "Und dass ihr euch auf diese Weise für *Monate* fortschicken habt lassen! Das ist etwas, das zwischen dem König und mir erörtert hätte werden sollen, nicht mit euch! Ich verliere drei von fünf Führungsrängen, und mein Stellvertreter wird für diese Zeit sogar aus dem

Orden entfernt!" Er hob einen Finger zu Enrics Gesicht, und der jüngere Mann konnte nicht anders als zu bemerken, dass dies das zweite Mal innerhalb einer Stunde war, dass er mit dieser vorwurfsvollen Geste konfrontiert wurde. "Komm bloß nicht auf irgendwelche lächerlichen Ideen, dass du nicht wieder hierher zurückkehrst, mein lieber Junge! Eryn wird im Orden bleiben, und wenn ihr diese Bindung aufheben lasst, wird das ernsthafte Spannungen zwischen den beiden Ländern zur Folge haben. Somit rate ich dir, sehr sorgsam darüber nachzudenken, wie du in dieser Angelegenheit vorgehst. Falls du nicht zurückkommst, nachdem Malriel von ihrer Mission heimgekehrt ist, werde ich dich persönlich zurückbringen. Darauf kannst du dich verlassen."

Enric nickte knapp. Er bezweifelte keineswegs, dass es Tyront damit todernst war.

"Unglaublich, wie eine einzige Frau alles auf den Kopf stellen kann in einer Organisation, von der ich bisher dachte, sie wäre stabil und würde von besonnenen Leuten geführt." Sein Starren blieb weiterhin auf Enric konzentriert. "Hast du Hand an den König gelegt?"

"Ja."

"Wo?"

"An seinem Hals."

Tyront schloss die Augen und atmete langsam aus. "Du hast den König gewürgt? Hat er einen oder beide von euch irgendwie bestraft?"

Enric erwiderte den stechenden Blick ausdruckslos. "Nein."

Tyront kehrte zu seinem Tisch zurück und ließ sich nieder, ohne seinen Gästen selbiges anzubieten. "Das bedeutet, es fällt mir zu, das zu tun", äußerte er mit einem entschlossenen Blick zu den beiden hin. "Vielen Dank dafür, ihr Idioten. Ihr habt Schande über eure Ränge gebracht. Das bedeutet, ihr habt euch freiwillig für eine öffentliche Abreibung gemeldet. Ich muss dem König zeigen, dass ich ungeachtet aller Beweise, die auf das Gegenteil hindeuten, im Orden noch immer das Heft in der Hand habe. Lord Orrin, Ihr werdet die Kunde verbreiten, dass ich die Arena heute Abend nutzen werde. Das sollte genug Aufmerksamkeit erregen."

"Jawohl, Lord Tyront", erwiderte Orrin resigniert.

"Ich werde euch beide dort vor dem Abendessen sehen. Wagt es bloß nicht, euch zu verspäten", bellte er. "Und jetzt geht mir aus den Augen!"

"Fantastisch", murmelte Orrin leise, als sie draußen im Gang waren und zum Palasttor zurückgingen. "Und ich dachte schon, wir hätten das Schlimmste hinter uns, nachdem wir ihm einmal gegenübergetreten sind. Es scheint, als hatte ich Unrecht."

"Offensichtlich", sagte Enric darauf ohne jeden Frohsinn. Er hoffte, dass Eryn ihm zumindest ein wenig gewogen war, nachdem sie zusah, wie er eine ordentliche Tracht Prügel von Tyront verpasst bekam. Dann schloss er die Augen, und sein Magen krampfte sich zusammen, als ihm klar wurde, was diese Bestrafung für sie bedeuten würde. Jeden Schlag, den Tyront ihm verpasste, würde sie dank des Geistesbandes ebenfalls spüren.

* * *

Eryn sah auf, als die Tür ihres Arbeitszimmers in der Klinik schwungvoll aufgestoßen wurde und Vern hereinstürmte. Sie spürte, wie das Gewicht des heutigen Tages schwer auf ihr lastete. Erst vor ein paar Minuten war sie selbst hergekommen, nachdem sie ihren letzten Patienten entlassen hatte. Es schien nicht so, als wäre es ihr vergönnt, sich wie geplant um die Patientenberichte zu kümmern.

"Komm mit", verlangte der Junge ungeduldig, seine Augen weit.

"Wohin? Und warum?"

"Zur Arena! Lord Tyront hat sie heute Abend für sich reserviert!"

"Na und?"

Er verdrehte die Augen. "Das ist nichts Alltägliches! Irgendwas wird dort passieren. Wann hast du ihn zuletzt in der Arena gesehen?"

"Als ich ihn mit meinen neuen Blitzen umgeworfen habe."

"Genau!"

Sie nickte und stand auf. Wenn er so sagte, dann zahlte es sich wohl aus, sich anzusehen, was dort vor sich ging. Besonders, da Vern es entweder als wichtig oder unterhaltsam genug einzustufen schien, um vorübergehend seinen Unmut darüber, dass seine Familie ihn zurückließ, um nach Takhan zu gehen, beiseite zu schieben.

Die große Anzahl an Menschen, die sich um den kreisförmigen Kampfplatz versammelt hatten, ließen sie die Brauen hochziehen.

"Es ist tatsächlich dermaßen ungewöhnlich, dass der große Mann die Arena mal für ein wenig Bewegung in Anspruch nimmt, was?", kommentierte sie.

Vern sparte sich die Antwort und schob stattdessen zwei Zuschauer zur Seite, die eilig aus dem Weg traten, um den beiden Magiern Platz zu machen. Eryn zog die Stirn kraus, als sie Lord Tyront in gewöhnliche Trainingskleidung gewandet erblickte. Für sie sah er damit vollkommen verändert aus, da sie sich nicht erinnerte, ihn jemals in irgendetwas anderem als seiner offiziellen Kleidung gesehen zu haben. Genau wie der König wirkte er seltsam verwandelt. Weniger pompös. Gefährlicher.

Enric und Orrin betraten die Arena von einer Seite, jeder von ihnen mit identischer Ausrüstung mit schwarzem Brustschutz und gleichfarbigem Unterarmschutz ausgerüstet. Beide wirkten grimmig und wenig begeistert über das Publikum, näherten sich aber dennoch mit entschlossenen Schritten der Mitte der Arena, wo ihr Anführer mit verschränkten Armen und strenger Miene auf sie wartete. Eryn hatte ihn noch nie kämpfen gesehen, aber dank seiner immensen magischen Stärke würde er höchstwahrscheinlich in der Lage sein, seine beiden Untergebenen trotz deren überlegener Kampffertigkeiten zu besiegen.

Vern neben ihr ließ einen Pfiff los. "Er kämpft gegen beide? Aber warum so öffentlich?"

Eryn spitzte die Lippen. "Um sie zu demütigen, würde ich vermuten. Aus welchem Grund auch immer." Sie blickte zur Seite, als eine vertraute Gestalt sich unter Einsatz ihrer Ellbogen einen Weg an die vorderste Front der Menge bahnte.

Pe'tala blieb neben ihnen stehen. "Was geht hier vor sich? Barbarische Unterhaltung für die Massen?"

Eryn erwiderte nichts darauf, sondern beobachtete, wie Enric zurück an den Rand des Übungsplatzes geschickt wurde. Orrin würde also zuerst abgefertigt werden.

Lord Tyront zog seine Waffe als Erster, und Orrin folgte seinem Beispiel, wobei er augenblicklich eine Kampfhaltung einnahm.

Ihre Schwerter trafen einige Male klirrend aufeinander, manche der Hiebe so schnell, dass sie für die Augen der Zuschauer verschwommen wirkten. Eryn zog scharf den Atem ein, als Lord Tyronts Fingerknöchel Orrins Nase mit einem Schlag trafen, der seinen Kopf zur Seite schleuderte und ihn mehrere Schritte rückwärts taumeln ließ, bevor er es schaffte, wieder einen festen Stand einzunehmen. Ein dünnes Rinnsal an Blut lief aus einem Nasenloch.

"Meine Güte", murmelte Pe'tala, "eure Kämpfer gehen wirklich recht brutal miteinander um."

Sie sahen zu, wie der Krieger einen weiteren Schlag in den Magen einsteckte. Verns Kiefer verkrampften sich.

"Das hier ist ein wenig brutaler als üblich", meinte Eryn und schluckte, bevor sie eine Hand auf die angespannte Schulter des Jungen legte, um sie beruhigend zu drücken.

Lord Tyront näherte sich dem Krieger erneut und drängte ihn mit kraftvollen Hieben ein paar weitere Schritte zurück. Orrin parierte gekonnt. Dann verpasste ihm der stärkere Magier mit dem Griff seines Schwerts einen Schlag in die Seite, sodass Orrin auf ein Knie sank und sich auf sein Schwert stützte, um so halbwegs aufrecht zu stehen. Sein Gesicht war eine Maske des Schmerzes.

Eryn sah zu ihrem Gefährten, der die Szene mit verschränkten Armen und einem ahnungsvollen Gesichtsausdruck beobachtete. Womöglich eine Kombination daraus, dass er zusehen musste, wie Orrin Prügel bezog und der Gewissheit, dass er selbst als Nächster dran war.

Orrin rappelte sich wieder auf und hob seine Waffe, um sich auf den nächsten Angriff vorzubereiten. Die nächsten paar Treffer waren weniger mächtig, als beabsichtigte Lord Tyront, seinen Gegner wieder zu Kräften kommen zu lassen. Orrin achtete sorgsam darauf, außerhalb der Reichweite sowohl von Schwert als auch Fäusten zu bleiben.

"Er greift nicht an", beschwerte sich Vern. "Überhaupt nicht! Alles, was er tut, ist parieren!"

Eryn beobachtete seine Bewegungen und nickte dann. Er hatte recht, sah sie - Orrin verteidigte sich lediglich. Entweder wagte er es nicht, oder er wollte nichts weiter tun. Würde Gegenwehr den Anschein erwecken, als nähme er das, was sehr nach einer körperlichen Art von Bestrafung aussah, nicht hin? Würde Enric seinem Beispiel folgen und ebenfalls auf diese Weise auf sich einschlagen lassen?

Lord Tyront hatte offensichtlich entschieden, dass Orrin sein Gleichgewicht in ausreichendem Maße wiedererlangt hatte, denn seine Hiebe wurden wieder kraftvoller.

Eryn dachte darüber nach, Vern fortzuschicken, damit er sich das hier nicht länger ansehen musste; allerdings würde das kaum etwas bringen. Er würde nicht einfach gehen, während sein Vater öffentlich zermalmt wurde.

Sie schnappte nach Luft und hörte, wie der Junge es ihr gleichtat, als Lord Tyront Orrin energisch gegen sein Knie trat und ihn damit einmal mehr zu Boden schickte. Dieses Mal versuchte Orrin erst gar nicht mehr aufzustehen, sondern umfasste sein Knie mit beiden Händen, um es mit schmerzverzerrtem Gesicht an seine Brust zu ziehen. Kein einziges Geräusch war ihm über die Lippen gekommen.

Lord Tyront stand über ihm und sah auf die liegende Gestalt vor sich hinab, während er langsam seine Waffe zurück in die Scheide gleiten ließ und darauf wartete, dass Orrins Schmerzen soweit abklangen, dass er wieder aufstehen konnte.

"Er wird doch jetzt nicht noch weitermachen?", zischte Vern, und Eryn hielt seinen Arm fest, damit er nicht nach unten eilen konnte.

"Nein, sieh hin. Er hat Enric herbeigewunken, damit er ihm aufhilft. Ich denke, Orrin hat alles eingesteckt, was für ihn vorgesehen war", sagte sie mit einer Stimme, die beinahe brach. Das musste bedeuten, dass nun Enric an der Reihe war. Sie sahen zu, wie er die Stufen hinunter zu Orrin ging und ihn zurück auf die Füße zog, bevor er ihn zum Rand der Arena begleitete. Dann kehrte Enric zurück, um seinem Vorgesetzten entgegenzutreten.

Eryn schluckte, als beide Männer gleichzeitig mit einer langsamen, bedachten Bewegung ihr Schwert zogen und einander anstarrten. Irgendwie bezweifelte sie, dass er diese grobe Behandlung ebenso passiv wie Orrin akzeptieren würde. Das bereitete ihr Sorgen. Lord Tyront würde auf solch eine Demonstration von Mut wohl kaum wohlwollend reagieren und ihn dafür büßen lassen. Allerdings war der Gedanke daran, dass Enric einfach ohne Gegenwehr Schläge einsteckte, so unnatürlich und untypisch, dass er ihr sogar noch erschütternder erschien.

Lord Tyront war bei seinem neuen Gegner merklich vorsichtiger. Sein Blick verfolgte jede von Enrics Bewegungen gewissenhaft, und kurz darauf sah sie, wie sich Lord Tyronts Lippen bewegten. Sie wünschte, sie hätte sich die Zeit genommen, Enrics Trick mit dem Umleiten von Luftströmen, mit dem er entfernte Unterhaltungen mitanhörte, zu üben. Bedauerlicherweise waren sowohl der Winkel als auch die Entfernung ungünstig für das Lippenlesen.

* * *

"Du bist also entschlossen, die Sache schwierig zu machen", kommentierte Tyront.

"Das wusstest du bereits zuvor. Das ist der Grund, warum du dich zuerst um Orrin gekümmert hast. Und auch, damit ich zusehen musste. Meine Bestrafung wird schwerer ausfallen, nicht wahr?", erwiderte Enric ruhig.

Tyront lächelte dünn. "Sehr richtig. Aber ich hatte gehofft, dass du mich überraschen würdest, indem du Reue zeigst und bereitwillig akzeptierst, was du dir aufgeladen hast. Andererseits warst du noch nie besonders gut darin, mit disziplinarischen Maßnahmen umzugehen. Da es allerdings schon so lange her ist, dass sie erforderlich waren, ist man versucht, das nach einer Weile zu vergessen."

"Du hast dem König geholfen, indem du mir damals nichts vom anstehenden Besuch des Botschafters erzählt hast. Damit hast du es ihm ermöglicht, mich dahingehend zu manipulieren, dass ich sie dazu brachte, sich an mich zu binden. Es war dein Werk genauso wie seines, auch wenn deine Rolle eine passivere war. Und jetzt tust du so überrascht wegen der Konsequenzen daraus, dass ich sie tatsächlich beschütze, sie als die Meine betrachte anstatt als Trophäe für das Königreich und den Orden", konterte Enric kalt.

"Nein, mein lieber Junge", seufzte Tyront. "Sie gehört dir durchaus, daran hast du niemals einen Zweifel gelassen. Allerdings hatte ich nicht erwartet, dass du jeglichen gesunden Menschenverstand außer Acht lässt, oder dass du dich meinem direkten Befehl widersetzt. Das ist ein richtungsweisender Vorfall, den ich nicht einfach so durchgehen lassen kann, wie du sehr wohl weißt. Hier ging es nicht darum, Eryn zu beschützen, sondern um Rache. Vergeltung kannst du dir nicht leisten, wenn es dabei um den Mann geht, dem du gehorchen sollst. Wenn ich dich nicht bestrafe, dann mag der König sich entscheiden, das selbst in Angriff zu nehmen."

"Dann erledigst du seine Drecksarbeit, alter Freund?", murmelte Enric. "Das zeigt, wie weit wir gekommen sind. Er zwingt meiner Gefährtin seine Aufmerksamkeiten auf, und du teilst die Züchtigung aus, weil ich das nicht hinnehme. Das ist wahrlich ein Tiefpunkt."

Tyronts Antwort war ein tiefes Knurren und ein erster Vorstoß, den Enric gewandt abblockte.

Ihre Schwerter trafen einige Male mit gewaltigen Hieben aufeinander, die laut durch die Arena hallten.

"Hör dir doch selbst einmal zu, du Narr!", fauchte Tyront ihn an, als sie mit ineinander verkeilten Waffen dort standen. "Du hast deinen Gefühlen für sie erlaubt, dein Urteilsvermögen zu trüben. Wie kann ich mich auf dich verlassen, wenn ich Angst haben muss, dass du etwas Hirnloses tust, sobald sie irgendwie involviert ist?" Er führte einen machtvollen Stoß mit seiner Waffe aus, woraufhin Enric zwei Schritte rückwärts stolperte.

"Was soll ich deiner Ansicht nach tun, Tyront? Den Orden an erste Stelle setzen, vor ihr?"

Tyronts Stimme kam wie Donner vom Himmel. "Ja, das ist verdammt noch einmal genau das, was ich von dir erwarte! Du bist im Orden, seit du ein Junge warst - du bist ihm und dem Königreich Rechenschaft schuldig! Deine eigenen persönlichen Bedürfnisse können keinen Vorrang haben!"

Enric nickte langsam. "Dann sehe ich schon, wo unser Problem liegt. Deine Prioritäten stimmen nicht mit den meinen überein."

"Ich verlange doch nicht von dir, sie nicht zu beschützen! Mach dich einfach nur weniger empfänglich für Manipulation welcher Art auch immer. Der König benutzt Eryn, damit er dich dazu veranlassen kann, das zu tun, was ihm vorschwebt."

"Was wäre denn die Alternative, Tyront?", warf Enric zurück. "Dass ich nicht zugelassen habe, dass er sie dazu zwingt, seine Partnerin für eine schäbige Liebelei zu werden, war sowohl im Interesse des Ordens als auch im meinem. Wie sonst hättest du sie davon abhalten können, bei der ersten Gelegenheit von hier fortzugehen? Soll ich dich von nun an zu Rate ziehen, in welchen Situationen mein Eingreifen akzeptabel ist und wann nicht?" Er duckte sich flink und entkam dem Hieb nach seiner Schulter nur knapp.

"Ja, das wäre ein guter Anfang. Und auch, dass du meine Befehle befolgst. Deine eigenen Pläne können nicht vor dem kommen, was ich als das Beste für den Orden erachte. Niemals."

"Ich bin ebenfalls ein Teil des Ordens", strich Enric hervor.

"Und aus diesem Grund versuche ich dich ebenfalls zu schützen. Aber das kann ich nicht tun, wenn du eigenmächtig handelst", beharrte Tyront.

"Wie kann ich darauf vertrauen, dass du mich und auch Eryn beschützt, wenn ich herausfinde, dass du wichtige Informationen, wie die anstehende Ankunft des Botschafters damals, vor mir verheimlichst?"

Tyront seufzte. "Ich sehe, dass die Dinge zwischen uns schon seit einer Weile nicht mehr so unkompliziert sind, wie ich dachte."

Langsam schüttelte Enric den Kopf. "Nein, nicht wirklich. Und solange Eryn auf diese Weise gegen mich benutzt wird, sehe ich auch nicht, wie sich das in absehbarer Zeit ändern soll. Politische Maßnahmen kann ich tolerieren - sie sind ein integraler Bestandteil des Spiels. Aber solange die Regeln den König nicht davon abhalten, das Kommitment, in das er sie selbst hineingezwungen hat, zu respektieren, unterwerfe ich mich ihnen nicht. Und ebenso wenig einem von euch beiden."

"Gefährliche Worte, mein junger Freund", erwiderte Tyront, seine Augen schmal. "Sehr gefährliche sogar. Sie künden nicht nur von offener Befehlsverweigerung, sondern grenzen auf bedenkliche Weise an Hochverrat."

Darauf antwortete Enric nicht. An der unerbittlichen Miene seines Vorgesetzten konnte er erkennen, dass die Unterhaltung vorläufig beendet war.

* * *

Eryn packte die Trennwand vor sich, um ihre Hände ruhigzuhalten. Sie hatten zu sprechen aufgehört und damit begonnen, einander zu umkreisen. Jedem Schlag von beiden Seiten ging stets gründliche Überlegung voran. Sie sah Lord Tyront mit einer Geschwindigkeit hervorpreschen, der ihre Augen nur mühsam zu folgen vermochten. Enric parierte den Hieb, wirbelte aber gleichzeitig aus dem Weg. Sie erkannte, dass er die Klinge seines Gegners lediglich von ihrem Kurs ablenkte, da es auf lange Sicht nicht besonders vielversprechend war, die Schläge eines stärkeren Gegenübers vollständig abzufangen. Er setzte nicht mehr Stärke als nötig ein, sondern konzentrierte sich auf etwas, womit er in diesem speziellen Kampf besser arbeiten konnte: Geschwindigkeit.

"Das ist sehr eindrucksvoll", murmelte Pe'tala neben ihr. "Ich kann ihre Bewegungen nicht einmal klar erkennen, ohne meine Augen anzustrengen. Aber dieser Kampf ist interessanter. Enric zumindest zeigt keinerlei Skrupel, wenn es darum geht zurückzuschlagen."

Ja, dachte Eryn - und es blieb abzuwarten, auf welche Weise er dafür schlussendlich bezahlen musste. Sie beobachteten, wie Enric seine Klinge hob, um zu verhindern, dass das andere Schwert in seinen Oberschenkel schnitt und führte im Gegenzug einen Schlag in Richtung Lord Tyronts scheinbar ungeschützter Seite aus.

Der darauffolgende Schlagabtausch verlief so schnell, dass es schwierig war, zwischen den einzelnen krachenden Zusammenstößen nackten Metalls, mit dem die Schwerter aufeinandertrafen, zu unterscheiden.

Eryn konnte ein ironisches Lächeln nicht zurückhalten, als sie sah, wie Enric sich mit den Hieben bewegte, ihre überlegene Energie benutzte, um den anderen Kämpfer vorwärts stolpern und die flache Seite seiner Waffe auf dessen Rücken landen zu lassen. Damit schickte er den älteren Mann beinahe zu Boden. Das war etwas, das Orrin ihr für den unbewaffneten Kampf beigebracht hatte: die Stärke einer anderen Person gegen sie selbst zu richten und nur ein klein wenig der eigenen hinzuzufügen, um der Attacke eine neue Richtung zu geben. Enric hatte diese Prinzipien ganz fabelhaft auf seine eigenen Bedürfnisse im Schwertkampf angepasst.

Erst jetzt sah sie, wie meisterhaft er wahrlich mit einer Klinge umzugehen verstand. Mit ihr zu kämpfen hatte ihn nie bis an seine Grenzen getrieben. Weder war sie geschickt, noch magisch stark genug, um für ihn irgendetwas anderes als eine Ablenkung, eine Unterhaltung zu sein. Und wenn sie von dem ausging, was sie hier gerade beobachtete, würde sich das auch niemals ändern. Dies waren Fertigkeiten, die über einen Zeitraum von zwei Jahrzehnten verfeinert wurden, wahre Meisterhaftigkeit, die es bislang sogar vermocht hatte, einem Angriff mit überlegener Stärke standzuhalten.

Unerwarteter Stolz wallte in ihr auf, und sie schirmte ihre Gefühle rasch ab. Ablenkung irgendeiner Art war jetzt gerade das Letzte, das er brauchte. Konnte er diesen Kampf irgendwie gewinnen und der öffentlichen Abreibung entgehen? Wäre das ratsam? Sehr wahrscheinlich nicht. Lord Tyront würde es nicht gut aufnehmen, wenn er vor aller Augen als Verlierer erschien. Und er hätte dieses Umfeld wohl kaum auserwählt, wenn er sich seines Sieges nicht gewiss wäre. Aber im Moment schien es, als hätte er entweder Enrics beachtliche Fertigkeiten oder seine Entschlossenheit, Tyronts Züchtigung zu widerstehen, unterschätzt.

Sie spürte, wie das Holz unter ihren Fingern bei ihrem festen Griff nachgab. Enric hatte gerade seinen ersten Schlag gegen seinen Oberarm eingesteckt, und sie spürte die Welle des Schmerzes durch das Geistesband, bevor er sich rasch abschirmte. Vern und Pe'tala sahen sie besorgt an.

"Hast du das gerade gespürt?", fragte Vern, offenkundig beunruhigt bei dem Gedanken.

Stumm nickte sie, ohne ihre Augen auch nur einen Moment von den beiden Männern in der Arena zu nehmen. Lord Tyront musste wissen, dass sie selbst ebenfalls jeglichen Schmerz verspüren würde, den er Enric zufügte, wenn auch weniger intensiv. War das der Grund, weshalb Enric sich weigerte, die Strafe mit demselben Gleichmut zu akzeptieren wie Orrin? War die Absicht des Ordensführers, dies auch als disziplinarische Maßnahme für sie zu nutzen, weil sie sich so wenig kooperativ zeigte, nachdem sie erfahren hatte, dass sie nicht das Oberhaupt der Heiler sein würde?

Falls ja, dann würde ihm diese Vorgehensweise nicht gerade Enrics Wohlwollen einbringen, dachte sie.

Sie sah zu, wie Enric das Schwert in die linke Hand nahm und zog überrascht die Augenbrauen hoch. Ihr war nicht einmal bewusst gewesen, dass er mit seiner linken Hand kämpfen konnte. Nachdem sie so oft mit ihm trainieren hatte müssen, gab es offenbar noch immer ein paar Überraschungen. Allerdings hatte sie es auch noch nie geschafft, ihn hart genug zu treffen, als dass es für ihn erforderlich gewesen wäre, auf so ein Manöver zurückzugreifen.

Enric parierte die nächsten paar Hiebe mit dem Schwert in der linken Hand, ohne ein Anzeichen von Schwäche zu zeigen.

Lord Tyront wirkte mit jedem Moment ein wenig verdrossener. Mit zusammengekniffenen Augen beobachtete er seinen Gegner, seine Klinge vor ihm bereit zum Kampf. Dann attackierten beide gleichzeitig, was sich als ungünstig erwies für Enric, der seine Richtung ändern musste, um nicht durch die Brust aufgespießt zu werden. Lord Tyront nutzte das aus und verfolgte ihn, während er seinen Gegner mit mächtigen Hieben beschäftigte. Enric wurde Schritt für Schritt zurückgedrängt, wodurch er sich der hölzernen Barriere, die Zuschauer und Kämpfer voneinander trennte, immer weiter annäherte.

Eryn sah an seinen Blicken zur Seite, dass ihm bewusst war, in welch unvorteilhafter Situation er sich befand, und dass er bald etwas unternehmen musste, bevor er wahrhaftig mit dem Rücken zur Wand stand. Mehrmals versuchte er sich seitwärts wegzuducken, aber Lord Tyront vereitelte seine Bestrebungen und hielt ihn fest, wo er war.

Dann nahm Enric einen tiefen Atemzug, trat ein paar Schritte zurück und nahm einen kurzen Anlauf, bevor er in die Luft sprang und einen Überschlag direkt über Lord Tyront hinweg vollführte. Das Publikum um sie herum ließ Ausrufe des Entzückens ertönen. So etwas sah man nicht jeden Tag in einem Schwertkampf.

Einen Augenblick später landete Enric auf den Füßen, unglücklicherweise mit dem Rücken zu Lord Tyront, der sich, anstatt wie alle anderen um ihn herum von Ehrfurcht ergriffen dazustehen, flink umdrehte. Er nutzte die Situation zu seinem Vorteil und verpasste Enric einen festen Tritt in den unteren Rücken, der ihn mit dem Gesicht voran zu Boden sandte. Als Enric sich anschickte, wieder aufzustehen, erhielt er einen weiteren Tritt in seine Seite und brach erneut zusammen.

Eryn beugte sich nach vorne und stützte ihre Hände auf den Knien ab. Verdammt! Und das war nur ein gedämpftes Echo des Schmerzes, den *er* gerade empfand!

Sie spürte, wie eine Hand tröstend über ihren Rücken strich und war überrascht, als sie aufsah und erkannte, dass es Pe'tala war. Es schien also, dass Schmerz, der sie beinahe in die Knie zwang, sogar bei ihrer Cousine Mitgefühl auslöste.

Sie richtete sich wieder auf, um zu sehen, was in der Arena vor sich ging. Enric lag auf dem Boden, sein Schwert aus seiner Hand geschlagen und außerhalb seiner Reichweite. Langsam bewegte er sich, presste eine Hand in seine schmerzende Seite und schien keinerlei Anstalten zum Aufstehen machen zu wollen.

Lord Tyront setzte seinen Fuß ein, um ihn wenig achtsam auf den Rücken zu drehen, bevor er seine glänzende Klinge an Enrics Hals legte. Eryn presste die Lippen aufeinander. Eine Geste, um der Menge zu zeigen, dass der Kampf vorüber war und auch unmissverständlich klarzustellen, wer ihn gewonnen hatte.

Sie kletterte über die hölzerne Abtrennung und sprang auf der anderen Seite hinunter, um rasch zu der liegenden Gestalt in der Mitte der Arena zu gehen.

Lord Tyront sah zu, wie sie näherkam und steckte sein Schwert zurück in die Scheide. Sie beugte sich zu Enric hinab und ergriff seine Hand, um sie beschwichtigend zu drückend.

"Wo tut es am meisten weh?"

"Ihr werdet ihn nicht heilen", knurrte der ältere Mann. "Er soll den Schmerz ertragen, bis alles auf natürliche Weise verheilt ist. Das Gleiche gilt für Lord Orrin."

Ungläubig sah sie zu ihm auf. "Ich fasse nicht, dass ich mir das anhören muss! Auf keinen Fall werde ich zusehen, wie er abhängig von dem Schaden, den Ihr ihm zugefügt habt, womöglich wochenlang leidet!", rief sie ungehalten aus. "Es gibt einen Verhaltenscode für Heiler, Prinzipien, denen wir folgen! In dieser Sache könnt Ihr gerne Euer *neues Oberhaupt der Heiler* konsultieren. Ich habe keinerlei Zweifel, dass er Euch über diesen Code so detailliert informieren wird, wir Ihr Euch das wünschen könnt", fügte sie mit einem Knurren hinzu und konzentrierte ihre Aufmerksamkeit dann wieder auf Enric, dem es gelungen war, sich aufzusetzen.

"Seid achtsam", sagte Lord Tyront mit scharfer Stimme und legte seine Hand auf den Schwertgriff, um sie zu warnen. "Entweder befolgt Ihr meine Befehle, oder Ihr werdet als nächstes die Klinge mit mir kreuzen. Da Eure beiden Kollegen hier wesentlich versierter sind in der Kunst des Kämpfens, könnt Ihr Euch sicher ausmalen, wie unangenehm sich das für Euch gestalten würde."

Gerade, als sie darauf erwidern wollte, dass sie mehr als willens war, ein paar Schläge von ihm einzustecken, wenn sie dafür ihren Gefährten heilen und ihren Prinzipien treu bleiben konnte, ließ Enrics leises Stöhnen sie innehalten. Er saß noch immer auf dem Boden, aber sein eisiger Blick war deswegen nicht weniger wirkungsvoll.

"Wenn du sie auch nur anfasst, werde ich dir sogar einen noch besseren Grund dafür liefern, mich für Ungehorsam zu bestrafen. Hier vor all den versammelten Leuten. Welchen Einfluss wird das auf deinen Ruf haben, wenn dir dein Stellvertreter öffentlich die Stirn bietet, nachdem er solch eine Niederlage einstecken musste, frage ich dich?"

Lord Tyront erwiderte das Starren, aber in seinen Augen loderte Feuer anstatt Eis. Nach einer Weile nickte er langsam und ließ seine Hand vom Schwertgriff sinken. "Also gut. Ich sehe, wo wir stehen. Langsam beginne ich zu glauben, dass es keine so schlechte Idee ist, dass du eine Weile von hier fortgehst. Es wird Zeit, dass du wieder einen klaren Kopf bekommst und dich erinnerst, wo deine Loyalität liegt."

Enric presste die Lippen zusammen und hielt die Bemerkung zurück, dass er sehr genau wusste, wo seine Loyalität lag, und dass er keinerlei Absicht hatte, sie gemäß den Vorlieben des Ordens neu auszurichten. Aber das laut auszusprechen würde nur dazu beitragen, den aktuellen Konflikt anzuheizen.

Tyront wandte sich Eryn zu. "Ihr! Ich sehe Euch in zwei Stunden in meinem Arbeitszimmer. Allein", fügte er mit einem Seitenblick auf Enric hinzu. "Das sollte Euch genug Zeit geben, Euer Temperament abzukühlen und Euren Gemütszustand in Richtung Kooperation und Vernunft zu lenken. Es gibt

Dinge zu besprechen." Er lächelte kalt. "Ihr werdet immerhin bald die Nummer zwei sein." Damit drehte er sich um und ging in Richtung des Palastes davon.

Eryn starrte ihm nach, dann kehrte ihr Blick zu Enric zurück.

"Warum habe ich das ungute Gefühl, dass die Dinge im Orden nicht besonders glatt laufen und wir am Rande einer Eskalation stehen?" Sie runzelte die Stirn, dann sah sie eindringlich zu ihm hinab. "Und wie kann ich auf *deinen* Rang befördert worden sein?"

Er wandte den Blick ab. Dieses kleine Detail war bisher unerwähnt geblieben. Sie würde darüber nicht erfreut sein.

"Weil der König entschieden hat, mich für die Dauer unseres Aufenthalts in Takhan aus dem Orden zu entlassen. Die Mitgliedschaft in zwei verschiedenen Regierungsgremien würde einen Interessenskonflikt darstellen."

"Du wirst vom Orden ausgeschlossen?", rief sie aus. Ihre Gedanken rasten. Es sah nicht so aus, als würde man das Gleiche mit ihr beabsichtigen, da Lord Tyront gerade verkündet hatte, dass sie nun an die zweite Stelle vorrückte.

"Ich soll also im Orden verbleiben, während du davon befreit bist?" Der Gedanke war so absurd, dass ihr erster Impuls war, es mit einem Lachen abzutun. Aber kurz darauf wurde dieser Drang durch Angst ersetzt. Sie würde allein im Orden gefangen sein, ohne seinen Schutz. Das war nicht gut, überhaupt nicht.

"Nur bis wir zurückkehren. Sobald wir wieder hier sind, werde ich meine vormalige Position wieder einnehmen. Du wirst nur die Nummer zwei sein, solange wir fort sind", versuchte er sie zu beschwichtigen.

"Welchen Sinn soll das denn ergeben? Wie kann ich eine Position als Nummer zwei übernehmen, wenn ich nicht einmal im Land verweile?"

"Dabei geht es darum, den Anschein zu bewahren", ertönte Orrins Stimme hinter ihr. Überrascht drehte sie den Kopf. Sie hatte nicht bemerkt, dass er sich zu ihnen gesellt hatte.

Sie rieb sich über das Gesicht. Da galt es über einiges nachzudenken. Aber eines wollte sie vorher noch wissen.

"Was habt ihr ihm angetan? Warum hat dieses Spektakel hier stattgefunden?"

"Zuerst hat er mir befohlen, den König nicht allein aufzusuchen. Das habe ich trotzdem getan. In Orrins Begleitung", erklärte Enric müde und kam vorsichtig wieder auf die Beine, während er sich an Orrins Schulter festhielt, um das Gleichgewicht zu bewahren.

Eryn verschränkte die Arme und funkelte ihn an. "Das kann doch wohl nicht dein Ernst sein! Und du hattest den Nerv, *mir* erst vor wenigen Stunden mit Konsequenzen für Ungehorsam zu drohen? Wärst du nicht bereits angeschlagen, würde ich dir hier und jetzt selbst eine Tracht Prügel verabreichen." Leise vor sich hin schimpfend drehte sie sich auf dem Absatz um, bevor sie mit langen, ärgerlichen Schritten davonging.

Enric atmete langsam aus. "Was für ein Tag. Gibt es in diesem Königreich derzeit irgendjemanden, der nicht böse auf mich ist?"

Orrin dachte kurz nach, dann meinte er: "Nein, nicht, dass ich wüsste. Du warst sehr gründlich. So wie du es auch mit allem anderen bist."

Enric seufzte. "Sie ist sogar abgerauscht, ohne mich zuerst zu heilen, und das nachdem sie Tyront getrotzt hat, weil er es verboten hat. Ich schätze, ich werde mich irgendwie selbst um das gebrochene Bein kümmern müssen. Wie sieht es bei dir aus?"

"Eine gebrochene Rippe, und meine Nase schmerzt, aber nichts Gröberes."

Sie drehten sich um und sahen, wie Vern und Pe'tala auf sie zukamen. Die Menge begann sich aufzulösen, jetzt wo die Unterhaltung vorüber war.

Vern streckte wortlos seine Hand aus, um die seines Vaters zu ergreifen, sein Gesicht noch immer blass, seine Lippen zusammengepresst. Orrin ergriff die Finger seines Sohnes und drückte sie. Sofort spürte er die Magie, die in seinen Körper floss, um den Schaden zu untersuchen. Der Junge schloss die Augen, um sich besser konzentrieren zu können.

Pe'tala wandte sich an Enric.

"Wie steht es mit dir, mutiger Kämpfer? Benötigst du ebenfalls Heilung? Es scheint, als hättest du Eryn so irritiert, dass sie abgezogen ist, ohne dich erst wiederherzustellen."

Enric zuckte mit den Schultern. "Wenn du es schon anbietest, werde ich dich nicht abweisen. Ich habe über Knochenreparaturen gelesen, aber praktische Anwendung ist etwas anderes, denke ich. Und in meinem Zustand..."

Sie lächelte und ergriff seine Hand. "Möchtest du eine ausgiebige Untersuchung, oder soll ich mich nur um das gebrochene Bein kümmern? Ich gehe davon aus, dass es dein Bein ist, wenn ich mir deine Haltung ansehe?"

Er nickte. "Ja. Das Bein reicht vorerst. Sollte es noch weitere Schäden geben, hoffe ich, dass Eryn sich bald darum kümmern kann."

"Denkst du etwa, es wird meiner *großen Schwester* missfallen, wenn sie herausfindet, dass ich dich behandelt habe?"

"Nein, nicht wirklich. Aber da sie im Moment nicht gut auf mich zu sprechen ist, würde ich jegliche verbleibenden Verletzungen, die mir dennoch erlauben, schmerzfrei zu gehen, dafür benutzen, damit sie Mitleid mit mir hat", lächelte er.

Das brachte sie zum Lachen. "Der allmächtige Lord Enric muss auf Mitleid zurückgreifen, damit seine Gefährtin ihm vergibt? Wie unerwartet. Nicht die Methode, von der ich gedacht hätte, dass sie bei einer Aren funktioniert. Ich dachte, die müssten entweder um Gnade angefleht oder zu ihrem Einverständnis gezwungen werden."

Er lachte leise. "Also erscheine ich dir eher als der dominante als der flehende Typ?" Er beobachtete, wie sie ihre Augen schloss, während warme

Magie in seine Hand floss und seinem Arm zur Schulter hinauf und dann hinunter zum gebrochenen Bein folgte.

Sie lächelte. "So wie es sich für einen Aren Mann geziemt, besonders für einen, dem das Privileg einer Adoption in die Familie zuteilwurde. Die adoptieren normalerweise nicht. Sie glauben an Blutlinien."

"Ja", bemerkte er trocken und dachte an das im Voraus arrangierte Kommitment zwischen Eryn und Ram'an. "Ist mir aufgefallen."

Sie blieb stumm, während sie sein gebrochenes Schienbein reparierte, dann öffnete sie die Augen wieder und ließ seine Hand los.

"Ich danke dir", sagte Enric und verbeugte sich.

"Es war mir ein Vergnügen", meinte sie schulterzuckend. "Besteht eine Chance, dass du mir sagst, wofür ihr diese öffentliche Abreibung einstecken musstet?"

Er schüttelte den Kopf. "Nicht im Moment, nein. Aber was ich dir sagen kann, ist, dass wir uns nicht lange nach deiner Abreise von hier in Takhan wiedersehen werden."

Überrascht wanderten ihre Augenbrauen nach oben. "Ach ja? Wie interessant. Besonders, da ich derzeit in Betracht ziehe, meinen Aufenthalt hier zu verlängern."

Ein Lächeln zupfte an Enrics Mundwinkel. "Tatsächlich? Das wäre ein großes Glück für die Klinik."

Pe'tala grinste. "Und auch für deine Gefährtin und mich selbst, würde ich sagen. Wir wären einander damit wieder los."

"Weißt du", sagte er langsam, "ich beginne zu glauben, dass das ein Nachteil ist."

Angewidert rümpfte sie die Nase. "Du willst damit doch nicht etwa andeuten, dass wir beginnen, einander zu mögen, oder etwa doch? Dieser Gedanke ist haarsträubend." Sie drehte sich auf dem Absatz um und ging davon, während ihr die drei Männer nachsahen.

"Sie sind sich ähnlicher als ihnen klar ist", bemerkte Orrin.

Enric nickte. "Ja. Und das Gute daran ist, dass Eryn weniger beunruhigt sein wird, weil wir nach Takhan müssen, wenn sie weiß, dass die Klinik für die Dauer unseres Aufenthalts dort in Pe'talas Händen ist. Sie mögen einander nicht leiden können, aber sie können nicht anders, als sich auf professioneller Ebene gegenseitig zu respektieren."

"Und unser Aufenthalt in Takhan wird wohl um einiges entspannter verlaufen, wenn wir nicht die beiden und Malriel um uns haben", sagte Orrin.

Enric atmete aus. "Ja, das lässt sich nicht bestreiten."

KAPITEL 23

Glättung der Wogen

Eryn stand vor der Tür zu Lord Tyronts Quartier und starrte das dunkle Holz an. Die Aussicht darauf, ihn zu treffen war keine besonders angenehme nach dem, was sich am Nachmittag zugetragen hatte. Und dennoch hatte sie keine andere Wahl, als seinem Befehl zu folgen. Das hatte Enric ihr eingeschärft, als sie zuhause bleiben wollte. Weiters hatte er versucht, sie dazu zu bringen, dass sie die Robe anzog. Das allerdings hatte sie energisch verweigert und ihm erklärt, dass sie, sollte er darauf bestehen, dass sie sie überwarf, sich ihrer wieder entledigen würde, sobald sie zur Türe draußen war. Schließlich hatte er nachgegeben und entschieden, dass er schon zufrieden war, wenn sie überhaupt hinging.

Um ihre Nackenmuskeln zu lockern ließ sie ihren Kopf ein paarmal kreisen, dann hob sie ihre Faust und klopfte an die Tür. Vyril öffnete mit einem angespannten Lächeln. Offenkundig war sie also über das, was am Nachmittag vorgefallen war, informiert.

"Lady Eryn, wie nett, Euch zu sehen. Kommt herein, Ihr werdet bereits erwartet."

Eryn folgte ihr zu Lord Tyronts Arbeitszimmer und trat ohne zu klopfen durch die offene Tür ein. Sie sah ihn in seinem großen Sessel sitzen. Erneut verwandelt, wirkte er nicht länger wie der siegreiche Schwertkämpfer von zuvor. Sie ging auf ihn zu, bis sie direkt vor seinem schweren Schreibtisch stand.

"Hier bin ich", verkündete sie ruhig, ohne ihm die Verbeugung angedeihen zu lassen, die sie ihm schuldete.

Sie hörte, wie die Tür hinter ihr geschlossen wurde und starrte weiterhin Lord Tyront an, der sie aufmerksam mit geschürzten Lippen betrachtete.

"Ja, das kann ich sehen. Ich war neugierig, ob Ihr auftauchen würdet. Aber Enric würde Euch keinen direkten Befehl von mir ignorieren lassen, nicht wahr? Ganz egal, wie erbost er meinetwegen im Augenblick ist."

Sie wartete darauf, dass er fortfuhr und ihr mitteilte, worüber genau er nun mit ihr sprechen wollte. Oder ihr zuerst einmal einen Sitzplatz anbot. Oder würde er das Gespräch so kurz halten, dass es sich nicht lohnte, sich überhaupt hinzusetzen? Das wäre natürlich die angenehmste Option, wenn auch nicht die wahrscheinlichste.

"Wollt Ihr Euch nicht setzen, Lady Eryn?"

Sie lächelte schwach. "Warum sagt Ihr mir nicht, was *Ihr* von mir wollt, und dann entscheide ich, ob hinsetzen das ist, was *ich* will?"

Sie wirbelte herum, als sie von der Türe her ein leises Lachen hörte und schnappte schockiert nach Luft. Der König lehnte neben der Tür an der Wand, sein gelassener Blick auf ihr. Entgegen ihrer Annahme war nicht Vyril diejenige, die die Tür hinter ihr geschlossen hatte. Er war das gewesen.

"Ich gebe zu, dass es mich amüsiert, dass ich nicht der einzige zu sein scheine, den Ihr mit Euren kühnen Manieren beglückt", sagte er in dieser klaren und knappen Sprechweise, die ihm eigen war.

Eryn drehte sich zurück zu ihrem Vorgesetzten und warf ihm einen mörderischen Blick zu. "Nach allem, was passiert ist, wagt Ihr es, mir so einen Streich zu spielen?", zischte sie und wirbelte ohne auf seine Antwort zu warten herum, um wieder zur Tür hinauszustürmen. Der König beobachtete interessiert, wie sie in seine Richtung ging, machte aber keinerlei Anstalten einzugreifen. Als sie das schwache Schimmern einer magischen Barriere vor der Tür sah, fluchte sie und hielt abrupt inne, um nicht dagegen zu laufen. Sie trat auf eine Seite, um beide Männer in ihrem Blickfeld zu haben.

Lord Tyront stand auf und umrundete langsam seinen Schreibtisch, bevor er sich auf einer Kante niederließ. Ihr misstrauischer Blick sprang zwischen den beiden Männern hin und her, unwillig, den einen oder den anderen aus den Augen zu lassen.

"Eryn", sagte der Magier sanft, "es gibt keinen Grund zur Angst. Ich habe dich gebeten zu kommen, damit wir über die Dinge, die passiert sind, sprechen können. Und auch über das, was in Zukunft passieren wird."

"Nun, *Tyront*", betonte sie den Namen, ohne seinen Titel voranzustellen, um ihm zu zeigen, wie wenig sie seinen Versuch, vertraulich mit ihr zu werden, schätzte. "Ich würde meinen, dass es für solch ein Gespräch bessere Zeitpunkte als diesen hier gäbe, wenn ich an die Arena heute zurückdenke. Und mich mit diesem besonderen Gast hier zu überraschen", sie nickte in Richtung des Königs, "stärkt mein Vertrauen auch nicht gerade."

Er betrachtete sie gelassen und zeigte keinerlei Anzeichen von Ärger darüber, dass sie seinen Titel ohne entsprechende Einladung weggelassen hatte. "Ich verstehe, dass keiner dieser Umstände dir dabei hilft, dich zu entspannen, aber lass mich dir versichern, dass du hier sicher bist. Seine Majestät hat erreicht, was er angestrebt hat, und dir muss klar sein, dass du von mir nichts zu befürchten hast."

"Abgesehen davon, mit dem Schwert anstatt der Schaufel bestraft zu werden?", konterte sie und bezog sich damit auf seine Drohung vor gerade einmal zwei Stunden.

"Eine Drohung, die ich nicht wahrgemacht habe, wenn ich dich daran erinnern darf", erwiderte er milde. "Obwohl du die Absicht hattest, einen direkten Befehl zu ignorieren."

Eryn verschränkte die Arme und lehnte sich an das Bücherregal in ihrem Rücken. "Also fein. Was wollt ihr von mir?"

"Deine Hilfe."

Ihre Augen wurden weit, als ihre Augenbrauen nach oben wanderten. "Was?"

Jetzt stieß sich der König von der Wand ab und ging zum Schreibtisch des Magiers, wohl um den Eindruck zu vermeiden, dass sie zwischen den beiden gefangen war. "Die jüngsten Vorfälle, meine liebe Lady Eryn, hatten auf die Stabilität des Ordens recht nachteilige Auswirkungen", sagte er vorsichtig.

"Die jüngsten Vorfälle?", fragte sie, ihre Stimme triefend vor falscher Unschuld.

König Folrin lächelte über ihren Versuch, ihm Unbehagen zu bereiten. "Unser Kuss."

"Euer Kuss", korrigierte sie ihn angespannt. "Ich erinnere mich nicht, ihn erwidert zu haben."

"Dann also mein Kuss", stimmte er zu. "Rückblickend hat sich diese Provokation als erheblich wirksamer erwiesen, als ich gehofft hatte. Lord Enric lässt den Orden und das Königreich nicht nur mit beträchtlichem Enthusiasmus zurück, sondern veranlasst uns auch zu der Sorge, dass er entscheiden könnte, nicht mehr zurückzukehren, falls er nicht den Eindruck zurückgewinnt, Anyueel sei ein sicherer Ort für Euch."

Sie knirschte mit den Zähnen. "Und damit kommt Ihr ausgerechnet zu *mir*? Wie in aller Welt kommt Ihr auf die Idee, dass *ich* das hier als sicheren Ort betrachten würde, nach allem, was mir hier zugestoßen ist? Ich bin in diesem Augenblick hier drin eingesperrt!"

Lord Tyront ließ die Barriere an der Tür verschwinden und hob fragend eine Braue. "Besser so?"

Langsam nickte sie. Es würde kaum einen Unterschied machen. Falls sie erneut versuchte abzuhauen, würde der Schild sofort wieder da sein. Und doch veränderte sich damit die Atmosphäre im Raum. Das Atmen fiel ihr plötzlich leichter als zuvor.

"Ich soll Enric also davon überzeugen, wieder hierher zurückzukehren?", fragte sie nach. "Was genau bringt Euch zu der Annahme, dass ich dazu überhaupt in der Lage wäre? Es ist nicht so, als hätte er auf mich gehört, als ich ihm sagte, dass ich unter gar keinen Umständen nach Takhan gehen will. Und warum sollte ich das überhaupt tun wollen? Es war mir ernst, als ich sagte, dass ich über die Art und Weise, wie ich behandelt werde, nicht glücklich bin! Was bringt Euch auf den Gedanken, dass es vielversprechend wäre, mich um meine Kooperation zu bitten?"

Der König zeigte die Andeutung eines Lächelns. "Weil ich Euch in der kurzen Zeit, die Ihr hier bei uns in der Stadt verbracht habt, ein wenig kennenlernen konnte. Ich würde Euch nicht als jemanden einschätzen, der sich wohl fühlt mit dem Wissen, dass sie der Anlass für beträchtliche Spannungen und Nachteile für beide Länder wäre. Aber genau das wäre der Fall, falls man Euch gestattet, entgegen meinen und den Wünschen des Ordens dortzubleiben. Was Euer erstes Anliegen betrifft, lasst mich Euch sagen, dass Euer Einfluss auf Lord Enric größer ist, als Ihr Euch eingestehen wollt", erklärte der König. "Sollte er sehen, dass Ihr und ich zu einem Waffenstillstand gelangt sind und dass Ihr und Lord Tyront freundlich miteinander umgeht, würde er einen Wohnortwechsel zweifellos als die weniger attraktive Option betrachten. Immerhin würdet Ihr enge Freunde zurücklassen müssen. Ganz zu schweigen von Euren bewundernswerten Leistungen wie der Klinik und dem Waisenhaus. Wärt Ihr wohl in der Lage, ebenso viel in Takhan zu erreichen, Lady Eryn? Würde man dort von Euren Bemühungen ebenso profitieren wie hier? Denkt an alles, was Ihr hier erreicht habt. Würdet Ihr all das zurücklassen wollen?"

Ihr Blick wurde eindringlicher. "Versucht Ihr etwa, mich mit Schmeicheleien zu manipulieren?"

Der Monarch grinste schief. "Nein, nicht wenn es nicht funktioniert. Vielleicht könnte ich Euch etwas anbieten, das Euch mehr zusagt. Um sozusagen eine Basis für die Motivation zu schaffen, die aufzubringen Euch im Moment so schwerfällt."

Sie seufzte. "Und jetzt versucht Ihr, mich zu bestechen? Ernsthaft?"

"Euch bestechen? Die Gefährtin des Mannes, der drauf und dran ist, sich an die Spitze der Liste der reichsten Leute im Königreich zu setzen?", rief der König in gespieltem Erstaunen aus. "Was könnte ich damit schon erreichen, meine liebe Lady Eryn?"

"Schade", lächelte sie kühl. "Ich hatte darauf gehofft, dass Ihr mich zu besänftigten versucht, indem Ihr mir die Position als Oberhaupt der Heiler anbietet."

Lord Tyront schaltete sich ein. "Nein, das können wir nicht tun. Und die aktuelle Situation mit eurem anstehenden Aufenthalt in Takhan sollte dir zeigen, weshalb es von Anfang an keine gute Idee war. Aber ich kann mich erinnern, dir die Gründe dafür, dass der Rat jemand anderen ausgewählt hat, erläutert zu haben."

"Ich war gegen Ende dieser speziellen Versammlung nicht gerade in einem sehr aufnahmefähigen Zustand", erwiderte sie verbittert. Nicht mit Verns kleinem Trick, um sie davon abzuhalten, dass sie um sich zu schlagen begann.

"Deine unkonventionelle Herangehensweise an Problemlösungen und neue Entdeckungen bedeutet, dass es nicht besonders klug wäre, dich nur einer Disziplin zuzuordnen. Wir wollen, dass du deine Bemühungen dort einsetzt, wo sie benötigt werden. Und wo deine Interessen liegen, versteht sich."

Eryn zog eine Augenbraue hoch. "Mein primäres Interessensfeld ist das Heilen, wie dir sicher klar ist."

"Nicht gemäß Euren Testergebnissen in Takhan, wenn ich mich nicht sehr irre", warf der König ein. "Ihr habt Euch als zu der seltenen Klasse der Entdecker zugehörig erwiesen. Und noch dazu mit einer außergewöhnlich hohen Punktezahl. Soweit ich informiert wurde, geht damit üblicherweise ein verstärkt bereichsübergreifend ausgelegtes Interessenfeld einher."

Missmutig funkelte sie ihn an. So hatte er also bereits ein halbwegs brauchbares Informationsnetzwerk auf der anderen Seite des Meeres etabliert. Wie ungemein irritierend. Das bedeutete, dass er ein Auge auf sie haben würde, solange sie in Takhan waren.

"Du wirst mehrere Monate lang fort sein", fuhr Lord Tyront dann fort. "Die Klinik braucht jemanden, der nicht nur zeitweise, sondern dauerhaft verfügbar ist. Und da du nach deiner Rückkehr deinen Platz im Rat einnehmen wirst…"

"Meinen was?", unterbrach sie ihn. "Ich habe keinerlei Absicht, einen Sitz im Rat einzunehmen! Ich kann mich nicht daran erinnern, dem zugestimmt zu haben!"

"Dieses Recht geht mit deinem Rang einher", erklärte der Magier geduldig. "Außerdem würde ich diesen Sitz nicht so voreilig ablehnen. Er ist eine Chance, unsere Prozesse zu beeinflussen: eine Stimme."

"Ach ja? Wenn ich darüber nachdenke, wie mich die meisten Ratsmitglieder betrachten - nämlich als Ärgernis, als Störfaktor - dann sehe ich nicht viel Chance, dass ich dort viel ausrichten kann." Sie warf dem König einen Seitenblick zu. "Einmal wurde ich sogar beschrieben als Element, das eine zerstörerische Auswirkung auf die Werte des Ordens hat."

"Nicht auf die Werte des Ordens, Lady Eryn", tadelte der König sie sanft, "sondern darauf, wie die Leute den Orden sehen sollen. Wenn es allerdings um Themen geht, die Ihr im Rat besprochen und entschieden haben wollt", lächelte er, "gibt es immer noch die Möglichkeit einer königlichen Empfehlung. Der Rat stimmt kaum jemals zum Nachteil einer solchen ab."

Eryn starrte ihn an. "Bietet Ihr mir etwa gerade an, meine Anträge zu unterstützen?"

Der König schüttelte den Kopf. "Sagen wir, dass hier eine Änderung der Wahrnehmung erforderlich wäre. Es würde nicht gut für mich aussehen, wenn man erkennt, dass ich Euch zu sehr unterstütze. Jedoch könnten wir uns darauf einigen, dass ich hin und wieder eine Empfehlung abgebe, bevor allgemein bekannt ist, dass Ihr eine bestimmte Sache unterstützt. Nur wenn ich Eure Ideen als vernünftig erachte, versteht sich", fügte er hinzu.

Sie nickte langsam. Das klang nicht einmal so übel.

Der König betrachtete sie eine kurze Weile mit hochgezogenen Augenbrauen, als wartete er auf etwas. Dann seufzte er enttäuscht.

"Gibt es nichts, was Ihr dazu sagen möchtet, Lady Eryn?", erkundigte er sich.

Verzweifelt sah sie ihn an. "Was wollt Ihr denn hören? Ein von Herzen kommendes Versprechen, dass ich tun werde, was in meiner Macht steht, damit Enric wieder mit mir hierher zurückkehrt?"

"Wir haben Euch gerade mitgeteilt, wie sehr wir auf Euch angewiesen sind", betonte er. "In diesem Zusammenhang kommt Euch also kein Gedanke?"

Eryn blinzelte. Was wollte er nur von ihr? Irgendeine Art von Selbstverpflichtung? Ihr Ehrenwort, dass sie zurückkehren würde? Sie hatte keinerlei Absicht, irgendetwas in dieser Richtung von sich zu geben. Sie bemerkte das leichte Lächeln auf Lord Tyronts Lippen.

Der König schüttelte den Kopf. "Euer Mangel an Opportunismus frustriert mich. Hiermit verordne ich Euch zehn weitere Stunden in politischer Strategie, bevor Ihr abreist."

Sie schluckte hart. Oh nein.

"In der Vergangenheit wart Ihr so vielversprechend, aber ich sehe, dass die Anwendung der Prinzipien des Spiels Euch noch nicht leichtfallen. Daran müssen wir arbeiten, meine liebe Lady. Es mag in den Westlichen Territorien die eine oder andere Herausforderung zu meistern geben, wofür ein gewisses Bewusstsein für Eure eigenen Interessen und wie man diese schützt erforderlich sein werden."

"Was?", protestierte sie. "Mangel an Opportunismus? Soll das etwa heißen, ich soll darauf geschult werden, in Zukunft rücksichtsloser und fordernder zu sein, weil ich es gerade versäumt habe, Euch zu erpressen?" War er vollkommen verrückt geworden? Warum versuchte er sie dazu zu veranlassen, dass sie zu seinem eigenen Nachteil handelte?

"So könnte man es wohl auch ausdrücken", gab er zu.

Sie verschränkte die Arme und zog eine Augenbraue hoch. "Ein weiterer Stapel an Büchern, die ich lesen soll? Ich kann mich nicht erinnern, dass ich dabei besonders viel Nützliches gelernt hätte."

"Wie wahr", bestätigte der König mit einem Kopfnicken. "Aus diesem Grund werdet Ihr von jemandem unterrichtet werden, der in diesem Bereich über beachtliches Wissen und auch Erfahrung verfügt: von mir."

"Von Euch", sagte sie ausdruckslos. "Ich bin nicht sicher, ob Ihr Euch über Enrics… Bestürzung über Eure kleine Strategie, ihn zu der Reise nach Takhan zu bewegen, im Klaren seid, aber ich muss Euch sagen, dass er die Nachricht, dass Ihr Zeit mit mir verbringen wollt, nicht besonders gut aufnehmen wird", erklärte sie bedachtsam und warf ihm einen Blick zu, der unmissverständlich kommunizierte, dass sie selbst ebenfalls nicht besonders angetan war von diesem Plan. "Und nach Euren Worten von zuvor hatte ich den Eindruck, dass Ihr Enric zur Rückkehr motivieren wollt, anstatt ihn zu provozieren, dass er das Gegenteil für eine attraktivere Option hält."

"Lasst mich Euch versichern, dass ich mir über das Missfallen Eures Gefährten durchaus im Klaren bin. Wenn man mit der Hand am Hals gepackt wird, ist das eine recht deutliche Nachricht", bemerkte er trocken.

Eryn starrte ihn an, unsicher ob sie ihn gerade eben richtig verstanden hatte. Enric hatte *was* getan? Und der König hatte sich das einfach so gefallen lassen?

"Aus diesem Grund werde ich einer weiteren Person seiner Wahl gestatten, bei diesen Anlässen zugegen zu sein", fuhr der König fort. "Nicht, dass dies erforderlich wäre. Ich gehe nicht davon aus, dass Ihr Euch dem Befehl, nicht noch einmal Magie gegen mich einzusetzen, ein weiteres Mal beugen werdet. Stattdessen würdet Ihr Euch schützen, solltet Ihr das Gefühl haben, ich käme Euch zu nahe. Aber ich bin mehr als bereit, seinem Drang, Euch zu beschützen, dieses Zugeständnis zu machen."

"Habe ich die Möglichkeit, das irgendwie abzulehnen? Oder darum zu ersuchen, dass mich jemand anderer unterweist? Mit allem nötigen Respekt", fügte sie eilig hinzu.

"Keinesfalls", sagte er nur.

"Das gefällt mir nicht", knurrte sie.

"Das ist für mich von keinerlei Belang. Ihr werdet meinem Befehl Folge leisten. Wir werden uns einmal pro Woche treffen, und zwar beginnend mit morgen nach Eurer Arbeit in der Klinik. Ich erwarte Euch, und wer auch immer Eure auserwählte Begleitperson sein wird, im Thronsaal. Verspätet Euch nicht. Ich habe wenig Geduld, wenn man mich warten lässt", warnte er sie, bevor er ohne auf ihre Antwort zu warten zur Tür des Arbeitszimmers ging. "Sie gehört nun ganz Euch, Lord Tyront", sprach er und ging.

"Warum setzt du dich nicht, Eryn?"

"Nein danke, *Tyront*, ich stehe lieber", erwiderte sie lässig. "Warum sagst du mir nicht, was du von mir willst, damit ich zu meinem Gefährten zurückkehren kann, der meinetwegen offensichtlich ein paar sehr wichtige Regeln gebrochen hat."

Er nickte langsam. "Wie du wünschst."

Ihr fiel auf, dass er eine schalldichte Barriere errichtete, bevor er fortfuhr. "Du solltest deinen Nutzen ziehen aus den Stunden, die der König dir angedeihen lassen will, ganz egal, wie wenig ansprechend diese Aussicht dir im Augenblick erscheinen mag", sagte er eindringlich. "Du bist zu einer mächtigen Waffe gegen Enric geworden, und wir müssen zusehen, dass du dir dessen stärker bewusst wirst. Und, so hoffen wir, lernst, wie man Versuchen entgegenwirkt, dich zu benutzen. Für lange Zeit war es so gut wie unmöglich, Enric zu kontrollieren, bestechen, nötigen oder manipulieren, also nutzt der König seine Chance, das jetzt zu tun, in vollem Ausmaß, wie dir klar sein muss."

Verwirrt schüttelte sie den Kopf. "Warum sollte er dann daran interessiert sein, mir beizubringen, was ich dagegen tun kann? Das wäre doch zu seinem eigenen Nachteil!"

"Er würde es nicht tun, wenn er sich nicht mehr Vorzüge als Nachteile davon erwarten würde, dich in politischer Strategie zu unterweisen. Dich in Zukunft gegen Enric zu benutzen ist zu riskant geworden für den König, also muss er sichergehen, dass dich auch niemand sonst benutzen kann. Ein Vorteil, den Enric sofort erkennen und schätzen wird. Auch wenn er nicht erbaut sein wird darüber, dass der König derjenige ist, der dich unterrichtet. Aber ich erwarte, dass er dich zumindest zu den ersten paar Stunden persönlich begleiten wird." Sein Gesichtsausdruck war entschlossen. "Was du nun tun musst, ist diesen Befehl ohne Widerspruch zu akzeptieren. Andernfalls könnte das Enric dazu provozieren, seinen eigenen Interessen zuwiderzuhandeln, nur um dich glücklich zu machen. Es führt kein Weg daran vorbei, dass du diese zehn Treffen mit dem König erdulden musst, wie unangenehm auch immer sich diese für dich gestalten werden. Du kannst dich darauf verlassen, dass er keine weiteren Grenzen mit dir übertreten wird, besonders, da du im Vollbesitz deiner Kräfte sein wirst und einen Zeugen dabeihast, der willens ist, dich zu beschützen."

Sie bedachte seine Worte und nickte dann widerstrebend. Natürlich hatte er Recht. Das war die einzig sinnvolle Vorgehensweise.

"Wirst du versuchen, die Sache mit Enric wieder hinzubiegen, bevor wir nach Takhan gehen?", fragte sie.

"Das muss ich. Er ist mein Stellvertreter. Ich brauche ihn auf meiner Seite."

"Hat dich der König dazu angewiesen?"

Lord Tyront lächelte dünn. "Ja, das hat er. Er fürchtet, dass der Orden zerfallen könnte, indem er gespalten wird in diejenigen, die zu dir, Enric und dem Heilen stehen, und dem Rest. Jedenfalls hätte ich die Notwendigkeit, Wiedergutmachung zu leisten, auch erkannt ohne darauf aufmerksam gemacht zu werden. Enric ist nun schon eine Zeit lang mein Freund; unsere Freundschaft nicht ordentlich zu pflegen würde mich mehr als nur eine zuverlässige rechte Hand kosten."

"Indem du mich also gut behandelst, erleichterst du deine Versöhnung mit Enric", erkannte sie. "Was bedeutet, dass ich einmal mehr als Werkzeug benutzt werde, damit er tut, was du wünschst."

"Kein Werkzeug, Eryn. Ein mächtiger Faktor, der nicht außer Acht gelassen werden darf. Damit liegt der König richtig. Du musst lernen, diese Macht, die die Konsequenz von Enrics beträchtlicher Verbundenheit mit dir ist, zu ergreifen. Oder andere werden es stattdessen tun."

"Und diesen mächtigen Faktor versuchst du jetzt gerade zu deinem eigenen Nutzen einzusetzen. Ist das Weglassen meines Titels ein Teil davon? Soll mich das dazu bringen, dich zu mögen, weil du weißt, dass ich kein großer Freund davon bin, mit *Lady* angesprochen zu werden?"

Er lachte leise. "Ja zu allem. Sei aber bitte nicht gleich entrüstet deswegen, sondern denk zuerst über den möglichen Nutzen für dich selbst nach."

"Und worin bestünde der?", fragte sie ohne große Begeisterung.

"Der bestünde darin, dass sichtbar wird, dass du einen vertrauten Umgang mit einem wichtigen Mann wie mir pflegst. In diesem Königreich gibt es nicht viele Menschen, denen es gestattet ist, mich ohne meinen Titel anzusprechen. Du bist eine von nur ein paar Auserwählten, denen dieses Privileg zuteilwird", erklärte er ruhig. "Es wird viele Leute dazu bewegen, jeglichen Ärger mit dir vermeiden zu wollen, da die Folge davon möglicherweise wäre, *mich* damit zu verärgern."

Erschöpft seufzte sie. "Somit benutzen wir uns also grundsätzlich gegenseitig."

"Ich ziehe es vor, es als Allianz zu beiderseitigem Nutzen zu betrachten", korrigierte er sie. "Und in meinem Fall kommt noch die Überzeugung hinzu, dass der Orden als Ganzes ebenfalls profitieren wird, wenn wir beide endlich damit beginnen, miteinander anstatt gegeneinander zu arbeiten. Und auch das Königreich, da deine Bemühungen darauf abzielen, den Menschen zu helfen."

Eryn schloss kurz die Augen, als sie sich leicht schwindelig fühlte. "Ich brauche Luft", murmelte sie, und einen Moment später spürte sie frische, kühle Luft, nachdem die Barriere entfernt worden war.

"Geh nun nach Hause", wies er sie an. "Sprich mit Enric. Und hör ihm genau zu. Der König ist wohl einer der geschicktesten Teilnehmer an diesem Spiel, aber nicht der einzige, von dem du etwas Nützliches lernen kannst."

Sie nickte knapp und wandte sich zur Tür. Ja, mit Enric musste sie auf jeden Fall reden. Aber da gab es noch jemand anderen, den sie zuerst sehen wollte.

* * *

Erbál zog überrascht seine Brauen hoch, als er die Tür öffnete und sich Eryn gegenüber fand. "Lady Eryn! Welch ein unerwartetes Vergnügen", lächelte er dann und trat zur Seite, um ihr Zutritt zu gewähren. "Kommt herein."

Mit einem wissenden Lächeln betrat sie sein Quartier. "Unerwartet. Das sage ich, wenn ich *unwillkommen* meine, aber diplomatisch sein muss."

Er ergriff ihre Hand und küsste sie in der Art seines Heimatlandes. "Eine schöne Frau vor meiner Tür könnte mir niemals unwillkommen sein."

"Geschmeidig", nickte sie anerkennend. "Aber das ist es nicht, was ich im Moment von dir brauche."

Verwirrt sah er sie an. "Wirklich? Ich bin nicht ganz sicher, welcher Impuls im Augenblick stärker ist: derjenige, der mich hoffen lässt, dass Ihr mir ein anzügliches Angebot unterbreitet, oder der, bei dem ich erschaudere, wenn ich daran denke, was Euer Gefährte mir antäte."

Sie verdrehte die Augen und zog ihre Hand aus seiner. "Nichts davon. In seiner derzeitigen Stimmung würdest du seine Rache womöglich nicht überleben." Sie verschränkte die Arme und sah ihn nachdenklich an. "Du bist gerissen, schlau und manipulativ."

Erbál lachte verhalten und drehte sich zu einer hölzernen Schatulle, die sie sofort als Behälter für Alkohol erkannte. "Ich denke, diese Art von Unterhaltung braucht ein wenig Auflockerung von der flüssigen Sorte."

Eryn sah zu, wie er sorgsam zwei Gläser mit Goldrand herausnahm und dann den Korken aus der Flasche zog. Er nickte zu einem Sofa und folgte ihr mit den beiden Gläsern in einer und der Flasche in der anderen Hand.

"Wie ich sehe, hast du nicht das übliche Sitzarrangement. Du richtest also das Zimmer nicht so ein, damit du dich eher wie zuhause fühlst? Oder ziehst du unsere Möbel hier vor?"

Mit einem Schulterzucken stellte er Gläser und Flasche auf dem Tisch ab. "Ich sehe nicht viel Sinn darin, an Gewohnheiten aus meinem Heimatland festzuhalten, wenn ich beabsichtige, länger hierzubleiben. Anpassung wird sich als nützlicher erweisen als vorzugeben, dass ich nach wie vor zuhause bin, sobald ich die Tür hinter mir schließe." Er schenkte ihnen ein und reichte ihr ein Glas. "Auf meine weniger schmeichelhaften Charaktereigenschaften, die Euch zu mir geführt haben."

Sie stießen mit ihren Gläsern an und nahmen dann einen Schluck.

"Wie kann ich Euch zu Diensten sein? Ich gehe davon aus, dass Euer Besuch nicht nur geselliger Natur ist."

Sie leckte sich einen Tropfen des süßen, dickflüssigen, schweren Weins von der Unterlippe und lehnte sich zurück. "Die Leute hier praktizieren etwas, das sie als *politische Strategie* bezeichnen."

Er nickte. "Ich weiß. Es handelt sich dabei um die Kunst, andere so zu manipulieren, dass sie in Übereinstimmung mit Euren eigenen Wünschen handeln, ohne dass man sie gewaltsam dazu bringen müsste. Nun, zumindest in den meisten Fällen bedarf es keiner Gewalt, soweit ich das verstehe. Wie Euch bewusst sein sollte, ist dies in Takhan nicht viel anders, wenngleich wir es noch nicht als nötig erachtet haben, es zu einer offiziellen Disziplin zu erklären, in der wir unsere Kinder unterrichten."

Ja, dachte sie, das hatte sie während ihres Aufenthalts in Takhan dank Malriels und Ram'ans Machenschaften aus erster Hand erfahren. "Seit ich hergebracht wurde, war ich immer wieder sowohl das Ziel von Intrigen als auch ihr Werkzeug. Zuweilen hat das zu beträchtlichen… Unannehmlichkeiten geführt." Sie spielte mit dem Stiel ihres Glases und drehte es zwischen ihrem Daumen und Zeigefinger. "Erst kürzlich wurde ich gegen Enric benutzt. Wieder einmal. Und da ich noch immer nicht alles verstehe, was vor sich geht, möchte ich etwas dagegen unternehmen; allerdings nicht nur in der Weise, die der König als angeraten erachtet. Ich bin zu einer Last für Enric geworden, einer gefährliche Waffe, die gegen ihn benutzt werden kann, weil ich nicht weiß, wie man Manipulationsversuche durchschauen und dagegen ankämpfen kann."

"Und von mir wünscht Ihr nun...?", forderte er sie auf.

"Ich möchte, dass du mir hilfst, mich in den letzten paar Monaten vor meiner Abreise nach Takhan zu behaupten. Du sollst mir helfen, die Dinge um mich herum zu verstehen und mich beraten, wie ich handeln soll, mir helfen, die Kräfte zu interpretieren, die die Ereignisse um mich herum beeinflussen."

Neugierig betrachtete er sie. "Euch ist klar, dass dies erfordern würde, dass Ihr eine Menge persönlicher Informationen mit mir teilt. Ist das eine kluge Vorgehensweise für Euch, Lady Eryn?"

Sie schnaubte. "Warum nicht? Es erspart dir einfach nur die Mühe, diese Informationen von Spionen kaufen zu müssen. Ich habe keinerlei Zweifel, dass viele der Dinge, die ich dir erzählen werde, ohnehin nicht lange vor dir verborgen bleiben würden."

"Weil ich gerissen, schlau und manipulativ bin?"

"So ist es", nickte sie mit Überzeugung. "Obwohl ich dich warnen muss, dass ich dir die Haut bei lebendigem Leibe abziehen werde, wenn du irgendetwas von dem, was ich dir mitteile, gegen mich verwenden solltest. Darunter fällt auch, dass du Malriel oder irgendjemandem sonst davon erzählst. Ich kann dir versichern, dass es sich für dich als wesentlich hilfreicher erweisen wird, mich und damit auch meinen Gefährten auf deiner Seite zu haben, anstatt dich uns zu Feinden zu machen."

"Ich verstehe", lächelte er unbekümmert. "Warum kommt Ihr mit diesem speziellen Anliegen zu *mir*? Warum nicht zu Lord Enric, der in diesem Gebiet solch weitreichende Erfahrungen mitbringt? Ich bin überzeugt, dass er Euch mehr als bereitwillig unterstützen würde."

Sie zog eine Augenbraue hoch. "Dein selbstsicheres Lächeln sagt mir, dass du glaubst, du kennst die Antwort darauf bereits."

Er lachte leise. "Ja, das wage ich zu behaupten. Ich möchte nur wissen, ob Ihr sie auch kennt. Ob Euer Weg zu mir Eurer Intuition zu verdanken oder das Ergebnis sorgsamen Nachdenkens war."

"Was würdest du vorziehen?"

"Keines davon. Was auch immer Euer Grund war, es wird wichtig sein, den anderen Aspekt weiterzuentwickeln. Die effektivste Methode, um sich für eine Handlungsweise zu entscheiden ist, ein gutes Gefühl zu haben und dann Vernunft anzuwenden, um zu sehen, ob es sich dabei tatsächlich um die beste Alternative handelt. Also, sagt mir, was Euch zu mir geführt hat."

"Nachdenken. Sogar der König denkt, dass ich mehr Unterweisung benötige, und er ist derjenige, der mich benutzt, damit Enric tut, was er will. Er hat entschieden, mich einmal pro Woche zu sich einzuladen und meine Fähigkeiten zu verbessern. Allerdings kann ich ihm nicht trauen. Da Enric emotional betroffen ist, wann auch immer es um mich geht, bin ich nicht sicher, ob er dieser Tage immer klar denkt. Er lässt sich provozieren. Du bist ebenfalls daran gewöhnt, an diesen Spielen teilzunehmen. Und du bist nicht gegen mich, zumindest soweit ich das beurteilen kann. Du hoffst immerhin auf meine Unterstützung, um die Position als Botschafter zu bekommen. Meine Zustimmung scheint eine ausschlaggebende Rolle zu spielen."

"Ich verstehe. Berechtigte Gründe", meinte er anerkennend. "Ihr seid intelligent, aber allzu oft ein Opfer Eurer Kurzentschlossenheit. Eure Fähigkeit zum Analysieren und Denken hilft Euch nicht besonders viel, wenn Ihr unter Druck steht. Der Trick dabei ist, das Beurteilen von Situationen so lange zu üben, bis es Euch so leicht fällt, dass es Euch wie eine andere Form der Wahrnehmung erscheint", erklärte er.

Verzweifelt sah sie ihn an. "Ich wurde in diese ganze Welt der Intrigen und Politik erst kürzlich hineingestoßen. Mein Leben davor war im Vergleich zu dem hier ereignislos. Die Leute haben mich mehr oder weniger allein gelassen, außer sie brauchten meine Hilfe. Und dann haben sie mich bezahlt und möglichst vermieden, mich zu verärgern. Ich beginne mich anzupassen, aber eben nur langsam. Ich mühe mich mit den Leuten hier ab. Ich wurde dazu erzogen, zu sagen was ich denke und meinen Prinzipien getreu zu handeln. In den letzten Monaten hat mir das nicht gerade gute Dienste geleistet."

"Dennoch schlagt Ihr Euch wacker, soweit ich das sagen kann", erwiderte Erbál. "Mir wurde gesagt, Ihr hättet im Alten Königreich einige Veränderungen angestoßen. Und im Orden - was wahrscheinlich eine erstaunliche Leistung ist, wenn ich nach den verstaubten, konservativen Mitgliedern des Rats der Magier gehe, die ich bislang getroffen habe. Aber Ihr habt Recht - Ihr solltet daran arbeiten, Euch zu behaupten." Er nahm einen weiteren Schluck von seinem Glas. "Warum seid Ihr gerade jetzt gekommen? Etwas ist passiert, nicht wahr? Etwas im Zusammenhang damit, warum Ihr derzeit nicht gut auf den König zu sprechen seid, könnte ich mir denken. Hat er etwas getan, das Ihr nicht billigt?" Er dachte kurz nach. "Etwas, das damit zu tun hat, wie man Euch dazu brachte, wieder nach Takhan zu gehen", spekulierte er und zog fragend die Augenbrauen hoch.

Eryn nickte bedächtig. Er war wirklich gut. Es schien, als wäre sie an den richtigen Ort gekommen.

"Er hat mich zu einem Kuss gezwungen, um Enric dazu zu bewegen, dass er mich von hier wegbringt und mich somit vor weiteren Zudringlichkeiten bewahrt", teilte sie ihm zögerlich mit.

Erbál spitzte die Lippen. Diese Neuigkeiten schienen ihn nicht besonders zu schockieren. "Nicht gänzlich unerwartet", kommentierte er. "Malriel sagte mir, dass er sich zu Euch hingezogen fühlt. Mit dieser Vorgehensweise hat er nicht nur sichergestellt, dass Lord Enric sich seinen Wünschen beugt, sondern er hat auch noch etwas gegen seine eigene Frustration bezüglich des Abstandes getan, den er zu Euch wahren sollte. Wenngleich ich denke, dass ihm klar ist, dass er sich Euch nicht noch einmal auf diese Weise annähern kann, ohne eine Eskalation zu riskieren."

"Der König und Lord Tyront befürchten, dass diese Eskalation ohnehin kommen könnte, dass Enric sich womöglich entscheidet, für immer in Takhan zu bleiben. Sie wollen, dass ich Enric überzeuge, wieder heimzukehren, sobald Malriel von ihrer Friedensmission zurück ist. Allerdings verstehe ich nicht, weshalb der König will, dass ich mir der Gefahr, manipuliert zu werden, stärker bewusst werde. Er selbst hat in der Vergangenheit darauf zurückgegriffen, also wäre das auch für ihn ein Nachteil. Lord Tyront denkt, dass er mich nun nicht länger gegen Enric benutzen wird und sicherstellen will, dass es auch niemand anders kann. Das glaube ich nicht ganz. Mich nicht mehr gegen Enric einzusetzen würde bedeuten, dass er mich überhaupt nicht mehr für seine Zwecke benutzen kann."

"Das maßgebliche Ziel ist hier, Euch nicht gegen ihn zu haben", zeigte Erbál auf. "Ich bin überzeugt, dass er nicht damit aufhören wird, Euch zu manipulieren. Er macht die Sache nur interessanter für sich. Er ist ein recht fähiger und selbstbewusster Spieler. Euch in der Kunst dessen zu unterweisen, wie man die Versuche anderer Leute durchschaut, bedeutet nicht, dass Ihr in der Lage sein werdet, seine eigenen Bestrebungen zu durchblicken. Vielleicht noch für sehr lange Zeit nicht. Er macht die Sache für sich selbst interessanter und verbessert Eure Fertigkeiten, damit Ihr zu einer größeren Herausforderung für Ihn werdet."

Ihr Blick verdüsterte sich. "Er will mich also in eine amüsantere Zerstreuung als zuvor verwandeln?"

"Mit dem zusätzlichen Vorteil, sich selbst davor zu bewahren, dass Ihr und Lord Enric gegen ihn benutzt werden könnt", rief er ihr ins Gedächtnis. "Aber das soll Euch keine Sorgen bereiten. Immerhin ist es auch in Eurem Interesse. Dass Ihr mich aufgesucht habt, ist ein erster Schritt dazu, dass er seine Spielchen mit Euch in Zukunft etwas schwieriger finden wird, da bin ich sicher. Ich kann Euch helfen."

"Im Austausch wofür?", fragte sie ruhig.

"Dafür, dass ich in Euch eine mächtige Verbündete habe, wenn ich eine brauche. Ich bin hier relativ schutzlos, besonders, da ich kein Magier bin und als Assistent eines Botschafters, der es ständig schafft, die Reichen und Mächtigen gegen sich einzunehmen, nicht allzu bedeutsam bin."

"In Ordnung", lächelte sie, "Das geht in Ordnung. Wie gehen wir das an? Wöchentliche Zusammenkünfte, so wie ich sie mit dem König habe?"

Er schüttelte den Kopf. "Nein. Ich bin kein großer Freund von Routine, wenn es mehr Sinn ergibt, auf Umstände zu reagieren. Ihr werdet zu mir kommen, sobald Ihr von etwas erfahrt, das Euch unverständlich ist, etwas, das Euch verwirrt oder stört. Haltet die Augen offen bei allem, was eine starke Emotion in Euch hervorruft. Gefühle sind die einfachste Art, um Menschen zu lenken. Ihr solltet Euch diese Stunden mit dem König zunutze machen. Nehmt

Euch Freiheiten heraus, vor denen Ihr sonst zurückschrecken würdet, indem Ihr ihn nach der Motivation hinter seinen Handlungen fragt. Er wird sich daran nicht stören, sondern Euren Enthusiasmus begrüßen."

"Denkst du wirklich, dass er mir darauf eine ehrliche Antwort gibt?"

"Wohl nicht jedes Mal, aber Ihr könntet auch etwas von den Dingen lernen, die er Euch vorenthält", erklärte Erbál.

"Er hat gestattet, dass eine weitere Person anwesend sein darf, wenn wir unsere kleinen Stunden haben. Ich werde zusehen, dass ich jemanden mitbringe, der zumindest ein wenig Erfahrung in dieser Disziplin aufweist."

Er lächelte. "Ich denke nicht, dass Ihr hier viel Mitspracherecht haben werdet, meine Liebe. Ich wage zu behaupten, dass Lord Enric sehr klare Ansichten darüber hat, wen er dort bei Euch haben will: sich selbst."

Sie nickte. "Ja, das ist sehr wahrscheinlich. Ich würde ja versuchen, ihn dazu zu überreden, dass du mich hin und wieder begleiten kannst, aber ich schätze, es ist nicht besonders schlau, den König wissen zu lassen, dass wir einander so häufig treffen."

Erbál lächelte geduldig. "Darüber würde ich mir an Eurer Stelle keine großen Sorgen machen. Ich bin zuversichtlich, dass er es ohnehin wissen wird. Sein Informationsnetzwerk ist sehr gründlich."

"Dann werde ich jetzt mit Enric reden. Er weiß noch nichts über die anstehenden Unterrichtsstunden mit dem König. Darüber wird er nicht eben glücklich sein", seufzte sie und stand auf. "Danke für den Wein. Und für deine Hilfe."

"Es ist mir ein Vergnügen, Lady Eryn." Er neigte seinen Kopf.

"Eryn für dich. Sieh zu, dass du mich in der Öffentlichkeit so ansprichst", lächelte sie. "Mir wurde gesagt, dass es einer Person mehr Wichtigkeit verleiht, wenn ersichtlich ist, dass sie vertrauten Umgang mit einem hochrangigen Magier pflegt."

"Ist das so?" Er dachte kurz nach, dann lächelte er. "Derjenige, der dir das sagte, war nicht zufällig Lord Tyront, der daran arbeitet, die Unstimmigkeiten mit deinem Gefährten auszubügeln, indem er sich um dein Wohlwollen bemüht?"

Eryn musste lächeln. "Du bist wirklich gut!"

Er zuckte mit den Schultern. "Deshalb bist du zu mir gekommen."

"Das stimmt; ich hatte nur keine Ahnung, dass du *so* gut bist."

"Was soll ein bescheidener Mann darauf sagen?", lächelte er.

Sie grinste. "Warum sollte *dich* das kümmern?"

Er lachte, als sie die Tür zu den Palastkorridoren hinter sich schloss.

KAPITEL 24

Königliche Nachhilfe

Enric wartete in Eryns Arbeitszimmer in der Klinik und lehnte sich in ihrem Stuhl zurück. Er fragte sich, wie sie dieses Ding auch nur ansatzweise bequem finden konnte. Kurz zog er in Betracht, sie mit einem komfortableren Modell zu überraschen, verwarf die Idee aber rasch wieder. Wenn sie das Zimmer betrat und sah, dass er ein getreues Möbelstück ersetzt hatte, würde sie das wahrscheinlich als unwillkommene Einmischung betrachten anstatt der Geste, als die es gedacht war.

Mittlerweile waren sie seit ziemlich genau zehn Monaten zusammen, und er fragte sich, ob es normal war, dass es noch immer Dinge an ihm gab, die sie nicht verstand, Absichten, die sie falsch auffasste. Er überlegte, wie weit sie ihm wohl vertraute. Seine Bedenken waren nicht, dass sie sich absichtlich zurückhielt. Ihre Entscheidung, mit ihm in das Kommitmentband dritten Grades einzutreten, sah er als gutes Zeichen dafür, dass sie ihm soweit vertraute, wie es ihr möglich war. Allerdings war da wohl noch immer ein gewisses Maß an Geduld nötig, bis sie sich vollkommen wohl dabei fühlte, sich mehr oder weniger in seine Hände zu begeben. Natürlich würde es der Sache nicht eben dienlich sein, wenn er sie zu etwas zwang, das ihr nicht zusagte.

Als sie ihm von ihrem Gespräch am Abend zuvor mit Tyront und dem König berichtete, war er nicht allzu überrascht gewesen. Mit irgendeinem Aussöhnungsversuch hatte er gerechnet, und zwar bald. Es war zu riskant, ihn in seiner derzeitigen Stimmung nach Takhan reisen zu lassen. An Eryn heranzutreten war die logische Vorgehensweise. Sie verzieh leichter als er, und beide wussten sehr genau, dass *sie* glücklich zu machen schlussendlich auch ihn milde stimmen würde. Vorausgesetzt, sie waren überzeugend genug.

Überrascht hatte ihn allerdings, dass sie an Erbál herangetreten war, um ihn um seine Unterstützung zu bitten. Er hatte versucht, deswegen nicht verärgert zu sein. Vergeblich. Sie hatte ihm erklärt, dass sie jemanden brauchte, bei dem sie darauf vertrauen konnte, dass seine Interessen selbstsüchtig genug waren, damit er ihr im Austausch dafür half, dass sie ein gutes Wort für ihn einlegte. Das hatte ihm einen Stich versetzt. Als er zu wissen verlangte, weshalb seinen eigenen Absichten nicht zu trauen war, hatte sie nur die Arme verschränkt und ihm einen eindringlichen Blick zugeworfen, als wäre die Antwort offensichtlich.

Immerhin schätzte er ihre Offenheit. Nicht, dass er irgendetwas anderes geduldet hätte. Aber es war beruhigend, dass sie augenscheinlich ihren Unwillen überwunden hatte, wenn es darum ging, ihm wichtige Details mitzuteilen. Soweit es ihn betraf, war das ein wichtiger Schritt in die richtige Richtung.

Die Tür öffnete sich, und sie kam herein. Einen Moment lang hielt sie inne, als sie ihn in ihrem Stuhl vorfand, dann seufzte sie und schloss die Tür hinter sich.

"Weißt du, ich frage mich, wie du reagieren würdest, wenn ich in dein Arbeitszimmer käme und mich in *deinen* Stuhl setze. Das wirkt ein wenig besitzergreifend, wenn du weißt, was ich meine. Als würdest du zeigen wollen, dass du das Sagen hast, egal, wohin du gehst. Sogar an Orten, wo das nicht der Fall ist."

Er lächelte. "Aber meistens *habe* ich das Sagen. Außer natürlich, ich befinde mich in Tyronts Gegenwart oder der des Königs."

Sie verdrehte die Augen. "Dem einen hast du nicht gehorcht, und den anderen hast du gewürgt. Im Vergleich dazu scheint es geradezu harmlos, dass ich zuweilen ein klein wenig respektlos bin. *Dich* sehe ich allerdings keinen Pferdemist schaufeln oder Kinder unterrichten."

"Meine Bestrafung war körperlicher Natur, wenn ich dich erinnern darf", bemerkte er nachdrücklich.

"Das war nach ein paar Minuten vorüber. Die Ställe zu reinigen beinhaltet, dass ich wirklich früh aufstehen, stinkende Arbeit verrichten und beim letzten Mal auch noch den Spott der dunkelhaarigen Schwestern der Verdammnis ertragen musste. Fünf Tage lang. Und ich musste zwei Monate lang die Jungs unterrichten! Sag mir doch noch einmal, weshalb du die härtere Strafe ertragen musstest?"

"Meine Züchtigung zielte darauf ab, meinen Stolz zu brechen", kommentierte er.

"Das ist bei meinen Bestrafungen nicht anders", meinte sie schulterzuckend. "Nur, dass *mein* Stolz wegen so einer Kleinigkeit keinen Schaden nimmt. Mein

Vater sagte mir, dass die einzige Person, die dich erniedrigen kann, du selbst bist."

Er nickte zustimmend. "Eine Lektion, die du verinnerlicht hast, wie ich sehe. Pech für dich, dass Tyront mittlerweile zweifellos durchschaut hat, dass das frühe Aufstehen das Einzige ist, was dich daran stört. Das bedeutet, dass ich meine Warnung, ihn nicht zu provozieren, nur wiederholen kann."

Sie grinste. "Oh, so etwas würde ich doch nicht tun. Nicht, wo wir gerade dabei sind, dicke Freunde zu werden."

"Das glaube ich erst, wenn ich es mit eigenen Augen sehe. Wenn wir gerade davon sprechen, die Jungs zu unterrichten - heute war doch dein letzter Tag mit Orrins Klasse? Ich war einigermaßen überrascht, dass es nur eine einzige Beschwerde über dich gab, weil du damals einen Schild eingesetzt hast."

"Was soll ich sagen? Offenbar habe ich ein gut gewähltes Exempel statuiert. Alle anderen waren danach zu eingeschüchtert, um mich zu provozieren." Sie grinste. "Ich wette, die sind nun ungemein froh, mich los zu sein. Obwohl ich zugeben muss, dass es nicht so mühsam war, wie ich erwartet hatte. Ich habe sogar das eine oder andere gelernt. Zum Beispiel, dass meine Heiler zuweilen dazu tendieren, das gleiche Verhalten an den Tag zu legen, egal, wie alt sie sind. Ich weiß gar nicht, wie oft ich Lord Poron schon ermahnen musste, sich während des Unterrichts nicht mit seinen Kollegen zu unterhalten, ganz egal, ob ihm seine eigenen Gedanken zum aktuellen Thema relevanter erscheinen als das, was ich zu sagen habe."

"Die Mühsal des Unterrichtens. Ich gebe zu, dass ich diesen Beruf nie besonders anziehend fand. Und deine Worte bestätigen meine Einschätzung." Er erhob sich aus ihrem Stuhl und umrundete ihren Schreibtisch. "Was mich zum Grund meines Hierseins bringt. Bist du bereit für unsere Verabredung mit dem König? Dich zu unterrichten scheint er mehr zu genießen als mir recht ist. Offenbar kann er gar nicht genug davon bekommen", schloss er mit einem säuerlichen Gesichtsausdruck.

Eryn verzog das Gesicht. "So bereit, wie ich es jemals sein werde."

Er hob ihr Kinn, um ihren Mund zu küssen. "Ich werde bei dir sein. Kein Grund zur Sorge."

Ihr wurde bang ums Herz; seine Anwesenheit war möglicherweise sogar ein noch größerer Grund zur Sorge. Sie hatte versucht ihn zu überreden, dass er Orrin, Vern oder Erbál als ihre Begleitung akzeptierte, wenngleich ihr von Anfang an klar gewesen war, dass er dem wohl nicht zustimmen würde. Und tatsächlich war er unnachgiebig geblieben. Somit musste sie sich darauf verlassen, dass der König nichts Unangemessenes tat oder sagte, und dass Enric Haltung bewahrte, damit die gegenwärtige angespannte Situation zwischen ihnen nicht eskalierte. Prächtig.

"Du wirst dich doch benehmen?", fragte sie, als er ihr den Umhang umlegte.

"Das werde ich, wenn er es auch tut", antwortete er nüchtern und ergriff ihre Hand, um mit ihr hinauszugehen.

"Weißt du, du könntest hier der Ältere und Weisere sein", schlug sie vor. "Stell deine überlegene Kontrolle über deine Impulse unter Beweis. Etwas, von dem du mir ständig sagst, ich solle es lernen."

"Ich spiele die Rolle des Älteren und Weiseren bereits bei dir. Ich verspüre derzeit keinen besonderen Wunsch danach, diese Rolle auch beim König zu übernehmen. Ich bezweifle, dass er es mir danken würde. Es sähe aus, als würde ich ihn als jung und unklug erachten. Und ich habe meine Impulse durchaus unter Kontrolle, Liebste. Sollte ich ihm also etwas antun, wird das nicht die Folge eines Kontrollverlustes, sondern eine wohldurchdachte Handlung sein."

Entnervt ließ sie sich hinaus auf die nassen Straßen und in Richtung des Palastes ziehen. "Das beruhigt mich überhaupt nicht." Besonders nicht, wenn sie daran dachte, wie sein letztes Treffen mit dem König am Vortag verlaufen war.

"Nun, im Moment ist das alles, was ich dir anbieten kann."

Sie bogen in den Königsweg ein.

"Ich möchte, dass du vorsichtig bist. Er tendiert dazu, Dinge zu erahnen und dich dazu zu veranlassen, ihm das zu erzählen, was er noch nicht weiß, ohne dass es dir bewusst ist. Ich kann nicht wirklich eingreifen, aber ich werde versuchen, dich über das Geistesband zu warnen, falls euer Gespräch in eine Richtung geht, die besondere Vorsicht erfordert."

Überrascht sah sie zu ihm auf. "Wie? Sag mir nicht, du kannst auf Kommando ein starkes Gefühl des Unbehagens oder der Besorgnis heraufbeschwören?"

"Um ehrlich zu sein, werde ich ohnehin beträchtliches Unbehagen verspüren, solange du dich im selben Raum aufhältst wie er. Alles, was ich tun muss ist den Schild fallen zu lassen, damit du es wahrnimmst."

Sie nickte. Das klang wie ein brauchbarer Plan. In der Ferne konnte sie bereits das Palasttor mit den üblichen zwei Wachen erkennen.

Stumm setzten sie ihren Weg Hand in Hand fort, passierten das Tor und folgten den Korridoren in Richtung des Thronsaals.

Die Wachen vor den Doppeltüren waren offenbar angewiesen, ihnen ohne Umschweife Einlass zu gewähren und sie sogar ohne vorherige Ankündigung eintreten zu lassen.

Eryn sah zum Thron; der allerdings war leer. Dann huschte ihr Blick zum anderen Ende der langen Halle. Dort stand er vor einem mittelgroßen Tisch mit zwölf Stühlen und beobachtete ihr Eintreten, sein Gesichtsausdruck gelassen, während er darauf wartete, dass sie sich ihm näherten und sich vor ihm verbeugten.

"Lady Eryn", lächelte er. "Und Lord Enric. Eure Gegenwart kommt nicht gänzlich unerwartet."

Enric erwiderte das Lächeln frostig. "Das hatte ich auch nicht angenommen", erwiderte er.

Der König deutete auf einen Sessel, auf dem Eryn Platz nehmen sollte, dann räusperte er sich. "Lord Enric, ich würde Euch ersuchen, Euch etwas weiter weg niederzulassen. Ich möchte die Ablenkung, die Eure Gegenwart zuweilen darstellen mag, auf ein Minimum beschränken. Dies schließt das Abschirmen Eurer Emotionen mit ein."

"Wie Ihr wünscht, Eure Majestät", antwortete Enric und setzte sich ans andere Ende des Tisches. Der König zog den Sessel für Eryn zurück und nahm dann am Kopfende des Tisches direkt neben ihr Platz.

Sie zwang sich dazu, sich zu entspannen. Und zu kooperieren. Widerstand würde das hier nur unnötig in die Länge ziehen. Und ihn außerdem dazu veranlassen, Maßnahmen zu ergreifen, die Enric als Provokation auffassen mochte.

"Sagt mir, weshalb Ihr denkt, dass Ihr heute hier seid, Lady Eryn. Warum ich darauf bestehe, Euch in dieser Disziplin persönlich zu unterweisen anstatt dies an jemand anderen zu delegieren", begann der König.

"Weil Ihr Anstoß daran genommen habt, dass ich Euch gestern nicht erpresst habe, als Ihr mir mitteiltet, dass Ihr meine Hilfe braucht. Und zweifellos betrachtet Ihr Euch selbst als den Experten in den Bereichen Manipulation und Trickserei, was hinsichtlich meiner eigenen Erfahrungen mit Euch nicht ganz ungerechtfertigt ist", antwortete sie schnippisch und bereute ihren Tonfall augenblicklich. "Mein Mangel an Geschick scheint Euch zu stören", fuhr sie etwas besonnener fort. "Ihr wollt nicht, dass andere mich als solch leichtes Opfer vorfinden und mich gegen Euch benutzen."

Er nickte. "Das stimmt, alles davon. Wenngleich ich mich mit Eurem Ton nicht anfreunden kann", schalt er sie mit ruhiger Stimme.

"Ich entschuldige mich", erwiderte sie sofort.

"Akzeptiert. Lasst uns mit Malriels Absichten beginnen. Was denkt Ihr, weshalb sie mit mir ins Bett gegangen ist?", fragte der König.

Eryn schluckte. Sie verspürte keinerlei Wunsch, dieses Thema mit ihm zu erörtern. Aber es schien, als bliebe ihr kaum eine andere Wahl.

"Um Eure zweifellos meisterlichen Fertigkeiten als Sexpartner zu genießen?", wagte sie sich vor.

Leise lachte er. "Ich wünschte, das könnte ich glauben, meine liebe Lady, wenngleich ich bezweifle, dass sich Gerüchte über meine Errungenschaften in diesem Bereich bereits bis nach Takhan verbreitet haben. Versucht es noch einmal, und zwar ohne dermaßen durchschaubare Versuche, mir zu schmeicheln."

So viel dazu, dachte sie und versuchte es erneut. "Sie wollte Euch um einen Gefallen bitten. Und ihrer Vorliebe für junge Liebhaber frönen. Ich wage zu behaupten, dass ein fremdländischer König ein Triumph für sie ist."

"Ja, das ist schon viel besser", stimmte er zu. "Ich bin zuversichtlich, dass Ihr Euch denken könnt, um welchen Gefallen es sich dabei handelte."

"Die Erlaubnis für Enric, nach Takhan zu gehen. Dann, als er sich auf ihre Frage hin weigerte, ihn dazu zu veranlassen, dass er zustimmt."

"Ganz genau", lächelte der König zufrieden.

Eryn betrachtete ihn mit verengten Augen. "Wusste Malriel, welche Maßnahmen Ihr ergreifen würdet, um dies zu erreichen?", fragte sie angespannt.

Langsam schüttelte er den Kopf. "Nein, das wusste sie nicht. Allerdings kann ich Euch nicht versprechen, dass sie diesbezüglich keinerlei Verdacht hegte. Es würde mich überraschen, wäre das nicht der Fall. Euch zu nahe zu treten ist immerhin eine recht offensichtliche Herangehensweise, wenn man beabsichtigt, Euren Gefährten zum Handeln zu veranlassen. Es funktionierte bereits damals so vortrefflich, als ich ihn dazu brachte, Euch offiziell für sich zu beanspruchen. Wenn wir gerade von Lord Enrics Reaktion sprechen", sprach er weiter, "sehen wir uns die etwas genauer an."

Ihre Augenbraue wanderte überrascht nach oben. Darüber wollte er wirklich sprechen, während Enric anwesend war und ihnen zuhörte?

"Es war sehr klug von Lord Orrin, dass er darauf beharrte, Lord Enric von dem Kuss zu erzählen. Und zwar in Anwesenheit Lord Tyronts - des einzigen Magiers in diesem Königreich, der über die erforderliche Stärke verfügt, Euren Gefährten im Zaum zu halten. Ich gehe davon aus, dass diese Situation für keinen von den dreien besonders angenehm war. Aber wenn es eine Sache gibt, auf die man sich bei Lord Orrin verlassen kann, dann ist es die, dass er nicht vor dem zurückschreckt, was seiner Ansicht nach getan werden muss, egal wie unangenehm die Aufgabe auch sein mag."

Eryns Augen verengten sich. "Was auch der Grund dafür ist, weshalb Ihr sicherstelltet, dass er derjenige war, der den Kuss mitansah. Ihr habt Euch nicht darauf verlassen, dass *ich* Enric davon erzähle."

Der König lächelte beifällig. "Gut gemacht, Lady Eryn. Ja, Ihr habt in der Vergangenheit eine gewisse Neigung gezeigt, Eurem Gefährten Dinge vorzuenthalten. Somit erachtete ich es als ratsam sicherzugehen, dass diese Information auf jeden Fall weitergegeben wurde." Er sah sie mit einem wissenden Lächeln an. "Hättet Ihr ihm davon berichtet?"

Sie sah ihm geradewegs in die Augen. "Aber natürlich hätte ich das. Das kündigte ich Euch doch auch an, oder etwa nicht?"

Er schnalzte mit der Zunge und schüttelte missbilligend den Kopf. "Das war eine Lüge, meine Liebe. Noch dazu eine recht dreiste. Ihr hättet ihm nicht davon erzählt. Aus einem fehlgeleiteten Bedürfnis heraus, ihn zu beschützen, könnte ich mir denken. Aber glücklicherweise ist Lord Orrin ein klarer Denker. Ihm war klar, dass Lord Enric dies zu verheimlichen nur dazu führen würde, dass ich in der Folge weitere Maßnahmen ergreifen hätte müssen."

Sie zwang sich dazu, keinerlei Regung zu zeigen. Er wusste wesentlich mehr, als ihr lieb war. Und dass Enric mitanhörte, wie der König rundheraus behauptete, dass sie ihm einen weiteren wichtigen Vorfall verheimlichen hatte wollen, bedeutete Ärger. Sie spürte durch das Geistesband bereits, wie Enrics Ärger wuchs. Verflucht sollte er sein mit seinen unerträglich punktgenauen Erkenntnissen!

"Euch ist natürlich bewusst, weshalb die Lords Enric und Orrin gestern von Eurem Vorgesetzten bestraft wurden. Was denkt Ihr, war der Grund, weshalb Lord Enric mehrere Tage wartete, bevor er sich Lord Tyronts Befehl, mich nicht allein aufzusuchen, widersetzte?"

Sie runzelte die Stirn. "Womöglich, um seinen ungestümen Drang, Euch etwas anzutun, unter Kontrolle zu bringen", mutmaßte sie.

König Folrin lächelte. "Nein. Wenngleich er bewundernswerte Zurückhaltung an den Tag legte, als ich ihn provozierte. Er wollte sich zuerst um eine Kleinigkeit kümmern, die erforderte, dass er Nachrichten mit Takhan austauschte. Mit Eurem Cousin Vran'el von Haus Vel'kim, um genau zu sein."

Aus dem Augenwinkel sah sie, wie sich Enrics Haltung geringfügig verändert hatte. Jetzt wirkte er aufmerksamer als zuvor. Das aktuelle Thema schien sein Interesse geweckt zu haben. Und mehr als Interesse war es eindeutig nicht, da sie keinerlei Zeichen von Unruhe empfing.

Welchen Grund konnte er gehabt haben, um Vran'el zu kontaktieren? Ihr fiel nichts ein.

"Welche Kleinigkeit?", fragte sie dann mit einem Seitenblick auf Enric. Zumindest hatte sie nun etwas gegen *ihn* in der Hand, falls er ihr später vorhalten wollte, dass sie ihm den Kuss verheimlichen hatte wollen.

"Er setzte sich mit Eurem Cousin in dessen Eigenschaft als Jurist in Verbindung, um zu arrangieren, dass die Einkünfte aus den Geschäften mit den Westlichen Territorien im Land verbleiben anstatt hierher geschickt zu werden. So stellte er sicher, dass mit der Zeit eine zweifellos beträchtliche Menge Gold in Takhan gelagert wird, um Euch beiden ein sehr komfortables Leben zu ermöglichen für den Fall, dass Ihr Euch gegen eine Rückkehr entscheidet."

Diese Neuigkeiten raubten ihr fast den Boden unter den Füßen, aber sie gab ihr Bestes, um unerschüttert zu wirken. "Ein bedächtiger Zug, würde ich meinen", bemerkte sie.

"Es war etwas mehr als das, Lady Eryn. Lord Enric stellte sicher, dass ich davon erfuhr. Er wollte mich wissen lassen, dass er in Betracht zog, sein Leben hier hinter sich zu lassen. Um mich zu irgendeiner Handlung zu bewegen."

"Nun?", fragte sie leichthin, "Hat es funktioniert?"

"Das hat es in der Tat. Lord Enric ist nicht dafür bekannt, leere Drohungen von sich zu geben. Menschen, die regelmäßig mit ihm zu tun haben, schätzen sich glücklich, wenn er sie vorwarnt, bevor er sie zur Rechenschaft zieht für das, womit auch immer sie ihn verstimmt haben. Wusstet Ihr, dass einer der

Händler, der Lord Enrics Waren vertreibt, versuchte, Eurer Freundin Junar mehrere Ballen Stoff zu verkaufen, die mit Ungeziefer verseucht waren?"

Sie schüttelte den Kopf.

"Da der Zustand der Waren darauf hindeutete, dass er über die Qualität seiner Güter Bescheid wusste, bestand seine Bestrafung darin, dass ihm die Lizenz entzogen wurde, in der Stadt Anyueel und einigen weiteren Städten Waren zu verkaufen. Außerdem wird er nie wieder die Erlaubnis erhalten, mit Lord Enrics Gütern Handel zu treiben", erklärte der König. "Ein recht eindrucksvolles Beispiel dafür, wie Euer Gefährte an die Dinge herangeht: zügig, gründlich und endgültig. Dennoch ist er bekannt für seine Verlässlichkeit, wenn es um die Bezahlung seiner Schulden geht - und auch für die Auszahlung großzügiger Zulagen, wenn die Dinge so verlaufen, wie er es erwartet. Die zeitgerechte Fertigstellung seiner Bauprojekte hat dazu geführt, dass viele Arbeiter hinterher mehr als den versprochenen Lohn erhielten. Ihr könnt darauf zählen, dass diese in Zukunft bereitwillig jede andere Arbeit zurücklassen werden, sobald bekannt wird, dass Lord Enric die Errichtung eines weiteren Bauwerks plant."

Eryn kämpfte den Impuls nieder, ihren Kopf zu drehen und Enric direkt anzusehen. Bislang hatte sie keinerlei Eindruck davon gewonnen, wie er seinen Geschäften nachging, aber nach dem zu urteilen, was sie gerade gehört hatte, war er ganz klar jemand, vor dem man sich in Acht nehmen musste. Und jemand, bei dem es sich lohnte, ihn zufriedenzustellen.

"Ihr seht also, weshalb ich keinerlei Zweifel daran hatte, dass es ihm ernst damit war, sich woanders niederzulassen?", erkundigte sich der König und wartete auf ihr zögerliches Nicken. "Gut. Das bedeutet, dass sowohl der Orden als auch ich selbst sicherstellen müssen, dass Ihr beide willens seid, hierher zurückzukehren." Er betrachtete sie erwartungsvoll.

Sie benötigte einige Augenblicke, um zu erkennen, was er andeutete. "Was offensichtlich mein Stichwort dafür ist, um Forderungen zu stellen", stellte sie fest.

"Das zumindest würde politische Strategie nahelegen, ja", bestätigte er mit seinem dünnen Lächeln.

"Ich möchte zum Oberhaupt der Heiler bestellt werden", sagte sie sofort.

Nachsichtig schüttelte er den Kopf. "Nun seid Ihr einfach nur schwierig, meine Liebe. Euch muss klar sein, dass ich Euch kaum etwas gewähren kann, das die innere Struktur des Ordens betrifft und vom Rat der Magier bereits anderweitig entschieden wurde."

"Dann will ich, dass Sanaf fortgeschickt und stattdessen ein ordentlicher Botschafter ernannt wird. Jemand, der besser geeignet und nicht so ungeschickt ist", verlangte sie.

Der König gestattete sich ein leises Lachen. "Gibt es da jemand Bestimmten, den Ihr im Sinn habt, Lady Eryn?"

Sie nickte knapp. "Erbál von Haus Feral. Man gab mir zu verstehen, dass die Entscheidung seines Hauses, bei der Verhandlung gegen mich zu stimmen und ein daraus resultierender möglicher Groll, den ich hegen könnte, einer der Hauptgründe war, weshalb er für diese Position als ungeeignet erachtet wurde."

"Das klingt schon besser", nickte der Monarch. "Ich kann Euch nichts versprechen, wie Euch klar sein muss, aber ich erwarte, dass meine Empfehlung - ebenso wie Eure Zustimmung - einiges an Gewicht haben wird." Er lehnte sich zurück und zwinkerte ihr zu. "Es ist gut zu sehen, dass Ihr damit beginnt, nützliche Verbindungen zu knüpfen. Und Erbál, so hoffe ich, wird sich als höchst vorteilhafte Verbindung erweisen. Sofern Ihr darauf vertraut, dass er Malriel nicht zu nahe steht, versteht sich." Er lächelte, als er bei der Erwähnung des Namens ihrer Mutter einen Hauch von Unsicherheit in ihrem Blick erkannte. "Haus Aren wird seine Ernennung zum Botschafter natürlich befürworten. Haus Feral hat bei Eurer Verhandlung immerhin für Haus Aren gestimmt. Und dann zieht Malriel es auch vor, wenn ein Freund diese Position innehat anstatt Sanaf. Wenngleich ich mich frage, ob sie die Tatsache in Betracht gezogen hat, dass Erbáls eigene Interessen dazu führen könnten, dass sich seine Loyalität von ihr selbst zu Euch verlagert. Für Haus Feral allerdings wäre das gut, da das Abgeben ihrer Stimme gegen Euch die guten Beziehungen zu Haus Vel'kim aufs Spiel gesetzt hat."

Dieser Mann war tatsächlich ungemein gut informiert, dachte sie mit Unbehagen. Er wusste, welches Haus für oder gegen sie gestimmt hatte, von Malriels vergangener Affäre mit Erbál, und seine letzte Bemerkung legte nahe, dass er zumindest teilweise über die Allianzen zwischen den Häusern informiert war. Es schien, dass Kilan sehr beschäftigt damit war, Informationen zu liefern.

Aber zumindest hatte der König zugestimmt, ihre Anfrage für Erbáls Bestellung zum Botschafter zu unterstützen. Sie fragte sich, wie viel sie noch herausholen konnte. Er hatte ihr immerhin mitgeteilt, dass er und der Orden darauf angewiesen waren, dass sie Enric dazu brachte, wieder hierher zurückzukehren.

Sie hob ihr Kinn. "Ich will für die Dauer unseres Aufenthalts in Takhan aus dem Orden entlassen werden. Genau wie Enric."

"Nein", erwiderte der König barsch.

Sie wartete darauf, dass er ihr seine Gründe darlegte, aber er machte keinerlei Anstalten. Verdammt. Das bedeutete wohl, dass er in diesem Punkt unnachgiebig bleiben würde. Sie erwog, ihn danach zu fragen, zögerte aber. Dann erinnerte sie sich an Erbáls Rat, während dieser Unterrichtsstunden Verwegenheit zu zeigen, da er es als Enthusiasmus betrachten würde anstatt sich in Frage gestellt zu fühlen.

"Darf ich fragen weshalb?"

"Ihr dürft", meinte er gnädig. "Ihr seid meine Garantie dafür, dass Lord Enric zurückkehren wird. Solange Euer Status im Orden und damit Eure magische Bindung an das Königreich intakt bleiben, kann ich mich darauf verlassen."

"Könnt Ihr das wirklich?", erwiderte sie milde. "Die Menschen in den Westlichen Territorien wissen, wie sich solch eine Bindung auflösen lässt. Was würde sie davon abhalten?"

Der König zog beide Augenbrauen hoch. "In der Tat - was, meine liebe Lady? Ich lade Euch ein, diese Frage selbst abzuwägen. Ich bin sicher, dass sich jemand aus Eurer Familie dazu bewegen ließe, Euch von dem Eid zu befreien; bedenkt aber die Folgen."

"Ihr würdet ihnen doch wohl nicht den Krieg erklären?", fragte sie leichthin, aber mit einer gewissen Anspannung.

"Nicht sofort, nein. Wenngleich es dazu schlussendlich kommen könnte. Aber es gäbe unmittelbarere wenn auch weniger blutige Konsequenzen. Denkt nach", befahlt er.

Auf der Suche nach Inspiration ließ sie ihren Blick durch den Thronsaal schweifen. "Keine weiteren diplomatischen Beziehungen", äußerte sie sich vorsichtig und fuhr fort, als sie erkannte, was er hören wollte. "Kein Handel oder Austausch von Wissen. Sie würden womöglich sogar irgendwie die Barriere wieder verstärken, um uns auf unserer Seite des Ozeans zu halten."

"Genau. Auch wenn es im Moment scheint, als wären wir diejenigen, die stärker darunter leiden würden, lasst mich Euch sagen, dass diese Entwicklung auch für die Westlichen Territorien unvorteilhaft wäre. Sie haben ein eigennütziges Interesse an unseren Ressourcen. Holz, zum Beispiel, hat sich als sehr begehrter Rohstoff herausgestellt. Ebenso wie die Stoffe, die Lord Enric herstellt. Sie sind widerstandsfähiger als das, was man dort bislang angepflanzt und gewebt hat. Mir wurde mitgeteilt, dass sie derzeit für die Verwendung als Segel getestet werden, da sie nicht so leicht reißen, wenn sie großen Strapazen ausgesetzt sind." Sein Gesichtsausdruck wurde ernst. "In Lord Enrics Fall macht es Sinn, ihn aus dem Orden zu entlassen, da er die entsprechende Handlungsfähigkeit benötigt, um die Interessen des Hauses, das er übernehmen wird, zu vertreten. Besonders, da dies auch einen Sitz im dortigen Senat miteinschließt. Er kann nicht zwei Herren dienen. Auf *Euch* allerdings trifft das nicht zu. Ihr werdet während Eurer Abwesenheit weiterhin eine Ordensmagierin bleiben. In dieser Angelegenheit bin ich unerbittlich. Und ich hoffe aufrichtig, dass Ihr die herzliche Beziehung zwischen unseren beiden Ländern nicht gefährdet, indem Ihr Euren persönlichen Motiven dient. Von dieser Sorte seid Ihr nicht; Ihr würdet kaum wollen, dass so viele andere Menschen unter Eurer eigenen Selbstsucht zu leiden haben."

Darauf erwiderte sie nichts. Dem ließ sich nicht viel hinzufügen. Er hatte Recht. Das würde sie nicht tun.

"Hieraus ergibt sich die Frage nach den Konsequenzen aus Eurer Haltung für Menschen, die versuchen könnten, Euch zu manipulieren. Wollt Ihr versuchen zu raten? Oder noch besser, ordentlich darüber nachzudenken?", erkundigte er sich.

Eryn blinzelte. Eine interessante Frage, musste sie zugeben. Sich dieser Antwort bewusst zu sein würde es ihr in Zukunft womöglich erleichtern, sich gegen solche Versuche zu wappnen. Sie dachte eine Minute lang nach.

"Dass man mir das Gefühl geben müsste, dass ich anderen keinen Schaden zufüge, schätze ich. Das ist immerhin ein wesentlicher Bestandteil der Heilerprinzipien. Eine Lebenseinstellung, die nicht nur das Heilen betrifft."

"Ihr seid auf dem richtigen Weg, meine Liebe, aber noch nicht ganz dort." Der König drehte seinen Kopf zu Enric. "Lord Enric, wärt Ihr wohl so gut, dies auszuführen?"

Enric lächelte und sah sie an. "Anderen keinen Schaden zuzufügen ist nicht ausreichend, damit du kooperierst, Liebste. Der Trick dabei ist, anderen Hilfestellung zu leisten oder dir das zu ermöglichen. Das betrifft sowohl die anonymen Massen, für die du Heilerdienste bereitstellst, als auch den Menschen, die dir nahestehen bei Angelegenheiten, die nichts mit dem Heilen zu tun haben. Darauf zielte das Kommitment-Geschenk Seiner Majestät, das Klinikgebäude, damals ab. Und auch, dass er seine Unterstützung dafür gewährt, dass Erbál zum Botschafter ernannt wird. Er weiß, dass es keinerlei Gefahr birgt, Anfragen abzulehnen, die nur dich allein betreffen, da du in diesen Dingen nicht lange nachtragend bist. Aus diesem Grund wirst du auch nicht zum Oberhaupt der Heiler ernannt oder aus dem Orden entlassen werden. Deine Chancen dafür, Gefälligkeiten bewilligt zu bekommen, stehen besser, wenn du sie für andere Leute als dich selbst erbittest. So sehen deine Prioritäten nun einmal aus."

Sie warf ihm einen düsteren Blick zu. "Willst du damit etwa behaupten, ich wäre selbstlos und für jeden außer mich selbst eine Wohltäterin - dass ich bereitwillig Nachteile für mich in Kauf nehme, um andere glücklich zu machen? Ich muss sagen, dass das keineswegs zu meinem Selbstbild passt."

"Nein", meinte er mit einem Kopfschütteln. "Das wäre ein wenig mehr Selbstaufopferung als du derzeit praktizierst. Es macht dir nichts aus, Gefälligkeiten um deiner selbst willen verwehrt zu bekommen, selbst bei den seltenen Gelegenheiten, bei denen du darum bittest. Du bist stolz genug, um zu glauben, dass du von niemand anderem abhängig bist, wenn es darum geht, das zu erreichen, was du willst. Aber dein Verständnis einer Gesellschaft, dass diejenigen, die es sich leisten können, sich um diejenigen kümmern sollen, die das nicht können, ist der Grund, warum es dir leichtfällt, für andere etwas zu erbitten."

Ihre Augen verengten sich. "Ist das der Grund, weshalb du zugestimmt hast, das Waisenhaus zu finanzieren? Um mich dahingehend zu manipulieren, dass ich es akzeptiere, dass du stinkreich bist ohne mich deshalb schlecht zu fühlen oder dir ständig zu sagen, dass ich denke, dass es eine Grenze gibt, wie viel ein einzelner Mann besitzen sollte?"

Der König begann zu lachen, bevor Enric darauf antworten konnte. "Ich gebe zu, dass die Dynamik Eurer Beziehung etwas anders ist als das, was ich normalerweise sehe. Noch niemals zuvor bin ich einem Mann begegnet, der sich seiner Gefährtin gegenüber für seinen Reichtum rechtfertigen musste. Üblicherweise ist es der *Mangel* an Reichtum, der zu Erklärungsnot führt. Wie bizarr, dass eine Frau, die in zwei begüterte Familien geboren wurde und mit einem immens wohlhabenden Mann verbunden ist, Gold so wenig Bedeutung beimisst."

"Mir wurde beigebracht, dass es nicht zu langfristigem Glück führt, sich auf Dinge zu verlassen, die einem weggenommen werden können", erwiderte sie barsch.

Der König lächelte. "Aber natürlich. Davon verstand Euer Vater zweifellos einiges, da er sein eigenes Vermögen zurückließ und sich mit seinen Heilerfertigkeiten eine vollkommen neue Existenz aufbaute. Ein Leben in Luxus erschien ihm weniger verlockend als seinen Prinzipien treu zu bleiben, wie anstößig auch immer selbige Prinzipien in den Augen anderer erscheinen mochten."

Eryn kämpfte gegen den Drang, ihre Hände zu Fäusten zu ballen. Das war kein Thema, das sie mit dem König erörtern wollte. Es ging ihr zu nahe. Und nachdem sie erst vor Kurzem vom Grund für Ved'als Flucht in das Königreich erfahren hatte, war es auch zu schmerzlich.

"Aber lasst uns nicht länger darüber sprechen. Ich kann mir denken, dass dies kein besonders angenehmes Thema für Euch ist", sagte er dann mit der ihm eigenen üblichen Intuition für das, was in ihr vorging. "Lasst uns zu der letzten Frage, die ich heute für Euch habe, voranschreiten. Weshalb bestehe ich darauf, Euch politische Strategie beizubringen?"

Sie runzelte die Stirn. Hatte er sie so etwas in der Art nicht bereits zu Beginn gefragt?

"Weil Ihr nicht wollt, dass andere mich gegen Euch benutzen können", wiederholte sie ihre Antwort von zuvor.

"Ja, meine liebe Lady, ich denke, das haben wir bereits festgestellt", erwiderte er geduldig. "Was noch?"

Sie dachte daran, was Tyront gestern Abend zu ihr gesagt hatte, als sie mit ihm allein war. Aber war es klug, das hier und jetzt laut auszusprechen? Falls es allerdings die Antwort war, auf die er wartete, würde er ohnehin keine Ruhe geben. "Weil Enric den Vorteil darin erkennt, sowohl für mich als auch für ihn selbst. Das mag mit der Zeit dazu führen, dass er Euch wieder als einen ordentlichen König betrachtet anstatt als jemanden, dem er misstraut, weil Ihr mir gefährlich nahe getreten seid. Und auch wenn es ein paar Jahre dauern mag, könnte mit der Zeit meine Geschicklichkeit so weit voranschreiten, dass ich sogar *Euren* Strategien entgegenzutreten vermag. Ihr zieht es vor, Eure

Spielchen mit fähigen Gegnern zu spielen, und das bin ich im Augenblick eindeutig nicht. Allerdings ist es für Euch auch keine Option, mich *nicht* zu benutzen, da sich Enric in der Vergangenheit für sämtliche Versuche, ihn zu lenken, als unempfänglich erwiesen hat. Ich bin ein nützliches Werkzeug, wenngleich derzeit keines, das Euch in dem Ausmaß herausfordert oder amüsiert, wie Ihr es Euch wünschen würdet", schloss sie.

"Außerordentlich gut ausgedrückt, Lady Eryn. Auch wenn es mich schmerzt, wie sehr Ihr Eure eigenen Fähigkeiten in diesem Bereich unterschätzt. Im vergangenen Jahr habt Ihr einiges gelernt, und ich bin absolut sicher, dass Ihr das auch in Zukunft werdet. Ein weiterer Grund ist, dass ich möchte, dass Ihr Euch in Takhan behaupten könnt. Als Tochter zweier mächtiger Häuser werdet Ihr Euch dort sehr wahrscheinlich als Ziel oder Spielball anderer Leute Pläne wiederfinden, besonders in Anbetracht Lord Enrics neuer Position."

Sie lächelte. "Obwohl wir also nicht länger offizielle Repräsentanten des Königreichs sind, wollt Ihr dennoch nicht, dass wir schwach und leicht manipulierbar erscheinen."

Er seufzte. "Ihr beide seid mächtig und bedeutend. Euch muss klar sein, dass Ihr nicht nur gegen Euren Gefährten benutzt werden könnt, sondern auch gegen das Königreich. Oder gegen mich selbst. Die Häuser, die nicht mit Malriel oder Eurem Onkel verbündet sind, könnten in Euch eine willkommene Chance sehen, ihnen Probleme zu bereiten. Nicht alle Senatoren sind dafür, eine dauerhafte Beziehung mit uns einzugehen. Das bedeutet, dass Ihr sehr vorsichtig sein müsst, wenn es darum geht, dort Gesetze zu brechen. Glücklicherweise ist Euer Cousin in der Lage, Euch einerseits zu beraten noch bevor es zu solch einer Übertretung kommt und Euch andererseits aus Schwierigkeiten herauszuhelfen, falls es zum Schlimmsten kommen sollte", meinte er abschließend.

Kurz betrachtete sie ihn, bevor sie langsam sagte: "Was erhaltet Ihr als Gegenleistung? Ihr habt Malriel einen enormen Gefallen gewährt, indem Ihr unsere Abreise sichergestellt habt. Ihr geht sogar das Risiko ein, dass wir nicht zurückkommen. Was springt für *Euch* dabei heraus?"

Der König erhob sich. "Das braucht Ihr im Augenblick noch nicht zu wissen, Lady Eryn. Aber ich bin zuversichtlich, dass dies eines Tages ein Gesprächsthema zwischen uns sein wird. Ihr seid entlassen. Kehrt in sieben Tagen zur gleichen Zeit zurück."

Eryn und Enric standen beide auf und verbeugten sich, bevor sie den Thronsaal verließen.

"Das war nicht so schlimm", murmelte sie, nachdem sie wieder auf der Straße waren und das Palastgelände hinter sich gelassen hatten. "Ich habe es mir schlimmer vorgestellt."

Enric ergriff ihre Hand und drückte sie. "Das war seine Absicht. Er will, dass du dich in seiner Gegenwart nicht bedroht fühlst und mich gleichzeitig beschwichtigen. Dieses Mal hat er jeden körperlichen Kontakt zu dir vermieden. Obwohl dir hoffentlich mittlerweile klar ist, dass seine Gegenwart nie ganz gefahrlos ist."

Sie schnaubte. "Wenn ich mir ansehe, wie gut er darüber Bescheid weiß, was in Takhan vor sich geht, würde ich sagen, dass man nicht einmal vor ihm sicher ist, wenn man das Königreich verlässt."

Er lächelte grimmig. "Gut erkannt. Wir täten beide gut daran, das nicht zu vergessen." Dann verfinsterte sich seine Miene. "Und nun zu der Kleinigkeit, dass du geplant hast, mir den Kuss zu verheimlichen", zischte er, und sie stöhnte, als sein Griff um ihre Finger fester wurde.

* * *

Enric blickte auf, als der Diener an die Tür seines Arbeitszimmers klopfte, um ihm mitzuteilen, dass Vern ihn gerne sehen wollte, falls das möglich war. Er wies den Diener an, den Besucher hereinzulassen.

Das war ungewöhnlich, sinnierte er. Der Junge war noch niemals zuvor aus irgendeinem Grund zu ihm gekommen, besonders nicht ohne Vorankündigung. Wenn er etwas brauchte, war es einfacher für ihn, zu Eryn zu gehen. Er erlaubte sich ein rasches Lächeln. Außer natürlich, wenn Vern etwas wollte, dem Eryn nicht zustimmen würde. Wie nach Takhan mitgenommen zu werden.

Vern trat ein, seine Schultern gerade, das Kinn herausfordernd angehoben, als hätte er sich gerade erst genug Mut zugeredet, um an diesen mächtigen Mann heranzutreten - einen Mann, der im vergangenen Jahr zwar manches an Rätselhaftigkeit verloren, sich aber in anderen Bereichen als gefährlicher als erwartet erwiesen hatte. Besonders, wenn es um Eryn ging. Aber was auch immer die Leute über ihn erzählten, die Geschichten beinhalteten nichts über Ungerechtigkeit, Willkür oder ungerechtfertigte Härte. Zumindest war es also nicht wahrscheinlich, angeschrien oder auf andere Weise erniedrigt zu werden, falls seine Anfrage nicht wohlwollend aufgenommen würde.

"Lord Enric", sagte er etwas atemlos, bevor er sich verbeugte. "Ich danke Euch, dass Ihr mich ohne Termin empfangt. Das schätze ich sehr. Ich hoffe, ich komme nicht ungelegen?"

Enric lächelte über die erwachsene Art, auf die sich der Junge auszudrücken pflegte. Soweit er das gesehen hatte, tat er das auch bei Gleichaltrigen. Eryn schien die Einzige zu sein, bei der er es wagte, er selbst zu sein - ein halbwüchsiger Junge.

"Überhaupt nicht", erwiderte er freundlich und deutete auf das Sofa auf einer Seite seines Schreibtisches. "Setz dich." Er stand von seinem Sessel auf und umrundete den Tisch. "Was kann ich dir zu trinken anbieten?" Sich an einem Glas festhalten zu können würde Vern sicher helfen, weniger nervös zu sein, dachte er.

"Wasser wäre gut, danke", sagte der Junge und zog die Stirn in Falten, als Enric an den Getränkeschrank trat. "Ich kann das tun…", stammelte er, entsetzt bei dem Gedanken, dass dieser wichtige Mann ihn bediente.

Enric lachte leise. "Entspann dich, Vern. In den Westlichen Territorien ist es für den Gastgeber keine Erniedrigung, seine Gäste zu bewirten, egal wie weit er im Rang über ihnen steht." Er legte eine kurze Pause ein, um seinen nächsten Worten mehr Wirkung zu verleihen und drehte sich um, um zwei Gläser mit Wasser aus einem Krug zu füllen, bevor er meinte: "Daran solltest du dich gewöhnen, wenn du mit uns nach Takhan kommen willst."

Er lächelte, als er den Jungen hinter seinem Rücken nach Luft schnappen hörte und gewährte ihm ein paar weitere Sekunden, damit er sich wieder in den Griff bekam, bevor er sich zu Vern umdrehte und ihm das Glas reichte.

Vern, seine Augen geweitet, nahm es mit beiden Händen entgegen und hielt sich daran fest. "Verzeihung, mein Lord?"

Enric nahm auf einem Stuhl Platz und stellte sein eigenes Glas auf dem kleinen Tisch vor sich ab. "Takhan. Ich denke, du solltest uns begleiten. Meiner Ansicht nach hast du eine interessante Karriere im Orden vor dir und solltest entsprechend ausgebildet werden in allen damit verbundenen Bereichen. Ich würde meinen, dass es keinen geeigneteren Ort als Takhan gibt, um deine Heilerfertigkeiten zu verbessern. Immerhin ist es das, was Eryn dort tun wird. Da es ihr nach unserer Rückkehr nicht mehr freistehen wird, so viel Zeit wie in den letzten Monaten in der Klinik zu verbringen, brauchen wir hier einen weiteren gut ausgebildeten Heiler."

Die steife Haltung des Jungen veränderte sich langsam. Er begann wieder normal zu atmen, nachdem er einen einzigen Atemzug so lange angehalten hatte, dass Enric sich schon fragte, wie viel Luft noch in seinen Lungen sein konnte.

"Woher wusstet Ihr, dass das der Grund für meinen Besuch ist?"

"Eine begründete Vermutung", grinste Enric. "Aber natürlich weißt du, dass ich nicht in der Lage bin, dir hier irgendetwas zu gewähren oder zu verweigern. Der König und Lord Tyront müssen ihre Erlaubnis erteilen." Und Enric war recht zuversichtlich, dass die beiden zustimmen würden, wenn er sich dafür aussprach, den Jungen mitzunehmen. Sie hatten immerhin noch einiges an Wiedergutmachung zu leisten. "Zusätzlich dazu benötigst du Unterstützung und musst sorgsam planen. Meiner Unterstützung kannst du dir sicher sein, aber dein Vater und Eryn sind dagegen, dich mitzunehmen. Wie du weißt, denken die beiden, dass es für dich zu gefährlich ist, uns zu begleiten. Orrin würde am liebsten auch Eryn und Junar zurücklassen. Aber da die Reise ihm ermöglicht, beide von ihnen zu beschützen, nimmt er den Befehl des Königs ohne Protest hin."

"Wie überzeuge ich sie dann?", fragte Vern. In seiner Stimme schwang wenig Hoffnung mit.

"Gar nicht. Du umgehst sie, indem du dich an höhere Autoritäten wendest, also den König und Lord Tyront. Aber um die beiden zu überzeugen, dass sie dich gehen lassen, musst du ihnen stichhaltige Gründe liefern und ihnen zeigen, dass du dir die Sache gut überlegt hast. Deine Reise in ein anderes Land wird deinen Unterricht für lange Zeit unterbrechen. Ich empfehle, dass du Unterricht in Takhan arrangierst. Ich gebe dir einen der Kuriervögel für Haus Arbil mit. Frag Ram'an. Ich bin überzeugt, dass er dir hier gerne zur Hand geht. Dann musst du mit Lord Poron in seiner Funktion als Oberhaupt der Heiler reden; du brauchst ihn auf deiner Seite. Lord Tyront wird nicht zustimmen, wenn Lord Poron dagegen ist. Bereite überzeugende Argumente vor, wenn du dem König und Lord Tyront gegenübertrittst", empfahl er.

Vern benutzte seine Finger, um zusammenzufassen, was er gerade gehört hatte. "Argumente vorbereiten, mit Lord Poron und Ram'an reden, mit Seiner Majestät und Lord Tyront sprechen. Sonst noch etwas?"

"Ja. Gib mir Bescheid, sobald du bereit bist, die letzten zwei zu treffen. Ich werde ein gutes Wort für dich einlegen."

Der Junge strahlte, dann allerdings erlosch die Freude. "Es wird Eryn überhaupt nicht gefallen, wenn ich hinter ihrem Rücken agiere."

"Lass das meine Sorge sein", meinte Enric milde. "Sie wird nicht besonders erfreut darüber sein, dich mit an einen Ort zu nehmen, der sich für sie als so desaströs erwiesen hat. Aber wenn wir erst einmal dort sind, wird sie froh sein, dass du dabei bist. Sie wird ebenfalls einsehen, dass du in Takhan wesentlich mehr Möglichkeiten hast als hier."

Vern sprang auf, eindeutig aufgeregt, dass das, was ihm vor nur wenigen Minuten als ein unmöglicher Plan erschienen war, nun plötzlich zu einer realistischen Chance wurde.

"Danke! Ich danke Euch vielmals! Ich werde mich sofort an die Arbeit machen!"

Enric seufzte, als der Junge zur Tür hinausstürmte.

"Vern?", rief er ihm nach.

Er kehrte zurück. "Ja?"

"Der Vogel?"

Er grinste verlegen. "Ah, ja."

KAPITEL 25

Eine verlorene Wette

Eryn stand an einen Tisch gelehnt und beobachtete, wie Plia akribisch kleine Setzlinge von ihren Tabletts nahm und sorgsam in größere Töpfe pflanzte. Sie ließ sich dabei Zeit, darauf bedacht, die winzigen Wurzeln nicht zu beschädigen.

"Bleiben sie hier drin oder kommen sie aufs Dach hinauf?", erkundigte sich Eryn.

"Sie bleiben noch eine Weile hier bei mir. In den nächsten Wochen will ich sie noch beobachten und sehen, wie sie sich entwickeln", antwortete das Mädchen und wischte ihre Hände an einem Tuch ab, um sie von der Erde zu befreien.

"Was natürlich im Glashaus oben auf dem Dach vollkommen unmöglich wäre, da du keineswegs mindestens zwei Stunden pro Tag dort oben verbringst", lachte Eryn.

"Ich weiß nicht. Es fühlt sich einfach nicht richtig an, sie jetzt schon hinaufzubringen."

"Hast du Angst, dass die anderen, älteren Pflanzen sich über sie lustig machen, weil sie so winzig sind?", scherzte sie.

"Heiler", seufzte das Mädchen und ging zu einer Schüssel mit Wasser, wo sie sich mit einem Stück Seife die Hände schrubbte, um den Schmutz unter ihren Fingernägeln zu entfernen. "Ihr seid wahrlich ein seltsamer Haufen."

Eryn zuckte mit den Schultern. "Nicht nur wir. Ich kenne ein paar recht schräge Leute, die keine Heiler sind. Wie laufen die Dinge mit den

Apothekern? Haben sie sich schon darauf geeinigt, wer welche Produkte liefert oder bekommen wir immer noch jede Woche große Mengen der gleichen Sorte?"

"Darüber habe ich schon mit Lord Poron gesprochen. Er hat versprochen, sich darum zu kümmern", meinte Plia mit einem zaghaften Blick.

Eryn nickte. Das war in Ordnung. Solche Dinge fielen nicht länger in ihren Verantwortungsbereich. Lord Poron war in den letzten beiden Wochen fleißig gewesen. Er hatte die Organisation für die Heilerberufe gegründet und sich den Leuten vorgestellt, die von nun an mit ihm in seiner neuen Funktion zu tun haben würden. Damit hatte er langsam den Wandel vom Kollegen zum Vorgesetzten eingeleitet, soweit es die anderen Heiler betraf. Es half, dass er letztere in der Struktur des Ordens überragte und dass sein Alter weit genug fortgeschritten war, sodass man ihn problemlos als Verantwortlichen akzeptierte. Abgesehen von ihr selbst schienen sich alle ohne irgendwelche Probleme an diese neue Situation anzupassen. Was gut war, ermahnte sie sich rasch. Sie hatte die Klinik gegründet, um den Menschen zu helfen, und nicht, um ihrem eigenen Ego zu schmeicheln. Und dennoch…

"Eryn?", fragte Plia und wedelte mit einer Hand vor ihrem Gesicht. "In Gedanken verloren?"

"Hmm?" Eryn blinzelte. "Ah, ja… es tut mir leid. Was sagtest du?"

Das Mädchen drückte ihr eine Kiste mit Glasgegenständen in verschiedenen Ausführungen in die Hände. "Ich habe dich gefragt, ob es dir etwas ausmacht, die Sachen in Rolans Arbeitszimmer mitzunehmen. Er muss für mich etwas Druck auf die Glashersteller ausüben - die Qualität hat in letzter Zeit nicht gepasst. Mich nehmen sie nicht ernst, also denke ich, dass es besser funktionieren sollte, wenn ihnen ein Magier auf die Zehen tritt."

Eryn nickte. "In Ordnung. Kannst du die Tür für mich öffnen?"

Plia folgte der Bitte und rief ihr nach: "Sieh zu, dass nichts zu Bruch geht! Das sind die Letzten, die ich habe!"

Eryn verdrehte die Augen. "Ich bin ein großes Mädchen, Plia. Ich bin sicher, dass ich es irgendwie schaffen werde, eine Kiste mit zerbrechlichen Dingen von einem Ende des Gebäudes zum anderen zu tragen, vielen Dank."

"Soll ich Rolans Tür für dich öffnen?"

"Nein, das bekomme ich allein hin. Geh zurück und mach weiter mit dem, was auch immer du um diese Tageszeit machst."

Sie setzte ihren Weg zu der Türe neben ihrem eigenen Zimmer fort und hielt an. War es wohl möglich anzuklopfen, ohne die Kiste auf den Boden zu stellen und dann wieder aufheben zu müssen? Wenn sie ihren Ellbogen benutzte, würde man sie kaum hören. Mit dem Fuß wäre es wohl etwas zu aufdringlich. Es würde aussehen, als wollte sie die Tür eintreten.

Dann zuckte sie mit den Achseln. Irgendwie würde er wohl damit zurechtkommen, wenn sie dieses eine Mal ohne anzuklopfen eintrat. Vorsichtig drehte sie sich zur Seite, presste den Türgriff mit ihrem Ellbogen nach unten und drückte die Tür mit ihrer Schulter auf.

Sie sah auf und erstarrte bei dem Anblick, der sich ihr bot.

Ihr gesitteter, überbürokratischer Verwaltungsleiter drückte Pe'tala - die zu diesem Zeitpunkt kein Oberteil anhatte - an die gegenüberliegende Wand, sein Mund fest auf ihrem, während seine Hände ihr Gesäß umfassten. Pe'tala hielt seinen Kopf zwischen ihren Händen und küsste ihn leidenschaftlich. An der ungestümen Energie, mit der sie weiterhin aneinander festhielten, erkannte Eryn, dass das Öffnen der Tür sie nicht gestört hatte.

Sie bemerkte kaum, wie die Kiste aus ihren schlaffen Fingern glitt. Als einen Moment später Glas und Holz mit einer ohrenbetäubenden Explosion auf dem Steinboden zerbarsten, sprangen die beiden Küssenden auseinander und starrten sie mit offenem Mund an.

"Was glaubt ihr, was ihr hier macht?", fauchte Eryn. "Geh und zieh dir etwas an!"

Pe'tala erwachte aus ihrer verstörten Lähmung und bückte sich flink, um ihre Tunika aufzuheben. Sie schüttelte sie ein paar Mal aus, um die vielen Glassplitter loszuwerden, bevor sie sich das Kleidungsstück über den Kopf zog. Mit der Innenseite nach außen.

Eryn hörte Schritte hinter sich, und kurz darauf stöhnte Plia laut auf. "Eryn! Wirklich? Jedes einzelne Stück?"

Sie drehte sich zu dem Mädchen um und sagte schroff: "Plia, ich muss mich hier um etwas kümmern. Rolan wird sich dieser Sache hinterher irgendwie annehmen, das verspreche ich." Dann schob sie Plia aus dem Zimmer, schloss die Tür und lehnte sich dagegen.

"Ihr!", bellte sie und blitzte die beiden an. "Ich glaube einfach nicht, was ich sehe! Ihr könnt euch doch nicht einmal leiden!"

Pe'tala zog eine schweißbedeckte Augenbraue hoch und erwiderte schelmisch: "Wie du sehen kannst, arbeiten wir daran."

Eryns Augen wurden schmal. "Er hat dich dafür bezahlt, oder? Er kann einfach keine Wette verlieren! Gib es zu!"

Zwei Paar Augen blickten sie verwundert an, dann wurde Pe'talas Blick eindringlich. "Ich weiß nicht, wie das im Alten Königreich ist, aber dort, wo ich herkomme, ist es eine schwere Beleidigung, wenn man einer Frau unterstellt, sie würde für Geld mit einem Mann ins Bett gehen."

"Das wird auch hier nicht eben als Kompliment erachtet", bemerkte Rolan, seine Miene verärgert. "Ebensowenig wie einem Mann zu unterstellen, dass er es anders nicht schafft, eine Frau zum Sex mit ihm zu bewegen."

"Ihr schlaft nicht miteinander", behauptete Eryn ruhig. Natürlich taten sie das nicht. Was für ein Gedanke!

"Nun, dann habe ich Neuigkeiten für dich: Das tun wir durchaus!", sagte Pe'tala trotzig. "Wir waren gerade kurz davor, als du hereingeplatzt bist. Was ich immens rücksichtslos von dir finde. Ich weiß genau, dass die Leute hier die

Gewohnheit pflegen, sich mit einem Klopfen anzukündigen, bevor sie eintreten."

Jetzt ruhten zwei bestürzte Augenpaare auf Pe'tala. "Was?" Sie warf die Hände in die Luft. "Oh, ja! Ich vergaß für einen Augenblick, was für ein prüder Ort das hier ist." Ihr Ton wurde spöttisch. "Wir sprechen in der Öffentlichkeit *nicht* über Sex. Wir haben *keinen* Sex außerhalb unserer Schlafzimmer. Wir haben *keinen*…"

"… *keinen Sex* in der Öffentlichkeit!", schnappte Eryn. "Und soweit ich weiß, ist das auch dort, wo du herkommst, verpönt! Also spar dir deine Beleidigungen! Du warst drauf und dran, Geschlechtsverkehr in einem öffentlichen Gebäude zu haben, an deinem Arbeitsplatz! Das ist nicht professionell!" Sie hob ihren Zeigefinger. "Ich verbiete es! Ihr werdet euch nicht mehr privat treffen. Oder in der Öffentlichkeit miteinander sprechen. Ihr werdet euch von nun an voneinander fernhalten!"

Pe'tala verschränkte die Arme. "Du beliebst wohl zu scherzen! Du kannst uns wohl verbieten, dass wir uns in deinem kostbaren Gebäude öffentlich der Flescheslust hingeben, aber du kannst uns kaum vorschreiben, dass wir einander nicht mehr sehen dürfen. Wir sind beide erwachsen und somit nicht auf deine Zustimmung angewiesen!"

"Ihr seid Kollegen! So etwas sollten Kollegen nicht tun!"

Rolan verschränkte nun ebenfalls herausfordernd seine Arme. "Ich denke, man könnte dich und Lord Enric durchaus ebenfalls als Kollegen bezeichnen."

"*Das* ist etwas vollkommen anderes!", protestierte Eryn. "Als wir unsere Affäre hatten, war ich noch nicht einmal ein Mitglied des Ordens!"

"Das ist Pe'tala ebenfalls nicht", entgegnete er. "Und soweit ich mich erinnere, warst du damals eine Gefangene. Wenn du also über professionelles Verhalten sprechen willst, sollten wir uns vielleicht erst einmal das von Lord Enric ansehen, was meinst du?"

Eryn rieb sich über das Gesicht. Das verlief wesentlich komplizierter als es sollte. Und zu wissen, dass die beiden Recht hatten und sie selbst im Unrecht war, machte die Sache nicht gerade einfacher. Sie ließ ihre Hände wieder sinken und straffte die Schultern.

"Ihr werdet die Hände voneinander lassen, solange ihr euch in meiner Klinik aufhaltet. Wenn *ich* euch auf diese Weise überraschen kann, dann hätte das auch jeder andere gekonnt. Wenn ich euch noch einmal erwische, werde ich euch beide aus diesem Fenster treten."

"Sehr professionell", murmelte Pe'tala.

"Wie war das?", bellte Eryn.

"Nichts", schmollte sie.

"Gut." Eryn richtete ihre Aufmerksamkeit wieder auf Rolan und zeigte auf das Chaos an Glasscherben und Holzsplittern auf seinem Boden. "Kümmere dich darum. Rede mit Plia. Sie braucht…" Trotz ihrer wackeren Versuche, an etwas anderes zu denken, kehrten ihre Gedanken zu dem Bild zurück, das ihr die beiden noch vor wenigen Minuten präsentiert hatten. "Nun, rede einfach mit ihr."

Damit drehte sie sich um und floh mehr oder weniger, ohne die Tür hinter sich zu schließen. Als sie die Treppe erreichte, hörte sie Rolans Stimme.

"Sie hat es ganz gut aufgenommen, würde ich sagen."

"Das stimmt. Tun wir es als nächstes in ihrem Arbeitszimmer. Dem ist das Aren Temperament keinesfalls gewachsen." Sie hörte die Schadenfreude in Pe'talas Stimme.

"Ihr beiden habt den selben seltsamen Sinn für Humor", seufzte Rolan dann erschöpft.

Eryn knirschte mit den Zähnen und rannte regelrecht zum Ausgang. Sie trat in den strömenden Regen und die eisige Luft hinaus, dann errichtete sie rasch einen kleinen Schild über ihrem Kopf, um sich vor dem Regen zu schützen. Gegen die Kälte konnte sie nichts tun, zog es aber vor, ein paar Minuten lang die frostige Luft auszuhalten anstatt zurück in ihr Arbeitszimmer zu gehen, um ihren Umhang zu holen.

* * *

Enric runzelte die Stirn, als er hörte, wie die Eingangstür aufging und erhob sich hinter seinem Schreibtisch. Das war ungewöhnlich früh für sie, um heimzukommen. Urban hob träge den Kopf, hielt die Nase in die Luft um zu schnuppern und ließ ihren Kopf dann wieder auf den weichen Teppich sinken, sobald sie Eryn identifiziert hatte.

Er ging in den Salon hinaus und hob seine Augenbrauen, als er sah, wie sie vor dem Kamin kniete, ihre Handflächen dem Feuer entgegengestreckt.

"Sag mir nicht, dass du ohne Umhang heimgegangen bist", rügte er sie anstatt einer Begrüßung.

Sie blickte nicht auf, sondern schloss nur die Augen. "Lass mich einfach zufrieden."

Es war also offensichtlich etwas vorgefallen. Etwas, das sie dazu veranlasst hatte, in der Stadt herumzulaufen, ohne sich dem Wetter entsprechend zu kleiden. Sie trug noch immer ihre dünne Arbeitskleidung, nicht aber die Robe, die ihr zumindest ein wenig Schutz vor der Kälte gewährt hätte.

"Was ist los?", fragte er sanft und ging neben ihr in die Hocke, bevor er sie in eine warme Umarmung zog und ihren Rücken rieb.

Sie seufzte und wünschte, er hätte ihr etwas mehr Zeit gegeben, um sich von dem jüngsten peinlichen Vorfall zu erholen, bevor er sie dazu brachte, darüber zu sprechen. Wenn sie es zu vermeiden versuchte, darüber reden zu müssen, würde er sie nur immer weiter bedrängen. Dieser Mann war offenkundig nicht dazu erzogen worden, das Wort *Nein* zu akzeptieren.

Sie drückte ihre Stirn gegen seine Schulter. "Ich habe mich gerade vollkommen zum Narren gemacht."

"Hast du das. Was ist denn passiert?"

"Ich habe Rolan und Pe'tala überrascht. Es sieht so aus, als hätten sie eine Affäre." Sie spürte, wie er sich überrascht versteifte.

"Ach ja? Als du sie gesehen hast waren sie also gerade mitten in...?" Seine Miene war eine Mischung aus Schock und Faszination.

"Was? Nein! Aber das war wohl nur mehr eine Frage von Minuten." Sie spürte, wie die Wärme in ihre Finger, die an seiner Brust lagen, zurückkehrte.

"Allein der Gedanke! Allerdings sollte mich das nicht dermaßen schockieren - Erbál hat es vorhergesagt! Ich habe sogar mit ihm gewettet, weil mir die Idee so haarsträubend erschien!"

Enric lächelte und schüttelte verwundert den Kopf. "Ich hoffe, du hast dabei nichts Wichtiges verloren?"

"Nein, habe ich nicht. Ich habe meine Schuld sogar bereits beglichen, indem ich den König um Unterstützung dafür gebeten habe, ihn zum Botschafter zu erklären. Und ich dachte, ich könnte dafür sorgen, dass er mir einen Gefallen schuldet und die großzügige Gewinnerin spielen. Verflucht! Die Informationen über Malriel, die ich erhalten hätte, wenn er im Unrecht gewesen wäre, hätte ich wirklich gerne gehabt."

Er sah auf sie hinab, als ihm ein Gedanke kam. "Darf ich fragen, wie du reagiert hast, als du die beiden erwischt hast?" Das war sehr wahrscheinlich der Teil, wo sie sich laut ihren eigenen Worten zum Narren gemacht hatte.

Sie wirkte, als würde sie sich unwohl fühlen. "Nicht besonders gut. Ich habe eine Kiste mit Glaswaren fallen lassen und ihnen verboten, einander jemals wieder zu treffen."

Nachsichtig sah er sie an. "Und wie gut hat das funktioniert?"

Sie seufzte. "Überhaupt nicht gut, wie du dir vorstellen kannst. Ich habe das dazu abgeändert, dass sie sich in der Klinik nicht zu nahe kommen dürfen."

"Also sind jetzt beide wütend auf dich?"

"Das kann ich nicht sagen. Als ich ging, hörte ich, wie sie sich über mich lustig machten", knurrte sie.

"Besser als dich zu verfluchen. Geh jetzt nach oben und zieh dir etwas Wärmeres an. Ich werde mit dem Kochen beginnen. Und die Einladungen ausschicken."

"Was? Einladungen?", fragte sie überrascht.

"Ja. Wir werden Pe'tala und Rolan einladen, mit uns zu Abend zu essen."

"Nein! Ich meine, was... wirklich?", fragte sie verstört. "Ich finde es bereits unter günstigen Umständen schwierig, mit dieser Frau an einem Tisch zu sitzen! Das wird kein erfreulicher Abend."

"Ich meine es ernst." Er lächelte. "Du darfst dich darauf verlassen, dass es für die beiden ebenfalls nicht besonders angenehm wird. Überhaupt nicht, wenn du es richtig anstellst."

Das ließ sie ihre nächste Beschwerde schlucken. "Was?"

"Wie wird Pe'tala auf ein Familienessen mit dir reagieren?"

"Nicht besonders glücklich."

"Und Rolan?"

"Nicht viel besser, würde ich meinen." Dann breitete sich langsam ein Lächeln auf ihren Lippen aus. "Verschaffst du mir etwa eine Chance auf Rache, um mich aufzuheitern?"

Er lächelte. "Alles, um dich glücklich zu machen." Und um dafür zu sorgen, dass die beiden Cousinen wieder miteinander sprachen, bevor dieser Vorfall dauerhaften Schaden anrichten konnte. Das allerdings waren Bedenken, die er jetzt im Augenblick wohl besser nicht mit ihr teilte.

* * *

Seine Miene hellte sich auf, als sie die Stufen herunterkam. Sie hatte ein heißes Bad genommen, sich etwas eleganter als üblich gekleidet und wirkte wesentlich entspannter als noch vor eineinhalb Stunden. Die Aussicht darauf, Pe'tala und Rolan zu nerven, hatte ihre Laune eindeutig verbessert.

Als er damit fertig war, das Besteck auf dem Esstisch aufzulegen, ging er auf sie zu und küsste sie auf die Stirn.

"Du siehst großartig aus. Mmm, und du riechst sogar noch besser", murmelte er.

"Die kleinen Tricks, derer wir uns bedienen, um uns das Interesse von euch Jungs zu bewahren", grinste sie.

"In meinem Fall ist das nicht nötig. Ich bin noch immer fasziniert von dir und sehe nicht, wie sich das in nächster Zeit ändern könnte", sagte er galant und lehnte sich zu ihr hinab, um ihre Lippen zu küssen. In diesem Moment klopfte es an der Tür. "Fabelhafter Zeitpunkt", seufzte er und ging zur Eingangstür, um den Gästen Zutritt zu gewähren.

"Beschwer dich bloß nicht", rief sie ihm nach, "*du* warst derjenige, der sie eingeladen hat."

Enric bat sie herein, nahm ihnen die Umhänge ab und hängte sie auf Haken in der Nische neben der Tür.

Pe'tala war in eine strahlend rote Tunika im hierzulande üblichen Stil gekleidet, die gut mit ihren dunklen Augen und der cremigen Haut harmonierte. Rolan neben ihr in seinem dunkelbraunen Hemd und den Hosen bot einen erheblichen Kontrast zu ihr.

Eryn lächelte sie mit einem Hauch von Boshaftigkeit an und trat mit weit offenen Armen auf sie zu. Sie drückte einer verdutzten Pe'tala einen geräuschvollen Kuss auf beide Wangen, bevor sie sich einem leicht panisch wirkenden Rolan zuwandte. Sie packte seinen Kragen und zog ihn zu sich, um ihm die gleiche Begrüßung angedeihen zu lassen, bevor er sich zurückziehen konnte.

"Wie nett, dass ihr die Zeit gefunden habt, so kurzfristig zu uns zu stoßen", schnurrte Eryn.

"Ja", erwiderte Pe'tala trocken, "die Leute springen, sobald die allmächtige Nummer zwei sie herbeizitiert."

"Du bist kein Mitglied des Ordens", strich ihre Cousine hervor. "Warum springst du?"

"Wegen seines Rufs, wie er mit Leuten verfährt, die sich seinen Wünschen nicht fügen, ob sie nun zum Orden gehören oder nicht", schnaubte Pe'tala.

Eryn lachte gekünstelt. "So ein Unsinn! Garstige Gerüchte - nichts weiter. Die Leiche dieses armen Mannes wurde nie gefunden, also könnte er genauso gut irgendwo gesund und munter weiterleben. Theoretisch."

Rolan seufzte resigniert. "Sehr witzig."

Sie lächelte breit und legte einen Arm um Pe'talas Schultern. "Das ist eben unser Sinn für Humor. Der liegt in der Familie, wurde mir gesagt. Nicht wahr, *Schwester*?"

Pe'tala warf ihr einen düsteren Blick zu. "Plötzlich steigt in mir das Bedürfnis auf, etwas zu trinken. Und zwar eine Menge."

In gespielter Betroffenheit schnappte Eryn nach Luft. "Meine Güte, was habe ich mir nur gedacht? Ich vernachlässige meine Pflichten als Gastgeberin! Kommt mit und setzt euch. Was kann ich euch zu trinken anbieten?"

Ihre Gäste tauschten einen unbehaglichen Blick und ließen sich nebeneinander auf einem Sofa nieder.

"Das stärkste Zeug, das du hast", murmelte Pe'tala.

"Kommt sofort!", sang Eryn und trat an den Getränkeschrank. "Und für dich, Rolan, mein Teuerster?"

"Ich nehme was auch immer sie trinkt", antwortete er nervös.

Enric lächelte in sich hinein, als er beobachtete, wie sie seine Flasche klaren, destillierten Alkohols hob und zwei Gläser großzügig füllte. Es war ein Vergnügen zu sehen, wie sie förmlich vor boshafter Freude vibrierte, weil sie den beiden so viel Unbehagen wie möglich bereiten konnte. In seinem Kopf spürte er ein Echo ihrer Belustigung. Falls Pe'tala und Rolan es allerdings tatsächlich schafften, ihre Gläser auszutrinken, wären sie dann wahrscheinlich entspannt genug, um sich an Eryns Verhalten nicht länger zu stören. Oder an irgendetwas anderem abgesehen von einem Erdbeben oder einem direkten Blitzschlag. Es war ein wirklich starkes Getränk, und Eryn war beim Einschenken ungemein großzügig gewesen.

Er trat neben sie und nahm ein drittes Glas für sich selbst zur Hand, in das er den gleichen Trank, den auch seine Gäste genossen, füllte. Eryn hatte sich für ein Glas Wein entschieden.

Sie wandten sich zu ihren Gästen um und reichten ihnen die Gläser.

"Auf die Familie", rief Eryn würdevoll und hob ihr Glas mit einem breiten Lächeln hoch.

Pe'tala warf ihr einen vernichtenden Blick zu und nahm einen gierigen Schluck, der sie zum Husten brachte. Offensichtlich hatte sie unterschätzt, wie gehaltvoll das Getränk war.

"Ist alles in Ordnung, mein Schatz?", erkundigte sich Eryn mit übertriebener Besorgnis. "Mit so starkem Alkohol wie dem hier musst du sorgsamer umgehen, weißt du. Darauf sollte ich dich als deine große Schwester hinweisen. Vielleicht möchtest du lieber zu Wein wechseln, mein Liebes. Für eine zarte Natur wie die deine ist er besser geeignet."

Besitzergreifend presste Pe'tala das Glas an ihre Brust. "Wage es ja nicht, Eryn. Etwas Schwächeres als das hier würde es mir unmöglich machen, *dich* heute Abend zu ertragen", murmelte sie.

Eryn schüttelte den Kopf. "Tala, Tala, so hat dich *unser* Vater gewiss nicht erzogen."

"*Mein* Vater", knurrte Pe'tala zurück. "Du wurdest nur in unser Haus aufgenommen, weil er Mitleid mit dir hatte."

Zufrieden verfolgte Enric die Szene. Eryn handhabte die Sache gut, musste er zugeben. Da war keine Spur mehr von dem Ärger und der Frustration, mit denen sie nach Hause gekommen war. Pe'tala jedoch ließ sich von jeder zweiten Bemerkung aus der Bahn werfen.

"Rolan, mein *lieber* Rolan", seufzte Eryn und quetschte sich neben ihn auf das winzige Fleckchen auf dem Sofa. Sie hielt sich an seinem Arm fest, um nicht das Gleichgewicht zu verlieren. "Wer hätte gedacht, dass du und ich jemals auf diese Weise in meinem Salon zusammensitzen würden?", schnurrte sie vergnügt.

Er sah sie mit gequälter Miene an. "Ich erinnere mich sehr genau daran, dass du mir versprochen hast, dass das nie passieren würde."

Eryn zog beide Augenbrauen hoch. "Habe ich das?"

"Ja. Es war damals, als du mich dazu gezwungen hast, deinen Titel nicht mehr zu benutzen. Du sagtest, nur weil ich dich nicht länger mit *Lady* anspräche, bedeute das nicht, dass wir irgendwann in deinem Salon enden und private Gedanken austauschen würden", legte er dar.

Nach einem Moment des Nachdenkens nickte sie. "Du hast absolut Recht, so etwas in der Art habe ich gesagt." Sie nahm einen Schluck Wein und lächelte dann. "Aber das war, bevor du dich dazu entschieden hast, mit meiner kleinen Schwester hier sexuell zu verkehren. Das ändert die Dinge ein wenig, musst du wissen."

Rolan schloss die Augen und atmete mit offensichtlichem Unbehagen aus. Dennoch wagte er es nicht, aufzustehen und sich aus ihrer Reichweite zu entfernen. Enric fragte sich, ob sie ihn wohl mit ihrer überlegenen Kraft aufhalten würde, falls er tatsächlich den Mut aufbrachte, einen Fluchtversuch in Angriff zu nehmen. Aber für den Moment schien es, als hätte er aufgegeben und sich damit abgefunden, still zu leiden.

"Ich sehe, wie ungemein unangenehm es dir ist, so offen über Sex zu reden, Rolan", sagte sie im Plauderton. "Obwohl ich dich warnen muss, dass du daran arbeiten solltest, jetzt wo du dich mit einer Frau aus den Westlichen Territorien eingelassen hast. Die sind dort wesentlich aufgeschlossener als wir hier", sagte sie und lachte dann leise, als wäre ihr gerade erst ein Gedanke gekommen. "Erinnerst du dich an das eine Mal, als ich versucht habe, dich dazu zu bringen, dich vor mir auszuziehen und du dich geweigert hast?"

Pe'talas Augen blitzten auf. "Du hast *was*?", bellte sie und warf Enric einen anklagenden Blick zu. "Hast du keinerlei Kontrolle über diese Frau? Ich dachte, *du* warst der Mann, der drei wütende Aren Frauen gleichzeitig im Zaum hielt! Ist es einfacher, das Rudel zu unterwerfen als eine einzelne von ihnen zu handhaben?"

Enric lächelte sie nur mit halboffenen Augen an, entschlossen, sich für den Moment nicht in das Gespräch verwickeln zu lassen. Das hier war Eryns Moment sich zu amüsieren, und er wollte ihr noch ein paar Minuten gönnen, bevor er die Gäste aus ihren Fängen befreien und das Essen servieren würde.

Eryn lächelte, ihre Augen verhangen, als würde sie sich an einer schönen Erinnerung erfreuen. "Du warst so scheu. Ich erinnere mich, dass dich die anderen Heiler fragten, ob du dich noch nie vor einer Frau entblößt hast. Nun, es scheint, als hättest du das mittlerweile getan."

Rolan starrte sie bestürzt an. "Das machst du mit Absicht, um mich leiden zu lassen. Das gefällt mir nicht."

Sie gab vor, kurz nachzudenken, dann nickte sie. "Ich schätze, das lässt sich nicht bestreiten. Aber du hast Recht. Ich sollte das nicht tun." Sie stellte ihr Glas zur Seite und wandte sich ihm zu, noch immer zu nahe bei ihm auf diesem Sofa, das dazu gedacht war, nur zwei anstatt drei Leuten Platz zu bieten. "Reden wir ernsthaft. Rolan, was sind deine Absichten mit meiner kleinen Schwester?"

Pe'tala neben ihnen stöhnte und ließ ihren Kopf in ihre Hände sinken. Dann sah sie zu Enric hin, ihr Blick flehend.

"Bitte?", formten ihre Lippen lautlos mit so viel Verzweiflung in ihren Augen, dass er seufzte.

"Eryn, warum servieren wir jetzt nicht das Abendessen? Unsere Gäste sind bestimmt schon hungrig."

"Oh - wie gedankenlos von mir!", rief sie aus und hielt sich an Rolans Arm fest, sodass er keine andere Wahl hatte, als sie zum Tisch zu führen und einen Stuhl für sie hervorzuziehen.

Enric nahm Pe'talas Arm, um sie zum Esszimmer zu geleiten. Als beide Gäste und Eryn Platz genommen hatten, begann Enric die Gerichte zu servieren, die er in den in Takhan erworbenen Schüsseln vorbereitet hatte. Ihm fiel Pe'talas überraschter Gesichtsausdruck auf.

"Hast du…?", fragte sie.

"Ja, ich habe das Essen gekocht", lächelte er. "Der Unterricht deines Bruders war nicht umsonst. Ich koche regelmäßig und bin auch dazu übergegangen, mein eigenes Fleisch zu jagen."

Sie blinzelte, eindeutig unsicher, wie sie auf diese unerwartete Zurschaustellung einer Vorliebe für die Bräuche ihres Heimatlandes reagieren sollte.

Eryn beobachtete sie genau und fragte sich, ob Enrics Worte und die Art und Weise, wie das Essen serviert wurde, Heimweh in ihr auslösten. Seltsam, dass sie sich noch nie zuvor gefragt hatte, ob Pe'tala wohl ihre Heimat und ihre Familie vermisste. Der Gedanke, dass sie selbst nicht gerade rücksichtsvoll und hilfsbereit gewesen war, damit sich ihre Cousine hier einlebte, kam ungebeten und wurde rasch beiseitegeschoben. Damit würde sie sich später befassen.

"*Ihr* kocht?" Rolan starrte seinen Vorgesetzten fassungslos an. "Mit Töpfen und Pfannen und schneiden und all dem?"

Enric grinste. "Das ist es, was Kochen im Allgemeinen miteinschließt, ja. In den Westlichen Territorien wird es als selbstverständlich betrachtet, dass man für sich selbst sorgen kann. Unsere Abhängigkeit von Bediensteten in dieser Hinsicht wird dort belächelt."

Rolan drehte sich zu Pe'tala. "*Dich* habe ich bisher noch nie kochen gesehen", bemerkte er.

Sie errötete. "Nun, mein Quartier im Palast hat keine Kochstelle. Das bedeutet, dass ich mich für die Zeit meines Aufenthalts hier an die hiesigen Gebräuche anpasse."

"Wenn du das Bedürfnis verspürst, dir selbst eine Mahlzeit zu kochen, bist du hier willkommen. Auf der anderen Seite des Innenhofs haben wir eine recht nette Küche, wenn ich das so sagen darf", bot Enric an.

Pe'tala sah ihn misstrauisch an. "Vorsicht. Ich könnte darauf zurückkommen."

"Bitte tu das. Wir wären erfreut", antwortete er aufrichtig.

Sie ergriff ihr Glas und stürzte den restlichen Inhalt in einem Zug hinunter, dann atmete sie langsam aus und schüttelte ihren Kopf, als wollte sie ihn klar bekommen. Sie akzeptierte die Schüssel, die Enric vor sie hinstellte und sah dann mit steinerner Miene zu Eryn hin.

"Nun gut, Cousine, du hattest deinen Spaß. Du kannst jetzt damit aufhören, uns mit deinem falschen, zuckersüßen Gesellschaftsgetue zu quälen. Davon kommt mir das Würgen. Obwohl ich zugebe, dass du überraschend gut darin bist. Was keineswegs als Kompliment gemeint ist. Es bedeutet nichts anderes, als dass du immer noch eine verschlagene Aren bist - mit allen krummen Fertigkeiten, die das miteinschließt, ganz egal, wie dein Name jetzt offiziell lauten mag." Sie nahm einen Bissen und kaute ihn. Nach einem anerkennenden Nicken in Enrics Richtung, wandte sie sich wieder an die andere Frau. "Lass uns das hier und jetzt klären. Ich respektiere deine Forderung, dass wir deine heiklen Regeln über Anstand und Schicklichkeit in der Klinik nicht brechen sollen, aber die Entscheidung, wen ich in mein Bett nehme, steht dir nicht zu."

Eryn seufzte und ließ ihre gezierten Manieren fallen. "Ich habe nicht die Absicht, dich zu bevormunden, aber das war heute doch eine beträchtliche

Überraschung, die ihr mir zugemutet habt. Außerdem drängt sich mir die Frage auf, ob ihr euch im Klaren seid, dass das mit euch beiden eine vorübergehende Sache ist, wo du doch in ein paar Wochen nach Hause zurückkehrst. Ich will nicht, dass einer von euch mit gebrochenem Herzen weggeht oder hier zurückbleibt."

"Wir sind beide erwachsen. Du wirst es uns überlassen müssen, ohne deine gutgemeinte Einmischung zurechtzukommen", warf Pe'tala ein.

Eryn nickte steif. "In Ordnung, die Botschaft ist angekommen. Keine unerwünschte Einmischung mehr von meiner Seite." Sie begann zu essen, ohne ihre Augen von der Schüssel zu nehmen.

Pe'tala atmete hörbar aus. "Jetzt bist du verärgert. Das habe ich nicht beabsichtigt. Ich schätze es, dass du dich sorgst, aber ich bin sicher, dass du es im Gegenzug auch nicht besonders gut aufnehmen würdest, wenn ich mich in *dein* Liebesleben einmischte."

"So wie damals in Takhan, als du meinen Gefährten geküsst hast?", erwiderte Eryn schnippisch.

Rolans Kopf zuckte hoch. "Du hast *was* getan?" Sein Blick sprang zwischen Pe'tala und Enric hin und her.

Pe'tala winkte ab. "Nichts. Das war nur ein recht dramatisches Ventil für meinen Ärger."

Er starrte sie an. "Du hast deinem Ärger Luft gemacht, indem du *Lord Enric* geküsst hast?"

Sie wirkte grimmig. "Ich kann sehen, dass sein Ansehen hier dir so eine Geste absolut unmöglich erscheinen lässt, aber für mich war er nichts weiter als ein etwas einschüchternder, viel zu selbstsicherer Ausländer." Sie grinste. "Sein schockierter Gesichtsausdruck allein war es wert. Und natürlich auch deiner, Cousine." Sie nahm einen weiteren Bissen. "Unbezahlbar."

"Ich bin froh, dass du deinen Spaß hattest", knurrte Eryn.

"Da gibt es eine Sache, die ich dich fragen wollte." Pe'tala sah sie ernst an. "Als du heute in Rolans Zimmer kamst, sagtest du etwas darüber, dass jemand nicht gut damit umgehen könne, eine Wette zu verlieren, wenn ich mich richtig erinnere. Worauf hast du gewettet, das *mich* angeht?"

Eryn rollte mit den Augen. "Erbál sagte mir, es wäre nur eine Frage der Zeit, bis ihr beide eine Affäre beginnen würdet. Ich hielt das für lächerlich."

Pe'tala lachte. "Du hast gegen Erbál gewettet?" Sie schüttelte den Kopf. "Niemand wettet gegen Erbál! Er sagt nie etwas, das er nicht gut durchdacht hat oder nicht belegen kann. Die Wahrscheinlichkeit, dass er mit irgendetwas falsch liegt, ist schwindend gering."

"Ja, danke vielmals", grummelte Eryn. "Wo warst du vor ein paar Wochen, als mir dieser Rat von Nutzen gewesen wäre?"

"Kurz davor, eine Affäre mit Rolan zu beginnen, wie es scheint", lächelte die jüngere Frau.

Enric nahm einen Schluck aus seinem Glas, um sein Lächeln zu verbergen. Eryn hatte ihre Cousine offenkundig unterschätzt. Die hatte es irgendwie geschafft, die Situation umzudrehen. Nun war Pe'tala diejenige, die sich auf Eryns Kosten amüsierte.

KAPITEL 26

Verns Plan

Tief in Gedanken versunken starrte Enric aus dem Fenster. Urban lag ausgestreckt auf dem Teppich vor seinem Schreibtisch und schlief tief und fest. Gestern Abend waren sie in den Wäldern auf der Jagd gewesen, und offenkundig erholte sie sich noch immer davon.

Gerade eben war er aus dem Palast zurückgekehrt. Heute hatte Eryns vierte Unterrichtsstunde in politischer Strategie mit dem König stattgefunden. Bislang war alles glatt gelaufen, und ihm war aufgefallen, dass Eryn in der Gegenwart des Monarchen mittlerweile weniger angespannt wirkte. Er hoffte nur, dass sie das nicht dazu veranlasste, unachtsam zu werden, wenn sie in Zukunft mit dem König zu tun hatte.

Die Stunde heute war interessant gewesen, sowohl für sie als auch für ihn als bloßen Zuhörer. Der König hatte das Thema politischer Allianzen in Takhan aufgebracht, wie die Häuser miteinander umgingen und welcher Intrigen sie sich in der Vergangenheit bedient hatten, um sich gegenseitig in Schach zu halten. Sogar Enric war über das umfassende historische und politische Wissen des Königs über ein Land, mit dem sie erst vor kurzem in Kontakt getreten waren, überrascht. Er hatte Eryn ermutigt, sich die beiden Häuser, an die sie durch Geburt gebunden war, genauer anzusehen, und auch die Kommitment-Vereinbarungen, die diese in den letzten zweihundert Jahren eingegangen waren. Sie hatten die Konsequenzen diskutiert, die daraus erwachsen waren, dass ihr Vater sie mitgenommen und damit die Pläne zwischen den Häusern durcheinandergebracht hatte. Eryn war fasziniert gewesen, das war klar ersichtlich. Und es war gut, dass sie Interesse an dem Ort zeigte, an dem sie bald einige Zeit verbringen würde.

Was Enric beunruhigte, war nicht die Stunde an sich, sondern der Zeitpunkt, den der König für die nächste festgelegt hatte. Er fiel mit einer Ratsversammlung zusammen. Das bedeutete, dass weder er selbst, noch Orrin oder sogar Tyront verfügbar waren, um sie zu begleiten. Offensichtlich wollte der König sehen, wen Enric als vertrauenswürdig genug erachtete, um als ihr Beschützer zu fungieren. Das war eine heikle Frage. Es musste jemand sein, der Eryn nahe genug stand, um einzugreifen, falls sie Hilfe benötigte, auch wenn das bedeutete, sich einem verärgerten Monarchen gegenüber zu sehen. Aber wen konnte er um so etwas bitten? Es musste ein Magier sein, denn der konnte sich dann darauf berufen, dass er Enrics Befehle befolgte, falls tatsächlich irgendeine Intervention erforderlich war.

Eine andere Möglichkeit war, jemanden mitzuschicken, bei dem der König nicht wagte, ihn irgendein unangemessenes Verhalten Eryn gegenüber mitansehen zu lassen. Wie Erbál. Das Problem dabei war allerdings, dass er Erbál nicht einmal annähernd gut genug kannte, um ihm solch eine Mission anzuvertrauen, auch wenn Eryn gut mit ihm auszukommen schien.

Damit blieb nur mehr eine Option übrig, mit der er sich halbwegs anfreunden konnte.

* * *

Während Eryn nach einem weiteren langen, anstrengenden Tag die Tür zu ihrem Haus aufstieß, gähnte sie laut und ersparte sich die Mühe, ihren Mund zu bedecken.

Enric sah von seinem Buch auf. Es handelte von den Vorzügen scharfer Gewürze in heißen Klimazonen. Vran'el hatte es ihm geschickt.

"Gut. Ich hätte dir noch eine Stunde gegeben, bevor ich dich holen gekommen wäre", kommentierte er und legte das Buch zur Seite, um aufzustehen und sie zu begrüßen.

Sie sah ihn nachdenklich an. "Ich dachte, wir haben uns darauf geeinigt, dass du mich hin und wieder wie eine Erwachsene behandelst?"

"Nun, ich dachte auch, wir hätten uns darauf geeinigt, dass du keine Geheimnisse mehr vor mir hast; und dennoch hast du in Betracht gezogen, mir nichts vom Kuss des Königs zu erzählen", entgegnete er kühl.

Ihre Augen wurden schmal. "Sagt der Mann, der heimlich begonnen hat, seine Reichtümer in Takhan zu verstecken. Oh, warte - nicht vollkommen heimlich, nicht wahr? Du hast es nur vor mir verheimlicht, aber sichergestellt, dass der König davon erfährt."

Er seufzte. "Das war nicht ganz der Empfang, den ich für dich im Sinn hatte, Liebste." Er ergriff ihre Hände und zog sie an sich. "Du siehst müde aus."

Sie lehnte sich an ihn, genoss seine Wärme. "Das bin ich auch. Ich muss heute Nacht bald zu Bett gehen, ich habe morgen früh eine Trainingsrunde."

"Lernst du dabei überhaupt noch irgendetwas, jetzt wo er dir die Fesseln nicht mehr anlegt?"

Sie grinste. "Ich habe gelernt, dass überlegene magische Stärke ein großer Vorteil ist. Aber den nutze ich nur, wenn ich besonders schlechte Laune habe."

"Ist das nicht deine übliche Gefühlslage beim Kampftraining?", fragte er grinsend.

"Früher schon. Aber mittlerweile wandelt sich das Gefühl immer mehr zu Schicksalsergebenheit." Erneut gähnte sie. "Pe'tala wies mich heute an, ein Datum für meine Prüfungen festzulegen. Sie scheint ganz versessen darauf, dass ich die hier mit ihr anstatt in Takhan ablege. Zweifelsohne eine weitere Gelegenheit für sie, mich ordentlich zu quälen", murmelte sie.

"Womöglich", gab er zu. "Also? Wirst du sie bei ihr ablegen oder warten, bis wir in Takhan sind?"

"Ich kann nicht wirklich nein zu ihr sagen, oder? Das sähe sonst aus, als hätte ich Angst vor ihr. Und es wäre gut, die Prüfungen hinter mir zu haben, bevor wir abreisen. Dann kann ich mich auf die Vorbereitung für diejenige mit Sarol in nicht-magischem Heilen konzentrieren. Soweit ich das bisher gesehen habe, ist er recht… anspruchsvoll."

"Habt ihr euch schon auf ein Datum geeinigt?"

"Ja. In drei Wochen."

"Das erscheint mir etwas kurzfristig", kommentierte er. "Bist du sicher, dass dir die Zeit zur Vorbereitung reicht?"

Sie zuckte mit den Schultern. "In den letzten beiden Monaten habe ich die Bücher gelesen, die Valrad mir geschickt hat. Mit den meisten davon bin ich durch, und Pe'tala hat ein paar Bereiche eingeschränkt. Somit sollte ich es schaffen können."

"Dann machst du dir also keinerlei Sorgen, dass sie alles daransetzen könnte, dich durchfallen zu lassen?"

Sie knirschte mit den Zähnen. "Natürlich macht mir das Sorgen. Sollte sie das allerdings tun, dann sollte sie besser sichergehen, dass ich davon überzeugt bin, dass mein Misserfolg meiner mangelnden Vorbereitung und nicht ihrer Willkür zu verdanken ist."

"Bislang hat sie sich bei allem, das mit dem Heilen zu tun hatte, professionell verhalten, oder etwa nicht?"

Eryn nickte. "Ja, ich muss zugeben, das stimmt. Streng genommen haben die Prüfungen allerdings nicht ausschließlich etwas mit dem Heilen zu tun. Selbst wenn ich durchfallen sollte, werde ich hier trotzdem weiterhin heilen. Somit entstünde daraus keinerlei Nachteil für die Patienten. Nur für mich persönlich."

"Ich bezweifle, dass sie dermaßen rachsüchtig ist. Besonders, da sie unser gemeinsames Abendessen recht gut bewältigt hat, nachdem sie ihr erstes

Getränk hinuntergekippt hatte", lachte er. "Rolan wirkte allerdings den ganzen Abend über alles andere als entspannt. Ich frage mich, ob wir ihn dazu veranlasst haben, die Wahl seiner Geliebten zu bereuen. Ich weiß nicht, was ihn mehr verstört hat - dass du so mühsam warst, oder meine bloße Gegenwart."

Sie zog eine Augenbraue hoch. "Tut es dir etwa langsam leid, dass du das halbe Königreich voller Ehrfurcht Haltung annehmen hast lassen in den letzten, wie viele Jahre waren das, fünfzehn?"

Er seufzte und zog sie mit sich zu den Stufen. "Vielleicht. Ich musste mir noch niemals zuvor Gedanken machen, dass sich der Liebhaber der Schwester meiner Gefährtin in meiner Gegenwart nicht wohlfühlt."

"Sie ist meine Cousine", stellte Eryn richtig.

"Du bezeichnest sie oft genug als deine Schwester", bemerkte er.

"Aber nur, wenn wir Zeugen haben, damit ich sie reizen kann. Sie ist nicht besonders begeistert davon, dass wir jetzt offiziell Geschwister sind, falls dir das entgangen ist."

"Und du selbst? Mein Eindruck war, dass ihr recht gut miteinander zurechtkommt, wenn man euren holprigen Start bedenkt."

Sie schnaubte. "Frag mich das in drei Wochen noch einmal, wenn das Examen vorbei ist. Übrigens habe ich gehört, dass die nächste Ratsversammlung genau dann stattfindet, wenn ich meine Verabredung mit dem König habe. Interessanter Zufall, findest du nicht?"

Enric schüttelte den Kopf und stieg die Treppen hinter ihr empor. "Kein Zufall. Das hat er absichtlich so festgelegt. Er will sehen, wen ich an meiner Stelle mitschicke."

"Ich bin für Erbál."

"Wie bedauerlich. Ich habe mich bereits für Vern entschieden", erwiderte er trocken.

Sie drehte sich um und runzelte die Stirn. "Vern? Ist das klug? Und wer sagt überhaupt, dass du derjenige bist, der diese Wahl trifft?"

"Würde ich es nicht für klug halten, hätte ich ihn nicht ausgesucht. Und solange ich derjenige bin, der sich um deine Sicherheit sorgt, wähle ich aus, wen ich mitschicke, um dich zu beschützen."

"Mich beschützen!", grollte sie und stieß die Tür zum Schlafzimmer auf. "Ich bin eine Magierin im Vollbesitz meiner Kräfte. Außerdem ist es höchst unwahrscheinlich, dass der König irgendwelche Grenzen überschreitet. Vern mitzuschicken erschwert es mir nur, mit dem König zu reden, da ich ihm gewisse Entwicklungen nicht mitteilen will."

"Ja, ich sehe, dass sich das als Herausforderung erweisen könnte", stimmte er zu. "An meiner Entscheidung ändert das aber nichts. Vergiss einfach nur nicht, dass du in Verns Gegenwart etwas sorgsamer sein musst, wie du mit dem König sprichst. Es ist eine Sache, dass du deinen Gefährten mitansehen lässt, wie wenig Respekt zu deinem Souverän entgegenbringst, aber das wird er nicht durchgehen lassen, wenn andere Leute anwesend sind."

"Ich könnte Pe'tala mitnehmen", schlug sie vor.

Enric verzog das Gesicht. "Das kannst du nicht ernst meinen! Ihr würdet euch beide sehr wahrscheinlich mehr Ärger einhandeln, als ich bewältigen kann. Nein, ich brauche jemand Besonnenen, Verlässlichen, nicht eine etwas jüngere aber nichtsdestoweniger noch respektlosere Version von *dir*."

"Hey!", protestierte sie entrüstet und stemmte beide Arme in die Hüften. "Ich bin überhaupt nicht wie *sie*!"

Er sah sie an. "Sicher, halte nur an diesem Glauben fest, Liebste. Und jetzt ab ins Bett. Orrin nutzt jede Schwäche aus, die er bemerkt."

"Nun, immerhin können nicht alle von uns überlegene Stärke gegen ihre Kollegen einsetzen, nicht wahr?", bemerkte sie spitz.

"Nein", lächelte er, "das stimmt. *Du* kannst das zum Glück nicht."

* * *

Eryn betrat die kleine Küche im Erdgeschoss der Klinik und fand dort Vern und Pe'tala vor, die gesellig nebeneinander an der Wand lehnten und sich angeregt unterhielten.

"Was treibt ihr beiden denn da?", fragte sie.

Der Junge nippte an seiner Tasse. "Pe'tala erzählt mir gerade von Takhan und der Klinik dort. Wusstest du, dass das Heilen dort in verschiedene Bereiche unterteilt ist und sich die Heiler dann spezialisieren?"

"Ja", seufzte sie. "Ich war dort, du erinnerst dich? Dieser eine Besuch vor ein paar Monaten, bei dem man mir fast die Abreise nicht mehr erlaubt hätte?"

"Oh ja", grinste Pe'tala spöttisch, "aber ich kann dir ganz ehrlich sagen, dass das wohl für uns eine größere Strafe gewesen wäre als für dich, wenn du bei uns festgesessen hättest."

"Komisch", schoss Eryn zurück, "dass dich das nicht davon abgehalten hat, mir hierher zu folgen und uns mit deiner Gegenwart zu beehren."

Die jüngere Frau zuckte die Achseln. "Ich sagte es dir schon. Ich wollte mich nur revanchieren und deinem Leben ebenfalls eine Zeitlang etwas Frieden rauben. Obwohl ich sagen muss, dass du von meinem Besuch stärker profitiert als darunter gelitten hast. Bis jetzt", fügte sie mit einem boshaften Glänzen in ihren Augen hinzu. Das zwar zweifellos eine Anspielung auf die bevorstehenden Prüfungen.

"Pass lieber auf, oder diese charmanten Einladungen zum Abendessen werden zu einer regelmäßigen Einrichtung, solange du hier bist." Dann wandte sie sich an Vern. "Du solltest für den Augenblick nicht so viel Interesse an Takhan zeigen. Du wirst keinesfalls mit uns kommen, also solltest du es dir nicht noch schwerer machen, indem du mehr über Dinge lernst, die dein Interesse wecken. Du wirst sie in nächster Zeit nicht sehen können."

Der Junge zuckte mit den Schultern. "Ich kann mich aber trotzdem weiterbilden, oder etwa nicht? Bist du bereit für deinen Unterricht mit dem König?"

Sie nickte mit verdrossener Miene.

"Was ist denn los, liebe *Schwester*?", grinste Pe'tala. "Bist du nicht erfreut darüber, dass der große Herrscher dieses Landes dir die Ehre seiner Aufmerksamkeit zuteilwerden lässt? Oder ist es der Gedanke daran, dass du einen sechzehnjährigen Jungen als Aufsichtsperson bei dir hast, der dir Kummer bereitet?"

Eryn verdrehte die Augen, ohne etwas darauf zu erwidern und fasste nach Verns Ärmel, um ihn mit sich aus der Küche zu ziehen. Enric hatte wohl Recht. Pe'tala mitzunehmen wäre *keine* so prächtige Idee gewesen.

* * *

Eryn betrat den Thronsaal vor Vern, der direkt hinter ihr ging. Der König erwartete sie bereits neben dem Tisch am gegenüberliegenden Ende des Throns. Er wartete, bis sich beide verbeugt hatten, dann zog er einen Stuhl für Eryn hervor.

"Vern", sagte er dann, "ich hatte mich schon gefragt, ob du derjenige sein würdest, der Lady Eryn heute begleitet."

Darauf antwortete der Junge nicht, da es sich nicht wirklich um eine Frage gehandelt hatte. Er nahm am Fußende des Tisches Platz und befolgte damit Lord Enrics Instruktionen punktgenau.

Eryn sah, wie der König den Jungen einige Augenblicke lang gedankenvoll betrachtete. Womöglich fragte er sich, wieviel Vern wusste.

"Sag mir, junger Mann", sprach der König ihn an, "wie genau lauten deine Anweisungen im Hinblick auf dieses Treffen hier?"

Vern blinzelte ein paarmal, dann schluckte er. "Grundsätzlich, Lady Eryn aus allem Ärger herauszuhalten. Wenn irgendwie möglich, soll ich das bewerkstelligen, ohne mir selbst welchen einzuhandeln."

"Ich verstehe. Welche Art von Ärger gab man dir zu verstehen, dass du erwarten solltest?", erkundigte sich der König gelassen.

"Lord Enric ging hierbei nicht auf Details ein; er sagte mir nur, ich würde ihn erkennen, wenn ich ihn sähe", sagte Vern mit offensichtlichem Unbehagen.

"Lass uns für einen Moment davon ausgehen, nur theoretisch, dass es, um Lady Eryn vor Ärger zu bewahren, nötig wäre, entweder mit Worten oder Taten gegen mich vorzugehen. Oder sogar mit Magie. Wie würdest du solch eine Situation handhaben?"

Das Gesicht des Jungen verfinsterte sich. "Sehr, sehr vorsichtig, würde ich sagen."

Der König starrte ihn kurz an, dann lachte er. "Gut gemacht, mein junger Freund. Wir werden sicherstellen, dass du dich diesem Dilemma heute nicht gegenübersiehst! Aber ich möchte dir versichern, dass es ein Beweis des großen Vertrauens ist, das Lord Enric in dich setzt, dass er dich heute als Lady Eryns Begleiter auserkor. Eines Tages wirst du vielleicht sogar erfahren, wie groß." Dann wandte er sich an Eryn und nahm neben ihr am Kopfende des Tisches Platz. "Heute möchte ich über ein Thema sprechen, das für Euch zweifellos von großem Interesse ist: Lord Enric."

Eryn zog beide Augenbrauen hoch, woraufhin er leise lachte. "Dieses spezielle Thema sollten wir in Angriff nehmen, ohne dass er uns zuhört. Ihr dachtet doch wohl nicht, dass es ein Zufall ist, dass unsere kleine Unterrichtseinheit heute zur gleichen Zeit stattfindet wie die Ratsversammlung?"

"Nein, nicht wirklich", meinte sie mit einem Kopfschütteln. Nun, zumindest nicht, seit Enric sie darauf hingewiesen hatte.

"Wie genau würdet Ihr einen Mann wie Lord Enric manipulieren?"

Sie schluckte und warf Vern einen kurzen Blick zu. Sie fragte sie, ob es eine schlaue Idee war, ihm zu gestatten, sich das anzuhören. Andererseits gab es kaum jemanden, den sie als weniger gefährlich für Enric eingestuft hätte, außer, man zählte Plia mit.

"Das würde ich nicht", antwortete sie langsam.

"Nein? Und doch wäre das die einzige Möglichkeit für Euch, um Euch zuweilen in den Angelegenheiten durchzusetzen, wo Ihr unterschiedlicher Meinung seid."

Eryn verschränkte die Arme. "Aus meiner Sicht sprechen mehrere Dinge dagegen. Erstens schätze ich es selbst nicht, manipuliert zu werden. Warum also sollte ich es jemand anderem antun, und ganz besonders meinem Gefährten? Zweitens hat er den Ruf, dass er sich in seinen Ansichten nicht so einfach beeinflussen lässt, da er sehr geübt darin ist, das zu vermeiden. Und drittens scheint es, als wäre *mich* zu benutzen seit seinem Aufstieg in die Ränge der Macht die einzige Möglichkeit, ihn zu etwas zu zwingen, das er nicht will. Somit bin ich also ein Mittel zum Zweck für andere ohne selbst irgendwelche Möglichkeiten zu haben, ihn unter Druck zu setzen."

"Gut ausgedrückt", nickte der König. "Der erste Grund ist eindeutig etwas, woran Ihr arbeiten solltet. Allerdings erinnere ich mich an die eine oder andere Gelegenheit in jüngster Vergangenheit, wo Ihr selbst keinerlei Skrupel hattet, auf Manipulation zurückzugreifen."

"Ich will niemanden manipulieren, der mir nahesteht. Bei Menschen, vor denen ich keinen Respekt habe, kommt dieser Vorbehalt nicht zum Tragen."

"Offensichtlich", lächelte König Folrin. "Euer zweites Argument trifft in der Tat zu. In der Vergangenheit hat er sich als enorm widerstandsfähig gegenüber jeglichen Lenkungsversuchen erwiesen. Allerdings hätte ich nicht erwartet, dass *Ihr* Euch davon abhalten lasst. Ganz im Gegenteil; ich hätte Euch nicht als jemanden eingeschätzt, der vor einer Herausforderung zurückscheut, besonders, da Lord Enric selbst ebenfalls darauf zurückgegriffen hat, Euch zu manipulieren und auszuspionieren, wenn es seinen Zwecken diente. Was das Dritte betrifft, bin ich etwas überrascht, dass Ihr nicht erkennt, dass *Eure* Macht über ihn größer ist als die von irgendjemandem sonst."

Damit hatte er nicht Unrecht, musste sie zugeben. Enric hatte ihr mehr als einmal Informationen vorenthalten, um sie dazu zu bringen, dass sie tat, was er wollte oder sie von etwas abzuhalten. Und dennoch - dass dieser Mann sie darauf hinwies, ließ den Drang in ihr aufsteigen, die Idee schon aus Prinzip von sich zu weisen.

"Ich kann nicht anders, als mir die Frage nach Euren eigenen Absichten zu stellen", bemerkte sie. "Warum wollt Ihr mich dazu überreden, Enric zu manipulieren? Ihr könnt Euch nicht darauf verlassen, dass meine Absichten in die gleiche Richtung wie Eure eigenen Pläne gehen. Eher im Gegenteil, würde ich meinen. Ihr wollt, dass wir nach Takhan gehen - ich möchte in Anyueel bleiben. Ihr wollt nicht, dass ich das Oberhaupt der Heiler bin, was genau das ist, was ich will. Ihr seht vor, dass ich für die Dauer unseres Aufenthalts ein Mitglied des Ordens bleibe, während ich austreten will."

Der König zeigte seinen Mangel an Zustimmung mit einem energischen Kopfschütteln. "Lord Enric hätte Euch keine einzige dieser Forderungen genehmigt, selbst wenn er in einer Position gewesen wäre, es zu tun. Er unterstützt sie nicht einmal - keine einzige davon. Und Manipulation erfordert nicht immer, dass das Ziel über die Bemühungen der Person dahinter im Unklaren ist. Erwägt dies einen Moment lang, meine liebe Lady, wenn Ihr so gut wärt."

Das tat sie, aber die Idee erschien ihr absurd. "Sagt Ihr mir etwa, seine Reaktion auf offene Manipulation wäre Zustimmung? Das ist keinesfalls der Mann, den *ich* kennengelernt habe."

Er sah sie nachsichtig an. "Kann es sein, Lady Eryn, dass Euch das Prinzip weiblicher Tricks unbekannt ist?"

Sie lachte laut auf. "Weibliche Tricks? Wirklich? Wie mit den Wimpern zu klimpern, die Hüften zu schwingen und viel zu freizügige Kleidung zu tragen, um meinen Willen zu bekommen? Das würde er sofort durchschauen!"

"Dann seid Ihr also zu korrekt und professionell, meine Liebe, um Euch Eure angeborenen Vorteile zunutze zu machen? Und da gibt es einiges mehr als das Klimpern mit Wimpern und das Schwingen von Hüften. Aber ich wage zu behaupten, dass Euch Eure Freundin Junar hier gerne behilflich wäre. Oder auch Euer Cousin Vran'el."

Meine Güte! Instruierte sie der König tatsächlich, bei Enric Überredung mittels Flirten und Sex einzusetzen? Das war äußerst unangenehm. "Die Interessen meines Cousins gehen in eine vollkommen andere Richtung, wie Ihr zweifellos wisst", zeigte sie brüsk auf.

"Dessen bin ich mir bewusst. Aber mir wurde auch mitgeteilt, dass ihn das zu einem ausgezeichneten Berater für seine weiblichen Freunde macht." Er sah zu Vern hin und lächelte gutmütig. "Aber ich kann sehen, dass dieses Thema Eurem jungen Freund hier Unbehagen bereitet."

"Wie rücksichtsvoll von Euch, dass Euch *sein* Unbehagen auffällt", murmelte sie. "Ich selbst bin von diesem Gespräch auch nicht besonders angetan."

"Ich rate Euch, Lady Eryn, damit umgehen zu lernen. Die Westlichen Territorien sind ein Ort, an dem solche Dinge recht offen besprochen werden. Das hier würde dort sogar als höfliches Tischgespräch gelten."

Das stimmte, wie sie wusste, aber das machte das Gespräch mit dem König nicht erträglicher. Sie verschränkte die Arme.

"Trotzdem gefällt mir das nicht. Eine selbstbewusste Frau greift nicht auf so etwas zurück, um ihre Ziele zu erreichen. Und Respekt verdient man sich damit ebenfalls nicht."

"Selbstbewusstsein macht es sogar noch wirksamer. Nur eine Frau, die sich ihrer eigenen Fähigkeiten und ihres Wertes bewusst ist, kann dies gewinnbringend anwenden. Respekt ist zudem nichts, worum Ihr Euch bei Lord Enric sorgen müsstet, würde ich meinen. Ich gehe sogar so weit zu behaupten, dass er es genießen würde. Das Schöne daran ist, dass es keine Rolle spielt, ob er es durchschaut oder nicht - es würde höchstwahrscheinlich aufgrund seiner Zuneigung zu Euch funktionieren. Erinnert Ihr Euch, was ich Euch vor einigen Monaten über das Spielen mit offenen Karten sagte?"

Sie nickte mürrisch. "Ja. Ihr sagtet, dass mit offenen Karten zu spielen und dennoch zu gewinnen die Meisterklasse sei."

"Seht Ihr, weder kann ich Euch nicht befehlen, Eure Verführungskünste bei Eurem Gefährten anzuwenden, noch kann ich überprüfen, ob Ihr es tut. Aber ich würde Euch dazu ermutigen. Allerdings solltet Ihr bedenken, dass dafür eiserne Kontrolle über Eure Impulse erforderlich ist. Das gilt auch für Eure Gefühle, da Ihr diese durch das Geistesband miteinander teilt."

Eryn zog kurz in Betracht, ihre Ohren mit den Händen zu bedecken und sich unter dem Tisch zu verstecken, bis er fertig war, aber das sähe nicht gut aus.

"Nun lasst uns einen Blick darauf werfen, wie andere Leute Lord Enric bisher manipuliert haben, um seine Verbundenheit zu Euch zu ihrem Vorteil zu nutzen." Erwartungsvoll betrachtete er sie.

Sie atmete aus. "Das Kommitment, das ein Resultat Eurer..." Sie warf Vern einen raschen Blick zu. "...Drohung war. Dann habt Ihr ihn dazu gebracht, als Botschafter nach Takhan zu gehen, indem Ihr zuerst *mich* dazu brachtet, zuzustimmen. Und jetzt hat er sich erneut bereit erklärt, dorthin zu gehen dank Eurer... Überredungsmaßnahmen."

"Richtig. Was ist mit Malriel? Was fällt Euch dazu ein?"

"Sie brachte ihn dazu, einer Adoption zuzustimmen, indem sie mein neues Haus und damit indirekt auch mich bedrohte. Und sie veranlasste Euch dazu sicherzugehen, dass Enric für wer weiß wie lange nach Takhan zurückgeht."

"So ist es", bestätigte er. "Aber Ihr seht, dass seine besitzergreifende Ader diesen letzten Zug sehr riskant gemacht hat. Er war mehr als bereit, von hier abzureisen. Das Problem besteht nun darin, ihn zu überzeugen, wieder zurückzukehren, wenn die Zeit gekommen ist. Und hier, liebe Lady Eryn, kommen wir wieder zu Euch zurück. Der Schlüssel zum Erfolg ist, ihm zu zeigen, dass Ihr hier sicher seid und *Euch* dazu zu bringen, dass Ihr zurückkehren wollt. Wohin auch immer Ihr geht, er wird Euch folgen. So einfach ist das."

Das war ihr nicht neu. Vielleicht konnte sie ihn dazu bewegen, ihr etwas Nützliches mitzuteilen. "Wie soll ich es dann in Zukunft vermeiden, für solche Intrigen benutzt zu werden?"

"Ja, wie nur?", lächelte er. "Habt Ihr diesbezüglich irgendwelche Ideen?"

Warum gab er die Frage an sie zurück? Sie hätte nicht gefragt, wenn sie die Antwort bereits wüsste!

"Nein."

Er seufzte. "Jetzt seid Ihr einfach nur starrköpfig. Was ist Lord Enrics Ansicht nach die Lösung?"

Sie rollte mit den Augen. "Seiner Meinung nach könnten die meisten Schwierigkeiten vermieden werden, wenn ich einfach nur mit ihm rede. Allerdings denke ich nicht, dass die Lösung ganz so einfach ist."

"Ihr verwerft die Idee, weil sie Euch nicht komplex genug erscheint, meine liebe Lady?", fragte er sanft. "Lasst mich Euch von den Vorzügen des *Redens* erzählen. Die Fähigkeit miteinander zu sprechen haben wir entwickelt, um auf präzisere Art und Weise Informationen auszutauschen, als uns dies mit bloßer Körpersprache oder Geräuschen möglich wäre. Information ist eine wertvolle Währung, müsst Ihr wissen. Ihr macht sie Euch in Form von Wissen zunutze, mit dem Ihr Eure Arbeit besser verrichten könnt. Menschen in der Politik - und bis zu einem gewissen Grad schließt Euch das ebenfalls mit ein - nutzen Informationen, um andere zu lenken und im Gegenzug zu vermeiden, selbst gelenkt zu werden. Somit würde ich Euch raten, die Wichtigkeit von Informationen nicht zu unterschätzen, und ebenso wenig, was manche Menschen zu tun bereit sind, um sie zu erlangen."

"Indem sie beispielsweise Spione einsetzen?", warf sie sarkastisch ein.

"Genau", stimmte er zu. "In Eurer Stimme vernehme ich allerdings Verachtung für diese Vorgehensweise. Sogar Lord Enric bedient sich ihrer zuweilen, allerdings nicht in dem Ausmaß, wie viele andere im Orden es tun. Er hat sich darauf beschränkt, sie minimal, aber effektiv einzusetzen; bis vor kurzem nutzte er sie nur, um Lord Tyront auszuspionieren, der ein sehr weitreichendes Netzwerk betreibt, das problemlos mit meinem eigenen mithalten kann. Lord Tyront ist sich dessen natürlich bewusst. Das ist der Nachteil, seht Ihr? Es liegt nahe, dass Lord Enric nur das erfährt, was Lord Tyront seinen Spionen zu finden erlaubt. Eine Gepflogenheit, der auch Lord Tyront und ich folgen. Das ist natürlich alles inoffiziell." Er warf Vern einen kurzen Blick zu. Der brauchte einen Moment oder zwei, um sichtlich fasziniert aus seiner Erstarrung zu erwachen und dann nachdrücklich zu nicken. Der König lächelte. "Euer Begleiter, Lady Eryn, ist ein wesentlich empfänglicheres Publikum als Ihr selbst, wie es scheint. Zu Eurem Glück wird er sich mit der Zeit sehr wahrscheinlich ebenfalls als nützlich für Euch erweisen. Ein sehr talentierter junger Mann", sprach er. "Und Ihr wart sozusagen diejenige, die ihn entdeckte. Ihr wart die Erste, die ihn schätzte und ihm dabei behilflich war, sich zu entwickeln. Erstaunlicherweise seid Ihr nur zufällig über ihn gestolpert, da Ihr nicht aus Eigennutz gehandelt habt - eher im Gegenteil. Es scheint, als wäre das Glück zuweilen tatsächlich guten Menschen hold."

Sie lachte leise. "Ihr haltet mich für einen guten Menschen? Und das, obwohl Ihr versucht, mir die Vorzüge politischer Strategie ans Herz zu legen. Erscheint Euch das nicht widersprüchlich, etwas, das Eure Bemühungen zwecklos macht?"

"Aber keinesfalls. Gut zu sein ist ein Zusammenwirken zweier Dinge. Zum einen unserer Handlungen, und zum anderen der Motivation dahinter. Beides muss in Betracht gezogen werden. Jemand, der etwas vollbringt, das im Allgemeinen als gut betrachtet wird, mag dies durchaus aus niederen Motiven tun. Solch eine Person würden wir wohl kaum als *gut* betrachten. Genauso wenig würden wir den Begriff auf einen Menschen anwenden, der eine fragwürdige Tat aus reinen Beweggründen vollbringt. Es ist die Kombination aus guten Taten und noblen Gründen. Ihr seid, wie wir in unserer ersten Sitzung besprachen, entschlossen, andere nicht für Eure Taten bezahlen zu lassen. Das zeigt ein Bedürfnis, die Menschen um Euch herum zu schützen - seien es Leute, die Euch bekannt sind, oder auch ganze Länder. Für jemanden in Eurer Position ist das eine bewundernswerte Haltung. Immerhin hättet Ihr in der Vergangenheit als Vorwand wenn nicht sogar als Grund für einen Krieg herangezogen werden können - oder dies könnte auch in Zukunft passieren. Somit beruhigt mich das Wissen, dass Ihr alles in Eurer Macht stehende tun werdet, um solch ein Ergebnis zu verhindern. Was auch miteinschließt, dass Ihr wieder zu uns zurückkehrt, nachdem Lord Enrics Einsatz in Haus Aren vorüber ist."

Eine nette Ermahnung, dachte sie. Und keine besonders subtile.

"Grundsätzlich sagt Ihr mir also, dass es die Wahrscheinlichkeit senkt, dass ich gegen Enric benutzt werden kann, wenn ich mit ihm rede?"

Der König schmunzelte. "Reden ist eine Sache. Die zweite und sogar noch wesentlichere Sache wäre, ihm auch zuzuhören. Seht mich nicht so an. Jemanden zu *hören* und ihm wahrhaftig *zuzuhören* sind zwei vollkommen verschiedene Dinge. Ihr seid rasch von Begriff, was die Sache erleichtert. Jedoch seid Ihr zuweilen auch eine Gefangene Eurer Impulse, und aus diesem Grund ist Eure Wahrnehmung etwas selektiv, und ihr konzentriert Euch auf das, was Ihr hören wollt oder zu hören erwartet. Aber die interessanten Dinge, meine

Liebe, sind meist diejenigen, die wir weder zu hören erwarten noch wünschen."

"Zum Beispiel?", forderte sie ihn auf. Sie hatte keinerlei Zweifel, dass er zumindest eines parat hatte.

Und tatsächlich musste er nicht einmal nachdenken, bevor er antwortete. "Wenn Lord Enric wieder einmal einen Eurer Pläne vereitelt, hört Ihr ihm dann jemals zu, *weshalb* er es tut, oder konzentriert Ihr Euch nur auf das *Was*? Denkt daran zurück, als er Euch verbot, in nächster Zeit wieder auf eine Expedition zu gehen. Der Grund dafür ist, dass er sehr stark darauf bedacht ist, Euch zu beschützen - eine ehrenhafte und nachvollziehbare Motivation. Ich bin allerdings sicher, dass Ihr es vorzieht, darin eine ungerechte Behandlung zu sehen, etwas, wo er seinen höheren Rang und die damit verbundene Macht über Euch ausübt."

Das war nicht ganz falsch, musste sie gestehen.

"Weshalb sollte seine Motivation hinter seinen Taten für mich von Bedeutung sein? Das Ergebnis ist für mich das Gleiche, egal, ob er nun seine Herrschaft über mich beweisen oder mich beschützen will."

Er lehnte sich vor. "Nun kommen wir zu dem wirklich wichtigen Teil: dem Erkennen der Bedürfnisse einer Person. Wenn Ihr das vermögt, Lady Eryn, werdet Ihr sie zur Kooperation bewegen können; entweder indem Ihr Eure Argumente in Übereinstimmung damit auswählt, oder eine Richtung einschlagt, die deren Erfüllung unterstützt. Was würde dazu führen, dass Lord Enric Euch auf eine weitere Expedition gehen ließe und gleichzeitig seine Bedenken um Eure Sicherheit zerstreuen? Diese beiden Überlegungen schließen einander nicht zwangsläufig aus."

Eryn atmete hörbar aus. Darüber hatten sie diskutiert, erinnerte sie sich vage. "Einen Begleiter mitzunehmen, bei dem er darauf vertraut, dass er mich beschützt. Lord Orrin, zum Beispiel.

"Exakt. Allerdings habe ich das ausgeprägte Gefühl, dass Euch das nicht gerade erst jetzt eingefallen ist. Müsste ich raten, würde ich vermuten, dass entweder Lord Enric oder auch Lord Orrin selbst Euch dies bereits vorgeschlagen hat. Oder Euch eher vor vollendete Tatsachen stellte, indem er Euch sagte, dass es keine weitere Expedition mehr geben würde, sofern Ihr Euch dieser Bedingung nicht fügt. Natürlich scheint es nun, als wäre dies nun ohnehin für längere Zeit unmöglich, da Ihr für unbestimmte Zeit fort sein werdet."

Und einmal mehr hatte er vollkommen Recht. Langsam wurde das richtig lästig. Musste er *ständig* richtigliegen? Aber das verdankte er wohl den Informationen, die ihm zugetragen wurden. Genau das Konzept, von dessen Nützlichkeit er sie zu überzeugen versuchte.

"Ich habe ein weiteres Beispiel für Euch: Eure Mutter." Er hob eine Hand, als sie ihren Mund öffnete, um zu widersprechen. "Nein, unterbrecht mich jetzt nicht mit einer belanglosen Bemerkung, dass sie offiziell nicht Eure Mutter ist.

Achtet auf das, was hier wichtig ist, wenn Ihr so gut wärt. Sie versuchte, Euch in Takhan festzuhalten. Mit diesem Plan trachtete sie danach, eine Reihe von Bedürfnissen zu befriedigen. Welche wären das?"

"Wieder die Kontrolle über mein Leben übernehmen zu können, nachdem mein Vater sie ihr vor so vielen Jahren entriss. Der Welt zu beweisen, dass sie es kann. Haus Aren zu stärken, indem sie dessen Erbin dort festsetzt. Mir zu zeigen, dass sie die Stärkere von uns beiden ist", zählte Eryn mit einer säuerlichen Miene auf.

Der König nickte langsam. "Alles davon trifft in unterschiedlichem Ausmaß zu, würde ich sagen. Dank Eurer selektiven Wahrnehmung habt Ihr allerdings den einen Grund beiseitegelassen, der sie menschlicher und Eure Zurückweisung somit ungerecht erscheinen lassen würde. Sie wollte ihr einziges Kind kennenlernen, mehr Zeit mit Euch verbringen."

Darauf erwiderte Eryn nichts. Wozu auch? Andere wollten diesen Antrieb hinter Malriels Verhalten sehen, sogar Enric. Aber Eryn teilte diese Einschätzung nicht, obwohl es ihren Schmerz gemildert hätte. Von der eigenen Mutter als wenig mehr als ein politisches Spielzeug betrachtet zu werden, war nicht gerade ein heiterer Gedanke. Sie hielt es für möglich, dass Malriel zu einem gewissen Grad sogar stolz auf sie war, auf das, was sie hier erreicht hatte, was aus ihr geworden war. Dennoch waren Stolz und mütterliche Liebe nicht das Gleiche. Man konnte auf eine Menge Dinge stolz sein, ohne sie zu lieben.

Der König beobachtete, wie sich ihr Gesichtsausdruck verfinsterte. "Ich sehe, dass uns die Verfolgung dieses Themas keinen Nutzen bringen wird. Eure Reaktion darauf ist Ablehnung, und somit werdet Ihr nichts von dem, was ich Euch in Verbindung damit sage, annehmen. Was sind *meine* Bedürfnisse, aus denen heraus ich sicherstelle, dass Ihr hierher zurückkehrt?"

"Die Kontrolle über unser Leben zu übernehmen. Der Welt zu beweisen, dass Ihr es könnt. Das Königreich zu stärken, indem Ihr zwei Eurer drei stärksten Magier zurückgewinnt. Zu zeigen, dass Ihr der Stärkste von uns seid", sagte sie, indem sie ihre vorherigen Aussagen über Malriel heranzog und sie mit einem selbstgefälligen Lächeln variierte. Aus dem Augenwinkel konnte sie sehen, wie Vern verstohlen mit der Hand seinen Mund bedeckte, um ein Grinsen zu verbergen.

"Eine interessante Formulierung", sagte der König und legte die Fingerspitzen beider Hände aneinander. "Es gibt noch andere Bereiche, die Ihr außer Acht gelassen habt. Ich sagte Euch einmal, dass ich Euch als so etwas wie eine Verbündete betrachte, und das ist im Rat der Magier etwas sehr Nützliches. Dem werdet Ihr immerhin nach Eurer Rückkehr beitreten. Abgesehen von den jüngsten Ereignissen stellt sich mir Lord Enric normalerweise ebenfalls nicht entgegen. Ich gewähre ihm regelmäßig meine Einwilligung für seine Projekte, Geschäfte und anderen Pläne. Ich stelle sicher, dass er es als nutzbringender erachtet, *mich* als König zu haben, anstatt das

Risiko einzugehen, mich loszuwerden. Dann wären da noch Eure Bemühungen, dank derer das Heilen zu uns zurückkehrt ist, was dem Königreich großen Nutzen bringt. Ich frage mich, was Ihr in den kommenden Jahren noch alles vollbringen werdet, denn ich beabsichtige auf jeden Fall, davon Gebrauch zu machen. Dann wäre da noch die einfache Tatsache, dass ich Eure Gesellschaft genieße und auf lange Sicht nicht darauf verzichten möchte."

"Das sind eine Menge Gründe", sinnierte sie. "Und all das würde man in Betracht ziehen müssen, wenn man Euch um etwas bittet, nehme ich an?"

"Das müsste man. Und sogar noch wichtiger ist zu wissen, was Eure eigenen Bedürfnisse sind. Falls Ihr Euch nicht darüber im Klaren seid, andere jedoch schon, ist dies ein erheblicher Nachteil, der Euch für diejenigen, die Euch benutzen wollen, zu leichter Beute machen." Daraufhin wandte sich der König an Vern. "Ich glaube, es gibt da etwas, das du gerne vorbringen möchtest, junger Mann, sofern ich mich nicht irre?"

Eryns Augen sprangen zu dem Jungen. Oh nein - er würde doch wohl nicht versuchen, den König um die Erlaubnis zu bitten, nach Takhan gehen zu dürfen? Nicht, wenn sein Vater und sie als seine unmittelbare Vorgesetzte dagegen waren. Sie versuchte, ihm einen warnenden Blick zuzuwerfen, aber er ignorierte sie und räusperte sich.

"Ja, Eure Majestät. Da gibt es eine Angelegenheit, die ich gerne ansprechen würde. Ich möchte mich für die Gelegenheit bedanken, dies ohne zuvor vereinbarten Termin zu tun", sagte Vern förmlich und erhob sich von seinem Stuhl. Vor dem König zu sitzen, während er eine Bitte an ihn richtete, erachtete er eindeutig als unangemessen.

König Folrin nahm die Dankesworte zur Kenntnis und forderte ihn mit einem Nicken zum Fortfahren auf.

"Ich ersuche darum, mit dem Rest der Gruppe nach Takhan entsandt zu werden. Erlaubt mir, Euch meine Gründe darzulegen." Er bediente sich seiner Finger, um seine Argumente aufzulisten. "Abgesehen von Lady Eryn bin ich derzeit der am weitesten fortgeschrittene Heiler hier. Das bedeutet, dass ich in der Lage bin, meine Studien auf einer Ebene fortzusetzen, wie es hier nicht wirklich möglich wäre. Ich befinde mich noch immer in Ausbildung, weshalb ich auch keine unbesetzte Stelle zurückließe, die man in meiner Abwesenheit füllen müsste. Ich bin überzeugt, dass das Wissen, dass ich mit zurückbringen würde, für das Königreich enorm nutzbringend sein könnte. Denn selbst eine Person von Lady Eryns Intelligenz vermag sich innerhalb weniger Monate nur eine begrenzte Menge an Wissen anzueignen."

Eryn verschränkte die Arme und wartete darauf, dass der König antwortete, indem er Vern anwies, sich dem Urteil seines Vaters zu beugen. Bestürzt sah sie, dass er nachdenklich wirkte, wo er doch Missbilligung ausstrahlen sollte.

"Nachvollziehbare Begründungen. Dennoch würdest du einige Monate an Unterricht hier versäumen."

Vern zog einen kleinen, zusammengerollten Papierstreifen aus seiner Tasche. Offensichtlich handelte es sich dabei um eine Nachricht, die von einem Vogel überbracht worden war.

"Hier habe ich eine Bestätigung von Ram'an von Haus Arbil bezüglich getroffener Arrangements. Er war so freundlich, mich dabei zu unterstützen, einen Lehrer in Takhan zu organisieren. Gruppenunterricht, wie wir ihn hier haben, ist in den Westlichen Territorien nicht üblich. Man würde mich in den Fächern unterrichten, die dort gängig sind, und somit würden wir wertvolle Einblicke in deren Ausbildungssystem erhalten. Einblicke, die für unser Königreich zweifellos wertvoll wären", schloss er.

Eryn starrte ihn einige Sekunden lang mit offenem Mund an, bevor sie langsam von ihrem Stuhl aufstand. "Sag mir, dass das ein Scherz ist! Sag mir, dass du nicht hinter meinem Rücken Ram'an kontaktiert hast, damit er dich bei diesem unglückseligen Plan unterstützt! Du bleibst hier - Ende der Diskussion! Ich bin deine Vorgesetzte, und das ist ein Befehl!"

"Lady Eryn, ich habe dem Jungen die Erlaubnis zu sprechen gewährt. Mit *mir*. Ihr mögt diese Sache hinterher mit ihm besprechen. Nicht jetzt", mahnte er sie mit einem niederschmetternden Blick. "Nun setzt Euch wieder und schweigt, oder Ihr müsst Euch entfernen. Als ich das letzte Mal nachgesehen habe, war immer noch ich derjenige, der die schlussendlich geltenden Befehle erteilt. Und soweit ich weiß, ist sein neuer direkter Vorgesetzter im Hinblick auf das Heilen Lord Poron. Ich sehe also nicht, wie Eure Einwände an diesem Punkt von Belang wären."

Sie schluckte ihren Ärger und ließ sich mit zorniger Miene zurück auf ihren Stuhl plumpsen.

Der König wandte sich erneut an Vern. "Ich sehe, dass du recht ausführlich darüber nachgedacht hast. Was ist mit deiner Arbeit als Heiler? Wie du selbst sagtest, bist du mit Ausnahme von Lady Eryn hier der am weitesten fortgeschrittene Heiler. Es mag zu einem Problem für die Klinik werden, wenn ihr beide zur gleichen Zeit abwesend seid."

Der Junge lächelte. "Glücklicherweise wäre dies kein großes Problem, da Pe'tala erst kürzlich entschieden hat, ihren Aufenthalt hier um ein paar weitere Monate zu verlängern. Erst heute Morgen hat sie eine Nachricht aus Takhan erhalten, mit der es bewilligt wurde. Soweit ich weiß, hat sie Lord Poron bereits einen Antrag zur Genehmigung vorgelegt."

Eryns Kopf fuhr hoch. "Sie hat *was* getan? Warum wusste ich davon nichts?"

"Lady Eryn, Ihr haltet entweder Euren Mund, oder ich werde Lord Enric aus der Ratsversammlung holen lassen, damit er Euch von hier fortschafft. Das ist mein Ernst", fauchte der König.

Sie schluckte hart und lehnte sich wieder zurück, ihre Lippen fest zu einer dünnen Linie zusammengepresst, ihre Arme verschränkt.

"Ich verstehe. Das würde dann wohl dieses Problem lösen, könnte ich mir vorstellen", fuhr der König fort, nachdem er seine Aufmerksamkeit wieder Vern zugewandt hatte. "Wenn ich mir deine ausführliche Vorbereitung ansehe, gehe ich davon aus, dass du bereits mit Lord Poron darüber gesprochen hast?"

Der Junge nickte. "Das habe ich. Er begrüßt die Chance, einen weiteren gut ausgebildeten Heiler zu seiner Verfügung zu haben, da Lady Eryn der Disziplin nicht mehr uneingeschränkt zur Verfügung stehen wird."

"Lord Tyront?", fragte der König nur.

"Befürwortet die Idee. Er denkt, ich habe im Orden eine glänzende Zukunft vor mir und begrüßt es, dass ich die Gelegenheit bekomme, eine breitere Ausbildung zu erlangen."

Eryn seufzte laut und schloss die Augen. Verflucht sollte dieser Mann sein! Alle sollten sie verdammt sein! Das war etwas zu gut einstudiert, sogar für Verns Verhältnisse. Das sah verdächtig nach Enrics Handschrift aus.

"Gut gemacht, mein junger Freund", lächelte der König. "Du hast dir diese Sache ausgiebig überlegt und mir Gründe vorgelegt, die mich den Nutzen für das Königreich erkennen haben lassen." Er wandte sich an Eryn und lächelte. "So, Lady Eryn, bringt man seinen König dazu, einem Vorbringen zuzustimmen. Er verschwendete kein einziges Wort an seine eigenen Interessen oder Wünsche, sondern gab mir etwas, mit dem ich arbeiten konnte, etwas, dem es sich zuzuhören lohnte. Ihr versuchtet etwas Ähnliches, als Ihr zum ersten Mal dazu ansetztet, dem Rat der Magier Euren Plan für eine Heilervereinigung vorzustellen. Doch Euer Temperament gewann die Oberhand." Er sah wieder zu Vern. "Ich gratuliere, junger Mann. Hiermit bestimme ich offiziell, dass du deine Familie nach Takhan begleiten wirst, um dort dein Wissen in den Bereichen des Heilens, sämtlicher Künste, die dein Interesse wecken, hiesiger Ausbildungsstandards und natürlich kultureller und gesellschaftlicher Besonderheiten zu erweitern. Ich werde noch heute Abend schriftliche Bestätigungen an Lord Tyront, deinen Vater und Lord Poron versenden."

Eryn biss sich auf die Zunge, um sich vom Fluchen abzuhalten. Er hatte einfach zugestimmt. Und hatte dem Jungen auch noch mehr oder weniger gesagt, er solle sich amüsieren und feiern.

"Ihr seid beide entlassen", sagte der König sodann mit einem letzten amüsierten Blick auf Eryn.

Vern verbeugte sich, hin und her gerissen zwischen unbändiger Freude und der Scheu, Eryn gegenübertreten zu müssen, sobald sie durch die Tür nach draußen treten würden.

Mit kaum verhülltem Zorn sprang sie auf und stapfte auf den Ausgang zu, als sie die ruhige Stimme des Königs hinter sich vernahm.

"Ich denke, Ihr habt eine Kleinigkeit vergessen, Lady Eryn. Es gibt gewisse Verhaltensregeln, wenn man sich in Gegenwart eines Königs zurückzieht."

Sie hielt abrupt inne, wirbelte herum, warf ihm einen verheerenden Blick zu. Mit an ihren Seiten zu Fäusten geballten Händen verbeugte sie sich, bevor sie sich wieder zu den Türen umdrehte und nach draußen stürmte. Vern beschleunigte seine Schritte und rief ihr hinterher, als er die Palastkorridore erreicht und die Wachen die Türen hinter ihnen geschlossen hatten.

"Eryn! Warte!"

Sie blieb nicht stehen, sondern knurrte ihm nur über die Schulter zu: "Mit dir rede ich derzeit nicht." Da gab es noch jemand anderen, mit dem sie ein Hühnchen zu rupfen hatte.

* * *

Enric entließ langsam den Atem aus einer Brust, die sich unter der Flut von Emotionen zusammenzog. Ihr Ärger war wie ein dumpfes Hämmern hinter seinen Schläfen. Ein rascher Blick auf die schwach glühenden Symbole ihrer Kommitmentzeremonie an seinem Handgelenk zeigten ihm, dass sie nicht weit sein konnte. Höchstwahrscheinlich wartete sie sogar vor der Ratshalle auf ihn. Das war unselig. Er hatte gehofft, dass sie zurück zu ihrem Haus stürmen und ihn dort erwarten würde, kochend vor Wut und bereit, ihn anzuspringen, sobald er eintraf. Es sollte nicht sein. Es schien, als hätte sie sich für die Option entschieden, bei der sie nicht so lange warten musste, diejenige, die ihr erlaubte, ihren Ärger rascher loszuwerden. Womöglich in der Öffentlichkeit.

Zumindest war sie nicht hereingestürmt, um ihn vor all den anderen Ratsmitgliedern zu beschimpfen. Noch nicht.

Tyront folgte dem Blick des jüngeren Mannes zu dessen Handgelenk, woraufhin ein kaum wahrnehmbares Lächeln seine Mundwinkel umspielte. Enric zog den Ärmel nach unten. Er fühlte sich mit der Erheiterung seines Vorgesetzten auf seine eigenen Kosten nicht wohl; seit diesem Tag in der Arena gab es immer noch Spannungen zwischen ihnen. Ihre Zusammenkünfte waren bisher professionell und zurückhaltend verlaufen. Schon seit einer Weile gab es das zuvor übliche private Geplänkel nicht mehr.

Tyront hatte erst kürzlich wieder damit begonnen, sich nach privaten Dingen zu erkundigen. Darüber, wie Eryn mit den Vorbereitungen für ihre Prüfungen vorankam, wie die Unterrichtsstunden mit dem König verliefen und wie weit der Bau von Enrics Schiffen in Bonhet bislang fortgeschritten war. Enric wusste, dass dies die ersten Bemühungen waren, um wieder auf den Weg zur Normalität zurückzukehren. Aber noch war er nicht bereit, darauf einzugehen. Tyront musste vollkommen verinnerlichen, dass dies keine Angelegenheit war, die sich so einfach wegwischen ließ. Es musste klar sein, dass sich jeder, der sich mit Eryn anlegte, es mit ihrem Gefährten zu tun bekam - mit *ihm*. Ganz egal, ob es sich dabei um den König selbst handelte. Oder den Anführer des Ordens, der die Launen des Königs unterstützte.

Dennoch musste er einräumen, dass Tyront Enrics Empfehlung, Vern nach Takhan zu entsenden, beinahe augenblicklich zugestimmt hatte. Ein weiteres Signal, dass er diese Spannungen zwischen ihnen nicht länger wollte.

Tyront warf ihm einen kurzen Seitenblick zu, dann räusperte er sich, um zu verkünden, dass seiner Ansicht nach alle wichtigen Aspekte für heute besprochen waren und dass die nächste Versammlung in genau zwei Wochen stattfinden würde. Ein paar Gesichter zeigten Verwirrung aufgrund des abrupten Abschlusses, aber niemand erhob Einspruch. Langsam standen sie auf, und die meisten von ihnen setzten ihre Gespräche fort, während sie sich auf die Doppeltür zubewegten.

Enric erhaschte einen flüchtigen Blick auf eine schlanke Gestalt, die in eine violette Robe gekleidet draußen im Korridor stand. Ihr Gesicht wirkte grimmig, und sie stand dort breitbeinig mit verschränkten Armen. Er sah, wie Lord Woldarn lächelte und einen hämischen Blick zu ihm zurückwarf. Plötzlich schien er es nicht mehr so eilig zu haben, den Saal zu verlassen.

Als etwa die Hälfte der Ratsmitglieder der Reihe nach hinausgegangen war, trat Eryn ein - ihre Bewegungen, wenngleich kontrolliert, konnten nicht über ihre innere Anspannung hinwegtäuschen. Sie näherte sich ihm und Tyront, der ebenfalls keine Anstalten machte, den Saal zu verlassen. Orrin zog fragend eine Augenbraue hoch, aber sie ignorierte ihn und setzte entschlossen ihren Weg zu Enric fort. Der Krieger änderte langsam seine Richtung, um ihr zu folgen.

"Du!", knurrte sie leise, als sie nahe genug war, damit er sie hören konnte. "Du hast genau eine Minute Zeit, um alle loszuwerden, die nicht hören sollen, was ich dir zu sagen habe."

Tyront erhob seine Stimme, um sich an die wenigen Ratsmitglieder zu wenden, die verstohlen versuchten, das Spektakel, das offenkundig gleich stattfinden würde, zu beobachten. "Meine Herren, seid so freundlich und entschuldigt uns, wenn Ihr so gut wärt."

Die vier Männer blickten auf und täuschten Überraschung vor, dass tatsächlich Ungestörtheit benötigt wurde, als hätten sie nicht bemerkt, dass etwas vor sich ging. Sie murmelten ihre Zustimmung und entfernten sich rasch. Der Letzte von ihnen schloss die Tür fest hinter sich.

"Ich hatte gerade ein sehr interessantes Treffen mit dem König. Und Vern", sagte sie ausdruckslos, ihre Stimme ein krasser Gegensatz zu dem Feuer in ihren Augen.

"Ja?", fragte Enric ruhig, wohl wissend, worum es hier ging. Er zog kurz in Betracht, Tyront und Orrin zu ersuchen, dass sie sich ebenfalls entfernten, aber Ersterer würde es einfach ablehnen, und Eryn würde Orrin sicherlich anweisen zu bleiben, da er in dieser Sache zweifellos ein Verbündeter war.

"Stell dir meine Überraschung vor, als der König Vern aufforderte, bezüglich einer bestimmten Angelegenheit vorzusprechen, von der wir wissen, dass sie ihm schon eine Weile sauer aufstößt", sagte sie mit einem vernichtenden Blick. "Und weißt du was? Es stellte sich heraus, dass Vern außerordentlich gut darauf vorbereitet war, diese Bitte in Worte zu fassen. Stell dir das nur vor!"

"Wir kennen Vern als gründlichen und ernsthaften jungen Mann", bemerkte Enric gelassen.

"Das stimmt", pflichtete sie ihm mit einem Lächeln bei, das zu viele Zähne zeigte. "Und dennoch drängte sich mir der Gedanke auf, dass dieses Ausmaß an Verständnis ein klein wenig über dem lag, was ich erwartet hätte. Sogar von Vern. Würdest du wohl deine Gedanken diesbezüglich mit mir teilen? Oder eher gleich ohne große Umschweife zugeben, dass du ihm geholfen hast? Wie sonst wäre der König wohl auf die Idee gekommen, die Sache anzusprechen?"

Jetzt meldete sich Orrin zu Wort, seine Augen schmal. "Vern hat den König darauf angesprochen, dass er nach Takhan gehen will? Was hat er dazu gesagt?", fragte er ein wenig angespannt.

Eryn behielt ihren Blick auf Enric gerichtet, während sie antwortete: "Der König hat es gewährt. Vern wird nun offiziell mit uns nach Takhan entsendet. Um sich in all den Bereichen weiterzubilden, die er für sich selbst, das Königreich und den Orden als nützlich erachtet. Irgendwie hat er es sogar geschafft, mit Hilfe eines ehemaligen Botschafters, den wir alle kennen, Unterricht in Takhan zu arrangieren. Ich frage mich, von wem diese Idee wohl stammen mag", endete sie mit einem eindringlichen Blick auf ihren Gefährten.

"Enric?", fragte Orrin scharf.

"Ja, ich habe sowohl dem König als auch dem Orden empfohlen, dass er uns begleiten soll", gab er unbeirrt zu.

"Dir kam also nicht in den Sinn, dass, wenn du schon *meine* Einwände nicht abwägst, du zumindest die seines *Vaters* respektieren solltest?", verlangte Eryn zu wissen, bevor sie Tyront ansah. "Verns verdächtig gut formulierten Argumenten konnte ich entnehmen, dass du ebenfalls dafür warst. Hat keiner von euch irgendwelche Skrupel, einen Halbwüchsigen in ein Land zu schicken, das im Moment am Rande eines Krieges stehen könnte?", fragte sie und löste ihre Arme voneinander, um stattdessen ihre Fäuste zu ballen. "Was habt ihr euch bloß dabei gedacht?"

"Wäre ich dieser Ansicht, würde ich dich oder Junar ebenfalls nicht dorthin mitnehmen", erwiderte Enric auf diese standhafte Art, die sie in den Wahnsinn trieb, wenn sie kurz davor war zu explodieren.

"Was bedeutet, dass dich meine Bedenken überhaupt nicht kümmern? Du bist nicht der Einzige, der die Gefahren dabei abschätzen muss! Oder die Konsequenzen zu tragen hat, falls dort etwas schiefläuft!", rief sie verärgert aus.

"Ebenso wenig wie du", sagte Enric. "Ich muss mich über deinen untypischen Egoismus wundern, besonders, wenn es um Vern geht. Du selbst hast immer beklagt, dass der Orden ebenso wie die Gesellschaft für seine Talente nicht genug Respekt und Bewunderung übrighat. Jetzt hat er die Gelegenheit, an einen Ort zu gehen, wo er sich bereits einen Namen gemacht und wo man ihn wegen eines einzigen Buches, das man dort von ihm gesehen hat, bewundert. Er wird Künstler, Heiler, Anhänger treffen; er wird lernen, sich entwickeln und endlich die Anerkennung erhalten, die er laut dir verdient. Natürlich will er dorthin! Und das sollte er auch."

Eryn blinzelte. Egoistisch? War sie tatsächlich egoistisch, weil sie ihm verwehren wollte mitzukommen?

Orrin warf seinem Vorgesetzten einen zornigen Blick zu und ergriff Eryns Arm, während er rasch und eindringlich sagte: "Lass dich mit diesem Trick bloß nicht dazu bringen, dich dafür schuldig zu fühlen, dass du Vern beschützen willst. Du bist nicht diejenige, die sich hier zu rechtfertigen hat. Er ist es, der hinter unserem Rücken gehandelt hat. Er will jemanden, der dich in Takhan im Auge behält, vorzugsweise jemanden, dem er vertrauen kann und der mehr als bereitwillig Zeit mit dir an dem einen Ort verbringen wird, wo du dich großteils aufhalten wirst: in der Klinik. Enric weiß, dass er selbst zu beschäftigt mit seiner Position als Oberhaupt eines Hauses und Senator sein wird, um das selbst in die Hand zu nehmen."

Enric schürzte die Lippen. Wie bedauerlich. Das hatte ausgesehen, als hätte seine Strategie ohne Orrins Bloßstellung funktioniert.

Eryn warf ihm einen weiteren stechenden Blick zu. "Du manipulierst mich tatsächlich! Der König hatte Recht!" Sie hob einen Finger zu seinem Gesicht. "Ich habe genug davon, dass du deine Spielchen mit mir treibst! Und ich brauche keinen halbwüchsigen Jungen, damit er auf mich aufpasst! Bastard!", spuckte sie und wirbelte herum.

Er packte flink ihr Handgelenk, bevor sie davonrauschen konnte. "Warte."

"Worauf? Dass du wieder zur Vernunft kommst? Was ist dein Problem? Warum musst du immer alles, was ich tue, unter *deiner* Kontrolle haben? Ich bin eine erwachsene Frau, nicht deine Tochter! Hör auf, mich wie ein Kind zu behandeln!", schrie sie und befreite sich aus seinem Griff. "Ich habe das so satt!"

Sie drehte sich um und stürmte davon, ohne die Tür hinter sich zu schließen. Enric schickte sich an, ihr zu folgen, aber Orrin trat ihm mit verschränkten Armen in den Weg.

"Jetzt wartest du selbst einen Moment. Das ist mein Junge, über den wir hier reden, und ich nehme es gar nicht gut auf, wenn ich auf diese Weise umgangen werde. Ich bin immerhin für ihn verantwortlich. Du magst nicht der Ansicht sein, dass die Westlichen Territorien am Rande eines Krieges stehen, aber du stellst besser sicher, dass meine Familie in Sicherheit gebracht wird, falls du dich irrst."

Enric nickte. "Ich bin beleidigt, dass du denkst, das müsstest du betonen. Es gibt diesbezüglich bereits Vorkehrungen."

"Ich betrachte Eryn als Mitglied meiner Familie, nur für den Fall, dass du dich gefragt hast", knurrte er daraufhin.

"Das war mir klar", erwiderte Enric trocken. "Aber ich muss dich wohl daran erinnern, dass sie auch für *mich* Familie ist."

Er nickte. "Natürlich ist sie das. Aber sie hat durchaus Recht; du bist offensichtlich etwas verwirrt, wenn es um die Rolle geht, die du ihr gegenüber einnimmst."

Damit verbeugte er sich vor Tyront, warf Enric einen letzten erbosten Blick zu, drehte sich um und verließ ebenfalls den Saal.

Enric starrte zur Tür, durch die die beiden soeben verschwunden waren, während sich in seinem Magen ein unangenehmer Knoten formte. Ihre Abschiedsworte, dass sie es satthatte, hinterließen einen bitteren Nachgeschmack. Hatte sie die Situation satt? Ihn? Er hatte ein schwaches Echo ihrer Gefühle von Rage, Hilflosigkeit und Verrat verspürt. Sie hatte ihre Emotionen abgeschirmt, aber da war immer ein klein wenig, das spürbar war; nicht genug, um ihn zu überwältigen, aber doch ausreichend, um ihm einen guten Eindruck davon zu vermitteln, was in ihr vorging.

"Sie hat Recht, weißt du, zumindest bis zu einem gewissen Grad", sagte Tyront leise. "Ich weiß, weshalb du es tust, aber ich sehe, dass du sie genauso behandelst, wie ich es bei dir tat, als ich dich damals in die Finger bekam. Es ehrt mich, dass ich dir als Vorbild zu dienen scheine, aber die Situation ist nicht die gleiche. Ich bin zwanzig Jahre älter als du. Und wir hatten damals auch keine persönliche Beziehung. Du, auf der anderen Seite, bist in einer Beziehung, in der ihr gleichgestellt sein solltet - zumindest diejenige außerhalb des Ordens. Du musst die Rollen, die du in ihrem Leben spielst, unter Kontrolle bringen. Du kannst nicht als ihr Vorgesetzter auftreten, wenn es um private Angelegenheiten geht, und Vern mitzunehmen war nichts anderes als eine private Überlegung, wie wir beide wissen."

Enric zog eine Augenbraue hoch. "Und doch hast du die Zustimmung des Ordens ohne zu zögern erteilt."

"Du bist alt genug, um die Konsequenzen deiner Handlungen zu tragen. Es fällt mir nicht länger zu, dich vor dir selbst zu beschützen. Siehst du? *Ich* habe diese Lektion gelernt."

"Ich gehe ihr jetzt wohl besser nach."

"Ja, das solltest du wohl", stimmte Tyront mit einem schwachen Lächeln zu.

* * *

Eryn ging weiter und vernahm hinter sich Schritte, die sie als Orrins erkannte.

"Zu mir nach Hause", sagte er, sobald er sie eingeholt hatte. "Du und ich sollten uns mit Vern unterhalten. Und dein Gefährte verdient es, dass du ihn ein wenig schmoren lässt, wenn du mich fragst."

Sie nickte, dankbar, dass er einmal mehr ihr sicherer Hafen war, jemand, zu dem sie gehen konnte, wann auch immer die Welt um sie herum verrücktspielte. Ihn in Takhan dabei zu haben würde ein großer Trost für sie sein. Irgendwie war die Aussicht darauf, so bald schon wieder dorthin zurückkehren zu müssen, nicht mehr so furchteinflößend, wo sie wusste, dass er mitkam.

Sie erreichten die Eingangstür zu den Kriegerquartieren, als Eryn sah, wie Enric aus dem Palastkomplex herauskam. Ihre Blicke kreuzten sich für einen Moment, dann drehte sie sich um und verschwand im Gebäude. Das sollte ein sehr deutliches Signal für ihn sein, dass sie jetzt gerade nicht die Absicht hatte, mit ihm zu sprechen - eines, von dem sie hoffte, dass er es zur Abwechslung einmal respektierte.

Als sie bei den Stufen angelangt waren, die zum ersten Stock emporführten, lauschte sie wegen der Tür am anderen Ende des Ganges und nickte zufrieden, als alles ruhig schien. Gut - das bedeutete, dass er ihnen nicht gefolgt war.

Orrin öffnete die Tür zu seinem Quartier für sie und ließ sie als Erste eintreten. Vern sprang von dem Sofa auf, auf dem er gesessen hatte und wirkte plötzlich etwas eingeschüchtert, als er sie hereinkommen sah. Ganz offensichtlich war er nicht besonders angetan davon, sich mit beiden gleichzeitig auseinandersetzen zu müssen.

"Vater. Eryn", sagte er mit einem unbehaglichen Gesichtsausdruck, eindeutig in banger Erwartung dessen, was nun auf ihn zukam.

"Hinsetzen", knurrte Orrin, und der Junge gehorchte augenblicklich und sank zurück auf das Sofa, von dem er gerade aufgestanden war.

Eryn zog sich die Heilerrobe über den Kopf, um sie an einen Haken neben der Tür zu hängen, dann richtete sie ihre Tunika gerade, bevor sie näher an Vern herantrat.

"Du hast einiges zu erklären, junger Mann", sagte sie, ihre Augen fest auf ihn gerichtet. "Das war ein recht hinterhältiger Trick, den du uns heute gespielt hast."

"Ich sagte dir, dass du hier in Anyueel zu bleiben hast, solange wir fort sind", schaltete sich Orrin ein. "Solange du nicht großjährig bist, hast du dich an das zu halten, was ich als das Beste für dich befinde!"

Einige Augenblicke lang sprach niemand; das Argument, dass Orrins Worte in diesem Fall nicht zur Anwendung kamen - da sowohl der König, als auch Lord Tyront anders entschieden hatten - hing unausgesprochen in der Luft.

"Oder zumindest sollte das der Fall sein", ergänzte er. "Sobald wir aus Takhan zurück sind, werde ich dich an der kurzen Leine halten, bis du neunzehn Jahre alt und nicht länger meiner Aufsicht unterstellt bist."

Vern stöhnte. "Vater, es tut mir leid!"

"Darauf wette ich. Aber es tut dir nicht leid, dass du hinter meinem Rücken gehandelt hast, sondern dass du dafür büßen musst."

Die Miene des Jungen legte nahe, dass das nicht ganz von der Hand zu weisen war.

"Komm schon, Vater! Was blieb mir anderes übrig, als es zu versuchen? Das ist eine einzigartige Chance für mich!"

"Eine einzigartige Chance, dir dort draußen massiven Ärger einzuhandeln, du dummer Junge", platzte Eryn hinein. "Es ist gefährlich für Leute, die die Bräuche dort nicht kennen und nicht dem Schutz eines Hauses unterstehen. Ich war dort und weiß, wovon ich rede."

"Nur weil deine Mutter all ihre Tücken gegen dich eingesetzt hat, bedeutet das nicht, dass sie all ihre Gäste so behandeln", plädierte er. "Ich werde mich benehmen, ich verspreche es! Kein Beleidigen von wichtigen Leuten, keine Missachtung ihrer Traditionen, kein…"

Sie seufzte. "Vern, ich wollte nicht, dass du hierbleibst, weil ich Angst hatte, dass du dort Chaos und Verwüstung anrichtest, sondern dass du einfach hineinstolperst. Ich hätte zum Beispiel beinahe unwissentlich einen Verführungstanz mit Ram'an getanzt. Hätte Enric nicht eingegriffen, wäre das eine sehr missliche Situation geworden." Nicht, dass der Faustschlag, mit dem Enric Ram'an über einen ganzen Tisch samt Kissen geschleudert hatte, weniger verstörend gewesen war, erinnerte sie sich stumm. "Ich bin sicher, dass du dein Bestes geben wirst, um Respekt zu zeigen und die Gesetze nicht zu brechen, aber das ist nicht immer leicht. Außerdem bist du ein Ziel, weil du mit mir und damit auch Enric verbunden bist. Es gibt nicht nur angenehme Leute dort drüben."

"Also genau wie hier, meinst du?", fragte er nachdrücklich.

"Ja", gestand sie, "aber hier wissen wir zumindest meistens, in welche Richtung wir uns wenden können, wenn uns jemand das Leben schwermacht. Aber wir wissen kaum etwas über die offenen und verborgenen Allianzen und Feindschaften zwischen den Häusern und wer auch immer dort sonst noch wichtig ist."

"Aber das können wir doch lernen! Lord Enric ist gut bei allem im Zusammenhang mit politischen Einschätzungen; er wird dafür sorgen, dass wir sicher sind."

Das Vertrauen des Jungen in Enrics beachtliche Fähigkeiten der Konfliktvermeidung war berührend, aber das sollte ihn nicht verleiten, das mögliche Potential für Gefahren zu unterschätzen und auch die Notwendigkeit, dort vorsichtig zu sein.

"Du wirst eine Belastung sein, sobald wir abreisen", sagte sie gnadenlos.

Verns Blick zeugte von seiner Verstimmung. "Das sagst du nur, damit ich mich schlecht fühle, weil ich mitkommen darf!", klagte er.

"Nein, das stimmt nicht! Das ist einfach nur der Grund, weshalb ich dich hierlassen wollte."

"Lord Enric scheint dir da nicht zuzustimmen", entgegnete er mit verschränkten Armen. Es schien, als hätte er den Zustand der Beklemmung hinter sich gelassen und war bei schlichtem Ärger angelangt.

"Nein, aber um vollkommen ehrlich zu sein, interessiert es mich im Moment überhaupt nicht, was der allwissende Lord Enric über irgendetwas denkt", warf sie zurück.

Er verzog das Gesicht. "Du bist böse auf ihn."

"Natürlich bin ich böse auf ihn! Auf euch beide! Auf dich, weil du ein Idiot bist, und auf ihn, weil er ein manipulativer Bastard ist, der meine Ansichten nicht in Betracht zieht, sondern hinter meinem Rücken handelt!", zischte sie. Langsam atmete sie aus, als sie Orrins warme Hand auf ihrer Schulter spürte. Da stand sie also nun und begann ihren Unmut über Enric an Vern auszulassen. Gar nicht gut. Sie rieb sich über das Gesicht und ließ sich auf einen Stuhl fallen.

"Welchen Sinn macht es schon, dir zu sagen, was für ein Idiot du bist?", murmelte sie. "Dafür ist es jetzt zu spät. Alles in allem ist es Enrics Schuld. Er hätte es besser wissen sollen. Ich gehe davon aus, dass du diese Erlaubnis ohne seine Hilfe nicht so einfach erlangt hättest."

Vern schnitt eine Grimasse. "Es war nicht seine Schuld", sagte er, seine Loyalität ungebrochen von Eryns Worten der Ablehnung ihrem Gefährten gegenüber.

"Aus meiner Sicht war es das sehr wohl", erwiderte sie scharf. "Und jetzt keine Debatte mehr darüber! Geh in dein Zimmer und denk darüber nach, was du dir eingebrockt hast!"

"*Du* kannst mich nicht in mein Zimmer schicken! Vorgesetzte Magier dürfen sich nicht ungebeten in rein häusliche Angelegenheiten einmischen! So bestimmt es das Gesetz", wehrte er sich.

Orrin warf ihm einen Blick zu. "Aber *ich* kann das sehr wohl. Fort mit dir. Und bleib dort drin, bis das Abendessen kommt."

Der Junge stand mit schmollender Miene von seinem Stuhl auf, seine Lippen fest aufeinandergepresst, und marschierte auf seine Tür zu, die er dann mehr als nachdrücklich hinter sich schloss.

Die beiden Magier starrten einander eine Zeitlang an, dann atmete Eryn erschöpft aus. "Danke für deine Hilfe heute gegen Enric, als er wieder sein Spiel mit mir treiben wollte. Weißt du, ich denke, du bist der einzige Mensch in diesem verflixten Orden, dem ich wahrhaftig trauen kann. Du bist der Einzige, der die Möglichkeiten dazu hat, an diesem Spiel teilzunehmen, sich aber dagegen entschieden hat. Du bist wirklich ehrlich und zuverlässig. Der König sagte mir einst, dass du ein guter Mensch wärst. Geradlinig. Erst jetzt sehe ich, wie sehr das zutrifft."

Der Krieger zog seine Brauen hoch und lächelte. "Er sagte, ich sei *gut*? Welch wenig schmeichelhafte Charaktereinschätzung für einen Kämpfer."

"Würde dir *hinterhältig, manipulativ und nicht vertrauenswürdig* - so wie mein geliebter Gefährte - eher zusagen?", schnaubte sie.

Orrin seufzte. "Du kannst ihm vertrauen, Eryn. Wenngleich nicht immer, wenn es darum geht, Informationen mit dir zu teilen oder deine Wünsche zu respektieren. Aber du kannst dich darauf verlassen, dass er dich beschützt. Darum geht es immerhin bei all dem hier. Das verstehe ich sehr wohl. Allerdings muss ich auch meinen Sohn beschützen, also bin ich nicht besonders erbaut über die Strategie, die er gewählt hat. Ich glaube allerdings, dass er aufrichtig denkt, dass Vern keine Gefahr droht. Das Problem ist, dass ich diese Einschätzung nach eurem ersten Aufenthalt dort nicht teile."

Eryn nickte; dieser Meinung war sie ebenfalls.

"Besteht die Chance, dass wir etwas gegen die Entscheidung des Königs unternehmen können?"

Orrin schüttelte den Kopf. "Überhaupt keine. Der König kann seine Meinung diesbezüglich nicht ändern, es würde ihn unschlüssig erscheinen lassen. Und Enric würde es ebenfalls nicht gefallen. Lord Tyront und der König arbeiten noch immer daran, ihn glücklich zu machen. Bedauerlicherweise sind sie dabei nicht besonders zimperlich im Umgang mit anderen Leuten wie dir und mir."

"Heuchler", knurrte sie. "Zuerst sagen sie mir, dass sie meine Hilfe brauchen, da *mich* glücklich zu machen das ist, was Enric schlussendlich überzeugen wird; aber sobald sich die Frage stellt, ob man ihn oder mich verärgert, zeigt sich, wo ihre Prioritäten tatsächlich liegen. Das habe ich davon, wenn ich mit ihnen zusammenarbeite!"

"Politische Strategie, mein liebes Mädchen. Es ist ein schmutziges Spiel."

Sie schnaubte. "Als wüsste ich das nicht. Seit meiner Ankunft hier war ich ihre Spielfigur. Ich war nur einfach nicht darauf gefasst, dass Vern mich auf diese Weise hintergehen würde. Er nimmt bereits an dem Spiel teil - und spielt gegen mich!"

"Ich weiß." Er sah zur Tür von Verns Zimmer hin. "Aber du solltest verstehen, warum er es tut. Du bist so ziemlich der erste richtige Freund, den er jemals hatte, weil er einfach zu anders war als der Rest. Der Gedanke daran, dich, Junar und mich für einige Monate fortgehen zu sehen, war zweifellos kein einfacher. Wir alle sind zu diesem großen Abenteuer hin unterwegs, und ihn wollten wir zurücklassen. Das ist nichts, was ein entschlossener Junge wie er einfach so hinunterschlucken kann. Allerdings habe ich seine Entschlossenheit unterschätzt."

"Du bist stolz auf ihn!", rief sie anklagend aus.

"Halt den Mund! Das braucht er nicht zu wissen! Es würde ihn nur bestärken. Ja, natürlich bin ich stolz; es zeigt, dass er sich um sich selbst kümmern, seine Interessen vertreten und seinen Mann stehen kann. Das sind nützliche Stärken bei einem jungen Burschen."

"Dann schätze ich, dass ich wohl auf Enric ebenfalls stolz sein sollte? Da es für einen *erwachsenen* Burschen umso besser ist, seinen Mann zu stehen?", schnappte sie.

"Nein, du solltest zornig auf ihn sein, weil er dich nicht mit dem Respekt behandelt hat, den du als seine Gefährtin verdienst. Du solltest sichergehen, dass er diese Lektion bald lernt, oder das wird euch noch jahrelang verfolgen."

"Welch erfreulicher Gedanke", murmelte sie. "Weißt du, ich dachte, dass unsere Bereitschaft, miteinander in dieses Band dritten Grades einzutreten, bedeutete, dass wir am Ende einer Reise angelangt wären, dass wir dann unseren Rhythmus finden würden. Ich dachte, diese Befindlichkeit, dass wir einander lieben, wäre ein Zeichen, dass wir sozusagen sicher wären."

"Sagt die Frau, die an den Worten *Ich liebe dich* beinahe erstickt? Wann ist das denn passiert? Dass du schlussendlich erkannt hast, dass du ihn willst, ist nicht das Ende der Reise, sondern der Anfang. Und *sicher* wirst du niemals sein. Das Band ist keine Garantie dafür, dass ihr auf ewig glücklich miteinander sein werdet. Das ist Arbeit - kein seliger Zustand des Friedens, wo du dich für den Rest deines Lebens zurücklehnen kannst. Und woran du jetzt gerade arbeiten musst, ist, diesen Mann davon abzuhalten, dass er dich die ganze Zeit über als seine Untergebene behandelt."

"Irgendwelche schlauen Ideen, wie ich diese Meisterleistung vollbringen soll?", fragte sie leicht entnervt.

"Ich kann nicht die gesamte Arbeit für dich erledigen", meinte er mit einem gütigen Lächeln.

"Klar doch", schnupfte sie.

"Ich muss mich jetzt um ein paar Dinge kümmern. Ich gehe nicht davon aus, dass du beabsichtigst, zu Enric nach Hause zurückzukehren, also schlage ich vor, dass du dir eine Beschäftigung suchst."

Sie nickte. "Ich werde einen Boten losschicken, damit er mir ein oder zwei Bücher von der Klinik herbringt. Ich habe für die Prüfungen in zwei Wochen noch immer einiges an Vorbereitungsarbeit zu leisten."

Orrin stand auf. "Tu das. Wie lange wirst du ihn zappeln lassen? Soll ich das Gästezimmer für dich vorbereiten lassen?"

"Nein, das ginge zu weit, denke ich. Ich will nicht, dass er kommt, mich wie einen Mehlsack über seine Schulter wirft und mich nach Hause schleppt. Ich werde hier zu Abend essen und dann zurückkehren. Das sollte ihm genug Zeit zum Nachdenken geben. Er ist immerhin von der schnellen Sorte. Nun, meistens."

* * *

Nachdem er den gleichen Absatz zum dritten Mal gelesen hatte ohne sich an ein einziges Wort zu erinnern, schob Enric das Buch zur Seite. Er wartete noch immer auf Eryns Rückkehr.

Vor etwa drei Stunden war er in Orrins Quartier gewesen, als sie zum Abendessen nicht nach Hause gekommen war. Er wollte sie wissen lassen, dass er willens war, ihr etwas Raum zu geben, aber das dies nicht miteinschloss, dass sie die Nacht woanders verbrachte.

Sie hatte ihm erklärt, dass sie nicht die Absicht hatte, das zu tun, allerdings im Augenblick auch nicht mit ihm nach Hause kommen wollte. Nach ein wenig mehr Zeit, um sich zu beruhigen und schlecht über ihn zu sprechen würde sie zurückkehren. Dieser Austausch war sehr höflich und zivilisiert verlaufen. Daraufhin war er nach Hause gegangen und wartete seitdem darauf, dass sie auftauchte.

Natürlich hatte er die Zeit genutzt um nachzudenken. Er fragte sich, wie erfolgversprechend ein Versuch gewesen wäre, sie dazu zu überreden, Vern mitzunehmen. Oder ob es einen Unterschied gemacht hätte, wenn er sie einfach nur wissen hätte lassen, dass er Verns Plan unterstützte. Sie hatte ihm gesagt, er solle aufhören, sie wie seine Tochter zu behandeln. Hatte er das getan? Seine Gefährtin zu beschützen war sicherlich nicht das Gleiche, wie sie wie ein Kind zu behandeln?

Er dachte an seinen Vater und dessen Ansichten über die Rolle einer Frau. Nämlich, dass jeder Aspekt ihres Lebens von dem Mann, an den sie gebunden war, überwacht werden musste. Oder, falls es da niemanden gab, von ihrem Vater. Seine Schwester hatte das überhaupt nicht gut aufgenommen und ihr Elternhaus verlassen, sobald sie alt genug dazu war. Das war also kein besonders brauchbarer Ansatz.

Wie viel davon trug er in sich und wandte es unbewusst an? Dass er während seiner prägenden Jahre damit konfrontiert gewesen war, hatte womöglich seine Spuren hinterlassen.

Er schob den Gedanken beiseite, wütend auf sich selbst. Nur ein Feigling suchte die Verantwortung für die eigenen Fehler bei anderen. Vielleicht war ihm in den letzten fünfzehn Jahren seit seinem Aufstieg in die Ränge der Macht die Manipulation anderer einfach nur zur zweiten Natur geworden. Und zwar so sehr, dass er nicht einmal zögerte, die Person, die ihm am nächsten stand, so zu behandeln. Es war lange her, seit er sich das letzte Mal den Luxus erlauben konnte, irgendjemandem vollständig zu vertrauen, erkannte er. Aber nun tat er das. Nur, dass sein Kopf in dieser neuen Realität noch nicht so ganz angekommen zu sein schien. Daran musste er arbeiten, dachte er. Oder er würde es ihr unmöglich machen, ihm im Gegenzug ihr Vertrauen zu schenken.

Sowohl Orrin als auch Tyront hatten ihm gesagt, dass er hier etwas unternehmen musste. Wenngleich er ihre Einmischung in seine Beziehung nicht eben begrüßte, schätzte er doch ihre Meinung - ganz egal, wie angespannt die Situation zwischen ihnen sein mochte. Sie hatten Recht, wie ihm klar war.

Seine Gedanken kamen zum Stillstand, als er hörte, wie sich die Eingangstür öffnete, und er stand vom Sofa in seinem Arbeitszimmer auf.

An den Türrahmen gelehnt, beobachtete er, wie sie ihre Robe auszog und an einen Haken hing. An der plötzlichen Spannung in ihren Schultern bemerkte er den exakten Moment, als sie sich seiner Anwesenheit gewahr wurde.

"Hallo, Liebste", sagte er etwas befangen.

Sie drehte sich zu ihm um und nickte kurz. "Enric", sagte sie förmlich.

Komisch, dachte er, dass er all diese Monate hinweg diesen Kosenamen für sie benutzt hatte, sie ihn jedoch noch immer mit seinem Namen ansprach. Einmal hatte sie ihn in Takhan *Liebling* genannt, kurz nach ihrer Ankunft, als sie unter dem Einfluss des Glückseligkeitszaubers ihres Onkels gestanden hatte. Er hatte gehofft, dass sie daran festhalten würde. Allerdings vergeblich. Der einzige andere Name, den sie für ihn benutzte, war nicht eben schmeichelhaft. Bastard.

Er schlenderte auf sie zu und bemerkte die unmissverständliche Warnung in ihren Augen. Er entschied, dass es klüger war, sie im Moment nicht zu küssen und ergriff stattdessen ihre Hand, um sie zu einem Sofa im Salon zu führen.

"Ich habe nachgedacht", sagte er langsam und setzte sich neben sie, ohne ihre Hand loszulassen. Er war erleichtert, dass sie keine Anstalten machte, sie wegzuziehen. Das bedeutete, dass das Ausmaß ihres Ärgers soweit nachgelassen hatte, dass ein vernünftiges Gespräch möglich war.

"Hast du das."

"Ja. Ich verstehe, weshalb du böse auf mich bist. Und du hast Recht." Er lächelte, als sie überrascht blinzelte.

"Ach ja?"

"Ja. Ich habe mich so sehr daran gewöhnt, um die Leute herum zu arbeiten anstatt mit ihnen, dass ich mir nicht mehr die Mühe mache zu sehen, was angemessen ist. Jetzt sehe ich, dass meine Forderung, dass du Informationen mit mir teilst und dass meine Irritation, wenn du es nicht tust, nicht gerade fair sind, wenn ich an meine eigene Vorgangsweise vor kurzem denke. Tyront und Orrin sagten mir beide, ich sollte meine Wahrnehmung unserer Rollen überdenken."

Überrascht zog sie ihre Augenbrauen hoch. Bei Orrin kam so etwas nicht unerwartet. Aber Tyront war in dieser Sache ebenfalls auf ihrer Seite? Seine Worte waren es womöglich, die Enric zum Nachdenken angeregt hatten.

"So... was genau heißt das nun? Wirst du mir jetzt versprechen, dass du dein Verhalten mir gegenüber verbessern wirst?", fragte sie etwas skeptisch.

"Nein. Keine Versprechen. Ich werde es einfach tun."

Das brachte sie zum Lächeln. Bei jedem anderen Mann hätte es wohl wie Selbstdarstellung gewirkt, aber bei ihm war es nichts weiter als die Feststellung einer Tatsache. Das machte es wesentlich glaubwürdiger, als es jedes Versprechen gewesen wäre.

"Sehr gut. Tu das."

Er hob ihre Hand und küsste sie. "Das werde ich."

"Orrin sagte, dass du all das getan hast, um mich zu beschützen. Somit gehe ich also davon aus, dass es dir nicht leid tut, dass du Vern geholfen hast?"

Heikel, dachte Enric. Aber er konnte sie nicht anlügen, nicht jetzt. "Nein, das tut es nicht. Ich bedaure nur die Art und Weise, wie ich es tat. Ich hätte es mit dir besprechen sollen, egal, ob wir uns geeinigt hätten oder nicht. Zumindest wärst du nicht so überrascht gewesen, als du erkanntest, dass ich ihm half." Er lächelte. "Obwohl ich weiß, dass du trotzdem böse auf mich gewesen wärst. Aber nicht so sehr."

Sie atmete leichter. Es machte wenig Sinn, das zu bestreiten.

"Stecken wir in Schwierigkeiten?", fragte sie leise. "Miteinander, meine ich? Warum stolpern wir immer wieder in diese Situationen? Sieh dir Orrin und Junar an, die machen so etwas nie durch."

Enric legte ihr zärtlich die Hand in den Nacken und zog sie näher zu sich, bis seine Stirn an ihrer lehnte. "Ihre Umstände sind nicht ganz so kompliziert wie unsere, Liebste. Junar ist keine lange verschollene, exotische Prinzessin aus der Fremde mit magischen Fähigkeiten, die wir mehr oder weniger in den Orden gezwungen haben. Unsere Beziehung hat nicht gerade auf die übliche Weise begonnen, also mussten wir damit erst einmal fertig werden. Außerdem hat es die Art, wie wir miteinander umgehen, nun schon einige Zeit lang beeinflusst. Es ist höchste Zeit, dass wir das hinter uns lassen." Er lächelte. "Stell dir vor, wir beide würden zusammenarbeiten. Wir könnten die ganze Welt vor Angst erzittern lassen."

Sie lachte leise. "Dann lass uns unsere Schreckensherrschaft beginnen. Aber erst *nach* meinen Prüfungen, wenn es dir nichts ausmacht."

KAPITEL 27

Die Prüfungen

Eryn knabberte an ihrem dritten süßen Brötchen an diesem Morgen, vorsichtig darauf bedacht, das Buch vor ihr frei von Krümeln zu halten. Der Text befasste sich mit den Auswirkungen von Flüssigkeitsentzug auf den menschlichen Körper. Mit diesem speziellen Thema war sie nun schon beinahe fertig, allerdings warteten noch drei weitere Bücher auf dem Schreibtisch in ihrem Arbeitszimmer auf sie. Das waren die letzten, die sie in den verbleibenden zehn Tagen noch durcharbeiten musste.

Pe'tala hatte damit begonnen, sie mit Anspielungen darauf zu piesacken, wie anspruchsvoll die Prüfungen waren, wie sehr sie in Takhan gefürchtet waren - und wie überaus gerechtfertigt das war. Eryn war dazu übergegangen, diese kleinen Versuche, sie aus dem Gleichgewicht zu bringen, zu ignorieren. Unglücklicherweise funktionierten sie auf einer anderen Ebene nur allzu gut. Sie hatte einige Prüfungen ablegen müssen, seit sie dem Orden beigetreten war; grundsätzlich in sämtlichen Gegenständen, bei denen man darauf beharrte, dass sie sich anzueignen hatte. Allerdings hatte sie für keines dieser Themen ein besonderes Interesse aufgebracht und hätte gut damit leben können, falls sie durchgefallen wäre. Das war bloß etwas, das der Orden von ihr verlangte, nichts, das sie selbst erreichen wollte. Mit dem Heilen allerdings sah die Sache ganz anders aus. Das waren die Tests, die sie bestehen *wollte*, und vorzugsweise noch bevor sie ihre Reise nach Takhan antrat. Es wäre wesentlich netter, dort als beinahe vollständig zertifizierte Heilerin anzukommen, der nur noch ein einziges Examen fehlte, anstatt alle davon dort ablegen zu müssen!

Sie wusste, dass Pe'tala es ihr nicht leichtmachen würde. Das konnte sie auch gar nicht, selbst wenn sie es gewollt hätte. Ihre eigene Schwester - rechtlich gesprochen - zu prüfen, konnte ihr den Vorwurf einbringen, sie hätte es Eryn zu leicht gemacht. Oder zu hart, falls sie zu fordernd war und die Prüfung schlecht ausging, oder falls sie es Eryn aufgrund der noch immer vorhandenen Feindschaft zwischen ihnen unnötig schwermachte. Ersteres würde die Leute in Takhan veranlassen zu denken, dass sie das Zertifikat nicht wirklich verdient hatte; somit würden sie die Qualifikation nicht ernst nehmen. Und falls sie durchfiel, würde man sie als hilfloses Opfer ihrer Cousine und deren Durst nach Rache betrachten. Keine dieser Alternativen war besonders ansprechend.

Die einzige Option für beide, um aus dieser Sache herauszukommen, ohne sich für irgendetwas rechtfertigen zu müssen, waren gerechte Prüfungen, die sie schaffen würde und deren Aufzeichnungen dann von Heilerexperten in Takhan überprüft werden konnten.

Bloß kein Druck, dachte Eryn sarkastisch und kehrte zu ihrem Buch zurück, während sie den letzten Bissen ihres Brötchens schluckte. Ohne aufzusehen, tastete sie nach einem weiteren in dem kleinen Korb zu ihrer Rechten und runzelte die Stirn, als sie nur geflochtene Zweige unter ihren Fingern spürte. Schon leer? Aber vielleicht war das ohnehin besser. Seit sie mit der Vorbereitung auf ihre Prüfungen begonnen hatte, verspeiste sie diese Brötchen in ungeheuren Mengen. Es schien, als benötigte ihr Gehirn den zusätzlichen Zucker, um all die zusätzliche Lernarbeit zu bewältigen, die es nun leisten musste. Leider schien ihr Magen nicht allzu angetan von ihren Gelüsten. Er beschwerte sich immer wieder, so wie jetzt.

Sie schloss die Augen, heilte die Übelkeit weg und wusste nur zu gut, dass sie in wenigen Minuten zurück sein würde. Dann konzentrierte sie sich darauf, die letzten paar Seiten dieses Buches hinter sich zu bringen.

Gerade als sie es geschafft hatte, ihre Gedanken wieder dem Thema zuzuwenden, hörte sie ein Klopfen am Türrahmen und stöhnte, bevor sie aufblickte. Es sah aus, als hätte sie keine Chance, das Thema jetzt abzuschließen.

Enric stand im Türrahmen und hielt einen dünnen Papierstreifen hoch. Eine Nachricht aus Takhan also.

"Malriel möchte wissen, welche Arrangements bezüglich der Diener wir wünschen, solange wir dort sind. Wollen wir, dass sie den ganzen Tag über verfügbar sind, so wie wir es von hier gewohnt sind, oder wollen wir uns an die hiesigen Gebräuche anpassen?"

Eryn zog die Stirn in Falten. "Warum sollte das für sie von Interesse sein?" Dann dämmerte es ihr allmählich, als ihre Gedanken sich nicht länger mit dem Heilen beschäftigten, sondern sich ganz dem Gespräch zuwandten. "Einen Moment! Nein! Das ist nicht dein Ernst!" Sie stand von ihrem Stuhl auf. "Ich werde sicher *nicht* in der Aren Residenz bleiben!"

Er seufzte. "Eryn, als das neue vorläufige Oberhaupt des Hauses kann ich mich kaum dafür entscheiden, irgendwo anders zu wohnen. Das sähe aus wie ein Mangel an Einsatz, und völlig zu Recht."

Sie verschränkte die Arme. "Na schön. Das verstehe ich - ich gebe zu, dass es nicht gut aussehen würde."

Enric nickte und lächelte. "Gut, ich..."

"Aber auf mich trifft das nicht zu. Ich bin kein Mitglied ihres Hauses, und wenn man unser Zerwürfnis betrachtet, bezweifle ich, dass irgendjemand Einspruch erheben würde, wenn ich meine Distanz zu ihr und ihrem Haus wahre."

Seine Augen wurden eng. "Sagst du mir etwa, dass ich allein dortbleiben soll, während du bei Valrad und Vran'el einziehst? Was denkst du, wie wahrscheinlich das ist? Was lässt dich glauben, dass ich dem zustimmen würde? Wo ich hingehe, dort gehst auch du hin."

"Nicht, wenn du zur Aren Residenz gehst", korrigierte sie ihn mit entschlossener Miene. "Ich werde nicht mit ihr unter einem Dach wohnen. In dieser Sache lasse ich mich auf keine Diskussion ein. Ich verstehe, weshalb *du* dortbleiben musst, aber auf mich trifft das nicht zu. Ich werde nicht versuchen, dich dazu zu bewegen, dass du deine Pflichten vernachlässigst. Und wir können uns immerhin jeden Tag sehen. Die Residenzen sind nicht so weit voneinander entfernt."

Er kam näher und warf ihr einen unnachgiebigen Blick zu. "Das ist sehr nobel und großzügig von dir, aber ich habe nicht die Absicht, meinen Pflichten zu erlauben, dass sie mich von dir trennen. Das ist ein Versprechen."

Sie kniff die Augen zusammen. "Ich hoffe, dass du nicht versuchst, mir zu erklären, dass du mich dazu *zwingen* willst, dort zu bleiben."

"Nein. Ich versuche dir zu erklären, dass du mir wichtiger bist als Haus Aren und dass ich hoffe, dass wir einen Kompromiss finden, der für uns beide akzeptabel ist."

Ihre verkrampften Schultern entspannten sich, und ihre Atmung wurde wieder normal. Sie machten eindeutig Fortschritte. Gut.

"Was schlägst du also vor?", fragte sie.

"Wie wäre es, wenn wir woanders unterkämen, solange Malriel noch in der Stadt ist? Allerdings kann ich nicht bei Haus Vel'kim bleiben; es darf nicht so aussehen, als würde ich ein anderes Haus meinem eigenen vorziehen. Es muss ein neutraler Ort sein."

"Wie die Botschafterresidenz?"

"Genau", nickte er. "Ich schätze, wir könnten uns Kilan für eine Woche oder zwei aufdrängen. Obwohl wir uns natürlich mit einem anderen Teil der Residenz begnügen müssten, da das Hauptschlafzimmer nun ihm zusteht."

Sie lächelte. "Ich würde den armen Kerl auch nicht aus seinem Bett vertreiben wollen."

"Wie rücksichtsvoll von dir", lächelte er zurück, bevor er wieder ernst wurde. "Dann, nachdem Malriel Takhan verlassen hat, wirst du mit mir zur Aren Residenz kommen. Ich habe nicht vor, auch nur eine einzige Nacht ohne dich zu verbringen."

Ihr Blick verfinsterte sich bei dem Gedanken an die unangenehmen Zeiten, die sie dort erlebt hatte. Die Vorstellung, dort einige Monate lang leben zu müssen, war nicht gerade eine besonders erhebende. Aber Enric hatte genug Verständnis gezeigt, um keinen Versuch zu starten, sie zwangsweise dort einzuquartieren, solange Malriel in der Stadt weilte. Das bedeutete, dass es nun an ihr war, ihm entgegenzukommen.

"Also gut", seufzte sie. "Sobald die Königin der Dunkelheit Takhan verlassen hat, werden wir in ihren üblen Schlupfwinkel umziehen."

"Königin der Dunkelheit", sinnierte er und grinste. "Gefällt mir."

"Gut. Ich gedenke, sie fortan so zu bezeichnen."

"Nicht in feiner Gesellschaft, hoffe ich. Das würde die Leute veranlassen, sich zu fragen, wie stabil die neu geschmiedete Allianz zwischen unseren Häusern wirklich ist."

"Na gut", meinte sie schulterzuckend. "Was ist mit Orrin, Junar und Vern? Wo werden die wohnen?"

"Bei uns, natürlich. Beide Residenzen sind geräumig genug, um ohne Schwierigkeiten zwei Familien Platz zu bieten. Außer, du ziehst es vor, sie woanders unterzubringen?"

Eryn schluckte. "Ich dachte nur gerade an ihren anstehenden Familienzuwachs. Ihr Baby wird ungefähr zweieinhalb Monate nach unserer Ankunft dort zur Welt kommen. Wollen wir wirklich ein schreiendes Kind um uns herum? Man sagt, dass sie einen recht zerstörerischen Einfluss auf das Schlafverhalten von Menschen haben, weißt du."

"Das ist nicht besonders mitfühlend, Liebste", meinte er mit einem missbilligenden Kopfschütteln.

"Findest du? Ich bin durchaus mitfühlend. Nur eben in diesem Fall mit meinen eigenen Bedürfnissen."

"Du erinnerst dich aber daran, dass ihre Schwangerschaft zu einem gewissen Grad auch dein Verdienst ist, oder?"

Sie verdrehte die Augen. "Dann denkst du also, dass ich auf diese Weise dafür bezahlen sollte? Fabelhaft. Lass mich dich nur daran erinnern, dass auch deine Nächte weniger friedvoll verlaufen werden, als du es gewohnt bist. Und wenn wir ihnen einmal erlaubt haben, bei uns zu bleiben, können wir sie nicht einfach so wieder fortschicken, nachdem das Baby damit begonnen hat, uns jede Minute unseres Schlafs zu rauben. Das sähe dann so richtig übel aus."

Enric lächelte nur. Sie unter ein Dach mit einem neugeborenen Kind zu bekommen, würde sie womöglich ihre negative Einstellung dazu überdenken lassen, selbst eines zu bekommen. Immerhin waren die meisten von ihnen immens liebenswert. Er hoffte, dass Junar und Orrins Kind sich als manierlich mit einem hohen Niedlichkeitsfaktor erweisen würde.

"Hast du überhaupt keine Bedenken, mit einem Untergebenen zu leben? Mit zwei davon sogar", versuchte sie es mit einem anderen Argument. "Es könnte etwas unangemessen wirken, denkst du nicht?"

"Erstens, wären das *drei* Untergebene, wenn man dich ebenfalls mitzählt. Und zweitens werde ich für die Dauer unseres Aufenthalts dort vom Orden entbunden, somit werde ich nicht länger Teil der Hierarchie sein."

"Ja, klar", murmelte sie, "erinnere mich bloß nicht daran."

"Sei guten Mutes, Teuerste: Ich bin dann auch einige Zeit lang nicht mehr dazu berechtigt, dir irgendwelche Befehle zu erteilen. Ich hätte gedacht, dass dir das gefällt", meinte er leise lachend.

Sie rollte mit den Augen. "Du wirst dort drüben als Oberhaupt eines Hauses und Senator kaum weniger mächtig sein als du es hier bist. Ich bin zuversichtlich, dass du irgendeinen zulässigen Grund finden wirst, um mich herumzukommandieren."

Er grinste. "Was soll ich sagen? Ich bin ein geborener Anführer."

Sie schnaubte. "Nicht, wenn ich den Geschichten glauben schenke, die ich gehört habe. Sie legen den Verdacht nahe, dass einiges an Druck erforderlich war, um dich von einem starrköpfigen, ungehorsamen, respektlosen, faulen jungen Mann in diesen *geborenen* Anführer zu verwandeln."

"Du weißt ja, wie sich Geschichten mit der Zeit verändern, wenn sie weitererzählt werden", meinte er schulterzuckend.

Sie lachte. "Nicht in dem Ausmaß."

Sein Blick fiel auf ihren leeren Brotkorb. "Hast du dich durch eine weitere Portion Brötchen gefuttert? Ich finde deine Essgewohnheiten, während du Theorie büffelst, besorgniserregend. Ich bin kein Heiler, aber das erscheint mir recht einseitig."

"Ich habe es unter Kontrolle. Ich kann jederzeit aufhören, wenn ich will. Im Moment will ich nur einfach nicht. Ein paar süße Brötchen pro Tag werden mich nicht umbringen. Du bist doch nicht etwa beunruhigt, dass ich schwabbelig werden könnte?", kicherte sie. "Diese Liebe, bei der du darauf beharrst, dass du sie mir entgegenbringst - ein paar zusätzliche Kurven werden sie doch nicht vermindern, oder etwa doch?"

"Nein, keineswegs. Aber deswegen muss ich mich wohl kaum sorgen, solange du deine Kampffertigkeiten durch regelmäßiges Training verbessern musst. Das sollte dich fit genug halten. Und da du weiterhin ein Mitglied des Ordens bleiben wirst und wir zufällig deinen Kampftrainer mit uns nehmen, gibt es nichts, was dich davon abhalten könnte, dein Training in Takhan fortzusetzen. Ist das nicht praktisch?"

"Einfach herrlich", knurrte sie. "Geh. Ich muss dieses Buch abschließen, denn wenn ich durchfalle, muss ich mir Pe'talas zufriedenes Hohnlächeln ansehen, wenn sie mir erklärt, dass sie schon immer wusste, dass eine Aren keine Heilerin sein kann."

"Du wirst nicht durchfallen. Dafür bist du zu stur." Zärtlich küsste er ihre Lippen und wandte sich dann ab. "Ah, ja, eine Sache noch: Tyront bat mich, dich daran zu erinnern, dass er von dir erwartet, dass du all deine anderen Prüfungen ebenfalls schaffst, bevor wir abreisen. Er will dich tauglich und bereit für die geheiligten Hallen des Rats der Magier, sobald wir zurückkehren."

"Grandios. Sagenhaft", schnappte sie. "Als hätte ich sonst nichts zu tun." Nun, zumindest würde sich Pe'tala um das Heilen kümmern, solange sie fort waren. Damit war ihr eine große Last von den Schultern genommen, auch wenn sie nicht auf die angenehmste Art und Weise darüber informiert worden war - von Vern, während ihres Treffens mit dem König.

"Geh!", sagte sie erneut und warf ihm den leeren Korb nach, den er geschickt mit einer Hand auffing. "Und hol mir mehr Brötchen."

Er nickte. "Das werde ich. Nur um dir zu beweisen, dass ich dich noch immer lieben werde, wenn du rundlicher wirst."

"Auf diese Worte werde ich womöglich eines Tages zurückkommen", lachte sie und nahm Platz, um einen weiteren Versuch mit dem Buch zu starten.

* * *

Eryn parierte einen niedrigen Hieb mit ihrem Schwert und wurde dafür von Orrin mit einem anerkennenden Blick bedacht.

"Nicht schlecht. Nachdem du zu Beginn kaum in der Lage warst, die Augen offen zu halten, hätte ich nicht gedacht, dass du diese Waffe heute noch ordentlich einsetzen würdest."

"Ich soll in ein paar Tagen mehrere sehr wichtige Prüfungen bestehen, also denke ich, dass du zumindest ein *klein wenig* Geduld aufbringen könntest. Nicht, dass du das jemals zuvor getan hast, wenn ich sie gebraucht hätte, wohlgemerkt."

"Ich sage dir, wovon ich denke, dass du es brauchst - einen Tritt in den Hintern wegen deiner Jammerei und dem Winseln, du miserabler Schwächling", knurrte er.

"Unsensibler Rohling!", rief sie aus. "Wir hält es Junar bloß mit jemandem wie dir aus? Besonders jetzt, wo sie Mitgefühl und Verständnis bräuchte?"

"Das ist ganz einfach. Ich lebe meinen Drang, andere zu quälen, bei dir aus. Damit bleibt für sie ein liebender, rücksichtsvoller Gefährte übrig, der all ihre Hoffnungen erfüllt. Nun, wie schwierig kann dieses Examen denn schon sein?", meinte er achselzuckend. "Du bist jetzt eine Heilerin seit, wie lange, fünfzehn Jahren?"

"Ganz so einfach ist es nicht", korrigierte sie ihn und versuchte nach seinem Schienbein zu treten, während sie zu einem Schlag gegen seine Schulter ansetzte. Er wich beidem problemlos aus. "Die Dinge, die ich für die Prüfung wissen muss, sind etwas ausgiebiger als das, was ich in der Vergangenheit für meine Arbeit gebraucht habe. Es ist also nicht so, als müsste ich mich nicht hinsetzen und mich darauf vorbereiten. Ganz im Gegenteil. Und Pe'tala wird die Sache für mich so zermürbend wie nur möglich gestalten."

"Könnt ihr beide nicht endlich anfangen, euch wie Erwachsene zu verhalten und diese lächerliche Zankerei hinter euch lassen? Ich erschaudere, wenn ich daran denke, dass ihr zwei im Moment die beiden sachkundigsten Heiler in diesem Königreich seid. Wie soll man einer von euch vertrauen können, wenn ihr euch wie Kinder benehmt, sobald ihr die Klinik verlasst?"

"Ich zwinge niemanden dazu, meine Dienste in Anspruch zu nehmen, wenn ich als nicht professionell genug erachtet werde", grollte sie. "Und die Lehrlinge werden immer besser, also gibt es jetzt genug Auswahl. Außerdem, wer braucht mich denn jetzt noch? Nicht einmal meine eigene Klinik darf ich leiten!"

Orrin stöhnte und richtete den Blick himmelwärts. "Nicht das schon wieder! Dir ist doch bewusst, dass man dir eine Position *über* der des Oberhaupts der Heiler gegeben hat, oder? Das Heileroberhaupt ist *deinem* Befehl unterstellt!"

"Und ich seinem Befehl in meiner Eigenschaft als Heilerin!", entgegnete sie verärgert. "Ernsthaft, wie absonderlich ist das denn? Wie kann ich der gleichen Person übergeordnet und unterstellt sein? Wer denkt sich so etwas aus? Bezahlt der Orden jemanden, nur um mir das Leben so schwer wie möglich zu machen? Als ob es nicht schon mühsam genug wäre, dass ich meinem eigenen Gefährten unterstellt bin!"

"Schon wieder Gejammer", seufzte Orrin und führte eine Reihe an raschen Hieben aus, um sie auf Trab zu halten. "Aber weißt du was?", meinte er mit einem boshaften Glänzen in seinen Augen. "Das alles sollte in Zukunft ohnehin kein Problem mehr sein, da dir der Orden nicht genug Zeit lassen wird, um viel zu heilen."

"Ach, halt einfach den Mund", zischte sie und duckte sich unter einem hoch angesetzten Schlag, um sich dann flink zu revanchieren, indem sie ihn mit der flachen Seite ihres Schwertes ins Kreuz traf. "Du bist tot", lächelte sie liebenswürdig und schob ihr Schwert in die Scheide. "Womit unsere Stunde zu Ende wäre, würde ich sagen."

"Aber keineswegs", grinste er. "Ein wahrer Krieger lässt sich durch so eine Kleinigkeit nicht aufhalten. Du ziehst deine Waffe besser wieder, sonst wird das recht schmerzhaft für dich."

"Du würdest doch wohl keine unbewaffnete Lady angreifen?"

"Ich denke, ich habe dir in der Vergangenheit öfter als einmal demonstriert, dass mich das nicht aufhält. Erinnerst du dich an unsere erste Trainingsstunde?"

Sie knirschte mit den Zähen. "Diejenige, wo du mich mit diesem Holzstock so lange geschlagen hast, bis ich den anderen aufhob? Ich war überall grün und blau!"

"Und doch scheint es dich nicht ausreichend beeindruckt zu haben, um mich richtig einzuschätzen. Wie schade."

Flink sprang sie zurück, als er mit einem Tritt auf ihren Oberschenkel zielte. Nun, zumindest hatte er ohne seine Klinge angegriffen. Das war zumindest etwas.

"Was treibt dein treuloser, ungehorsamer Sohn denn so?", wechselte sie das Thema.

"Es geht ihm soweit gut. Er ist damit beschäftigt, seine lange Abwesenheit zu planen. Wenn ich davon ausgehe, wie du die Frage formuliert hast, bist du wohl noch immer böse auf ihn, weil er es geschafft hat, dass er mitkommen darf."

"So offensichtlich ist das also?", meinte sie, ihr Gesichtsausdruck düster.

"Ja, ziemlich", nickte er. "Junar ist erleichtert darüber, dass er uns begleitet. Sie hat mir Vorwürfe gemacht, weil ich ihn zurücklassen wollte."

"Junars Meinung zählt nicht", schnaubte Eryn. "Sie ist momentan nicht ganz klar im Kopf mit diesem Baby, das in ihrem Inneren heranwächst. Diese Hormone beeinträchtigen die Fähigkeit einer Frau zu klarem Denken auf höchst seltsame Weise, soweit ich das mitbekommen habe."

Orrin zog eine Braue hoch. "Ich würde zu gerne mitansehen, wie du diesen Satz in Anwesenheit meiner liebreizenden Gefährtin wiederholst."

"Bist du verrückt? Sie würde mir den Kopf abreißen!"

"Ja, das würde sie wohl", bestätigte er. "Weißt du, ich hoffe, ich werde eines Tages erleben, wie du ein Kind bekommst - trotz deiner Entschlossenheit, dass das niemals passieren wird. Ich frage mich, wie deine Reaktion ausfiele, würde jemand so etwas zu dir sagen."

"Viel Glück dabei", lächelte sie spöttisch. "Außerdem würde ich wohl wie jede andere schwangere Frau reagieren, also völlig irrational - und dir somit den Kopf abreißen. Mir graut vor dem Gedanken, Junar mit nach Takhan zu nehmen. Die Reise dauert immerhin vier Tage. Zwei Tage auf holprigen Straßen und zwei weitere auf See werden wahrscheinlich dazu führen, dass sich ihr ohnehin schon empfindlicher Magen noch häufiger entleert. Ich frage mich wirklich, weshalb du diesen Befehl einfach so hingenommen hast."

Er zuckte mit den Schultern. "Womöglich Neugier."

"Neugier? Du?" Sie starrte ihn an. Ihr bodenständiger Orrin? Das schien untypisch für ihn.

"Ich finde es beleidigend, was du mir mit deiner Verwunderung unterstellst", sagte er ruhig und schlug ihr mit einer Bewegung, die weder

Gewandtheit, noch magisch verbesserte Geschwindigkeit erforderte, das Schwert aus der Hand. "Ebenso beunruhigt mich jegliches Fehlen einer Reaktion. Was habe ich dir immer wieder über Ablenkung während des Kämpfens gesagt?"

Sie seufzte und bückte sich, um ihre Waffe aufzuheben. "Dass ich sie vermeiden soll."

"Genau. Also, weshalb denkst du, ich wäre unfähig, Neugier zu empfinden? Das ist ein Abenteuer, eine Chance, etwas zu erleben, das völlig anders ist als das hier." Seine Geste schloss die Stadt und womöglich auch alles außerhalb mit ein. "Eine Herausforderung. Etwas Neues. Eine Chance, etwas zu *tun*." Bei den letzten Worten klang eine gewisse Schwermut mit.

Eryn betrachtete ihn nachdenklich. Warum hatte sie gedacht, er wäre immun gegenüber den Verlockungen eines Abenteuers in der großen, weiten, unbekannten Welt? Weil er für sie eine Säule dieser verstaubten Institution namens *Orden* war? Und doch hatte er sich als einer der wenigen erwiesen, die Veränderungen gegenüber offen waren. Seine Freundschaft zu ihr war ein mehr als ausreichender Beweis dafür. Man konnte wohl sagen, dass sie hier in dieser Gegend die Verkörperung von Veränderung war.

Sein Blick wurde weniger verklärt, als er sie wieder ansah. "Das ist etwas, von dem ich weiß, dass du es nachvollziehen kannst, aber in meinem Fall nicht erwartet hättest. Neugier auf neue Dinge hat für dich etwas mit Intelligenz zu tun, und dieses Konzept kannst du nur schwer auf einen Mann mit einem Schwert in der Hand anwenden." Es war keine Frage, sondern eine schlichte Behauptung.

Eine, die nicht ganz von der Hand zu weisen war, wie sie zugeben musste. Er hatte Recht. Sie tendierte dazu zu vergessen, dass er über eine rasche Auffassungsgabe verfügte. Aus diesem Grund war sie auch jedes Mal überrascht, wenn er besonnen auf die Intrigen um sie herum reagierte. Immer wieder bewies er ihr, dass er ein fähiger Denker war, doch da es nicht zu ihrem Bild von seinem Beruf passte, verwarf ihr Kopf dies stets von Neuem.

"Ich lebe mit einem fähigen Kämpfer, von dem ich auch weiß, dass er geistig rege ist", bemerkte sie, unwillig zuzugeben, dass er mit seiner Einschätzung ihrer Einstellung richtig lag.

"In seiner Eigenschaft als Kämpfer hast du nicht viel mit ihm zu tun", antwortete Orrin. "Außerdem ist es in seinem Fall eine Strategiefrage, dass er dich nicht vergessen lässt, dass er hier oben fit ist." Er tippte sich mit dem Zeigefinger auf die Stirn. "Sonst würdest du ihn nicht respektieren."

Sie blinzelte. War es für Enric eine Strategie, sie konstant daran zu erinnern, dass er intelligent war?

Er lächelte. "Ich kann sehen, dass dir das nicht wirklich passt. Du möchtest dich selbst lieber als jemanden sehen, der seine Zu- oder Abneigung für andere nicht von deren geistigen Kapazitäten, sondern von deren Charakter abhängig macht. Erstaunlich, was wir über uns selbst lernen, was?"

Sie blickte ihn finster an, wohl wissend, dass er Recht hatte, aber keineswegs erfreut darüber. Sie brachte Menschen tatsächlich eine gewisse Geringschätzung entgegen, wenn sie auf das Nachdenken nicht viel Zeit verschwendeten. Oder den Mund öffneten ohne vorher zu überlegen. Wie Inad. Oder Sanaf.

"Du sagst also, dass ich im Hinblick auf Intelligenz ein Snob bin, wenn auch nicht bezüglich Geld oder Status?"

Einen Moment lang überlegte er, bevor er nickte. "So könnte man es wohl ausdrücken. Obwohl das nichts ist, worüber ich mir in deinem Fall Sorgen machen würde. Wir alle haben unsere Vorlieben, wenn es um die Menschen geht, mit denen wir uns umgeben. Ich als Trainer ziehe Leute vor, die schnell lernen, Entschlossenheit zeigen und eine gewisse rebellische Ader haben."

Sie wölbte eine Augenbraue. "Tatsächlich? Eine rebellische Ader? Dann muss es für dich ja ein wahres Vergnügen gewesen sein, als man dir mein Training übergab, nachdem ich hergebracht wurde. Die Erfüllung eines Traums sogar."

"Ich bin ein Kämpfer, Eryn; ich genieße eine Herausforderung. Aber das bedeutet nicht, dass ich in deinem Fall jeden Aspekt davon geschätzt habe. Auch ich habe ein Gewissen, selbst wenn du das einem bloßen Kämpfer ebenfalls nicht zutraust. Ich war nicht glücklich darüber, jemanden trainieren zu müssen, der nicht wegen einer Missetat in Gefangenschaft geriet, sondern weil sie zufällig als Magierin und mit der falschen Haarfarbe geboren wurde. In Enrics Fall ging es damals darum, seine Müßigkeit zu überwinden und auch die Entschlossenheit, bloß keine allzu guten Leistungen zu erbringen, damit er seinen Vater weiterhin enttäuschen und verärgern konnte. Du allerdings warst absolut gegen das Kämpfen, weil es gegen deine Überzeugungen verstieß. Dir mag wohl klar gewesen sein, dass es der König und der Orden waren, die wollten, das du es tust. Dennoch war immer noch *ich* derjenige, dem du jeden Tag in der Arena gegenübertreten musstest."

Langsam nickte sie. Ihr war nicht bewusst gewesen, dass sich all das auch für ihn als beachtliche Bürde erwiesen hatte.

"Und doch habe ich es irgendwie geschafft, dich irgendwann zu mögen."

Daraufhin grinste er. "Aber natürlich hast du das. Ich bin immerhin liebenswert. Außerdem habe ich erlaubt, dass du dich mit Vern anfreundest, und das war zweifellos ein großer Punkt zu meinen Gunsten."

Sie grinste zurück. "Du verschlagener Gauner. Dein eigenes Fleisch und Blut so auszunutzen."

"Es ist ja nicht so, als müsste ich nicht den Preis dafür bezahlen", seufzte er. "Du warst nicht gerade immer der beste Einfluss auf ihn, wenn ich dich daran erinnern darf. Und lass uns nicht vergessen, dass es einem Kämpfer wohl lieber wäre, wenn sich sein einziger Sohn für einen anderen Beruf als Heiler entscheiden würde."

Ungeduldig winkte sie ab. "Unsinn. Wäre es dir lieber gewesen, dein Sohn hätte sich in einen durchschnittlichen Kämpfer anstatt eines brillanten Heilers verwandelt? Und dass er das Heilen erlernt hat, muss immerhin Anklang gefunden haben bei deiner Schwäche für Rebellen, die du zu haben behauptest. Lord Orrins mutiger Sohn, der den möglichen Zorn des Ordens und des Königs riskiert, um dem Pfad eines Pioniers zu folgen und zu lernen, was seit Jahrhunderten kein anderer Magier zu tun vermochte. Tu bloß nicht so, als würde dich seine Berufswahl verstimmen", schnaubte sie. "Das ist an mich verschwendet, fürchte ich."

Orrin lachte leise. "Ich sehe schon, ich kann dir nichts vormachen." Seine Miene wurde wieder ernst. "Wie wird es ihm in Takhan ergehen? Worüber sollte ich mir Sorgen machen?"

Einen Moment lang dachte sie nach, dann gab sie mit einem hilflosen Seufzer zu: "Ich weiß es nicht, wirklich. Wir haben fünf Wochen dort verbracht, aber wir waren fast immer in Gesellschaft eines Einheimischen, wenn wir ausgegangen sind. Also war die meiste Zeit über jemand dabei, der uns vor Ärger bewahrt hat. Ich wage zu behaupten, dass es für mich selbst auch noch immer eine Menge zu lernen gibt, wenn wir dorthin zurückkehren. Wenn ich dort arbeite und mich ausbilden lasse, wird man von mir erwarten, dass ich mich stärker als bisher an ihre Gebräuche anpasse. Das wird man von uns allen erwarten. Aber zu deinem Glück bin ich dort zufällig ein Mitglied einer einflussreichen Familie, also werden wir alle Hilfe bekommen, die wir brauchen. Die Meisten von ihnen sind ebenfalls Heiler, also sollte das den Weg für Vern ebnen."

Orrin nickte langsam. "Ich schätze, damit kann ich vorerst leben. Können wir etwas tun, um uns vorzubereiten? Grußformeln lernen, welche kulturellen Patzer man vermeiden sollte und solche Dinge?"

"Es gibt ein paar Dinge, die wir euch noch mitteilen werden, aber dafür wird noch genug Zeit sein, wenn wir einmal auf der Straße und auf dem Boot unterwegs sind", fügte sie mit einer Grimasse des Grauens hinzu. "Es ist wichtig, dass ihr nicht zu viel Kleidung mitnehmt. Ihr werdet neue brauchen, die für das dortige Klima geeignet ist. Unsere schweren Kleider mitzunehmen wäre nur unnötiges Gewicht. Und da du ohnehin deine eigene Schneiderin dabeihast, wird es kein allzu großes Problem werden, an neue Gewänder zu kommen. Vorausgesetzt, sie ist dann mit ihrem überdimensionalen Bauch noch in der Lage, irgendwelche Arbeiten zu verrichten."

"Ich gehe davon aus, dass es dort Schneider gibt, falls sie es nicht mehr kann", bemerkte er. "Wie sieht es mit unserer Unterbringung in Takhan aus? Wo werden wir wohnen?"

"Zu Beginn werden wir in der Botschafterresidenz unterkommen, weil ich mich weigere, auch nur eine einzige Nacht unter dem gleichen Dach wie Malriel zu verbringen. Sobald sie abgereist ist, werden wir in die Aren Residenz umziehen, da Enric als Oberhaupt dieses Hauses nicht einfach irgendwo anders wohnen kann. Mach dir aber keine Sorgen - dort ist genug Platz für uns alle. Die Häuser legen Wert auf geräumige Residenzen; das ist eine Frage des Ansehens. Wenn man dort keine kleine Armee unterbringen kann, geziemen sie sich nicht für diese soziale Klasse."

Ihr schroffer Ton ließ ihn eine Augenbraue hochziehen. "Eine interessante Aussage von deiner Seite. Darf ich dich daran erinnern, dass du hier *zwei* Häuser bewohnst? Dein eigener Lebensstil ist also auch nicht gerade bescheiden."

"Das ist gar nichts im Vergleich zu dem was *die* dort als angemessen erachten, glaube mir. Oh, ja - und du wirst dich daran gewöhnen müssen, nach dem Essen ein Schläfchen zu machen. Da es allerdings um Mittag herum ohnehin zu heiß ist, um irgendetwas anderes zu tun, ist das nicht so schlimm, wie es klingt."

Seine Miene war zweifelnd; der Gedanke, mitten am Tag zu dösen, war nicht besonders packend. "Wie ein kleines Kind."

"Grundsätzlich ja", grinste Eryn. "Aber du darfst am Abend länger aufbleiben."

* * *

Eryn schloss einen Moment lang die Augen und atmete aus, so wie sie es gelernt hatte. Es war blödsinnig, nervös zu sein. Das hier war ihre Klinik, und die Prüfungen würden sich um die Arbeit drehen, die sie mehr oder weniger ihr Leben lang verrichtet hatte. Und auch noch ein paar Dinge miteinschließen, von denen sie noch niemals zuvor gehört und nur über Bücher davon erfahren hatte. Warum konnten ihre nagenden Gedanken nicht rechtzeitig schweigen, wo sie sich doch zu beruhigen versuchte?

Sie zwang sich, den Türgriff zu dem Raum, der für ihr Examen heute vorbereitet worden war, nach unten zu drücken. Pe'tala und Lord Poron standen bei einem der Fenster und unterhielten sich entspannt. Und warum auch nicht, dachte Eryn - immerhin hatten die beiden keinen Grund zur Nervosität.

An einem Ende des Zimmers waren drei Tische aufgestellt, zwei davon zusammengeschoben, einer etwas abseits gegenüber platziert. Dort würde sie als die Prüfungskandidatin sitzen.

"Gut, du bist hier", nickte Pe'tala und fügte dann hinzu: "Ich hatte schon begonnen, mir Sorgen zu machen, ob du auftauchst."

Eryn entschied, nicht darauf zu antworten. Es war wohl kaum weise, ihre Prüferin nur Minuten vor der Prüfung zu provozieren.

Lord Poron lächelte sie aufmunternd an, nahm an einem der Tische Platz und zog einen Stift und mehrere Blätter Papier zu sich, um der Aufgabe der Dokumentation, die ihm übertragen worden war, nachzukommen.

"Bist du bereit oder brauchst du noch irgendetwas, bevor wir beginnen? Wasser? Einen letzten Gang auf die Toilette?", fragte Pe'tala und nahm dann neben Lord Poron Platz.

"Nein, ich bin bereit", erwiderte Eryn etwas steif.

"Gut", lächelte ihre Cousine. "Dann setz dich."

Das tat sie und sah zu, wie Pe'tala langsam ein paar Papiere zu sich heranzog, um sie genau durchzusehen, als wüsste sie nicht ganz genau, was darauf geschrieben stand, obwohl sie die Fragen selbst zusammengestellt hatte. Das war sicher nichts anders als ein kleines Spielchen, um sie noch nervöser zu machen, dachte Eryn beklommen.

"Wie dir zuvor schon mitgeteilt wurde, besteht dieses Examen aus insgesamt vier Prüfungen, von denen ich dir drei abnehmen werde. Das sind Anatomie, Krankheiten und Verletzungen. Um den vierten Test, nicht-magisches Heilen, wird sich Sarol von Haus Roal kümmern, sobald du in Takhan bist", begann Pe'tala. "Ich werde dir zu jedem Thema drei Fragen stellen. Die wirst du beantworten, während Lord Poron deine Antworten zur späteren Begutachtung in Takhan mitschreibt. Du musst zwei von drei Fragen vollständig beantworten, damit das Thema als bestanden gilt. Jede Prüfung muss einzeln bestanden werden; überragende Ergebnisse in einem Bereich gleichen ungenügende Leistungen in einem anderen nicht aus. Hast du irgendwelche Fragen zu der Vorgehensweise, die ich dir soeben erläutert habe?"

Eryn schüttelte den Kopf. "Nein." Man würde ihr Fragen stellen, und die würde sie so gut sie konnte beantworten. Nicht besonders kompliziert.

"Dann beginnen wir also. Du kannst dir aussuchen, womit wir anfangen."

"Verletzungen", sagte Eryn sofort.

Pe'tala nickte und blätterte ihre Notizen durch, bis sie den gewünschten Zettel vor sich hatte. "Verletzungen also. Erste Frage: Weshalb sind Kopfverletzungen so gefährlich, wenn sie nicht behandelt werden?"

"Äußere Kopfverletzungen können zu erheblichem Blutverlust führen, da der Kopf sehr gut durchblutet ist. Das kann rasch dazu führen, dass der Blutfluss im Körper nicht mehr ausreichend funktioniert", antwortete Eryn und beobachtete, wie Lord Poron ihre Antwort mit einer überraschenden Schnelligkeit niederschrieb, die sie nicht für möglich gehalten hätte. Wahrscheinlich nutzte er ein wenig Magie, um über sich hinauszuwachsen.

"Und innere?", erkundigte sich Pe'tala weiter.

"Interne Verletzungen können dazu führen, dass sich Blut auf der Innenseite des Kopfes sammelt, wo es nicht sein sollte, dort gerinnt und die Versorgung anderer Bereiche verhindert. Oder es mag sogar dazu führen, dass das Gehirn gegen die Innenseite des Schädels gedrückt wird. Wenn Hirngewebe durch Druck beschädigt wird, erholt es sich - anders als andere Gewebearten - nicht mehr allein ohne die Anwendung von Magie. So könnten wichtige Funktionen unwiederbringlich verloren gehen."

Pe'tala fragte dann nach den langfristigen Auswirkungen dieser Verletzungen, wie diese beurteilt und behandelt werden sollten und welche äußeren Auswirkungen eine unbehandelte Verletzung zeigen würde.

Eryn beantwortete alle Fragen, musste aber bei der letzten davon auf ein wenig Schwafelei zurückgreifen. Magie zur Verfügung zu haben machte es oftmals unnötig, sich äußere Auswirkungen anzusehen.

"Ich werde diese Frage insgesamt als ausreichend beantwortet beurteilen. Nun zur zweiten Frage. Welche unterschiedlichen Arten von Knochenverletzungen kennst du? Mich interessieren ihre Eigenschaften, wie sie typischerweise auftreten, wie sie behandelt werden sollten und welche Folgen oftmals auftreten, wenn keine Behandlung erfolgt."

Auch das war kaum eine Herausforderung, und nach etwa zehn Minuten ununterbrochener Ausführungen unterbrach Pe'tala. "Also schön, ich kann sehen, dass du dich mit Knochen auskennst. Diese Frage wurde zu meiner Zufriedenheit beantwortet. Nun zu Frage drei. Welche verschiedenen Arten von Weichteilgewebe kennst du, und wo liegen die Unterschiede in ihrer Behandlung?"

Eryn stöhnte innerlich. Das war eine immens weitläufige Frage, die man problemlos in mehrere kleinere aufteilen hätte können. Aber es machte wenig Sinn, sich zu beschweren, besonders da sie in der Lage war, die Frage zu beantworten. Obwohl sie womöglich eine halbe Stunde dafür brauchen würde.

* * *

Gierig stürzte Eryn in ganzes Glas Wasser in einem Zug hinunter. Sie hatte den ersten Teil ihres Examens gut genug hinter sich gebracht, und Pe'tala hatte ihr eine kurze Pause zugestanden. Vern hatte in der kleinen Küche unten auf sie gewartet und sah zu, wie sie ihr Glas erneut füllte.

"Nun? Wie läuft es?", fragte er erwartungsvoll.

"So weit, so gut. Den ersten Teil habe ich bestanden, auch wenn sie versucht hat, die Fragen recht kniffelig zu gestalten. Was nicht ganz unerwartet kam, wie ich zugeben muss."

"Was war der erste Teil?"

"Verletzungen. Sie fragte mich nach Verletzungen an Kopf, Knochen und Weichteilgewebe. Keine allzu große Herausforderung. Wegen der anderen beiden Teile sorge ich mich allerdings ein wenig. Ich vergesse die Dinge aus den Büchern meines Onkels ständig wieder. So viele davon habe ich selbst noch nie gesehen, also hoffe ich, dass sie sich an die gängigeren Sachen halten wird und mich mit den ungewöhnlicheren verschont."

Vern zog eine Grimasse. "Wie gut stehen die Chancen dafür?"

Sie seufzte. "Wohl nicht besonders gut. Warum bist du überhaupt hier? Solltest du zu dieser Tageszeit nicht im Unterricht sein? Sag bloß nicht, du bleibst unerlaubt fern?"

"Das tue ich nicht. Ich erzähle es dir später."

"Da bist du ja", kam Pe'talas Stimme von der Tür hinter ihnen. "Es wird Zeit fortzusetzen. Wir wollen hier nicht den ganzen Tag herumsitzen."

Eryn nickte, nahm ihr aufgefülltes Glas mit sich und folgte ihrer Cousine zurück die Stiege hinauf und in den Raum, um sich Runde zwei der Tortur zu stellen.

* * *

Es war früher Nachmittag, als Pe'tala sich zurücklehnte, nachdem sie sich die Antwort auf ihre letzte Frage angehört hatte. "In Ordnung, die Frage ist beantwortet. Was uns zum Ende dieses Examens bringt. Lass mich die Ergebnisse zusammenfassen. Lord Poron, wenn ich einen Moment lang Eure Aufzeichnungen nutzen dürfte?" Sie zog die Blätter zu sich. "Der erste Teil über Verletzungen verlief sehr gut, du hast beinahe alle Fragen vollständig beantwortet. Der zweite Teil über Krankheiten war etwas weniger eindrucksvoll, aber immer noch ausreichend, um zu bestehen. Der dritte Teil über Anatomie wurde ebenfalls gut bewältigt, zweieinhalb der drei Fragen wurden zu meiner Zufriedenheit beantwortet." Dann sah sie zu ihrer Cousine auf und lächelte zurückhaltend. "Ich gratuliere. Du hast bestanden! Nicht mit dem überdurchschnittlichen Erfolg, mit dem wir in Haus Vel'kim im Allgemeinen abschneiden, aber für eine Aren ist es kein übles Ergebnis, würde ich sagen."

Eryn atmete langsam aus und schüttelte den Kopf. "Ist es so eine Zumutung für dich, mich durchkommen zu lassen, dass du nicht einmal höflich dabei sein kannst, sondern mich beleidigen musst? Ist es dir dermaßen zuwider zu sehen, dass ich etwas zustande bringe?"

Pe'tala sah sie einige Augenblicke lang an, dann spitzte sie die Lippen. "Du hast Recht. Das war nicht angemessen. Lass es mich noch einmal versuchen. Ich gratuliere dir zu den bestandenen Prüfungen. Das hast du gut gemacht. Besonders, da meine persönlichen Anforderungen bekanntermaßen etwas höher sind als die der anderen. Du magst nicht in Haus Vel'kim geboren worden sein, aber es tut gut zu sehen, dass du uns keine Schande bereitet hast. Bis jetzt."

Eryn lachte leise. "Passabler Versuch, liebste *Schwester*." Sie kam auf die Beine. "Wenn ihr mich nun entschuldigen würdet, ich muss jetzt ernsthaft ausspannen." Sie nickte Lord Poron zu und schlenderte zur Tür hinaus, erleichtert, glücklich und mit einem Heißhunger auf einen ganzen Korb süßer Brötchen.

* * *

Enric stand von seinem Stuhl auf, als er hörte, wie die Eingangstür geöffnet und einen Moment darauf wieder geschlossen wurde. Er wartete nun schon seit geraumer Zeit auf sie.

"Wo warst du? Ich will dir schon seit zwei Stunden gratulieren", sagte er und ging auf sie zu, während sie ihren Umhang aufknöpfte.

Sie lächelte. "Wie es aussieht, verbreiten sich die Nachrichten rasch. Ich bin durch die Stadt spaziert, um meinen Kopf freizubekommen." Sie hob einen Papiersack mit Brötchen. "Und ich habe mir noch ein paar von denen geholt."

"Sagtest du nicht, die bräuchtest du, um dein Gehirn während des Lernens mit Zucker zu versorgen?"

"Das stimmt auch. Aber jetzt sieht es so aus, als könnte ich nicht einfach so von einem Tag auf den nächsten auf sie verzichten. Ich werde morgen mit der Entwöhnung anfangen. Ich finde, heute sollte ich mir solch kleine Freuden nicht versagen."

Er nickte ernst. "Das solltest du auf keinen Fall. Du hast dir jedes Stück Gebäck in diesem Sack verdient."

"Das habe ich", stimmte sie zu. "Woher weißt du von den Prüfungsergebnissen? Nein, warte - es war Lord Poron, nicht wahr? Ich kann mir irgendwie nicht vorstellen, dass Pe'tala die frohe Kunde verbreitet hat. Wahrscheinlich war er angewiesen, Tyront sofort über das Resultat zu informieren."

Enric nickte. "Genau." Er ergriff ihre Hand. "Und jetzt setz dich zu mir und erzähl mir, ob deine Cousine besonders grausam war."

Sie kicherte. "Ganz unglaublich sogar. Sie versuchte mich zu vernichten, aber ich habe jeden einzelnen ihrer Versuche mit meiner unvergleichlichen Genialität zunichtegemacht."

"Das ist mein Mädchen."

Sie ließ sich von ihm zu einem Sofa führen und sah zu, wie er losging, um eine Flasche süßen Weins samt zweier Gläser zu holen.

"Lord Poron meinte, du hättest die veranschlagte Zeit für die Prüfungen leicht überzogen."

Mit einem Schnauben nahm sie ein Glas entgegen. "Leicht? Sie hat mich drei Stunden lang ausgequetscht anstatt der üblichen zwei. Ihre Fragen waren so allgemein formuliert, dass meine Antworten recht umfassend sein mussten. Und zuweilen hat sie so tief in die Details hineingefragt, dass ich ganz erstaunt bin, dass wir nur *eine* zusätzliche Stunde dafür gebraucht haben."

"Aber du hast dich durchgesetzt", lächelte er und stieß mit seinem Glas an ihres. "Ich bin stolz auf dich. Das bedeutet, dass du jetzt drei Viertel deiner Zertifizierung für Takhan geschafft hast."

"Das habe ich! Und ich bin so froh, dass es vorläufig vorbei ist. Jetzt kann ich mich auf die Prüfungen konzentrieren, von denen Tyront will, dass ich sie ablege, damit er mich schlussendlich in ein nützliches Mitglied des Ordens verwandeln kann", meinte sie mit einer Grimasse.

"Im Gegensatz zu deiner derzeitigen Nutzlosigkeit?"

"Nun, offensichtlich. Es scheint, dass es Tyront nicht reicht, dass ich eine Heilerin bin."

Er seufzte. "Sind wir gerade wieder bei der Debatte angelangt, weshalb du nicht zum Oberhaupt der Heiler gemacht wurdest?"

Sie schüttelte den Kopf. "Nein. Das würde nicht viel bringen, oder?"

"Überhaupt nichts", bestätigte er. "Aber genug davon. Du wirst lernen müssen, damit zu leben."

Sie schluckte eine scharfe Entgegnung und nahm einen Schluck von ihrem Glas. "Vern war heute in der Klinik während einer meiner Prüfungspausen. Weißt du, warum er nicht im Unterricht war?"

"Das weiß ich tatsächlich. Allerdings denke ich, dass Vern derjenige sein sollte, der es dir erzählt. Er war in den letzten beiden Stunden zweimal hier, um nach dir zu suchen. Beim zweiten Mal hatte ich Mitleid und teilte ihm mit, dass du deine Prüfungen bestanden hast. Ich habe ihn, Junar und Orrin für heute Abend zum Essen eingeladen. Ich dachte, es wäre eine nette Gelegenheit, deinen Erfolg zu feiern und ihnen noch einmal ein paar der ausländischen Essensgepflogenheiten näherzubringen, mit denen sie sich vertraut machen müssen."

Sie grinste. "Ich hoffe, das bedeutet nicht, dass ich meine Brötchen mit unseren Gästen teilen muss? Da die hier meine letzten für die nächste Zeit sein sollten, bin ich sehr besitzergreifend."

"Nein, Liebste, die gehören dir ganz allein", versprach er. "Unsere Gäste sollten in etwa zwei Stunden eintreffen. Das bedeutet, dass es Zeit wird, mit dem Kochen zu beginnen. Ich habe die Diener gebeten, die Möbel aus dem Esszimmer zu entfernen, damit wir die Sitzkissen verwenden können, die wir mitgebracht haben."

Sie streckte sich träge. "Heißt das, ich muss mitkommen und dir beim Kochen helfen?"

Er schüttelte den Kopf. "Nein, ich kann dich unmöglich am Tag deines glorreichen Triumphs arbeiten lassen. Warum gehst du nicht nach oben und nimmst ein Bad, während ich die Versorgung unserer Gäste übernehme?"

Eryn nickte enthusiastisch. "Wenn es das ist, was du wünschst, muss ich wohl nachgeben, wenn auch schweren Herzens."

"Ich weiß dein Opfer zu schätzen", lächelte er und stand auf.

* * *

Überrascht sah Eryn von ihrem Buch auf, als es an der Badezimmertür klopfte. Enric hielt sich üblicherweise nicht mit Klopfen auf, bevor er eintrat, und jeder sonst wartete im Normalfall, bis sie herauskam.

"Ja?", rief sie und ließ sich ein wenig tiefer ins Wasser gleiten.

Die Tür öffnete sich, und Junar steckte den Kopf herein. "Hallo, du. Stört es dich, wenn ich hereinkomme?"

Eryn zuckte mit den Schultern. "Nein, keineswegs. Allerdings befürchte ich, dass die Sitzmöglichkeiten hier nicht allzu komfortabel sind. Alles, was ich dir anbieten kann, ist der kleine Hocker, auf dem ich mein Buch ablege, wenn ich bade."

Junar winkte ab und schloss die Tür hinter sich. "Das geht schon in Ordnung, solange ich nur meinen Füßen eine kleine Pause gönnen kann. Ich war den ganzen Tag lang unterwegs."

"Vorbereitungen für unser großes Abenteuer?", erkundigte sich Eryn und ließ ihr Buch auf den Boden fallen, da der Hocker nun besetzt war.

"Ja, ich muss. Ich möchte immerhin noch ein Geschäft haben, wenn ich zurückkehre. Ich schätze, dass Pe'tala hierbleibt anstatt bald heimzukehren, erleichtert deine eigenen Vorbereitungen enorm."

"Meine Vorbereitungen? Die bestanden bisher zum Großteil daraus, den ganzen Kram für meine Prüfungen zu lernen. Die Klinik hat jetzt ein Heileroberhaupt, das dafür zu sorgen hat, dass die Heilerdienste weiterlaufen. Und er hat Pe'tala, die ihm sowohl bei Heiler- und Verwaltungsangelegenheiten unter die Arme greifen wird. Mitglieder von Haus Vel'kim tragen schon seit Generationen die Verantwortung für das Heilen in Takhan, wie mir gesagt wurde. Immerhin ist es mehr oder weniger das Familiengeschäft."

Junar verzog das Gesicht. "Ich würde dir ja zu deinem vergleichsweise maßvollen Vorbereitungsaufwand gratulieren, aber ich weiß, dass du es vorgezogen hättest, selbst die Verantwortung für die Klinik zu tragen, also spare ich mir meine Worte."

"Oh Mann, hör bloß auf mit dem Thema", seufzte Eryn. "Kannst du mir eines dieser Brötchen reichen?"

"Du isst die also immer noch die ganze Zeit? Sogar während du badest? Das ist ein wenig ungewöhnlich, wenn du mich fragst. Ist es möglich, dass du schwanger bist?", fragte Junar nachdrücklich und hielt ihr ein Gebäck hin.

"Ich, schwanger?", schnaubte Eryn. "Das ist höchst unwahrscheinlich, das darfst du mir glauben. Ich habe meine Methoden, um das zu verhindern und bin bei deren Anwendung sehr gewissenhaft."

"Schade. Die Idee hätte mir gefallen. Kannst du dir uns beide vorstellen, wie wir gemeinsam unsere Kinder großziehen? Wir könnten sie wie Geschwister aufwachsen lassen. Vern ist zu alt, um unserer Kleinen ein Bruder zu sein. Er wird eher die Rolle eines Onkels übernehmen, könnte ich mir denken."

Eryn überlegte kurz, dann schüttelte sie den Kopf. "Nein, ich würde kein Kind aufziehen wollen. Zu laut. Zu abhängig. Zu hilflos. Zu beeinflussbar. Orrin behauptet bereits jetzt, ich hätte einen schlechten Einfluss auf seinen sechzehnjährigen Sohn." Sie grinste boshaft. "Stell dir vor, wie viel ich deiner Tochter beibringen könnte."

Junars Gesicht verdüsterte sich. "Du wirst dieses Kind nur unter Aufsicht bekommen. Oder ich habe bald ein dreijähriges Mädchen, das den Orden auf sehr farbenfrohe Weise verflucht."

"Das ist eine berechtigte Sorge", gab Eryn unumwunden zu. "Ich war immer schon der Ansicht, dass es dem allgemeinen Wohlbefinden dient, wenn man ein gewisses Vokabular zur Verfügung hat, um seinem Zorn Luft zu machen."

"Allerdings nicht für das Wohlbefinden deiner Gesellschaft", betonte Junar.

"Nun, man muss Prioritäten setzen. Bist du als einzige früher gekommen oder sind deine Männer unten?"

"Wir sind alle hier." Sie rollte mit den Augen. "Sie versuchen, mich so wenig wie möglich aus den Augen zu lassen. Als ob ich jeden Moment ohnmächtig zu Boden fiele, ließen sie mich auch nur für einen Augenblick lang allein. Jedes Mal, wenn ich morgens im Badezimmer länger brauche, kommt Orrin nachsehen um sicherzugehen, dass ich nicht auf dem nassen Boden ausgerutscht oder einer anderen Katastrophe zum Opfer gefallen bin."

"Eigentlich finde ich das allerliebst", meinte Eryn achselzuckend.

"Ach ja? Dann frage ich mich, weshalb du immer so verärgert reagierst, wenn Enric dich vor etwas beschützt."

"Das ist etwas völlig anderes. Sie beschützen dich, weil du dich aufgrund der Tatsache, dass du ein Lebewesen in dir trägst, in einem Zustand erhöhter Verwundbarkeit befindest. Enric beschützt mich nur deshalb, weil er denkt, ich könne mich nicht um mich selbst kümmern."

"Was natürlich vollkommener Unsinn ist", murmelte Junar.

"Wie bitte?", schnappte Eryn.

"Nichts."

"Weißt du was? Mein Bad ist wesentlich weniger entspannend geworden, seit du hier hereingestürmt bist und Ruhe und Frieden gestört hast."

Die Schneiderin lächelte und griff nach einem Handtuch. "Gut. Dann kannst du genauso gut aufstehen, dich abtrocknen, anziehen und dann mit mir nach unten kommen."

Eryn beobachtete ihre Freundin, wie sie zur Tür ging und rief ihr nach: "Du hast mir nicht einmal zu meinen bestandenen Prüfungen gratuliert!"

"Gratuliere!", warf Junar über ihre Schulter zurück, bevor sie die Tür schloss.

Genau. Das hatte sich angefühlt, als wäre es so richtig von Herzen gekommen.

* * *

Sie kam die Stufen hinunter und erblickte Orrin und Vern neben dem Barschrank, wo sie miteinander diskutieren.

"Nein, ein Glas ist genug für dich", sagte sein Vater leicht genervt.

"Es ist doch bloß Wein!", protestierte Vern und hob anklagend sein leeres Glas, als wäre es eine Grausamkeit sondergleichen, dass ihm Nachschub verwehrt wurde.

"Du kannst nach dem Essen noch eines haben, aber nicht auf leeren Magen. Es ist immer noch Alkohol."

Vern seufzte schicksalsergeben und stellte das leere Glas resigniert zur Seite.

"Keine Sorge, mein Junge", sagte Eryn, während sie die letzten paar Stufen herabstieg, "er erklärt auch *mir* immer noch, wie viel ich seiner Ansicht nach trinken soll - und ich bin wirklich alt genug, sollte man meinen."

"Ja, das sollte man in der Tat meinen", bemerkte Orrin mit einer hochgezogenen Augenbraue.

Enric betrat den Salon durch die Tür des Esszimmers. "Gut, du bist hier. Das Abendessen ist auch fertig; wenn ihr mir also folgen würdet."

Vern entfernte sich vom Getränkeschrank, um Eryns Arm zu nehmen und sie zum Esstisch zu führen. Junar war bereits im Esszimmer und teilte das Essen aus, das Enric vorbereitet hatte.

"Heute Abend dinieren wir also auf westliche Art", kommentierte Vern und nahm die Anordnung der Sitzkissen auf dem Boden, den niedrigen Tisch und das exotisch anmutende Geschirr wahr.

"Sehr richtig", nickte Enric. "Das soll gleichzeitig lehrreich sein und euch einen Einblick gewähren, wie ein Abendessen in Takhan aussehen wird. Ein wichtiger Unterschied ist, dass das Essen vom Gastgeber anstatt von Bediensteten zubereitet wird. Ein weiterer ist, dass das Fleisch vom Gastgeber persönlich erjagt wurde. Alles andere würde ihm zur Schande gereichen. Nun nehmt bitte Platz." Er wartete, bis alle saßen, bevor er sich auf ein Kissen zwischen Junar und Eryn sinken ließ. "Seht ihr die Wasserschüssel vor euch? Die ist dazu gedacht, sich darin die Hände zu waschen." Er lehnte sich vor, um es vorzuzeigen, dann trocknete er seine Hände mit einem kleinen Handtuch ab.

Eryn folgte seinem Beispiel, dann reinigten die Gäste ebenfalls ihre Hände.

"Jetzt nehmt die Schüsseln, die Junar freundlicherweise bereits gefüllt hat, und beginnt zu essen. Als Gastgeber erwartet man von mir, dass ich mein Mahl als Letzter beginne. So kann ich sichergehen, dass alle Gäste zufriedengestellt sind."

"Etwas würzig", kommentierte Junar und sog Luft durch den Mund ein.

Eryn reichte ihr ein Stück Brot. "Iss das hier. Trink bloß kein Wasser, das würde die Gewürze nur weiter auf deiner Zunge verteilen."

"Ich finde es nicht besonders scharf", meinte Vern mit einem Stirnrunzeln. "Für mich passt es genau."

"Schwangere Frauen haben eine veränderte Wahrnehmung sowohl in Bezug auf Gerüche als auch Geschmack", erklärte Eryn.

Vern warf Junar einen nachdenklichen Blick zu. "Das bedeutet, dass die Dinge jetzt anders schmecken und riechen als zuvor? Das erklärt einiges. Ein paar der Dinge, die sie in letzter Zeit kombiniert…" Er schüttelte den Kopf, als wäre es unzumutbar für ihn, die seltsamen und widernatürlichen Dinge, die er mitansehen hatte müssen, in Worte zu fassen.

"Armer Junge", nickte Eryn mit gespieltem Mitgefühl. "Junar spuckt in regelmäßigen Abständen ihre Mahlzeiten wieder aus, und niemand will anerkennen, dass du eigentlich derjenige bist, der am meisten leidet."

Enric seufzte. "Ich denke nicht, dass das ein angemessenes Thema für ein Tischgespräch ist - weder hier, noch in den Westlichen Territorien. Während des Essens ist es gebräuchlich, sich über angenehme Dinge zu unterhalten, um Respekt für die Bemühungen des Gastgebers zu zeigen."

"Es tut mir leid", murmelte Eryn.

"Das sollte es auch. Immerhin ist es nicht so, als wüsstest du darüber nicht Bescheid."

"Dann schätze ich, können wir uns genauso gut über meinen Erfolg bei den heute stattgefundenen Prüfungen unterhalten. Das ist etwas Erfreuliches. Und ich muss sagen, dass die Gratulationen bisher nicht ganz so reichlich geflossen sind, wie es meiner Ansicht nach angemessen wäre."

Orrin seufzte theatralisch. "Niemand hat wirklich daran gezweifelt, dass du es schaffen würdest, Eryn. Aber trotzdem - ich gratuliere."

"Sie hat es mir nicht gerade leichtgemacht, damit du es weißt", schmollte Eryn. "Es war kein Spaziergang am Königsweg, sondern eine wirkliche Herausforderung!"

"Versuch einmal, am frühen Abend oder an Markttagen den Königsweg entlangzugehen. Das ist auch recht herausfordernd", meinte Vern schulterzuckend.

Sie warf ihm einen vernichtenden Blick zu. Es sah nicht so aus, als würde sie die Anerkennung erhalten, die ihr ihrer Meinung nach zustand, dachte sie mürrisch und lehnte sich mit ihrer Schüssel zurück. Es war zwar nett, dass man ihre Fähigkeiten als so beachtlich einschätzte, aber ein wenig Bewunderung hätte ihrem Ego dennoch gutgetan.

Vern hob seine leere Schüssel. "Ist es höflich, um Nachschlag zu bitten?"

Enric schüttelte den Kopf. "Nicht besonders. Du stellst deine leere Schüssel auf den Tisch und wartest darauf, dass dir der Gastgeber mehr anbietet. Aus eigenem Antrieb zu fragen lässt durchblicken, dass der Gastgeber seine Pflichten vernachlässigt."

Der Junge nickte und stellte die leere Schüssel vor sich ab, bevor er Enric erwartungsvoll ansah.

"Vern, darf ich dir eine zweite Portion anbieten?", fragte Enric, als würde er die Antwort nicht bereits kennen.

"Aber sicher, Lord Enric, da sage ich nicht nein", erwiderte Vern aufrichtig.

Enric beugte sich vor, um die leere Schüssel wieder zu füllen und reichte sie zurück. "Ich freue mich, dass es dir zusagt."

"Das tut es. Ich frage mich, ob ich auch versuchen sollte, das Kochen zu erlernen. Ich meine, immerhin esse ich wirklich gerne. Und es scheint, dass wir in Takhan für uns selbst kochen müssen."

"Ja, das würde ich empfehlen", nickte Enric. "Es ist eine Fertigkeit, deren Beherrschung von jedem in den Westlichen Territorien erwartet wird. Sie amüsieren sich darüber, dass wir von Dienern dermaßen abhängig sind. Wir können ihnen so beweisen, dass wir in dieser Hinsicht nicht vollkommen hilflos dastehen."

"Vater sagte, dass wir mit Euch in Malriels Haus wohnen werden?"

"Ja, das werdet ihr. Ich denke, es ist ratsam, dass wir zusammenbleiben." Es bedeutete auch, dass mehr Leute ein Auge auf Eryn hätten, fügte er im Stillen hinzu. Seiner Erfahrung nach konnten dieser Aufgabe nicht genug Leute nachkommen.

"Ich gehe davon aus, dass ihr in Betracht gezogen habt, dass wir diese unbeschwerte Gruppe in wenigen Monaten mit einem schreienden Kind beglücken werden?", lächelte Junar.

"Genau das habe ich ihm auch gesagt", seufzte Eryn. "Und doch besteht er darauf, euch bei uns zu behalten."

Orrin warf ihr einen harten Blick zu. "Charmant."

Sie zuckte mit den Schultern. "Hey, du hast dieses Baby gemacht. Warum sollte ich deswegen meine friedlichen Nächte aufgeben müssen?"

"Ich erinnere mich dunkel daran, dass du deinen Anteil daran hattest, dass dieses Kind gezeugt wurde", betonte er.

"Wohl wahr", gab sie zu. "Und ich werde mich auch daran beteiligen, es aufzuziehen. Irgendjemand muss diesem Kind zeigen, wie man Lippen liest und ihm andere solch hilfreichen kleinen Dinge beibringen."

"Ich kann mich nur wiederholen. Du wirst auf dieses Kind nur unter Aufsicht aufpassen", warf Junar ein.

"Ich dachte, *ich* sollte der schlechte Einfluss sein?", meinte Vern und zog die Stirn in Falten.

"Du?" Eryn lachte. "Komm schon! Das Wunderkind? Welcher schlechte Einfluss könntest *du* denn schon sein? Indem du das Kind dazu bringst, hart und fleißig zu lernen?"

"Das weise ich von mir! Als hätte ich noch nie irgendetwas auch nur annähernd Verbotenes getan! Ich habe dich in magischem Kampf unterwiesen!", protestierte er.

"Ja, weil du wolltest, dass ich dir das Heilen beibringe. Das geht in Richtung der Wunderkind-Sache. Gib mir ein besseres Beispiel", verlangte sie lachend.

"Ich habe hinter deinem Rücken dafür gesorgt, dass ich mit euch in die Westlichen Territorien reisen kann. Das war gerissen und hinterhältig!"

"Das zählt nicht. Auch das hast du nur getan, damit du mehr lernen kannst. Deine Argumente beweisen, was für ein harmloser kleiner Streber du bist. Auf jeden Fall untauglich, um einen schlechten Einfluss auszuüben."

Vern überlegte einen Moment lang, dann lachte er. "Ich habe etwas! Ich habe nackte Frauen auf einen antiken Stadtplan in der Bibliothek gezeichnet."

Orrin fluchte. "Das warst *du*?"

Enric lächelte. Damit war Tyronts versteckter Krümel an Information, mit dem sich der Junge womöglich eines Tages erpressen ließe, dahin.

Stolz verschränkte Vern die Arme. "Ja, das war ich. Ich habe es getan. Es war selbstsüchtig, zerstörerisch und verantwortungslos. Genau was man braucht, um einen schlechten Einfluss auf ein Kind auszuüben."

"Ich gratuliere", knurrte sein Vater. "Ich bin sicher, dass deine Patienten diese Charaktereigenschaften sehr zu schätzen wissen, wenn sie von dir behandelt werden sollen."

Eryn lehnte sich vor und grinste breit. "Das hast du wirklich getan? Auf einem antiken Stadtplan?"

Vern nickte. "Klar. Nach Einbruch der Dunkelheit schlich ich mich hinein. Die Fertigstellung hat mich drei Nächte gekostet, dann verging noch eine weitere Woche, bis Lord Poron es entdeckte. Danach war ich ziemlich angespannt", grinste er und stellte seine Schüssel zurück auf den Tisch.

"Soll ich dir noch einmal nachfüllen?", fragte Enric.

"Nein, vielen Dank, Lord Enric. Ich bin satt."

"Gut. Dann würde ich sagen, du teilst Eryn deine Neuigkeiten mit. Sie hat mich bereits gefragt, weshalb du heute nicht beim Unterricht warst", schlug er vor.

"Weil der König beschlossen hat, dass ich nicht länger mit den anderen Jungs in meinem Alter unterrichtet werden soll. Von nun an werde ich Einzelstunden erhalten, die mir ermöglichen werden, meine Ausbildung früher abzuschließen." Sein Grinsen wuchs in die Breite. "Es scheint, als hätte ihn mein kleiner Vorstoß beeindruckt. Er meinte, dass es eine Schande sei, mir die langsame Gangart des Unterrichts in einer Klasse aufzuzwingen. Er denkt, dass ich stärker profitieren würde von einem anderen Arrangement, dass sich mehr auf meine individuellen Bedürfnisse konzentriert."

Eryn nickte anerkennend. "Das befürworte ich ganz und gar. Also, wie wird das ablaufen? Wie mein eigener Unterricht, wo ich Bücher lese und dann darüber abgeprüft werde?"

"So ziemlich, ja. Ich kann zu den Lehrern gehen und sie fragen, wenn mir etwas unklar ist, aber sonst bin ich recht unabhängig. Ich muss jeden Monat eine bestimmte Anzahl an Prüfungen bestehen, kann mir aber aussuchen, in welcher Reihenfolge ich sie ablege."

"Was denkst du, wie viel früher du so deine Ausbildung beenden könntest?", fragte sie.

"Ich schätze, dass ich das Ganze um etwa zwei Jahre verkürzen kann, wenn ich von der Lerngeschwindigkeit meiner Klasse in der Vergangenheit ausgehe. Und ein paar Fächer kann ich überspringen, denke ich. Wie zum Beispiel botanische Studien. Ich habe dank dir im letzten Jahr bereits mehr über Pflanzen gelernt, als der Lehrer jemals wissen wird", meinte er.

"Das bedeutet, dass ich dich in etwa drei Jahren als voll ausgebildeten Heiler zu meiner Verfügung haben werde", spekulierte sie. Das waren großartige Neuigkeiten.

"Höchstens", bemerkte er selbstbewusst. Dann wirkte er niedergeschlagen. "Das Einzige, das ich noch immer wie gehabt absolvieren muss, ist das Kampftraining. Es scheint, dass kein Weg darum herumführt."

"Nein", bestätigte Orrin. "Aber ich wäre mehr als bereit, dich hierbei zu unterstützen."

Verns Miene wirkte, als wäre er davon nicht allzu angetan. "Vielen Dank. Da kann ich mich aber glücklich schätzen."

Eryn grinste. "Warum sollte es dir besser gehen als mir? Wenn ich dieses verdammte Training durchstehen muss, dann solltest du das ebenfalls müssen. Das ist nur recht und billig."

"Ja, was auch immer", seufzte er. "Ich sehe noch immer nicht, weshalb man Heilern Kampftraining zumutet."

"Weil der Orden noch immer dabei ist herauszufinden, wie er mit all den kürzlich erfolgten Veränderungen umgehen soll", erklärte Enric geduldig. "Ich kann dir nicht versprechen, dass Heiler in naher Zukunft davon entbunden sein werden, ihre Kampffertigkeiten zu trainieren, aber ich gehe davon aus, dass es eines Tages unterschiedliche Anforderungen bezüglich des Fertigkeitslevels geben wird. Wie auch immer, zuerst müssen wir den Ratsmitgliedern Zeit geben, sich an die Idee zu gewöhnen, dass nicht mehr alle Mitglieder des Ordens Kämpfer sind. Das ist ein Prozess, der Zeit braucht. Sie mussten sich in letzter Zeit dank unserer neuesten Ergänzung hier an einige Veränderungen gewöhnen." Er nahm Eryns Hand und führte sie an seine Lippen. Dann stand er auf und trat an eine hölzerne Kiste, um eine bauchige, fremdartig anmutende Flasche herauszunehmen.

"Hey, die kenne ich!", strahlte Vern. "Das haben wir getrunken, als Ram'an uns damals in sein Quartier einlud. Er sagte, dass es Unglück bringt, die Flasche nicht zu leeren, sobald sie einmal geöffnet wurde!"

Enric sah ihn nachsichtig an. "Das, mein Junge, war nicht ganz aufrichtig, befürchte ich. Das behauptete er nur, um Eryn betrunken zu machen."

Eryn starrte ihn an. "Ach ja?"

"Ja, Liebste. Solch einen Brauch gibt es nicht. Ich habe es überprüft."

"Brillant", murmelte sie. "Und ich bin darauf hereingefallen. Einfach so."

"Ja, das bist du. Und genau aus diesem Grund ersuche ich dich, nur in meiner Gegenwart zu trinken."

"Wieder einmal nimmst du deine Pflichten als Aufseher recht ernst. Wie väterlich", seufzte sie und sah Junar spöttisch grinsen.

Vern sah zu, wie Enric die Weinflasche, eine weitere Flasche mit Saft und mehrere Gläser mit Goldrand zurückbrachte. "Der Saft ist für...?", fragte er vorsichtig.

"Junar. Ich hörte, wie dein Vater dir ein weiteres Glas nach dem Abendessen erlaubt hat", erwiderte Enric, amüsiert über die selbstgefällige Miene des Jungen.

"Wo ist übrigens Plia? Warum ist sie nie dabei, wenn wir gemeinsam zu Abend essen?", erkundigte sich Vern.

"Sie arbeitet bis spät in die Nacht", erklärte Enric mit einem Seitenblick auf seine Gefährtin, während er die Gläser füllte. "Irgendjemand hier scheint ihr ein schlechtes Vorbild zu sein. Ich habe Grend angewiesen, er möge dafür sorgen, dass sie nicht zu spät heimkommt. Ich erwarte sie jeden Moment."

"Du bezahlst jemanden, der sie hierher eskortiert, wenn sie lange arbeitet?", fragte Junar mit verräterisch hoher Stimme. "Das ist sehr rücksichtsvoll von dir!"

"Du fängst jetzt nicht etwa zu weinen an, oder doch?", fragte Eryn misstrauisch.

"Nein, selbstverständlich nicht! Das wäre ja albern", protestierte sie und wischte sich mit ihrem Finger eine Träne aus dem Augenwinkel.

Orrin lächelte und legte ihr einen Arm um die Schultern, um sie an sich zu drücken.

"Oh Mann. Es sieht aus, als wärst du jetzt in die emotionale Phase deiner Schwangerschaft eingetreten", lächelte Eryn. "Das wird noch unterhaltsam."

"Über eine schwangere Lady macht man sich nicht lustig", verkündete Vern und nahm ein Glas entgegen.

"Kein Schütteln, kein Lustigmachen... Das ist eine Menge an Privilegien, die ihr zuteilwerden."

"Neidisch, Eryn?", lächelte Junar zuckersüß.

"Nein, liebste Freundin, keineswegs. Zumindest nicht genug, um in deine Fußstapfen treten zu wollen", erwiderte sie.

"Zum Glück", schnaubte Vern. "Ehrlich gesagt finde ich den Gedanken daran, dass du noch weniger Kontrolle über deine Gefühle haben könntest, furchterregend."

"Nun, vielen Dank dafür. Orrin - ich denke, es ist noch nicht zu spät, um Vern für die Besudelung historischen Eigentums mit seinen nackten Damen zu bestrafen."

"Oh, komm schon! Du bist so gemein!"

Sie kicherte. "Oh, das bin ich. Und weißt du was? Dafür war es nicht einmal erforderlich, die Kontrolle über meine Gefühle zu verlieren." Sie leerte ihr Glas und hielt es Enric hin. "Ich nehme noch eines, wenn du gestattest. Auch wenn es kein Unglück bringt, alles auszutrinken, müssen wir ihn ja trotzdem nicht schal werden lassen."

Alle wandten sich zur Tür um, als sie hörten, wie die Eingangstür geöffnet wurde.

"Plia?", rief Eryn. "Komm her und iss etwas."

Das Mädchen gehorchte und blinzelte, als sie die Gesellschaft erblickte. "Es tut mir leid, mir war nicht klar, dass ihr Gäste habt."

Enric deutete auf ein Kissen, auf dem sie Platz nehmen sollte. "Das haben wir. Es wäre nett gewesen, dich etwas zeitiger bei uns zu haben. Wir müssen über deine Arbeitszeiten sprechen, Plia. Aber nicht jetzt; setz dich und iss!"

Das Mädchen schluckte. "Jawohl, Lord Enric. Es tut mir leid."

"Das braucht es nicht. Sieh einfach zu, dass du in Zukunft zu etwas zivilisierterer Stunde heimkehrst. Mir ist nicht wohl dabei, dich hier monatelang allein zu lassen, wenn ich mir Sorgen machen muss, ob du überhaupt zum Schlafen heimkommst. Sonst muss ich jemanden hier einziehen lassen, der ein Auge auf dich hat." Er füllte eine Schüssel für sie und erhitzte das Essen mit ein wenig Magie, bevor er es ihr reichte.

"Danke", sagte sie und nahm die Schüssel mit einem unglücklichen Gesichtsausdruck. "Das wird nicht nötig sein, ich verspreche es. Ich werde mich von nun an bemühen, dass ich hier bin, bevor es dunkel wird."

"Gut." Enric nahm einen Schluck Wein und lehnte sich zurück.

Eryn verdrehte die Augen, als sie sah, wie Junar verstohlen eine weitere Träne fortwischte. "Komm schon, Junar! Dass er schon wieder herrisch ist, hat überhaupt nichts Rührendes - es ist einfach nur irritierend!"

"Ach, halt doch einfach den Mund", murmelte die Schneiderin und hielt sich an ihrem Saft fest.

KAPITEL 28

Magenprobleme

Gedankenverloren strich Eryn mit der Hand über ihren Bauch, während sie Pe'talas Liste mit Änderungsvorschlägen nach ein paar Monaten Arbeit in der Klinik begutachtete. Rolan hatte mit Pe'tala an der Liste gearbeitet. Obwohl Lord Poron nun offiziell für das Heilen verantwortlich war, zögerte er dennoch, ihr Kompetenzen wegzunehmen. Daher hatte er Eryn gebeten, noch solange in Amt und Würden zu verweilen, bis sie nach Takhan abreisten. Sie ging davon aus, dass er nicht wollte, dass sie ihm ständig über die Schulter blickte. Womöglich war es eine Frage der Selbsterhaltung, dass er mit seinem Amtsantritt warten wollte, bis sie das Land verlassen hatte. Nicht ganz ungerechtfertigt, musste sie zugeben.

"Stimmt etwas nicht?", fragte Pe'tala stirnrunzelnd.

"Was?" Eryn sah auf. "Nichts Schlimmes. Mein Magen beschwert sich, weil ich eine etwas ungesunde Abhängigkeit von süßen Brötchen entwickelt habe. Ich habe versucht, davon loszukommen, aber irgendwie fehlt mir die Willenskraft, um damit aufzuhören."

"Bist du sicher, dass mit deinem Magen alles in Ordnung ist?"

"Sicher bin ich sicher. Ich überprüfe ihn regelmäßig, also ist alles prima. Es muss eine Reaktion auf all die Brötchen sein. Aber ich schätze, solange mein Verlangen danach größer ist als meine Abneigung gegen die Magenprobleme, fehlt mir die Motivation, etwas dagegen zu unternehmen."

"Wie lange hast du diese Gelüste schon? Und wann haben die Magenprobleme begonnen?", erkundigte sich Pe'tala, offensichtlich in ihrer Heilerrolle.

Eryn verdrehte die Augen. "Du brauchst mit mir nicht Schritt für Schritt eine Untersuchung durchzugehen. Zufällig bin ich auch eine Heilerin, wenn du dich erinnerst?"

Ihre Cousine starrte sie teilnahmslos an. "Ich höre, wie Worte aus deinem Mund kommen, aber keine, die hilfreich wären. Willst du es noch einmal versuchen?"

Seufzend gab sie nach. "Es begann mit meinem Lernmarathon für die Prüfungen. Da wurde ich nach diesen Brötchen süchtig."

"Irgendwelche anderen Beschwerden, oder nur die Magenprobleme?"

"Nur der Magen."

"Hattest du diese Beschwerden öfter? Könnten sie mit deinem monatlichen Zyklus in Verbindung stehen?"

"Nein. Ich habe keinen monatlichen Zyklus. Ich halte ihn in der Phase vor dem Eisprung, um eine Schwangerschaft zu vermeiden."

"Wie lange machst du das schon?"

Eryn rechnete kurz nach. "Seit mehr als zehn Jahren schon. Obwohl es zu einer leichten Störung kam, als meine Magie mit den Handschellen blockiert war. Aber ich habe es geschafft, irgendwelche ungewollten… Entwicklungen zu vermeiden."

Pe'tala hob ihre Hand. "Macht es dir etwas aus, wenn ich einen Blick darauf werfe?"

"Wirklich?" Eryn seufzte. "So wenig Vertrauen in meine Heilerfertigkeiten? Ich habe meinen Magen nun schon mehrmals überprüft, alles ist damit in Ordnung."

Ihre Cousine zuckte mit den Schultern. "Tu mir den Gefallen. Was hast du zu verlieren? Sollte ich etwas finden, das du übersehen hast, kannst du etwas dagegen tun. Falls nicht, kannst du es mir selbstgefällig vorhalten."

"Wie du willst", seufzte sie und legte ihre Hand in Pe'talas. Einen Augenblick später spürte sie Wärme, wo die Magie durch ihre Haut drang.

Einige Minuten verstrichen, bis Pe'tala ihre Augen wieder öffnete und die andere Frau mit undurchschaubarer Miene betrachtete.

"Nun? Du siehst aus, als hättest du etwas gefunden", bemerkte Eryn besorgt.

"Wie oft untersuchst du deinen Körper?", fragte die jüngere Frau, anstatt auf die Frage einzugehen.

"Einmal pro Woche, so wie Vater es mir zeigte. Warum?"

"Wie gründlich verläuft diese Überprüfung üblicherweise?"

"Also, wenn ich keine Beschwerden habe, ist sie nicht allzu ausgiebig. Warum fragst du?"

"Als deine Magenprobleme begannen, hast du da auch andere Bereiche deines Körpers überprüft, um andere Ursachen auszuschließen, die deine Beschwerden verursachen könnten?"

"Nein, das habe ich nicht. Sagst du mir jetzt, ob du etwas gefunden hast, oder muss ich dich auf den Kopf stellen und die Antwort aus dir herausschütteln?"

Pe'tala nickte langsam. "Ja, ich habe etwas gefunden."

"Was?" Ihre Stimme war angespannt. "Heraus damit!"

"Du erwartest ein Kind", sagte ihre Cousine bedächtig.

Eryn blickte an die Zimmerdecke und atmete langsam aus, während sie sich in ihrem Sessel zurücklehnte. "Sehr spaßig. Fast hättest du mich erwischt. Ich muss allerdings sagen, dass es etwas geschmacklos war. Und ein wenig einfallslos, besonders, nachdem ich dir sagte, dass ich gewisse Vorsichtsmaßnahmen ergreife. Die Wahrscheinlichkeit, dass ich auf diesen unbeholfenen Scherz hereinfalle, ist also nicht besonders groß. Ich wünsche dir mehr Glück beim nächsten Mal! Bedeutet das, du hast nichts gefunden? Kann ich jetzt selbstgefällig sein und dir sagen, dass ich Recht hatte?"

Pe'tala schloss einen Moment lang die Augen, dann lehnte sie sich nach vorne und sah der älteren Frau geradewegs in die Augen. "Eryn. Hör mir genau zu. Das ist kein Scherz. Du bist schwanger. Wirklich."

"Pe'tala", erwiderte Eryn geduldig, "das bin ich nicht. Das weiß ich ganz sicher. Können wir jetzt damit aufhören? Ich finde dein Beharren ein wenig mühsam. Akzeptiere einfach, dass dein kleiner Scherz nicht funktioniert hat."

"Du verdammte Närrin", zischte Pe'tala. "Sieh doch einfach selbst nach, anstatt mit mir zu diskutieren! Ich bin eine Heilerin! Im Moment bist du meine Patientin, und ich brüste mich damit eine Expertin zu sein, auch wenn du mir das jetzt gerade wirklich schwer machst." Sie verschränkte die Arme. "Worauf wartest du? Mach schon!"

Eryn starrte sie einige Sekunden lang an. Ihr Mund wurde trocken, aber sie schob das mulmige Gefühl beiseite. Diese Frau war nichts weiter als eine gute Schauspielerin.

"Also gut, ich sehe nach. Was bekomme ich, wenn ich herausfinde, dass ich nicht schwanger bin, dass das nur ein geschmackloser Scherz von dir war?"

Pe'tala starrte an die Decke und schüttelte den Kopf. "Warum ich? Warum bin ich diejenige, die dir davon erzählen muss? Ich kann deinem Dickschädel nicht einmal Vernunft einprügeln, weil es für eine Heilerin nicht gut aussieht, wenn sie eine Schwangere schlägt." Sie wandte ihre Aufmerksamkeit wieder ihrem Gegenüber zu. "Was willst du? Such dir aus, was du willst. Ich kann mir leisten, alles Mögliche zu verwetten, da ich nicht verlieren werde."

Keine gute Antwort, entschied Eryn. Überhaupt nicht. "Ich will, dass du eine Erklärung niederschreibst. Mit einer öffentlichen Entschuldigung dafür, dass du mich schlecht behandelt hast, weil Ram'an sich geweigert hat, sich an dich zu binden."

"In Ordnung!"

Eryn starrte sie an. "Ernsthaft?"

Pe'tala verschränkte die Arme. "Ja. Und jetzt leg los."

Sie spürte, wie sich auf ihrer Stirn winzige Schweißperlen formten. Das war nicht die Reaktion, die sie erwartet hatte. Oder die sie erhofft hatte. Zum ersten Mal in ihrem Leben graute ihr davor, in ihren Körper hineinzusehen, bange, was sie dort vorfinden würde. Langsam schloss sie die Augen und konzentrierte sich auf ihren Magen. Vielleicht gab es da irgendwo eine Kleinigkeit, die sie bisher übersehen hatte. Etwas, das dieses wiederkehrende flaue Gefühl erklärte. Sie bemerkte, wie sich ihr Herzschlag beschleunigte.

Ihrem Magen fehlte nichts, genau wie bei jedem Mal zuvor, als sie ihn in den letzten paar Wochen überprüft hatte. Sie ließ ihre Aufmerksamkeit weiter nach unten wandern, konzentrierte sich zögernd auf ihren Unterleib. Sofort bemerkte sie, dass etwas anders war. Die Organe befanden sich nicht in dem Zustand, in dem sie üblicherweise waren. Sie sollten inaktiv sein, aber da gab es Aktivität. Ihre Atmung wurde schwerer, und sie zwang sich, noch tiefer zu blicken.

Und da war es. Eine winzige Lebensform eingebettet in Schichten schützenden Gewebes. Sie sprang von ihrem Sessel auf, der daraufhin nach hinten kippte und mit einem lauten Knall auf dem Boden aufschlug. Ihre Augen waren geweitet, in ihrem Kopf drehte sich alles, und ihre Lungen weigerten sich, dringend benötigte Luft einzusaugen.

Pe'tala stand ebenfalls auf und griff nach ihren Schultern. "Eryn? Hör mir zu! Du musst atmen! Langsam. Ein und aus. Komm, wir tun es gemeinsam. Ein. Und… aus."

Eryn packte sie an den Armen. "Das ist unmöglich! Wie konnte das passieren? Ich war immer so achtsam!" Sie schüttelte den Kopf und spürte, wie sich erste Tränen bildeten und ihren Blick verschleierten. "Ich will das nicht!", flüsterte sie verzweifelt.

"Setz dich!", befahl Pe'tala, und Eryn gehorchte instinktiv. "Jetzt hör mir zu: Das ist keine Katastrophe. Du hast einen Gefährten, also wirst du das Kind nicht alleine aufziehen müssen. Du bist sehr wohlhabend, also musst du dich nicht darum sorgen, ob du dir ein Kind leisten kannst. Dein Gefährte kann gut mit Kindern umgehen - zumindest mit unserer Nichte Obal - also ist nicht davon auszugehen, dass er den Neuigkeiten ablehnend gegenübersteh en wird."

"*Ich* stehe den Neuigkeiten ablehnend gegenüber!", jammerte sie. "Ich glaube das einfach nicht! Wie konnte das passieren? Ich verstehe das nicht!" Sie fasste nach Pe'talas Händen. "Ich bin eine Heilerin, ich bin gut mit vorbeugenden Maßnahmen! Sag mir, wie das passieren konnte!"

Pe'tala seufzte. "Ich kann es dir nicht mit Sicherheit sagen. Vielleicht warst du nachlässig damit, den ruhenden Status dieser speziellen Organe aufrecht…"

"Das war ich nicht", knurrte Eryn mit bebender Stimme, "Dessen kann ich dich versichern."

"Dann könnte es da einen… äußeren Einfluss gegeben haben."

"Was meinst du damit, äußerer Einfluss?", fragte sie scharf.

"Jemand mit dem erforderlichen medizinischen Wissen und magischen Kräften, die deine übertreffen, könnte deine Maßnahmen außer Kraft gesetzt haben", erklärte Pe'tala unbehaglich. "Ich sage nicht, dass das so passiert ist, sondern zähle hier nur die Möglichkeiten auf, wohlgemerkt."

Eryn starrte sie einige Augenblicke lang an, dann stand sie zitternd auf. "Enric. Er ist der Einzige, der das zustande bringen könnte", flüsterte sie. Plötzlich war ihr kalt.

"Wie könnte er? Er ist kein ausgebildeter Heiler."

Eryn raufte sich mit ihren Fingern die Haare. "Er kann einfache Reparaturen wie Hautgewebe durchführen. Und er weiß, zumindest theoretisch, wie man Knochen und Muskeln repariert."

Pe'tala schüttelte den Kopf. "Das ist wohl kaum ausreichend für die komplizierte Manipulation, die hier erforderlich gewesen wäre."

"Er liest immer wieder Bücher über das Heilen! Und wer weiß, was er während unseres Aufenthalts in Takhan alles gelernt hat! Oder was Malriel ihm gezeigt hat, solange sie hier war!"

"Eryn", sagte Pe'tala vorsichtig, "ich denke, du steigerst dich hier in etwas hinein. Du hast keinerlei Beweise für irgendetwas in diese Richtung."

"Beweise?", schrie Eryn und zeigte mit dem Finger auf ihren Unterleib. "Das ist Beweis genug, sollte man meinen! Das ist nichts anderes als eine weitere Sache, zu der er mich zwingt, ganz egal, was ich entscheide! Das ist es, was unsere Beziehung bislang zum Großteil ausgemacht hat - dass ich ständig zu etwas bewegt werde, das ich nie wollte! Mit ihm verbunden und an das Königreich gefesselt zu werden, wieder nach Takhan zu reisen…"

"Ich werde jetzt sofort nach Enric schicken. Du bist nicht gerade in einer vernünftigen Gemütsverfassung, und ich weiß nicht, was ich mit dir machen soll", seufzte Pe'tala.

"Du brauchst überhaupt nichts mit mir zu machen! Ich bin eine erwachsene Frau, ich kann mich um mich selbst kümmern! Aber schick nur nach ihm. Sehen wir mal, wie er reagiert. Das sollte uns dann schon zeigen, ob er etwas damit zu tun hat oder nicht", fauchte sie. "Wahrscheinlich ist er ohnehin schon auf dem Weg hierher, da dieses verfluchte Geistesband nicht zulässt, dass starke Gefühle unbemerkt bleiben", fügte sie mit zitternder Stimme hinzu, bevor sie sich wieder in den Sessel sinken ließ. "Mir ist richtig übel."

"Das ist sehr wahrscheinlich eine Stressreaktion. Dein Körper reagiert darauf, indem er Dinge loswird, die es ihm derzeit erschweren, mit der Situation umzugehen. Er möchte die Energie, die dein Verdauungssystem sonst für die Verarbeitung von Nahrung benötigt, anderweitig nutzen, und das bedeutet, dass er in Betracht zieht, das Essen in deinem Magen loszuwerden", erklärte Pe'tala.

"Verflucht sollst du sein, ich weiß, wie das funktioniert! Ich bin eine verdammte Heilerin!", schnappte Eryn. "Du erinnerst dich?"

Die Augen beider Frauen sprangen zu ihrem Handgelenk, wo die dunklen Symbole aufloderten und damit anzeigten, dass sich Enric näherte, und zwar rasch.

Kurz darauf wurde die Tür zu Eryns Arbeitszimmer aufgestoßen, und er kam ohne zu klopfen herein, sein Blick sofort auf Eryn gerichtet.

"Was ist passiert?", verlangte er zu wissen, seine Stirn besorgt in Falten gezogen.

"Das war schnell", murmelte Pe'tala.

Eryn zwang sich, einigermaßen ruhig zu bleiben. Gleich würde sie mehr wissen.

Sie erhob sich von ihrem Sitz. "Enric, ich erwarte ein Kind", verkündete sie mit all der Fassung, die sie im Moment aufbringen konnte.

Eine Welle wilder Freude durchdrang sie, und sie stützte sich auf der Oberfläche ihres Schreibtisches ab. Also stimmte es. Er hatte ein Kind gewollt. Und er hatte offensichtlich dafür gesorgt, dass er eines bekam.

Sie musste hier weg, und zwar schnell, solange ihre Beine noch mitspielten. Das war jetzt nur mehr eine Frage der Zeit. Sie wollte sich einfach nur zu einem Ball zusammenrollen und an irgendeinem dunklen, verborgenen Ort verstecken.

Sie richtete sich auf und trat auf ihn zu, ihr Blick mörderisch. "Du Bastard." Es war kaum mehr als ein Flüstern. "Wie konntest du mir das antun? Jetzt hast du es zu weit getrieben. Das war eine Sache zu viel, die du mir aufgezwungen hast!"

Sie drängte sich an ihm vorbei und stürmte zur Tür hinaus, während er ihr wie vor dem Kopf gestoßen nachstarrte.

Langsam drehte er sich zu Pe'tala um. "Was genau ist hier gerade passiert?", fragte er wie betäubt.

Pe'tala seufzte und rieb sich über das Gesicht. "Sie denkt, du hast ihr dieses Kind aufgezwungen."

Er starrte sie an. "Wie?"

"Indem du irgendwie erlernt hast, wie man den Fruchtbarkeitszyklus einer Frau manipuliert."

"Was? Ich habe keine Ahnung, wie das geht!", rief aus.

"Diese Möglichkeit habe ich aufgezeigt, aber gegenüber diesem Argument war sie nicht besonders aufgeschlossen", seufzte sie.

"Ich habe nichts dergleichen getan! Das hätte ich auch niemals, selbst wenn ich es könnte!"

"Ich weiß", bemerkte Pe'tala trocken. "Zu stolz, zu prinzipientreu."

Enric hob eine Hand an seine Stirn. "Pe'tala, ich weiß, dass irgendwo ganz tief in dir drin die abgeschiedene, brachliegende Fähigkeit schlummern muss, mit Menschen in Verbindung zu treten, ihnen Mitgefühl zu zeigen. Ich wäre sehr dankbar, wenn du sie irgendwie ausgraben könntest, weil ich sie jetzt wirklich dringend brauche. Jeden weiteren höhnischen Kommentar von deiner Seite werde ich ganz übel aufnehmen", sagte er ruhig, aber dennoch irgendwie bedrohlich.

Pe'tala schluckte und trat auf ihn zu, um seine Hand zwischen ihre beiden zu nehmen. "Hör zu, es tut mir leid. Das war ein recht garstiger Schock für sie. Es ist kein Geheimnis, dass ihre Einstellung zum Kinderkriegen nicht eben positiv ist. Jetzt gerade ist es für sie der einfachste Ausweg, dir die Schuld dafür zu geben. Sie hat keine Ahnung, wie ihr das passieren konnte, und dass du es mit Absicht herbeigeführt hast, ist für sie derzeit die einfachste Erklärung. Im Moment mangelt es ihr an der Fähigkeit, klar zu denken."

"Ich muss sie finden", murmelte er. "Mit ihr reden."

"Das kannst du durchaus versuchen, aber ich habe wenig Hoffnung, dass sie im Augenblick deinen Argumenten oder was auch immer du ihr sagen willst besonders offen gegenübersteht. Vielleicht solltest du ihr etwas Zeit geben, um sich an die neue Situation zu gewöhnen und sich zu beruhigen."

Er schloss kurz die Augen. "Sie würde doch nichts Dummes tun, was meinst du?"

"Das bezweifle ich doch sehr. Lass uns nicht vergessen, woher sie kommt. Sie wurde von einem Heiler großgezogen, der aus seinem Land floh, weil er gegen absichtliche vorzeitige Beendigungen von Schwangerschaften kämpfte. Zusätzlich dazu ist sie selbst eine Heilerin - und das schließt die Überzeugung mit ein, zu helfen anstatt zu schaden. Und sie hat hier das Heim für Waisen übernommen, also vermute ich stark, dass sie tief in ihrem Inneren eine Schwäche für Kinder hat, auch wenn ihre Angst davor, selbst eines großzuziehen, sehr stark ausgeprägt ist."

Er atmete langsam aus und nickte. Gute, stichhaltige Argumente. Genau das, was er im Moment benötigte.

Er hob Pe'talas Hand an seine Lippen, um sie zu küssen. "Ich danke dir. Wenn du mich jetzt entschuldigen würdest, ich sollte nach Hause gehen. Ich will dort sein, wenn sie heimkommt."

Sie nickte und sah zu, wie er fortging, sein Gesichtsausdruck eine Mischung aus Unglauben über die Neuigkeiten, die er ganz klar als erfreulich erachtete und Traurigkeit über die brodelnde, vorwurfsvolle Verpackung, mit der sie geliefert worden waren.

* * *

Eryn wanderte ziellos durch die Straßen. Sie hatte ihren Umhang nicht dabei, spürte aber die Kälte nicht. Die Abenddämmerung brach herein, und nach mehr als eineinhalb Stunden bemerkte sie nun, wie sie mit jeder Minute mehr die Erschöpfung in ihren Beinen spürte. Es war ein langer, geschäftiger Tag in der Klinik gewesen, bevor sie die Neuigkeit erfahren hatte.

Die Neuigkeit. Sie verdrängte jeden Gedanken daran und versuchte, sich wieder zurück in den traumähnlichen Zustand gleiten zu lassen, in dem sie sich zuvor befunden hatte. Ein Schleier aus angenehmer Benommenheit hatte sich ihrer Gedanken bemächtigt und sie davon abgehalten, sich auf das zu konzentrieren, was sie vor kurzem erfahren hatte. Nichts weiter als ein leichtes, unbestimmtes Gefühl von Unbehagen war zurückgeblieben, nicht intensiv genug, um sie wirklich zu stören.

Aber nun war ihr Gehirn wieder aktiv und weigerte sich, zu seinem vorherigen Zustand sorgenfreier Seligkeit zurückzukehren. Womöglich als Reaktion darauf, dass ihr Körper nun begann, sie an seine grundlegenden Bedürfnisse zu erinnern. Wie Ruhe für ihren müden Körper, Essen und Schutz vor der Kälte - Dinge, die nicht länger ignoriert werden konnten.

Sie fragte sich, wohin sie gehen sollte. Sie war noch nicht bereit, sich Enric zu stellen, wusste auch nicht, was sie ihm sagen oder mit ihm machen sollte. Konnte sie überhaupt noch weiterhin mit ihm zusammenleben, nachdem er ihr Vertrauen auf diese Weise enttäuscht hatte? War das etwas, das sie ihm jemals vergeben konnte, von Vergessen gar nicht zu sprechen? Wie konnte sie sich jemals wieder in seinen Armen entspannen, sich auf ihn verlassen, irgendetwas glauben, was er von sich gab? Aber diesbezüglich hatte er seine Wahl getroffen, wie es aussah. Oder war er so naiv zu glauben, dass sich die Dinge wieder normalisieren würden, sobald ihr Ärger erst einmal abgeklungen war, so wie es auch sonst stets passierte? Auch diese Gedanken schob sie beiseite. Damit konnte sie sich derzeit nicht befassen. Hinsetzen und aufwärmen - das waren im Augenblick ihre Prioritäten.

Sie sah, dass ihre Füße die Richtung zum Königsweg eingeschlagen hatten. Der Weg, der zu Orrin führte. Eine automatische Reaktion auf Stress jeglicher Art. Langsam ging sie weiter und überdachte ihre Möglichkeiten. Orrins Quartier war der Ort, an dem Enric zuerst nach ihr suchen würde. So sehr sie auch dorthin gehen wollte, so war es doch wichtiger, Enric aus dem Weg zu gehen. Sie brauchte Zeit, um sich etwas zu überlegen.

Wo würde er nicht sofort nach ihr suchen? Die Antwort kam rasch und ließ sie resigniert seufzen. Pe'tala. Das war wohl der letzte Ort, an dem jemand vermuten würde, dass sie ihn aufsuchte, wenn sie in der Klemme steckte. Entweder dort oder beim König. Die zweite Option allerdings würde sie keinesfalls wahrnehmen. Sie beschleunigte ihre Schritte und setzte ihren Weg mit mehr Entschlossenheit fort, schob die Vorstellung zur Seite, dass ihre Cousine nur laut lachen und ihr die Tür vor der Nase zuschlagen mochte. Würde sie das tun?

Sie straffte ihre Schultern. Es gab nur eine Möglichkeit, das herauszufinden.

Als sie im spärlich beleuchteten Palastkorridor vor Pe'talas Tür stand, starrte sie darauf, während sie versuchte, den Mut zum Anklopfen aufzubringen. Wie schlimm wäre eine Abweisung von ihrer Cousine tatsächlich? Es war nicht so, als wären sie Freundinnen oder einander auch nur freundschaftlich zugetan. Es war lächerlich, sich davor zu fürchten, fortgeschickt zu werden. Nur Leute, die ihr nahestanden, hatten die Macht, sie zu verletzen, richtig? Und Pe'tala war nicht Teil dieses Kreises. Definitiv nicht. Und dennoch…

Falls Pe'tala sie nicht aufnahm, würde sie zu Junars Schwester gehen. Sie und ihr Gefährte besaßen eine Taverne, die auch Zimmer vermietete. Sie würde die Nacht also nicht auf der Straße verbringen müssen, wenn sie nicht nach Hause zurückkehren wollte.

Sie schloss die Augen, zählte bis drei und klopfte dann fünfmal hintereinander in rascher Folge, unsicher, ob es ihr lieber wäre, wenn niemand darauf reagierte.

Sie hörte das Geräusch von Tritten, die sich der Tür näherten, und kurz darauf blinzelte sie gegen das Licht der Lampen, als sie Rolans überraschte Gestalt erkannte.

"Eryn? Du siehst furchtbar aus!"

Sie seufzte. Diplomatisch wie immer.

"Tala? Eryn ist hier", rief er, und kurz darauf kam ihre Cousine aus dem Schlafzimmer heraus. Sie war in ein dunkelrotes Nachthemd gekleidet, eines von der Sorte, die verführerisch wirkten, ohne zu viel Haut zu entblößen. Ihr Cousin Vran'el hatte Eryn so eines geschenkt, als sie in Takhan war.

"Eryn." Sie runzelte die Stirn. "Du bist doch wohl nicht die ganze Zeit über in dieser Kleidung durch die Straßen gezogen? Komm herein und setz dich", befahl sie.

Eryn trat zögernd ein. "Ich habe mich gefragt…", begann sie und hielt inne. Feigling! "Ich brauche einen Platz, wo ich die heutige Nacht verbringen kann", brachte sie vor und ließ es unbeabsichtigt nach einer Herausforderung klingen. Nicht gut. "Ich meine", versuchte sie abzuschwächen, "ich würde es sehr schätzen…"

Pe'tala rollte mit den Augen. "Natürlich kannst du bleiben. Das Gästezimmer ist dort drüben, aber soweit ich das gesehen habe, sind die Quartiere hier alle ziemlich gleich aufgeteilt, also wirst du dich wohl zurechtfinden. Ich werde dir eines meiner Nachthemden bringen. Nimm dir, was auch immer du im Badezimmer brauchst. Rolan, sei so gut und bestelle ein zusätzliches Frühstück für morgen."

Rolan nickte und ging zur Tür, um einen Diener zu rufen, resigniert, dass er die Nacht im selben Quartier wie Eryn verbringen würde. Und auch noch am nächsten Morgen gemeinsam mit ihr frühstücken musste.

Eryn starrte sie an. "Einfach so? Ohne mich betteln zu lassen? Oder mich zu demütigen? Mich damit aufzuziehen, dass ich falsch lag?"

"Sei nicht dermaßen absurd, Eryn. Warum sollte ich dich treten, wenn du auf dem Boden liegst? Es macht mehr Spaß, wenn du in der Lage bist, dich ordentlich zu wehren. Du weißt, dass dort, wo ich herkomme, Gastfreundschaft eine Tugend ist, ob es sich nun um Fremde oder Freunde handelt. Was auch immer sonst du über mich denken magst, ich schicke niemanden fort, der mich um Hilfe ersucht. Oder um einen Ort zum Übernachten. Nicht einmal Familie", lächelte sie etwas steif.

Eryn nickte dankbar. "Ich würde es schätzen, wenn du Enric nicht informierst, dass ich hier bin. Ich brauche etwas Zeit für mich selbst."

"Wie du wünschst", meinte sie achselzuckend. "Aber nimm dir nicht zu viel Zeit. Hier nachzusehen wird vielleicht nicht sein erster oder auch zweiter Gedanke sein, aber er wird dich bald genug aufspüren."

Eryn nickte müde. "Ich weiß. Darüber werde ich morgen nachdenken."

Pe'tala ging zu ihrem Getränkeschrank und griff nach einem Becher, ein paar Kräutern und einer Flasche Wasser, rührte ein paar Löffel des Puders in die klare Flüssigkeit und erhitzte sie, bevor sie ihrer Cousine das Getränk reichte.

"Hier - trink das. Das wird dich wärmen."

Eryn nahm den Becher dankbar entgegen und leerte ihn gierig, ohne irgendetwas zu schmecken, froh über die Wärme, die sich sofort in ihrem Magen ausbreitete. Sie ließ sich gegen die Rückenlehne des Stuhls sinken und schloss einen Moment lang die Augen. Als ihr der leere Becher aus der Hand genommen und stattdessen ein weiches Bündel hineingedrückt wurde, öffnete sie die Augen wieder.

"Hier. Das kannst du heute Nacht anziehen. Jetzt geh ins Bett. Du siehst aus, als würdest du jeden Moment umfallen", instruierte Pe'tala sie. Dann zog sie ihre Cousine zum Gästezimmer, schob sie hinein und schloss die Tür hinter ihr.

Eryn stand in dem dunklen Zimmer, das Bündel in ihrer Hand haltend, und blinzelte. Das war recht… unerwartet verlaufen. Mit dieser Gastfreundlichkeit, die Pe'tala scheinbar so freizügig anbot, hatte sie nicht wirklich gerechnet. Da war keinerlei Widerwille oder Zögern gewesen, nur ein natürliches Verständnis.

Sie tastete sich vorwärts zu dem geräumigen Bett und zog die Tagesdecke weg, um sie dann achtlos auf den Boden zu werfen. Darum würde sie sich morgen kümmern. Dann landete ihre Kleidung daneben, und sie zog das Nachthemd, das sie erhalten hatte, über. Es roch leicht nach dem Parfum, das Pe'tala zu benutzen pflegte.

Eryn fühlte sich etwas schwindelig und fragte sich, ob die Kräuter, die sie gerade hinuntergestürzt hatte, nicht nur eine wärmende, sondern auch eine einschläfernde Wirkung hatten. Falls ja, war ihr das ebenfalls recht. In die Besinnungslosigkeit abzudriften war ein willkommener Gedanke, und sie schlüpfte unter die dicke Decke, zog sie bis zu ihrem Kinn hoch. Wenig später verspürte sie, wie das Gewicht des Schlafes sich über sie breitete, am Rande ihres Bewusstseins undeutlich die pulsierende Sorge, die vom anderen Ende des Geistesbandes ausgehen musste.

* * *

Der König ließ das Papier mit der Nachricht sinken und spitzte die Lippen.

"Es scheint, dass Lady Eryn sich heute Morgen nicht wohl fühlt, weshalb ihr Gefährte um meine Erlaubnis ersucht, die für heute angesetzte Stunde auf einen anderen Zeitpunkt zu verschieben." Er sah zu seinem Berater auf. "Marrin, weshalb erscheint mir das verdächtig?"

"Womöglich, weil man von einer ausgebildeten Heilerin erwarten würde, dass sie in der Lage wäre, sich um eine gewöhnliche Unpässlichkeit zu kümmern", antwortete er sofort.

"So ist es. Somit ist dies entweder eine Lüge, oder die gute Lady hat mit etwas zu kämpfen, das sich nicht einfach so fortheilen lässt. Was es auch ist, wir sollten mehr darüber herausfinden. Ich frage mich…" Die Augen des Königs wurden eng. "Finde für mich heraus, ob sich Lady Eryn derzeit in ihrem Haus aufhält. Auch, ob sie die Nacht dort verbracht hat. Falls die Antwort auf beides *Nein* lautet, möchte ich wissen, ob jemand heute irgendwo ein zusätzliches Frühstückstablett bestellt hat."

Marrin zog fragend die Augenbrauen hoch. "Ihr denkt, sie könnte vor Lord Enric geflohen sein?"

"Sagen wir, dass Malriel etwas angedeutet hat, das langsam Form anzunehmen beginnt. Ich muss Lady Eryn sehen. Und zwar bald. Informiere mich, sobald du etwas über ihren Verbleib herausgefunden hast."

"Jawohl, Eure Majestät." Marrin verbeugte sich und verließ das Arbeitszimmer, um eines Bediensteten habhaft zu werden, der sich um Lord Enrics Haushalt kümmerte.

* * *

Eryn erwachte langsam, als sie gedämpfte Stimmen durch die Tür vernahm, die das Gästezimmer vom Salon trennte. Eine davon gehörte Pe'tala, die andere… Sie setzte sich kerzengerade auf. Das war die Stimme des Königs! Ausgerechnet!

Die Erinnerung an den Vorabend kehrte wie eine Welle zu ihr zurück und ließ sie in die Kissen zurückfallen, ihre Hand auf ihrem Gesicht, als ob sich alles fortschieben ließe, wenn sie den Ausblick auf die Welt blockierte.

Sie vernahm das entschlossene Klopfen an ihrer Tür und stöhnte, "Lasst mich zufrieden!"

Die Tür wurde nichtsdestoweniger geöffnet, und sie zog die Decke hoch, als der König eintrat.

"Einen schönen guten Morgen wünsche ich Euch, Lady Eryn. Ich denke, es gibt da eine Kleinigkeit, die wir besprechen sollten."

Sie warf ihm einen flehenden Blick zu. "Ich weiß, dass wir heute verabredet sind, aber ich bin wirklich nicht in der Verfassung, mich daran zu halten. Ich wäre heute recht nutzlos." Sie schloss die Augen. "Wirklich. Es wäre eine Verschwendung Eurer Zeit."

"Zieht Euch an, Lady Eryn, und trefft mich in fünf Minuten in Pe'talas Arbeitszimmer", erwiderte er ungerührt. "Lasst mich nicht warten. Weder bin ich daran gewohnt, noch schätze ich es."

"Oh, bitte?", jammerte sie, ihre Miene verzweifelt. Mit *ihm* konnte sie sich jetzt keinesfalls auseinandersetzen.

"Würdet Ihr es vorziehen, hier mit mir zu sprechen?" Er sah sich im Zimmer um. "In Eurem Nachtgewand? Ich habe keinerlei Einwände dagegen, hätte aber erwartet, dass Ihr ein… angemesseneres Umfeld vorziehen würdet."

Besiegt ließ sie den Kopf sinken. Also gab es keine Chance, sich herauszuwinden.

"Fünf Minuten", seufzte sie.

Der König lächelte. "Ausgezeichnet." Damit drehte er sich um und verließ das Gästezimmer.

Eryn sprang fluchend aus dem Bett, riss sich mehr oder weniger das Nachthemd vom Leib, bevor sie rasch die Kleidung vom Vortag anlegte, die sie am Abend so sorglos auf den Boden geworfen hatte.

Woher wusste der König, wo sie die Nacht verbracht hatte? Enric schien es bislang noch nicht herausgefunden zu haben, oder er wäre zweifellos bereits hereingestürmt. Aber andererseits war dies der Palast des Königs. Enric hatte ihr einst gesagt, die Wände hätten hier Ohren.

Sie rannte ins Badezimmer, um sich flink, wenn auch alles andere als gründlich zu waschen. Einem König trat man nicht vollkommen ungewaschen und unfrisiert gegenüber - ganz gleich, wie nervenaufreibend er sich im Moment gab.

Pe'tala sah etwas besorgt zu, wie sie vom Badezimmer zum Arbeitszimmer lief.

Vor der Tür blieb Eryn stehen, atmete ein paarmal, um sich zu beruhigen, bevor sie ohne Klopfen hineinging.

Der König stand am Fenster und sah hinaus, als sie eintrat. Sie wartete, dass er im Sessel hinter dem Schreibtisch Platz nahm, aber stattdessen umrundete er ihn und setzte sich auf eine der Kanten. Dann deutete er ihr, sich auf einen Stuhl vor ihm niederzulassen.

Einen Moment lang zögerte sie, dann nahm sie Platz. Kurz blitzte der Gedanke auf, dass Enric nicht erfreut sein würde darüber, dass sie mit dem König allein war. Aber weshalb sollte es sie jetzt noch kümmern, was ihn störte?

"Sprecht mit mir, Lady Eryn", sagte er sanft.

Sie starrte ihn an. "Worüber?"

"Zum Beispiel, weshalb Ihr die Nacht an einem Ort verbracht habt, bei dem Ihr davon ausgingt, dass man Euch zumindest eine Weile nicht finden würde, anstatt in der recht gemütlichen Residenz, die Lord Enric und Ihr besitzt", forderte er sie wie beiläufig auf.

"Das ist eine private Angelegenheit. Mir war nicht klar, dass meine Beziehung mit Enric königlicher Einmischung unterliegt, sobald eine… leichte Meinungsverschiedenheit vorliegt", erwiderte sie kühl.

"Leichte Meinungsverschiedenheit? Das ist sehr milde ausgedrückt, würde ich meinen, wenn man bedenkt, dass Ihr Euch vor Eurem Gefährten zu verstecken scheint, der, wie Euch dank des Geistesbands zweifellos bewusst ist, derzeit nicht besonders entspannt ist", meinte der König unbeirrt. "Da aufgrund Eures und seines hohen Ranges schwerwiegende Unstimmigkeiten die Gefahr bergen, den Orden aus dem Gleichgewicht zu bringen, nehme ich mir die Freiheit einzugreifen, wenn ich es für angeraten halte. Auch wenn Euch das nicht zusagt. Und vielleicht kann ich Euch sogar von Nutzen sein."

"Von Nutzen?", fragte sie schwach. Er?

"Ja. Ihr wärt überrascht, was ein Gespräch mit jemandem, der nicht involviert ist, bewirken kann."

"Mit allem nötigen Respekt, Eure Majestät", bemerkte sie gereizt, "aber *Ihr* wärt wohl kaum meine erste Wahl für diese Art von Gespräch."

Und da war dieses dünne Lächeln wieder. "Das nehme ich zur Kenntnis. Und doch scheint es, als müsste ich Euch daran erinnern, dass *Ihr* kaum jemals diejenige seid, die die Entscheidungen trifft, wenn Ihr Euch einem König gegenüberseht."

"Ihr könnt mir nicht befehlen, mich mit Euch über private Dinge zu unterhalten!", protestierte sie.

"Euch befehlen?", fragte er, beide Augenbrauen überrascht hochgezogen. "Dies ist ein Angebot, nichts weiter. Es steht Euch natürlich frei, es abzulehnen."

"Tatsächlich?", fragte sie misstrauisch.

"Aber gewiss doch. Wenn Ihr der Ansicht seid, Ihr könntet keinesfalls von meinen Erkenntnissen profitieren, wer bin ich, um sie Euch aufzudrängen?", meinte er schulterzuckend.

Seine Erkenntnisse. Verflucht sollte er sein. Das bedeutete dann wohl, dass er mehr wusste als sie. Aber wann war das denn nicht der Fall gewesen?

"Dann wärt Ihr also willens, diese… Erkenntnisse mit mir zu teilen?"

"In dem Ausmaß, in dem mir dies möglich ist, ja", stimmte er zu.

Ihr war klar, dass dies sehr wahrscheinlich alles an Zugeständnis war, das sie von ihm bekommen würde. Wie konnte sie so viel wie möglich von ihm erfahren, ohne selbst allzu viel preisgeben zu müssen?

"Nun gut. Warum beginnen wir nicht mit Eurer eigenen Sichtweise der jüngsten Ereignisse?"

König Folrin lächelte und verschränkte die Arme. "Netter Versuch, meine Liebe. Aber nein - so funktioniert das nicht. Ihr beginnt. Erklärt mir, weshalb ich eine Nachricht von Lord Enric erhielt, laut der Euch nicht wohl ist. Ihr seht mir wohl genug aus, körperlich gesprochen. Zumindest im Augenblick."

Sie dachte rasch nach. "Ein Verdauungsproblem, eines, dessen Ursache sich als recht schwer fassbar erwiesen hat." Technisch gesehen war das keine Lüge.

Er grinste. "Ist das so? Es besteht also keinerlei Zusammenhang mit Eurem begierigen Konsum von Brötchen in letzter Zeit?"

Eryn blitzte ihn an. "Ich finde Euer Interesse an meinen Ernährungsgewohnheiten recht verstörend, wenn ich mir die Freiheit erlauben darf, das festzustellen."

"Lady Eryn, ich mache es mir zur Aufgabe, so gut informiert wie nur möglich zu sein. Und Ihr wärt überrascht, welch interessante Einblicke scheinbar zufällige Bruchstücke und Schnipsel an Informationen zuweilen gewähren."

"Als da wären?", fragte sie argwöhnisch.

"Nun, lasst mich überlegen", sagte er nachdenklich. "Da wären Eure Gelüste nach süßem Gebäck, etwas, das ein Verdauungsproblem zu sein scheint, an dem Ihr nun schon eine Weile leidet, sowie die Tatsache, dass Ihr offenbar gegenwärtig erzürnt über Euren Gefährten seid. Das legt gewisse Schlussfolgerungen nahe."

Sie zog eine Augenbraue hoch und wartete, dass er fortfuhr.

"Müsste ich raten, meine Liebe, würde ich meinen, dass Ihr ein Kind erwartet und darüber nicht besonders erfreut seid."

Sie stieß den Atem aus und lehnte sich zurück. Für das Raten hatte er ein beachtliches Talent.

Er lächelte. "Eure Reaktion betrachte ich als Bestätigung. Und ich bin sogar so kühn, Euch zum anstehenden Familienzuwachs zu gratulieren. Ich bin zuversichtlich, dass Ihr es mit der Zeit als Segen anstatt eines Fluchs betrachten werdet. Soweit ich das verstehe, macht Ihr Lord Enric für die Empfängnis dieses Kindes verantwortlich? Natürlich abgesehen davon, dass er der Vater ist."

Eryn schloss die Augen und ließ ihren Kopf zurückfallen. Wie machte er das bloß? Konnte er Gedanken lesen? Selbst mit seinen weitreichenden Informationsquellen hatte er soeben dennoch eine beachtliche Kombinationsgabe demonstriert.

"Lady Eryn? Ich finde, dass ich nun genug geredet habe. Darf ich Euch einladen, zu diesem Gespräch etwas mehr beizutragen, als meine Vermutungen nur widerwillig mit resignierten Gesten zu bestätigen?"

Sie atmete aus und richtete sich wieder auf. Es schien, als könnte sie womöglich mehr von ihm erfahren als er von ihr.

"Er zwang mir dieses Kind auf, indem er die vorbeugenden Maßnahmen, die ich in meinem Körper zur Anwendung brachte, außer Kraft setzte", murmelte sie, ohne ihn anzusehen.

Der König betrachtete sie nachdenklich. "Tat er das wirklich? Ist das eine Tatsache, Lady Eryn?"

Mit einem Gefühl der Verärgerung hob sie den Blick zu seinem Gesicht. "Es ist eine recht stichhaltige Vermutung! Soweit mir bekannt ist, gibt es nicht viele andere Möglichkeiten, eine Heilerin mit magischen Fähigkeiten zu schwängern, wenn sie das nicht wünscht."

"Soweit Euch bekannt ist...", wiederholte der König bedächtig. "Wie zuversichtlich seid Ihr, dass Ihr Euch im Besitz sämtlicher Fakten befindet?"

Ihre Augen verengten sich. "Ihr scheint recht sicher, dass das nicht zutrifft. Können wir damit aufhören, um den heißen Brei herumzureden? Sagt mir einfach, was Ihr wisst!"

Er seufzte und schüttelte den Kopf. "Wissen, meine liebe Lady, ist immer eine Frage der subjektiven Wahrnehmung. Was ich als Wissen bezeichne, könnte jemand anderer als Unterstellung betrachten. In meiner Position kann sich dies als gefährlicher Unterschied erweisen."

"Sagt Ihr mir damit, dass Ihr mir nichts mitteilen könnt, weil Ihr Euch sonst möglicherweise Ärger einhandelt?", sagte sie in dem Versuch, seine Aussage zu vereinfachen.

"So könnte man es wohl ausdrücken, ja", gab er zurückhaltend zu.

"Was ist dann mit diesen Einblicken, die Ihr mit mir teilen wolltet? Es scheint, als gäbe es für mich keine große Chance, davon zu profitieren", seufzte sie.

"Ich mag nicht in der Lage sein, mein Wissen, meinen Verdacht oder meine Annahmen direkt mit Euch zu teilen, aber was ich tun kann, ist, Euch in eine Richtung zu weisen, die Euch möglicherweise zu einer zufriedenstellenden Erklärung führt."

"Was bringt Euch auf den Gedanken, ich wäre mit der Erklärung, die ich jetzt habe, nicht zufrieden?", fragte sie kalt. "Es erscheint durchaus logisch für Enric, auf so etwas zurückzugreifen. Ein mächtiger Mann, der bei einer Gefährtin gelandet ist, die sein König für ihn auswählte und die sich als unwillig erwiesen hat, ihm seinen Wunsch nach Kindern zu erfüllen. Was sollte ihn davon abhalten, das zu tun, wovon jeder weiß, dass er so gut darin ist - sich zu nehmen, was er braucht?"

"Mir erscheint Ihr nicht zufrieden", betonte er. "Zudem denke ich, dass es an der Zeit ist, dass Ihr Euer Gehirn wieder zu benutzen beginnt, auch wenn Euer Gemütszustand die Anwendung von gesundem Menschenverstand zu einer Herausforderung macht." Er beobachtete, wie sie ihre Lippen aufeinanderpresste, und lächelte. "Kein Widerspruch. Gut. Jetzt bedenkt, was Ihr bereits über Lord Enric wisst. Was Ihr im letzten Jahr über ihn gelernt habt."

"Dominant, besitzergreifend", begann sie aufzuzählen. "Stolz, intelligent, nachtragend, gefährlich, verschlagen, eigensinnig."

Der König nickte. "Das ist wohl wahr, wenngleich manche dieser Charaktereigenschaften nur im Zusammenhang mit *Euch* aufzutreten pflegen. Eure augenblickliche Gefühlslage erlaubt nicht wirklich, dass Ihr Euch auf seine konstruktiveren Charakterzüge konzentriert, wenn wir von Intelligenz absehen. Versucht, Euch an ein paar positive Dinge über Euren Gefährten zu erinnern, auch wenn dies im Moment eine Herausforderung für Euch sein mag."

Seufzend presste sie Daumen und Zeigefinger auf ihre Nasenwurzel. "Also gut. Positive Züge. Fürsorglich. Großzügig. Hilfsbereit, wenn es seinen Zwecken dient. Irritierend geschickt in allem, was er anpackt."

"Vertrauenswürdig? Ehrenwert?", schlug der König vor.

Sie zog eine Augenbraue hoch. "Nicht von meinem momentanen Standpunkt aus."

"Ich versuche Euch klarzumachen, dass Euer derzeitiger Standpunkt wackelt, also würde ich Euch ersuchen, an seine Taten zu denken, die vor dem lagen, was Ihr ihm in Bezug auf Eure derzeitige Situation unterstellt."

"Wenn Ihr darauf besteht… Ehrenwert, vielleicht. Vertrauenswürdig? Nein - er enthält mir ständig Information vor. Was mich zu einer weiteren seiner Eigenschaften bringt. Verschwiegen."

Der König lächelte. "Und doch ist *ehrenwert* auf jeden Fall etwas, worauf wir uns konzentrieren sollten. Wie passt das, von dem Ihr meint, er hätte es getan, zu dieser speziellen Eigenschaft? Oder zu Stolz?"

"Es passt recht gut zu *verschlagen*", schnappte sie.

Ungeduldig warf der König ihr einen finsteren Blick zu und tippte mehrmals wenig zärtlich mit seinem Finger gegen ihre Stirn. "Ich sagte, Ihr sollt *nachdenken*! Lassen wir beiseite, dass er sich schlussendlich der Schwäche ergeben hat, eine Frau zu lieben. Im Moment würdet Ihr diesen Punkt wohl kaum anerkennen. Aber wie geht es mit seiner Ehre, die er als einer der zwei im höchsten Rang stehenden Krieger des Königreichs bislang in jedem anderen Bereich seines Lebens unter Beweis gestellt hat, einher, Euch dahingehend zu überlisten, sein Kind zu empfangen?"

"Verzweiflung?", schlug sie vor.

"Wirklich, Lady Eryn? Erscheint er Euch dermaßen verzweifelt auf Vaterschaft fixiert, dass er so etwas nach kaum einem Jahr in Angriff nehmen würde? Wie stellte er es in der Vergangenheit an, wenn er wollte, dass Ihr Euch dem fügt, was er als den richtigen Weg erachtete?"

"Er befahl es mir einfach."

Der König nickte. "Ja, die direkte Herangehensweise. Was noch?"

"Er überredete oder überzeugte mich."

"Der logische Ansatz mit Argumenten. Weiter."

"Er beschwatzte mich", gab sie unwillig zu.

Das brachte ihn zum Lächeln. "Darunter fallen wohl die Geldmittel für das Waisenhaus, nehme ich an."

"Und er trickste mich aus", fügte sie wütend hinzu.

"Dazu, etwas zu tun, was Ihr nicht wolltet? Oder eher dazu, nicht von dem abzuweichen, was Ihr geplant hattet? Wie in Takhan, als er entschied, Euch nicht über seine Adoption in Kenntnis zu setzen um sicherzugehen, dass Ihr Euren Plan, Haus Aren abzuschwören, weiterhin verfolgt?"

Eryn kämpfte hart darum, den aufsteigenden Ärger zu schlucken. Mit diesem Mann ließ sich einfach nicht diskutieren. Zu ihrem enormen Verdruss wusste er einfach zu viel.

Er lachte leise, als sie nicht darauf antwortete. "Das werte ich als Zustimmung. Ich würde meinen, dass er zuweilen auch darauf zurückgegriffen hat, Euch anzuflehen."

Diese Aussage würdigte sie ebenso wenig mit einer Antwort, ganz egal, wie nahe es an die Wahrheit heranreichte.

Der König beobachtete sie genau. "Würdet Ihr mir dann also zustimmen, wenn ich behaupte, dass Euer Gefährte in der Vergangenheit seine Autorität recht direkt einsetzte, auf Argumente zurückgriff, um Eure Meinung zu ändern, Euch bestach, um Euch einen Anreiz zu bieten oder Euch dahingehend austrickste, Eure eigenen Pläne zu verfolgen?"

Nach kurzem Nachdenken nickte sie langsam. "Das ist wohl eine Möglichkeit es auszudrücken, ja."

"Er hat Euch also niemals getäuscht, damit Ihr etwas tut, das Ihr nicht ohnehin vorhattet? Wenn es um Angelegenheiten ging, denen Ihr ablehnend gegenüberstandet, griff er stets auf eine offene, direkte, meist autoritäre Herangehensweise zurück, um Euch zur Kooperation zu bewegen?", betonte der König noch einmal.

"Ja! Ja!", rief sie aus und warf die Hände in die Luft. "Ich sehe, worauf Ihr hinauswollt! Mir hinterrücks ein Kind aufzudrängen, obwohl ich absolut dagegen bin, ist einfach nicht sein Stil! Seid Ihr nun zufrieden? Und doch habe ich bislang von Euch keine bessere Erklärung erhalten für das, was passiert ist!"

"Nein. Weil Ihr sie wohl kaum annehmen würdet, egal, was ich Euch sagte. Ihr vertraut mir nicht, besonders nicht nach meinem letzten... Manöver, mit dem Ich Euch dazu brachte, nach Takhan zu gehen." Er beugte sich vor. "Ich werde Euch etwas Besseres anbieten - einen Pfad, dem Ihr folgen könnt. Sprecht mit Eurer Cousine, oder Schwester, oder wie auch immer Ihr sie derzeit sonst bezeichnet. Fragt sie, ob das unwahrscheinliche Szenario, dass Euer Gefährte im Geheimen in kurzer Zeit solch fortgeschrittenes Heilerwissen erlangte und es dann auf diese Weise bei Euch anwandte die einzige Möglichkeit ist, wie sich eine mächtige Magierin gegen ihren Willen schwängern lässt. Danach werdet Ihr mit Lord Enric sprechen." Damit erhob er sich. "Ich erwarte Euch morgen früh zu der Stunde, die ich Euch gnädigerweise zu verschieben gestatte. Ich freue mich darauf, von den Schlussfolgerungen zu erfahren, bei denen Ihr bis dahin angelangt seid." Er beugte sich hinab, um ihre Hand zu heben und drückte seine Lippen auf ihre Fingerknöchel. Als sie zusammenzuckte, rollte er ungeduldig mit den Augen.

"Daran solltet Ihr arbeiten, Lady Eryn", seufzte er. "Es handelt sich dabei um den traditionellen formellen Gruß in Eurem eigenen Heimatland, und wenn Ihr ihn bei Fremden ertragen könnt, solltet Ihr Euch auf jeden Fall dazu durchringen, ihn auch von mir zu akzeptieren. Gehabt Euch wohl."

Eryn sah ihm nach, als er davonging und blieb sitzen, während sie überlegte, was sie gehört hatte. In ihrem Kopf drehte sich alles. So wie stets, hatten seine Worte auch dieses Mal Sinn ergeben. Der König hatte sie in der Vergangenheit mehr als einmal manipuliert, aber wirklich angelogen hatte er sie niemals. Zumindest nicht, soweit sie es beurteilen konnte. Zuweilen hatte er sogar überraschend offen darüber gesprochen, wie er seine Spielchen mit ihr spielte. Zweifellos hatte er seine Gründe, ihre aktuellen Probleme mit Enric mit ihr zu erörtern, aber dieses Mal fühlte es sich nicht wie eines seiner üblichen Spielchen an.

"Eryn?", hörte sie Pe'tala vorsichtig von der Tür zum Salon her fragen. "Ist alles in Ordnung?"

"Ich weiß es nicht", seufzte sie. "Würdest du wohl für einen Moment herkommen? Es gibt da eine Sache, die ich dich fragen soll."

* * *

Eryn sah auf und schluckte hart, als ein scharfes Klopfen durch Pe'talas Salon hallte. Der König hatte Enric also offensichtlich mitgeteilt, wo sie aufzufinden war.

Pe'tala stand langsam auf und schob ihr Frühstückstablett zur Seite. "Ich schätze, ich muss nicht fragen, wer *das* ist", sagte sie mit einem vielsagenden Blick und ging los, um die Tür zu öffnen.

Eryn blickte hinab auf die Symbole auf ihrem Handgelenk, die sich bei der Annäherung ihres Gegenstücks verdunkelt hatten. "Nein, nicht wirklich."

Nachdem Pe'tala die Tür einen Spaltbreit geöffnet hatte, stieß Enric sie vollständig auf und rannte sie beinahe um, als er in den Salon stürmte. Auch ohne das Geistesband war sein Ärger offenkundig.

Er stapfte auf Eryn zu, umfasste ihre Oberarme, zog sie von ihrem Stuhl hoch und knurrte: *"Es gibt kein Verstecken, ich würde dich finden; kein Flüchten, ich würd' Berg und Meer überwinden"*, zitierte er mit zusammengebissenen Zähnen die Zeilen seines Kommitment-Eids. "Das habe ich ernst gemeint, verdammt noch mal! Was hast du dir dabei gedacht, einfach so in die Nacht hinaus davonzulaufen, ohne wieder nach Hause zu kommen, ohne mich wissen zu lassen, wo du bist? Ich habe die halbe Stadt nach dir abgesucht, jeden Moment gebangt, dass irgendein Eindruck durch das Geistesband darauf hindeutet, dass du in Gefahr bist, hilflos, das Opfer eines Überfalls…" Seine Worte verstummten, und er zwang sich zur Ruhe. Dann drehte er seinen Kopf in Pe'talas Richtung, ohne Eryn loszulassen. "Und *du*. Du und ich werden eine kleine Unterhaltung darüber führen, wie die richtige Vorgehensweise aussieht, wenn meine erschütterte, schwangere Gefährtin vor deiner Tür auftaucht! Sie vor mir zu verstecken ist es auf jeden Fall nicht, falls du dich gefragt hast!", knurrte er wütend.

Beide Frauen starrten ihn an, keine von ihnen wagte es, sich zu bewegen. Ein großgewachsener, zorniger Magier von überdurchschnittlicher Stärke löste diese Reaktion bei Menschen aus. Er entließ Eryn aus seinem Griff, schloss kurz seine Augen und ließ sich dann auf einen Sessel sinken. Plötzlich wirkte er verloren und erschöpft anstatt furchteinflößend.

"Eryn", seufzte er müde. "Das war das letzte Mal, dass ich so etwas durchmache. Von nun an wird dich jemand überwachen, wo auch immer du hingehst. Wir haben über das Davonlaufen gesprochen. Ich habe dir einen Agenten angedroht, doch das hat nicht geholfen. Ab Morgen wird jeder Schritt, den du machst, beobachtet und an mich berichtet. Solltest du jemals wieder daran denken fortzulaufen, bedenke stets, dass ich wissen werde, wo du zu finden bist."

Sie starrte ihn an. "Ich denke nicht, dass dies ein vernünftiger Weg ist, um an unsere Probleme heranzugehen."

"Es ist ein sehr effektiver Weg, um an meine Probleme heranzugehen, nämlich dafür zu sorgen, dass du in Sicherheit und in meiner Nähe bist", entgegnete er. Sie sah, wie sich die Muskeln in seinem Kiefer anspannten, als er fortfuhr: "Was in aller Welt bringt dich auf den Gedanken, ich würde dir ein Kind aufzwingen? Was an mir verleitet dich zu glauben, dass dies eine akzeptable Vorgehensweise für mich wäre? Abgesehen davon, dass du meine Heilerfertigkeiten maßlos zu überschätzen scheinst, finde ich diese Unterstellung beleidigend, und ich muss mich fragen, welchen Eindruck du von mir gewonnen hast. Aber", er hob eine Hand, um sie vom Sprechen abzuhalten, als sie ihren Mund für eine Antwort öffnete, "ich werde dir zugestehen, dass du unter Schock gestanden hast und gestern nicht ganz du selbst warst."

"Du warst glücklich!", rief sie aus. "Ich konnte es fühlen!" Sie tippte sich auf die Stirn.

Ungläubig starrte er sie an. "Das ist deine Begründung? Die Tatsache, dass ich glücklich war, als ich erfuhr, dass ich Vater werde, ist für dich gleichbedeutend damit, dass ich dir diese Schwangerschaft aufgezwungen habe?" Er atmete langsam aus und erinnerte sich an seine eigenen Worte, dass sie letzte Nacht nicht ganz sie selbst gewesen war. "Denkst du das immer noch?"

Eryn schluckte und schüttelte dann bedächtig den Kopf. "Nein. In der Zwischenzeit habe ich von einer Sache erfahren, die bereits in der

Vergangenheit zu ungeplanten Nachkommen trotz gründlicher magischer Vorsichtsmaßnahmen geführt hat."

Enrics Augen weiteten sich, und sein Blick sprang zu Pe'tala. "Wie weit ist sie?"

"So ziemlich am Ende ihres zweiten Monats", antwortete die Heilerin.

Er nickte langsam und wandte sich wieder an seine Gefährtin. "Als du an dem Abend vor Malriels Abreise dieses Glas Wein mit ihr zu dir nahmst, hast du ihr dabei irgendwann den Rücken zugekehrt, auch wenn es nur ein kurzer Moment war?"

"Ja", erwiderte sie ruhig. "Ich habe es vermieden, sie anzusehen und starrte zum Fenster hinaus, während sie uns den Wein einschenkte. Was für eine überaus interessante Frage, die du mir da stellst", fügte sie mit schmalen Augen hinzu.

Enric wirkte nun aufgewühlt, fuhr sich mit den Fingern durch sein Haar, wodurch es zu Berge stand. "Da gibt es einen Trank. Er ist sehr wirksam und kann praktisch jede Art von vorbeugender Maßnahme außer Kraft setzen! So muss es passiert sein!" Er schloss die Augen. "Diese Frau. Ich kann einfach nicht glauben, was sie angestellt hat."

Eryn und Pe'tala tauschten einen Blick.

"Ich habe erst heute Morgen von der Existenz eines solchen Tranks erfahren. Wie kommt es, dass ausgerechnet *du* über diesen Trank Bescheid weißt, wenn ich fragen darf?", fragte Eryn mit leiser, jedoch drohender Stimme.

Enric begriff augenblicklich, in welche Schwierigkeiten er sich gerade hineinmanövrierte. "Nicht, weil ich ihn benutzt habe oder wusste, dass *sie* ihn einsetzen wollte", sagte er langsam und sah ihr dabei geradewegs in die Augen. "Und diese Unterstellung ist kaum schmeichelhafter als deine erste", endete er mit einem warnenden Unterton.

"Woher weißt du dann davon?", fragte Pe'tala, die Arme in die Hüften gestemmt.

"Weil Malriel mir eine Phiole davon anbot, als wir in Takhan waren."

Eryn starrte ihn an. "Sie tat *was*? Wie hast du darauf reagiert?"

"Natürlich habe ich abgelehnt! Was denkst du denn, wie ich darauf reagiert habe?", warf er verärgert zurück.

"Woher soll ich das denn wissen?", rief sie aus. "Ich weiß nur, was du *nicht* getan hast, nämlich mir davon zu erzählen!"

"Das war, als ich noch immer darauf hoffte, dass du und Malriel irgendwie miteinander auskommen würdet. Ich wollte nicht, dass eine unkluge Handlung von ihr euch zwei davon abhält, schlussendlich doch noch zu einer Art von Mutter-Tochter-Beziehung zu finden", rechtfertigte er sich.

"Nun, das hat ja fabelhaft funktioniert", sagte Eryn säuerlich. "Ich verabscheue sie nicht nur mehr denn je, sondern habe bald auch noch ein Baby auf dem Hals! Hättest du mir vorher davon erzählt, wäre ich achtsamer gewesen! Hätte ich von der Existenz eines solchen Tranks gewusst, hätte ich niemals zugestimmt, irgendetwas zu trinken, solange sie sich auch nur im gleichen Gebäude mit mir befindet!"

"Wir", sagte er sanft.

"Was?"

"*Wir* haben bald ein Baby auf dem Hals. Nicht *du*."

"Oh ja", sagte sie trocken, "ich habe ganz vergessen, dass du mit dieser Situation recht zufrieden bist."

In seinen Augen sah sie, wie der Ärger wieder aufflammte. Er sprang von seinem Stuhl auf und zog sie näher, indem er einmal mehr nach ihren Armen griff.

"Hör mir zu, und zwar sehr genau", sagte er langsam, als wollte er sichergehen, dass ihr kein einziges Wort entging. "Ich bedarf keiner Tricks und Intrigen für meine Beziehung mit dir. Ich mag nicht allzu glücklich gewesen sein über deinen Entschluss, keine Kinder zu haben, aber ich hätte ihn akzeptiert. Den Wunsch, *dich* zu behalten, hätte ich niemals dem Wunsch nach einem Kind untergeordnet. Ich hätte versucht, deine Meinung in den nächsten Jahren zu ändern, hätte daran gearbeitet, dass du erkennst, dass es Schlimmeres gibt, als ein neues Leben mit mir zu erschaffen und das Kind gemeinsam großzuziehen. Ich verurteile Malriels Vorgehensweise ganz entschieden, und auch den ganzen Ärger, der uns daraus entstanden ist. Das hätte leicht dazu führen können, dass ich dich verliere, und das ist ein Preis, den ich niemals gezahlt hätte, um ein Kind mit dir zu haben. Ist das nun vollkommen klar?"

Eryn starrte zu ihm empor, während sie das Echo seines Zorns und seiner Verzweiflung durch das Geistesband in ihrem eigenen Kopf wahrnahm. Ja, das meinte er tatsächlich ernst. Sie war erleichtert. Dieser aufrichtige Ärger über Malriels Komplott war ein besserer Beweis als all seine Worte, dass sie ihm in der Tat vertrauen konnte.

Sie nickte. "Ja, das ist es."

"Gut. Dann will ich niemals wieder hören, dass du mich beschuldigst, ich hätte Malriel dabei unterstützt oder ihre Handlungen gutgeheißen."

"Das werde ich nicht", versprach sie. "Kann ich mich an ihr rächen? Ich weiß nicht, was ich tun werde oder wann, aber ich werde nicht ruhen, bis sie für diese Anmaßung bezahlt hat."

Enric lächelte grimmig. "Das solltest du auf jeden Fall. Ich möchte, dass sie beim nächsten Mal zweimal nachdenkt, wenn sie in Betracht zieht, sich in unser Leben einzumischen. Sei also gründlich, was auch immer du tust."

Pe'tala seufzte. "Wie entzückend", meinte sie ausdruckslos. "Vereint in der Planung schrecklicher Rache an der Großmutter ihres Kindes, wer von euch auch immer sie nun als Elternteil beansprucht."

Enric drehte sich langsam zu Pe'tala um, woraufhin sie ihre barschen Worte noch einmal überdachte.

"Tala, meine Liebe, warum unterhalten wir uns nicht darüber, wie du deinen Umgang mit einer Situation wie dieser verbessern kannst für den Fall, dass du dich jemals wieder damit konfrontiert siehst?", schnurrte er mit einem Funkeln verbliebenen Zorns in seinen blauen Augen.

Eryn musste zugeben, dass ihre Cousine sich bewundernswert behauptete, wenngleich ihre Mine nun etwas beklommen wirkte. Aber das war eine ziemlich normale Reaktion für jemanden, der sich einem gekränkten Enric gegenüberfand.

"Ich sehe keinerlei Anlass, meinen Umgang zu verbessern, vielen Dank, mächtiger Lord", sagte sie, ihr Kinn herausfordernd gereckt, die Arme verschränkt. "Ich habe meiner Schwester einen sicheren Rückzugsort gewährt, als sie in Schwierigkeiten steckte, genau wie man es von mir erwartet. Ich lade dich herzlich ein, das nachzuprüfen indem du meinen Vater kontaktierst und dich von ihm über den Stellenwert von Gastfreundschaft in meinem Land aufklären lässt."

"Danke, aber ich bin mir über den Wert, den deine Kultur Gastfreundschaft beimisst, durchaus im Klaren. Und ich sage auch nicht, dass du ihr beim nächsten Mal die Tür vor der Nase zuschlagen sollst. Worum ich dich ersuche, ist, dass du mir in Zukunft eine Nachricht zukommen lässt." Sein Lächeln zeigte zu viele Zähne. "Wir würden doch nicht wollen, dass so etwas einen Anlass darstellt, der eines Tages zu Spannungen zwischen unseren Häusern führt, nicht wahr?"

Pe'talas Augen verengten sich zu Schlitzen. "Du würdest nicht absichtlich das Haus deiner Gefährtin schädigen, nachdem du sogar in Kauf genommen hast, zu einem Aren gemacht zu werden, um es zu beschützen."

"Nein, da hast du absolut Recht, das würde ich nicht. Die Spannungen würden eher daher rühren, dass dein Vater böse auf mich wäre, weil ich *dir persönlich* Schwierigkeiten bereiten würde. Du hast vor, noch eine Weile länger in diesem Land zu verweilen, und ich zeige hier nur Tatsachen auf, wenn ich dir sage, dass ich hier über beträchtlichen Einfluss verfüge. Wenn ich es darauf anlege, kann ich dir das Leben in der Tat sehr schwer machen", versprach er und legte ihr einen Arm um die Schultern, bevor er sie an seine Seite zog. "Sieh zu, dass du es dir nicht mit mir verdirbst, mein liebes Mädchen. Das lohnt sich nicht."

"Schon gut, schon gut", murrte sie. "Ich verstecke sie nicht mehr vor dir. Ich habe verstanden."

"Gut." Er nahm seinen Arm von ihren Schultern. "Ich bin so froh, dass wir einander verstehen."

Nun verschränkte Eryn die Arme. "Damit bleibt nur mehr eine Kleinigkeit, die besprochen werden muss. Du meintest, du würdest mir von nun an einen Spion hinterherschicken. Ich sehe nicht, wie das gerechtfertigt wäre. Wir haben doch gerade festgestellt, dass all das grundsätzlich *deine* Schuld ist, da du mir nicht berichtet hast, dass Malriel dir den verdammten Trank angeboten hat."

"Solange du diese unglückselige Gewohnheit nicht aufgibst, vor mir davonzulaufen, denke ich nicht, dass meine Maßnahmen unverhältnismäßig sind", antwortete er milde.

"Aber du hast ganz offensichtlich deine Tendenz, mir Dinge vorzuenthalten, ebenfalls nicht abgelegt! Ich dachte, wir hätten uns geeinigt, daran zu arbeiten. Ich laufe nicht davon, du verschweigst mir nichts, wenn du dich erinnerst?"

Er nickte. "Das stimmt. Ein kleines Detail scheinst du allerdings zu vergessen - dass ich nichts von Malriel erzählte, passierte *vor* unserer Vereinbarung, während du *danach* davongelaufen bist. Das bedeutet, dass du die Vereinbarung verletzt hast, ich aber nicht."

"Aber deine Handlungen haben dazu geführt, dass ich davongelaufen bin!", wehrte sie sich. "Ich bestehe darauf, dass du von der Sache mit dem Spion Abstand nimmst!"

"Ich werde dir ein Angebot machen, Liebste", lächelte er gutmütig. Seit er hergekommen war, hatte sich seine Laune beträchtlich gebessert. "Ich werde dir für die Dauer deiner Schwangerschaft einen Agenten hinterherschicken. Ich denke, wir können beide zustimmen, dass dein Urteilsvermögen selbst im günstigsten Fall fragwürdig ist; dass du dich jetzt in einem Zustand erhöhter Verwundbarkeit befindest, hat das offenkundig nicht verbessert."

"Dem stimme ich überhaupt nicht zu! Dass du vielen meiner Entscheidungen nicht zustimmst, bedeutet nicht, dass mein Urteilsvermögen schlecht ist!", schnaubte sie.

"Dann einigen wir uns zumindest darauf, dass dich deine Entscheidungen nicht immer aus Ärger heraushalten. Das ist schon unangenehm genug, wenn es nur dich allein betrifft, aber jetzt, wo du mein Kind unter deinem Herzen trägst, ist das ein noch größeres Thema."

"Na schön", grummelte sie.

"Gut. Dann lass uns den Agenten als zusätzliche Sicherheit betrachten, um euch beide vor Ärger zu bewahren. Solltest du mir in den sieben verbleibenden Monaten beweisen, dass du endlich über deine Neigung, bei Ärger vor mir davonzulaufen, hinweg bist, werde ich dich nicht länger überwachen lassen. Das betrachte ich als äußerst vernünftiges Angebot."

Sie schürzte die Lippen. "Wenn du *Angebot* sagst, bedeutet das, dass ich es ablehnen kann?"

"Nein, Liebste, das war nur eine diplomatische Formulierung. In Wahrheit ist es eine Entscheidung, bei der keine Diskussion, Verhandlung oder sonstige Veränderung in Frage kommt."

"Vortrefflich", seufzte Eryn. "Es scheint, als stünde mir nichts in der Art von Junars Schwangerschaftsprivilegien zu."

"Du wirst deine eigene Reihe von Privilegien bekommen, das verspreche ich", lächelte er und küsste sie auf den Scheitel. "Und nun komm bitte mit mir nach Hause. Zusätzlich zu unseren anderen Vorbereitungen müssen wir nun das zweite Gästezimmer in eine Kinderstube umwandeln."

Sie stöhnte. "Ich werde Junar darum bitten. Sie wird überglücklich darüber sein, dass wir unsere Kinder gemeinsam großziehen. Also wird sie mir dabei mehr als bereitwillig zur Hand gehen."

Enric sah abrupt auf. "Orrin. Ich muss ihm noch sagen, dass ich dich gefunden habe und dass es dir gut geht. Er war ziemlich aufgelöst, als ich gestern Nacht in sein Quartier gestürmt bin und verlangt habe, dass er dich nach Hause schickt." Er ergriff ihre Hand und zog sie zur Tür. "Komm. Ich denke, wir sollten uns darum kümmern, bevor wir nach Hause gehen. Du kannst ihnen die guten Neuigkeiten mitteilen."

"Eigentlich betrachte ich das nicht als *gute* Neuigkeiten - überhaupt nicht", grollte sie.

"Also schön", räumte er ein, "dann also die Neuigkeiten." Er nickte Pe'tala zu. "Dir noch einen guten Tag, Tala. Abendessen in drei Tagen bei uns zuhause. Bring Rolan mit. Ich habe entschieden, dass wir das regelmäßig machen sollten." Ihre bestürzte Miene brachte ihn zum Lächeln.

Eryn blieb vor ihrer Cousine stehen; ein Gefühl von Unbeholfenheit hatte von ihr Besitz ergriffen. "Danke. Für alles. Wirklich."

"Nicht der Rede wert", winkte Pe'tala ab. "Wenn du dich erkenntlich zeigen willst, sieh zu, dass Enric die Idee mit dem Abendessen aufgibt."

Sie verzog das Gesicht. "Ich fürchte, die Chancen dafür stehen nicht allzu gut. Er bestraft dich sozusagen damit. Biete ihm einfach die Stirn, indem du seine Erwartungen zunichtemachst und Spaß daran hast."

"Oh ja, das ist eine großartige Idee. Einfach fabelhaft", hörten sie Pe'tala murmeln, als Enric die Tür hinter ihnen schloss.

KAPITEL 29

Die Verbreitung der Kunde

Enric hielt ihre Hand fest, als sie versuchte, die Richtung zu ändern und den Königsweg entlang anstatt über den Palastplatz zu den Kriegerquartieren zu gehen.

"Weißt du, eigentlich will ich es ihnen jetzt nicht erzählen." Oder sonst irgendwann. Sie konnte sich ihre selbstgefälligen, zufriedenen Reaktionen nur zu gut vorstellen, nachdem sie wiederholt darauf bestanden hatte, dass ein Kind für sie niemals in Frage kam.

Er lächelte und zog sie mit sich. "Du kannst dich nicht davor drücken. Früher oder später müssen wir ihnen davon erzählen. Besonders, da ein paar Personen bereits Bescheid wissen. Lass uns sichergehen, dass sie es von uns erfahren."

"Bloß der König und Pe'tala wissen es", protestierte sie.

"Fürs Erste. Es ist nur eine Frage von Tagen, bis Tyront davon erfährt. Du darfst dich darauf verlassen, dass er darüber informiert ist, dass du die Nacht woanders verbracht hast."

"Verdammte Spione", murmelte sie.

"Dagegen können wir nichts tun", meinte er schulterzuckend. "Wir sind immerhin Personen von besonderem Interesse."

Er hielt an, als sie an seiner Hand zog und sah fragend auf sie hinab. "Was ist los, Liebste? Ist es dir dermaßen zuwider, die Nachricht zu verkünden?"

Sie verzog das Gesicht. "Ich weiß noch nicht einmal, wie ich selbst damit umgehen soll! Ich hatte noch keine Gelegenheit, mich daran zu gewöhnen, dass... dass..."

"Wir ein Kind bekommen", vervollständigte er ihren Satz.

"Ja, das", seufzte sie. "Siehst du? Ich kann es nicht einmal laut aussprechen!" Ihr Gesichtsausdruck wurde panisch. "Was ist, wenn ich so werde wie Malriel? Eine Albtraummutter - herrschsüchtig, niederträchtig und unerträglich?"

"Das wirst du nicht. Ich bin da, um das zu verhindern", versprach er und zog sie an sich, um ihre kühlen Lippen zu küssen. Er lächelte. "Das ist das erste Mal, dass ich eine schwangere Frau geküsst habe."

Sie warf ihm einen müden Blick zu. "Nein, das stimmt nicht. Ich bin schon seit zwei Monaten schwanger. Du wusstest es nur bisher nicht. Und es kann kaum einen Unterschied machen. Ich fühle mich überhaupt nicht anders, wie kann es sich also anders anfühlen, mich zu küssen?"

"Ich weiß es nicht. Dann muss es wohl an mir liegen. Komm." Er legte seinen Arm um ihre Schultern und setzte den Weg fort.

"Du bist schrecklich erpicht darauf, die Kunde zu verbreiten", kommentierte sie mürrisch. "Warst du nicht einst dieser Einsiedler, der es vermieden hat, Freundschaften zu schließen? Was ist mit ihm passiert?"

"Du bist mir passiert", lachte er leise und öffnete die Tür, um sie hineinzuführen. "Dank dir habe ich meine gesellige Seite entdeckt."

"Wie reizend", murmelte sie.

"Wenn du noch langsamer wirst, werde ich dich hochnehmen und den Rest des Weges tragen", warnte er. "Mir würde das nichts ausmachen, aber ich weiß, dass du getragen zu werden in der Vergangenheit nicht sehr gut aufgenommen hast, somit gehe ich davon aus, dass du lieber gehst. Also beeil dich."

Widerstrebend gehorchte sie und fand sich wenig später vor Orrins Tür.

Orrin beantwortete ihr Klopfen rasch und stieß erleichtert den Atem aus, als er sie erblickte. "Gut. Du hast sie gefunden. Was geht hier vor sich?" Er trat zur Seite, damit sie eintreten konnten.

Junar kam aus dem Schlafzimmer, beide Hände auf ihrem runden Bauch. "Da seid ihr ja! Wir haben uns solche Sorgen gemacht! Wo warst du nur? Warum bist du *dieses* Mal weggelaufen? Wann wirst du endlich beginnen, dich wie eine Erwachsene zu benehmen und dich um die Dinge kümmern, anstatt einfach davonzustürmen, du rücksichtslose Närrin?", schimpfte sie.

Eryn rollte mit den Augen und warf Enric einen flehenden Blick zu. Er jedoch lächelte nur und führte sie zu einem Stuhl, auf den er sie sanft mit einer Hand auf ihrer Schulter niederdrückte.

Die Tür zu Verns Zimmer öffnete sich, und er kam heraus. "Hey, was ist los? Gut zu sehen, dass du wieder da bist."

Eryn setzte zu der Frage an, weshalb er nicht im Unterricht war, erinnerte sich aber rechtzeitig, dass er jetzt Privatstunden erhielt.

"Wir warten", knurrte Orrin und starrte auf sie hinab.

"Wir haben Neuigkeiten", verkündete Enric und trat hinter sie, um beide Hände auf ihren Schultern zu platzieren. Er sah zu ihr hinunter. "Würdest du?"

"Nein", murmelte sie, "sag du es ihnen. Du bist derjenige, der es kaum erwarten kann, jedem davon zu erzählen."

"Also gut." Er hob seinen Blick zu den drei Gesichtern, die ihn erwartungsvoll ansahen, und lächelte breit. "Wir erwarten ein Kind."

Ihre Mienen zeigten Unglauben in verschiedenen Ausführungen. Verns Mund stand offen, seine Augen geweitet. Junars linke Hand bedeckte ihren Mund, während die rechte auf ihrem Bauch ruhte, während Orrin blinzelte und den Kopf schüttelte.

"Was?", flüsterte Vern nach einer Weile. "Wie? Ich meine, ich dachte, du machst diese Vorbeugungssache?"

Sie nickte. "Das habe ich auch. Aber es scheint, dass Malriel andere Pläne hatte. Wir glauben, dass sie mir einen Trank verabreicht hat, der meine Schutzmaßnahmen außer Kraft gesetzt und meinen Fruchtbarkeitszyklus gestartet hat."

"Sie hat *was* getan?", rief Vern vollkommen erstaunt aus. "Wie konnte sie nur? Welcher Mensch tut so etwas?"

"Ein wahrhaft böser Mensch", sagte Eryn düster.

Junar erwachte aus ihrem Schockzustand und schüttelte den Kopf. Dann setzte sie sich auf den Stuhl neben Eryn und drückte ihre Hand. "Es tut mir so leid, dass sie dir das angetan hat." Dann breitete sich langsam ein Lächeln auf ihrem Gesicht aus. "Wenn ich zurückdenke, dann sieht es so aus, als hätte ich an diesem einen Tag eine zutreffende Diagnose gestellt. Du weißt schon, als du versucht hast, von den Brötchen loszukommen."

"Wirklich?" Eryn warf ihr einen verärgerten Blick zu. "Schadenfreude? In so einer Situation? Ich bin vollkommen schuldlos schwanger geworden!"

"Ach tatsächlich", schnaubte Junar und bedachte sie mit einem durchdringenden Blick. "Damit habe ich selbst ja keinerlei Erfahrung."

"Komm schon!", fauchte Eryn, "Jetzt sag bloß nicht, dass du das für irgendeine Art kosmischer Vergeltung hältst, oder du verdienst dir eine Ohrfeige, egal, ob nun schwanger oder nicht!"

"Ich erinnere mich, wie du mir erklärt hast, dass ein in mir heranwachsendes Kind nichts Schlechtes ist, sondern ein Geschenk der Natur. Es scheint, dass du nun das gleiche Geschenk erhalten hast. Ich gratuliere!", lächelte sie, während ihre Augen vor Wonne glitzerten. "Was sagtest du doch gleich, wie *du* an meiner Stelle reagieren würdest?"

Eryn hob einen Finger, um sie zum Schweigen zu bringen. "Ich warne dich, wenn du nicht sofort den Mund hältst, werde ich deine Stimmbänder außer Kraft setzen! Das meine ich ernst!"

"Ah ja", fuhr Junar mit einem spöttischen Grinsen fort und ignorierte die Drohung. "Demütig und dankbar. Davon sehe ich im Moment allerdings nicht viel."

"Das reicht", knurrte Eryn und ließ Magie durch ihre Finger fließen, um mit Junars Stimmbändern das zu machen, was ihr Onkel vor einigen Monaten mit ihren eigenen getan hatte. "Ich habe dich gewarnt."

Junars Mund öffnete sich, aber kein Geräusch entwich ihm. Mit beiden Händen fasste sie an ihren Hals und warf Eryn einen vorwurfsvollen Blick zu, bevor sie sich mit mitleiderregender Miene zu ihrem Gefährten drehte.

Orrin seufzte und schüttelte den Kopf. "Ich sage dir das nur ungern, aber das hast du herausgefordert. Es ist riskant, sie zu reizen, wenn sie aufgebracht ist."

"Eryn!", seufzte Vern. "Das ist kein verantwortungsbewusster Einsatz von Heilermagie, egal, wie verstimmt du im Moment bist." Er trat neben Junar und legte ihr eine Hand auf die Schulter, dann schloss er seine Augen.

Eryn beobachtete, wie sich seine Augenbrauen zusammenzogen.

"Ich kann das nicht reparieren", murmelte er und sah sie an. "Was hast du da getan?"

Junars Gesichtsausdruck war nun leicht panisch.

"Eine kleine Sache, die mir mein Onkel gezeigt hat", erklärte sie kühl. "Mach dir keine Mühe. Das kannst du nicht beheben. Das werde ich tun, wenn wir wieder gehen."

Orrin ging vor ihr in die Hocke und betrachtete sie nachdenklich. Dann nahm er ihre beiden Hände in seine.

"Wie kommst du klar, mein Mädchen? Ich sehe, dass Enric gut damit zurechtkommt, aber du wolltest niemals Kinder. Es tut mir leid, dass dir das widerfahren ist. Deine Mutter sollte wirklich öffentlich ausgepeitscht werden."

Langsam atmete sie aus und lächelte müde. Mitgefühl. Das war eine angenehme Abwechslung. "Ich bin nicht sicher, wie es mir geht. Es ist noch immer so unwirklich. Ich *fühle* mich nicht schwanger. Hätte ich es nicht mit meiner eigenen… nun, Magie gesehen, würde ich es nicht glauben. Ich bin besorgt. Wütend. Und ich fühle mich schuldig, weil ich nicht glücklich bin oder irgendeine mystische Mutter-Kind-Verbindung mit diesem winzigen Leben in mir verspüre. Und ich fühle mich schuldig, weil ich auch gar nicht glücklich sein möchte. Ich will mich einfach nur irgendwo verstecken und all das ungeschehen machen."

"Du denkst doch nicht etwa daran…?", flüsterte Vern mit weit aufgerissenen Augen.

Eryn warf ihm einen vernichtenden Blick zu. "Ich kann nicht glauben, dass du mir diese Frage tatsächlich stellst. Natürlich denke ich an so etwas nicht! Enric würde mich umbringen."

Sie blickte zu ihm auf und sah ihn nicken. "Umbringen vielleicht nicht, aber ich würde es nicht gut aufnehmen. Überhaupt nicht."

Ihre Aufmerksamkeit kehrte wieder zu Orrin zurück, der sie anlächelte. "Du brauchst dich nicht schlecht zu fühlen, Eryn. Alles wird sich weisen; da bin ich zuversichtlich. Und du bist nicht allein. Vern und ich werden für dich da sein. Und dann ist da auch noch Junar, obwohl sie wohl ein wenig Zeit brauchen wird, um darüber hinwegzukommen, dass du ihr die Sprache geraubt hast."

Sie nickte und lehnte ihre Stirn gegen seine. "Danke, Orrin. Ich liebe dich."

"Sicher", hörte sie Enric über sich gereizt murmeln, "sag es *ihm*. Immerhin ist es nicht so, als würde *ich* es hin und wieder gerne hören."

"Du, mein Freund, hast Schuld an alldem. Ich verspüre derzeit wenig Lust, mich nach deinen Wünschen zu richten", knurrte sie.

"Nun, natürlich trägt er die Schuld daran", meinte Vern. "Zumindest sollte er das, sofern du ihm treu warst."

"So meinte ich das nicht! Malriel bot ihm genau diesen Trank an, den sie mir eingeflößt haben muss, und er hat es verabsäumt, mir davon zu erzählen. Andernfalls wäre ich in ihrer Nähe vorsichtiger gewesen und hätte somit dieses Dilemma vermeiden können!"

Orrin verzog das Gesicht. "Meine Güte! Ihr beide solltet wirklich an der einen oder anderen Sache arbeiten." Er zeigte mit dem Finger auf sie. "Du hör auf, jedes Mal wegzulaufen, wenn es schwierig wird. Du bist keine starrköpfige Halbwüchsige mehr, sondern eine Säule unserer Gesellschaft!" Dann stand er auf und warf Enric einen finsteren Blick zu. "Und was dich betrifft, würde es nicht schaden, wenn du zuweilen mit deiner Gefährtin reden würdest, anstatt ständig das Denken für sie übernehmen zu wollen und dich dann zu wundern, weshalb sie sauer auf dich ist!"

Enric zog nur eine Augenbraue hoch.

"Erspar mir diesen empörten Blick; ich weiß sehr wohl, dass du immer noch mein Vorgesetzter bist. Das macht das, was ich soeben gesagt habe, nicht weniger wahr."

Beide drehten sich um, als sie Vern begeistert in die Hände klatschen hörten.

"Wisst ihr, was mir gerade eingefallen ist? Jetzt kann ich eine weitere Reihe von Bildern zeichnen, um die Entwicklung eures Babys mit unserem zu vergleichen! Das ist großartig!"

Vier Augenpaare starrten ihn perplex an.

"Was?" Mit großen, unschuldigen Augen sah er sie an. "Ich mache mir hier nur eine hervorragende Gelegenheit zunutze! Ich meine, wie oft bietet sich einem die Gelegenheit, zwei Schwangerschaften aus nächster Nähe zu dokumentieren, während man genau so einen Auftrag erteilt bekommen hat? Das muss Schicksal sein!"

"Ich glaube kaum, dass meine Schwangerschaft in irgendeinem Zusammenhang mit deinem Schicksal, dieses Buch zu illustrieren, steht, sondern eher mit einer gewissen Person, die wir in einem Monat wiedersehen werden", knurrte sie und sah zu Enric. "Du meintest, ich könnte mich an der Königin der Dunkelheit rächen. Sagtest du nicht, dass du damals in Takhan Phantasien von recht gewalttätigen Szenarien hattest, wie man Ram'an loswerden könnte? Können wir die für Malriel benutzen? Die Überreste könnten wir unserer Bergkatze verfüttern, falls erforderlich", zischte sie, ihre Augen fest geschlossen, während sie die Vorstellung genoss.

"Blutrünstig", kommentierte ihr Gefährte trocken.

"Ja, gewöhnen wir doch das riesige Raubtier mit den spitzen Zähnen und scharfen Krallen an den Geschmack von Menschenfleisch, warum auch nicht?", murmelte Vern und sah an die Decke.

"Ich denke, es wird Zeit, dass wir aufbrechen", sagte Enric, ergriff Eryns Hand und zog sie von ihrem Stuhl hoch. "Es gibt ein paar Dinge, um die ich mich noch kümmern muss, wie Bücher über die Ernährungsanforderungen schwangerer Frauen anzuschaffen und ihren Onkel zu kontaktieren."

"Du wirst sicher nicht überwachen, was ich esse!", begehrte sie auf.

"Das werde ich sehr wohl, wenn du weiterhin solch riesige Mengen an süßen Brötchen verschlingst", entgegnete er entschlossen. "Das kann nicht gesund sein."

"Ich bin eine verdammte Heilerin! Ich weiß genau, was ich essen sollte und was nicht!"

"Mir ist bewusst, dass du es *weißt*. Ich will nur sicherstellen, dass deine Gelüste dich nicht davon abhalten, dieses Wissen auch in die Tat umzusetzen."

"Du bevormundest mich schon wieder? Wirklich?", schnauzte sie ihn an, ihre Hände in die Hüften gestemmt. "Vielleicht wird es tatsächlich Zeit, dass du ein Kind bekommst, um das du dich kümmern kannst, damit du aufhörst, *mich* herumzukommandieren!"

"Charmant", kommentierte er und legte einen Arm um ihre Mitte, um sie zur Tür zu geleiten. "Ich sehe schon, dass wir in den nächsten Monaten eine Menge Spaß haben werden."

Orrin schloss die Tür hinter ihnen und sah seinen Sohn mit resignierter Miene an. "Oh Mann. Und wir werden in Takhan viele, viele Monate mit ihnen verbringen." Dann fiel sein Blick auf eine wild und stumm gestikulierende Junar. Ihr Gesichtsausdruck war zornig, während sie immer wieder auf ihren Hals deutete.

Vern begann lauthals zu lachen, während sein Vater fluchte und die Tür wieder öffnete, um die Besucher zurückzurufen.

* * *

Eryn blinzelte matt gegen das Tageslicht, nachdem Enric die Vorhänge im Schlafzimmer aufgezogen hatte.

"Guten Morgen, Liebste", lächelte er und hob ein Frühstückstablett von der Kommode, um es neben sie auf dem Bett zu platzieren, bevor er sich auf ihrer anderen Seite niederließ.

Sie setzte sich auf, hob eine Augenbraue ob des unerwarteten Luxus und gähnte. "Guten Morgen. Was ist das?"

"Schwangerschaftsprivilegien. Ich experimentiere", erklärte er.

Die Erinnerung an dieses kleine Detail bereits so früh am Morgen ließ sie zusammenzucken. Dann seufzte sie resigniert und brachte sogar ein schwaches Grinsen zustande, als sie zwei Brötchen auf dem Tablett vorfand und sich eines davon schnappte. "Mach nur weiter so, dann bist du auf dem richtigen Weg."

"Ich bin froh, das zu hören." Er beobachtete, wie sie die anderen Bestandteile ihres Frühstücks untersuchte. Ihre Reaktion war nicht an ihm vorübergegangen, sie fühlte sich noch immer alles andere als wohl mit ihrer neuen Situation. Ganz im Gegensatz zu ihm. Er überlegte, worum es sich als Erstes zu kümmern galt, ob es etwas voreilig war, das zweite Gästezimmer umzuwandeln, ohne das Geschlecht des Babys zu kennen. Oder ob das überhaupt eine Rolle spielte. Warum musste man sich überhaupt an die althergebrachten Farbmuster und Spielsachen halten? In seiner Erinnerung hatten ihm die Spielsachen seiner Schwester ebenso oft zur Unterhaltung gereicht wie seine eigenen, weshalb also diesem Kind irgendwelche Beschränkungen auferlegen, bevor es überhaupt geboren war?

"Einen Hauch fruchtiger als das, was wir normalerweise haben", kommentierte sie und unterbrach damit seinen Gedankengang. "Du beginnst doch wohl nicht bereits damit, hinterrücks meine Essensgewohnheiten umzustellen, oder etwa doch?"

"Ich würde nicht sagen hinterrücks. Nennen wir es sanft. Ich habe dir immerhin deine Brötchen gebracht."

"Das hast du in der Tat", gab sie großzügig zu.

"Du bist dir darüber im Klaren, dass es schwierig werden wird, die in Takhan zu bekommen?", fragte er vorsichtig.

Einen Moment erstarrte sie, dann zog sie die Stirn in Falten. "Ja, ich schätze schon. Ich wette, ich könnte lernen, wie man sie zubereitet", sinnierte sie. "Aber es könnte sich als ebenso große Herausforderung erweisen, dort an die Zutaten heranzukommen."

"Schade. Aber wir können dich immer noch auf Früchte umstellen", schlug er mit gespielter Schicksalsergebenheit vor.

Sie lächelte. "Kein Grund, solch extreme Maßnahmen zu ergreifen. Ich werde einfach die ortsüblichen Backwaren probieren und sehen müssen, ob mich etwas davon anspricht."

Er strich ihr eine Haarsträhne hinters Ohr. "Das klingt nach einem Plan. Und ich bin sicher, dass du in Junar eine mehr als willige Komplizin finden wirst, wenn es darum geht, diese anspruchsvolle Aufgabe in Angriff zu nehmen."

"Ich glaube nicht, dass Junar allzu sehr auf Essen bedacht sein wird, wenn wir in Takhan sind. Sie wird dann schon im siebten Monat sein."

"Vier Monate vor uns...", überlegte Enric. "Das ist recht praktisch, weißt du. In den ersten ein bis zwei Jahren können wir die meisten Sachen, die ihrer Tochter zu klein werden, weiterverwenden, denke ich."

Sie blinzelte. "Das ist ungewöhnlich pragmatisch von dir, wenn man bedenkt, dass du ständig darauf bestehst, mir neue Kleidung zu bestellen."

Er lachte. "Ich kann dich kaum in den abgelegten Kleidern anderer Leute herumlaufen lassen, Liebste."

"Nein, das vielleicht nicht", räumte sie ein. "Aber zumindest könntest du sie mich lange genug tragen lassen, bis sie abgetragen sind anstatt sie beim winzigsten Loch bereits gegen etwas Neues auszutauschen. Du weißt schon, dass Kleidung geflickt werden kann?"

Er stieß einen langen Seufzer aus. "Nicht schon wieder die Kleiderdiskussion! Und ein kleines Kind schafft es kaum, ein Kleidungsstück abzutragen, da es ihm zu schnell wieder entwächst. Ich würde ja nicht zulassen, dass unser Erstgeborenes in Lumpen gekleidet wird."

Mit offenem Mund starrte sie ihn einige Augenblicke lang an. "Unser *was*?"

Zu spät wurde ihm klar, was er von sich gegeben hatte. "Ich wollte damit nicht andeuten, dass ich beabsichtige, noch eines zu bekommen", versicherte er ihr rasch.

"Nein?", grollte sie. "Was sonst wolltest du dann mit *Erstgeborenes* ausdrücken?"

"Nichts. Es war nur eine unglückliche Wortwahl."

"Du hast erst vor weniger als zwei Tagen von diesem Kind erfahren, wie kannst du also bereits einfach so ein weiteres planen? Bist du wahnsinnig? Hast du irgendeine Ahnung, was alles dazugehört, *ein einziges* Kind großzuziehen? Schlaflose Nächte, eine hilflose Kreatur, die bezüglich füttern und waschen vollkommen abhängig von dir ist, keine Zeit mehr für dich selbst..."

"Nun, das klingt so, als würde unser Leben, so wie wir es kennen, ohnehin ein Ende finden", scherzte er. "Wie schlimm könnte dann also ein zweites sein?"

Sie blickte ihn finster an, legte ihr halb aufgegessenes Brötchen wieder zurück auf das Tablett und stand auf. "Nicht witzig."

"Komm zurück", rief er ihr nach, als sie davonging, ohne ihr Frühstück zu beenden. "Es tut mir leid. Wir werden kein weiteres bekommen, wenn du das nicht möchtest."

Sie wirbelte zu ihm herum. "Damit hast du verdammt Recht! Das werden wir nicht! Was bringt dich zu der Annahme, ich wäre offen dafür, ein *zweites* Kind zu bekommen, wo ich noch immer unter Schock stehe, nachdem ich von dem ersten erfahren habe?" Sie raufte sich ihr Haar, dann deutete sie auf ihren Unterleib. "Beim nächsten Mal werde ich gründlicher vorgehen und eine dauerhafte Maßnahme ergreifen. Sollte es je wieder einen Trank geben, wird er mich weniger... empfänglich für äußerliche Einflussnahme vorfinden", versprach sie.

Er runzelte die Stirn. "Dauerhaft? Wie dauerhaft?"

"Was meinst du mit *wie dauerhaft*? Das ist ein recht eindeutiger Begriff, würde ich meinen."

"Dauerhaft wie *nie mehr umkehrbar*?", fragte er ungläubig.

Sie hob ihm einen Finger entgegen. "Ich werde das jetzt sicher nicht mit dir diskutieren. Du wirst ein Kind bekommen, was mehr ist, als ich jemals geplant habe! Wenn du ein weiteres willst, musst du dir dafür jemand anderen suchen! Was ist nur los mit dir? Warum war es einfacher zu akzeptieren, kein Kind zu haben als *eines*?"

Die Frage brachte ihn zum Nachdenken. Sie war nicht ganz ungerechtfertigt, wie er zugeben musste.

"Ich bin nicht sicher", meinte er langsam. "Vielleicht, weil ich mit Geschwistern aufgewachsen bin. Der Gedanke daran, ein Einzelkind zu sein, ist eher traurig."

Sie schüttelte den Kopf über ihn. "Du hast zu keinem von ihnen engen Kontakt! Zu einem sogar überhaupt keinen!" Und er war selbst nicht gerade von einem liebevollen Vater aufgezogen worden, weshalb war er also dermaßen eifrig auf Fortpflanzung bedacht? Sie brauchte Abstand zu ihm, zu all dem.

Er stand ebenfalls vom Bett auf, um ihr ins Badezimmer zu folgen und sie von hinten zu umarmen. Er hielt sie nahe bei sich, als sie versuchte, sich aus seinen Armen zu befreien.

"Es tut mir leid", murmelte er. "Ich würde das sehr gerne mit dir genießen, es gemeinsam als etwas Positives erleben. Ich hatte nicht die Absicht, dich zu verärgern." Er verschränkte seine Finger mit ihren und küsste ihre Schläfe, als sie ihre Augen schloss und ausatmete.

"Ich brauche Zeit, Enric", sagte sie müde. "Ich bin noch nicht bereit, es als etwas Positives zu betrachten. Im Moment versuche ich noch, es nicht als Fluch zu sehen."

"Ich werde mein Bestes tun, um dir dabei zu helfen."

Sie spürte seine Wange auf ihrem Haar. "Sei vorläufig einfach nur nicht zu begeistert darüber, wenn ich dabei bin. Es treibt mich zur Weißglut. Und es löst Schuldgefühle in mir aus, weil ich deine Haltung nicht teile. Ganz zu schweigen von deinem Plan für weitere Kinder - der ist schlicht und einfach furchterregend!"

"Ich weiß, das war wohl ein wenig zu viel", seufzte er.

"Ja, das kann man wohl sagen", nickte sie und wollte sich zum Waschbecken drehen, um ihr Gesicht zu reinigen.

Er hielt sie fest. "Warte. Kann ich... es sehen?"

Sie zögerte, dann nickte sie. "In Ordnung. Weißt du, was du tun musst?"

"Ich bin nicht sicher. Ich weiß, wie man Verletzungen untersucht, aber das... Ich möchte nichts falsch machen."

Er klang ein klein wenig nervös, erkannte sie. "Dann mach einfach, was ich dir vorzeige."

Sie spürte seine Hände auf ihrem Unterleib, und kurz darauf strömte Wärme von seinen Fingerspitzen in ihren Körper. Nachdem sie ihre Augen geschlossen hatte, führte sie ihn zu ihren Fortpflanzungsorganen und dem kleinen Embryo, der dort wuchs.

"Die Größe entspricht etwa der Breite deines Fingers", sagte sie leise. "Dort kannst du den Kopf sehen und wo die Arme und Beine zu wachsen beginnen. Wenn du weiter und tiefer blickst, kannst du das winzige Herz sehen. Es schlägt jetzt noch langsam, aber das wird sich später ändern", erklärte sie nüchtern. Seltsam, obwohl sie direkten Kontakt damit hatte, fühlte es sich deshalb nicht realer an. Es war, als würde sie in den Körper einer Fremden blicken. Vielleicht lag das daran, dass sie noch nicht wirklich irgendwelche Veränderungen an sich wahrgenommen hatte, die es ihr realer erscheinen ließen.

"Wann können wir sehen, ob es ein Junge oder ein Mädchen ist?", flüsterte er, eindeutig tief beeindruckt.

"Ich kann es bereits erkennen. Ich gehe davon aus, dass du es gerne wissen möchtest?"

"Ja, das würde ich gerne", nickte er und öffnete seine Augen, während sie ihm ihr Gesicht zuwandte.

Sie sah in seinen Augen das Erstaunen nach diesem ersten Kontakt mit seinem Kind und kam nicht umhin zu denken, dass sich dieses winzige Kügelchen Leben in der Tat glücklich schätzen konnte, ihn als Vater zu haben. Im Moment sah es nicht so aus, als würde aus ihr eine besonders hingebungsvolle Mutter werden.

"Was würdest du vorziehen?"

Er blinzelte, überrascht von der Frage. "Ich weiß es nicht. Was wohl bedeutet, dass ich nicht wirklich eine Präferenz habe." Sanft ließ er seine Finger über ihre Wange gleiten. "Vielleicht ein Mädchen mit deinen braunen Augen und deinem wilden Temperament. Oder einen Jungen mit deiner schnellen Auffassungsgabe und deinem absoluten Mangel an Respekt." Ihre entrüstete Miene brachte ihn zum Lächeln.

"Keine liebenswerten Eigenschaften, die du weiterzuvererben gedenkst?", fragte sie, ihre Augenbrauen hochgezogen.

"Mein umwerfend gutes Aussehen, hätte ich gedacht", scherzte er, bevor er wieder ernst wurde. "Und? Was wird es nun?"

"Ein Junge", verkündete sie ruhig.

"Mit rascher Auffassungsgabe, respektlos, aber immens gutaussehend", meinte er mit einem breiten Grinsen und küsste ihre Lippen. "Vielleicht mit ein wenig Aren Temperament. Oder wird das nur an Mädchen vererbt?"

Sie entfernte sich von ihm und fuhr damit fort, sich zu waschen. "Ich habe keine Ahnung. Ich glaube nicht, das ich bislang irgendwelche Aren Männer getroffen hätte - dich nicht mitgerechnet, da du nichts von ihnen geerbt haben kannst. Aber nachdem ich dich in ein paar deiner weniger kontrollierten Momente erlebt habe, wage ich zu behaupten, dass giftiges Temperament keineswegs etwas ist, das er unbedingt von *mir* erhalten müsste."

Gegen eine Wand gelehnt beobachtete er ihre Waschroutine, die damit begann, dass sie ihr Haar zusammenband, damit es nicht nass wurde.

"Muss ich Tyront treffen, um ihm zu erklären, dass ich von nun an kein Kampftraining mehr absolvieren werde, oder versteht sich das von selbst?", fragte sie, während sie ihr Gesicht schrubbte.

Enrics Brauen zogen sich zusammen. Das war eine sehr gute Frage.

"Ich bin nicht sicher. Ich schätze, das bedeutet, wir sollten ihn aufsuchen. Und bald. Wir sollten ihn heute besuchen, wenn wir beim König fertig sind."

Sie drehte sich zu ihm um, ihr Gesicht nass und an den Seiten noch etwas schaumig. "Erwartest du hier irgendwelche Schwierigkeiten?"

Er spitzte die Lippen. "Keine, die wir nicht aus dem Weg räumen könnten. Ich werde nicht erlauben, dass dich irgendjemand attackiert."

Er sah zu, wie ein Lächeln ihre Mundwinkel langsam nach oben krümmte. "Das höre ich gerne. Endlich kommen wir zu den wirklich interessanten Schwangerschaftsprivilegien."

* * *

Der König lächelte, als er sie den Thronsaal Hand in Hand betreten sah und wartete, bis sie vor ihm zum Stehen kamen und sich verbeugten.

"Guten Morgen. Es freut mich zu sehen, dass Ihr Euch ausgesöhnt habt. Nehmt Platz."

Eryn bemerkte amüsiert, dass er in Enrics Anwesenheit davon Abstand nahm, ihre Hand zu küssen.

Enric zog einen Stuhl nahe dem Kopfende für sie hervor und begab sich dann auf die andere Seite, um sich ebenfalls hinzusetzen.

"Ich bin sehr interessiert daran, zu welchen Schlussfolgerungen Ihr bezüglich Eurer aktuellen Situation gelangt seid", meinte König Folrin und lehnte sich in seinem Stuhl zurück, ohne die Augen von ihr zu nehmen.

Beinahe augenblicklich spürte sie, wie beim Gedanken an Malriel der Zorn in ihr hochkochte, kämpfte aber darum, die Kontrolle zu behalten. Dies hier waren weder Zeit noch Ort, um Hysterie und ausufernde Emotionalität an den Tag zu legen. Außerdem war das wesentlich befriedigender, wenn sie von griffbereiten Gegenständen umgeben war, die sich gegen Wände schleudern ließen.

"Indizien haben uns zu der Annahme geführt, dass eine gewisse Person entschieden haben mag, uns mit dem unerwarteten Geschenk eines Kindes zu beglücken", sagte sie steif.

Der König zog beide Augenbrauen hoch. "Das war sehr vorsichtig formuliert, muss ich sagen. Ich schätze es, dass Ihr Diplomatie anzuwenden beginnt, doch hier hinter geschlossenen Türen könnt Ihr unbesorgt sprechen."

"Genau das schien Euch in Pe'talas Arbeitszimmer Sorge zu bereiten", erinnerte sie ihn.

"Das macht einen beachtlichen Unterschied. Ich habe wenig Kontrolle darüber, wer mir an gewissen Orten zuhören mag, da ich nicht über die sehr zweckdienliche Fähigkeit verfüge, magische Barrieren zu errichten, die Geräusche davon abhalten, an unerwünschte Orte abzudriften. Hier drin jedoch bin ich zuversichtlich, dass wir uns so privat wie nur möglich unterhalten können."

"Was Ihr also von mir hören wollt ist, dass wir stark vermuten, dass meine Schwangerschaft auf einen Trank zurückzuführen ist, den Malriel mir damals ohne mein Wissen einzuflößen vermochte."

Er nickte. "Ja. Gut gemacht."

Ihre Augen verengten sich. "Wenn ich an unsere kleine Unterhaltung gestern zurückdenke, muss ich mich fragen, ob Ihr Euch darüber schon zuvor im Klaren wart. Das wiederum wirft die Frage auf, ob Ihr so tief gesunken seid, bei diesem Plan Hilfestellung geleistet zu haben."

"Seid sehr achtsam, Lady Eryn, wessen Ihr mich beschuldigt", warnte der König sie ruhig. "Ich war in nichts davon involviert - zumindest nicht in die Planung und Ausführung. Rückblickend sehe ich jedoch, dass Malriel mir in der Tat eine Rolle zudachte, indem sie mich mit gerade genug Information versorgte, damit ich mir ihre Absichten zusammenreimen konnte, nachdem sie ihren Plan bereits umgesetzt hatte."

"Welche Rolle?", fragte sie, nicht vollständig von seiner Unschuld überzeugt.

"Ich sollte sicherstellen, dass es zu keinem dauerhaften Bruch zwischen Euch und Eurem Gefährten kommt, indem ich Euch darauf aufmerksam machte, dass es andere Erklärungen gab als dass Lord Enric Euch dieses Kind aufgezwungen hat."

"Natürlich", presste sie zwischen zusammengebissenen Zähnen hervor. "Eine Trennung würde ihr immerhin nicht zum Vorteil gereichen."

"Nein, keineswegs", stimmte er zu. "Ganz im Gegenteil. Solange Ihr beiden einander weiterhin gewogen bleibt, besteht für sie die Chance, ihr Enkelkind zuweilen zu sehen, während sie ausgeschlossen werden würde, solltet Ihr die Einzige sein, die entscheidet, wer es zu Gesicht bekommt."

"Warum hat sie es getan?", platzte Eryn heraus. "Das Kind wird kein Mitglied von Haus Aren sein, also hat sie keinen Zugriff darauf."

Der König hob seine Brauen. "Weshalb geht Ihr davon aus, ich besäße Kenntnis über ihre Motive, Lady Eryn?"

"Sagt mir nicht, Ihr hättet diesbezüglich nicht die eine oder andere Theorie", meinte sie.

Das brachte ihn zum Lächeln. "Die habe ich in der Tat. Aber lasst uns sehen, ob Ihr selbst die möglichen Gründe nachvollziehen könnt. Ihr seid Euch dessen bewusst, dass die Häuser in den Westlichen Territorien bestrebt sind, ihre magischen Blutlinien zu erhalten und zu verbessern, und zudem die Allianzen zwischen den Häusern durch strategisch arrangierte Lebensbünde stärken."

"Ihr sagt also, dass die Chance, dass ich mit einem starken Magier verbunden bin, der zufällig ein Mitglied ihres eigenen Hauses ist, zu gut ist, um sie ungenutzt verstreichen zu lassen?"

"Ist das nicht offensichtlich? Die Blutlinien wurden in der Vergangenheit so oft vermischt, dass jedes frische Blut ein Segen ist."

"Sie könnten jederzeit frisches Blut hineinnehmen, indem sie ihr Zuchtprogramm nicht auf die Mitglieder der Häuser beschränken", knurrte sie.

"Aber das wäre ein politischer Nachteil, besonders für ein Haus, das so mächtig und somit auf starke Bündnisse angewiesen ist wie Haus Aren. Und nun habt Ihr eine fabelhafte Lösung für beide Probleme bereitgestellt: frisches Blut mit einem magischen Hintergrund, der so stark ist, wie sie es sich nur wünschen konnte, sowie eine erneute Festigung des Bündnisses mit Haus Vel'kim, das durch die Handlungen Eures Vaters in Mitleidenschaft gezogen war."

"Da ich einem anderen Haus beigetreten bin, ist die Blutlinie nun nicht mehr länger offiziell Aren", strich sie hervor. "Wie also kann sie davon profitieren?"

"Das ist eine Frage, von der ich erwarten würde, dass Ihr die Antwort darauf selbst zu finden imstande sein solltet", sagte er und sah sie erwartungsvoll an. Er seufzte, als sie ihn nur ratlos ansah. "Denkt an Euren Gefährten."

"Ihr wollt damit doch wohl nicht sagen, dass sie versuchen wird, unseren Sohn ebenfalls in Haus Aren zu adoptieren?", schnaubte sie. "Als würde ich so einer haarsträubenden Sache jemals zustimmen!"

"Ah", lächelte der König, "Ihr habt also bereits festgestellt, dass es ein Junge werden wird? Ich gratuliere! Und ja - an Eurer Stelle würde ich in Zukunft einen solchen Versuch erwarten. Nicht, solange Euer Sohn der einzige Nachkomme von Haus Vel'kim und somit der alleinige Erbe in dieser Generation ist, versteht sich."

Oh nein, dachte sie und schloss für einen Moment die Augen. Er hatte Recht. Bislang hatte sie nicht einmal daran gedacht, dass ihr Kind der einzig verfügbare Erbe von Haus Vel'kim sein würde. Vran'els Tochter ebenso wie etwaige weitere Kinder, die er jemals haben mochte, gehörten zum Haus ihrer

Mutter, und Pe'tala hatte bislang noch keine Kinder. Und wer konnte schon sagen, ob das jemals der Fall sein würde? Blendend. Also war es vollkommen bedeutungslos, zum Haus welches seiner Elternteile er gehörte, er war auf jeden Fall dazu auserkoren, eines Tages das Oberhaupt eines Hauses zu werden. So viel dazu, dass er seinen eigenen Weg finden sollte.

Und sollte sich Pe'tala eines Tages wirklich von den Freuden der Mutterschaft überzeugen lassen und in diesen Stand eintreten, womit sie Haus Vel'kim einen weiteren verfügbaren Erben beschaffen würde, dann wäre dies das Signal für Malriel, ihre Versuche zu starten, um ihren Enkelsohn in die Finger zu bekommen und damit die Nachfolge für Haus Aren sicherzustellen.

Oder, falls Pe'tala keinerlei Neigung zeigte, ein Kind zu bekommen, mochte Malriel sogar versuchen sicherzustellen, dass sie ein weiteres Enkelkind erhielt, indem sie Eryn erneut einen Trank einzuflößen oder andere Tricks, die sie kannte, anzuwenden versuchte. Zwei Kinder bedeutete zwei Erben; einen für jedes Haus.

"Also müsste sich Pe'tala ebenfalls fortpflanzen, damit ich meinen Sohn hier im Königreich behalten könnte. Einfach großartig. Ich schätze, ich bin nun diejenige, die versuchen sollte, ihr eine Phiole oder zwei von dieser üblen Brühe zu verabreichen, die bei mir so toll funktioniert hat?", seufzte sie. "Was wollt Ihr? Was ist für Euch die attraktivere Option - meinen Sohn im Orden zu haben, weil Ihr hofft, dass er unsere beachtliche Stärke erbt, oder eine gute Verbindung zu einem der Häuser zu etablieren, indem Ihr darauf hinarbeitet, dass er zum Oberhaupt welches verdammten Hauses auch immer wird, das es schafft, seine Krallen in ihn zu schlagen? Wo stehe ich mit Euch?"

"Ich versichere Euch, Lady Eryn, dass gegenwärtig beide Optionen gleichermaßen attraktiv für mich sind. Das bedeutet, dass ich im Augenblick keine Pläne habe, in irgendeine Richtung tätig zu werden."

"Im Augenblick. Das bedeutet, dass sich, abhängig davon, wie sich die Dinge mit den Westlichen Territorien entwickeln, eine Präferenz für eine Richtung ergeben mag. Was wiederum heißt, dass ich wohl besser nicht nur dafür sorge, ihn vor Malriels und Valrads Zugriff zu schützen, sondern auch vor Eurem." Sie fluchte verhalten.

Wie konnte ein heranwachsender Embryo von der Größe ihres Daumennagels all das auslösen? Diese Überlegungen würden erst in frühestens zwanzig Jahren spruchreif werden, abhängig davon, wann die aktuellen Oberhäupter der Häuser die Verantwortung über ihr Haus weiterzugeben beabsichtigten. Vran'el würde sehr wahrscheinlich derjenige sein, der Haus Vel'kim übernahm, aber bei Malriel stand noch nicht einmal fest, wer ihr nachfolgen sollte. Sie konnte wohl kaum ernsthaft in Betracht ziehen, dass Enric ihre Position übernahm. Aber es war kaum möglich, die Pläne dieser Frau zu erraten. War kein anderer Erbe verfügbar, würde sie ihn sicher dazu bringen wollen, es zu tun. Und wenn ihr eigener Enkelsohn, Blut von ihrem Blut, das Haus nach seinem Vater übernahm, wäre das für sie der ultimative Sieg. Ihre direkte Blutlinie würde das Haus somit weiterhin führen, nachdem durch die Adoption eine Generation ausgelassen wurde.

"Ich verabscheue diese Frau", murmelte sie. "So richtig. Ich dachte, ich hätte mit ihr bereits einen Tiefpunkt erreicht, aber sie hört nicht auf, die Grenzen meines Hasses zu sprengen."

"Versucht, die Dinge einen Moment lang von ihrem Standpunkt zu betrachten", schlug der König vor.

Eryn warf ihm einen dunklen Blick zu. "Das kann ich nicht, befürchte ich. Dafür habe ich zu viel Gewissen und zu wenig Skrupellosigkeit in mir."

"Erzählt mir von der Verantwortung, die ein Oberhaupt seinem Haus gegenüber hat. Dies ist eine interessante Frage, auch im Hinblick auf die Rolle, die Euer eigener Gefährte bald übernehmen wird."

"Versucht nicht, mich dazu bringen zu wollen, ihre Handlungen zu verstehen oder zu billigen", schnappte sie. "Das wird bei mir nicht funktionieren. Ich habe keinerlei Verständnis für die Maßnahmen, die sie angebracht hält, gegen mich zu ergreifen, und ich gebe zu, dass ich auch nicht daran interessiert bin, eines zu entwickeln!"

Der König seufzte entnervt und sah zur Decke empor. "Bevor Ihr in mein Leben tratet, war ich wirklich nicht daran gewöhnt, meine Anweisungen wiederholen zu müssen. Seit ich Eure Bekanntschaft gemacht habe, meine liebe Lady, habe ich erkannt, welcher Luxus das war. Ich habe die Absicht, wieder zu diesem sehr wünschenswerten Zustand zurückzukehren", schloss er scharf. "Man sollte meinen, dass Ihr es mittlerweile geschafft hab, das Konzept zu verinnerlichen, dass einem König zu gehorchen ist, selbst wenn man berücksichtigt, dass Ihr auf dem Land aufgezogen wurdet."

Durch das Geistesband spürte sie Enrics Besorgnis und die Warnung, die es war, sich angemessen zu verhalten. Nun gut, das schaffte sie. Aber sie brauchte kaum vorzugeben, es zu schätzen.

Sie lächelte freudlos. "In diesem Fall wird es mir selbstverständlich ein Vergnügen sein, diesem ungemein ansprechenden Gedankengang zu folgen, wenn Euch das gefällt, Eure Majestät."

"Gut gemacht", bemerkte er trocken. "Damit wäre nur mehr Euer Sarkasmus verbesserungsfähig."

Sie schluckte und nickte. "Die Verantwortung eines Oberhaupts schließt mit ein, sich um das Wohlergehen der Familie zu kümmern, Bündnisse zu schließen und seinen Ruf zu schützen."

"Gut. Was noch? Ich weiß, dass Ihr Euch darüber im Klaren seid. Sprecht es aus!"

"Die Nachfolge sicherzustellen", murmelte sie.

"Sehr gut. Die Nachfolge sicherzustellen. Ich bin zuversichtlich, dass Ihr mir zustimmen werdet, dass diese Aufgabe für Malriel eine beachtliche Herausforderung darstellen musste, wenn man bedenkt, wie sie Euch immer wieder verlor. Zweimal. Zuerst durch Handlungen Eures Vaters, dann durch Eure eigenen."

"*Sie* war diejenige, die mich dazu brachte, ihrem Haus zu entsagen", zischte sie. "Das war ganz allein ihre Schuld!"

"Wie dem auch sei, das gehört nicht zu unserer aktuellen Diskussion. Wessen Schuld es ist, hat für das Haus keinerlei Bedeutung, nur was unternommen wird, um die Sache zu beheben. Lasst uns zu der Situation zurückkehren, der sich Haus Aren gegenübersah: Dessen einzige Erbin wurde in ein anderes Land fortgebracht und war zweiundzwanzig Jahre lang nicht greifbar. Als sie gefunden wird, nachdem kaum noch jemand damit gerechnet hatte, stellt sich heraus, dass sie mit einem magischen Eid an ein anderes Königreich gebunden ist. Eine Überlegung wäre natürlich, den Eid zu entfernen, allerdings eine, die den Souverän des besagten Königreichs, mich nämlich, erheblich verstimmt hätte. Die Triarchie hätte dem nicht zugestimmt, um ein einzelnes Haus zufriedenzustellen. Besonders nicht, da sich herausgestellt hat, dass wir uns im Besitz von Ressourcen befinden, mit denen man Handel zu treiben wünscht. Das allein allerdings hätte es Euch noch nicht unmöglich gemacht, in die Fußstapfen Eurer Mutter zu treten."

"Nein", ergänzte sie. "Dass ich ihr Haus verstoßen habe, allerdings sehr wohl."

"Ganz genau. Hier haben wir also eine Frau, der ihre Tochter zurückgegeben wurde, nur damit sie sie wieder verliert. Und damit auch die Erbin ihres Hauses, die sie braucht, um es nicht ohne Nachfolger zurückzulassen. Lord Enric zu adoptieren war ein findiger Zug ihrerseits. Ein Mann, der nicht nur ein hochrangiger Politiker mit wertvollen Verbindungen und beinahe unerreichter magischer Stärke ist, sondern sich auch noch als fähiger Geschäftsmann erwiesen hat. Und er ist zufällig mit der Tochter vereint, die sie zurückgewiesen hat. Wie hätte sie diese Gelegenheit nicht beim Schopf packen sollen, frage ich Euch?"

"Ja, ein brillanter Zug von einer brillanten Frau. Ich bin so froh, dass Ihr mir das aufgezeigt habt. Jetzt kann ich meine Ablehnung hinter mir lassen und sie so bewundern, wie sie es verdient", grummelte Eryn verärgert.

"Lady Eryn!"

Sie zuckte zusammen, als die Faust des Königs auf dem Tisch auftraf und seine donnernde Stimme von der gewölbten Decke zurückgeworfen wurde.

König Folrin schloss kurz die Augen und atmete ein paar Mal ein und aus, bevor er ihr seine Aufmerksamkeit wieder zuwandte. Langsam drehte er seinen Kopf von einer Seite zur anderen, und sie fragte sich, ob er den Kopf über sie oder sich selbst schüttelte.

"Ich beginne zu verstehen, wie Lord Tyront und Lord Enric dazu getrieben werden konnten, die Geduld mit Euch zu verlieren", sprach er auf seine übliche, gelassene Art. "Ihr könntet womöglich einen Toten in Raserei versetzen."

Sie spürte Enrics Belustigung und kämpfte hart darum, nichts davon auf ihrem Gesicht aufscheinen zu lassen. Unglücklicherweise jedoch unterschied ihr Körper nicht immer, woher die Gefühle kamen und zeigte sie automatisch. Was sich zuweilen als etwas unbequem erwies. So wie jetzt gerade.

Und tatsächlich schien der König etwas wahrzunehmen und warf Enric einen verstimmten Blick zu. "Ich bin froh, dass Euch dies zu amüsieren scheint, Lord Enric. Versucht Euch darauf zu besinnen, dass Eure Gefährtin dazu tendiert, die Gefühle anzuzeigen, die Ihr selbst so meisterhaft zu verbergen vermögt. Damit liefert sie brauchbare Hinweise auf Eure eigenen Gemütszustände, wenn man weiß, wonach man Ausschau halten sollte."

Enric nickte kurz, blieb aber stumm.

Eryn fragte sich, wie lange sie das noch durchstehen musste. Abgesehen von dem unangenehmen Gefühl, das die Gegenwart des Königs stets bei ihr verursachte, waren die Stunden mit ihm bislang informativ und sogar hilfreich gewesen. Diese hier allerdings war eine Qual. Wenn es ein Thema gab, bei dem sie nicht in die Tiefe gehen wollte, dann war das Malriel von Haus Aren. Das Einzige, das nützlich gewesen wäre, war, wie man diese Frau loswerden konnte anstatt zu versuchen, ihre Motive nachzuvollziehen.

Sie runzelte die Stirn. Aber vielleicht konnte sie dieses Gespräch in genau diese Richtung lenken… Falls es einen Mann gab, der eine Idee haben mochte, wie mit ihr umzugehen war, dann war es einer, der sich zuweilen als ebenso verschlagen wie sie selbst erwiesen hatte.

"Wie wärt Ihr an meiner Stelle mit all dem umgegangen, wenn ich fragen darf?", wollte sie mit einem herausfordernden Blick wissen.

Er lächelte. "Es scheint, als wäre Euch nun endlich klar, dass Ihr von dieser Stunde hier profitieren könntet. Ausgezeichnet. Ich begann mich schon zu fragen, ob Eure Emotionen Euer Gehirn vollkommen ausgeschaltet haben." Er wartete und lächelte, während er beobachtete, wie sie ihren Mund für eine Antwort öffnete, ihn aber wieder schloss, als sie die Weisheit überdachte, ihren Gedanken Luft zu machen. "Ja, ich kann sehen, dass wir auf jeden Fall Fortschritte machen." Dann kehrte er zu ihrer Frage zurück. "Ich an Eurer Stelle, Lady Eryn, hätte Haus Aren nicht verstoßen. Euer Status war strittig, da es unklar war, Bürgerin welchen Landes Ihr zu diesem Zeitpunkt wart. Indem Ihr Haus Vel'kim beitratet und damit herbeiführtet, dass Lord Enric ein Mitglied von Haus Aren wurde, habt ihr Malriel mehr Macht über Euch beide gegeben, als sie zuvor hatte."

Eryn mahlte mit den Zähnen. Ihr war klar, dass er Recht hatte, aber das machte es nicht weniger unerträglich, es sich anhören zu müssen.

"Ich verstehe. Dann erübrigt sich wohl die Frage, wie Ihr von meiner aktuellen Situation aus weiter vorgehen würdet. Ihr würdet wahrscheinlich das tun, was ich vorher erwähnt, aber nur als geschmacklosen Scherz gemeint habe."

"Falls Ihr Euch darauf bezieht sicherzugehen, dass Eure Cousine ein Kind bekommt, stimme ich zu. Aber ich bin mir dessen bewusst, dass dies für Euch kaum ein gangbarer Weg ist, nachdem ihr darunter leidet, dass Euch genau das selbst widerfahren ist. Das ist ein großer Unterschied zwischen uns beiden, müsst Ihr wissen. Ich würde nicht zögern, anderen anzutun, was mir angetan wurde, sofern es meinen eigenen Zwecken dient. Wenn ich es zu ertragen hatte, weshalb sollte jemand anderer verschont werden?"

Sie schluckte ihre Worte über Loyalität und wie jemand erwarten konnte, gerecht behandelt zu werden, wenn er selbst nicht willens war, dieses Prinzip auf andere anzuwenden. Das würde ihn nur dazu verlassen, sie wieder nachsichtig anzugrinsen.

"Aber Euren Sohn davor zu bewahren, dass er Haus Vel'kim übernehmen muss, ist nur der erste Schritt, wohlgemerkt. Die Konsequenz daraus ist die wahre Herausforderung: Malriel davon abzuhalten, dass sie ihn schlussendlich als ihren eigenen Erben einsetzt. Sie hat in den kommenden Jahren eine Menge Zeit, um verschiedene Versuche in diese Richtung zu starten. Ihr werdet jeden einzelnen davon abwehren müssen, während sie nur einen einzigen Erfolg benötigt, um zu gewinnen."

Sie sah ihn verdrossen an. Das waren in der Tat düstere Aussichten.

"Und doch schickt Ihr uns dorthin."

"Ich muss. Sie hätte es womöglich auch geschafft, Lord Enric ohne meine Zustimmung zu sich zu ordern. Das hätte kein gutes Licht auf mich geworfen - hätte ich es nicht verhindern können, hätte dies eine gewisse Schwäche meinerseits unterstellt. Und es hätte auch unsere Beziehung mit den Westlichen Territorien nicht eben verbessert. Die logische Vorgehensweise war, mir diese Sachlage auf eine Weise nutzbar zu machen, von der ich ebenfalls profitieren kann." Er hob eine Hand, als sie sprechen wollte. "Nein, fragt mich nicht noch einmal, was ich dafür im Gegenzug erhalte. Ich bin jetzt ebenso wenig bereit, diese Frage zu beantworten wie zu dem Zeitpunkt, als Ihr sie zum ersten Mal aufbrachtet."

Sie atmete aus und sah ihn unzufrieden an.

"Wie gehen Eure Studien für die Prüfungen, die der Orden vor Eurer Abreise von Euch verlangt, voran?", erkundigte er sich und änderte damit die Richtung des Gesprächs.

Sie runzelte die Stirn ob dieses abrupten Themenwechsels. "So gut, wie ich es mir wünschen würde, denke ich."

Er zog eine Augenbraue hoch. "Tatsächlich? Und würdet Ihr auch denken, dass dies mit Lord Tyronts Wünschen übereinstimmt? Ihr werdet mir verzeihen, wenn ich in dieser Sache seine Standards zur Anwendung bringe. Eure eigenen Prioritäten sind wohlbekannt", schloss er trocken.

"Ich schaffe es, eine Prüfung pro Woche abzulegen, bevor wir abreisen. Das sollte all die verbleibenden Fächer abdecken", erklärte sie, ohne sich zu einer Antwort auf seine Bemerkung, die einen gewissen Mangel an Hingabe von ihrer Seite unterstellte, hinreißen zu lassen. Immerhin hatte er damit nicht ganz Unrecht.

"Gut, das höre ich gern. Und ich freue mich auch schon darauf, Euch nach Eurer Rückkehr im Rat zu haben, Lady Eryn. Die Versammlungen werden dann zweifellos etwas… lebhafter verlaufen."

Bei dem Gedanken daran, diese regelmäßig besuchen zu müssen, verzog sie das Gesicht. Das ließ die Aussicht auf ihre Rückkehr hierher nicht eben heiter erscheinen.

"Lasst uns diese Stunde für heute beenden. Ich bin sicher, dass Ihr darauf brennt, Lord Tyront zu treffen. Ich gehe davon aus, dass es eine Angelegenheit oder zwei gibt, die Ihr im Zusammenhang mit Eurer neuen Situation ansprechen möchtet", meinte er mit einem wissenden Lächeln.

Irritiert presste Eryn die Lippen zusammen. Die Unterhaltungen mit ihm vermittelten ihr stets das Gefühl, dass alle ihre Handlungen und Absichten vollkommen vorhersehbar waren.

Enric stand als erster auf und trat neben sie, um ihr von ihrem Stuhl aufzuhelfen. Beide verbeugten sich und wandten sich in Richtung der Tür.

"Ich mag es nicht, wenn er das tut", murmelte sie leise, sobald sie außer Hörweite waren. "Ich wette, das macht er absichtlich. Damit ich mir neben ihm leicht durchschaubar und unwichtig vorkomme."

Enric nickte. "Darauf kannst du dich verlassen. Und neben ihm als König ist im Vergleich jeder andere tatsächlich unwichtig."

"Das macht es nicht leichter zu ertragen", seufzte sie.

Er nickte. "Ja, ich weiß. Es ist ein Pech für unser Selbstwertgefühl, dass wir nun zu der einzigen anderen Person in diesem Königreich unterwegs sind, die für sich in Anspruch nehmen kann, ranghöher zu sein als wir beide", lächelte er. "Aber wenn man diesem Gedankengang weiter folgt, führt er zu dem Schluss, dass es eine Menge Leute gibt, die weniger wichtig sind als wir zwei."

"Wie reizend", schnaubte sie. "Wie bedauerlich, dass ich nicht daran glaube, Menschen aufgrund ihrer magischen Stärke zu beurteilen."

Er nickte. "Ja, ich gebe zu, dass ist ein Rückschlag. Aber der Gedanke, dass die Lords Seagon und Woldarn zu denen gehören, die deinen Befehlen zu folgen haben, sollte dich zumindest ein wenig aufmuntern."

Sie kicherte. "Ja, das tut es. Das wird mich aufmuntern, wenn ich übler Laune bin; ich werde einen Grund finden, ihnen einen Befehl zu erteilen und dann zusehen, wie sie ihn widerwillig befolgen."

Er drückte ihre Schulter. "Das ist mein Mädchen. Du lernst, wie du deine Machtstellung zu deiner eigenen Erbauung ausnutzen kannst. Der König wäre so stolz."

Sie zog eine Grimasse. "Danke dafür, dass du meinen dunklen Fantasien auf diese Weise ein Ende bereitest. Du hättest mir dieses kleine Vergnügen ruhig noch ein paar Minuten länger gönnen können."

"Zu gefährlich, Liebste. Wir würden doch nicht wollen, dass du vom Pfad der Rechtschaffenheit abweichst."

"Das wollen wir nicht?", seufzte sie. "Schade. Boshaftigkeit übt doch einen gewissen Reiz aus."

"Das tut sie wohl. Aus diesem Grund findet Malriel auch so viel Freude daran, wette ich", lachte er.

"Und das war das überzeugendste Gegenargument, das du mir hättest liefern können", knurrte sie. "Komm schon, treffen wir unseren wichtigen Vorgesetzten und machen ihm klar, weshalb es eine fabelhafte Idee wäre, mich nicht länger zum Kampftraining zu schicken."

KAPITEL 30

Kampftraining

Eryn starrte an die hohe Decke und zwang sich, ihre Hände stillzuhalten. Einmal mehr wartete sie vor der Doppeltür der Ratshalle darauf, hereingerufen zu werden, damit sie eine weitere Bitte vorbringen konnte. Dieses Mal war es eine persönliche.

Tyront hatte ihr gestern zugehört, als sie ihn von ihrer Schwangerschaft in Kenntnis gesetzt hatte. Zuerst war er überrascht gewesen, dann erfreut und hatte ihnen beiden wärmstens gratuliert. Ihr mit einer sanften Umarmung, und Enric, indem er ihm mehrmals herzhaft auf den Rücken geklopft hatte. Für ihre Anfrage, das Kampftraining für die nächsten Monate auszusetzen, hatte er Verständnis gezeigt, ihnen aber auch erklärt, dass es zu riskant war, wenn er solch eine Entscheidung allein traf. Das Kampftraining war eine Voraussetzung für die Mitgliedschaft im Orden, und einer Ausnahme für sie musste der gesamte Rat zustimmen, oder seine Stellung im Orden ebenso wie ihre eigene würden womöglich langfristig darunter leiden. Ein paar der Ratsmitglieder mochten versuchen, es aussehen zu lassen, als würde er ihr und Enric eine ungebührliche Bevorzugung angedeihen lassen. Er versprach, dass er ihr Ansuchen unterstützen würde, aber die letzte Entscheidung musste die des Rats sein, nicht allein seine.

Zumindest dauerte es niemals lange, eine Versammlung einzuberufen. Die Ratsmitglieder waren daran gewöhnt, kurzfristig zusammengerufen zu werden. Sie fragte sich, was sie tun sollte, falls entschieden wurde, dass sie ihr Training fortzusetzen hatte.

Sie hatte keine Gelegenheit gehabt, die Sache mit Orrin zu besprechen. Der würde zweifellos nicht allzu begeistert darüber sein, mit einer werdenden Mutter trainieren zu müssen.

Endlich wurden die Türen für sie geöffnet, woraufhin sie ihre Schultern straffte und eintrat. Das hier, so hoffte sie, würde nicht mehr als eine Formalität werden.

Sie hielt an vor dem schweren, ovalen Tisch, um den die Ratsmitglieder saßen, und verbeugte sich.

"Guten Tag, meine Herren", begrüßte sie die Männer, von denen ihr einige im Gegenzug zunickten. Sie sah, wie Enric von seinem Stuhl aufstand und wartete, bis er neben sie getreten war. Sie hatten vereinbart, in dieser Angelegenheit gemeinsam an den Rat heranzutreten.

"Ich habe Euch heute darum gebeten, mich zu empfangen, da ich Euch darüber informieren möchte, dass Lord Enric und ich ein Kind erwarten." Diese Neuigkeit löste unterschiedliche Reaktionen aus. Lord Poron lächelte breit und zwinkerte ihr zu, der Rest von ihnen sah Enric an, als würden sie auf eine Bestätigung von seiner Seite warten. Erst als sie das Lächeln auf seinem Gesicht sahen, schienen sie es zu glauben. Immerhin war ihre Einstellung dem Kinderkriegen gegenüber wohlbekannt.

"Gut gemacht, Lord Enric", rief einer von ihnen. "Wir haben uns schon gefragt, ob Ihr es schaffen würdet, sie zu überzeugen." Das brachte ihm ein paar Lacher ein.

"Was soll ich sagen?", erwiderte Enric gutmütig. "Ich bin eben unwiderstehlich."

Eryn sah ihn eindringlich an, dann räusperte sie sich. "Im Zusammenhang damit ergibt sich eine Sache, die Eurer Erwägung bedarf und die Ihr hoffentlich bewilligen werdet. Ich beantrage, mit sofortiger Wirkung und für die Dauer meiner Schwangerschaft vom Kampftraining befreit zu werden, bis ich körperlich in der Lage bin, es wiederaufzunehmen." Sie bemerkte einige gerunzelte Stirnen und fuhr fort: "Mir ist natürlich klar, dass die Verbesserung von Kampffertigkeiten eine wichtige Bedingung dafür ist, im Orden zu sein, aber ich würde Euch ersuchen, auch das Risiko für mein ungeborenes Kind zu erwägen."

"Welches Risiko?"

Eryn musste nicht einmal nachsehen, wer das gesagt hatte. Lord Seagons Stimme erkannte sie sofort. Sie wandte sich ihm zu.

"Stöße, Hiebe, Schläge oder grundsätzlich jede Art von Aufprall könnte das Leben des Kindes gefährden", erklärte sie ruhig.

"Ist das wirklich der Fall, Lady Eryn?", fragte er mit einem Lächeln, das sein offensichtliches Misstrauen ausdrückte. "Ich frage mich, ob es sich dabei um eine unverfälschte Beurteilung aus Heilersicht handelt. Immerhin ist Eure Unwilligkeit, Kampffertigkeiten zu trainieren, bestens bekannt. Das hier könnte ebenso gut ein weiterer Trick sein, um Euch vor dieser von Euch so ungeliebten Pflicht zu drücken."

"Ich kann Euch versichern, Lord Seagon, dass dies nicht der Fall ist", antwortete sie kalt. "Mir ist bewusst, dass es für sehr lange Zeit im Orden kein Thema war, wie mit schwangeren Magiern zu verfahren ist. Lasst mich Euch als Heilerin sagen, dass es auf jeden Fall ratsam ist, die zuvor erwähnten Belastungen zu vermeiden, ob es sich bei der Mutter nun um eine Magierin handelt oder nicht."

"Das mag wohl sein, aber Eure Heilerfertigkeiten entsprechen nicht ganz dem Standard der Westlichen Territorien, wenn ich mich nicht irre? Es mag sein, dass Ihr nicht einmal in der Lage seid, die Situation korrekt zu beurteilen", sagte das Ratsmitglied mit einem spöttischen Lächeln.

Sie schluckte und starrte ihn finster an, während sie darum kämpfte, ihre Haltung zu bewahren. Dies war eine der Gelegenheiten, wo sie es sich nicht leisten konnte, ihrem Temperament nachzugeben - ganz egal, wie verlockend der Gedanke war, ihn an den Haaren zu packen und sein Gesicht gegen die steinerne Tischplatte zu donnern. Das Echo von Enrics Gefühlen, das sie auffing, zeigte ihr, das seine Gedanken in dieselbe Richtung gingen.

"Wollt Ihr damit sagen, Lord Seagon, dass Ihr meine Heilerfertigkeiten als unzureichend dafür einstuft, das festzustellen, was jeder Person mit klarem Verstand instinktiv klar sein sollte?", sagte sie langsam, während sie ihm in die Augen starrte. "Meine Fertigkeiten mögen derzeit noch nicht in der Lage sein, mit denen eines vollständig ausgebildeten Heilers in Takhan mitzuhalten, aber sie sind fortgeschritten genug, um das Risiko für eine schwangere Frau richtig einzuschätzen. Darauf könnt Ihr Euch verlassen."

Sie spürte, wie sich Enrics Arm um ihre Schultern legte und überließ ihm mehr als bereitwillig das Wort. Wenn sie mit diesem verdammten Narren noch länger über Risiken diskutieren musste, würde sie früher oder später die Beherrschung verlieren. Wohl eher früher.

"Ich verstehe Eure Überlegungen, mein Lord. Damit bleibt uns nur ein einziger sinnvoller Weg offen", sprach Enric. Seine Stimme hallte durch die geräumige Halle.

"Ich stimme Euch zu, Lord Enric", nickte Lord Seagon mit erkennbarer Zufriedenheit. "Und ich bin froh, dass Ihr die Sache nicht unnötig verkompliziert. Das Beibehalten unserer Traditionen ist selbstverständlich die einzige…"

Enric öffnete den Mund zu einer scharfen Erwiderung, doch Orrin kam ihm zuvor, indem er laut und klar verkündete: "Ich erhebe Einspruch, Lord Seagon. Ich verlange, dass Pe'tala von Haus Vel'kim vorgeladen wird, um uns die Expertenmeinung zu liefern, die Ihr notwendig zu erachten scheint, um eine sinnvolle Entscheidung zu treffen."

"Lord Orrin", seufzte Lord Seagon, "ich sehe, weshalb dies für Euch derzeit ein besonders empfindliches Thema ist, wo doch Eure eigene Gefährtin Euer

Kind in sich trägt. Doch soweit wir wissen, könnten Magierinnen äußeren schädigenden Einflüssen gegenüber wesentlich widerstandsfähiger sein. Selbst für den unwahrscheinlichen Fall, dass Lady Eryns ungeborenes Kind Verletzungen erleidet, könnte sie diese zweifellos im Handumdrehen heilen."

"Ihr werdet sicher Verständnis für meine eigene Priorität haben, die darin besteht, sowohl für meine Gefährtin als auch mein Kind jegliche Verletzungen von vorneherein zu vermeiden", sagte Enric mit solch tödlicher Eindringlichkeit, dass einige Ratsmitglieder vielsagende Blicke tauschten und diejenigen neben Lord Seagon verstohlen den Abstand zu ihm ein wenig vergrößerten.

"Damit wollte ich nicht andeuten…", ergänzte er rasch, wurde aber von Enric mit einem nicht eben freundlichen Lächeln unterbrochen.

"Ausgezeichnet. Dann gehe ich davon aus, dass Ihr keinerlei Einwände dagegen habt, in dieser Sache eine vollständig ausgebildete Heilerin zu Rate zu ziehen. Zu unserem großen Glück steht uns bequemerweise eine zur Verfügung."

"Selbstverständlich nicht", beeilte sich Lord Seagon zu versichern.

Eine Wache wurde angewiesen, Pe'tala zu holen und sie sofort zur Ratshalle zu bringen. Eryn musste lächeln, als sie in Orrins Richtung blickte und sah, wie er die Augen verdrehte und die Schultern hob. Falls man ihn anwies, sie trotz der möglichen Gefahr für sie zu trainieren, würde er das überhaupt nicht gut aufnehmen.

Nur wenige Minuten später wurden die Flügel der Doppeltür aufgestoßen, und eine irritiert wirkende Pe'tala marschierte herein. Rasch nahm sie ihre Umgebung in sich auf und trat neben Eryn. Sie machte sich nicht die Mühe, die hochrangigen Magier zu grüßen oder auch nur zur Kenntnis zu nehmen, sondern wandte sich an ihre Cousine.

"Ich hoffe ernsthaft, das hier ist wichtig. Ich wurde mitten in der Behandlung eines Patienten unterbrochen", beschwerte sie sich.

"Es ist wichtig für mich", nickte Eryn. "Ich wäre sehr froh, wenn du den Rat darüber informieren könntest, ob es für eine schwangere Frau mit irgendwelchen Risiken verbunden ist, wenn sie körperliches Kampftraining durchführt."

Pe'tala starrte sie einige Sekunden lang an, dann blinzelte sie. "Das ist doch wohl ein Witz?" Langsam drehte sie sich zum Tisch, als Lord Seagon sie ansprach.

"Nein, das ist kein *Witz*. Wir brauchen in dieser Ansicht eine gültige Meinung."

"Eine gültige Meinung?", schnappte Pe'tala, ihre Stimme ungläubig, und starrte ihn an. Sie hob die Zeigefinger beider Hände an ihre Schläfen und begann die Stelle zu massieren. "Bitte sagt nicht, dass Ihr mich hierhergeschleppt habt wegen einer Frage, die nicht nur vollkommen dämlich ist, sondern ebenso leicht von meiner Cousine hier beantwortet werden hätte können. Es kann wohl kaum Eurer Aufmerksamkeit entgangen sein, dass sie ebenfalls eine Heilerin ist? Stattdessen hätte ich mich weiterhin um die Leberkrankheit meines Patienten kümmern können! Habt Ihr irgendeine Ahnung, wie schwerwiegend solch eine Erkrankung ist?"

"Diese Frage würdest du als dämlich betrachten, weil…?", forderte Orrin sie mit einem amüsierten Seitenblick auf seinen Kollegen auf.

"Weil jede Person mit zumindest ein wenig Verstand in der Lage sein sollte zu erkennen, dass die Kombination einer Schwangeren mit Fäusten oder einer scharfen Waffe absolut unverantwortlich ist", erklärte sie in einem Tonfall, als würde sie mit einer Gruppe Vierjähriger sprechen. Entsetzt schüttelte sie den Kopf. "Ihr kurzsichtigen Primitivlinge werdet sie doch wohl kaum dazu zwingen, ihr Training fortzusetzen? Ich würde persönlich dafür sorgen, dass dies zu schwerwiegenden Konsequenzen für alle hier führt!" Sie beäugte die versammelten Männer feindselig. Einige davon starrten bestürzt zurück.

"Das soll doch wohl nicht etwa eine Drohung sein?", rief Lord Seagon aus.

"Was?", echauffierte sich Pe'tala. "Wie kann man das als etwas anderes als eine Drohung missverstehen? Natürlich war es eine Drohung! Mein Vater, der zufällig nicht nur von Rechts wegen Lady Eryns Elternteil ist, sondern auch noch ein immens hochrangiger und einflussreicher Heiler in Takhan, würde dabei nicht einfach zusehen! Darauf könnt Ihr Euch verlassen!"

Tyront räusperte sich und warf ihr einen warnenden Blick zu. "Vielen Dank für Eure wertvollen Einsichten, Pe'tala. Gibt es noch irgendwelche weiteren Fragen bezüglich des Heilerstandpunkts in dieser Sache?", fragte er die Männer um ihn herum. Sobald alle von ihnen den Kopf geschüttelt oder anderweitig zu verstehen gegeben hatten, dass sie keinerlei Wunsch verspürten, noch einmal das Wort an diese Frau zu richten, sah er wieder zu Pe'tala. "Ich schätze Eure Hilfe in dieser Angelegenheit; Ihr könnt nun zu Eurer Arbeit zurückkehren. Allerdings würde ich Euch raten, Eure nicht eben schmeichelhaften Ansichten etwas weniger unverblümt zu formulieren, wenn Ihr dem Rat der Magier gegenübersteht."

"Dann solltet Ihr vielleicht versuchen, Euren Mangel an gesundem Menschenverstand in Zukunft etwas weniger unverblümt zu demonstrieren", schnaubte Pe'tala, drehte sich auf dem Absatz um und stürmte hinaus.

Eryn hatte Mühe, ihre Miene unbewegt zu halten.

"Das war… aufschlussreich", kommentierte er, sobald sich die Türen hinter der Heilerin geschlossen hatten.

"Was für eine respektlose Kreatur!", grollte Lord Seagon. "Jemand sollte ihr Manieren beibringen!"

"Ich denke, wir können ihr Verhalten ihrem Wunsch zuschreiben, ihre Cousine - oder Schwester - zu beschützen. Nicht unverständlich, würde ich meinen, falls die Gefahr tatsächlich so schwerwiegend ist, wie sie behauptet", meinte ein weiteres Ratsmitglied beschwichtigend.

"Meine Herren, das bringt mich zu unserer Abstimmung", verkündete Tyront. "Ich ersuche diejenigen von Euch, die dafür sind, Lady Eryn vorläufig von ihrem Kampftraining zu entbinden, die Hand zu heben."

Eryn atmete langsam aus, als zehn Hände am Tisch gehoben wurden, zusätzlich zu Enrics Hand neben ihr.

"Das ist eine klare Mehrheit, und damit ist die Sache entschieden." Tyront wandte sich Eryn und Enric zu. "Wir werden den angemessenen Zeitpunkt für die Wiederaufnahme des Trainings besprechen, nachdem euer Kind geboren wurde."

"Danke", meinte Eryn lächelnd und verbeugte sich. Enric zwinkerte ihr zu, als sie sich umwandte, um die Ratshalle zu verlassen. Als sie die Palastkorridore betrat und die massive Doppeltür hinter sich schloss, ertönte Pe'talas Stimme von links. Sie lehnte an der Wand und wirkte noch immer pikiert.

"Also? Was hat dieser Haufen Narren denn nun entschieden?"

Eryn grinste. "Ich bin einstweilen vom Training befreit. Deine unorthodoxe Stellungnahme hat sie beeindruckt, wie es aussieht."

Nun konnte ihre Cousine nicht anders, als das Lächeln zu erwidern. "Ich gebe zu, dass ich es ein ganz klein wenig genossen habe. Zuhause in Takhan käme ich mit so etwas nicht ungestraft davon, also mag es sein, dass ich es ausgenutzt habe, dass ich denen keine Rechenschaft schuldig bin."

"Ich beneide dich", seufzte Eryn. "Ach, die Tage, als ich eine Gefangene und damit mehr oder weniger dazu berechtigt war, mich so zu benehmen! Heutzutage hat jedes falsche Wort unangenehme Folgen."

"Wie zum Beispiel, dass du die Ställe ausmisten musst", grinste Pe'tala.

"Ja, genau das. Falls sie dir jemals einen Platz in diesem verfluchten Orden anbieten, akzeptiere ihn bloß nicht!"

"Das werde ich im Gedächtnis behalten. Du bist doch nicht etwa besorgt, dass mein Beitritt dich weniger einzigartig machen würde?"

Eryn schnaubte. "Kaum. Du wärst eine willkommene Ablenkung. Mit dir unter ihnen würden sie bald zu schätzen beginnen, wie unkompliziert und harmlos *ich* im Vergleich dazu bin."

"Sagt die Frau mit dem Aren Temperament."

"Ich habe nicht den Eindruck, dass dein eigenes Temperament weit dahinterliegt. Aber nach Jahrhunderten der Inzucht muss zwangsläufig auch ein wenig Aren-Blut in deinen Adern fließen."

Pe'tala zog eine Grimasse. "Eine überraschend schmerzhafte und doch zutreffende Bemerkung." Die nächsten paar Schritte gingen sie schweigend. "Ich habe heute eine Nachricht von Vater erhalten. Er bat mich darum, dich und das Kind gründlich zu untersuchen. Wir halten Ausschau nach vererbten Krankheiten. Wegen der Inzucht, die du zuvor erwähnt hast. In den meisten Fällen sind wir in der Lage, sämtlichen ungewollten Entwicklungen problemlos

entgegenzusteuern. Und wir behalten gerne im Auge, was weitervererbt wird."
Sie zuckte die Schultern. "Professionelle Neugier."

"Dann hast du ihm also von meinem Kind erzählt."

Pe'tala sah sie erstaunt an. "Aber natürlich habe ich das. Dein Kind wird der erstgeborene Vel'kim dieser Generation sein. Das Oberhaupt des Hauses muss darüber informiert werden, dass ein neuer Erbe auf dem Weg ist. Allerdings konnte ich an seiner Nachricht erkennen, dass er es lieber von dir als von mir erfahren hätte."

Eryn verzog das Gesicht. "Mein Kind wird *nicht* sein Erbe sein, Pe'tala. Du bist seine echte Tochter, und deine Kinder werden eines Tages das Haus übernehmen. Außerdem leben wir auf der anderen Seite des Meeres. Wie groß ist die Wahrscheinlichkeit, dass unser Kind eines Tages nach Takhan umziehen wird?"

"Pech für dich, *Schwester*. Ich plane nicht, die Position des Oberhaupts für meine Kinder in Anspruch zu nehmen, sollte ich jemals welche haben. Damit ist nichts als Ärger verbunden", grinste sie spöttisch. "Aber warum jetzt darüber nachdenken? Das sollen sich unsere Kinder in ein paar Jahrzehnten untereinander ausmachen."

Ja, das war eine vernünftige Idee. "Dann wirst du mich also untersuchen, um festzustellen, ob mein Kind zu viele Ohren oder Finger hat als Konsequenz der immer gleichen Allianzen, die unsere Vorfahren zu lange aufrechterhalten haben? Was für ein ansprechender Gedanke. Wann willst das in Angriff nehmen?"

"In den nächsten paar Tagen werde ich recht beschäftigt sein. Es ist die Zeit der Aussaat auf den Feldern, und damit fallen viele Verletzungen an. Sagen wir in vier Tagen?"

Eryn nickte.

"Gut. Und bring etwas zu schreiben mit. Du kannst die Gelegenheit obendrein nutzen, um zu lernen, wie man eine ordentliche Vel'kim-Untersuchung durchführt. Wir gehen dabei etwas gründlicher vor als die anderen. Das ist eine Familiensache." Sie betrachtete ihre Cousine nachdenklich. "Wie geht es dir mit der Schwangerschaft? Du siehst besser aus als noch vor zwei Tagen."

"Es gibt nicht viel, was ich dagegen tun könnte, oder?"

"Doch. Aber es freut mich, dass du nicht vorhast, diesen Weg einzuschlagen."

Eryn warf ihr einen scharfen Blick zu. "Dieser Weg stand für mich niemals zur Debatte!"

"Ich weiß", sagte Pe'tala sanft. "Dafür ist zu viel Vel'kim in dir."

* * *

Tyront schenkte seinem Stellvertreter ein heißes Getränk ein, bevor er sich wieder in seinem Sessel zurücklehnte. Die Atmosphäre war entspannter, als sie es seit dem Vorfall mit dem König vor drei Monaten gewesen war. Zur Normalität jedoch war sie noch immer nicht zurückgekehrt. Tyront fragte sich, ob es in nächster Zeit dazu kommen würde. In weniger als einem Monat würde Enric das Königreich für einige Zeit verlassen, und danach würde es vor seiner Rückkehr kaum eine Gelegenheit zur weiteren Aussöhnung geben. Aber ihn so fortgehen zu lassen war undenkbar, da sie aufeinander angewiesen waren, um Informationen auszutauschen. Obwohl Enric für die Dauer seines Aufenthaltes in Takhan kein Mitglied war, musste er über alles auf dem Laufenden gehalten werden, was im Orden vor sich ging. Tyront seinerseits benötigte eine zuverlässige Informationsquelle in Takhan.

"Ich sehe, dass du mit deiner neuen Situation gut zurechtkommst", bemerkte der ältere Mann lächelnd. "Normalerweise sagt man es den Frauen nach, dass sie Gelassenheit und Glückseligkeit ausstrahlen, aber in eurem Fall scheint es umgekehrt zu sein."

Enric nickte. "Das stimmt wohl. Aber Eryn gewöhnt sich daran - besonders, da sie das Kampftraining jetzt nicht länger absolvieren muss. Allerdings wird es eine Herausforderung werden, dass sie das Training später wiederaufnimmt. Sie wird versuchen, Gründe zu finden, um das hinauszuzögern."

Tyront lächelte. "Wir werden sehen, wie gut sie sich bis dahin benimmt. Wenn ich zufrieden bin, wie sie sich ihrer Pflichten im Orden - und besonders im Rat - annimmt, werde ich ihr womöglich einen kleinen Aufschub gewähren."

Der jüngere Mann zog überrascht die Augenbrauen hoch. Nachsicht bei einer Angelegenheit, die dem Orden so enorm wichtig war?

"Sieh mich nicht so an. Ich könnte einen weiteren Verbündeten im Rat gebrauchen. Lord Seagon hat sich zu einem Widersacher gemausert, seit Eryn dem Orden beigetreten ist. Er ist nicht glücklich über sie. Eine Frau, eine Heilerin - und zudem trägt sie seiner Ansicht nach die Schuld an der gebrochenen Nase seines Neffen. Bedauerlicherweise hat er es geschafft, ein paar andere Ratsmitglieder auf seine Seite zu ziehen."

Enric nickte. Da er selbst auch ein Mitglied des Rats war, wusste er darüber natürlich Bescheid. Somit war es vernünftig sicherzugehen, dass Eryn auf Tyronts Seite stand, sobald sie einen Sitz im Rat einnahm. All das wirkte etwas widersprüchlich. Während sich aufgrund des Vorfalls mit dem König eine beträchtliche Kluft zwischen ihm und seinem Vorgesetzten aufgetan hatte, schien Eryn seither besser mit ihm zurechtzukommen. Sie sprachen einander nun sogar ohne Titel an, wenn auch noch nicht in der Öffentlichkeit.

"Du wirst dich zweifellos mit Dingen dieser Art abgeben müssen, wenn du in den Senat in Takhan eintrittst", sagte Tyront in seine Gedanken hinein. "Aber zumindest hast du bereits ein recht gutes Bild von den Bündnissen zwischen den Häusern. Sie machen immerhin nicht gerade ein Geheimnis daraus."

Enric schnaubte. "Das wäre auch etwas schwierig, da man sie mit Kommitment-Vereinbarungen besiegelt. Aber ich habe zum Glück bereits gute Verbindungen mit Haus Vel'kim. Die sind nicht hinter Ruhm und Macht her, sondern fühlen sich wohler in der Rolle der Berater und Aufpasser. Genau die Art von Verbündeten, die ich brauche, besonders am Anfang."

"Das stimmt. Wenngleich ein anderer offizieller Alliierter von Haus Aren weniger zuverlässig ist."

"Haus Arbil. Ich weiß. Aber ich habe daran gearbeitet, Handelsvereinbarungen mit ihnen und mir zu etablieren. Da Ram'an derzeit hart daran arbeitet, sein Haus vor dem Bankrott zu bewahren, gehe ich davon aus, dass er es sich nicht leisten kann, Haus Aren gegen sich aufzubringen. Unglücklicherweise macht ihn das anfälliger für Bestechung, falls jemand ihn dazu bringen will, sich gegen mich zu stellen."

Tyront nickte. Er war froh, dass Enric sich der Hürden, die er zu überwinden hatte, wohl bewusst war und wusste, was er im Auge behalten musste. Seit seinem Aufstieg in die Ränge der Macht im Königreich hatte er viel gelernt, und doch ließ sich nicht vorhersagen, was genau ihn in Takhan erwartete. Wenngleich der Erbe eines mächtigen Hauses, so war er doch - und würde es immer bleiben - ein Ausländer, ein Fremder. Sein Rang würde ihm dort nicht viel nutzen, auch wenn es zuhause ein recht erhabener war. Mit zwölf Häusern gab es dort elf weitere Leute des gleichen Status sowie die drei Triarchen, die rangmäßig über ihm standen.

Es würde interessant werden, aus der Ferne zu beobachten, wie er damit zurechtkam.

"Ich habe den Eindruck, dass Eryn und Pe'tala besser miteinander auskommen, seit die Schwangerschaft deiner Gefährtin bekannt ist. Oder irre ich mich?", fragte Tyront.

"Das ist wahr. Sie haben damit begonnen, einander zu respektieren - und sogar zu mögen, obwohl sich jede von ihnen eher die Zunge abbeißen würde, als das zuzugeben." Enric seufzte. "Schade. Da Pe'tala ihren Aufenthalt in Anyueel nun verlängert, scheint es, dass die beiden vorläufig wenig Gelegenheit haben, an ihrer Beziehung zu arbeiten."

Tyront lächelte, als er seine Chance erkannte. Hier konnte er helfen, und Enric würde keine andere Wahl haben, als ihm dafür dankbar zu sein.

"Was du brauchst, mein lieber Junge, ist ein gemeinsamer Feind, der sie vereint."

Enric seufzte, als er verstand, in welche Richtung die Gedanken seines Vorgesetzten gingen. "Und du bietest dich dafür an, wenn ich das richtig verstehe? Ich dachte, du willst Eryn dazu bringen, mit dir zusammenzuarbeiten."

"Das ist das Schöne daran. Es wird ihr das Gefühl vermitteln, dass sie gegen mich gewonnen hat. Nach ihrem Charakter zu urteilen, ist sie eine großzügige Gewinnerin - jemand, der mir zeigen will, dass sie nicht nachtragend ist. Das dient meinen Zwecken ganz fabelhaft."

Er holte ein Stück Papier, einen Stift sowie sein Siegelwachs hervor und verfasste eine kurze Nachricht, die er mit dem Siegel prägte. Dann stand er auf und rief einen Diener, der sie ausliefern sollte.

"Hast du sie gerade herbestellt? Sie reagiert nicht besonders gut darauf, wenn sie kurzfristig gerufen wird. Mach dich darauf gefasst, dass sie nicht wirklich entgegenkommend sein wird, wenn sie eintrifft."

"Danke, aber es gab bislang bereits einige Gelegenheiten, die mich auf ihre üble Laune, wenn sie herbeizitiert wird, vorbereitet haben."

Und tatsächlich wirkte Eryn alles andere als glücklich, als sie einige Minuten später hereinstürmte.

"Was ist dermaßen schwierig am Vorausplanen? Warum ist es nicht ein einziges Mal möglich, mir eine Nachricht zukommen zu lassen, worin man mich bittet, am Abend vorbeizukommen? Oder am nächsten Tag? Warum muss ich ständig alles fallenlassen und auf Abruf bereitstehen? Wie soll ich so meine Arbeit erledigen können? Du weißt schon, dass ich nicht einfach in einem Arbeitszimmer sitze und Papier herumschiebe? Ich arbeite mit Patienten! Behandlungen sollten nicht auf diese Weise unterbrochen werden! So entsteht nur Verwirrung, und die Wartezeiten für andere Patienten verlängern sich!"

"Setz dich", wies Tyront sie an, ohne auf ihre Tirade zu reagieren.

Ungeduldig rollte sie mit den Augen und ließ sich auf den Stuhl neben Enric fallen. "Dann heraus damit. Was ist so verdammt wichtig, dass es meiner sofortigen Aufmerksamkeit bedarf?"

"Es geht um deine... Schwester."

"Pe'tala?"

"Ja. Oder hast du sonst noch irgendwelche Schwestern, von denen ich wissen sollte?", bemerkte Tyront herb.

"Was ist denn nun mit ihr?"

"Ihr Verhalten bei der Ratsversammlung vor zwei Tagen war fragwürdig, um es milde auszudrücken."

Eryn zog die Stirn in Falten. "Ich kann verstehen, warum du es so siehst. Aber was soll ich denn deswegen tun? Sie in ihr Quartier oder die Klinik verbannen? Ihr eine Woche lang die Nachspeise wegnehmen? Sie in einer Ecke stehen und darüber nachdenken lassen, wie sie die ehrwürdigen Ratsmitglieder nächstes Mal ordentlich ansprechen soll?"

"Sehr amüsant, Eryn. Aber du bist auf dem richtigen Weg. Ich will, dass du sie für ihre Unverschämtheit bestrafst. Es sieht nicht gut aus, wenn wir sie mit solch einem Verhalten davonkommen lassen. Wir müssen immerhin einen Ruf aufrechterhalten", erwiderte er ruhig. "Ich selbst kann sie nicht bestrafen, da sie kein Mitglied des Ordens ist und damit nicht meiner Autorität untersteht. Du jedoch bist derzeit die höchste Stelle, was das Heilen betrifft, da Lord Poron die Position des Oberhaupts der Heiler noch nicht offiziell übernommen hat."

Sie blinzelte. "Das ist doch wohl nicht dein Ernst?" Ihr Ton war ungläubig. "Du willst, dass ich sie für ihre Respektlosigkeit bestrafe, wo sie doch nur mir und dem Kind in mir helfen wollte? Das werde ich nicht tun! Wie kannst du bloß so etwas von mir verlangen?"

"Das gehört zu deiner Verantwortung als Anführerin: diejenigen unter deiner Führung zu disziplinieren, wenn sie die Regeln nicht befolgen."

"Nett zu deinen schwachsinnigen Kollegen im Rat zu sein, war niemals eine *meiner* Regeln! Aus meiner Sicht gibt es also keinen Grund, sie zu strafen!"

"Auch nicht, wenn ich dir sage, dass es ungünstige Folgen für dich selbst haben wird, wenn du sie nicht bestrafst?"

Eryn reckte trotzig das Kinn. "Nein. Und ich sehe, dass wir sehr unterschiedliche Herangehensweisen an Führung haben. Meine eigene beinhaltet, dass ich für meine Leute einstehe, wenn ich das Gefühl habe, dass sie Opfer willkürlichen Tadels sind, anstatt meine eigene Haut zu retten!"

Tyront nickte langsam. "Ich verstehe. Eine bewundernswerte Haltung. Die dir allerdings drei weitere Tage Stallreinigung einbringt. Ich gehe davon aus, dass dein Wohlbefinden und das deines Kindes dadurch nicht gefährdet werden, da du von deiner Magie Gebrauch machen kannst."

Sie warf ihm einen zornigen Blick zu. "Wirklich? Schon wieder? Soll dir das über die Monate hinweghelfen, in denen du mich nicht bestrafen kannst?"

"Du kannst das ganz leicht vermeiden, wenn du willst. Bestrafe stattdessen Pe'tala, dann musst du die Ställe nicht ausmisten. Deine Entscheidung."

Sie stand von ihrem Stuhl auf, beugte sich nach vorne und stützte ihre Hände auf seinem Schreibtisch ab. "Ich werde ihr das nicht antun. Ich werde deine verdammten Ställe reinigen! Und vergiss das bloß nicht, wenn du das nächste Mal von mir verlangst, dass ich die Drecksarbeit für dich erledige!"

"Wie du wünscht. Du beginnst morgen früh."

"Fein!", fauchte sie, drehte sich um und stürmte aus seinem Arbeitszimmer und seinem Quartier.

Enric seufzte. "Ich sehe nicht, wir ihr beide in naher Zukunft friedlich im Rat zusammenarbeiten könntet."

Unbekümmert winkte er ab. "Wenn ihr wieder zurückkehrt, wird sie darüber hinweg sein. Und sie wird bald genug erkennen, dass *mit* mir zu arbeiten lohnender ist als *gegen* mich. Alles, was jetzt noch fehlt, ist, dass Pe'tala von dem Opfer erfährt, das ihre geliebte Schwester soeben für sie gebracht hat. Da kommst *du* nun ins Spiel, mein Junge. Ich würde vorschlagen, dass du dich bald darum kümmerst und den beiden damit noch etwas Zeit gibst, um zusammenzuwachsen, bevor ihr abreist."

Der jüngere Magier nickte und stand von seinem Stuhl auf. "Netter Trick, alter Freund. Bisher hat er gut funktioniert. Sowohl bei Eryn als auch bei mir. Danke."

Tyront lächelte vor sich hin, während er zusah, wie Enric hinausging. Ein kluger Bursche. Er würde ihn und seine temperamentvolle Gefährtin schmerzlich vermissen.

* * *

Enric beobachtete nun schon seit etwa einer Stunde die Eingangstür der Klinik. An einem Behandlungstag war es stets schwer zu sagen, wann die Heiler ihre Arbeit beenden konnten, da das immer von der Anzahl an Patienten abhängig war. Er sah, wie Lebern und Lord Poron herauskamen. Beide wirkten erschöpft. Das bedeutete, dass die Heilerarbeit für heute soweit erledigt und es nur eine Frage von Minuten war, bis auch Pe'tala aufbrechen würde.

Und tatsächlich öffnete sich die Tür nur wenig später erneut. Pe'tala trat heraus und wandte sich Richtung Königsweg. Sie seufzte, als er sich ihr näherte und sie begleitete.

"Mir vor der Klinik aufzulauern scheint sich in eine Gewohnheit zu verwandeln", seufzte sie. "Weiß Eryn über dieses kleine, verstörende Detail Bescheid?"

"Keine Sorge, dieses Mal bin ich nicht gekommen, um dich davor zu warnen, Gerüchte über meine Gefährtin zu verbreiten. Ich möchte dich etwas fragen. Etwas, das mit dem Heilen zu tun hat."

"Ach ja?" Sie zog beide Augenbrauen hoch und blieb stehen. "Das muss ja eine recht anspruchsvolle Frage sein, wenn du denkst, dass Eryn sie nicht beantworten kann. Oder geht es dabei um sie oder das Baby?"

"Letzteres. Ich will wissen, ob das Schaufeln von Pferdemist in ihrem derzeitigen Zustand gefährlich für sie ist."

Pe'tala rollte mit den Augen und seufzte laut. "Ha! Nicht schon wieder! Wie schafft es diese Frau bloß, dermaßen oft bestraft zu werden? Ich meine, ich selbst bin auch nicht gerade für meine freundliche Art bekannt, aber sie ist noch schlimmer! Und dieser Frau habt ihr so einen hohen Rang verliehen? Das lässt mich den Umgang des Ordens mit Hierarchie in Zweifel ziehen. Macht ihr euch keine Sorgen darum, welches Vorbild sie für die weniger erhabenen Mitglieder eurer Institution abgibt?"

"Nicht wirklich eine Antwort auf meine Frage", bemerkte Enric trocken.

Sie schniefte. "Nein, wenn sie ihre Magie einsetzt, um ihre Stärke zu erhöhen, sehe ich nicht, dass sie dabei Schaden nehmen könnte. Und weil ich dermaßen hilfreich war, wirst du mir jetzt als Belohnung erzählen, weshalb sie bestraft wurde. Das wird mich den Rest des Tages aufmuntern."

Enric bezweifelte das stark, nickte aber. "Wenn du darauf bestehst. Sie weigerte sich, einen Befehl zu befolgen, den Lord Tyront ihr heute erteilte. Er hatte etwas mit der Ratsversammlung vor zwei Tagen zu tun."

"Die, bei der ich herbeigerufen wurde um zu erklären, dass schwangere Frauen keine scharfen Waffen schwingen oder in die Eingeweide getreten werden sollten?"

"Genau das", nickte er.

"Und weiter?"

"Lord Tyront war nicht besonders angetan davon, wie du mit den Ratsmitgliedern gesprochen hast. Aus irgendeinem Grund scheint er zu denken, dass du wesentlich respektloser warst, als die Situation das rechtfertigte."

Sie runzelte die Stirn. "Sag mir nicht, dass er *sie* deswegen bestraft? Das wäre vollkommener Irrsinn!"

"Nein, das tut er nicht." Er bemerkte ihren erleichterten Gesichtsausdruck und fuhr fort: "Er bestraft sie, weil sie sich weigerte, *dich* dafür zu bestrafen."

Pe'tala schnappte nach Luft. "*Was?*"

"Da du nicht dem Orden angehörst, kann Lord Tyront dich nicht bestrafen. Er hat keinerlei Autorität über dich. Eryn in ihrer Eigenschaft als höchstrangige Heilerin in der Stadt allerdings schon. Aber sie hat nicht zugestimmt, und das wurde als Ungehorsam betrachtet. Und der wird im Orden keinesfalls geduldet."

Sie starrte ihn an. "Sie hat meine Bestrafung abbekommen? Und du hast einfach nur zugesehen? Warum hast du nicht eingegriffen oder Einspruch erhoben oder auf irgendwelche anderen Möglichkeiten zurückgegriffen, um zu protestieren?"

Er zuckte mit den Schultern. "Ich hätte nicht viel ausrichten können. Und es war ihre Entscheidung, die Strafe als Konsequenz ihres Ungehorsams ihrem Vorgesetzten gegenüber anzunehmen. Sie hätte mir nicht dafür gedankt, wenn ich sie bevormundet und wie ein kleines Mädchen behandelt hätte, das meines Schutzes bedarf."

"Ist das nicht die Art und Weise, wie du sie normalerweise behandelst?", knurrte Pe'tala. "Was hat dich gerade jetzt zu diesem Kurswechsel bewogen?"

"Ich habe aus meinen Fehlern gelernt", erwiderte er. Dann drehte er sich um und winkte ihr zu. "Danke, dass du meine Bedenken bezüglich der Stallreinigung zerstreut hast. Ich wünsche dir noch einen guten Tag."

"Warte!", hörte er sie rufen und lächelte kurz, bevor er eine Miene höflichen Interesses aufsetzte und sich zu ihr zurückdrehte.

"Ja?"

Sie fuhr sich mit den Fingern beider Hände durch das Haar und zerzauste sich so ihren ordentlichen Pferdeschwanz.

"Würde es helfen, wenn ich… du weißt schon… mich entschuldige? Bei diesen dämlichen Einfaltspinseln, meine ich? Wird das Lord Tyront veranlassen, seine Strafe zurückzuziehen?"

Er schüttelte den Kopf. "Nein. Die Strafe bekam sie nicht deinetwegen, sondern wegen ihrer Unwilligkeit, so zu handeln, wie er es von ihr wollte.

Deine Entschuldigung würde daran nichts ändern. Und wenn ich mir ansehe, wie du die Frage formuliert hast, könnte ich mir denken, dass deine Entschuldigung ohnehin nicht besonders überzeugend wirken würde, wenn du mir die Bemerkung erlaubst."

Sie sah ihn mürrisch an. "Und was soll ich jetzt tun? Ich kann kaum danebenstehen und zusehen!"

"Ich denke, sie würde es schätzen, wenn du ihr dieses Mal *nicht* dabei zusehen würdest", bemerkte er. "Soweit ich mich erinnere, hat sie es beim letzten Mal nicht als besonders angenehm empfunden, Zuschauer zu haben."

"Das habe ich damals getan, um sie zu ärgern! Das hier ist völlig anders!" Sie starrte ihn finster an. "Du versuchst mir das so schwer wie möglich zu machen, so ist es doch? Zahlst du mir so heim, dass sie meinetwegen bestraft wurde?"

"Sei nicht lächerlich, Pe'tala. Das ist nicht das erste Mal, dass sie die Ställe ausmisten muss. Es ist bisher das dritte Mal, also wusste sie genau, was sie erwartet, wenn sie die Bestrafung akzeptiert. Und es ist nicht so, als würde sie sich überanstrengen, wie du mir gerade eben bestätigt hast. Das einzig Unangenehme daran ist, dass sie ein paar Stunden früher aufstehen muss. Und der Geruch. Nun, und gelegentliche höhnische Grinser - aber die Leute haben aus ihren Fehlern gelernt und spotten nur, wenn sie außer Hörweite ist."

"Das macht es nicht besser!", rief sie aus und rang die Hände. "Sag mir, wie ich das wieder in Ordnung bringen kann!"

Er gab vor, verwirrt zu sein. "Es in Ordnung bringen? Das ist nicht deine Schuld. Ich sehe nicht, was da in Ordnung zu bringen wäre."

"Enric", zischte sie, "das machst du mit Absicht! Hör auf, mir im Weg zu stehen und hilf mir!"

"Pe'tala", seufzte er, "ich sehe nicht, was du tun könntest. Wenn du die Strafe selbst übernähmst, käme das nicht gut an bei ihr. Das würde nämlich bedeuten, dass Tyront seinen Willen bekommen hätte, und das macht sie nur wütend. Sie ist viel glücklicher dabei, das selbst zu tun und das Gefühl zu haben, sie hätte die Oberhand behalten, glaube mir. Und ich würde es vorziehen, wenn du nicht erwähnst, dass du von dieser Sache erfahren hast. Besonders nicht von *mir*. Und nun musst du mich wirklich entschuldigen. Ich habe eine Verabredung, die ich einhalten muss. Auf Wiedersehen."

Er warf einen letzten Blick auf ihren trübseligen Gesichtsausdruck und grinste breit, als er in die Richtung zurückging, aus der er gekommen war. Heiler. Manchmal machten sie es einem beinahe schon zu leicht.

KAPITEL 31

Vererbungsregeln

"Setz dich", wies Pe'tala sie an. Sie hatten gewartet, bis alle Patienten versorgt waren, damit sie diese Untersuchung ohne Unterbrechung durchführen konnten.

Eryn saß auf einem der beiden Stühle vor Pe'talas Schreibtisch und warf einen Blick auf das Blatt Papier, das ihr ihre Cousine in die Hand drückte.

"Hier. Das ist eine Liste der Dinge, die wir überprüfen werden. Die meisten davon sind vollkommen harmlos und nur deshalb von Interesse, weil wir verfolgen wollen, wie sie vererbt werden. Manche sind etwas heftiger, andere gefährlich, und man muss sich sofort darum kümmern, sobald sie entdeckt werden."

"Das ist eine ordentlich lange Liste", murmelte Eryn. Auf dem Blatt befand sich eine Sammlung von mindestens zwanzig Krankheiten und anderen vererblichen Gebrechen.

"Nun, es wurde nun schon eine Weile einiges zwischen den gleichen Häusern weitervererbt, also müssen wir gründlich vorgehen, um jegliche unerwünschten Folgen für unsere Nachkommen zu vermeiden. Aber dein Kind hat Glück, dass es einen Vater außerhalb des üblichen Kandidatenkreises hat. Damit ist es weniger wahrscheinlich, dass gewisse Dinge weitergegeben werden. Immer vorausgesetzt, Enric hat selbst keine widerlichen Krankheiten, wohlgemerkt."

"Rot-grüne Farbenblindheit", las Eryn vor. "Augenmutationen mit unkontrolliertem Wachstum, fehlende Fähigkeit zu hören oder zu sprechen, fehlendes Vermögen zur Blutgerinnung, degenerative Muskelerkrankungen…" Mit geweiteten Augen sah sie auf. "Die alle und der Rest auf diesem Blatt sind vererbbar? Ich hatte keine Ahnung, dass es so riskant ist, ein Kind zu bekommen! Ich gestehe, dass ich langsam etwas nervös werde."

Pe'tala zupfte das Blatt aus dem schwachen Griff ihrer Cousine und legte es zur Seite. "Dann lassen wir dich das vielleicht vorläufig nicht weiter durchlesen. Es gibt keinen Grund zur Nervosität. Falls ich etwas finde, kann ich mich darum kümmern. Die tödlichen Krankheiten hätten bereits dazu geführt, dass du das Kind verlierst, also bin ich zuversichtlich, dass es, sollten wir etwas finden, kein großes Problem darstellen wird." Sie setzte sich auf den Stuhl gegenüber Eryn und hielt ihr die Hand hin. "Entspann dich und folge mir einfach. Das wird nicht lange dauern."

Eryn nickte, ergriff die angebotene Hand und schloss die Augen. Sie folgte Pe'talas schwachem Magiepfad zu ihrem Unterleib und dem kleinen Embryo in seinem bequemen Nest.

"Ein Junge", flüsterte Pe'tala.

"Ich weiß", erwiderte Eryn ebenso leise.

"Augen… in Ordnung. Blut… in Ordnung", zählte Pe'tala auf. "Muskeln… in Ordnung. Herz… in Ordnung. Lunge… in Ordnung. Gehirn… soweit in Ordnung. Muss regelmäßig überprüft werden. Knochen…"

Eryn schluckte, als die Pause länger andauerte. "In Ordnung?"

Beide öffneten die Augen.

Pe'tala runzelte die Stirn und schüttelte verwirrt den Kopf. "Das sollte da nicht sein."

"Was?", verlangte Eryn zu wissen und spürte, wie ihr die Farbe aus dem Gesicht wich. "Was sollte da nicht sein? Stimmt etwas nicht mit seinen Knochen? Kannst du es reparieren? Rede mit mir, verdammt!"

"Da ist eine Erbkrankheit, aber keine, die dein Kind haben sollte." Sie bemerkte Eryns panischen Blick. "Sorge dich nicht - ich kann das innerhalb von ein paar Minuten aus der Welt schaffen. Es gibt verschiedene Formen dieser Erkrankung, und die deines Kindes ist die schwächste, die wir kennen. Selbst wenn sie nicht behandelt wird, gäbe es kaum schädliche Auswirkungen, und keine, um die man sich nicht auch später noch kümmern könnte."

Eryn schloss für einen Moment die Augen. "Ich verstehe. Also kannst und wirst du jetzt etwas dagegen tun?"

"Ja, das werde ich", nickte Pe'tala und ergriff erneut die Hand ihrer Cousine. Beide schlossen die Augen, und Eryn sah zu, wie die winzige Knochenstruktur mit schwachen Dosen an Magie gestärkt wurde.

"Das ist behoben", verkündete Pe'tala wenige Minuten später und stand dann von ihrem Stuhl auf, eindeutig aufgewühlt.

"Nun, was ist denn dann los?", erkundigte sich Eryn besorgt. "Du siehst nicht aus, als wäre alles in Ordnung!"

"Das ist… ich…" Sie atmete aus. "Eryn, diese Krankheit… das ist eine rezessive Knochenerkrankung. Die wird von beiden Eltern vererbt, aber nur Männer leiden darunter. In Haus Aren tauchte sie in den letzten paar Generationen nicht auf. Ved'al hatte sie ebenfalls nicht."

Eryn runzelte die Stirn. "Was soll das bedeuten? Es ist doch gut, wenn mein Vater sie nicht hatte? Es könnte eine Generation übersprungen haben. Passiert das nicht zuweilen?"

Pe'tala starrte sie an. "Die Gesetze der Vererbung! Denk doch nach!"

"Um ehrlich zu sein, habe ich diese spezielle Disziplin nie wirklich durchschaut", gestand Eryn. "Mein Vater hatte ein oder zwei Bücher darüber, aber die waren nicht gerade anfängertauglich, und ich habe kaum etwas davon verstanden. Viel zu verwirrend. Und da ich in den letzten Jahren nie wirklich den Eindruck hatte, dass ich das für meine Arbeit brauche, habe ich nicht länger versucht, es zu verstehen."

Pe'tala schloss kurz die Augen. "Du bist wirklich eine Närrin. Es hätte dir leicht passieren können, dass ich genau das bei deinen Prüfungen frage. Es ist Teil der Themengebiete, die zu deinem Stoff gehörten."

"Also gut, ich habe diesen einen Bereich vernachlässigt und gelobe, dass ich das nachhole. Wirst du mir jetzt sagen, was das Problem mit meinem ungeborenen Kind ist oder nicht?"

Ihre Cousine öffnete den Mund, um zu sprechen, änderte dann aber ihre Meinung und schloss ihn wieder. "Nein, das werde ich nicht tun. Und ich sehe auch nicht ein, warum ich diejenige sein sollte, die es tut. Eryn, mit deinem Sohn ist jetzt alles in Ordnung. Es geht ihm prima, du hast keinen Grund zur Sorge." Sie wirkte blass und beunruhigt, ihre Augen wanderten über den Boden, als würde sie dort verzweifelt nach einer Antwort suchen, die nicht da war.

Eryn schluckte. "Du machst mir Angst. Sag mir, was hier vor sich geht!"

"Ich verspreche dir, dein Kind ist gesund."

"Warum betonst du das immer wieder? Irgendetwas stimmt hier nicht, und du willst es mir nicht sagen! Es hat offensichtlich nichts mit dem Kind zu tun, also weshalb kannst du es mir nicht sagen?"

"Bitte, ich muss…" Pe'tala schüttelte den Kopf, stürmte zur Tür hinaus und ließ ihre verstörte und besorgte Cousine zurück.

Eryn starrte ihr nach, nahm zerstreut das Blatt Papier mit der Liste an sich und ging dann langsam hinaus in den Gang der Klinik. Es wurde Zeit, sich diese Bücher über die Vererbungsgesetze noch einmal genauer anzusehen. Sie mussten zuhause in ihrem Arbeitszimmer sein, irgendwo in den Bücherregalen. Von dem ausgehend, was Pe'tala angedeutet hatte, würde sie dort finden, was ihre Cousine dermaßen erschüttert hatte.

* * *

Enric lächelte, als er in ihr Arbeitszimmer ging und sie dort über ein Buch gebeugt vorfand, ihren Kopf auf beide Hände geschützt, ihre Miene unruhig.

"Guten Abend, Liebste. Das ist normalerweise die Laune, in der ich dich vorfinde, wenn du etwas über politische Strategie oder Geschichte liest. Was ist es denn heute?"

Sie sah mit gequälter Miene zu ihm auf. "Keines davon. Es geht ums Heilen."

Überrascht wölbten sich seine Augenbrauen nach oben. "Wirklich? Das bereitet dir solche Probleme?"

"Dieses spezielle Gebiet schon, ja", seufzte sie, markierte die Seite, die sie nun schon seit einer halben Stunde wieder und wieder las, ohne etwas davon zu verstehen, und schloss das Buch, bevor sie es beiseiteschob.

Er trat näher und las den auf dem Kopf stehenden Titel. "*Vererbung und die Regeln, denen sie folgt*. Also nicht gerade dein Lieblingsthema?"

"Ich verstehe die Prinzipien einfach nicht. Das Buch ist zu fortgeschritten, und ich habe nichts, das die Grundlagen erklärt. Ich könnte Valrad ersuchen, mir etwas zu schicken, aber das würde Tage dauern."

"Und du hast es aus irgendeinem besonderen Grund eilig?", fragte er.

"Pe'tala fand etwas, als sie mich heute untersuchte." Sie bemerkte seinen erschrockenen Gesichtsausdruck und versicherte ihm rasch: "Nein, keine Sorge - mit dem Kind ist alles in Ordnung. Das, was sie gefunden hat, schien nicht so tragisch, hat sie aber vollkommen aus der Bahn geworfen. Sie ist sozusagen aus ihrem Zimmer geflohen, als ich wissen wollte, was los ist. Von dem, was sie sagte, schließe ich darauf, dass die Regeln der Vererbung der Schlüssel sein sollten, um zu verstehen, was sie mir nicht sagen wollte. Aber ich komme mit diesem verfluchten Text nicht weiter."

Enric nahm das Buch zur Hand und blätterte darin. Sie nahm einen Schluck von dem Wasserglas auf ihrem Tisch.

"Wenn du mir sagst, dass du das verstehst, nachdem du es dir nur ein paar Sekunden lang angesehen hast, werde ich dir wehtun", versprach sie.

"Weißt du", sagte er langsam, "das sieht sehr stark nach den Prinzipien aus, die auch bei der Pferdezucht zur Anwendung kommen."

Sie starrte ihn an. "Was? Pferde?"

"Ja. Gleiche Prinzipien, nur andere Eigenschaften. Bei Pferden versucht man auf die richtige Farbe, Stärke, Geschwindigkeit und Ähnliches hinzuzüchten. Dieses Buch besagt, dass bestimmte Krankheiten den gleichen Prinzipien folgen. Manche werden durch die mütterliche Linie vererbt, andere durch die väterliche, und ein paar werden von beiden Eltern weitergegeben. In manchen Fällen kann man die Krankheit weitervererben, ohne selbst darunter zu leiden…" Er hielt inne, als sich ihre Augen weiteten.

"Du verstehst das tatsächlich?"

"Die Grundlagen, ja. Ich war früher eine Weile an der Pferdezucht interessiert, gab es aber auf, als ich keine Zeit mehr dafür hatte. Ich besitze noch immer ein Zuchtgestüt oben im Norden. Weshalb?"

Das kam so unglaublich gelegen, dass sie ihr Glück kaum fassen konnte. Sie hatte hier mindestens drei Stunden lang gesessen und versucht, sich durch die Dinge zu kämpfen, die zu lernen sie vor mehr als zehn Jahren aufgegeben hatte. Und das, nur um zu entdecken, dass ihr eigener Gefährte über genug Wissen verfügte, um das Geheimnis zu entschlüsseln, das Pe'tala vor ihr zurückhielt!

"Hinsetzen", befahl sie. "Und erklär mir das." Sie nahm das Buch wieder an sich und öffnete eine Seite. "Erzähl mir etwas über die Sache mit den Augenfarben. Sie schreiben, als ob jeder wissen sollte, wie das funktioniert, aber ich bin vollkommen verloren. Das wurde auf jeden Fall nicht für Anfänger geschrieben."

Er lächelte und nahm Platz. Dass er in der Lage war, ihr etwas im Zusammenhang mit dem Heilen beizubringen, war eine seltene Gelegenheit. Beim ersten Mal war es darum gegangen, ihre Fertigkeiten zum Formen von Schilden zu verfeinern, damit sie sie für medizinische Zwecke einsetzen konnte; und beim zweiten Mal hatten sie das Geistesband diskutiert. Dieses Mal jedoch ging es um pures Wissen, darum, Prinzipien zu durchschauen.

Rasch las er das Kapitel, das sie aufgeschlagen hatte, dann nickte er.

"In Ordnung. Hast du ein Blatt Papier und einen Stift für mich?"

Sie holte beide Gegenstände aus der obersten Schublade ihres Schreibtischs und schob sie wortlos in seine Richtung.

"Stell dir deine Augenfarbe als etwas vor, das dir von deinen Eltern weitergegeben wurde. Von beiden. Sie besteht aus zwei Hälften, von denen dir jeder Elternteil eine mitgab. Die Farbe, die sie dir weitergeben, ist nicht zwangsläufig immer diejenige, die sie selbst haben - das würde davon abhängen, was deine Großeltern an sie vererbten."

"Halt. Du beginnst bereits, mich zu verwirren."

Er nickte einmal und begann zu zeichnen. "Das hier ist deine Mutter. Ihre Augen sind braun. Was war Ved'als Farbe?"

"Dunkelbraun."

"Also stammen deine braunen Augen von einem deiner Elternteile, auch wenn wir nicht sagen können, von welchem, da jeder sie weitergegeben haben könnte. Sehen wir uns meine Seite der Familie an. Die Augen meines Vaters sind blau, die meiner Mutter grün. Meine sind ebenfalls blau."

"Was bedeutet, dass du die Farbe deines Vaters geerbt hast", meinte sie.

"Nein, nicht unbedingt. Laut diesem Buch hier gibt es eine Reihenfolge der Dominanz bei Augenfarben. Braun ist die stärkste. Wenn also ein Kind den braunen Teil eines Elternteils und den blauen Teil des anderen erhält, wären die Augen des Kindes braun."

"Braun ist stärker als blau. Alles klar", murmelte sie.

"Die Dominanz nach Stärke ist braun, grün, blau und grau", erklärte er, nachdem er einen weiteren Blick in das Buch geworfen hatte.

Ihre Brauen zogen sich zusammen. "Aber wenn deine Mutter grüne Augen hatte und dein Vater blaue, dann wäre doch ihre Farbe die stärkere gewesen. Warum sind deine Augen dann nicht grün?"

"Weil sie offensichtlich selbst ebenfalls einen blauäugigen Elternteil hatte und diese Hälfte anstatt der grünen an mich weitergab. Erinnerst du dich? Ich sagte dir, dass das, was unsere Eltern an uns vererben, nicht zwangsläufig das ist, was du an ihnen erkennen kannst. Ich bekam also einen blauen Teil von der väterlichen Seite und einen weiteren blauen Teil von der Seite meine mütterlichen Großeltern. Das Ergebnis ist, dass ich blaue Augen habe. Meine Schwester hat grüne Augen, also bekam sie einen grünen und einen blauen Teil. Und da grün stärker ist, hat es dominiert."

Eryn nickte langsam und sah sich die Zeichnung an, die er für sie gemacht hatte. "Wenn wir das also auf die nächste Generation übertragen, nämlich die derzeit entstehende, wird unser Sohn sehr wahrscheinlich braune Augen haben, weil braun stärker ist als die blauen Teile von deiner Seite, stimmt das so?"

Er nickte. "Grundsätzlich ist das richtig, ja."

Sie lehnte sich zurück. Das war ein wenig kompliziert, aber wenn es mit einer Skizze erklärt wurde, konnte man es verstehen.

"Und ererbte Krankheiten folgen den gleichen Regeln", sinnierte sie.

"Ich fürchte, es ist ein wenig komplizierter als das", widersprach Enric, während er eine weitere Seite des Buches überflog. "Die grundlegenden Regeln sind die gleichen, aber da gibt es noch zusätzliche. Manche Krankheiten werden über die mütterliche oder väterliche Seite vererbt, andere können von beiden Eltern weitergegeben werden, zeigen sich aber nur, wenn das Kind ein Junge ist. Dann gibt es noch welche, die von beiden Eltern gleichzeitig vererbt werden müssen, damit sie in Erscheinung treten." Er sah wieder vom Buch auf. "Was genau hat Pe'tala gefunden?"

"Ich weiß es nicht. Es hatte etwas mit Knochen zu tun." Sie sprang auf. "Warte! Sie gab mir eine Liste von Dingen, die sie überprüfen wollte." Sie tastete in ihrer Tasche und zog ein verknittertes Papier heraus. "Hier. Es sollte das ziemlich in der Mitte sein. Die anderen beziehen sich alle auf andere Körperteile."

Enric öffnete die letzten paar Seiten des Buches, um sich die Referenzliste anzusehen, bevor er zu der Seite blätterte, auf der es um die Krankheit ging, nach der er suchte. Rasch las er sich das Kapitel durch und legte dann die Stirn in Falten.

"Konnte sie es heilen?", fragte er dann.

"Ja, sie versicherte mir, dass alles in Ordnung ist. Und es hätte sich ohnehin um die schwächste bekannte Form gehandelt. Sie sagte, es wäre auch nach seiner Geburt einfach zu behandeln gewesen, aber warum warten?"

Er sah noch einmal nachdenklich auf die Buchseite. "Ich verstehe das Problem nicht wirklich. Laut dem hier kann die Krankheit von beiden Seiten vererbt werden, kommt aber nur bei männlichen Nachkommen zum Vorschein. Also könnten beide deiner Eltern sie weitergegeben haben."

Eryn erinnerte sich an die Worte ihrer Cousine. "Sie sagte etwas darüber, dass Haus Aren sie schon mehrere Generationen lang nicht mehr weitergegeben hätte, was bedeutet, dass sie von Ved'als Seite stammen muss. Obwohl er sie selbst nicht hatte, sondern wohl einfach nur weitervererbt hat."

Enrics Kopf fuhr hoch, und er starrte sie an. "Was? Bist du sicher? Er *hatte* die Krankheit nicht?"

"Ja, das war es, was Pe'tala sagte. Warum?"

Sie sah, wie er sie sorgsam betrachtete und sich auf die Unterlippe biss. Dann stand er auf.

"Ich komme bald wieder. Da gibt es etwas, das ich überprüfen muss", sagte er langsam.

Sie sprang ebenfalls auf und funkelte ihn an. "Du bleibst, wo du bist! Wenn du jetzt ebenfalls wegläufst, ohne mir zu sagen, was los ist, werde ich dir etwas antun! Und da ich schwanger bin, kannst du nicht zurückschlagen oder mich ausschalten!"

Er wirkte gequält, setzte sich aber wieder.

"Heraus damit!"

"Ich bin nicht ganz sicher, es ist nur… nun, ich könnte mich irren. Lass mich dir zuerst eine Frage stellen: Woher weiß Pe'tala, dass Ved'al diese Knochenkrankheit nicht hatte? Sie war, was - zwei Jahre alt, als er das Land verließ?"

"Sie sagte mir, dass Haus Vel'kim exakte Aufzeichnungen darüber führt, um den Schaden im Auge zu behalten, den die politisch motivierte Inzucht zwischen den Häusern verursacht. Es wird also jedes Vel'kim-Kind auf all die Erkrankungen untersucht, die du auf dieser Liste siehst, und die Ergebnisse werden stets dokumentiert."

Er nickte ernst. "Ich verstehe."

"Enric!", stöhnte sie. "Bitte!"

"Eryn", sagte er langsam und schob das Buch, bei dem noch immer die Seite mit der Krankheit aufgeschlagen war, in ihre Richtung. "Hier steht, dass männliche Nachkommen die Krankheit nicht weitergeben können, ohne selbst daran zu leiden. Malriel hat sie dir nicht weitervererbt, weil sie in Haus Aren nicht vorkommt. Und Ved'al…"

Sie schluckte hart. Ein kalter Schauer lief ihr über den Rücken, und sie spürte, wie die Haare auf ihren Armen zu kribbeln begannen.

"Was bedeutet, dass Ved'al sie ebenfalls nicht an mich vererbt haben kann." Mit weit aufgerissenen Augen sah sie zu ihm auf. "Das ist unmöglich. Entweder stimmt dieses Buch nicht, oder…"

Enric erhob sich und ergriff ihre Hand, um sie ebenfalls hochzuziehen. "Lass uns hier keine voreiligen Schlüsse ziehen. Komm. Es wird Zeit für eine kleine Unterhaltung mit Pe'tala."

* * *

Pe'tala öffnete die Tür und ihr Blick verdüsterte sich, als sie sah, wer gekommen war, um mit ihr zu reden.

"Geh weg! Ich werde dir jetzt nichts darüber sagen. Und deinen großen, starken Gefährten mitzubringen wird meine Meinung auch nicht ändern! Ich habe keine Angst vor ihm."

Enric zog eine Augenbraue hoch.

"Nun, keine große. Und nur, wenn du so richtig sauer bist", ergänzte sie rasch.

Eryn warf ihr nur einen warnenden Blick zu und drängte sich an ihr vorbei in den Salon, wo Rolan rasch von einem Sofa aufstand. Auf einem kleinen Tisch vor ihm sah sie ein Spiel, das sie wiedererkannte. Das hatte sie vor einigen Monaten mit ihrem Cousin Vran'el gespielt. Er hatte es aufgegeben, mit ihr zu spielen, nachdem sie ihm zu erklären versucht hatte, dass die Regel, dass man drei Magier zum Versenken eines Schiffes benötigte, keinen Sinn ergab. Sie selbst wäre auf jeden Fall in der Lage, das auch allein zu vollbringen.

Nachdem Enric ebenfalls eingetreten war und die Tür hinter sich geschlossen hatte, sagte sie mit mehr Ruhe, als sie tatsächlich verspürte: "Ich weiß, was du mir nicht sagen wolltest. Stell dir vor, mein Gefährte hat früher Pferde gezüchtet und dadurch sehr hilfreiches Wissen darüber gesammelt, wie die Regeln der Vererbung funktionieren."

Pe'tala warf einen verzweifelten Blick in seine Richtung. "Wirklich? Diese verdammten gelehrten Typen! Warum bist du nicht die Art von Krieger, der ein Buch dazu benutzt, um jemandem eins damit überzubraten anstatt das Ding zu lesen?"

"Ist es wahr?", bellte Eryn.

"Ist was wahr?", fragte Pe'tala ausweichend, eindeutig hoffend, dass der Schluss, zu dem ihre Cousine gelangt war, nicht dem glich, den sie selbst vor einigen Stunden gezogen hatte.

"Ich habe mir die Symptome dieser Knochenkrankheit in einem meiner Bücher durchgelesen. Enric zeigt kein einziges davon, also kann er sie nicht weitervererbt haben. Da die Krankheit in der Aren Familie derzeit nicht vorzukommen scheint, muss sie meiner väterlichen Seite entstammen. Somit kann Ved'al von Haus Vel'kim nicht mein Vater gewesen sein, oder er hätte diese Krankheit selbst ebenfalls erben müssen."

Pe'tala schloss für einen Moment die Augen, dann nickte sie. "Es tut mir leid. Das ist es, worauf die Anzeichen hindeuten."

Rolan starrte beide von ihnen an und schüttelte den Kopf, doch er entschied sich dagegen, etwas zu sagen. Das war keine Diskussion, in die er hineingezogen werden wollte.

Eryn schluckte und schauderte. "Damit hat diese Frau etwas fertiggebracht, das ich nicht für möglich gehalten hätte. Sie hat mir jetzt sogar noch meinen Vater genommen." Sie bedeckte ihr Gesicht mit beiden Händen. "Sie hat ihn betrogen! Jetzt ist sie eine grässliche Mutter, und früher war sie offensichtlich eine grauenhafte Gefährtin. Das einzige, was sie wirklich gut kann, ist, Geld zu scheffeln und sich mit eisernem Griff an ihrer Macht festzuhalten. Ich kann gar nicht sagen, wie sehr ich sie verabscheue!"

Als sie eine warme Hand auf ihrer Schulter spürte, sah sie auf. Zu ihrer Überraschung war es nicht die von Enric, sondern Pe'talas.

"Ich wünschte, ich hätte dir nichts davon gesagt. Ich wünschte, Enric wäre nicht so verdammt schnell damit, die richtigen Schlüsse zu ziehen. Ich wünschte…", sie seufzte. "Ich wünschte, deine Mutter hätte deinen Va… hätte *Ved'al* nicht betrogen. Und ich wünschte, ich könnte *irgendetwas* tun. Das ist kein guter Zeitpunkt für dich, um das zu erfahren."

Eryn schüttelte den Kopf und wischte eine Träne fort. "Gibt es überhaupt irgendeinen guten Zeitpunkt, um so etwas zu erfahren? Um zu erfahren, dass die Familie, die ich endlich gefunden habe, nicht einmal wirklich meine ist? Ich muss Valrad gegenübertreten und ihm sagen, dass er nicht seine eigene Nichte, sondern Malriels Bastard aus einer schäbigen Affäre adoptiert hat! Aber ich schätze, das ist etwas, womit du gut leben kannst. Für dich war es nie ein Grund zur Freude, meine Cousine zu sein!" Der Gedanke daran, dass Vran'el nicht ihr Cousin war, dass sie keinerlei Recht auf all die Güte hatte, die Haus Vel'kim ihr in der Vergangenheit zuteilwerden hatte lassen, ließ sie auf die Knie fallen und leise schluchzen.

Pe'tala setzte sich rasch auf den Boden vor sie, ergriff ihre Schultern und schüttelte sie leicht.

"Hör auf damit!", zischte sie. "Hör auf, solch idiotischen Unsinn zu reden! Du wurdest von einem Vel'kim großgezogen und von einem anderen adoptiert. Meiner Ansicht nach bist du damit Vel'kim genug. Jetzt reiß dich zusammen und hör auf, deinem Gefährten Sorgen zu bereiten."

Eryn schluckte und sah Pe'tala durch tränenverhangene Augen an. "Ich dachte, du wärst froh darüber, mich loszuwerden!"

"Ich sehe nicht, wie mir das dabei hilft, dich loszuwerden", seufzte Pe'tala. "Oder denkst du, mein Vater wirft dich aus unserem Haus, weil du von jemand anderem als Ved'al gezeugt wurdest?"

Eryn blinzelte, und die jüngere Frau verzog angewidert das Gesicht. "Wirklich? Das dachtest du? Ich versuche hier, dich zu trösten, aber du machst es mir gerade sehr schwer, dir Mitgefühl entgegenzubringen! Durch deine Adern fließt das Blut eines anderen Mannes. Na und? Dadurch verändert sich für dich nichts. Du wirst weiterhin Eryn sein, oder in Takhan eher *Maltheá* von

Haus Vel'kim. Die einzige Person, die einen guten Grund gehabt hätte, wegen dieser Sache aufgebracht zu sein, ist Ved'al, und der ist tot. Also hör auf, dir selbst grundlos leidzutun und all diese zerstörerischen Gefühle auf meinen Neffen zu übertragen. Du weißt, das ist nicht gut für ihn."

Ihr Neffe, dachte Eryn und kämpfte gegen neuerliche Tränen, dieses Mal Tränen der Zuneigung. Pe'tala - die sie vom Moment ihres ersten Zusammentreffens an abgelehnt hatte - erwies sich plötzlich als unerwartet, vielleicht sogar unvernünftig loyal. Sie betrachtete dieses Kind als Mitglied ihrer Familie, obwohl sie stattdessen erleichtert hätte sein sollen, dass sie Eryn nicht mehr als ihre Cousine betrachten musste.

Enrics angespannte Atmung floss nun leichter, als er sah, wie Eryn beide Arme um Pe'talas Hals schlang und sie in einer tollpatschigen Umarmung an sich zog.

"Großartig", murmelte Pe'tala, "eine tränenreiche Umarmung. Damit ruinierst du womöglich meine Kleidung. Die war teuer." Aber ihre Arme legten sich ebenfalls um Eryn und hielten sie fest.

Als sie einander nach ungefähr einer Minute wieder losließen, wischte sich Eryn mit ihrem Ärmel über die Augen.

"Das ist komisch, weißt du. Es brauchte nichts weiter, als dass sich herausstellt, dass ich nicht wirklich deine Cousine bin, damit du beginnst, mich als eine zu betrachten. Ich glaube, du bist einfach nur gerne schwierig."

Die jüngere Frau zuckte mit den Schultern. "Wie du schon sagtest, da mag es noch den einen oder anderen Tropfen Aren-Blut von vor ein paar Generationen in mir geben. Von nun an werde ich das für jeden einzelnen meiner weniger liebenswürdigen Charakterzüge verantwortlich machen."

"In Ordnung", nickte Eryn langsam, und ihre Augen verengten sich, als sie an Malriel dachte. "Ich werde dir niemals wieder eine bissige Bemerkung über Haus Aren zum Vorwurf machen. Jede einzelne davon ist gerechtfertigt. Und zwar so richtig."

Pe'tala lächelte und deutete mit dem Kinn auf Enric. "Ich würde nicht ganz so weit gehen. Haus Aren besteht immerhin nicht nur aus Malriel. Da gibt es noch andere, weniger finstere Gestalten in diesem Haus, wenn du dich erinnerst."

"Ich nehme Anstoß daran, dass man dich daran erinnern musste", grinste Enric.

Rolan schien nun endlich seine Stimme wiedergefunden zu haben. "Es tut mir leid, aber ich bin ein wenig verwirrt. Habe ich das richtig verstanden? Ihr seid jetzt keine Cousinen mehr?"

Pe'tala nickte. "Ja, das hast du." Ihr Blick kehrte zu Eryn zurück. "Keine Cousinen mehr. Aber noch immer Schwestern, wie es aussieht." Ungläubig verzog sie das Gesicht, als erneut Tränen in Eryns Augen traten. "Enric, schaff sie von hier fort. Ich hoffe, diese Neigung zum Weinen ist eine Nebenwirkung der Schwangerschaft und kein Anzeichen dafür, dass sie langsam dem Irrsinn verfällt."

"Ich habe bloß Staub in meinen Augen", schluchzte Eryn.

"Sicher doch. Dann geh nach Hause und spüle ihn aus. Wirklich. Das meine ich ernst; ich bin nicht gut mit Tränen."

Enric sah, wie ein Hauch von Feuchtigkeit in Pe'talas eigenen Augen schimmerte und zog sie an sich, um ihr einen festen Kuss auf die Stirn zu drücken.

"Dann werde ich dich von ihrer verstörenden Gegenwart befreien, Tala." Er nickte Rolan zu und legte Eryn einen Arm um die Schultern, um sie nach draußen zu führen.

Er hielt inne, bevor er die Tür hinter sich schloss. "Ich werde Valrad schreiben, sobald wir zuhause sind."

Pe'tala schüttelte den Kopf. "Das ist nicht nötig. Das habe ich bereits getan. Wir werden bald von ihm hören."

Er nickte dankbar. Das war keine Aufgabe, der er mit Freude entgegengesehen hatte.

* * *

"Hey, was machst du denn hier?", rief Eryn überrascht aus, als sie die kleine Küche der Klinik betrat, um ihren Becher aufzufüllen und dort Enric, vertieft in ein Gespräch mit Lord Poron, an der Wand lehnen sah.

Er lächelte und lehnte sich vor, um sie auf die Wange zu küssen. "Heute wurde eine Kleinigkeit aus Takhan zugestellt. Ich dachte, du würdest es dir gleich ansehen wollen."

Sie schluckte hart, als sie das kleine Röhrchen eines Kuriervogels sah. Es waren zwei Tage vergangen, seit Pe'tala die Nachricht mit den jüngsten Ereignissen an Valrad geschickt hatte. Genau die Zeitspanne, die ein Vogel benötigte, um nach Takhan zu fliegen und für einen weiteren, um zurückzukehren.

"Ich habe jetzt eine kurze Pause. Gehen wir nach oben in mein Arbeitszimmer."

Enric stieß sich von der Wand ab, nickte Lord Poron zu und folgte ihr die Stiegen hinauf.

Sie schloss die Tür hinter ihm. "Hast du die Nachricht gelesen?"

"Nein." Er reichte ihr den kleinen Behälter. "*Du* bist diejenige, die es betrifft."

Ungeschickt schraubte sie den winzigen metallenen Deckel ab und schüttelte den Papierstreifen aus dem Rohr. Er landete auf ihrem Schreibtisch. Enric ermutigte sie mit einem Nicken, als sie einige Sekunden darauf starrte.

"Komm schon, Liebste. Sie wird schon nicht beißen."

"Das denkst *du*", murmelte sie und hob die Nachricht schließlich auf, um sie mit zitternden Fingern zu entrollen. Sie erkannte die Handschrift ihres Onkels sofort und begann zu lesen. Eryn trat hinter sie und blickte ihr über die Schulter.

Liebe Eryn, Pe'tala ließ mich wissen, was sie bei deiner Untersuchung herausfand. Ich bin sicher, dass dies eine unangenehme Enthüllung für dich gewesen sein muss. Ich weiß, dass es etwas viel verlangt ist, aber bitte sorge dich nicht. Wir werden über all das sprechen, wenn du in ein paar Wochen nach Takhan kommst. Alles wird sich zum Guten wenden. Das verspreche ich. Gib bis dahin gut Acht auf unseren jüngsten Vel'kim. Ich liebe dich. Valrad.

Sie entließ den Atem, den sie während des Lesens angehalten hatte.

"Weißt du", lächelte Enric und lehnte von hinten sein Kinn gegen ihre Schulter, "ich denke, Pe'tala hatte Recht. Es sieht nicht gerade so aus, als wären sie drauf und dran, dich aus Haus Vel'kim zu werfen."

"Nein, ich schätze nicht. Ich nehme an, sie würden es nicht sehr gut aufnehmen, wenn ich ihnen anböte, die Adoption rückgängig zu machen."

Er schüttelte den Kopf. "Tu das nicht. Es würde undankbar wirken."

Eryn nickte und entrollte den Papierstreifen, um die warmen und liebevollen Zeilen noch einmal zu lesen.

"Das ist eine immense Erleichterung. Ich bin froh, dass er deswegen keinen Groll gegen mich hegt. Obwohl ich mich frage, wie sich das auf die Allianz zwischen den Häusern auswirkt. Grundsätzlich hat Malriel die Kommitment-Vereinbarung gebrochen, indem sie meinem Vater und damit Haus Vel'kim untreu war."

"Warum sollte man deswegen ausgerechnet auf *dich* böse sein?", fragte Enric stirnrunzelnd. "Du warst wohl kaum der Grund für Malriels Betrug, sondern eher das Ergebnis daraus."

"Ja, aber es war auch nicht meine Schuld, dass Ram'an sich von der Vereinbarung mit Pe'tala befreite, trotzdem hat sie ihren Unmut an mir ausgelassen."

Enric seufzte. "Wie dem auch sei, dein Onkel ist nicht der Typ für rigorose, ungerechte Entscheidungen. Und Malriels Handlungen vor so vielen Jahren verursachten ihm wohl kaum so viel Schmerz wie das bei Pe'tala der Fall war, als Ram'an dich verfolgte." Er lächelte resigniert. "Und ganz egal, wer sich als dein Vater herausstellen mag, Valrad hat dank unseres Lebensbunds immer noch eine gute Verbindung mit Haus Aren. Zusätzlich dazu sind wir dabei, ihm einen Erben für sein Haus zu bescheren. Es ist also nicht so, als würde er politisch gesehen Nachteile in Kauf nehmen müssen."

Eryn wollte bei dieser Bemerkung das Gesicht verziehen, hielt aber inne, um kurz zu überlegen. Politische Überlegungen waren normalerweise nicht ihre erste Wahl, wenn es darum ging, eine Situation zu beurteilen. In diesem

Fall aber fühlte sie sich besser bei dem Gedanken, dass Haus Vel'kim tatsächlich keine unangenehmen Konsequenzen zu tragen hatte und von ihrer Adoption sogar profitierte.

"Wie gut stehen die Chancen, dass die Sache in nächster Zeit nicht allgemein bekannt wird?", fragte sie.

"Bisher wissen nur wir vier davon. Und Rolan. Womöglich auch Vran'el. Das wären sechs. Bei Malriel weiß ich es nicht; aber falls sie Bescheid weiß, war sie bisher nicht bestrebt, es öffentlich zu machen. Somit sehe ich von dieser Seite keine große Gefahr."

Sie schnaubte. "Wirklich? Wie könnte sie denn *nicht* darüber Bescheid wissen?"

"Ich würde meinen, dass es schwer zu sagen ist, welcher Akt zu ihrer Schwangerschaft geführt hat, wenn sie innerhalb kurzer Zeit mit zwei Männern Sex hatte", argumentierte Enric.

"Verteidigst du sie etwa?" Eryns Augen verengten sich zu Schlitzen.

"Ich?" Er sah sie an, wahrhaftig erstaunt. "Fragst du mich das tatsächlich, während du mein Kind unter deinem Herzen trägst? Ich würde es *nicht* gut aufnehmen, sollte ich erfahren, dass ich nicht der Vater bin. Überhaupt nicht gut. Man könnte sogar sagen, dass dies dazu führen könnte, dass ich jegliche Zurückhaltung aufgeben und meinem gewalttätigen Drang folgen würde, demjenigen, der dir dermaßen nahegekommen ist, ernsthaften Schaden zuzufügen."

"Was überhaupt nicht gerechtfertigt wäre, solange ich diesem jemand gestattet hätte, mir so nahe zu kommen", erklärte sie. "So wie Malriel es tat."

"Das stimmt. Doch ich denke nicht, dass ich jemals die Hand gegen dich erheben könnte, selbst wenn du mir so etwas antätest."

"Das ist irgendwie reizend. Auf eine verdrehte, verstörende Art."

"Ja, aber wann wären wir schon jemals ein Paar von der traditionellen Sorte gewesen?", meinte er achselzuckend. "Was ist der Plan, wenn wir nach Takhan kommen? Wirst du Malriel konfrontieren? Sie fragen, mit wem sie damals dieses Liebesabenteuer hatte?"

Sie seufzte. "Ich weiß es nicht. Wirklich nicht. Will ich es überhaupt wissen? Aber womöglich wird es damit enden, dass ich mich bei jedem Mann jenseits eines gewissen Alters frage, ob er derjenige ist, der mich gezeugt hat. Ich bin nicht sicher, was schlimmer ist - es zu wissen oder nicht."

"Dann sehen wir, was auf uns zukommt. Vielleicht ist Malriel nicht einmal bereit oder in der Lage, dieses Wissen zu teilen. Oder sie tut es, obwohl du es nicht hören willst. Oder vielleicht hat Valrad einen guten Rat für dich."

"Also gut - keine Pläne", nickte sie. "Ich sollte jetzt weiterarbeiten. Ich sehe dich am Abend." Sie stellte sich auf die Zehenspitzen, um seine Wange zu küssen. Flink drehte er den Kopf, sodass sie einander stattdessen auf die Lippen küssten.

"Arbeite nicht zu lange. Du wirkst heute nicht ganz so müde, also würde ich gerne ein wenig deine Gesellschaft genießen."

"Heute war der erste Morgen, an dem ich nicht aufstehen musste, um die Pferdeställe auszumisten. Also ist es kein Wunder, dass ich fitter wirke. Wenn du mir heute etwas Nettes kochst, werde ich dafür sorgen, dass es die Mühe wert war", meinte sie und zwinkerte ihm zu, bevor sie ging und ihn mit einem breiten Grinsen auf seinem Gesicht in ihrem Arbeitszimmer zurückließ.

KAPITEL 32

Botschafter Erbál

Erbál trat zur Seite, um Eryn Zutritt zu seinem Quartier zu gewähren. Genüsslich inhalierte sie das Aroma frisch zubereiteten Essens.

"Gut. Ich bin am Verhungern", sagte sie.

"Und auch dir einen guten Tag, Eryn", lächelte er.

"Es tut mir leid, Erbál", entschuldigte sie sich. "Hallo und vielen Dank für deine Einladung, mit dir zu Mittag zu essen. Allerdings fürchte ich, dass ich vollkommen nutzlos sein werde, bis du mir etwas zu essen gegeben hast. Derzeit konzentriert sich meine Aufmerksamkeit sehr stark auf Nahrungsaufnahme."

"Verständlich. Du musst immerhin für zwei essen", meinte er galant.

"Das hören schwangere Frauen gerne, aber leider ist es kein guter Grund, um alles in sich hineinzustopfen, das gut aussieht oder riecht. Die Ernährung eines heranwachsenden Kindes erfordert kaum, dass man das Doppelte verspeist, solange es noch so winzig ist."

"Eryn", meinte Erbál kopfschüttelnd, "du musst dir hin und wieder etwas gönnen. Wenn es eine Zeit im Leben einer Frau gibt, wo sie sich gehenlassen kann, ohne dass man deswegen hinter ihrem Rücken über sie spricht, dann ist es während einer Schwangerschaft."

"Oh, ich übe nicht gerade Zurückhaltung. Mein Verkehr von süßen Brötchen ist massiv in die Höhe geschnellt. Ich bin schon nervös, wenn wir in ein paar Wochen nach Takhan reisen, da es die dort nicht geben wird. Obwohl es natürlich aus Heilersicht nicht gesund ist, mich vollzustopfen, besonders da ich jetzt nicht länger trainieren muss. Derzeit bin ich vom Kämpfen befreit."

"Ich denke, dass sich die Kleinigkeit mit den süßen Backwaren in Takhan ganz einfach lösen lässt", sinnierte er. "Wir verfügen über eine beachtliche Variation zuhause. Wohl etwas süßer, als das, was du gewohnt bist, aber da du momentan nach Zucker zu lechzen scheinst, wird das womöglich kein großes Problem darstellen."

"Nein, das wohl nicht", meinte sie und verzog das Gesicht. "Ich werde mich wohl in etwas Riesiges und Rundes verwandeln."

Er lachte und nahm ihren Arm, um sie zum Tisch und dem Essenstablett zu führen. "Sorge dich nicht Eryn. Nachdem dein Kind geboren wurde, wird man dir befehlen, dein Kampftraining wiederaufzunehmen. Dadurch wirst du rasch wieder in Form kommen. Dessen bin ich sicher."

"Falls das ein Versuch war, mich aufzumuntern, lass mich dir sagen, dass du fürchterlich versagt hast. Das heitert mich überhaupt nicht auf", sagte sie säuerlich und nahm Platz. Mit Erleichterung bemerkte sie, dass er für sie etwas ohne Fleisch geordert hatte. Auch wenn sie aus ihren Ernährungsgewohnheiten kein Geheimnis machte, geschah es doch zuweilen, dass ein Gastgeber einfach darauf vergaß. Dann musste sie entweder darauf warten, dass etwas anderes von der Küche heraufgeschickt wurde, oder sich mit einem Stück Obst aus einer der zur Dekoration gedachten Obstschüsseln zufriedengeben.

Nachdem sich Erbál ebenfalls hingesetzt hatte, begannen sie ihr Mahl. Eryn zwang sich, langsam und manierlich zu essen und gründlich zu kauen anstatt einfach hineinzuschlingen, um ihren leeren Magen zu füllen.

Als sie fertig war, legte sie ihr Besteck zur Seite und lehnte sich zurück.

"Also gut, sprich mit mir. Du hast mich nicht zum Essen eingeladen, weil ich dir gefehlt habe. Welche Neuigkeiten hast du für mich?"

Erbál schob sein leeres Tablett von sich und lächelte. "Du lässt mich ungesellig erscheinen, meine liebe Eryn."

Sie zog beide Augenbrauen hoch. "Dann gibt es also nichts Neues, das du mir mitteilen willst?"

"Das habe ich nicht gesagt. Zufällig gibt es da tatsächlich etwas, das ich dir erzählen will. Und eine weitere Angelegenheit gibt es, bezüglich der ich meine Neugier befriedigen möchte. Aber lass uns mit meinen Neuigkeiten beginnen." Er stand auf, holte zwei Gläser und eine Flasche mit rotem Saft. Nachdem er ihnen beiden ein Glas eingeschenkt hatte, reichte er ihr eines davon. Er räusperte sich und schickte sich augenscheinlich an, bedeutende Neuigkeiten zu verkünden. "Eryn, du siehst vor dir den neuen Botschafter in Anyueel."

Einen Moment lang starrte sie ihn an, dann breitete sich langsam ein Lächeln auf ihrem Gesicht aus. "Wirklich? Ich gratuliere! Das ging aber schnell!"

"Das stimmt. Der König hat mich erst heute Morgen darüber informiert. Er sagte mir auch, du wärst diejenige, der ich dafür zu danken hätte. Lass mich dies hiermit tun: Ich bedanke mich sehr herzlich. Ich stehe tief in deiner Schuld."

Eryn winkte ab. "Keineswegs. Es war Teil unserer Wette, wenn du dich erinnerst. Pe'tala und Rolan sind nun immerhin zusammen."

"Aber du hattest mit dem König bereits darüber gesprochen, bevor du das wusstest. Was bedeutet, dass du mir so oder so geholfen hättest."

Sie zuckte mit den Schultern. "Mit dem König zu sprechen hat nicht gerade große Mühen von meiner Seite erfordert."

"Das vielleicht nicht, aber ihn um einen Gefallen zu ersuchen, während es solche Spannungen zwischen euch gab, war zweifellos nicht besonders angenehm für dich."

Sie hob ihr Glas. "Ich trinke auf den neuen Botschafter! Mögest du dein Land stolz machen und dein Training hier nutzbringend anwenden."

Erbál stieß mit seinem Glas an ihres und nahm einen Schluck des süßen Safts.

"Was ist mit Sanaf?", erkundigte sich Eryn. "Wird er als dein Assistent hierbleiben oder in Schande nach Takhan zurückkehren?"

"Es wäre wohl für keinen von uns besonders angenehm, bliebe er hier. Der offizielle Grund für seine Rückkehr nach Takhan ist, dass er zurückberufen wurde, um sich um wichtige Angelegenheiten für sein Haus zu kümmern."

Sie schnaubte. "Das ist auf jeden Fall weniger peinlich, als den Leuten sagen zu müssen, dass er sich immer neue Feinde gemacht hat, weil er ein unsensibler Tölpel war, der zu viele wichtige Leute bloßgestellt hat."

"Das ist wahr. Wenngleich die meisten Menschen, die ihn zumindest ein wenig kennen, den tatsächlichen Grund problemlos erraten werden."

"Schade, dass er gerade jetzt ersetzt wurde, wo ich bald abreise. Das bedeutet, dass ich versuchen muss, ihm in Takhan aus dem Weg zu gehen. Wie unbequem", seufzte sie. "Allerdings gehe ich davon aus, dass auch er nicht besonders eifrig darauf bedacht sein wird, mir über den Weg zu laufen. Ich schätze, er wird früher oder später erfahren, wer seine vorzeitige Entlassung in die Wege geleitet hat."

"Ja, davon darfst du wohl ausgehen", nickte Erbál. "Aber Takhan ist von ansehnlicher Größe, und ich denke nicht, dass ihr beide euch in den gleichen Kreisen bewegen werdet. Er ist nicht bedeutend genug, um zu den gleichen geselligen Zusammenkünften wie du eingeladen zu werden."

Das war eine Erleichterung, musste sie zugeben.

"Nun sage mir, weshalb du die Ställe reinigen musstest. Was hast du dieses Mal getan, um Lord Tyront zu verstimmen? Hast du wieder einmal die Kontrolle über das berühmte Aren Temperament verloren?", fragte er.

Sie schüttelte den Kopf. "Nein, ich denke, dieses Mal war ich tatsächlich unschuldig."

Er grinste. "Eine Einschätzung, die nicht viel heißen mag, wenn sie von dir kommt."

"Er wollte, dass ich Pe'tala dafür bestrafe, dass sie... einen *Hauch* von Respektlosigkeit an den Tag legte, als sie dem Rat der Magier erklärte, dass es keine besonders vernünftige Idee sei, mich mein Kampftraining fortsetzen zu lassen."

Erbál spitzte die Lippen. "Da ich Pe'tala ziemlich gut kenne, gehe ich davon aus, dass *ein Hauch* eine enorme Untertreibung ist. Er wollte, dass *du* sie auf irgendeine Weise bestrafst?"

Mit einem Nicken stellte sie ihr leeres Glas auf dem Tisch ab. "Ja. Er sagte mir, er hätte keine Autorität über sie, da sie kein Mitglied des Ordens sei. Sie sei einzig und allein dem Oberhaupt der Heiler Rechenschaft schuldig. Streng genommen wäre das Lord Poron, aber er bat darum, die Position nicht antreten zu müssen, solange ich noch hier bin."

"Du hast dich geweigert, sie zu bestrafen, nehme ich an?"

"Natürlich habe ich mich geweigert! Die Dreistigkeit, mich anzuweisen, ich solle sie bestrafen, nachdem sie mir geholfen hat! Ich meine, sie war nicht gerade höflich, aber ein paar der Ratsmitglieder hatten es auch nicht besser verdient, wenn du mich fragst."

"Dann bestrafte er dich, weil du seine Bitte oder - wohl eher - seinen Befehl verweigert hast?"

"So ist es. Drei weitere Tage des Mistschaufelns. Die Stallburschen haben begonnen, die Tage, an denen ich in den Ställen arbeiten muss, in die hölzernen Balken zu schnitzen! Ich habe sie darüber diskutieren gehört, wie lange es wohl dauern würde, bis sie mich dort erneut zu Gesicht bekämen."

Einige Sekunden lang kniff er die Augen zusammen, dann sah er sie nachdenklich an. "Das fühlt sich nicht richtig an."

"Das sollte es auch nicht! Es ist ungerecht!"

"Nein, das ist es nicht, was ich meinte. Es entspricht nicht wirklich Lord Tyronts Stil. War sonst noch jemand anwesend, als er mit dir über diese Sache sprach?"

"Ja, Enric war dort."

Seine Augenbrauen schossen nach oben. "Ach tatsächlich? Wie ungemein interessant."

Sie zog die Stirn in Falten. "Weshalb? Sie treffen sich an den meisten Tagen, auch wenn die Stimmung zwischen ihnen noch etwas angespannt ist. Das ist sie schon seit diesem einen Tag in der Arena."

"Wie war Pe'talas Verhalten dir gegenüber, seit du die Ställe ausmisten musstest?"

Eryn dachte einen Moment lang nach. "Recht anständig. Warum?"

"Eryn, du wurdest manipuliert", informierte er sie milde.

"Wie?", rief sie aus, eindeutig verstimmt. "Und warum dieses Mal?"

"Lord Tyront wusste sehr genau, dass du dich diesem Befehl widersetzen würdest. Ich wette, dass dein Gefährte anwesend war, damit er Pe'tala von dem

Opfer erzählen konnte, das du erbrachtest, um sie zu verschonen. Er tat das, um die Beziehung zwischen euch beiden zu verbessern."

Sie starrte ihn an, dann schüttelte sie langsam den Kopf. "Aber warum würde es ihn kümmern, wie gut ich mit meiner Cousine auskomme?"

"Weil es Lord Enric kümmert. Er schaffte es, dass ihr beiden euch anzufreunden beginnt. Das ist etwas, das dein Gefährte sicher schätzt, und somit wäre er auch Lord Tyront freundlicher gesonnen."

"Aber Enric hätte das doch durchschaut. Warum spielte er dann mit und informierte Pe'tala? Das ergibt doch keinen Sinn."

"Aber natürlich ergibt es Sinn. Lord Enric ist sich im Klaren darüber, weshalb sein Vorgesetzter das tat. Es war ein Friedensangebot, ein Zeichen, dass Lord Tyront gerne hätte, dass die Dinge wieder so werden wie früher. Indem Lord Enric seinen Betrag dazu leistete, dass es funktionierte, nahm er es an."

Sie seufzte und sagte mit grimmigem Blick: "Ich wurde also einmal mehr benutzt. Einfach perfekt. Nun, zumindest bestand der einzige Schaden hier nur darin, dass ich drei Tage lang viel zu früh aus dem Bett musste."

"Es war nur eine kleine Intrige, eine die dich um ein paar Stunden Schlaf gebracht haben mag, die aber die Situation zwischen dir und Pe'tala verbessert hat."

"Ich weiß. Und doch hinterlässt es einen üblen Nachgeschmack, wenn ich benutzt werde." Sie kam auf die Beine. "Ich muss jetzt zurück in die Klinik. Wann wird deine neue Position offiziell verkündet?"

"Beim nächsten offiziellen Anlass. Das sollte Sanaf genug Zeit geben, seine Fassung wiederzuerlangen und nach außen ein Lächeln zu zeigen, während er innerlich kocht", erwiderte er.

"Dann schätze ich, dass ich die Sache bis dahin für mich behalten soll?"

"Du kannst es Lord Enric erzählen, wenn du möchtest. Ich gehe davon aus, dass er ohnehin bereits davon erfahren haben wird, wenn du heute Abend nach Hause kommst. Lord Tyront ist tendenziell recht gut informiert, soweit ich das bisher gesehen habe."

"Das ist wohl wahr", bestätigte sie. Sie fragte sich, ob es klug wäre, Erbál von ihrer jüngsten Enthüllung bezüglich Ved'al zu informieren. Allerdings ließ sich nicht sagen, ob er es zu Malriel weitertragen würde. Anderseits mochte er einen Vorschlag parat haben, wie sich mit dieser Situation ordentlich umgehen ließ, wenn Eryn nach Takhan ging. Würde er ihr weiterhelfen, wenn es Malriel, seiner ehemaligen Geliebten, zum Nachteil gereichte?

"Du siehst aus, als würdest du etwas abwägen", sagte er in ihre Gedanken.

"Das tue ich", meinte sie aufrichtig. "Aber ich bin noch nicht sicher, ob es weise wäre, dir davon zu erzählen."

"Das verwundet mich zutiefst", seufzte er.

Sie verdrehte die Augen. "Nein, das tut es nicht. Es plagt dich bloß, dass es da etwas gibt, über das du noch nicht Bescheid weißt."

Er lachte leise. "Das trifft zu. Ich werde geduldig darauf warten, dass du zu Sinnen kommst und mir mitteilst, was dich beschäftigt. Das solltest du wirklich tun, finde ich."

Das brachte sie zum Lächeln. "Das wird sich noch zeigen. Ich würde doch die Zeit eines Botschafters nicht mit Kleinigkeiten vergeuden wollen."

"Oh, aber das solltest du", nickte er ernsthaft. "Du gehörst zu den wenigen Leuten, denen es aufgrund ihrer Wichtigkeit zusteht, so viel meiner wertvollen Zeit zu verschwenden, wie es ihnen beliebt."

"Ich hätte eher erwartet, etwas zu hören wie *welche Sorgen mich auch immer zu dir führen, es wäre niemals eine Verschwendung deiner Zeit.*"

Erbál zuckte mit den Schultern. "Ah, aber wie ermüdend wäre es, wenn du ständig nur das zu hören bekämst, was du erwartest?"

"Zuweilen würde ich ein wenig Berechenbarkeit schätzen", seufzte sie.

"Nein, Entdecker suchen stets nach dem Unbekannten. Dich zu überraschen ist meine Chance, um dein Interesse an mir zu erhalten", grinste er. "Und jetzt werde ich dich zu deinen Patienten zurückkehren lassen, anstatt dich für mich zu beanspruchen, während du ihre Beschwerden fortheilen könntest. Ich gehe davon aus, dass wir einander bald wiedersehen werden wegen dem, was dich derzeit beschäftigt."

Sie überdachte das Gespräch kurz, als sie in den Korridor hinaustrat. Er war selbstbewusst, das musste sie ihm lassen. Sie fragte sich, ob sich das in dieser Situation als gerechtfertigt erweisen würde.

* * *

"Du wirkst nachdenklich", kommentierte Vern, als er seinen Stift zur Seite legte, nachdem er eine Zeichnung ihres ungeborenen Kindes fertiggestellt hatte.

Eryn sah zu ihm auf und lächelte. "Nun, dazu habe ich ja wohl jedes Recht, wenn man bedenkt, dass ich mich noch immer daran gewöhne, dass ein menschliches Wesen in mir heranwächst. Und ich muss mich zudem noch auf einen ausgedehnten Aufenthalt in einem fremden Land vorbereiten." Und dann war da noch die Tatsache, dass sie erst kürzlich erfahren hatte, dass der Mann, der sie aufgezogen hatte, nicht derjenige war, der sie gezeugt hatte. Aber das war nichts, das sie zu diesem Zeitpunkt mit ihm teilen wollte. Sie fragte sich, ob es möglich sein würde, das geheim zu halten. Man konnte nur hoffen. Malriel würde die Kunde nicht verbreiten wollen. Was Valrad betraf, würde es für sein Haus definitiv nicht allzu gut aussehen, wenn bekannt würde, dass sein Bruder nicht der Vater des Kindes seiner Gefährtin war. Damit hätte er im Grunde immerhin die Tochter eines anderen Mannes entführt.

"Wie geht es mit deinen eigenen Vorbereitungen voran?", fragte sie, entschlossen, jetzt nicht an Ved'al zu denken. "Und was ist mit deinem Kater?

Ich bezweifle, dass die Diener besonders angetan davon sein werden, sich für so lange Zeit um ihn kümmern zu müssen."

"Ram'an wird natürlich mit nach Takhan kommen!", schnupfte Vern. "Wenn ihr beiden eine voll ausgewachsene Bergkatze mitnehmen könnt, kann man mir wohl kaum die Erlaubnis verweigern, mein eigenes Haustier mitzubringen. Es ist immerhin zehnmal kleiner als Urban!"

Ja, das war ein Argument, musste sie zugeben. Allerdings war die Aussicht darauf, mit diesem bösartigen Biest unter einem Dach leben zu müssen, keine besonders heitere.

"Das könnte ein wenig gefährlich werden", wagte sie sich vor. "Wir wissen nicht wirklich, wie Urban auf eine weitere Katze reagieren wird, die um so vieles kleiner ist als sie selbst. Sie könnte deinen Kater als Zwischenmahlzeit betrachten."

"Nicht, wenn du sie ordentlich fütterst", entgegnete Vern mit einer hochgezogenen Augenbraue.

"Wissen wir, wie Ram'an auf Kinder reagiert? Ich meine, immerhin wird es bald zwei davon geben", meinte sie.

"Wirklich?" Er zeigte mit seinen Händen zuerst die Größe seines Katers an, dann die Urbans. "Diskutierst du wahrhaftig mit mir, welches unserer Tiere für Babies gefährlicher ist? Ich habe den Eindruck, dass du mich dazu bringen willst, Ram'an zurückzulassen. Gib es auf. Das werde ich nicht! Du bringst deine Katze mit, ich meine. Wenn deine meine komisch ansieht, wird sie die Konsequenzen tragen."

Beschwichtigend hob Eryn beide Hände. "Schon gut, schon gut - du kannst dein kleines Monster mitnehmen. Obwohl ich mich frage, wie die Leute dort auf deine Namenswahl für dieses Biest reagieren werden."

Er zog die Schultern kurz hoch. "Es ist ein Tribut. Das werde ich jedem erklären, der es wissen will."

Vielleicht lag darin das Problem, überlegte sie. Ein Kompliment an einen Mann, der derzeit so kalt mit ihr umging, war nichts, worüber sie besonders glücklich war. Allerdings trug die Katze wohl kaum die Schuld daran.

Vern warf ihr einen beleidigten Blick zu. "Und ich lehne es ab, wie du von ihm sprichst. *Monster* und *Biest* sind keine besonders schmeichelhaften Bezeichnungen."

"Er faucht mich ständig an", betonte sie.

"Du hast ihn mit Magie betäubt und ihn mir dann als Testobjekt für meine Heilerfertigkeiten gebracht! Wie würdest du auf so etwas reagieren?"

"Seitdem hat sich sein Gesundheitszustand erheblich verbessert. Also sehe ich nicht, weshalb es gerechtfertigt sein sollte, dass er mich so behandelt", knurrte sie.

"Willst du, dass ich mit ihm darüber rede?", fragte der Junge mit einem höhnischen Grinsen.

"Mit dem Kater? Sehr witzig."

"Wie laufen die Dinge zwischen dir und Pe'tala? Ich habe den Eindruck, dass es weniger Gezanke zwischen euch gibt. Aber sie geht dir auch aus dem Weg."

Sie nickte. "Ja, es scheint, als hätten wir eine halbwegs zivilisierte Form der Koexistenz gefunden."

"Ist zwischen euch beiden etwas passiert?", erkundigte sich Vern misstrauisch.

Abgesehen von der Tatsache, dass sie herausgefunden hatten, dass sie nicht wirklich Cousinen waren, sondern Eryn der Bastard eines unbekannten Mannes war? Und dass Tyronts kleines Spielchen dazu geführt hatte, dass Pe'tala sich schuldig fühlte, weil ihre Missetat dazu geführt hatte, dass Eryn die Ställe ausmisten musste?

"Nein, nicht, dass ich wüsste", antwortete sie leichthin. "Vielleicht war sie es leid, sich mir ständig entgegenzustellen, jetzt, wo sie mich bald loswird. Übrigens ließ mich mein Onkel wissen, dass er Pe'tala darum gebeten hat, uns nach Takhan zu begleiten. Er schreibt, dass er sich besser fühlt, wenn es einen weiteren voll ausgebildeten Heiler auf einer Reise mit zwei schwangeren Frauen gibt. Er bat mich dir mitzuteilen, dass er damit deine eigenen Fähigkeiten nicht herabwürdigen will. Ich vermute auch, dass er sie einfach wiedersehen möchte, jetzt, wo sie beschlossen hat, ihren Aufenthalt in Anyueel zu verlängern. Vielleicht will er ihre Meinung diesbezüglich ändern."

"Das geht schon in Ordnung, es macht mir nichts aus. Ich schätze, falls etwas schiefläuft, werde ich froh sein, dass sie dabei ist", meinte Vern großzügig. "Wie lange wird sie in Takhan bleiben? Immerhin soll sie die Klinik hier am Laufen halten."

"Ungefähr eine Woche. Sie wird uns nach Takhan begleiten, ein paar Tage mit ihrer Familie verbringen und dann wieder hierher zurückkehren. Ich bin sicher, die Klinik wird in den zwei Wochen ihrer Abwesenheit nicht in vollkommenem Chaos versinken."

"Wird Rolan auch mitkommen? Ich könnte mir denken, dass sie zuhause mit ihm angeben will, nachdem sie von Ram'an zurückgewiesen wurde?", fragte er.

"Nein, nicht, soweit ich weiß. Ich glaube nicht, dass sie in ihrer Beziehung - oder was auch immer sie haben - weit genug fortgeschritten sind, um sich gegenseitig ihren Eltern vorzustellen", bemerkte sie.

"Ich freue mich schon darauf, deinen Onkel, den Heiler, kennenzulernen", grinste er. "Oder, offiziell gesprochen, Vater. Ich fragte mich, ob er mir dabei helfen könnte, dass ich als Heilerlehrling oder so etwas arbeiten kann."

Eryn lächelte. "Mach dir keine Sorgen. Er schreibt, dass es dir nicht an Gelegenheiten mangeln wird, all die Fertigkeiten zu verbessern, an denen du arbeiten willst. Dank des Buchs, das du Ram'an gegeben hast, bist du dort bereits eine lokale Berühmtheit." Sie sah zu, wie er sich etwas aufrechter hinsetzte und breit grinste, bevor sie hinzufügte: "Werde aber bloß nicht eingebildet. Oder ich werde dich nicht mehr mit nach Hause nehmen."

Er lachte. "Wenn ich dort berühmt bin, warum sollte ich dann überhaupt noch nach Hause zurückkehren wollen?"

"Guter Punkt, mein junger Freund. Allerdings würde es wohl eine Herausforderung werden, das deinem Vater zu erklären. Du hast noch drei Jahre vor dir, bis du mündig bist, was bedeutet, dass du das nicht allein entscheiden kannst. Aber lass uns nicht vorgreifen. Genauso gut könntest du Takhan schrecklich finden und früher als geplant heimkommen wollen."

"Möglich", gab er zu, "aber unwahrscheinlich. Ich habe es überlebt, draußen in den Wäldern zu kampieren, also werde ich mich wohl ohne große Schwierigkeiten an eine zivilisierte Stadt anpassen können."

"Das war eine Expedition von gerade einmal 10 Tagen!", rief sie aus. "Das kannst du kaum damit vergleichen, in ein fremdes Land zu gehen, wo du sofort als Fremder erkennbar bist und die Regeln und Gebräuche nicht kennst."

"Ich habe meine Familie dabei", erwiderte er. "Und dich. Und ich kenne bereits einen Einheimischen - Ram'an. Ich glaube nicht, dass es mir besonders schwerfallen wird, mich anzupassen."

Sie nickte widerwillig. Es war gut, dass er optimistisch eingestellt war; aber zu hohe Erwartungen waren anfälliger dafür, zerschmettert zu werden. Ein gewisses Ausmaß an Skepsis und Vorsicht zwar zweifellos angeraten, wenn man sich auf diese Weise in unbekanntes Terrain vorwagte. Aber genau wie damals vor der Expedition war er auch jetzt für diese Art von Anregungen nicht empfänglich. Nun, er war ein heranwachsender Junge und hatte ein Recht darauf, seine eigenen Erfahrungen zu machen.

Sie blickte auf das Blatt Papier, das eine detaillierte Zeichnung des aktuellen Entwicklungsstadiums ihres Fötus zeigte.

"Ich gehe davon aus, dass du für heute fertig bist? Das Bild wirkt vollständig."

"Ja, das ist es. Musst du los?"

"Ja, das sollte ich. Enric hat Pe'tala und Rolan heute zum Abendessen eingeladen und ist mit Urban auf die Jagd gegangen. Er will, dass ich ihm beim Kochen zur Hand gehe."

"Er möchte, dass ihr eine Beziehung zueinander aufbaut. Wie bezaubernd", grinste Vern.

"Ja, einfach umwerfend", schnaubte sie. "Der arme Rolan ist derjenige, der dabei leiden muss. Pe'tala hat begonnen, Enric zu mögen und mich zu tolerieren, aber Rolan ist ratlos, wie er sich verhalten soll. Enric steht im Rang so weit über ihm, dass sie sich unter normalen Umständen nicht in den gleichen Kreisen bewegen würden. Und jetzt ist er gezwungen, mit ihm auf einer privaten Ebene zu verkehren. Und er hat furchtbare Angst, irgendeine Höflichkeitsregel zu übertreten. Deshalb traut er sich den ganzen Abend lang nicht, eine Unterhaltung mit ihm zu führen."

Der Junge lächelte. "Klingt doch gemütlich."

"Das tut es in der Tat." Sie stand auf und nahm ihren Umhang vom Haken neben der Tür. "Allerdings solltest du dich an den Gedanken gewöhnen, dass dir das ebenfalls bevorsteht. Sobald wir in Takhan sind, wirst du viele, viele Abende mit Enric verbringen. Sofern du dich also in seiner Gegenwart noch immer unwohl fühlst, solltest du langsam damit anfangen, das zu überwinden."

Vern schluckte unbehaglich. Es schien, als hätte er diesen Aspekt ihres Aufenthalts noch nicht durchdacht.

Als sie die Tür öffnete, starrte sie geradewegs in das überraschte Gesicht eines Palastboten, der gerade seine Faust zum Klopfen erhoben hatte. Sie sah auf die Umschläge hinab, die er in seiner anderen Hand hielt. Auf dem obersten davon erkannte sie das königliche Siegel.

"Vern? Da kommt gerade wichtige Post, wie es aussieht."

"Lady Eryn." Der Bote verbeugte sich hastig vor ihr, dann durchblätterte er eilig seine Nachrichten, um eine hervorzuziehen, die an sie und Enric adressiert war. Er hielt sie ihr hin.

Sie verzog das Gesicht und seufzte. "Warte, sag nichts: Das ist eine Balleinladung?"

Der Bote nickte. "Ja, Lady."

Sie hörte Vern hinter sich gackern, entschied sich aber, ihn zu ignorieren. Vielleicht war das eine weitere Gelegenheit, um zu sehen, ob ihre Schwangerschaft ihr helfen würde, sich auch von dieser unerwünschten Pflicht zu befreien.

* * *

Enric lehnte sich über ihre Schulter, als sie das königliche Siegel aufbrach und die Nachricht entfaltete. Er begann zu lachen, als er das einzelne Wort sah, das in ordentlichen Großbuchstaben in der Mitte des Blattes geschrieben stand: NEIN.

Eryn drehte sich zu ihm um und bedachte ihn mit einem vernichtenden Blick. "Ach, halt doch einfach die Klappe."

"Komm schon, Liebste, was hast du denn erwartet? Eine Schwangerschaft ist keine Ausrede, um dich aus allem herauszuwinden, das dir nicht zusagt. Du magst nach sehr langer Zeit die erste *Magierin* sein, die hier ein Kind bekommt, aber nicht die erste *Frau*. Vor dir haben schon viele andere werdende Mütter Bälle besucht, ohne dabei irgendwelchen Schaden zu nehmen."

Sie zerknüllte die Nachricht und warf sie gegen die Wand. Sie prallte ab und traf sie mitten auf die Stirn.

"Verflixt noch eins!", rief sie aus und rieb die Stelle, wo der Papierball auf ihrer Haut aufgetroffen war. Ihre Miene verfinsterte sich weiter, als sie Enrics inneren Kampf beobachtete, während er versuchte, keine Miene zu verziehen.

Sie setzte dazu an, ihm einen Schubs zu verpassen, aber er ergriff ihre Handgelenke und zog sie in seine Arme.

"Keine Kämpfe, Teuerste", lachte er, "sonst können wir ebenso gut dein Kampftraining wiederaufnehmen."

"Ich will nicht auf diesen Ball gehen!", jammerte sie. "Was bringt ihn auf den Gedanken, dies sei eine angemessene Art und Weise, uns zu verabschieden? Warum wünscht er uns nicht einfach das Beste und ermahnt uns, vorsichtig zu sein? Warum müssen wir einen weiteren mühsamen Abend durchstehen, im Laufe dessen wir mit langweiligen Leuten reden und tanzen müssen?"

"Es werden nicht nur langweilige Leute dort sein. Orrin, Junar und Vern sind auch dabei. Ebenso wie Lord Poron, Aurna, Tyront und Vyril. Und auch Pe'tala und Rolan."

"Und Lord Seagon, Lord Woldarn und Inad", fügte sie hinzu. "Und der König."

"Ja", meinte er trocken, "der König ist unvermeidbar, würde ich meinen. Besonders, da er den Ball veranstaltet. Obwohl ich ihn nicht als langweilig bezeichnen würde."

"Nun, langweilig wohl nicht", räumte sie ein, "aber er ist mühsam. Beunruhigend. Besorgniserregend. Unheilvoll."

"Und doch ist mir, um ihn zu treffen, der Ball lieber als jeder andere Ort. Das ist öffentlich, und er kann nicht seine gesamte Aufmerksamkeit auf dich konzentrieren. Es wird von ihm erwartet, dass er dort mit einer Menge anderer wichtiger Leute tanzt und Konversation betreibt", bemerkte Enric.

"Das ist richtig", seufzte sie. "Aber ich muss mit diesen vermeintlich wichtigen Leuten ebenfalls reden, also bedeutet es nicht, dass ich mich entspannen kann, nur weil er nicht in meiner Nähe ist."

"Ich kann immer noch eine weitere Nase brechen, wenn dich das glücklich macht", schlug er vor.

Das brachte sie zum Lachen. "Das würde auf jeden Fall für Unterhaltung sorgen. Und die Leute wären wesentlich ungeduldiger, uns die Stadt verlassen zu sehen, könnte ich mir denken."

"Ja, wahrscheinlich. Also, da dein Versuch, dich aus dem Ball herauszuwinden, ja nun fehlgeschlagen ist, kann ich mich hoffentlich darauf verlassen, dass du Junar wegen eines Ballkleids aufsuchst?"

"Ja, das kannst du."

"Weil Junar ohnehin hier auftauchen wird, ganz egal, ob du nach ihr schickst oder nicht?"

Sie warf ihm einen genervten Blick zu. "Das solltest du doch am besten wissen, oder? Du bezahlst sie immerhin dafür sicherzustellen, dass ich all die Kleidung habe, die ihr beide als angemessen erachtet, ohne dass ich mir die Mühe machen müsste, sie zu bestellen."

"Das würde ich nicht tun, wenn du dich selbst darum kümmern tätest. Dieses Mal würde ich dich allerdings ersuchen, ihr gegenüber ein wenig mehr Rücksichtnahme zu zeigen. Im Moment kann sie mit Stress nicht so gut umgehen, also brich dieses eine Mal keinen Streit vom Zaun", warnte er.

"Als würde ich so etwas tun", murmelte sie.

"Ja, das würdest du. Und ich muss dich warnen, soweit ich gehört habe, bricht sie dieser Tage recht leicht in Tränen aus."

Eryn verzog das Gesicht. "Das weiß ich bereits. Als ich letztens dort war, begann sie zu schluchzen, weil der Fruchtsaft aus war. Orrin und Vern rannten beide los, um ihr welchen zu holen, erst dann beruhigte sie sich wieder." Sie schüttelte den Kopf. "Wirklich besorgniserregend." Dann grinste sie. "Aber es ist witzig, sie so zu sehen. Orrin hat noch nie zuvor mit einer schwangeren Frau gelebt, also ist er jedes Mal vollkommen überfordert, wenn sie schlechter Laune ist. Vern kommt jedes Mal gelaufen, wenn sie verstimmt ist, um sicherzugehen, dass alles in Ordnung ist mit ihr. Ein höchst amüsantes häusliches Schauspiel. Und natürlich schimpfen sie jedes Mal mit mir, wenn ich etwas Unwirsches von mir gebe und beschwören mich, sie nicht zum Weinen zu bringen. Bei mir hat sie noch nie zu weinen begonnen. Womöglich, weil sie weiß, dass das bei mir nicht funktioniert."

"Oder ihr Verdruss übersteigt ihre Verzweiflung, wenn du bei ihr bist", schlug er vor.

"Was für eine reizende Bemerkung", seufzte sie.

Er zuckte mit den Schultern. "Ich bin bestrebt, dir zu gefallen. Wenn wir gerade davon sprechen, Leuten zu gefallen - ich habe einen Bericht über deine jüngste Prüfung erhalten. Nicht gerade eindrucksvoll, aber du hast gerade noch bestanden. Tyront wollte dich den Test wiederholen lassen, aber ich habe es geschafft, ihn zu überzeugen, dass es im Hinblick auf deine derzeitige Situation ein akzeptables Ergebnis ist."

Sie entließ langsam den Atem. "Danke. Ich schwöre dir, wenn ich noch ein einziges Buch über Schlachtstrategien lesen muss, werde ich auf Junars Methode zurückgreifen und so lange heulen, bis jemand Mitleid hat."

"Wenn du deine Prüfungen weiterhin bestehst, wird das nicht nötig sein", versicherte er ihr eilig.

"Nervös?", grinste sie.

"Ein wenig, ja. Der Gedanke daran, dich in Tränen aufgelöst zu sehen, macht mir Angst. Nur noch zwei Prüfungen, dann hast du es geschafft. Für immer."

"Nun, zumindest das, was der Orden als nötig erachtet, nicht mit allen Prüfungen *an sich*. Da bleibt noch immer die eine in Takhan übrig", korrigierte sie.

"Die legst du freiwillig ab, also zählt sie nicht wirklich."

"Ich würde sagen, dass sie sogar noch mehr zählt. Eure Prüfungen hier dienen nur dazu, dass ich berechtigt bin, einen Sitz in eurem verdammten Rat einzunehmen, während die bei Sarol wirklich Sinn macht."

"Oh nein", meinte er augenrollend, "schon wieder diese Diskussion."

"Keine Diskussion", meinte sie achselzuckend. "Ich teile dir nur einen Gedanken mit. Dir ist übrigens schon klar, dass ich in Takhan das höchstrangige Ordensmitglied sein werde? Das bedeutet, dass *ich* Orrin und Vern Befehle erteilen kann, du aber nicht."

"Eine immens beruhigende Aussicht." Seine Augen verengten sich. "Ich kann mich hoffentlich auf deinen gesunden Menschenverstand verlassen, dass du das nicht ausnutzt? Vergiss nicht, dass dies nur vorübergehend ist. Sobald wir wieder zurück sind, werden dein und mein Rang wieder wie zuvor sein. Was auch bedeutet, dass ich dann in der Lage sein werde…" Er hielt kurz inne, als müsste er nach passenden Worten suchen. "…jegliche Maßnahmen zu ergreifen, die ich als angemessen erachte."

Sie schürzte die Lippen. "Du willst mir doch damit nicht etwa sagen, dass du beabsichtigst, deine Position dafür zu nutzen, Rache an mir zu üben, falls dir meine Befehle nicht zusagen? Das wäre unprofessionell."

Er lächelte. "Was auch immer du sagst, Liebste."

"Warum habe ich das Gefühl, dass wir zuweilen in eine Sackgasse geraten werden, wenn wir beide im Rat sitzen?"

"Weil du von Natur aus pessimistisch veranlagt bist?", meinte er.

"Oh, aber sicher. Daran muss es liegen", seufzte sie und trat aus seiner Umarmung. "Jetzt musst du mich entschuldigen. Ich muss mich noch auf zwei weitere Prüfungen vorbereiten."

Er nickte zustimmend. "Das solltest du wohl. Hast du dir das Datum des Balls angesehen? Zufällig fällt es mit dem Tag deiner letzten Prüfung zusammen. Ist das nicht großartig? Eine Chance, hinterher richtig zu feiern."

"Ich sehe, dass unsere Vorstellungen davon, was *feiern* bedeutet, erheblich voneinander abweichen", murmelte sie und zog sich in ihr Arbeitszimmer zurück.

* * *

Eryn drehte sich zur Seite und begutachtete sich kritisch im hohen Spiegel ihres Schlafzimmers.

"Weißt du, ich sehe nicht wirklich schwanger aus. Das ist das Ende des dritten Monats, und ich sehe nichts. Überhaupt nichts. Nicht den kleinsten Hinweis darauf, dass angeblich etwas in mir heranwächst."

Junar lächelte und strich über ihren eigenen runden Bauch. "Warte nur. Jetzt ist es nur mehr eine Frage von Wochen. Und obwohl du noch nichts siehst, musste ich auf jeden Fall ein wenig mehr zu deinem Körperumfang hinzufügen, oder dieses Kleid wäre heute Abend recht unbequem geworden.

Laut Vern ermüdest du außerdem schneller in der Klinik. Das ist eine Nebenwirkung der Schwangerschaft. Du solltest es etwas langsamer angehen."

"Klatschmäuler", seufzte sie. "Und ich weiß über all das Bescheid, danke; ich bin eine Heilerin. Der menschliche Körper beginnt sich an die Anstrengung zu gewöhnen, dass er jetzt zwei zu versorgen hat, daraus resultiert weniger Energie für alltägliche Aufgaben."

"Gutes Mädchen, das hast du fein aus einem deiner schlauen Bücher zitiert. Jetzt lass mich einen Blick auf deinen Ausschnitt werfen." Die Schneiderin spitzte die Lippen. "Deine Brüste scheinen auch ein klein wenig angeschwollen zu sein. Aber das macht nichts. Es macht dein Dekolleté einfach nur… interessanter."

"So wie du meine Kleider schneiderst, grenzt *interessanter* an unsittliche Entblößung", meinte Eryn mürrisch.

"Du kannst den Leuten genauso gut ein angenehmes Bild zur Erinnerung hinterlassen", meinte Junar achselzuckend.

"Ich sehe nicht, dass *deine* Brüste kurz davor wären herauszuspringen", kommentierte die Magierin.

"Das liegt daran, dass ich diejenige bin, die die Kleider anfertigt. Das erlaubt mir, auf meine persönlichen Vorlieben einzugehen. Und zu deinem Pech ist dein Wohlbefinden keine davon", meinte sie mit einem unschuldigen Lächeln.

"Bring mich bloß nicht dazu, mir jemand anderen zu suchen, der meine Kleider herstellt."

"Das würdest du nicht. Enric würde es nicht zulassen. Und wer würde sich mit dir schon langfristig abgeben? Komm, machen wir uns auf den Weg." Sie schüttelte den Kopf, als Eryn versuchte, nach einem Tuch zu greifen und zog sie mit sich. "Nein, nichts da. Der Winter ist vorbei, so etwas brauchst du nicht."

Orrin und Enric standen fertig angekleidet neben dem Getränkeschrank. Enric wollte gerade eine Flasche öffnen und zog die Augenbrauen hoch, als die zwei Frauen herunterkamen.

"Das war ungewöhnlich schnell", bemerkte er und stellte die Flasche zurück an ihren Platz. "So begierig darauf, zum Palast zu kommen?"

"Aber sicher doch", zwitscherte Eryn mit hoher Stimme und klimperte mit den Wimpern. "Keine andere Möglichkeit, diesen Abend zu verbringen, würde mir solch großes Vergnügen bereiten!"

Orrin trat vor. "Ich gratuliere, dass du heute deine letzte Prüfung bestanden hast. Enric hat mir soeben davon erzählt. Somit bist du also schlussendlich ein vollständiges Mitglied des Ordens, unsere offizielle Nummer drei."

Sie verdrehte die Augen. "Ja, vielen Dank, dass du das so wortgewandt betonst."

"Es ist mir ein Vergnügen. Ich muss doch sichergehen, dass meine neue, vollständig eingeführte Vorgesetzte gut auf mich zu sprechen ist."

"Oh, auf jeden Fall", nickte sie ernst. "Lass mich dir also versichern, dass du auf dem besten Weg bist, das zu erreichen. Lass mich dir ein Zeichen meiner Zustimmung angedeihen lassen."

Sie stellte sich neben ihn und trat ihm absichtlich auf den Fuß. Er schnappte nach Luft und unterdrückte mannhaft jeden Ausdruck des Schmerzes.

"Gut gemacht, Orrin", grinste sie. "Ich respektiere Beherrschung bei einem Mann. Du wirst mein Lieblingshandlanger werden."

"Handlanger", knurrte er. "Ich werde dir zeigen, was…"

"Kinder!", unterbrach Enric sie mit mildem Missfallen. "Können wir jetzt aufbrechen? Lasst uns unseren letzten offiziellen Abend hier mit etwas Würde hinter uns bringen."

Er fing Orrins missbilligenden Blick ob der Anrede *Kinder* auf und öffnete die Tür, um sie nach draußen zu führen, wo die Kutsche wartete.

Enric half den beiden Frauen in die Kutsche und stieg dann vor Orrin ein.

"Wie wirst du morgen deinen letzten Abend hier verbringen?", erkundigte sich Junar.

"Zuerst werde ich ausschlafen nach diesem Abend hier", seufzte Eryn. "Dann werde ich wohl einen letzten Spaziergang durch die Stadt unternehmen und in der Klinik vorbeischauen. Am Abend will uns der König sehen, um sich zu verabschieden. Und ihr drei?"

"Ich gehe womöglich noch ein letztes Mal die Packlisten durch, habe in letzter Minute einen hysterischen Anfall… das Übliche", meinte Junar und zuckte mit den Schultern.

"Du planst deine hysterischen Anfälle? Das nenne ich gut organisiert", kommentierte Enric.

"Ja, das ist es wohl", nickte Eryn. "Meine eigenen sind zu spontan für deinen Geschmack."

"Das stimmt nicht", widersprach Enric, "ich schätze das Element der Überraschung. Es ist niemals langweilig mit dir."

"Eine Liebeserklärung, die mir vor Rührung die Tränen in die Augen treibt", gluckste sie.

Ihr Gefährte lehnte sich vor, auf seinen Lippen der Hauch eines Lächelns, sein Blick eindringlich. "Soll ich eine ordentliche Liebeserklärung abgeben? Hier und jetzt?"

Eryn schluckte und schüttelte rasch den Kopf. Sicher nicht vor Publikum. "Nein, danke. Das muss nicht sein."

Junar seufzte. "Du hast dein Widerstreben, ihm zu sagen, dass du ihn liebst oder es auch nur zu hören, noch immer nicht überwunden? Wirklich jetzt! Ihr seid nun seit mehr als einem Jahr verbunden, wird es nicht langsam Zeit, das in den Griff zu bekommen?"

"Das geht dich überhaupt nichts an", knurrte ihre Freundin und sah, wie Junars Augen feucht wurden. "Hör auf! Ich habe nicht die Absicht, dir Nachsicht zu zeigen, nur weil du denkst, du kannst jedes Mal zu weinen beginnen, wenn es dir in den Kram passt! Halt deine Nase gefälligst aus meinen Angelegenheiten heraus!"

Eine erste glitzernde Träne lief Junars Wange hinab, und Orrin nahm ihre beiden Hände in seine und küsste sie innig. "Hör nicht auf sie", grollte er mit einem vorwurfsvollen Blick zu Eryn, "du weißt doch, wie sie ist."

"Großartig, schwanger zu sein ist offenbar ein fabelhafter Vorwand, um mit einer Menge Dinge durchzukommen", murmelte Eryn. "Obwohl manche von uns mehr Nachsicht zu erhalten scheinen als andere. Wie ungerecht."

Enric sah erleichtert auf, als die Kutsche vor dem Palasttor zum Stillstand kam und eine Wache die Türen für sie öffnete, damit sie aussteigen konnten.

Junar tupfte mit einem Taschentuch, das Orrin ihr gereicht hatte, an ihren Augen herum, sorgsam darauf bedacht, ihre Schminke nicht zu verschmieren.

Sie gingen hinein und folgten dem dunklen Teppich direkt zu den Magiern, die vor dem Thronsaal bereits ihre übliche Schlange gebildet hatten. Die traten zur Seite, damit Enric und Orrin ihre Gefährtinnen nach vorne führen konnten, so wie es ihrem Rang entsprach.

Vyril und Aurna drehten sich zur Begrüßung zu ihnen um. Doch als ihr Blick auf Junar fiel, eilten sie auf sie zu, nahmen sie in ihre Mitte und begannen seichte Phrasen zu murmeln, die sie beruhigen sollten.

Eryn verdrehte die Augen bei Sätzen wie 'Alles wird gut, Liebes' und 'Nur keine Sorge, meine Liebe'.

"Was hast du jetzt wieder getan?", vernahm sie Verns genervte Stimme hinter sich.

"Schon recht", fauchte sie, während sie sich zu ihm umdrehte, "geh einfach davon aus, dass es meine Schuld war, warum auch nicht?"

"Ist es deine Schuld?"

"Ja", antwortete Enric.

"Vielen Dank", sagte sie und blickte erleichtert auf, als die Türen zum Ballsaal geöffnet wurden und die Magier und deren Gefährtinnen flink zu ihren Plätzen in der Reihe eilten.

"Ich schätze es sehr, wie du mir soeben beigestanden hast", flüsterte sie Enric zu und pflasterte ein Lächeln auf ihr Gesicht, als Tyront und Vyril der Menge angekündigt wurden. Nachdem sie eingetreten und zum Thron geschritten waren, verbeugten sie sich vor dem König und traten zur Seite, sobald ihre Anwesenheit zur Kenntnis genommen worden war.

"Lord Enric von Haus Aren und Lady Eryn von Haus Vel'kim", hallten die Worte durch den hohen Raum und ließen Eryn aufstöhnen.

"Wirklich? So detailliert?"

"Diese kleinen Details sind der Grund, warum wir das Land verlassen werden", murmelte er und begann auf König Folrin zuzugehen, der ihr Herannahen geduldig beobachtete.

"Danke, aber es bestand keine Gefahr, dass ich das vergesse", erwiderte sie beinahe ohne ihre Lippen zu bewegen.

Sie verbeugten sich vor dem König, und er nickte ihnen zu.

"Welch glücklicher Umstand, dass Ihr teilzunehmen vermochtet trotz der beschwerlichen Umstände, in denen Ihr Euch derzeit befindet, Lady Eryn", lächelte er.

Sie hielt sich nur mit Mühe von einem abfälligen Schnauben ab. Das waren die Worte, die sie in der Nachricht an ihn verwendet hatte, als sie sich für diesen Abend entschuldigen lassen wollte.

"Selbstverständlich, Eure Majestät. Absolut gar nichts könnte mich von einem Eurer Bälle fernhalten", strahlte sie. "Erst heute sagte ich zu Lord Enric, wie ungemein mich die Aussicht bekümmert, dass ich in den nächsten Monaten nicht in der Lage sein werde, solch eine Veranstaltung zu besuchen…"

"Versucht, Euch nicht von Eurer Verzückung übermannen zulassen", erwiderte der König trocken und fügte hinzu: "Wenngleich Euer Enthusiasmus mein Herz wärmt. Ich sehe Euch auf der Tanzfläche. Entfernt Euch nicht allzu weit."

Enric zog sie sanft auf eine Seite des Throns neben Tyront und Vyril, als Lord Poron und Aurna angekündigt wurden.

"Ist es zu viel verlangt, dass du damit aufhörst, ihn zu provozieren?", murmelte er nahe an ihrem Ohr.

"Er hat angefangen", gab sie schmollend zurück.

"Das ist keine besonders reife Rechtfertigung", erwiderte er.

Vyril lächelte. "Sorgt Euch nicht, Lord Enric. Ich denke, zuweilen genießt der König ein wenig Widerspruch. Kaum jemand sonst wagt es, sich bei ihm Freiheiten herauszunehmen."

Ja, dachte Enric grimmig, und dafür gab es auch gute Gründe. Das Problem bestand in Eryns Fall eher darin, dass es zu vermeiden galt, dass er sich weitere Freiheiten *ihr* gegenüber herausnahm.

Sie sahen dem Strom an Magiern zu, der hereinkam und dann auf eine Seite des Throns trat, um für die Nächsten in der Reihe Platz zu machen.

"Pe'tala von Haus Vel'kim und Rolan", hörten sie die Worte im Saal widerhallen.

"Sie nennen sie vor ihm?", lachte Eryn leise. "Nicht besonders schmeichelhaft."

"Sie ist die stärkere Magierin", betonte Tyront.

"Aber mit seiner Position als Administrativer Leiter der Klinik hat seine Wichtigkeit doch zugenommen?"

"Das stimmt. Aber noch hat der Orden seine Herangehensweise an Hierarchien nicht geändert", erklärte ihr Vorgesetzter. "Derzeit rangiert magische Stärke noch vor Funktion." Sein Tonfall warnte sie davor, hier und jetzt eine Diskussion darüber loszutreten. "Wie auch immer wir entscheiden werden, das in Zukunft zu handhaben."

Eryn beobachtete, wie sich das Paar dem Thron näherte. Pe'tala sah anmutig aus in ihrem dunkelroten Kleid und mit der aufwändigen Frisur, die ihren langen, feingliedrigen Hals betonte. Sie hatte sich heute Nacht für Exotik entschieden. Man neigte dazu, ihre Herkunft zu vergessen, wenn man sie in ihrer Alltagskleidung oder der Heilerkleidung sah, die beide vom hiesigen Stil geprägt waren.

"Was für ein hübsches Paar", seufzte Vyril. "Welch Glück für die beiden, dass sie einander gefunden haben. Ich gehe davon aus, dass der junge Rolan ausschlaggebend war für ihre Entscheidung, noch eine Weile länger hier zu bleiben. Welch ein Glück für uns. Wer weiß? Vielleicht treten sie in einen Lebensbund miteinander ein, und sie wird sich dauerhaft hier niederlassen. In diesem Fall könntest du sie in den Orden einladen, nicht wahr?"

Tyront zog eine Augenbraue hoch, als er Eryns Gesichtsausdruck sah. "Ich schätze, dass Pe'tala diesbezüglich gewarnt werden wird, sollte das jemals eine realistische Option sein."

Vyril zog die Stirn in Falten und sah Eryn an. "Aber das stimmt doch wohl nicht? Ihr schlagt Euch doch so wacker im Orden, meine Liebe, dass ich nicht glauben kann, dass Ihr Eurer Schwester von einem Beitritt abraten würdet?"

"Sie versucht ständig, ihre Position im Orden zurückzulegen", informierte Tyront seine Gefährtin. "Das lässt einen gewissen Mangel an Enthusiasmus vermuten."

"Ach tatsächlich?", fragte die ältere Frau mit augenscheinlicher Überraschung auf ihrem Gesicht.

"Nun, es ist nur, weil wir das Land und alles hinter uns lassen, weißt du…", antwortete Eryn lahm.

"Ich befürchte, es besteht keine große Chance, dass man Euch gestattet, den Orden zu verlassen", bemerkte Vyril mitfühlend. "Es bedurfte immerhin einiger Bemühungen, Euren Beitritt sicherzustellen."

"Es gibt keinen Grund für deine Anteilnahme, Vyril", seufzte Tyront. "Wir fesseln sie immerhin nicht in Gold."

"Nicht mehr", murmelte Eryn.

"Ja, die guten alten Zeiten…", meinte der ältere Mann mit einem dünnen Lächeln.

Eryn knirschte mit den Zähnen und wandte ihre Aufmerksamkeit wieder den eintretenden Magiern zu. Zuletzt wurde Vern aufgerufen. Er war der jüngste anwesende Magier und noch nicht auf seinen Platz in der Hierarchie hin getestet worden.

Sobald auch Vern seinen Platz in der Menge eingenommen hatte, erhob sich der König, um seine Gäste willkommen zu heißen und kundzutun, wie sehr ihn deren zahlreiches Erscheinen erfreute. Dann trat er vom Thronpodest herab, um eine Partnerin für den Eröffnungstanz auszuwählen.

Sie sahen zu, wie er den Gang entlangschlenderte, der die Gäste trennte, und vor Pe'tala stehenblieb. Dann lächelte er sie an und hielt ihr seine Hand entgegen. Sie verbeugte sich und akzeptierte die Ehre huldreich.

Eryn runzelte die Stirn. Warum war es ihr niemals zuvor in den Sinn gekommen, dass Pe'tala ein mögliches Ziel für die Aufmerksamkeit des Königs sein mochte? Er hatte ihr erklärt, dass sie selbst aufgrund ihres familiären Hintergrunds eine geeignete Königin für ihn abgegeben hätte. Pe'tala war ebenfalls Teil einer mächtigen ausländischen Familie. Würde sich König Folrin davon abhalten lassen, dass sie sich in einer Art Beziehung mit einem anderen Mann befand? Würde ihr der König den Titel trotz ihrer magischen Fähigkeiten anbieten? Irgendwie war das alles widersprüchlich.

Sie sah auf, als Enric ihre Hand ergriff, um sie ebenfalls auf die Tanzfläche zu geleiten.

"Muss ich?"

"Ja", sagte er simpel. "Und ich würde es schätzen, wenn du mir nicht das Gefühl vermittelst, es wäre eine Zumutung, mit mir zu tanzen. Zufällig weiß ich, dass das nicht der Fall ist."

"Dann sollte meine Reaktion es nicht vermögen, dir ein anderes Gefühl zu vermitteln", konterte sie.

"Nein, das sollte sie nicht", stimmte er zu und lächelte sie an, als er sich mit ihr zur Musik zu bewegen begann. "Doch sogar mein beträchtliches Selbstvertrauen leidet im Angesicht deiner Geringschätzung für meine Tanzkünste."

"Ist das der Fall?", grinste sie. "Mir war nicht klar, dass ich solche Macht über dich habe."

"Oh, das tust du. Mein Selbstwert steigt und fällt mit deiner Meinung von mir."

"Das bezweifle ich doch stark", schnaubte sie. "Solange die Leute noch immer vor Ehrfurcht erstarren, sobald du ein Zimmer betrittst, ist dein Selbstwertgefühl kaum in Gefahr, allzu stark vernachlässigt zu werden."

Darüber dachte er kurz nach, bevor er mit den Schultern zuckte. "Weißt du, das Erstarren hat abgenommen, seit wir miteinander verbunden sind. Die Leute haben damit begonnen, mich als etwas entfernt Menschliches zu betrachten."

"Wie ungemein ungünstig für dich. Nichts ist so effektiv wie Angst und Schrecken, damit die Leute aus dem Weg springen, wo auch immer du wandelst."

"Wahr, nur allzu wahr", nickte er würdevoll. "Aber leider kommt im Leben eines Mannes irgendwann der Zeitpunkt, wo er erkennen muss, dass er nicht mehr so furchterregend ist wie er es in seinen jüngeren Jahren war."

"In ein paar Monaten kannst du dann deinen Sohn verängstigen", bot sie ihm an.

"Gesprochen wie die leidenschaftliche Mutter, als die ich dich sehe", grinste er. "Lass ihn uns gemeinsam verängstigen. Paare sollten immerhin gemeinsame Interessen haben. Und da du dich mit dem Jagen nicht anfreunden kannst, ist das das Nächstbeste."

Sie lachte. "Ich frage mich, was Valrad und Vran'el, die beiden hingebungsvollen Väter, dazu sagen würden, könnten sie uns so reden hören."

Enric seufzte, als er sah, wie sich ihre Miene trübte. "Denk jetzt nicht daran, Liebste. Ich bin sicher, dass sie es nicht gutheißen würden, wenn sie wüssten, dass dich der Gedanke an die beiden traurig macht, weil du nicht von ihrem Blut bist."

Sie drückte seine Hand. "Du kennst mich mittlerweile recht gut, was?"

"Davon gehe ich aus. Das Geistesband war in dieser Hinsicht recht hilfreich", bestätigte er. "Tyront hat mir gerade mit einem Handzeichen zu verstehen gegeben, dass er den nächsten Tanz mit dir beansprucht. Wirst du ihm entgegenkommen oder soll ich vorgeben, ich hätte ihn nicht gesehen?"

Überrascht sah sie zu ihm auf. "Setzt Ihr Euch etwa über Euren Vorgesetzten hinweg, Lord Enric? Du bist noch solange ein Mitglied des Ordens, bis wir dieses Schiff besteigen, wenn ich dich erinnern darf."

"Schwangerschaftsprivileg, Liebste. Du entscheidest, mit wem du tanzt, besonders, da du es nicht geschafft hast, dich vor diesem Ballbesuch zu drücken."

"Große Worte, Lordling. Obwohl du kaum in der Lage wärst, den König von einem Tanz mit mir abzuhalten."

"Wie ich sehe, sind wir wieder bei diesem Ehrentitel gelandet", seufzte er. "Und wenn du es wirklich wünschst, werde ich einen Weg finden."

Lächelnd schüttelte sie den Kopf. "Ich schätze deine Entschlossenheit, aber ich werde uns beide den Ärger ersparen und lieber ein paar Minuten mit ihm auf der Tanzfläche verbringen."

"Ist deine Gesinnung großzügig genug, um Tyront die gleiche Gefälligkeit zu erweisen?", fragte er noch einmal.

"Sicher, warum nicht? Nach dem morgigen Tag bin ich für lange Zeit frei von ihm, also werde ich ihm heute Abend entgegenkommen", nickte sie.

"Das ist ungemein edelmütig von dir, Liebste."

"Ich weiß", seufzte sie. "Aber die Gefährtin eines so wichtigen Mannes zu sein erfordert immerhin ein gewisses Bewusstsein für den eigenen Status, nicht wahr?"

"Auf jeden Fall", grinste er.

Eryn ließ ihren Blick über die anderen tanzenden Paare und die Leute, die in kleinen Gruppen beisammenstanden, wandern. "Die Leute sehen ständig zu mir her", bemerkte sie.

"Ich weiß. Auf deinen Unterleib, um genau zu sein. Mittlerweile ist es allgemein bekannt, dass wir ein Kind erwarten. Ich schätze, sie suchen nach sichtbaren Anzeichen."

"Pech für sie. Es gibt noch keine."

"Für das geschulte Auge sehr wohl", widersprach er und sah demonstrativ auf ihren Ausschnitt.

"Es sollte mich nicht wirklich überraschen, dass du *das* bemerkt hast", lachte sie leise.

"Nein, das sollte es nicht", stimmte er zu.

Die letzten Töne der Musik verebbten, und er behielt ihre Hand in seiner, um sie zu Tyront zu führen. Der nahm ihre Hand mit einem Nicken entgegen.

"Wirst du dich mit mir begnügen, Vyril?", hörte sie Enric fragen.

"Ja, das werde ich", erwiderte Tyronts Gefährtin mit einem Lächeln, "aber nur, weil ich mildtätig gestimmt bin, wohlgemerkt - nicht etwa, weil du ein überragender Tänzer bist oder aufgrund ähnlich selbstsüchtiger Überlegungen."

"Zu gütig", antwortete Enric.

Tyront nickte in Richtung von Vern, der Junar auf die Tanzfläche führte. "Sehr rücksichtsvoll, Orrins Junge."

Eryn folgte seinem Blick und lächelte. "Ja, das ist er. Wenn ich ihn jetzt ansehe, ist es kaum zu glauben, dass er diese verschlagene Seite an sich hat."

Die Musik begann erneut, und Tyront begann sie sanft zu bewegen.

"Ich nehme an, du spielst darauf an, dass er es geschafft hat, mit seiner Familie nach Takhan gehen zu dürfen?"

Sie nickte. "Ja, genau das. Zwar hätte ich ihn schrecklich vermisst, aber ich habe nicht das Gefühl, dass Takhan der sicherste Ort für ihn ist. Nun, eigentlich für keinen von uns."

"Dieses Mal geht ihr dort wesentlich besser vorbereitet hin", zeigte Tyront auf. "Und Enrics Status als Oberhaupt eines Hauses in Verbindung mit der Position deines Onkels sollte einiges an Sicherheit gewährleisten, würde ich meinen."

"Möglicherweise", stimmte sie zurückhaltend zu.

"Ich erwarte, dass du deine Zeit dort gut nutzt", fuhr er fort. "Eine Sache ist, dass du mit mir in Kontakt bleiben sollst. Regelmäßig. Ich bin mir deiner Abneigung gegen schriftliche Berichte oder generell *jede* Art von Berichten im Klaren, aber du wirst in dieser Angelegenheit mit mir zusammenarbeiten müssen."

"Ich denke nicht wirklich, dass du auf *mich* angewiesen bist, um auf dem Laufenden zu bleiben. Auch wenn Enric nicht mehr offiziell dem Orden angehört solange wir weg sind, wirst du deswegen kaum den Kontakt zu ihm abbrechen. Und Kilan ist auch noch immer ein Mitglied des Ordens, ebenso wie Orrin. Somit hast du drei andere Leute in Takhan, die dir schreiben."

"Und doch befehle ich es dir ebenfalls."

Sie schluckte und nickte dann widerwillig. Sein Ziel war eindeutig nicht, von ihr während ihrer Abwesenheit wertvolle Informationen zu erhalten, sondern eher sicherzugehen, dass sie nicht vergaß, wem sie Rechenschaft schuldig war.

Tyront sah sie nachdenklich an. "Wenn ihr aus den Westlichen Territorien zurückkehrt, wird sich einiges verändert haben. Du wirst dann womöglich bereits deinen Sohn zur Welt gebracht haben. Ich bedaure es, dass ich nicht mitansehen kann, wie sich die Dinge entwickeln. Ich hätte gerne erlebt, ob du dich als ebenso anfällig für Stimmungsschwankungen erweist wie Junar, wenn deine Schwangerschaft fortschreitet."

Überrascht blinzelte sie. Diese Worte zeugten von unerwarteter Zuneigung.

"Sieh mich nicht so an", sagte er milde. "Wir mögen unsere Differenzen gehabt haben, und auch wenn du meine Geduld mehr strapaziert hast, als ich das für möglich gehalten hätte, so habe ich doch eine Schwäche für dich."

Eryn grinste. "Ist das der Grund, weshalb du dir die Mühe gemacht hast, der Beziehung zwischen Pe'tala und mir einen Schubs zu geben?"

"Das hast du also erkannt? Gut gemacht. In deiner Position kann ein gewisses Bewusstsein dafür, wann man manipuliert wurde, ein wertvolles Überlebensinstrument sein."

Sie klärte ihn nicht darüber auf, dass Erbál derjenige gewesen war, der sie darauf gestoßen hatte. Warum ihm seine Illusionen rauben, wenn sie gerade so fantastisch miteinander auskamen?

"In diesem Fall habe ich entschieden, dich damit durchkommen zu lassen", lächelte sie. "Immerhin habe ich davon profitiert. Zusätzlich dazu bin ich derzeit recht geschickt beim Ausmisten der Ställe. Sollte ich eines Tages aus irgendeinem Grund nicht mehr als Heilerin arbeiten können, habe ich mir somit eine praktische neue Fertigkeit angeeignet, mit der ich meinen Lebensunterhalt bestreiten kann."

Tyronts Augenbrauen wanderten nach oben. "Ich wage zu behaupten, dass wir eine andere Aufgabe für dich finden würden, die besser zu deinen Talenten passt als das Reinigen der Pferdeställe."

"Auch gut. Und doch ist es stets von Vorteil, etwas zu haben, worauf man zurückgreifen kann."

Er lachte leise und schüttelte den Kopf. "Ich denke nicht, dass dies für jemanden mit deinen erheblichen Ressourcen tatsächlich eine Überlegung ist."

"Du meinst Enrics Geld?", fragte sie und verzog das Gesicht.

"Zusätzlich zu der Vergütung, die dir der Orden dafür zukommen lassen wird, dass du nach deiner Rückkehr im Rat der Magier dienen wirst", nickte er.

"Meine Güte", meinte sie augenrollend. "Ihr werdet mich tatsächlich dafür bezahlen, dass ich mich alle zwei bis drei Wochen durch ein mühsames Treffen quäle? Der Orden stellt wirklich eine Belastung für die öffentliche Hand dar."

Einen Moment lang schloss er die Augen. "Das ist die Art von Bemerkung, die du in der Fremde besser umformulierst oder für dich behältst", riet er ihr. "Das fällt unter Diplomatie, wenn du dich erinnerst."

Sie nickte langsam, amüsiert. "Ich erinnere mich dunkel an das Konzept, ja."

"Ausgezeichnet. Dann kannst du es jetzt gleich zur Anwendung bringen, denn der König hat mir soeben zu verstehen gegeben, dass ich dich nach unserem Tanz zu ihm bringen soll. Was ungefähr... jetzt wäre", schloss er, sobald die Musik verklungen war.

"Du fragst die schwangere Lady nicht einmal, ob sie damit einverstanden ist?", grummelte sie, als er ihre Hand festhielt und sich in Richtung des Thronpodests wandte, vor dem der König auf sie wartete.

"Mir war nicht klar, dass dein Status dich dazu berechtigt zu entscheiden, ob du königlichen Anweisungen folgst oder nicht", konterte er und setzte seinen Weg fort.

"Das sollte er", murmelte sie. "Ich arbeite gerade daran, meine Schwangerschaftsprivilegien auszuweiten."

"Viel Glück dabei", brummte er und legte die letzten paar Schritte bis zum König zurück, bevor er ihre Hand in seine legte.

"Lady Eryn", lächelte König Folrin, nachdem Tyront sich zurückgezogen hatte. "Heute ist die letzte Gelegenheit für die nächsten paar Monate, um mit Euch zu tanzen."

Ja, dachte sie sarkastisch, wie ungemein schade. Sie runzelte die Stirn, als er keinerlei Anstalten machte, sie auf die Tanzfläche zu führen.

"Ich muss Euch noch um ein wenig Geduld ersuchen, da es zuerst noch eine Ankündigung gibt, die ich machen möchte."

Sie bemerkte, wie Erbál und ein eher säuerlich dreinblickender Sanaf näherkamen. Es dauerte nicht länger als ein paar Sekunden, bis jeder einzelne Gast schwieg.

"Meine Damen und Herren", erschallte die Stimme des Königs, "ich habe etwas zu verkünden. Botschafter Sanaf hat entschieden, aus persönlichen Gründen nach Takhan zurückzukehren. Es ist mir ein Vergnügen mitzuteilen, dass Botschafter Erbál ihm in diesem Amt nachfolgen und bei uns in Anyueel verweilen wird. Ich vertraue darauf, dass Ihr ihn wärmstens in seiner Funktion willkommen heißen werdet. Der Übergang wird zweifelsfrei recht reibungslos verlaufen, da die meisten von Euch bereits mit ihm bekannt sind. Botschafter Erbál wird die Position mit dem heutigen Abend offiziell antreten."

Eryn warf einen Seitenblick auf Sanaf. Sein Gesicht war eine steinerne Maske, wo nur die hochgezogenen Mundwinkel darauf hindeuteten, dass er versuchte, halbwegs heiter zu wirken. Falls er den Eindruck vermeiden wollte, man hätte ihn gegen seinen Willen fortgeschickt, war er dabei nicht besonders überzeugend.

Sie sah die Menschen vor ihr nicken und murmeln; viele von ihnen warfen Sanaf schadenfrohe Blicke zu, eindeutig erleichtert darüber, dass sie von ihm befreit waren.

Erbál verbarg seinen Triumph wesentlich besser als Sanaf dies mit seiner Verbitterung vermochte. Er zwinkerte Eryn zu, als sie in seine Richtung sah. Sie lächelte und ergriff seine beiden Hände, als er sie ihr entgegenstreckte.

"Mein lieber Botschafter", gurrte sie, "lasst mich Euch zu dieser unerwarteten Entwicklung gratulieren. Welch großes Glück für uns, dass Ihr verfügbar und willens seid, die Bürde auf Euch zu nehmen und die Lücke zu füllen, die Botschafter Sanaf zweifellos hinterlassen hätte."

Mit einem leichten Kopfschütteln murmelte er: "Du bist eine schelmische Kreatur. Wie bedauerliche, dass Seine Majestät entschlossen ist, diesen Tanz mit dir zu beanspruchen, oder ich hätte es selbst getan."

Der König räusperte sich neben ihnen.

"Dann lasst mich Euch in Eurem neuen Amt willkommen heißen, Botschafter, indem ich Euch diesen Tanz gewähre. Ich ersuche Euch darum, sie hinterher wieder zu mir zu bringen, wenn Ihr so gut wärt."

Der neu eingesetzte Botschafter lächelte dankbar und verbeugte sich. "Ich schätze Eure großzügige Geste sehr und akzeptiere sie mit Freuden. Selbstverständlich nur, sofern Lady Eryn zu diesem Zeitpunkt mit mir zu tanzen wünscht?"

Sie grinste. "Als ob du mir großartig eine Wahl gelassen hättest. Dich hier und jetzt vor all diesen Menschen zurückzuweisen würde für keinen von uns beiden gut aussehen."

"Wie ungemein diplomatisch von dir", grinste Erbál zurück und ließ eine ihrer Hände los, um sie auf die Tanzfläche zu führen.

Sobald die Musik begonnen hatte, seufzte Eryn. "Sag mir nicht, dass Sanaf mit uns nach Takhan zurückkehrt. Der Gedanke daran, ihn vier ganze Tage lang am Hals zu haben verursacht mir Gänsehaut."

"Kaum, meine Liebe. Er ist nicht besonders erpicht darauf, Zeit mit dir zu verbringen. Du hast nicht eben ein Geheimnis daraus gemacht, wie du ihm gegenüberstehst, seit er dein kleines Geheimnis bezüglich der Ohnmachten im Schlafzimmer mit der Gesellschaft in Anyueel teilte."

Sie verdrehte die Augen. "Danke dafür, dass du mich an diese Kleinigkeit erinnert hast. Ich hatte sie beinahe schon wieder vergessen."

"Das solltest du nicht. Ich gedenke, dich jedes Mal daran zu erinnern, wenn Zweifel in dir hochkommen, ob es eine gute Idee war, dass du mich in meinen Bemühungen unterstützt hast, diese Position zu erlangen", versprach er.

"Wirklich? Das bedeutet, dass ich mich besser nach einem etwas gefügigeren Ersatz für dich umsehe, wenn ich in Takhan bin", scherzte sie.

Er lachte leise. "Es wäre mir lieber, wenn du davon absehen würdest. Ich könnte mich für dich immerhin als wertvolle Informationsquelle erweisen."

Ihre Augenbrauen wanderten nach oben. "Könntest du das? Bietest du mir etwa an, die Informationen mit mir zu teilen, die deine Spione sammeln?"

"Lass es mich so ausdrücken: Ich wäre einer Vereinbarung, die ein Teilen von Informationen zu beiderseitigem Nutzen beinhaltet, nicht abgeneigt."

"Oh Mann. Du arbeitest wirklich schnell. Du bist gerade einmal seit ein paar Minuten Botschafter und versuchst mich bereits dazu zu bringen, Geheimnisse mit dir auszutauschen. Nach meiner Rückkehr soll ich dem Rat der Magier beitreten. Das bedeutet, dass es mir nicht freisteht, irgendwelche pikanten Informationen mit dir zu teilen."

"Aber natürlich nicht", meinte er schulterzuckend. "Dass du so ziemlich die einzige Person im Rat wärst, die das *nicht* tut, sollte für dich keinerlei Unterschied machen."

Ihre Augen verengten sich. "Versuchst du mich auszutricksen?"

"Ob ich die drittmächtigste Magierin in diesem Königreich austricksen will?" Er wirkte schockiert, doch da glänzte etwas in seinen Augen. "Das wäre wohl etwas gewagt. Und doch sollte es dir nicht allzu schwer fallen, herauszufinden, ob es ein Trick ist oder nicht. Du bist immerhin mit ein paar Ratsmitgliedern bekannt. Obwohl Lord Tyront es wohl kaum zugeben würde, und ich frage mich, ob die Lords Orrin und Poron das würden. Du bist immerhin ihre Vorgesetzte. Das ist eines der Dinge, die man vor den oberen Rängen geheimzuhalten versucht. Aber da bliebe immer noch Lord Enric, den du fragten kannst. Ich bin sicher, er wäre mit deinen Bestrebungen, dir eigene Informationsquellen zu beschaffen, zufrieden."

Sie schnaubte. "Ich frage mich, wie zufrieden er wirklich damit wäre, wenn ich in Betracht zöge, Informationen über vertrauliche Ordensangelegenheiten weiterzugeben. Und ich bezweifle ernsthaft, dass er selbst an diesem Informationsaustausch teilnimmt, den du innerhalb des Rats als so gängig erachtest."

"Wie du meinst", lächelte er. "Lass es mich wissen, falls du deine Meinung änderst. Takhan ist weit weg von hier. Ich frage mich, wie lange du zufrieden sein wirst damit, dass du von denjenigen, die an dich berichten sollen, nur gefilterte Informationen erhältst."

"Wirst du die Klappe halten, wenn ich verspreche, darüber nachzudenken?", seufzte sie.

"Ja, das werde ich", versprach er.

"Wirst du jetzt deinen eigenen Assistenten bekommen?", fragte sie, bestrebt, das Thema zu wechseln.

"Ja, das sollte ich wohl. Wenngleich ich in Betracht gezogen habe, um jemand Einheimischen zu bitten anstatt jemanden von zuhause herschicken zu lassen."

"Tatsächlich?", fragte sie nach. "Das ist ungewöhnlich. Weshalb?"

"Es würde mir einen besseren Zugriff auf das örtliche Wissen ermöglichen. Es gibt immer noch ein paar Dinge, die ich über dein Land zu lernen habe. Eine Person, die in diesem Land geboren und aufgezogen wurde, wäre dabei ohne Zweifel eine größere Hilfe."

"Und du sorgst dich nicht um Vertraulichkeit? Ich meine, jemand von hier mag sich als anfällig dafür erweisen, Informationen über dich an jeden willigen Käufer weiterzugeben", argumentierte sie.

"Eryn, meine Liebe, denkst du allen Ernstes, dass jemand aus meiner Heimat den Verlockungen des Goldes gegenüber weniger empfänglich wäre? Stell uns Ausländer nicht besser dar, als wir tatsächlich sind, oder dir steht eine herbe Enttäuschung bevor, wenn du längere Zeit in Takhan verweilst."

"Danke für die Warnung, aber ich denke nach meinen Erfahrungen mit Malriel kann mich dort drüben nicht mehr viel aus der Bahn werfen", seufzte sie. Sie lachte, als sie seine skeptische Miene sah. "Sag mir nicht, es stört dich, wenn ich abfällig von deiner früheren Geliebten spreche?"

"Sie ist deine Mutter, Eryn; ich würde meinen, dass du über sie sprechen kannst, wie es dir beliebt", erwiderte er mit neutraler Stimme.

"Sag das nicht", meinte sie und verzog das Gesicht. "Ich habe große Anstrengungen unternommen, damit die Leute das nicht mehr sagen."

"Ihrem Haus zu entsagen wird die Leute nicht davon abhalten, euch als Mutter und Tochter zu betrachten", erklärte Erbál. "Besonders nicht, da ihr euch so ungemein ähnlich seht."

Sie warf ihm einen düsteren Blick zu. "Weißt du, ich bin froh, dass die Musik gleich vorbei ist. Das erspart es mir, dich an deinem ersten offiziellen Abend in deiner neuen Rolle zu ohrfeigen."

"Das würdest du nicht tun", grinste er und nahm ihre Hand, um sie zurück zum König zu geleiten. "Du bist froh, dass ich Sanaf ersetzt habe, auch wenn du im Augenblick ein wenig verärgert über mich bist."

"Ja", gab sie zu und zwinkerte ihm zu. "Du bist das kleinere Übel. Im Moment."

König Folrin hob seine Hand, um die ihre in Empfang zu nehmen, sobald sie am Fuße des Thronpodests angekommen waren.

"Dies wird ein recht geschäftiger Abend für Euch werden, Lady Eryn", bemerkte er, sobald sich Erbál zurückgezogen hatte.

Sie ließ sich von ihm zurück auf die Tanzfläche führen und unterdrückte einen tiefen, ermatteten Seufzer. "Ja, ich schätze das wird er wohl", stimmte sie zu.

"Ich kann sehen, dass Euch der Gedanke daran, dass dieser Ball für längere Zeit der letzte für Euch sein wird, diesem Martyrium eher gelassen gegenüberzutreten lässt", meinte er.

"Was soll ich sagen? Ich wusste immerhin, was mich erwartet, nachdem Ihr meinen Wunsch ablehntet, mich heute Abend zu entschuldigen."

Die Musik begann, und er zog eine Augenbraue hoch, als sie zu tanzen begannen. "Ihr könnt kaum erwartet haben, dass ich dies am Abend Eures Abschiedsballs gestatten würde."

"Nun, wenn dies wahrhaftig *mein* Abschiedsball ist...", setzte sie an, verstummte aber unter seinem stechenden Blick.

"Hört auf zu schmollen und nutzt diese letzte Gelegenheit, mit mir zu sprechen", sagte er mit einem Hauch von Ungeduld in der Stimme.

"Habt Ihr irgendwelche Vorlieben bezüglich des Themas oder genügt auch die aktuelle Wettersituation?", fragte sie mit einem kühlen Lächeln.

"Wenn es das Wetter ist, worüber Ihr sprechen wollt, dann sollte ich Euch warnen, dass Ihr Euch auf eine recht kühle Brise aus Sanafs Richtung vorbereiten solltet."

Sie zuckte mit den Schultern. "Wir standen uns nicht eben nahe, als er noch Botschafter war, also sehe ich nicht, was sich hier großartig ändern sollte."

"Die Tatsache, dass er sich dessen bewusst ist, dass Ihr Botschafter Erbál bei der Erlangung seiner aktuellen Position unterstützt habt, mag dazu führen, dass er einen gewissen Unmut gegen Euch hegt, könnte ich mir denken."

Sie warf einen kurzen Blick auf den betreffenden Mann. "Ich schätze, ich werde es aushalten, seine Blicke bei den wenigen Gelegenheiten zu ertragen, wo ich ihm in Takhan über den Weg laufen könnte. Falls das überhaupt vorkommt."

Der König schüttelte den Kopf über sie. "So leichtsinnig, so überaus leichtsinnig…", murmelte er.

Ihr Blick fiel auf Pe'tala, die nicht weit von ihnen mit Lord Poron tanzte, und ihre Stirn legte sich in Falten. "Was ist Euer Interesse an meiner Schwester?"

Er blinzelte. "Verzeihung?"

"Ihr habt heute den Ball mit ihr eröffnet", strich sie ungeduldig hervor. "Weshalb?"

"Ich eröffnete auch mit *Euch* einst einen Ball, wenn ich Euch daran erinnern darf", bemerkte er.

"Ja, und mich habt Ihr in eine Ecke gedrängt und mich wissen lassen, dass Ihr mich gerne zu Eurer Königin gemacht hättet. Hegt Ihr vergleichbare Absichten mit Pe'tala?"

Langsam schüttelte der König seinen Kopf. "Was in aller Welt bringt Euch auf solch einen Gedanken, frage ich mich? Ihr wisst natürlich von dem Verbot magisch begabter Thronfolger."

"Und doch hattet Ihr kurz nach meiner Ankunft hier geplant, Kinder mit mir zu haben", knurrte sie. Sie erinnerte sich noch gut an den Tag. Es war eben dieser Saal gewesen, wo sein Berater Enric befohlen hatte, nach der schützenden Barriere zu suchen, von der sie behauptet hatte, sie wäre in ihr, um unerwünschtes Eindringen zu verhindern.

"Hatte ich das?", fragte er sanft.

Verwirrt runzelte sie die Stirn. "Aber Loft sagte…"

"Loft, meine liebe Lady, sagte das, von dem ich ihm vermittelte, dass es eine gute Idee sei. Den Orden zu erzürnen, indem ich Euch meine Kinder austragen lasse, war nie etwas, das ich in Betracht zog. Es war nichts weiter als ein Mittel, um Druck auf den Orden auszuüben, damit er Euch ein Angebot macht, ihm beizutreten. Unglücklicherweise machte Eure Barriere dies unnötig, und somit konnten sie es sich leisten, sich damit wesentlich mehr Zeit zu lassen."

Sie starrte ihn an. Eine weitere politische Strategie. Und dieses Mal eine, die gescheitert war.

Er lachte leise. "Sagt mir nicht, dass Ihr verstimmt seid, weil ich nicht die Absicht hatte, Kinder mit Euch zu haben? Ich versichere Euch, dass es politische Überlegungen waren und kein Mangel an Anziehung, der dazu führte, dass ich diesem Weg nicht folgte. Eine davon war, meinen Platz auf dem Thron noch etwas länger zu behalten", schloss er ironisch.

Ernüchtert schüttelte sie den Kopf. "Ist irgendetwas, das Ihr sagt oder tut jemals nicht Teil irgendeines Eurer Spiele?"

Er lächelte wehmütig. "Ich wünschte, diesen Luxus hätte ich manchmal."

Sie suchte in seinem Gesicht nach einem Anzeichen für Sarkasmus, fand aber keines. Das hatte freudlos geklungen, und zum ersten Mal drängte sich ihr die Frage auf, ob er einsam war. Keine Gefährtin an seiner Seite, der er seine privaten Gedanken anvertrauen konnte, nur sein Kreis an Beratern. Sie zog die Stirn in Falten. Oder mittlerweile nur noch ein Berater. Im Moment schien es da nur Marrin zu geben, seit einer Weile schon.

"Ich habe Loft schon länger nicht mehr bei Euch gesehen. Seit Monaten."

"Es hat lange gedauert, bis Euch das aufgefallen ist", lächelte er. "Ich habe ihn auf eine Verwaltungsposition versetzt, die weniger Kontakt mit, hmm… fremden Einflüssen erfordert. Er hat die jüngsten Veränderungen, die im letzten Jahr aufgetreten sind, nicht gut aufgenommen. Loft ist ein Traditionalist. Und doch ist er nützlich, wenn man weiß, wohin man ihn setzen muss."

"Wie in eine fensterlose Zelle mit einer Menge *anderem* Ungeziefer", grummelte sie.

"Na, na, das war keine besonders feinfühlige Bemerkung", tadelte er sie milde. "Ich hoffe aufrichtig, dass Ihr in Takhan mehr Zurückhaltung beweisen werdet."

"Warum sollte ich? Die Leute sind stets erfreut, wenn sie ein Anzeichen des berühmten Aren Temperaments zu Gesicht bekommen", meinte sie achselzuckend. "Wer bin ich, um ihnen dieses Vergnügen vorzuenthalten?"

"Jemand, der sich nicht dazu herablässt, wenig mehr als eine Quelle der Belustigung für andere zu sein, hätte ich gedacht."

Nun, das hatte sie auf ihren Platz verwiesen, dachte sie entmutigt.

"Habt Ihr Euch schon Gedanken gemacht, welchen Namen Euer Sohn tragen soll?", fragte er dann nach einigen langen Augenblicken der Stille.

Eryn schüttelte langsam den Kopf. "Nein, noch nicht. Es ist immerhin noch etwas Zeit, bis er zur Welt kommt."

"Aber in Eurem Fall ist die Auswahl eines Namens nicht ganz so einfach. Da er der Erbe eines Hauses in Takhan ist, erfordert dies, dass Ihr die Namensgebungstraditionen der Vel'kim berücksichtigt. Und dann soll der

Name auch nicht zu fremdländisch klingen, da er einen guten Teil seiner Kindheit auch hier in Anyueel verbringen wird. Lord Enric mag auch geneigt sein, die Aren Traditionen miteinzubeziehen."

Namensgebungstraditionen? Wie in aller Welt konnte es sein, dass er über Namensgebungstraditionen Bescheid wusste? Das Einzige, das sie bisher herausgefunden hatte, war, dass alle Aren Frauen Namen zu haben schienen, die mit der gleichen Silbe begannen. Für die Männer traf das aber nicht zu, oder doch? Und selbst wenn dies der Fall war, kümmerte sie das herzlich wenig.

Was waren die Vel'kim Traditionen, wenn es um die Wahl eines Namens ging? Ein Anfangsbuchstabe mit V, zumindest für die Männer? Wurde von ihr überhaupt erwartet, dass sie sich daran hielt, jetzt, wo sich herausgestellt hatte, dass sie nicht wirklich eine von ihnen war?

"Damit werden wir uns wohl bald auseinandersetzen", sagte sie knapp.

"Prächtig. Ich bin neugierig, womit Ihr aufwarten werdet."

Sie erblickte Enric, der den König und sie mit kontrollierter Ruhe an eine Säule gelehnt beobachtete.

"Wie lange muss ich heute Abend bleiben?", fragte sie vorsichtig.

"Ich erwarte, dass Ihr Euch nicht unter den ersten Gästen befindet, die aufbrechen", ließ er sie wissen. "Ich rate Euch dazu, häufige Pausen einzulegen und Euch zwischen den Tänzen hinzusetzen, damit Ihr in Eurer derzeitigen Situation nicht zu schnell ermüdet."

"Zu gütig", murmelte sie. "Ich vermute, dies trifft nicht auf Junar zu?"

"Aber selbstverständlich nicht. Ihre Schwangerschaft ist erheblich weiter fortgeschritten als Eure. Zusätzlich dazu ist sie keine Magierin mit der Fertigkeit, ihre Erschöpfung mit etwas Magie unter Kontrolle zu halten."

"Natürlich nicht", seufzte Eryn und wappnete sich für einen langen, strapaziösen Abend.

KAPITEL 33

Abschied

Eryn spazierte die vertrauten Straßen entlang, tat das nun schon seit mehr als einer Stunde. Der Gedanke daran, von hier für längere Zeit wegzugehen, störte sie. Obwohl sie erst etwa eineinhalb Jahre hier verbracht hatte, war dieser Ort zu ihrem Zuhause geworden. Das Dorf, in dem sie ungefähr zwanzig Jahre ihres Lebens verbracht hatte, war noch immer präsent in ihrer Erinnerung, doch sie erkannte, dass sie es niemals wirklich vermisst hatte.

Zuhause, überlegte sie. Was veranlasste Menschen, einen Ort als Zuhause zu betrachten? Eine gewohnte Umgebung? Das war sicher ein Teil. Freunde? Auf jeden Fall. Familie? Genau genommen hatte sie Familie in Takhan, jedoch käme sie nicht auf den Gedanken, es ihr Zuhause zu nennen. Liebe? Das war definitiv ein hilfreicher Aspekt, soweit vorhanden. Ein Lebenszweck, sinnierte sie. Den hatte sie hier ebenfalls gefunden.

Was von all dem würde auch in Takhan vorhanden sein? Eine gewohnte Umgebung bis zu einem gewissen Grad. Familie hatte sich als heikler Begriff erwiesen, da Malriels Treulosigkeit dem nun eine andere Bedeutung gegeben hatte; wenngleich noch nicht ganz klar war, in welchem Umfang. Freunde würde sie dort auch haben, da die mehr oder weniger Teil ihres Gepäcks waren. Liebe natürlich ebenfalls, da Enric der Grund war, weshalb sie dorthin musste.

Einen Zweck. Sie würde dort nicht mehr als eine Heilerin unter vielen sein; anders als hier gab es dort nichts, das sie als speziell erscheinen ließ, da sie im Vergleich mit anderen in Takhan weder besonders talentiert, erfahren oder gut ausgebildet war. Bestenfalls würde man sie dort als durchschnittlich betrachten. Sie fragte sie, ob das, was sie beunruhigte, die Aussicht darauf war, nicht länger als bedeutend und im Besitz von überlegenen Fertigkeiten, sondern als Teil der Menge betrachtet zu werden.

Sie wies ihre herumwandernden Gedanken in ihre Schranken und zwang sich, die Dinge aus einer erfreulicheren Perspektive zu betrachten. Wenn sie wollte, dass ihr Aufenthalt in Takhan einem Zweck diente, dann würde sie ihm eben einen geben müssen. Was machte es schon, wenn man sie dort als rückständig und barbarisch betrachtete? Wenn sie dort so viel lernte, wie sie nur konnte, würde das nach ihrer Rückkehr dem Königreich zugutekommen.

Sie dachte an die Menschen, die sie ins Herz geschlossen hatte und auf die sie nun für unbestimmte Zeit verzichten musste. Plia. Sie war diejenige, die sie am meisten vermissen würde. Ihre Heilerkollegen. Und bis zu einem gewissen Grad sogar Pe'tala. Rolan, besonders, ihn zu necken und zu sehen, wie er den Mut aufbrachte, es ihr auf gleiche Weise heimzuzahlen. Tyront, bei dem sie sich noch immer nicht im Klaren darüber war, ob sie ihn mochte. Vyril, die mit dem Waisenhaus Wunder vollbracht hatte. Erbál und seine seltsam verdrehte Art der Offenheit.

Sie erkannte, dass es ihr wesentlich schwerer gefallen wäre hier abzureisen, würden Orrin, Junar und Vern sie nicht begleiten. Eine Welle der Wärme und Erleichterung durchströmte sie bei dem Wissen, dass sie sie einfach mitnehmen konnte. Dafür war sie dankbar. Nicht, dass sie die Absicht hatte, dem König das zu gestehen. Aber andererseits war es ihm wohl ohnehin bewusst.

Der König. Ihn würde sie nicht wirklich vermissen, wie sie wusste. Nicht, nachdem er ihr in der Vergangenheit viel zu nahe gekommen war. Doch er war eine intellektuelle Herausforderung, jemand, von dem sie gelernt hatte und das sicherlich auch in Zukunft tun würde. Nichtsdestoweniger war ihr eine Pause von ihm und seinen manipulativen Spielen mehr als willkommen.

Die Bäckerei, wo sie üblicherweise ihre Brötchen kaufte, kam in Sichtweite, und sie entschloss sich, sich noch ein letztes Mal vor ihrer Abreise etwas zu gönnen. Dies würde der letzte Schwung sein, bevor sie aufbrachen, und sie war entschlossen, ihn in vollen Zügen zu genießen.

Der Bäcker lächelte, als er sie erkannte. Im Laufe der letzten Monate war sie immerhin zu einer guten Kundin geworden. Eine Minute später kam sie mit einer Papiertüte unter dem Arm wieder heraus und schlenderte in Richtung des Flusses. Es war bereits warm genug geworden, um eine Weile draußen sitzen zu können. Die Sonne badete die Stadt in ein angenehmes Licht, als sollte sie so vorteilhaft wie möglich präsentiert werden und in Eryn den Wunsch erwecken, zurückkehren zu wollen. Es funktionierte.

Sie setzte sich auf eine Steinbank und beobachtete die Vögel, die bei der Aussicht auf ein paar Brotkrumen oder sogar freiwillig gespendete Bröckchen behutsam näherkamen.

Zu ihrer Linken gingen Bauarbeiten vonstatten. Der Hafen der Stadt wurde erweitert. Sie erinnerte sich dunkel dran, dass Enric etwas darüber erwähnt hatte, dass er mit dem König über die Finanzierung solch eines Projekts verhandelte. Es schien, als wären sie zu einer Übereinkunft gekommen. Sie musste sich über solche Dinge wirklich besser informieren.

Ihre Augen folgten dem Verlauf der Straße auf der anderen Seite des Flusses. Sie führte zu dem Stadttor, durch das sie vor mehr als einem Jahr zu fliehen versuchte. Damals hatte sie die Magier schockiert, indem sie sie mit ihrer Doppelbarriere in Schach hielt. Die Reparaturarbeiten an der inneren Stadtmauer, durch die Enric und Tyront mit vereinten Kräften ein Loch gesprengt hatten, waren schon vor mehreren Monaten vollendet worden, wenngleich man erkennen konnte, wo die neuen Steine eingefügt worden waren. Es würde eine Weile dauern, bis sie verwittert genug waren, um sich optisch vollständig anzugleichen.

Ihr Blick fiel auf ihr Handgelenk und das Armband, das Ram'an ihr am Tag ihres Kommitments gegeben hatte. Ein Zeichen seiner Freundschaft, hatte er gesagt. Sie ließ ihre Finger über die Glieder gleiten und überlegte, ob sie es abnehmen sollte oder nicht. Freundschaft gab es keine mehr, falls solch eine Verbindung jemals zwischen ihnen existiert hatte. In den paar knappen Nachrichten, die sie von ihm erhalten hatte, bevor die Kommunikation vollständig zum Erliegen gekommen war, war er kalt und distanziert gewesen. Die angemessene Vorgehensweise wäre, ihm das Armband zurückzugeben, sobald sie in Takhan war. Und doch betrübte sie der Gedanke irgendwie. Sie fragte sich, warum er es ihr überhaupt gegeben hatte. Wollte er zu diesem Zeitpunkt überhaupt ihr Freund sein, oder war es nicht mehr als eine Alibi-Geste gewesen? Hatte er nur deshalb von Freundschaft gesprochen, damit sie es trug und die Leute sehen konnten, dass die Häuser Vel'kim und Arbil auf gutem Fuß miteinander standen? Bedauerlicherweise schien diese Möglichkeit nun die wahrscheinlichste Erklärung für sein Geschenk.

Sie entschied, das Armband für den Moment noch oben zu behalten und ihm eine weitere Chance zu geben, wenn sie einander in den Westlichen Territorien wiedersahen. Wenn sie dort eintraf, ohne es zu tragen, würde dies ein sehr klares Signal eines Bruchs sein, etwas, das sich später nicht einfach reparieren ließ, indem sie es wieder anlegte.

Überrascht sah sie auf, als sie spürte, wie sich ein warmer Körper gegen ihre Beine presste. Urban.

"Bist du fertig damit, durch die Straßen zu wandern oder machst du nur eine Pause?", ertönte Enrics Stimme hinter ihr.

Ohne sich umzudrehen lächelte sie. "Ich denke, ich bin soweit fertig; ich werde langsam müde. Das war gestern immerhin ein langer Abend."

Er trat neben sie, setzte sich zu ihr auf die Bank und verschränkte seine Finger mit ihren.

"Wie hast du mich gefunden?" Sie schüttelte den Kopf über sich selbst. "Nein, beantworte das nicht - du hast jemanden, der mir folgt und der dich informiert hat."

Er nickte. "Ja. Genau, wie ich es dir angekündigt habe."

Sie zog in Betracht ihm zu erklären, dass dies zu einem gewissen Grad erniedrigend war, dass sie anstatt einer Gefangenen nun eine Frau mit einem Recht auf Freiheit war. Das jedoch würde nur dazu führen, dass sie einmal mehr ihre Neigung zur Flucht vor ihm diskutierten. Nachdem sie diese eine Nacht bei Pe'tala verbracht hatte, als sie der Ansicht war, er hätte ihr eine Schwangerschaft aufgezwungen, standen die Chancen nicht recht gut, dass er seinen Spion zurückpfiff. Zumindest hatte er zugestimmt, das einzustellen, sobald ihr Sohn geboren war - sofern sie ihn zu überzeugen vermochte, dass es nicht länger erforderlich war und sie ihre Vorliebe für das Davonlaufen hinter sich gelassen hatte.

"Du hast dich mit dem König über den Ausbau des Hafens geeinigt, wie ich sehe", sagte sie stattdessen.

"Ja, das habe ich. Ich habe die Finanzierung und die Bauarbeiten übernommen, und er wird mir im Gegenzug für die nächsten sieben Jahre ab Fertigstellung eine Steuererleichterung gewähren. So funktioniert das üblicherweise, wenn eine Privatperson anbietet, ein öffentliches Bauwerk zu finanzieren", erklärte er. "Für die Krone ist das nützlich, weil sie zu Beginn des Projekts keinerlei Ausgaben aufwenden muss. Da sich meine Steuerleistung aufgrund meines ansteigenden Handelsvolumens ohnehin erhöhen wird, ist das eine recht vorteilhafte Abmachung für das Königreich."

"Und auch für dich, wage ich zu behaupten", ergänzte sie gelassen. "Du tust das nicht aus purer Mildtätigkeit, sondern damit du in der Lage bist, besagtes Handelsvolumen zu erhöhen und damit mehr Gewinne zu erzielen."

"Wohl wahr", bestätigte er und lächelte über den Vorwurf. "Das war nicht als Beschwerde gemeint. Ich bin mehr als zufrieden mit der Vereinbarung." Es war wohl wieder einmal Zeit für eine kleine Erinnerung daran, dass die Reichtümer, die sie noch immer verschmähte, nicht nur zu ihrer Bequemlichkeit verwendet wurden. "Ich habe die Geldbox für die Ausgaben des Waisenhauses mit zehntausend Goldstücken aufgefüllt", erwähnte er beiläufig. "Vyril ist dazu berechtigt, so viel zu entnehmen, wie sie braucht. Das sollte die Ausgaben für ungefähr ein Jahr abdecken, wenn man von dem ausgeht, was in den letzten paar Monaten für Nahrung, Kleidung und Ausbildung ausgegeben wurde."

Eryn schluckte. "*Zehntausend* Goldstücke? Das ist... eine Menge." Dann runzelte sie die Stirn. "Woher weißt du über die Ausgaben Bescheid? Mir war nicht klar, dass du auf diese Informationen Zugriff hast. Ich dachte, sie berichtet nur an *mich*."

"Nein, Liebste, das tut sie nicht. Sie muss auch den König informieren. Das Waisenhaus ist noch immer eine öffentliche Einrichtung, dir wurde nur das Privileg gewährt, es unter deine Fittiche zu nehmen."

"Ja", murmelte sie verärgert, "eine, die von ihm schändlich vernachlässigt wurde."

"Die Gesellschaft hat ihn aber auch nicht gerade unter Druck gesetzt, die Dinge dort zu verbessern", erwiderte er.

Sie schnaubte. "Als ob es ihn in der Regel kümmert, was andere wollen! Und komm mir bloß nicht mit der Gesellschaft - die Reichen kümmern sich nur um sich selbst, während die Armen leiden ohne etwas dagegen unternehmen zu können."

"Die Reichen wurden hauptsächlich dazu erzogen, ihre eigenen Interessen voreinander zu schützen."

"Dann ist ihr Mangel an Umsicht und Mitgefühl also nicht ihre eigene Schuld? Dann frage ich mich, wessen Schuld es ist. Ich denke, die Reichen haben eine gewisse Verantwortung dem Rest gegenüber. Besonders, da die meisten von ihnen ihren Reichtum nicht durch ihre eigene harte Arbeit verdient, sondern von ihren Vorfahren übernommen haben."

Er ergriff ihre Hand und bereute es bereits, dass er das Thema zur Sprache gebracht hatte. Dies war ihr letzter Tag hier, und dafür wünschte er sich Harmonie zwischen ihnen.

"Ich sage nicht, dass es nicht ihre Schuld ist, Liebste. Nur, dass sie sich erst an die Idee gewöhnen müssen, dass es tatsächlich erstrebenswert ist, anderen zu helfen. Was genau das ist, was du seit deiner Ankunft hier vorantreibst. Dein Einsatz hat einigen von ihnen zur Schande gereicht. Aus diesem Grund wandeln sich Abendeinladungen in letzter Zeit zunehmend zu Gelegenheiten, um Geld für das Waisenhaus zu sammeln. Wenn das so weitergeht, wird Vyril nicht allzu viel von dem Geld brauchen, das wir ihr zur Verfügung gestellt haben.

"Ja, das mag sein", seufzte sie und kraulte Urbans pelzige Wange, die ihr hingestreckt wurde. Sie musste lächeln, als sie sich an den ersten Jagdausflug in den Westlichen Territorien erinnerte. "Ich musste gerade an Vran'el und seine Skepsis Urban gegenüber denken. Jetzt ist sie voll ausgewachsen, also schätze ich, dass er nun sogar noch vorsichtiger mit ihr sein wird, falls das überhaupt noch möglich ist."

Enric lachte leise. "Ich würde auch sagen, dass ihre Größe eine unangenehme Überraschung für ihn sein wird. Aber dass er gesehen hat, wie sie damals vor seiner Tochter geflohen ist, hat zumindest einen Teil seines Glaubens an die Welt wiederhergestellt."

Sie beobachteten, wie ihnen einige Passanten neugierige Blicke zuwarfen.

"Wir beide müßig in der Öffentlichkeit ist kein alltäglicher Anblick", lächelte er. "Das verwirrt die Leute."

"Wir? Die sehen *dich* an, mein Freund", korrigierte sie ihn. "*Mich* sieht man öfter auf den Straßen."

Er seufzte tief. "Ich weiß. Du bist eine von ihnen, während ich normalerweise nur von meinem Marmorturm aus finster auf sie hinabstarre."

"Gut ausgedrückt", grinste sie. "Solange du dir dessen bewusst bist…"

Er sah zu, wie sie ein weiteres Brötchen aus ihrem Sack nahm und hineinbiss. "Kann ich auch eines haben, oder ist diese Frage zu gewagt?"

Sie schüttelte den Kopf und nahm ein weiteres heraus, um es ihm in die Hand zu drücken. "Nein, das ist sie nicht. Ich bin heute großzügig gestimmt."

"Dann werde ich es als Zeichen deiner Hingabe an mich werten", kommentierte er. "Du bist in letzter Zeit bekannt dafür, bei den Brötchen recht besitzergreifend zu reagieren." Er nahm einen Bissen und bröckelte dann ein paar winzige Stückchen ab, um sie den Vögeln zuzuwerfen, die sich trotz der Raubkatze näher heranwagten. Solcher Mut musste belohnt werden.

Eryn blinzelte. Der Anblick des mächtigen Lord Enric, wie er auf einer Bank saß und Vögel fütterte, war so untypisch, dass er beinahe unwirklich erschien. Nach den Fingern, mit denen auf sie gezeigt wurde und den neugierigen Blicken zu urteilen, die die Leute ihnen zuwarfen, war sie nicht die Einzige, der es so erging. Irgendwie war es rührend. Der wohlhabende Mann, der sich die feinsten Zimmer und teuerste Einrichtung leisten konnte, war zufrieden damit, an ihrer Seite am Fluss zu sitzen und den Vögeln Brotkrumen zuzuwerfen.

Sie griff nach seiner Hand, drückte sie und zog sie dann zu sich. "Du weißt, dass ich dich sehr gerne mag, nicht wahr? Ich schätze deine Bemühungen um meine Gesundheit und Sicherheit. Nun, und in einem angemessenen Maß auch um meine Zufriedenheit. Obwohl ich nicht immer damit einverstanden bin, wie du dabei vorgehst", sagte sie, ohne ihn anzusehen. Stattdessen starrte sie auf das schmutzige Wasser des Flusses. Durch die Schneeschmelze in höheren Lagen war der Wasserspiegel zu dieser Zeit des Jahres etwas höher.

Er drückte ihre Hand und betrachtete ihr Profil - ernst, konzentriert, nachdenklich. Es schien, als wäre sie noch nicht fertig, und ihm gefiel die Richtung, die sie eingeschlagen hatte.

"Junar hat Recht; ich muss meine Scheu überwinden, es dir zu sagen. Daran werde ich arbeiten." Ihr Blick verweilte weiterhin auf dem Wasser. "Ich liebe dich", sagte sie simpel, peinlich berührt.

Sie spürte, wie sich sein Arm um ihre Schultern legte und er sie an sich presste, während seine andere Hand ihre Finger umschloss.

"Ich liebe dich auch." Er küsste sie auf die Schläfe. "Und ich würdige deine Bemühungen, das tue ich wirklich. Du wirst sehen - daran wirst du dich gewöhnen. Mit jedem Mal, wo du es aussprichst, wird es weniger unangenehm." Er grinste. "Das bedeutet, die schnellste und effektivste Methode, um deine Scheu zu überwinden, ist die, es mir so oft wie möglich zu sagen."

Er spürte, wie sie sich unter seinem Arm entspannte und ihre Stimmung sich zu etwas weniger Ernstem wandelte.

"Glaube bloß nicht, du kannst hier eine andere Art von Trainingsprogramm einführen", grinste sie. "Ich werde es sicher nicht jedes Mal sagen, wenn dich die Lust überkommt, es zu hören."

"Dann muss ich wohl auf Tricks zurückgreifen, damit du es sagst. Wie zum Beispiel, dir *keine* Kleider zu kaufen."

Das brachte sie zum Lachen. "Du bist ein verschlagener Mann. Ich werde von nun an besonders achtsam sein, wenn du es versäumst, mir etwas zu kaufen."

"Tu das, Teuerste. Sollte unser Sohn nach dir geraten, werde ich in den kommenden Jahren eine Menge Geld sparen. Aber Kinder sind nicht unbedingt dafür bekannt, den Neigungen ihrer Eltern zu folgen, soweit ich weiß."

Seine Worte erinnerten sie an etwas, das der König am Vorabend während des Tanzes zu ihr gesagt hatte.

"Hast du dir schon überlegt, welchen Namen wir dem Kind geben sollen?", fragte sie. "Mir wurde erklärt, das könnte sich als etwas komplizierter erweisen als einfach nur einen Namen auszusuchen, der nett klingt."

Er nickte bedächtig. "Ich weiß. Die Namensgebungstraditionen der Häuser. Die von Haus Vel'kim sind recht unkompliziert; einige ihrer Regeln haben sie im letzten Jahrhundert abgeschafft. Dass die Namen der männlichen Nachkommen mit einem V beginnen müssen, ist die Einzige, die noch übrig ist."

Ein schwaches Lächeln umspielte ihre Lippen. "Ich sollte nicht wirklich überrascht sein, dass du darüber Bescheid weißt. Womöglich hast du irgendwo in Takhan ein Buch darüber gefunden."

Er zuckte mit den Schultern. "Ich hatte eine Menge Zeit totzuschlagen, während ich darauf wartete, dass die Verhandlung ihren Lauf nahm. Und Golir gewährte mir Zugriff auf seine recht ausgedehnte private Bibliothek. Wahrscheinlich, um mich beschäftigt und aus dem Weg zu halten."

Genau wie sie selbst auch vorgegangen wäre, dachte sie. Ein irritierter, genervter Enric war keine besonders angenehme Gesellschaft. Ihn zu beschäftigen war die beste Strategie.

"Was Haus Aren betrifft…"

Ihr Blick war unnachgiebig. "Ich sehe nicht, weshalb wir *deren* Traditionen berücksichtigen sollten. Der Junge wird nicht zu ihrem Haus gehören, also wird es nicht nötig sein, sich an ihre Regeln zu halten."

"Darf ich dich daran erinnern, weshalb wir uns all das antun? Wir wollen vermeiden, dass sich die beiden Häuser gegenseitig Schaden zufügen - oder eher, dass Malriel Haus Vel'kim schädigt. Die Namensregeln der Aren miteinzubeziehen ist somit ein mächtiges Zeichen guten Willens, das sie dazu zwingen wird, ihre Zustimmung zu demonstrieren. Sollte sie das nicht tun, würde ihr Ruf darunter leiden."

"Na schön", murmelte sie. "Dann heraus damit. Wie sehen die Aren-Regeln aus? Abgesehen davon, dass sie offensichtlich die Silbe *Mal* an den Anfang jedes Frauennamens stellen."

"Die Namen der Jungen enthalten normalerweise eine Silbe des Namens seines Vaters."

"Dann soll der Name also mit einem V beginnen, entweder En oder Ric beinhalten und nicht zu fremdländisch klingen, damit unser Sohn kein Außenseiter ist, wo auch immer er hingeht. Ganz unkompliziert, was?" Sie verdrehte die Augen. "Zu unserem Glück haben wir noch sechs Monate Zeit, um einen Namen zu finden, der all diesen Ansprüchen genügt. Vielleicht sollen wir ihn einfach Ven nennen. Oder Vric."

Enric verzog das Gesicht. "Nicht gerade das, was ich im Sinn hatte."

"Sag mir nicht, dass uns der Name zusätzlich zu all dem auch noch gefallen sollte?", gluckste sie.

"Das würde ich sehr schätzen, ja", bemerkte er trocken. "Ich will nicht für den Rest meines Lebens jedes Mal zusammenzucken, wenn ich den Namen meines Sohnes höre oder ausspreche."

Den Rest ihres Lebens, dachte sie und sah, wie weit diese Perspektive reichte. So lange würden sie beide mit diesem Kind verbunden sein, sich seinetwegen Sorgen machen, es unterstützen und womöglich auch tadeln.

"Ist alles in Ordnung, Liebste?", erkundigte er sich.

Sie nickte langsam. "Das ist eine beachtliche Verpflichtung."

"Ja, das ist sie", stimmte er sanft zu.

"Und das macht dir überhaupt keine Angst?"

"Nein. Ich habe mich bereits an dich gebunden. Wieviel schwieriger kann es sein, mit einem Kind zurechtzukommen?" Er lachte, als sie ihm einen Stoß mit ihrem Ellbogen verpasste. Dann wurde er wieder ernst. "Ich hätte nichts dagegen gehabt, dich noch ein weiteres Jahr oder auch zwei für mich zu haben, aber ich freue mich dennoch darauf, dieses Kind mit dir großzuziehen. Ich werde mich natürlich großartig als Vater machen, aber ich bin neugierig darauf, wie du dich als Mutter anstellst."

Sie rollte die Augen himmelwärts und stand auf. "Meine Güte."

Enric zerkrümelte rasch den Rest seines Brötchens und warf es den Vögeln zu, dann pfiff er nach der Katze, damit sie aufstand und ihm folgte, bevor er Eryn nachging.

"Wenn ich von der Richtung ausgehe, die du eingeschlagen hast, willst du zur Klinik?", fragte er, als er sie eingeholt hatte.

"Ja. Ich will mich mit den Heilern und Rolan noch eine Stunde lang zusammensetzen, offiziell meine Position an Lord Poron übergeben und mich verabschieden. Musst du noch irgendetwas erledigen, bevor wir abreisen?"

Er schüttelte den Kopf. "Nein, nur noch unsere Verabredung mit dem König am Abend, wo er uns auftragen wird, artig mit den anderen Politikern zu spielen, ihm regelmäßig zu schreiben und sicher nach Hause zurückzukehren."

Sie grinste. "Ich bezweifle, dass er es so formulieren wird, aber im Wesentlichen wird es wohl darauf hinauslaufen."

Er ergriff ihre Hand, während sie die Straße entlanggingen. "Hast du hinsichtlich unseres letzten Abends hier in Anyueel irgendwelche besonderen Wünsche?"

Sie dachte kurz nach, dann nickte sie. "Ja, einen ruhigen Abend zuhause und ein nettes, entspanntes Abendessen mit Plia."

"Das kann ich arrangieren. Wenn du sie siehst, sag ihr einfach, sie möge heute zur Abwechslung einmal zu einer vernünftigen Tageszeit nach Hause kommen, oder ich werde Grend schicken, damit er sie nach Hause schleift."

Eryn seufzte. "Du kannst wirklich mit Frauen umgehen."

"Und doch finden sie mich unwiderstehlich", grinste er und beugte sich für einen Kuss zu ihr hinab, als sie die Kreuzung erreichten, wo sich ihre Wege trennten.

"Das liegt daran, dass dein Gesicht wesentlich anziehender ist als es deine Manieren sind", konterte sie.

"Man muss mit dem arbeiten, was einem gegeben wurde", grinste er und zwinkerte ihr zu, bevor er nach links in die Straße abbog, die ihn zurück zu ihrem Haus führte. Die Katze trottete hinter ihm her.

Das Bild, das sie abgaben, brachte Eryn zum Lächeln. Enric, hochgewachsen und selbstbewusst, mit dem furchteinflößenden Raubtier, das ihn als seinen Meister akzeptiert hatte. Ein Paar, das stets einen Eindruck hinterlassen würde, wo auch immer sie auftauchten. Sie stellte sich ein Kind auf seinen Schultern vor, und seltsamerweise fiel es ihr nicht schwer, dieses Bild heraufzubeschwören, besonders, da sie ihn mit Vran'els Tochter gesehen hatte. Die beiden hatten einander sofort ins Herz geschlossen, und er hatte sie hochgehoben und sich mit ihr unterhalten, als wäre dies das Natürlichste auf der Welt.

Sie seufzte, als sie sich umdrehte, um ihren Weg zur Klinik fortzusetzen. Sie gab ihm Recht, wenngleich er es als Scherz gemeint hatte: Er würde einen großartigen Vater abgeben. Gut - das bedeutete, dass zumindest einer von ihnen wusste, was er tat.

www.ingramcontent.com/pod-product-compliance
Lightning Source LLC
Chambersburg PA
CBHW070536030726
47505CB00001B/60